中華書局

中華
文言詞典

第 3 版

責任編輯　郭子晴

封面設計　龐雅美

印　務　劉漢舉

中華文言詞典

（第 3 版）

□

編著

中華書局教育編輯部

□

出版

中華教育

中華書局（香港）有限公司

香港北角英皇道 499 號北角工業大廈一樓 B 室
電話：(852) 2137 2338　傳真：(852) 2713 8202
電子郵件：info@chunghwabook.com.hk
網址：http://www.chunghwabook.com.hk

□

發行

香港聯合書刊物流有限公司

香港新界荃灣德士古道 220−248 號荃灣工業中心 16 樓
電話：(852) 2150 2100　傳真：(852) 2407 3062
電子郵件：info@suplogistics.com.hk

□

印刷

美雅印刷製本有限公司

香港觀塘榮業街 6 號海濱工業大廈 4 樓 A 室

□

版次

2009 年 4 月第 1 版第 1 次印刷
2023 年 9 月第 3 版第 1 次印刷
© 2009 2023 中華教育　中華書局（香港）有限公司

□

規格

32 開（168 mm×118 mm）

□

ISBN：978-988-8860-69-2

總　目

凡　例

一、　本詞典收詞主要來自香港大中學生閱讀、教師教學以及一般讀者閱讀的具有典型性和代表性的古籍，包括香港大中學語文教材、讀本中出現的古詩文篇目、先秦典籍中的《詩經》《老子》《論語》《孟子》《莊子》《韓非子》《荀子》，以及唐宋詩詞、《古文觀止》、中國古典文學名著等。

二、　本詞典收字頭 4500 多個，複音詞 5500 多個；複音詞主要收入常見詞語，也包括聯綿詞、古代基本文化知識詞彙等，佛教詞語、不常見的職官名稱、地名等一般不收。

三、　本詞典以漢語拼音注音，字頭和複音詞都標注漢語拼音。

四、　字頭按漢語拼音音序排列。同音字以筆畫數為序，筆畫數相同的以起筆筆形（、）（一）（丨）（丿）（一）為序。

五、　多音字首排常見讀音，其他讀音列其後，按(1)(2)(3)……的順序列出。多音字拼音首字母相同的，除卻個別常見字，不另出字頭；首字母不同的，則在相應部分另出字頭。

　　如："榜"字只在 13 頁收 bǎng 和 bàng 兩個音，不另出字頭；"悖"字只在 18 頁收 bèi 和 bó 兩個音，不另出字頭；"罷"字在 9 頁收 bà 和 pí 兩個音，並在 447 頁排"罷 pí 見 9 頁 bà"；"隘"字在 3 頁收 ài 和 è 兩個音，並在 134 頁排"隘 è 見 3 頁 ài"。

六、複音詞依首字排列，如"八風"排在單字頭"八"下；單字頭下的多個複音詞依第二字音序排列，如"八風""八荒"依序排在"八"字頭下。

七、通假字標以"通"字，如"艾"字頭下 yì 音下義項 ❶：通"刈"……

八、收錄義項以古籍中常用的義項為主；所收義項依本義、引申義、假借義的順序排列，實詞義排前，虛詞義排後；並對同義詞、近義詞進行了簡明精當的辨析，以 ◆ 標注。

九、例句出自香港大中學教材、讀本或常見古詩文讀物的，出處標注教材、讀本或常見讀物的篇名。

如：《古文觀止》有〈蘇秦以連橫說秦〉篇，相關引文出處標為《戰國策・蘇秦以連橫說秦》，而不標為《戰國策・秦策一》。

十、例句中以"～"代表字頭或前列詞語，一個符號代表一個字。

十一、例句中較僻難的字詞附讀音和釋義，並在該字詞後以（）標注。

十二、本詞典設有"漢語拼音音節索引"和"筆畫檢字表"，方便讀者查找。

漢語拼音音節索引

1. 各音節後列出例字，可按例字讀音查同音字。
2. 例字右側數碼為詞典正文頁碼。

筆畫檢字表

乍	765	弘	216	匠	268	吁	672	各	176	事	739	沖	77
乏	138	弗	156	吉	248	吒	76	名	409	艮	177	没	415
乎	219	母	419	吏	357		765	向	653	肝	467	沃	629
付	163	民	408	地	113	因	711	合	207			汲	248
仕	546	皮	447	在	43	回	236	后	218	**七畫**		沉	204
仗	770				758	屹	705	凤	572	【、】		汶	628
代	97	**六畫**		主	193	帆	139	多	130	亨	214		628
令	374	【、】		夷	700	早	761	年	429		444	灶	761
仙	646	交	269	夸	333	曲	491	旬	316	兑	128	灼	808
仞	505	亦	705	存	92	曳	697	旨	787	冶	696	牢	348
冬	122	亥	199	寺	568	肉	509	朱	799	冷	353	究	305
包	14	充	76	式	547	艾	2	朵	131	判	441	罕	202
匆	88	冰	33		589		705	什	800	客	371	肓	230
仟	467	妄	618	戎	507	芎	425	岳	154	完	613	良	363
厄	783	字	813	戍	558		506	耒	351	宏	216	社	529
勾	168	宇	737	成	69	【丿】		肌	244	序	674	祀	569
句	182	守	551	扣	331	仿	144	自	813	庇	23	祁	459
	310	宅	766	扛	171	优	322	白	306	度	195	初	80
外	612	安	3		322	伊	699	舌	528	弟	113	言	685
失	540	州	797	托	609	伍	636	舛	83	忘	619	辛	664
孕	754	并	35	有	728	伎	251	舟	797	忱	66	【一】	
斥	75	忖	93	朽	671	件	636	色	518	快	334	克	326
氏	111	次	88	朴	454	伐	138	行	204	忡	77	劫	277
瓜	189	汝	511	死	567	休	670		666	忤	636	吞	609
生	536	汗	202	灰	234	伏	156	【一】		忻	664	吾	632
用	723	江	266	百	10	仲	796	丞	69	怅	433	否	154
犯	142	池	73	老	349	件	263	劣	367	忪	570		448
白	9	污	631	考	323	任	505	奸	170		794	坊	144
矢	544	氾	568	而	135	仰	692		259	汨	186	坑	171
禾	207	汔	464	耳	136	伀	448	妃	145		739	址	787
【一】		衣	699	臣	66	企	463		443	沙	519	均	317
加	255	【一】		至	788	兆	773	好	205	沁	480		754
召	771	互	177	西	639	先	646	如	509	沈	66	坎	321
司	565	共	181	邗	487	全	496	弛	73	沛	443	圻	459
台	581	再	758	【丨】		刎	628	收	550	决	314		713
	700	列	367	乩	244	刖	751	牟	418	沐	420	夾	256
奴	434	刑	666	光	192	匈	669	系	403	汰	583	孝	658
幼	730	划	225	同	601	印	715	羽	737	沔	404	巫	631
弁	29	匡	335	吐	606	危	619						

异	434	走	815	住	802	壯	419	防	144	怵	81	沮	309
形	668	車	64	伦	610	狃	433	阱	302		674	泗	569
戒	589	辰	67	佞	432	狂	335	阪	12	怖	42	決	691
志	789	迂	731	伴	13	甸	116	阤	447	怪	190	沿	685
戒	289	邪	660	何	208		595	陁	2	怡	701	治	790
抄	62		696	估	184	皂	761		133	性	668	泛	142
抗	322	酉	729	佐	819	私	566	阯	787	怩	427	泊	37
抖	124	【丨】		伽	168	秀	672	制	156	怫	17		454
技	251	呪	569		476	肝	604	劻	528		157	泯	408
扶	157	別	32	伺	568	角	170	八畫		恒	95	冷	372
抉	314	刪	521	伸	532	谷	271	【丶】		庚	358	炎	686
把	8	吳	632	佃	115	身	186	並	35	庠	223	炊	84
扼	133	吹	84		595	迤	532	享	653	放	145	疚	307
批	446	吠	148	似	568	豸	464	京	300	於	631	盲	395
扳	11	吟	713	但	101	邦	789	冽	367		732	祈	460
	440	困	341	作	819		86	刻	326	泯	400	空	329
抒	553	呀	644	伯	36		13	券	498	泣	464	穿	487
折	529	岑	51		415	【一】		劾	210	注	802	育	739
	774	岌	248	低	110	努	435	卒	90	沱	611	肩	259
授	603	早	202	伶	371	即	248		816	泌	23	宦	104
抑	706	步	42	余	732	君	316	卷	313		403	怙	223
扱	628	男	425	佚	118	壯	806		496	泥	427	【一】	
攻	180	肖	659		705	妝	805	夜	697	泫	678	事	547
更	177	芒	395	免	404	妒	126	妾	477	泮	441	亞	683
束	559	芊	467	兵	33	妨	144	宗	814	泔	170	來	343
李	355	虬	490	利	357	妞	22	定	121	泐	350	亟	249
杏	668	見	263	劭	494	妙	407	官	190	河	211		464
材	43		649	告	173	妖	693	宜	700	沽	185	兩	364
村	92	貝	17	含	200	妍	685	宙	798	沾	767	其	244
杜	127	足	816	坐	820	改	810	宛	614	沼	773		459
杖	771	邑	706	坌	20	局	309	帘	360	波	35	刺	88
杞	463	里	355	安	611	尾	623	庚	177	沫	416	到	106
杠	172	盯	170	孚	156	忌	251	府	161	法	139	取	494
构	527		202	希	639	忍	505	底	112	泓	216	協	660
求	490	町	600	廷	598	忿	168	庖	442	沸	148	坦	585
甫	161	【丿】		形	602	災	757	快	693	泄	662	坤	340
豆	124	位	625	役	706	甬	722	怔	780	油	726	坼	65
豕	544	伶	802	攸	724	癸	704	怯	477	況	336	坯	446
赤	76			每	398							站	116

坻	73	昔	639	呻	532	花	224	阜	16	的	110	弢	587
	111	枋	144	咄	130	苶	290	受	552	知	784	戕	472
	787	枕	778	咢	204	芬	149	和	210	秉	34	承	70
坳	6	東	122		655	芷	787	周	798	竺	126	狀	806
奉	154	杳	695	咒	798	芸	753	命	412		800	糾	305
奇	244	林	369	呼	220	芮	512	咨	306	肺	148	陀	131
	460	枉	617	咋	765	苐	157	坐	138		444		611
奈	425	杵	81	囹	501	虎	222	委	623	肥	147	阿	1
奄	687	枚	397	囶	371	門	399	季	252	肱	180		132
奔	19	杼	553	固	187	〔丿〕		岱	97	股	186	阻	817
妻	458		802	尚	526	乖	190	帛	751	肴	694	附	164
幸	668	武	636	岸	4	乳	511	帛	37	叟	733	陂	16
忝	596	歿	416	岫	672	伴	691	延	686	舍	529		447
或	242	玩	614	岬	258	依	699	徂	90	返	142	岾	116
	259	直	733	岥	444	侍	547	往	617	邸	111	咋	820
拉	343	者	775	怏	790	佳	256	征	780	采	44	胝	111
拄	801	臥	630	帖	597	使	545	彼	22	金	293	督	581
拂	23	表	31	忠	794	供	180	念	430	隹	164	九畫	
	157	長	59	易	707	佽	321	忿	220		621	〔丶〕	
抹	415			昌	58	佰	10	所	579		806	亭	599
拒	310	雨	737	昆	340		416	斧	162	非	145	亮	364
招	474	靑	480	昂	5	侈	75	昏	240	〔一〕		冠	190
	772	刵	137	昃	764	佩	443	服	158	函	201	前	470
披	446	刲	337	昊	196	侂	596	朋	445	妮	427	哀	1
拓	611	剁	331		305		694	欣	664	姑	184	姿	810
	785	邯	200	昪	23	佗	54	氛	149	姍	521	咨	810
拔	8	砭	331	明	410	佼	272	炙	790	始	545	姜	267
抽	78	迓	684	昕	664	信	249	爬	439	妯	569	宣	676
押	682	〔丨〕		昊	205	侔	418	爭	780	孟	401	宦	229
拙	808	些	660	昇	536	侗	122	版	12	孤	185	室	547
拊	161	具	311	果	198		601	牧	420	屈	492	客	327
抵	112	典	115	周	618	傀	195	物	637	居	308	宥	730
	787	卓	808	肯	328	侏	799	狎	644	屆	290	帝	113
抱	15	叔	553	芳	144	侉	137	狙	308	帚	435	玆	810
拘	182	味	626	芝	783	兔	607	狒	537		587	庠	652
	308	呵	207	芙	157	兒	135		665	弦	647	度	127
拗	6	呷	168	芭	8	刮	189	狐	220	弧	220	麻	670
	433		644	芹	479	制	790	狗	183	弩	435	彥	689

字	頁	字	頁	字	頁	字	頁	字	頁	字	頁	字	頁
恍	233	炫	678	咸	647	柙	644	削	655	茂	396	係	643
恰	466	炮	442	垠	714	柢	112	咤	54	茻	502	俚	355
恨	214	炰	305	垣	745	柤	90		766	苗	406	俎	817
恢	234	炳	34	垢	183	狹	691	咳	199	英	716	俞	733
恆	214	為	621	坯	119	珍	596		325	苕	809	皇	571
恃	548	疢	726	城	70	殆	98	哂	534	苜	421	勉	404
恬	595	祕	403	埃	168	毒	125	咽	684	苕	527	卻	500
恫	122	祠	87	奏	815	毖	23	品	452		596		643
	601	祖	817	奎	337	玷	116	咻	670	苦	522	垂	84
恪	327	神	533	威	620	珊	521	哆	130	苴	308	契	465
恤	674	祝	802	封	152	玲	372	咼	730	苑	748	奂	229
恂	564	祗	784	巷	654	珧	98	峙	790	苞	14	帥	562
	679	祚	820	按	4	珍	776	幽	724	苟	183	待	97
恟	669	祐	223	拭	548	珂	324	思	566	虐	436	徇	680
扃	304	祓	158	持	73	珏	314	昭	772	虹	217	後	218
扁	28	穿	83	拮	277	甚	535	映	719	貞	776	急	249
	448	突	604	指	787	皆	274	昧	398	迪	110	怨	748
昶	61	衽	506	拱	181	相	274	昵	428	罘	133	拜	10
施	540	衲	297	拷	324	研	686	是	548	【丿】		段	128
	701	美	398	拯	781	砌	465	星	665	信	532	泉	496
	707	計	252	括	342	耐	425	昱	740		664	爰	745
染	502	訃	164	拾	542	耶	696	曷	211	偎	478	牯	186
洄	236	軍	317	挑	596	胡	220	毗	447	侯	217	牲	537
洚	269	郊	270	拶	757	致	790	畏	626	便	29	牴	112
洒	136	郎	347	政	782	胣	236	界	290		449	狡	272
洋	691	首	491	故	188	要	695	映	498	俠	256	狩	552
洴	453	音	712	斫	809	赳	305	畋	595		644	皇	231
洲	798	首	551	春	85	赴	164	盼	441	俑	722	飯	193
洪	217	【一】		柘	776	軌	195	眇	406	俏	475	盆	444
洞	122	剄	302	枳	788	述	559	眈	100		659	盈	717
津	295	剌	343	柳	256	郁	740	眄	405	保	14	看	321
洗	643	剋	327	柱	802	面	405	背	17	促	90	禹	737
活	241	勃	37	某	418	革	174	茅	395	俟	569	翅	534
洽	466	勁	303	柬	261	耇	183	苟	207	俛	162	舂	673
派	440	南	425	枯	331	郅	790		324		404	秕	22
洶	669	厚	218	柯	324	【丨】		苦	332	俊	317	科	324
洮	588	哉	43	柄	34	冒	396	茄	256	俗	572	秋	489
洎	252		757	柳	376	冑	798		476	侮	636	竽	170
洫	674			枰	453	則	762	若	512	俄	132		

胖 442	省 538	婆 579	浪 348	被 18	振 778	素 572
胝 784	668	宰 758	涕 593	446	39	索 580
胤 716	眉 398	害 199	消 655	袒 585	捕 808	翅 76
衍 687	矜 296	宬 256	浦 457	袖 672	捉 600	耆 461
負 164	479	宴 689	海 199	記 253	挺 312	548
迫 454	紂 798	宵 655	涓 313	討 277	捐 614	耄 397
迭 119	紅 180	宫 180	涉 530	訕 589	挽 93	耽 100
迤 701	216	宸 67	浮 159	訌 217	捍 202	耿 178
重 77	紀 252	容 507	浚 318	託 522	把 707	貢 182
796	紉 506	羞 53	浴 740	訖 609	將 384	起 463
風 151	約 750	席 642	浩 206	訑 465	晉 299	軒 676
食 543	紈 614	庫 332	浹 256	102	校 273	韌 506
香 650	紆 731	庭 599	涅 431	701	659	辱 511
面 53	骨 673	恚 693	涔 52	逆 428	栳 349	逅 425
舡 83	迢 596	恋 813	浣 230	迷 402	桎 791	配 444
曷 215	迫 97	悄 475	涔 37	迺 253	核 211	酌 809
【一】	限 649	悚 570	涑 572	逈 20	桓 228	耐 799
勇 722	陌 380	悍 202	浣 398	高 172	根 176	鬲 175
咫 787	陌 10	悔 236	烜 678	旆 767	桂 196	358
姝 553	416	悌 593	烘 215	旅 396	栩 674	剞 244
姣 270	降 269	悦 751	欷 419	旆 384	栗 358	或 740
姤 183	652	悖 18	畜 82	444	格 175	匭 234
娃 612	陔 168	悒 707	675	【一】	株 799	【｜】
姚 694	韋 622	悁 744	疾 249	匪 147	桁 214	剮 591
姥 349	飛 297	悃 341	疲 447	93	殊 554	剛 171
419		悛 337	病 325	厝 746	殉 680	唁 689
姦 170	十畫	俊 496	疽 308	原 174	泰 583	哺 39
259	【、】	679	病 35	哥 774	烈 368	唧 765
姻 712	兼 259	悅 393	益 707	哲 178	班 12	哽 178
孩 199	冤 744	扇 522	祥 652	埂 392	珥 136	唪 639
屏 35	冥 411	拳 496	桃 596	埋 1	珩 214	哭 332
453	家 795	效 659	宵 695	埃 520	珠 799	員 746
建 264	凋 117	料 366	窈 695	夏 646	盍 212	圄 456
弭 402	凌 372	旁 13	粉 150	75	真 776	峨 132
怒 435	凍 123	441	袤 91	耻 237	砥 112	峭 475
怠 98	剖 455	朔 564	562	恙 330	砧 776	峴 650
701	剝 613	案 5	朗 348	恭 181	砭 27	峻 318
既 252	唐 586	流 375	東 794	捐 526	破 455	恩 135
柔 509				挾 256	秦 479	時 543
				661		

晏	689	胎	76	卿	484	胖	449	屑	662	商	524	望	619
柴	54		701	臭	639	胯	333	展	767	婆	454	梁	363
	766	罜	186	射	530	臭	80	弱	513	埶	557	毫	204
畔	441	罣	171	師	540		672	恕	559	寇	331	涎	647
盎	6	蚨	159	徒	604	臬	431	書	553	寅	714	涼	363
眩	229	【丿】		徐	674	剪	80	桑	517	宿	573	淳	85
	678	乘	71	徑	303	躬	181	舂	20	寂	253	淙	89
眠	404		538	悆	427	針	776	紡	145	寄	253	淡	102
祟	576	倌	191		432	釗	772	紗	520	密	403	淺	260
茫	395	倍	17		506	釜	162	紋	628	康	321		471
荒	231	俯	162	息	640	隻	784	純	85	庸	720	清	482
荊	300	倥	329	挈	477	飢	244		609	庵	4	涯	683
茸	508	倦	313	朕	778	鬼	195	紐	433	庶	560	淑	555
荃	496	倖	154	桀	277	芽	244	紕	447	鹿	382	淹	684
草	49	倩	471	般	712	茇	249	級	248	麻	392	涸	212
茵	712	值	785	氣	465	筍	223	紜	753	庫	24	混	240
茬	505	借	291	氤	712	蚰	436	紓	554	惋	615	淵	744
筏	138	倚	704	烏	631	衾	478	衾	423	悴	92	淒	458
	444	倒	105	特	589	耆	538	紙	788	情	485	渚	801
茹	510	倀	58	留	376	迫	128	紛	149	悻	669	涵	201
茶	53	傴	314	猁	313		806	胥	661	悰	89	淚	352
茗	411	俱	311	狸	353	逃	588	能	427	惆	86	淫	714
茉	799	倡	311	狹	644	逢	761	蚤	761	惝	61	淘	589
茨	87	個	176	猞	714	郭	159	蚩	72	悱	147	渝	388
荇	264	倘	60	狻	575	芻	62	退	608	悵	62	淦	171
蓁	591		587	狼	347	【一】		郡	317	悼	106	淬	92
	701	候	219	臬	172	剝	36	院	749	惕	593	深	533
茜	471	俳	439	矩	309	剗	131	陴	779	惆	618	淠	448
荇	669	修	671	秭	812	陣	779	陡	124	惆	78	淖	86
虔	470	俾	22	秫	416	陡	124	陛	23	惟	622		427
亶	319		448	秩	791	陘	23	除	80	悸	254	淥	382
	463	倪	428	缺	499	除	80	陷	303	惚	220	烹	444
財	43	倫	388	翁	629	陷	303	胵	668	惢	223	烽	152
迴	236	倶	458	耗	206		668	胜	537	啟	464	牽	467
郫	719	傳	813	耘	753	陞	537	陟	791	敝	24	率	385
骨	186	俸	808	脂	784	陟	791	十一畫		旋	677		562
門	124	個	592	脆	92	【丶】		【丶】		旌	300	痕	214
晟	538	倉	47	胸	669					旎	428	疵	87
吟	778			脈	392			剪	261	族	816	痍	701

字	頁	字	頁	字	頁	字	頁	字	頁	字	頁	字	頁
眷	314	堆	128	排	439	軛	133	嶠	657	跌	155	御	741
窒	791	埠	42	掖	368	逋	39	崚	373	趼	261	徘	439
粒	358	埠	16	培	455	逑	491	常	60	趾	788	徜	60
粗	89		447	挱	251	連	360	帳	771	跋	461	悉	640
羞	671	基	244	挺	522	逕	573	帷	622	逍	655	悠	724
袴	332	堵	126	掇	131	逝	548	患	230	逞	72	敏	409
訪	145	執	785	挲	10	逐	801	敗	11	野	697	敜	675
許	684	堀	332	敍	6	都	123	晚	614	閈	24	斛	221
訣	314	埭	98	敕	307	雩	733	晡	39	鹵	381	條	596
訥	427	埏	521	教	273	頊	339	晤	638	勖	675	梟	656
許	222		686	敕	76		482	晦	237	販	142	梨	353
	674	埝	430	斬	768	頂	120	晨	67	【丿】		欲	740
設	530	培	443	曹	49	董	297	畢	23	偽	624	殺	519
訟	508	奢	528	桴	160		479	略	388	停	600	猝	90
	570	專	804	梏	188	殍	451	異	708	假	258	猗	699
訛	132	帶	98	梯	591	婪	344	眸	418	偓	688	猊	428
訕	670	彗	237	梢	527	【丨】		眺	597	偉	623	猖	59
部	42	彬	32	梓	812	冕	405	眼	688	健	264	猙	780
郭	197	戚	458	梵	142	曼	394	眾	797	側	50	猛	401
竟	303	戛	257	梗	178	啄	809	肯	813		764		43
章	769	掠	388	梃	600	啞	133	眵	73	偵	777	皎	272
瓶	110	控	330	梭	579		683	累	351	偶	438	祭	254
翊	708	捲	313	焉	684	唱	62	苧	159	偯	620	移	701
衰	197		497	爽	563	啖	102	莎	520	偣	661	笞	73
袤	397	探	585	琁	677	問	628	莞	191	偷	603	符	160
產	57	接	274	琅	347	唯	622	革	532		615	第	114
規	548	披	697	琉	376	啜	86		615	偓	630	笱	763
【一】		捷	277	理	356		358		664	偟	232	瓵	155
乾	169		477	瓠	223	啁	64	莫	416	倏	555	翎	373
副	165	捧	446	盍	337		772	菜	395	兜	124	邦	569
勒	350	掩	688	盛	71	国	737	莊	805	鳳	232	脫	610
勘	320	措	94		538	國	197	莠	729	動	123	脯	162
匏	442	掉	118	票	451	堂	586	荷	212	售	552	術	559
匭	195	掃	518	聊	365	崇	77	荻	110	彩	44	豚	609
匯	429	掛	190	聯	100	崛	314	茶	53	得	108	貧	451
區	492	捫	399	聆	373	崖	682		605	徙	643	貨	242
域	740	推	607	春	77	崢	780	處	82	從	88	貪	584
堅	260	授	552	規	193	崩	20	彪	30		814	這	762
墾	133	掬	308	責	763	崔	91	蛇	529	徠	344	透	604

逢 153	翌 708	愕 134	溉 168	【一】	敦 170	裂 368
逸 605	習 642	惰 131	滋 810	博 37	散 516	裒 491
遯 593	貫 192	愒 807	渙 230	厥 315	斑 12	單 584
釣 118	逯 501	愯 24	洇 405	喪 517	斯 566	貳 137
釗 84	通 601	慨 320	湫 272	堙 713	替 593	貢 19
釵 54	陪 443	惲 233	490	堞 119	朝 64	貰 548
魚 733	陵 372	愉 603	湄 398	堪 320	772	趄 309
鳥 105	陳 67	733	湟 233	堯 694	期 245	超 63
430	778	愀 475	痛 603	場 60	459	越 751
軸 800	陸 382	扉 146	盜 106	堰 689	椁 198	辜 185
軻 176	陰 712	敦 129	祿 382	報 15	棺 191	逵 338
軏 338	障 447	曾 52	窨 305	壕 219	棘 250	雁 689
【一】	陶 106	764	童 602	壹 699	棟 123	雅 683
務 638	588	棄 466	辣 570	壺 221	森 519	雄 670
參 45	694	榮 464	竣 318	惠 237	棧 768	雲 753
516	陷 650	游 727	善 522	惡 133	椏 682	馭 741
532	陬 815	湔 260	翔 652	632	棻 149	黃 232
婉 615	欸 1	湧 722	補 39	戟 251	棲 458	硤 645
婚 240		湊 89	裕 742	揕 684	椑 773	觖 494
婞 24	十二畫	渠 494	程 71	揶 696	植 786	軫 778
婦 164	【、】	溫 627	註 803	揍 749	椒 270	軻 325
娟 132	割 174	754	詞 87	揄 734	欹 459	酣 200
尉 626	勞 348	渥 630	詠 723	描 406	700	酤 185
將 267	啻 76	減 261	話 186	採 509	款 335	酡 611
472	莫 116	湛 67	詛 817	揆 338	欺 459	酢 90
屜 593	孳 810	768	詐 766	揣 82	殘 46	820
屠 605	寒 201	湘 651	詆 113	提 110	殖 786	【丨】
巢 64	富 165	湮 685	訴 574	113	焚 149	最 818
張 769	寓 741	渦 629	訶 207	591	琳 369	凱 319
強 267	寐 399	湯 524	詎 311	握 630	琢 809	剴 319
473	尊 818	586	詘 82	揙 699	琮 89	喧 677
紹 528	就 307	692	492	揭 275	琚 309	啼 591
紺 171	廁 51	渴 278	詒 99	466	琛 65	喝 207
紬 82	廄 347	325	詣 702	捶 85	琴 479	喇 343
細 643	惬 477	湍 607	馮 153	揮 234	琦 461	喋 119
紳 532	愠 754	渺 406	453	援 746	粟 574	單 55
組 817	惺 665	渝 733	焯 63	揚 691	畫 119	100
終 795	愫 119	溢 444	808	換 230	聒 197	522
級 159	惕 524	渾 240			裁 43	唱 339

唾	611	萌	400	傅	165	腴	734	絕	315	愼	320	痼	188
喻	741	菽	270	備	18	舒	556	統	336	慓	358	瘁	92
喉	218		555	傀	194	街	275	絮	675	慴	84	禎	777
喑	713	菲	146		339	象	654	絲	566	愧	339	福	160
喈	274	莢	733	傖	47	貂	117	絡	390	慊	471	禍	242
喝	722	萎	624	傔	472	貿	397	給	176		648	稟	35
圍	622	蔽	160	創	84	貸	99		251	愒	587	窟	332
嵌	472	菟	607	勝	537	逸	708	絢	678	愷	319	窠	325
嵐	344	蘆	673	剩	539	進	299	絳	269	新	664	梁	364
幅	24	蛟	270	喬	270	逶	620	費	148	旒	376	羨	650
	160	貯	803		474	郵	727	賀	213	溢	709		686
幀	782	貼	598	堡	14	鈔	63	逮	99	溯	574	義	709
悼	622	貽	701	復	165	鈞	317	鄉	651	滂	441	裔	709
惺	630	貴	196	循	679	鈍	129	隊	128	源	747	裏	356
掌	770	貶	28	悲	16	鈐	470	階	274	溝	182	禪	24
敝	61	買	392	掣	65	集	250	隋	131	減	407		447
景	302	跆	786	斐	147	順	564		575	溥	155	裙	309
	719	跗	155	智	791	須	673		611		457	裯	593
晴	485	跎	611	欽	478	燄	578	陽	692	溘	327		641
晶	301	距	311	焦	270	筋	76	隔	733	溺	429	詫	54
暑	558	跋	8	無	632	飲	715	隆	378	滑	187	該	168
暈	195	跌	118	然	502	黍	558	隍	232		225	詳	652
紫	812	鄂	134	猥	624	【一】		陛	85	準	807	試	549
菩	456	閔	323	猻	426	婷	600	限	620	滄	47	詩	541
萃	92	閟	399	猶	726	媒	398	毳	791	滔	587	詰	280
萍	453	閦	409	番	139	媚	399	森	406	溪	641	誇	333
菹	815	開	319	皓	206	屏	55			溟	411	詣	709
菀	615	閒	260	短	127	幾	244	十三畫		溽	512	誠	71
	749	閔	264	程	71	弼	24	【丶】		溲	571	話	226
	754	閎	647	稍	527	畫	226	塞	514	溷	241	誅	800
菖	102	閏	217	稀	640	疏	555		519	煎	260	詭	195
萬	203	黑	214	筆	22	登	108	塗	81	煙	685	詢	680
菅	260	睎	114	等	109	發	138		605	煩	140	詮	497
菱	458	規	55	筑	803	粥	742	廉	361	煜	742	詬	184
菁	300	晷	358	策	51		798	廒	520	煬	692	註	190
華	224	量	364	絜	278	絞	272	意	708	煌	233	詡	674
菱	373	【丿】			661	統	603	慈	87	煥	230	誄	351
著	803	傍	13	翕	640	結	278	慄	574	煒	624	眷	230
菜	344		442	腓	147			慎	535	煢	488		

字	頁	字	頁	字	頁	字	頁	字	頁	字	頁	字	頁
賁	811	楚	81	載	758	暈	755	號	206	傷	524	滕	71
遊	728	楷	276	軾	549	暖	436	蜀	558	傾	484	腰	720
道	491		320	達	95		677	蛻	609	傯	814	歃	520
運	754	楔	660	逼	20	照	773	蛾	132	傺	451	衙	683
道	107	極	250	酪	349	煦	675	蜉	161	傴	738	裛	430
逯	577	概	169	酬	78	歇	660	蜂	152	傻	394	舾	181
遍	30	椿	85	零	373	當	103	營	87	僂	379	解	284
雍	720	楗	535	雷	350	畸	245		812		812		662
靖	304	楂	53	頑	614	盟	400	賊	764	僉	468	詹	55
頑	204		765	頓	129	睢	683	賄	238	奧	7		102
【一】		椻	85	項	673	睫	281	貲	811	弑	549		767
剝	450	楸	490	馳	74	睦	421	賂	382	徬	442	貲	371
勤	480	楨	777	髡	341	睞	344	賅	168	徭	694	迨	233
勞	548	楙	250	鼓	187	督	125	跨	333	微	620	逾	734
當	518	楞	352	蜒	250	睹	126	路	382	愛	2	遒	130
塘	586	楹	717	趔	811	睥	448	跳	597	愁	78	鄒	815
填	595	楣	398	新	299	睨	429	跪	196	怨	468	鈷	186
	779	楪	119	愛	488	睢	235	農	433	愈	742	鈺	742
塌	581	瑕	645	【丨】			575	遄	83	會	238	鋮	752
塊	334	懇	518	募	421	萬	615	遏	615		742	鉗	470
塢	638	瑞	512	嗟	276	罪	818	遐	134		334	鉛	468
幹	171	瑋	624	嗜	549	置	792	過	198	毀	237		686
	202	瑁	408	嗑	212	署	558	鼎	120	氲	752	鈞	182
感	170	瑛	716		327	葳	620	跐	649	然	520	鈿	116
	203	瑜	734	嗣	569	茸	466	跬	339	牒	119		595
想	653	盞	768	嗤	73	葸	643	雎	309	猾	186		311
戠	321	碎	576	鳴	632	筆	240	愚	734		225	鉅	314
斟	777	碌	382	嗅	65	落	390	戢	250	禽	479	萬	791
搭	95	碑	16	園	746	萱	677	業	697	稜	352	雉	461
搏	38	碓	129	圓	747	葵	338	歲	576	稚	792	頑	12
搜	571	禁	299	嵩	570	葦	624	粲	47	稠	78	頌	508
搔	517	聖	539	嵯	93	葫	221	【丿】		稔	505		571
損	578	聘	452	嵬	624	葛	175	亂	387	稗	11	飴	570
搶	473	肆	569	幌	234	葶	134	備	720	筮	549		702
搖	694		709	敬	304	葱	88	債	766	節	282	飾	76
搵	134	肙	535	暗	5	葩	439	徵	7	腸	61		549
搢	299	賈	186	暉	235	葆	14	傳	83	腥	665	麂	160
搦	436		258	暇	645	虜	381		805	滕	89	【一】	
搗	106	較	273	暌	338	虞	734	僅	297	腳	272	剿	64
										腹	165		272

嫉 250	察 53	熒 717	詔 527	爾 136	嘺 220	蕀 629
嫌 648	廓 342	瑩 391	【一】	瑣 580	嘍 379	蔓 204
媼 6	彰 770	褐 213	兢 301	瑤 694	鳴 412	蕩 497
嫦 183	慷 322	複 166	剽 315	瑰 194	嘔 168	蜿 613
嬈 448	慢 394	褓 15	匱 196	甄 777	嘖 763	裳 61
彙 238	慚 46	褊 29	厭 339	監 260	嘈 49	賕 491
愍 409	慟 603	窪 612	厭 689	碧 26	圖 607	賑 779
殿 116	慳 468	寤 735	境 304	碩 565	圖 606	賒 528
經 301	慘 46	竭 281	墊 116	碬 104	墓 421	部 22
絹 314	旖 705	端 127	塹 472	碪 281	夢 402	閣 212
綆 178	旗 461	粹 92	臺 582	聚 311	對 129	閤 175
綵 591	榮 508	精 301	壽 553	藏 48	斳 55	閡 175
綏 576	槃 565	肇 774	嘉 257	760	768	閩 139
611	演 688	腐 163	塼 721	誓 549	嶂 771	閨 194
肆 709	漓 353	膏 173	嫠 353	赫 213	幀 763	穀 604
犛 501	滴 110	資 384	奪 131	輔 162	幕 421	愨 254
與 734	漩 677	裹 198	奩 361	輞 774	慪 198	踉 364
裝 806	漾 693	誦 571	摘 593	輕 485	慢 394	遣 471
辟 24	漢 417	誌 792	766	遘 184	暢 62	【丿】
448	漬 813	語 738	摺 774	遠 748	暝 412	僦 307
遐 645	漏 380	誠 291	搏 607	酸 575	暸 338	債 150
達 622	漂 450	誣 632	804	酷 333	暾 572	傷 55
隘 3	漢 203	說 564	805	醒 71	睿 512	傿 272
134	滿 393	752	摑 330	酹 352	睡 563	僮 602
隔 175	滯 792	誥 174	438	靽 417	罰 139	僭 264
隕 754	漱 560	誨 238	摜 192	閨 612	聞 628	像 654
隗 624	漸 265	誘 730	摑 198	蓋 691	蓋 260	僑 474
	漲 770	誑 336	摧 91	駁 38	蓍 777	僕 456
十四畫	漣 361	誚 475	搟 786	髦 396	蓍 541	僚 365
【、】	漕 49	誶 204	幹 630	蔦 745	蓐 512	毓 743
塵 67	漫 394	賓 32	榜 13	殞 754	蒯 333	搞 324
墊 557	滷 700	颯 514	橢 173	蓁 462	蒨 472	獄 742
寧 432	滸 222	齊 254	構 184	蕎 803	蓆 642	疑 428
寐 189	瀧 383	461	榛 777	愿 500	蒙 400	702
寥 365	憑 230	瘍 692	榷 500	魂 240	蒟 358	種 796
實 543	潊 675	瘕 258	榻 581	【丨】	蓋 169	稱 68
寨 767	漚 223	弊 25	槍 472	嘗 61	蒸 781	窨 329
寢 480	漁 735	幣 26	歌 174	嗌 438	蒼 48	箭 765
窟 638	滌 110	皷 474	熙 641	673	蓑 579	管 192

箋	260	綻	769	塵	56	漬	233	遰	774	樊	141	頡	281
筵	686	綰	615	廡	636	熱	558	鄭	783	歐	438		661
箔	38	綜	814	廢	148	瑩	717	鄰	369	歎	585	駐	803
箸	803	綆	86	廟	407	熠	709	養	693	殤	524	駒	570
箕	245	綾	373	廚	567	瘂	55	鴆	779	殿	438	駙	166
舞	636	綠	386	廣	193	瘠	250	憯	47		492	貽	99
蝕	544	綴	86	慶	487	瘦	552	憤	340	熱	6		582
製	792		807	憧	77	瘩	84	【一】		熱	504	髮	597
貌	397	綱	171	憫	140	窳	738	屬	359	聲	353	髮	139
遯	694	網	618	憐	362	窩	694	壚	673	瑾	298	聲	502
遜	114	綺	464	憫	409	窈	488	增	52	璀	92	覘	304
銀	714	綢	78	憚	103	糊	221		764	碟	775	麵	406
銅	602	綿	404	憤	150	鷞	282	墳	150	磋	93	【丨】	
銘	412	綵	44	憔	474	翩	449	慈	500	確	500	劇	312
銓	497	繪	191	摩	414	褒	14	恩	590	碾	430	劌	196
銖	800		388	敵	111	褅	75	慧	238	磊	352	嘲	64
銜	648	維	622	毅	709	誼	710	憂	725	磕	325		772
領	374	緒	675	漱	65	諒	364	摯	792	穀	187	嘿	417
餅	35	緇	811	潼	77	諫	815	撤	65	豎	561	嘩	225
餉	653	綬	552		602	課	809	撲	456	賢	648	噓	673
餌	136	綣	498	澄	72	談	584	撐	68	賣	392	噎	696
魁	338	緋	147		109	諄	807	撰	678	賚	775	嘻	641
鳳	154	翠	92	潦	349	誕	102		805	趣	495	嘶	567
鼻	21	肅	574	潔	280	請	486	撥	36	皺	86	嘴	274
戧	84	遜	681	澆	271	諸	800	撓	426	筆	430	憧	84
	472	障	771	潭	585	諏	327	撩	365	輪	389		806
翡	147	際	254		680	諛	624	撮	93	輻	811	憾	793
辣	574	陳	643	潛	470	諂	57		819	輞	618	憫	140
【一】		朁	397	清	522	調	118	播	36	遨	6	影	719
劃	226	顦	454	潯	55		597	撫	163	遭	760	數	90
嫡	110			潰	340	誰	563	揮	101	遷	468		561
媽	685	十五畫		潤	512	論	389	橋	272	酷	442	暴	15
嫦	61	【、】		潤	265	辭	578	數	156	醇	86		457
嫜	770	凜	371	潘	440	誹	147	暫	759	醉	818	暱	429
屢	384	察	365	潺	369	諑	782	樞	556	需	444	瞋	66
屣	643	寬	334	潦	349	諜	735	樗	556	霄	656	罷	9
態	584	審	534	澍	561	廚	177	樣	30	霆	600		447
暨	254	寫	662		803	適	111	樣	414	震	779	蔽	26
畫	299	廬	235	澌	567		549	樓	379	翠	181	暮	422

蔚	626	僵	56	辇	18	締	114	澹	103	辨	30	瓢	451
葦	413		103	遜	130	練	362	激	246	邊	818	磐	487
慕	422	微	303	銷	656	緯	624	熾	76	遵	369	翮	212
蓮	361	億	101	鋪	456	緘	261	燁	698	廪	371	翰	203
蔬	557	倂	448	銳	512	緗	405	燈	109	襄	469	臻	778
蔭	713	儀	702	鋒	152	緖	245	燎	365	龍	378	融	508
蔓	394	僮	268	鋃	347	編	27	燔	141	【一】		賴	344
萩	574	儥	258	鋏	257	緣	747	癉	771	罋	134	輻	161
蒂	114	僋	334	鋌	121	緩	229	臀	451	壇	103	輯	251
蓼	366	儉	262		600	緯	328	磨	414		585	轅	89
蓬	643	劉	376	餓	134	緹	591	窺	337	奮	150	輸	557
蔑	407	劍	265	餘	736	緗	652	糖	587	憨	200	輮	509
蓮	445	德	108	魃	8	縚	408	縈	717	憨	716	遼	366
慮	386	徵	781	魄	455	篤	435	義	641	擾	230	霖	369
膚	155	徹	65	魅	399	篤	259	禧	643	擅	523	霍	242
賞	525	慫	570	魯	381	十六畫		禪	56	擁	721	寰	428
賦	166	縢	590	黎	353	【、】			523	捷	581	霏	147
賤	265	樂	350	瑑	207	冪	403	褾	32	撼	203	龍	117
賜	88		696	鼐	425	凝	432	親	478	據	312	靜	304
踏	38		752	【一】		剴	254		664	擇	763	覦	405
踔	86	牗	729	墜	807	壅	721	諦	114	操	49	鞘	475
踐	265	磐	440	墮	131	贏	718	譚	240	擔	101		527
踝	227	盤	440		235	襄	228	諤	134	整	781	頤	703
踏	581	稿	173	墦	641	導	106	諡	550	歷	359	頭	604
踞	312	稼	259	嫻	648	慜	129	諭	690	曆	359	駭	200
跐	74	稽	245	嫭	55	窻	641	諫	265	樽	818	駢	449
蹀	497		464	嬌	270	憲	650	諱	239	橫	214	殭	710
輝	235	稷	254	嬈	503	憑	453	謀	418	橐	611	彈	101
閭	383	稻	108	層	52	懍	371	諜	119	樹	562	翮	221
閲	752	範	143	履	384	憶	710	諧	661	樵	474	醒	591
閬	341	箴	777	彈	102	憼	203	諮	811	樸	456	【丨】	
閲	348	篆	805	憨	584	懌	710	諾	436	機	245	冀	254
齒	75	篇	449	憨	626	獱	662	辨	698	橈	426	噫	3
嶙	369	箧	477	戮	383	澠	405	謂	626		503	噚	70
嶠	273	篁	233	槳	268	澡	761	諷	153	歙	444	噚	76
墨	417	耦	438	毇	626	澤	763	諭	743	燕	690	噙	660
斷	809	膜	414		755	澶	356	諸	4	熹	641	噤	300
【丿】		衝	77	獎	268	濁	809	諾	68	璜	233	噪	762
億	709	質	793	戲	245			辨	13	璞	456	器	466

字	頁	字	頁	字	頁	字	頁	字	頁	字	頁	字	頁
嗇	334	餐	45	錢	265	濟	254	【一】		穀	221	觀	255
圇	747	【丿】		館	192	濚	205	勵	359	醞	755	購	184
噬	550	儒	510	龜	194	濠	401	壓	682	醢	199	蹉	93
噅	315	倚	79		317	濫	346	懋	397	醜	79	蹈	106
戰	769	儕	55		490	濯	809	戴	99	隸	359	蹌	472
晚	658	劓	710	徼	272	澀	519	擊	246	霜	562	遽	312
曄	698	墾	328		693	濡	510	擬	428	鞠	309	還	228
疊	585	學	679	獫	649	濒	578	擢	810	聘	72		677
毵	61	憨	466	獧	334	營	718	擯	33	駿	318	邁	393
興	666	憊	19	【一】		燮	663	檣	350	輔	163	闊	342
黃	401	歙	531	壁	26	燭	801	檔	105	臨	370	闋	501
薔	401		641	彊	473	燠	743	檄	642	縈	786	闈	344
蕓	753	獨	125	縊	261	療	366	檢	262	觀	184	闌	623
薤	512	築	743	縋	710	禱	106	檜	239	【丨】		闆	496
蕙	239	積	246	縛	166	禮	356	檻	473	嚎	205	雖	575
蕩	104	穎	719	縉	300	襀	161	檷	793	壑	213	點	115
蕃	36	穆	422	縝	778	糞	151	斂	362	嬰	716	黜	82
	141	築	803	縞	173	糟	760	璐	383	嶺	374	黝	729
蕪	634	篤	126	縋	807	檆	516	璬	494	嶽	752	鰲	6
雁	353	篡	91	縛	512	褒	662	環	228	戲	220	螭	73
蹋	723	篔	183	舉	309	襄	503	璪	47		235	頰	715
踩	509	篚	148	豫	743		652	碗	474		644	黻	161
踵	796	篦	27	選	678	謗	13	磷	370	擎	486	【丿】	
踹	82	橵	434	遘	74	講	268	磴	109	嶸	486	優	725
踝	119	膳	523		793	謠	694	磯	247	瞰	321	償	61
蹁	450	衛	626	隧	578	謝	663	磬	487	瞬	564	偏	350
遺	626	衡	215	隨	576	謐	403	礅	710	瞭	366	儲	81
	702	覦	736	險	649	謖	574	聲	6	瞵	370	穉	380
頻	451	錯	94	壇	523	裕	241	聳	537	蒼	239	徽	235
骹	199	錢	470	嬙	473	鴻	217	聯	362	蕷	204	懸	328
默	417	錫	88	嬰	26	甕	764	聰	88	蕭	656	斂	362
黔	471		641	十七畫		糜	402	糧	261	薪	664	爵	315
閘	134	錄	383	【丶】				趨	90	薄	38	獲	242
閡	686	錚	298	懦	437			膺	717	薛	27	矯	273
閣	743	錦	298	懨	685				492	薑	268	簇	90
閨	685	鋼	189	懷	401			輾	430	薩	678	歜	575
閩	59	雕	117	黦	27				768	薨	216	簋	196
閭	240	頜	203	濱	33			轂	187	薦	266	篳	27
縣	650	頷	608					轅	748	蔚	337	縤	694
								輿	736				

繁	141	總	814	擾	504	藏	48	觴	525	灑	360	釀	274
犖	570	縱	814	擺	10		760	邀	407	瀨	33	醻	454
臆	710	繃	450	撒	572	藍	345	鎮	779	瀧	378	雜	425
臃	721	縵	395	擷	661	薿	406	雙	562	爍	391	靈	714
臑	434	縫	588	擄	557	藕	292	雛	81		565	願	749
膽	101	翼	710	檻	266	蟬	56	雜	247	癡	73	顛	114
膾	334	避	27	檮	589	蟲	77	馥	167	禮	345	麗	360
螣	590	盈	396	贅	793	蟠	440	魏	627	襠	511	麓	383
谿	642	鼇	418	贄	807	豐	153	魍	618	禶	522	麴	493
邂	663	隰	642	蹙	91	蹤	814	鞭	178	葵	178	轂	212
邀	693	隱	715	轉	805	闐	596	鯀	197	臝	351	【丨】	
鍵	266			邇	137	闓	212	鯉	356	譜	457	曜	690
鍥	477	**十八畫**		醪	349	闔	315	鵝	132	識	544	曝	457
錘	85	【丶】		醫	700		499	鵠	187		793	曠	336
鍾	795	懣	399	釐	354	題	114		221	謫	316	疇	79
鍛	128	瀆	125		642		592	鵒	273	譏	247	繭	263
鍤	53	瀑	457	鞭	28	韙	625	【一】		譙	475	藩	140
鍱	110	瀏	266	鬈	187	顒	804	嚮	655	譊	426	藝	710
鮫	271	濼	376	魖	474	點	645	彝	703	譖	266	藪	572
鮮	647	濰	31	磳	81	懟	129	斷	128		764	藜	355
黛	99	濡	800	殯	33	雜	27	鑿	27	廖	6	薰	55
鼾	200	邃	578	饔	598	【丿】		織	784	龐	402	葉	696
蟠	454	竟	629	騏	462	朦	401	緒	523	離	353	蟺	524
螽	795	竄	91	駢	255	臏	33	繰	366	韻	755	蟻	705
【一】		窾	475		462	歸	194	繞	504	麒	462	蠅	718
燜	451	糧	364	瀆	340		340	繒	764	類	352	蟾	56
孺	510	謳	438	職	786	猻	193	隳	236	【一】		贈	765
彌	402	謨	393	覆	166	獵	368	【一】		壞	227	璿	81
孿	39	謹	414	覲	300	穡	519			壚	380	礛	197
歟	736	謬	298	鬈	497	穢	239	**十九畫**		攀	355	蹬	315
牆	473	謫	413	【丨】		穠	434	【丶】		攀	440	蹭	109
縮	579	雜	775	叢	89	簞	117	壟	379	櫟	359	蹲	52
績	247	額	757	壘	351	簞	101	寵	78	櫝	125	蹭	142
繆	305	顏	133	嚏	401	簣	339	龐	442	櫓	381	蹶	91
	366	檢	687	曜	696	簡	262	廬	380	瓊	488	關	191
	413	鵝	362	瞿	312	簧	233	懷	227	繫	644	羅	389
		鵑	592		494	簪	759	懵	401	贋	690	羆	447
縷	385	【一】		瞻	767	簞	585	瀛	718	贊	690	轍	775
縲	350	壙	336	舊	307	翻	140	瀚	204	轔	370	麟	163
繃	20	擲	792					瀬	344			覷	496
												艦	163

【丿】		二十畫		龍	379	鶩	793	纍	6	響	653	齬	634
懲	72			薪	462	鶯	638		657	饗	653		738
牘	126	【、】		蕎	215			巍	621			瓛	369
犢	126	寶	15	藻	761	二十一畫		歸	337	二十二畫		【丿】	
穩	628	瀟	657	藕	2			囊	426			儻	688
簾	362	瀲	362	蘇	572	【、】		饕	588	【、】		儼	587
簿	42	瀾	345	蘊	755	變	339	蘭	345	灄	514	龔	379
簽	38	爐	381	警	303	懼	312	蓮	494		643	顥	344
簦	469	竇	124	贍	524	懺	531	蘩	142		642	鑄	804
擋	799	譯	711	躁	762	瀾	345	蘗	418	讀	126	鑊	243
臘	343	議	711	躅	801	灌	192	蘭	346	讟	262	穰	503
	642	譟	762	闡	58	爛	346	蠟	432	譽	386	鑼	511
贊	759	贏	718	黨	104	爐	316	贓	760		613	龕	321
辭	87	騫	469		587	邇	471	躊	79	變	386	【一】	
邊	28	【一】		齟	310	護	223	躋	247	【一】		儷	744
鏡	304	攘	503	鶉	135	辯	30	顥	207	囊	426		798
鏑	111	攖	717	鶊	486	顧	189	躓	5	懿	711	二十三畫	
鏃	816	礪	360	【丿】		饗	722	景	351	攤	584		
鏘	472	礫	360	朧	379	鶴	213	闢	581	攢	91	【、】	
鏤	380	醴	356	騰	590	聲	379	鶺	187		759	竊	477
鏗	328	釀	312	臚	381	襪	502		222		497	癰	722
鏃	474	飄	450	籌	79	襬	360	【丿】		權	598	躅	313
鏌	417	馨	664	籍	251	齋	247	儷	360	懿	266	齋	247
鍛	520	騶	517	纂	817	【一】		儺	436	鑒	255	戀	363
颼	571	櫸	360	覺	316	攝	531	鐵	598	齎	392	攣	386
獲	750	櫨	381	觸	82	攜	661	鐺	69	霽	657	變	30
鯤	341	糯	229	釋	550	欄	346		104	驍	271	【一】	
【一】		顢	393		711	蠢	86	鐸	131	贄	674	攫	316
疆	268	【丨】		鐘	795	覽	346	鐳	313	彎	444	還	356
繮	268	勸	498	鐃	427	露	383	魑	73	欒	360	屨	690
繹	711	嚶	717	鐙	109	霸	9	鰥	191	酈	225	靨	698
繩	537	嚴	687	鐦	340	礩	239	鰭	431	鷙	793	驛	711
繡	672	巉	57	鐵	247	驅	493	【一】		【丨】		驗	690
繪	239	獻	650	鐃	503	驃	31	屬	558	顛	115	欒	229
繾	228	懸	677	纛	355		451		801	歡	227	【丨】	
隴	379	矍	316	【一】		聽	88	纏	57	疊	120	蕭	769
韜	588	嬰	717	繼	255	驂	45	纉	675	贖	558	蘿	390
韞	755	耀	696	纈	33	楓	31	纈	337	躑	786	蠱	187
鶩	638			譽	743	【丨】		屛	58	躓	793	顯	649
顙	517			譬	448	囁	431	鑫	355	齫	86	驚	302

A

a

阿 (1) ā ❶助詞，用於稱謂前。北朝民歌《木蘭辭》："～爺無大兒，木蘭無長兄。" ❷語氣詞，表示疑問、肯定、乞求、招呼等語氣，今作"啊"。元‧無名氏《劉弘嫁婢》："好苦惱～！好苦惱～！"
(2) ē ❶大土山。晉‧陶淵明《雜詩》："白日淪西～，素月出東嶺。" ❷彎曲處。漢‧班固《西都賦》："珊瑚碧樹，周～而生。" ❸曲從，迎合。《管子‧君臣下》："明君之道，能據法而不～。" ❹偏袒，徇私。宋‧王安石《與人書》："執事，正人也，不～其所好者。" ❺倚靠。宋‧蘇洵《木假山記》："雖其勢服於中峯，而岌然決無～附意。" ❻房屋的正梁。《周禮‧冬官考工記‧匠人》："王宮門～之制五雉。" ❼象聲詞。《老子》二十章："唯之與～，相去幾何？"

【阿芙蓉】ā fú róng　鴉片。清‧龔自珍《己亥雜詩》："碧紗櫥護～～～。"

【阿黨】ē dǎng　逢迎，結黨營私。《禮記‧月令》："（孟冬之月）是察～～，則罪無有掩蔽。"

【阿附】ē fù　❶依附。《漢書‧王尊傳》："丞相匡衡、御史大夫張譚皆～～畏事（石）顯。" ❷袒護附和。《新唐書‧李德裕傳》："（柔立）坐～～，貶南陽尉。"

【阿曲】ē qū　❶阿諛附和。唐‧韓愈《答呂毉（yī，同"醫"）人書》："其不肯～～以事人者灼灼明矣。" ❷誣枉不實。《舊唐書‧許敬宗傳》："敬宗自掌知國史，記事～～。" ❸偏袒。《魏書‧高道穆傳》："如二使～～，有不盡理……別加案檢。"

ai

哀 āi　❶憐憫。唐‧柳宗元《捕蛇者說》："君將～而生之乎？" ❷悲傷。清‧龔自珍《己亥雜詩》："萬馬齊瘖究可～。" ❸愛。《管子‧侈靡》："國雖弱，令必敬以～。" ❹父母之喪。《宋書‧張敷傳》："居～毀滅，孝道淳至。"

【哀哀】āi āi　悲傷不已的樣子。《詩經‧小雅‧蓼莪》："～～父母，生我劬（qú，勞苦）勞。"

【哀鴻】āi hóng　悲鳴的鴻雁，後喻指流離失所的人。清‧洪昇《長生殿‧收京》："流離滿室，～～滿路悲戚。"

【哀矜】āi jīn　憐憫。《論語‧子張》："如得其情，則～～而勿喜。"

【哀厲】āi lì　猶言淒厲，形容聲音尖銳而淒涼。三國魏‧曹植《洛神賦》："聲～～而彌長。"

埃 āi　塵土。《荀子‧勸學》："上食～土，下飲黃泉。"

欸 (1) āi　❶阿斥。 ❷歎息。戰國楚‧屈原《楚辭‧九章‧涉江》："乘鄂渚而反顧兮，～秋冬之緒風"
(2) ǎi　見"欸乃"。

【欸乃】ǎi nǎi　❶搖櫓聲。唐‧柳宗元《漁翁》："煙銷日出不見人，～一聲山水綠。" ❷划船時的歌聲。元‧鄭光祖《倩女離魂》："聽長笛一聲何處發，歌～～，櫓咿啞。" ❸泛指歌聲悠揚。宋‧葉適《靈巖》："歌聲妙～～，俎品窮蛤蠏。"

藹 ǎi ❶茂盛的樣子。戰國楚·宋玉《九辯》：「離芳～之方壯兮，余萎約而悲愁。」❷籠罩，佈滿。宋·林逋《寄上金陵馬右丞》：「神明佳政～余杭。」❸和善。見「藹如」。❹通「靄」，雲氣。南朝宋·顏延之《侍宴》：「山雲備卿～，池卉具靈變。」

【藹藹】 ǎi ǎi ❶茂盛的樣子。晉·陶淵明《和郭主簿》：「～～堂前林，中夏貯清陰。」❷香氣濃重的樣子。漢·劉向《九嘆》：「懷椒卿之～～兮，乃逢紛以罹詬。」❸雲霧彌漫的樣子。南朝宋·鮑照《採桑詩》：「～～霧滿閨，融融景盈幕。」❹溫和的樣子。明·徐霞客《徐霞客遊記·滇遊日記》：「相見～～。」

【藹如】 ǎi rú 和氣可親的樣子。唐·韓愈《答李翊書》：「仁義之人，其言～～也。」

靄 ǎi ❶雲氣，煙霧。宋·柳永《雨霖鈴》：「暮～沉沉楚天闊。」❷籠罩，繚繞的樣子。唐·元稹《落月》：「蚊聲～窗戶，螢火遶屋梁。」❸晦暗的樣子。唐·劉長卿《晚次湖口有懷》：「～然空水合，目極平江暮。」❹通「藹」，和氣的樣子。蘇曼殊《絳紗記》：「老人置其網，～然言曰：『客何謂而泣也？』」

【靄靄】 ǎi ǎi ❶雲煙密集的樣子。唐·張祜（hù）《夜雨》：「～～雲四黑，秋林響空堂。」❷昏暗的樣子。明·高啟《秋日江居寫懷》：「漁村～～緣江暗，農徑蕭蕭入圃斜。」❸同「藹藹」。

艾 （1）ài ❶植物名。《詩經·王風·采葛》：「彼采～兮，一日不見，如三歲兮。」❷借指綠色。《後漢書·董宣列傳》：「以宣嘗為二千石，賜～綬，葬以大夫禮。」❸蒼白色。清·汪中《自序》：「余玄髮未～，野性難馴。」❹年長，老，老人。《國語·召公諫弭謗》：「瞽史教誨，耆～修之。」❺美貌，美女。《孟子·萬章上》：「知好色則慕少～。」❻根絕，停止。《左傳·昭公元年》：「一世無道，國未～也。」❼養育，幫助。《國語·周語上》：「樹於有禮，～人必豐。」

（2）yì ❶通「刈」，割，亦指鐮刀。《墨子·備城門》：「城上九尺，一弩，一戟，一椎，一斧，一～。」❷通「乂」（yì），更正，治理，安定。《孟子·萬章上》：「太甲悔過，自怨自～。」❸通「乂」，安寧，寧息。《左傳·襄公九年》：「大勞未～。君子勞心，小人勞力。」❹通「乂」，因受懲而自誡。《史記·樂書》：「成王作頌，推己懲～。」

【艾艾】 ài ài 對口吃者的戲稱。南朝宋·劉義慶《世說新語·言語》：「鄧艾口吃，語稱～～。晉文王戲之曰：『卿云～～，定是幾艾？』曰：『鳳兮鳳兮，故是一鳳。』」

【艾服】 ài fú ❶年五十而從政為官者，亦泛指五十歲。宋·鄭俠《觀孔義甫與謝安仕詩有感》：「古人泣（lì，到）官政，五十曰～～。」❷泛指從政。《晉書·鄭沖傳》：「～～王事，六十餘載。」

阨 ài 見133頁è。

愛 ài ❶慈愛，仁愛。《左傳·昭公二十年》：「古之遺～也。」❷喜愛，愛。唐·韓愈《師說》：「～其子，擇師而教之。」❸愛護。《史

A

記·陳涉世家》：「吳廣素~人。」
❹ 憐惜，同情。《左傳·子魚論
戰》：「~其二毛，則如服焉。」❺ 捨
不得，吝嗇。《孟子·梁惠王上》：
「齊國雖褊（biǎn，狹小；狹隘）小，
吾何~一牛。」❻ 通「薆」，隱蔽，
躲藏。《詩經·邶（bèi，周朝國名）
風·靜女》：「~而不見，搔首踟躕
（chí chú，遲疑，要走不走的樣子）。」

【愛幸】ài xìng　寵愛。《史記·伍
子胥列傳》：「平王遂自取秦女而絕
~~之。」

隘 （1）ài ❶ 狹窄，狹小。《詩
經·大雅·生民》：「誕寘之~
巷，牛羊腓字之。」❷ 險要處。《左
傳·子魚論戰》：「勍（qíng，強）敵
之人，~而不列，天贊我也。」❸ 見
識短淺，偏狹。《孟子·公孫丑上》：
「伯夷~，柳下惠不恭。」❹ 通
「溢」，充盈，堆積。唐·杜甫《草
堂》：「城郭喜我來，賓客隘村墟。」

（2）è ❶ 窮困。《荀子·王
霸》：「生民則致貧~，使民則綦
（qí，很，極）勞苦。」❷ 通「阨」，
阻止，隔絕，限制。《左傳·子魚論
戰》：「古之為軍也，不以阻~也。」

【隘薄】ài bó ❶ 淺薄。《宋書·廬陵
孝獻王義真傳》：「靈運空疏，延之
~~。」❷ 輕視。清·吳敏樹《梅
伯言先生誄（lěi，哀悼死者的文章）
辭》：「而余頗亦好事，顧心竊~~
時賢，以為文必出於詞。」

【隘狹】ài xiá ❶ 險要狹窄。漢·劉
向《九嘆》：「阜~~而幽險兮。」
❷ 心胸、氣量狹窄。北齊·顏之推
《顏氏家訓·文章》：「路粹~~已
甚。」

噫 ài　見 700 頁 yī。

安 ān ❶ 安穩，安全，安寧。
清·陸士諤《馮婉貞》：「謝莊
遂~。」❷ 安身。《左傳·曹劌論
戰》：「衣食所~，弗敢專也。」❸ 安
置。宋·陸游《東陽道中》：「小吏
知人當著句，先~筆硯對溪山。」
❹ 撫慰，安撫。《資治通鑑》卷
六十五：「上下齊同，則宜撫~，與
結盟好。」❺ 安逸，安樂。《論語·
學而》：「君子食無求飽，居無求~。」
❻ 安於，習慣於。《論語·里仁》：
「仁者~仁。」❼ 誰。《史記·循吏列
傳》：「子產去我而死乎，民將~歸？」
❽ 甚麼。《孫子·篡卒》：「~信？信
賞。~敢？敢去不善。」❾ 哪裏。
《史記·項羽本紀》：「沛公~在？」
❿ 怎麼，表示反詰。《史記·屈原賈生
列傳》：「又~能以皓皓之白而蒙世俗
之溫蠖（wēn huò，昏瞆）乎？」《莊子·
逍遙遊》：「無所可用，~所困苦哉？」

【安安】ān ān ❶ 溫和的樣子。隋·
虞世基《講武賦》：「既搜揚於帝難，
又文思之~~。」❷ 徐緩的樣子。
《詩經·大雅·皇矣》：「執訊連連，
攸馘（guó，古代戰爭割取敵人左耳，
用以計數報功）~~。」❸ 安於環境
或習慣。唐·韓愈《與衛中行書》：
「不當~~而居，遲遲而來。」❹ 安
穩，平靜。宋·范仲淹《祭謝賓客
文》：「君子之器兮，~~而弗欹。」

【安堵】ān dǔ　也作「按堵」。安定，
安居。《史記·田單列傳》：「願無虜
掠吾族家妻妾，令~~。」

【安謐】ān mì　安定平靜。《東周列
國志》第七十回：「平王既即位，四
境~~。」

【安命】ān mìng　安於命運。南朝宋・鮑照《園葵賦》："蕩然任心，樂道～～。"

【安忍】ān rěn　殘忍。《魏書・崔暹(xiān)傳》："貪暴～～，民庶患之。"

【安所】ān suǒ ❶安居，生活安定。《史記・秦始皇本紀》："惠被諸產，久並來田，莫不～～。" ❷何處。《史記・循吏列傳》："欲令農士工女～～讎其貨乎？"

【安土】ān tǔ ❶安居本土。晉・潘岳《西征賦》："矧(shěn，況且)匹夫之～～，邈投身於鎬京。" ❷使地方安定。《史記・秦始皇本紀》："～～息民，以待其敝。" ❸安樂的地方。南朝梁・沈約《郊居賦》："違危邦而窘驚，訪～～而移即。"

【安席】ān xí ❶安睡。《戰國策・楚策一》："寡人臥不～～，食不甘味。" ❷安坐。《南齊書・劉瓛(jìn)傳》："殿下親執鸞刀，下官未敢～～。" ❸入坐時敬酒的一種禮節。《紅樓夢》第六十三回："我們還得輪流～～呢。"

庵　ān ❶圓形草屋。古人多用作字號或書齋名，如宋・陸游書齋名老學庵。宋・蘇軾《方山子傳》："～居蔬食，不與世間相聞。" ❷寺廟。多指尼姑所居。《紅樓夢》第九十三回："且說水月～中小女尼女道士等初到～中。"

諳　ān ❶熟悉，知道。唐・白居易《憶江南》："江南好，風景舊曾～。" ❷熟記，背誦。《南齊書・陸澄傳》："雖復一覽便～，然見卷軸未必全僕。"

【諳練】ān liàn ❶熟練，熟習。《晉書・刁協傳》："協久在中朝，～～舊事。" ❷老練，曉達。清・魏源

《聖武記》："今日召見，果安詳～～，明白誠實。"

【諳詳】ān xiáng　熟悉詳盡。唐・白居易《竹窗》："乃知前古人，言事頗～～。"

【諳曉】ān xiǎo　熟練通曉。《陳書・宗元饒傳》："元饒性公平，善持法，～～故事。"

岸　àn ❶水邊高出之地。《詩經・衞風・氓》："淇則有～。" ❷高，雄偉。《漢書・江充傳》："充為人魁～，容貌甚壯。" ❸嚴峻，高傲。《新唐書・仇士良傳》："李石輔政，稜稜有風～。"

按　àn ❶用手往下壓。《史記・絳侯周勃世家》："於是天子乃～轡徐行。" ❷抑止，遏止。晉・陸機《文賦》："思～之而逾深。" ❸依照。《商君書・君臣》："緣法而治，～功而賞。" ❹審察，考核。《漢書・賈誼傳》："驗之往古，～之當今之務。" ❺巡視，巡行。《史記・衞將軍驃騎列傳》："遂西定河南地，～榆谿(xī，同'溪')舊塞。" ❻擊。戰國楚・屈原《楚辭・招魂》："陳鐘～鼓，造新歌些。" ❼通"安"，見"安堵"。❽通"案"，几案。《太平廣記・沈羲傳》："數玉女持金～玉盃，來賜羲曰：'此是神丹……'"

【按兵】àn bīng　止兵，屯兵。《戰國策・齊策二》："故為君計者，不如～～勿出。"

【按察】àn chá　巡視，考察。唐・陳子昂《上蜀川安危事》："乃命御史一人，專在～～。"

【按問】àn wèn　追究審問。《漢書・王商傳》："初，大將軍鳳連昏楊肜為琅邪太守，其郡有災害十四，已上。商部屬～～。"

A

案 àn ❶ 有短腿的放食物的木托盤。《後漢書·梁鴻列傳》：“妻為具食，不敢於鴻前仰視，舉～齊眉。” ❷ 几桌，長桌。也指架起來的長方形木板。明·歸有光《項脊軒志》：“每移～，顧視無可置者。” ❸ 官府的文書、案卷。三國魏·嵇康《與山巨源絕交書》：“堆～盈几。” ❹ 向下壓或摁。宋·蘇洵《心術》：“祖褐（tǎn xī，脫衣露臂）而～劍。” ❺ 停止，止息。《三國志·蜀書·諸葛亮傳》：“何不一兵申甲。” ❻ 依據，按照。《荀子·不苟》：“國亂而治之者，非～亂而治之之謂也。” ❼ 考察，考核。漢·王充《論衡·問孔》：“～賢聖之言，上下多相違。” ❽ 巡察，巡視。《三國志·蜀書·諸葛亮傳》：“宣王～行其營壘處所。” ❾ 就，於是。《荀子·王制》：“財物積，國家～自富矣。”

◆ 案，按。“案”與“按”同音，除“案”的 ❶－❸ 義外，兩字多通用。

【案牘】 àn dú 官府文書。唐·劉禹錫《陋室銘》：“無絲竹之亂耳，無～～之勞形。”

【案首】 àn shǒu 明清時科舉考試，縣試、府試及院試的第一名稱為“案首”。清·吳敬梓《儒林外史》第十三回：“共考過六七個～～。”

【案圖】 àn tú 察看地圖。《史記·廉頗藺相如列傳》：“（秦王）召有司～～，指從此以往十五都予趙。”

暗 àn ❶ 光線不足，昏暗無光。唐·李白《古風五九首》之二四：“大車揚飛塵，亭午～阡陌。” ❷ 夜。唐·元稹《聞樂天左降江州司馬》：“垂死病中驚坐起，～風吹雨入寒窗。” ❸ 隱蔽，不顯露。唐·白居易《琵琶行》：“別有幽愁～恨生，此時無聲勝有聲。” ❹ 愚昧，昏庸。宋·蘇洵《辨姦論》：“非德宗之鄙～，亦何從而用之？” ❺ 默。宋·朱熹《熟讀精思》：“不可牽強～記。”

【暗香】 àn xiāng 幽香。宋·王安石《梅花》：“遙知不是雪，為有～～來。”

黯 àn ❶ 深黑色，昏暗無光。漢·王充《論衡·無形》：“老則膚黑，黑久則～，若有垢矣。” ❷ 心情沮喪。宋·范仲淹《蘇幕遮》：“～鄉魂，追旅思，夜夜除非，好夢留人睡。”

【黯然】 àn rán ❶ 昏暗不清的樣子。清·蒲松齡《聊齋志異·山市》：“又其上，則～～縹緲，不可計其層次矣。” ❷ 心神沮喪的樣子。南朝梁·江淹《別賦》：“～～銷魂者，惟別而已矣。” ❸ 黑的樣子。《史記·孔子世家》：“丘得其為人，～～而黑。”

ang

昂 áng ❶ 高，與“低”相對。清·譚嗣同《仁學》：“日平力，不低不～，適劑（調配）其平。” ❷ 抬起，仰起。宋·龐元英《談藪（sǒu，生長着很多草的湖）》：“黍熟頭低，麥熟頭～。”

【昂藏】 áng cáng ❶ 氣度宏大軒昂。宋·王安石《戲贈湛源》：“可惜～～一丈夫，生來不讀半行書。” ❷ 身體魁梧。明·瞿佑《歸田詩話》：“仲舉肢體～～。” ❸ 高峻。北魏·酈道元《水經注·淇水》：“石壁崇高，～～隱天。”

盎 àng ❶ 一種大腹小口的瓦器。《後漢書·逢(Páng)萌附傳》："首戴瓦～。" ❷ 充盈，表現。《孟子·盡心上》："見於面，～於背，施於四體。" ❸ 見"盎盎"。

【盎盎】àng àng　盛大、洋溢的樣子。唐·杜牧《〈李賀集〉序》："春之～～，不足為其和也。"

---

ao

敖 (1) áo ❶ 遊玩，遊逛。《商君書·墾令》："民不～，則業不敗。"《莊子·逍遙遊》："卑身而伏，以候～者。"("敖者"指出洞覓食遊玩的小動物)" ❷ 喧噪，喊叫。《荀子·彊國》："而日為亂人之道，百姓歡～。" ❸ 通"熬"，煎熬。《戰國策·魏策二》："易牙乃煎～燔炙，和調五味而進之。" ❹ 通"遨"，漫遊。《詩經·邶風·柏舟》："微我無酒，以～以遊。" ❺ 戲謔，放縱。《詩經·邶風·終風》："謔浪笑～，中心是悼。"

(2) ào 通"傲"，傲慢，驕傲。《詩經·小雅·桑扈》："彼交匪～，萬福來求。"

遨 áo 遊玩，遨遊。明·王守仁《瘞(yì，掩埋)旅文》："吾與爾～以嬉兮。" 唐·柳宗元《始得西山宴遊記》："攀援而登，箕踞而～。"("遨"指遊目四顧)。

熬 áo ❶ 烤乾。《周禮·地官司徒·舍人》："喪紀，共飯米、～穀。" ❷ 文火慢煮。唐·王建《隱者居》："何物中長食，胡麻慢火～。" ❸ 強忍，忍耐，苦捱。清·李漁《巧團圓》："難道孩兒～餓，也叫爹爹～餓不成。"

聱 áo 不聽別人意見。《新唐書·元結傳》："彼誚以～者，為其不相從聽。"

【聱牙】áo yá　語言艱澀。唐·韓愈《進學解》："周誥殷盤，佶屈～～。"

螯 áo ❶ 螃蟹等節肢動物的第一對腳，像鉗子，能開合，用來取食，自衛。《荀子·勸學》："蟹六跪而二～。" ❷ 螃蟹的代稱。宋·蘇軾《和穆父〈新涼〉詩》："紫～應已肥，白酒誰能勸？"

鏖 áo 激烈戰鬥。《漢書·霍去病傳》："合短兵，～皋蘭下。"

【鏖兵】áo bīng　激戰，苦戰。《三國演義》第四十七回："赤壁～～用火攻。"

囂 áo 見657頁xiāo。

夭 ǎo 見693頁yāo。

拗 (1) ǎo 折斷。《尉繚子·制談》："士卒相囂，～矢折矛抱戟。"

(2) ào 違反，不順。《紅樓夢》第三十五回："姑娘嫌～口，只單叫鶯兒。"

(3) niù ❶ 固執。宋·朱熹《朱子語類·論語二》："大概江西人好～。" ❷ 扭轉。明·馮夢龍《醒世恆言》第二十六卷："～他不過，只得依着。"

媼 ǎo ❶ 老年婦女。《戰國策·觸龍說趙太后》："老臣竊以為～之愛燕后賢於長安君。" ❷ 婦女的通稱。唐·韓愈《順宗實錄》："其餘悉以送酒～。"

坳 ào ❶ 低凹，地面窪下的地方。唐·杜甫《茅屋為秋風所破歌》：

"下者飄轉沈塘～。" ❷ 山間的谷地。清·王士禎（zhēn，吉祥）《見梅寄蕭亭山中》："老人峯下北山～，幾點梅花映斷橋。"

【坳堂】 ào táng　堂上低窪處。《莊子·逍遙遊》："覆杯水於～～之上，則芥為之舟。"

傲 ào　❶ 驕傲，傲慢。明·方孝孺《豫讓論》："驕必～，～必亡。" ❷ 輕慢，輕視。唐·韓愈《祭鱷魚文》："夫～天子之命吏，不聽其言。" ❸ 急躁。《荀子·勸學》："不問而告謂之～。"

【傲世】 ào shì　鄙視世俗和世人。《三國志·魏書·崔琰（yǎn，一種玉）傳》："有白琰此書～～怨謗者。"

【傲物】 ào wù　鄙視他人他物。唐·魏徵《諫太宗十思疏》："既得志，則縱情以～～。"

奧 ào　❶ 室內西南角，是古代尊者坐臥之處，也是祭神設牌位的地方。《論語·八佾（yì，古代樂舞的行列）》："與其媚於～，寧媚於竈（zào，灶）。" ❷ 深。唐·柳宗元《永州韋使君新堂記》："有石焉，翳（yì，遮蔽）於～草。" ❸ 隱深，深奧，微妙。明·劉基《司馬季主論卜》："僕未究其～也。" ❹ 濁。《漢書·王褒傳》："去卑辱～渫（xiè，污）而升本朝。"

【奧博】 ào bó　❶ 積蓄豐厚，富裕。北齊·顏之推《顏氏家訓·治家》："南陽有人，為生～～，性殊儉吝。" ❷ 學識淵深廣博。唐·白居易《與元九書》："以康樂之～～，多溺於山水。"

【奧略】 ào lüè　深遠的計謀。《晉書·劉弘傳》："其恢宏～～，鎮綏（suí，安撫）南海，以副推轂（gǔ，車輪的中心部分）之望焉。"

【奧趣】 ào qù　幽深的樂趣。唐·柳宗元《永州龍興寺東丘記》："水亭陋室，曲有～～。"

B

ba

八 bā ❶ 分開。漢・許慎《說文解字・八部》：“～，別也。”❷ 數詞。《國語・越語上》：“越人飾美女～人，納之太宰嚭(pǐ)。”

【八風】bā fēng　來自八方之風。《左傳・襄公二十九年》：“五聲和，～～平，節有度，守有序，盛德之所同也。”

【八荒】bā huāng　八方荒遠之地。漢・賈誼《過秦論》：“有席卷天下包舉宇內囊括四海之意，并吞～～之心。”

巴 bā ❶ 古代傳說中的一種大蛇。《山海經・海內南經》：“～蛇食象，三歲而出其骨。”❷ 靠近，緊挨着《西遊記》第五十六回：“前不～村，後不着店，那討香燭？”❸ 期待，盼望。宋・楊萬里《過沙頭》：“暗潮～到無人會，只有篙師識水痕。”

芭 bā ❶ 芭蕉。唐・韓愈《山石》：“昇堂坐階新雨足，～蕉葉大支子肥。”❷ 古書上一種香草名。戰國楚・屈原《楚辭・九歌・禮魂》：“成禮兮會鼓，傳～兮代舞。”

拔 bá ❶ 抽取，連根拽出。《三國演義・楊修之死》：“操躍起～劍斬之，復上牀睡。”❷ 挑選，選取。唐・李白《與韓荊州書》：“甄～三十餘人，或為侍中尚書。”❸ 超出，高出。《孟子・公孫丑上》：“出於其類，～乎其萃。”❹ 攻取。《史記・廉頗藺相如列傳》：“其後秦伐趙，～石城。”❺ 移易，動搖。宋・蘇軾《晁錯論》：“古之立大事者，

不惟有超世之才，亦必有堅忍不～之志。”❻ 解救，拯救。明・宋濂《閱江樓記》：“此朕～諸水火，而登於衽席（衽，rèn；衽席，古時睡覺用的蓆子，引申為寢處）者也。”

【拔羣】bá qún　超出眾人。《晉書・夏侯湛傳》：“弱年而入公朝，……進不能～～出萃，卻不能抗排當世。”

【拔身】bá shēn　脫身《晉書・周虓(xiāo)傳》：“(周)虓屬志貞亮，無愧古烈，未及～～，奄殞厥(jué，其，他的)命。”

【拔擢】bá zhuó　選拔提升。晉・李密《陳情表》：“今臣亡國賤俘，至微至陋，過蒙～～。”

跋 bá ❶ 踏，踩。唐・韓愈《進學解》：“～前躓(zhì，絆倒)後，動輒得咎。”❷ 踏草而行或越山過嶺。《左傳・昭公十二年》：“蓽路藍縷，以處草莽，～涉山林，以事天子。”❸ 火炬或燭燃盡的殘餘，即用手拿的部分。《禮記・曲禮上》：“燭不見～。”❹ 文體一種，寫在書或文後。

魃 bá　古代傳說中造成旱災的鬼。《詩經・大雅・雲漢》：“旱～為虐，如惔如焚。”

把 bǎ ❶ 執，抓握。宋・范仲淹《岳陽樓記》：“～酒臨風，其喜洋洋者矣。”❷ 控制，把持。《新五代史・宦者傳論》：“待其已信，然後懼以禍福而～持之。”❸ 看守，把守。《三國演義》第九十五回：“街亭有兵守～。”❹ 給。清・吳敬梓《儒林外史》第四十七回：“虞家小廝又悄悄的從後門叫了一個賣草的，～他四個錢。”❺ 量詞，一手所握的。❻ 介詞，將。宋・蘇軾《飲湖上初晴後雨》：“欲～西湖

比西子，淡妝濃抹總相宜。"

【把臂】bǎ bì ❶ 握人手臂，表示親密。《越絕書·記吳王占夢》："既成篇，即與妻～～而決。" ❷ 憑據，把柄。明·馮夢龍《醒世恆言》第八卷："萬一有些山高水低，有甚～～，那原聘還了一半，也算是他們忠厚了。"

【把袂】bǎ mèi　握袖，表示親昵。南朝梁·何遜《贈江長史別》："餞道出郊坰（jiǒng，野外），～～臨洲渚。"

【把捉】bǎ zhuō ❶ 糾結。唐·齊己《靈松歌》："老鱗枯節相～～。" ❷ 掌握，執着不放。宋·陳亮《甲辰秋答朱元晦書》："～～天地不定，成敗相乘，更無着手處。"

罷　(1) bà ❶ 放遣，免職。唐·韓愈《送楊少尹序》："中世士大夫，以官為家，～則無所于歸。" ❷ 停止。《論語·子罕》："夫子循循然善誘人，博我以文，約我以禮，欲～不能。" ❸ 完了，完畢。《史記·廉頗藺相如列傳》："既～歸國，以相如功大，拜為上卿。"

(2) pí ❶ 通"疲"，疲睏，軟弱。漢·賈誼《論積貯疏》："～夫羸老易子而咬其骨。" ❷ 敗，失敗。《商君書·畫策》："名卑地削，以至於亡者，何故？戰～者也。"

【罷羸】pí léi　軟弱。漢·王充《論衡·效力》："薦致之者，～～無力，遂卻退竄於巖穴矣。"

【罷軟】pí ruǎn　懦弱渙散，拖沓不振作。漢·賈誼《陳政事疏》："坐～～不勝任者，不謂之～～，曰'下官不職。'"

霸　bà ❶ 古代諸侯中勢力強盛國的諸侯王。《戰國策·范雎説

秦王》："伍子胥……卒興吳國，闔閭（hé lú，吳王名）為～。" ❷ 稱霸。《論語·憲問》："管仲相桓公，～諸侯，一匡天下。" ❸ 文采、才能等超絕過人。南朝梁·劉勰《文心雕龍·事類》："主佐合德，文采必～。"

---

bai

白　bái ❶ 白色。《論語·陽貨》："不曰～乎，涅（niè，染黑）而不緇。" ❷ 潔淨。《史記·屈原賈生列傳》："又安能以皓皓之～而蒙世俗之溫蠖乎！" ❸ 亮，明亮。宋·蘇軾《後赤壁賦》："月～風清，如此良夜何？" ❹ 清楚，明白。《戰國策·樂毅報燕王書》："臣恐侍御者之不察先王之所以畜幸臣之理，而又不～於臣之所以事先王之心。" ❺ 陳述，稟告。唐·韓愈《柳子厚墓誌銘》："遇有以夢得事上者，夢得於是改刺連州。" ❻ 通"杯"。明·張岱《湖心亭看雪》："拉余同飲，余強飲三大～而別。"

【白丁】bái dīng ❶ 平民，沒有功名的人。《隋書·李敏傳》："主曰：'李敏何官？'對曰：'一～～耳。'" ❷ 無文化教養的俗人。唐·劉禹錫《陋室銘》："談笑有鴻儒，往來無～～。"

【白刃】bái rèn　鋒利的刀。《禮記·中庸》："爵祿可辭也，～～可蹈也，中庸不可能也。"

【白文】bái wén ❶ 白色字文。《宋史·太宗紀一》："舒州上玄石，有～～曰：'丙子年出趙號二十一帝。'" ❷ 碑碣、鐘鼎或印章上面所鑄刻凹下的文字或花紋。明·陶宗儀《南村輟耕錄·印章制度》：

"漢晉印章，皆用～～。" ❸指有註解的書的正文，或有註釋的書不錄註釋只印正文的本子，如：《十三經～～》。

【白心】bái xīn ❶表明心願，使心得以明白澄清。《莊子·天下》："願天下之安寧以活民命，人我之養畢足而止，以此～～。" ❷純潔的心。唐·張九齡《酬宋使君見詒（yí，贈送）》："但願～～在，終然涅不緇。"

百 bǎi ❶數詞，十的十倍數。《孟子·梁惠王上》："～畝之田，勿奪其時，數口之家，可以無飢矣。" ❷概數，言其多，如：～家、～姓。宋·辛棄疾《青玉案·元夕》："眾裏尋他千～度，驀然回首，那人卻在，燈火闌珊處。" ❸百倍。《禮記·中庸》："人一能之，己～之。" ❹一切，凡。宋·李覯《袁州學記》："～爾器備，並手偕作。"

【百端】bǎi duān ❶多種多樣。《史記·龜策列傳》："至今上即位，博開藝能之路，悉延～～之學。" ❷種種感想。唐·韓愈《此日足可惜贈張籍》："思之不可見，～～在中腸。"

【百工】bǎi gōng ❶指各種工匠。唐·韓愈《師說》："巫、醫、樂師、～～之人，不恥相師。" ❷周代職官名，指主管建築營造等事的官。《周禮·冬官考工記》："國有六職，～～與居一焉。"

【百乘】bǎi shèng　百輛兵車。《戰國策·觸龍說趙太后》："於是為長安君約車～～，質於齊。"

【百越】bǎi yuè　古代南方越人的總稱，亦指其居住之地。漢·賈誼《過秦論》："南取～～之地，以為桂林、象郡。"

佰 (1) bǎi ❶古代軍隊編制單位，十人為什，百人為～。" ❷特指古代軍隊中統帥百人的長官。《史記·陳涉世家》："躡足行伍之間，俛（fǔ，同'俯'）仰仟～之中。" ❸通"百"，數詞，一百。

(2) mò　通"陌"，田界。《漢書·匡衡傳》："南以閩～為界。"

陌 bǎi　見 416 頁 mò。

捭 bǎi ❶兩手橫向對外旁擊。漢·許慎《說文解字·手部》："～，兩手擊也。" ❷通"擺"，擺動。唐·盧仝（tóng）《月蝕》："東方蒼龍角，插戟尾～風。"

【捭闔】bǎi hé　開合。戰國縱橫家游說之術，指分化和拉攏。《鬼谷子·捭闔》："～～者，道之大化，說之變也。"

擺 bǎi ❶撥開，排除。唐·杜甫《橋陵三十韻呈縣內諸官》："何當～俗累，浩蕩乘滄溟。" ❷排列，放置。《水滸傳》第三回："但是下口肉食，只顧將來～一桌子。" ❸搖晃，擺動。唐·杜牧《歎花》："如今風～花狼藉，綠葉成陰子滿枝。" ❹衣服前後幅的下端。

拜 bài ❶表示恭敬的一種禮節。後又作為行禮的統稱。《史記·孔子世家》："夫人自帷中再～，環佩玉聲璆（qiú，美玉）然。" ❷拜訪，拜見。《論語·陽貨》："孔子時其亡也，而往～之。"唐·杜甫《新婚別》："妾身未分明，何以～姑嫜（gū zhāng，婆婆和公公）。" ❸授官。《史記·廉頗藺相如列傳》："廉頗為趙將伐齊，大破之，取陽晉，～為上卿。" ❹奉，上。見"拜表"。 ❺敬詞，恭敬地。

唐·韓愈《送石處士序》："先生不告於妻子……～受書禮於門內。"

【拜表】**bài biǎo**　上奏章。晉·李密《陳情表》："臣不勝犬馬怖懼之情，謹～～以聞。"

【拜除】**bài chú**　授官。《後漢書·第五倫列傳》："其刺史、太守以下，～京師及道出洛陽者，宜皆召見。"

【拜命】**bài mìng**　❶謙稱不能完成所交付的使命。《左傳·莊公十一年》："又以為君憂，～～之辱。" ❷受命。多指拜官任職。唐·岑參《送顏平原》："吾兄鎮河朔，～～宣皇猷（yóu，計劃）。"

【拜手】**bài shǒu**　跪拜禮的一種。跪後兩手相拱至地，俯首至手。《尚書·虞書·益稷》："皋陶～～稽首。"

【拜帖】**bài tiě**　拜訪別人時所用的名帖。明·張萱《疑耀》卷四："古人書啟往來及姓名相通，皆以竹木為之，所謂刺（cì，名片）也……今之～～用紙，蓋起於熙寧也。"

敗 **bài**　❶滅亡，毀滅。《孟子·離婁上》："不仁而可與言，則何亡國～家之有？" ❷毀壞，破損。宋·陸游《久雨喜晴十韻》："蠹魚（dù yú，蟲名，會蛀蝕衣物、書籍）～書編，萍草黏泥半。" ❸破爛，破舊。唐·韓愈《進學解》："牛溲（niú sōu，即牛遺，車前草的別名）馬勃，～鼓之皮，俱收並蓄。" ❹凋殘，衰朽。宋·歐陽修《秋聲賦》："其所以摧～零落者，乃其一氣之餘烈。" ❺失敗。和"勝"、"成"相對。漢·賈誼《過秦論》："然而成～異變，功業相反也。" ❻打敗。《國語·越語上》："是故～吳於囿，又～之於沒，又郊～之。" ❼腐爛，變質。《論語·鄉黨》："魚餒（něi，魚腐爛）而肉～，不食。" ❽不好，惡。《國語·召公諫弭謗》："行善而備～，所以阜財用衣食者也。" ❾解除，消除。漢·賈誼《過秦論》："於是從散約～，爭割地而賂秦。"

【敗績】**bài jì**　❶軍隊潰敗。《左傳·子魚論戰》："既陳而後擊之，宋師～～。" ❷事業失敗、失利。唐·柳宗元《梓（zǐ，木匠）人傳》："猶梓人而不知繩墨之曲直，……以至～～，用而無所成也。"

稗 **bài**　❶一年生草本植物，葉似稻，雜生於稻田中。《孟子·告子上》："五穀者，種之美者也；苟為不熟，不如荑（tí，稗類，結實甚小）～。" ❷微小的，非正式的。見"稗官"、"稗史"。

【稗官】**bài guān**　小官。《漢書·藝文志》："小說家者流，蓋出於～～。"

【稗史】**bài shǐ**　記錄逸聞瑣事之書，有別於正史，故稱"～～"。

---

ban

扳 （1）**bān**　❶撥動，拉。宋·王安石《傷仲永》："父利其然也，日～仲永環謁於邑人，不使學。" ❷扭轉，回轉《新唐書·則天武皇后》："帝謂能奉己，故～公議立之。"

　　（2）**pān**　❶通"攀"，攀援。明·王守仁《瘞旅文》："夫衝冒霜露，～援崖壁。" ❷攀附《公羊傳·隱公元年》："隱長又賢，諸大夫～隱而立之。" ❸挽。明·歸有光《吳山圖記》："君之為縣有惠愛，百姓～留之不能得。"

班 bān ❶ 發還瑞玉（瑞玉是古代玉質的信物，中分為二，各執一以為信）。《尚書·虞書·舜典》：“～瑞于羣后。”❷ 分給，賞賜。《國語·周語中》：“而～先王之大物以賞私德。”❸ 等同，平列。《孟子·公孫丑上》：“伯夷、伊尹於孔子，若是～乎？”❹ 排列。《孟子·萬章下》：“周室～爵祿也，如之何？”❺ 回，還。見“班師”。❻ 依行業組合的人羣。《水滸傳》第五十八回：“使棍的軍～領袖，使鞭的將種堪誇。”

【班行】bān háng ❶ 按位次排列。《三國志·魏書·田疇傳》：“～～其眾，眾皆便之。”❷ 班列，位次。唐·元稹《寄隱客》：“～～次第立，朱紫相參差。”

【班馬】bān mǎ 載人離去的馬。李白《送友人》：“揮手自茲去，蕭蕭～～鳴。”

【班師】bān shī 出征的軍隊列隊返回。《三國演義》第七十二回：“隨將修屍收回厚葬，就令～～。”

斑 bān ❶ 雜色花紋或斑點。明·歸有光《項脊軒志》：“桂影斑駁，風移影動，珊珊可愛。”❷ 頭髮花白。唐·獨孤及《和大夫秋夜書情即事》：“方知秋興作，非惜二毛～。”

【斑竹】見 352 頁“淚竹”。

頒 bān ❶ 發佈，發下。《周禮·春官宗伯·大史》：“正歲年以序事，～之於官府及都鄙。”❷ 分賞，賞賜。《周禮·天官冢宰·宮伯》：“以時～其衣裘。”❸ 通“斑”，鬢髮花白。見“頒白”。

【頒白】bān bái 鬢髮花白。《孟子·梁惠王上》：“～～者不負戴於道路矣。”

阪 bǎn 山坡，斜坡。《漢書·蒯（Kuǎi）通傳》：“必相率而降，猶如～上走丸也。”

版 bǎn ❶ 木板。宋·司馬光《諫院題名記》：“慶曆中，錢君始書其名於～。”❷ 築土牆用的夾板。《左傳·燭之武退秦師》：“朝濟而夕設～焉，君之所知也。”❸ 古時書寫用的木片，後也指書籍。《管子·宙合》：“故退身不舍端，修業不息～。”❹ 國家的圖籍。《論語·鄉黨》：“凶服者式之。式負～者（凶服，喪服；負版，背負版圖）。”❺ 古代官吏上朝用的笏（hù，一種狹長的板子）。《後漢書·范滂列傳》：“滂懷恨，投～棄官而去。”

【版蕩】bǎn dàng 同“板蕩”。《詩經·大雅》有《板蕩》篇，譏刺周厲王無道，敗壞國家。後指政局、社會動盪變亂。《梁書·劉峻傳》：“自金行不競，天地～～。”

【版圖】bǎn tú ❶ 戶籍和地圖。《周禮·天官冢宰·小宰》：“聽閭里以～～。”❷ 領土。宋·岳飛《五嶽祠盟記》：“迎二聖歸京闕，取故地上～～，朝廷無虞，主上奠枕，余之願也。”

【版築】bǎn zhù ❶ 兩種築土牆的工具。《孟子·告子下》：“舜發於畎畝（quǎn mǔ，田間）之中，傅説舉於～～之間。”❷ 築土牆。用兩板相夾，以泥土置其中，用杵舂實。唐·杜甫《泥功山》：“泥濘非一時，～～勞人功。”

半 bàn ❶ 二分之一。宋·蘇軾《賈誼論》：“彼其匹夫略有天下之～，其以此哉！”❷ 中間。唐·白居易《花非花》：“花非花，霧非霧，夜～來，天明去。"❸ 表約數，相當於"部分"。唐‧杜甫《贈花卿》："錦城絲管日紛紛，～入江風～入雲。"❹ 比喻很少。《史記‧魏公子列傳》："今吾且死，而侯生曾無一言一辭送我，我豈有所失哉？"

伴 bàn ❶ 伴侶。北朝民歌《木蘭辭》："出門看火～，火～皆驚惶。"❷ 陪同，依隨。唐‧李白《月下獨酌》："暫～月將影，行樂須及春。"

辦 bàn ❶ 治理，辦理。《史記‧項羽本紀》："每吳中有大徭役及喪，項梁常為主～。"❷ 處罰，懲治。《三國志‧蜀書‧費禕傳》："君信可人，必能～賊者也。"

【辦治】bàn zhì　治政有方。《宋史‧沈立傳》："（沈立）居職～～，加賜金，數詔嘉之。"

---

bang

邦 bāng ❶ 國。《論語‧公冶長》："～有道，不廢；～無道，免於刑戮。"❷ 封，分封。唐‧柳宗元《封建論》："周有天下，裂土田而瓜分之，設五等，～羣后。"

【邦畿】bāng jī ❶ 國境。《詩經‧商頌‧玄鳥》："～～千里，維民所止。"❷ 國家。明‧梁辰魚《浣紗記‧寄子》："側聞吳國召戎衣，何日裏靜～～。"

【邦治】bāng zhì　國家的政事。《周禮‧天官冢宰》："乃立天官冢宰，使帥其屬，而掌～～。"

榜 (1) bǎng ❶ 木片，木板。《宋書‧鄧琬傳》："材板不周，計無所出，會琬送五千片～供胡軍用。"❷ 匾額。唐‧白居易《兩朱閣》："寺門敕～金字書，尼院佛庭寬有餘。"❸ 公開張貼的文書。宋‧洪邁《容齋續筆》卷十："～至三日，山中之民競出如歸市。"

(2) bàng ❶ 槳，划船的工具。戰國楚‧屈原《楚辭‧九章‧涉江》："乘舲船（líng chuán，有窗的小船）余上沅兮，齊吳～以擊汰（水波）。"❷ 鞭打。漢‧司馬遷《報任安書》："今交手足，受木索，暴肌膚，受～箠（chuí，指鞭打），幽於圜牆之中。"

旁 bàng　見 441 頁 páng。

傍 (1) bàng　靠近，依附。唐‧柳宗元《漁翁》："漁翁夜～西巖宿，曉汲清湘燃楚竹。"北朝民歌《木蘭辭》："兩兔～地走，安能辨我是雄雌。"

(2) páng　通"旁"，旁邊。《史記‧滑稽列傳》："賜酒大王之前，執法在～，御史在後。"

謗 bàng ❶ 譏謗，誹謗。《史記‧屈原賈生列傳》："信而見疑，忠而被～，能無怨乎？"❷ 公開指責別人的過失。《戰國策‧鄒忌諷齊王納諫》："能～議於市朝，聞寡人之耳者，受下賞。"

◆ 謗、誹、譏。"謗"指公開指責，甚至惡意攻擊；"誹"指背地裏指責別人的過失或錯誤；"譏"指微言譏諷，指責的程度輕些。

【謗讒】bàng chán　誹謗和讒言。宋‧王安石《答王深甫書》之三："又不能遠引以避小人之～～。"

【謗誚】bàng qiào　指責譏誚。《三國志‧魏書‧曹爽傳》："下使愚臣免於～～。"

B

【謗訕】bàng shàn　誹謗譏刺。《漢書·淮陽憲王劉欽傳》："非毀政治、~~天子。"

【謗書】bàng shū　❶誹謗和攻擊他人的書信。《戰國策·秦策二》："樂羊反而語功，文侯示之~~一篋。"❷代指《史記》。《後漢書·蔡邕（yōng）列傳》："昔武帝不殺司馬遷，使作~~，流於後世。"後泛指有直言指責或譏謗內容的史傳、小説等。

---

bao

包　bāo　❶裹，裹紮。清·吳敬梓《儒林外史》第三回："順便~了兩錠，叫胡屠戶進來。"❷包含，容納。《左傳·昭公元年》："將恃大國之安靖已，而無乃一~藏禍心以圖之。"❸據有，佔有。秦·李斯《諫逐客書》："~九夷，制鄢（yān，地名）郢（yǐng，地名），東據成皋之險。"❹

【包荒】bāo huāng　包含荒穢。後指能夠容忍。唐·李白《雪讒詩贈友人》："~~匿瑕，蓄此頑丑。"

【包舉】bāo jǔ　統括，全部佔有。漢·賈誼《過秦論》："有席卷天下~~宇內囊括四海之意，并吞八荒之心。"

【包茅】bāo máo　束成捆的菁茅，用於祭祀時濾酒去渣。《左傳·齊桓公伐楚盟屈完》："爾貢~~不入，王祭不共，無以縮酒，寡人是徵。"

苞　bāo　❶草名，可製蓆子和草鞋。《史記·司馬相如列傳》："其高燥則生葳（zhēn）~荔，薛莎青薠（fán，草名）。"❷包在小葉片中尚未開放的花骨朵，如：含~

待放。"❸叢生，茂盛。《詩經·唐風·鴇羽》（bǎo，一種鳥）羽》："肅肅鴇羽，集於~栩。"

褒　bāo　❶衣襟寬大。《新唐書·禮樂志》："舞者高冠方履，~衣博帶。"❷嘉獎，表揚。《史記·太史公自序》："《春秋》采善貶惡，推三代之德，~周室，非獨刺譏而已也。"

【褒歎】bāo tàn　❶嘉獎稱讚。《後漢書·淳于恭列傳》："詔書~~，賜穀千斛，刻石昆閭。"❷誇耀吹噓。《資治通鑑》卷七十一："合黨連羣，互相~~。"

保　bǎo　❶養育，護養。《孟子·滕文公上》："儒者之道，古之人若~赤子。"❷安。《孟子·梁惠王上》："~民而王，莫之能禦也。"❸保護，保佑，庇護。《禮記·大學》："以能~我子孫黎民，尚亦有利哉！"❹守衛，防守。《左傳·僖公二十六年》："我敝邑用不敢~~聚。"❺據有，佔有。明·歸有光《滄浪亭記》："~有吳越，國富兵強，垂及四世。"

堡　bǎo　小城，多用於軍事防禦。明·魏禧《大鐵椎傳》："將至鬥處，送宋將軍空~上。"

葆　bǎo　❶草木茂盛。《漢書·燕刺王劉旦傳》："當此之時，頭如蓬~。"❷車蓋。《禮記·雜記下》："匠人執羽~御柩（jiù，裝有屍體的棺材）。"❸通"保"，保護，保衛。《墨子·號令》："諸卒民居城上者，各~其左右。"❹珍藏。《史記·留侯世家》："果見穀城山下黃石，取而~祠之。"

【葆命】bǎo mìng　天命。《史記·魯周公世家》："無墜天之降~~。"

褓 bǎo ❶裹蓋嬰兒用的小被子。明·劉績《征夫詞》:"欲慰泉下魂,但視～中兒。"❷指嬰兒時期或撫育嬰兒。《史記·司馬相如列傳》:"是以業隆於繈～而崇冠於二后。"

寶 bǎo ❶珍貴物品。《戰國策·樂毅報燕王書》:"珠玉財～,車甲珍器,盡收入燕。"❷印信符璽。《新唐書·車服志》:"至武后,改諸璽皆為～。"❸珍貴的,華美的。唐·李華《弔古戰場文》:"白刃交兮～刀折,兩軍蹙兮生死決。"❹珍愛,珍重。《國語·楚語下》:"明王聖人能制議百物,以輔相國家,則～之。"❺善道,美德。《論語·陽貨》:"懷其～而迷其邦,可謂仁乎?"

抱 bào ❶懷藏。唐·韓愈《與于襄陽書》:"側聞閣(gé,同'閣')下～不世之才,特立而獨行。"❷持守。《史記·游俠列傳》:"今拘學或～咫尺之義,久孤於世。"❸帶着,背負。漢·司馬遷《報任安書》:"今少卿～不測之罪。"❹以雙臂合圍持物。宋·蘇洵《六國論》:"以地事秦,猶～薪救火,薪不盡,火不滅。"❺環繞。唐·杜牧《阿房宮賦》:"各～地勢,鈎心鬥角。"❻量詞,表示兩臂合圍的數量。《史記·司馬相如列傳》:"豫章女貞,長千仞,大連～。"

【抱樸】bào pǔ 守其本真,不為物欲所誘惑。《老子》十九章:"見素～～,少私寡欲。"

【抱恙】bào yàng 抱病。明·唐順之《咨總督都御史胡》:"貴院以～～初愈不及自行本司監督以往。"

報 bào ❶判罪,審判。《韓非子·五蠹》:"以為直於君而曲於父,～而罪之。"❷報答,報酬。三國蜀·諸葛亮《出師表》:"蓋追先帝之殊遇,欲～之於陛下也。"❸古祭名,為報答神靈恩賜而舉行的祭祀。《國語·魯語上》:"凡禘(dì,古代一種祭祀)、郊、祖、宗、～,此五者國之典祀也。"❹告知,報告。《史記·項羽本紀》:"於是項伯復夜去,至軍中,具以沛公言～項王。"❺報應,指人的行為所獲得的必然應驗。宋·蘇軾《三槐堂銘》:"善惡之～,至於子孫,則其定也久矣。"❻報復。《國語·越語上》:"子而思～父母之仇,臣而思～君之仇,其有敢不盡力者乎?"❼答覆。《史記·廉頗藺相如列傳》:"計未定,求人可使～秦者,未得。"

【報子】bào zi 報告消息的人。清·吳敬梓《儒林外史》第三回:"你中了舉人,叫你回家去打發～～哩。"

暴(1) bào ❶暴露,顯示。《孟子·萬章上》:"昔者,堯薦舜於天,而天受之;～之於民,而民受之。"❷兇殘,殘暴。《史記·陳涉世家》:"伐無道,誅～秦。"❸損害,糟蹋。《禮記·王制》:"田(田獵,打獵)不以禮曰～天物。"❹欺凌,侵害。《漢書·景帝令二千石修職詔》:"彊毋攘弱,眾毋～寡。"❺猛烈,急促。《水經注·江水》:"其水並峻激奔～,魚鱉所不能游。"❻急躁。漢樂府《孔雀東南飛》:"我有親父兄,性行～如雷。"❼徒手搏擊。《論語·述而》:"～虎(暴虎,空手打虎)馮河(píng hé,徒步涉水過河),死而無悔者,吾不與也。"❽副詞,突然。清·蒲松齡《聊齋志異·狼》:"屠～起,以刀劈狼首,又數刀斃之。"

(2) pù　曬。《孟子・滕文公上》:"江漢以濯之,秋陽以~之。"《荀子・勸學》:"雖有槁~,不復挺者,輮使之也。"

【暴骨】pù gǔ　暴露屍骨,指死於野外。明·王守仁《瘞旅文》:"念其~~無主,將二童子持畚鍤(běn chā,挖運泥土的工具)往瘞之。"

---

bei

陂 (1) bēi　❶ 山坡,斜坡。《戰國策·莊辛論幸臣》:"因是以南游乎高~,北陵乎巫山。"❷ 堤壩,田界。宋·蘇軾《放鶴亭記》:"或立於~田,或翔於雲表。"❸ 壅塞。《國語·周語中》:"澤不~,川不梁。"❹ 旁邊,邊界。《國語·越語下》:"故濱於東海之~。"
(2) bì　邪惡,不正。《荀子·成相》:"讒人罔極,險~傾側此之疑。"
(3) pí　見"陂池"。

【陂池】pí chí　池塘,池沼。《戰國策·魯共公擇言》:"後世必有以高臺~~亡其國者。"

卑 bēi　❶ 身份或職位低下。《孟子·梁惠王下》:"國君進賢,如不得已,將使~踰尊,疏踰戚,可不慎與?"❷ 地勢低下。《禮記·中庸》:"君子之道,辟如行遠必自邇,辟如登高必自~。"❸ 低劣,瘦弱。見"卑鄙"。明·袁宏道《徐文長傳》:"雖其體格,時有一者,然匠心獨出,有王者氣。"❹ 輕視,鄙薄。《左傳·僖公二十三年》:"秦、晉匹也,何以~我?"❺ 謙恭,謙卑。《穀梁傳·僖公二年》:"晉國之使者,其辭~而幣重,必

不便於虞。"❻ 衰微。《左傳·隱公十一年》:"吾先君新邑於此,王室而既~矣,周之子孫,日失其序。"❼ 微小。《孟子·公孫丑上》:"管仲得君……功烈如彼其~也。"

【卑鄙】bēi bǐ　❶ 低微鄙陋。三國蜀·諸葛亮《出師表》:"先帝不以臣~,猥自枉屈,三顧臣於草廬之中。"❷ 低下粗俗。清·陳廷焯《白雨齋詞話》:"詞中如劉改之輩,詞本~~。"❸ 品行、言行低級卑劣。清·沈復《浮生六記·浪遊記快》:"見熱鬧場中~~之狀不堪入目,因易儒為賈。"

【卑薄】bēi bó　地位低下卑微。唐·元稹《告贈皇考皇妣文》:"而猶~~儉貧。"

埤 見 447 頁 pí。

悲 bēi　❶ 哀痛,傷心。《戰國策·觸龍說趙太后》:"媼之送燕后也,持其踵為之泣,念~其遠也,亦哀之矣。"❷ 憐憫,慈悲。唐·王勃《滕王閣序》:"關山難越,誰~失路之人?"❸ 眷念,悵望。唐·溫庭筠《商山早行》:"晨起動征鐸(duó,古代宣佈政教法令或有戰事時用的大鈴),客行~故鄉。"

【悲摧】bēi cuī　哀傷,悲傷。漢樂府《孔雀東南飛》:"蘭芝慚阿母,兒實無罪過。阿母大~~!"

碑 bēi　❶ 古代立於宮、廟前用來觀測日影及拴牲畜的豎石。《禮記·祭義》:"君牽牲,……既入廟門,麗(拴)於~。"❷ 刻着文字和圖案,豎立以為紀念物或標記的石頭。宋·王安石《遊褒禪山記》:"距洞百餘步,有~仆道,其文漫滅。"

【碑碣】bēi jié　碑刻的總稱。方者為

碑，圓者為碣。南朝梁‧劉勰《文心雕龍‧誄碑》："自後漢以來，～～雲起。"

北 (1) běi ❶ 方位名，與"南"相對。漢‧賈誼《過秦論》："東割膏腴之地，～收要害之郡。"❷ 軍隊潰敗。後也泛指失敗。《史記‧項羽本紀》："未嘗敗～，遂霸有天下。"❸ 敗逃者。漢‧賈誼《過秦論》："追亡逐～，伏尸百萬。"

(2) bèi 通"背"，背離，相背。《戰國策‧齊策六》："食人炊骨，士無反～之心。"

【北鄙】běi bǐ 國家的北部邊境地區。《左傳‧鄭伯克段於鄢》："既而大叔命西鄙、～～貳於己。"

【北辰】běi chén 北極星。《論語‧為政》："為政以德，譬如～～居其所而眾星共（同'拱'，環抱）之。"

【北邙】běi máng 山名，在今河南省洛陽市東北。漢魏以來，王侯公卿貴族多葬於此地，後因以北邙泛稱墓地。晉‧陶淵明《擬古》："一旦百歲後，相與還～～。"

【北門】běi mén ❶《詩經‧邶風》中的篇名，表達了忠臣不得其志的苦悶，後用來比喻懷才不遇。南朝宋‧劉義慶《世說新語‧言語》："～～之歎，久已上聞。"❷ 羽林諸將。唐代禁軍駐守在皇宮內北面，故名。《唐史演義》第三十六回："～～南牙（指宰相，因唐宰相官署在皇宮內南面。），同心協力。"

【北冥】běi míng 北海。《莊子‧逍遙遊》："～～有魚，其名為鯤。"

【北闕】běi què 古代宮殿北面的門樓，大臣在此處等候朝見或上書奏事，後用來指稱朝廷或帝王宮禁。

漢‧李陵《答蘇武書》："還向～～，使刀筆之吏，弄其文墨耶。"

【北堂】běi táng 指母親的居室，後用以代稱母親。唐‧李白《贈歷陽褚（Chǔ）司馬》："～～千萬壽，侍奉有光輝。"

貝 bèi ❶ 蛤螺類有殼軟體動物的統稱。《史記‧司馬相如列傳》："罔玳瑁，鉤紫～。"❷ 古代貨幣。《漢書‧食貨志下》："小～……率枚直錢三。"

怫 bèi 見157頁fú。

背 (1) bèi ❶ 脊背。《莊子‧逍遙遊》："鵬之～，不知其幾千里也。"❷ 物體的後面或反面。明‧魏學洢（yī）《核舟記》："其船～稍夷，則題名其上。"❸ 以背對着。《周禮‧秋官司寇‧司儀》："不正其主面，亦不～客。"❹ 違反，違背。《漢書‧食貨志上》："今～本而趨末，食者甚眾，是天下之大殘也。"❺ 背叛。《史記‧項羽本紀》："請往謂項伯，言沛公不敢～項王也。"❻ 離別，拋棄。晉‧李密《陳情表》："生孩六月，慈父見～。"

(2) bēi 用脊背馱負。清‧吳敬梓《儒林外史》第三回："有拿白酒來的，也有～了斗米來的。"

【背馳】bèi chí 背道而馳。比喻方向相反或意見相左。唐‧柳宗元《〈楊評事文集〉後序》："其餘各探一隅，相與～～於道者。"

倍 bèi ❶ 違背，背叛。《禮記‧大學》："上恤孤而民不～，是以君子有絜（xié，衡量）矩之道也。"❷ 背向。《史記‧淮陰侯列傳》："兵法右～山陵，前左水澤。"❸ 增加和原數相等的數。《孟

B

子·公孫丑上》："故事半古之人，功必～之，惟此時為然。" ❹ 更加，加倍。唐·王維《九月九日憶山東兄弟》："獨在異鄉為異客，每逢佳節～思親。"

【倍日】bèi rì　一天趕兩天的路程。《史記·孫子吳起列傳》："與其輕銳～～并行逐之。"

【倍蓰】bèi xǐ　一倍和五倍。《孟子·滕文公上》："或相～～，或相什百，或相千萬。"

悖 (1) bèi　❶ 迷惑，惑亂。《管子·度地》："寡人～，不知四害之服奈何？" ❷ 違背，違反。《禮記·中庸》："萬物並育而不相害，道並行而不相～。" ❸ 叛亂。《左傳·僖公三十二年》："勤而無所，必有～心。" ❹ 謬誤，荒謬。《公孫龍子·白馬》："此天下之一言亂詞也。" ❺ 掩蔽。《莊子·胠篋(qū qiè，從旁開箱子)》："故上～日月之明，下爍(shuò，銷毀)山川之精，中墜四時之施。"
(2) bó　通"勃"，興盛的樣子。《左傳·莊公十一年》："禹湯罪己，其興也～焉。"

【悖慢】bèi màn　違逆傲慢。《後漢書·南匈奴列傳》："而單于驕倨，自比冒頓，對使者辭語～～。"

【悖謬】bèi miù　荒謬，措施失當。《淮南子·泰族訓》："治由文理，則無～～之事矣。"

被 (1) bèi　❶ 被子。《三國演義·楊修之死》："一日晝寢帳中，落～於地。" ❷ 覆蓋。戰國楚·屈原《楚辭·招魂》："皋蘭～徑兮，斯路漸(淹沒)。" ❸ 受，遭受。《史記·屈原賈生列傳》："信而見疑，忠而～謗，能無怨乎？" ❹ 介詞，

用於被動句。宋·蘇軾《水龍吟·次韻章質夫楊花詞》："夢隨風萬里，尋郎去處，又還～～，鶯呼起。"
(2) pī　❶ 穿着。明·宋濂《送東陽馬生序》："同舍生皆～綺繡，戴朱纓寶飾之帽，腰白玉之環。" ❷ 散開，分散。《史記·屈原賈生列傳》："屈原至於江濱，～髮行吟澤畔。"

備 bèi　❶ 完備，齊備。《荀子·勸學》："積善成德，而神明自得，聖心～焉。" ❷ 完全，盡。宋·范仲淹《岳陽樓記》："前人之述～矣。" ❸ 預備，準備。《尚書·說命中》："惟事事，乃有其～，有～無患。" ❹ 防備，戒備。《國語·周語上》："行善而～敗，其所以阜財用衣食者也。" ❺ 設備，裝備。《國語·周語上》："於是乎有刑罰之辟，有攻伐之兵，有征討之～，有威讓之令，有文告之辭。" ❻ 條件。《韓非子·難四》："群臣之未起難也，其～未具也。" ❼ 滿足，豐足。《荀子·禮論》："故雖～家，必逾日然後能殯，三日而成服。" ❽ 充數，充任。《漢書·楊敞傳》："幸賴先人余業，得～宿衛。"

【備具】bèi jù　完全齊備，一應齊備。《史記·平原君虞卿列傳》："約與食客門下有勇力文武～～者二十人偕。"

【備位】bèi wèi　謙詞，指聊以充數，徒佔其位。《漢書·魏相傳》："臣相幸得～～。"

輩 bèi　❶ 百輛車，又指分行列的車隊。漢·許慎《說文解字·車部》："～，若軍發車百輛為一～。"宋·戴侗《六書故》："車以列分為～。" ❷ 等，類。明·張岱《西湖七月半》："吾～往通聲氣，拉與同

坐。"❸輩分，行輩。《晉書·吐谷渾傳》："當在汝之子孫～耳。"❹比。《後漢書·循吏列傳》："時人以～前世趙（廣漢）張（敵）。"

億 bèi　疲乏，困頓。明·王守仁《瘞旅文》："飢渴勞頓，筋骨疲～。"

---

ben

奔 (1) bēn　❶快跑，急馳。唐·李白《將進酒》："君不見黃河之水天上來，～流到海不復回。"❷逃跑，流亡。《左傳·鄭伯克段於鄢》："五月辛丑，大叔出～共。"❸逃跑者，流亡者。漢·李陵《答蘇武書》："追～逐北，滅跡掃塵。"❹舊稱女子沒有通過正當婚約而私自與男子結合。《禮記·內則》："聘則為妻，～則為妾。"❺崩落，崩陷。明·袁宏道《徐文長傳》："其所見山～海立，沙起雷行。"

　　(2) bèn　走向，投奔。《漢書·衛青傳》："遂將其餘騎可八百～降單于。"

【奔北】bēn běi　臨陣脫逃。《漢書·王尊傳》："屬～～之吏，起沮傷之氣。"

【奔突】bēn tū　奔馳衝突。《後漢書·楊璿列傳》："（布）然馬驚，～～賊陣。"

【奔逸】bēn yì　快跑。《莊子·田子方》："夫子～～絕塵，而回（指孔子的學生顏回）瞠乎後矣。"

賁 (1) bēn　同"奔"，奔走。《孟子·盡心下》："武王之伐殷也，革車三百兩，虎～（如老虎一般奔走的勇士）三千人。"

　　(2) bì　❶裝飾，文飾。《尚書·商書·湯誥》："天命弗僭（cǎn，

同'慘'），～若草木。"❷華美，光彩。《詩經·小雅·白駒》："皎皎白駒，～然來思。"

本 běn　❶草木的根或莖幹。《國語·晉語一》："伐木不自其～，必復生。"《莊子·逍遙遊》："吾有大樹，人謂之樗，其大～擁腫而不中繩墨。"❷事物的起始、根源。《史記·屈原賈生列傳》："父母者，人之～也。"❸事物的基礎或主體，又特指農桑。《論語·學而》："君子務～，～立而道生。"❹原來的，固有的。《孟子·告子上》："此之謂失其～心。"❺自己或自己方面的。唐·杜甫《相從歌》："梓州豪俊大者誰，～州從事知名久。"❻根據，依照。宋·歐陽修《縱囚論》："是以堯舜三王之治，必～於人情。"❼探究，察究。《新五代史·伶官傳序》："抑～其成敗之跡，而皆自於人歟？"❽本錢，母金。唐·韓愈《柳子厚墓誌銘》："其俗以男女質錢，約不時贖，子～相侔（móu，相等，齊），則沒為奴婢。"❾書冊、字畫、碑帖及公文書等，如奏摺也稱"本"。宋·文天祥《〈指南錄〉後序》："今存其～不忍廢，道中手自鈔錄。"❿圖書版本，如：善～、珍～。明·袁宏道《徐文長傳》："周望言晚歲詩文益奇，無刻～，集藏於家。"⓫書籍冊數。宋·沈括《夢溪筆談·活板》："若印數十百千～，則極為神速。"⓬本來，原來。《列子·愚公移山》："太行、王屋二山，……～在冀州之南，河陽之北。"

【本紀】běn jì　❶根本綱紀。《管子·問》："凡立朝廷，問有～～。"❷源流委曲，前後始末。《三國志·

蜀書·秦宓傳》：“民請為明府陳其
〜〜。”❸ 紀傳體史書中帝王的傳
記。

【本原】běn yuán　根源。《左傳·昭
公九年》：“猶衣服之有冠冕，木水
之有〜〜。”

畚 běn　用草繩或竹篾編織成的盛
物器具。《列子·愚公移山》：
“遂率子孫，荷擔者三夫，叩石墾
壤，以箕〜運於渤海之尾。”

坌 bèn　❶ 塵埃，塵土。金·元
好問《戊戌十月山陽雨夜二
首》其二：“霏霏散浮煙，靄靄積微
〜。”❷ 聚積。宋·郭若虛《圖畫
見聞志·石橋圖》：“幅裂污〜，觸
而塵起。”❸ 並，齊。《漢書·司馬
相如傳下》：“登陂陁之長阪兮，〜
入曾宮之嵯峨（cuó é，山勢高峻）。”
❹ 湧出的樣子。宋·蘇洵《上張侍
郎第一書》：“引筆書紙，日數千言，
〜然溢出，若有所相。”❺ 不靈活。
元·楊文奎《兒女團圓》：“則他生
得短矮，那蠢〜身材。”

---

beng

崩 bēng　❶ 倒塌，塌陷。唐·李
白《蜀道難》：“地〜山摧壯士
死，然後天梯石棧相鉤連。”❷ 敗
壞，毀壞。《論語·陽貨》：“君子三
年不為禮，禮必壞；三年不為樂，
樂必〜。”❸ 分裂。《論語·季氏》：
“邦分〜離析，而不能守也。”❹ 帝
王之死稱“崩”。三國蜀·諸葛亮
《出師表》：“先帝知臣謹慎，故臨〜
寄臣以大事也。”

【崩殂】bēng cú　指帝王之死。三國
蜀·諸葛亮《出師表》：“先帝創業
未半而中道〜〜。”

【崩摧】bēng cuī　❶ 倒塌毀壞。宋·
莊季裕《雞肋編》卷中：“忽風駕
洪濤出岸，激薪〜〜，死者數百
人。”❷ 潰敗，滅亡。《資治通鑑》
卷一百八十九：“今前茅相遇，彼遽
〜〜。”

【崩沮】bēng jǔ　潰散，渙散。《後
漢書·袁譚列傳》：“盡收其輜重，
得尚印綬節鉞（yuè，古代兵器，狀
如板斧）及衣物，以示城中，城中
〜〜。”

【崩心】bēng xīn　❶ 心膽摧裂，形容
極度恐懼。《宋書·明帝紀》：“萬姓
〜〜，妻子不復相保。”❷ 心碎，
形容極度悲傷。唐·韓愈《慰國哀
表》：“率土〜〜，凡在臣子，不勝
殞裂。”

繃 bēng　捆綁，束縛。漢·許慎
《說文解字·糸部》：“〜，束也。”

迸 bèng　❶ 散走，奔散。《禮記·
大學》：“唯仁人放流之，〜諸
四夷，不與同中國。”❷ 湧出，噴
湧。唐·杜甫《杜鵑》：“身病不能
拜，淚下如〜泉。”❸ 向外突然發
出。宋·王禹偁（chēng）《茶園十二
韻》：“芽新撐老葉，土軟〜新根。”

---

bi

逼 bī　❶ 迫近，靠近。宋·蘇洵
《心術》：“祖裼而案劍，則烏獲
（烏獲，戰國時秦國大力士）不敢
〜。”❷ 逼迫，脅迫。漢·賈誼《治
安策》：“親者或亡分地以安天下，
疏者或制大權以〜天子。”❸ 狹窄。
三國魏·曹植《七啟》：“人稠網密，
地〜勢脅。”❹ 驅逐，趕走。《孟
子·萬章上》：“而居堯之宮，〜堯
之子，是篡也，非天與也。”

鼻 bí ❶ 人和動物呼吸及嗅覺器官。《孟子·離婁下》："西子蒙不潔,則人皆掩~而過之。"❷ 器物的隆起或凸出部分。《通典·禮二十三》："三命以上,銅印銅~。"❸ 獵人穿獸鼻。漢·張衡《西京賦》："~赤象,圈巨狿(yán,獸名)。"❹ 創始,開端。見"鼻祖"。

【鼻祖】bízǔ 始祖,初祖。《漢書·揚雄傳上》:"有周氏之蟬嫣兮,或~~於汾隅。"

匕 bǐ ❶ 古代一種取食的器具,長柄淺斗,狀如今之湯勺。清·蒲松齡《聊齋志異·小謝》:"俄頃,粥熟,爭以~、箸、陶碗置几上。"❷ 匕首。宋·文天祥《〈指南錄〉後序》:"去京口,挾~首以備不測,幾自到死。"❸ 箭頭。《左傳·昭公二十六年》:"射之,中楯(dùn,盾牌)瓦,……~入者三寸。"

比 bǐ ❶ 親,親近。《論語·里仁》:"君子之於天下也,無適也,無莫也,義之與~。"❷ 合,相稱。《莊子·逍遙遊》:"故夫知效一官,行~一鄉,德合一君。"❸ 並列,齊同。見"比肩"。❹ 仿照,比照。《戰國策·馮煖客孟嘗君》:"食之,~門下之客。"❺ 勾結,結黨營私。《論語·為政》:"君子周而不~,小人~而不周。"❻ 比較,較量。漢·賈誼《過秦論》:"~權量力,則不可同年而語矣。"❼ 比擬,類似。宋·蘇軾《飲湖上初晴後雨》:"欲把西湖~西子,淡妝濃抹總相宜。"❽ 替,給。《孟子·梁惠王上》:"寡人恥之,願~死者壹(yī,都,皆)洒(xǐ,洗)之,如之何則可?"❾ 等到,及。《孟子·梁惠王下》:"~其反也,則凍餒其妻

子,則如之何?"❿ 和……相比。用來比較性狀和程度的差別。宋·王安石《遊褒禪山記》:"蓋予所至,~好遊者尚不能十一。"⓫ 頻,屢次,接連。《漢書·文帝本紀》:"間者數年~不登,又有水旱疾疫之災,朕甚憂之。"⓬ 近來。唐·韓愈《祭十二郎文》:"~得軟腳病。"

【比及】bǐjí ❶ 等到,及至。《論語·先進》:"~~三年,可使有勇,且知方也。"❷ 將近,將到。金·董解元《西廂記諸宮調》:"~~夫妻每重相遇,各自準備下千言萬語,及至相逢,卻沒一句。"

【比肩】bǐjiān ❶ 並肩。漢·路溫舒《尚德緩刑書》:"是以死人之血,流離於市,被刑之徒,~~而立之。"❷ 比喻聲望、地位相等或關係密切。宋·蘇軾《范增論》:"增與羽~~而事義帝,君臣之分未定也。"❸ 接連而來。漢·王充《論衡·效力》:"殷、周之世,亂跡相屬,亡禍~~。"❹ 披肩。《元史·輿服志一》:"其上並加銀鼠~~。"

【比來】bǐlái 近來。《三國志·魏書·徐邈傳》:"~~天下奢靡,轉相仿效,而徐公雅尚自若。"

【比年】bǐnián ❶ 每年。《禮記·王制》:"諸侯之於天子也,~~一小聘,三年一大聘。"❷ 連年。《漢書·食貨志上》:"永始二年,梁國、平原郡,~~傷水災,人相食。"❸ 近年。《後漢書·皇甫規列傳》:"臣~~~以來,數陳便宜。"

【比屋】bǐwū ❶ 相鄰的屋舍。宋·王禹偁《黃岡竹樓記》:"~~皆然,以其價廉而工省也。"❷ 家家戶戶。常用以形容眾多、普遍。宋·司馬

光《乞罷陝西義勇箚子》："陝西之民，一~~凋殘。"

【比伍】bǐ wǔ ❶ 古代居民的基層編制。《漢書·尹翁歸傳》："盜賊發其~~中。" ❷ 鄉里，鄉民。《宋書·謝方明傳》："又罪及~~~，動相連坐，一人犯吏，則一村廢業。" ❸ 等同，匹敵。明·徐渭《贈吳宣府序》："一時勛名，無與~~。"

【比周】bǐ zhōu ❶ 結黨營私。《漢書·鄒陽傳》："義不苟取~~於朝，以移主上之心。" ❷ 聯合，集結。《韓非子·初見秦》："天下又~~而軍華下，大王以詔破之。"

姎　bǐ ❶ 母親的通稱。《孟子·萬章上》："放勛乃徂落(cú luò，死亡)，百姓如喪考~。" ❷ 亡母，已故的母親。宋·歐陽修《瀧岡阡表》："皇~，累封越國太夫人。" ❸ 祖母和祖母輩以上的女性祖先。宋·歐陽修《瀧岡阡表》："曾祖~，累封楚國太夫人。"

彼　bǐ ❶ 那，與"此"相對。《詩經·魏風·伐檀》："~君子兮，不素餐兮。"唐·韓愈《師說》："~童子之師，授之書而習其句讀者也。" ❷ 他，別人。《孫子·謀攻》："知~知己者，百戰不殆。"唐·韓愈《師說》："~與~年相若也，道相似也。"

秕　bǐ ❶ 癟穀，不飽滿或中空的穀。宋·蘇軾《潮州韓文公廟碑》："下與濁世掃一糠，西遊咸池略扶桑。" ❷ 惡，壞。《後漢書·儒林列傳》："自桓、靈之間，君道~僻。"

俾　(1) bǐ 使。明·方孝孺《豫讓論》："保治於未然，一身全而主安。"《左傳·成公十三年》："敢盡布之執事，~執事實圖利之。"
(2) pì 見"俾倪"。

【俾倪】pì nì ❶ 斜視。《史記·魏公子列傳》："侯生下見其客朱亥，~~~故久立。" ❷ 城上的短牆。《墨子·備城門》："~~~，廣三尺，高二尺五寸。"

筆　bǐ ❶ 寫字畫圖的文具。《三國演義·楊修之死》："操往觀之，不置褒貶，只取~於門上書一'活'字而去。" ❷ 書寫，記載。唐·韓愈《原道》："不惟舉之於其口，而又~之於其書。" ❸ 特指散文，與"文"(韻文)對應。南朝梁·劉勰《文心雕龍·總術》："以為無韻者~也，有韻者文也。" ❹ 文筆，寫文章的技巧。唐·李白《與韓荊州書》："~參造化，學究天人。"

【筆削】bǐ xuē 紙未發明以前，文字書寫於竹簡木札上，遇有訛誤，則用刀削去，然後用筆改正。後來因稱修改文字為"筆削"。《隋書·虞綽傳》："綽所~~~，帝未嘗不稱善。"

【筆意】bǐ yì ❶ 指書畫的意態、風格。明·袁宏道《徐文長傳》："喜作書，~~奔放如其詩。" ❷ 指詩文的意境、功力。清·陳廷焯《白雨齋詞話》："(王沂孫《水龍吟》)~~幽冷，寒芒刺骨。"

【筆札】bǐ zhá ❶ 紙筆。札，木簡，古無紙，書於札。《史記·司馬相如列傳》："上許，令尚書給~~~。" ❷ 公文，書信。漢·王充《論衡·自紀》："材小任大，職任刺割，~~之思，歷年寢廢。" ❸ 書法。《文忠集·附錄二》："先公~~~，精勁雄偉，自為一家。"

鄁　bǐ ❶ 周代地方行政區劃名。《呂氏春秋·孟夏》："命司徒循行縣~~。" ❷ 小邑，采邑。《周禮・天官冢宰・大宰》：「以八則治都～。」❸邊邑，邊遠的地方。《左傳・鄭伯克段於鄢》：「既而大叔命西～、北～貳於己。」❹鄙陋，見識短淺。《左傳・曹劌論戰》：「肉食者～，未能遠謀。」❺質樸。《莊子・胠篋》：「焚符破璽，而民朴～。」❻惡，粗野。《莊子・人間世》：「始乎諒，常卒乎～。」❼輕視，鄙薄。《左傳・昭公十六年》：「我皆有禮，夫猶～我。」❽自謙詞。《戰國策・齊策一》：「～臣不敢以死為戲。」

【鄙暗】bǐ àn　鄙陋昏庸。宋・蘇洵《辨姦論》：「非德宗之～～，亦何從而用之？」

【鄙薄】bǐ bó　❶卑下，微薄。《後漢書・馬融列傳》：「淺陋～～，不足觀省。」❷輕視，嫌惡。南朝梁・鍾嶸《詩品》：「～～俗制，賞心流亮，不失雅宗。」

【鄙夫】bǐ fū　❶見識淺薄之人。《論語・子罕》：「有～～問於我，空空如也。」❷自謙詞。漢・張衡《東京賦》：「～～寡識，而今而後，乃知大漢之德馨，咸在於此。」

【鄙言】bǐ yán　❶膚淺之言。《宋書・臨川烈武王道規傳附子義慶傳附鮑照》：「(鮑)照悟其旨，為文多～～累句。」❷謙稱自己的言辭。《後漢書・馬援列傳》：「勉思～～。」

【鄙語】bǐ yǔ　俗語。《戰國策・莊辛論幸臣》：「臣聞～～曰：『見兔而顧犬，未為晚也；亡羊而補牢，未為遲也。』」

必　bì　❶固執，堅持己見。《論語・子罕》：「子絕四：毋意，毋～，毋固，毋我。」❷肯定，確定。《韓非子・顯學》：「無參驗而～之者，愚也。」❸保證，確保。《漢書・匈奴傳下》：「又況單于，能～其眾不犯約哉。」❹一定，必然。《左傳・燭之武退秦師》：「若使燭之武見秦君，師～退。」❺必須，必要。《戰國策・觸龍說趙太后》：「～以長安君為質，兵乃出。」❻假使，如果。表示假設關係。《史記・廉頗藺相如列傳》：「王～無人，臣願奉璧往使。」

庇　bì　❶遮蔽，遮護。唐・杜甫《茅屋為秋風所破歌》：「安得廣廈千萬間，大～天下寒士俱歡顏。」❷寄託，依託。《左傳・襄公三十一年》：「大官大邑，身之所～也。」❸保護，保佑。宋・歐陽修《瀧岡阡表》：「是足以表見於後世，而～賴其子孫矣。」

拂　bì　見157頁 fú。

畁　bì　❶給予。《詩經・小雅・巷伯》：「取彼譖（zèn，說壞話陷害別人）人，投～豺虎。」❷委託，委任。《左傳・隱公三年》：「王崩，周人將～虢（guó，周朝國名）公政。」

泌　bì　見403頁 mì。

毖　bì　謹慎，小心。《詩經・周頌・小毖》：「予其懲而～後患。」

陛　bì　❶階梯，台階。《墨子・備城門》：「城上五十步一道～。」明・王鏊（ào，熔餅的器具）《親政篇》：「然堂～懸絕，威儀赫奕。」❷帝王宮殿的台階，因以「陛下」為對帝王的尊稱。《史記・刺客列傳》：「至～，秦舞陽色變振恐。」

畢　bì　❶古時打獵用的一種長柄網。漢・王充《論衡・偶會》：

B

"來遭民田之～。" ❷ 用畢獵取。《詩經·小雅·鴛鴦》："鴛鴦于飛，～之羅之。" ❸ 完畢，終了。《史記·廉頗藺相如列傳》："卒廷見相如，～禮而歸之。" ❹ 全，皆。晉·王羲之《〈蘭亭集〉序》："羣賢～至，少長咸集。"

閉 bì ❶ 關門。《莊子·效蹙》："其里之富人見之，堅一門而不出。" ❷ 關閉，合攏。《史記·項羽本紀》："封～宮室，還軍霸上，以待大王來。"宋·蘇軾《水龍吟·次韻章質夫楊花詞》："縈損柔腸，困酣嬌眼，欲開還～。" ❸ 遮蔽。唐·李華《弔古戰場文》："至若窮陰凝～，凜冽海隅。" ❹ 堵塞，杜絕。《史記·扁鵲倉公列傳》："會氣～而不通。"《漢書·李尋傳》："～絕反路。"

婢 bì ❶ 女奴，女僕。唐·韓愈《柳子厚墓誌銘》："其俗以男女質錢，約不時贖，子本相侔，則沒為奴～。" ❷ 古代婦女自稱謙詞。《禮記·曲禮下》："自世婦以下，自稱曰'～子'。"

庳 bì ❶ 房屋矮小。《左傳·襄公三十一年》："僑聞文公之為盟主也，宮室卑～。" ❷ 低下。唐·韓愈《進學解》："若夫商財賄之有亡，計班資之崇～。"

敝 bì ❶ 破舊。明·宋濂《送東陽馬生序》："余則縕（yùn，新舊混合的絲棉絮）袍～衣處其間，略無慕豔意。" ❷ 謙詞。《左傳·展喜犒師》："寡君聞君親舉玉趾，將辱於～邑。" ❸ 衰敗，疲憊。《戰國策·樂毅報燕王書》："燕王悔，懼趙用樂毅，乘燕之～以伐燕。" ❹ 使疲睏。《戰國策·司馬錯論伐蜀》："～兵勞眾，不足以成名，得其地，不足以為利。" ❺ 損害。《左傳·燭之武退秦師》："因人之力而～之，不仁。"

【敝屣】bì xǐ 破鞋，喻無用的東西。《陳書·高祖紀》："居之如馭朽索，去之如脫～～。"

幅 bì 見 160 頁 fú。

弼 bì ❶ 輔佐，輔正。《新唐書·魏徵傳》："（魏）徵蹈履仁義，以～朕躬。" ❷ 輔佐的人。《新唐書·房玄齡傳》："一日去我，如亡左右手。" ❸ 違背。《漢書·五行志下之上》："君臣故～茲謂悖。" ❹ 原謂矯正弓弩的工具，引申為糾正。《晉書·武帝紀》："擇其能正色～違匡救者，以兼此選。"

愎 bì ❶ 執拗，固執，乖戾。《新唐書·羅藝傳》："藝剛～不仁。"

裨 (1) bì ❶ 增加，補益。《國語·晉語八》："子若能以忠信贊君，而～諸侯之闕。"

(2) pí ❶ 古代祭祀時穿的次等禮服。《荀子·富國》："大夫～冕。" ❷ 副佐的，特指副將。明·江盈科《雪濤小說》："一～將陣回，中流矢，深入膜內。"

【裨補】bì bǔ 增益補缺。三國蜀·諸葛亮《出師表》："愚以為宮中之事，事無大小，悉以咨之，然後施行，必能～～闕漏，有所廣益。"

辟 (1) bì ❶ 天子，國君。《論語·八佾》："子曰：'相維～公，天子穆穆。'" ❷ 治理。《左傳·文公六年》："宣子於是乎始為國政，制事典，正法罪，～刑獄。" ❸ 召，徵召。唐·李白《與韓荊州書》："昔王子師為豫州，未下車，即～荀慈明，既下車，又～孔文舉。" ❹ 通"避"，避開，躲避。《孟子·告子上》："死亦我所惡，所惡有甚於死者，故患有所不～也。" ❺ 織麻。《孟子·滕文公下》："彼身織屨，妻～緝（lú，練麻），以易之也。"

(2) pì ❶ 法，法度。《國語·周語上》："於是乎有刑罰之～，有攻伐之兵。" 唐·韓愈《送李愿歸盤谷序》："處污穢而不羞，觸刑～而誅戮。" ❷ 開闢，開拓。《孟子·梁惠王上》："欲～土地，朝秦楚，莅（lì，臨）中國而撫四夷也。" ❸ 摒除，排除。見"辟除"。 ❹ 偏頗，不實在。《論語·先進》："柴也愚，參也魯，師也～，由也喭（yàn，粗魯）。" ❺ 通"譬"，譬喻，比方。《禮記·中庸》："君子之道，～如行遠必自邇，～如登高必自卑。" ❻ 通"僻"，偏。《禮記·大學》："人之其所親愛而～焉，之其所賤惡而～焉。" ❼ 懲罰，特指死刑。漢·路溫舒《尚德緩刑書》："大～之計，歲以萬數，此仁聖之所以傷也。" ❽ 批駁，駁斥。宋·王安石《答司馬諫議書》："被刑之人，比肩而立，一邪說，難壬人（rén rén，小人），不為拒諫。"

【辟人】bì rén ❶ 避開壞政，指躲避無道之君。《論語·微子》："且而與其從辟人之士也，豈若從辟世之士哉？" ❷ 驅除行人使避開。《孟子·離婁下》："君子平其政，行～～可也。"

【辟席】bì xí 即"避席"。古人佈蓆於地，人坐於蓆上，有所敬，則起立避原位，稱作"辟席"。《史記·孔子世家》："師襄子～～再拜。"

【辟邪】(1) bì xié ❶ 古代傳說中的神獸，似鹿，長尾，有兩角。唐·秦韜玉《豪家》："地衣鎮角香獅子，簾額侵鈎繡～～。" ❷ 寶劍名。晉·崔豹《古今注·輿服》："吳大皇帝

有寶刀三，寶劍六。寶劍六：一曰白虹，二曰紫電，三曰～～……。" ❸ 避除邪祟。宋·李石《續博物志》卷七："宜養白犬白雞，可以～～。"

(2) pì xié 偏邪不正。《左傳·昭公十六年》："～～之人，而皆及執政，是先王無刑罰也。"

【辟易】bì yì 因畏懼而退縮。《史記·項羽本紀》："赤泉侯人馬俱驚，～～數里。"

【辟雍】bì yōng ❶ 周代為貴族子弟所設的大學。大學分為五個部分，南為成均，北為上庠，東為東序，西為瞽宗，中曰辟雍。《禮記·王制》："大學在郊，天子曰～～，諸侯曰頖（pàn，同'泮'）宮。" ❷ 樂名。《莊子·天下》："文王有～～之樂。"

【辟召】bì zhào 因推薦而徵召入伍。《後漢書·鄭均列傳》："常稱病家廷，不應州郡～～。"

【辟除】pì chú ❶ 打掃，掃除。《管子·心術上》："故館不～～，則貴人不舍焉。" ❷ 摒除，排除。《荀子·成相》："禹有功，抑下鴻，～～民害逐共工。"

弊 bì ❶ 衰敗，破敗。宋·蘇軾《潮州韓文公廟碑》："自東漢以來，道喪文～，異端並起。" ❷ 困乏，疲憊。三國蜀·諸葛亮《出師表》："今天下三分，益州疲～，此誠危急存亡之秋也。" ❸ 弊病，害處。漢·賈誼《過秦論》："秦有餘力而制其～～。"

【弊陋】bì lòu ❶ 破舊粗劣。《北史·姚氏婦楊氏傳》："以姚氏婦衣裳～～，特免其罪。" ❷ 愚劣，淺陋。三國魏·曹植《改封陳王謝恩章》："臣既～～，守國無效，自вина削黜，以彰眾誠。"

幣 bì ❶帛。古代以束帛為祭祀和饋贈賓客的禮物，稱作「幣」。後諸侯間通問修好、諸侯向天子進獻的車馬玉帛等聘享之物也稱「幣」。《穀梁傳‧僖公二年》：「晉國之使者，其辭卑而~重，必不便於虞。」❷財物。《戰國策‧燕策三》：「遂至秦，持千金之資~物，厚遺秦王寵臣中庶子蒙嘉。」❸貨幣。宋‧王安石《傷仲永》：「邑人奇之，……或以錢~丐之。」❹贈送，饋贈。《史記‧趙世家》：「今以城市邑十七~吾國，此大利也。」

【幣帛】bì bó ❶繒（zēng，古代對絲織品的統稱）帛，古人用以饋贈或祭祀的禮物。《孟子‧告子下》：「無城郭、宮室、宗廟、祭祀之禮，無諸侯~~饔飧（yōng sūn，飲食饋賓之禮）。」❷泛指財物。《左傳‧襄公八年》：「敬共~~，以待來者。」

碧 bì ❶青綠色的玉石。《山海經‧西山經》：「又西百五十里曰高山，其上多銀，其下多青~。」❷青綠色。唐‧李白《望天門山》：「天門中斷楚江開，~水東流至此迴。」

【碧落】bì luò 天空。唐‧白居易《長恨歌》：「上窮~~下黃泉，兩處茫茫皆不見。」

【碧霄】bì xiāo 天空。唐‧劉禹錫《秋詞》：「晴空一鶴排雲上，便引詩情到~~。」

【碧血】bì xuè 《莊子‧外物》：「萇弘死於蜀，藏其血三年而化為碧。」後常指忠義之士為正義目標而流的血。元‧鄭元祐《汝陽張御史死節歌》：「孤忠既足明丹心，三年猶須化~~。」

蔽 bì ❶遮蓋，遮擋。戰國楚‧屈原《楚辭‧九章‧涉江》：「山峻高以~日兮，下幽晦以多雨。」《史記‧項羽本紀》：「項伯亦拔劍起舞，常以身翼~沛公。」❷隱蔽，掩飾。宋‧蘇洵《心術》：「吾之所短，吾~而置之。」❸蒙蔽。《戰國策‧鄒忌諷齊王納諫》：「由此觀之，王之~甚矣！」❹概括。《論語‧為政》：「詩三百，一言以~之，曰『思無邪』。」❺毛病，缺點。《論語‧陽貨》：「好仁不好學，其~也愚。」

【蔽護】bì hù 掩護，庇護。《新五代史‧錢元瓘（guàn，美玉）世家》：「顗（jūn）每戰敗歸，即欲殺元瓘，顗母嘗~~之。」

【蔽野】bì yě 遮蓋原野，形容數量眾多。《晉‧謝靈運傳》：「澄流引源，桑麻~~。」

【蔽翳】bì yì 遮蔽，隱蔽。唐‧元稹《苦雨》：「已復雲~~，不使及泥塗。」

壁 bì ❶牆壁。唐‧柳宗元《永州韋使君新堂記》：「宗元請志諸石，措諸~，編以為二千石楷法。」❷營壘。《史記‧絳侯周勃世家》：「亞夫乃傳言開一門。」❸築營壘，駐守。《史記‧項羽本紀》：「項王軍~垓下，兵少食盡。」❹陡峭的山崖。唐‧李白《蜀道難》：「連峯去天不盈尺，枯松倒挂倚絕~。」

嬖 bì 寵愛，寵倖。唐‧駱賓王《為徐敬業討武曌（zhào，武則天自造的名字）檄》：「潛隱先帝之私，陰圖後房之~。」

【嬖幸】bì xìng ❶寵愛。漢‧劉向《列女傳‧殷紂妲己》：「妲己者，殷紂之妃也，~~於紂。」❷被寵愛的人。《後漢書‧耿弇（yǎn）列傳》："閩太后以寶等阿附～～，共為不道。"

箆 bì ❶ 梳理頭髮的用具，也用來插在頭上作裝飾品。唐·白居易《琵琶行》："鈿頭雲～擊節碎，血色羅裙翻酒污。" ❷ 用箆子梳。唐·杜甫《水宿遣興奉呈羣公》："耳聾須畫字，髮短不勝～。"

薜 bì 見"薜荔"。

【薜荔】bì lì 藤本植物名。南朝齊·孔稚珪（guī）《北山移文》："豈可使芳杜厚顏，～～蒙恥。"

避 bì ❶ 迴避，躲避。《史記·項羽本紀》："臣死且不～，卮酒安足辭。" ❷ 去，離開。《戰國策·魯仲連義不帝秦》："天子巡狩，諸侯～舍。" ❸ 亞於。漢·晁錯《論貴粟疏》："土地人民之眾，不～禹湯。" ❹ 違背，冒犯。《國語·周語下》："今吾執政無乃實有所～。"

斃 bì ❶ 撲倒。《左傳·哀公二年》："鄭人擊簡子中肩，～於車中。" ❷ 死。《國語·晉語二》："驪姬與犬肉，犬～；飲小臣酒，亦～。" ❸ 敗亡，失敗。《左傳·鄭伯克段於鄢》："多行不義必自～。" ❹ 消滅，殺死。清·蒲松齡《聊齋志異·狼》："屠暴起，以刀劈狼首，又數刀～之。"

篳 bì 荊條竹木等編織的籬笆或其他遮擋物。《史記·楚世家》："～露藍蔞，以處草莽。"

【篳門】bì mén 用荊條竹木等編成的柵欄門，喻窮苦人家。晉·陶淵明《止酒》："坐止高陰下，步止～～裏。"

髀 bì ❶ 股部，大腿。秦·李斯《諫逐客書》："夫擊甕叩缶，

彈箏搏～，而歌呼嗚嗚、快耳目者，真秦之聲也。" ❷ 股骨，大腿骨。漢·賈誼《治安策》："至於髖（kuān，盆骨的組成部分）～之所，非斤則斧。" ❸ 古代測日影的錶。《周髀算經》卷上："周～長八尺，夏至之日，晷一尺六寸。"

璧 bì ❶ 平圓形、中心有孔的玉器。《史記·項羽本紀》："我持白一雙，欲獻項王。" ❷ 泛指美玉。《史記·廉頗藺相如列傳》："趙惠文王時，得楚和氏～。" ❸ 美稱。南朝宋·劉義慶《世說新語·容止》："潘安仁、夏侯湛並（bìng，同'並'）有美容，喜同行，時人謂之連～。"

---

bian

砭 biān ❶ 古代以石針刺皮肉治病，後泛指以針刺皮肉治病。《新唐書·則天武皇后傳》："風上逆，～頭，血可癒。" ❷ 治病用的石針。見"砭石"。 ❸ 救治。宋·蘇軾《擇勝亭銘》："我銘斯亭，以～世盲。" ❹ 刺。宋·歐陽修《秋聲賦》："其氣慄冽，～人肌骨。"

【砭石】biān shí 石塊磨製成的尖石或石片，是中國最古老的醫療用具。《素問·異法方宜論》："其病皆為癰瘍（yōng yáng，瘡病），其治宜～～。"

編 biān ❶ 古時用以穿連竹簡的皮條或繩子。《史記·孔子世家》："孔子晚而喜《易》，……讀《易》，韋～三絕。" ❷ 順次排列。《史記·孔子世家》："上紀唐虞之際，下至秦繆，～次其事。" ❸ 編結，編織。唐·白居易《詠拙》："葺

茅為我廬，～蓬為我門。"❹ 著述，書籍。唐・韓愈《進學解》："先生口不絕吟於六藝之文，手不停披於百家之～。"❺ 編輯，創作。唐・柳宗元《駁復讎議》："且請～之於令，永為國典。"❻ 相當於"篇"、"卷"、"本"。明・袁宏道《徐文長傳》："余所見者，徐文長集、闕～二種而已。"

【編戶】biān hù　編入戶籍的平民。《史記・貨殖列傳》："夫千乘之王，……尚猶患貧，而況匹夫～～之民乎！"

【編伍】biān wǔ　編戶，古代戶籍編制單位，五家為伍。明・張溥《五人基碑記》："而五人生於～～之間，素不聞詩書之訓。"

【編修】biān xiū　官名，宋代有史館編修，明、清屬翰林院，掌修國史。

鞭 biān　❶ 馬鞭，亦泛指鞭子。北朝民歌《木蘭辭》："南市買轡頭，北市買長～。"❷ 打馬，亦泛指用鞭打。《左傳・僖公二十三年》："公子怒，欲～之。"

邊 biān　❶ 旁，畔。唐・韓愈《左遷至藍關示姪孫湘》："知汝遠來應有意，好收吾骨瘴江～。"❷ 邊境，邊界。唐・杜甫《兵車行》："邊庭流血成海水，武皇開～意未已。"

【邊鄙】biān bǐ　靠近邊界的地方。《左傳・襄公四年》："～～不聳，民狎其野，穡人成功。"

【邊幅】biān fú　❶ 布帛的邊緣，比喻人的儀表、衣着，如："不修～～。"❷ 文章的潤飾。唐・劉肅《大唐新語・文章》："張九齡之文，有如輕縑（jiān，細絹）素練，雖濟時適用，而窘於～～。"

【邊功】biān gōng　指守衞、開拓或治理邊疆所立下的功勳。《水滸

傳》第二回："朕欲要羣舉你，但有～～，方可陞遷。"

【邊人】biān rén　❶ 駐守邊境的官員、士兵等。唐・王建《送人》："蜀客多積貨，～～易封侯。"❷ 邊民。《漢書・匈奴傳下》："又～～奴婢愁苦，欲亡者多。"

【邊庭】biān tíng　邊境。唐・杜甫《兵車行》："～～流血成海水，武皇開邊意未已。"

【邊隅】biān yú　❶ 邊境。宋・錢公輔《義田記》："公之忠義滿朝廷，事業滿～～，功名滿天下。"❷ 邊緣。宋・蘇洵《丙申歲余在京師》："聞君厭蜀樂上蔡，佔地百頃無～～。"

扁 （1）biǎn　❶ 匾額。題字的長方形牌子，也作"匾"。《宋史・吳皇后傳》："夢至一亭，～曰侍康。"❷ 物體平而薄。《後漢書・東夷列傳》："兒生欲令其頭～，皆押之以石。"

（2）piān　❶ 小。唐・李白《宣州謝朓樓餞別校書叔雲》："人生在世不稱意，明朝散髮弄～舟。"❷ 通"偏"，僻遠。漢・趙曄《吳越春秋・句踐歸國外傳》："吾之國也，～天地之壤。"

貶 biǎn　❶ 減損，抑制。《史記・孔子世家》："～損之義，後有王者舉而開之。"❷ 降職。唐・韓愈《左遷至藍關示姪孫湘》："一封朝奏九重天，夕～潮陽路八千。"❸ 給予低的評價。與"褒"相對。唐・柳宗元《駁復讎議》："窮理以定賞罰，本情以正褒～。"

【貶黜】biǎn chù　❶ 降職或免去官爵。《漢書・韋玄成傳》："玄成自傷～～父爵。"❷ 貶責，排斥。《南史・賀琛傳》："～～雕飾，糾奏浮華。"

褊 biǎn ❶ 衣服瘦小。《左傳·昭公元年》："帶其一矣。" ❷ 指土地、空間狹小。《左傳·襄公三十一年》："以敝邑一小，介於大國。" ❸ 指人的氣量狹小、狹隘。明·宗臣《報劉一丈書》："斯則僕之一衷，以此長不見悅於長吏。" ❹ 急躁。《詩經·魏風·葛屨 (jù，古時用麻、葛等做的鞋)》："維是一心，是以為刺。"

【褊急】biǎn jí 氣量小而性情急躁。《商君書·墾令》："重刑而連其罪，則～～之民不鬥。"

【褊小】biǎn xiǎo ❶ 狹小，指地域、車船等不寬大。《孟子·梁惠王上》："齊國雖～～，吾何愛一牛？" ❷ 指氣量狹小。《荀子·修身》："狹隘～～，則廓之以廣大。"

卞 biàn ❶ 法，法度。《尚書·周書·顧命》："臨君周邦，率循大～。" ❷ 急躁。《左傳·定公三年》："莊公一急而好潔。" ❸ 徒手搏鬥。《漢書·哀帝紀》："時覽～射武戲。"

弁 biàn ❶ 古代用皮革做成的一種帽子。《左傳·襄公二十五年》："不說 (tuō，脫) ～而死於崔氏。" ❷ 古時男子年滿二十加冠稱 "受弁"，以示成年，天子諸侯則十二而冠。《詩經·齊風·甫田》："未幾見兮，突而～兮。" ❸ 放在前頭。清·龔自珍《送徐鐵孫序》："乃書是言以～君之詩之端。"

便 (1) biàn ❶ 有利，便利。《史記·魏公子列傳》："將在外，主令有所不受，以一國家。" ❷ 順利。唐·杜甫《江漲》："輕帆好去～，吾道付滄州。" ❸ 合宜的時機。漢·賈誼《過秦論》："因利乘～，宰割天下。" ❹ 敏捷的，輕盈的。唐·韓愈《送李愿歸盤谷序》："曲眉豐頰，清聲而～體，秀外而惠中。" ❺ 簡易的，非正式的。明·王鏊《親政篇》："屢召大臣於一殿。" ❻ 大小便。《漢書·張安世傳》："郎有醉小～殿上。" ❼ 相當於 "就"、"即"。晉·陶淵明《五柳先生傳》："每有會意，～欣然忘食。"

　　(2) pián ❶ 安適。《墨子·天志中》："百姓皆得暖衣飽食，～寧無憂。" ❷ 善辯。見 "便嬖"、"便便"、"便佞"、"便巧"、"便言"。

【便巧】(1) biàn qiǎo 靈便敏捷。漢·劉向《說苑·君道》："堯體力～～，不能為一焉。"

　　(2) pián qiǎo 巧言善辯。漢·陸賈《新語·輔政》："朴直質者近忠，～～者近亡。"

【便宜】biàn yí ❶ 利於治國，合乎時宜的方法或建議。《史記·張釋之馮唐列傳》："釋之既朝畢，因前言～～事。" ❷ 因利乘便，見機行事。《史記·廉頗藺相如列傳》："以～～置吏，市租皆輸入莫府 (幕府)，為士卒費。"

【便嬖】pián bì 阿諛奉承得到君主寵幸的近臣。《孟子·梁惠王上》："～～不足使令於前與？"

【便佞】pián nìng 花言巧語，阿諛奉承。《論語·季氏》："友～～，損矣。"

【便便】pián pián ❶ 形容善於辭令。《論語·鄉黨》："其在宗廟朝廷，～～言，唯謹爾。" ❷ 腹部肥滿的樣子。《後漢書·邊韶列傳》："邊孝先，腹～～，懶讀書，但欲眠。"

【便言】pián yán 善於言辭，有口才。漢樂府《孔雀東南飛》："年始十八九，～～多令才。"

遍 biàn ❶ 普遍，到處。明·宋濂《送東陽馬生序》："以是人多以書假余，余因得一觀羣書。" ❷ 相當於"次"、"回"。❸ 曲調名。宋·歐陽修《減字木蘭花》："畫堂雅宴，一抹朱弦初入~。"

辨 (1) biàn ❶ 辨別，區分。明·王守仁《尊經閣記》："以言其誠偽邪正之~，則謂之《春秋》。" ❷ 明察，體察。❸ 通"辯"，爭論，辯論。明·宋濂《送東陽馬生序》："與之論~，言和而色夷。"
(2) bàn 通"辦"，治理，辦理。《荀子·議兵》："城郭不~。"

【辨告】biàn gào　佈告。《漢書·高帝紀下》："吏以文法教訓~~，勿笞辱。"

辯 biàn ❶ 辯論，辯駁。《孟子·滕文公下》："外人皆稱夫子好~，敢問何也？" ❷ 巧言，詭辯。《戰國策·蘇秦以連橫説秦》："~言偉服，戰攻不息。" ❸ 辯才，口才。宋·蘇軾《潮州韓文公廟碑》："儀、秦 (張儀、蘇秦，戰國縱橫家)失其~。" ❹ 通"辦"，治理。《淮南子·泰族訓》："以~治百官，領理萬事。" ❺ 辨別，區別。本字正作"辨"，辯、辨二字本義雖異，然經典每通用。《墨子·非攻上》："則必以此人為不知甘苦之~矣。"《孟子·告子上》："萬鍾則不~禮義而受之。" ❻ 通"變"，變化。《莊子·逍遙遊》："若夫乘天地之正，而御六氣之~，以遊無窮者。"

【辯難】biàn nàn　爭論，質疑。《後漢書·范升列傳》："遂與韓歆及太中大夫許淑等互相~~，日中乃罷。"

【辯士】biàn shì　有口才的人。《史

變 biàn ❶ 改變，變化。戰國楚·屈原《楚辭·九章·涉江》："吾不能~心而從俗兮，固將愁苦而終窮。" ❷ 移動，更換。《禮記·檀弓上》："夫子之病革 (jí，病重)矣，不可以~。" ❸ 權變，變通。清·吳敬梓《儒林外史》第三回："胡老爹這個事須是這般，你沒奈何權~一權~？" ❹ 突發事件。《史記·太史公自序》："守經事而不知其宜，遭~事而不知其權。" ❺ 唐代俗文學的一種文體。見"變文"。

【變文】biàn wén　唐代説唱體文學形式之一。多由散文和韻文交織組成，以陳述故事為主，多取材於佛經、歷史故事和民間傳説。

biao

彪 biāo ❶ 虎身上的斑紋。漢·許慎《説文解字·虎部》："~，虎文也。" ❷ 文彩鮮明。漢·揚雄《揚子法言·君子》："以其弸 (péng，充滿) 中而~外也。" ❸ 老虎。明·王守仁《瘞旅文》："驂紫~而乘文螭兮，登望故鄉而噓唏兮。" ❹ 比喻人身體健壯魁梧。《水滸傳》第六十二回："此人生得面如鍋底，……~形八尺。" ❺ 相當於"隊"。《三國演義·楊修之死》："忽一~軍撞至面前。"

【彪炳】biāo bǐng　文彩煥發。晉·左思《蜀都賦》："符采~~，暉麗灼爍。"

標 biāo ❶ 樹梢，也泛指末梢。《莊子·天地》："上如~枝，民如野鹿。" ❷ 頂端，頂峯。唐·

李白《蜀道難》："上有六龍回日之高～，下有衝波逆折之回川。"❸ 表明，顯出。《徐霞客遊記·遊天台山日記後》："仰視丹霞層層互，浮屠佛塔～其巔。"❹ 風度，格調。南朝齊·孔稚珪《北山移文》："夫以耿介拔俗之～，瀟灑出塵之想。"

【標的】biāo dì ❶ 準則，標準。漢·高誘《〈呂氏春秋〉序》："以道德為～，以無為為綱紀。"❷ 標誌。《晉書·王廣傳附王彪之》："非謂雍容廊廟，～～而已。"❸ 箭靶子。唐·韓愈《國子助教河東薛君墓誌銘》："後九月九日，大會射，設～～，高出百數十尺。"❹ 目標，目的。宋·魯應龍《閒窗括異志》："東海行舟者，皆望此為～～焉。"

【標舉】biāo jǔ ❶ 揭示，表明。《淮南子·要略》："人間者，所以～～終始之壇也。"❷ 高超，超逸。《晉·謝靈運傳》："靈運之興會～～，垂範後昆。"❸ 炫耀，讚揚。唐·劉知幾《史通·曲筆》："遂高自～～。"

瀌 biāo 雨雪紛飛的樣子。《詩經·小雅·角弓》："雨雪～～。"

驫 (1) biāo 黃色有白斑或黃身白鬣尾的馬。唐·杜甫《徒步歸行》："妻子山中哭向天，須公櫪（馬槽）上追風～。"

(2) piào 馬疾行的樣子。《集韻·笑韻》："～，馬行疾貌。"

【驫騎】piào jì ❶ 古代將軍的名號。《史記·霍去病列傳》："以冠軍侯去病為～～將軍。"❷ 元明宮中馬戲。清·劉獻廷《廣陽雜記》："明禁中端午有龍舟、～～之戲。"

飆 biāo ❶ 暴風，疾風。漢·司馬相如《上林賦》："陵驚風，歷駭～。"❷ 泛指風。南朝齊·孔稚珪《北山移文》："至於還～入幕，寫霧出楹。"

表 biǎo ❶ 外衣，加上外衣。《論語·鄉黨》："當暑，袗（zhěn，單衣，此處用作動詞）絺綌（chī xì，粗細葛衣），必～而出之。"❷ 外，外面，和"裏"相反。宋·蘇軾《放鶴亭記》："或立於陂田，或翔於雲～。"❸ 中表，表親。徐賁《贈表弟黃校書略》詩："產破自窮為學儒，我家諸～愛詩書。"❹ 石碑，立碑。宋·歐陽修《瀧岡阡表》："其子修，始克～於其阡。"❺ 旗幟，布幌子。《晏子春秋·內篇問上》："宋人有酤酒者，為器甚潔清，置～甚長，而酒酸不售。"❻ 表率，儀範。《左傳·襄公二十九年》："～東海者，其大公（太公，指姜子牙）乎？"❼ 顯揚，表彰。漢·司馬遷《報任安書》："恨私心有所不盡，⋯⋯ 而文采不～於後世也。"❽ 表格，圖表。如《史記》有《十二諸侯年表》、《六國年表》等。❾ 文章的一種，臣下給皇帝的奏章。如諸葛亮《出師表》、李密《陳情表》。又引申為給皇帝上奏章。《三國志·蜀書·諸葛亮傳》："亮自～後主。"❿ 古代測日影以計時的標杆。《淮南子·本經訓》："天地之大，可以矩～識也。"⓫ 加以標記，標明。《國語·周語中》："列樹以～道，立鄙食以守路。"

【表表】biǎo biǎo 卓立，特出。唐·韓愈《祭柳子厚文》："富貴無能，磨滅誰紀，子之自著，～～愈偉。"

【表章】biǎo zhāng 顯揚。《漢書·武帝紀》："孝武初立，卓然罷黜百家，～～六經。"

褾 biǎo ❶ 指袖端。《廣韻·小韻》："～，袖端。" ❷ 衣帽的飾邊。《遼史·儀衛志二》："衣領，為升龍織成文，各為六等。" ❸ 書軸、畫軸兩端所裱褙（bèi，把布或紙一層層黏在一起）的絲織物。明·袁宏道《題湛寂菴藏經碑後》："割軸破～，無所不有。"

【褾背】biǎo bèi　裝潢書畫。宋·蘇軾《與子安兄書》："躬親～～題跋。"

---

bie

別 bié ❶ 分開。《宋史·太祖本紀二》："詔荊蜀民祖父母、父母在者，子孫不得～財異居。" ❷ 分別，離別。唐·杜甫《新婚別》："暮婚晨告～，無乃太匆忙。" ❸ 區別，區分。《孟子·滕文公上》："公事畢，然後敢治私事，所以～野人也。" ❹ 差別，不同。《論語·為政》："今之孝者，是謂能養。至於犬馬，皆能有養。不敬，何以～乎！"《孟子·滕文公上》："父子有親，君臣有義，夫婦有～，長幼有序，朋友有信。" ❺ 特別，特異。宋·楊萬里《曉出淨慈寺送林子方》："接天蓮葉無窮碧，映日荷花～樣紅。" ❻ 另外。漢·李陵《答蘇武書》："生為～世之人，死為異域之鬼。"

【別館】bié guǎn ❶ 別墅。《史記·李斯列傳》："治離宮～～，周徧（biàn，遍）天下。" ❷ 客館。北周·庾信《〈哀江南賦〉序》："三日哭於都亭，三年囚於～～。"

【別業】bié yè　即別墅。晉·石崇《〈思歸引〉序》："晚節更樂放逸，篤好林藪，遂肥遁於河陽～～。"

---

bin

彬 bīn　見"彬彬"。

【彬彬】bīn bīn ❶ 文質兼備。《論語·雍也》："質勝文則野，文勝質則史。文質～～，然後君子。" ❷ 盛多的樣子。唐·柳宗元《答問》："文墨之～～，足以舒吾愁兮。"

賓 bīn ❶ 賓客，客人。漢·曹操《短歌行》："我有嘉～，鼓瑟吹笙。" ❷ 待以客禮。《淮南子·氾論訓》："乃矯鄭伯之命，犒以十二牛，～秦師而卻之。" ❸ 作客，客居。《禮記·月令》："鴻雁來～。" ❹ 服從，歸順。唐·韓愈《後廿九日復上宰相書》："九夷、八蠻之在荒服之外者皆已～貢。" ❺ 戲曲用語，見"賓白"。

【賓白】bīn bái　兩人對語曰"賓"，一人獨語曰"白"，後泛指戲曲中於歌唱間所夾的道白。明·徐渭《南詞敘錄》："唱為主，白為賓，故曰～～，言其明白易曉也。"

【賓服】bīn fú　歸順，臣服。《禮記·樂記》："暴民不作，諸侯～～。"

【賓禮】bīn lǐ　接待賓客之禮。《周禮·春官宗伯·大宗伯》："以～～親邦國。"

【賓天】bīn tiān　帝王之死。後泛指尊者死。《紅樓夢》第六十四回："但只是老爺～～以後，各處支領甚多。"

【賓贊】bīn zàn ❶ 舉行典禮時導引儀式的人。《史記·秦始皇本紀》："闕廷之禮，吾未嘗敢不從～～也。" ❷ 指幕僚。唐·韓愈《鄆州谿堂》："公暨～～，稽經諏（zōu，商量、商議）律，施用不差，人用不屈。"

濱 bīn ❶ 水邊，靠近水的地方。唐·王勃《滕王閣序》："漁舟唱晚，響窮彭蠡之～。" ❷ 邊，邊境。《詩經·小雅·北山》："普天之下，莫非王土；率土之～，莫非王臣。" ❸ 臨近，靠近。《列子·説符》："人有～河而居者，習於水。"

【濱近】bīn jìn　臨近，靠近。《三國志·魏書·王觀傳》："此郡～～外虜，數有寇害。"

瀕 bīn ❶ 水邊。《墨子·尚賢下》："是故昔者舜耕於歷山，陶於河～。" ❷ 迫近，靠近。《漢書·地理志下》："～南山，近夏陽。"

繽 bīn 繁盛，眾多。晉·陶淵明《桃花源記》："芳草鮮美，落英～紛。"

擯 bìn ❶ 通"儐"。引導賓客。《論語·鄉黨》："君召使～，色勃如也，足躩（jué，迅速的樣子）如也。" ❷ 排除，拋棄。《史記·游俠列傳》："然儒、墨皆排～不載。"

【擯斥】bìn chì　排斥，棄絕。南朝梁·劉孝標《辨命論》："昔之玉質金相，英髦秀達，皆～～於當年。"

殯 bìn ❶ 停柩待葬。《論語·鄉黨》："朋友死，無所歸。曰：'於我～。'" ❷ 埋葬。南朝齊·孔稚珪《北山移文》："道帙長～，法筵久埋。"

臏 bìn ❶ 脛骨，膝蓋骨。《史記·秦本紀》："王與孟説舉鼎，絕～。" ❷ 古代剔去膝蓋骨的一種酷刑。《史記·太史公自序》："孫子～腳，而論兵法。"

鬢 bìn 靠近耳邊的頭髮。唐·賀知章《回鄉偶書》："少小離家老大回，鄉音無改～毛衰。"

【鬢雲】bìn yún　形容婦女的鬢髮美如烏雲。唐·溫庭筠《菩薩蠻》："小山重疊金明滅，～～欲度香腮雪。"

bing

冰 bīng ❶ 水在攝氏零度或零度以下凝結成的固體。《荀子·勸學》："～，水為之，而寒於水。" ❷ 結冰，凍結。《禮記·月令》："水始～，地始凍。" ❸ 清白，晶瑩。唐·王昌齡《芙蓉樓送辛漸》："洛陽親友如相問，一片～心在玉壺。"

【冰壺】bīng hú　比喻品德清白。唐·駱賓王《上齊州張司馬啟》："加以清規日舉，湛盜照於～～。"

【冰潔】bīng jié　形容品行清白高潔。唐·薛用弱《集異記·蔡少霞》："仙翁鵠駕，道師～～。"

【冰輪】bīng lún　明月。宋·蘇軾《宿九仙山》："半夜老僧呼客起，雲峯缺處湧～～。"

【冰翁】bīng wēng　岳父。宋·張世南《遊宦紀聞》："又二里，有亭曰輔龍，乃兄之～～董諱焻字季興所創。"

【冰玉】bīng yù　❶ 比喻清潤或清冽的泉水。宋·蘇軾《別子由三首兼別遲》："又聞緱山好泉眼，傍市穿林瀉～～。" ❷ 岳父和女婿的代稱。《晉書·衞玠傳》："婦公冰清，女婿玉潤。"後來稱岳父、女婿為冰清玉潤，簡作"～～"。

兵 bīng ❶ 兵器，武器。戰國楚·屈原《楚辭·九歌·國殤》："操吳戈兮披犀甲，車錯轂兮短～接。" ❷ 士卒，軍隊。《戰國策·觸龍説趙太后》："必以長安君為質，

~乃出。" ❸ 戰爭，軍事。《史記·廉頗藺相如列傳》："顧吾念之，彊秦之所以不敢加～於趙者，徒以吾兩人在也。" ❹ 用兵器殺傷人。《史記·伯夷列傳》："左右欲～之。"

【兵簿】bīng bù　軍士的名冊。《後漢書·吳漢列傳》："及漢至莫府，上～～，諸將人人多請之。"

【兵符】bīng fú　❶ 調遣軍隊的符節憑證。《史記·魏公子列傳》："嬴聞晉鄙之～～常在王臥內。" ❷ 用兵的祕密文書及兵書之類。

【兵革】bīng gé　❶ 兵，戈、矛、刀、箭等武器；革，甲冑。兵革泛稱軍備。《孟子·天時不如地利章》："～～非不堅利也，米粟非不多也。" ❷ 戰爭。《史記·秦楚之際月表》："秦既稱帝，患～～不休，以有諸侯也，於是無尺土之封。"

【兵甲】bīng jiǎ　❶ 武器，武備。三國蜀·諸葛亮《出師表》："今南方已定，～～已足，當獎率三軍。" ❷ 指軍隊。《戰國策·趙策二》："然而秦不敢舉～～而伐趙者，何也？" ❸ 指戰爭。《戰國策·秦策一》："明言章理，～～愈起；辨言偉服，戰攻不息。"

【兵諫】bīng jiàn　進諫時以武力要挾，迫使聽從。《〈穀梁傳集解〉序》："左氏以鬻（yù，賣）拳～～為愛君。"

秉　bǐng　❶ 禾束，禾把。《詩經·小雅·大田》："彼有遺～，此有滯穗。" ❷ 量詞，古代計量單位，十六斛為一秉。《論語·雍也》："冉子與之粟五～。" ❸ 拿，執持。唐·李白《春夜宴從弟桃花園序》："古人～燭夜遊，良有以也。" ❹ 握有，保持。《國語·吳語》："敢使下臣盡辭，唯大王～利度義焉。"

【秉德】bǐng dé　保持美德。戰國楚·屈原《楚辭·九章·橘頌》："～～無私，參天地兮。"

【秉權】bǐng quán　執掌政權。晉·葛洪《抱朴子·審舉》："靈獻之世，閹官用事，羣姦～～。"

【秉心】bǐng xīn　持心。清·紀昀《閱微草堂筆記·姑妄聽之》："雖謂～～貞正，感動幽靈，亦未必不然也。"

柄　bǐng　❶ 器物的把。清·紀昀《閱微草堂筆記·槐西雜誌》："老翁手一短～斧，縱八九寸，橫半之，奮臂屹立。" ❷ 量詞。用於有柄之物。金·董解元《西廂記諸宮調》："使一～大刀，冠絕今古。" ❸ 根本。《宋史·朱勝非傳》："仁義者，天下之大～。" ❹ 權力。宋·王禹偁《待漏院記》："政～於是乎隳（huī，破壞）哉，帝位以之而危矣。" ❺ 執掌，主持。《戰國策·韓策二》："公仲～得秦師，故敢捍楚。"

【柄臣】bǐng chén　掌權的大臣。《漢書·朱雲傳》："賤人圖～～，則國家搖動而民不靜矣。"

炳　bǐng　❶ 光明，明亮，顯著。《周易·革卦》："大人虎變，其文～也。" ❷ 明白。唐·白居易《畫大羅天尊贊序》："粹容儼若，真相～焉。" ❸ 點燃。漢·劉向《説苑·建本》："老而好學，如～燭之明。"

【炳然】bǐng rán　❶ 明顯的樣子，明白的樣子。《漢書·劉向傳》："決斷狐疑，分別猶豫，使是非～～可知。" ❷ 光明的樣子。宋·蘇軾《謝孫舍人啟》："～～白日，霰雪自消。"

【炳著】bǐng zhù　明白顯著。《後漢書·桓典列傳》："功雖不遂，忠義～～。"

屏 bǐng 見 453 頁 píng。

稟 bǐng ❶承受，領受。三國魏·曹植《植橘賦》："～太陽之烈氣，嘉杲（gǎo，明亮）日之休光。" ❷下對上報告情況。《三國演義·楊修之死》："正沈吟間，夏侯惇（dūn，篤厚）入帳，～請夜間口號。"

【稟命】 bǐng mìng 受命，請命。《左傳·閔公二年》："～～則不威。"

【稟食】 bǐng shí 官府給予食物。《墨子·七患》："餓則盡無祿，～～而已矣。"

【稟受】 bǐng shòu 承受，多指承受於自然的特性和氣質。《淮南子·脩務訓》："各有其自然之勢，無～～於外。"

餅 bǐng ❶用麵粉製成的食品，一般為扁圓形。《墨子·耕柱》："見人之作～，則還然竊之。" ❷餅狀物。見"餅金"。 ❸量詞，用於餅狀物。《後漢書·列女傳》："羊子嘗行路，得遺金一～，還以與妻。"

【餅金】 bǐng jīn 餅狀的金塊。《南史·褚彥回傳》："有人求官，密袖中將一～～，因求請間，出金示之。"清代乾隆後用以稱銀元。

并 bìng ❶合併，吞併。《戰國策·蘇秦以連橫說秦》："可以～諸侯，吞天下。" ❷合，同。《史記·蘇秦列傳》："於是六國從合而～力焉。"

【并命】 bìng mìng 同死。北齊·顏之推《顏氏家訓·兄弟》："二弟爭共抱持，各求代死，終不得解，遂～～爾。"

並 bìng 一起，一齊。漢·賈誼《過秦論》："山東豪俊，遂～起而亡秦族矣。"

【並世】 bìng shì 同時代。宋·曾鞏《寄歐陽舍人書》："然畜道德而能文章者，雖或～～而有，亦或數十年或一二百年而有之。"

病 bìng ❶重病。古稱輕者為疾，重者為病，後泛指疾病。《史記·孔子世家》："孔子～，子貢請見。" ❷患病。《戰國策·觸龍說趙太后》："老臣～足，曾不能疾走。" ❸苦，疾苦。《左傳·襄公二十四年》："范宣子為政，諸侯之幣重，鄭人～之。" ❹貧困。唐·柳宗元《捕蛇者說》："嚮吾不為斯役，則久已～矣。" ❺疲憊。《孟子·揠苗助長》："今日～矣！予助苗長矣！" ❻飢餓。《論語·衛靈公》："在陳絕糧，從者～，莫能興。" ❼缺點，毛病。三國魏·曹植《與楊德祖書》："世人之著述，不能無～。" ❽擔憂，憂慮。《論語·衛靈公》："君子～無能焉，不～人之不己知也。" ❾恥辱。《晏子春秋·內篇雜下》："聖人非所與熙（戲弄）也，寡人反取～焉。"

【病革】 bìng jí 病危將死。革，急。《禮記·檀弓上》："夫子之～～矣，不可以變。"

【病免】 bìng miǎn 稱病免官。《史記·司馬相如列傳》："相如既～～，家居茂陵。"

波 bō ❶起伏的水面。宋·蘇軾《前赤壁賦》："清風徐來，水～不興。" ❷水流，水波。宋·蘇軾《石鐘山記》："微～入焉，涵澹澎湃而為此也。"❸動搖，變化。見"波蕩"。❹影響。《左傳·僖公二十三年》："其～及晉國者，君之餘也。"❺流轉的目光。三國魏·曹植《洛神賦》："無良媒以接歡兮，託微～而通辭。"

【波蕩】bō dàng ❶水波搖盪。盪漾。漢·張衡《西京賦》："河渭為之～～，吳嶽為之陦堵。"❷動盪，不穩定。《後漢書·公孫述列傳》："方今四海～～，匹夫橫議。"❸流離遷徙。三國魏·邯鄲淳《太平廣記·張騁》："百姓～～，從亂如歸。"

剝　bō ❶割裂。《左傳·昭公十二年》："君王命～圭以為戚柲(bì，戈戟等兵器的柄)。"❷脫落，剝去。《詩經·小雅·楚茨》："或～或亨。"❸強制除去，侵奪。見"剝掠"。

【剝掠】bō lüè　強奪。掠取。南朝宋·劉義慶《世說新語·雅量》："亂兵相～～射，誤中柂(duò，同'舵')工，應弦而倒。"

撥　bō ❶治理，整頓。《史記·太史公自序》："～亂世反之正，莫近於《春秋》。"❷分開，劃動。唐·駱賓王《詠鵝》："白毛浮綠水，紅掌～清波。"❸碰撞，摩擦。唐·岑參《走馬川行奉送封大夫出師西征》："半夜軍行戈相～，風頭如刀面如割。"❹彈撥絃樂器。唐·白居易《琵琶行》："轉軸～絃三兩聲，未成曲調先有情。"❺廢棄，除去。《史記·太史公自序》："秦～去古文，焚滅《詩》、《書》。"

【撥冗】bō rǒng　從繁忙中抽出時間來。清·畢魏《三報恩·探獄》："雖

然如此，早晚定～～而來。"

播　bō ❶佈種，撒種。《孟子·滕文公上》："蓋其乘屋（修蓋房屋），其始～百穀。"❷傳佈，傳揚。《孟子·離婁上》："不仁而在高位，是～其惡於眾也。"❸分，分散。《尚書·夏書·禹貢》："又北～為九河。"❹逃亡，遷徙。《後漢書·孝獻帝紀》："獻生不辰，身～國屯。"

【播弄】bō nòng ❶操縱，擺佈。明·馮夢龍《警世通言》第三十五卷："志比精金，心如堅石。沒來由被旁人～～。"❷挑撥，搬弄。清·紀昀《閱微草堂筆記·姑妄聽之》："汝～～是非，間人骨肉多矣。"

【播遷】bō qiān　流離遷徙。北周·庾信《哀江南賦》："彼陵江而建國，始～～於吾祖。"

蕃　bō　見141頁fán。

伯　(1) bó ❶古代統領一方的長官。《左傳·僖公十九年》："諸侯無～。"❷古代五等爵位（公、侯、伯、子、男）的第三等。《孟子·萬章下》："天子之制，地方千里，公侯皆方百里，～七十里，子、男五十里。"❸在某方面堪為魁首的代表人物。《莊子·人間世》："匠～不顧。"❹兄弟中排行第一者。《孟子·告子上》："鄉人長於～兄一歲，則誰敬？"❺父之兄為伯父，或稱伯。晉·李密《陳情表》："既無～叔，終鮮兄弟。"

(2) bà　通"霸"。❶諸侯的盟主。漢·司馬遷《報任安書》："絳侯誅諸呂，權傾五～，囚於請室。"❷稱霸。《國語·吳語》："將必寬然有～諸侯之心焉。"

(3) bǎi　通"佰"，一百。《孟

子·滕文公上》：“或相倍蓰，或相什～，或相千萬。”

（4）mò　通“陌”，田間小路。漢·晁錯《論貴粟疏》：“無農夫之苦，有仟～之得。”

帛　bó　❶絲織物的總稱。《孟子·梁惠王上》：“五畝之宅，樹之以桑，五十者可以衣～矣。”❷幣帛，束帛，用於聘問或祭祀的繒帛。《左傳·曹劌論戰》：“犧牲玉～，弗敢加也，必以信。”

泊　（1）bó　❶停船靠岸。宋·蘇軾《石鐘山記》：“士大夫終不肯以小舟夜～絕壁之下。”❷停留，停頓。宋·王安石《示張祕校》：“寒魚占窟聚，暝鳥投枝～。”❸淡泊，恬靜。宋·歐陽修《送楊寘（zhì）序》：“喜怒哀樂，動人必深，而純古淡～。”

（2）pō　湖澤，沼澤，如：梁山～。

【泊然】bó rán　恬淡無慾的樣子。三國魏·嵇康《養生論》：“～～無感，而體氣和平。”

勃　bó　❶興起，旺盛。《廣雅·釋訓》：“～～，盛也。”明·袁宏道《徐文長傳》：“其胸中又有～然不可磨滅之氣。”❷猝然，突然。《孟子·萬章下》：“王～然變乎色。”

【勃勃】bó bó　興盛的樣子。漢·揚雄《揚子法言·淵騫》：“攀龍鱗，附鳳翼，巽（xùn，八卦之一，代表風）以揚之，～～乎其不可及也。”

浡　bó　❶興起的樣子，通“勃”。《孟子·梁惠王上》：“天油然作雲，沛然下雨，則苗～然興之矣。”❷湧出。《史記·司馬相如列傳》：“昔者鴻水～出，氾濫衍溢，民人登降移徙。”

博　bó　❶寬大。見“博帶”。❷寬廣，闊闊。《荀子·勸學》：“吾嘗跂（qì，提起腳後跟）而望矣，不如登高之～見也。”❸廣泛，普遍。《論語·雍也》：“君子～學於文，約之以禮，亦可以弗畔矣夫。”❹豐富，多。《史記·伯夷列傳》：“夫學者載籍極～，猶考信於六藝。”❺謀求，討取。清·蒲松齡《聊齋志異·促織》：“蓄劣物，終無所用，不如拚一笑。”❻古代的一種棋戲，後泛指賭博。《論語·陽貨》：“不有～弈者乎？為之，猶賢乎已。”

【博達】bó dá　博學通達。宋·王禹偁《濟州眾等寺新修大殿碑》：“我先大師，……幼而聰悟，長而～～。”

【博帶】bó dài　寬大的衣帶。《漢書·雋不疑傳》：“褒衣～～，盛服至門上謁。”

【博洽】bó qià　知識廣博。《後漢書·杜林列傳》：“京師士大夫，咸推其～～。”

【博士】bó shì　古代官名，掌各科學問教授之事。唐·韓愈《與于襄陽書》：“七月三日，將仕郎守國子四門～～韓愈，謹奉書尚書閣下。”

【博戲】bó xì　古代的一種棋戲。《史記·貨殖列傳》：“～～馳逐，鬥（同‘鬬’）雞走狗。”

【博雅】bó yǎ　❶學識淵博，品行端正。漢·王逸《〈招隱士〉序》：“昔淮南王安～～好古，招懷天下俊偉之士。”❷文章內容豐富，文辭優美。南朝梁·劉勰《文心雕龍·雜文》：“崔駰（yīn，古書上指一種淺黑帶白色的馬）《七依》，入～～之巧。”

【博議】bó yì　廣泛的議論。《漢書·溝洫志》：“且水勢各異，不～～利害……有填淤反壤之害。”

搏 bó ❶ 搜捕，捕捉。《孟子·盡心下》："晉人有馮婦者，善～虎，卒為善士。" ❷ 拾取，攫取。《史記·李斯列傳》："鑠金百溢，盜跖不～。" ❸ 撲。宋·蘇軾《石鐘山記》："大石側立千尺，如猛獸奇鬼，森然欲～人。" ❹ 擊，拍。宋·蘇軾《石鐘山記》："微風鼓浪，水石相～，聲如洪鐘。" ❺ 打鬥，搏鬥。《戰國策·燕策三》："而卒惶急，無以擊軻，而以手共～之。"

【搏拊】bó fǔ 拍擊，謂鼓掌。漢·馬融《長笛賦》："失容墜席，～～雷抃（biàn，鼓掌）。"

駁 bó ❶ 馬毛色不純。《詩經·豳風·東山》："之子于歸，皇～其馬。" ❷ 泛指顏色不純。清·姚鼐《登泰山記》："降皓～色，而皆若僂。" ❸ 混雜，龐雜。明·歸有光《項脊軒志》："桂影斑～，風移影動，珊珊可愛。" ❹ 辯論是非，否定他人意見。見"駁議"。

【駁落】bó luò ❶ 通"剝落"，脫落。唐·白居易《題流溝寺古松》："煙葉葱蘢蒼塵尾，霜皮～～紫龍鱗。" ❷ 應試落第。元·王實甫《西廂記》："得官呵，來見我。～～呵，休來見我。"

【駁議】bó yì 臣子向皇帝上書的形式之一，就他人所論，辯駁其是非。南朝梁·劉勰《文心雕龍·議對》："迄至有漢，始立～～。"

箔 bó ❶ 門簾。南朝梁·任昉（fǎng）《奏彈劉整》："米未展送，（劉整）忽至戶前，隔～攘拳大罵。" ❷ 養蠶用的竹蓆之類。北魏·賈思勰《齊民要術·種桑柘》："桑至春生，一畝食三～。" ❸ 金屬薄片，塗過金屬粉的紙。《南齊書·

高帝紀上》："不得以金銀為～。"

踣 bó ❶ 朝前撲倒，因困苦勞累等而撲倒。唐·柳宗元《捕蛇者說》："號呼而轉徙，飢渴而頓～。" ❷ 顛覆，敗亡。《左傳·襄公二十一年》："隊（墜）命亡氏，～其國家。"

薄 bó ❶ 草木密集叢生處。戰國楚·屈原《楚辭·九章·涉江》："露申辛夷，死林～兮。" ❷ 迫近，接近。宋·蘇軾《後赤壁賦》："今者～暮，舉網得魚。" ❸ 物體厚度小。唐·岑參《白雪歌送武判官歸京》："散入珠簾濕羅幕，狐裘不暖錦衾～。" ❹ 輕微，小。唐·杜甫《秋興八首》其三："匡衡抗疏功名～，劉向傳經心事違。" ❺ 數量少。明·張岱《西湖七月半》："漸稀漸～，頃刻散盡矣。" ❻ 土地貧瘠。《左傳·成公六年》："土～水淺，其惡易覯（gòu，遇見，遭逢）。" ❼ 不厚道，不寬厚。《孟子·萬章下》："故聞柳下惠之風者，鄙夫寬，～夫敦。" ❽ 淡弱，稀薄。與"濃"相對。宋·陸游《釵頭鳳》："東風惡，歡情～，一懷愁緒，幾年離索。" ❾ 削弱，減損。《孟子·梁惠王上》："省刑罰，～稅斂，深耕易耨。" ❿ 輕視，看不起。三國蜀·諸葛亮《出師表》："不宜妄自菲～，引喻失義，以塞忠諫之路也。"

【薄行】bó xíng 品行輕薄。《三國志·魏書·劉曄傳》："少子陶，亦才而～～，官至平原太守。"

【薄倖】bó xìng 薄情，負心。唐·杜牧《遣懷》："十年一覺揚州夢，贏得青樓～～名。"

籤 bó ❶ 揚去穀米中的雜物。《詩經·大雅·生民》："或舂或揄，或～或蹂。" ❷ 振盪，搖動。唐·

劉禹錫《浪淘沙》："九曲黃河萬里沙，浪淘風～自天涯。"

擘 bò ❶分開，分割。《史記·刺客列傳》："既至王前，專諸～魚，因以匕首刺王僚。" ❷大拇指。喻傑出的人物。《孟子·滕文公下》："於齊國之士，吾必以仲子為巨～焉。"

【擘畫】bò huà 籌謀，處理。《淮南子·要略》："齊俗者，……～～人事之終始者也。"

---

bu

逋 bū ❶逃亡。南朝齊·孔稚珪《北山移文》："請迴俗士駕，為君謝～客。" ❷拖延。晉·李密《陳情表》："詔書切峻，責臣～慢。"

【逋逃】bū táo ❶逃亡的罪人。《尚書·周書·牧誓》："乃惟四方之多罪～～，是崇是長。" ❷逃亡。唐·杜甫《遣遇》："奈何點吏徒，漁奪成～～。"

晡 bū ❶申時，即午後三點至五點。元·紀君祥《趙氏孤兒》："為乘春令勸耕初，巡遍郊原日未～。" ❷夜晚。唐·杜甫《大曆三年春白帝城放船出瞿塘峽久居夔府將適江陵漂泊有詩凡四十韻》："絕島容煙霧，環洲納曉冬。"

【晡食】bū shí 晚餐。唐·柳宗元《段太尉逸事狀》："吾未～～，請假設草具。"

卜 bǔ ❶殷周時期人們用火灼燒龜甲取兆，以預測吉凶的行為。《詩經·大雅·文王有聲》："考～維王，宅是鎬京。" ❷泛指所有的占卜行為。《史記·陳涉世家》："吳廣以為然，乃行～。" ❸選擇。唐·

韓愈《送石處士序》："於是撰書詞，具馬幣，～一日以受使者。" ❹推測，預料。唐·李商隱《馬嵬》："海外徒聞更九州，他生未～此生休。" ❺賜與。《詩經·小雅·楚茨》："～爾百福，如幾如式。"

【卜筮】bǔ shì 占卜。用龜甲叫卜，用蓍草叫筮，合稱"卜筮"。《詩經·衛風·氓》："爾卜爾筮，體無咎言。"

哺 bǔ ❶口中含嚼的食物。唐·韓愈《後廿九日復上宰相書》："方一食三吐其～，方一沐三握其髮。" ❷餵養。《漢書·賈誼傳》："抱～其子。"

捕 bǔ ❶捉拿，捕捉。清·紀昀《閱微草堂筆記·槐西雜誌》："近城有虎暴，傷獵戶數人，不能～。" ❷舊時衙門擔任緝捕的差役。明·張溥《五人墓碑記》："鉤黨之～，徧（遍）於天下。"

補 bǔ ❶補綴衣服。《禮記·內則》："衣裳綻裂，紉箴請～綴。" ❷修補破損的東西。唐·李賀《李憑箜篌引》："女媧煉石～天處，石破天驚逗秋雨。" ❸彌補，補救。三國蜀·諸葛亮《出師表》："必能裨～闕漏，有所廣益。" ❹補助，補充。《國語·越語上》："去民之所惡，～民之不足。" ❺裨益。《戰國策·范雎說秦王》："處必然之勢，可以少有～於秦，此臣之所大願也。" ❻填補空缺。《戰國策·觸龍說趙太后》："願令～黑衣之數，以衛王宮。"

不 (1) bù ❶非，不是。《禮記·中庸》："故曰'苟～至德，至道～凝焉'。" ❷毋，勿，不要。表示禁止。《孟子·滕文公上》："病愈（瘉），我且往見，夷子～來！"

❸ 表示否定。《左傳·燭之武退秦師》："吾～能早用子，今急而求子，是寡人之過也。"❹ 表示反問。《論語·陽貨》："～曰堅乎，磨而不磷；～曰白乎，涅而不緇。"

　　(2) fǒu　同"否"。和肯定詞對用時，表示否定。唐·韓愈《師說》："句讀之不知，惑之不解，或師焉，或～焉。"

【不才】bù cái　沒有才能。常用作自謙詞。漢·李陵《答蘇武書》："陵也～～，希當大任。"

【不逞】bù chěng　❶ 不滿意，不得志。《左傳·鄭莊公戒飭守臣》："天禍許國，鬼神實～～於許君，而假手於我寡人。"❷ 後稱為非作歹的人為"不逞之徒"或"不逞"。《後漢書·史弼列傳》："外聚剽輕～～之徒。"

【不齒】bù chǐ　不與同列，表示極端鄙視。《尚書·周書·蔡仲之命》："降霍叔於庶人，三年～～。"唐·韓愈《師說》："巫、醫、樂師、百工之人，君子～～。"

【不啻】bù chì　❶ 不但，不止。明·劉基《說虎》："虎之力，於人～～倍也。"❷ 無異於。《禮記·大學》："～～若自其口出，寔(shí，實)能容之，以能保我子孫黎民，尚亦有利哉！"

【不次】bù cì　不按常規的次序。《漢書·東方朔傳》："待以～～之位。"

【不二】bù èr　專一。《韓非子·難三》："君令～～，除君之惡，惟恐不堪。"

【不復】bù fù　不再。唐·李白《將進酒》："君不見黃河之水天上來，奔流到海～～回。"

【不辜】bù gū　無罪。《孟子·公孫丑上》："行一不義，殺一～～，而得天下，皆不為也。"

【不穀】bù gǔ　不善，古代王侯自稱的謙詞。《左傳·僖公二十三年》："公子若返晉國，則何以報～～？"

【不果】bù guǒ　❶ 沒有成為事實，沒有實行。宋·歐陽修《〈梅聖俞詩集〉序》："雖知之深，亦～～薦也。"❷ 不果決。《國語·吳語》："莫如此志行～～。"❸ 果然。語助詞。《武王伐紂平話》卷中："殺妻棄子害忠良，～～皇天降禍殃。"

【不諱】bù huì　❶ 不隱諱。戰國楚·屈原《楚辭·卜居》："寧正言～～，以危身乎？"❷ 不避尊長的名字。唐·韓愈《諱辯》："周公作詩不～，孔子不偏諱二名。"❸ 死的婉轉說法。《漢書·魏相傳》："君即有～～，誰可以自代者？"

【不羈】bù jī　豪放、不甘受拘束。宋·王安石《泰州海陵縣主簿許君墓誌銘》："君既與兄元相友愛稱天下，而自少卓犖(zhuó luò，明顯)～～，善辯說。"

【不經】bù jīng　❶ 不合於常規。《尚書·虞書·大禹謨》："與其殺不辜，寧失～～。"❷ 缺乏根據，不近情理。《漢書·郊祀志上》："所忠視其書～～，疑其妄言。"

【不刊】bù kān　無需修改，不可磨滅。古代文書刻於竹簡，有錯就削去，叫"刊"。漢·揚雄《答劉歆書》："是懸諸日月，～～之書也。"

【不毛】bù máo　❶ 不生長五穀，荒蕪貧瘠。三國蜀·諸葛亮《出師表》："故五月渡瀘，深入～～。"❷ 不種植。《管子·七臣七主》："土地～～，則人不足。"❸ 毛色不純。《公羊傳·文公十三年》："周公用白牡、魯公用騂犅(赤色公牛)、"

群公～～。"

【不敏】bù mǐn　自謙詞，不才。明·宋濂《閱江樓記》："臣～～，奉旨撰記。"

【不佞】bù nìng　❶ 不以花言巧語討好人。《論語·公冶長》："雍也仁而～～。" ❷ 自謙詞，沒有才能。《左傳·成公十三年》："君若不施大惠，寡人～～，其不能以諸侯退矣。"

【不偶】bù ǒu　不遇，不合。明·袁宏道《徐文長傳》："視一世事無可當意者，然竟～～。"

【不勝】bù shèng　❶ 承受不住，承擔不了。唐·杜甫《春望》："白頭搔更短，渾欲～～簪。" ❷ 不盡。《史記·項羽本紀》："刑人如恐～～，天下皆叛之。" ❸ 制服不住，不能制服。《孟子·天時不如地利章》："三里之城，七里之郭，環而攻之而～～。"

【不腆】bù tiǎn　自謙詞，不豐厚，不好。《左傳·成公二年》："子以君師辱於敝邑，～～敝賦，以犒從者。"

【不肖】bù xiào　❶ 兒子不如父親。《孟子·萬章上》："舜之子亦～～。" 後來也稱不孝之子為"不肖"。❷ 沒有才能。《史記·管晏列傳》："鮑叔不以我為～～，知我不遭時也。" ❸ 自謙詞。《史記·廉頗藺相如列傳》："臣等～～，請辭去。"

【不屑】bù xiè　❶ 不潔淨。《毛傳》："屑，潔也。" ❷ 不值得，表示輕視。《孟子·告子上》："蹴爾而與之，乞人～～也。"

【不虞】bù yú　❶ 沒有預料到的事。《國語·楚語下》："所以備賦，以戒～～者也。" ❷ 隱指死亡。《後漢書·周舉傳》："若悲愁生疾，一旦～～，主上將何以令於天下？"

布　bù　❶ 棉、麻、葛等織物的統稱。《晏子春秋·內篇雜下》："夫十總之～，一豆之食，足於中免矣。" ❷ 古代錢幣。《詩經·衛風·氓》："抱～貿絲。" ❸ 公佈，宣告。《左傳·成公二年》："吾子～大命於諸侯，而曰必質其母以為信。" ❹ 分佈。《三國志·吳書·孫權傳》："而天下英豪～在州郡。" ❺ 散播，流傳。《史記·太史公自序》："主上明聖而德不～聞，有司之過也。" ❻ 佈施，施予。漢樂府《長歌行》："陽春～德澤，萬物生光輝。"

【布陳】bù chén　❶ 頒佈，設置。《荀子·王霸》："之所以為～～於國家刑法者，則舉義法也。" ❷ 分佈陳列。漢·陸賈《新語·資質》："卿士列位，～～宮堂。" ❸ 分散。《越絕書·內傳陳成恆》："手足異處，四支（肢）～～，為鄉邑笑。"

【布褐】bù hè　❶ 粗布短衣。漢·桓寬《鹽鐵論·通有》："衣～～，飯土硎（tǔ xíng，古代一種盛湯的瓦器）。" ❷ 借指平民。唐·王維《獻始興公》："鄙哉匹夫節，～～將白頭。"

【布惠】bù huì　佈施恩惠。《史記·秦本紀》："孝公於是～～，振孤寡，招戰士。"

【布露】bù lù　頒佈，披露。《三國志·蜀書·先主甘皇后傳》："臣請太尉告宗廟，～～天下。"

【布算】bù suàn　排列算籌，進行推算。《北史·許遵傳》："於是～～滿床，大言曰：'不出冬初，我乃不見。'"

【布衣】bù yī　❶ 布做的衣服，謂衣著儉樸。《史記·魯周公世家》："平子～～跣（xiǎn，光着腳）行，因六卿謝罪。"　❷ 平民百姓穿的衣服，代指平民百姓。《戰國策·唐雎不辱使命》："大王嘗聞～～之怒乎？"三國蜀·諸葛亮《出師表》："臣本

【布衣之交】bù yī zhī jiāo　指貧賤之交，也指不拘地位高低平等相處的朋友。《史記·廉頗藺相如列傳》："臣以為～～～～尚不相欺，況大國乎？"

步　bù　❶ 行走，步行。《史記·項羽本紀》："乃令騎皆下馬～行，持短兵接戰。"　❷ 徐行，緩行。《戰國策·觸龍說趙太后》："老臣今者殊不欲食，乃自強～，日三四里。"　❸ 一舉足叫跬，為半步，兩足各跨一次叫步。《荀子·勸學》："故不積跬～，無以致千里。"　❹ 步伐。漢樂府《陌上桑》："盈盈公府～，冉冉府中趨。"　❺ 指步兵。漢·司馬遷《報任安書》："且李陵提～卒不滿五千，深踐戎馬之地。"　❻ 推算，測量。清·阮元《疇人傳·王錫闡下》："余謂～曆固難，驗曆亦不易。"　❼ 古代的長度單位，其制歷代不一。《荀子·勸學》："騏驥一躍，不能十～。"

【步輦】bù niǎn　輦，車。殷周時用於載物，秦時，去輪改為輿，改由人抬，稱作"步輦"。三國魏·曹丕《校獵賦》："～～西園，還坐玉堂。"

【步搖】bù yáo　一種婦女所佩戴的首飾。唐·白居易《長恨歌》："雲鬢花顏金～～，芙蓉帳暖度春宵。"

怖　bù　❶ 惶恐，害怕。《戰國策·燕策三》："燕王誠振～大王之威，不敢舉兵以逆軍吏。"　❷ 恐嚇。明·張岱《西湖七月半》："轎夫叫船上人，～以關門。"

【怖駭】bù hài　驚恐。漢·趙曄《吳

越春秋·越王無余外傳》："黃龍負舟，舟中人～～。"

【怖悸】bù jì　驚懼。唐·韓愈《南海神廟碑》："既進，觀顧～～，故常以疾為辭。"

部　bù　❶ 統領，統率。《史記·項羽本紀》："漢王～五諸侯兵，凡五六十萬人，東伐楚。"　❷ 安排，安置。《漢書·高帝紀上》："～署諸將。"　❸ 衙署，部門。舊時中央政府分吏、戶、禮、兵、刑、工六部。唐·韓愈《柳子厚墓誌銘》："順宗即位，拜禮～員外郎。"　❹ 見"部曲"。❺ 門類，類別。南朝齊·孔稚珪《北山移文》："談空空於釋～，覈（核）玄玄於道流。"

【部曲】bù qū　❶ 古時軍隊的編制單位。《漢書·李廣傳》："及出擊胡，而廣行無～～行陳（行陳，巡行軍陣。陳通‘陣’）。"　❷ 豪門大族私人的軍隊。《三國志·魏書·鄧艾傳》："吳名宗大族，皆有～～，阻兵仗勢，足以建命。"

埠　bù　停船的碼頭。見"埠頭"。

【埠頭】bù tóu　停泊船隻的碼頭。明·唐寅《松陵晚泊》："晚泊松陵繫短蓬，～～燈火集船叢。"

簿　bù　❶ 登記、書寫所用的冊籍。清·吳敬梓《儒林外史》第三回："閻王也不知叫判官在～子上記了你幾千條鐵棍。"　❷ 造冊登記，清查。《魏書·太祖紀》："～其珍寶畜產。"　❸ 文書。唐·柳宗元《梓人傳》："以恪勤為公，以～書為尊。"

【簿責】bù zé　依據文書所列罪狀逐一責問。《史記·酷吏列傳》："天子果以（張）湯懷詐面欺，使使八輩（次）～～（張）湯。"

C

cai

猜 cāi ❶ 懷疑。《左傳·昭公七年》："雖吾子亦有～焉。" ❷ 嫉恨。晉·潘岳《馬汧督誄》："忘爾大勞，～爾小利。" ❸ 猜測。《紅樓夢》第二十二回："娘娘差人送出一個燈謎來，命你們大家去～。"

才 cái ❶ 才能。《論語·子罕》："既竭吾～，如有所立卓爾。" ❷ 人才。《國語·齊語》："夫管子，天下之～也。" ❸ 通"材"，才質。《孟子·告子上》："非天之降～爾殊也？" ❹ 通"裁"，裁決。《戰國策·趙策一》："願拜內之於王，唯王～之。"

【才辯】cái biàn　才智機辯。《後漢書·列女傳》："(蔡琰) 博學有～～。"

【才伐】cái fá　才能和功績。《北史·文苑傳》："(王) 冑性疏率不倫，自恃～～。"

【才情】cái qíng　才思，才華。南朝宋·劉義慶《世說新語·賞譽》："～～過於所聞。"

【才子】cái zǐ　德才兼備的人，後多指有才華的人。晉·潘岳《西征賦》："賈生洛陽之～～。"

在 cái　見758頁zài。

材 cái ❶ 木材。《左傳·僖公十五年》："我落其實，而取其～，所以克也。" ❷ 材料。《左傳·隱公五年》："其～不足以備器用。" ❸ 棺材。《陳書·周弘直傳》："氣絕已後，便買市中見～。" ❹ 資質。唐·韓愈《雜説四》："食之不能盡其～。" ❺ 通"才"，才能。唐·李白《將進酒》："天生我～必有用。" ❻ 通"財"，財物。《荀子·君道》："知務本禁末之為多～也。"

【材質】cái zhì　才能，資質。《漢書·哀帝紀》："～～不足以假充太子之宮。"

哉 cái　見757頁zāi。

財 cái ❶ 財物，財富。《韓非子·五蠹》："人民少而～有餘，故民不爭。" ❷ 通"材"，木材，木料。晉·左思《魏都賦》："～以工化，賄以商通。" ❸ 通"才"，才能，才智。《孟子·盡心上》："有成德者，有達～者。" ❹ 通"纔"，僅僅，剛剛。《墨子·備穴》："金與扶林長四尺，～自足。" ❺ 通"裁"，節制。《管子·心術下》："聖人因而～之。"

◆ 財、材、才。物有用稱"財"，木有用稱"材"，人有用稱"才"。

【財賄】cái huì　財物。《左傳·隱公十一年》："凡而器用～～，無寘 (置) 於許。"

【財用】cái yòng ❶ 財物；財富。《孟子·盡心下》："無政事，則～～不足。" ❷ 材料和工具。財，通"材"。《左傳·宣公十一年》："量功命日，分～～。"

裁 cái ❶ 縫紉，剪裁。漢樂府《孔雀東南飛》："十四學～衣。" ❷ 減削。《國語·吳語》："～其有餘，使貧富皆利之。" ❸ 裁斷。《左傳·僖公十五年》："唯君～之。" ❹ 節制，約束。《周易·繫辭上》："化而～之謂之變。" ❺ 估量。《淮南子·主術訓》："取民，則不～其力。」❻殺，自殺。漢·司馬遷《報任安書》：「不能引決自～。」❼體裁，風格。漢·張衡《西京賦》：「取殊～於八都（八方）。」❽創作。南朝宋·鮑照《奉始興王命作白紵舞曲啟》：「謹竭庸陋，～為四曲。」❾通「纔」，僅，只。《漢書·匈奴傳下》：「然眾～數萬人。」

【裁畫】cái huà　籌劃。《新唐書·封倫傳》：「倫陰為～～。」

【裁製】cái zhì　❶剪裁製作。唐·玄奘《大唐西域記·印度總述》：「衣裳服玩，無所～～。」❷規劃安排。❸體裁，風格。元·辛文房《唐才子傳·陶翰》：「三百年以前，方可論其～～。」

繰 cái　❶剛剛。《漢書·賈山傳》：「然身死～數月耳，天下四面而攻之。」❷僅僅。晉·陶淵明《桃花源記》：「初極狹，～通人。」

采 （1）cǎi　❶摘取。《詩經·周南·關雎》：「參差荇菜，左右～之。窈窕淑女，琴瑟友之。」❷選取，採納。《史記·秦始皇本紀》：「～上古『帝』位號，號曰『皇帝』。」❸搜集。《漢書·藝文志》：「故古有～詩之官。」❹開採。漢·桓寬《鹽鐵論·復古》：「～鐵石鼓鑄煮鹽。」❺彩色絲織品，同「綵」。《禮記·雜記下》：「麻不加於～。」❻彩色，同「彩」。《史記·項羽本紀》：「吾令人望其氣，皆為龍虎，成五～。」❼文采，同「彩」。戰國楚·屈原《楚辭·九章·懷沙》：「眾不知余之異～。」❽神色，容態，同「彩」。《莊子·人間世》：「～色不定。」

（2）cài　采邑、采地，古代諸侯封給卿大夫的土地。《禮記·禮運》：「大夫有～以處其子孫。」

【采采】cǎi cǎi　❶茂盛的樣子。《詩經·秦風·蒹葭》：「蒹葭～～，白露未已。」❷裝飾華麗的樣子。《詩經·曹風·蜉蝣》：「蜉蝣之翼，～～衣服。」

【采薇】cǎi wēi　❶《詩經·小雅》的篇名。相傳周文王調集將士防衛昆夷與玁狁，便是唱着這首歌出發的，後用作調遣士卒的典故。清·姚鼐《吳戍橋》：「上相歌～～，嚴軍入懸瓠（hù，葫蘆科植物）。」❷採集巢菜。一般認為薇是野豌豆，一種野菜，蜀人謂之巢菜。《史記·伯夷列傳》載，周武王滅殷後，伯夷、叔齊恥而不食周粟，隱居首陽山「采薇而食」。後比喻隱居不仕。唐·杜甫《別董頲（tǐng）》：「當念著白帽，～～青雲端。」

【采擷】cǎi xié　採摘，摘取。唐·王維《相思》：「願君多～～，此物最相思。」

【采摭】cǎi zhí　搜集摘錄。漢·董仲舒《春秋繁露·盟會要》：「～～托意，以矯失禮。」

彩 cǎi　❶色彩，光彩。唐·王勃《滕王閣序》：「虹銷雨霽，～徹雲衢。」❷文采。《宋書·顏延之傳》：「延之與陳郡謝靈運俱以詞～齊名。」❸神采，風度。《晉書·王戎傳》：「幼而穎悟，神～秀徹。」❹多種顏色。唐·李白《早發白帝城》：「朝辭白帝～雲間。」❺彩頭，賭注。唐·李白《送外甥鄭灌從軍》：「六博爭雄好～來。」

綵 cǎi　❶彩色絲織物。《老子》五十三章：「服文～，帶利劍。」❷花紋，光彩。南朝宋·鮑照《登大雷岸與妹書》：「傅明散～，赫似絳天。」

C

can

參 (1) cān ❶ 并。《後漢書·戴就傳》："幽囚考掠，五毒～至。" ❷ 齊同，等同。《禮記·中庸》："則可以與天地～矣。" ❸ 參加，參與。宋·歐陽修《瀧岡阡表》："遂～政事。" ❹ 下級晉見上級。《戰國策·秦策四》："臣之義，不～拜。" ❺ 研究，商討。《韓非子·內儲說上》："此不～之患也。" ❻ 檢驗，驗證。《荀子·勸學》："君子博學而日～省乎己。" ❼ 彈劾，檢舉。《紅樓夢》第一百〇五回："那～的京官就是赦老爺。" ❽ 間雜。唐·魏徵《論時政疏》："～玉砌以土階。"

(2) cēn 見"參差"。

(3) sān 數詞，同"三"，後作"三"。配合成三的，三分的。《左傳·鄭伯段於鄢》："大都不過～國之一。"

(4) shēn 見"參商"。

【參決】cān jué　參與決策。《魏書·李訢（xīn）傳》："～～～軍國大議。"

【參謁】cān yè　進見上級或受尊敬的人，瞻仰所尊敬的人的遺蹟或陵墓等。《北史·韋藝傳》："每夷狄～～～，（韋藝）必整儀衛，盛服以見之。"

【參酌】cān zhuó　參考，酌量。《三國演義》第十四回："軍機大務，自家～～。"

【參佐】cān zuǒ　僚屬，部下。南朝宋·劉義慶《世說新語·規箴》："～～無不被繫束。"

【參差】cēn cī　❶ 長短不齊的樣子。《詩經·周南·關雎》："～～荇菜，左右采之。" ❷ 差不多，幾乎。

唐·白居易《長恨歌》："雪膚花貌～～是。"

【參商】shēn shāng　❶ 參星與商星一西一東，此出彼沒，比喻兄弟不睦。唐·陳子昂《為義興公求拜掃表》："兄弟無故，并為～～。" ❷ 比喻親友隔絕。三國魏·曹植《與吳季重書》："別有～～之闊。" ❸ 比喻有差別。唐·劉知幾《史通·斷限》："論地則～～有殊。"

餐 cān ❶ 吃，吞食。《詩經·鄭風·狡童》："使我不能～兮。" ❷ 飯食，飲食。唐·李紳《憫農》："誰知盤中～，粒粒皆辛苦。" ❸ 量詞，飲食的頓數。《女論語》："三～飽食，朝暮相當。" ❹ 通"飧"，熟食。《韓非子·外儲說左下》："箕鄭挈壺～而從。"

◆ 餐、飧。兩字各有本義，"餐"是"吃"的意思，"飧"是"熟食"的意思。但在古籍中"餐"的異體字"湌"、"飡"與"飧"常混用。

驂 cān ❶ 同駕一車的三匹馬。《詩經·小雅·采菽》："載～載駟，君子所屆。" ❷ 駕在兩側的馬。《史記·管晏列傳》："解左～贖之。" ❸ 乘，駕馭。戰國楚·屈原《楚辭·九章·涉江》："駕青虬兮～白螭。" ❹ 泛指馬或車。北周·庾信《李陵蘇武別贊》："歸～欲動，別馬將前。"

【驂騑】cān fēi　❶ 駕在兩側的馬。《墨子·七患》："徹～～，塗不芸。" ❷ 泛指駕車的馬。唐·王勃《滕王閣序》："儼～～於上路，訪風景於崇阿（崇阿，即高陵）。"

【驂服】cān fú　駕車的馬，居中駕轅的稱"服"，套在兩旁的稱"驂"。

漢・桓寬《鹽鐵論・結和》："～～
以罷（pí）而鞭策愈加。"

【驂乘】cān shèng　陪乘或陪乘的
人。驂，通"參"。《左傳・文公
十八年》："納閻職之妻，而使職
～～。"

殘

cán ❶兇惡，殘暴。《左傳・
昭公二十年》："政寬則民慢，
慢則糾之以猛，猛則民～。"❷殘
暴無道的人。《史記・張耳陳餘列
傳》："為天下除～也。"❸殺戮。
《周禮・夏官司馬・大司馬》："放弑
其君，則～之。"❹毀壞，破壞。
漢・桓寬《鹽鐵論・大論》："～材
木以成室屋者，非良匠也。"❺殘
害，陷害。《戰國策・秦策一》："張
儀之～樗里疾也，重而使之楚。"
❻殘缺，不完整。《漢書・劉歆
傳》："孝成皇帝閔學～文缺。"❼殘
存，剩餘。唐・杜甫《洗兵馬》："只
～鄴城不日得。"

【殘紅】cán hóng　落花。唐・白居
易《微之宅殘牡丹》："～～零落無
人賞。"

【殘暉】cán huī　夕陽，殘照。唐・狄
煥《送人遊邵州》："島樹掛～～。"

【殘滅】cán miè　❶毀滅。《淮南
子・原道訓》："宗族～～，繼嗣絕
祀。"❷殘酷暴虐。《後漢書・臧
宮列傳》："～～之政，雖成必敗。"
❸殘缺磨滅。宋・歐陽修《集古錄
跋尾・後漢北嶽碑》："文字～～尤
甚，莫詳其所載何事。"

慚

cán　❶羞愧。唐・李白《春
夜宴從弟桃花園序》："吾人詠
歌，獨～康樂。"❷恥辱。《左傳・
昭公三十一年》："一～之不忍，而
終身～乎？"

【慚赧】cán nǎn　因羞慚而臉紅。《後

漢書・延篤列傳》："下見先君遠祖，
可不～～？"

【慚怍】cán zuò　羞愧。《聊齋志異・
促織》："自增～～，不敢與較。"

蠶

cán　❶一種昆蟲，能吐絲結
繭。《淮南子・說林訓》："～之
與蠋（zhú，蛾、蝶一類的幼蟲）狀
相類而愛憎異。"❷養蠶。《孟子・
滕文公下》："夫人（專指諸侯之正
妻）～繅（sāo，抽繭出絲），以為
衣服。"❸侵蝕。唐・孫樵《武皇
遺劍錄》："蠱於民心，～於民生。"

慘

cǎn　❶狠毒，兇惡。《荀子・
議兵》："宛鉅鐵鉇，～如蠆
蠆。"❷悲傷，淒慘。唐・李華
《弔古戰場文》："傷心～目，有如是
耶？"❸程度嚴重，厲害。《荀子・
天論》："其說甚爾（近），其菑（災）
甚～。"❹通"黲"。暗淡無光。
唐・蔣凝《望思台賦》："煙昏日～。"

【慘慘】cǎn cǎn　❶憂悶的樣子。
《詩經・小雅・正月》："憂心～～，
念國之為虐。"❷昏暗的樣子。三
國魏・王粲《登樓賦》："天～～而
無色。"

【慘惻】cǎn cè　悲痛傷感。清・蒲松
齡《聊齋志異・珊瑚》："生～～不
能盡詞而退。"

【慘澹】cǎn dàn　也作"慘淡"。❶暗
淡，悲慘淒涼。南朝宋・劉義慶《世
說新語・言語》："風霜固所不論，乃
先集其～～。"❷盡心思慮的樣子。
唐・杜甫《送從弟亞赴安西判官》：
"～～苦士志。"

【慘切】cǎn qiè　❶形容心情悲慘淒
切。漢・劉楨《黎陽山賦》："桑梓
增敬，～～懷傷。"❷指天氣蕭瑟
淒厲。南朝梁・江淹《效阮公》之
八："仲冬正～～。"

憯 cǎn ❶ 慘痛，傷痛。馬王堆漢墓帛書乙本《老子・德經》："咎莫～於欲得。" ❷ 通"慘"，狠毒，殘酷。《莊子・天運》："其知～於蠆蠆（lì chài，蠍子一類的毒蟲）之尾。" ❸ 曾，乃，竟。《詩經・小雅・節南山》："民言無嘉，～莫懲嗟。"

【憯惻】cǎn cè　悲痛，悲傷。戰國楚・宋玉《九辯》："中～～之悽愴兮。"

粲 càn ❶ 精米，精加工而成的上等白米。《詩經・鄭風・緇衣》："還予授子之～兮。" ❷ 鮮明，華美《詩經・唐風・葛生》："角枕～兮，錦衾爛兮。" ❸ 眾多。《國語・周語上》："夫獸三為群，人三為眾，女三為～。" ❹ 露齒而笑。宋・范成大《蛇倒退》："付以一笑～。"

【粲然】càn rán ❶ 光亮，潔白。《荀子・榮辱》："俄而～～有秉芻（chú，牛羊）豢（huàn，犬豕）稻粱而至者。" ❷ 鮮明，顯著。《荀子・非相》："則於其～～者矣，後王是也。" ❸ 開口而笑的樣子。《穀梁傳・昭公四年》："軍人～～皆笑。"

璨 càn　明亮，燦爛。唐・王建《白紵歌二首》之一："天河漫漫北斗~。"

【璨璨】càn càn　明亮的樣子。唐・白居易《黑龍飲渭賦》："光～～而爛爛。"

cang

倉 cāng ❶ 貯藏穀物的場所。《詩經・小雅・楚茨》："我～既盈，我庾維億。" ❷ 通"蒼"，青色。❸ 通"滄"，水青綠色。《漢

書・揚雄傳上》："東燭～海，西耀流沙。" ❹ 通"艙"。宋・楊萬里《初二日苦熱》："船～周圍各五尺，且道此中底寬窄。"

【倉卒】cāng cù ❶ 匆忙、急迫。《漢書・王嘉傳》："臨事～～乃求，非所以明朝廷也。" ❷ 指非常事變。唐・杜甫《自京赴奉先詠懷》："貧窶（jù，窮困）有～～。"

【倉廩】cāng lǐn　儲藏穀物的倉庫。《孟子・滕文公上》："今也滕有～～府庫，則是厲（虐害）民以自養也。"

傖 cāng ❶ 粗俗，鄙陋。漢・王褒《責髯奴辭》："～囓穢搔（rǔ，插、塞），與塵為侶。" ❷ 魏晉南北朝時江東人對楚人，南人對北人及南渡的北人的蔑稱。晉・陸玩《與王導箋》："僕雖吳人，幾為～鬼。" ❸ 泛指粗鄙的人。清・蒲松齡《聊齋志異・紅玉》："今乃知不足齒之～！"

【傖父】cāng fǔ ❶ 晉南北朝時，南人視北人鄙俗淺陋，故稱"傖父"。南朝宋・劉義慶《世說新語・雅量》："昨有一～～來寄亭中。" ❷ 泛指粗鄙卑賤的人。元・劉敏中《黑漆弩》："不識我喚作～～。"

【傖荒】cāng huāng ❶ 晉・南北朝時，南人視北人粗俗，北地荒遠，故稱"傖荒"。《宋書・杜驥傳》："朝廷常以～～遇之。" ❷ 泛指荒遠僻陋之地。唐・司空圖《送草書僧歸越》："～～之俗，尤惡伎於文墨者。"

滄 cāng ❶ 同"凔"，寒冷。漢・許慎《說文解字・水部》："～，寒也。" ❷ 通"蒼"，水深綠色。唐・杜甫《秋興八首》其五："一臥～江驚歲晚。"

【滄滄】cāng cāng ❶ 寒涼的樣子。《列子·兩小兒辨日》：「日初出，～～涼涼。」❷ 曠遠的樣子。晉·王嘉《拾遺記·少昊》：「浺（hán，廣大貌）天瀁瀁望～～。」

【滄浪】cāng láng ❶ 即漢水。又有漢水別流、漢水下流及夏水諸說。《尚書·夏書·禹貢》：「又東為～～之水。」❷ 水蒼青色。唐·玄奘《大唐西域記·窣祿勤那國》：「水色～～，波流浩汗。」

【滄溟】cāng míng ❶ 大海。唐·元稹《俠客行》：「海鯨露背橫～～。」❷ 蒼天。元·鄭光祖《周公攝政》：「天地為盟，上有～～。」

◆「滄溟」不可寫作「蒼溟」。「蒼溟」，蒼茫的意思。

蒼 cāng ❶ 青色（包括深藍色或暗綠色）。唐·李白《廬山謠寄盧侍御虛舟》：「謝公行處～苔沒。」❷ 灰白色。唐·杜甫《贈衛八處士》：「少壯能幾時，鬢髮各已～。」❸ 蒼老。《水滸後傳》第四回：「大官人你也～了些，不比那時標致了。」

【蒼蒼】cāng cāng ❶ 深青色。《莊子·逍遙遊》：「天之～～，其色正邪？」❷ 指天。漢·蔡琰《胡笳十八拍》：「泣血仰頭兮訴～～。」❸ 茂盛的樣子。《詩經·秦風·蒹葭》：「蒹葭～～，白露為霜。」❹ 灰白色。唐·韓愈《祭十二郎文》：「吾年未四十，而視茫茫，而髮～～。」❺ 茫無邊際。宋·范仲淹《嚴先生祠堂記》：「雲山～～，江水泱泱。」

【蒼民】cāng mín　百姓。南朝梁·庾肩吾《和太子重雲殿受戒》：「大覺拯～～。」

【蒼頭】cāng tóu ❶ 青巾裹頭的士卒。《戰國策·魏策一》：「～～二千萬。」❷ 奴僕。漢代僕隸以青巾裹頭，故稱「蒼頭」。《漢書·鮑宣傳》：「～～廬兒皆用致富。」❸ 頭髮斑白。唐·王維《送高判官從軍赴河西序》：「～～宿將，持漢節以臨戎。」

藏 cáng　見 760 頁 zāng。

藏
(1) cáng ❶ 收存，儲藏。宋·蘇軾《後赤壁賦》：「我有斗酒，～之久矣。」❷ 隱匿，潛藏。《論語·述而》：「用之則行，舍之則～。」❸ 懷，蓄，藏在心中。《周易·繫辭下》：「君子～器於身，待時而動。」❹ 深。《素問·長刺節論》：「頭疾痛，為～針之。」

(2) zāng ❶ 通「臧」，善。《莊子·在宥》：「不治天下，安～人心。」❷ 通「贓」，窩主。《左傳·文公十八年》：「毀則為賊，掩（藏匿）賊為～。」

(3) zàng ❶ 儲存東西的地方。《史記·平準書》：「山海，天地之～也。」❷ 埋葬。《荀子·禮論》：「輿～而馬反，告不用也。」❸ 墓穴，墳墓。《太平廣記·畢乾泰》：「父母年五十，自營生～。」❹ 內臟。《周禮·天官家宰·疾醫》：「參之以九～之動。」❺ 佛教、道教經典的總稱。南朝梁·慧皎《高僧傳·安清》：「出家修道，博曉經～。」

【藏鈎】cáng gōu　古代的一種遊戲。三國魏·邯鄲淳《藝經·藏鈎》：「義陽臘日飲祭之後，叟嫗兒童為～～之戲。」

【藏命】cáng mìng　隱姓埋名。《史記·游俠列傳》：「～～作姦剽攻。」

【藏拙】 cáng zhuō　掩藏拙劣，不使人知。有時用作自謙之詞。唐·羅隱《自貽》："縱無顯效亦～～。"

【藏府】 zàng fǔ　❶府庫。《漢書·梁孝王劉武傳》："及死，～～餘黃金尚四十萬餘斤。"❷同"臟腑"。《素問·金匱真言論》："言人身之～～中陰陽，則藏者為陰，府者為陽。"

cao

操 cāo　❶握着，拿着。戰國楚·屈原《楚辭·九歌·國殤》："～吳戈兮披犀甲。"❷掌握，控制。《管子·權修》："～民之命，朝不可以無政。"❸操作，駕馭，駕駛。《莊子·達生》："津人～舟若神。"❹從事，擔任。清·蒲松齡《聊齋志異·促織》："邑有成名者，～童子業。"❺演習，操練。元·無名氏《關雲長千里獨行》："你則合～士馬教三軍。"❻操行，品德。《孟子·滕文公下》："充（推廣）仲子之～，則蚓而後可者也。"❼琴曲。《史記·孔子世家》："作為陬～以哀之。"

【操觚】 cāo gū　執簡，指寫作。觚，古人書寫所用的木簡。晉·陸機《文賦》："或～～以率爾。"

曹 cáo　❶對，雙，組。戰國楚·屈原《楚辭·招魂》："分～並進，遒相迫些。"❷等輩，同類。漢·馬援《誡兄子嚴敦書》："吾愛之重之，願汝～效之。"❸成羣，羣集。《左傳·昭公十二年》："周原伯絞虐其輿臣，使～逃。"❹分部門辦公的官署。《墨子·號令》："吏卒侍大門中者，～無過二人。"

嘈 cáo　聲音繁雜，喧鬧。三國魏·楊修《許昌宮賦》："警蹕（bì，古代帝王出行時開路清道）～而響起。"

【嘈嘈】 cáo cáo　形容聲音喧鬧。唐·李白《永王東巡歌》："雷鼓～～喧武昌。"

漕 cáo　❶水道運輸。《史記·平準書》："～轉山東粟。"❷漕渠，用於漕運的人工河道。漢·班固《西都賦》："東郊則有通溝大～。"❸明清田賦的一種，徵收的由水路運往京師的穀米，稱"漕米"或"漕糧"。清·魏源《籌漕篇上》："舊～變價，新～折價，可乎？"

【漕引】 cáo yǐn　漕運，水上運輸。《新唐書·王播傳》："然浚七里港以便～～～，後賴其利。"

草 cǎo　❶草本植物的總稱。漢·曹操《觀滄海》："樹木叢生，百～豐茂。"❷草野，引申為民間。唐·李白《梁甫吟》："君不見高陽酒徒起～中。"❸粗劣，草率。《戰國策·齊策四》："左右以君賤之也，食以～具。"❹創始，創立。《史記·孝武本紀》："～巡狩封禪改曆服色事未就。"❺起草，草擬。《漢書·藝文志》："漢興，蕭何～律。"❻草稿，底稿。《三國志·魏書·陳羣傳》裴松之注引《魏書》："每上封事，輒削其～。"❼草書。晉·潘岳《楊荊州誄》："～隸兼善，尺牘必珍。"

【草菅】 cǎo jiān　❶草茅，比喻微賤。《漢書·賈誼傳》："其視殺人若艾（yì，同'刈'，割）～～然。"❷草野，民間。宋·陸游《薏苡（yì yǐ）》："嗚呼，奇材從古棄～～。"

【草芥】 cǎo jiè　❶草和芥，比喻輕賤。宋·蘇洵《六國論》："舉以予人，如棄～～。」❷ 視如草芥而加以摧殘。宋 · 羅大經《鶴林玉露》："～～其民。"

仄 cè　見 763 頁 zè。

冊 cè　❶ 簡冊。古代文書寫於竹木簡，並編簡為冊。後泛指簿籍、文獻、典籍。《尚書 · 周書 · 多士》："惟爾知惟殷先人，有～有典。"❷ 古代帝王冊立封贈的詔書。《新唐書 · 百官志二》："臨軒冊命，則讀～。"❸ 冊封，賜封。《晉書 · 祖逖傳》："～贈車騎將軍。"❹ 指正式確立名分。宋 · 王明清《摭（zhí，收集，拾取）青雜説》："合族告祖備禮，～為正室。"❺ 通"策"，謀略，計策。《史記 · 秦始皇本紀》："惠王、武王蒙故業，因遺～。"

【冊府】cè fǔ　❶ 帝王藏書的地方。《晉書 · 葛洪傳》："紬（chōu，引出，編輯）奇～～，總百代之遺編。"❷ 存放帝王冊書的地方。唐 · 司空圖《上考功》："江南則談笑謝公，勛高～～。"❸ 文壇，文苑。唐 · 盧照鄰《〈南陽公集〉序》："褚河南風標特峻，早鏘聲於～～。"

【冊立】cè lì　帝王封立太子、皇后。至清代專指封立皇后。《舊唐書 · 承天皇帝李倓（tán）傳》："廣平今未～～，艱難時人尤屬望於元帥。"

【冊命】cè mìng　帝王封立太子、后妃、諸王大臣的命令。《尚書 · 周書 · 顧命》："御王～～。"

側 (1) cè　❶ 旁邊。《論語 · 先進》："閔子侍～，誾誾（yín yín，中正和敬）如也。"❷ 傾斜。《戰國策 · 秦策一》："～耳而聽。"❸ 不正，邪辟。《尚書 · 周書 · 洪範》："無反，無～，王道正直。"❹ 置身，處於。《淮南子 · 原道訓》："處窮僻之鄉，～谿谷之間（間）。"❺ 通"惻"。戰國楚 · 屈原《楚辭 · 九歌 · 湘君》："隱思君兮陫～。"

(2) zè　❶ 通"仄"，逼仄。北魏 · 楊衒（xuàn，炫）之《洛陽伽藍記 · 聞義里》："山路欹～，長阪千里。"❷ 通"昃（zè）"，太陽偏西的時候。《儀禮 · 既夕禮》："有司請祖期，曰日～。"

【側室】cè shì　❶ 旁側的房間。《禮記 · 內則》："妻將生子，及月辰，居～～。"❷ 庶子。《左傳 · 文公十二年》："趙有～～曰穿，晉君之婿也。"❸ 妾，偏房。《漢書 · 西南夷兩粵朝鮮傳》："朕，高皇帝～～之子。"

【側聞】cè wén　從旁聽到，聽説。漢 · 司馬遷《報任安書》："亦嘗～～長者之遺風矣。"

【側席】cè xí　❶ 單獨一席。《國語 · 吳語》："～～而坐，不掃。"❷ 不正坐，謂坐不安穩。《後漢紀 · 桓帝紀》："公卿以下皆畏，莫不～～。"❸ 正席旁側的席位。《漢書 · 元后傳》："坐則～～，行則同輦。"

【側行】cè xíng　側身而行，表示恭敬。《史記 · 孟子荀卿列傳》："適趙，平原君～～撇（避）席。"

【側足】cè zú　❶ 側置其足，形容擁擠。漢 · 班固《西都賦》："接翼～～，集禁林而弋聚。"❷ 置足，插足。唐 · 李白《梁甫吟》："～～焦原未言苦。"❸ 因敬重或畏懼而不敢正立。《東觀漢紀 · 吳漢傳》："上未安，則～～屏息。"

廁 cè ❶便所。《史記·項羽本紀》：“沛公起如～。”❷豬圈。《史記·呂太后本紀》：“使居～中，命曰‘人彘’。”❸置身於，間雜於。漢·司馬遷《報任安書》：“嚮者僕嘗～下大夫之列。”

【廁身】cè shēn　置身。明·夏完淳《劉文學感遇》：“～～西掖垣，勖（xù，勉勵）哉慎無過。”

策 cè ❶馬鞭。《戰國策·趙策三》：“夷維子執～而從。”❷鞭打。《論語·雍也》：“將入門，～其馬。”❸手杖，拐杖。《莊子·齊物論》：“師曠之枝（拄）～也。”❹拄。晉·陶淵明《歸去來兮辭》：“～扶老以流憩（qì，憩，休息）。”❺督促，勉勵。南朝齊·蕭子良《與孔中丞稚圭書》：“孜孜～勵，良在於斯。”❻成編的竹簡或木簡。《孟子·盡心下》：“吾於《武成》，取二三～而已矣。”❼寫在策上，記載。《左傳·僖公二十三年》：“～名委質，貳乃辟也。”❽策書，為古代命官授爵的符信《左傳·昭公三年》：“晉侯嘉焉，授之以～。”❾策封，策命。《三國志·蜀書·諸葛亮傳》：“～亮為丞相。”❿策問。漢以來考試取士，將問題寫於簡策，使應試者回答。《漢書·文帝紀》：“上親～之，傅納以言。”⓫計謀，謀略。《戰國策·蘇秦以連橫說秦》：“王侯之威，謀臣之權，皆欲決於蘇秦之～。”⓬謀劃，測度。《孫子·虛實》：“故～之而知得失之計。”⓭卜筮用的蓍草。戰國楚·屈原《楚辭·卜居》：“詹尹乃端（端正）～拂龜（龜甲）。”

【策論】cè lùn　論說時政並提出對策的文章。宋·蘇軾《擬進士對御試策》：“則～～盛行於世。”

【策命】cè mìng　❶以策書封官授爵。《左傳·僖公二十八年》：“王命尹氏及王子虎、內史叔興父，～～晉侯為侯伯。”❷帝王封官授爵的命令。《三國志·魏書·三少帝紀》：“～～未至，興為下人所殺。”

【策士】cè shì　❶本指戰國時代的游說之士，後泛指謀士。《史記·樗里子甘茂列傳》：“然亦戰國之～～也。”❷策試士人。宋·曾慥（zào，忠厚誠懇）《高齋漫錄》：“宣和辛丑～～，偶詢時務。”

【策試】cè shì　以策問試士。《後漢書·徐防列傳》：“每有～～，輒興譖訟。”

【策書】cè shū　❶同“冊書”，史冊。晉·杜預《〈春秋經傳左氏集解〉序》：“仲尼因魯史～～成文，考其真偽而志其典禮。”❷帝王封土授爵及任免大臣命令的簡策。《漢書·龔勝傳》：“賜～～束帛遣歸。”

【策問】cè wèn　❶漢朝以來，以經義或政事等設問試士。《後漢書·和帝紀》：“帝乃親臨～～，選補郎吏。”❷以蓍草占問。《越絕書·德序外傳記》：“～～其事，卜省其辭。”

【策勳】cè xūn　將功勛記於簡策。北朝民歌《木蘭辭》：“～～十二轉，賞賜百千強（多，餘）。”

---

cen

岑 cén ❶小而高的山，也泛指山。宋·辛棄疾《水龍吟·登建康賞心亭》：“遙～遠目，獻愁供恨，玉簪螺髻。”❷高。《孟子·告子下》：“方寸之木可使高於～樓。”❸崖岸，河岸。《莊子·徐無鬼》："未始（不曾）離於～而足以造於怨也。"

【岑岑】cén cén ❶脹痛，煩悶。《漢書·外戚傳上》："我頭～～也，藥中得無有毒？"❷高高的樣子。唐·白居易《池上作》："太湖四石青～～。"❸沉，深沉。明·劉基《蝶戀花》："春夢～～呼不起。"

【岑寂】cén jì ❶寂靜。南朝宋·鮑照《舞鶴賦》："去帝鄉之～，歸人寰之喧卑。"❷寂寞冷清。宋·周邦彥《蘭陵王·柳》："漸別浦縈迴，津堠（hòu，古代瞭望敵方的土堡）～～。"

涔 cén ❶久雨而水多，澇。《淮南子·主術訓》："時有一旱災害之患。"❷積水。《淮南子·俶（chù）真訓》："夫牛蹄（蹏）之～，無尺之鯉。"❸流淚不止的樣子。南朝梁·江淹《謝法曹贈別》："～淚猶在袂。"

【涔涔】cén cén ❶久雨不止的樣子。唐·杜甫《秦州雜詩》："雲氣接崑崙，～～塞雨繁。"❷淚水、血、汗等下流不止的樣子。唐·李商隱《自桂林奉使江陵途中感懷寄獻尚書》："泉客淚～～。"❸頭腦脹痛的樣子。晉·嵇含《南方草木狀·草麴》："既醒，猶頭熱～～，以其有毒草故也。"❹天色陰沉的樣子。宋·黃庭堅《送杜子卿歸淮西》："雪意～～滿面風。"

曾 céng　見764頁zēng。

層 céng ❶重屋，樓房。南朝梁·劉孝綽《棲隱寺碑》："珠殿連雲，金～輝景。"❷重疊。唐·王勃《滕王閣序》："～巒聳翠，上出重霄。"❸累疊，堆疊。漢·劉向《說苑·敬慎》："夫飛鳥以山為卑，而～巢其巔。"❹高。《晉書·阮籍傳》："翕然一舉，背負太清。"❺量詞，重，級，用於重疊的事物。唐·王之渙《登鸛雀樓》："欲窮千里目，更上一～樓。"

【層阿】céng ē　重疊的山崗。南朝梁·沈約《從軍行》："流雲照～～。"

增 céng　見764頁zēng。

蹭 cèng　見"蹭蹬"。

【蹭蹬】cèng dèng ❶形容險阻難行。唐·儲光羲《赴馮翊作》："～～失歸道，崎嶇從下位。"❷比喻困頓失意。唐·李白《贈張相鎬》："晚途未云已，～～遭讒毀。"

叉 （1）chā ❶交錯，交叉。唐·柳宗元《同劉二十八院長寄澧州張使君八十韻》："入郡腰恆折，逢人手盡～。"❷頭有分杈的器具或兵器。晉·潘岳《西征賦》："垂餌出入，挺～來往。"❸刺，扎。唐·李羣玉《仙明州口號》："一星幽火照～魚。"

（2）chà　分岔。宋·蘇軾《縱筆二首》之二："溪邊古路三～口，獨立斜陽數過人。"

【叉手】chā shǒu ❶兩手在胸前交叉，拱手。《後漢書·馬援列傳》："豈有知其無成，而但萎腝咋舌，～～從族乎？"❷抄手，雙手交籠在袖內。元·楊弘道《幽懷久不寫》："～～一韻成。"

【叉牙】chà yá　歧出不齊。唐·韓愈《落齒》："～～妨食物。"

岔

差 (1) chā ❶差別，區別。《荀子·榮辱》："使有貴賤之等，長幼之～。"❷差錯，失當。《史記·太史公自序》："失之毫釐，～以千里。"❸比較，略微。《漢書·匈奴傳下》："往來～難。"

(2) chà ❶奇異，奇怪。《南史·劉顯傳》："劉郎子可謂～人。"❷次，不好。《敦煌變文·醜女緣起》："一種為人面貌～。"

(3) chāi ❶選擇。戰國楚·宋玉《高唐賦》："～時擇日。"❷派遣。《紅樓夢》第四回："便發遣～公人立刻將凶犯族人拿來拷問。"❸公務，勞役。《後漢書·鄭玄列傳》："家今～多於昔，勤力務時，無恤飢寒。"❹官府供差遣的人。清·劉鶚《老殘遊記》第八回："你是府裏的～嗎？"

(4) chài　病癒，後作"瘥"。《後漢書·華佗列傳》："（華）佗針，隨手而～。"

(5) cī ❶次第，等級。《孟子·萬章下》："其祿以是為～。"❷不整齊。唐·柳宗元《小石潭記》："其岸勢犬牙～互。"

(6) cuō　跌跤，跌落，後作"蹉"。漢·賈誼《新書·容經》："胈不～而足不跌。"

【差可】chā kě　尚可。南朝宋·劉義慶《世說新語·品藻》："不能勝人，～～獻酬羣心。"

【差撥】chāi bō　❶派遣。宋·范仲淹《奏乞揀選往邊上屯駐兵士》："自京～～禁軍，往陝西邊上屯戍。"❷宋代看管囚犯的差役。《水滸傳》第二十八回："少刻～～到來，便可送與他。"

【差度】chāi duó　衡量選擇。《漢書·王莽傳》："～～宜者，以嗣孝平皇帝之後。"

【差論】chāi lùn　挑選，選擇。《墨子·尚同下》："其所～～，以自左右羽翼者皆良。"

鍤 chā　鐵鍬，用於挖土的農具。《漢書·王莽傳》："父子兄弟負籠荷～，馳之南陽。"

茶 chá　❶茶樹。唐·陸羽《茶經·茶之源》："～者，南方之嘉木也。"❷茶葉，茶水。清·吳敬梓《儒林外史》第三回："郎中又拿～來喫了，一同回家。"❸喝茶，喝水。明·馮夢龍《掛枝兒·相思》："念着他，懨懨成病，不～不飯。"

【茶戶】chá hù　茶農，茶商。宋·蘇軾《新城道中》："細雨足時～～喜，亂山深處長官清。"

茶 chá　見605頁tú。

楂 chá　見765頁zhā。

察 chá　❶觀察，細看。晉·王羲之《〈蘭亭集〉序》："俯～品類之盛。"❷明辨，細究。《左傳·曹劌論戰》："小大之獄，雖不能～，必以情。"❸考察，調查。《論語·衛靈公》："眾惡之，必～焉。"❹知道，明了。《孟子·離婁下》："～於人倫。"❺察舉，經考察而加以推舉選拔。《漢書·武帝求茂材異等詔》："其令州郡～吏民，有茂材（茂材即秀才）異等，可為將相，及使絕國者。"❻ 體察，諒察。漢·楊惲（yùn）《報孫會宗書》："唯君子～焉。"❼ 明智，精明。漢·王符《潛夫論·明忠》："良吏必得～主乃能成其功。"

【察察】chá chá ❶ 明辨，清楚。《老子》二十章："俗人～～，我獨悶悶（悶悶，淳樸的樣子）。"❷ 苛察，苛細。《老子》五十八章："其政～～，其民缺缺（缺缺，狡猾）。"❸ 清潔，潔白。戰國楚·屈原《楚辭·漁父》："安能以身之～～，受物之汶汶（wèn wèn，蒙受塵土的玷污）者乎？"

【察舉】chá jǔ ❶ 選拔。《史記·刺客列傳》："嚴仲子乃～～吾弟困污之中，而交之。"❷ 由官吏推薦，經考核委任官職的制度。《漢書·文翁傳》："以郡縣吏～～，景帝末為蜀郡守。"❸ 監察檢舉。宋·曾鞏《門下中書侍郎尚書左右丞制》："夫居綱轄之地與御史更相～～，所以警官邪，明憲度。"

【察納】chá nà　明察采納。三國蜀·諸葛亮《出師表》："陛下亦宜自謀，以咨諏善道，～～雅言。"

【察微】chá wēi　洞察細微。《史記·五帝本紀》："聰以知遠，明以～～。"

佗　chà ❶ 見"佗傺"。❷ 同"詫"，誇耀。《史記·韓長孺列傳》："即欲以～鄙縣，驅馳國中，以夸諸侯。"

【佗傺】chà chì　失意的樣子。戰國楚·屈原《楚辭·九章·哀郢》："塞～～而含感。"

咤　chà　見 766 頁 zhà。

詫　chà ❶ 指告訴，告知。《莊子·達生》："踵門而～子扁慶

子。"❷ 炫耀，誇耀。《史記·司馬相如列傳》："田罷，子虛過～烏有先生。"❸ 詫異，驚訝。宋·楊萬里《過烏沙望大唐石峯》："山神自賀應自～。"❹ 欺騙，誑騙。《晉書·司馬休之傳》："甘言～方伯，襲之以輕兵。"

---

chai

釵　chāi ❶ 釵子。古代婦女的一種首飾，由兩股簪子合成，插在髮髻上。漢·司馬相如《美人賦》："玉～掛臣冠。"❷ 借指婦女。清·龔自珍《驛鼓三首》之二："～滿高樓燈滿城。"

柴　(1) chái ❶ 小木散材，木柴。《左傳·僖公二十八年》："欒枝使輿曳～而偽遁。"❷ 枯枝。漢·劉向《九嘆》："樹枳棘與薪～。"❸ 燒柴祭天。《尚書·虞書·舜典》："至於岱宗，～。"
(2) zhài ❶ 用木圍護或覆蓋。《管子·中匡》："掘新井而～焉。"❷ 閉塞，阻塞。《三國志·吳書·呂蒙傳》："又說（周）瑜分遣三百人～斷險路。"❸ 籬笆，柵欄，營壘。三國魏·曹植鰕鉬《（xiā dàn，鰕通"蝦"，鉬通"鱓"）篇》："燕雀戲藩～。"

【柴荊】chái jīng ❶ 樹枝荊條做成的門戶。唐·白居易《秋遊原上》："徐步出～～。"❷ 村舍。晉·謝靈運《初去郡》："促裝反～～。"

【柴立】chái lì ❶ 像枯木獨立。《莊子·達生》："～～其中央。"❷ 瘦瘠。宋·洪邁《夷堅志·吳仲權郎中》："清瘦～～，而精明殊不衰。"

儕 chái ❶ 輩，同類的人。《左傳·僖公二十三年》：「晉鄭同～。」❷ 同等，相當。《左傳·昭公元年》：「為晉正卿，以主諸侯，而～於隸人。」❸ 婚配。《漢書·揚雄傳上》：「～男女，使莫違。」❹ 全，都。明·馮夢龍《山歌·山人》：「轎夫個個～做了朋友。」

【儕倫】chái lún　朋輩。漢·王充《論衡·自紀》：「為小兒與～～遨戲，不好狎侮。」

瘥 (1) chài ❶ 痊癒，治癒。《百喻經·倒灌喻》：「醫言當須倒灌乃可～耳。」❷ 好轉，有起色。清·王夫之《宋論·仁宗》：「學術治道庶有～焉。」

(2) cuó ❶ 疫病，流行性傳染病。《詩經·小雅·節南山》：「天方薦～，喪亂弘多。」❷ 毛病。明·宋濂《潛溪錄》卷五：「氣高或怒張，微疵玉之～。」❸ 勞累，牽累。唐·韓愈《祭河南張員外文》：「用遷遭浦，為人受～。」

蠆 chài ❶ 蠍子一類的毒蟲，尾較蠍子為長。《左傳·僖公二十二年》：「蜂～有毒，而況國乎？」❷ 形容女子髮梢捲曲如蠆尾。宋·黃庭堅《情人怨戲效徐庾慢體》：「晚風斜一髮，逸豔照窗籠。」❸ 蜻蜓的幼蟲。《淮南子·說林訓》：「水蠆為螁（蜻蜓）。」

----

chan

覘 chān ❶ 窺視，偵察。《國語·晉語六》：「公使～之。」❷ 觀看，觀察。清·蒲松齡《聊齋志異·促織》：「忽聞門外蟲鳴，驚起～視，蟲宛然尚在。」

【覘候】chān hòu　暗中察看，偵察。《後漢書·陸續列傳》：「(陸)續母遠至京師，～～消息。」

屏 chán ❶ 懦弱，怯懦。《史記·張耳陳餘列傳》：「吾王～王也。」❷ 衰弱，虛弱。宋·陸游《九月一日夜讀詩稿有感走筆作歌》：「力～氣餒心自知。」❸ 淺陋，低劣。宋·宋祁《授龍圖閣謝恩表》：「術學膚～。」❹ 謹小慎微。《大戴禮記·曾子立事》：「君子博學而～守之。」

【屏弱】chán ruò ❶ 怯懦。《北史·高頠傳》：「頠，諸王中最為～～。」❷ 衰弱。唐·元結《謝上表》：「臣實～～，辱陛下符節。」

單 chán 見 100 頁 dān。

詹 chán 見 767 頁 zhān。

斬 chán 見 768 頁 zhǎn。

儳 chán ❶ 薄弱，懦弱。明·歸有光《與王仲山》：「而內顧～然無當，卒又驚以疑也。」❷ 煩惱，憂愁。宋·辛棄疾《粉蝶兒·和晉臣賦落花》：「甚無情便下得雨～風僽（zhòu，折磨），向園林鋪作地衣紅縐。」

嬋 chán 見「嬋娟」。

【嬋娟】chán juān ❶ 姿態美好的樣子。唐·李商隱《霜月》：「月中霜裏鬥～～。」❷ 指美女。唐·方干《贈趙崇侍御》：「便遣～～唱《竹枝》。」❸ 指月亮。宋·蘇軾《水調歌頭》：「但願人長久，千里共～～。」

潺 chán ❶ 水流動的樣子。見「潺湲」。❷ 流水聲。見「潺潺」。

【潺潺】 chán chán ❶ 水流動的樣子。三國魏・曹丕《丹霞蔽日行》："谷水～～，木落翩翩。" ❷ 流水聲。宋・歐陽修《醉翁亭記》："漸聞水聲～～，而瀉出於兩峯之間者，釀泉也。" ❸ 雨聲。南唐・李煜《浪淘沙》："簾外雨～～，春意闌珊。"

【潺湲】 chán yuán ❶ 水流動的樣子。戰國楚・屈原《楚辭・九歌・湘夫人》："觀流水兮～～。" ❷ 流淚的樣子。戰國楚・屈原《楚辭・九歌・湘君》："横流涕兮～～。"

儃 (1) chán 見"儃佪"。
(2) dàn ❶ 見"儃漫"。❷ 同"但"，只，徒。三國魏・徐幹《哀別賦》："心～恨而不盡。"

【儃佪】 chán huái 徘徊。戰國楚・屈原《楚辭・九章・涉江》："入漵浦余～～兮。"

【儃漫】 dàn màn 亦作"澶漫"。放縱，放誕。《莊子・馬蹄》："～～為樂。"

鄽 chán ❶ 古代城市居民一家所佔的房地。《孟子・滕文公上》："遠方之人聞君行仁政，願受一～而為氓。" ❷ 城中的住宅，民居。《荀子・王制》："順州里，定～宅。" ❸ 公家所建供商人存儲貨物的棧舍。《孟子・公孫丑上》："市，～而不征，法而不～，則天下之商皆悅。" ❹ 店鋪。晉・左思《魏都賦》："廊三市而開～。" ❺ 通"纏"，束。《詩經・魏風・伐檀》："不稼不穡，胡取禾三百～兮。"

【鄽里】 chán lǐ 古代城市居民住宅的通稱。《周禮・地官司徒・載師》："以～～任國中之地。" ❷ 泛指市肆。晉・傅亮《為宋公至洛陽謁五陵表》："～～蕭條，雞犬罕音。"

【鄽市】 chán shì 市肆，商肆集中的地方。《舊唐書・史德義傳》："騎牛帶瓢，出入郊郭～～。"

禪 (1) chán ❶ 佛教用語，指靜坐默念。唐・杜甫《宿贊公房》："虛空不離～。" ❷ 泛指佛教的事物。唐・常建《題破山寺後禪院》："～房花木深。"
(2) shàn ❶ 古代帝王祭祀土地山川。《大戴禮記・保傅》："是以封泰山而～梁甫。" ❷ 把帝位讓給他人。《孟子・萬章上》："唐虞～，夏后殷周繼。" ❸ 替代。《莊子・寓言》："萬物皆種也，以不同形相～。"

【禪讓】 shàn ràng 把帝位讓給他人。《後漢書・逸民列傳》："潁陽洗耳，恥聞～～。"

蟬 chán ❶ 一種昆蟲，俗稱"知了"。宋・辛棄疾《西江月》："清風半夜鳴～。" ❷ 一種薄如蟬翼的絲織品。漢・史游《急就篇》："綈(tí，厚繒)絡縑練素帛～。" ❸ 蟬冠的省稱。古代侍從官員以貂尾蟬紋為冠飾，故稱"蟬冠"。南朝梁・陶弘景《冥通記》："著朱衣赤幘，上戴～，垂纓極長。" ❹ 蟬鬢的省稱，為古代婦女的一種髮式。

【蟬聯】 chán lián 亦作"蟬連"。連續不斷。《史記・陳杞世家》："～～血食，豈其苗裔？" ❷ 比喻語言囉嗦。《晉書・王蘊傳》："與阿太(阿太，王悅的小字)語，～～不得歸。"

蟾 chán ❶ 蟾蜍，一種兩棲動物，俗稱"癩蛤蟆"。金・元好問《蟾池》："小～徐行腹如鼓，大～張頤怒於虎。" ❷ 傳說月中有蟾蜍，故用來借指月亮或月光。

C

唐·李白《雨後望月》："四郊陰靄散，開戶半～生。"

【蟾宮】chán gōng　月宮，也指月亮。唐·許晝《中秋月》："應是～～別有情，每羨秋半倍澄清。"

【蟾桂】chán guì　❶傳説中的月裏蟾蜍和桂樹。唐·李賀《巫山高》："古祠近月～～寒。"❷借指月亮。唐·羅隱《旅夢》："出門聊一望，～～向人斜。"❸"蟾宮折桂"的略語，謂科舉應試及第。宋·張世南《遊宦紀聞》："～～驪珠，連歲有弟兄之美。"

【蟾兔】chán tù　傳説蟾蜍和玉兔為月中之精，因借指月亮。《古詩十九首·孟冬寒气至》："三五明月滿，四五～～缺。"

嶘　chán　❶險峻陡峭的樣子。明·袁宏道《西洞庭》："西洞庭之山，高為縹緲，怪為石公、～為大小龍。"❷山石高聳的樣子。唐·李白《江上望皖公山》："清宴皖公山，～絕稱人意。"

纏　chán　❶盤繞。漢·班固《西都賦》："飆（biāo，暴風）飆紛紛，矰繳（zēng zhuó，古代用來射鳥的拴着絲繩的短箭）相～。"❷糾纏，騷擾。《後漢書·班固列傳》："漢興已來，曠世歷年，兵～夷狄。"

【纏頭】chán tóu　本指送給歌舞藝人的羅錦，後來成為送給妓女財物的通稱。唐·白居易《琵琶行》："五陵年少爭～～。"

讒　chán　❶説別人的壞話。《史記·屈原賈生列傳》："上官大夫見而欲奪之，屈平不與，因～之以。"❷陷害別人的壞話，讒言。宋·范仲淹《岳陽樓記》："（則有）去國懷鄉，憂～畏譏。"❸奸邪的人，進

讒言的人。《禮記·中庸》："去～遠色，賤貨而貴德，所以勸賢也。"

【讒諂】chán chǎn　❶讒毀和諂諛。《孟子·告子下》："士止於千里之外，則～～面諛之人至矣。"❷好讒毀諂諛的人。《史記·屈原賈生列傳》："～～之蔽明也。"

【讒構】chán gòu　以讒言陷害人。三國魏·李康《運命論》："～～不能離其交。"

【讒口】chán kǒu　讒人之口，讒言。《詩經·小雅·十月之交》："無罪無辜，～～囂囂。"

【讒慝】chán tè　❶邪惡奸佞。《左傳·成公七年》："爾以～～貪婪事君，而多殺不辜。"❷邪惡奸佞的人。《左傳·僖公二十八年》："願以間執～～之口。"

【讒邪】chán xié　讒佞奸邪的人。唐·魏徵《諫太宗十思疏》："懼～～，則思正身以黜惡。"

產　chǎn　❶生，生育。《韓非子·六反》："且父母之於子也，～男則相賀。"❷出生，生長。《孟子·滕文公上》："陳良，楚～也。"❸物產，產品。《周禮·春官宗伯·大宗伯》："以天～作陰德，以中禮防之。"❹財產，產業。《孟子·梁惠王上》："是故明君制民之～，必使仰足以事父母，俯足以畜妻子。"❺產生，發生。《管子·任法》："彼幸而不得，則怨日～。"❻牲畜。《左傳·僖公十五年》："古者大事，必乘其～。"

諂　chǎn　奉承，獻媚。《論語·學而》："貧而無～，富而無驕。"

【諂佞】chǎn nìng　以花言巧語討好別人。也指花言巧語阿諛奉承的人。

漢·劉向《新序·雜事五》："公玉丹徒隸之中，而道之～～，甚矣。"

【諂笑】chǎn xiào　強作笑臉以求媚。《孟子·滕文公下》："脅肩～～，病於夏畦。"

闡 chǎn　❶闡明，闡發。《周易·繫辭下》："夫《易》彰往而察來，而微顯～幽。"❷顯露在外。《呂氏春秋·決勝》："隱則勝～矣，微則勝顯矣。"❸開闢，開拓。《史記·秦始皇本紀》："禽滅六王，～并天下。"

屖 chàn　羣羊雜處，引申為混雜、攙雜。北齊·顏之推《顏氏家訓·書證》："典籍錯亂……皆由後人所～，非本文也。"

---

chang

昌 (1) chāng　❶美善，正當。《尚書·虞書·大禹謨》："禹拜～言。"❷美好，姣好。《詩經·齊風·猗嗟》："猗嗟～兮，頎而長兮。"❸興盛，昌盛。《尚書·周書·洪範》："人之有能有為，使羞其行，而邦其～。"❹明顯。明·徐渭《燕子磯觀音閣》："若無一片鏡，妙麗苦不～。"

(2) chàng　❶通"唱"，吟唱。宋·葉紹翁《四朝聞見錄·胡紘李沐》："且能～誦忠定大廷對策。"❷通"倡"，倡導。清·惲敬《光孝寺碑銘》："大鑒之前，皆精微簡直，而大鑒有以～導之。"

【昌言】(1) chāng yán　❶善言，正論。《尚書·虞書·皋陶謨》："禹拜～～曰：'俞！'"❷直言不諱。《史記·夏本紀》："帝舜謂禹曰：'女亦～～。'"

(2) chàng yán　即"倡言"，提倡。清·儋父《清廷預備立憲》："然尚未有～～立憲者。"

倀 chāng　❶無所適從的樣子。宋·岳珂《桯史·張元吳昊》："而邊帥縶安，皆莫之知，～無所適。"❷舊指被虎吃掉的人變成的幫虎吃人的鬼。唐·戴孚《廣異記·宣州兒》："為虎所食，其鬼為～。"❸比喻充當壞人的爪牙。清·酉陽《女盜俠傳》："其為響馬賊之～無疑。"

【倀倀】chāng chāng　無所適從的樣子。《荀子·修身》："人無法，則～～然。"

倡 (1) chāng　❶歌舞藝人。《晏子春秋·內篇問下》："今君左為～，右為優。"❷妓女，也作"娼"。《古詩十九首·青青河畔草》："昔為～家女。"

(2) chàng　❶領唱。《詩經·鄭風·蘀(tuò，從草木上脫落下來的皮或葉)兮》："叔兮伯兮，～予和女。"❷唱歌。戰國楚·屈原《楚辭·九歌·東皇太一》："陳(列隊合奏)竽瑟兮浩～。"❸倡導，帶頭。《漢書·陳勝傳》："今誠以吾眾為天下～，宜多應者。"❹昌盛。《大戴禮記·禮之本》："江河以流，萬物以～。"

【倡優】chāng yōu　古代的歌舞雜技藝人。漢·司馬遷《報任安書》："固主上所戲弄，～～所畜，流俗之所輕也。"

【倡始】chàng shǐ　首倡，先導。《史記·張耳陳餘列傳》："陳王奮臂為天下～～。"

【倡言】chàng yán　❶首先提出某種意見，提倡。《三國志·魏書·陳思王植傳》："而臣獨～～者，竊不願於聖世使有不蒙施之物。"❷揚言，公開提出。《宋史·岳飛傳》："俊疑飛漏言，還朝，反～～飛逗遛不進。"

猖 chāng ❶ 肆意妄為。明·朱鼎《玉鏡台記·石勒報敗》："江南餘孽勢族～～。" ❷ 肆意而為的人。宋·王安石《開元行》："糾合儔傑披姦～～。"

闇 chāng 闇闔，傳說中的天門，後也單作"闇"。戰國楚·屈原《楚辭·離騷》："吾令帝闇（hūn，守門人）開關兮，倚～闔而望予。"又泛指宮門或京都城門。《史記·司馬相如列傳》："排～闔而入帝宮兮。"

長 (1) cháng ❶ 指空間距離較大，與短相對。《老子》二章："～短相形。" ❷ 指時間間隔較大。《孫子·虛實》："日有短～，月有死生。" ❸ 長久，久遠。《尚書·商書·盤庚中》："汝不謀～。" ❹ 經常。《莊子·秋水》："吾～見笑於大方之家。" ❺ 擅長。漢·桓寬《鹽鐵論·力耕》："商則～詐，工則飾罵。" ❻ 長處，優點。《晏子春秋·內篇上》："任人之～，不彊其短。"
　　(2) zhǎng ❶ 年長，年紀較大。《論語·先進》："以吾一日～乎爾，毋吾以也。" ❷ 年老，年高。《國語·晉語四》："齊侯～矣。" ❸ 排行最大。《孟子·梁惠王上》："～子死焉。" ❹ 君長，首領。《孟子·梁惠王下》："君行仁政，斯民親其上，死其～也。" ❺ 統治，統率。《戰國策·狐假虎威》："天帝使我～百獸。" ❻ 生育，出生。《莊子·天道》："地不～而萬物育。" ❼ 生長，成長。《孟子·揠苗助長》："今日病矣！予助苗～矣！" ❽ 撫養，

培育。《詩經·小雅·蓼莪》："父兮生我，母兮鞠我，拊我畜我，～我育我。" ❾ 滋長，助長。《詩經·小雅·巧言》："君子屢盟，亂是用～。" ❿ 尊敬，尊重。《禮記·大學》："上～長而民興弟（tì，同'悌'）。"

【長策】cháng cè ❶ 長鞭，多比喻威勢。漢·賈誼《過秦論》："振～～而御宇內，吞二周而亡諸侯。" ❷ 良計。《史記·平津侯主父列傳》："靡獘（凋敝）中國，快心匈奴，非～～也。"

【長跪】cháng guì 直身而跪，表示莊重或恭敬。《戰國策·唐雎不辱使命》："秦王色撓，～～而謝之。"

【長漢】cháng hàn ❶ 銀河。南朝梁·沈約《八詠詩》："轔（lìn，同'轔'，車碾）天衢而徒步，轢（lì，車輪碾軋）～～而飛空。" ❷ 借指遼闊的天空。唐·虞世南《奉和詠日午》："高天淨秋色，～～轉曦車。"

【長恨】cháng hèn 無盡的遺恨。漢·揚雄《劇（譴責）秦美（讚美）新》："所懷不章，～～黃泉。"

【長技】cháng jì 擅長的技藝，長處。《管子·明法解》："明主操術任分下，使羣臣效其智能，進其～～。"

【長揖】cháng yī 一種禮節，拱手自上以至極下。唐·杜甫《垂老別》："男兒既介冑，～～別上官。"

【長老】zhǎng lǎo ❶ 老年人的通稱。《管子·五輔》："養～～，慈幼孤。" ❷ 指年高德劭的僧人。唐·白居易《聞意》："東林～～往還頻。"

【長吏】zhǎng lì ❶ 地位較高的官員。戰國楚·宋玉《高唐賦》："～～隳官，賢士失志。" ❷ 泛指上級官員。明·宗臣《報劉一丈書》："以此長不見悅於～～。"

倘　cháng　見 587 頁 tǎng。

徜　cháng　見 587 頁 "倘佯"。

常　cháng　❶ 永久，固定不變。唐·王勃《滕王閣序》："勝地不~，盛筵難再。" ❷ 規律。《荀子·天論》："天行有~。" ❸ 常規，通例。《孟子·滕文公上》："貢者，校數歲之中以為~。" ❹ 普通的，一般的。唐·韓愈《馬說》："且欲與~馬等不可得，安求其能千里也？" ❺ 經常，常常。晉·陶淵明《歸去來兮辭》："園日涉以成趣，門雖設而~關。" ❻ 古代長度單位，八尺為尋，兩尋為常。《周禮·冬官考工記·廬人》："酋矛一有四尺。" ❼ 樹名，棠棣。《詩經·小雅·采薇》："彼爾維何，維~之華。" ❽ 通 "嘗"，曾經。《韓非子·外儲說左上》："主父~遊於此。" ❾ 通 "尚"，崇尚。《管子·七臣七主》："芒主目伸五色，耳~五聲。" ❿ 通 "長"。《史記·屈原賈生列傳》："寧赴~流而葬乎江魚腹中耳。"

【常服】cháng fú　❶ 軍服。《左傳·閔公二年》："帥師者，受命於廟，受脤於社，有~~矣。" ❷ 日常便服。宋·蘇軾《贈寫御容妙善師》："幅巾~~儼不動，孤臣入門涕自滂。"

【常流】cháng liú　❶ 長河。"常" 通 "長"。《史記·屈原賈生列傳》："寧赴~~而葬乎江魚腹中耳。" ❷ 河流的正道。《史記·河渠書》："延道弛兮離~~。" ❸ 平庸之輩。《晉書·習鑿齒傳》："璠璠(suǒ，同 '瑣')~~，碌碌凡士。"

【常倫】cháng lún　❶ 倫常。《史記·宋微子世家》："我不知其~~所序。" ❷ 平常之輩。南朝梁·江淹《雜體詩》："遠想出宏域，高步超~~。"

【常侍】cháng shì　皇帝的侍從近臣。秦初置散騎和中常侍散騎，魏晉以後以散騎和中常侍合稱 "散騎常侍"，隋唐內侍省復有內常侍，均簡稱 "常侍"。元以後廢。

【常務】cháng wù　❶ 應當致力的事情。《三國志·魏書·何夔傳》："蓋禮賢親舊，帝王之~~也。" ❷ 日常事務。南朝宋·劉義慶《世說新語·政事》："望卿擺撥~~，應對玄言。"

場　(1) cháng　❶ 用於翻曬收打糧食的平坦場地。清·蒲松齡《聊齋志異·狼》："顧野有麥~，場主積薪其中。" ❷ 祭壇旁的平地。《孟子·滕文公上》："子貢反，築室於~。" ❸ 量詞，用於次數。唐·李白《短歌行》："天公見玉女，大笑億千~。"

(2) chǎng　❶ 場所，處所。《戰國策·蘇秦以連橫說秦》："綴甲厲兵，劾(效)勝於戰~。" ❷ 泛指某個領域。漢·揚雄《劇秦美新》："朔翔乎禮樂之~。" ❸ 科舉考試的地方。清·吳敬梓《儒林外史》第三回："自古無~外的舉人。" ❹ 表演技藝的空地。宋·孟元老《東京夢華錄·駕登寶津樓諸軍呈百戲》："有假面披髮、口吐狼牙煙火如鬼神狀者上~。"

【場圃】cháng pǔ　種菜和收打作物的地方。唐·孟浩然《過故人莊》："開軒面~~，把酒話桑麻。"

【場屋】(1) cháng wū　曬場上的小屋。清·紀昀《閱微草堂筆記·灤陽續錄四》："有人見黑狐醉臥～～中。"

（2）chǎng wū ❶ 戲場。唐·元稹《連昌宮詞》："夜半月高弦索鳴，賀老琵琶定～～。" ❷ 科舉考試的地方。宋·王禹偁《謫居感事》："空拳舉入～～，拭目看京師。"

腸 cháng ❶ 內臟之一，消化器官的一部分。《韓非子·扁鵲見蔡桓公》："君之病在～胃，不治將益深。" ❷ 內心，感情。《史記·萬石張叔列傳》："上以為廉，忠實無他～，乃拜綰為河間（間）王太傅。"

嘗 cháng ❶ 辨別滋味。《禮記·曲禮下》："君有疾，飲藥，臣先～之。" ❷ 吃。《左傳·隱公元年》："小人有母，皆～小人之食矣。" ❸ 試探。宋·蘇洵《心術》："故古之賢將，能以兵～敵。" ❹ 經歷，經受。《左傳·僖公二十八年》："險阻艱難，備～之矣。" ❺ 曾經。《荀子·勸學》："吾～終日而思矣，不如須臾之所學也。" ❻ 通"常"，經常。《史記·刺客列傳》："故～陰養謀臣以求立。"

裳 cháng ❶ 古時指下身衣裙，男女皆服。宋·蘇軾《後赤壁賦》："適有孤鶴，橫江東來，翅如車輪，玄～縞衣，戛然長鳴。" ❷ 泛指衣服。北魏·酈道元《水經注·江水二》："巴東三峽巫峽長，猿鳴三聲淚沾～。" ❸ 鮮明的樣子。見"裳裳"。

【裳裳】cháng cháng 鮮明的樣子。《詩經·小雅·裳裳者華》："～～者華，其葉湑（xǔ，茂盛）兮。"

嫦 cháng 見"嫦娥"。

【嫦娥】cháng é 也作"常娥"，傳說中的月中女神。南朝宋·顏延之《為織女贈牽牛》："～～棲飛月。"

償 cháng ❶ 歸還，償還。漢·晁錯《論貴粟疏》："於是有賣田宅，鬻子孫，以～債者矣。" ❷ 補償，抵償。《史記·廉頗藺相如列傳》："相如視秦王無意～趙城。" ❸ 應對，回答。《左傳·僖公十五年》："西鄰責言，不可～也。" ❹ 報答。《史記·范雎蔡澤列傳》："一飯之德必～，睚眥之怨必報。" ❺ 實現，滿足。唐·韓愈《新修滕王閣記》："儻得一至其處，竊寄目一所願焉。"

昶 chǎng ❶ 指白天時間長。明·沈鯨《雙珠記·月下相逢》："流離彼此如迷瘴，誰料陽烏仍～。" ❷ 通"暢"，舒暢。三國魏·嵇康《琴賦》："固以和～而足耽矣。"

惝 chǎng ❶ 悵惘，失意。《莊子·則陽》："客出而君～然若有亡也。" ❷ 恍惚。清·王夫之《尚書引義·說命中二》："然而猶有其知也，亦～然若有所見也。"

敞 chǎng ❶ 寬闊，寬敞。《史記·封禪書》："泰山東北阯（址）古時有明堂處，處險不～。" ❷ 張開，露出。晉·陶淵明《桃花源詩》："奇蹤隱五百，一朝～神界。"

氅 chǎng ❶ 鷩（qiū，古書上說的一種水鳥）鳥的羽毛。唐·段成式《酉陽雜俎·肉攫部》："鸚（yàn，古書上說的一種小鳥）爛堆黃，一變之鵳（biǎn，羽色蒼黃的鷹隼），色如鷩～。" ❷ 鳥羽製成的外衣，也泛指外套大衣。宋·王禹偁《黃岡竹樓記》："公退之暇，被（披）鶴～衣，戴華陽巾。" ❸ 古代儀仗中以鳥羽為飾的旌旗。《新唐書・儀衛志上》："第一行，長戟，六色～。"

鬯 chàng ❶ 古代宗廟祭祀等用的香酒，由郁金草釀黑黍而成。《漢書・宣帝紀》："薦～之夕。" ❷ 郁金草，一種香草。《周禮・春官宗伯・鬯人》："凡王弔臨，共介～。" ❸ 通"暢"，暢通。明・黃道周《乞歸疏》："循資典試，不能大～仁義之言。" ❹ 旺盛。《漢書・郊祀志上》："草木～茂。"

唱 chàng ❶ 領唱，也作"倡"。《韓非子・解老》："故竽先則鍾瑟皆隨，竽～則諸樂皆和。" ❷ 倡導，發起。後作"倡"。《史記・陳涉世家》："今誠以吾眾詐自稱公子扶蘇、項燕，為天下～，應者宜多。" ❸ 歌唱。唐・劉禹錫《竹枝詞》："楊柳青青江水平，聞郎江上～歌聲。" ❹ 叫，呼，大聲念。《南史・檀道濟傳》："道濟夜～籌量沙，以所餘少米散其上。" ❺ 吟詠詩詞。唐・李賀《巴童答》："非君～樂府，誰識怨秋深？"

【唱酬】chàng chóu 以詩詞酬答。明・唐寅《送行》："此日傷離別，還家足～～。"

【唱和】chàng hè ❶ 此唱彼和。《荀子・樂論》："～～有應，善惡相象。" ❷ 互相呼應、配合。《後漢書・皇后紀下》："互作威福，探刺禁省，更為～～。" ❸ 以詩詞相酬答。唐・張籍《哭元九少府》："醉後齊吟～～詩。"

【唱名】chàng míng ❶ 高聲呼名，點名。明・馮夢龍《警世通言》第十五卷："命門子亂亂的總做一堆，然後～～取鬮。" ❷ 科舉時代，皇帝在殿試後呼名召見登第進士。宋・高承《事物紀原・學校貢舉部・唱名》："～～賜第，蓋自是為始。"

【唱喏】chàng nuò ❶ 出聲答應。唐・裴鉶 (xíng)《傳奇・崔煒》："女酌醴飲使者，曰：'崔子欲歸番禺，願為挈往。'使者～～。" ❷ 古代下屬與長官相見時叉手行禮，同時出聲致敬。《水滸傳》第三回："鄭屠看時，見是魯提轄，慌忙出櫃身來～～道：'提轄恕罪！'"

悵 chàng 失意，失望。戰國楚・屈原《楚辭・九歌・山鬼》："怨公子兮～忘歸。"

【悵望】chàng wàng 惆悵地看望或懷想。南朝齊・謝朓《新亭渚別范零陵》："停驂我～～。"

暢 chàng ❶ 通暢，通達。《周易・坤》："美在其中而～於四支。" ❷ 舒暢，喜悅。唐・薛戎《遊爛柯山》："悠然～心目，萬慮一時銷。" ❸ 盡情，盡興。晉・王羲之《〈蘭亭集〉序》："一觴一詠，亦足以～敘幽情。" ❹ 旺盛。漢・王充《論衡・道虛》："案草木之生，動搖者傷而不～。"

【暢茂】chàng mào ❶ 旺盛繁茂。《孟子・滕文公上》："草木～～，禽獸繁殖。" ❷ 形容文筆流暢，感情充沛。宋・阮閱《詩話總龜・書事》："以足下《郡齋燕集》相示，云何情致～～遒逸之如此。"

chao

抄 chāo ❶ 掠取，掠奪。《後漢書・郭伋列傳》："時匈奴數～郡界，邊境苦之。" ❷ 謄寫，抄錄。晉・葛洪《抱朴子・論仙》："淮南王～出，以作《鴻寶枕中書》。"

【抄掠】chāo lüè　搶劫，掠奪。《明史·陳友諒傳》：「熊天瑞者，……從徐壽輝~~江湘間。」

鈔 chāo ❶掠奪，強取。後作「抄」。漢·王符《潛夫論·勸將》：「東寇趙、魏，西~蜀、漢。」❷謄寫，抄錄。也作「抄」。晉·葛洪《抱朴子·金丹》：「余今略~金丹之都較，以示後之同志好之者。」❸紙幣。後泛指錢。明·陶宗儀《南村輟耕錄·不苟取》：「趙松雪嘗為羅司徒奉一百錠，為先生潤筆。」❹官府徵收錢物後所給的單據。宋·范成大《催租行》：「輸租得~官更催。」

◆ 鈔、抄。在現代漢語中，「鈔」多用於鈔票，「抄」多用於抄寫。

焯 (1) chāo　把蔬菜等放在開水裏略煮後就取出來。宋·林洪《山家清供》：「採大者，以湯~過。」
(2) zhuō ❶明徹。唐·韓愈《唐故相權公墓碑》：「平淮公文誕……~有聲烈。」❷照耀。晉·閭闡《弔賈生文》：「煥乎若望舒耀景而~羣星。」❸火燒，燒灼。漢·揚雄《太玄·童》：「錯著~龜，比光道也。」

超 chāo ❶躍上。《左傳·昭公元年》：「子南戎服入，左右射，~乘而出。」❷越過。《孟子·梁惠王上》：「挾太山以~北海。」❸超出，勝過。《韓非子·五蠹》：「~五帝，侔（móu，數量、程度等相等）三王者，必此法也。」❹超脫，超凡。《老子》二十六章：「雖有榮觀，燕處（燕處，安居）~然。」❺遙遠。戰國楚·宋玉《九辯》：「~逍遙兮今焉薄。」❻提拔，擢升。《漢書·朱博傳》：「遷為京兆尹，數月~為大司空。」

【超次】chāo cì　越級提升。唐·張說《潁川夫人陳氏碑》：「既立殊常之勳，遂蒙~~之命。」

【超度】chāo dù ❶逾越，跳過。《三國志·吳書·孫權傳》裴松之注引《江表傳》：「谷利在馬後，使（孫）權持鞍緩控（谷）利於後著鞭，以助馬勢，遂得~~。」❷超過，勝過。唐·馮宿《太平軍節度使殷公家廟碑》：「猗那先子，~~名輩。」❸佛教、道教謂使死者靈魂脫離地獄諸苦難。《紅樓夢》第三十三回：「又吩咐請幾眾僧人念經~~。」

【超忽】chāo hū ❶曠遠的樣子。唐·李白《送楊山人歸天台》：「客有思天台，東行路~~。」❷高逸的樣子。唐·皮日休《太湖詩·桃花塢》：「窮探到茲塢，逸興轉~~。」❸惆悵，迷惘。唐·劉景復《夢為吳泰伯作勝兒歌》：「今朝聞奏涼州曲，使我心神暗~~。」

【超跡】chāo jì　高超的行跡。晉·王渙之《蘭亭》：「~~修獨往，真契齊古今。」

【超曠】chāo kuàng　高遠曠達。清·蒲松齡《三仙》：「遇三秀才，談論~~。」

【超然】chāo rán ❶超脫的樣子。戰國楚·屈原《楚辭·卜居》：「將從俗富貴以媮（偷）生乎？寧~~高舉，以保真乎？」❷惆悵。《莊子·徐無鬼》：「武侯~~不對。」

【超世】chāo shì ❶超出當世，異乎尋常。宋·蘇軾《晁錯論》：「古之立大事者，不惟有~~之才，亦必有堅忍不拔之志。」❷出世，超然世外。《舊唐書·李白傳》："志氣宏放，飄然有～～之心。"

【超軼】chāo yì ❶ 超越，勝過。宋·蘇軾《答舒煥書》："足下文章之美，固已～～世俗而追配古人矣。" ❷ 高超，超羣出眾。唐·柳宗元《答吳武陵論非國語書》："足下以～～如此之才，每以師道命僕，僕滋不敢。"

剿 chāo 見 272 頁 jiǎo。

啁 cháo 見 772 頁 zhāo。

巢 cháo ❶ 鳥窩，窠穴。《詩經·召南·鵲巢》："維鵲有～，維鳩居之。" ❷ 築巢。《莊子·逍遙遊》："鷦鷯～於深林，不過一枝。" ❸ 上古民眾的簡陋住處。《韓非子·五蠹》："有聖人作，搆木為～，以避羣害。" ❹ 居住，棲息。《漢書·敍傳上》："始～姜於孺筮兮。" ❺ 壞人盤踞的地方。《新唐書·杜牧傳》："不數月必覆賊～。"

朝 (1) cháo ❶ 朝見。古代凡是見人都可以稱"朝"，也特指臣見君，下屬見上官，晚輩見長輩等。《論語·憲問》："孔子沐浴而～，告於哀公。" ❷ 會聚。《禮記·王制》："耆老皆～於庠。" ❸ 朝廷。《孟子·梁惠王上》："使天下仕者皆欲立於王之～。" ❹ 官府的大堂。南朝梁·任昉《到大司馬記室箋》："府～初建，俊賢翹首。" ❺ 朝代。唐·杜牧《江南春》："南～四百八十寺，多少樓臺煙雨中。" ❻ 對，向。表示所針對的方向或對象，用作介詞或動詞。唐·李白《江西送友人之羅浮》："桂水分五嶺，衡山～九疑。"

(2) zhāo ❶ 早晨。唐·李白《早發白帝城》："～辭白帝彩雲間。" ❷ 日，天。《孟子·告子下》："雖與之天下，不能一～居也。" ❸ 初，始。《管子·立政》："孟春之～，君自聽朝。"

【朝覲】cháo jìn 臣屬朝見君主。《孟子·萬章上》："天下諸侯～～，不之堯之子而之舜。"

【朝聘】cháo pìn 諸侯按期朝見天子。《禮記·中庸》："治亂持危，～～以時。"

【朝獻】cháo xiàn 諸侯或屬國朝覲時貢獻方物。《漢書·高帝紀下》："令諸侯王、通侯常以十月～～。"

【朝露】zhāo lù ❶ 早上的露水。也用來比喻存在時間短促。漢樂府《長歌行·青青園中葵》："青青園中葵，～～待日晞。" ❷ 指年少早死。宋·蘇軾《答廖明略書》之一："彼數子者，何辜獨先～～！"

嘲 (1) cháo ❶ 嘲笑，譏諷。南朝齊·孔稚珪《北山移文》："於是南嶽獻～，北隴騰笑。" ❷ 歌唱，吟詠。《北史·薛孝通傳》："因使元翌等～，以酒為韻。"

(2) zhāo 鳥鳴。《禽經》："林鳥朝～。"

【嘲哳】zhāo zhā 象聲詞，表示嘈雜細碎的聲音。唐·白居易《琵琶行》："嘔啞～～難為聽。"

車 chē ❶ 車子，陸地上有輪子的交通工具。《國語·越語上》："旱則資舟，水則資～。" ❷ 特指兵車。戰國楚·屈原《楚辭·九歌·國殤》："～錯轂兮短兵接。" ❸ 用輪軸旋轉的工具，如水車、紡車等。《後漢書·張讓傳》："又作翻～渴烏,施於橋西。"❹ 加工削物件。宋·洪皓《松漠紀聞·補遺》："麋角如馳(tuó)"鼉"骨,通身可～。"❺ 牙牀。《左傳·宮之奇諫假道》:"諺所謂'輔(頰骨)～相依,唇亡齒寒'者,其虞虢之謂也。"

【車裂】chē liè　古代的一種酷刑,俗稱五馬分屍。漢·鄒陽《獄中上梁王書》:"至夫秦用商鞅之法,東弱韓魏,立száng天下,卒～～之。"

【車重】chē zhòng　輜重,輜重車。《史記·衛將軍驃騎列傳》:"驃騎將軍亦將五萬騎,～～與大將軍等,而無裨將。"

圻　chè　❶ 裂開,分裂。《戰國策·魯仲連義不帝秦》:"天崩地～,天子下席。"❷ 拆毀。唐·韓愈《御史臺上論天旱人饑狀》:"～屋伐樹,以納稅錢。"❸ 裂紋,裂縫。《周禮·春官宗伯·占人》:"卜人占～。"

掣　chè　❶ 拽,拉,牽曳。唐·岑參《白雪歌送武判官歸京》:"風～紅旗凍不翻。"❷ 拔,抽取。南朝宋·虞龢《論書表》:"義之從後～其筆不脫。"❸ 閃動,迅疾而過。南朝梁·蕭綱《金錞賦》:"野曠塵昏,星流電～。"

【掣電】chè diàn　形容迅疾或短暫如電光閃動。唐·杜甫《高都護驄馬行》:"走過～～傾城知。"

【掣肘】chè zhǒu　比喻從旁牽制。《梁書·賀琛傳》:"縱有廉平,郡猶～～。"

徹　chè　❶ 通,穿,透。《列子·愚公移山》:"汝心之固,固不可～。"❷ 終了,結束。唐·杜甫《茅屋為秋風所破歌》:"長夜沾濕何

由～?"❸ 整治,開發。《詩經·大雅·公劉》:"～田為糧。"❹ 周朝的田稅制度。《孟子·滕文公上》:"周人百畝而～。"❺ 通"撤",撤除,除去。《戰國策·趙威后問齊使》:"～其環瑱(zhèn,戴在耳垂上的玉),至老不嫁。"❻ 通"澈",清澄,清澈。《晉書·盧循傳》:"雙眸冏(jiǒng,明亮)～,瞳子四轉。"❼ 車跡,後作"轍"。《老子》二十七章:"善行無～跡。"

【徹席】chè xí　人死的婉轉説法。唐·李綷《兵部尚書王紹神道碑》:"～～於長安永樂里之私第。"

撤　chè　❶ 除去,去掉。清·林嗣環《口技》:"～屏視之,一人,一桌,一椅,一扇,一撫尺而已。"❷ 抽回,撤回。《三國志·吳書·呂蒙傳》:"(關)羽聞之,必～備兵。"❸ 拆除。《商君書·兵守》:"發梁～屋。"

澈　chè　❶ 水澄清。北魏·酈道元《水經注·沅水》:"清潭鏡～。"❷ 水盡,盡。唐·虞世南《和鑾輿頓戲下》:"霧～軒營近。"❸ 同"徹",穿過,透。唐·柳宗元《小石潭記》:"日光下～。"

chen

琛　chēn　❶ 寶物,珍寶。明·宋濂《閲江樓記》:"蠻～聯肩而入貢。"❷ 珍寶。《後漢書·西域列傳》:"天之外區,土物～麗。"

嗔　chēn　❶ 發怒,生氣,也作"瞋"。明·袁宏道《徐文長傳》:"故其為詩,如一如笑。"❷ 責怪,埋怨。唐·李賀《野歌》:"男兒屈窮心不窮,枯榮不等～天公。"

瞋 chēn ❶ 睜大眼睛。《史記·項羽本紀》：「～目視項王，頭髮上指，目眥盡裂。」❷ 惱怒，生氣。唐·杜甫《麗人行》：「炙手可熱勢絕倫，慎莫近前丞相～。」

【瞋恚】chēn huì　忿怒怨恨。《三國志·魏書·方技傳》：「(郡)守～～既甚，吐黑血數升而愈。」

臣 chén ❶ 男奴隸，戰俘。《戰國策·韓策三》：「越王使大夫種行成於吳，請男為～，女為妾。」❷ 國君所統屬的民眾。《孟子·萬章下》：「在國曰市井之～，在野曰草莽之～。」❸ 君主制時代的官吏。《國語·齊語》：「寡君有不令之～在君之國。」❹ 古人自稱。可用於對君對父，秦漢以前也可用於對一般人。《史記·高祖本紀》：「呂公曰：『～少好相人。』」❺ 盡臣的本分。《論語·顏淵》：「君君，臣～，父父，子子。」❻ 役使，統屬。《左傳·昭公七年》：「故王～公，公～大夫。」❼ 用同「承」。承認。《新唐書·狄仁傑傳》：「訊反者一問即～。」

【臣服】chén fú ❶ 以臣禮事君。《尚書·周書·康王之誥》：「今予一二伯父，尚胥暨顧，綏爾先公之～於先王。」❷ 稱臣降服。《漢書·地理志下》：「樓會稽，～～請平。」

忱 chén ❶ 真誠，忠誠。《尚書·商書·湯誥》：「尚克時～，乃亦有終。」❷ 信任，相信。《詩經·大雅·大明》：「天難～斯，不易維王。」❸ 心意。明·劉基《癸巳正月在杭州作》：「微微螻蟻～，鬱鬱不得吐。」

沈 chén ❶ 沒入水中，沉沒。唐·杜甫《茅屋為秋風所破歌》：「下者飄轉～塘坳。」❷ 深。南朝宋·

鮑照《觀漏賦》：「注～穴而海漏。」❸ 程度深。唐·杜甫《新婚別》：「痛迫出中腸。」❹ 大，力量重。❺ 沉溺，迷戀。漢·鄒陽《獄中上梁王書》：「今人主～諂諛之辭，牽帷廧(牆)之制。」❻ 沉淪，淪落。晉·左思《詠史》：「英俊～下僚。」❼ 降落，墜落。唐·李商隱《常娥》：「長河漸落曉星～。」❽ 低，低沉。唐·駱賓王《在獄詠蟬》：「風多響易～。」❾ 陰，暗。宋·王安石《次韻張子野秋中久雨晚晴》：「天～四山黑。」❿ 滅亡，消滅。漢·劉向《新序·雜事三》：「然則荊軻之～七族，……豈足為大王道哉！」

【沈頓】chén dùn　疲憊不振。三國魏·吳質《在元城與魏太子牋》：「小器易盈，先取～～。」

【沈疴】chén kē　久治不瘉的病，重病。唐·權德輿《臥病喜惠上人李煉師茅處士見訪以贈》：「～～結繁慮，臥見書窗曙。」

【沈抑】chén yì ❶ 抑鬱。戰國楚·屈原《楚辭·九章·惜誦》：「情～～而不達兮。」❷ 因受壓制而致埋沒。晉·葛洪《抱朴子·廣譬》：「逸才～～則與凡庸為伍。」❸ 退隱。《管子·宙合》：「賢人之處亂世也，知道之不可行，則～～以辟罰，靜默以侔免。」

【沈滯】chén zhì ❶ 鬱積。《國語·周語下》：「氣不～～，而亦不散越。」❷ 仕宦不得升遷。漢·王充《論衡·狀留》：「遵禮蹈繩，修身守節，在下不汲汲，故有～～之留。」❸ 拖延，耽擱。《後漢書·袁安列傳》：「久議～～，各有所志。」❹ 疾病經久不瘉。《後漢書·列女傳》：「吾今疾在～～，性命無常。」

辰 chén ❶ 振動。三國魏·曹丕《柳賦》："彼庶卉之未動兮，固肇萌而先～。" ❷ 十二時辰中的辰時，即上午七時至九時。宋·洪邁《容齋續筆·雙生子》："～時為弟，巳時為兄，則弟乃先見一時矣。" ❸ 日子，時光。晉·陶淵明《歸去來兮辭》："懷良～以孤往。" ❹ 二十八宿中的心宿，又稱商星。漢·桓寬《鹽鐵論·相刺》："猶～參（shēn）之錯。" ❺ 北辰，即北極星。漢·揚雄《太玄·棿》："星～不相融。" ❻ 日月星的通稱。《國語·魯語上》："帝嚳能序三～以固民。" ❼ 通"晨"，早晨。《詩經·齊風·東方未明》："不能～夜，不夙則莫。"

宸 chén ❶ 屋檐。三國魏·何晏《景福殿賦》："芸（香草）若（杜若，一種香草）充庭，槐楓被～。" ❷ 帝王的住處，宮殿。唐·陳子昂《為赤縣父老勸封禪表》："垂顯號以居～。" ❸ 王位或帝王的代稱。唐·李白《為宋中丞請都金陵表》："苟利於物，斷在～衷。"

陳 （1）chén ❶ 陳列，陳設。《史記·孔子世家》："孔子為兒嬉戲，常～俎豆，設禮容。" ❷ 行列。《戰國策·馮煖客孟嘗君》："狗馬實外廄，美人充下～。" ❸ 陳述，上言。《孟子·公孫丑下》："我非堯舜之道，不敢～於王前。" ❹ 顯示，呈現。《國語·齊語》："相示以巧，相～以功。" ❺ 久，陳舊。晉·王羲之《〈蘭亭集〉序》："向之所欣，俛（俯）仰之間，已為～跡。"

（2）zhèn 後作"陣"。❶ 軍隊的戰鬥隊列。《論語·衛靈公》："衛靈公問～於孔子。" ❷ 佈陣《史記·吳太伯世家》："楚亦發兵拒吳，夾水～。"

【陳首】chén shǒu 供認自己犯下的罪行。《三國演義》第五十九回："自思己過，當面～～。"

晨 chén ❶ 天亮，清晨。《戰國策·馮煖客孟嘗君》："長驅到齊，～而求見。" ❷ 雞鳴報曉。《尚書·周書·牧誓》："古人有言曰：'牝雞無～。'" ❸ 通"辰"，泛指星辰。馬王堆漢墓帛書《經法·論約》："日月星～有數，天地之紀也。"

【晨昏】chén hūn ❶ 早晚。《列子·周穆王》："其下趣役者，侵～～而弗息。" ❷ "晨昏定省"的略語。唐·王勃《滕王閣序》："舍簪笏於百齡，奉～～於萬里。"

湛 chén 見 768 頁 zhàn。

塵 chén ❶ 飛揚的細土，塵土。唐·王維《送元二使安西》："渭城朝雨浥輕～。" ❷ 污染。《詩經·小雅·無將大車》："無將大車，祇自～兮。" ❸ 蹤跡，事跡。《後漢書·陳寔列傳》："二方承則，八慈繼～。" ❹ 世俗，人間。南朝齊·孔稚珪《北山移文》："夫以耿介拔俗之標，瀟灑出～之想。" ❺ 道家以一世為一塵。南唐·沈汾《續仙傳》："郎君得道，隔兩～矣。"

【塵外】chén wài 世外。漢·張衡《思玄賦》："遊～～而瞥天兮。"

【塵網】chén wǎng ❶ 指塵世。古人認為人在世間受到種種束縛，如魚在網，故稱"塵網"。晉·陶淵明《歸園田居》："誤落～～中，一去三十年。" ❷ 佈滿灰塵的蛛網。明·高啟《結客少年場行》："養士堂中～～遍。"

【塵囂】 chén xiāo　世間的喧囂紛擾。晉·陶淵明《桃花源詩》："借問游方士，焉測～～外。"

諽 chén ❶ 相信。《尚書·商書·咸有一德》："天難～，命靡常。" ❷ 真誠。《詩經·大雅·蕩》："天生烝民，其命匪～。" ❸ 確實，的確。戰國楚·屈原《楚辭·九章·哀郢》："外承歡之汋約（汋約，同'綽約'）兮，～荏弱而難持（同'恃'）。"

稱 (1) chèn ❶ 適宜，相當。《孟子·公孫丑下》："中古（中古，周公以前）棺七寸，椁～之。" ❷ 好，美好。《周禮·冬官考工記·輪人》："進而眡之，欲其肉～也。" ❸ 隨。《禮記·檀弓上》："子游問喪具，夫子曰：'～家之有亡（無）。'"

(2) chēng ❶ 稱量，測定物品的輕重。《管子·明法》："有權衡之～者，不可欺以輕重。" ❷ 權衡，衡量。《晏子春秋·內篇問下》："～財多寡而節用之。" ❸ 名號，稱謂。漢·班固《白虎通·爵》："天子者，爵～也。" ❹ 叫作，稱作。《論語·季氏》："邦君之妻，君～之曰夫人。" ❺ 述說，聲稱。《論語·陽貨》："惡（憎恨）～人之惡（壞處）者。"《史記·廉頗藺相如列傳》："相如每朝時，常～病，不欲與廉頗爭列。" ❻ 稱道，稱揚。三國蜀·諸葛亮《出師表》："先帝～之曰'能'。" ❼ 顯揚，著稱。《論語·衛靈公》："君子疾沒世而名不～焉。" ❽ 舉起。《尚書·周書·牧誓》："～爾戈，比爾干。" ❾ 舉行。《尚書·周書·洛誥》："王肇～殷禮，祀於新邑。" ❿ 推舉，舉用。《左傳·宣公十六年》："禹稱善人，不善人遠。"

【稱旨】 chèn zhǐ　符合皇帝的旨意。《漢書·孔光傳》："奉使～～，由是知名。"

【稱貸】 chēng dài　舉債，告貸。《孟子·滕文公上》："又～～而益之，使老稚轉乎溝壑。"

【稱舉】 chēng jǔ　稱譽舉薦。《史記·秦始皇本紀》："今（趙）高素小賤，陛下幸～～，令在上位。"

【稱引】 chēng yǐn　援引，引證。《史記·孟子荀卿列傳》："～～天地剖判以來，五德轉移，治各有宜，而符應若茲。"

讖 chèn ❶ 妄談預言徵驗的書籍。《史記·趙世家》："公孫支（人名）書而藏之，秦～於是出矣。" ❷ 指妄作的預言或徵兆。唐·柳宗元《瘡膏肓疾賦》："巫新麥以為～，果不得其所餐。"

【讖術】 chèn shù　盛行於秦漢時期的一種預卜未來的法術。《後漢書·桓譚馮衍列傳》："譚非～～，衍晚委質。"

【讖緯】 chèn wěi　讖書和緯書的合稱，讖緯起於秦朝，盛行於東漢。讖書妄作隱語或預言，緯書附會儒家經典。《後漢書·方朮列傳上》："專精經典，尤明天文、～～、風角、推步之術。"

【讖語】 chèn yǔ　以讖術所作的預言。宋·王明清《揮塵餘話》："溪中有石，里人號曰團石，有～～。"

撐 chēng ❶ 抵住，支持。唐·李白《扶風豪士歌》："白骨相～如亂麻。" ❷ 用篙行船。唐·杜甫《又觀打魚》："能者操舟疾若風，

~突波濤挺叉入。" ❸ 填滿，充滿。宋·王安石《古意》："當時棄桃核，聞已~月窟。"

【撐拒】chēng jù ❶ 支撐，撐持。漢·蔡琰《悲憤詩》："斬截無孑遺，屍骸相~~。" ❷ 抵抗，抗拒。宋·岳珂《桯史·萬春伶語》："揖者不服，~~~縢口。"

鐺 (1) chēng ❶ 古代的鍋。南朝宋·劉義慶《世說新語·德行》："母好食~底焦飯。" ❷ 古代的一種溫器，似鍋，三足。明·張岱《西湖七月半》："茶~旋煮，素瓷靜遞。"

(2) dāng 女子的耳飾。《北史·真臘傳》："足履革屣，耳懸金~。"

丞 chéng ❶ 輔佐帝王處理國家政務的最高官吏。《莊子·知北遊》："舜問乎~曰：'道可得而有乎？'" ❷ 佐官，某些官員的副職，如大理丞、府丞、縣丞等。《商君書·禁使》："夫置~立監者，且以禁人之為利也。" ❸ 輔助。《呂氏春秋·介立》："五蛇從之，為之~輔。"

成 chéng ❶ 完成，實現。《三國志·蜀書·諸葛亮傳》："高祖因之以~帝業。" ❷ 成就，成績。唐·李白《化城寺大鐘銘》："少蘊才略，壯而有~。" ❸ 成為，變成。《荀子·勸學》："積土~山，風雨興焉。" ❹ 成熟，茂盛。《莊子·逍遙遊》："魏王貽我大瓠之種，我樹之~而實五石。" ❺ 成全。《論語·顏淵》："君子~人之美，不~人之惡。" ❻ 和解，媾和。《國語·越語上》："夫差與之~而去之。" ❼ 重，層。《周禮·秋官司寇·司儀》："將

合諸侯，則令為壇三~。" ❽ 既定的，現成的。《通典·凶禮二》："忌日舉哀，如昔~制。" ❾ 古代井田制下的方圓十里之地。《左傳·哀公元年》："有田一~，有眾一旅（五百人為旅）。" ❿ 樂曲奏完一節為一成。《尚書·虞書·益稷》："簫韶九~，鳳皇來儀。"

【成德】chéng dé ❶ 盛德，全德。《左傳·成公十三年》："不穀惡其無~~，是用宣之，以懲不壹。" ❷ 成年人應有的品德。《儀禮·士冠禮》："棄爾幼志，順爾~~。"

【成服】chéng fú ❶ 舊時喪禮大殮後，親屬按照與死者不同的親疏關係而穿相應的喪服，叫作"成服"。《儀禮·士喪禮》："三日，~~。" ❷ 盛服。晉·應亨《贈四王冠詩》："令月惟吉日，~~加元首。" ❸ 製成衣服。《三國志·魏書·高堂隆傳》："是以帝耕以勸農，后桑以~~。"

【成國】chéng guó 大國。《左傳·襄公十四年》："~~不過半天子之軍。"

【成禮】chéng lǐ ❶ 使禮完備。《左傳·莊公二十二年》："酒以~~，不繼以淫，義也。" ❷ 行禮完畢。《史記·管晏列傳》："方晏子伏莊公尸哭之，~~然後去。" ❸ 完婚。《後漢書·列女傳》："及初~~，（袁）隗問之。"

【成命】chéng mìng ❶ 既定的天命。《尚書·周書·召誥》："王厥有~~，治民今休。" ❷ 既定的策略。《左傳·宣公十二年》："師無~~，多備何為？" ❸ 已發出的命令。《三國志·魏書·曹芳傳》："齊路中大夫以死~~。"

承 chéng ❶ 捧着，托着。《左傳·成公十六年》："使行人執榼～飲。" ❷ 接受，蒙受。《國語·周語中》："各守爾典，以～天休。" ❸ 擔負，擔當。《韓非子·難三》："中期善～其任。" ❹ 招認，承認。《新唐書·周興傳》："熾炭周之，何事不～。" ❺ 繼承，接續。《孟子·滕文公下》："我亦欲正人心，以～三聖者也。" ❻ 順從，奉承。《詩經·大雅·抑》："子孫繩繩，萬民靡不～。" ❼ 抵禦，制止。《詩經·魯頌·閟(bì)宮》："戎、狄是膺，荊舒是懲，則莫我敢～。" ❽ 通"乘"，趁着。《荀子·王制》："伺彊大之閒，～彊大之敵。" ❾ 通"丞"，輔佐。唐·韓愈《圬者王承福傳》："而百官者，～君之化者也。"

【承福】 chéng fú ❶ 蒙受福澤。《漢書·宣帝紀》："上帝嘉嚮，海內～～。" ❷ 古稱日下有黃氣的天象為"承福"。《晉書·天文志中》："日下有黃氣，三重若抱，名曰～～。"

【承平】 chéng píng 治平相承，太平。《漢書·食貨志上》："今累世～，豪富吏民訾數巨萬，而貧弱俞困。"

【承嗣】 chéng sì ❶ 世襲，傳代。《左傳·昭公二十年》："～～大夫，強易其賄。" ❷ 長子。《大戴禮記·曾子立事》："使子猶使臣也，使弟猶使～～也。"

【承天】 chéng tiān 承奉天道。唐·魏徵《諫太宗十思疏》："凡昔元首，～～景命。"

【承望】 chéng wàng ❶ 仰承，迎合。《後漢書·桓榮列傳》："羣臣～～上意。" ❷ 料到。《紅樓夢》第六十三回："原是老爺祕法新製的丹砂……不～～老爺於今夜守庚申時悄悄的服了下去，便昇仙了。" ❸ 指望。《敦煌變文·李陵變文》："結親本擬防非禍，養子～～奉甘碎。"

【承顏】 chéng yán 順承他人的臉色。《三國志·吳書·王蕃傳》："蕃體氣高亮，不能～～順指。"

【承運】 chéng yùn 秉受天命。晉·孫楚《為石仲容與孫皓書》："太祖～～，神武應期。"

城 chéng ❶ 城牆。《孟子·天時不如地利章》："三里之～，七里之郭。" ❷ 都邑，城市。《史記·高祖功臣侯者年表》："故大～名都散亡，戶口可得而數者十二三。" ❸ 築城。《詩經·小雅·出車》："天子命我，～彼朔方。"

◆ 城、郭。一座城通常分為兩重，內稱"城"，外稱"郭"。單用"城"字時其涵義多城郭兼具，"城"、"郭"對舉時，"城"指內城，"郭"指外城。

【城府】 chéng fǔ ❶ 猶官府。《後漢書·龐公列傳》："居峴山之南，未嘗入～～。" ❷ 比喻心機多而難測。《宋史·卷三四一·傅克俞傳》："堯俞厚重寡言，遇人不設～～，人自不忍欺。"

【城隍】 chéng huáng ❶ 城濠，護城河。《晉書·慕容德載記》："～～未修，敵來無備。" ❷ 指城邑。唐·寒山《詩》："儂家暫下山，入到～～裏。" ❸ 古代天子舉行蠟祭，蠟祭八神中的第七神水庸被後世視為守護城池之神，稱"城隍"。《北齊書·慕容儼傳》："城中先有神祠一所，俗號～～神。"

【城闕】 chéng què ❶ 城門兩旁的望樓。《詩經·鄭風·子衿》："挑兮達兮，在～～兮。" ❷ 泛指宮闕，京城。唐·王勃《送杜少府之任蜀州》："～～輔三秦。"

乘 (1) chéng ❶ 駕馭。《孟子·滕文公下》："昔者趙簡子使王良與嬖奚～。" ❷ 乘坐。《國語·越語上》："吾能居其地，吾能～其船，此其利也。" ❸ 登，升。《列子·黃帝》："俱～高臺。" ❹ 趁着，憑藉。《孟子·公孫丑上》："雖有智慧，不如～勢。" ❺ 掩襲，追逐。《左傳·宣公十二年》："若二子怒楚，楚人～我，喪師無日矣。" ❻ 欺凌，侵犯。《國語·周語中》："～人不義。" ❼ 計算，籌劃。《周禮·天官冢宰·宰夫》："～其財用之出入。"
(2) shèng ❶ 量詞，用來計算車馬，包括一車四馬，也可以計算舟船、轎子等。《左傳·鄭伯克段於鄢》："命子封帥車二百～以伐京。" ❷ 數詞，四的代稱。《孟子·離婁下》："發～矢而後反。" ❸ 井田制下一甸土地所繳納的軍賦。《左傳·哀公七年》："且魯賦八百～，君之貳也。" ❹ 春秋時晉國的史書，後泛稱一般史書。《孟子·離婁下》："晉之～，楚之檮杌，魯之春秋，一也。"

【乘化】chéng huà　順應自然變化。化，造化。晉·陶淵明《歸去來兮辭》："聊～～以歸盡。"

盛 chéng　見538頁 shèng。

程 chéng ❶ 度量衡的總稱。《荀子·致仕》："～者物之準也。" ❷ 測定重量。《睡虎地秦墓竹簡·秦律》："禾黍雖敗而尚可食殿（yī，語助詞），～之以其耗（耗）石數論負之。" ❸ 衡量，品評。《論衡·謝短》："此職業外相～相量也。" ❹ 法

度，程式。《韓非子·難一》："中～者賞，弗中～者誅。" ❺ 限度，期限，定量。《漢書·刑法志》："晝斷獄，夜理書，自～決事。" ❻ 表現，顯示。漢·仲長統《昌言·理亂》："擁甲兵與我角才智，～勇力與我競雌雄。" ❼ 以驛站郵亭等為起訖的一段行程，後通指路程。《東觀漢記·東平憲王蒼傳》："置驛馬傳起居，以千里為～。"

裎 chéng　裸體。《戰國策·韓策一》："秦人捐甲徒～以趨敵，左挈人頭，右挾生虜。"

塍 chéng　田埂。漢·班固《西都賦》："溝～刻鏤，原隰（xì，新開墾的田）龍鱗。"

誠 chéng ❶ 真誠，真心。《列子·愚公移山》："帝感其～，命夸娥氏二子負二山。" ❷ 實情，真情。《史記·孟嘗君列傳》："背齊入秦，則齊國之情，人事之～，盡委之秦。" ❸ 真正，確實。三國蜀·諸葛亮《出師表》："今天下三分，益州疲敝，此～危急存亡之秋也。" ❹ 如果，假如。《三國志·蜀書·諸葛亮傳》："～如是，則霸業可成，漢室可興矣。"

【誠服】chéng fú ❶ 真誠地服從。《孟子·公孫丑上》："以德服人者，中心悅而～～也。" ❷ 真誠地佩服。清·吳敏樹《己未上曾侍郎書》："然先生此文，乃敏樹心所～～。"

【誠令】chéng lìng　如果，假如。《資治通鑑》卷十六："～～吳得豪傑，亦且輔而為誼，不反矣。"

【誠壹】chéng yī　心志專一。《史記·貨殖列傳》："酒削，薄技也，而郅氏鼎食……此皆～～之所致。"

醒 chéng ❶ 酒醉後神志不清。《詩經·小雅·節南山》："憂

心如～，誰秉國成？" ❷清朗，清醒。清·譚嗣同《仁學》："霧豁天～，霾斂氣蘇。"

澄 (1) chéng ❶清澈而靜止。宋·王安石《桂枝香·金陵懷古》："千里一江似練。" ❷靜，寧靜。晉·葛洪《抱朴子·博喻》："靈鳳振響於朝陽，未有惠物之益，而莫不一聽於下風焉。"

(2) dèng　使液體中的雜質沉澱，澄清。《三國志·吳書·孫靜傳》："頃連雨水濁，兵飲之多腹痛，促令具罌（yīng，一種小口大肚的瓶子）缶數百口～水。"

【澄心】chéng xīn ❶使心情清朗。《淮南子·泰族訓》："～～清意以存之，見其終始，可謂知略矣。" ❷靜心。晉·陸機《文賦》："罄～～以凝思。"

懲 chéng ❶戒懼，鑒戒。戰國楚·屈原《楚辭·九歌·國殤》："首身離兮心不～。" ❷懲罰。《荀子·王制》："勉之以慶賞，～之以刑罰。" ❸苦於。《列子·愚公移山》："～山北之塞，出入之迂也，聚室而謀。"

【懲創】chéng chuàng ❶懲戒，警戒。唐·韓愈《讀東方朔雜事》："方朔不～～，挾恩更矜誇。" ❷懲治，懲處。宋·蘇轍《亡兄子瞻端明墓誌銘》："其漸不可長，宜痛加～～。"

【懲勸】chéng quàn ❶懲惡勸善的略語，懲罰邪惡，勸勉向善。《後漢書·仲長統列傳》："信賞罰以驗～～。" ❷賞罰。《晉書·應詹傳》："～～必行，故歷世長久。"

逞 chěng ❶快意，滿意。《左傳·桓公六年》："今民餒而

君～欲，祝史矯舉以祭，臣不知其可也。" ❷放縱，放任。《左傳·昭公四年》："民不可～，度不可改。" ❸顯示，施展。《莊子·山木》："處勢不便，未足以～其能也。"

騁 chěng ❶奔馳。《詩經·小雅·節南山》："我瞻四方，蹙蹙靡所～。" ❷放縱，放任。《史記·孝武本紀》："羣儒既以不能辯明封禪事，又牽拘於詩書古文而不敢～。" ❸施展，顯示。《荀子·君道》："故由天子至於庶人也，莫不～其能，得其志，安樂其事。"

【騁懷】chěng huái　開暢胸懷，開懷。晉·王羲之《〈蘭亭集〉序》："所以遊目～～，足以極視聽之娛，信可樂也。"

【騁目】chěng mù　縱目遠望。南朝梁·沈約《郊居賦》："臨巽維而～～。"

【騁能】chěng néng ❶施展本領。《荀子·天論》："因物而多之，孰與～～而化之？" ❷猶"逞能"。《晉書·阮裕傳》："既不能躬耕自活，必有所資，故曲躬二郡，豈以～～，私計故耳。"

蚩 chī ❶愚蠢，無知。北齊·顏之推《顏氏家訓·勉學》："音辭鄙陋，風操～拙。" ❷醜陋。南朝陳·張正見《白頭吟》："語默妍～際，沈浮毀譽中。" ❸欺侮。漢·張衡《西京賦》："鬻良雜苦，～眩邊鄙。" ❹通"嗤"，嘲笑。《三國志·吳書·呂蒙傳》："他日與蒙會，又～辱之。"

【蚩蚩】chī chī ❶敦厚貌。《詩經·

衛風・氓》：“氓之～～，抱布貿絲。”❷紛擾貌。唐・皮日休《奉和魯望讀襲符經見寄》：“至今千餘年，～～受其賜。”

眵 chī　眼睛生垢，影響視力。唐・韓愈《短燈檠歌》：“夜書細字綴語言，兩目昏ဃ雪白。”

答 chī　用鞭、杖等擊打。《史記・陳涉世家》：“尉果～廣。”

嗤 chī　譏笑，嘲笑。清・錢大昕（xīn，太陽將要升起的時候）《弈喻》：“彼此相～，無有已時。”

螭 chī　❶傳説中一種無角的龍。戰國楚・屈原《楚辭・九章・涉江》：“吾方高馳而不顧，駕青虯兮驂白～。”❷一種猛獸。明・王守仁《瘞旅文》：“驂紫彪而乘文～兮，登望故鄉而噓唏兮！”❸通“魑”，傳説中山林裏一種能害人的惡怪物。《左傳・宣公三年》：“～魅罔兩，莫能逢之。”

癡 chī　❶愚笨，傻。隋・侯白《啟顏錄・賣羊》：“市人知其～鈍。”❷對某事或某物着迷。明・張岱《湖心亭看雪》：“莫説相公～，更有一似相公者。”

魑 chī　❶山神。《漢書・王莽傳》：“投諸四裔，以禦～魅。”❷鬼怪。唐・李頎《愛敬寺古藤歌》：“風雷霹靂連黑枝，人言其下藏妖～。”

弛 chī　❶放鬆弓弦。《左傳・襄公十八年》：“乃～弓，而自後縛之。”❷放下，解除。清・蒲松齡《聊齋志異・狼》：“～擔持刀。”❸鬆懈，放鬆。唐・柳宗元《捕蛇者説》：“～然而臥。”❹放縱。唐・韓愈《送孟東野序》：“其志～以肆。”❺毀壞。《國語・魯語

上》：“文公欲～孟文子之宅。”

【弛易】chí yì　變更。《韓非子・內儲説上》：“必～～之矣。”

【弛縱】chí zòng　放縱。《後漢書・蔡邕列傳》：“綱網～～。”

池 chí　水塘。宋・蘇軾《水龍吟・次韻章質夫楊花詞》：“曉來雨過，遺蹤何在，一～蘋碎。”

【池魚】chí yú　❶池中的魚，後來也比喻不願做官、甘於平淡的人。晉・陶淵明《歸園田居》：“羈鳥戀舊林，～～思故淵。”❷比喻無辜受到災禍牽連的人。《太平廣記》卷四百六十六引漢・應劭《風俗通》：“城門失火，禍及～～。”

【池中物】chí zhōng wù　比喻甘居一隅，沒有遠大抱負的人。唐・張祜《投蘇州喬郎中》：“蛟龍可是～～～，鳳鳥無非閣上音。”

坻 chí　見111頁dǐ。

持 chí　❶握，拿。《戰國策・觸龍説趙太后》：“～其踵為之泣。”❷治理。《韓非子・五蠹》：“夫仁義辯智非所以～國也。”❸掌管，行使。宋・蘇軾《留侯論》：“夫～法太急者，其鋒不可犯。”❹扶持，扶助。《論語・季氏》：“危而不～，顛而不扶。”❺支持，支撐。《禮記・中庸》：“辟（通‘譬’）如天地之無不～載，無不覆幬（dào，覆蓋）。”❻保持，守。《孟子・公孫丑上》：“～其志，無暴其氣。”❼控制，約束。唐・韓愈《柳子厚墓誌銘》：“自～其身。”

【持節】chí jié　古時使臣出使或傳達皇帝命令，往往持符節作為憑證。節，符節。《史記・絳侯周勃世家》：“於是上乃使使～～詔將軍。”

【持兩端】chí liǎng duān　立場不堅定，有二心。《史記·魏公子列傳》："名為救趙，實~~~以觀望。"

馳 chí　❶車馬疾行。《史記·絳侯周勃世家》："至霸上及棘門軍，直~入。"❷疾走，快跑。唐·韓愈《送李愿歸盤谷序》："夾道而疾~。"❸追逐，追擊。《左傳·曹劌論戰》："公將~之。"❹傳播。南朝齊·孔稚珪《北山移文》："希蹤三輔豪，~聲九州牧。"

【馳道】chí dào　馳走車馬所行的道路。北周·王褒《長安道》："槐衢回北第，~~度西宮。"

【馳驟】chí zhòu　疾奔。唐·柳宗元《桐葉封弟辨》："~~之，使若牛馬然。"

踟 chí　見"踟躕"。

【踟躕】chí chú　❶徘徊。《詩經·邶風·靜女》："愛而不見，搔首~~。"❷猶疑不定。唐·白居易《食筍》："且食勿~~，南風吹作竹。"❸相連。南朝梁·江淹《靈丘竹賦》："戶~~而臨空。"

遲 (1) chí　❶慢行。《孟子·盡心下》："~~吾行也，去父母國之道也。"❷緩慢。《莊子·養生主》："視為止，行為~。"❸晚，與"早"相對。《戰國策·莊辛論幸臣》："亡羊而補牢，未為~也。"❹遲鈍。《漢書·杜周傳》："周少言重~，而內深次骨。"

(2) zhì　及，等到。見"遲旦"、"遲明"。

【遲遲】chí chí　緩慢。唐·孟郊《遊子吟》："臨行密密縫，意恐~~歸。"

【遲回】chí huí　猶豫，徘徊。唐·杜甫《垂老別》："憶昔少壯日，~~竟長歎。"

【遲旦】zhì dàn　即"遲明"，等到天亮，天明。《新唐書·韋溫傳》："（韋）后死，~~斬溫。"

【遲明】zhì míng　天亮。唐·曹唐《望九華寄池陽杜員外》："戴月早辭三秀館，~~初識九華峯。"

尺 chǐ　❶長度單位。《戰國策·鄒忌諷齊王納諫》："鄒忌脩八~有餘。"❷尺子，衡量長度的器具。唐·杜甫《秋興八首》其一："寒衣處處催刀~，白帝城高急暮砧。"❸中醫診脈部位名稱之一。手掌後橈骨高處下為寸，寸下一指處為關，關下一指處為尺。《難經》："脈三部，寸、關、~。"

【尺寸】chǐ cùn　❶尺和寸，量度長度的器具。《管子·明法解》："故以~~量短長，則萬舉而萬不失矣。"❷形容距離短或數量少。宋·蘇洵《六國論》："思厥先祖父，暴霜露，斬荊棘，以有~~之地。"❸客觀標準。《韓非子·安危》："六日有~~而無意度，七日有信而無詐。"

【尺牘】chǐ dú　書信。牘，書版。唐·皇甫冉《寄江東李判官》："歸途限~~，王事在扁舟。"

【尺籍】chǐ jí　漢代一般將戰功寫在一尺長的竹板上，稱為尺籍，後來也用來稱軍籍。《史記·張釋之馮唐列傳》："安知~~伍符。"

【尺素】chǐ sù　古人寫文章或書信常用的長度為一尺左右的絹帛。素，生絹。唐·韋應物《南池宴錢子辛賦得科斗（蝌蚪）》："且願充文字，登君~~書。"

【尺澤】chǐ zé　小水池。戰國楚·宋玉《對楚王問》："夫~~之鯢，豈能與之量江海之大哉！"

侈 chǐ ❶奢華，浮豔。漢・賈誼《論積貯疏》："淫～之俗日日以長。" ❷放縱無節制。《孟子・梁惠王上》："放辟邪～。" ❸浪費。《國語・叔向賀貧》："驕泰奢～。" ❹超過。宋・曾鞏《寄歐陽舍人書》："有實大於名，有名～於實。" ❺多。明・宋濂《送天台陳庭學序》："蓋得於山水之助者～矣。" ❻誇耀。明・王守仁《尊經閣記》："～淫詞，競詭辯。"

【侈論】chǐ lùn　浮誇的言論。唐・柳宗元《答劉禹錫天論書》："無羨言～～。"

齒 chǐ ❶門牙。《穀梁傳・僖公二年》："脣（唇）亡則～寒。" ❷牙齒。《戰國策・燕策三》："此臣之日夜切～腐心也。" ❸指象牙。《左傳・僖公二十三年》："羽毛～革，則君地生焉。" ❹年齡，歲月。唐・柳宗元《捕蛇者說》："退而甘食其土之有，以盡吾～。" ❺齒形物。宋・葉紹翁《遊園不值》："應憐屐～印蒼苔，小扣柴扉久不開。" ❻次列，並列，排列。唐・韓愈《師說》："巫、醫、樂師、百工之人，君子不～。" ❼錄用。《三國志・蜀書・諸葛亮傳》："循名責實，虛偽不～。"

【齒冷】chǐ lěng　開口笑久了牙齒會冷，因此把招致別人譏嘲稱為"齒冷"。唐・司空圖《南北史感遇十首》其二："江南不有名儒相，～～中原笑未休。"

【齒讓】chǐ ràng　指以年齡大小相讓。《禮記・文王世子》："將君我，而與我～～，何也？"

恥 chǐ ❶恥辱，恥辱的事。《國語・越語上》："如寡人者，安與知～？" ❷羞辱。《國語・越語上》："昔者夫差～吾君於諸侯之國。" ❸羞愧。唐・孟浩然《望洞庭湖贈張丞相》："欲濟無舟楫，端居～聖明。"

褫 chǐ ❶強行剝去衣服或衣帶。《新唐書・諸帝公主》："嘗～朝服，以項挽車。" ❷脫，解。唐・元晦《越亭二十韻》："懸冠謝陶令，～珮懷庶傅。" ❸奪去。唐・姚合《杭州觀潮》："但～千人魄，那知伍相心。" ❹剝奪，革除。晉・謝莊《上搜才表》："張勃進陳湯而坐以～爵。"

【褫革】chǐ gé　指明清時對生員剝奪衣衿開革除名。清・蒲松齡《聊齋志異・紅玉》："生既～～，屢受桎慘。"

叱 chì ❶斥責，責罵。《史記・平原君虞卿列傳》："王之所以～遂者。" ❷呼喊，怒喝。《史記・廉頗藺相如列傳》："左右欲刃相如，相如張目～之，左右皆靡。" ❸表示呵斥的聲音。《戰國策・魯仲連義不帝秦》："威王勃然怒曰：'嗟！而（爾）母，婢也！'"

【叱咄】chì duō　呵斥，訓斥。明・宋濂《送東陽馬生序》："或遇其～～，色愈恭。"

斥 chì ❶驅逐，排斥。唐・韓愈《進學解》："攘～佛老。" ❷偵察，探測。宋・蘇洵《心術》："謹烽燧，嚴～堠。" ❸責罵。清・王夫之《論秦始皇廢分封立郡縣》："～秦之私。" ❹指，點。唐・柳宗元《六逆論》："蓋～言擇嗣之道。" ❺開拓。《史記・司馬相如列傳》："除邊關，關益～。" ❻多。《左傳・子產壞晉館垣》："寇盜充～。"

吒 chì 見 765 頁 zhā。

赤 chì ❶ 紅色。清·姚鼐《登泰山記》:"日上,正~如丹。" ❷ 空,一無所有。《韓非子·十過》:"晉國大旱,……地三年。" ❸ 光裸。唐·韓愈《山石》:"當流~足蹋澗石,水聲激激風吹衣。" ❹ 純真,忠誠。南朝梁·丘遲《與陳伯之書》:"推~心於天下。"

【赤縣】chì xiàn 即赤縣神州,指中國。唐·楊炯《奉和上元酺宴應詔》:"~~空無主,蒼生欲問天。"

【赤子】chì zǐ ❶ 嬰兒。明·方孝孺《深慮論》:"若慈母之保~~而不忍釋。" ❷ 百姓。漢·賈誼《治安策》:"臥~~天下之上而安。"

翅 chì ❶ 鳥類的飛行器官。《戰國策·莊辛論幸臣》:"仰棲茂樹,鼓~奮翼。" ❷ 通"啻",僅,只。《孟子·告子下》:"取食之重者,與禮之輕者而比之,奚~食重?"

眙 chì 見 701 頁 yí。

敕 chì ❶ 告誡。《新唐書·李景讓傳》:"故雖老猶加棰~。" ❷ 通"飭",整治,整頓。《漢書·息夫躬傳》:"~武備,斬一郡守以立威。" ❸ 特指皇帝的命令。《新唐書·太宗紀》:"~中書令、侍中朝堂受訟辭。" ❹ 言行謹慎。《漢書·元后傳》:"不如御史大夫尊謹~。"

【敕命】chì mìng 皇帝的命令。《舊唐書·文宗紀下》:"~~已行,不可遽改。"

【敕使】chì shǐ 皇帝的使節。唐·杜甫《巴西聞收宮闕送班司馬入京》:"劍外春天遠,巴西~~稀。"

飭 (1) chì ❶ 整治,整頓。《新唐書·禮樂志六》:"有司~弓矢以前。" ❷ 恭敬,謹慎。《宋史·程元鳳傳》:"程元鳳謹~有餘而乏風節。" ❸ 通"敕",命令,告誡。《漢書·楊惲傳》:"欲令戒~富平侯。"

(2) shì 通"飾",巧偽。《戰國策·蘇秦以連橫說秦》:"文士並~。"

啻 chì 僅僅,只。明·劉基《說虎》:"虎之力,於人不~倍也。"

飾 chì 見 549 頁 shì。

熾 chì ❶ 火旺。《韓非子·備內》:"而火得~盛焚其下。" ❷ 強盛,繁盛。宋·蘇軾《喜雨亭記》:"獄訟繁興,而盜賊滋~。" ❸ 燃燒。《左傳·昭公十年》:"柳~炭於位,將至,則去之。"

【熾盛】chì shèng 繁盛。引申猶猖獗。《舊唐書·良吏傳上》:"賊徒~~,常有蛇虎導其軍。"

嘯 chì 見 660 頁 xiào。

---

chong

充 chōng ❶ 盛,大。明·宋濂《送天台陳庭學序》:"蓬蒿沒戶,而志意常~然。" ❷ 滿。《左傳·子產壞晉館垣》:"寇盜~斥。" ❸ 備,供應。《列子·朝三暮四》:"損其家口,~狙之欲。" ❹ 實,富厚。《笑林·漢世老人》:"田宅沒管,貨財~於內帑矣。" ❺ 擴展,發揮。《孟子·論四端》:"凡有四端於我者,知皆擴而~之矣。"

❻ 塞，填充。《孟子·滕文公下》："是邪說誣民，～塞仁義也。" ❼ 假冒。《孟子·滕文公下》："是尚為能～其類也乎？"

【充羨】chōng xiàn　富足有餘。羨，盈餘。《新唐書·良吏傳》："儲倉～～。"

沖 chōng ❶ 向上升。《史記·滑稽列傳》："此鳥不飛則已，一飛～天。" ❷ 謙虛。唐·魏徵《諫太宗十思疏》："念高危，則思謙～而自牧。" ❸ 通"憧"，幼小。《漢書·敘傳下》："孝昭幼～，冢宰惟忠。"

【沖沖】chōng chōng　鑿冰聲。《詩經·豳(bīn，古地名)風·七月》："二之日鑿冰～～～。"

【沖和】chōng hé　沖淡平和。唐·張果《玄珠歌》其九："～～海裏育元精，中有玄珠壽命成。"

忡 chōng　憂愁不安。《詩經·邶風·擊鼓》："不我以歸，憂心有～。"

【忡忡】chōng chōng　憂慮貌。宋·王禹偁《待漏院記》："憂心～～，待旦而入。"

舂 chōng ❶ 把穀物的外殼搗掉。《莊子·逍遙遊》："適百里者，宿～糧。" ❷ 古時一種刑罰，罰犯人做舂膳的奴隸。《漢書·刑法志》："當黥者，髡(kūn，古代剃去男子頭髮的刑罰)鉗為城旦(城旦，一種築城的勞役)～。"

衝 (1) chōng ❶ 通途，要路。宋·蘇轍《六國論》："韓、魏塞秦之～。" ❷ 重要的。宋·蘇軾《晁錯論》："為天下當大難之～，而制吳楚之命。" ❸ 衝擊，撞擊。《水滸傳》第三回："兩條忿氣從腳底下直～到頂門。" ❹ 水流灌注或撞擊。唐·李白《蜀道難》："上有六龍回日之高標，下有～波逆折之回川。" ❺ 頂起，凸起。《史記·廉頗藺相如列傳》："怒髮上～冠。"

(2) chòng　向着，對着。元·揭傒斯《衡山縣曉渡》："鳥～行客過，山向野船開。"

【衝要】chōng yào　交通要道或地勢險要的地方。《舊唐書·德宗紀下》："地當禦戎之～～。"

憧 chōng　見"憧憧"。

【憧憧】chōng chōng ❶ 往來不絕貌。唐·王建《送薛蔓應舉》："～～車馬徒，爭路長安塵。" ❷ 搖曳不定貌。《舊唐書·禮儀志三》："遙望紫煙～～上達。"

潼 chōng　見 602 頁 tóng。

重 chóng　見 796 頁 zhòng。

崇 chóng ❶ 高。晉·王羲之《〈蘭亭集〉序》："此地有～山峻嶺。" ❷ 高尚。《史記·屈原賈生列傳》："明道德之廣～。" ❸ 提倡，建立。《論語·顏淵》："子張問～德辨惑。" ❹ 增加。《左傳·子產壞晉館垣》："以～大諸侯之館。" ❺ 興盛，提拔。唐·韓愈《進學解》："拔去兇邪，登～俊良。" ❻ 盛滿，充滿。宋·蘇洵《張益州畫像記》："倉庾～～。"

【崇信】chóng xìn　崇拜信奉。《舊唐書·武宗紀》："不宜～～～過當。"

蟲 chóng ❶ 古時對一切動物的統稱。《淮南子·女媧補天》："狡～死，顓民生。" ❷ 昆蟲。宋·歐陽修《秋聲賦》："但聞四壁～聲唧唧。"

【蟲豸】chóng zhì　指蟲類等小動物。《舊唐書·五行志》：「凡草木之類謂之妖，～～之類謂之孽。」

寵 chǒng　❶ 尊崇。《國語·叔向賀貧》：「恃其富～，以泰於國。」❷ 榮耀。宋·范仲淹《岳陽樓記》：「～辱皆忘，把酒臨風。」❸ 喜愛，寵愛。《左傳·隱公三年》：「四者之來，～祿過也。」❹ 驕橫。《左傳·桓公二年》：「官之失德，～賂章也。」

【寵嬖】chǒng bì　受寵愛的人。《東觀漢記·楊震傳》：「～～傾亂而不能禁。」

【寵命】chǒng mìng　加恩特賜的任命。唐·韓愈《送石處士序》：「保天子之～～。」

---

chou

抽 chōu　❶ 拔出。唐·李白《宣州謝朓樓餞別校書叔雲》：「～刀斷水水更流，舉杯消愁愁更愁。」❷ 選拔。唐·韓愈《後十九日復上宰相書》：「尚有自布衣蒙～擢者。」❸ 提取，抽出一部分。唐·元稹《織婦詞》：「蠶神女聖早成絲，今年絲稅～徵早。」❹ 植物發芽。南朝梁·沈約《有所思》：「關樹＝紫葉，塞草發青芽。」❺ 清除。《詩經·小雅·楚茨》：「楚楚者茨，言～其棘。」

仇 (1) chóu　❶ 仇恨。《史記·刺客列傳》：「報將軍之～者。」❷ 仇敵。《新五代史·伶官傳序》：「梁，吾～也。」

(2) qiú　❶ 配偶。三國魏·曹植《浮萍篇》：「結髮辭嚴親，來為君子～。」❷ 同伴。《詩經·周南·兔罝（jū，捉兔子的網）》：「赳赳武夫，公侯好～。」❸ 同類。三國魏·王粲《登樓賦》：「覽斯宇之所處兮，實顯敞而寡～。」

【仇讎】chóu chóu　仇敵。《左傳·哀公元年》：「與我同壤，而世為～～。」

惆 chóu　傷感，失意。晉·陶淵明《歸去來兮辭》：「既自以心為形役，奚～悵而獨悲？」

綢 chóu　❶ 綢緞。明·陳獻章《冬夜》：「高堂有老親，遍身無完～。」❷ 通「稠」，多，密。《北史·北海王傳》：「往來～密。」❸ 見「綢繆」。

【綢繆】chóu móu　❶ 纏繞。南朝梁·孔稚珪《北山移文》：「常～～於結課，每紛綸於折獄。」❷ 纏綿。三國魏·嵇康《琴賦》：「激清響以赴會，何絃歌之～～。」

愁 chóu　❶ 憂慮。唐·李賀《李憑箜篌引》：「江娥啼竹素女～，李憑中國彈箜篌。」❷ 悲傷。唐·李華《弔古戰場文》：「天地為～，草木悽悲。」❸ 苦。《左傳·襄公二十九年》：「哀而不～，樂而不荒。」❹ 景象慘澹。唐·岑參《白雪歌送武判官歸京》：「瀚海闌干百丈冰，～雲慘澹萬里凝。」

【愁紅】chóu hóng　指經過風吹雨打後的花。唐·溫庭筠《張靜婉采蓮曲》：「一夜西風送雨來，粉痕零落～～淺。」

稠 chóu　❶ 形容多、密。宋·蘇軾《范增論》：「識卿子冠軍於～人之中。」❷ 濃厚。宋·毛滂《阮郎歸·惜春》：「紅盡處，綠新～，穠華只暫留。」

酬 chóu　❶ 敬酒，勸酒。《史記·孔子世家》：「獻～之禮畢。」

❷ 報答，酬報。唐·張祜《投太原李司空》：「殊恩～義勇，積瘦自忠貞。」❸ 贈答，應對。漢·張衡《思玄賦》：「有無言而不～兮。」❹ 償。《後漢書·西羌傳》：「故得不～失，功不半勞。」❺ 實現。唐·李頻《春日思歸》：「壯志未～三尺劍，故鄉空隔萬重山。」

【酬酢】chóu zuò　主客相互敬酒，後來也泛指應酬。主人敬客人為「酬」，客人還敬主人為「酢」。唐·皮日休《初夏遊棲伽精舍》：「既不暇供應，將何以～～。」

儔 chóu　❶ 伴侶。唐·李白《贈崔郎中宗之》：「時哉苟不會，草木為我～。」❷ 同類，儕輩。晉·陶淵明《五柳先生傳》：「茲若人之～乎？」❸ 匹敵。南朝梁·孔稚珪《北山移文》：「務光何足比，涓子不能～。」

【儔類】chóu lèi　等類，同輩。晉·陶淵明《晉故征西大將軍長史孟府君傳》：「弱冠，～～咸敬之。」

【儔匹】chóu pǐ　匹敵。唐·李嘉祐《送舍弟》：「老兄鄙里難～～。」

疇 chóu　❶ 已經耕作的田地。晉·陶淵明《歸去來兮辭》：「農人告余以春及，將有事於西～。」❷ 田界。《孟子·盡心上》：「易其田～，薄其稅斂。」❸ 同類。《荀子·勸學》：「草木～生。」❹ 助詞，無實義。見「疇昔」。

【疇人】chóu rén　天文曆算家。唐·羅讓《閏月定四時》：「月閏隨寒暑，～～定職司。」

【疇昔】chóu xī　往日。宋·蘇軾《後赤壁賦》：「～～之夜。」

籌 chóu　❶ 壺矢，古時投壺所用。宋·歐陽修《醉翁亭記》：

「觥～交錯。」❷ 計數用具，見「籌馬」。❸ 謀劃，策劃。明·茅坤《〈青霞先生文集〉序》：「集中所載《鳴劍》、《～邊》諸什。」

【籌馬】chóu mǎ　古時投壺遊戲中計勝負的用具。明·袁宏道《步小修韻懷景升》：「歌樓夜雨蠟燈紅，袖壓金卮（zhī，古代盛酒的器皿）點～～。」

躊 chóu　見「躊躇」。

【躊躇】chóu chú　❶ 自得的樣子。《莊子·養生主》：「為之～～滿志。」❷ 徘徊，猶豫。戰國楚·宋玉《九辯》：「塞淹留而～～。」

讎 chóu　❶ 指應答。《詩經·大雅·抑》：「無言不～，無德不報。」❷ 應驗。《史記·封禪書》：「其事盡，多不～。」❸ 賣。唐·柳宗元《宋清傳》：「長安醫工得（宋）清藥輔其方，輒易～。」❹ 校對。《魏書·李奇傳》：「高允與奇～溫古籍，嘉其遠致。」❺ 仇恨。《史記·廉頗藺相如列傳》：「以先國家之急而後私～也。」❻ 仇敵。《孟子·離婁下》：「君之視臣如土芥，則臣視君如寇～。」

丑 chǒu　地支第二位，用以紀年、月、日、時。《左傳·鄭伯克段於鄢》：「五月辛～，大叔出奔共。」

醜 chǒu　❶ 討厭，憎惡。《史記·孔子世家》：「於是～之。」❷ 恥辱。《史記·孔子世家》：「夫道之不脩（修）也，是吾～也。」❸ 相貌難看。《莊子·效顰》：「其里之～人見之而美之。」❹ 污穢，骯髒。唐·韓愈《祭鱷魚文》：「盡三日，其率～類南徙於海。」

臭　(1) chòu　❶ 香氣。《孟子·盡心下》：「耳之於聲也，鼻之於～也。」❷ 難聞的氣味。三國魏·曹植《與楊德祖書》：「海畔有逐～之夫。」❸ 腐爛。唐·杜甫《自京赴奉先詠懷》：「朱門酒肉～，路有凍死骨。」

（2) xiù　❶ 聞，用鼻子辨別氣味。《荀子·榮辱》：「彼～之而無嗛（厭）於鼻。」❷ 氣味。《禮記·中庸》：「上天之載，無聲無～。」

【臭味】xiù wèi　氣味，後也泛指興趣愛好。唐·元稹《與吳端公崔院長五十韻》：「吾兄諳性靈，崔子同～～。」

---

chu

出　chū　❶ 由裏及外，與「進」、「入」相對。《左傳·燭之武退秦師》：「夜縋（懸索，墜）而～。」❷ 出現，顯露。唐·杜牧《阿房宮賦》：「蜀山兀，阿房～。」《論語·衛靈公》：「君子義以為質，禮以行之，孫以～之，信以成之。」❸ 卓越，超出。南朝梁·丘遲《與陳伯之書》：「將軍勇冠三國，才為世～。」唐·韓愈《師說》：「古之聖人，其～人也遠矣。」❹ 產生。宋·文天祥《〈指南錄〉後序》：「莫知計所～。」❺ 發出。《史記·屈原賈生列傳》：「入則與王圖議國事，以～號令。」❻ 僭越，不守本分。《論語·憲問》：「君子思不～其位。」❼ 拿出，獻得。《戰國策·蘇秦以連橫說秦》：「不能～其金玉錦繡，取卿相之尊者乎？」

【出塵】chū chén　超凡脫俗。南朝梁·孔稚珪《北山移文》：「瀟灑～～之想。」

【出處】chū chǔ　猶進退，行止。《三國志·魏書·王昶傳》：「吾與時人從事，雖～～不同，然各有所取。」

【出身】chū shēn　❶ 獻身。唐·錢起《送鄭書記》：「～～唯殉死，報國且能兵。」❷ 指作官。《漢書·郇都傳》：「已背親而～～，固當奉職，死節官下，終不顧妻子矣。」❸ 科舉時代為考中錄選者所定的身份、資格。如明清兩代經科舉考試選錄，稱為正途出身。

初　chū　❶ 開始。宋·王安石《桂枝香·金陵懷古》：「登臨送目，正故國晚秋，天氣～肅。」❷ 當初，本來。《左傳·鄭伯克段於鄢》：「遂為母子如～。」❸ 早先，原先，引起追述。《左傳·鄭伯克段於鄢》：「～，鄭武公娶於申，曰武姜。」❹ 剛，才。《戰國策·鄒忌諷齊王納諫》：「令～下。」

芻　chú　❶ 割草。《孟子·梁惠王下》：「～蕘者往焉。」❷ 用草料餵牲口。《孟子·公孫丑下》：「必為之求牧與～矣。」

【芻言】chú yán　草野之人的言談。《陳書·周弘正傳》：「～～野說。」

【芻議】chú yì　草野之人的議論，後來一般用作謙詞。《舊唐書·張說傳》：「臣自度～～，十不一從。」

除　chú　❶ 宮殿的台階，亦泛指台階。《史記·魏公子列傳》：「趙王掃～自迎。」❷ 清除。唐·韓愈《左遷至藍關示姪孫湘》：「欲為聖朝～弊事，肯將衰朽惜殘年。」❸ 授官。晉·李密《陳情表》：「尋蒙國恩，～臣洗馬。」

【除拜】chú bài　授官。《舊唐書·德宗紀下》：「以私議～～嚴礪不當而無章疏。」

【除服】chú fú　除去喪服，不再守孝。《新唐書·儒學傳下》："古天子三年喪，既葬~~。"

【除籍】chú jí　從簿籍上除名。唐·呂巖《七言》："仙府記名丹已熟，陰司~~命應還。"

【除身】chú shēn　授予官職的憑證。《宋書·顏延之傳》："湛之取義熙元年~~，以延之兼侍中。"

【除授】chú shòu　除去舊職，委以新官。唐·李商隱《行次西郊作一百韻》："中原遂多故，~~非至尊。"

塗　chú　見 605 頁 tú。

雛　chú　❶ 幼禽。《孟子·告子下》："力不能勝一匹~。"❷ 幼兒。唐·杜甫《徐卿二子歌》："丈夫生兒有如此二~者，名位豈肯卑微休。"

躇　chú　見"躊躇"。

杵　chú　❶ 搗衣、舂米的棒槌。《周易·繫辭下》："斷木為~。"❷ 古時一種形狀像杵的兵器。《孟子·盡心下》："以至仁伐至不仁，而何其血流之~也？"❸ 搗，捅。唐·王勃《秋夜長》："調砧亂~思自傷。"

楚　chú　❶ 荊木，一種叢生的灌木。《詩經·周南·漢廣》："翹翹錯薪，言刈其~。"❷ 古時的一種刑具。漢·路溫舒《尚德緩刑書》："箠~之下，何求而不得？"❸ 痛苦。《水滸傳》第三回："父女們想起這苦~來，無處告訴。"❹ 古國名。《莊子·逍遙遊》："~之南有冥靈者。"❺ 美麗。南朝梁·沈約《少年新婚為之詠》："衣服亦華~。"

【楚楚】chǔ chǔ　❶ 植物叢生的樣子。《詩經·小雅·楚茨》："~~者茨，言抽其棘。"❷ 鮮明整潔的樣子。《詩經·曹風·蜉蝣》："蜉蝣之羽，衣裳~~。"❸ 形容才能出眾，顯露頭角。宋·張孝祥《鷓鴣天》："~~吾家千里駒，老人心事正關渠。"❹ 形容嚴肅、端莊。明·丘汝成《端正好·上太師》："貫胸襟虎略龍韜，威儀~~全忠厚。"❺ 形容憂戚、淒苦。清·龔自珍《洞仙歌》："平生有恨，自酸酸~~，十五年來夢中緒。"

【楚天】chǔ tiān　指楚地的天空，有時也泛指南方。宋·柳永《雨霖鈴》："念去去千里煙波，暮靄沉沉~~闊。"

儲　chú　❶ 積蓄，儲藏。唐·駱賓王《為徐敬業討武曌檄》："海陵紅粟，倉~之積靡窮。"❷ 見"儲元"。❸ 等待。漢·張衡《東京賦》："~乎廣庭。"

【儲嗣】chǔ sì　指太子。宋·蘇軾《富鄭公神道碑》："乞立~~，仁宗許之。"

【儲元】chǔ yuán　太子。《南齊書·東昏侯紀》："皇祚之重，允屬~~。"

礎　chǔ　柱子底下的石墩。宋·蘇洵《辨姦論》："月暈而風，~潤而雨。"

亍　chù　小步行走。晉·左思《魏都賦》："矞雲翔龍，澤馬~阜。"

怵　（1）chù　恐懼。《莊子·養生主》："吾見其難為，~然為戒。"

（2）xù　誘惑，引誘。《韓非子·解老》："得於好惡，~於淫物。"

【怵惕】 chù tì　警惕，戒懼。《孟子·論四端》："今人乍見孺子將入於井，皆有～～惻隱之心。"

畜 chù　見675頁 xù。

處 (1) chù　❶處所，地方。唐·白居易《與元微之書》："今夜封書在何～？廬山庵裏曉燈前。" ❷時刻。宋·柳永《雨霖鈴》："都門帳飲無緒，留戀～，蘭舟催發。" ❸地位。漢·賈誼《治安策》："假設陛下居齊桓之～，將不合諸侯而匡天下乎？"
(2) chǔ　❶休息，暫停。《孫子·軍爭》："是故卷甲而趨，日夜不～。" ❷居住。《公羊傳·宣公十五年》："然則君請～於此。" ❸處置，辦理。《國語·魯語下》："朝夕～事。" ❹安頓。《國語·魯語下》："擇瘠土而～之。" ❺相處，交往。宋·文天祥《〈指南錄〉後序》："與貴酋～二十日。" ❻處於，處在。《論仁·里仁》："不仁者，不可以久～約。"

【處士】 chǔ shì　士未出仕。唐·韓愈《送溫處士赴河陽軍序》："而東都～～之廬無人焉。"

【處子】 chǔ zǐ　未嫁女子。《莊子·逍遙遊》："肌膚若冰雪，綽約若～～。"

絀 chù　❶短缺。清·蒲松齡《聊齋志異·劉夫人》："遠方之盈～，妾自知之。" ❷通"黜"，廢黜，貶斥。《史記·屈原賈生列傳》："屈平既～。"

詘 chù　見492頁 qū。

黜 chù　❶貶退，廢。宋·王禹偁《待漏院記》："直士抗言，

我將～之。" ❷廢除。漢·路溫舒《尚德緩刑書》："～亡義，立有德。" ❸摒棄。唐·魏徵《諫太宗十思疏》："懼讒邪，則思正身以～惡。"

觸 chù　❶以角抵觸。《周易·大壯》："羝羊～藩。" ❷接觸。《莊子·養生主》："手之所～，肩之所倚。" ❸碰，撞。《淮南子·天文訓》："昔者共工與顓頊爭為帝，怒而～不周山。" ❹遭受。《資治通鑑》卷四十八："故妾敢～死為（班）超求哀。" ❺觸犯。《漢書·食貨志下》："民搖手～禁，不得耕桑。"

【觸諫】 chù jiàn　犯顏強諫。漢·劉向《九嘆》："犯顏色而～～兮，反蒙辜而被疑。"

矗 chù　❶直立，高聳。唐·杜牧《阿房宮賦》："～不知其幾千萬落。" ❷長直貌。晉·謝靈運《山居賦》："直陌～其東西。"

【矗矗】 chù chù　高峻貌。晉·謝靈運《上留田行》："循聽一何～～，上留田。"

【矗然】 chù rán　率直。宋·贊寧《宋高僧傳·唐天台山禪林寺廣修傳》："性情節操，～～難屈。"

chuai

揣 (1) chuāi　懷，藏。清·吳敬梓《儒林外史》第三回："屠戶連忙把拳頭縮了回去，往腰裏～。"
(2) chuǎi　❶測量。《左傳·昭公三十二年》："～高卑，度厚薄。" ❷估量，猜測。《孟子·告子下》："不～其本，而齊其末。"

踹 chuài　踩，踐踏。清·吳敬梓《儒林外史》第三回："一腳～在塘裏。"

chuan

川 chuān ❶ 河流，水道。《莊子·秋水》：「秋水時至，百~灌河。」❷ 平地。唐·崔顥《黃鶴樓》：「晴~歷歷漢陽樹，芳草萋萋鸚鵡洲。」❸ 指四川。明·宋濂《送天台陳庭學序》：「成都，~蜀之要地。」

【川逝】chuān shì 比喻時間的流逝。南朝宋·劉駿《幸中興堂餞江夏王》：「送行悵~~，離酌偶歲陰。」

穿 chuān ❶ 穿透。唐·李華《弔古戰場文》：「利鏃~骨。」❷ 通過。清·姚鼐《登泰山記》：「~泰山西北谷。」❸ 開鑿，挖掘。《呂氏春秋·察傳》：「丁氏~井得一人。」❹ 破敗。晉·陶淵明《五柳先生傳》：「短褐~結。」❺ 着衣物。清·吳敬梓《儒林外史》第三回：「身~葵花色圓領。」

【穿鼻】chuān bí 像牛鼻子被穿了繩子一樣不能自主，比喻受制於人。唐·羅隱《薛陽陶觱篥（bì lì，古代管樂器）歌》：「掃除羗點似提帚，制壓羣豪若~~。」

【穿窬】chuān yú 穿壁翻牆，泛指偷竊行為。《論語·陽貨》：「其猶~~之盜也與？」

舡 chuán 通「船」。《集韻·仙韻》：「船，俗作~。」

傳 (1) chuán ❶ 教導，傳授。唐·韓愈《師說》：「師者，所以~道受業解惑也。」❷ 傳達，遞送。《史記·廉頗藺相如列傳》：「秦王大喜，~以示美人及左右。」❸ 傳聞，傳說。唐·杜甫《聞官軍收河南河北》：「劍外忽~收薊北，初聞涕淚滿衣裳。」❹ 傳承，延續。《史記·伯夷列傳》：「王者大統，~天下若斯之難也。」❺ 流傳。唐·韓愈《柳子厚墓誌銘》：「其文學辭章，必不能自力以致必~於後如今無疑也。」❻ 表達。宋·王安石《秋云》：「欲記荒寒無善畫，賴~悲壯有能琴。」

(2) zhuàn ❶ 驛站，驛舍。《史記·廉頗藺相如列傳》：「舍相如廣成~。」❷ 驛車或驛馬。唐·姚合《送韋瑤校書赴越》：「寄家臨禹穴，乘~出秦關。」❸ 文字記載，傳記，註釋或闡釋經義的文字。唐·韓愈《師說》：「六藝經~，皆通習之。」

【傳漏】chuán lòu 古時用壺漏計時，泛指報時。唐·魏知古《春夜寓直鳳閣懷羣公》：「拜門~~晚，寓直索居時。」

【傳習】chuán xí 相互傳播學習。《舊唐書·音樂志二》：「劉貺（kuàng，贈，賜）以為宜取吳人使之~~。」

【傳檄】chuán xí 傳遞檄文，比喻征討、曉諭。唐·獨孤及《太行苦熱行》：「會同~~至，疑議立談決。」

【傳薪】chuán xīn 傳火於薪，薪盡火傳，後稱師徒相傳為「傳薪」。唐·李子卿《水螢賦》：「爝於物靡~~之無絕。」

【傳註】zhuàn zhù 解釋古籍的文字。傳，承受的師說；註，本人的意見。清·李漁《閑情偶寄》：「曲之有白，就文字論之，則猶經文之於~~。」

遄 chuán 往來頻繁迅速。唐·王勃《滕王閣序》：「遙襟甫暢，逸興~飛。」

舛 chuǎn ❶ 相矛盾。《南齊書·武帝紀》：「陰陽~和，緯象愆度。」❷ 見「舛錯」。❸ 不順。唐·

王勃《滕王閣序》："時運不齊，命途多～。"

【舛錯】 chuǎn cuò　錯誤。晉·張華《鷦鷯賦》："巨細～～，種繁類殊。"

【舛謬】 chuǎn miù　謬誤。《舊唐書·禮儀志一》："考其所説，～～特深。"

剄 chuàn　鐲子。《新唐書·回鶻傳下》："婦貫銅～，以子鈴綴襟。"

---

chuang

創 (1) chuāng　❶創傷。《戰國策·燕策三》："秦王復擊軻，被八～。" ❷損傷。清·高層雲《韶陽道中》："翠壁千篙攢，歲久石受～。" ❸通"瘡"，傷口。漢·李陵《答蘇武書》："然猶扶乘～痛，決命爭首。"

(2) chuàng　❶開創，創造。三國蜀·諸葛亮《出師表》："先帝～業未半而中道崩殂。" ❷撰寫。漢·司馬遷《報任安書》："草～未就，會遭此禍。" ❸懲罰。宋·蘇軾《刑賞忠厚之至論》："又從而哀矜懲～之。"

戧 chuāng　見 472 頁 qiāng。

瘡 chuāng　傷口。隋·侯白《啟顏錄·賣羊》："獼猴頭上無～痕。"

幢 chuáng　見 806 頁 zhuàng。

愴 chuàng　悲傷。宋·歐陽修《祭石曼卿文》："而感念疇昔，悲涼悽～。"

【愴惻】 chuàng cè　悲傷。晉·潘岳《寡婦賦》："思纏綿以瞀（mào，思緒紛亂）亂兮，心摧傷以～～。"

---

chui

吹 chuī　❶撮起嘴唇用力吐氣。《莊子·逍遙遊》："生物之以息相～也。" ❷風吹。宋·李清照《漁家傲·記夢》："九萬里風鵬正舉，風休住，蓬舟～取三山去。" ❸吹奏。宋·辛棄疾《破陣子·為陳同甫賦壯詞以寄之》："醉裏挑燈看劍，夢回～角連營。"

【吹彈】 chuī tán　管樂器和絃樂器合奏。唐·孟郊《堯歌》其二："養館洞庭秋，響答虛～～。"

炊 chuī　燒火煮熟食物。《戰國策·蘇秦以連橫説秦》："妻不下紝（rèn，紡織），嫂（嫂）不為～。"

【炊火】 chuī huǒ　燒飯的煙火，也泛指人煙或後代。《漢書·武五子傳》："內外俱發，趙氏無～～焉。"

垂 chuí　❶通"陲"，邊際。《莊子·逍遙遊》："其翼若～天之雲。" ❷自上而下懸掛。唐·李白《行路難》："閒來～釣碧溪上，忽復乘舟夢日邊。" ❸低下。唐·杜甫《秋興八首》其八："綵筆昔曾干氣象，白頭今望苦低～。" ❹流傳。漢·司馬遷《報任安書》："思～空文以自見。" ❺流下，滴下。《戰國策·燕策三》："士皆～淚涕泣。" ❻接近。唐·元稹《聞樂天左降江州司馬》："～死病中驚坐起，暗風吹雨入寒窗。" ❼敬辭。唐·韓愈《後十九日復上宰相書》："亦惟少～憐焉。"

【垂髫】 chuí tiáo　指兒童。古時兒童不束髮，故頭髮下垂。髫，兒童垂下的頭髮。晉·陶淵明《桃花源記》："黃髮～～，並怡然自樂。"

陲 chuí ❶邊塞，邊疆。明·宋濂《閱江樓記》："四～之遠，益思有以柔之。" ❷邊際。唐·王維《從軍行》："日暮沙漠～，戰聲煙塵裏。"

捶 chuí ❶用拳頭或棍棒敲打。清·吳敬梓《儒林外史》第三回："替他抹胸口，～背心。" ❷杖，鞭。《莊子·天下》："一尺之～。"

棰 chuí ❶鞭子、木棍。漢·王充《論衡·訂鬼》："則謂鬼持～杖毆擊之。" ❷鞭打，擊打。《漢書·路溫舒傳》："～楚之下，何求而不得？"

【棰楚】chuí chǔ 指杖刑。棰，杖、木棍；楚，荊木。明·翁大立《吳嫗》："殘軀被～～。"

錘 chuí ❶古時的重量單位，有六銖、八銖、十二兩為一錘等多種說法。《淮南子·詮言訓》："雖割國之錙～以事人。" ❷捶擊器具，捶打。明·于謙《石灰吟》："千～萬擊出深山，烈火焚燒若等閒。"

---

chun

春 chūn ❶四季中的第一個季節。晉·陶淵明《歸去來兮辭》："農人告余以～及，將有事於西疇。" ❷泛指一年。唐·李白《古風五九首》之一："我志在刪述，垂輝映千～。" ❸生長，生機。唐·劉禹錫《酬樂天揚州初逢席上見贈》："沈舟側畔千帆過，病樹前頭萬木～。" ❹指男女情慾。《詩經·召南·野有死麕》："有女懷～，吉士誘之。"

【春暉】chūn huī ❶春光。唐·李世民《芳蘭》："～～開紫苑，淑景媚蘭場。" ❷比喻母愛。唐·孟郊《遊子吟》："誰言寸草心，報得三～～。"

【春秋】chūn qiū ❶歲月，四季。《莊子·逍遙遊》："朝菌不知晦朔，蟪蛄不知～～。" ❷古籍名。漢·司馬遷《報任安書》："仲尼厄而作《～～》。"

【春心】chūn xīn 春日傷感的心情或者懷春的心情。唐·李商隱《錦瑟》："莊生曉夢迷蝴蝶，望帝～～託杜鵑。"

椿 chūn ❶傳說中的木名。《莊子·逍遙遊》："上古有大～者。" ❷香椿樹。《左傳·襄公二十八年》："孟莊子斬雍門之～為公琴。"

純 (1) chún ❶絲，絲織品。《漢書·王褒傳》："難與道～綿之麗密。" ❷不含雜質。宋·歐陽修《〈梅聖俞詩集〉序》："其為文章，簡古～粹。" ❸篤厚。《左傳·鄭伯克段於鄢》："潁考叔，～孝也。" ❹大。《詩經·周頌·維天之命》："於乎不顯！文王之德之～！" ❺專一。《國語·祭公諫征犬戎》："能帥舊德而守終～固。" ❻和諧。《論語·八佾》："始作，翕如也；從之，～如也。" ❼善，美。《呂氏春秋·士容》："故君子之容，～乎其若鍾山之玉。"

(2) tún ❶捆，束。《詩經·召南·野有死麕》："野有死麕，白茅～束。" ❷疋，表示絲織品的量詞。《戰國策·蘇秦以連橫說秦》："革車百乘，錦繡千～。"

【純明】chún míng 純潔無瑕。唐·韓愈《祭十二郎文》："汝之～～宜業其家者，不克蒙其澤乎？"

【純一】chún yī 堅貞。《晉書·孝愍帝紀》："中林之士，有～～之德。"

淳 chún ❶味濃。唐·陸羽《茶經》："末易揚則其味～也。"

❷質樸。宋·蘇軾《超然臺記》："予既樂其風俗之～。"❸通"純"，純粹。宋·贊寧《宋高僧傳·後唐洛陽長水令諲傳》："於名數法門，染成～粹。"

【淳化】chún huà　敦厚的教化。漢·張衡《東京賦》："清風協於玄德，～～通於自然。"

醇 chún　❶酒味厚。明·劉基《賣柑者言》："醉～醴，而飫肥鮮者。"❷指道德風尚淳厚質樸。宋·蘇軾《濁醪有妙理賦》："酒勿嫌濁，人當取～。"❸通"純"，純粹，純淨。唐·張齊賢《儀坤廟樂章》："畫幕雲舉，黃流玉～。"

【醇和】chún hé　厚重平和。三國魏·嵇康《琴賦》："含天地之～～兮，吸日月之休光。"

【醇樸】chún pǔ　純樸的風化。晉·陸機《招隱》："至樂非有假，安事澆～～？"

蠢 chǔn　❶蟲子動。唐·白居易《閒園獨賞》："～蠕形雖小，逍遙性即均。"❷動。唐·韓愈《苦寒》："其餘～動儔，俱死誰恩嫌。"❸愚蠢。《晉書·樂志下》："～爾吳蠻，武視江湖。"

---

chuo

踔 chuō　❶跳躍。唐·韓愈《陸渾山火和皇甫湜用其韻》："天跳地～顛乾坤，赫赫上照窮崖垠。"❷超越。唐·韓愈《柳子厚墓誌銘》："～厲風發。"

辵 chuò　形容忽走忽停的樣子。漢·許慎《說文解字·辵部》："～，乍行乍止也。"

娖 chuò　整頓，整理。《資治通鑑》卷二百三十二："東城～

隊矣。"

惙 chuò　❶憂愁。唐·白居易《與元微之書》："危～之際，不暇及他。"❷疲乏。唐·白居易《偶作二首》其一："筋骸雖早衰，尚未苦羸～。"❸短，弱。唐·陸龜蒙《奉酬襲美先輩吳中苦雨一百韻》："其時心力憊，益使氣息～。"❹通"輟"，停止。《莊子·秋水》："絃歌不～。"

【惙惙】chuò chuò　憂鬱貌。《詩經·召南·草蟲》："未見君子，憂心～～。"

淖 chuò　見427頁nào。

啜 chuò　❶飲，喝，嘗。《史記·屈原賈生列傳》："眾人皆醉，何不餔其糟而～其醨？"❷羹汁。《孟子·離婁上》："子之從於子敖來，徒餔～也。"❸哭泣，抽咽。《詩經·王風·中谷有蓷（tuī，益母草）》："有女仳離，～其泣矣。"

綽 （1）chuò　❶寬緩，寬裕。《孟子·公孫丑下》："豈不～～然有餘裕哉。"❷姿態優美。唐·武平一《妾薄命》："～約多逸態。"

（2）chāo　抓，拿。《三國演義》第七十二回："延棄弓～刀，驟馬上山來殺曹操。"

綴 chuò　見807頁zhuì。

輟 chuò　❶停止。《史記·陳涉世家》："～耕之壟上，悵恨久之。"❷捨棄，離開。唐·韓愈《祭十二郎文》："吾不以一日～汝而就也。"

齪 chuò　❶拘謹，謹慎。唐·韓愈《與于襄陽書》："世之～～者，既不足以語之。"❷整治，整齊。唐·張文徹《龍泉神劍歌》："金風初動虜兵來，點~干戈會將台。"

ci

疵 cī ❶病。《莊子·逍遙遊》："使物不~癘而年穀熟。" ❷缺陷，錯誤。唐·韓愈《進學解》："指前人之瑕~。" ❸非議，挑毛病。《漢書·陳湯傳》："舉大美者，不~細瑕。"

訾 cī 見812頁zǐ。

祠 cí ❶春祭。《詩經·小雅·天保》："禴（yuè，夏祭）~蒸嘗，於公先王。" ❷謝神，祭祀。《漢書·元帝紀》："~后土。" ❸祭神的地方。《史記·陳涉世家》："又間令吳廣之次所旁叢~中。" ❹供奉祖先、先賢的地方。唐·杜甫《登樓》："可憐後主還~廟，日暮聊為《梁甫吟》。"

茨 cí ❶用茅草蓋屋。《新唐書·東夷傳》："居依山谷，以草~屋。" ❷屋頂。《韓非子·五蠹》："茅不翦，采椽不斲（zhuó，砍）。" ❸蒺藜。《詩經·鄘風·牆有茨》："牆有~，不可掃（sào，同'掃'）也。" ❹堆眾。《淮南子·泰族訓》："掘其所流而深之，~其所決而高之。"

詞 cí ❶話。唐·杜甫《石壕吏》："聽婦前致~，三男鄴城戍。" ❷文辭。宋·姜夔《揚州慢》："縱豆蔻~工，青樓夢好，難賦深情。" ❸盛行於宋代的一種韻文形式，又稱"詩餘"、"長短句"。

【詞鋒】cí fēng 指文章議論犀利。《舊唐書·文苑傳下》："潁士~~俊發。"

【詞訟】cí sòng 官司訴訟。唐·王建《贈華州鄭大夫》："空閒地內人初滿，~~牌前草漸稠。"

慈 cí ❶慈祥，慈愛。唐·韓愈《祭十二郎文》："不孝不~，而不得與汝相養以生。" ❷仁愛。《韓非子·五蠹》："故罰薄不為~，誅嚴不為戾。" ❸特指母親。見"慈訓"。

【慈訓】cí xùn 指母親的教誨。《舊唐書·高祖紀》："臣早蒙~~，教以文道。"

辭 cí ❶口供。《周禮·秋官司寇·鄉士》："聽其獄訟，察其~。" ❷言詞。明·宋濂《送東陽馬生序》："未嘗稍降~色。" ❸文辭。明·宋濂《送東陽馬生序》："撰長書以贄，~甚暢達。" ❹藉口。《論語·季氏》："君子疾夫舍曰'欲之'而必為之~。" ❺告別。《史記·廉頗藺相如列傳》："臣等不肖，請~去。" ❻推辭。《史記·項羽本紀》："臣死且不避，卮酒安足~！" ❼古時一種文體。

【辭訣】cí jué 辭別。晉·石崇《王明君》："~~未及終，前驅已抗旌。"

【辭命】cí mìng 古時列國之間使者的聘問應對之詞。《孟子·公孫丑上》："我於~~，則不能也。"

【辭章】cí zhāng 詩文的總稱。唐·韓愈《柳子厚墓誌銘》："其文學~~，必不能自力以致必傳於後如今無疑也。"

【辭宗】cí zōng 辭賦作者中的宗師。《舊唐書·韋安石傳附子陟》："張九齡一代~~。"

佌 cǐ 小。《管子·輕重乙》："~諸侯度百里。"

次 cì ❶居於前項之後。《孟子·盡心下》："民為貴，社稷～之，君為輕。" ❷順序。《史記·五帝本紀》："余并論～，擇其言尤雅者，故著為本紀書首。" ❸附近，旁邊。晉·王羲之《〈蘭亭集〉序》："引以為流觴曲水，列坐其～。" ❹中，間。南朝齊·孔稚珪《北山移文》："爾乃眉軒席～，袂聳筵上。" ❺駐紮。《左傳·僖公四年》："遂伐楚，～於陘。" ❻排列順序。唐·韓愈《原道》："為之禮，以～其先後。"

【次第】 cì dì ❶等第，次序。《戰國策·韓策一》："子嘗教寡人，循功勞，視～～。" ❷依次。唐·杜甫《哭李常侍嶧二首》之二："～～尋書札，呼兒檢贈詩。" ❸常態，規模。漢·劉楨《贈徐幹》："起坐失～～，一日三四遷。" ❹轉眼，頃刻。唐·韓愈《落齒》："餘存二十餘，～～知落矣。" ❺迅疾。宋·徐集孫《湖上》："數日不來湖上看，西風～～水蒼茫。" ❻光景，情形。宋·李清照《聲聲慢·秋情》："這～～，怎一箇愁字了得！"

【次韻】 cì yùn　和別人的詩，並依照原詩的用韻次序。

刺 cì ❶以尖銳的物體戳穿。漢·李陵《答蘇武書》："陵不難～心以自明。" ❷殺，刺殺。《孟子·公孫丑上》："視～萬乘之君，若～褐夫。" ❸草木的芒刺。唐·李從善《薔薇詩一首十八韻呈東海侍郎徐鉉》："嫩～牽衣細，新條窣草垂。" ❹名帖。唐·宋之問《桂州陪王都督晦日宴逍遙樓》："投～登龍日，開懷納鳥晨。" ❺刺激。唐·李紳《遙和元九送王行周遊越》："低頭綠草羞枚乘，～眼紅花笑杜鵑。" ❻撐，駕馭。唐·

元結《賊退示官吏》："思欲委符節，引竿自～船。" ❼譏嘲，批評。《戰國策·鄒忌諷齊王納諫》："能面～寡人之過者，受上賞。"

賜 cì ❶（上對下）賞賜。《左傳·僖公九年》："王使宰孔～齊侯胙（zuò，古時祭祀時供的肉）。" ❷給予的恩惠或財物。《論語·憲問》："民到於今受其～。" ❸盡。晉·潘岳《西征賦》："超長懷以遐念，若循環之無～。"

錫 cì　見641頁 xī。

---

cong

匆 cōng　急促。唐·劉禹錫《徵還京師見舊番官馮叔達》："前者～～樸被行，十年憔悴到京城。"

蔥 cōng ❶一種蔬菜。晉·潘岳《閒居賦》："菜則～韭蒜芋，青筍紫薑。" ❷青翠色。唐·歐陽修《秋聲賦》："豐草綠縟而爭茂，佳木～蘢而可悅。"

聰 cōng ❶能準確辨別是非真假。《史記·屈原賈生列傳》："屈平疾王聽之不～也。" ❷聽覺。宋·王禹偁《待漏院記》："九門既啟，四～甚邇。" ❸聽覺好。《論語·季氏》："視思明，聽思～。" ❹聰明，有智慧。《舊唐書·太宗紀上》："太宗幼～睿，玄鑒深遠。"

驄 cōng　青白雜毛的馬。唐·李義府《招諭有懷贈同行人》："白狼言欲靜，～馬何常驅。"

（1）從 cóng ❶跟從。《史記·廉頗藺相如列傳》："趙王遂行，相如～。" ❷聽從。《史記·廉頗藺相如列傳》："臣～其計，大王亦幸赦臣。"❸ 依順。《禮記·中庸》："吾學周禮，今用之，吾～周。"❹ 從事。《論語·雍也》："仲由可使～政也與？"❺ 隨着，接着。《孟子·梁惠王上》："及陷於罪，然後～而刑之。"❻ 表示對象的介詞。唐·杜甫《兵車行》："縣官急索租，租稅～何出？"❼ 因為，由於。《左傳·僖公三十三年》："若～君惠而免之，三年將拜君賜。"❽ 表示起點的介詞。《戰國策·鄒忌諷齊王納諫》："旦日，客～外來。"

（2）zòng ❶ 南北為縱，又特指戰國時關東六國反對秦國的聯盟。漢·賈誼《過秦論》："合～締交，相與為一。"❷ 使……跟從。《史記·項羽本紀》："沛公旦日～百餘騎來見項王。"❸ 放縱，聽任。宋·蘇軾《水龍吟·次韻章質夫楊花詞》："似花還似非花，也無人惜～教墜。"

【從服】cóng fú　歸附。《荀子·非十二子》："通達之屬，莫不～～。"

【從容】cóng róng　舒緩安閒。《史記·屈原賈生列傳》："然皆祖屈原之～～辭令，終莫敢直諫。"

【從俗】cóng sú　迎合世俗。戰國楚·屈原《楚辭·九章·涉江》："吾不能變心以～～兮，固將愁苦而終窮。"

【從坐】cóng zuò　因為參與犯罪或者受到牽連而被治罪。《新唐書·食貨志四》："私鑄者抵死，鄰、保、里、坊、村正皆～～。"

悰 cóng ❶ 樂趣。唐·李益《溪中月下寄楊子尉封亮》："蕌若奪幽色，衡思悅無～。"❷ 心情，思緒。唐·孫光憲《更漏子》其二："聽付屬，惡情～，斷腸西復東。"

淙 cóng ❶ 流水聲。唐·常建《白湖寺後溪宿雲門》："落日

山水清，亂流鳴～～。"❷ 瀑布，水流。唐·姚合《買太湖石》："背面一注痕，孔隙若琢磨。"

琮 cóng　古代一種玉質禮器，八角形或方形，中間有圓孔。唐·崔玄童《郊廟歌辭·祭汾陰樂章》："祥符寶鼎，禮備黃～。"

叢 cóng ❶ 聚集。漢·曹操《觀滄海》："樹木～生，百草豐茂。"❷ 聚集在一起的人或物。明·張岱《西湖七月半》："呼羣三五，躋入人～。"❸ 密集生長的草木。唐·杜甫《秋興八首》其一："～菊兩開他日淚，孤舟一繫故園心。"

【叢祠】cóng cí　草木叢中的祠廟。《史記·陳涉世家》："又間令吳廣之次所旁～～中。"

湊 còu　聚集，聚攏。漢·賈誼《治安策》："輻～並進，而歸命天子。"

腠 còu ❶ 皮膚的紋理。唐·柳宗元《愈膏肓疾賦》："膚～營胃。"❷ 見"腠理"。

【腠理】còu lǐ　皮膚及皮膚的紋理。《韓非子·扁鵲見蔡桓公》："君有疾在～～。"

輳 còu ❶ 車輪上的輻條集中於轂上。《周髀算經》："如輻～轂。"❷ 聚集。《新唐書·食貨志三》："眾艘以次～樓下。"

粗 cū ❶ 糙米。唐·杜甫《有客》："竟日淹留佳客坐，百年～糲（lì，糙米）腐儒餐。"❷ 粗糙，質

量不好。《新唐書‧禮樂志十》:"凡喪,皆以服ената～為序。" ❸ 大略,不精細。宋‧贊寧《宋高僧傳‧唐羅浮山石樓寺懷迪傳》:"七略九流,～加尋究。" ❹ 魯莽。唐‧杜甫《青絲》:"青絲白馬誰家子,～豪且逐風塵起。" ❺ 粗大。《舊唐書‧代宗紀》:"閭中縣官比來率意恣行～杖,不依格令。" ❻ 壯。明‧徐禎卿《談藝錄》:"氣有一弱,必因力以奪其偏。" ❼ 僅僅,才。三國魏‧邯鄲淳《太平廣記‧鄭僕妻》:"言一畢,有五六盜自叢薄間躍出。"

且 cú 見 476 頁 qiě。

徂 cú ❶ 往。《詩經‧豳風‧東山》:"我～東山,慆慆不歸。" ❷ 死。《史記‧伯夷列傳》:"于嗟兮,命之衰矣!"亦作"殂"。

【徂謝】cú xiè 死亡,消失。晉‧謝靈運《廬陵王墓下作》:"～～易永久,松柏森已行。"

殂 cú 死亡。三國蜀‧諸葛亮《出師表》:"先帝創業未半而中道崩～。"

卒 cù 見 816 頁 zú。

促 cù ❶ 急速。宋‧歐陽修《送楊寘序》:"急者悽然以～,緩者舒然以和。" ❷ 接近,靠攏。《史記‧滑稽列傳》:"日暮酒闌,合尊～坐。" ❸ 短。唐‧李世民《除夜》:"冬盡今宵～,年開明日長。" ❹ 狹窄。唐‧杜甫《夢李白》:"告歸常局～,苦道來不易。" ❺ 催促。唐‧柳宗元《種樹郭橐駝傳》:"官命～爾耕,勖(xù)爾植。"

【促促】cù cù 小心謹慎。唐‧韓愈《唐故河南令張君墓誌銘》:"共食公堂,抑首～～。"

【促席】cù xí 古人席地而坐,座位相互靠近稱為"促席"。晉‧傅玄《董逃行歷九秋篇》:"引樽～～臨軒。"

【促狹】cù xiá ❶ 氣量狹窄。《三國志‧魏書‧袁紹傳》:"(顏)良性～～。" ❷ 愛捉弄人。《紅樓夢》第四十二回:"更有顰兒這～～嘴。"

【促織】cù zhī 蟋蟀的別名。南朝梁‧江總《宛轉歌》:"不怨前階～～鳴,偏愁別路搗衣聲。"

猝 cù ❶ 立刻,迅速。明‧張溥《五人墓碑記》:"非常之謀,難於～發。" ❷ 突然。《新唐書‧回鶻傳上》:"虜～犯塞,應接失便。"

酢 (1) cù ❶ 醋,調味用的液體。宋‧葛立方《韻語陽秋》卷十九:"又作棕筍,蜜煮～浸,可致千里外。" ❷ 酸味。元‧王禎《農書‧梅杏》:"杏類梅者,味～。"

(2) zuò 客人用酒回敬主人。《新唐書‧禮樂志》:"進主人席前,東面～主人。"

數 cù 見 561 頁 shǔ。

趨 cù 見 492 頁 qū。

簇 cù ❶ 聚集。明‧張岱《西湖七月半》:"一一～擁而去。" ❷ 聚集在一起的人或物。宋‧王安石《桂枝香‧金陵懷古》:"千里澄江似練,翠峯如～。" ❸ 表示數量,相當於"叢"。唐‧杜甫《江畔獨步尋花》:"桃花一～開無主,可愛深紅愛淺紅。"

【簇簇】cù cù 叢聚的樣子。唐‧王建《隴頭水》:"隴東隴西多屈曲,野麋飲水長～～。"

麆 cù ❶ 短促，急促。唐·舒元興《橋山懷古》：“神仙天下亦如此，況我～促同蜉蝣。” ❷ 困窘。唐·柳宗元《捕蛇者說》：“鄉鄰之生日～。” ❸ 迫近，靠攏。唐·李華《弔古戰場文》：“兩軍～兮生死決。”唐·柳宗元《始得西山宴遊記》：“攢～累積，莫得遯隱。” ❹ 皺縮。《孟子·梁惠王下》：“舉疾首～頞(è，鼻梁)而相告。”

【麆麆】cù cù 局促。唐·元稹《酬劉猛見送》：“未能深～～，多謝相勞勞。”

蹴 cù ❶ 踐踏。《孟子·告子上》：“～爾而與之，乞人不屑也。” ❷ 踢。唐·李隆基《初入秦川路逢寒食》：“公子途中妨～踘，佳人馬上廢鞦韆。”

【蹴踘】cù jū 古時軍隊中的習武之戲，類似於今天的足球賽。《舊唐書·文宗紀下》：“戊辰，幸勤政樓觀角抵，～～。”

cuan

攢 cuán 見759頁zǎn。

篡 cuàn ❶ 非法奪取。宋·王安石《原過》：“且如人有財，見～於盜。” ❷ 古時稱奪取君位。明·方孝孺《深慮論》：“七國萌～弒之謀。” ❸ (巧)取。唐·陸龜蒙《孤雁》：“憂為弋者～。”

竄 cuàn ❶ 隱藏。宋·蘇軾《淩虛臺記》：“霜露之所蒙翳，狐虺(huǐ，古書上說的一種毒蛇)之所～伏。” ❷ 貶謫，放逐。明·王守仁《瘞旅文》：“吾以～逐而來此，宜也。” ❸ 逃跑。宋·辛棄疾《美

芹十論》：“中道～歸者已不容制。” ❹ 見“竄定”。

【竄定】cuàn dìng 刪正改定。竄，刪改。《新唐書·楊師道傳》：“少選輒成，無所～～。”

【竄逐】cuàn zhú 貶謫流放。明·王守仁《瘞旅文》：“吾以～～而來此。”

爨 cuàn ❶ 燒火做飯。唐·元德秀《歸隱》：“家無僕妾飢忘～。” ❷ 燒煮。《孟子·滕文公上》：“許子以釜甑～乎？” ❸ 爐灶。明·歸有光《項脊軒志》：“迨諸父異～。”

cui

衰 cuī 見562頁shuāi。

崔 cuī ❶ 高大。漢樂府《漢安世房中歌》：“大山～，百卉殖。” ❷ 姓氏。唐·杜甫《江南逢李龜年》：“岐王宅裏尋常見，～九堂前幾度聞。”

【崔巍】cuī wēi 高聳貌。唐·李隆基《過大哥山池題石壁》：“澄潭皎鏡石～～，萬壑千巖暗綠苔。”

摧 cuī ❶ 推擠。《史記·季布欒布列傳》：“～剛為柔。” ❷ 折斷，毀壞。《史記·孔子世家》：“太山壞乎！梁柱～乎！” ❸ 塌陷，崩塌。唐·李白《蜀道難》：“地崩山～壯士死，然後天梯石棧相鉤連。” ❹ 悲哀，憂傷。唐·李白《古風五九首》之三四：“泣盡繼以血，心～兩無聲。” ❺ 催促。

【摧藏】cuī zàng 極度悲傷。藏，同“臟”。漢樂府《孔雀東南飛》：“未至二三里，～～馬悲哀。”

璀 cuǐ　色彩鮮亮。晉·楊羲《方丈台昭靈李夫人詩三首》："明玉皆～爛，何獨盛德躬。"

脆 cuì　❶易折，易碎。晉·陸機《漢高祖功臣頌》："凌險必夷，摧剛則～。"❷食物容易嚼碎。《戰國策·韓策三》："可旦夕得甘～以養親。"❸柔弱。晉·陶淵明《祭從弟敬遠文》："撫杯而言，物久人～。"❹聲音響亮。唐·白居易《霓裳羽衣歌》："清絃～管纖纖手，教得霓裳一曲成。"

悴 cuì　❶憂愁。《史記·屈原賈生列傳》："顏色憔～，形容枯槁。"❷枯萎。唐·李華《弔古戰場文》："黯兮慘～，風悲日曛。"❸困苦。唐·白居易《與元九書》："窮～終身。"

淬 cuì　❶淬火，金屬熱處理的一種方法，將燒紅的金屬製品浸入液體中，使之急速冷卻、硬化。《新唐書·南蠻傳上》："～以馬血。"❷熏陶，沾染。《新唐書·烈女傳》："風化陶～且數百年。"❸磨練，鍛煉。宋·蘇軾《晁錯論》："錯以身任其危，日夜～礪。"

萃 cuì　❶聚集。宋·文天祥《〈指南錄〉後序》："縉紳、大夫、士～於左丞相府。"❷類，羣。《孟子·公孫丑上》："出於其類，拔乎其～。"

瘁 cuì　❶病困。《詩經·大雅·瞻卬》："人之云亡，邦國殄～。"❷勞累。《詩經·小雅·北山》："或燕燕居息，或盡～事國。"❸憔悴。唐·李嶠《晚秋喜雨》："晚穗萎還結，寒苗～復抽。"❹憂傷。戰國楚·宋玉《高唐賦》："登高望遠，使人心～。"

粹 cuì　❶純粹。明·王世貞《藝苑巵言》："混純貞～，質之檢也。"❷美好。明·徐禎卿《談藝錄》："作者蹈古徹之嘉～，刊佻靡之非輕。"❸聚集。南朝宋·顏延之《應詔宴曲水作》："君彼東朝，金昭玉～。"

翠 cuì　❶翠鳥。晉·左思《蜀都賦》："孔～羣翔，犀象競馳。"❷翠鳥的羽毛。唐·杜甫《秋興八首》其八："佳人拾～春相問，仙侶同舟晚更移。"❸青綠色。唐·盧照鄰《贈李榮道士》："投金～山曲，莫壁清江濆。"❹色調鮮明。唐·劉禹錫《望洞庭》："遙望洞庭山水～，白銀盤裏一青螺。"

【翠微】 cuì wēi　輕淡青葱的山色。唐·杜甫《秋興八首》其三："千家山郭靜朝暉，日日江樓坐～～。"

cun

村 cūn　❶村莊。宋·陸游《游山西村》："山重水複疑無路，柳暗花明又一～。"❷土氣，惡劣。宋·蘇軾《答王鞏》："連車載酒來，不飲外酒嫌其～。"

存 cún　❶看望，問候。漢·曹操《短歌行》："越陌度阡，枉用相～。"❷在，存在。晉·陶淵明《歸去來兮辭》："三徑就荒，松菊猶～。"❸保存，保留。宋·文天祥《〈指南錄〉後序》："今～本不忍廢。"❹寄託，心懷。《史記·屈原賈生列傳》："其～君興國而欲反覆之。"❺觀察。《孟子·離婁上》："～乎人者，莫良於眸子。"❻擁有。《孟子·盡心上》："君子有三樂，而王天下不與～焉。"

【存撫】cún fǔ　安撫。《舊唐書・則天皇后紀》："令史務滋等十人分道～～天下。"

【存恤】cún xù　慰問撫恤。《三國志・蜀書・諸葛亮傳》："民殷國富而不知～～。"

【存養】cún yǎng　保全，撫養。《舊唐書・食貨志上》："然安人在於～～。"

忖 cǔn　思量。見"忖量"、"忖度"。

【忖度】cǔn duó　揣測，估量。《詩經・小雅・巧言》："他人有心，予～～之。"

【忖量】cǔn liáng　考慮。唐・杜牧《投知己書》："中夜～～，自愧於心。"

寸 cùn　❶ 長度單位，其具體數值歷代有差異，一般以為十分為一寸。《史記・孔子世家》："孔子長九尺有六～。"❷ 極小或極短。《資治通鑑》卷九十三："大禹聖人，乃惜～陰。"

【寸腸】cùn cháng　衷心，胸臆。唐・李遠《詠鴛鴦》："試取鴛鴦看，多應斷～～。"

cuo

磋 cuō　❶ 用象牙等磨製器物。《詩經・衛風・淇奧》："如切如～，如琢如磨。"❷ 商討，研討。唐・盧仝《寄贈含曦上人》："切～併工夫，休遠不可比。"

撮 (1) cuō　❶ 用三個手指或爪子抓取。《莊子・秋水》："鴟〔鵂〕(chī xiū，貓頭鷹) 夜～蚤。"❷ 摘錄，提取。見"撮要"。❸ 聚集。《後漢書・袁紹列傳》："擁一郡之卒，～冀州之眾。"❹ 古時演奏樂器的一種指法。南朝齊・蕭放《冬夜詠妓》："吹篪先弄曲，調箏更～絃。"❺ 計量單位，比喻極小或極少。唐・周曇《魯仲連》："今來躍馬懷驕惰，十萬如無一～時。"

(2) zuǒ　量詞，一般指成叢的毛髮或野草。

【撮要】cuō yào　摘其大要。宋・贊寧《宋高僧傳・唐西京慧日寺無極高傳》："於慧日寺從金剛大道場經中～～而譯。"

蹉 cuō　❶ 跌倒。見"蹉跌"。❷ 差誤。漢・揚雄《并州牧箴》："宗周罔職，日用爽～。"❸ 過。唐・許渾《將度故城湖阻風夜泊永陽戍》："行盡青溪日已～，雲容山影水嵯峨。"

【蹉跌】cuō diē　原意為失足，後泛指失誤。宋・歐陽修《六一詩話》："疾徐中節，而不少～～。"

【蹉跎】cuō tuó　❶ 失時，虛度光陰。唐・鮑溶《行路難》："君今不念歲～～，雁天明明涼露多。"❷ 失意。唐・翁綬《行路難》："行路艱難不復歌，故人榮達我～～。"

嵯 cuó　見"嵯峨"。

【嵯峨】cuó é　山勢高峻貌。唐・江為《觀山水障歌》："一巖～～入雲際，七賢鎮在青松裏。"

厝 cuò　❶ 放置，安放。《列子・愚公移山》："一～朔東，一～雍南。"❷ 錯雜。《漢書・地理志下》："五方雜～，風俗不純。"❸ 殯葬。唐・宋之問《故趙王屬贈黃門侍郎上官公挽詞二首》其二："一～窮泉閉，雙鸞遂不飛。"

挫 cuò　❶ 折損，挫敗。《史記・屈原賈生列傳》："兵～地削，亡其六郡。"❷屈。唐·崔致遠《和友人除夜見寄》:"與君相見且歌吟,莫恨流年～壯心。"❸抑制,壓制。元·辛文房《唐才子傳·雍陶》:"賓至,必侔侔～辱。"❹拔除。《孟子·公孫丑上》:"思以一豪～於人,若撻之於市朝。"

【挫頓】cuò dùn　挫折損傷。《荀子·王制》:"彼將日日～～竭之於仇敵。"

措 cuò　❶安放,安置。唐·柳宗元《永州韋使君新堂記》:"宗元請志諸石,～諸壁,編以為二千石楷法。"❷捨棄。《禮記·中庸》:"有弗辨,辨之弗明,弗～也。"❸施行。《周易·繫辭上》:"舉而～之天下之民,謂之事業。"❹設計,籌措。《元史·太不花傳》:"方今～畫無如丞相太平者。"

【措意】cuò yì　注意,留意。漢·王褒《四子講德論》:"願二子～～焉。"

錯 cuò　❶磨石。《詩經·小雅·鶴鳴》:"他山之石,可以為～。"❷磨,琢磨。唐·齊己《猛虎行》:"磨爾牙,～爾爪。"❸嵌飾。漢·無名氏《上陵》:"木蘭為君棹,黃金～其間。"❹間雜。唐·柳宗元《〈愚溪詩〉序》:"嘉木異石～置。"❺相互交錯。戰國楚·屈原《楚辭·九歌·國殤》:"操吳戈兮披犀甲,車～轂兮短兵接。"❻更迭。宋·文天祥《〈指南錄〉後序》:"而境界危惡,層見～出。"❼違背,不合。宋·陸游《釵頭鳳》:"東風惡,歡情薄,一懷愁緒,幾年離索。～!～!～!"❽通"厝",放置。《史記·孔子世家》:"刑罰不中則民無所～手足矣。"❾通"措",廢棄。《史記·孔子世家》:"舉直～諸枉,則枉者直。"

【錯刀】cuò dāo　錢幣名。唐·韓愈《潭州泊船呈諸公》:"聞道松醪賤,何須各～～。"

【錯愕】cuò è　因為事出倉促而驚懼。元·辛文房《唐才子傳·孟浩然》:"浩然～～,伏匿牀下。"

【錯迕】cuò wǔ　交錯混雜。唐·杜甫《新婚別》:"人事多～～,與君永相望。"

D

da

搭 dā ❶掛，披散，披掛。唐·王建《寒食》："白衫眠古巷，紅索~高枝。"❷乘坐車、船等交通工具。宋·蘇軾《論高麗買書利害箚子三首》其一："今來高麗使卻~附閩商徐積舶船入貢。"❸附上，放上。《三國演義》第七十二回："拈弓~箭，射中曹操。"❹修建，搭蓋，將材料裝配成一個整體。清·劉鶚《老殘遊記》第一回："又在西花廳上，~了一座菊花假山。"❺配合，夾雜。宋·蘇軾《論役法差僱利害起請畫一狀》："卻將減下錢數，添~入重難支酬施行。"

恒 dá ❶痛苦，憂傷。《史記·屈原賈生列傳》："疾痛慘~。"❷恐懼，害怕。唐·獨孤及《代書寄上李廣州》："持正魑魅~。"❸恐嚇。唐·柳宗元《三戒》："其人怒，~之。"❹見"恒然"。

【恒然】dá rán 震驚的樣子。《後漢書·譙玄列傳》："臣聞之~~，痛心傷剝。"

【恒惕】dá tì 驚懼貌。《史記·孝文本紀》："憂苦萬民，為之~~不安。"

達 dá ❶道路暢通。《禮記·中庸》："五者天下之~道也。"❷到達。唐·白居易《與元微之書》："他日送~白二十二郎。"❸通曉，明白。《論語·顏淵》："樊遲未~。"❹胸懷坦蕩，豁達。唐·王勃《滕王閣序》："~人知命。"❺仕途顯貴，與"窮"相對。晉·李密《陳情表》："本圖宦~，

不矜名節。"❻到處，多處。《梁書·武帝紀中》："朕~聽思治。"

【達練】dá liàn 熟悉，明白，尤指對於人情世故。《後漢書·胡廣列傳》："~~事體。"

【達士】dá shì 指見識高超，行事與眾不同的人。《漢書·蕭望之傳》："國無~~則不聞善。"

大 (1) dà ❶與"小"相反，指規模、數量、力量等性質超出一般的對象。《孟子·離婁上》："天下無道，小役（役使）~，弱役強。"❷事物或事情在程度上超過一半稱"大"。唐·韓愈《送孟東野序》："~凡物不得其平則鳴。"❸年長，如大父、大兄等。宋·曾鞏《寄歐陽舍人書》："蒙賜貴及所撰先~父墓碑銘。"❹尊敬，重視。《荀子·天論》："~天而思之，孰與物畜而制之？"❺誇大，吹噓。《禮記·表記》："是故君子不自~其事。"《莊子·逍遙遊》："今子之言，~而無用。"❻敬詞，如大王、大作等。《史記·項羽本紀》："誰為~王為此計者？"

(2) dài 大王，戲曲小說中對山寨頭領或魔王妖怪的稱呼。《西遊記》第十六回："黑風洞內有一個黑~王。"

(3) tài 通"太"。古"太"字多不加點，如大初、大廟等，後人加點，以別大小之分。《荀子·禮論》："兩者合成文，以歸~一。"也通"泰"。

【大比】dà bǐ ❶周代每三年普查一次人口及財務，稱"大比"。❷周代每三年由鄉大夫對鄉吏進行一次考核，選擇賢能，稱"大比"。《周禮·地官司徒》："三年則~~，攷

（考）其德行道藝，而興賢者能者。"
❸隋唐以後，泛指科舉考試。唐·白行簡《李娃傳》："其年遇～～。"

【大辟】dà bì　古代五刑之一，即死刑。漢·路溫舒《尚德緩刑書》："～～之計歲以萬數。"

【大蟲】dà chóng　❶虺蟲，即蝮蜥或者蝮蛇。《史記·扁鵲倉公列傳》："眾醫不知，以為～～。"❷方言，指老虎，後來也指像老虎一樣兇惡的人。唐·李肇《唐國史補》："～～、老鼠俱為十二相屬。"

【大都】dà dū　❶大的城邑。《左傳·鄭伯克段於鄢》："～～不過參國之一。"❷公之封地。《周禮·地官司徒·載師》："以～～之田任畺地。"❸元朝的首都，即今北京市。

【大夫】（1）dà fū　❶官職，分上中下三級，位於卿之下，士之上。《史記·廉頗藺相如列傳》："拜相如為上～～。"❷官名，如卿大夫、諫議大夫、御史大夫等。唐·韓愈《爭臣論》："天子以為諫議～～。"❸對人的尊稱。《漢書·高帝求賢詔》："賢士～～有肯從我遊者，吾能尊顯之。"
　　（2）dài fu　宋朝醫官的一種官階。

【大父】dà fù　❶祖父。宋·曾鞏《寄歐陽舍人書》："蒙賜書及所撰先～～墓碑銘。"❷外祖父。《史記·劉敬叔孫通列傳》："豈嘗聞外孫敢與～～抗禮哉？"

【大觀】dà guān　壯觀景象。宋·范仲淹《岳陽樓記》："此則岳陽樓之～～也。"

【大歸】dà guī　❶已嫁婦女因某種原因回娘家後不再回夫家，特指婦女被夫家休棄回娘家。《左傳·文公

十八年》："夫人姜氏歸於齊，～～也。"❷最後的歸宿，也指死亡。唐·顧況《祭李員外文》："先生～～，赴哭無由。"

【大化】dà huà　❶四時陰陽的變化。《荀子·天論》："四時代御，陰陽～～。"❷人從生到死的變化過程。《列子·天瑞》："人自生至終，～～有四。"

【大荒】dà huāng　❶荒廢不治，特指大災之年。《國語·吳語》："～～薦饑，市無赤米。"❷非常偏僻遙遠的地方。宋·蘇軾《潮州韓文公廟碑》："公不少留我涕滂，翩然被髮下～～。"

【大母】dà mǔ　❶祖母。明·歸有光《項脊軒志》："嫗，先～～婢也。"❷宋人稱太后為"大母"。宋·周密《齊東野語》："有所謂地老鼠者，徑至～～聖座下，～～為之驚惶。"❸舊時庶子稱父親的嫡配為"大母"。

【大內】dà nèi　❶漢代指京城的府藏。《史記·孝景本紀》："置左右內官，屬～～。"❷天子宮殿之內。後泛指皇宮。《舊唐書·德宗紀上》："生於長安～～之東宮。"

【大師】dà shī　❶對有造詣或有專長的學者的尊稱。《史記·儒林列傳》："諸山東～～無不涉《尚書》以教矣。"❷佛的尊號之一，後來成為對僧人的尊稱。《晉書·鳩摩羅什傳》："～～聰明超悟，天下無二。"❸樂官名，也作"太師"。《史記·孔子世家》："孔子語魯～～："樂其可知也。'"

【大使】dà shǐ　❶帝王派遣的臨時使者。《禮記·月令》："毋以割地、行～～、出大幣。"❷官名。唐代節

度使有大使、副大使等分別。❸ 元明清的事務官也稱 "大使"。

【大數】dà shù ❶ 氣數，自然的分限。宋·戴復古《送湘漕趙蹈中寺丞移憲江東》："盛衰關～～，豪傑負初心。" ❷ 大計，全局。《史記·淮陰侯列傳》："遺天下之～～。" ❸ 約數，大體數目。宋·司馬光《涑水記聞》："陳恕為三司使，上命其中外錢糧～～以聞。"

【大率】dà shuài ❶ 大概，大約。宋·朱熹《熟讀精思》："～～徐行卻立。" ❷ 軍隊中統帥偏師的將領。《墨子·迎敵祠》："十步有什長，百步有百長，旁有～～。"

【大同】dà tóng ❶ 基本相同。《莊子·在宥》："頌論形軀，合乎～～。" ❷ 古人理想的太平盛世。《禮記·大道與小康》："大道之行也，天下為公，選賢與能，講信修睦，……是謂～～。"

【大限】dà xiàn　壽限，死亡的期限。唐·韓愈《祭薛中丞文》："長途方騁，～～俄窮。"

【大雅】dà yǎ ❶《詩經》的組成部分之一，後來也指醇和雅正的詩歌。唐·李白《古風五九首》之一："～～久不作，吾衰竟誰陳？" ❷ 才識超凡、品德高尚的人。漢·班固《西都賦》："～～宏達。"

【大有年】dà yǒu nián　豐收之年。《穀梁傳·宣公十六年》："五穀大熟，為～～～。"

【大治】dà zhì ❶ 有待治理的重大的事務。《周禮·地官司徒·司市》："市場涖焉，而聽～～大訟。" ❷ 指政治清明，社會安定的局面。漢·賈誼《治安策》："當時～～，後世誦聖。"

代 dài ❶ 更替，代替，取代。南朝宋·劉義慶《世說新語·荀巨伯遠看友人疾》："寧以我身～友人命。" ❷ 世代，年代。《史記·孔子世家》："追跡三～之禮。"

【代田】dài tián　古代的一種輪作法，將一畝地分成三份，每年輪流耕種，以保養地力。《漢書·食貨志上》："(趙)過能為～～，一晦三甽（甽，田野間的水溝）。"

【代興】dài xīng　交替興起。《呂氏春秋·仲夏紀》："四時～～，或寒或暑。"

岱 dài ❶ 泰山的別名，泰山在今天的山東省，為五嶽之首。《史記·貨殖列傳》："海～之間，斂袂而往朝焉。" ❷ 古代國名，在今河北蔚縣。

【岱嶽】dài yuè　泰山的別稱。《淮南子·墜形訓》："中央之美者，有～～以生五穀桑麻。"

【岱宗】dài zōng　即泰山，舊時認為泰山為五嶽之首，為其他四嶽所宗，故稱 "岱宗"。唐·杜甫《望嶽》："～～夫如何？齊魯青未了。"

迨 dài ❶ 及，趁着。《孟子·公孫丑上》："～天之未陰雨，徹彼桑土。" ❷ 等到。明·歸有光《項脊軒志》："～諸父異爨。" ❸ 將近，差不多。宋·曾鞏《代上蔣密學書》："奉老母而寓食於人者，～十年矣。" ❹ 相當於 "與"。元·劉壎《隱居通議·文章》："我密公～江樓公相好。"

待 (1) dài ❶ 等候，等待。《史記·項羽本紀》："籍吏民，封府庫，而～將軍。" ❷ 預防，應付。《史記·廉頗藺相如列傳》："趙亦盛設兵以～秦，秦不敢動。" ❸ 對待。南朝梁·丘遲《與陳伯之書》："漢主不以為疑，魏君～之若舊。" ❹ 依仗，依靠。《莊子·逍遙遊》："此雖免乎行，猶有所～者也。" ❺ 打算，想要。宋·辛棄疾《最高樓·送丁懷中教授入廣》："～不飲，奈何君有恨？" ❻ 將要。唐·李商隱《錦瑟》："此情可～成追憶，只是當時已惘然。"

(2) dāi　駐留，停留。清·蒲松齡《增補幸雲曲》："多～上十朝半月，散散心即早回還。"

【待詔】dài zhào　❶ 等候皇帝的命令。漢代以才技徵召未有正官者，使之待詔。到唐代成為一種官名，稱"翰林待詔"，負責應酬和文章及四方表疏的批答等事務。《南齊書·王融傳》："常願～～朱闕。" ❷ 宋代對手工藝人的尊稱。

【待制】dài zhì　等候詔令。制，皇帝的詔令。唐宋後成為官職名。《新唐書·德宗紀》："詔六品以上清望官，日二人～～。"

【待字】dài zì　古時女子等待出嫁。清·陳維崧《毛大可新納姬人序》："歲盈盈而～～。"

怠 (1) dài　❶ 冷淡，輕慢。唐·韓愈《原毀》："重以周，故不～。" ❷ 懶惰，鬆懈。《史記·孔子世家》："往觀終日，～於政事。" ❸ 疲倦，勞累。宋·王安石《遊褒禪山記》："有～而欲出者。"

(2) yí　通"怡"，安逸，享樂。《管子·侈靡》："此百姓之～生，百振而食，非獨自為也。"

【怠惰】dài duò　懶惰，懈怠。《國語·魯語下》："況有～～，其何以避辟？"

殆 dài　❶ 危險。《淮南子·人間訓》："國家危，社稷～。" ❷ 敗，壞。《孫子·謀攻》："不知彼不知己，每戰必～。" ❸ 害怕，恐懼。《管子·度地》："人多疾病而不止，民乃恐～。" ❹ 懷疑，困惑。《論語·為政》："多見闕～，慎行其餘，則寡悔。" ❺ 疲勞，困乏。唐·柳宗元《種樹郭橐駝傳》："故病且～。" ❻ 大概，也許。明·歸有光《項脊軒志》："～有神護者。" ❼ 將近，差不多。宋·蘇洵《六國論》："且燕趙處秦革滅～盡之際。" ❽ 通"怠"，懈怠，怠惰。《詩經·商頌·玄鳥》："商之先后，受命不～。"

玳 dài　見"玳瑁"。

【玳瑁】dài mào　是一種爬行動物，形狀像龜，甲殼黃褐色，上有黑斑，光滑，一般用來做裝飾品。唐·韓愈《送鄭尚書序》："外國之貨日至，珠、香、象、犀、～～、奇物，溢於中國。"

帶 dài　❶ 束衣的帶子。《詩經·衛風·有狐》："心之憂矣，之子無～。" ❷ 地帶，區域。唐·李白《菩薩蠻》："寒山一～傷心碧。" ❸ 環繞，捆束。《戰國策·魏策一》："前～河，後被山。" ❹ 披戴，佩帶。《戰國策·齊策一》："～甲數十萬。" ❺ 帶領，率領。《大宋宣和遺事》："見宋江～得九人來。" ❻ 含着，帶有。唐·李白《清平調》："名花傾國兩相歡，長得君王～笑看。"宋·梅堯臣《陳浩赴福州幕》："遠山猶～雪，野水已如藍。"

埭 dài　❶ 古時在河流水淺處用土堵水以利於船隻經過的土壩。北周·庾信《明月山銘》："船横～下，樹俠津門，寧殊華蓋，詎識桃源。" ❷ 在船舶往來之處設置的徵稅場所。

貸 dài ❶ 給予。《莊子·天運》："不～，無出也。" ❷ 借出。《左傳·昭公三年》："以家量～而以公量收之。" ❸ 寬恕，減免。清·林則徐《擬諭英吉利國王檄》："再犯者法難寬～。" ❹ 推卸（責任）。《清史稿·李鶴年傳》："沿海疆臣固責無旁～。"

逮 dài ❶ 及，達到。漢·賈誼《治安策》："材之不～至遠也。" ❷ 逮捕。明·張溥《五人墓碑記》："蓋當蓼洲周公之被～。" ❸ 通"迨"，趁着。晉·李密《陳情表》："～奉聖朝，沐浴清化。" ❹ 剛好，僅僅。《漢書·王莽傳》："克身自約，糶食～給。" ❺ 昔，從前。《左傳·呂相絕秦》："昔～我獻公及穆公相好。"

詒 dài 見702頁 yí。

駘 dài 見582頁 tái。

戴 dài ❶ 加在頭上，或者用頭頂着。明·宋濂《送東陽馬生序》："同舍生皆被綺繡，～朱纓寶飾之帽，腰白玉之環，左佩刀，右備容臭。" ❷ 擁護，推崇。《國語·祭公諫征犬戎》："庶民弗忍，欣～武王。" ❸ 捧，舉。漢·張衡《東京賦》："～金鉦而建黃鉞。" ❹ 負載。《孟子·梁惠王上》："頒白者不負～於道路矣。"

【戴星】dài xīng ❶ 頭頂着星星，比喻早出晚歸。唐·王績《答馮子華處士書》："俯仰絃樂，～～而歸。" ❷ 古時特指能幹的官員。唐·羅隱

黛 dài ❶ 青黑色的染料，古時婦女用來畫眉。唐·白居易《王昭君》："滿面胡沙滿鬢風，眉銷殘～臉銷紅。" ❷ 青黑色。唐·李白《廬山謠寄盧侍御虛舟》："屏風九疊雲錦張，影落明湖青～光。" ❸ 代指女子的眉毛。唐·韓愈《送李愿歸盤谷序》："粉白～綠者，列屋而閒居。"

dan

丹 dān ❶ 朱砂，丹砂。清·姚鼐《登泰山記》："日上，正赤如～。" ❷ 赤紅色。唐·杜甫《垂老別》："積屍草木腥，流血川原～。" ❸ 古代道士所煉的藥。唐·李白《廬山謠寄盧侍御虛舟》："早服還～無世情，琴心三疊道初成。" ❹ 忠誠，赤誠。見"丹心"條。

【丹誠】dān chéng　赤誠之心。《三國志·魏書·陳思王植傳》："乃臣～～之至願。"

【丹桂】dān guì ❶ 桂樹的一種。晉·左思《吳都賦》："洪桃屈盤，～～灌叢。" ❷ 木樨的一種。明·李時珍《本草綱目·木一》："紅者名～～。" ❸ 古時以丹桂比喻科舉及第者。《宋史·竇儀傳》："靈椿一株老，～～五枝芳。"

【丹青】dān qīng ❶ 可作顏料的丹砂和青雘。《史記·李斯列傳》："江南金錫不為用，西蜀～～不為采。" ❷ 繪畫顏料。《漢書·蘇武傳》："雖古竹帛所載，～～所畫，何以過子卿！"又指繪畫。《晉書·顧愷之傳》："尤善～～，圖寫特妙。" ❸ 喻

光明顯著。《後漢書·來歙列傳》："臣願得奉威命，開以～～之信，鸞必束手自歸。" ❹ 冊與青史。泛指史籍。宋·文天祥《正氣歌》："時窮節乃見，一一垂～～。"

【丹沙】dān shā　朱砂，也作"丹砂"。《管子·地數》："上有～～者，下有黃金。"

【丹書】dān shū　❶ 傳說中的所謂"天書"，因用紅筆書寫，故名"丹書"。《大戴禮記·武王踐阼》："（黃帝顓頊之道）在～～。" ❷ 古代帝王頒發給功臣的象徵特殊權力的證件。漢·司馬遷《報任安書》："僕之先非有剖符～～之功。"

【丹心】dān xīn　赤誠之心。宋·文天祥《過零丁洋》："人生自古誰無死？留取～～照汗青。"

眈 dān　見"眈眈"。

【眈眈】dān dān　❶ 威嚴或者兇狠地注視。清·蒲松齡《聊齋志異·狼》："狼不敢前，～～相向。" ❷ 深邃的樣子。晉·左思《魏都賦》："翼翼京室，～～帝宇。"

耽 dān　❶ 耳朵大而垂在肩上。《淮南子·墜形訓》："夸父～耳在其北方。" ❷ 承擔，承受。《水滸傳》第六十一回："～驚受怕，去虎穴龍潭裏做買賣。" ❸ 喜歡，快樂。《禮記·中庸》："兄弟既翕，和樂且～。" ❹ 因為喜好而沉迷其中。《韓非子·十過》："～於女樂。" ❺ 耽擱，貽誤。《水滸傳》第十回："枉自兩相～誤。"

【耽耽】dān dān　通"眈眈"。❶ 威嚴或者兇狠地注視。《漢書·敍傳下》："六世～～。" ❷ 深邃的樣子。宋·蘇軾《自金山放船至焦山》："金

山樓觀何～～，撞鐘擊鼓聞淮南。"

【耽湎】dān miǎn　沉溺，迷戀。《晉書·孔愉傳附孔羣》："其～～如此。"

【耽思】dān sī　深入思考，專心研究。《晉書·杜預傳》："（杜預）從容無事，乃～～經籍。"

聃 dān　❶ 耳朵長大。宋·蘇軾《自海南歸過清遠峽林寺敬贊禪月所畫十八大阿羅漢》："～耳屬肩，綺眉覆顴。" ❷ 吐舌的樣子。晉·葛洪《神仙傳·老子》："老子驚怪，故吐舌～然，遂有老聃之號。" ❸ 通"耽"，沉醉，迷戀。《列子·楊朱》："方其～於色也。"

單 （1）dān　❶ 單一，單個。《史記·魏公子列傳》："今一車來代之。" ❷ 薄弱，微弱。《國語·展禽論祀爰居》："堯能～均刑法以儀民。" ❸ 單薄。唐·杜甫《垂老別》："老妻臥路啼，歲暮衣裳～。" ❹ 奇數，與"雙"相對。《元史·選舉三》："～月急選。" ❺ 孤獨。唐·韓愈《祭十二郎文》："兩世一身，形～影隻。" ❻ 通"殫"，竭盡。《莊子·列禦寇》："～千金之家。"

（2）chán　見"單于"條。

（3）shàn　姓氏。《國語·單子知陳必亡》："定王使～襄公聘於宋。"

【單竭】dān jié　用盡，缺乏。《漢書·韓信傳》："曠日持久，糧食～～。"

【單閼】chán yān　古時紀年用詞，即卯年。《史記·天官書》："～～歲，歲陰在卯，星居子。"

【單于】chán yú　❶ 漢時匈奴君長的稱號。漢·司馬遷《報任安書》："與～～連戰十有餘日。" ❷ 曲調名，又名小單于。唐·韋莊《綏州作》：

"一曲～～暮風起，扶蘇城上月如鉤。"

儋 dān　指用肩挑。《國語·齊語》："負、任、～、荷。"

擔 (1) dān ❶ 用肩膀挑或者扛。《戰國策·蘇秦以連橫説秦》："(蘇秦) 負書～囊。" ❷ 背負，負載。晉·干寶《宋定伯捉鬼》："定伯便～鬼著肩上。"

(2) dàn ❶ 擔子，挑子。漢樂府《陌上桑》："行者見羅敷，下～捋髭鬚。" ❷ 按照舊制，一百斤為一擔。漢·班彪《王命論》："～石之蓄，所願不過一金。"

殫 dān ❶ 完全，竭盡。唐·白居易《與元微之書》："大抵若是，不能一～記。" ❷ 通"癉 (dàn)"，病困，遭受禍患。《淮南子·覽冥訓》："斬艾百姓，～盡太半。" ❸ 通"憚"，畏懼，害怕。北周·庾信《周宗廟歌》："敬～如此，恭惟執燔。"

簞 dān ❶ 古時盛飯的圓形竹器。《孟子·告子上》："一～食，一豆羹，得之則生，弗得則死。" ❷ 竹子名。晉·嵇含《南方草木狀·簞竹》："～竹，葉疏而大。" ❸ 一種小筐。《左傳·哀公二十年》："與之一～珠。"

【簞瓢】 dān piáo　簞，指食器；瓢，指飲水器具。常用於表示生活貧苦儉樸。晉·陶淵明《五柳先生傳》："～～屢空，晏如也。"

撣 dǎn ❶ 拂拭。《紅樓夢》第六十七回："有人拿着撣子，在那裏～什麼呢。" ❷ 恭敬謹慎的樣子。漢·揚雄《太玄·盛》："何福滿肩，提禍～～。"

膽 dǎn ❶ 膽囊，人或動物的內臟器官之一。漢·鄒陽《獄中上梁王書》："見情素，墮肝～。" ❷ 膽量，勇氣。明·茅坤《〈青霞先生文集〉序》："其足以寒賊臣之～。" ❸ 通"撣"，擦拭。《禮記·內則》："桃曰～之。"

【膽決】 dǎn jué　英勇果斷。《晉書·虞潭傳》："(虞潭) 有～～。"

石 dàn　見 542 頁 shí。

旦 dàn ❶ 天亮，早晨。唐·柳宗元《種樹郭橐駝傳》："～視而暮撫，已去而復顧。" ❷ 天，日。唐·杜牧《阿房宮賦》："一～不能有。" ❸ 明，明亮。北魏·酈道元《水經注·江水》："每至晴初霜～。" ❹ 農曆的每月初一。宋·蘇洵《張益州畫像記》："明年正月朔～。" ❺ 生日。明·李開先《林沖寶劍記》："喜逢母親壽～。" ❻ 中國傳統戲劇中扮演女子的角色。宋·文瑩《玉壺野史》："(韓熙載) 與賓客生～雜處。"

【旦旦】 dàn dàn ❶ 天天，每天。唐·柳宗元《捕蛇者説》："豈若吾鄉鄰之～～有是哉。" ❷ 誠懇的樣子。《詩經·衛風·氓》："信誓～～。"

【旦日】 dàn rì ❶ 天亮時，即平旦。《史記·陳涉世家》："～～，卒中往往語。" ❷ 第二天。《戰國策·鄒忌諷齊王納諫》："～～，客從外來。"

但 dàn ❶ 只，僅僅。唐·李白《蜀道難》："～見悲鳥號古木，雄飛雌從繞林間。" ❷ 只是。魏·曹丕《與吳質書》："公幹有逸氣，～未遒耳。" ❸ 徒然，白白地。《資治通鑑》卷九十三："豈可～逸遊荒醉？" ❹ 但願。晉·陶淵明《歸園田居》："衣沾不足惜，～使願無違。"❺ 要是，假若，如果。唐·王昌齡《出塞》："～使龍城飛將在，不教胡馬度陰山。"

訑 (1) dàn　通"誕"，放肆，放縱。《莊子·知北遊》："天知予僻陋慢～。"

(2) yí　自滿、自得貌。《孟子·告子下》："～～之聲音顏色，距人於千里之外。"

啖 dàn　❶ 吃，食用。《史記·項羽本紀》："（樊噲）拔劍切而～之。"❷ 給……吃。唐·李白《俠客行》："將炙～朱亥，持觴勸侯嬴。"❸ 利誘，勸誘。宋·辛棄疾《九議》："可～以利，務得其心。"❹ 通"淡"，味薄，清淡的食物。《史記·劉敬叔孫通列傳》："呂后與陛下攻苦食～。"

【啖食】dàn shí　吃。漢·王充《論衡·遭虎》："百姓飢餓，自相～～。"

淡 dàn　❶ 味道不濃。又泛指含某種成分少，稀薄。宋·楊萬里《過百家渡》："半～半濃山疊重。"❷ 含鹽分少或無鹽，與"鹹"相對。南朝梁·慧皎《高僧傳·求那跋陀羅》："～水復竭，舉舶憂惶。"❸ 態度不熱情，冷淡。宋·劉克莊《黃檗山》："早知人世～，來往退居寮。"❹ 性情淡泊、超脫。《老子》三十一章："恬～為上。"❺ 悠閒，安靜。宋·陸游《浴罷》："浴罷～無事，出門隨意行。"❻ 無聊，沒有意思。宋·蘇軾《遊盧山次韻章傳道》："莫笑吟詩～生活，當今阿買（阿買，韓愈子姪小名）為君書。"❼ 顏色淺。宋·蘇軾《飲湖上初晴後雨》："欲把西湖比西子，～妝濃抹總相宜。"

萏 dàn　見 203 頁"菡萏"。

詹 dàn　見 767 頁 zhān。

誕 dàn　❶ 虛妄，不真實。晉·王羲之《〈蘭亭集〉序》："固知一死生為虛～。"❷ 大。《詩經·邶風·旄丘》："旄丘之葛兮，何～之節兮？"❸ 欺詐，欺騙。《呂氏春秋·應言》："秦王立帝，宜陽許綰為魏王。"❹ 出生，生育。《後漢書·襄楷列傳》："昔文王一妻，～致十子。"❺ 放縱，放肆。《左傳·昭公元年》："子姑憂子皙之欲背～也。"

【誕漫】dàn màn　放縱，散漫。唐·柳宗元《賀進士王參元失火書》："斯道遼闊～～。"

彈 (1) dàn　❶ 彈弓。《戰國策·莊辛論幸臣》："（公子王孫）左挾～，右攝丸。"❷ 彈丸。唐·李商隱《富平少侯》："不收金～抛林外，卻惜銀床在井頭。"

(2) tán　❶ 用彈弓發射。《左傳·宣公二年》："從臺上～人，而觀其辟（避）丸也。"❷ 用手指敲擊。唐·李白《行路難》："～劍作歌奏苦聲，曳裾王門不稱情。"❸ 彈奏樂器，演奏。唐·李賀《李憑箜篌引》："江娥啼竹素女愁，李憑中國～箜篌。"❹ 彈劾，抨擊，批評。《新唐書·百官志一》："～舉必當。"

【彈丸】dàn wán　比喻狹小的地方。《戰國策·趙策三》："此～～之地。"

【彈冠】tán guān　❶ 用手指彈去帽子上的灰塵。《史記·屈原賈生列傳》："新沐者必～～。"❷ 整潔衣冠，比喻即將出來做官。宋·蘇洵《管仲論》："則三子者可以～～而相慶矣。"

僤

僤 dàn　見 56 頁 chán。

憚

憚 dàn　❶畏難，害怕。《論語·學而》："過，則勿～改。"❷敬畏。宋·蘇轍《上樞密韓太尉書》："四夷之所～以不敢發。"❸厭惡，忌恨。《三國志·吳書·孫權傳》："（孫）權內～（關）羽。"❹盛怒、威武貌。《莊子·外物》："～赫千里。"❺通"癉（dàn）"，勞苦，病困。《詩經·小雅·小明》："心之憂矣，～我不暇。"

壇

壇 dàn　見 585 頁 tán。

澹

澹 dàn　❶水波起伏搖蕩貌。宋·蘇軾《石鐘山記》："微波入焉，涵～澎湃而為此也。"❷觸動。《舊唐書·音樂志三》："～神心，醉皇靈。"❸淡泊，寡慾。《新唐書·韋述傳》："～榮利。"❹安定，安寧，安靜。唐·李白《古風五九首》之三四："天地皆得一，～然四海清。"❺清淡，與"濃"相對。唐·杜甫《兩當縣吳十侍御江上宅》："寒城朝煙～，山谷落葉赤。"❻樸素，不華麗。南朝梁·劉勰《文心雕龍·時序》："正始餘風，篇體輕～。"

【澹泊】 dàn bó　性情超脱，恬靜寡慾。三國蜀·諸葛亮《誡子書》："非～～無以明志。"

【澹澹】 dàn dàn　❶波浪起伏或水流迂迴的樣子。漢·曹操《觀滄海》："水何～～，山島竦峙。"❷安定，恬靜。漢·劉向《九嘆》："心溶溶其不可量兮，情～～其若淵。"❸廣漠貌。唐·杜牧《登樂遊原》："長空～～孤鳥沒，萬古銷沈向此中。"

當

當　(1) dāng　❶面臨，對着。《論衡·命義》："蹈死亡之地，～劍戟之鋒。"❷合適，恰當。唐·柳宗元《種樹郭橐駝傳》："名我固～。"❸對等，相當於。《史記·屈原賈生列傳》："以一儀而～漢中地。"❹擔當，承受。《孟子·離婁下》："不祥之實，蔽賢者～之。"❺掌管，主持。《國語·越語上》："～室者死，三年釋其政。"❻擋住，阻擋，把守。《孟子·梁惠王下》："彼惡敢～我哉？"❼抵敵，抗擊。《史記·項羽本紀》："料大王士卒足以～項王乎？"❽過去，以往。唐·李商隱《錦瑟》："此情可待成追憶，只是～時已惘然。"❾應當，應該。三國蜀·諸葛亮《出師表》："今南方已定，兵甲已足，～獎率三軍。"❿在，值，適逢。漢·賈誼《過秦論》："～是時也，商君佐之。"⓫從，對，在。清·姚鼐《登泰山記》："～其南北分者，古長城也。"⓬將，將要。三國蜀·諸葛亮《出師表》："今～遠離。"

(2) dàng　❶率領，帶領。漢·揚雄《甘泉賦》："伏鉤陳使～兵。"❷適合，恰當，順當。戰國楚·屈原《楚辭·九章·涉江》："陰陽易位，時不～兮。"❸符合。明·袁宏道《徐文長傳》："視一世事無可～意者。"❹抵押。《左傳·哀公八年》："以王子姑曹～之，而後止。"❺在……時。《孟子·公孫丑下》："～在宋也。"❻通"黨"，偏私。《莊子·天下》："公而不～，易而無私。"

【當關】 dāng guān　❶門吏，看門者。三國魏·嵇康《與山巨源絕交書》：

"臥喜晚起，而～～呼之不置，一不堪也。"❷ 把守關口。唐·李白《蜀道難》："一夫～～，萬夫莫開。"

【當塗】dāng tú　執掌權柄。《韓非子·孤憤》："～～之人擅事要。"

鐺

dāng　見69頁 chēng。

黨

(1) dǎng　❶ 領悟，知曉。《荀子·非相》："順禮義，～學者。"❷ 古時居民編制單位，五百家為一黨。《論語·子罕》："達巷～人曰：'大哉孔子。'"❸ 徒，朋輩。《史記·孔子世家》："吾～之小子狂簡。"❹ 親族。《三國志·魏書·常林傳》："有父～造門。"❺ 類，為私利而結合在一起的一批人。漢·鄒陽《獄中上梁王書》："捐朋～之私。"❻ 偏私，拉幫結派。《論語·述而》："吾聞君子不～。"❼ 處所，地方。《論語·鄉黨》："孔子於鄉～，恂恂如也。"❽ 通"讜"，善良，正直。《荀子·非相》："博而～正。"

(2) tǎng　通"倘"，偶然。《荀子·天論》："怪星之～見，是無世而不常有之。"

【黨錮】dǎng gù　指東漢桓帝時，宦官弄權，大夫李膺等捕殺其黨，後被宦官誣為朋黨誹謗朝廷，事奉二百餘人，禁錮終身，不得為官。靈帝時，李膺等復與大將軍竇武謀誅宦官，事敗，李膺等百餘人被殺，史稱"黨錮之禍"。

【黨議】dǎng yì　朋黨之間的議論。《後漢書·黨錮列傳序》："終陷～～，不其然乎？"

【黨與】dǎng yǔ　同黨的人。《公羊傳·宣公十一年》："其言納亻何？納公～～也。"

讜

dǎng　正直。《漢書·敍傳下》："～言訪對，為世純儒。"

【讜言】dǎng yán　正直的話。《漢書·敍傳上》："今日復聞～～。"

宕

dàng　❶ 到，過，進入。晉·皇甫謐《〈三都賦〉序》："流～忘反。"❷ 放縱，不受約束。三國魏·曹植《七哀》："借問歎者誰，言是～子妻。"❸ 飄蕩，晃動。三國魏·曹植《吁嗟篇》："～～當何依，忽亡而復存。"❹ 拖延。清·吳趼人《二十年目睹之怪現狀》第五十二回："這一百弔暫時～一～。"❺ 下垂。清·李寶嘉《官場現形記》四十三回："有些黃線都已～了下來。"❻ 坑窪貌。明·徐霞客《徐霞客遊記·楚遊日記》："兼茅中自時有偃～，疑為虎穴。"

碭

dàng　❶ 帶花紋的石頭。三國魏·何晏《景福殿賦》："墉垣～基，其光昭昭。"❷ 溢出，震蕩。《莊子·庚桑楚》："～而失水。"❸ 廣大。《淮南子·本經訓》："玄玄至～而運照。"

蕩

dàng　❶ 來回搖動、晃動。宋·姜夔《揚州慢》："波心～，冷月無聲。"❷ 衝擊，振動。唐·韓愈《送孟東野序》："水之無聲，風～之鳴。"❸ 流暢，暢通。宋·蘇轍《上樞密韓太尉書》："故其文疏～。"❹ 寬和，放縱。《資治通鑑》卷四十八："宜～佚簡易，寬小過。"❺ 洗滌，清除。《史記·樂書》："感～之气而滅平和之德。"❻ 衝擊，侵犯。《左傳·呂相絕秦》："以來～搖我邊疆。"❼ 毀壞。唐·柳宗元《賀進士王參元失火書》："若果～焉泯焉而悉無有。"❽ 平坦。《詩經·齊風·南山》："魯道有～，齊子由歸。"❾毀壞。《後漢書·楊震列傳》："宮室焚～。"❿廣大，渺茫。唐·李白《沙丘城下寄杜甫》："思君若汶水，浩～寄南征。"

【蕩蕩】dàng dàng ❶廣大，廣遠。《孟子·滕文公上》："～～乎民無能名焉。"❷平坦寬廣的樣子。《論語·述而》："君子坦～～。"❸水流奔突衝擊的樣子。《尚書·虞書·堯典》："湯湯洪水方割，～～懷山襄陵。"❹動盪不定。《莊子·天運》："～～默默，乃不自得。"

【蕩駘】dàng dài ❶悠閒。《晉書·夏侯湛傳》："雍容藝文，～～儒林。"❷景色或聲音舒放。南朝樂府《子夜四時歌》："妖冶顏～～，景色復多媚。"

檔 dàng ❶器物上用來分隔或支撐的木條。❷存放公文案卷的櫃櫥。清·楊賓《柳邊紀略》："存貯年久者曰～案。"❸記錄板。《紅樓夢》第十一回："禮單都上了～子了。"❹方言，水手。清·徐珂《清稗類鈔》："～者，舟師之代名詞也。"❺方言，量詞。件、樁、批。

<hr>

dao

刀 dāo ❶用於砍切削割的器具，也指兵器。唐·李白《宣州謝朓樓餞別校書叔雲》："抽～斷水水更流，舉杯消愁愁更愁。"❷小船。《詩經·衛風·河廣》："誰謂河廣？曾不容～。"❸紙的計量單位。明·沈榜《宛署雜記·鄉試》："包裹紙十～。"

【刀筆吏】dāo bǐ lì 主辦文案的官吏。刀、筆都是古時書寫工具。《史記·汲鄭列傳》："天下謂～～～不可以為公卿。"

【刀幣】dāo bì 古代錢幣。《管子·地數》："戈矛之所發，～～之所起也。"

叨 (1) dāo 話多。見"叨叨"。
(2) tāo ❶通"饕"，貪婪。《宋史·宗澤傳》："當時固有阿意順旨以--富貴者。"❷謙詞，表示非分的承受。唐·王勃《滕王閣序》："～陪鯉對。"

【叨叨】dāo dāo 話多而囉嗦。元·吳昌齡《東坡夢》："心地自然明，何必～～説。"

忉 dāo 見"忉怛"和"忉忉"。

【忉怛】dāo dá ❶悲痛。漢·李陵《答蘇武書》："令人悲，增～～耳。"❷囉嗦，絮煩。宋·朱熹《朱子語類·春秋》："要之，聖人只是直筆據見在而書，豈有許多～～。"

【忉忉】dāo dāo ❶憂思貌。《詩經·齊風·甫田》："無思遠人，勞心～～。"❷囉嗦，絮煩。宋·柳永《擊梧桐》："苦沒～～言語。"

鳥 dǎo 見430頁niǎo。

倒 (1) dǎo ❶仆倒，跌倒。《水滸傳》第三回："騰地蹦～在當街上。"❷傾倒，拜服。唐·李白《贈王判官時余歸隱居廬山屏風疊》："荊門～屈宋，梁苑傾鄒枚。"
(2) dào ❶倒轉，顛倒。唐·李白《蜀道難》："連峯去天不盈尺，枯松～挂倚絕壁。"❷逆向運動。《後漢書·西南夷列傳》："有似～流，故謂之滇池。"❸傾軋，排擠。《呂氏春秋·明理》："弟兄相誣，知交相～。"❹傾出，斟出。宋·邵雍《天津感事》："芳樽（zūn，古代酒器）～盡人歸去，月色波光戰未休。"

【倒戈】dǎo gē　掉轉武器向己方進攻。《尚書·周書·武成》："前徒～～，攻於後以北。"

【倒懸】dǎo xuán　❶ 頭上腳下倒掛着，比喻情勢困苦危急。《孟子·公孫丑上》："民之悅之，猶解～～也。" ❷ 寒號鳥的別稱。

搗 dǎo　❶ 捶，舂。北周·庾信《夜聽搗衣》："秋夜～衣聲，飛度長門城。" ❷ 攻打，衝擊。《宋史·岳飛傳》："直～黃龍，與諸君痛飲耳。"

導 dǎo　❶ 帶領，引導。宋·歐陽修《相州晝錦堂記》："一旦高車駟馬，旗旄～前。" ❷ 嚮導，引路人。《國語·周語中》："候人為～。" ❸ 引誘。《孫子·用間》："因而利之，～而舍之。" ❹ 導致，引起。《國語·晉語四》："義以～利。" ❺ 啟發，開導。《孟子·盡心上》："～其妻子，使養其老。" ❻ 勸勉。《北史·令狐整傳》："獎勵撫～，遷者如歸。" ❼ 保養。《後漢書·郎顗列傳》："陽氣開發，養～萬物。" ❽ 疏通，流通。《國語·召公諫弭謗》："是故為川者決之使～。" ❾ 選擇。漢·司馬相如《封禪文》："～一莖六穗於庖。"

蹈 dǎo　❶ 踐踏，踩上。《禮記·中庸》："白刃可~也。" ❷ 跳，以足頓地。《孟子·離婁上》："不知足之～之、手之舞之。" ❸ 遵循，實行。唐·韓愈《爭臣論》："而所～之德不同也。" ❹ 攀登。《淮南子·原道訓》："經紀山川，～騰昆侖。" ❺ 行走。《史記·伯夷列傳》："或擇地而～之。" ❻ 利用。清·蒲松齡《聊齋志異·仇大娘》："恨無瑕之可～。" ❼ 通"悼"，憂傷。《詩經·小雅·菀柳》："上帝甚～，無自暱焉。"

【蹈死】dǎo sǐ　自陷死地。明·張溥《五人墓碑記》："激昂大義，～～不顧。"

【蹈襲】dǎo xí　因襲，沿用。《宋史·米芾傳》："芾為文奇險，不～～前人軌轍。"

禱 dǎo　❶ 向神求福。《論語·述而》："子疾病，子路請～。" ❷ 請求。金·董解元《西廂記諸宮調》："夫人～我退賊之策。"

到 dào　❶ 抵達，到達。唐·賈島《寄韓潮州愈》："此心曾與木蘭舟，直～天南潮水頭。" ❷ 往，去。唐·李白《將進酒》："君不見黃河之水天上來，奔流～海不復回。" ❸ 周到。《水滸傳》第四十五回："禮數不～，和尚休怪！" ❹ 欺惑。《史記·韓世家》："不如出兵以～之。" ❺ 通"倒"，顛倒。《墨子·經下》："臨鑒而立，景～。" ❻ 反倒，反而。唐·韋應物《送元倉曹歸廣陵》："舊國應無業，他鄉～是歸。"

陶 dào　見588頁táo。

悼 dào　❶ 害怕，恐懼。《史記·孔子世家》："君若～之，則謝以質。" ❷ 悲痛，哀傷。晉·王羲之《〈蘭亭集〉序》："未嘗不臨文嗟～。" ❸ 特指追悼死者。《左傳·僖公十五年》："小人恥失其君而～喪其親。"

盜 dào　❶ 偷竊。《史記·魏公子列傳》："如姬果～兵符與公子。" ❷ 竊取或搶劫財物的人。《史記·伯夷列傳》："～蹠日殺不辜。" ❸ 男女私通。《史記·陳丞相世家》："臣聞平居家時，～其嫂。" ❹ 偷偷地。《史記·平準書》："～鑄諸金錢罪皆死。" ❺ 搶劫，掠奪。南朝梁·丘遲《與陳伯之書》："北虜僭～中原。" ❻ 篡取，竊據。宋·蘇洵《辨姦論》："固有以欺世而～名者。" ❼ 刺客。《史記·秦始皇本紀》："夜出逢～蘭池。"

道 (1) dào ❶ 道路。《左傳·燭之武退秦師》："若舍鄭以為東～主。" ❷ 行程，路程。《孫子·軍爭》："日夜不處，倍～兼行。" ❸ 取道，經過。《史記·項羽本紀》："（紀信等）～芷陽間行。" ❹ 水道，河道。引申指呼吸排泄等孔竅。《管子·君臣》："四肢六～，身之體也。" ❺ 古代棋局上的格線或上下子的交叉點。唐·李肇《唐國史補》："嫗曰：'第幾～下子矣。'" ❻ 種類，門類。《禮記·檀弓上》："臣聞之，哭有二～。" ❼ 行輩。明·徐渭《徐濟之攜新婦侍親揚州》："華堂一入姑親～，新婦揚州芍藥紅。" ❽ 方位。《史記·游俠列傳》："至若北～姚氏，西～諸杜。" ❾ 宇宙萬物的本原。《老子》一章："～可道，非常～。" ❿ 方法，技藝。漢·賈誼《過秦論》："行軍用兵之～。" ⓫ 事理，規律。《莊子·養生主》："臣之所好者～也。" ⓬ 學說，思想或主張。唐·韓愈《師說》："師者，所以傳～、受業、解惑也。" ⓭ 好的政治措施或局面。《史記·孔子世家》："天下有～，丘不與易也。" ⓮ 德行，道義。《論語·里仁》："富與貴……不以其～得之，不處也。" ⓯ 道教或道士。南朝齊·孔稚珪《北山移文》："談空空於釋部，核玄玄於～流。" ⓰ 神仙，仙術。唐·李白《盧山謠寄盧侍御虛舟》：

"早服還丹無世情，琴心三疊～初成。" ⓱ 古代行政區劃名。《史記·司馬相如列傳》："檄到，亟下縣～。" ⓲ 說，講述。宋·王安石《遊褒禪山記》："何可勝～也哉！" ⓳ 相當於"到"，用在動詞後做補語。宋·辛棄疾《昭君怨·人面不如花面》："說～夢陽臺，幾曾來？" ⓴ 是。唐·白居易《南湖早春》："不～江南春不好，年年衰病減心情。" ㉑ 料想，以為。《三國演義》第六十七回："只～是楊昂兵回，開門納之。" ㉒ 倒，反而。元·李好古《張生煮海》："你窮則窮，～與他門戶輝光。" ㉓ 從，由。《管子·禁藏》："故凡治亂之情，皆～上始。" ㉔ 量詞，用於條狀物。唐·李白《盧山謠寄盧侍御虛舟》："黃雲萬里動風色，白波九～流雪山。" ㉕ 助詞，用於句中或句首，無實際意義，或相當於"得"。唐·杜甫《秋興八首》其四："聞～長安似弈，百年世事不勝悲。"

(2) dǎo ❶ 疏通。《左傳·襄公三十一年》："不如小決使～～。" ❷ 引導。唐·白居易《與元微之書》："青蘿為牆援，白石為橋～。" ❸ 教導，開導。《論語·為政》："～之以德，齊之以禮。" ❹ 治理。《論語·學而》："～千乘之國，敬事而信。" ❺ 阿諛，諂媚。《莊子·天地》："則不謂之～諛之人也。"

【道殣】 dào jǐn 路邊餓死的人。《左傳·昭公三年》："～～相望。"

【道里】 dào lǐ 路程。《史記·廉頗藺相如列傳》："王行，度～～會遇之禮畢，還，不過三十日。"

【道統】 dào tǒng 聖道前後相繼的統系，儒家指由堯舜禹而至湯文王武王周公及孔子孟子的統系。宋・朱熹《〈中庸章句〉序》："皆以此而接夫～～之傳。"

稻 dào　禾的總稱。宋・辛棄疾《西江月》："～花香裏說豐年，聽取蛙聲一片。"

【稻粱謀】dào liáng móu　本指鳥尋覓食物，後比喻人謀求衣食。唐・杜甫《同諸公登慈恩寺塔》："君看隨陽雁，各有～～～。"

---

de

得 dé　❶ 獲得，得到。《荀子・勸學》："積善成德，而神明自～，聖心備焉。"❷ 貪得。《論語・季氏》："血氣既衰，戒之在～。"❸ 相遇，遇到。晉・陶淵明《桃花源記》："林盡水源，便～一山。"❹ 投合，投契。唐・柳宗元《種樹郭橐駝傳》："則其天者全，而其性～矣。"❺ 適合，適當。《禮記・郊特牲》："陰陽合而萬物～。"❻ 明白，了解。《列子・黃帝》："狙亦～公之心。"❼ 可以，能夠。《國語・越語上》："苟～聞子大夫之言。"❽ 滿足。明・袁宏道《滿井遊記》："悠然自～。"❾ 通"德"，感激，感恩。《孟子・告子上》："所識窮乏者～我與？"

【得色】dé sè　得意的神色。宋・陸游《老學庵筆記》："而通判欣然有～～。"

【得毋】dé wú　見"得無"。

【得無】dé wú　❶ 莫非，該不會。《晏子春秋・內篇雜下》："～～楚之水土使民善盜耶？"❷ 能不。宋・范仲淹《岳陽樓記》："覽物之情，～～異乎？"

德 dé　❶ 道德，品行。《荀子・勸學》："積善成～，而神明自得，聖心備焉。"❷ 有道德的賢明之人。《左傳・成公二年》："其無乃非～類也乎？"❸ 恩德，恩惠。宋・歐陽修《〈梅聖俞詩集〉序》："以歌詠大宋之功～。"❹ 德政，善教。《論語・季氏》："則修文～以來之。"❺ 感恩，感激。《左傳・成公三年》："然則～我乎？"❻ 心意。《尚書・周書・泰誓》："離心離～。"❼ 性質，屬性。《禮記・中庸》："性之～也，合外內之道也。"

【德化】dé huà　以德感化人。漢・楊惲《報孫會宗書》："曾不能以此時有所建明，以宣～～～。"

【德音】dé yīn　❶ 善言。漢・李陵《答蘇武書》："時因北風，復惠～～～。"❷ 歌功頌德的音樂。《左傳・昭公十二年》："式昭～～。"❸ 美好的聲音。《詩經・邶風・狼跋》："公孫碩膚，～～不瑕。"

---

deng

登 dēng　❶ 自下而上。晉・陶淵明《歸去來兮辭》："～東皋以舒嘯，臨清流而賦詩。"❷ 進獻，提拔。唐・韓愈《進學解》："拔去凶邪，～崇俊良。"❸ 踏上，開始。唐・杜甫《石壕吏》："天明～前途，獨與老翁別。"❹ 穀物成熟。《孟子・滕文公上》："五穀不～。"❺ 上冊，登載。清・吳敬梓《儒林外史》第三回："京報連～黃甲。"❻ 捕捉，獲取。《國語・魯語上》："取名魚，～川禽。"❼ 進入，放入。《左傳・隱公五年》："鳥獸之肉不～於俎。"

【登第】dēng dì　科舉考試中選。因科舉考試分等第，故考中稱"登第"。唐·鄭谷《贈劉神童》："還家雖解喜，～～未知榮。"

【登即】dēng jí　立刻，馬上。漢樂府《孔雀東南飛》："～～相許和，便可作婚姻。"

【登極】dēng jí　帝王即位，又稱"登樞"。唐·長孫無忌《進律疏表》："昔周后～～。"

【登堂】dēng táng　"堂"為正廳，"登堂"比喻學藝得到真傳，造詣很深。《漢書·藝文志》："如孔氏之門人用賦也，則賈誼～～。"

燈 dēng　❶ 用來照明的一種器具。唐·元稹《聞樂天左降江州司馬》："殘～無焰影幢幢，此夕聞君謫九江。"❷ 特指元宵節的焰火彩燈。宋·辛棄疾《青玉案·元夕》："那人卻在，～火闌珊處。"

蹬 (1) dēng　通"登"。❶ 用腳踩或踏。元·康進之《李逵負荊》第七折："我不合一翻了鶯燕友。"❷ 拿腳用力踹。《西遊記》第七回："～倒八卦爐，往外就走。"❸ 由低的地方到達高的地方。明·湯顯祖《南柯記》："～上了天壇月正圓。"❹ 穿。清·劉鶚《老殘遊記》第七回："～了一雙絨鞋。"

(2) dèng　❶ 見52頁"蹭蹬"。❷ 踏腳的東西。《南史·夷貊傳》："(婆利國王)以銀～支足。"❸ 石頭砌成的通道或台階。唐·岑參《與高適薛據登慈恩寺浮圖》："登臨出世界，～道盤虛空。"

等 dēng　❶ 級別，等級。《孟子·萬章下》："凡五～也。"❷ 同，等同。唐·王勃《滕王閣序》："無路請纓，～終軍之弱冠。"❸ 衡量。《孟子·公孫丑上》："～百世之王，莫之能違也。"❹ 台階的級。《論語·鄉黨》："(孔子)出，降一～。"❺ 輩，處於同一地位的人。《史記·留侯世家》："今諸將皆陛下故～夷。"❻ 同樣，相同。《史記·陳涉世家》："今亡亦死，舉大計亦死，～死。"❼ 樣，般。清·吳敬梓《儒林外史》第三回："難道這～沒福！"❽ 表示複數。《史記·平原君虞卿列傳》："公～錄錄，所謂因人成事者也。"❾ 表示列舉未盡。宋·文天祥《〈指南錄〉後序》："賈餘慶～以祈請使詣北。"❿ 列舉後的煞尾，表示總數。《史記·項羽本紀》："與樊噲、夏侯嬰、靳彊、紀信～四人持劍盾步走。"

【等儕】dēng chái　同等，同輩的人。《後漢書·仲長統列傳》："或曾與我為～～矣。"

【等列】dēng liè　❶ 等級地位的排列。《左傳·隱公五年》："明貴賤，辨～～。"❷ 並列。《史記·淮陰侯列傳》："(韓信)羞與絳、灌～～。"

澄 dèng　見72頁chéng。

磴 dèng　❶ 山路的石級。清·姚鼐《登泰山記》："道皆砌石為～。"❷ 台階或梯子的層數。唐·段式《酉陽雜俎·支諾皋中》："有泉半巖，將注其下，相次九～。"

鐙 (1) dèng　❶ 古時用來盛熟食的器具。《後漢書·禮儀志下》："瓦～一。"❷ 馬鞍兩邊的腳踏。唐·劉禹錫《壯士行》："壯士走馬去，～前彎玉弰。"

(2) dēng　膏鐙，也稱"錠"，古時照明器具。清·龔自珍《寫神思銘》："樓中有～，有人亭亭。"

di

低 dī ❶矮，離地面近。與"高"相對。唐·杜牧《阿房宮賦》："高—冥迷，不知西東。" ❷在一般水平或標準之下。唐·白居易《錢塘湖春行》："孤山寺北賈亭西，水面初平雲腳—。" ❸聲音細微。明·張岱《西湖七月半》："向之淺斟—唱者出。"

【低昂】dī áng 高低起伏。西漢·楊惲《報孫會宗書》："拂衣而喜，奮袖——。"

【低迴】dī huí ❶徘徊。《史記·司馬相如列傳》："——陰山翔以紆曲兮。" ❷迂迴曲折。《漢書·揚雄傳下》："大語叫叫，大道——。"

【低眉】dī méi ❶順服貌。晉·王隱《晉書》："我安能隨俗——下意乎？" ❷低頭。唐·白居易《琵琶行》："——信手續續彈，説盡心中無限事。"

羝 dī 公羊。隋·侯白《啟顏錄·賣羊》："有人餇其一—羊。"

提 dī 見 591 頁 tí。

滴 dī ❶液體一點一點地下落。唐·李紳《憫農》："鋤禾日當午，汗—禾下土。" ❷一點點下落的液體。清·龔自珍《己亥雜詩》："此身已作在山泉，涓—無由補大川。" ❸表示顆粒狀物體的量詞。唐·韋應物《詠露珠》："秋荷一—露，清夜墜玄天。"

鍉 (1) dī 古時歃血器具。《後漢書·隗囂列傳》："奉盤錯—。" (2) dí 通"鏑"，箭頭。《漢書·項籍傳》："銷鋒—鑄以為金人十二。"

的 (1) dí ❶確實，實在。明·湯顯祖《牡丹亭》："杜麗娘有蹤有影，—係人身。" ❷必定。唐·白居易《喜皇甫十早訪》："—應不是別人來。" ❸究竟。宋·蘇軾《光祿庵二首》："城中太守—何人？林下先生非我身。"

(2) dì ❶明，鮮明。《禮記·中庸》："小人之道，—然而日亡。" ❷箭靶的中心。《詩經·小雅·賓之初筵》："發彼有—，以祈爾爵。"

迪 dí ❶道路，引申為準則，道理。戰國楚·屈原《楚辭·九章·懷沙》："易初本—兮，君子所鄙。" ❷引導，開導。宋·王安石《〈周禮義〉序》："訓—在位。" ❸實行，實踐。《尚書·虞書·皋陶謨》："允—厥德，謨明弼諧。" ❹進用。《詩經·大雅·桑柔》："維此良人，弗求弗—。" ❺至，到，遵循。《漢書·敍傳下》："漢—於秦，有革有因。" ❻助詞，用在句中或句首，起調節音節的作用。《尚書·周書·立政》："古之人—惟有夏。"

荻 dí 生長在水邊的多年生草本植物，形狀像蘆葦，有固沙護堤的作用。唐·杜甫《秋興八首》其二："請看石上藤蘿月，已映洲前蘆—花。"

滌 dí ❶洗滌，清洗。《史記·司馬相如列傳》："（司馬相如）—器於市中。" ❷打掃，清潔。宋·蘇洵《張益州畫像記》："春爾條桑，秋爾—場。"

嫡 dí ❶正妻。《詩經·召南·江有汜序》："媵無怨，—亦自悔。" ❷正妻所生的嫡子，也稱"嫡"，後來也指正宗的繼承人。宋·戴復古《石屏集》："君家名父子，為晦翁～傳。"❸ 血統最近的。《國語·吳語》："一介～男。"

【嫡母】 dí mǔ　舊時妾生的子女稱父親的正妻為"嫡母"。《後漢書·清河孝王慶傳》："留慶長子祐與～～耿姬居清河邸。"

適 dí　見 549 頁 shì。

敵 dí　❶ 敵人，仇敵。漢·賈誼《過秦論》："秦人開關而延～。"❷ 敵對的。《左傳·僖公二十二年》："勍～之人，隘而不列。"❸ 對抗。《孟子·梁惠王上》："寡固不可以～眾。"❹ 同等，相當。漢·賈誼《過秦論》："鉏耰棘矜，不～於鉤戟長鎩也。"

【敵樓】 dí lóu　即城樓，因可以憑高觀察敵人，故名"敵樓"。宋·曾鞏《瀛州興造記》："其上為～～、戰屋。"

鏑 dí　❶ 箭頭。❷ 箭。南朝梁·丘遲《與陳伯之書》："聞鳴～而股戰。"

糴 dí　同"糴"，買入穀米。《孟子·告子下》："無曲防，無遏～。"

氏 (1) dí　❶ 根基，根本。《詩經·小雅·節南山》："尹氏大師，維周之～。"❷ 大略，大抵。《史記·秦始皇本紀》："自關以東，大～盡畔秦吏應諸侯。"

(2) dī　❶ 通"低"。《漢書·食貨志下》："封君皆～首仰給焉。"❷ 古代少數民族名。《詩經·商頌·殷武》："自彼～、羌，莫敢不來享，莫敢不來王。"

邸 dí　❶ 戰國時諸國客館，漢時諸郡王侯為朝見而設在京城的住所。《史記·范睢蔡澤列傳》："（范睢）敝衣閒步之～。"❷ 王侯等高級官員居住或辦公的場所。宋·李格非《書洛陽名園記後》："公卿貴戚，開館列第於東都者，號千有餘～。"❸ 旅店，客舍。南朝梁·丘遲《與陳伯之書》："方當繫頸蠻～，懸首藁（gǎo）街。"❹ 市肆。《新唐書·德宗紀》："禁百官置～販鬻。"❺ 歸。《漢書·張耳傳》："亡～父客。"❻ 抵達，停止。戰國楚·屈原《楚辭·九章·涉江》："步余馬兮山皋，～余車兮方林。"

【邸報】 dí bào　漢唐時代地方長官在京師設邸，邸中有專人負責傳抄詔令奏章回報，所以稱"邸報"。後世也稱朝廷的官報為"邸報"。宋·蘇軾《小飲公瑾舟中》："坐觀～～談迂叟。"

【邸舍】 dí shè　❶ 旅店。唐·沈既濟《枕中記》："（呂洞賓）行邯鄲道中，息～～。"❷ 府第。漢·劉向《說苑·尊賢》："史鰌為衛，靈公～～三月琴瑟不御。"

阺 dǐ　土山坡。戰國楚·宋玉《高唐賦》："登巉巖而下望兮，臨大～之蓄水。"

坁 (1) dǐ　山坡。晉·左思《吳都賦》："有稜～頹於前，曲度難勝。"

(2) chí　❶ 水中的小洲或高地。《詩經·秦風·蒹葭》："遡游從之，宛在水中～。"❷ 台階。唐·王勃《乾元殿頌》："司宮尼職，肅～墀而神行。"

(3) zhǐ　潛伏。唐·柳宗元《〈愚溪詩〉序》："（愚溪）又峻急，多～石。"

【坁伏】 zhǐ fú　潛伏。《左傳·昭公二十九年》："物乃～～。"

底 dǐ ❶ 物體的下層或下邊。明・魏學洢《核舟記》："各隱卷~衣褶中。" ❷ 停滯，止住。《左傳・襄公二十九年》："處而不~，行而不流。" ❸ 根源，內蘊。《明史・河渠志一》："人心惶惶，未知所~。" ❹ 引致，達到。漢・楊惲《報孫會宗書》："文質無所~。" ❺ 到，至。《左傳・宣公三年》："天祚明德，有所~止。" ❻ 通"砥"，磨刀石。《孟子・萬章下》："周道如~，其直如矢。" ❼ 通"抵"，差不多。漢・司馬遷《報任安書》："大~聖賢發憤之所為作也。" ❽ 通"詆"，斥責。宋・文天祥《〈指南錄〉後序》："~大酋當死。" ❾ 疑問代詞，相當於"誰"、"何"。宋・蘇軾《謝人見和前篇》："得酒強歡愁~事，閉門高臥定誰家？" ❿ 表示程度，盡，多麼。唐・李商隱《柳》："柳映江潭~有情，望中頻遣客心驚。"

底蘊 dǐ yùn ❶ 心裏話，藏而不露的見識。《新唐書・魏徵傳》："（魏徵）乃盡展~~無所隱。" ❷ 底細，內情。《宋史・范祖禹傳論》："平易明白，洞見~~。"

抵 (1) dǐ ❶ 排擠。《後漢書・桓譚列傳》："由是多見排~。" ❷ 抵賴。《陳書・沈洙傳》："~隱不服。" ❸ 抵抗。《水滸傳》第六十三回："聲勢浩大，不可~敵。" ❹ 抵押。清・李寶嘉《官場現形記》第五十回："或是股票，或是首飾，方可作~。" ❺ 逼近，對着。《三國演義》第二十九回："同榻~足而~。" ❻ 抵償。漢・司馬遷《報任安書》："繫獄~罪。" ❼ 值，相當。唐・杜甫《春望》："烽火連三月，家書~萬金。" ❽ 拜訪，歸依。

唐・李白《與韓荊州書》："歷~卿相。" ❾ 至，到達。明・宗臣《報劉一丈書》："走馬~門。" ❿ 觸犯。《漢書・趙充國傳》："（羌人）~冒渡湟水，郡縣不能禁。"

（2）zhǐ 通"扺"，側擊，拍。見"扺掌"。

抵死 dǐ sǐ ❶ 冒死。《漢書・文帝紀》："無知~~，朕甚不取。" ❷ 格外，分外。宋・陸游《花時遍遊諸家園》："為愛名花~~狂，只愁風日損紅芳。" ❸ 竭力，堅持。唐・楊萬里《梅熟小雨》："兒童~~打黃梅。" ❹ 終究。宋・辛棄疾《沁園春・帶湖新居將成》："平生意氣，衣冠人笑，~~塵埃。"

抵掌 zhǐ zhǎng 擊掌。《戰國策・蘇秦以連橫説秦》："~~而談。"

柢 dǐ ❶ 樹木的主根。漢・鄒陽《獄中上梁王書》："蟠木根~。" ❷ 事物的本源或基礎。漢・鄒陽《獄中上梁王書》："素無根~之容。"

牴 dǐ ❶ 用角頂撞。漢・許慎《説文解字・牛部》："~，觸也。" ❷ 大略，大致。《玉篇・牛部》："~，略也。大~，言大略也。"

牴牾 dǐ wǔ 矛盾，抵觸。《明史・羅通傳》："而每事~~，人由是不直（羅）通。"

砥 dǐ ❶ 磨刀石。宋・沈括《夢溪筆談・活板》："則字平如~。" ❷ 用磨刀石磨。《孫子・九地》有註："~甲礪刃。" ❸ 磨煉，修養。《史記・游俠列傳》："修行~名。" ❹ 平坦。晉・左思《魏都賦》："長庭~平。" ❺ 平定。宋・蘇軾《三槐堂銘》："四方~平，歸視其家。" ❻ 阻滯。明・徐霞客《徐霞客遊記・粵西遊日記》："石~中流。"

【砥礪】dǐ lì　砂石，細者為砥，粗者為礪。後來引申為磨煉、磨礪。《山海經·東山經》："無草木，多~~。"

【砥行】dǐ xíng　磨煉德行。《史記·伯夷列傳》："欲~~立名者。"

詆　dǐ　❶ 譴責，斥罵。《紅樓夢》第一百一十五回："弟聞得世兄也一盡流俗。"❷ 譭謗，誣衊。宋·蘇軾《潮州韓文公廟碑》："作書~佛譏君王。"❸ 欺詐。《漢書·東方朔傳》："（東方）朔擅~欺天子從官。"❹ 根本，要點。《淮南子·兵略訓》："兵有三~。"

提　dǐ　見 591 頁 tí。

地　dì　❶ 大地，地面，與"天"相對。明·張溥《五人墓碑記》："哭聲震動天~。"❷ 陸地。宋·蘇軾《潮州韓文公廟碑》："如水之在~中。"❸ 田地，田土。明·方孝孺《豫讓論》："今無故而取~於人。"❹ 疆土。《莊子·逍遙遊》："裂~而封之。"❺ 地點，處所。明·歸有光《滄浪亭記》："蘇子美滄浪亭之一也。"❻ 地區。漢·李陵《答蘇武書》："胡~玄冰，邊土慘裂。"❼ 路程。唐·李白《妾薄命》："長門一步一，不肯暫回車。"❽ 地位。唐·駱賓王《為徐敬業討武曌檄》："（武則天）性非和順，~實寒微。"❾ 位置，地盤。唐·韓愈《爭臣論》："居無用之~。"

【地方】dì fāng　❶ 領域，地域面積。《孟子·告子下》："諸侯之~~百里。"❷ 舊時對里甲長及地保的稱呼。《紅樓夢》第四回："合族中及~~共遞一張保呈。"

【地望】dì wàng　地位與名望；良好的門第。唐·段成式《西陽雜俎·支諾皋下》："然其~~素高。"

【地衣】dì yī　❶ 對地毯之類鋪在地上的物品的稱呼。唐·白居易《紅線毯》："地不知寒人要暖，少奪人衣作~~。"❷ 植物名，如苔蘚、車前草之類。

弟　(1) dì　❶ 順序，次第，同"第"。《呂氏春秋·原亂》："亂必有~。"❷ 同父母而年齡比自己小的男子。唐·白居易《與元微之書》："又有諸院孤小~妹六七人提挈同來。"❸ 妹。《史記·管蔡世家》："蔡侯怒，嫁其~。"❹ 朋友之間的謙稱。清·吳敬梓《儒林外史》第三回："~卻無以為敬。"❺ 門徒。明·宋濂《送東陽馬生序》："門人~子填其室。"❻ 假如。見"弟令"條。❼ 只管。《史記·淮陰侯列傳》："~舉兵，吾從此助公。"
(2) tì　通"悌"，敬順兄長，這是儒家重要倫理道德之一。《禮記·大學》："~者，所以事長也。"

【弟令】dì lìng　即使，如果。《史記·吳王濞列傳》："~~事成，兩主分爭，患乃始結。"

帝　dì　❶ 皇帝，君主。漢·賈誼《過秦論》："子孫~王萬世之業也。"❷ 最高的天神。宋·李清照《漁家傲·記夢》："仿彿夢魂歸~所。"❸ 稱……為帝。《戰國策·魯仲連義不帝秦》："魏王使客將軍辛垣衍令趙~秦。"

【帝君】dì jūn　對天神的尊稱。唐·李商隱《寓懷》："長養三清境，追隨五~~。"

【帝鄉】dì xiāng　❶ 神話中天帝居住的地方。晉·陶淵明《歸去來兮辭》："富貴非吾願，~~不可期。"

❷ 皇帝的故鄉。《後漢書·劉隆列傳》："南陽~~多近親。"

【帝業】dì yè　建立王朝的事業。《三國志·蜀書·諸葛亮傳》:"高祖因之以成~~。"

娣 dì　❶ 同嫁一夫的女子年幼者,也泛指妹妹。《左傳·隱公三年》:"其~戴嬀生桓公。"❷ 同夫諸妾。《詩經·大雅·韓奕》:"諸~從之,祁祁如雲。"❸ 兄弟之妻的互稱,年幼者為"娣"。《爾雅·釋親》:"長婦謂稚婦為~婦。"

第 dì　❶ 次序。《漢書·公孫弘傳》:"太常奏弘~居下。"❷ 等級。《新唐書·百官志三》:"功多者為上~。"❸ 科第。科舉考試及格的等級。唐·韓愈《柳子厚墓誌銘》:"能取進士~。"❹ 房屋,府第。唐·柳宗元《梓人傳》:"裴封叔之~,在光德里。"❺ 只管。《史記·孫子吳起列傳》:"君~重射,臣能令君勝。"❻ 只,僅僅。宋·王禹偁《黃岡竹樓記》:"江山之外,乃知此物世尚多有,~見風帆沙鳥。"❼ 表示轉折,只是,不過。清·紀昀《閱微草堂筆記·槐西雜誌》:"~人不識耳。"❽ 用在數詞前邊,表示順序。宋·蘇軾《上梅直講書》:"軾不自意獲在~二。"

睇 dì　斜視,流盼。戰國楚·屈原《楚辭·九歌·山鬼》:"既含~兮又宜笑,子慕予兮善窈窕。"

遞 dì　❶ 交替。晉·干寶《宋定伯捉鬼》:"可共~相擔。"❷ 依次,順次。《宋史·神宗紀二》:"死罪以下~減一等。"❸ 傳送,交給。明·張岱《西湖七月半》:"茶鐺旋煮,素瓷靜~。"❹ 押送。《水滸傳》第八十三回:"誤犯刑典,流

~江州。"❺ 遠。唐·李商隱《安定城樓》:"迢~城高百尺樓,綠楊枝外盡汀洲。"

【遞代】dì dài　更疊。戰國楚·屈原《楚辭·招魂》:"二八侍宿,射(選中)~~些。"

締 dì　❶ 結合得很牢固。戰國楚·屈原《楚辭·九章·悲回風》:"氣繚轉而自~。"❷ 訂立。漢·賈誼《過秦論》:"合從~交。"

蒂 dì　見"蒂芥"。

【蒂芥】dì jiè　梗塞。《史記·司馬相如列傳》:"吞若雲夢者八九,其於胸中曾不~~。"

諦 dì　❶ 詳審。《新唐書·劉祥道傳》:"日薄事叢,有司不及研~。"❷ 仔細。唐·白居易《霓裳羽衣歌和微之》:"當時乍見驚心目,凝視~聽殊未足。"❸ 佛教認為的真言,真理。唐·姚合《寄郁上人》:"誰為傳真~,唯應是上人。"

【諦思】dì sī　仔細思考。《三國志·魏書·杜畿傳》:"遣令歸~~之。"

題 dì　見 592 頁 tí。

---

dian

顛 diān　❶ 頭頂。《詩經·秦風·車鄰》:"有車鄰鄰,有馬白~。"❷ 泛指物體的頂部。漢·許慎《說文解字·頁部》:"~,頂也。"❸ 顛倒,倒置。《紅樓夢》第四回:"~倒未決。"❹ 墜落,隕落。《左傳·鄭莊公戒飭守臣》:"孤以先登,子都自下射之,~。"❺ 倒,仆。《論語·季氏》:"~而不扶。"❻ 精神失常。元·費唐臣《蘇子瞻風雪貶黃州》:

"不荒唐，不～狂。"

【顛沛】 diān pèi　傾倒，仆倒。後常用來形容生活動盪不安。《論語·里仁》："造次必於是，～～必於是。"

巔 diān　❶ 山頂。唐·李白《蜀道難》："西當太白有鳥道，可以橫絕峨嵋～。"❷ 通"顛"，殞落。戰國楚·屈原《楚辭·九章·惜誦》："行不羣以～越兮，又衆兆之所咍（笑）。"

典 diǎn　❶ 被奉為準則或規範的經籍。宋·沈括《夢溪筆談·活板》："已後～籍皆為板本。"❷ 常道，原則。唐·柳宗元《駁復讎議》："以是為～可乎？"❸ 制度，法則。《國語·周語中》："各守爾～。"❹ 重大的禮儀。《國語·魯語上》："慎制祀以為國～。"❺ 故事，典故。《國語·楚語下》："能道訓～。"❻ 負責，掌管。《史記·伯夷列傳》："～職數十年。"❼ 抵押。《水滸傳》第三回："須欠郎大官人～身錢。"❽ 文雅。三國魏·曹丕《與吳質書》："辭義～雅。"

【典式】 diǎn shì　楷模，範例。北齊·顏之推《顏氏家訓·風操》："須為百代～～。"

【典刑】 diǎn xíng　❶ 常刑。《國語·魯語下》："夕省其～～。"❷ 舊法，常規。《孟子·萬章上》："太甲顛覆湯之～～。"❸ 掌管刑法。《漢書·張馮汲鄭傳》："（張）釋之～～，國憲以平。"

【典要】 diǎn yào　❶ 持久不變的準則。《周易·繫辭上》："剛柔相易，不可為～～。"❷ 可靠的根據。清·袁枚《隨園隨筆·文人寓言》："文人寓言不可為～～者，如《晏子春秋》二桃殺三士……其實並無其事也。"

【典制】 diǎn zhì　❶ 典章制度。《荀子·禮論》："擅作～～辟陋之説。"❷ 掌管。《禮記·曲禮下》："（六工）～～六材。"

點 diǎn　❶ 小黑斑。《紅樓夢》第四回："米粒大小的一～胭脂記。"❷ 污辱，玷污。漢·司馬遷《報任安書》："適足以發笑而自～耳。"❸ 漢字筆畫的一種。晉·王羲之《題衞夫人〈筆陣圖〉後》："每作一字須有一～處。"❹ 舊時刪改文字的標記。《後漢書·禰衡列傳》："（禰衡）文無加～。"❺ 塗抹，改易。《世説新語·文學》："書札為之，無所～定。"❻ 輕微迅速的接觸。唐·杜甫《曲江》："穿花蛺蝶深深見，～水蜻蜓款款飛。"❼ 指定，指派。宋·歐陽修《准詔言事上書》："數年以來，～兵不絕，諸路之民半為兵矣。"❽ 委任、選派官吏。❾ 古時計時單位。《元史·兵志四》："一更三～鐘聲絕。"❿ 小滴的液體。宋·蘇軾《水龍吟·次韻章質夫楊花詞》："～～是離人淚。"⓫ 表示數量。清·蒲松齡《聊齋志異·山市》："一行有五～明處。"

【點卯】 diǎn mǎo　古時官吏在卯時到官府辦公，長官按名冊點名，稱為"點卯"。

佃 (1) diàn　❶ 租種土地。《晉書·食貨志》："募貧民～之。"❷ 租種土地的農戶。《宋史·食貨志上一》："訂其主～。"

　　(2) tián　❶ 耕作。北魏·酈道元《水經注·河水》："～於石壁間。"❷ 打獵。漢·王符《潛夫論·賢難》："有似於司原之～也。"

【佃作】diàn zuò　耕作。《史記·蘇秦列傳》:"民雖不~~而足於棄粟矣。"

甸　(1) diàn　❶古時都城郊外的地方。唐·李庾《東都賦》:"我~我郊。"❷田野。南朝齊·孔稚珪《北山移文》:"張英風於海~。"❸田野的出產物。《禮記·少儀》:"納貔貝於君,則曰納~於有司。"❹治理。《詩經·小雅·信南山》:"信彼南山,維禹~之。"

(2) tián　打獵。《周禮·春官宗伯·小宗伯》:"若大~,則帥有司而饁獸於郊。"

【甸服】diàn fú　古時在王畿週邊,五百里為一單位,按距離遠近分為侯服、甸服、綏服、要服、荒服,稱"五服"。各服按規定交賦供職。

【甸甸】tián tián　車行聲。漢樂府《孔雀東南飛》:"隱隱何~~,俱會大道口。"

阽　diàn　臨近危險。戰國楚·屈原《楚辭·離騷》:"~余身而危死兮,覽余初其猶未悔。"

【阽危】diàn wēi　臨近危險。漢·賈誼《論積貯疏》:"安有為天下~~者若是而上不驚者!"

坫　diàn　❶古時設在堂中用來放置器物的土台。《史記·管晏列傳》:"(管仲)有三歸,反~。"❷古時商賈陳列商品的土台。

玷　diàn　❶玉上的斑點。《詩經·大雅·抑》:"白圭之~,尚可磨也。"❷缺陷,過失。《金史·世宗紀中》:"太猛則小~亦將不免於罪。"❸弄髒,污損。唐·杜甫《敬寄族弟唐十八使君》:"物白諱受~,行高無污真。"❹表示謙虛,相當於"忝"。唐·杜甫《春日江村五

首》:"豈知牙齒落,名~薦賢中。"

鈿　(1) diàn　用金、銀、貝等鑲嵌的器物。唐·李賀《春懷引》:"寶枕垂雲選春夢,~合碧寒龍腦凍。"

(2) tián　❶用金銀珠玉製成的形如花朵的首飾。唐·白居易《長恨歌》:"花~委地無人收,翠翹金雀玉搔頭。"❷古時女子貼在鬢頰的用以裝飾的薄金屬片。唐·劉禹錫《踏歌詞》:"月落烏啼雲雨散,遊童陌上拾花~。"

奠　diàn　❶用酒食祭祀神或死者。唐·韓愈《祭十二郎文》:"使建中遠具時羞之~。"❷奉獻,進獻。清·吳敬梓《儒林外史》第十回:"先~了雁,然後再拜見魯編修。"❸放置。《禮記·內則》:"~之爾後取之。"❹定立,確立。《尚書·夏書·禹貢》:"禹敷土,隨山刊木,~高山大川。"

殿　diàn　❶高大的房屋,後專指供奉神佛以及帝王居住或舉行朝會的地方。唐·杜牧《阿房宮賦》:"桂~蘭宮。"❷臣下對諸侯王及皇太子的尊稱。南朝梁·丘遲《與陳伯之書》:"中軍臨川~下。"❸行軍走在最後。《論語·雍也》:"孟之反不伐,奔而~。"❹末等,最後。《漢書·宣帝紀》:"丞相御史課~最以聞。"❺鎮撫,鎮守。《左傳·成公二年》:"此車一人~之,可以集事。"

【殿舉】diàn jǔ　即"殿罰",科舉時代,因考試劣等,被罰停止應考。

墊　diàn　❶下陷。《漢書·王莽傳》:"武功中水鄉民三舍~為池。"❷下垂。唐·杜甫《江頭五詠》:"丁香體柔弱,亂結枝猶~。"

靛 diàn ❶一種藍色染料，用蓼藍葉經水浸泡後，以石灰沉澱所得。明·李時珍《本草綱目·草部》："以藍浸水一宿，……其攪起浮沫，掠出晾乾，謂之～花。" ❷深藍色。明·陸亮輔《桃源憶故人·舟次瓜步懷徐姬石蓮》："桃花碎影江如～。"

簟 diàn ❶用竹子或蘆葦編織的蓆子。清·王夫之《宋論》："如針芒刺於衾～。" ❷竹子的一種。南朝宋·沈懷遠《博羅縣簟竹銘》："～竹極大，薄且空中，節長一丈，其直如松。"

---

diao

刁 diāo ❶見"刁斗"。❷奸詐、無賴。清·吳敬梓《儒林外史》第五回："但此～風也不可長。"

【刁斗】diāo dǒu　古時軍中用具，白天用來煮飯，晚上用來敲擊巡邏。《史記·李將軍列傳》："不擊～～以自衛。"

凋 diāo ❶草木枯敗，零落。唐·杜甫《秋興八首》其一："玉露～傷楓樹林，巫山巫峽氣蕭森。" ❷衰敗。唐·李白《蜀道難》："使人聽此～朱顏！" ❸疲敝，困苦。見"凋兵"。❹通"叼"，用嘴銜住。《西遊記》第二十二回："等我與他個'餓鷹～食'。"

【凋兵】diāo bīng　疲憊不堪的軍隊或者破舊的兵器。《史記·張儀列傳》："今秦有敝甲～～，軍於澠池。"

【凋落】diāo luò　衰敗，寥落。《魏書·鄭義傳》："學官～～，四術寢廢。"

貂 diāo　一種小型哺乳動物，尾長多毛，多棲森林中，晝伏夜出，皮毛珍貴。《戰國策·蘇秦以連橫說秦》："黑～之裘敝。"

【貂蟬】diāo chán ❶高官貴族冠上的飾物。《漢書·楚元王傳》："青紫～～充盈幄內。" ❷傳說中三國時的美女，初為王允侍女，後為呂布妾。

雕 diāo ❶一種黑褐色的大型猛禽，嘴呈鈎狀，又名"鷲"。《史記·李將軍列傳》："是必射～者也。" ❷奸詐，兇惡《史記·貨殖列傳》："而民～捍少慮。" ❸通"琱"，治玉。《尚書·周書·顧命》："～玉仍几。" ❹雕刻，裝飾，通"彫"。宋·辛棄疾《青玉案·元夕》："寶馬～車香滿路。" ❺枯敗，通"凋"。《呂氏春秋·士容》："寒則～，熱則脩。"

【雕龍】diāo lóng ❶比喻善於文辭。《後漢書·崔駰列傳》："崔為文宗，世禪～～。" ❷雕畫龍文。唐·李白《怨歌行》："鸘鸘 (sù shuāng，古書上説的一種鳥) 換美酒，舞衣罷～～。"

弔 diào ❶悼念死者。《孟子·滕文公上》："哭泣之哀，～者大悦。" ❷慰問。《國語·越語上》："有憂，賀有喜。" ❸哀痛，悲傷。《孟子·滕文公下》："古之人三月無君，則～～。" ❹憑弔。唐·李華有《弔古戰場文》。 ❺懸掛。明·湯顯祖《牡丹亭》："下～橋。" ❻獲得，求取。漢·王充《論衡·自紀》："不辭爵以～名。" ❼量詞，用於錢幣。《紅樓夢》第三十六回："每月人各月錢一～。"

【弔影】diào yǐng　對着自己的影子自我哀憐，比喻孤獨。南朝梁·江淹《恨賦》："拔劍擊柱，～～慚魂。"

釣 diào ❶ 使用釣具捕獲（魚蝦等）。《戰國策·范雎説秦王》："身為漁父，而～於渭陽之濱耳。" ❷ 釣鈎。《淮南子·説林訓》："無餌之～，不可以得魚。" ❸ 通過一定的手段謀取。《後漢書·逸民列傳》："～采華名。" ❹ 通過引誘達到目的。《淮南子·主術訓》："虞君好寶，而晉獻以璧馬～之。"

【釣名】diào míng　通過作偽獲得名聲。明·方孝孺《豫讓論》："～～沽譽。"

掉 diào ❶ 搖動。《漢書·蒯通傳》："伏軾～三寸舌，下齊七十餘城。" ❷ 震撼，振栗。明·宋濂《送天台陳庭學序》："肝膽為之～栗。" ❸ 交替，輪流。《三國志·魏書·典韋傳》："三面～戰。" ❹ 拋，落。宋·黃庭堅《贈劉靜翁頌》："～卻甜桃摘醋梨。"

【掉臂】diào bì　❶ 搖動手臂，不顧而去。《史記·孟嘗君列傳》："過市朝者～～而不顧。" ❷ 奮起貌。唐·陸龜蒙《新秋月夕客有自遠相尋者作吳體二首以贈》："日聞羽檄日夜急，～～欲歸巖下行。"

【掉書袋】diào shū dài　指喜歡引用書本，賣弄學問。宋·劉克莊《跋劉叔安〈感秋八詞〉》："但時時～～～，要是一癖。"

調 (1) diào ❶ 選拔或提拔官吏。宋·歐陽修《送楊寘序》："及從廕～，為尉於劍浦。" ❷ 調動。《宋史·理宗紀四》："詔京湖～兵應援。" ❸ 徵集，徵發。《遼史·蕭韓家奴傳》："～之（兵）則損國本。" ❹ 古時賦税的一種。《新唐書·食貨志一》："取之以租、庸、～之法。" ❺ 樂曲的韻律。宋·

王禹偁《黃岡竹樓記》："琴～和暢。" ❻ 風格，才情。明·袁宏道《徐文長傳》："文長既雅不與時～合。"

(2) tiáo ❶ 協和，協調。《史記·外戚世家》："夫樂～而四時和。" ❷ 調試，調音。唐·顧況《李供奉彈箜篌歌》："大指～絃中指撥。" ❸ 演奏。唐·劉禹錫《陋室銘》："可以～素琴。" ❹ 調劑。《漢書·食貨志下》："以～盈虛。" ❺ 調配。《戰國策·魯共公擇言》："（易牙）和～五味而進之。" ❻ 治療。《三國演義》第七十二回："急令醫士～治。" ❼ 調教，訓練。《遼史·耶律奴瓜傳》："有膂力，善～鷹隼。" ❽ 嘲笑，戲弄。《紅樓夢》第四十七回："薛大叔天天～情。"

---

die

跌 diē ❶ 失足摔倒。清·吳敬梓《儒林外史》第三回："往後一跤～倒。" ❷ 差錯，失誤。《後漢書·文苑列傳下》："尋聲響應，修短靡～。" ❸ 腳掌。晉·傅毅《舞賦》："跗蹋摩～。" ❹ 下降。明·徐霞客《徐霞客遊記·遊雁宕山日記後》："～而復起，為戴辰峯。" ❺ 以足用力踏地。《三國演義》第九回："仰面～足，半晌不語。" ❻ 指節奏的頓挫或起伏。唐·李賀《秦王飲酒》："海綃紅文香淺清，黃鵝（鵝）～舞千年觥。"

【跌宕】diē dàng　放縱不拘，行為無檢束。《三國志·蜀書·簡雍傳》："性簡傲～～。"

佚 dié　見705頁yì。

迭 dié ❶ 交替，輪換。《孟子·萬章下》："～為賓主。"❷ 屢次，連續。《公羊傳·吳子使札來聘》："弟兄～為君。"❸ 及。金·董解元《西廂記諸宮調》："一個走不～的小和尚。"❹ 相互。《舊唐書·黃巢傳》："南衙、北司～相矛盾。"

【迭配】dié pèi ❶ 搭配，攤派。唐·元稹《旱災自咎貽七縣宰》："官分市井戶，～～水陸珍。"❷ 充軍。元·張國寶《合汗衫》："～～沙門島。"

垤 dié ❶ 螞蟻做窩時堆在穴口的小土堆。《詩經·豳風·東山》："鸛鳴於～，婦歎於室。"❷ 小山丘，小土墩。唐·柳宗元《始得西山宴遊記》："其高下之勢，岈然窪然，若～若穴。"

喋 dié ❶ 說話多而囉嗦。清·蒲松齡《聊齋志異·種梨》："～聒不堪。"❷ 流血的樣子。南朝梁·丘遲《與陳伯之書》："朱鮪（wěi）～血於友於（兄弟之間的友愛）。"

【喋喋】dié dié　話多的樣子。宋·王禹偁《端拱箴》："～～之言，侈而多訕。"

堞 dié ❶ 古城牆上鋸齒狀的矮牆。《墨子·備梯》："行城之法，高城三十尺，上加～。"❷ 城牆。宋·王禹偁《黃岡竹樓記》："雉～圮毀。"

慄 dié 害怕，恐懼。《後漢書·班固列傳》："～然意下，捧手欲辭。"

耋 dié 高齡。《左傳·僖公九年》："以伯舅～老。"

【耋期】dié qī　古時稱六十歲以上為"耋"，百歲為"期頤"，"耋期"後用以指高壽。宋·蘇軾《乞加張方平恩禮劄子》："歷事四朝，～～稱道。"

瑅 dié （氣息）微弱貌。唐·張鷟《朝野僉載》："又令諸司百官射，箭中猬毛，仍氣～～然微動。"

牒 dié ❶ 古時用來書寫的小木片或竹片。《漢書·路溫舒傳》："溫舒取澤中蒲，截以為～，編用寫書。"❷ 書籍，簿冊。《韓非子·大體》："記年之～空虛。"❸ 譜牒。明·張煌言《述懷》："金符剖異數，玉～綴強宗。"❹ 文書，公文。南朝齊·孔稚珪《北山移文》："～訴倥傯裝其懷。"

【牒牘】dié dú　古時用以書寫的木片或竹片，厚者為牘，薄者為牒。後來也用以指代文書或書籍。

蹀 dié ❶ 蹈，踏。宋·岳飛《送紫巖張先生北伐》："馬～閼氏血，旗梟可汗頭。"❷ 頓足。《列子·黃帝》："康王～足。"

【蹀蹀】dié dié ❶ 散亂的樣子。南朝宋·鮑照《過銅山掘黃精》："～～寒葉離。"❷ 緩行貌。宋·范成大《三月十五日花容湖尾看月出》："徘徊忽騰上，～～恐顛墜。"

【蹀躞】dié xiè ❶ 小步走的樣子。唐·王維《雪中憶李楫》："長安千門復萬戶，何處～～黃金羈。"❷ 飾物。《遼史·西夏記》："金塗銀帶，佩～～。"

諜 dié ❶ 間諜，細作。《金史·宗敘傳》："南人遣～來，多得我事情。"❷ 刺探，偵察敵情。《左傳·哀公元年》："使女艾～澆。"❸ 通"牒"，譜牒。《史記·三代世表》："余讀～記。"

【諜報】dié bào　祕密通報。《宋史·理宗紀三》："數遣蠟書～～邊情。"

【諜諜】dié dié　通"喋喋"，說話無休止的樣子。《史記·張釋之馮唐列傳》："此兩人言事曾不能出口，豈斅(同'學')此嗇夫～～利口捷給哉？"

疊　dié　❶ 累積，一層加一層。宋·柳永《望海潮》："重湖～巘(yǎn，山峯)清嘉。" ❷ 振動。南朝宋·鮑照《舞鶴賦》："～霜毛而弄影。" ❸ 恐懼，害怕。《詩經·周頌·時邁》："薄言震之，莫不震～。" ❹ 計算樂曲章節詠唱或者演奏反覆變數的單位，如：《陽關三～》。 ❺ 折疊。唐·李白《廬山謠寄盧侍御虛舟》："廬山秀出南斗傍，屏風九～雲錦張。"

ding

丁　(1) dīng　❶ 中國古時用天干、地支配合來紀年、月、時，丁是天干中的第四位。《左傳·僖公二十四年》："～未，朝於武宮。" ❷ 表示序數中的第四。《新唐書·天文志二》："自昏至～夜。" ❸ 釘子。《晉書·陶侃傳》："以侃所貯竹頭作～裝船。" ❹ 強壯。漢·王充《論衡·無形》："齒落復生，身氣～強。" ❺ 指已經能夠服役的成年人。唐·劉禹錫《陋室銘》："往來無白～。" ❻ 從事某種勞動的人。《莊子·養生主》："庖～為文惠君解牛。" ❼ 人口。《南史·何承天傳》："計口課～。" ❽ 遭逢，當。《隋書·蘇夔傳》："復～母憂，不勝哀而卒。"
　　(2) zhēng　❶ 表示伐木、彈琴、下棋等的聲音。宋·王禹偁《黃岡竹樓記》："(圍棋)子聲～～然。" ❷ 雄健貌。唐·白居易《畫雕贊》："鷙禽之英，黑雕～～。"

【丁艱】dīng jiān　遭逢父母之喪。南朝宋·劉義慶《世說新語·仇隙》："藍田於會稽～～。"

【丁口】dīng kǒu　壯丁，可以服役的成年男子。唐·元稹《古築城曲五解》："～～傳父言，莫問城堅不。"

【丁男】dīng nán　成年男子。《史記·平津侯主父列傳》："發天下～～以守北河。"

【丁夜】dīng yè　四更，夜裏兩點左右。《晉書·天文志中》："～～又(月)蝕。"

【丁憂】dīng yōu　遭遇父母之喪，也稱"丁艱"。《晉書·袁悅之傳》："為(謝)玄所遇，～～去職。"

頂　dǐng　❶ 人頭的最上部。《史記·孔子世家》："(孔子)生而首上圩～。" ❷ 物體的最上部。唐·杜牧《過華清宮》："長安回望繡成堆，山～千門次第開。" ❸ 用頭承戴。宋·汪莘《行香子》："～漁笠，作漁翁。" ❹ 承擔。《紅樓夢》第七十五回："我還～着個罪呢。" ❺ 抗拒，頂撞。《西遊記》第四十八回："你莫～嘴！" ❻ 冒充，代替。《文獻通考·馬政》："～其名而盜取其錢。"

【頂拜】dǐng bài　跪地以頭頂着尊者的腳，是佛教最高禮節，即頂禮膜拜。南朝梁·蕭綱《〈大法頌〉序》："～～金山。"

【頂戴】dǐng dài　❶ 行禮。南朝宋·法顯《佛國記》："次第～～而去。" ❷ 清代官員帽子上用以區別等級的飾件。

鼎　dǐng　❶ 古代一種烹飪器物，多以青銅製成，圓形，多為三足兩耳。唐·杜牧《阿房宮賦》："～鐺玉石。" ❷ 古時又以鼎為傳國重器。《史記·平原君虞卿列傳》："而使趙重於九～大呂。"❸ 比喻帝王之位或者三公、宰輔等重臣之位。明・宋濂《閱江樓記》："建我皇帝，定～於茲。"❹ 興盛，顯赫。漢・賈誼《治安策》："天子春秋～盛。"❺ 比喻三方並立。《漢書・蒯通傳》："三分天下，～足而立。"

【鼎鼎】dǐng dǐng ❶ 懶散，蹉跎。晉・陶淵明《飲酒》："～～百年內，持此欲何成？"❷ 旺盛，盛大。唐・元稹《高荷》："亭亭自抬舉，～～難藏擪。"

【鼎革】dǐng gé　特指改朝換代或者重大的改革。唐・徐浩《謁禹廟》："～～固天啟。"

【鼎甲】dǐng jiǎ ❶ 名門豪族。唐・李肇《唐國史補》："家為～～。"❷ 科舉殿試中前三名的總稱。宋・蘇軾《與李方叔書》："須望～～之捷也。"

【鼎命】dǐng mìng　帝位。《宋書・長沙景王道憐傳》："(劉)秉知～～有在。"

【鼎新】dǐng xīn　更新。唐・顏真卿《撫州寶應寺律藏院戒壇記》："～～輪奐。"

【鼎祚】dǐng zuò　國運。《宋書・武帝紀中》："～～再隆。"

定　dìng ❶ 平定，穩定，安定。三國蜀・諸葛亮《出師表》："今南方已～，兵甲已足，當獎率三軍。"❷ 停止，停息。宋・文天祥《〈指南錄〉後序》："痛～思痛。"❸ 安靜，平靜。《孟子・萬章下》："王色～，然後請問異姓之卿。"❹ 固定，不變。明・袁宏道《徐文長傳》："百世而下，自有～論。"❺ 辨別，明定。清・錢大昕《弈喻》："誰能～是？"❻ 規定。唐・柳宗元《梓人傳》："猶梓人之有規、矩、繩、

墨以～制也。"❼ 訂立，確定。《史記・平原君虞卿列傳》："必得～從而還。"❽ 審定，完成。《史記・屈原賈生列傳》："屈平屬草稿未～。"❾ 長成，成熟。《論語・季氏》："血氣未～，戒之在色。"❿ 相當於"強"。宋・蘇軾《三槐堂銘》："人～者勝天，天～亦能勝人。"⓫ 訂婚的聘禮。《紅樓夢》第五十七回："只等來家就下～。"⓬ 用在動詞後，表示動作進行的結果。清・吳敬梓《儒林外史》第三回："而今我們且派兩個人跟～了范老爺。"⓭ 表示選擇詢問的連詞，還是。宋・楊萬里《夏夜玩月》："不知我與影，為一～為二？"⓮ 量詞。《金史・郡陽傳》："殺一人者賞銀一～。"

【定策】dìng cè ❶ 古時把擁立皇帝的事寫在書策上，告於宗廟，稱為"定策"。唐・周曇《六朝門》："～～誰扶捕鼠兒，不憂蕭衍畏潘妃。"❷ 決定策略。《後漢書・虞詡列傳》："且聞公卿～～。"

【定鼎】dìng dǐng　傳說夏禹鑄九鼎以定九州，後世者以鼎為傳國重器置於國都，後也借指定都或者建立王朝。《左傳・宣公三年》："成王～～於郟鄏 (jiá rǔ，古山名，在今河南洛陽西北)。"

【定分】dìng fèn ❶ 確定名分。《荀子・非十二子》："經國～～。"❷ 固定的名分。唐・杜甫《飛仙閣》："浮生有～～，飢飽豈可逃？"

【定命】dìng mìng ❶ 審定律令。《詩經・大雅・抑》："吁謨～～，遠猶辰告。"❷ 命運。唐・寒山《回眷霄漢外》："下有棲心窟，橫安～～橋。"

鋌　dìng　見600頁tǐng。

dong

冬 dōng　一年四季之末，農曆的十月到十二月。唐·杜甫《兵車行》："且如今年~，未休關西卒。"

【冬烘】dōng hōng　糊塗，迂腐。唐·無名氏《嘲鄭薰》："主司頭腦太~~，錯認顏標作魯公。"

【冬節】dōng jié　❶冬季。漢·曹操《卻東西門行》："~~食南稻，春日復北翔。"❷冬至日。《南齊書·武陵昭王曄傳》："~~問訊。"

【冬月】dōng yuè　陰曆十一月。《史記·酷吏列傳》："令~~益展一月。"

東 dōng　❶日出的方向，與"西"相對。唐·杜牧《阿房宮賦》："不知西~。"❷向東，東行。《史記·項羽本紀》："項王乃復引兵而~。"❸古時主位在東，賓位在西，所以主人也稱"東"。清·吳敬梓《儒林外史》第十三回："馬二先生作~。"

【東廠】dōng chǎng　官署名。明代設，負責緝訪叛逆、妖言、大奸惡事，是著名的特務機關。

【東道主】dōng dào zhǔ　一般指招待客人的主人。《左傳·燭之武退秦師》："若舍鄭以為~~~。"

【東宮】dōng gōng　❶太子所住的宮殿，有時也指太子。晉·李密《陳情表》："猥以微賤，當侍~~。"❷諸侯妾所住的宮殿。《左傳·隱公三年》："衞莊公娶於齊~~得臣之妹。"

【東君】dōng jūn　神仙名，有時指太陽神，或者司春之神。唐·薛濤《試新服裁製初成三首》："春風因過~~舍，偷樣人間染百花。"

【東市】dōng shì　❶東邊的市肆。北朝民歌《木蘭辭》："~~買駿馬，西市買鞍韉。"❷漢代在長安東市處決犯人，後也指刑場。南朝梁·丘遲《與陳伯之書》："夫以慕容超之強，身送~~。"

【東夷】dōng yí　古時華夏民族對東方諸民族的稱呼。《孟子·離婁下》："（舜）~~之人也。"

【東瀛】dōng yíng　❶東海。唐·林滋《和主司王起》："美譽早聞喧北闕，頹波今見走~~。"❷後來也稱日本為"東瀛"。清·俞樾有《東瀛詩記》。

【東隅】dōng yú　❶房屋的東角。《儀禮·士昏禮》："直室~~。"❷指東方，也指早晨或者人的年輕時期。唐·王勃《滕王閣序》："~~已逝，桑榆非晚。"

侗 (1) dòng　少數民族名，分佈在貴州、湖南、廣西等地。

(2) tōng　高大。漢·王充《論衡·氣壽》："太平之時，人民~長。"

(3) tóng　❶兒童。《尚書·周書·顧命》："在後之~。"❷幼稚無知。《論語·泰伯》："狂而不直，~而不願。"

恫 (1) dòng　恐懼。《史記·燕世家》："國大亂，百姓~恐。"

(2) tōng　哀痛，悲傷。《詩經·大雅·思齊》："神罔時怨，神罔時~。"

洞 dòng　❶水流急。唐·柳宗元《小石城山記》："~然有水聲。"❷幽深曠遠貌。唐·杜甫《自京赴奉先詠懷》："憂端齊終南，澒~（hòng dòng，彌漫無際）不可掇。"❸透，穿。清·蒲松齡《聊齋志異·山市》："窗扉皆~一開。"

❹ 清晰，透徹。南朝梁·劉勰《文心雕龍·風骨》：“～情變。” ❺ 窟窿，洞穴。宋·王安石《遊褒禪山記》：“距～百餘步。”

【洞然】dòng rán　明亮。明·歸有光《項脊軒志》：“室始～～。”

凍 dòng　❶ 水遇冷凝結而成的冰。《管子·五行》：“～解而冰釋。” ❷ 水或其他液體遇冷而凝結。唐·岑參《白雪歌送武判官歸京》：“紛紛暮雪下轅門，風掣紅旗～不翻。” ❸ 寒冷的。明·袁宏道《滿井遊記》：“～風時作。” ❹ 寒，冷。唐·杜甫《茅屋為秋風所破歌》：“何時眼前突兀見此屋，吾廬獨破受～死亦足！”

【凍餒】dòng něi　又冷又餓，飢寒交迫。《孟子·梁惠王下》：“則～～其妻子。”

【凍雲】dòng yún　下雪前積聚的陰雲。唐·韓偓《冬至夜作》：“四野便應枯草綠，九重先覺～～開。”

動 dòng　❶ 行動，為達到某種目的而活動。漢·賈誼《治安策》：“其異姓負彊而～者。” ❷ 做。《國語·齊語》：“夫為其君～也。” ❸ 活動，移動。與“靜”相對。明·歸有光《項脊軒志》：“風移影～。” ❹ 搖動。唐·杜甫《茅屋為秋風所破歌》：“風雨不～安如山。” ❺ 感動，感應。明·張溥《五人墓碑記》：“哭聲震～天地。” ❻ 改變。《論語·泰伯》：“～容貌。” ❼ 使用。《論語·季氏》：“謀～干戈於邦內。” ❽ 開始，發生。明·宋濂《閱江樓記》：“必悠然而～遐思。” ❾ 動物。唐·韓愈《後十九日復上宰相書》：“～植之物。” ❿ 往往，動不動。唐·白居易《與元微之書》：“～彌旬日。”

棟 dòng　❶ 房屋的正梁。唐·柳宗元《梓人傳》：“～橈屋壞。” ❷ 比喻重要的人物或事物。《左傳·襄公三十一年》：“子於鄭國，～也。” ❸ 計算房屋的量詞。

【棟宇】dòng yǔ　棟在房屋的正中，宇在房屋的四周，泛指房屋。唐·柳宗元《永州韋使君新堂記》：“乃作～～，以為觀遊。”

---

dou

都 （1）dōu　全，全部。唐·常建《題破山寺後禪院》：“萬籟此～寂，但餘鐘磬音。”
（2）dū　❶ 有先君宗廟的城邑。《史記·孔子世家》：“將墮三～。” ❷ 大城市。宋·柳永《望海潮》：“東南形勝，三吳～會，錢塘自古繁華。”《史記·廉頗藺相如列傳》：“召有司案圖，指從此以往十五～予趙。” ❸ 首都。三國蜀·諸葛亮《出師表》：“興復漢室，還於舊～。” ❹ 建都，定都。漢·揚雄《解嘲》：“～於洛陽。” ❺ 聚集。《管子·水地》：“而水以為～居。” ❻ 宰相官職。唐·歐陽修《祭石曼卿文》：“謹遣尚書～令史李敭（yáng，揚）至於太清。” ❼ 居。宋·錢公輔《義田記》：“世之～三公位。” ❽ 總，集結。三國魏·曹丕《與吳質書》：“頃撰其遺文，～為一集。” ❾ 美盛貌。清·蒲松齡《聊齋志異·胭脂》：“一日，送至門，見一少年過，白服裙帽，丰采甚～。”

【都鄙】dū bǐ　❶ 都城及其邊邑。《左傳·襄公三十年》：“子產使～～有章。” ❷ 美麗的與醜陋的。漢·馬融《長笛賦》：“尊卑～～。”

【都講】dū jiǎng ❶ 古時學舍的主講人。《漢書·丁鴻傳》："善論難，為～～。"❷ 佛家講經時的唱經者。南朝宋·劉義慶《世說新語·文學》："支（道林）為法師，許（詢）為～～。"

【都試】dū shì 考試。《漢書·翟方進傳》："於是以九月～～日斬觀令。"

兜 dōu ❶ 古時一種頭盔，見"兜鍪"。❷ 形狀類似兜鍪的帽子。《紅樓夢》第四十九回："戴着觀音～。"❸ 籠罩住。金·董解元《西廂記諸宮調》："偎人懶～羅襪。"❹ 做成口袋狀，盛放東西。《西遊記》第二十四回："敲了三個果，～在襟中。"❺ 包圍，攔截。清·夏燮《中西紀事》："由花縣～其後路。"❻ 立刻。元·王實甫《西廂記》："～的便親。"

【兜攬】dōu lǎn 對事情大包大攬。《紅樓夢》第六十一回："愛～～事情。"

【兜鍪】dōu móu 指作戰時戴的頭盔，稱"冑"，秦漢以後稱"兜鍪"。《後漢書·袁紹列傳》："（袁）紹脫～～抵地。"

斗 dǒu ❶ 古時一種酒器。《史記·項羽本紀》："亞父受玉～。"❷ 星宿名，二十八宿之一，又稱"南斗"。宋·蘇軾《前赤壁賦》："徘徊於～牛之間。"❸ 北斗星。唐·杜甫《秋興八首》其二："夔府孤城落日斜，每依北～望京華。"❹ 一種衡量器具。唐·韓愈《原道》："剖～折衡。"❺ 古時一種計量單位。明·王守仁《瘞旅文》："俸不能五～。"❻ 比喻細小、微不足道的事物。《論語·子路》："～筲

之人，何足算也？"❼ 突然。唐·韓愈《答張十一功曹》："吟君詩罷看雙鬢，～覺霜毛一半加。"

【斗帳】dǒu zhàng 形狀像倒覆的斗的小帳。漢樂府《孔雀東南飛》："紅羅複～～，四角垂香囊。"

抖 dǒu 見"抖擻"。

【抖擻】dǒu sǒu ❶ 抖動，振動。唐·白居易《答州民》："宦情～～隨君去，相思消磨送日無。"❷ 振作，發奮。清·龔自珍《己亥雜詩》："我勸天公重～～，不拘一格降人才。"

陡 dǒu ❶ 山勢峻峭。清·劉鶚《老殘遊記》第八回："一邊是～山。"❷ 突然。宋·汪莘《憶秦娥》："夜來～覺風霜急。"

豆 dòu ❶ 古時盛放食物的器具，多以青銅或木製成，形似高足盤。《孟子·告子上》："一簞食，一～羹。"❷ 有時也作禮器。《史記·孔子世家》："常陳俎～，設禮容。"❸ 計算容量的單位。《左傳·昭公三年》："四升為～。"❹ 計算重量的單位。唐·段成式《酉陽雜俎·黥》："月給燕脂～～。"❺ 豆類農作物。晉·陶淵明《歸園田居》："種～南山下，草盛～苗稀。"

鬥 dòu ❶ 戰鬥，鬥爭。《史記·孔子世家》："～甚疾。"❷ 比賽，爭勝。《列子·兩小兒辯日》："見兩小兒辯～。"

竇 dòu ❶ 洞，穴，孔。《左傳·哀公元年》："後緝于妳（懷孕），逃出自～。"❷ 水道，水溝。《韓非子·五蠹》："澤居苦水者，買庸而決～。"❸ 決，穿。《國語·周語下》："不防川，不～澤。"

du

督 dū ❶ 視察。《管子·心術上》："故事～乎法。"❷ 催促，督促。唐·柳宗元《種樹郭橐駝傳》："勗爾植，～爾獲。"❸ 料理。宋·孫光憲《北夢瑣言》："子幼不能～家業。"❹ 責備，責罰。《史記·項羽本紀》："聞大王有意～過之。"❺ 矯正，糾正。漢·楊惲《報孫會宗書》："賜書教～以所不及。"❻ 中，中央。《莊子·養生主》："緣～以為經，可以保身。"❼ 古時軍中主帥或者行使監督權的官員。三國蜀·諸葛亮《出師表》："是以眾議舉寵為～。"❽ 指揮，率領。宋·文天祥《〈指南錄〉後序》："都～諸路軍馬。"

毒 dú ❶ 毒物。明·王守仁《瘞旅文》："歷瘴～而苟能自全。"❷ 有毒性的。唐·柳宗元《永州韋使君新堂記》："茂樹惡木，嘉葩～卉。"❸ 使具有毒性。唐·韓愈《祭鱷魚文》："操彊弓～矢。"❹ 危害。唐·柳宗元《捕蛇者說》："孰知賦斂之～有甚是蛇者乎？"❺ 禍害，毒害。唐·李華《弔古戰場文》："荼～生靈。"❻ 苦痛，以為苦。唐·柳宗元《捕蛇者說》："若～之乎？"❼ 酷，烈。明·宗臣《報劉一丈書》："飢寒～熱不可忍。"❽ 憎惡，憤恨。《後漢書·馮衍列傳》："～縱橫之敗俗。"

【毒癘】 dú lì　毒氣。癘，疫氣。唐·柳宗元《捕蛇者說》："呼噓～～。"

【毒暑】 dú shǔ　酷熱的夏天。唐·皎然《同薛員外誼喜雨詩兼上楊使君》："～～澄為冷，高塵滌還清。"

獨 dú ❶ 孤單。唐·杜甫《詠懷古跡》："一去紫臺連朔漠，～留青冢向黃昏。"❷ 只有一個。《史記·魏公子列傳》："～子無兄弟，歸養。"❸ 單獨，獨自。《史記·項羽本紀》："脫身～去。"❹ 沒有子女的老人。《戰國策·趙威后問齊使》："哀鰥寡，恤孤～。"❺ 獨特，特異。唐·韓愈《與于襄陽書》："特立而～行。"❻ 只，僅僅。《戰國策·觸龍說趙太后》："微～趙，諸侯有在者乎？"❼ 偏偏。《莊子·逍遙遊》："子～不見狸狌乎？"❽ 豈，難道。《史記·廉頗藺相如列傳》："相如雖駑，～畏廉將軍哉？"❾ 將。《孟子·滕文公下》："一薛居州，～如宋王何？"

【獨步】 dú bù ❶ 獨自步行。唐·杜甫有《江畔獨步尋花》。❷ 獨一無二。《慎子》："先生天下之～～也。"

【獨夫】 dú fū　獨斷專橫，眾叛親離的統治者。唐·杜牧《阿房宮賦》："～～之心，日益驕固。"

瀆 (1) dú ❶ 水溝，水渠。《論語·憲問》："自經於溝～而莫知之也。"❷ 河流，大川。《韓非子·五蠹》："天下大水而鯀禹決～。"❸ 褻瀆，輕慢。《國語·單子知陳必亡》："不亦～姓矣乎？"❹ 貪婪，貪財。《左傳·昭公十三年》："～貨無厭。"
(2) dòu　通"竇"，洞，穴。《左傳·襄公三十年》："晨自墓門之～入。"

【瀆冒】 dú mào　褻瀆冒犯。唐·韓愈《後廿九日復上宰相書》："～～威尊，惶恐無已。"

櫝 dú ❶ 木匣，木盒。《論語·季氏》："龜玉毀於～中。"❷ 用櫝盛放。唐·孫樵《書褒城驛壁》："囊帛～金。"❸ 小棺材。《左傳·昭公二十九年》："馬斃而死，公將為之～。"

牘 dú ❶ 古時用來寫字的小木片。《漢書·武五子傳》：“簪筆持~趨謁。”❷ 書信。《漢書·陳遵傳》：“與人尺~，主皆藏去以為榮。”❸ 公文。唐·劉禹錫《陋室銘》：“無絲竹之亂耳，無案~之勞形。”❹ 書籍。宋·王安石《示德逢》：“深藏組麗三千~。”

犢 dú ❶ 小牛。宋·陸游《新歲》：“山坡臥新~，園木轉幽禽。”❷ 泛指牛。唐·王績《野望》：“牧人驅~返，獵馬帶禽歸。”

讀 (1) dú ❶ 誦讀。《孟子·萬章下》：“頌其詩，~其書，不知其人可乎？”❷ 閱讀，理解文意。清·袁枚《黃生借書説》：“富貴人~書者有幾？”

(2) dòu 通“豆”、“逗”，誦讀文章時需要稍稍停頓的地方。漢·何休《〈公羊傳解詁〉序》：“援引他經，失其句~。”

瀆 dú ❶ 污濁，污穢。南朝齊·孔稚珪《北山移文》：“乍迴跡以心染，或先貞而後~。”❷ 玷污。《後漢書·崔駰列傳》：“退不~於庸人。”❸ 褻瀆，輕慢。《公羊傳·桓公八年》：“~則不敬。”❹ 譭謗。《三國志·吳書·諸葛恪傳》：“由此眾庶失望，而怨~興矣。”

【瀆貨】dú huò　貪財納賄。宋·孫光憲《北夢瑣言》：“~~無厭，蜀民厭之。”

【瀆刑】dú xíng　濫用刑罰。唐·柳宗元《駁復讎議》：“誅其可旌，茲謂濫，~~甚矣。”

竺 dǔ 見 800 頁 zhú。

堵 dǔ ❶ 古時以版築法築土牆，五版為一堵。堵一般用作計算牆壁面積的單位。《詩經·小雅·鴻雁》：“之子於垣，百~皆作。”❷ 牆壁。唐·柳宗元《梓人傳》：“畫宮於~，盈尺而曲盡其制。”

【堵牆】dǔ qiáng　牆壁，多用來形容人多而密集的樣子。唐·杜甫《莫相疑行》：“集賢學士如~~，觀我落筆中書堂。”

睹 dǔ ❶ 看，見。唐·韓愈《應科目時與人書》：“熟視之若無~也。”❷ 察看。《呂氏春秋·召類》：“趙簡子將襲衛，使史默往之。”❸ 了解。漢·楊惲《報孫會宗書》：“於今乃~子之志矣。”

篤 dǔ ❶ 堅定，牢固。《論語·泰伯》：“~信好學，守死善道。”❷（病情）嚴重。晉·李密《陳情表》：“劉病日~。”❸ 忠誠，堅定。《論語·子張》：“執德不弘，信道不~。”❹ 忠厚。《論語·衛靈公》：“言忠信，行~敬。”

【篤劇】dǔ jù　病情嚴重。漢·王充《論衡·恢國》：“~~，扁鵲乃良。”

【篤論】dǔ lùn　準確恰當的評論。《漢書·董仲舒傳》：“~~君子也。”

【篤實】dǔ shí　忠厚老實。《梁書·明山賓傳》：“山賓性~~。”

【篤行】dǔ xíng ❶ 專心實行。《禮記·中庸》：“明辨之，~~之。”❷ 品行敦厚。《漢書·韓安國傳》：“其人深中~~君子。”

【篤學】dǔ xué　勤奮好學。《史記·伯夷列傳》：“顏淵雖~~，附驥尾而行益顯。”

【篤志】dǔ zhì　專心致志。《論語·子張》：“博學而~~。”

妒 dù ❶ 女子嫉妒丈夫或者別的女子。唐·韓愈《送李愿歸盤谷序》：“~寵而負恃，爭妍而取憐。”

❷ 因為有所不及而心懷怨恨或者不滿。漢・鄒陽《獄中上梁王書》："不能自免於嫉~之人也。"

杜 dù **❶** 棠梨，一種喬木，也稱杜梨。北魏・賈思勰《齊民要術・種梨》："~樹大者插五枝。"**❷** 一種香草，即杜衡。南朝齊・孔稚珪《北山移文》："豈可使芳~厚顏？"**❸** 堵塞。《戰國策・蘇秦以連橫說秦》："~左右之口，天下莫之伉（抗）。"

【杜康】 dù kāng　傳說中最先造酒的人，也指酒。漢・曹操《短歌行》："何以解憂？唯有~~。"

度 (1) dù **❶** 衡量長短的標準或器具。《禮記・王制》："用器不中~，不鬻於市。"**❷** 法度，法制。漢・賈誼《過秦論》："內立法~。"**❸** 合乎法度，合乎制度。《左傳・鄭伯克段於鄢》："今京不~。"**❹** 限制，限度。漢・賈誼《論積貯疏》："而用之亡~。"**❺** 風度，儀表。《戰國策・燕策三》："卒起不意，盡失其~。"**❻** 跨過，跨越。漢・曹操《短歌行》："越陌~阡，枉用相存。"**❼** 遮掩，遮蓋。唐・溫庭筠《菩薩蠻・小山重疊金明滅》："鬢雲欲~香腮雪。"**❽** 量詞，次，回。宋・辛棄疾《青玉案・元夕》："眾裏尋他千百~。"

(2) duó **❶** 計算，測量。《孟子・梁惠王上》："~，然後知長短。"**❷** 考慮，估計。《史記・廉頗藺相如列傳》："~道里會遇之禮畢。"

【度牒】 dù dié　古時官府發給僧尼的憑證，借此可以免除賦稅徭役等。

【度外】 dù wài **❶** 謀慮之外。《後漢書・隗囂列傳》："且當置此兩子於~~耳。"**❷** 法度之外，不拘法度。《三國志・魏書・楊阜傳》："能

用~~~之人，所任各盡其力，必能濟大事者也。"

蠹 dù **❶** 蛀蟲，後用以比喻危害國家的人或事物。如《韓非子》有《五蠹》篇。**❷** 蛀蝕，敗壞。《左傳・子產壞晉館垣》："則恐燥濕之不時而朽~。"

端 duān **❶** 正直。戰國楚・屈原《楚辭・九章・涉江》："苟余心之~直兮，雖僻遠其何傷？"**❷** 事物的一頭或一方。《史記・魏公子列傳》："實持兩~以觀望。"**❸** 開始，首端。《孟子・論四端》："惻隱之心，仁~也。"**❹** 預兆，緣由。唐・杜甫《自京赴奉先詠懷》："人生有離合，豈擇衰盛~？"**❺** 邊際，頭緒。《莊子・秋水》："東面而視，不見水~。"**❻** 思緒。三國魏・曹丕《與吳質書》："年行已長大，所懷萬~。"**❼** 種類，項目。《史記・魏公子列傳》："及賓客辯士說王萬~。"**❽** 用手捧持。戰國楚・屈原《楚辭・卜居》："詹尹乃~策拂龜。"**❾** 周代一種禮服。《論語・先進》："~章甫。"**❿** 仔細，詳審。唐・司空圖《障車文》："內外~詳。"**⓫** 究竟。宋・陸游《幽事》："余年~有幾？風月且婆娑。"**⓬** 特意。宋・蘇軾《答陸道士書》："足下~為此酒一來。"**⓭** 真正，確實。宋・蔡伸《滿庭芳・鸚鵡洲邊》："~不負平生。"

【端方】 duān fāng　為人正直。《宋書・王敬弘傳》："坐起~~。"

短 duǎn **❶** 與"長"相對。晉・王羲之《〈蘭亭集〉序》："修

~隨化。"❷缺乏，不足。《三國志·蜀書·諸葛亮傳》："智術淺~。"❸缺點，過錯。漢·馬援《誡兄子嚴敦書》："好議論人長~。"❹陷害，説別人的壞話。《史記·屈原賈生列傳》："使上官大夫－屈原於頃襄王。"❺減少，縮短。《孟子·盡心上》："齊宣王欲－喪。"❻短視，沒有遠見。《戰國策·觸龍説趙太后》："老臣以媼為長安君計~也。"

【短褐】duǎn hè　古時平民所穿的粗布衣服，後也指平民。唐·杜甫《自京赴奉先詠懷》："賜浴皆長纓，與宴非~~。"

【短亭】duǎn tíng　古時在城外五里處設短亭，十里處設長亭，以供行人休息。唐·李白《菩薩蠻》："何處是歸程，長亭更~~。"

段 duàn　❶本義為用錘擊打，錘煉。漢·東方朔《十洲記》："以鐵椎~其頭數十下乃死。"❷緞子，一種絲織品。唐·杜甫《戲為雙松圖歌》："我有一匹好素絹，重之不減錦繡~。"❸條狀物體的一節或一部分。《晉書·鄧遐傳》："遐揮劍斬蛟數~而出。"

鍛 duàn　❶打鐵。《晉書·嵇康傳》："嘗與向秀共~於大樹之下。"❷錘煉。唐·郭振《古劍篇》："良工~煉凡幾年，鑄得寶劍名龍泉。"❸羅織罪名陷害人。漢·路溫舒《尚德緩刑書》："上奏畏卻，則~練而周內（納）之。"❹對文字進行精心的加工。唐·方干《贈鄰居袁明府》："文章~煉猶相似，年齒參差不校多。"

斷 duàn　❶折斷，截開。唐·李白《宣州謝朓樓餞別校書叔雲》："抽刀~水水更流。"❷人

的肢體殘折。漢·司馬遷《報任安書》："孫子~足。"❸判斷，裁決。宋·蘇軾《石鐘山記》："事不目見耳聞，而臆~其有無。"❹斷絕，斷開。唐·杜甫《自京赴奉先詠懷》："霜嚴衣帶~，指直不得結。"❺盡，極。唐·王勃《滕王閣序》："雁陣驚寒，聲~衡陽之浦。"❻絕對，一定。明·李汝珍《鏡花緣》第六十七回："~不要再送。"

【斷髮】duàn fà　古時吳越一帶的風俗，截短頭髮，身繪花紋，據說可以逃避水中蛟龍之害。《莊子·逍遙遊》："越人~~文身。"

【斷獄】duàn yù　審理判決案件。唐·黃濤《贈鄭明府》："援毫~~登殊考，駐樂題詩得出聯。"

dui

追 duī　見 806 頁 zhuī。

堆 duī　❶沙土聚在一起。唐·柳宗元《永州韋使君新堂記》："~阜突怒。"❷聚集、積壓在一起的東西。唐·杜牧《過華清宮》："長安回望繡成~，山頂千門次第開。"❸積累。三國魏·嵇康《與山巨源絕交書》："人間多事，~案盈几。"

兌 duì　❶高興。《荀子·不苟》："見由則~而倨。"❷通，達。《詩經·大雅·皇矣》："松柏斯~。"❸孔，穴。《老子》五十二章："塞其~，閉其門。"❹兌現，兌換。《紅樓夢》第四回："那日馮公子相看了，~了銀子。"

隊 duì　❶軍隊編制單位。《史記·孫武傳》："孫子分為二隊，以王之寵姬各為一~長。"❷行

列。明·張岱《西湖七月半》:"岸上人亦逐～趕門。" ❸ 表示成羣的人或物。《史記·項羽本紀》:"乃分其騎以為四～。"

碓 duì ❶ 古時的舂米工具。唐·白居易《尋郭道士不遇》:"藥爐有火丹應伏,雲～無人水自舂。" ❷ 搗,舂。明·董說《西遊補》第九回:"把秦檜～成細粉。"

對 duì ❶ 回答。《史記·廉頗藺相如列傳》:"王問:'何以知之?'～曰:'……臣竊以為其人勇士,有智謀,宜可使。'" ❷ 面向,朝向。唐·杜甫《新婚別》:"羅襦不復施,～君洗紅妝。" ❸ 敵手,對手。《南史·任昉傳》:"自謂無～當時。" ❹ 應付,對付。《韓非子·初見秦》:"夫一人奮死可以～十。" ❺ 質對。漢·司馬遷《報任安書》:"削木為吏,議不可～。" ❻ 配偶。《後漢書·梁鴻列傳》:"擇～不嫁。" ❼ 古時一種文體,又叫對策,是臣子應詔回答皇帝的文章。南朝梁·劉勰《文心雕龍·議對》:"王庭之美～也。" ❽ 向。《雅謔·彭祖面長》:"漢武帝～羣臣云:'鼻下人中長一寸,年百歲。'" ❾ 表示數量兩個。元·秦簡夫《東堂老》:"兩個傻廝,正是一～。"

【對簿】duì bù　接受審問。《史記·李將軍列傳》:"大將軍使長史急責(李)廣之幕府～～～。"

【對狀】duì zhuàng　受審時申訴案情。《漢書·爰盎傳》:"願至前,口～～。"

憝 duì ❶ 厭惡,憎恨。《北史·陸俟傳》:"怨～既多。" ❷ 兇惡,惡人。《新唐書·李晟傳》:"晟蕩夷凶～。"

懟 duì ❶ 怨恨。《左傳·僖公二十四年》:"盍亦求之?以死誰～?" ❷ 兇惡,兇狠。《國語·周語上》:"王其以我為～而怒乎!"

【懟怨】duì yuàn　不滿,怨恨。《管子·宙合》:"萬民～～。"

dun

敦 dūn ❶ 憤怒。《荀子·議兵》:"百姓莫不～惡。" ❷ 掌管,督管。《孟子·公孫丑下》:"使虞人～匠事。" ❸ 敦勸,勉勵。《禮記·中庸》:"大德～化。" ❹ 忠厚,質樸。漢·馬援《誡兄子嚴敦書》:"龍伯高～厚周慎。"

【敦勉】dūn miǎn ❶ 勤奮。《史記·秦始皇本紀》:"和安～～～。" ❷ 諄諄慰問,勉勵。《晉書·魏舒傳》:"帝手詔～～～。"

【敦睦】dūn mù　親愛和睦。《晉書·夏侯湛傳》:"～～於九族。"

【敦樸】dūn pǔ　忠厚純樸。《三國志·魏書·董昭傳》:"凡有天下者,莫不貴尚～～忠信之士。"

鈍 dùn ❶ 不鋒利。漢·王充《論衡·案書》:"兩刃相割,利～乃知。" ❷ 反應遲緩。隋·侯白《啟顏錄·賣羊》:"市人知其癡～。" ❸ 愚鈍,不聰明,謙詞。三國蜀·諸葛亮《出師表》:"庶竭駑～,攘除姦凶。"

【鈍弊】dùn bì　兵器不鋒利,後多指軍隊沒有戰鬥力。《國語·吳語》:"甲兵～～。"

頓 dùn ❶ 以頭叩地。唐·白居易《與元微之書》:"樂天～首。" ❷ 見"頓足"。❸ 屯駐。《國語·吳語》:"親委重罪,～顙於邊。" ❹ 上下抖動使整齊,放置。宋·朱熹《熟讀精思》:"將書冊齊整一放。"❺ 安排食宿。《水滸傳》第三回:"安一了女兒。"❻ 跌倒,僵仆。唐·柳宗元《捕蛇者説》:"飢渴而一踣。"❼ 失敗,受損。《孫子·謀攻》:"兵不一而利可全。"❽ 忽然,馬上。隋·侯白《啟顏錄·賣羊》:"面目一改。"❾ 通"鈍",不鋒利或反應遲。《漢書·翟方進傳》:"遲一不及事。"

【頓躓】dùn zhì　行路顛躓,多形容處境窘迫,不順。《後漢書·馬融列傳》:"狼狽～～～。"

【頓足】dùn zú　以足跺地,多形容激動或者着急的樣子。唐·杜甫《兵車行》:"牽衣～～～攔道哭。"

遁 dùn　❶ 遷移。唐·韓愈《送李愿歸盤谷序》:"虎豹遠跡兮,蛟龍～藏。"❷ 隱藏,隱居。宋·蘇軾《方山子傳》:"晚乃～於光、黃間。"❸ 躲避,逃避。宋·蘇軾《放鶴亭記》:"山林～世之士。"❹ 欺騙,蒙蔽。《史記·酷吏列傳》:"上下相～,至於不振。"❺ 逃跑,逃走。漢·賈誼《過秦論》:"九國之師,～逃而不敢進。"

【遁辭】dùn cí　用來掩飾搪塞的話。《孟子·公孫丑上》:"～～知其所窮。"

遯 dùn　"遁"的本字。❶ 逃,逃避。《禮記·緇衣》:"教之以政,齊之以刑,則民有～心。"❷ 隱匿。唐·柳宗元《始得西山宴遊記》:"攢蹙累積,莫得～隱。"❸ 欺瞞。《淮南子·脩務》:"審於形者,不可～以狀。"

---

duo

多 duō　❶ 數量大,與"少"相對。《戰國策·觸龍説趙太后》:"而

挾重器一也。"❷ 重視。《漢書·張耳陳餘傳》:"(皇)上～足下,故赦足下。"❸ 好,值得稱讚。《史記·游俠列傳》:"蓋亦有足～者焉。"❹ 過多,不必要。宋·辛棄疾《沁園春·靈山齊庵賦》:"天教～事。"❺ 勝出,超過。唐·杜牧《阿房宮賦》:"架梁之椽,～於機上之工女。"❻ 表示多數。《新五代史·伶官傳序》:"而智勇～困於所溺。"❼ 大都。《呂氏春秋·察傳》:"～類是而非。"❽ 用在疑問句中,表示程度或者數量。唐·孟浩然《春曉》:"夜來風雨聲,花落知～少?"❾ 表示感歎。宋·辛棄疾《菩薩蠻·書江西造口壁》:"郁孤臺下清江水,中間～少行人淚。"

【多事】duō shì　❶ 喜歡多管閒事。《莊子·漁父》:"不太～～乎?"❷ 多災難,多變故。唐·高適《送蔡少府赴登州推事》:"國小常～～,人訛屢抵刑。"

【多許】duō xǔ　幾多,多少。唐·白居易《自題》:"功名宿昔人～～,寵辱斯須自不如。"

咄 duō　表示驚詫或斥罵。《水滸傳》第三回:"～!你是個破落戶!"

【咄咄】duō duō　感歎聲。唐·高適《同觀陳十六史興碑》:"感歎將謂誰,對之空～～。"

【咄嗟】duō jiē　呼吸之間,比喻時間極短。晉·左思《詠史》:"俯仰生榮華,～～復雕枯。"

哆 (1) duō　哆嗦,顫抖。《兒女英雄傳》第十五回:"那臉蛋子一走一一嗦。"

(2) chǐ　❶ 張口貌。宋·陸游《鵝湖夜坐抒懷》:"拔劍切大肉,

~然如餓狼。"❷ 人心離散。《穀梁傳·僖公四年》："於是~然外齊侯也。"

剟 duō ❶ 刪削。《商君書·定分》："~定法令。"❷ 切，割。《漢書·賈誼傳》："盜者~寢戶之簾。"❸ 刺。《史記·張耳陳餘列傳》："吏治榜笞數千，刺~。"

掇 duō ❶ 摘取，拾取。《詩經·周南·芣苢》："采采芣苢，薄言~之。"❷ 送取，摘錄。宋·歐陽修《〈梅聖俞詩集〉序》："~其尤者六百七十七篇，為一十五卷。"❸ 拿，取。《水滸傳》第三回："且向店裏~條凳子坐了兩個時辰。"❹ 通"輟"，停止。漢·曹操《短歌行》："明明如月，何時可~？"❺ 通"剟"，刻，削。《漢書·王嘉傳》："~去宋弘，更言因董賢以聞。"

【掇拾】duō shí 採摘，拾取。唐·韓愈《〈郵州谿堂詩〉序》："~~之餘，剝膚椎髓。"

奪 duó ❶ 喪失。見"奪氣"。❷ 混淆。《論語·陽貨》："惡紫之~朱也。"❸ 強行獲取。《史記·屈原賈生列傳》："上官大夫見而欲~之。"❹ 剝奪。《論語·憲問》："~伯氏駢邑三百。"❺ 改變。唐·杜甫《自京赴奉先詠懷》："葵藿傾太陽，物性固難~。"

【奪氣】duó qì 懾於對方的威嚴或聲勢而喪失膽氣。《梁書·曹景宗傳》："（曹景宗）軍儀甚盛，魏人望之~~。"

【奪志】duó zhì 強迫改變本來的志向。《論語·子罕》："三軍可奪帥也，匹夫不可~~也。"

鐸 duó 形狀似鐘的鈴鐺。唐·溫庭筠《商山早行》："晨起動征~，客行悲故鄉。"

朵 duǒ ❶ 本義為樹木的枝葉、花或者果實下垂貌，後來一般指花朵。唐·白居易《畫木蓮花圖寄元郎中》："花房膩似紅蓮~，豔色鮮如紫牡丹。"❷ 量詞。唐·杜甫《江畔獨步尋花》："黃四孃家花滿蹊，千~萬~壓枝低。"

陀 duò 見 611 頁 tuó。

隋 duò 見 575 頁 suí。

惰 duò ❶ 傲慢，不敬。《禮記·大學》："之其所敖~而辟焉。"❷ 懶惰，懈怠。《論語·子罕》："語之而不~者，其回也與！"

【惰慢】duò màn 放蕩，輕薄。《荀子·禮論》："不至於流淫~~。"

【惰窳】duò yǔ 懶惰苟且。北魏·賈思勰《〈齊民要術〉序》："率之則自力，縱之則~~。"

墮 （1）duò ❶ 掉落，下垂。《史記·滑稽列傳》："前有~珥，後有遺簪。"❷ 通"惰"，懈怠，不靈活。唐·李華《弔古戰場文》："繒纊無溫，~裂膚。"

（2）huī ❶ 通"隳"，毀壞。《史記·孔子世家》："使仲由為季氏宰，將~三都。"❷ 輸送，奉獻。漢·鄒陽《獄中上梁王書》："~肝膽，施德厚。"

E

e

阿 ē 見1頁ā。

婀 ē 見"婀娜"。

【婀娜】ē nuó 輕盈柔美的樣子。三國魏·曹植《洛神賦》："華容～～，令我忘餐。"

俄 é ❶ 傾仄，傾斜。《詩經·小雅·賓之初筵》："側弁之～。" ❷ 頃刻，不久。清·蒲松齡《聊齋志異·促織》："～見小蟲躍起。"

【俄而】é ér 不久，很快。清·林嗣環《口技》："～～百千人大呼。"

【俄頃】é qǐng 一會兒。唐·杜甫《茅屋為秋風所破歌》："～～風定雲墨色，秋天漠漠向昏黑。"

【俄然】é rán 不久，很快。《莊子·齊物論》："～～覺，則蘧蘧然周也。"

娥 é ❶ 美好。《列子·楊朱》："鄉有處子之～，姣者，必賄而招之，媒而挑之。" ❷ 美女。晉·謝靈運《江妃賦》："天台二～，宮庭雙媛。" ❸ 嫦娥。唐·韓愈《詠雪贈張籍》："～嬉華蕩漾，胥怒浪崔嵬。"

峨 é ❶ 山高峻。晉·陸機《從軍行》："崇山鬱嵯～，奮臂攀喬木。" ❷ 高聳。唐·陸龜蒙《記夢遊甘露寺》："～天一峯立，欄楯(shǔn，欄杆橫木)橫半壁。" ❸ 峨嵋山的簡稱。

【峨冠】é guān 高冠。明·魏學洢《核舟記》："中～～而多髯者為東坡。"

訛 é ❶ 謠言，錯誤。《詩經·小雅·正月》："民之～言，亦孔之將。" ❷ 感化，變化。《詩經·小雅·節南山》："式～爾心，以畜萬邦。"

【訛變】é biàn ❶ 錯誤變易。北魏·酈道元《水經注·河水》："胡漢譯言，音為～～矣。" ❷ 漢字演變過程中字形結構發生的舛訛變化。

蛾 é ❶ 昆蟲名。《荀子·賦》："蛹以為母，～以為父。" ❷ 通"俄"，不久。《漢書·班婕妤傳》："始為少史，～而大幸。"

【蛾翠】é cuì ❶ 畫眉的青黑色顏料。借指美麗的眉毛或美女。唐·李賀《惱公》："含水彎～～。" ❷ 景色青蔥。唐·溫庭筠《春洲曲》："韶光染色如～～，綠濕紅鮮水容媚。"

【蛾綠】é lǜ ❶ 一種叫"螺子黛"的青黑色顏料，古之婦女用以畫眉，故名"蛾綠"，也作"蛾黛"。宋·蘇軾《次韻答舒教授觀余所藏墨》："時聞五鈉賜～～，不惜千金求獺髓。" ❷ 借指女子的眉。宋·姜夔《疏影·苔枝綴玉》："猶記深宮舊事，那人正睡裏，飛近～～。" ❸ 指青翠的山。唐·李賀《蘭香神女廟》："幽篁畫新粉，～～橫曉門。"

【蛾眉】é méi ❶ 指女子彎而細長的眉毛。《紅樓夢》第五十三回："晴雯聽了，果然氣的～～倒蹙。" ❷ 代稱美人。宋·辛棄疾《摸魚兒》："～～曾有人妒。"

鵝 é 家禽名。明·王磐《朝天子·詠喇叭》："只吹得水盡～飛罷。"

【鵝黃】é huáng 以雛鵝嫩黃的絨毛比喻嬌艷淡黃之物。宋·蘇軾《次

荊公韻》："深紅淺紫從爭發，雪白
～～也鬥開。"

額 é ❶額頭。唐・李白《長干
行》："妾髮初覆～，折花門前
劇。" ❷規定的數目。《舊唐書・崔
衍傳》："舊～賦租，特望蠲減。"

【額黃】é huáng　六朝至唐時，婦
女額頭上的黃色塗飾。唐・皮日休
《白蓮》："半垂金彩知何似，靜婉臨
溪照～～。"

厄 è ❶困苦，災難。漢・司馬
遷《報任安書》："仲尼～而作
《春秋》。" ❷受困。《孟子・盡心
下》："君子～於陳蔡間。" ❸為難，
迫害。《史記・季布欒布列傳》：
"兩賢豈相～哉！" ❹險要之地。
《左傳・昭公元年》："困諸～，又
克。" ❺通"軛"，車轅前端套在
牛馬頸上的人字形曲木。《韓非子・
外儲說左上》："鄭縣人得車～也。"

【厄劫】è jié　災難。清・蒲松齡
《聊齋志異・荷花三娘子》："自遭
～～，頓悟大道。"

【厄塞】è sài　險要之地。

阨 (1) è ❶險要之地。《荀子・
議兵》："～而用之，得而後功
之。" ❷窘迫。《孟子・萬章下》：
"遺佚而不怨，～窮而不憫。"

(2) ài　狹窄。《左傳・昭公元
年》："彼徒我車，所遇又～。"

扼 è ❶用力掐住。《史記・劉
敬叔孫通列傳》："夫與人鬥，
不～其亢，附其背，未能全其勝
也。" ❷控制。《宋史・馮拯傳》：
"備邊之要，不～險以制敵之衝，未
易勝也。" ❸通"軛"。詳見"軛"。
《莊子・馬蹄》："夫加之以衡～。"

【扼襟】è jīn　控制要害。宋・周邦彥
《汴都賦》："～～控咽，屏藩表裏。"

【扼腕】è wàn　以手握腕表示激動或
惋惜。《晉書・劉琨傳》："臣所以泣
血宵吟，～～長歎者也。"

軛 è　車轅前端套在馬脖上的人
字形曲木。《古詩十九首・明
月皎夜光》："牽牛不負～。"

啞 è　見683頁 yǎ。

咢 è ❶僅以鼓伴奏的歌唱。
《爾雅・釋樂》："徒擊鼓謂之
～。" ❷無伴奏的歌唱。唐・韓愈
等《晚秋郾城夜會聯句》："爾牛時
寢訛，我僕或歌～。"

堊 è ❶用白色塗料粉刷牆壁。
《北史・陸法和傳》："法和乃
還州，～其城門。" ❷白土。《莊
子・徐無鬼》："盡～而鼻不傷。"

惡 (1) è ❶罪過，不良行為。
宋・文天祥《〈指南錄〉後
序》："不幸呂師孟構～於前，賈餘
慶獻諂於後。" ❷醜陋。宋・沈括
《夢溪筆談・采草藥》："花過而采，
則根色黯～，此其效也。" ❸壞，
不好。《史記・廉頗藺相如列傳》：
"廉君宣～言，而君畏匿～。"
❹壞人，壞事。《左傳・隱公六
年》："～不可長。" ❺過失，過
錯。《左傳・定公五年》："吾以志前
～。" ❻兇險。宋・文天祥《〈指
南錄〉後序》："而境界危～，層見
錯出，非人世所堪。"

(2) wù　討厭，嫉妒。《論
語・里仁》："貧與賤，是人之所～
也。"《資治通鑑》卷六十五："(劉)
表～其能而不能用也。"

(3) wū ❶如何，怎麼，哪裏。
《論語・里仁》："君子去仁，～乎成
名？" ❷語氣詞，啊。《孟子・公孫
丑上》："～！是何言也。"

【惡逆】è nì　忤逆、叛逆等大罪。《後漢書·陳球列傳》："以為梁后家犯~~，別葬懿陵。"

【惡嫌】wù xián　討厭。宋·周邦彥《木蘭花令》："~~春夢不分明。"

【惡許】wū xǔ　何處。《墨子·非樂上》："吾將~~用之？"

鄂 è　❶古國名，今河南沁陽縣西北。《史記·殷本紀》："以西伯昌、九侯、~侯為三公。"❷古地名，今湖北鄂城縣。《史記·楚世家》："乃興兵伐庸、楊粵，至於~。"❸通"萼"，花托。《詩經·小雅·常棣》："常棣之華，不韡韡(wěi，光明，美盛)。"❹通"愕"，驚訝。《漢書·霍光傳》："羣臣皆驚~失色，莫敢發言。"❺通"諤"，直言不諱。《史記·趙世家》："諸大夫朝，徒聞唯唯，不聞周舍之~~"。

愕 è　❶驚訝。明·馬中錫《中山狼傳》："先生且喜且~。"❷通"諤"，直言。《後漢書·陳蕃列傳》："蹇~之操，華首彌固。"

【愕然】è rán　驚訝的樣子。唐·沈亞之《馮燕傳》："見妻毀死，~~，欲出自白。"

萼 è　花萼。由環列在花最外部的葉片組成。宋·歐陽修《洛陽牡丹記》："凡花近一色深，至其末漸淺。"

遏 è　❶阻止，阻攔。《孟子·梁惠王下》："以~徂莒。"❷斷絕。《詩經·大雅·文王》："命之不易，無~爾躬。"

【遏雲】è yún　阻遏行雲的飄動，比喻歌聲的響亮美妙。唐·段安節《樂府雜錄歌》："(善歌者)即可致~~響谷之妙也。"

隘 è　見3頁ài。

搤 è　❶掐住，捉。《漢書·揚雄傳下》："~熊羆。"❷守住，控制。《新唐書·黃巢傳》："即發兵三萬~藍田道。"

【搤殺】è shā　捉住殺掉。《晉書·王戎傳》："敦令力士路戎~~之。"

【搤腕】è wàn　同"扼腕"，形容情緒激奮。《戰國策·魏策一》："莫不日夜~~瞋目切齒。"

餓 è　嚴重的飢餓。《淮南子·說山訓》："寧一月餓，無一旬~。"

◆ 餓、飢、餒。均表示肚子餓，但程度不同，用法有異。"餓"，沒有吃飯而瀕於死亡；"飢"，普通的飢餓，即吃不飽；"餒"與"飢"義近，但常與"凍"連用，如"凍餒"。

【餓莩】è piǎo　餓死的人。《孟子·梁惠王上》："民有飢色，野有~~。"也作"餓殍"。

諤 è　直言。《列子·力命》："在朝~然，有敖朕之色。"

【諤諤】è è　直言爭諫的樣子。《史記·商君列傳》："千人之諾諾，不如一士之~~。"

閼 è　❶堵塞，阻塞。漢·蔡邕《樊惠渠歌》："我有長流，莫或~之。"❷堤壩，水閘。《漢書·召信臣傳》："開通溝瀆，起水門提~，凡數十處，以廣溉灌。"

【閼塞】è sè　堵塞。清·唐甄《潛書·非文》："~~其心。"

噩 è　❶驚恐，驚愕。清·黃宗羲《青年譜上》："雞推三夢歸殘角。"❷嚴肅的樣子。漢·賈誼《新書·勸學》："既遇老聃，~若慈父。"

【噩噩】è è　嚴正、嚴肅的樣子。漢·揚雄《揚子法言·問神》："《商書》灝灝爾。《周書》~~爾。"

鶚 è　猛禽名，其爪銳利，性兇猛，常於水上捕魚，俗稱魚鷹。

【鶚視】è shì　目光銳利，如鶚瞻視。晉·左思《吳都賦》:"鷹瞵〜〜。"也比喻勇猛之士。《梁書·武帝紀上》:"〜〜爭先，龍驤並驅。"

---

en

恩 ēn　❶ 恩惠。明·馬中錫《中山狼傳》:"夫人有〜而背之，不祥莫大焉。"❷ 寵愛，情愛。漢·蘇武《詩四首》:"結髮為夫妻，〜愛兩不疑。"

【恩寵】ēn chǒng　帝王對臣下的寵倖。《後漢書·光祿郭皇后紀》:"數授賞賜，〜〜俱渥。"

【恩遇】ēn yù　指帝王的知遇之恩。後也泛指受人恩惠。唐·高適《燕歌行》:"身當〜〜常輕敵，力盡關山未解圍。"

---

er

而 ér　❶ 頰毛。《周禮·冬官考工記·梓人》:"必深其爪，出其目，作其鱗之〜。"❷ 如，像，似。《詩經·小雅·都人士》:"彼都人士，垂帶〜厲。"《新序·雜事三》:"白頭〜新，傾蓋〜故。何則？知與不知也。"❸ 第二人稱代詞。清·蒲松齡《聊齋志異·促織》:"〜翁歸，自與汝復算耳。"❹ 指示代詞，此，這樣。《戰國策·趙策一》:"〜可以報知伯矣。"❺ 連接詞、短語和分句，表示並列關係，一般不譯，有時可譯作"又"。唐·韓愈《師說》:"授之書〜習其

句讀者。"❻ 連詞，表示前遞進關係，可譯作並且，而且。清·姚鼐《登泰山記》:"回視日觀以西峰，或得日，或否，絳皓駁色，〜皆若僂。"❼ 連詞，表示承接關係，可譯作就，接着。宋·蘇軾《石鐘山記》:"吾方心動欲還，〜大聲發於水上。"❽ 連詞，表示轉折關係，可譯作但是，卻。三國蜀·諸葛亮《出師表》:"先帝創業未半〜中道崩殂。"❾ 連詞，表示假設關係，相當於如果，假如。梁啟超《少年中國説》:"使舉國之少年〜果為少年也。"❿ 連詞，表示修飾關係，即連接狀語和中心語，可不譯。《列子·愚公移山》:"北山愚公者，年且九十，面山〜居。"⓫ 連詞，表示因果關係。《資治通鑑》卷六十五:"表惡其能〜不能用也。"⓬ 連詞，表示目的關係。《史記·項羽本紀》:"吾入關，秋毫不敢有所近，籍吏民，封府庫，〜待將軍。"⓭ 句尾語氣詞。《左傳·宣公四年》:"若敖氏之鬼，不其餒〜！"

【而公】ér gōng　等於自稱"你的老子"。《史記·留侯世家》:"豎儒，幾敗〜〜大事！"

【而況】ér kuàng　何況。《孟子·公孫丑下》:"仁智，周公未之盡也，〜〜於王乎？"

【而已】ér yǐ　罷了。《孟子·梁惠王上》:"仁義〜〜矣，何必曰利？"

兒 ér　❶ 兒童。《列子·兩小兒辯日》:"孔子東遊，見兩小〜辯鬥。"❷ 男孩。清·蒲松齡《聊齋志異·促織》:"怒索〜，〜渺然不知所往。"❸ 年輕男子。清·蒲松齡《聊齋志異·促織》:"市中游俠，得佳者籠養之。"❹ 子女的

自稱。北朝民歌《木蘭辭》："願馳千里足，送～還故鄉。"❺ 名詞，形容詞詞尾。唐·杜甫《水檻遣心》詩之一："細雨魚～出。"

【兒曹】ér cáo 孩子們。《史記·外戚世家》："是非～～愚人所知也。"

【兒婦】ér fù 兒媳婦。南朝宋·劉義慶《世説新語·傷逝》："諸葛道明女為庾～～，既寡，將改適。"

【兒息】ér xī 兒子，子息後代。晉·李密《陳情表》："門衰祚薄，晚有～～。"

洏 ér 形容流淚的樣子。晉·陶淵明《形贈影》："但餘平生物，舉目情淒～。"

耳 ěr ❶ 耳朵。明·宋濂《送東陽馬生序》："俯身傾～以請。"❷ 聽，聽説。宋·歐陽修《贈潘景溫叟》："通宵～高論，飲恨知何涯。"❸ 語氣詞。表限制。罷了，而已。《孟子·告子上》："非獨賢者有是心也，人皆有之，賢者能勿喪～"❹ 表示肯定。清·蒲松齡《聊齋志異·促織》："身化促織，輕捷善鬥，今始蘇～。"

珥 ěr ❶ 珠玉耳飾。秦·李斯《諫逐客書》："宛珠之簪，傅璣之～。"❷ 劍鼻。劍柄上端突出處，狀似兩耳。戰國楚·屈原《楚辭·九歌·東皇太一》："撫長劍兮玉～，璆（美玉名）鏘鳴兮琳瑯（玉石聲）。"❸ 插。《新唐書·東夷列傳》："大臣青羅冠，次絳羅，～兩鳥羽。"

爾 ěr ❶ 第二人稱代詞。《詩經·魏風·伐檀》："不狩不獵，胡瞻～庭有懸貆兮？"❷ 這，那。《詩經·大雅·桑柔》："雖曰匪予，既作～歌。"❸ 如此，這樣。晉·陶

淵明《飲酒》："問君何能～，心遠地自偏。"❹ 語氣詞。表示限制，罷了。《孟子·滕文公下》："不行王政云～。"❺ 表疑問、反問。漢·桓寬《鹽鐵論·非鞅》："百姓何苦～，而文學何憂也？"❻ 助詞。《論語·先進》："子路率～而對。"《孟子·告子上》："嘑～而與之，行道之人弗受。"❼ 通"邇"，近，親近。《詩經·大雅·行葦》："戚戚兄弟，莫遠具～。"

【爾曹】ěr cáo 你們。唐·杜甫《戲為六絕句》："～～身與名俱滅，不廢江河萬古流。"

【爾爾】ěr ěr ❶ 回答"是是"的意思。漢樂府《孔雀東南飛》："媒人下牀去，諾諾復～～。"❷ 如此。《晉書·張方傳》："但言～～，不然必不免禍。"

【爾來】ěr lái ❶ 自那時以來。三國蜀·諸葛亮《出師表》："受任於敗軍之際，奉命於危難之間，～～二十有一年矣。"❷ 近來。韓愈《東都遇春》詩："～～曾幾時，白髮忽滿鏡。"

【爾雅】ěr yǎ ❶ 書名，中國第一部詞典，秦漢之間由經師們綴輯諸書而成，後成為儒家"十三經"之一。❷ 接近正確。《史記·儒林列傳》："文章～～，訓辭深厚。"後亦指舉止文雅。

餌 ěr ❶ 糕餅。漢·史游《急就篇》："餅～、麥飯、甘豆羹。"❷ 釣餌。唐·杜荀鶴《釣叟》："渠將底物為香～，一度抬竿一個魚。"❸ 引誘。《三國演義》第三十六回："此正可以～敵，何故反退？"❹ 吃。唐·李白《羽檄如流星》："困獸當猛虎，窮魚～奔鯨。"

邇 ěr　近。《孟子·離婁上》："道在～而求諸遠,事在易而求諸難。"

二 èr　❶ 數詞,計數。《史記·廉頗藺相如列傳》："均之～策,寧許以負秦曲。" ❷ 第二。宋·沈括《夢溪筆談·采草藥》:"古法采藥多用～月、八月,此殊未當。" ❸ 不專一。《左傳·僖公十五年》:"必報德,有死無～。"

【二八】 èr bā　❶ 十六人。《左傳·襄公十一年》:"女樂～～。" ❷ 十六歲。清·蒲松齡《聊齋志異·瞳人語》:"內生～～女郎,紅妝豔麗。"

【二極】 èr jí　❶ 南極與北極。南朝宋·何承天《渾天象論》:"南北～～。" ❷ 指天子與父母。南朝梁·任昉《齊竟陵文宣王行狀》:"公～～一致,愛敬同歸。"

【二京】 èr jīng　漢代的東京(洛陽)、西京(長安)。《後漢書·張衡列傳》:"衡乃擬班固《兩都》,作《～～賦》,因以諷諫。"

【二毛】 èr máo　老人。人老鬢髮黑白夾雜,故稱"二毛"。《左傳·僖公二十二年》:"君子不重傷,不禽～～。"

【二難】 èr nán　❶ 賢主與嘉賓。因二者難以同時具備,故曰"二難"。唐·王勃《滕王閣序》:"四美具,～～并。" ❷ 指兄弟們德才俱佳難

分高下。《紅樓夢》第七十五回:"你兩個也可以稱'～～'了。"

【二三子】 èr sān zǐ　諸位,幾個人。《孟子·梁惠王下》:"～～～～何患乎無君?"

【二致】 èr zhì　兩種主張。《宋史·周堯卿傳》:"聖人之意,豈～～耶?"

佴 èr　相次,隨後。漢·司馬遷《報任安書》:"而僕又～之蠶室,重為天下觀笑。"

刵 èr　古代割去耳朵的酷刑。《尚書·周書·呂刑》:"殺無辜,爰始淫為劓、、、椓、黥。"

貳 èr　❶ 副手,與"正"相對。《國語·晉語一》:"夫太子,君之～也。" ❷ 輔佐。《元史·百官志一》:"其長則蒙古人為之,而漢南人～焉。" ❸ 再,重複。《論語·顏淵》:"不遷怒,不～過。" ❹ 二心,不專一。《左傳·隱公三年》:"王～於虢。" ❺ 兩屬。《左傳·鄭伯克段於鄢》:"既而大叔命西鄙、北鄙～於己。" ❻ 懷疑。《國語·晉語四》:"子必從之,不可以～,～無成命。" ❼ 不一致。《孟子·滕文公上》:"從許子之道,則市賈不～,國中無偽。" ❽ 數字"二"的大寫。《孟子·盡心上》:"殀壽不～。"

【貳言】 èr yán　異義。《國語·越語下》:"無是～～也,吾已斷之矣。"

F

fa

發 fā ❶ 把箭矢射出。《孟子·公孫丑上》："射者正己而後~。" ❷ 發射。清·陸士諤《馮婉貞》："於是眾槍齊~。" ❸ 發出。宋·蘇軾《石鐘山記》："而大聲~於水上。" ❹ 徵發，派出。《史記·陳涉世家》："~閭左適戍漁陽九百人。" ❺ 發動。明·張溥《五人墓碑記》："非常之謀，難於猝~。" ❻ 撥動。《後漢書·張衡列傳》："中有都柱，傍形八道，施~機關。" ❼ 打開，開。《孟子·梁惠王上》："塗有餓莩而不知~。" ❽ 假借為"廢"，毀壞，廢棄。《戰國策·趙策一》："毋~屋室。"

【發難】 fā nàn ❶ 起事。《左傳·定公十四年》："盍以其先~~也。" ❷ 辯論，反覆質問。《東觀漢記·桓榮傳》："時執經生避位~~。"

【發軔】 fā rèn 抽掉剎車木，使車前進。軔，剎車木。戰國楚·屈原《楚辭·離騷》："朝~~於蒼梧兮，夕余至縣圃。"後喻事物開端。

乏 fá ❶ 荒廢。《戰國策·燕策三》："光不敢以~國事也。" ❷ 缺少。漢·晁錯《論貴粟疏》："粟者，民之所種，生於地而不~。" ❸ 疲乏。《新五代史·周德威傳》："因其勞~而乘之，可以勝也。"

【乏絕】 fá jué 窮困。《呂氏春秋·季春》："賜貧窮，振~~。"

伐 fá ❶ 殺。《尚書·商書·盤庚上》："無有遠邇，用罪~厥死。" ❷ 砍，砍伐。唐·白居易《賣炭翁》："賣炭翁，~薪燒炭南山中。" ❸ 攻打，討伐。《史記·廉頗藺相如列傳》："廉頗為趙~齊，大破之，取陽晉。" ❹ 打敗，攻破。《孫子·謀政》："其次~兵，其下攻城。" ❺ 誇耀，炫耀。《史記·屈原賈生列傳》："每一令出，平~其功，曰以為'非我莫能為'也。" ❻ 功勳。《左傳·莊公二十八年》："且旌君~。"

◆ 伐與征。均有進攻意，但感情色彩不同。"伐"用於諸侯之間的攻戰，中性詞；"征"，上古用於天子進攻諸侯，有道的進攻無道的，是褒義詞。"征"、"伐"連用則有褒義。《左傳·莊公二十三年》："征伐以討其不然。"

【伐德】 fá dé 敗壞道德。《詩經·小雅·賓之初筵》："醉而不出，是謂~~。"

【伐謀】 fá móu 破壞敵人的謀略。《孫子·謀攻》："故上兵~~。"

【伐罪】 fá zuì 征討有罪者。《資治通鑑》卷六十五："近者奉辭~~，旌麾南指，劉琮束手。"

坺 fá ❶ 翻耕土地。唐·韓愈《送文暢師北遊》："謝病老耕~。" ❷ 翻耕後的土塊。北魏·賈思勰《齊民要術·大豆》："逆~擲豆，然後勞之。"

茷 (1) fá 草葉茂盛。唐·柳宗元《始得西山宴遊記》："斫榛莽，焚茅~。"

(2) pèi 通"斾"。大旗。《左傳·定公四年》："分康叔以大路、少帛、綪~、旃旌、大呂。"

【茷茷】 pèi pèi 旗幟飄揚的樣子。《詩經·魯頌·泮水》："其旂~~，鸞聲噦噦。"

罰 fá ❶處罰，懲辦。《左傳·僖公十年》："帝許我一有罪矣。" ❷出錢贖罪。《尚書·周書·呂刑》："五刑不簡，正於五～。"

閥 fá ❶功勞。清·毛奇齡《俞君墓誌銘》："況兼孝友，～與德符。" ❷有權勢的家庭或家族。《新唐書·柳玭傳》："子孫眾盛，實為名～。"

法 fǎ ❶法律，法令。《史記·陳涉世家》："失期，～當斬。" ❷制度，規矩。清·方苞《獄中雜記》："是立一以警其餘。" ❸效法。戰國楚·屈原《楚辭·離騷》："謇吾～夫前脩兮，非世俗之所服。" ❹方法，方式。宋·沈括《夢溪筆談·采草藥》："古～采草藥多用二月、八月，此殊未當。"

【法場】fǎ chǎng ❶執行死刑的場所。元·關漢卿《竇娥冤》："監斬官去～～多時了。" ❷道場。和尚、道士作法事的場所。南朝梁·王僧孺《初夜文》："建希有之勝席，臨難遇之～～。"

【法度】fǎ dù ❶法令制度。《左傳·昭公二十九年》："夫晉國將守唐叔之所受～～。" ❷指度量衡制度。《論語·堯曰》："謹權量，審～～，修廢官，四方之政行焉。"

【法家】fǎ jiā ❶戰國時期思想流派之一，主張以法治國。代表人物商鞅、韓非等。《漢書·藝文志》："～～者流，蓋出於理官。" ❷指深明法度的大臣。章炳麟《訂孔上》："孟軻言～～拂士。"

【法門】fǎ mén ❶指王宮的南門。古代帝王臨朝時坐北朝南，故稱南門為"法門"。《穀梁傳·僖公二十年》："南門者，～～也。" ❷佛教

入道的門徑，也泛指佛門。唐·陳子昂《夏日暉上人房別李參軍序》："開不二之～～，觀大千之世界。"

【法師】fǎ shī 對和尚、道士的尊稱。明·凌濛初《初刻拍案驚奇》卷十七："若得～～降臨茅舍。"

髮 fà ❶頭髮。晉·陶淵明《桃花源記》："黃～垂髫並怡然自樂。" ❷細微。清·蒲松齡《聊齋志異·促織》："無毫～爽。"

【髮妻】fà qī 元配妻子。蘇曼殊《焚劍記》："主人遂請於生及嫗，收眉娘為～～。"

【髮指】fà zhǐ 頭髮直豎，形容極其憤怒。《史記·項羽本紀》："頭髮上指，目眥盡裂。"明·袁晉《西樓記·指姬》："好一樁怪事，沈吟細思，教人～～

fan

帆 fān ❶懸掛在船桅杆上，藉助風力使船前進的布篷。唐·李白《黃鶴樓送孟浩然之廣陵》："孤～遠影碧空盡，惟見長江天際流。" ❷張帆行駛。唐·韓愈《除官赴闕》："不枉故人書，無因～江水。"

【帆檣】fān qiáng ❶船的桅杆，掛帆用。晉·吳韋昭《吳書》："行過蕪湖，有鵲巢於～～。" ❷代指船。唐·李郢《江亭春霽》："蜀客～～背歸燕，楚山花木怨啼鵑。"

番 fān ❶獸足。 ❷更替，輪值。《新唐書·馬懷素傳》："與褚無量為侍讀，更日～入。"

【番代】fān dài 輪流替換。《北齊書·唐邕傳》："凡是九州軍士，四方勇募，強弱多少，～～往還。"

【番戍】 fān shù　輪流戍守。《魏書·食貨志六》："乃令～～之兵，營起屯田。"

幡 fān　垂直懸掛的長形旗。《漢書·鮑宣傳》："博士弟子濟南王咸舉～太學下。"

【幡幡】 fān fān　❶ 翻動的樣子。《詩經·小雅·瓠葉》："～～瓠葉，采之亨之。"❷ 輕佻的樣子。《詩經·小雅·賓之初筵》："曰既醉止，威儀～～。"

【幡然】 fān rán　很快地徹底改變。清·譚嗣同《報貝元征》："於此不忍坐視而～～改圖。"

憣 fān　❶ 心動。宋·辛棄疾《踏莎行》："為誰書此便～然，至今此意無人曉。"❷ 通"翻"，變動。《列子·周穆王》："～校四時，冬起雷，夏造冰。"

翻 fān　❶ 鳥飛。漢·張衡《西京賦》："眾鳥翩～。"❷ 翻轉，傾倒。唐·王維《酌酒與裴迪》："酌酒與君君自寬，人情～覆似波瀾。"❸ 反而，反倒是。《後漢書·袁紹列傳》："盡忠為國，～成重愆。"

藩 fān　❶ 籬笆。《周易·大壯》："羝羊觸～，羸其角。"❷ 屏障，保護。《左傳·定公四年》："以～屏周。"❸ 遮蓋。《荀子·榮辱》："以相持養，以相～飾。"❹ 四面有帷帳的車。《左傳·襄公二十三年》："以～載欒盈及其士。"❺ 諸侯國，藩鎮。《後漢書·明帝紀》："驃騎將軍東平王蒼罷歸～。"

【藩臣】 fān chén　拱衛王室之臣。《史記·南越列傳》："願長為～～，奉貢職。"

【藩國】 fān guó　諸侯國。古代帝王以諸侯國作為王室的屏障，故稱"藩國"。《史記·吳王濞列傳》："令奉其先王宗廟，為漢～～。"

【藩籬】 fān lí　❶ 竹木編的籬笆。《國語·楚語下》："為之關籥（yuè）門柝）～～而遠備閉之，猶恐其至也。"❷ 比喻達到一定的境界。宋·蔡寬夫《詩話》："以為唐人知學老杜而得其～～，惟義山（李商隱）一人而已。"

【藩鎮】 fān zhèn　❶ 鎮守護衛。《三國志·吳書·陸凱傳》："州牧督將，～～方外。"❷ 唐代中期，在邊境和內地重要地區的節度使，後來權力擴大，形成軍事割據，對抗朝廷。《新唐書》有《藩鎮列傳》。

凡 fán　❶ 凡是，所有。《孟子·告子上》："如使人之所欲莫甚於生，則一可以得生者何不用也？"❷ 共，總共。《史記·陳涉世家》："陳勝王～六月。"❸ 平常，一般。《資治通鑑》卷六十五："而欲投吳巨，巨是～人。"❹ 大概，大致。宋·歐陽修《朋黨論》："大～君子與君子，以同道為朋。"❺ 世俗。宋·陸游《贈道友》："～骨已脫身自輕，勃落葉上行無聲。"

【凡庸】 fán yōng　平常，一般。《史記·絳侯周勃世家》："才能不過～。"

煩 fán　❶ 煩躁，煩惱。漢樂府《孔雀東南飛》："阿兄得聞之，悵然心中～。"❷ 繁瑣，嘮叨。唐·柳宗元《種樹郭橐駝傳》："然吾居鄉，見長人者，好～其令，若甚憐焉，而卒以禍。"❸ 煩勞。漢·褚少孫《西門豹治鄴》："當其時，民治僙少～苦，不欲也。"

【煩懣】 fán mèn　煩惱憤懣。漢·嚴忌《哀時命》："幽獨轉而不寐兮，惟～～而盈胸。"

【煩文】fán wén ❶ 多餘的文字，同"繁文"。《〈尚書〉序》："睹史籍之～～，懼觀之者不一。" ❷ 繁瑣的儀式和規定。《漢書·路溫舒傳》："滌～～，除民疾，存亡繼絕，以應天意。"

【煩言】fán yán ❶ 繁瑣的話。《商君書·農戰》："～～飾辭而無實用。" ❷ 不滿或抱怨的話。《左傳·定公四年》："會同（舉行會盟，取得一致）難，嘖有～～，莫之治也。"《韓非子·大體》："心無結怨，口無～～。"

樊 fán ❶ 籬笆。《詩經·小雅·青蠅》："營營青蠅，止於～。" ❷ 籠子關鳥獸，引申為束縛。清·洪昇《長生殿·疑讖》："不隄防枅虎～熊，任縱橫社鼠城狐。"明·何景明《送都元敬主事》："夫子風流士，才高恥受～。" ❸ 領域，範圍。清·方苞《內閣中書劉君墓表》："蓋學雖粗涉其～，其為説不能無弊而已。" ❹ 邊，邊緣。唐·白居易《中隱》："大隱在朝市，小隱入丘～。"

【樊然】fán rán 紛雜貌。《莊子·齊物論》："是非之塗，～～殽亂。"

蕃 (1) fán ❶ 茂盛。《荀子·天論》："繁啟～長於春夏，畜積收藏於秋冬。" ❷ 繁殖。唐·柳宗元《種樹郭橐駝傳》："且碩茂蚤實以～。"

(2) fān 通"番"，古代對少數民族的通稱。《周禮·秋官司寇·大行人》："九州之外，謂之～國。"

(3) bō 吐蕃，譯音字，中國古代西北少數民族，也作"吐番"。

【蕃華】fán huá 盛開的花。喻青春。《漢書·外戚傳上》："惜～～之未央。"

【蕃衍】fán yǎn 繁盛眾多。《詩經·唐風·椒聊》："椒聊之實，～～盈升。"同"繁衍"。

【蕃孳】fán zī 繁殖。《釋名·釋親屬》："子，孳也，相生～～也。"

【蕃臣】fān chén 藩屬的大臣。《史記·楚世家》："如～～，不與亢禮。"

【蕃國】fān guó ❶ 建於九州以外的國家。蕃，通"番"。《宋史·食貨志下八》："商人出海外～～販易者。" ❷ 諸侯國。蕃，通"藩"。《南史·后妃傳》："夫人之號，不殊～～。"

燔 fán ❶ 燒。《莊子·盜跖》："（介）子推怒而去，抱木而～死。" ❷ 炙，燒烤。漢·王充《論衡·程材》："～腥生者用火。" ❸ 通"膰"，祭祀用的烤肉。《孟子·告子下》："從而祭，～肉不至。"

繁 fán ❶ 多。宋·蘇洵《六國論》："奉之彌～，侵之愈急。" ❷ 茂盛。《呂氏春秋·音律》："草木～動。" ❸ 繁雜。《後漢書·鄭玄列傳》："刪裁～誣，刊改漏失。" ❹ 生殖，繁殖。《管子·八觀》："薦草多衍，則六畜易～也。"

【繁富】fán fù ❶ 多而豐富。三國魏·曹丕《與吳質書》："孔璋章表殊健，微為～～。" ❷ 繁榮富足。宋·蔡襄《張升知泰州制》："板戶～～，軍旅屯萃。"

【繁飾】fán shì 眾多彩飾。戰國楚·屈原《楚辭·離騷》："佩繽紛其～～兮，芳菲菲其彌章。"

【繁霜】fán shuāng ❶ 濃霜。《詩經·小雅·正月》："正月～～，我心憂傷。" ❷ 白色。唐·杜甫《登高》："艱難苦恨～～鬢，潦倒新停濁酒杯。"

蹯　fán　野獸的腳掌。《左傳·文公元年》：“王請食熊~而死。”

蘩　fán　白蒿，嫩苗可食，亦用作祭品。《詩經·召南·采蘩》：“於以采~，於沼於沚。”

反　fǎn　❶翻轉。清·蒲松齡《聊齋志異·促織》：“成~復自念。”❷反而。《左傳·隱公十一年》：“~譖公於桓公而請弒之。”❸相反。《論語·顏淵》：“子曰：君子成人之美，不成人之惡，小人~是。”❹背叛。《史記·項羽本紀》：“日夜望將軍至，豈敢~乎！”❺反省。《禮記·學禮》：“知不足，然後能自~。”❻同“返”，返回。《韓非子·外儲說左上》：“及~，市罷，遂不得履。”❼報答。《詩經·周頌·執競》：“既醉既飽，福祿來~。”

【反間】fǎn jiàn　派間諜去離間分化敵人，使其為我方所用。《漢書·高帝紀上》：“陳平~~既行，(項)羽果疑亞父。”

【反覆】fǎn fù　也作“反復”。❶變化無常。《史記·淮陰侯列傳》：“齊偽詐多變，~~之國。”❷一次又一次，翻來覆去。《後漢書·皇后紀上》：“吾~~念之，思令兩善。”

【反眼】fǎn yǎn　翻臉。唐·韓愈《柳子厚墓誌銘》：“一旦臨小利害，僅如毛髮比，~~若不相識。”

【反坐】fǎn zuò　對誣告者定罪施刑。清·劉鶚《老殘遊記》第十八回：“你不知道律例上有~~的一條嗎？”

返　fǎn　❶還，回。《魏書·高崇傳》：“迷而知~，得道不遠。”❷更換。《呂氏春秋·慎人》：“孔子烈然~瑟而絃。”

【返哺】fǎn bǔ　雛鳥長大後銜食喂母烏，借喻子女孝養父母。唐·駱賓王《靈泉頌》：“俯就微班之列，將申~~之情。”也作“反哺”。

犯　fàn　❶觸犯。《韓非子·五蠹》：“儒以文亂法，俠以武~禁。”又指侵犯。《三國志·吳書·孫權傳》：“數~邊境。”❷遭遇。唐·柳宗元《捕蛇者說》：“蓋一歲之~死者二焉。”❸危害。《國語·楚語下》：“瀆而所~必大矣。”❹罪犯。清·方苞《獄中雜記》：“及他同謀多人者，止主謀一二人立決。”

【犯顏】fàn yán　冒犯主上或尊長的顏面。明·李贄《焚書》：“是以~~敢諫之士，恆於君臣之際，而絕不聞之友朋之間。”

泛　(1) fàn　❶漂浮。漢·劉徹《秋風辭》：“~樓船兮濟汾河，橫中流兮揚素波。”❷氾濫。北魏·酈道元《水經注·河水》：“河水盛溢，~浸瓠子。”❸廣泛。清·方苞《獄中雜記》：“余感焉，以杜君言~訊之。”

　　(2) fěng　傾覆。漢·賈誼《論積貯疏》：“大命將~，莫之振救。”

販　fàn　❶賤買貴賣者。《漢書·貢禹傳》：“市井勿得~賣，除其租銖之律。”顏註：“賤買貴賣曰~。”❷買貨出賣。《史記·平準書》：“~物求利。”

◆ 販、賈、商。均指經商者，但字義各異。“販”，賤買貴賣的小本經營者；“賈”，開店坐售者，故稱“坐賈”；“商”，流動販賣者，故曰“行商”。

梵　fàn　❶與佛教有關的事物，如：~鐘、~塔。❷與古印度有關的事物，如：~文。

【梵家】fàn jiā　寺院。唐・白居易《紫陽花》："何年植向仙壇上？早晚移栽到～～。"

【梵宇】fàn yǔ　佛寺。《梁書・張纘傳》："經法王之～～，睹因時之或躍。"

範 fàn　❶模子。宋・沈括《夢溪筆談・活板》："滿鐵～為一板，持就火煬之。"❷榜樣，典範。唐・王勃《滕王閣序》："宇文新州之懿～，襜帷暫駐。"❸約束。《漢書・嚴安傳》："非所以～民之道也。"

◆ 古代"範"與"范"是兩個字，作姓時只能用"范"。

【範式】fàn shì　楷模。南朝梁・劉勰《文心雕龍・事類》："因書立功，皆後人之～～也。"

---

fang

方 fāng　❶兩船並列。《資治通鑑》卷六十五："操軍～連戰艦，首尾相接。"❷方形，四方。清・蒲松齡《聊齋志異・促織》："視之，形若土狗，梅花翅、～首長脛，意似良。"❸正直。《史記・屈原賈生列傳》："～正之不容也。"❹方圓，縱橫（指面積）。《列子・愚公移山》："太行、王屋二山，～七百里，高萬仞。"❺地域，區域。《論語・子路》："使於四～，不辱使命。"❻方式，方法。清・方苞《獄中雜記》："必多～鈎致。"❼策略，計謀。《資治通鑑》卷六十五："以魯肅為贊軍校尉，助畫～略。"❽處方，藥方。《莊子・逍遙遊》："客聞之，請買其～百金。"❾方位，地方。《墨子・公輸》："吾從北～聞子為

梯。"❿正在，剛剛，才。《資治通鑑》卷二百四十："守門卒～熟寐，盡殺之。"⓫即將，正要。《晏子春秋・內篇雜下》："今～來，吾欲辱之，何以也？"⓬當。宋・王安石《遊褒禪山記》："～是時，予之力尚足以入。"

【方寸】fāng cùn　❶指心。《三國志・蜀書・諸葛亮傳》："今已失老母，～～亂矣。"❷一寸見方，喻小。《孟子・告子下》："不揣其本而齊其末，～～之木可使高於岑樓。"

【方國】fāng guó　❶四方的諸侯國。《左傳・昭公二十六年》："以受～～。"❷泛指州郡。宋・蘇軾《賜新除翰林學士許將赴闕詔》："出殿～～，則修儒術以飾吏事。"

【方技】fāng jì　古代指醫、卜、星、相之術。《漢書・藝文志》："～～者，皆生生之具，王官之一守也。"亦專指醫藥書籍。

【方家】fāng jiā　道術修養深的人。亦指精通某種學問或藝術的專家。《莊子・秋水》："吾長見笑於大方之家。"

【方今】fāng jīn　如今，現在。《莊子・養生主》："～～之時，臣以神遇，而不以目視。"

【方且】fāng qiě　❶正要。《莊子・天地》："彼且乘人而無天，～～本身而異形。"❷正在。《莊子・讓王》："我適有幽憂之病，～～治之，未暇治天下也。"❸尚且。《孟子・滕文公上》："周公～～膺之，子是之學，亦為不善變矣。"

【方士】fāng shì　❶官名。周代掌管王子弟、公卿、大夫的采地獄訟的官。《周禮・秋官司寇・方士》："～～掌都家，聽其獄訟之辭，辨其死刑之罪而要之。"❷古代自稱能

煉丹成仙的方術之士。唐·白居易《長恨歌》："為感君王輾轉思，遂教～～殷勤覓。"

【方書】fāng shū ❶ 官府文書。《漢書·張蒼傳》："秦時為御史，主柱下～～。" ❷ 醫書。《史記·扁鵲倉公列傳》："乃悉取其禁～～盡與扁鵲。"

【方外】fāng wài ❶ 世外，世俗禮教之外。清·李汝珍《鏡花緣》第五十六回："姪女出家多年，乃～～之人，豈可擅離此庵。" ❷ 中原以外地區。《漢書·路溫舒傳》："暴骨～～，以盡臣節。"

【方物】fāng wù ❶ 土產。《漢書·五行志下之上》："使各以～～來貢。" ❷ 識別名物。《國語·楚語下》："民神雜糅，不可～。"

【方丈】fāng zhàng ❶ 方丈之食，形容肴饌豐盛。《孟子·盡心下》："食前～～，侍妾數百人，我得志，弗為也。" ❷ 寺院內的主持。清·袁枚《子不語·清涼老人》："鄂公異之，命往五臺山坐～～。" ❸ 傳說中的海上神山名。

坊 fāng ❶ 城鎮街道里巷的通稱。唐·白居易《寄張十八》："迢迢青槐街，相去八九～。" ❷ 店鋪。宋·孟元老《東京夢華錄·馬行街鋪席》："各有茶～酒店。" ❸ 小規模工作場所。《新五代史·史弘肇傳》："夜聞作～鍛甲聲，以為兵至。" ❹ 官署名。唐·白居易《琵琶行》："名屬教～第一部。"

芳 fāng ❶ 草的香氣。晉·陶淵明《桃花源記》："～草鮮美，落英繽紛。" ❷ 花草。宋·歐陽修《醉翁亭記》："野～發而幽香，佳木秀而繁陰。"唐·王維《山居秋暝》："隨意春～歇，王孫自可

留。" ❸ 喻美好名聲。清·錢彩《說岳全傳》："好個安人，教子成名，盡忠報國，流～百世！"

【芳菲】fāng fēi 花草盛美。唐·白居易《大林寺桃花》："人間四月～～盡，山寺桃花始盛開。"

【芳年】fāng nián 少年青春，美好年華。唐·盧照鄰《長安古意》："借問吹簫向紫煙，曾經學舞度～～。"

【芳澤】fāng zé 潤髮香油，亦稱"香澤"。三國魏·曹植《洛神賦》："～～無加，鉛華弗御。"

枋 (1) fāng 檀樹。《莊子·逍遙遊》："我決起而飛，搶榆～，時則不至，而控於地而已矣。"

(2) fǎng 通"舫"，木筏。《後漢書·岑彭列傳》："將數萬人乘～箄（pái，一種水上交通工具）下江關。"

防 fáng ❶ 堤壩。《詩經·陳風·防有鵲巢》："～有鵲巢，邛有旨苕。" ❷ 防備，防止。唐·王勃《平台祕略論十首》之九："杜漸～微，投跡於知幾之地。" ❸ 堵塞。《史記·周本紀》："～民之口，甚於～水。" ❹ 比，相當。《詩經·秦風·黃鳥》："維此仲行，百夫之～。"

【防川】fáng chuān 防止洪水氾濫。《國語·召公諫弭謗》："防民之口，甚於～～。"

妨 fáng ❶ 妨害，損害，有害。《荀子·正論》："葬田不～田，故不掘也。" ❷ 阻礙，妨礙。唐·杜甫《雨晴》："今朝好晴景，久雨不～農。"

仿 fǎng ❶ 相似。見"仿佛"。 ❷ 仿效。漢·桓寬《鹽鐵論·未通》："民相～效。"

【仿佛】fǎng fú　亦作"彷彿"。❶ 好像，看不真切的樣子。晉·潘岳《寡婦賦》："耳傾想於疇昔兮，若神仙之〜〜。" ❷ 想像。宋·歐陽修《祭石曼卿文》："吾不見子久矣，猶能〜〜子之平生。"

紡 fǎng　❶ 絲織品名，即今之綢。《儀禮·聘禮》："迎大夫賄，用束〜〜。" ❷ 紡絲。《漢書·蘇武傳》："武能網〜繳，檠弓弩。"

【紡績】fǎng jì　紡絲，緝麻。又泛指紡織品。《管子·輕重乙》："大冬營室中，女子〜〜緝縷之所作也。"

訪 fǎng　❶ 諮詢，詢問。《左傳·襄叔哭師》："穆公〜諸蹇叔。" ❷ 拜訪。梁啟超《譚嗣同傳》："時余方〜君寓，對坐榻上。" ❸ 尋求，查訪。宋·蘇軾《石鐘山記》："至唐李渤始〜其遺蹤。"清·方苞《獄中雜記》："又九門提督所〜緝糾詰，皆歸刑部。"

◆ 訪、詢、諏、訊、問、叩、詰。都是發問，要求回答，但各有所側重。"訪"，諮詢，詢問；"詢"，詢問，有請教義；"諏"，諮詢，詢問，使用頻率低於"訪"；"訊"，特指上對下詢問；"問"，詢問，與"答"相對；"叩"，發問；"詰"，追問，責問。"訪"、"詢"、"諏"，側重在向別人請教；"訊"、"問"、"叩"，側重在因不知而問；"問"，追究、審問、問候；"叩"，一般的發問；"詰"，側重追問、責問。

放 (1) fàng　❶ 驅逐，流放。《史記·屈原賈生列傳》："屈平既嫉之，雖〜流，睠顧楚國，繫心懷王。" ❷ 釋放，解脫。明·馬中錫《中山狼傳》："昔毛寶〜龜而得渡，隋侯救蛇而獲珠。" ❸ 盡情地。

唐·杜甫《聞官軍收河南河北》："白日〜歌須縱酒，青春作伴好還鄉。" ❹ 放置。《莊子·知北遊》："神農擁杖而起，嚗然〜杖而笑。" ❺ 捨棄。《漢書·哀帝紀》："鄭聲淫而亂樂，聖主所〜，其罷樂府。"

(2) fǎng　❶ 依據。《論語·里仁》："〜於利而行，多怨。" ❷ 至，到。明·馬中錫《中山狼傳》："先生既墨者，摩頂〜踵，思一利天下。" ❸ 通"仿"，仿效，依照。宋·蘇軾《上韓太尉書》："皆依〜儒術六經之言。"

【放誕】fàng dàn　❶ 放縱。《南史·檀越傳》："少好文學，〜〜任氣。" ❷ 虛妄。指方士玄虛之言。《晉書·傅玄傳》："其後綱維不攝，而虛無〜〜之論，盈於朝野。"

【放懷】fàng huái　放寬胸懷。唐·溫庭筠《春日偶作》："自欲〜〜猶未得，不知經世竟如何。"

【放浪】fàng làng　放縱，放蕩。晉·王羲之《〈蘭亭集〉序》："或因寄所託，〜〜形骸之外。"

fei

妃 (1) fēi　❶ 配偶，妻。《左傳·文公十四年》："子叔姬〜齊昭公。" ❷ 指皇帝的妾，太子、王侯之妻。《後漢書·何皇后紀》："卿王者〜，勢不復為吏民妻。"

(2) pèi　通"配"，婚配，配合。《後漢書·荀爽傳》："諸非禮聘未曾幸御者，一皆遣出，使成〜合。"

非 (1) fēi　❶ 不對，錯誤。晉·陶淵明《歸去來兮辭》："實迷途其未遠，覺今是而昨〜。" ❷ 違背。《論語·顏淵》："～禮勿視，～禮勿聽，～禮勿言，～禮勿動。" ❸ 反對，責怪。《史記·秦始皇本紀》："今諸生不師今而學古，以～當世。" ❹ 不是。唐·韓愈《師說》："人～生而知之者，孰能無惑？" ❺ 除非，除了。《資治通鑑》卷六十五："～劉豫州莫可以當曹操者。"

(2) fěi　通"誹"，誹謗。《史記·李斯列傳》："入則心～，出則巷議。"

【非獨】 fēi dú　不但，不僅。《孟子·告子上》："～～賢者有是心也，人皆有之，賢者能勿喪耳。"

【非特】 fēi tè　不僅，不只。《荀子·富國》："故仁人之用國，～～將持其有而已也，又將兼人。"

飛 fēi　❶ 鳥類飛翔，亦泛指飛的動作。《莊子·逍遙遊》："怒而～，其翼若垂天之雲。" ❷ 飄動。唐·杜甫《宴胡侍御書堂》："闇闇書籍滿，輕輕花絮～。" ❸ 飄落，散落。唐·岑參《白雪歌送武判官歸京》："北風捲地白草折，胡天八月即～雪。" ❹ 快，急。北朝民歌《木蘭辭》："萬里赴戎機，關山度若～。" ❺ 意外的。清·劉鶚《老殘遊記》第四回："吳氏一頭哭着，一頭把～災大禍告訴了他父親。" ❻ 形容凌空而起。三國魏·何晏《景福殿賦》："～宇承霓。"

【飛白】 fēi bái　一種在筆畫中露白的似枯筆所寫的特殊風格的書體。唐·張懷瓘《書斷·飛白》："伯喈待詔門下，見役人以堊帚成字，心有悦焉。歸而為～～之書。" 也稱"飛白書"。

【飛閣】 fēi gé　❶ 凌空架起的閣道。唐·王勃《滕王閣序》："～～流丹，

下臨無地。" ❷ 高閣。北魏·楊衒之《洛陽伽藍記·城內瑤光寺》："又作重樓～～，遍城上下，從地望之，有如雲也。"

【飛將】 fēi jiàng　指漢代名將李廣。《史記·李將軍列傳》："廣居右北平，匈奴聞之，號曰'漢之飛將軍'，避之數歲，不敢入右北平。"

【飛樓】 fēi lóu　❶ 攻城的器械。《宋書·武帝紀上》："～～木幔之屬，莫不具備。" ❷ 凌空的高樓。唐·杜甫《白帝城最高樓》："城尖徑昃旌旆愁，獨立縹緲之～～。"

【飛蓬】 fēi péng　❶ 蓬，蓬蒿，秋枯根拔，風吹而飛散，故曰"飛蓬"。唐·杜甫《復陰》："萬里～～映天過，孤城樹羽楊風直。" ❷ 以蓬枯因風飛散喻散亂，漂泊不定。《詩經·衛風·伯兮》："自伯之東，首如～～。"

菲 (1) fēi　花草茂盛，香氣濃烈。宋·蘇軾《作書寄王晉卿忽憶前年寒食北城之遊》："別來春物已再～，西望不見紅巾圍。"

(2) fěi　❶ 菜名。《詩經·邶風·谷風》："采葑采～，無以下體。" ❷ 微薄。清·吳敬梓《儒林外史》第三十三回："小姪～才寡學，大人誤採虛名。"

【菲菲】 fēi fēi　❶ 花草芳香濃郁。戰國楚·屈原《楚辭·離騷》："芳～～兮彌章。" ❷ 花草美盛的樣子。晉·左思《吳都賦》："曄兮～～，光色炫晃。" ❸ 忐忑不安的樣子。《後漢書·梁鴻列傳》："心惙怛兮傷悴，志～～兮升降。"

扉 fēi　❶ 門扇，門。唐·李白《下終南山過斛斯山人宿置酒》："相攜及田家，童稚開荊～。" ❷ 指

屋舍。唐·白居易《將歸一絕》："欲去公門返野～，預思泉竹已依依。"

緋 fēi　紅色。唐·韓愈《送區弘南歸》："佩服上色紫與～。"

◆ 絳、朱、赤、緋、彤、丹、紅，均為紅色，但深淺不同。"絳"，深紅；"朱"，大紅；"赤"，火紅，稍淺於"朱"，與"緋"相似；"丹"、"彤"，稍淺於"赤"；"紅"，淺紅，粉紅。

霏 fēi　❶ 雨雪甚大的樣子。《詩經·邶風·北風》："雨雪其～。"❷ 霧氣。宋·歐陽修《醉翁亭記》："若夫日出而林～開。"❸ 飛散。宋·歐陽修《秋聲賦》："其色慘淡，煙～雲斂。"

【霏霏】fēi fēi　雨雪紛飛的樣子。宋·范仲淹《岳陽樓記》："若夫霪雨～～，連月不開。"

肥 féi　❶ 肉多，油脂多。唐·張志和《漁歌子》："桃花流水鱖魚～。"❷ 苗壯，粗大。唐·韓愈《山石》："芭蕉葉大支子～。"❸ 富足。《禮記·禮運》："父子篤，兄弟睦，夫妻和，家之～也。"肥沃，富饒。《國語·晉語九》："松柏之地，其土不～。"

腓 féi　❶ 小腿的肌肉，俗稱腿肚子。《韓非子·揚權》："～大於股，難以趣走。"❷ 病，枯萎。唐·高適《燕歌行》："大漠窮秋塞草～，孤城落日鬥兵稀。"❸ 隱蔽，庇護。《詩經·小雅·采薇》："君子所依，小人所～。"❹ 古剝除膝蓋骨之酷刑。《白虎通·五刑》："～其臏。"

匪 (1) fěi　❶ 竹筐，後作"篚"。《孟子·滕文公下》："其君子實玄黃於～以迎其君子。"❷ 通"非"，不是。唐·李白《蜀道難》："所守

或～親，化為狼與豺。"❸ 那。《詩經·檜風·匪風》："～風飄兮，～車嘌兮。"

(2) fēi　見"匪匪"。

【匪躬】fěi gōng　盡忠而不顧自身。唐·韓愈《爭臣論》："王臣蹇蹇，～～之故。"

【匪人】fěi rén　❶ 非親人。《周易·比》："比之～～，不亦傷乎？"❷ 行為不正派之人。唐·李朝威《柳毅傳》："不幸見辱於～～。"

【匪匪】fēi fēi　"匪"通"騑"，馬不停走的樣子。《禮記·少儀》："車馬之美，～～翼翼。"

悱 fěi　想說但不知怎樣說。《論語·述而》："不憤不啟，不～不發。"

斐 fěi　雜駁交錯的色彩或花紋。《詩經·小雅·巷伯》："萋兮～兮，成是貝錦。"

【斐然】fěi rán　有文采的樣子。《舊唐書·禮儀志二》："巨儒碩學，莫有詳通，～～成章，不知裁斷。"

蜚 (1) fěi　❶ 飛蟲，食稻花。《左傳·莊公二十九年》："秋，有～，為災也。"❷ 古代傳說中的怪獸。《山海經·東山經》："其狀如牛而白首，一目而蛇尾，其名曰～。"

(2) fēi　通"飛"，飛翔。漢·王充《論衡·幸偶》："蜘蛛結網，～蟲過之，或脫或獲。"

【蜚聲】fēi shēng　遠近聞名。明·唐順之《與郭似庵巡按書》："僕聞之……仕者則～～竹帛。"

【蜚語】fēi yǔ　無根據之誹謗。《史記·魏其武安侯列傳》："乃有～～為惡言聞上。"

誹 fěi　❶ 指責過失。《荀子·非十二子》："不誘於譽，不恐於

~。"❷ 説別人壞話。《莊子·刻意》:"高論怨~。"

◆ 誹、謗、譏。均為指責別人的過錯、短處,但有區別。"誹",背後議論;"謗",公開指責;"譏",微言諷刺。上古時"誹"、"謗"、"譏"均無貶義。

【誹書】fěi shū　指責過失的文字。《後漢書·宦者列傳》:"(劉)猛以~~直言。"

【誹議】fěi yì　指責,議論。明·馮夢龍《醒世恆言》第三十三卷:"背後~~也經不起。"

篚 fěi　圓形竹器。《尚書·夏書·禹貢》:"厥貢漆絲,厥~織文。"

吠 fèi　❶狗叫。清·林嗣環《口技》:"遙聞深巷中犬~。"❷泛指鳥鳴蛙叫。宋·林蓬子《鏡香亭》:"幾度憑闌聽~蛙。"

沸 fèi　❶水湧出的樣子。北周·庾信《哀江南賦》:"冤霜夏零,憤泉秋~。"❷水翻騰的樣子。《詩經·小雅·十月之交》:"百川~騰,山冢崒崩。"

【沸聲】fèi shēng　喧鬧嘈雜聲。《戰國策·秦策三》:"白起率數萬之師以與楚戰……流血成川,~~若雷。"

肺 (1) fèi　肺臟,呼吸器官。漢·蔡琰《悲憤詩》:"煢煢對孤景,怛吒糜肝~。"
(2) pèi　見"肺肺"。

【肺肺】pèi pèi　茂盛的樣子。《詩經·陳風·東門之楊》:"東門之楊,其葉~~。"

費 fèi　❶花費。《論語·堯曰》:"君子惠而不~。"❷損耗。漢·賈誼《過秦論》:"秦無亡矢遺鏃之~,而天下諸侯已困矣。"

❸費用。清·方苞《獄中雜記》:"求脱械居監外板屋,~亦數十金。"❹言辭煩瑣。《禮記·緇衣》:"口~而煩,易出難悔。"

廢 fèi　❶倒塌。《淮南子·覽冥訓》:"往古之時,四極~,九州裂。"❷廢棄,廢除。《資治通鑑》卷六十五:"老賊欲~漢自立久矣。"❸荒廢。宋·范仲淹《岳陽樓記》:"越明年,政通人和,百~俱興。"❹廢黜,罷官。《管子·明法解》:"不勝其任者~免。"❺浪費。《後漢書·列女傳》:"今若斷斯織也,則捐失成功,稽~時日。"❻停止。《論語·雍也》:"力不足者,中道而~。"❼放置,設置。《公羊傳·宣公八年》:"去其有聲者,~其無聲者。"

【廢立】fèi lì　❶帝王廢置諸侯,或權臣廢舊君立新君。《史記·太史公自序》:"諸侯~~分削;譜紀不明。"❷廢棄或保留。南朝梁·慧皎《高僧傳·明律傳論》:"互執所聞,各引師傳,……開遮~~,不無小異。"

【廢然】fèi rán　沮喪與怒氣消失的樣子。《莊子·德充符》:"我怫然而怒,而適先生之所,則~~而反。"

【廢替】fèi tì　沒落,衰敗。《魏書·肅宗紀》:"子孫~~,淪於凡民。"

---

fen

分 (1) fēn　❶分開。漢·褚少孫《西門豹治鄴》:"與祝巫共~其餘錢持歸。"❷離,散。《莊子·漁父》:"遠哉其~於道也。"❸區分,分辨。《論語·微子》:"四體不勤,五穀不~。"❹分配,分給。《左傳・曹劌論戰》："衣食所安，弗敢專也，必以～人。" ❺一半，半。北魏・酈道元《水經注・三峽》："自非亭午夜～，不見曦月。" ❻分明，清楚。漢・賈誼《論時政疏》："等級～明。" ❼長度單位，十毫為一分，十分為一寸。明・魏學洢《核舟記》："舟首尾長約八～有奇。"

(2) fèn ❶本分，名分。三國蜀・諸葛亮《出師表》："此臣所以報先帝，而忠陛下之職～也。" ❷料想。《漢書・蘇武傳》："自～已死久矣。" ❸情分。三國魏・曹植《贈白馬王彪》："恩愛苟不虧，在遠～日親。"

【分野】fēn yě　古代天文學說。把星辰的位置與地上州國區域相對應，星空區域稱分星，地面區域相對的稱"分野"，並以天上星宿變化，預兆地上吉凶。唐・王維《終南山》："～～中峯變，陰晴眾壑殊。"

芬 fēn ❶香，香氣。晉・陶淵明《閑情賦》："齊幽蘭以爭～。" ❷美名，盛德。唐・李白《贈孟浩然》："高山安可仰，徒此揖清～。" ❸通"紛"，盛多。《漢書・禮樂志》："羽旄殷盛，～哉芒芒。"

◆ 芬、芳、香、馨。均指氣味芳香，但含義有異。"芬"、"芳"，花草的香氣；"香"，穀、酒的香氣；"馨"，向外散發的濃郁香氣。

氛 fēn ❶預兆吉凶的霧氣、雲氣。《左傳・襄公二十七年》："楚～甚惡。" ❷寒冷的霜、露、霧。《禮記・月令》："～霧冥冥。"

【氛氳】fēn yūn　❶旺盛繁多。唐・白居易《朱陳村》："去縣百餘里，桑麻青～～。" ❷煙霧濃郁芳香。唐・孟郊等《贈劍客李圍聯句》："築爐地區外，積火燒～～。"

紛 fēn ❶旗上飄帶。漢・揚雄《羽獵賦》："青雲為～。" ❷眾多，繁華。唐・杜牧《阿房宮賦》："秦愛～奢，人亦念其家。" ❸雜亂。《漢書・王莽傳》："遞相賕賂，白黑～然。" ❹亂，擾亂。《左傳・昭公十六年》："獄之放～。" ❺糾紛，爭執。《史記・滑稽列傳》："談言微中，亦可以解～。"

【紛華】fēn huá　❶富麗繁華。《漢書・貨殖列傳》："雖見奇麗～～，非其所習。" ❷奢華。《後漢書・安帝紀》："嫁娶送終，～～靡麗。"

【紛披】fēn pī　❶茂盛的樣子。明・徐霞客《徐霞客遊記・遊黃山記》："楓松相間，五色～～，燦若圖繡。" ❷散亂的樣子。北周・庾信《枯樹賦》："～～草樹，散亂煙霞。"

【紛紜】fēn yún　❶亂。《後漢書・馮衍列傳下》："講聖哲之通論兮，心愊憶而～～。" ❷眾多，興盛。明・馮夢龍《醒世恆言》第十五卷："百般花卉，～～輝映。"

【紛縕】fēn yùn　❶氣勢盛的樣子。戰國楚・屈原《楚辭・九章・橘頌》："～～宜修，姱而不醜兮。" ❷多而雜亂。《魏書・李諡傳》："是非無準，得失相半，故歷代～～，靡所取正。"

棼 fén ❶閣樓的正梁。漢・班固《西都賦》："列～橑以布翼，荷棟桴而高驤。" ❷亂。《左傳・隱公四年》："治絲而益～之也。"

焚 fén　燒。唐・韓愈《進學解》："～膏油以繼晷，恆兀兀以窮年。"

【焚如】 fén rú　❶ 燃燒，火災。晉·陶淵明《怨詩楚調示龐主簿鄧治中》：“炎火屢～～，螟蜮恣中田。”❷ 酷刑，把人燒死。《漢書·匈奴傳下》：“莽作～～之刑，燒殺陳良等。”

墳 fén　❶ 土堆，堤岸。《周禮·地官司徒·大司徒》：“辨其山林、川澤、丘陵、～衍原隰之名物。”❷ 墳墓。唐·李賀《秋來》：“秋～鬼唱鮑家詩，恨血千年土中碧。”❸ 大。《詩經·小雅·苕之華》：“牂（zāng，母羊）羊～首。”

粉 fěn　❶ 化妝用的粉末。戰國楚·宋玉《登徒子好色賦》：“著～則太白，施朱則太赤。”❷ 細末。清·陸士諤《馮婉貞》：“設以炮至，吾村亦不齏～乎？”❸ 裝飾，粉飾。漢·褚少孫《西門豹治鄴》：“共～飾之，如嫁女床席。”❹ 碾碎。明·于謙《石灰吟》：“～身碎骨全不怕，要留清白在人間。”❺ 白色。唐·杜牧《丹水》：“沈定藍光徹，喧盤～浪開。”

【粉黛】 fěn dài　❶ 女子的化妝品。粉，白粉；黛，青黑色畫眉的顏料。《韓非子·顯學》：“用脂澤～～，則倍其初。”❷ 借指美女。唐·白居易《長恨歌》：“回眸一笑百媚生，六宮～～無顏色。”

【粉墨】 fěn mò　化妝用的白粉和黛黑。明·臧晉叔《〈元曲選〉序》：“至躬踐排場，面傅～～。”

【粉飾】 fěn shì　❶ 打扮。漢·褚少孫《西門豹治鄴》：“共～～之，如嫁女床席，令女居其上，浮之河中。”❷ 稱譽。《三國志·吳書·周瑜傳》：“故將軍周瑜子胤，昔蒙～～，受封為將。”❸ 掩蓋真相。宋·蘇

軾《再上皇帝書》：“豈有別生義理，曲加～～，而能欺天下哉。”

奮 fèn　❶ 鳥展翅。《詩經·邶風·柏舟》：“靜言思之，不能～飛。”❷ 舉起，舞動。明·馬中錫《中山狼傳》：“遂鼓吻～爪以向先生。”❸ 張開，展開。清·林嗣環《口技》：“於是賓客無不變色離席，～袖出臂，兩股戰戰，幾欲先走。”❹ 振作，奮發。清·蒲松齡《聊齋志異·促織》：“遂相騰擊，振～作聲。”❺ 發揚，發展。漢·賈誼《過秦論》：“及至始皇，～六世之餘烈。”❻ 竭力，盡力。《呂氏春秋·去宥》：“其為人甚險，將～於說以取少主也。”❼ 憤激。《史記·高祖本紀》：“獨項羽怨秦破項梁軍，～，願與沛公西入關。”

【奮袂】 fèn mèi　揮動衣袖。三國魏·曹植《遊觀賦》：“～～成風，揮汗如雨。”

忿 fèn　憤怒，怨恨。《孫子·謀攻》：“將不勝其～而蟻附之。”

【忿恚】 fèn huì　使忿恨。《史記·陳涉世家》：“將尉醉，廣故數言欲亡，～～尉，令辱之，以激怒其眾。”

憒 fèn　❶ 倒仆。《左傳·昭公十三年》：“牛雖瘠，～於豚上，其畏不死？”❷ 倒斃。漢·晁錯《言守邊備塞疏》：“輸者～於道。”❸ 奮起。《莊子·在宥》：“～驕而不可係者，其唯人心乎！”❹ 毀壞。《禮記·大學》：“此謂一言～事。”

【憒興】 fèn xīng　亢奮。《左傳·僖公十五年》：“張脈～～。”

憤 fèn　❶ 鬱悶。清·方苞《獄中雜記》：“積憂～，寢食違節。”❷ 忿怒，忿恨。清·薛福成

《觀巴黎油畫記》："譯者曰：'所以昭炯戒，激眾～，圖報復也。'"

糞 fèn ❶ 除去（污物、雜草等）。《左傳·昭公三年》："小人～除先人之敝廬。" ❷ 糞便。漢·司馬遷《書》："所以隱忍苟活，幽於～土之中而不辭者，恨私心有所不盡，鄙陋沒世，而文采不表於後世也。" ❸ 施肥。宋·沈括《夢溪筆談·采草藥》："一畝之稼，則～灌者先芽。"

feng

丰 fēng 容貌豐滿。《詩經·鄭風·丰》："子之～兮，俟我乎巷兮。"

風 （1）fēng ❶ 流動的空氣。唐·杜甫《茅屋為秋風所破歌》："八月秋高～怒號，捲我屋上三重茅。" ❷ 風俗，風尚。唐·柳宗元《捕蛇者說》："故為之說，以俟夫觀人～者得焉。" ❸ 教化。《孟子·公孫丑上》："其故家遺俗，流～善政，猶有存者。" ❹ 民歌，歌謠。南朝梁·劉勰《文心雕龍·樂府》："匹夫庶婦，謳吟土～。"亦特指《詩經》中的"國風"。《左傳·隱公三年》："～有《采蘩》《采蘋》。"
（2）fěng 通"諷"，勸告。《漢書·趙廣漢傳》："廣漢聞之，先～告，建不改。"

【風表】fēng biǎo 風度，儀表。明·何景明《送李長蘆先生》："～～依然道義存。"

【風候】fēng hòu ❶ 風物氣候。唐·王勃《春思賦》："蜀川～～隔秦川，今年節物異常年。" ❷ 時令。明·蘇祐《九日》："落木警～～。"

【風化】fēng huà 風俗、教化。《漢書·禮樂志》："盛揖攘之容，以～～天下。"

【風流】fēng liú ❶ 風俗教化。《漢書·刑法志》："～～篤厚，禁罔疏闊。" ❷ 流風餘韻。宋·辛棄疾《永遇樂·京口北固亭懷古》："舞榭歌臺，～～總被、雨打風吹去。" ❸ 風度，節操。《北齊書·王昕傳》："生九子，並～～蘊藉，世號王氏九龍。" ❹ 文學作品超逸美妙。宋·王灼《碧雞漫志》："晏文獻公長短句～～蘊藉，一時莫及。" ❺ 英俊，傑出。宋·蘇軾《念奴嬌·赤壁懷古》："大江東去，浪淘盡、千古～～人物。" ❻ 風雅灑脫，有才華而不拘禮法。《晉書·王獻之傳》："少有盛名，而豪邁不羈，……～～為一時之冠。"

【風騷】fēng sāo ❶《詩經》中的《國風》和《楚辭》中的《離騷》的並稱。《晉·謝靈運傳論》："源其飆流所始，莫不同祖～～。" ❷ 泛指詩文。宋·蘇舜欽《奉酬公素學士見招之作》："留連日日奉杯宴，殊無間隙吟～～。"亦指文學才華。❸ 體態俊秀。《紅樓夢》第三回："身量苗條，體格～～。"

【風物】fēng wù 風光景物。唐·杜甫《和裴迪登新津寺寄王侍郎》："～～悲遊子，登臨憶侍郎。"亦指一切事情。

【風月】fēng yuè ❶ 清風與明月。形容景色宜人。宋·朱熹《六先生畫像贊·濂溪先生》："～～無邊，庭草交翠。" ❷ 指詩文。宋·歐陽修《贈王介甫》："翰林～～三千首，吏部文章二百年。" ❸ 男女間情愛之事。《紅樓夢》第十五回："他如今大了，漸知～～。"

【風韻】fēng yùn ❶ 風度，韻味。唐·李白《贈宣州靈源寺仲濬公》："～～逸江左，文章動海隅。" ❷ 婦女風度優美。清·李漁《風箏誤·賀歲》："但凡婦人家，天姿與～～，兩件都少不得。" ❸ 風聲。《南齊書·柳世隆傳》："垂簾鼓琴，～～清遠。"

封 fēng ❶ 聚土植樹為疆界標誌。《左傳·昭公二年》："宿敢不～殖此樹。" ❷ 厚。《國語·楚語上》："是聚民利以自～而瘠民也。" ❸ 帝王、將領築土為壇，祭天祭祖。宋·辛棄疾《永遇樂·京口北固亭懷古》："元嘉草草，～狼居胥，贏得倉皇北顧。" ❹ 分封。宋·蘇洵《六國論》："以賂秦之地，～天下之謀臣。" ❺ 疆界，範圍。《左傳·燭之武退秦師》："既東封鄭，又欲肆其西～。" ❻ 封合，關閉。《史記·項羽本紀》："吾入關，秋毫不敢有所近，籍吏民，～府庫，而待將軍。"

【封拜】fēng bài 封爵授官。《後漢書·鄧禹列傳》："我得專～～，生遠來，寧欲仕乎？"

【封畿】fēng jī 國都周圍帝王直接佔有的地區。《史記·孝文本紀》："夫四荒之外，不安其生；～～之內，勤勞不處。"

【封建】fēng jiàn 分封土地建諸侯國的制度。《左傳·僖公二十四年》："故～～親戚，以蕃屏周。"

【封疆】fēng jiāng ❶ 疆界。《左傳·昭公元年》："王伯之令也，引其～～而樹之官。"亦指擁有的疆域。《左傳·成公三年》："而帥偏師以修～～。" ❷ 疆域內統治一方的將帥，明清時各地長官稱為"封疆大吏"，也簡稱"封疆"、"疆臣"、"疆吏"。清·劉鶚《老殘遊記》第三回："兄弟以不學之資，聖恩叫我做這～～大吏。"

【封泥】fēng ní 古代簡牘書函寄發時封口上加蓋印章作信驗的泥塊，或稱"泥封"。唐·李林甫《嵩陽觀聖德感應頌》："目對～～，手連印署。"

【封禪】fēng shàn 帝王祭天地的大典。登泰山築壇祭天曰"封"，在梁父山上闢地為場祭地曰"禪"。《史記·封禪書》："自古受命帝王，曷嘗不～～？"

烽 fēng ❶ 古代邊防報警的煙火。《史記·魏公子列傳》："公子與魏王博，而北境傳舉～，言'趙寇至，且入界'。" ❷ 泛指舉火。《漢書·五行志上》："後（許）章坐走馬上林下～馳逐，免官。"

【烽火】fēng huǒ ❶ 邊境報警信號。《史記·周本紀》："幽王舉～～徵兵，兵莫至。" ❷ 指戰亂。唐·杜甫《春望》："～～連三月，家書抵萬金。"

【烽燧】fēng suì 邊境報警的信號。白天放煙曰"烽"，夜間舉火曰"燧"。《漢書·韓安國傳》："匈奴不敢飲馬於河，置～～然後敢牧馬。"

蜂 fēng ❶ 昆蟲名。《左傳·僖公二十三年》："～蠆有毒。" ❷ 特指蜜蜂。唐·溫庭筠《經西塢偶題》："微紅奈（nài，果木名）蒂惹～粉。" ❸ 成羣地。《史記·項羽本紀》："豪傑～起。"

鋒 fēng ❶ 兵器的尖端。《尚書·周書·費誓》："鍛乃戈予，礪乃～刃。" ❷ 器物的尖端。宋·

沈括《夢溪筆談·雜誌一》："方家以磁石磨針⋯，則能指南。"❸ 作戰或行軍時的先頭部隊。《舊唐書·薛仁貴傳》："問先～白衣者為誰。"❹ 勢，銳氣。《史記·淮陰侯列傳》："其～不可當。"❺ 銳利。《宋史·兵志十一》："京師所製軍器，多不～利。"

豐 fēng ❶ 放酒器的盤子。《儀禮·公食大夫禮》："飲酒實於觶，加於～。"❷ 多。《國語·楚語下》："不為～約舉。"❸ 豐厚。《國語·周語上》："艾人必～。"❹ 豐滿。唐·韓愈《送李愿歸盤谷序》："曲眉～頰。"❺ 豐收。《左傳·僖公十九年》："昔周饑，克殷而年～。"❻ 草木繁茂。《詩經·小雅·湛露》："在彼～草。"

【豐碑】fēng bēi ❶ 古代下棺入墓穴的工具，木製。《禮記·檀弓下》："公室視～～，三家視桓楹。"❷ 歌功頌德的石碑。金·元好問《讀李狀元朝宗禪林記》："千字～～誰國手，百城降虜盡王臣。"

【豐骨】fēng gǔ ❶ 大骨。唐·王績《古意》之三："～～輸廟堂。"❷ 豐滿的軀體。宋·李昌齡《樂善錄·洪州劉生》："年方弱冠，～～秀美。"

【豐沃】fēng wò ❶ 肥沃。宋·陸游《入蜀記》："～～夷曠，無異平陸。"❷ 殷富。《南史·梁南郡王大連傳》："會稽～～，糧仗山積。"

【豐致】fēng zhì ❶ 風度有神采韻味。清·顏自德《雲裳續譜·名花皓月多風致》："名花皓月多～～～，人為花月費神思。"❷ 詩文有韻味、情趣。清·昭槤《嘯亭雜錄·鮑海門》："其詩蒼勁⋯⋯而～～過之，故名重一時。"

馮 (1) féng 姓，春秋鄭簡子之後。唐·王勃《滕王閣序》："～唐易老，李廣難封。"
(2) píng ❶ 馬行疾速。漢·許慎《說文·馬部》："～，馬行疾也。"❷ 盛，大。《左傳·昭公五年》："今君奮焉，震電～怒。"❸ 憤懣。戰國楚·屈原《楚辭·九章·思美人》："羌～心猶未化。"❹ 欺凌。《周禮·夏官司馬·大司馬》："～弱犯寡則眚(shěng)之。"❺ 涉水。《詩經·小雅·小旻》："不敢暴虎，不敢～河。"❻ 依靠，依據。《左傳·襄公七年》："～持我眾。"

【馮婦】féng fù 人名，姓馮名婦，善於打虎。《孟子·盡心上》："晉人有～～者，善搏虎，卒為善士。"

【馮陵】píng líng 侵犯。《左傳·襄公八年》："焚我郊保，～～我城郭。"

【馮馮】píng píng ❶ 象聲詞，敲打聲。宋·蘇軾《會獵園下》："駿馬七尺行～～。"❷ 盛滿。《漢書·禮樂志》："～～翼翼，承天之則。"

逢 féng ❶ 遇到、碰到。《詩經·邶風·柏舟》："薄言往愬(sù，同'訴')，～彼之怒。"❷ 迎接。唐·王維《與盧象集朱家》："主人能愛課，終日有～迎。"❸ 迎合，討好。《孟子·告子下》："～君之惡其罪大。"❹ 大，寬大。戰國楚·屈原《楚辭·天問》："何變化以作詐，後嗣而～長？"

諷 fěng ❶ 背誦，誦讀。唐·杜甫《寄岑嘉州》："謝朓每篇堪～詠。"❷ 以含蓄、委婉的話暗示或勸告。《戰國策·鄒忌諷齊王納諫》："鄒忌～齊王納諫。"❸ 譏諷，譏刺。明·劉基《賣柑者言》："而託於柑以～耶？"

【諷誦】 fěng sòng　背誦朗讀。《晉書·阮瞻傳》："～～遺言，不若親承音旨。"

【諷詠】 fěng yǒng　歌唱朗誦。漢·王充《論衡·累害》："～～之者，乃悲傷之。"

【諷喻】 fěng yù　用委婉的言語勸說，使領悟知曉，亦作"諷諭"。《三國志·吳書·闞澤傳》："澤欲～～，以明治亂。"

奉 fèng　❶捧。《史記·廉頗藺相如列傳》："王必無人，臣願～璧往使。" ❷進獻。《史記·廉頗藺相如列傳》："請～盆缶秦王，以相娛樂。" ❸送。《左傳·僖公三十三年》："天～我也，～不可失。" ❹給予，供。宋·蘇洵《六國論》："～之彌繁，侵之愈急。" ❺供養。《史記·孟嘗君列傳》："邑人不足以～客。" ❻俸祿。《戰國策·觸龍說趙太后》："～厚而無勞。"這個意義後來寫作"俸"。 ❼遵守。《史記·李斯列傳》："謹～法令。" ❽遵奉。《左傳·隱公三年》："請子～之以至社稷。" ❾恭敬地接受。漢樂府《孔雀東南飛》："下官～使命。" ❿侍奉。《孟子·告子上》："為宮室之美，妻妾之～。" ⓫敬謙副詞，如：～答、～陪。

【奉觴】 fèng shāng　舉杯敬酒。唐·李朝威《柳毅傳》："錢塘君歌闋，洞庭君俱起，～～於毅。"

俸 fèng　俸祿，薪俸。舊時官吏之薪金。清·袁枚《黃生借書說》："通籍後，～去俸來，落落大滿。"

【俸祿】 fèng lù　官吏依職所得薪金。《三國志·吳書·朱桓傳》："～～產業，皆與共分。"

【俸錢】 fèng qián　官吏所得俸金。唐·韓愈《進學解》："猶且月費～～。"

鳳 fèng　❶鳳鳥，傳說中的一種神鳥。漢·王充《論衡·問孔》："～鳥、河圖，明王之瑞也。" ❷比喻有聖德的人。《論語·微子》："～兮～兮，何德之衰？"

【鳳池】 fèng chí　"鳳凰池"的簡稱，原指宮苑中池沼，後為中書省別稱。唐·李白《贈江夏韋太守良宰》："君登～～去，勿棄賈生才。"

【鳳蓋】 fèng gài　古代皇帝儀仗所用的一種傘蓋。漢·班固《兩都賦》："張～～，建華旗。"

【鳳輦】 fèng niǎn　專指皇帝所乘之車。唐·錢起《和李員外扈駕幸溫泉宮》："～～時巡出九重。"

【鳳苑】 fèng yuàn　❶皇家園林。唐·陳翊《龍江春草》："青春光～～。" ❷唐時宮中馬房。唐·李賀《馬》："鳴騶辭～～，赤驥最承恩。"

【鳳詔】 fèng zhào　皇帝的詔書。唐·李商隱《夢令狐學士》："～～裁成當直歸。"

---

fou

不 fǒu　見39頁 bù。

缶 fǒu　❶瓦器，小口圓腹，用以盛酒、汲水等。《左傳·襄公九年》："具綆～。" ❷瓦製打擊樂器。《詩經·陳風·宛丘》："坎其擊～。"

否 (1) fǒu　❶不然，不這樣。《戰國策·唐雎不辱使命》："～，非若是也。" ❷不。表示否定。秦·李斯《諫逐客書》："不問可～，不論曲直。"❸不，沒有。用於句末表詢問。明·馬中錫《中山狼傳》："丈人附耳謂先生曰：'有匕首～？'"

(2) pǐ ❶閉塞，阻隔不通。唐·韋莊《湘中作》："～去泰來終可待。"❷困窮，不順。《墨子·非儒下》："窮達賞罰幸～有極。"❸惡，邪惡。《史記·秦始皇本紀》："善～陳前，靡有隱情。"

【否泰】pǐ tài　否、泰，《周易》中兩個卦名。天地不交，閉塞稱"否"；天地相交，亨通稱"泰"。後用以指世道的盛衰，命運的順逆。漢·潘岳《西征賦》："豈地勢之安危，信人事之～～。"

瓵 fǒu　同"缶"。❶盛水、酒等的瓦器。《墨子·備城門》："水～，容三石以上，小大相雜。"❷瓦製的打擊樂器。《史記·廉頗藺相如列傳》："秦王不肯擊～。"

fu

夫 (1) fū　❶成年男子。《列子·愚公移山》："遂率子孫荷擔者三～。"❷丈夫，女子之配偶。清·林嗣環《口技》："便有婦人驚覺欠伸，其～囈語。"

(2) fú　❶這，那。《左傳·燭之武退秦師》："微～人之力，不及此。"❷語氣詞，放於句首表示發議論。《論語·顏淵》："內省不疚，～何憂何懼？"❸語氣詞，用於句尾表示感歎。《莊子·逍遙遊》："則夫子猶有蓬之心也～！"

【夫人】(1) fū rén　❶諸侯之嫡妻。《公羊傳·莊公二十一年》："～～姜氏薨。"❷諸侯之母也稱"夫人"。

《左傳·僖公三十三年》："～～請之，吾舍之矣。"

(2) fú rén　眾人、人人。《左傳·襄公八年》："～～愁痛，不知所庇。"

【夫子】fū zǐ　❶古代對男子的敬稱。《莊子·逍遙遊》："莊子曰：'夫子固拙於用大矣。'"❷孔子弟子對孔子的尊稱。《論語·微子》："子見～～乎？"❸對長者或老師的尊稱。《周書·斛斯征傳》："受業於征，仍並呼征為～～。"❹丈夫。《孟子·滕文公下》："往之女家，必敬必戒，無違～～！"

跗 fū　❶腳背。宋·歐陽修《送方希則序》："余雖後進晚出，而掎裳、摩～、攘臂以遊其間。"❷腳。清·袁枚《隨園詩話》："三寸弓鞋自古無，觀音大士赤雙～。"❸花萼。晉·束皙《補亡詩》之二："白華絳～，在陵之陬(zōu，角落)。"❹雙腳交疊而坐。宋·蘇軾《將往終南和子由見寄》："終朝危坐學僧～。"❺碑下的石座。唐劉禹錫《奚公神道碑》："螭首龜～，德輝是紀。"❻足跡。《宋史·張九成傳》："每執書就明，倚立庭磚，歲久雙～隱然。"

趺 fū　❶腳背。漢·劉向《說苑·修文》："諸侯覆～，大夫到踝，士到骭。"❷足。漢·傅毅《舞賦》："～蹋摩跌。"❸花萼的最底部。五代·孫光憲《望梅花》："數枝開與短牆平，見雪萼、紅～相映。"

溥 fū　見457頁 pǔ。

膚 fū　❶人的皮膚。《韓非子·扁鵲見蔡桓公》："君之病在肌～，不治將益深。"❷樹皮。唐·柳宗元《種樹郭橐駝傳》："爪其～以驗其生枯。"❸浮，淺。漢·張衡《東京賦》："所謂末學～受。"❹大。《詩經·小雅·六月》："薄伐玁狁，以奏～公。"《毛傳》："～，大;公，功也。"❺美。《詩經·大雅·文王》："殷士～敏。"《毛傳》："～，美也。"

敷 **fū** ❶施佈。《尚書·虞書·大禹謨》："文命～於四海。"❷陳述。晉·謝靈運《山居賦》："～文奏懷。"❸普遍。《詩經·周頌·般》："～天之下。"

弗 **fú** ❶副詞，不。《孟子·告子上》："一簞食，一豆羹，得之則生，～得則死。"❷副詞，沒有。《呂氏春秋·察今》："雖人～損益，猶若不可得而法。"❸副詞，不要，別。清·陸士諤《馮婉貞》："急逐～失。"❹通"怫"，憂悶。見"弗鬱"。

◆ 弗、不。均表示一般否定，凡是用"弗"的地方均可用"不"，但先秦時期"弗"後邊的動詞一般不出現賓語。

【弗鬱】**fú yù** 憂悶不樂的樣子。《漢書·溝洫志》："吾山平兮鉅野溢，魚～～兮柏冬日。"

伏 **(1) fú** ❶趴下。明·馬中錫《中山狼傳》："頓首杖下，俯～聽命。"❷身體向前傾靠在物體上。《莊子·漁父》："孔子～軾而歎。"❸隱匿，隱蔽。《老子》五十八章："禍兮，福之所倚;福兮，禍之所～。"❹埋伏，伏兵。清·陸士諤《馮婉貞》："去村四里有森林，陰翳蔽日，～焉。"❺屈服，順從，承認。《左傳·僖公二十八年》："楚～其罪。"❻佩服，自信。唐·白居易《琵琶行》："曲罷曾教善

才。"❼表敬副詞，多出現於奏章書信之中。晉·李密《陳情表》："～惟聖朝以孝治天下。"❽時令名。**(2) fù** 鳥孵卵。《莊子·庚桑楚》："越雞不能～鵠卵。"

【伏虎】**fú hǔ** ❶蹲伏的老虎。《荀子·解蔽》："冥冥而行者，見寢石以為～～也。"❷制服猛虎。元·馬致遠《黃粱夢》："煉藥修真，降龍～～。"可以喻降服兇惡之人。

【伏劍】**fú jiàn** 自殺。《左傳·僖公十年》："～～而死。"

【伏匿】**fú nì** 躲藏。《史記·范睢蔡澤列傳》："乃遂操范睢亡，～～，更名姓曰張祿。"

【伏日】**fú rì** 伏天。夏天最熱的一段時間，包括初伏、二伏、三伏，共三十至四十天。《漢書·東方朔傳》："～～，詔賜從官肉。"

【伏帖】**fú tiē** ❶熨帖。《廣羣方譜·茶譜四》："然箬性峭勁，不甚～～。"❷舒適。清·劉鶚《老殘遊記·明湖居聽書》："無一處不～～。"

【伏膺】**fú yīng** 牢記在心，衷心欽服。唐·駱賓王《和閨情詩啟》："跪發珠韜，～～玉箭。"

【伏誅】**fú zhū** 受死刑。《史記·淮南衡山列傳》："謀反明白，當～～。"

刜 **fú** ❶用刀砍。《左傳·昭公二十六年》："苑子～林雍，斷其足。"❷剷除。漢·劉向《九嘆》："～讒賊於中盧兮，選呂、管於榛薄。"

孚 **fú** ❶孵化，孵卵。《淮南子·人間訓》："夫鴻鵠之未～於卵也。"❷信用，誠實。《詩經·大雅·下武》："永言配命，成王之

~。」❸ 為人所信服。《左傳·曹劌論戰》：「小信未~，神弗福也。」❹ 信服，信任。《尚書·周書·呂刑》：「獄成而~，輸而~。」

扶 (1) fú ❶ 攙扶，扶着。《戰國策·馮煖客孟嘗君》：「民~老攜幼，迎君道中。」❷ 扶植，扶持。《荀子·勸學》：「蓬生麻中，不~而直。」❸ 輔佐，幫助。漢·司馬遷《報任安書》：「所殺過當，虜救死~傷不給。」❹ 治理。宋·蘇軾《夷陵縣歐陽永叔至喜堂》：「人去年年改，堂傾歲歲~。」❺ 沿着，順着。晉·陶淵明《桃花源記》：「既出，得其船，便~向路，處處誌之。」

(2) fū　通「膚」，長度單位。《韓非子·揚權》：「故失之~寸，下得尋常。」

【扶風】fú fēng ❶ 暴風。《淮南子·覽冥訓》：「降~~~，雜凍雨，扶搖而登之。」❷ 郡名，故址當在今陝西省鳳翔縣等地。

【扶將】fú jiāng ❶ 扶持，攙服。北朝民歌《木蘭辭》：「爺孃聞女來，出郭相~~。」❷ 照應。漢樂府《孔雀東南飛》：「勤心養公姥，好自相~~。」

【扶老】fú lǎo　手杖的別名。晉·陶淵明《歸去來兮辭》：「策~~以流憩，時矯首而遐觀。」

【扶疏】fú shū ❶ 大樹的枝條四面延伸的樣子。《呂氏春秋·辯士》：「樹肥無使~~~。」❷ 舞動、飛舞的樣子。《淮南子·脩務訓》：「援豐條，舞~~。」

【扶搖】fú yáo　急劇盤旋而上的風暴，即今所稱「龍捲風」。《莊子·逍遙遊》：「摶~~而上者九萬里。」

【扶翼】fú yì ❶ 護持。《晉書·佛圖

澄傳》：「太子諸公，~~而上。」❷ 輔佐。《三國志·魏書·臧洪傳》：「今王室衰弱，無~~之意。」

芙 fú　芙蓉，即荷花。五代·譚用之《秋宿湘江遇雨》：「秋風萬里~~國。」又指木芙蓉，又稱木蓮，俗名「芙蓉花」，一種觀賞性落葉灌木。宋·王安石《木芙蓉》：「水邊無數木~蓉，露染臙脂色未濃。」

【芙蓉帳】fú róng zhàng　用芙蓉花染繪所織的帳。唐·白居易《長恨歌》：「~~~~暖度春宵。」

芾 (1) fú ❶ 草木茂盛的樣子。《廣雅·物韻》：「~，草木盛也。」❷ 通「韍」，古代朝覲或祭祀時遮蔽衣裳前的一種服飾，縫於腹下膝上，用熟皮製成。《詩經·小雅·采菽》：「赤~在股，邪幅在下。」

(2) fèi　形容草木枝幹莖葉微小之狀。《詩經·召南·甘棠》：「蔽~甘棠，勿翦勿伐！」

怫 (1) fú ❶ 心情不舒暢。漢·曹操《苦寒行》：「我心何~鬱，思欲一東歸。」❷ 鬱結，滯留。《素問·六元正紀大論》：「其病氣~於上。」❸ 隆起的樣子。《素問·六元正紀大論》：「上~腫色變。」

(2) fèi ❶ 憤怒的樣子，見「怫然」。❷ 心中不安的樣子。晉·潘安仁《笙賦》：「中怫鬱以~愲。」

(3) bèi　通「悖」，違反，悖逆。《史記·太史公自序》：「五家之文~異。」

【怫然】fèi rán　急怒的樣子。《莊子·天地》：「則~~作色。」

拂 (1) fú ❶ 拍。《宋史·郭從義傳》：「從義善擊球……馳驟殿庭，周旋擊~，曲盡其妙。」❷ 彈，除去塵土。《戰國策·魏策四》：「今

以臣兒惡，而得為王～枕席。"❸彈去塵土的用具，俗名拂子。《南史・陳顯達傳》："塵尾蠅～，是王謝家物，汝不須捉此。"❹抹拭。《禮記・曲禮上》："進几杖者～之。"❺掠過，輕輕擦過。唐・李白《清平調》："雲想衣裳花想容，春風～檻露華濃。"❻振動。《左傳・襄公二十六年》："～衣從之。"❼甩，揮。《西遊記》第七十一回："那菩薩將柳枝連～幾點甘露。"❽障蔽。戰國楚・屈原《楚辭・離騷》："折若木以～日兮。"❾拔出。唐・李白《贈何七判官昌浩》："不然～劍起，沙漠收奇勳。"❿通"弼"，砍。《漢書・王莽傳》："其先至者則～其頸。"⓫不順，違背。《孟子・告子下》："行～亂其所為。"

（2）bì　通"弼"，幫助，輔佐。《孟子・告子下》："入無法家～士。"

【拂耳】fú ěr　逆耳。《韓非子・安危》："～～～，故小逆在心，而久福在國。"

【拂然】fú rán　憤怒、不悅的樣子。清・吳騫《扶風傳信錄》："以眾人喧雜，意～～去。"

【拂衣】fú yī　❶振衣，表示興奮。漢・楊惲《報孫會宗書》："是日也，～～而喜。"❷指歸隱。晉・謝靈運《述祖德》："高揖七州外，～～五湖裏。"

服（1）fú　❶服從，順服。漢・賈誼《過秦論》："彊國請～，弱國入朝。"❷制服。《韓非子・二柄》："夫虎之所以能～狗者，爪牙也。"❸佩服，信服。《後漢書・張衡列傳》："後數日驛至，果地震隴西，於是皆～其妙。"❹被說服。

《墨子・公輸》："公輸盤～。"❺屈服。《左傳・子魚論戰》："愛其二毛，則如～焉。"❻用，使用。《管子・牧民》："君好之則臣～之。"❼從事，做。《論語・為政》："有事，弟子～其勞。"❽習慣，適應。漢・晁錯《言兵事疏》："卒不～習。"❾職事，職位。《荀子・儒效》："工匠之子莫不繼事，而都國之民安習其～。"❿衣服。戰國楚・屈原《楚辭・九章・涉江》："余幼好此奇～。"⓫穿。《戰國策・鄒忌諷齊王納諫》："朝～衣冠。"⓬服帶。《荀子・勸學》："其漸之滫，君子不近，庶人不～。"⓭特指喪服。《左傳・僖公三十三年》："秦伯素～郊次。"

（2）fù　❶通"負"，載負。漢・王充《論衡・別通》："是稱牛之～重，不譽馬速也。"❷承擔，承當。漢・晁錯《論貴粟疏》："今農夫五口之家，其～役者不下二人。"

【服辯】fú biàn　犯人畫押承認的供狀。《清會典事例・刑名・刑律斷獄》："獄囚取～～～。"

【服劍】fú jiàn　佩劍。《戰國策・馮煖客孟嘗君》："文車二駟，～～一。"

【服色】fú sè　古時每一朝代所定車騎、服飾、祭器等物品的顏色。漢・王充《論衡・宣漢》："當改正朔、～～、制度，定官名，興禮樂。"

【服膺】fú yīng　牢記在心。《禮記・中庸》："回之為人也，得一善則拳拳～～。"

袚　fú　❶古代一種祭祀，以除災求福。《史記・封禪書》："天子～，然後入。"❷除去，消除。《荀子・議兵》："若～不祥。"❸洗濯。《管子‧小匡》："（管仲）至於堂阜之上，鮑叔～而脫浴之三，桓公親迎之郊。"

郭 fú ❶ 外城。《左傳‧隱公五年》："伐宋，入其～。" ❷ 通"浮"，不切實，不實在。清‧毛奇齡《山陰陳母馬太君八十壽序》："故長久之道，惟在積之者不～。"

浮 fú ❶ 漂，漂浮。與"沉"相對。《莊子‧逍遙遊》："今子有五石之瓠，何不慮以為大樽而～於江湖。" ❷ 水中漂行。戰國楚‧屈原《楚辭‧九章‧哀郢》："過夏首而西～兮。" ❸ 渡水，游水。宋‧陸游《牧牛兒》："溪深不須憂，吳牛能自～。" ❹ 飄在空中。宋‧王安石《別皖口》："～煙漠漠細沙平，飛雨濺濺嫩水生。" ❺ 浮動，不固定。宋‧范仲淹《岳陽樓記》："～光躍金，靜影沉璧。" ❻ 物體空虛，不充實。宋‧沈括《夢溪筆談‧采草藥》："有苗時采，則虛而～。" ❼ 超過。《禮記‧坊記》："故君子與其使食～於人也，寧使人～於食。" ❽ 通"瓠"，葫蘆。《淮南子‧說山訓》："百人抗～，不若一人絜而趨。"

【浮浮】fú fú ❶ 盛大的樣子。《詩經‧小雅‧角弓》："雨雪～～，見晛（xiàn，日氣）曰流。" ❷ 流動的樣子。戰國楚‧屈原《楚辭‧九章‧抽思》："悲夫秋風之動容兮，何回極之～～。" ❸ 熱氣上騰的樣子，通"烰烰"《詩經‧大雅‧生民》："釋之叟叟，烝之～～。"

【浮華】fú huá ❶ 華而不實。《後漢書‧魯丕列傳》："～～無用之言，不陳於前。" ❷ 指虛浮不實的榮華富貴。唐‧賈島《寓興》："～～豈我事，日月徒蹉跎。"

【浮靡】fú mǐ ❶ 浮豔綺靡。《新唐書‧杜甫傳》："詩人承陳、隋風流，～～相矜。" ❷ 浪費。《新唐書‧順宗十一女傳》："且敕京兆尹禁切～～。"

【浮生】fú shēng　人生。老莊學派認為，人生在世，漂浮無定，故稱人生為"浮生"。唐‧李白《春夜宴從弟桃花園序》："～～若夢，為歡幾何。"

【浮思】fú sī ❶ 建於殿上的牆屏，上刻雲氣、蟲獸，鏤空可透視。《禮記‧明堂位》："……疏屏，天子之廟飾也。"註："屏謂之樹，今～～也。" ❷ 城上小樓，可供瞭望。《周禮‧冬官考工記‧匠人》："宮隅之制七雉，城隅之制九雉。"鄭玄註："宮隅、城隅，謂角～～也。"

【浮圖】fú tú　亦作浮屠。❶ 佛。《後漢書‧明帝紀上》："～～者，佛也。" ❷ 佛教。南朝梁‧范縝《神滅論》："～～害政，桑門蠹俗。" ❸ 佛塔。宋‧蘇軾《薦誠禪院五百羅漢記》："且造觀～～十有三級，高百二十尺。" ❹ 和尚。宋‧王安石《遊褒禪山記》："唐～～慧褒始舍於其址。"

蚨 fú ❶ 蟲名，青蚨。漢‧許慎《說文解字‧虫部》："～，青～，水蟲。" ❷ 錢的別稱。唐‧寒山《詩》："囊裏無青～，篋中有黃絹。"

緁 fú　繫印的絲帶。《漢書‧匈奴傳下》："授單于印～。"

莩 (1) fú ❶ 莩草，農民稱為湖草，多年生草本植物，色淡白，可以蓋屋。漢‧許慎《說文解字‧艸部》："～，艸也。" ❷ 蘆葦稈中的薄膜，可作笛膜，又比喻薄。清‧蒲松齡《聊齋志異‧嬰寧》："葭～之情，愛何待言。"葭莩喻微薄，此指疏遠的親情。❸ 種子的外皮。唐·李商隱《百果嘲櫻桃》："朱實誰先熟，瓊～縱早開。"

（2）piǎo 通"殍"，餓死。《孟子·梁惠王上》："民有飢色，野有餓～。"

桴 fú ❶ 房屋中二梁。漢·班固《兩都賦》："荷棟～而高驤（xiāng，高舉）。" ❷ 鼓槌。《呂氏春秋·貴直》："簡子投～而歎。" ❸ 竹木筏子。《論語·公冶長》："道不行，乘～浮於海。"

【桴鼓】fú gǔ　鼓槌與鼓。古時作戰進攻的信號是鼓聲，故以鼓、槌相應來比喻戰爭。《隋書·地理志上》："～～屢驚，盜賊不禁。"

符 fú ❶ 朝廷傳達命令或徵調兵將用的憑證。用銅、玉、竹製作，上刻文字，一分為二，各執其一，合二為一則有憑證作用。《史記·魏公子列傳》："嬴聞晉鄙之兵～常在王臥內。" ❷ 出入門關的憑證。《後漢書·郭丹列傳》："後從師長安，買～入函谷關。" ❸ 契約，憑證。《韓非子·主道》："事已增則操其～，～契之所合。" ❹ 符籙，道士畫的圖形或線條，用以驅鬼求福。清·袁枚《子不語·吳生不歸》："以鐵索鎖之，壓以～籙。" ❺ 祥瑞，吉祥的徵兆。漢·董仲舒《舉賢良對策一》："此蓋受命之～也。" ❻ 道，規律。《呂氏春秋·精諭》："見其人而心與志皆見，天～同也。" ❼ 驗證。《淮南子·本經訓》："審於～者，怪物不能惑也。" ❽ 符合，相合。唐·杜甫《送竇九歸成都》："非爾更苦節，何人～大名。"

【符命】fú mìng ❶ 舊謂天賜吉祥與人君，作為受命的憑證。《魏書·臨淮王傳》："皆身受～～。" ❷ 文體名，一種敍述吉祥徵兆、為帝王歌功頌德的文章。《漢書·揚雄傳下》："爰清靜，作～～。"

【符瑞】fú ruì　多指帝王受命之吉兆，吉祥的徵兆。漢·劉輔《上成帝書》："臣聞天子所與必先賜以～～。"

【符兆】fú zhào　徵兆。《資治通鑑》卷一百七十四："竊以事卜之，～～已定。"

【符咒】fú zhòu　僧道以為可役使鬼神的符籙咒語。清·紀昀《閱微草堂筆記·灤陽消夏錄》："偶買得役鬼～～一冊。"

蕧 fú ❶ 蔬菜名，萊菔、蘆菔，俗稱蘿蔔。《後漢書·劉盆子列傳》："掘庭中蘆～根，捕池魚而食之。" ❷ 兵器袋。《集韻·屋韻》："～，刀劍衣。"

幅 （1）fú ❶ 布帛的寬度。《漢書·食貨志下》："布帛廣二尺二寸為～，長四丈為匹。" ❷ 量詞，用於平面物，一方為一幅。唐·杜荀鶴《送青陽李明府》："惟將六～絹，寫得九華山。"

（2）bì　綁腿布，古名"斜幅"。《左傳·桓公二年》："帶、裳、～、舄（雙層底鞋）……昭其度也。"

【幅隕】fú yuán　疆域或方圓的面積。幅，指寬；隕（圓），指周長。《詩經·商頌·長發》："外大國是疆，～～既長。"

鳧 fú 野鴨。唐·盧照鄰《窮魚賦》："～趨雀躍，風馳電往。"

福 （1）fú ❶ 幸福，與"禍"相對。漢·劉向《說苑·權謀》："此所謂～不重至，禍必重來者也。"
❷賜福，保佑。《左傳·曹劌論戰》："小信未孚，神弗～也。"❸祭祀用的酒肉。《國語·晉語二》："今夕君夢齊姜，必速祠而歸～。"

（2）fù ❶藏。《史記·龜策列傳》："邦～重寶，聞於傍鄉。"❷通"副"，相稱，相同。漢·張衡《西京賦》："仰～帝座，陽曜陰藏。"

【福祐】fú yòu　賜福保佑。《三國志·蜀書·譙周傳》："非徒求～～，所以率民尊上也。"

蜉　fú　見"蜉蝣"。

【蜉蝣】fú yóu　一種生存期僅數小時的昆蟲。宋·蘇軾《前赤壁賦》："寄～～於天地，渺滄海之一粟。"

輻　fú　車輪上的輻條。《老子》十一章："三十～共一轂。"

【輻輳】fú còu　車輻條湊集於轂，比喻人或物象聚於一處。亦作"輻湊"。清·蒲松齡《聊齋志異·王者》："忽睹城郭，居人～～。"

襆　fú　❶包被，包帕。唐·白居易《司馬廳獨宿》："府吏下廳簾，家僮開被～。"❷見"襆頭"。

【襆頭】fú tóu　一種頭巾。清·吳敬梓《儒林外史》第四十二回："應天府尹大人戴着～～，穿着蟒袍，行過了禮。"

黻　fú　❶古代禮服上青黑相間的花紋。漢·劉向《説苑·修文》："士服～，大夫黼。"❷通"紱"，繫印章的絲帶。唐·王勃《上劉右相書》："龍章鳳～照其前。"❸通"韍"，古時祭祀時所穿的蔽膝，如今之"腰圍巾"。《左傳·桓公二年》："衮、冕、～、珽，斑、帶、……昭其度也。"

【黻冕】fú miǎn　古代卿大夫之禮服。《左傳·宣公十六年》："以～～命士會將中軍。"

甫　fǔ　❶男子美稱。《詩經·大雅·烝民》："肅肅王命，仲山～將之。"❷大。《詩經·齊風·甫田》："無田～田，維莠驕驕。"❸始，才。清·紀昀《閲微草堂筆記·槐西雜誌》："～一脱手，已瞥然逝。"

府　fǔ　❶國家收藏文書或財物的地方。《左傳·僖公五年》："勳在王室，藏於盟～。"❷官府。三國蜀·諸葛亮《出師表》："宮中～中，俱為一體。"❸臟腑。《呂氏春秋·達鬱》："凡人三百六十節，九竅五藏六～。"這個意義後來作"腑"。❹收藏，儲存。《莊子·德充符》："官天地，～萬物。"❺唐宋時大州稱府。明清時府是縣以上的行政區域。如唐朝的"京兆府"，清朝的"奉天府"。

◆"府"、"庫"、"倉"。在古代均可表示收藏的處所，但收藏的對象不同。收藏財物、文書的地方叫"府"；收藏武器、戰車的地方叫"庫"；收藏糧食的地方叫"倉"或"廩"。《韓非子·十過》："倉無治粟，府無儲錢，庫無甲兵。"

【府庫】fǔ kù　收藏錢財與兵器的地方。《史記·項羽本紀》："籍吏民，封～～，而待將軍。"

拊　fǔ　❶撫摩。《史記·吳王濞列傳》："因～其背。"❷拍，敲。《左傳·襄公十二年》："公～楹而歌。"❸撫慰，安撫。《左傳·宣公二十一年》："王巡三軍，～而勉之。"❹撫養。《詩經·小雅·蓼莪》："～我畜我。"❺刀柄。《禮記·少儀》："削（曲刀）受～。"

❻形如小鼓的一種樂器。《周禮·春官宗伯·大師》:"令奏節~。"

【拊心】 fǔ xīn　撫胸,拍胸。《莊子·讓王》:"子列子入,其妻望之而~~。"

斧 fǔ

❶斧子。《詩經·齊風·南山》:"析薪如之何?匪斧不克。" ❷用斧子砍。唐·韓愈《平淮西碑》:"執訊不順,往~其吭。" ❸一種兵器,也作殺人刑具。《漢書·武帝紀》:"杖~分部逐捕。"

◆ 斧、斤。均是砍削工具,上古刑制不同。清·王筠《說文句讀》:"斤之刃橫,斧之刃緃。"

【斧斤】 fǔ jīn　斧子。《孟子·告子上》:"牛山之木嘗美矣,以其郊於大國也,~~伐之,可以為美乎?"

【斧正】 fǔ zhèng　請人修改文字的謙詞。清·顏光敏《顏氏家藏尺牘·曹禾書》:"小詞成之數日,……幸~~是荷。"

【斧質】 fǔ zhì　腰斬犯人的刑具。《史記·廉頗藺相如列傳》:"君不如肉袒伏~~請罪,則幸得脫矣。"

俛 fǔ　見404頁miǎn。

俯 fǔ

❶俯頭,與"仰"相對。《周易·繫辭上》:"仰以觀於天文,~以察於地理。" ❷屈身,彎下。明·宋濂《送東陽馬生序》:"余立侍左右,援疑質理,~身傾耳以請。" ❸對下。《孟子·梁惠王上》:"仰不足以事父母,~不足以畜妻子。" ❹屈服。《戰國策·韓策三》:"是我~於一人之下,而信於萬人之上也。" ❺。《禮記·月令》:"蟄蟲咸~在內。"

【俯伏】 fǔ fú　俯首伏地。表示恐懼、屈服、崇敬。唐·鄭懷古《博異志·陰隱客》:"門有數人,~~而候。"

【俯就】 fǔ jiù　❶屈從。《元史·李孟傳》:"李道復乃肯~~集賢耶?" ❷遷就。《紅樓夢》第五回:"寶玉又自悔言語冒撞,前去~~。"

釜 fǔ

❶一種鍋,炊具。清·蒲松齡《聊齋志異·錦瑟》:"~中烹羊胛熟,就嗽(dàn,吃或給別人吃)之。" ❷容量單位,六斗四升為一釜。《論語·雍也》:"子華使於齊,冉子為其母請粟。子曰:'與之~。'"

脯 fǔ

❶乾肉。漢·陳琳《飲馬長城窟行》:"生男慎莫舉,生女哺用~。" ❷使之成為乾肉。《史記·魯仲連鄒陽列傳》:"鄂侯爭之彊,辯之疾,故~鄂侯。"

輔 fǔ

❶車輪外的兩條直木,用以增強車輻的承受力。《詩經·小雅·正月》:"其車既載,乃棄爾~。" ❷輔佐,輔助。《孫子·謀攻》:"~周則國必強,~隙則國必弱。" ❸護衛,護持。唐·王勃《送杜少府之任蜀州》:"城闕~三秦,風煙望五津。" ❹輔佐之臣。《戰國策·秦策三》:"其威內扶,其~外布。" ❺面頰。《左傳·宮之奇諫假道》:"~車相依,唇亡齒寒。" ❻京城附近的地方。《後漢書·張衡列傳》:"衡少善屬文,遊於三~,因入京師。"

【輔弼】 fǔ bì　輔佐之臣,指宰相等重臣。《後漢書·伏湛列傳》:"柱石之臣,宜居~~。"

【輔相】 fǔ xiàng　❶輔助。《孟子·公孫丑上》:"皆賢人也,相與~~之。" ❷宰相。《宋史·畢士安傳》:"事朕南府東宮,以至~~。"

腐 fǔ ❶ 肉腐爛。《荀子·勸學》："肉～出蟲，魚枯生蠹。" ❷ 腐爛的。《莊子·秋水》："於是鴟得～鼠。" ❸ 臭。《呂氏春秋·盡數》："流水不～，戶樞不蠹，動也。" ❹ 指腐爛腐臭之物。《呂氏春秋·勸學》："是懷～而欲香也。" ❺ 陳腐，迂腐。指言談、行事拘泥於陳舊準則。見"腐儒"。 ❻ 見"腐刑"。

【腐儒】fǔ rú 思想陳腐、不堪任用的儒生。《史記·季布欒布列傳》："為天下安用～～？"

【腐刑】fǔ xíng 宮刑，殘壞男子生殖器的酷刑，因創口腐臭，故稱"腐刑"。漢·司馬遷《報任安書》："最下～～極矣！"

撫 fǔ ❶ 撫摸。明·魏學洢《核舟記》："東坡右手執卷端，左手～魯直背。" ❷ 安撫，撫慰。《國語·魯語下》："鎮～敝邑。" ❸ 拍，按。明·馮夢龍《警世通言》第四卷："不覺～髀長歎。" ❹ 握，持。《孟子·梁惠王下》："夫～劍疾視。" ❺ 彈奏。《晉書·陶潛傳》："畜素琴一張……則～而和之。" ❻ 佔有，據有。《禮記·文王世子》："西方有九國焉，君王其終～諸？" ❼ 憑藉，依靠。引申指乘車駕船。漢·張衡《東京賦》："天子乃～玉輅，時乘六龍。"

【撫膺】fǔ yīng 以手拍胸。唐·李白《蜀道難》："以手～～坐長歎。"

【撫掌】fǔ zhǎng 拍掌。《晉書·劉惔傳》："一坐～～大笑。"

鬴 fǔ 同"釜"。❶ 古代一種鍋。《韓非子·說疑》："而以其身為墋谷～洧之卑。" ❷ 古量器名，六斗四升為一鬴。明·無名氏《運

甓記》："一貧徹骨，二～常空。"

黼 fǔ ❶ 古代禮服、禮器上所繪、繡的黑白相間的斧形花紋。宋·蘇舜卿《感興三首》之一："牆壁衣之～。" ❷ 有黑白相間斧形花紋的禮服。《禮記·禮器》："天子龍袞，諸侯～。" ❸ 繡黑白相間的花紋。《周禮·天官冢宰·幂人》："凡王巾皆～～。"

【黼黻】fǔ fú ❶ 古代繪、繡的黑白相間的亞形或斧形的禮服。《史記·秦本紀》："斬首六萬，天子賀以～～。" ❷ 喻優美光彩的文章。《北齊書·文苑傳》："摛(chī，舒展、散佈)～～於生知，問珪璋於先覺。"

父 (1) fù ❶ 父親。《詩經·小雅·蓼莪》："～兮生我，母兮鞠(生)我。" ❷ 男性長輩通稱，如祖父、叔父。《左傳·昭公十二年》："昔我皇祖伯～昆吾。"

(2) fǔ ❶ 對老年男子的尊稱，有尊之如父之意。《史記·項羽本紀》："亞～南向坐，亞～者，范增也。" ❷ 男子名下加的美稱。《穀梁傳·隱公元年》："三月，公及邾(zhū)儀～盟於昧，……儀，字也；～，猶傅也，男子之美稱也。" ❸ 對田野老人的稱呼，如田父、樵父、漁父等。《史記·范雎蔡澤列傳》："身為漁～，而釣於渭濱耳。"

【父艱】fù jiān 猶父憂，指父喪。《舊唐書·劉洎傳》："尋丁～～，居喪以孝聞。"

付 fù 給予，交給。三國蜀·諸葛亮《出師表》："宜～有司，論其刑賞。"

【付託】fù tuō 晉·干寶《搜神記》："而～～不以至公。"

【付梓】fù zǐ　付印。梓：刻版。清·袁枚《祭妹文》："汝之詩，吾已~~。"

附　(1) fù　❶ 附着。《孫子·謀攻》："將不勝其忿而蟻~之。"❷ 依附，歸附。《資治通鑑》卷六十五："荊州之民~操者，逼兵勢耳，非心服也。"❸ 靠近。明·馬中錫《中山狼傳》："丈人耳謂先生曰：'有匕首否？'"❹ 增加，增益。《孟子·盡心上》："~之以韓、魏之家。"❺ 符合。《史記·蘇秦列傳》："是我一舉而名實~也。"❻ 捎帶。唐·杜甫《石壕吏》："一男~書至，二男新戰死。"　(2) fǔ　通"腑"，內臟器官。《漢書·劉向傳》："臣幸得託肺~。"

【附比】fù bǐ　歸附從屬。《管子·小匡》："小國諸侯~~。"

【附離】fù lí　也作"附麗"，附着，依附。《莊子·駢拇》："~~不以膠漆，約束不以纆（三股合成的繩索）索。"

阜　fù　❶ 土山。《詩經·小雅·天保》："如山如~，如岡如陵。"❷ 大。《詩經·秦風·駟驖》："駟驖孔~，六轡在手。"❸ 興盛、旺盛。《國語·魯語上》："以為夏犒，助生~也。"❹ 眾人，百姓。《國語·晉語六》："考訊其~以出，則怨靖。"

訃　fù　❶ 報喪，報告人死的消息。漢·王充《論衡·書虛》："齊亂，公薨三月乃~。"❷ 訃告，報喪的文字。唐·柳宗元《虞鳴鶴誄》："捧~號呼，匍匐增悲。"

赴　fù　❶ 奔赴，投入。北朝民歌《木蘭辭》："萬里~戎機，關山度若飛。"❷ 前，前往。漢樂府《孔雀東南飛》："吾今且~府，不久當還歸。"❸ 赴任，就職。宋·蘇軾《石鐘山記》："而長子邁將~饒之德興尉。"❹ 奔走報喪。後作"訃"。《左傳·文公十四年》："凡崩、薨，不~則不書。"

負　fù　❶ 以背載物。《史記·廉頗藺相如列傳》："肉袒~荊。"❷ 載。唐·杜牧《阿房宮賦》："使~棟之柱，多於南畝之農夫。"❸ 承擔，擔當。《史記·廉頗藺相如列傳》："均之二策，寧許以~秦曲。"❹ 依仗，憑藉。《史記·廉頗藺相如列傳》："秦貪，~其彊，以空言求璧。"❺ 背棄。《史記·廉頗藺相如列傳》："相如度秦王雖齋，決~約不償城。"❻ 對不起，辜負。明·馬中錫《中山狼傳》："先生曰：'狼~我！狼~我！'"《史記·廉頗藺相如列傳》："臣誠恐見欺於王而~趙，故令人持璧歸。"❼ 失敗。《孫子·謀攻》："不知彼而知己，一勝一~。"❽ 通"婦"，老婦人。《史記·陳丞相世家》："戶牖富人有張~。"

【負笈】fù jí　背着書箱求學。笈：書箱。清·蒲松齡《聊齋志異·鳳陽士人》："鳳陽一士人，~~遠遊。"

【負命】fù mìng　違背命令、指示。《史記·五帝本紀》："鯀~~毀族。"

婦　fù　❶ 已婚的女子。唐·杜甫《石壕吏》："聽~前致詞，三男鄴城戍。"❷ 妻子。唐·白居易《琵琶行》："門前冷落鞍馬稀，老大嫁作商人~。"❸ 兒媳。《左傳·僖公二十四年》："女德無極，~怨無終。"❹ 柔美，嫻雅。《荀子·樂論》："亂世之徵，其服組，其容~。"❺ 泛指女性。《左傳·僖公二十三年》："武夫力而拘諸原，~人暫而免諸國。"

副 fù ❶ 副的、第二的，與“正”相對。《漢書·張騫傳》：“騫即分遣一使使大宛、康居、月氏、大夏。” ❷ 相稱，符合。《漢書·王莽傳》：“而無印信，名實不~。” ❸ 文獻，圖書副本。《漢書·孝文功臣表》：“藏諸宗廟，~在有司。” ❹ 幫助。《素問·疏五過論》：“循經守數，按循醫事，為萬民~。” ❺ 量詞，套，雙。《唐會要》：“令所可造兩~供用。”

【副車】fù chē　皇帝侍從車輛。《史記·留侯世家》：“狙擊秦皇帝博浪沙中，誤中~~。”

【副君】fù jūn　指太子。《漢書·疏廣傳》：“太子，國儲~~，師友必於天下英俊。”

復 fù ❶ 返回，回來。《左傳·齊桓公伐楚盟屈完》：“昭王南征而不~。” ❷ 恢復。《荀子·勸學》：“雖有槁暴、不~挺者，輮使之也。” ❸ 回答。明·宋濂《送東陽馬生序》：“不敢出一言以~。” ❹ 告訴。《孟子·梁惠王上》：“有~於王者曰：‘吾力足以舉百鈞……’” ❺ 履行，實踐。《論語·顏淵》：“克己~禮為仁。” ❻ 免除賦稅徭役。漢·晁錯《論貴粟疏》：“今令民有車騎馬一匹者，~卒三人。” ❼ 副詞，再，又。《史記·廉頗藺相如列傳》：“臣觀大王無意償趙王城邑，故臣~取璧。” ❽ 副詞，重新，再次。《史記·陳涉世家》：“~立楚國之社稷，功宜為王。” ❾ 副詞，更加，還。漢·王充《論衡·問孔》：“淺言~深，略指~分。” ❿ 通“覆”，覆蓋。

傳 (1) fù ❶ 教導，輔佐。《史記·商君列傳》：“刑其~公子虔。” ❷ 輔導者，教師。《禮記·文王世子》：“立太~少~以養之。” ❸ 教育，教導。《孟子·滕文公下》：“則使~人~諸？使楚人~諸？” ❹ 通“附”，附着，靠近。《詩經·大雅·卷阿》：“鳳凰于飛，翽（huì）翽其羽，亦~於天。” ❺ 通“附”，依附。《左傳·僖公十四年》：“皮之不存，毛將安~。” ❻ 通“附”，加上。秦·李斯《諫逐客書》：“~璣之珥，阿縞之衣。”

(2) fū　通“敷”。❶ 分佈。《荀子·成相》：“禹~工，平天下。” ❷ 塗搽。北齊·顏之推《顏氏家訓·勉學》：“無不燻衣剃面，~粉施朱。” ❸ 陳述。《漢書·文帝紀》：“上親策之，~納於言。”

【傳會】fù huì　同“附會”。❶ 把……合在一起。明·余繼登《典故紀聞》：“不顧非議，乃牽合~~。” ❷ 組織文句。《後漢書·張衡列傳》：“精思~~，十年乃成。”

富 fù ❶ 財產多，富裕。與“貧”相對。《論語·學而》：“貧而無諂，~而無驕。” ❷ 多，充裕。清·袁枚《黃生借書說》：“有張氏藏書甚~。” ❸ 使……富裕。漢·賈誼《論積貯疏》：“可以為~安天下，而直為此廩廩也。”

【富逸】fù yì　❶ 富足安逸。《後漢書·李通列傳》：“且居家~~，為閭里雄。” ❷ 文辭豐富。《北齊書·魏收傳》：“（王）昕風流文辯，（魏）收辭藻~~。”

腹 fù ❶ 人的腹部，肚子。漢·晁錯《論貴粟疏》：“~飢不得食。” ❷ 泛指各種禽獸、昆蟲的肚子。清·蒲松齡《聊齋志異·促織》：“已股落且裂，斯須就斃。” ❸ 中間部位。《禮記·投壺》：“壺頸修七寸，~修五寸。” ❹ 內心。《史記·魏其武安侯列傳》："～誹而心謗。"❺前面。與"背"相對。宋·陳亮《酌古論·韓信》："欲使吾～背受敵，始可全勝。"❻懷抱。《詩經·小雅·蓼莪》："顧我復我，出入～我。"

【腹非】fù fēi 亦作"腹誹"，口不言而心非之。《漢書·食貨志下》："不入言而～～，論死。"

複 fù

❶夾衣。南朝宋·劉義慶《世說新語·夙惠》："時冬天，晝日不著～衣。"❷繁複，重複。宋·陸游《游山西村》："山重水～疑無路，柳暗花明又一村。"

【複道】fù dào　樓閣間上下兩層空中通道。唐·杜牧《阿房宮賦》："～～行空，不霽何虹？"

賦 fù

❶賦稅。唐·柳宗元《捕蛇者說》："更若役，復若～，則何如？"❷徵收。漢·褚少孫《西門豹治鄴》："鄴三老、廷掾常歲～斂百姓。"❸兵役，徭役。《左傳·哀公七年》："且魯～七百乘。"❹兵，軍隊。《論語·公冶長》："千乘之國，可使治其～也。"❺授予，給予。《韓非子·八姦》："～祿者，稱其功。"❻論述，陳述。漢·王充《論衡·對作》："～姦偽之說。"❼創作。晉·陶淵明《歸去來兮辭》："臨清流而～詩。"❽吟誦。《左傳·鄭伯克段於鄢》："姜出而～。"❾文體的一種。宋·范仲淹《岳陽樓記》："刻唐賢今人詩～於其上。"

◆ 賦、稅、租。均可表示賦稅之義，其區別是：先秦因戰爭而徵集人力與財物，稱"賦"；"稅"、"租"，先秦同義，漢以後有分工，從工商行業徵收的叫"稅"；據田畝徵收的叫"租"。

【賦斂】fù liǎn　稅收，賦稅。唐·柳宗元《捕蛇者說》："孰知～～之毒，有甚是蛇者乎？"

【賦粟】fù sù　徵收的穀物。宋·曾鞏《洪州東門記》："其～～輸於京師，為天下最。"

駙 fù

❶副馬，駕副車或備用的馬。《韓非子·外儲說右下》："而～馬敗者，非弩水之利不足也。"❷通"輔"，車箱外立木。《史記·司馬穰苴列傳》："乃斬其僕，車之左～，馬之左驂，以徇三軍。"

縛 fù

❶捆束，束縛。清·方苞《獄中雜記》："不如所欲，～時即先折筋骨。"❷捆束用的繩索。明·馬中錫《中山狼傳》："出我囊，解我～。"❸限制，束縛。《韓非子·備內》："～於勢而不得不事也。"

覆 fù

❶遮蓋，掩蔽。明·魏學洢《核舟記》："中軒敞者為艙，箬篷～之。"❷翻轉。《史記·項羽本紀》："樊噲～其盾於地。"❸倒，倒出。《莊子·逍遙遊》："～杯水於坳堂之上，則芥為之舟。"❹顛覆，傾覆。三國蜀·諸葛亮《出師表》："後值傾～，受任於敗軍之際。"❺滅亡。漢·仲長統《昌言》："是昏亂迷惑之主，～國亡家之臣也。"❻伏兵，埋伏。《左傳·隱公九年》："君為三～以待之，……進而遇～必速奔。"❼審查。《周禮·冬官考工記·弓人》："～之而角至。"❽副詞，反而，反倒。《詩經·小雅·節南山》："不懲其心，～怨其正。"

【覆逆】fù nì　預料，猜測。《戰國策·秦策二》："計聽知～～者，唯王可也。"

【覆盆】fù pén ❶ 將盆子翻過來。漢·王充《論衡·説日》："視天若～～之狀。" ❷ 喻沉冤難申。明·張居正《答應天張按院》："則～～之冤誰與雪之。"

【覆手】fù shǒu 反手，比喻事情易辦。《後漢書·皇甫規列傳》："今興改善政，易於～～。"

【覆轍】fù zhé 翻車的車輪軋出的痕跡。喻前人失敗的教訓。明·余繼登《典故紀聞》："覆車之轍，不可蹈也。"

馥 fù ❶ 香氣。南朝齊·謝朓《思歸賦》："晨露晞而草～。" ❷ 比喻詩文優美。《新唐書·杜甫傳》："殘膏剩～，沾丐後人多矣。" ❸ 香氣濃郁。宋·蘇軾《真興寺閣》："紅梨驚合抱，映島孤雲～。"

【馥馥】fù fù 香氣濃郁。漢·蘇武《與李陵》："燭燭晨明月，～～秋蘭芳。"

G

ga

伽　gā　見 476 頁 qié。

呷　gā　見 644 頁 xiā。

嘎　gā　表示聲音。唐・李山甫《方干隱居》："咬咬～～水禽聲，露洗松陰滿院清。"

gai

陔　gāi　❶ 台階石級的次序或者數量。《漢書・郊祀志上》："具泰一祠壇，……三～。" ❷ 田埂。唐・紀唐夫《送友人歸宜春》："故里南～曲，秋期欲送君。"

垓　gāi　❶ 兼具八極之地。漢・揚雄《大鴻臚箴》："經通～極。" ❷ 界限。漢・揚雄《衛尉箴》："重規累～，以難斥律。" ❸ 表示數量，一萬萬為"垓"。漢・應劭《風俗通》："十萬謂之億，十億謂之兆，十兆謂之經，十經謂之～。" ❹ 通"陔"，台階的層次。《史記・封禪書》："壇三～。"

賅　gāi　完整，完備。《莊子・齊物論》："六藏（zàng，通'臟'）～而存焉。"

該　gāi　❶ 本義為軍中的規定約束。❷ 具備。《南史・梁元帝紀》："帝於伎術無所不～。" ❸ 包括，完備。《後漢書・班彪列傳》："仁聖之事既～，帝王之道備矣。" ❹ 充足。南朝梁・劉勰《文心雕龍・史傳》："其十志～富，贊序弘麗。"

【該博】　gāi bó　博學多識。《晉書・索靖傳》："（索）靖～～經史，兼通內緯。"

【該洽】　gāi qià　詳備，廣博。《晉書・藝術傳論》："～～墳典，研精數術。"

改　gǎi　❶ 變動，變更。《國語・越語上》："將不可～於是矣。" ❷ 改正過錯。南朝梁・丘遲《與陳伯之書》："若遂不～，方思僕言。" ❸ 重新，再，另。《三國演義・楊修之死》："於是再築牆圍，～造停當。"

【改醮】　gǎi jiào　寡婦再嫁。《晉書・李密傳》："母何氏～～。"

【改容】　gǎi róng　改變儀容。《史記・絳侯周勃世家》："天子為動，～～式車。"

【改元】　gǎi yuán　帝王改用新年號。宋・文天祥《〈指南錄〉後序》："是年夏五，～～景炎。"

【改轍】　gǎi zhé　❶ 改變行車路程。唐・杜甫《自京赴奉先詠懷》："北轅就涇渭，官渡又～～。" ❷ 改變作風或做法。《隋書・儀禮志一》："殷周所以異軌，秦漢於焉～～。"

丐　gài　❶ 乞討。《笑林・漢世老人》："或人從之求～者。" ❷ 祈願，請求。《宋史・岳飛傳》："賊呼～命。" ❸ 給予，施捨。宋・王安石《傷仲永》："或以錢幣～之。" ❹ 乞丐。明・王守仁《尊經閣記》："至為竄人～夫。"

匄　gài　❶ 乞求。《左傳・昭公六年》："不抽屋，不強～。" ❷ 乞丐。梁啟超《變法通議》："半屬流～。" ❸ 給予。《資治通鑑》卷五十五："悉散與大學諸生及～施貧民。"

溉　gài　❶ 清洗，洗滌。《詩經・檜風・匪風》："誰能亨（pēng，烹）魚？～之釜鬵（xín，大鍋）。"
❷ 灌注，澆水。唐・柳宗元《〈愚溪詩〉序》："蓋其流甚下，不可以灌～。"

概 gài ❶ 古時量穀米時刮平斛時用的器具。《韓非子・外儲說左下》："～者，平量也。" ❷ 風景，景象。宋・王禹偁《黃岡竹樓記》："亦謫居之勝～也。" ❸ 風度，氣節。漢・楊惲《報孫會宗書》："凜然皆有節～。" ❹ 梗概，大略。《史記・伯夷列傳》："其文辭不少～見。"

蓋 gài ❶ 用茅草等編製的覆蓋物。《左傳・襄公十四年》："乃祖吾離被苫～，蒙荊棘，以來歸我先君。" ❷ 搭蓋。漢・王褒《僮約》："治舍一屋。" ❸ 器物上用來遮蔽的東西，如車蓋等。明・歸有光《項脊軒志》："今已亭亭如～矣。" ❹ 加在上面。唐・杜甫《自京赴奉先詠懷》："～棺事則已，此志常覬豁。" ❺ 勝過，超過。漢・李陵《答蘇武書》："功略～天地，義勇冠三軍。" ❻ 大約，大概。宋・王安石《遊褒禪山記》："今言'華'如'華實'之'華'者，～音謬也。" ❼ 連詞，承接上文，表示原因和理由。三國蜀・諸葛亮《出師表》："～追先帝之殊遇，欲報之於陛下也。" ❽ 句首或句中語氣詞。《史記・孔子世家》："～周文王起豐鎬而王。" ❾ 通"盍"，何，表示疑問。《莊子・養生主》："技～至此乎？"

---

gan

干 gān ❶ 盾牌。《韓非子・五蠹》："執～戚舞。" ❷ 觸犯。漢《說文解字・干部》："～，犯也。" ❸ 擾亂，干擾。唐・杜甫《兵

車行》："牽衣頓足攔道哭，哭聲直上～雲霄。" ❹ 求取。《論語・為政》："子張學～祿。" ❺ 干涉，干預。唐・杜甫《秋興八首》其八："綵筆昔曾～氣象，白頭今望苦低垂。" ❻ 關涉。宋・李清照《鳳凰臺上憶吹簫》："新來瘦，非～病酒，不是悲秋。" ❼ 河岸，水邊。《詩經・衛風・伐檀》："坎坎伐檀兮，寘（置）之河之～兮。" ❽ 量詞，夥，幫。《紅樓夢》第四回："勾取一～有名人犯。" ❾ 量詞，相當於"個"。漢・賈誼《治安策》："今齊、趙、楚各為若～國。"

【干犯】gān fàn　觸犯，冒犯。《三國志・魏書・蘇則傳》："有～～者輒戮。"

【干謁】gān yè　因為對人有所求而請求拜見。唐・杜甫《自京赴奉先詠懷》："以茲誤生理，獨恥事～～。"

【干支】gān zhī　古人用以紀年月日的十干十二支的合稱。甲、乙、丙、丁、戊、己、庚、辛、壬、癸為十干，也稱天干；子、丑、寅、卯、辰、巳、午、未、申、酉、戌、亥為十二支，也稱地支。

乾 gān　沒有水或者水很少，與"濕"相對。《孟子・盡心下》："旱～水溢。"

甘 gān ❶ 美味。漢・司馬遷《報任安書》："李陵素與士大夫絕～分少。" ❷ 甜。《墨子・非攻上》："多嘗苦曰～。" ❸ 覺得好吃。《論語・陽貨》："食旨不～。" ❹ 美味的食物。《孟子・梁惠王上》："為肥～不足於口與？" ❺ 喜歡食用，嗜好。唐・柳宗元《捕蛇者說》："退而～食其土之有。" ❻ 美好，美麗。漢・班固《西都賦》："芳草～

G

木。"❼願意，樂意。《史記·屈原賈生列傳》："願得張儀而心焉。"

【甘寢】gān qǐn　安穩地入睡。《莊子·徐無鬼》："孫叔敖秉羽。"

【甘言】gān yán　阿諛奉承、討人喜歡的話；又用作動詞，指用甜言蜜語博得他人好感。明·宗臣《報劉一丈書》："則媚詞作婦人狀。"

【甘旨】gān zhǐ　美味的食物。漢·晁錯《論貴粟疏》："饑之於食，不待甘旨。"

奸　gān　見 259 頁 jiān。

肝　gān　❶動物的消化器官之一。唐·杜甫《垂老別》："棄絕蓬室居，塌然摧肺。"❷真情，內心。唐·李白《行路難》："劇辛樂毅感恩分，輸剖膽效英才。"

泔　gān　❶淘過米的水。宋·蘇軾《鳳翔八觀·東湖》："有山禿如赭，有水濁如。"❷用泔水浸漬物品。見"泔魚"。

【泔魚】gān yú　用淘米水浸漬魚。《荀子·大略》："曾子食魚有餘，曰：泔之。後引申為檢點過失，悔改前非之典。宋·王安石《欲往淨因寄涇州韓持國》："已悔他年事，搏虎方收末路身。"

姦　gān　見 259 頁 jiān。

竿　gān　❶竹子的主幹。漢·賈誼《過秦論》："斬木為兵，揭為旗。"❷釣魚竿。《莊子·外物》："投東海，旦旦而釣。"❸株，棵。唐·白居易《與元微之書》："前有喬松十數株，修竹千餘。"

敢　gǎn　❶有勇氣、有膽量。《荀子·非十二子》："剛毅果不以傷人。"❷有膽量做某事。南朝

宋·劉義慶《世說新語·規箴》："頗直言。"❸冒昧，表示自謙。《左傳·燭之武退秦師》："若鄭亡而有益於君，以煩執事。"❹怎敢。唐·杜甫《兵車行》："長者雖有問，役夫申恨？"

感　(1) gǎn　❶感動。晉·王羲之《〈蘭亭集〉序》："慨係之矣。"❷感應，影響。唐·韓愈《雜說一》："震電，神變化。"❸感觸。《三國演義·楊修之死》："因而有於懷。"❹感激。唐·李白《行路難》："劇辛樂毅恩分，輸肝剖膽效英才。"

(2) hàn　❶通"撼"，動，搖。《詩經·召南·野有死麕》："舒而脫脫兮，無我悅（shuì，古時的佩巾）兮。"❷通"憾"，恨。《史記·吳太伯世家》："美哉，猶有。"

【感愴】gǎn chuàng　因有所感而傷心。唐·元稹《西州院》："正多緒，鴉鴉相喚驚。"

【感激】gǎn jī　❶感奮激發。《後漢書·蔡邕傳》："臣以愚贛，忘身。"三國蜀·諸葛亮《出師表》："由是，遂許先帝以驅馳。"❷使人感奮激發。《漢書·淮南王劉安傳》："其群臣賓客，江淮間多輕薄，以屬王遷死安。"❸感謝。殷少野《送蕭穎士赴東府得散字》："知己恩，別離魂欲斷。"

【感慟】gǎn tòng　悲痛。《後漢書·王允列傳》："天子，百姓喪氣。"

【感遇】gǎn yù　感激受到恩遇。唐·杜甫《陳拾遺故宅》："終古立忠義，有遺編。"

旰　(1) gàn　晚。明·宋濂《閱江樓記》："欲上推宵圖治之功者。"

(2) hàn　見"旰旰"。

【旰食】gàn shí　時間很晚才進餐，一般指事情繁忙不能按時吃飯。《左傳·昭公二十年》："楚大夫其～～乎？"

【旰旰】hàn hàn　盛大貌。《史記·河渠書》："皓皓～～兮，閭殫為河。"

紺 gàn　❶ 布帛深青色中略帶紅色。《漢書·王莽傳》："時(王)莽～袀服。"❷ 深青透紅之色。《論語·鄉黨》："君子不以～緅(zōu，青多紅少，比紺更暗的顏色)飾。"

淦 gàn　❶ 水滲到船中。❷ 水名，源出今江西省清江縣。

幹 (1) gàn　❶ 樹幹。唐·皮日休《桃花賦》："密如不～，繁若無枝。"❷ 才能。《三國演義·楊修之死》："操欲試曹丕、曹植之才～。"❸ 軀體。戰國楚·屈原《楚辭·招魂》："去君之恆～，何為乎四方些？"❹ 欄杆。五代·馮延巳《謁金門·風乍起》："鬥鴨闌～獨倚，碧玉搔頭斜墜。"❺ 強。

(2) hán　古時井上用以支撐轆轤的部件。《莊子·秋水》："出跳梁乎井～之上。"

【幹事】gàn shì　辦事有能力，有才幹。《後漢書·景丹列傳》："丹以言語為固德侯相，有～～稱。"

【幹佐】gàn zuǒ　主管事物的輔佐官員。《三國志·魏書·鄧艾傳》："(艾)以口吃，不得作～～。"

---

gang

亢 gāng　見322頁kàng。

扛 gāng　見322頁káng。

坑 gāng　見328頁kēng。

剛 gāng　❶ 堅硬，強勁，剛正。戰國楚·屈原《楚辭·九歌·國殤》："誠既勇兮又以武，終～強兮不可凌。"❷ 用作副詞，方才，剛剛。唐·白居易《惜花》："可憐天豔正當時，～被狂風一夜吹。"❸ 偏偏，硬是。唐·杜荀鶴《送李鐔遊新安》："一間茅屋住不穩，～出為人平不平。"

罡 gāng　❶ 天罡星，也就是北斗七星的斗柄。晉·葛洪《抱朴子·內篇》："又思作七星北斗，以魁(北斗七星中像斗一樣排成方形的四顆星的總稱)覆其頭，以～指前。"❷ 劇烈，強勁，同"剛"。宋·朱熹《朱子語類·理氣》："只是個旋風下軟上堅，道家謂之～風。"

綱 gāng　❶ 提網的粗大的總繩，比喻事物之總要。《資治通鑑》卷四十八："寬小過，總大～而已。"❷ 用網捕魚。《論語·述而》："子釣而不～，弋不射宿。"❸ 有條理地對事情進行處理。《史記·孔子世家》："君子能修其道，～而紀之。"❹ 事物的要領或主體。漢·司馬遷《報任安書》："不以此時引維～，盡思慮。"❺ 舊時運輸大批貨物，往往分成幾批，每批按其數目編排字號，稱為一綱，後來也泛指成批運送貨物的組織，如茶綱、花石綱、生辰綱等。《水滸傳》第十五回："吳用智取生辰～。"

【綱常】gāng cháng　即三綱五常，古時稱君為臣綱，父為子綱，夫為妻綱為三綱；仁義禮智信為五常。《宋史·葉味道傳》："正～～以勵所學。"

【綱紀】gāng jì ❶ 治理。《三國志·吳書·陸遜傳》：“為之～～門戶。”❷ 要領，大綱。《荀子·勸學》：“禮者，法之大分，類之～～也。”❸ 法度，法紀。唐·柳宗元《梓人傳》：“條其～～而盈縮焉。”

【綱鑒】gāng jiàn 明清人仿朱熹《通鑒綱目》的體例編寫歷史，簡稱“綱鑒”，如：《～～易知錄》。

杠 (1) gàng ❶ 粗棍子。❷ 批閱文字所畫的線條。

　(2) gāng ❶ 牀前的橫木，引申為竹木竿或竹木柱。唐·韓愈等《征蜀聯句》：“旛亡多空～，軸折鮮聯轄。”❷ 古時車蓋的柄。唐·柳宗元《起廢答》：“幢旟前羅，～蓋後隨。”❸ 橋。《孟子·離婁下》：“歲十一月，徒～成。”

戇 gàng 見 806 頁 zhuàng。

---

gao

皋 gāo ❶ 岸，水邊的高地。戰國楚·屈原《楚辭·九章·涉江》：“步余馬兮山～，邸余車兮方林。”❷ 沼澤。《詩經·小雅·鶴鳴》：“鶴鳴於九～，聲聞於天。”❸ 通“咎”，過錯。《左傳·哀公二十一年》：“魯人之～，數年不覺。”

【皋陶】gāo yáo 傳說中舜的大臣，掌管刑獄。《孟子·滕文公上》：“舜以不得禹，～～為己憂。”

高 gāo ❶ 上與下距離大，與“低”相對。《荀子·勸學》：“不如登～之博見也。”❷ 高度。明·魏學洢《核舟記》：“～可二黍許。”❸ 高處。宋·王安石《桂枝香·金陵懷古》：“千古憑～對此，漫嗟榮辱。”

❹ 加高。《左傳·子產壞晉館垣》：“～其閈閎（hàn hóng，巷門），厚其牆垣。”❺ 在一般標準或者平均水平以上。《韓非子·五蠹》：“輕辭天子，～也，勢薄也。”❻ 歲數大。宋·歐陽修《醉翁亭記》：“年又最～。”❼ 地位尊貴崇高。明·張溥《五人墓碑記》：“今之～爵顯位。”❽ 對宗族中最上者的稱謂。明·王守仁《象祠記》：“自吾父、吾祖溯曾、～而上。”❾ 清高，高尚。唐·王勃《滕王閣序》：“孟嘗～潔，空懷報國之心。”❿ 推崇，崇尚。南朝梁·丘遲《與陳伯之書》：“先典攸～～。”⓫ 大。《史記·項羽本紀》：“勞苦而功～如此。”⓬ 遠。戰國楚·屈原《楚辭·九章·涉江》：“吾方～馳而不顧。”⓭ 風格或風韻超然、絕妙。《孟子·盡心上》：“道則～矣，美矣。”⓮ 濃，重，深。唐·李賀《李憑箜篌引》：“吳絲蜀桐張～秋，空山凝雲頹不流。”⓯ 形容聲音響亮。漢·傅毅《舞賦》：“亢音～歌為樂之方。”

【高蹈】gāo dǎo ❶ 遠行。《左傳·哀公二十一年》：“數年不覺，使我～～。”❷ 以足頓地，欣喜的樣子。《列子·湯問》：“師襄乃撫心～～。”❸ 隱居。唐·皮日休《奉和魯望秋日遣懷次韻》：“～～為時背，幽懷是事兼。”❹ 崛起，登上更高的境界。唐·韓愈《薦士》：“國朝盛文章，子昂始～～。”

【高第】gāo dì 指科舉考試或官員考核中成績優秀。明·歸有光《吳山圖記》：“以～～召入為給事中（給事中，官名）。”

【高邁】gāo mài 高超不凡。《晉書·王獻之傳》：“（王獻之）少有盛名，而～～不羈。”

【高堂】gāo táng ❶ 高大的殿堂。唐·李白《將進酒》："君不見～～明鏡悲白髮，朝如青絲暮成雪。" ❷ 父母。唐·李白《送張秀才從軍》："抱劍辭～～，將投筆將軍。"

【高義】gāo yì　行為高尚。《史記·廉頗藺相如列傳》："徒慕君之～～也。"

【高韻】gāo yùn ❶ 優美的詩文或音樂。《晉·謝靈運傳》："綴平臺之逸響，採南皮之～～。" ❷ 高雅的氣質與風度。南朝宋·劉義慶《世說新語·品藻》："愛（楊）喬之有～～。"

【高足】gāo zú ❶ 良馬。唐·儲光義《奉和韋判官獻侍郎叔除河東採訪使》："四封盧～～，相府輶車最。" ❷ 弟子中的優秀者。南朝宋·劉義慶《世說新語·文學》："～～弟子傳授而已。"

膏 (1) gāo ❶ 肥。見"膏粱"。❷ 油脂。唐·韓愈《進學解》："焚～油以繼晷。" ❸ 古代醫學指心尖脂肪。宋·蘇軾《乞校正陸贄奏議進御箚子》："進苦口之藥石，針害身之～肓。" ❹ 膏狀物。清·吳敬梓《儒林外史》第三回："連忙問郎中討了個～藥貼着。" ❺ 肥沃。《戰國策·觸龍說趙太后》："封之以～腴之地。" ❻ 恩澤。見"膏澤"。

(2) gào ❶ 滋潤。《詩經·曹風·下泉》："芃芃黍苗，陰雨～之。" ❷ 潤滑。唐·韓愈《送李愿歸盤谷序》："～吾車兮秣吾馬。"

【膏粱】gāo liáng ❶ 精美的食物。《孟子·告子上》："所以不願人之～～之味也。" ❷ 指富貴人家。《宋書·荀伯之傳》："天下～～，唯使君與下官耳。"

【膏澤】gāo zé　恩惠。《孟子·離婁

下》："～～不下於民。"

槁 gǎo ❶ 枯木。《商君書·弱民》："鄗郢舉，若振～。" ❷ 乾枯。《荀子·勸學》："雖有～暴、不復挺者，輮使之也。" ❸ 乾瘦。《史記·屈原賈生列傳》："形容枯～。"

稿 gǎo ❶ 稻草。《史記·蕭相國世家》："毋收～為禽獸食。" ❷ 詩文或圖畫尚未完成的狀態。《史記·屈原賈生列傳》："屈平屬草～未定。"

縞 gǎo ❶ 精美的白色絲織品。漢·晁錯《論貴粟疏》："履絲曳～。" ❷ 白色。宋·蘇軾《後赤壁賦》："玄裳～衣。"

告 gào ❶ 上報。《史記·屈原賈生列傳》："楚使怒去，歸～懷王。" ❷ 說話給別人聽。《孟子·梁惠王下》："舉欣欣然有喜色而相～曰。" ❸ 檢舉，揭發。《國語·召公諫弭謗》："得衛巫，使監謗者。以～，則殺之。" ❹ 請求。《左傳·襄公二十一年》："叔向亦不～免焉而朝。" ❺ 告諭，告示。《漢書·高帝求賢詔》："布～天下，使明知朕意。"

【告歸】gào guī　古時官吏請假回家。唐·杜甫《夢李白》："～～常局促，苦道來不易。"

【告廟】gào miào　古代天子、諸侯舉行大事，在事前和事後去祖廟進行的祭告。《新五代史·伶官傳序》："遣從事以一少牢～～。"

【告罄】gào qìng　本義為行禮完畢，後來指財務用盡。《隋書·音樂志中》："折旋～～。"

【告身】gào shēn　古時委任官員的憑證。《北齊書·傅伏傳》："授上大將軍、武鄉郡開國公，即給～～。"

【告言】gào yán　告發，檢舉。《史記·魏其武安侯列傳》："遂不得～～武安陰事。"

【告諭】gào yù　向公眾通報，宣佈。《史記·高祖本紀》："（劉邦）乃使人與秦吏行縣鄉邑，～～之。"

誥 gào　❶告訴。《尚書·商書·太甲下》："伊尹申～於王。" ❷告誡。《尚書·周書·多方》："成王歸自奄，在宗周，～庶邦。" ❸一種告誡之文。如《尚書》有《湯誥》等。漢以後指帝王的文告。唐·韓愈《進學解》："周·殷盤，佶屈聱牙。"

【誥命】gào mìng　❶朝廷的命令。唐·陸龜蒙《和襲美寄廣文先生》："龍篆拜時輕～～，霓襟披後小玄纁。" ❷受朝廷封贈的婦女。

ge

戈 gē　❶古代兵器，長柄橫刃。戰國楚·屈原《楚辭·九歌·國殤》："操吳～兮披犀甲，車錯轂兮短兵接。" ❷戰爭，戰亂。宋·歐陽修《豐樂亭記》："五代干～之際。"

哥 gē　❶歌唱。晉·傅玄《節賦》："黃中唱～，九韶興舞。" ❷對同父母或者同祖同輩而年齡長於自己的男子的稱呼。唐·白居易《楊六尚書新授東川節度使代妻戲賀兄嫂二絕》："何似沙～領崔嫂，碧油幢引向東川。"

割 gē　❶用刀分切。《論語·鄉黨》："～不正，不食。" ❷分割，劃分。唐·杜甫《望嶽》："造化鍾神秀，陰陽～昏曉。" ❸放棄，捨棄。《抱朴子·用刑》："若石碏之～愛以滅親。" ❹割去，割取。《史記·廉頗藺相如列傳》："今以秦之彊而先～十五都予趙，趙豈敢留璧而得罪於大王乎？"

【割哀】gē āi　抑制悲傷。《三國志·魏書·陳矯傳》："太子宜～～即位。"

【割剝】gē bō　戕害，擄掠。《漢書·匈奴傳下》："～～百姓。"

【割股】gē gǔ　古時以割股療親為大孝。《新五代史·何澤傳》："往往因親疾以～～。"

【割衿】gē jīn　元代時指腹為婚，往往割下衣衿（襟）作為信物，給未出生的兒女訂下婚約。明·胡我琨《錢通》卷三十："兩富齊聲，～～世講。"

【割席】gē xí　與朋友絕交。宋·楊萬里《齋房戲題》："回顧難～～。"

歌 gē　❶按照一定的樂曲或者節拍詠唱。唐·杜牧《阿房宮賦》："朝～夜絃，為秦宮人。" ❷歌謠，歌曲。唐·李白《沙丘城下寄杜甫》："魯酒不可醉，齊～空復情。" ❸一種詩體。唐·杜甫《茅屋為秋風所破歌》。❹頌揚，歌頌。《孟子·萬章上》："不謳～堯之子而謳～舜。"

【歌謳】gē ōu　歌唱。唐·杜甫《上水遣懷》："～～互激遠，回斡明受授。"

【歌謠】gē yáo　古時以曲子和樂件奏而唱者稱為"歌"，無樂曲伴奏而唱者稱為"謠"。唐·韓愈《詠雪贈張籍》："賞玩捐他事，～～放我才。"

革 gé　❶經過加工除去毛的獸皮。《左傳·僖公二十三年》："羽毛齒～，則君地生焉。" ❷改變，變革。《尚書·周書·多士》："殷～夏命。" ❸消滅，取消。宋·蘇洵《六國論》："且燕趙處秦～滅殆盡之際。" ❹革製的甲冑等器具。《孟子·公孫丑下》:"兵~非不堅利也。"

格 gé ❶樹木的長枝條。北周·庾信《小園賦》:"枝~相交。" ❷木柵欄。明·高啟《從軍行》:"揚旌三道出,列~五營連。" ❸糾正。《孟子·滕文公下》:"惟大人為能~君心之非。" ❹方形的框子。宋·沈括《夢溪筆談·活板》:"木~貯之。" ❺阻止,阻擋。《史記·孫子吳起列傳》:"形~勢禁。" ❻風度,品質。明·袁宏道《徐文長傳》:"不以議論傷~矣。" ❼標準,格式。清·龔自珍《己亥雜詩》:"我勸天公重抖擻,不拘一~降人才。" ❽法律。《新唐書·刑法志》:"頒新~五十三條。" ❾來,至。《尚書·商書·湯誓》:"~爾眾庶!"

【格律】gé lǜ 詩詞等在押韻、平仄、對仗等方面或者書畫等藝術創作上的格式和規律。唐·竇冀《懷素上人草書歌》:"狂僧揮翰狂且逸,獨任天機摧~~。"

【格物】gé wù ❶推究事物的原理。《禮記·大學》:"致知在~~。" ❷糾正錯誤。《三國志·魏書·和洽傳》:"以此節~~,所失或多。"

【格磔】gé zhé 象聲詞,鳥叫聲。唐·李羣玉《九子坡聞鷓鴣》:"更聽鉤輈(zhōu)~~聲。"

【格致】gé zhì 即"格物致知",窮究事物原理而獲得知識。元·金履祥《告魯齋先生謚文》:"躬~~服行之學。"

鬲 (1) gé ❶通"隔",分開,離開。唐·駱賓王《夏日遊德州贈高四》:"~津開巨浸,稽阜鎮名都。" ❷通"膈",指人及動物腹腔與胸腔間的膜狀肌肉,後來也

指內心、真情。唐·劉禹錫《送李策秀才還湖南因寄幕中親故兼簡衡州呂八郎中》:"飾容遇朗鑒,肝~可以呈。"

(2) lì 烹飪用具。唐·李羣玉《龍山人惠石廩方及團茶》:"一甌拂昏寐,襟~開煩拏。"

葛 gé ❶植物名,莖皮的纖維可以織布造紙。《詩經·周南·葛覃》:"~之覃兮,施於中谷。" ❷用葛織成的布。《韓非子·五蠹》:"夏日~衣。" ❸夏天的衣服。明·宋濂《送東陽馬生序》:"父母歲有裘~之遺。"

【葛巾】gé jīn 用葛布製成的頭巾。北周·庾信《示封中錄》:"~~久乖角,菊徑簡經過。"

隔 gé ❶阻塞,隔開。晉·陶淵明《桃花源記》:"遂與外人間~。" ❷時間空間相距久遠。唐·韓愈《與陳給事書》:"始之以日~之疏。"

【隔越】gé yuè 阻隔。漢·蔡琰《胡笳十八拍》:"同天~~兮如商參,生死不相和兮何處尋。"

閤 gé ❶大門旁邊的小門。漢·無名氏《上山采蘼蕪》:"新人從門入,故人從~去。" ❷宮中小門。漢·司馬遷《報任安書》:"身直為閨~之臣。" ❸卧室。唐·令狐楚《夏至日衡陽郡齋書懷》:"褰帷罕遊觀,閉~多沈眠。" ❹官署。唐·王建《上武元衡相公》:"旌旗坐鎮蜀江雄,帝命重開舊~崇。" ❺通"閣",樓。唐·楊巨源《送人過衛州》:"君家東~最淹留。"

閣 gé ❶懸架於空中的通道。《戰國策·齊策六》:"為棧道木~而迎王與后於城陽山中。" ❷樓與

樓之間的空中通道。《史記・秦始皇本紀》："殿屋複道周～相屬。"❸ 小樓。唐・杜牧《阿房宮賦》："五步一樓，十步一～。"❹ 收藏書籍的屋子。明・王守仁《藏經閣記》："又為尊經之～於其後。"❺ 放置。《新唐書・劉知幾傳》："～筆相視。"❻ 官署。宋・歐陽修《瀧岡阡表》："修為龍圖～直學士。"❼ 室，女子臥室。北朝民歌《木蘭辭》："坐我西～牀。"

【閣道】gé dào ❶ 樓閣之間以木材加工的通道。唐・孟浩然《登龍興寺閣》："～～乘空出，披軒遠目開。"❷ 棧道。唐・杜甫《木皮嶺》："高有廢～～，摧折如短轅。"

【閣老】gé lǎo 唐時對擔任中書舍人年久者的稱呼或中書省、門下省屬官的互稱。唐・徐鉉《賀殷游二舍人入翰林江給事拜中丞》："～～深嚴歸翰苑，夕郎威望拜霜臺。"

舸 gě ❶ 大船。唐・王勃《滕王閣序》："～艦彌津，青雀黃龍之軸。"❷ 泛指船。唐・杜易簡《湘川新曲》："弱腕隨橈起，纖腰向～低。"

个 gè ❶ 量詞。《國語・吳語》："譬如羣獸然，一～負矢，將百羣皆奔。"❷ 古時正堂兩側的廂房。《呂氏春秋・孟春紀》："天子居青陽左～。"❸ 這，那。唐・李白《秋浦歌》："白髮三千丈，緣愁似～長。"

各 gè ❶ 本義為至，止。❷ 特定羣體中的不同個體。晉・陶淵明《桃花源記》："～復延至其家。"❸ 分離。宋・王禹偁《酬種放徵君》："男兒既束髮，出處歧路～。"❹ 皆，都。清・吳敬梓《儒林外史》第三回："母親、妻子，俱～歡喜。"

【各各】gè gè 各自。漢樂府《孔雀東南飛》："執手分道去，～～還家門。"

個 gè ❶ 表示物體數量。宋・辛棄疾《西江月》："七八～星天外，兩三點雨山前。"❷ 助詞。《紅樓夢》第四回："打了～臭死。"

【個中人】gè zhōng rén 此中人。清・蒲松齡《聊齋志異・武技》："同是～～～，無妨一戲。"

gei

給 (1) gěi 交付，送。清・吳敬梓《儒林外史》第三回："少不得有人把銀子送上門去～他用。"

(2) jǐ ❶ 豐足。唐・白居易《與元微之書》："量入儉用，亦可自～。"❷ 供應，供給。《左傳・僖公四年》："敢不共～？"❸ 供事。漢・晁錯《論貴粟疏》："治官府，～徭役。"❹ 及。漢・司馬遷《報任安書》："虜救死扶傷不～。"

gen

根 gēn ❶ 植物生長於地下或水下、吸收或貯藏養分、固定本體的部分。清・鄭燮《竹石》："咬定青山不放鬆，立～原在破巖中。"❷ 物體底部。唐・賈島《寄韓潮州愈》："峯懸驛路殘雲斷，海浸城～老樹秋。"❸ 事物的本源、根本。唐・柳宗元《吐谷渾》："除惡務本～，況敢遺萌芽。"❹ 植根。《孟子・盡心上》："仁義禮智～於心。"❺ 徹底。《後漢書・西羌列傳》："若攻之不～，是養疾痾於心腹也。"

【根柢】gēn dǐ 植物的根，後引申為學問或事業的基礎。漢·鄒陽《獄中上梁王書》："素無～～之容。"

互 gèn ❶連綿不斷。清·蒲松齡《聊齋志異·山市》："連～六七里。" ❷橫貫。明·王守仁《尊經閣記》："塞天地，～古今。" ❸窮盡。《後漢書·班固列傳》："其疇能～之乎？"

【互古】gèn gǔ 自古以來。南朝宋·鮑照《河清賦》："～～通今。"

艮 gèn ❶八卦之一。 ❷靜止。宋·朱熹《齋居感興》："反躬～其背，肅容正冠襟。"

---

geng

更 (1) gēng ❶改變，改正。《國語·越語上》："此則寡人之罪也。寡人請～。" ❷代替。唐·柳宗元《賀進士王參元失火書》："蓋將弔而～以賀也。" ❸更換。《莊子·養生主》："良庖歲～刀。" ❹輪流，交替。宋·沈括《夢溪筆談·活板》："～互用之。" ❺懂，了解。見"更事"。 ❻相繼。《史記·孔子世家》："會晉楚爭彊，～伐陳。" ❼經歷。三國魏·曹丕《與吳質書》："在兵中十歲，所～非一。" ❽古時夜間計時單位，一夜分五更，每更約兩小時。南唐·李煜《浪淘沙·簾外雨潺潺》："羅衾不耐五～寒。"

(2) gèng ❶愈，越，更加。明·張岱《湖心亭看雪》："～有癡似相公者！" ❷豈。唐·杜甫《春日梓州登樓》："戰場今始定，移柳～能存？"

【更籌】gēng chóu 古時夜間報更的牌，後來也用以指代時間。南朝梁·蕭繹《夜遊柏齋》："風細雨聲遲，夜短～～急。"

【更代】gēng dài 先後替換。三國魏·阮籍《詠懷》："四時～～謝，日月遞參差。"

【更鼓】gēng gǔ 古時夜裏報更的鼓。清·吳敬梓《儒林外史》第三回："他從五～～就往東頭集上迎豬。"

【更闌】gēng lán 更深夜深的時候。宋·劉克莊《軍中樂》："～～酒醒山月落。"

【更漏】gēng lòu 古時根據漏壺來報更，故稱刻漏為"更漏"。唐·張仲素《宮中樂》："妝成只畏曉，～～促春宵。"

【更事】gēng shì 經歷、了解世事。《金史·諾延溫都思忠傳》："臣年垂七十，～～多矣。"

【更相】gēng xiāng 互相。宋·歐陽修《朋黨論》："～～稱美。"

庚 gēng ❶天干的第七位，與地支相配，用以紀年、月、日。宋·歐陽修《瀧岡阡表》："熙寧三年，歲次～戌。" ❷道路。《左傳·成公十八年》："以塞夷～。" ❸年齡。《西遊記》第五回："人吃了與天地齊壽，日月同～。" ❹續。唐·牟融《贈浙西李相公》："長～烈烈獨遙天，盛世應知降謫仙。" ❺賠償。《禮記·檀弓下》："季子皋葬其妻，犯（破壞）人之禾，申祥以告，曰：'請～之。'"

【庚帖】gēng tiě 古時的訂婚帖，上面寫明訂婚人的出生年、月、日和時辰，故稱"庚帖"。

賡 gēng ❶連續。《尚書·虞書·益稷》："乃～載歌。" ❷賠償。《管子·國蓄》："愚者有不～本之事。"

【賡酬】gēng chóu　詩人之間以詩酬答。宋·歐陽澈《和子賢借韻書懷》：“白雪歌詩數百篇，～～樂有父兄賢。”

【賡和】gēng hè　唱和。宋·楊萬里《〈洮湖和梅詩〉序》：“則盡取古今詩人賦梅之作而～～之。”

羹 gēng　❶ 以肉為主要原料，調和五味做的帶有濃汁的食物。《爾雅·釋器》：“肉謂之～。”《孟子·告子上》：“一簞食，一豆～，得之則生，弗得則死。”❷ 用蔬菜所做的湯汁。《韓非子·五蠹》：“糲粢之食，藜藿之～。”❸ 烹，煮。《史記·貨殖列傳》：“飯稻～魚。”

哽 gěng　❶ 因悲痛而氣息或語聲不暢。漢樂府《孔雀東南飛》：“～咽不能語。”❷ 食物在喉部堵塞難以下咽。《韓非子·內儲說下》：“女欲寡人之～邪？”❸ 堵塞。《莊子·外物》：“凡道不欲壅，壅則～。”

【哽結】gěng jié　悲痛鬱結在心裏。晉·陸機《謝平原內史表》：“悲慚～～。”

埂 gěng　❶ 小坑。❷ 田塍，小土壠或小土堤。《西遊記》第八十九回：“～頭相接玉華州。”

耿 gěng　❶ 光明。戰國楚·屈原《楚辭·離騷》：“吾既得此中正。”❷ 照耀。宋·陸游《西村》：“一首清詩記今夕，細雲新月～黃昏。”❸ 心中不安。《詩經·邶風·柏舟》：“～～不寐，如有隱憂。”❹ 傷感。宋·林逋《送馬程知江州德安》：“酒甜無復～離腸，一路之官盡水鄉。”

【耿介】gěng jiè　為人正直，光明正大。南朝齊·孔稚珪《北山移文》：“夫以～～拔俗之標，蕭灑出塵之想。”

梗 gěng　❶ 樹木名。❷ 亦指植物的枝或莖。明·劉基《司馬季主論卜》：“荒榛斷～，昔日之瓊蕤玉樹也。”❸ 兇猛，強硬。唐·韓愈《原道》：“為之刑以鋤其強～。”❹ 阻塞。唐·韓愈《送孟東野序》：“其趨也，或～之。”❺ 病害，禍患。《詩經·大雅·桑柔》：“誰生厲階，至今為～。”❻ 大略，大概。晉·左思《吳都賦》：“略舉其～概。”

【梗直】gěng zhí　剛直。《北史·景穆十二王傳上》：“子文都，性～～。”

綆 gěng　繩索。《荀子·榮辱》：“短～不可以汲深井之泉。”

鯁 gěng　❶ 魚骨，魚刺。唐·杜牧《感懷》：“茹～喉尚隘，負重力未壯。”❷ 卡住，阻塞。宋·蘇軾《張文定公墓誌銘》：“餉道一～，兵安所仰食？”❸ 正直。唐·韓愈《爭臣論》：“使四方後代知朝廷有直言骨～之臣。”❹ 禍患。《國語·晉語六》：“除～而避強，不可謂刑。”

gong

工 gōng　❶ 工人，工匠。《論語·衛靈公》：“～欲善其事，必先利其器。”❷ 古時宮廷掌管奏樂或演唱的人。《左傳·襄公二十九年》：“使～為之歌《周南》、《召南》。”❸ 擅長。唐·韓愈《送楊少尹序》：“今世無～畫者。”❹ 技巧。唐·韓愈《進學解》：“子雲相如，同～異曲。”❺ 高明，精美。宋·歐陽修《〈梅聖俞詩集〉序》：“愈窮則愈～。”❻ 通“功”，作用，功效。《韓非子·五蠹》：“此言多資之易為～也。”

弓 gōng ❶ 兵器名。戰國楚・屈原《楚辭・九歌・國殤》："帶長劍兮挾秦弓，首身離兮心不懲。" ❷ 彎曲。唐・段成式《酉陽雜俎・諾皋記》："汝不見我作～腰乎？" ❸ 古時丈量土地的單位，五尺為一弓。《儀禮・鄉射禮》："侯道五十～。"

【弓影】 gōng yǐng ❶ 即"杯弓蛇影"，指對事物的錯覺或驚懼。明・劉炳《鄱城歸舟》："～～浮杯疑老病，雞聲牽夢動離愁。" ❷ 弓的影子。唐・駱賓王《送鄭少府入遼共賦俠客遠從戎》："滿月臨～～，連星入劍端。"

公 gōng ❶ 公正，公平。唐・韓愈《進學解》："行患不能成，無患有司之不～。" ❷ 共同的。唐・韓愈《原道》："天下之～言也。" ❸ 公開地。明・唐順之《信陵君救趙論》："～然得之。" ❹ 與"私"相對，公家，公共。《國語・越語上》："生三人，～與（給予）之母。" ❺ 古時五等爵位的第一等。《國語・襄王不許請遂》："其餘以均分～侯伯子男。" ❻ 古時指朝廷的最高官位。《國語・召公諫弭謗》："使～卿至於列士獻詩。" ❼ 古時對人的尊稱。《史記・廉頗藺相如列傳》："～之視廉將軍孰與秦王？" ❽ 春秋時對諸侯、國君的統稱。漢・賈誼《過秦論》："秦孝～據殽函之固。" ❾ 對親屬中的尊長如祖父、父親等的稱呼。宋・歐陽修《瀧岡阡表》："先～少孤力學。"

【公案】 gōng àn 案件。唐・李嶠《判人求免稅》："一段風流好～～，錦江重寫入圖經。"古代話本、戲曲、小說的分類之一。如《簡帖和尚》屬於"公案傳奇"。

【公車】 gōng chē ❶ 漢代官署名，屬衛尉，設公車輅，掌管宮中司馬門的警衛，臣民上書和徵召，也由公車接待。《史記・滑稽列傳》："朔初至長安，至～～上書。" ❷ 漢代用公家車馬接送應舉之人，後世便用"公車"指應試舉子。

【公府】 gōng fǔ 本指三公的官府，後來泛指官府。漢樂府《陌上桑》："盈盈～～步，冉冉府中趨。"

【公姥】 gōng mǔ 公婆，有時也單指其中的一個。漢樂府《孔雀東南飛》："便可白～～，及時相遣歸。"

【公室】 gōng shì 春秋戰國時諸侯的家族，代指諸侯政權。《國語・晉語八》："其富半～～。"

【公田】 gōng tián ❶ 古時的井田。《孟子・滕文公上》："方里而井，井九百畝，其中為～～。" ❷ 公家的田地。唐・張籍《送流人》："流名屬邊將，舊業作～～。"

功 gōng ❶ 功勞。《戰國策・觸龍說趙太后》："位尊而無～。" ❷ 成效。《荀子・勸學》："駑馬十駕，～在不舍。" ❸ 工作。《國語・單子知陳必亡》："野有庾積，場～未畢。" ❹ 功能。《荀子・天論》："以全其天～。" ❺ 精善。《國語・齊語》："辨其～苦，權節其用。"

【功伐】 gōng fá 功勞，功績。《史記・項羽本紀》："自矜～～。"

【功令】 gōng lìng 古時考核選用學官的法令。《漢書・儒林傳》："請著～～。"

【功名】 gōng míng ❶ 功業和名聲。《荀子・王制》："欲立～～，則莫若尚賢使能也。" ❷ 科舉時代稱科第為功名。清・吳敬梓《儒林外史》第二回："況且～～大事，總以文章為主。"

攻 gōng ❶攻打。宋·蘇洵《六國論》：「秦以～取之外，小則獲邑，大則得城。」❷抨擊，指責。《論語·先進》：「(冉求)非吾徒也。小子鳴鼓而～之，可也。」❸建造，經營。《詩經·大雅·靈臺》：「庶民～之，不日成之。」❹治療。唐·包佶《立春後休沐》：「積病～難愈，銜恩報轉微。」❺研究，從事。唐·韓愈《師說》：「聞道有先後，術業有專～。」❻排斥。唐·盧仝《月蝕》：「兩眼不相～，此説吾不容。」❼精善。唐·柳宗元《説車贈楊誨之》：「材良而器～。」這個意義又寫作「功」、「工」。❽堅固。《詩經·小雅·車攻》：「我車既～，我馬既同。」

【攻車】gōng chē　戰車。唐·陸龜蒙《太湖叟》：「～～戰艦繁如織，不肯回頭問是非。」

【攻苦】gōng kǔ　❶生活艱苦。唐·韓偓《即目》：「～～慣來無不可，寸心如水但澄鮮。」❷艱苦求學。《宋史·徐中行傳》：「熟讀精思，～～食讀。」

【攻心】gōng xīn　在思想或精神上征服對方。《三國志·蜀書·馬良傳附馬謖》裴注引《襄陽記》：「夫用兵之道，～～為上。」

供 (1) gōng ❶供給。明·宋濂《送東陽馬生序》：「縣官日有廩稍之～。」❷提供。明·唐順之《信陵君救趙論》：「只以～信陵君一姻戚之用。」

(2) gòng ❶擺設，陳放。唐·韓愈《送李愿歸盤谷序》：「～給之人，各執其物。」❷奉獻。《孟子·滕文公下》：「無以～犠牲也。」❸從事，進行。宋·范成大

《田園四時雜興》：「童孫未解～耕織，也傍桑陰學種瓜。」❹受審者陳述案情。宋·陳襄《州縣提綱·面審所供》：「吏輩責～，多不足憑。」

肱 gōng　胳膊從肘到肩的部分，後泛指手臂。《論語·述而》：「飯疏食，飲水，曲～而枕之。」

紅 gōng　見216頁hóng。

宮 gōng ❶房屋。《孟子·滕文公上》：「皆取諸其～中而用之。」❷宮殿，帝王居住的房屋。漢·賈誼《過秦論》：「然後以六合為家，殽函為～。」❸宗廟。《公羊傳·文公十三年》：「周公稱大廟，魯公稱世室，羣公稱～。」

【宮娥】gōng é　宮女。南唐·李煜《破陣子》：「最是倉皇辭廟日，教坊猶奏別離歌，垂淚對～～。」

【宮府】gōng fǔ　皇宮與官署。《後漢書·光武帝紀上》：「使前整修～～。」

【宮牆】gōng qiáng　皇宮的護牆。唐·杜牧《阿房宮賦》：「二川溶溶，流入～～。」

【宮闕】gōng què　帝王所居的宮門雙闕，後以「宮闕」指代帝王的宮殿。宋·蘇轍《上樞密韓太尉書》：「仰觀天子～～之壯。」

【宮室】gōng shì　❶房屋。《孟子·告子上》：「為～～之美、妻妾之奉、所識窮乏者得我與？」❷帝王的居所。《史記·項羽本紀》：「封閉～～。」

【宮闈】gōng wéi　帝王后妃居住的地方。《後漢書·光烈陰皇后紀》：「～～之內，若見鷹鸇(zhān，古書上指一種猛禽)。」

【宮刑】gōng xíng　古時一種破壞生

殖器的酷刑。漢·司馬遷《報任安書》："詬莫大於～～。"

恭 gōng 端肅，謙遜。《論語·述而》："子溫而厲，威而不猛，～而安。"

【恭己】gōng jǐ 帝王以端正嚴肅的態度自我約束。《論語·衛靈公》："～～正南面而已矣。"

【恭人】gōng rén ❶ 謙恭的人。《詩經·小雅·小宛》："溫溫～～，如集於木。" ❷ 古時官吏夫人的封號，後來也成為對官吏妻子的敬稱。南朝宋·王微《雜詩二首》："怵心悼～～，零淚覆面下。"

躬 gōng ❶ 身，身體。《論語·堯曰》："天之曆數在爾～。" ❷ 自身。《史記·文帝本紀》："百官之非，直由朕～。" ❸ 親自，自身。三國蜀·諸葛亮《出師表》："臣本布衣，～耕於南陽。" ❹ 彎腰（行禮）。清·吳敬梓《儒林外史》第三回："打～作別。"

【躬身】gōng shēn 彎腰行禮。宋·吳自牧《夢粱錄·車駕詣景靈宮孟饗》："～～不要拜，唱喏，直身立。"

【躬自】gōng zì 自身，親身。《論語·衛靈公》："～～厚而薄責於人。"

觥 gōng ❶ 酒器。宋·歐陽修《醉翁亭記》："～籌交錯。" ❷ 剛直。《後漢書·郭憲列傳》："帝曰：常聞『關東～～郭子橫』，竟不虛也。"

拱 gǒng ❶ 兩手相合胸前，表示恭敬。《論語·微子》："子路～而立。" ❷ 兩手合圍，或兩手合圍的粗度。《孟子·告子上》："～把之桐梓。" ❸ 環繞。唐·韋應物《長安道》："歸來甲第～皇居，朱門峨峨臨九衢。"

【拱北】gǒng běi 猶"拱辰"，環衛北極星。唐·戴叔倫《贈徐山人》："星猶～～夜漫漫。"

【拱璧】gǒng bì 即大璧，喻極珍貴的人或物。清·蒲松齡《聊齋志異·珠兒》："生一子，視如～～。"

【拱辰】gǒng chén 環衛北辰（北極星），後多用來比喻四方歸附。唐·徐鉉《再領制誥和王明府見賀》："騫步還依列宿邊，～～重認舊雲天。"

【拱木】gǒng mù 有兩手合圍那麼粗的大樹。北周·庾信《周五聲調曲二十四首》："～～詔林衡。"

【拱揖】gǒng yī 抱拳行禮。唐·張紹《沖佑觀》："～～高讓，神人樂推。"

鞏 gǒng ❶ 用皮革捆束物品。《周易·革》："～用黃牛之革。" ❷ 堅固，牢固。《詩經·大雅·瞻卬》："藐藐昊天，無不克～。" ❸ 通"恐"，害怕。《荀子·君道》："敬而不～。"

【鞏鞏】gǒng gǒng 憂懼的樣子。漢·劉向《九嘆》："顧屈節以從流兮，心～～而不夷。"

共 (1) gòng ❶ 共同擁有或者承受。《論語·公冶長》："願車馬衣輕裘，與朋友～。" ❷ 一起。《國語·越語上》："吾與之～知越國之政。" ❸ 介詞，和，同。唐·王勃《滕王閣序》："落霞與孤鶩齊飛，秋水～長天一色。" ❹ 總共。明·魏學洢《核舟記》："左右各四，～八扇。" ❺ 連詞，和，與。明·王磐《朝天子·詠喇叭》："那裏去辨什麼真～假？"

(2) gōng ❶ 通"恭"，恭敬。《左傳·隱公十一年》："君謂許不～，故從君討之。" ❷ 通"供"，供給。《左傳・燭之武退秦師》："～其乏困。"

(3) gǒng　同"拱"。

貢 gòng　❶ 把物品進獻給君主。《史記・孔子世家》："使各以其方賄來～。"❷ 貢品。《戰國策・燕策三》："給～職如郡縣。"❸ 夏代稅法名。《孟子・滕文公上》："夏后氏五十而～。"❹ 薦舉。唐・韓愈《後廿九日復上宰相書》："前鄉～進士韓愈。"

【貢舉】gòng jǔ　古時有鄉舉里選、諸侯貢士的人才選拔制度，到漢代合稱"貢舉"，到隋唐發展成科舉考試選拔人才的制度。唐・權德輿《送鄭秀才貢舉》："西笑意如何，知隨～～科。"

【貢生】gòng shēng　科舉時代挑選府、州、縣秀才中優異者到京師的國子監肄業，稱為"貢生"。

【貢士】gòng shì　❶ 古時諸侯貢士於天子，已經有"貢士"名稱，後來科舉制度形成，經鄉貢考試合格的人稱為"貢士"。唐・耿湋《送郭秀才赴舉》："鄉賦鹿鳴篇，君為～～先。"❷ 清制，會試中式者為"貢士"。

【貢獻】gòng xiàn　進貢。亦指進獻之物。《後漢書・光武帝紀上》："河西大將軍竇融遣使～～。"

【貢院】gòng yuàn　科舉時代考試貢士的場所。唐・王起《和周侍郎見寄》："～～離來二十霜，誰知更忝主文場。"

---

gou

勾 (1) gōu　❶ 彎曲的。漢・劉楨《鬥雞》："輕舉奮～喙，電擊復還翔。"❷ 挽（nuán，扭）住。唐・

謝建《題牆上畫相撲者》："愚漢～卻白漢項，白人捉卻愚人骸。"❸ 招引，引逗。唐・皮日休《偶成小酌招魯望不至以詩為解因次韻酬之》："金鳳欲為鶯引去，鈿蟬疑被蝶～將。"

(2) gòu　見"勾當"。

【勾欄】gōu lán　❶ 欄杆。唐・張鷟《朝野僉載》："上有～～，皆石也。"❷ 宋代特指說書、唱戲、玩雜技的場所，後來也指妓院。宋・周密《武林舊事》卷六："北瓦內～～十三座最盛。"

【勾當】gòu dàng　❶ 主管、辦理。宋・蘇軾《答秦太虛書》："今～～作墳，未暇拜書。"❷ 事情。《水滸傳》第十八回："他如何肯做這等～～。"

句 (1) gòu　見 310 頁 jù。
(2) gòu　見 310 頁 jù。

拘 gōu　見 308 頁 jū。

溝 gōu　❶ 田間水道，見"溝洫"。❷ 護城河。《史記・齊太公世家》："楚方城以為城，江、漢以為～。"❸ 壕溝。《孟子・公孫丑下》："老羸轉於～壑。"❹ 開通，疏通。唐・柳宗元《永州韋使君新堂記》："則必輦山石，～澗壑。"

【溝洫】gōu xù　田間的水道。《論語・泰伯》："卑宮室，而盡力乎～～。"

鉤 gōu　❶ 衣鉤；兵器名。《國語・齊語》："夫管夷吾射寡人中～。"❷ 連接。唐・李白《蜀道難》："然後天梯石棧相～連。"❸ 牽連。明・張溥《五人墓碑記》："～黨之捕徧於天下。"❹ 提煉，探討。唐・韓愈《進學解》："纂言者必～其玄。"❺ 書法術語。明・魏學洢《核舟記》："～畫了了了。"❻ 表示數量。《孟子·告子下》："豈謂一～金與一輿羽之謂哉？"

【鈎沈】gōu chén　搜集、發掘資料等。清·俞正燮《癸巳類稿·持素畢》："～～拾遺。"

【鈎戟】gōu jǐ　兵器名，形狀像矛，刃下有鐵橫，上鈎曲。漢·賈誼《過秦論》："鉏耰棘矜，不銛於～～長鎩也。"

篝 gōu　❶ 熏籠。宋·周邦彦《花犯·梅花》："更可惜，雪中高樹，香～熏素被。"❷ 盛東西的竹籠。《史記·滑稽列傳》："甌窶滿～，污邪滿車。"❸ 用籠子罩住。宋·王安石《書定林院窗》："起滅～燈擁燎爐。"❹ 成堆點燃的草木等可燃物。唐·周曇《三代門》："狼煙～火為邊塵，烽候那宜悅婦人。"

狗 gǒu　❶ 一種哺乳動物。晉·陶淵明《歸園田居》："～吠深巷中，雞鳴桑樹顛。"❷ 古時特指未長長毛的小狗崽。唐·韓愈《送董邵南序》："復有昔時屠～者乎？"

【狗苟】gǒu gǒu　像狗一樣生存，沒有氣節。唐·韓愈《送窮文》："蠅營～～，驅去復還。"

苟 gǒu　❶ 草名或菜名。❷ 苟且，隨便。《史記·孔子世家》："君子於其言，無所～而已矣。"❸ 如果，只要。宋·蘇洵《六國論》："～以天下之大，而從六國破亡之故事，是又在六國下矣。"❹ 希望，但願。《詩經·王風·君子于役》："君子于役，～無飢渴！"❺ 姑且，暫且。唐·魏徵《諫太宗十思疏》："終～免而不懷仁。"

【苟得】gǒu dé　不應該得到而得到。《孟子·告子上》："所欲有甚於生者，故不為～～也。"此處指苟且偷生。

【苟合】gǒu hé　隨便附和。漢·鄒陽《獄中上梁王書》："陽為人有智略，忼慨不～～。"

【苟或】gǒu huò　有時，如果。唐·王建《壞屋》："～～幸其遷。"

【苟且】gǒu qiě　馬虎隨便，不嚴肅認真。《漢書·王嘉傳》："其二千石長吏亦安官樂職，然後上下相望，莫有～～之意。"

【苟全】gǒu quán　苟且求全。三國蜀·諸葛亮《出師表》："～～性命於亂世，不求聞達於諸侯。"

耇 gǒu　❶ 見"耇老"。❷ 高壽。晉·潘尼《皇太子社》："我後邇天休，設社祈遐～。"❸ 年老體弱。漢·韋孟《在鄒詩》："微微小子，既～且陋。"

【耇老】gǒu lǎo　面色如垢的老年人。耇，老年人面部出現的老年斑，又稱壽斑。唐·無名氏《道州民為刺史薛伯高setorting鼻亭神歌》："我有～～，公燠其飢。"

垢 gòu　❶ 灰塵等髒東西。《莊子·逍遙遊》："是其塵～秕糠，將猶陶鑄堯舜者也。"❷ 污染，弄髒，比喻受壞影響。《史記·屈原賈生列傳》："不獲世之滋～。"❸ 恥辱。漢·司馬遷《報任安書》："雖累百世，～彌甚耳！"

姤 gòu　❶ 相遇。晉·陸雲《南衡》："矧我與子，～會斯年。"❷ 美，善。《管子·地員》："其泉黃白，其人夷～。"

媾 gòu　❶ 結親，婚姻。《左傳·隱公十一年》："如舊昏～。"❷ 交合。唐·還陽子《識黃芽歌》："日月循環魂魄滿，陰陽交～龍虎成。"❸ 寵愛。《詩經·曹風·候人》："彼其之子，不遂其～。"

詬 gòu ❶ 恥辱。漢·司馬遷《報任安書》："而～莫大於宮刑。"❷ 叱罵。宋·文天祥《〈指南錄〉後序》："則直前～虜帥失信。"

【詬病】gòu bìng 指責，侮辱。宋·范成大《〈書洺溪中興碑後詩〉序》："此詩之出，必有相～～者。"

【詬厲】gòu lì 同 "詬病"。清·吳景旭《歷代詩話》："是剽竊之雄，不幾為摩詰～～哉。"

構 gòu ❶ 架木建屋。唐·柳宗元《〈凌助教蓬屋題詩〉序》："家本吳也，欲歸而不可得，遂～蓬室，以備揖讓之位。"❷ 房屋，建築。《陳書·宣帝紀》："兵火薦臻，承華焚蕩，頓無遺～。"❸ 建立，締造。《梁書·蔡道恭傳》："王業肇～，致力陝西。"❹ 連結，交合。《史記·春申君列傳》："秦楚之兵～而不離。"❺ 謀劃，編造。宋·王禹偁《待漏院記》："～巧詞以悅之。"❻ 挑撥離間。《左傳·昭公十二年》："叔仲子欲～二家。"

【構兵】gòu bīng 交戰。《孟子·告子下》："吾聞秦楚～～，我將見楚王説而罷之。"

【構難】gòu nàn 作亂。《舊唐書·崔植傳》："(劉) 總仍懼部將～～，乃籍其豪鋭者先送京師。"

【構思】gòu sī ❶ 謀劃，設想。《晉書·石季龍載記上》："季龍以其～～精微，賜爵關內侯，賞賜甚厚。"❷ 特指創作過程中作者對作品內容、形式所進行的思維活動。宋·王禹偁《〈詔臣僚和御制賞花詩〉序》："既奉詔以援毫，各爭妍而～～。"

【構陷】gòu xiàn 陷害，設計陷人於罪。宋·曾鞏《與王深父書》："顧初至時，遇在勢者橫逆，又議法數不合，常恐不免於～～。"

【構怨】gòu yuàn 結下仇怨。《孟子·梁惠王上》："～～於諸侯。"

遘 gòu ❶ 相遇，遇見。三國魏·繁欽《贈梅公明》："～此春景，既茂且長。"❷ 造成。三國魏·王粲《七哀》："西京亂無象，豺虎方～患。"

覯 gòu ❶ 相遇，見面。唐·劉知幾《次河神廟虞參軍船先發余阻風不進寒夜旅泊》："何當欣既～。"❷ 通 "構"，形成，造成。《左傳·成公六年》："其惡易～。"

購 gòu ❶ 重賞徵求，重金購買。《戰國策·燕策三》："秦王之金千斤，邑萬家。"❷ 買。唐·白居易《東坡種花》："但～有花者，不限桃杏梅。"❸ 通 "媾"，講和。《史記·韓世家》："將西～於秦。"

---

gu

估 gū ❶ 物價。唐·李商隱《行次西郊作一百韻》："饋餉多過時，高～銅與鉛。"❷ 商人。唐·李端《送吝中孚拜官歸楚州》："孤帆淮上歸，商一夜相依。"❸ 買。唐·鄭谷《春日即事》："典衣～酒得。"❹ 衡量物品的價值或數量。元·姚守中《粉蝶兒》："官秤稱來私秤上～。"

姑 gū ❶ 丈夫的母親。❷ 父親的姊妹。《詩經·邶風·泉水》："問我諸～，遂及伯姊。"❸ 丈夫的姊妹。漢樂府《孔雀東南飛》："新婦初來時，小～始扶床。"❹ 姑且。

《國語・越語上》："請～無庸戰。"
❺ 吮吸。《孟子・滕文公上》:"蠅蚋～嘬之。"

【姑嫜】gū zhāng　丈夫的父母,即公婆。唐・杜甫《新婚別》:"妾身未分明,何以拜～～。"

孤 gū　❶ 失去父親的孩子。《戰國策・趙威后問齊使》:"哀鰥寡,恤～獨。"❷ 孩子失去父親。宋・歐陽修《瀧岡阡表》:"修不幸,生四歲而～。"❸ 單獨,孤單。晉・陶淵明《歸去來兮辭》:"景翳翳以將入,撫～松而盤桓。"❹ 古時王侯的自稱。《三國志・蜀書・諸葛亮傳》:"～不度德量力。"

【孤臣】gū chén　失去權勢的遠臣。《孟子・盡心上》:"獨～～孽子,其操心也危。"

【孤負】gū fù　辜負。漢・李陵《答蘇武書》:"～～陵心區區之意。"

【孤寒】gū hán　形容身世寒微。唐・朱慶餘《塞下感懷》:"程塗過萬里,身事尚～～。"

【孤介】gū jiè　為人端方剛直。南朝宋・顏延之《拜陵廟作》:"幼壯困～～,末暮謝幽貞。"

【孤老】gū lǎo　孤獨的老人。唐・齊己《西山叟》:"官家不問～～身,還在前山山下住。"

沽 (1) gū　❶ 買。唐・李白《將進酒》:"主人何為言少錢?徑須～取對君酌。"❷ 賣。唐・戎昱《苦辛行》:"如今刀筆士,不及屠～兒。"❸ 通過做事等手段謀取自己想要的東西。明・方孝孺《豫讓論》:"釣名～譽。"

(2) gǔ　賣酒的人。唐・歐陽詹《讀周太公傳》:"屠～未遇時,豈異茲川老。"

辜 gū　❶ 罪。《墨子・非攻上》:"至殺不一人也。"❷ 古時一種分裂肢體的酷刑。《韓非子・內儲說上》:"罪莫重～磔於市。"❸ 加罪。漢・李陵《答蘇武書》:"晁錯受戮,周、魏見～。"❹ 迫害。晉・傅玄《惟庸蜀》:"歷世受罪～。"

酤 gū　❶ 酒。晉・傅玄《饗神歌》:"犧樽既奠,清～既載。"❷ 買(酒)。唐・張籍《江南曲》:"長江午日～春酒,高高酒旗懸江口。"❸ 賣。《韓非子・外儲說右上》:"宋人有～酒者,……然而不售。"

古 gǔ　❶ 距今已久遠的時代,與"今"相對。宋・柳永《望海潮》:"東南形勝,三吳都會,錢塘自～繁華。"❷ 古代的事物。《韓非子・五蠹》:"是以聖人不期修～。"❸ 形容年代久遠的,古老的。唐・常建《題破山寺後禪院》:"清晨入～寺,初日照高林。"❹ 樸素。宋・歐陽修《送楊寘序》:"純～淡泊。"

【古道】gǔ dào　❶ 古舊的道路。唐・白居易《賦得古原草送別》:"遠芳侵～～,晴翠接荒城。"❷ 泛指古代的學術思想風尚等。唐・韓愈《師說》:"余嘉其能行～～,作《師說》以貽之。"

【古德】gǔ dé　佛教徒對本教先輩的稱呼。唐・貫休《施萬病丸》:"曾聞～～有深言,由來大士皆如此。"

【古風】gǔ fēng　❶ 古人的風範,古代的風尚。宋・陸游《游山西村》:"簫鼓追隨春社近,衣冠簡樸～～存。"❷ 古體詩的一種。唐代李白有《古風》五十九首。

【古昔】gǔ xī　古時候。晉・左思《詠史》:"英雄有迍邅(zhūn zhān,困頓不得志),由來自～～。"

【古稀】gǔ xī　指七十歲。唐‧杜甫《曲江》："酒債尋常行處有，人生七十古來稀。"

汩　(1) gǔ　❶治理。戰國楚‧屈原《楚辭‧天問》："不任～鴻，師何以尚之？"❷淹沒，湮滅。唐‧張祐《江南雜題三十首》之九："～沒非兼濟，終窮是獨醒。"❸擾亂。《尚書‧周書‧洪範》："～陳其五行。"❹水聲。唐‧張説《過漢南城歎古墳》："洶湧蔽平岡，～若波濤連。"

(2) yù　快，疾。戰國楚‧屈原《楚辭‧離騷》："～余若將不及兮，恐年歲之不吾與。"

谷　gǔ　❶兩山之間的夾道或水道。明‧宋濂《送東陽馬生序》："行深山巨～中。"❷困境。《詩經‧大雅‧桑柔》："人亦有言，進退維～。"

股　gǔ　❶大腿。《國語‧吳語》："將還玩吳國於一～之上。"❷泛指腿。南朝梁‧丘遲《與陳伯之書》："聞鳴鏑而～戰。"❸不等腰直角三角形較長的一條直角邊。宋‧沈括《夢溪筆談‧技藝》："又以半徑減去所割數，餘者為～。"❹事物或物品的一部分。唐‧白居易《長恨歌》："釵留一～合一扇，釵擘黃金合分鈿。"

【股肱】gǔ gōng　輔佐。漢‧路温舒《尚書緩刑書》："大將軍受命武帝，～～漢國。"

【股慄】gǔ lì　兩腿打顫。《後漢書‧竇融列傳》："畔臣見之，當～～漸愧。"

牯　gǔ　本義為公牛，後來指閹割過的公牛。唐‧陸龜蒙《祝牛宮辭》："四牸（zì，雌性的牲畜）三～，中一去乳。"

骨　gǔ　❶脊椎動物支持着身體的骨骼。《荀子‧勸學》："螾無爪牙之利，筋～之強。"❷屍骨。唐‧韓愈《左遷至藍關示姪孫湘》："知汝遠來應有意，好收吾～瘴江邊。"❸親人。《韓非子‧五蠹》："非疏～肉愛過客也。"❹文學作品的風格。唐‧李白《宣州謝朓樓餞別校書叔雲》："蓬萊文章建安～，中間小謝又清發。"❺氣概，氣節。《漢書‧翟方進傳》："此兒有奇～，可試使啼。"

【骨鯁】gǔ gěng　正直，剛強。唐‧韓愈《爭臣論》："使四方後代知朝廷有直言～～之臣。"

【骨力】gǔ lì　❶力氣。唐‧韓愈《寄崔二十六立之》："我雖未耋老，髮禿～～羸。"❷藝術作品的風格雄健有力。《南史‧張融傳》："卿書殊有～～。"

【骨氣】gǔ qì　氣質。唐‧徐鉉《贈王貞素先生》："先生嘗已佩真形，紺髮朱顏～～清。"

罟　gǔ　網。《莊子‧逍遙遊》："中於機辟，死於罔～。"

詁　gǔ　❶用今語解釋古代的語言文字。唐‧韓愈《元和聖德詩》："博士臣愈，職是訓～。"❷字詞的意義。宋‧陸游《萬卷樓記》："同字而異～。"明‧王守仁《尊經閣記》："習訓～，傳記誦。"

賈　gǔ　見258頁jiǎ。

鈷　gǔ　見"鈷鉧"。

【鈷鉧】gǔ mǔ　熨斗。宋‧范成大《驂鸞錄》："～～，熨斗也。"

猾　gǔ　見225頁huá。

滑　gǔ　見225頁huá。

鼓　gǔ　❶一種樂器，可以擊之發聲。戰國楚‧屈原《楚辭‧九歌‧國殤》："霾兩輪兮縶四馬，援玉枹兮擊鳴。"❷擊鼓《孟子‧梁惠王上》："填然～之。"❸彈奏（樂器）。漢‧曹操《短歌行》："我有嘉賓，～瑟吹笙。"《史記‧廉頗藺相如列傳》："趙王～瑟。"❹古時夜間計時單位，一夜分五鼓。明‧張岱《西湖七月半》："二～以前。"❺搖動，振動。《莊子‧盜跖》："搖脣～舌。"

穀　gǔ　❶莊稼和糧食的總稱。《孟子‧梁惠王上》："不違農時，～不可勝食也。"❷俸祿，食俸祿。《論語‧憲問》："邦無道，～，恥也。"❸養育。《詩經‧小雅‧四月》："民莫不～，我獨何害！"❹活。《詩經‧王風‧大車》："～則異室，死則同穴。"❺善。《周禮‧春官宗伯‧典瑞》："～圭以和難。"

轂　gǔ　❶車輪中心穿軸承輻的圓木。戰國楚‧屈原《楚辭‧九歌‧國殤》："操吳戈兮披犀甲，車錯～兮短兵接。"❷泛指車。《戰國策‧蘇秦以連橫說秦》："轉～連騎。"❸輻，車輪。《戰國策‧蘇秦以連橫說秦》："古者使車～擊馳。"

鵠　(1) gǔ　箭靶的中心，引申指目標。《禮記‧射義》："故射者各射己之～。"
(2) hú　鴻鵠，黃鵠，即天鵝。南朝梁‧丘遲《與陳伯之書》："慕鴻～以高翔。"

【鵠的】gǔ dì　箭靶的中心。《戰國策‧齊策五》："今夫～～，非咎罪於人也，便弓引駑而射之，中者則善，不中則愧。"

瞽　gǔ　❶眼睛瞎。《莊子‧逍遙遊》："～者無以與乎文章之觀。"❷樂師。《國語‧召公諫弭謗》："使公卿至於列士獻詩，～獻曲。"❸不懂得察言觀色，沒有見識。《論語‧季氏》："未見顏色而言謂之～。"

【瞽師】gǔ shī　樂師。《後漢書‧光武帝紀下》："益州傳送公孫述～～，郊廟樂器，……於是法物始備。"

【瞽史】gǔ shǐ　樂官和史官。《國語‧召公諫弭謗》："～～教誨。"

【瞽言】gǔ yán　狂妄的、沒有見識的話，表示謙虛。《後漢書‧桓譚列傳》："臣前獻～～。"

鶻　(1) gǔ　一種外形像喜鵲而略小的鳥。
(2) hú　一種猛禽，飛行迅速，經過訓練後可以用來捕鳥。宋‧蘇軾《後赤壁賦》："攀棲～之危巢。"

蠱　gǔ　❶害人的毒蟲。唐‧白居易《捕蝗》："興元兵久傷陰陽，和氣蠱化為蝗。"❷毒氣。南朝宋‧鮑照《苦熱行》："含沙射流影，吹～病行暉。"❸迷惑，誘惑。唐‧白居易《紫藤》："又如妖婦人，綢繆～其夫。"❹害人的邪術。唐‧呂溫《望思臺作》："浸潤成宮～，蒼黃弄父兵。"❺蛀蟲。漢‧王充《論衡‧商蟲》："穀蟲曰～，～若蛾矣。"

【蠱媚】gǔ mèi　以美色迷惑人。漢‧張衡《思玄賦》："咸姣麗以～～兮。"

固　gù　❶堅固。《論語‧學而》："君子不重則不威，學則不～"❷固定，穩定。唐‧杜甫《自京赴奉先詠懷》："葵藿傾太陽，物性～

難奪。❸ 堅定，堅決。《史記·廉頗藺相如列傳》："秦王恐其破壁，乃辭謝～請。"❹ 固執，專橫。唐·杜牧《阿房宮賦》："獨夫之心，日益驕～。"❺ 鄙陋。《論語·述而》："奢則不孫，儉則～。"❻ 姑且。唐·韓愈《送楊少尹序》："而畫與不畫，～不論也。"❼ 副詞，本來。《史記·項羽本紀》："～不如也。"❽ 副詞，當然，肯定，實在是。宋·蘇洵《六國論》："至於顛覆，理～宜然。"❾ 副詞，究竟。明·張溥《五人墓碑記》："輕重～何如哉？"

【固辭】gù cí　堅決推辭。《戰國策·馮煖客孟嘗君》："孟嘗君～～不往也。"

【固疾】gù jí　長時間難以治癒的病。《禮記·月令》："國多～～。"

【固陋】gù lòu　見識淺薄粗陋。漢·司馬遷《報任安書》："請略陳～～。"

【固窮】gù qióng　甘於貧困。《論語·衛靈公》："君子～～，小人窮斯濫矣。"

故 gù ❶ 原因。漢·曹操《短歌行》："但為君～，沈吟至今。"❷ 舊，與"新"相對。《韓非子·五蠹》："古今異俗，新～異備。"❸ 舊相識，老交情。《史記·項羽本紀》："君安與項伯有～？"❹ 意外，變故。《孟子·盡心上》："父母俱存，兄弟無～。"❺ 舊有的、過去的人或事物。三國魏·曹植《與吳質書》："親～多離其災。"❻ 所以。《孟子·告子上》："生亦我所欲，所欲有甚於生者，～不為苟得也。"❼ 有意，特意《史記·項羽本紀》："～遣將守關者。"

【故國】gù guó　❶ 古國。《孟子·梁惠王下》："所謂～～者，非謂有喬木之謂也，有世臣之謂也。"❷ 祖國。《史記·淮南衡山列傳》："臣聞微子過～～而悲，於是作《麥秀》之歌。"❸ 故鄉，故地。宋·蘇軾《念奴嬌·赤壁懷古》："～～神遊，多情應笑我，早生華髮。"❹ 從前的封邑。《史記·五宗世家》："吳已破，二歲，徙為江都王，治吳～～。"

【故舊】gù jiù　老朋友。《論語·微子》："～～無大故，則不棄也。"

【故事】gù shì　❶ 舊事，以往的事情。宋·蘇洵《六國論》："苟以天下之大，而從六國破亡之～～，是又在六國下矣。"❷ 舊業，原來的職業。《商君書·墾令》："知農不離其～～，則草必墾矣。"❸ 先例，舊日的典章制度。《漢書·魏相傳》："相明《易經》，有師法，好觀漢～～及便宜奏章。"❹ 典故。宋·歐陽修《六一詩話》："自《西崑集》出，時人爭效之，詩體一變，而先生老輩患其多用～～，至於語僻難曉。"

【故轍】gù zhé　❶ 舊的車轍，泛指老路。唐·顧況《上湖至破山贈文周蕭元植》："一別二十年，依依過～～。"❷ 常規。晉·陶淵明《詠貧士》："量力守～～。"

【故紙堆】gù zhǐ duī　古舊的書籍或文牘。宋·朱熹《答呂子約》："豈可一向汩溺於～～～中。"

桔 gù ❶ 古時一種木製的手銬。《史記·游俠列傳》："夷吾桎～。"❷ 圈禁，監禁。《孟子·告子上》："有～，亡之矣。"

痼 gù　久治不瘉的病。唐·宋之問《陸渾水亭》："更以沈～日，歸臥南山陲。"

【痼疾】gù jí 長時間不能治癒的病。唐·薛能《邊城寓題》:"東風吹～～,暖日極青冥。"

錮 gù ❶用熔化了的金屬堵塞孔隙。《漢書·賈山傳》:"治銅～其內,漆塗其外。" ❷禁錮,禁止做官。唐·杜牧《李甘》:"一旦如奴虜,指名為～黨。" ❸束縛。唐·白居易《自誨》:"物有萬類,～人如鎖。" ❹固守。唐·貫休《聞前王使君在澤潞居》:"不幸大寇崩騰來,孤城勢孤困難～。" ❺通"痼",久治不癒的病。漢·賈誼《治安策》:"失今不治,必為～疾。"

顧 gù ❶回頭或回頭看。戰國楚·屈原《楚辭·九章·涉江》:"吾方高馳而不～。"《史記·廉頗藺相如列傳》:"相如一召趙御史書(曰)。" ❷看。《莊子·逍遙遊》:"立之塗,匠者不～。" ❸返回。唐·柳宗元《種樹郭橐駝傳》:"已去而復～。" ❹考慮,顧惜。《史記·項羽本紀》:"大行不～細謹。" ❺探訪。三國蜀·諸葛亮《出師表》:"三～臣於草廬之中,諮臣以當世之事。" ❻關心,照顧。《左傳·成公十三年》:"君嘗惠～諸侯。" ❼副詞,表示輕微的轉折,相當於"而"、"不過"。《史記·廉頗藺相如列傳》:"～吾念之,彊秦之所以不敢加兵於趙者,徒以吾兩人在也。" ❽副詞,豈,難道。清·彭端淑《為學》:"～不如蜀鄙之僧哉?" ❾副詞,反而,卻。《戰國策·趙策一》:"雖強大不能得之於小弱,而小弱～能得之於強大乎?"

【顧反】gù fǎn 返回,回來。《史記·屈原賈生列傳》:"使於齊,～～。"

【顧懷】gù huái 戀戀不捨。三國魏·曹丕《樂府燕歌行》二首其二:"留連～～不能存。"

【顧命】gù mìng 天子的臨終遺命。唐·駱賓王《為徐敬業討武曌檄》:"或受～～於宣室。"

gua

瓜 guā 植物名。宋·范成大《四時田園雜興》之七:"童孫未解供耕織,也傍桑陰學種～。"

【瓜葛】guā gé 瓜和葛,兩種蔓生植物,喻互相牽連。宋·黃庭堅《贈張仲謀》:"向來情義比～～。"

【瓜李】guā lǐ "瓜田李下"的略語,指容易惹人嫌疑的地方或處境。唐·白居易《雜感》:"嫌疑遠～～,言動慎毫芒。"

【瓜蔓抄】guā màn chāo 古時指抄沒家產像瓜蔓一樣株連無辜。清·趙翼《感事》:"尚憂～～～將及,轉恐冰山倚有痕。"

【瓜洲】guā zhōu 地名,在今江蘇邗江縣南部大運河入長江處。宋·王安石《泊船瓜洲》:"京口～～一水間。"

刮 guā ❶把物體表面的東西去掉。唐·韓愈《進學解》:"～垢磨光。" ❷(風)吹。唐·岑參《冬夕》:"浩汗霜風～天地,溫泉火井無生意。" ❸擦拭。唐·韓愈《過襄城》:"鄖城辭罷過襄城,潁水嵩山～眼明。"

寡 guǎ ❶少。《論語·季氏》:"不患～而患不均。" ❷孤,弱。《左傳·成公十三年》:"～我襄公。" ❸女子喪夫。《戰國策·趙威后問齊使》:"哀鰥～,恤孤獨。" ❹謙詞,見"寡君"、"寡人"。 ❺謙辭,指嫡妻。《詩經‧大雅‧思齊》："刑於～妻，至於兄弟，以御於家邦。"

【寡君】 guǎ jūn 臣子對別國自稱本國國君或國君夫人。《國語‧齊語》："～～有不令之臣在君之國。"

【寡人】 guǎ rén 古時王侯的自稱。《史記‧廉頗藺相如列傳》："秦王以十五城請易～～之璧，可予不？"

掛 guà ❶ 懸掛。清‧薛福成《觀巴黎油畫記》："仰視天則明月斜～。" ❷（心裏面）牽掛。宋‧王安石《修廣師法喜堂》："師心以此不～物，一堂收身自有餘。"

【掛冠】 guà guān 辭去官職。唐‧崔信明《送金竟陵入蜀》："西上君飛蓋，東歸我～～。"

【掛漏】 guà lòu "掛一漏萬"的略語，比喻遺漏或顧此失彼。元‧周伯琦《自ండ寧府歷坳兒嶺晚宿雷家驛》："紀勝猶～～，觀風已宣旬。"

註 guà 弄錯，搞錯。唐‧白居易《青冢》："丹青一～誤，白黑相紛糾。"

guai

乖 guāi 相反，不協調。漢‧晁錯《論貴粟疏》："上下相反，好惡～迕。"

【乖離】 guāi lí 抵觸。唐‧韓愈《別鵠操》："巢成不生子，大義當～～。"

【乖繆】 guāi miù 荒謬，不合情理。《漢書‧王莽傳》："將令正～～，壹異說云。" 亦作"乖謬"。

怪 guài ❶ 奇異，不常見。宋‧蘇軾《留侯論》："其事甚～。" ❷ 不同尋常或奇異的事物。《論語‧述而》："子不語～，力，亂，神。" ❸ 驚訝，驚奇。《戰國策‧

馮煖客孟嘗君》："孟嘗君～其疾也。" ❹ 責怪，怪罪。晉‧干寶《宋定伯捉鬼》："勿～吾也。"

guan

官 guān ❶ 官府。唐‧柳宗元《種樹郭橐駝傳》："～命促爾耕。" ❷ 官職。《莊子‧逍遙遊》："知效一～，行比一鄉。" ❸ 官員。宋‧王禹偁《待漏院記》："總百～，食萬錢。" ❹ 公，與"私"相對。宋‧王安石《同學一首別子固》："～有守。" ❺ 器官。《孟子‧告子上》："耳目之～不思。"

【官閥】 guān fá 官階門第。清‧蒲松齡《聊齋志異‧錦瑟》："始問娘子～～。"

【官誥】 guān gào 古時授予官職的憑證，又稱"告身"。唐‧杜荀鶴《賀顧雲卿侍御府主與子弟奏官》："孝經始向堂前徹，～～當從幕下迎。"

【官理】 guān lǐ 當官治民。唐‧柳宗元《種樹郭橐駝傳》："以子之道，移之～～。"

【官署】 guān shǔ 官員辦公的地方。唐‧柳宗元《梓人傳》："京兆尹將飾～～。"

【官秩】 guān zhì 官爵俸祿。《史記‧秦本紀》："遂復三人～～如故。"

冠 （1） guān 帽子。《戰國策‧鄒忌諷齊王納諫》："朝服衣～。"
（2） guàn ❶ 戴。戰國楚‧屈原《楚辭‧九章‧涉江》："帶長鋏之陸離兮，～切雲之崔嵬。" ❷ 古時男子到了二十歲，舉行加冠禮，表示已經成年。《禮記‧曲禮上》："男子二十～而字。" ❸ 超出，第一。南朝梁・丘遲《與陳伯之書》："將軍勇~三軍。"

【冠帶】guān dài　帽子和腰帶，後來也泛指服制。《史記・秦楚之際月表》："至始皇乃能并~~之倫。"

【冠巾】guān jīn　冠與巾，古時用以區別士人與庶人的等級，後來也泛指服飾。唐・韓愈《送僧澄觀》："向風長歎不可見，我欲收斂加~~。"

莞　guān　見615頁 wǎn。

倌　guān　主管車乘的小臣。《詩經・鄘風・定之方中》："命彼~人，星言夙駕。"

棺　guān　棺材。唐・韓愈《祭十二郎文》："斂不憑其~，窆不臨其穴。"

【棺椁】guān guǒ　棺材。古時棺有兩重，內層稱"棺"，外層稱"椁"。《孟子・梁惠王下》："謂~~衣衾之美也。"

綸　guān　見388頁 lún。

關　guān　❶門閂。《史記・魏公子列傳》："嬴乃夷門抱~者也。"❷掩，閉。晉・陶淵明《歸去來兮辭》："園日涉以成趣，門雖設而常~。"❸捆綁，夾戴。漢・司馬遷《報任安書》："其次~木索。"❹引，拉。《孟子・告子下》："其兄~弓而射之。"❺要塞，關口。唐・賈島《寄韓潮州愈》："隔嶺篇章來華嶽，出~書信過瀧流。"

【關礙】guān ài　障礙，阻礙。《新唐書・顏真卿傳》："令監司與仗家引對，不得~~。"

【關白】guān bái　稟報。《三國志・吳書・呂範傳》："私從有求，(呂)範必~~。"

【關關】guān guān　鳥鳴的聲音。《詩經・周南・關雎》："~~雎鳩，在河之洲。"

【關山】guān shān　泛指山川險阻。唐・王勃《滕王閣序》："~~難越，誰悲失路之人？"

鰥　guān　❶魚名，即鱤魚。❷男子無妻。《孟子・梁惠王下》："老而無妻曰~。"

【鰥鰥】guān guān　睜眼不睡的樣子。唐・李商隱《寄太原盧司空三十韻》："~~臥不瞑。"

觀　(1) guān　❶看。《戰國策・鄒忌諷齊王納諫》："由此~之。"❷審察，細看。《史記・廉頗藺相如列傳》："臣~大王無意償趙王城邑。"❸欣賞，觀賞。宋・周敦頤《愛蓮說》："可遠~而不可褻玩焉。"❹遊覽。宋・蘇軾《潮州韓文公廟碑》："要~南海窺衡湘。"❺檢閱。見"觀兵"。❻景象。宋・王安石《遊褒禪山記》："奇偉瑰怪非常之~。"
　　(2) guàn　❶古時宮中高大的樓台。《史記・廉頗藺相如列傳》："大王見臣列~~。"❷道教的廟宇。唐・劉禹錫《玄都觀桃花》："玄都~裏桃千樹。"

【觀兵】guān bīng　檢閱軍隊，炫耀武力。《左傳・宣公三年》："~~於周疆。"

【觀風】guān fēng　觀察民風。唐・許敬宗《奉和宴中山應制》："養賢停八駿，~~駐五牛。"

【觀省】guān xǐng　省親。唐・韋應物《因省風俗與從姪成緒遊山水中道先歸寄示》："每慮~~牽。"

【觀止】guān zhǐ　指所見到的事物已經到了盡善盡美的地步。《左傳・

襄公二十九年》："～～矣！若有他樂，吾不敢請已。"

管 guǎn ❶ 指竹管。唐·楊希道《詠笙》："切切孤竹～，泠泠雲和琴。" ❷ 管樂器。唐·杜甫《自京赴奉先詠懷》："暖客貂鼠裘，悲～逐清瑟。" ❸ 管狀物。《詩經·邶風·靜女》："靜女其孌，貽我彤～。" ❹ 鑰匙。《左傳·襄叔哭師》："鄭人使我掌其北門之～。" ❺ 管理，主管。《史記·李斯列傳》："～事二十餘年。"

【管籥】 guǎn yuè 樂器名。"籥"通"龠"。《孟子·梁惠王下》："百姓聞王鐘鼓之聲，～～之音。"

【管子】 guǎn zǐ ❶ 人名，指春秋時齊人管仲。《國語·齊語》："夫～～，天下之才也。" ❷ 書名，據說為春秋時齊人管仲所作，原為八十六篇，今存七十六篇。

館 guǎn ❶ 客舍，賓館。《孟子·滕文公下》："舍～未定。" ❷ 華麗的房屋。唐·王勃《滕王閣序》："臨帝子之長洲，得仙人之舊～。" ❸ 接待。《孟子·萬章下》："帝～甥於貳室。" ❹ 私塾。清·吳敬梓《儒林外史》第三回："明年在我們行事裏替你尋一個～。"

貫 guàn ❶ 錢串子，穿錢的繩索。《史記·平準書》："～朽而不可校。" ❷ 古時用繩子串銅錢，一千個為一貫。《水滸傳》第三回："着落店主人家追要原典身錢三千～。" ❸ 穿，穿過。《戰國策·唐雎不辱使命》："聶政之刺韓傀也，白虹～日。" ❹ 貫通。《論語·里仁》："吾道一以～之。" ❺ 通"慣"，習慣。《論語·鄉黨》："仍舊～，如之何？"

【貫盈】 guàn yíng 用繩索穿錢，一枚一枚疊加，滿了一貫稱為"貫盈"。後來也用作比喻罪惡累累，惡貫滿盈。《尚書·周書·泰誓上》："商罪～～，天命誅之。"

摜 guàn ❶ 丟掉，摔掉。清·吳敬梓《儒林外史》第三回："劈手把雞奪了，～在地下。" ❷ 穿。《抱朴子·博喻》："～甲纓冑，非廟堂之飾。"

灌 guàn ❶ 水名，在今廣西灌陽縣西南。唐·柳宗元《〈愚溪詩〉序》："～水之陽有溪焉。" ❷ 灌溉。漢·楊惲《報孫會宗書》："～園治產。" ❸ 注入。《莊子·秋水》："百川～河。"

【灌灌】 guàn guàn 水流盛貌。晉元康中洛中童謠："水從西來河～～。"

---

guang

光 guāng ❶ 光芒，光亮。晉·陶淵明《歸去來分辭》："恨晨～之熹微。" ❷ 明亮，發光。戰國楚·屈原《楚辭·九章·涉江》："與天地分同壽，與日月分齊～。" ❸ 光彩，風采。《孟子·盡心上》："日月有明，容～必照焉。" ❹ 光耀，發揚。三國蜀·諸葛亮《出師表》："以～先帝遺德。" ❺ 風景。宋·楊萬里《曉出淨慈寺送林子方》："風～不與四時同。" ❻ 榮耀。清·吳敬梓《儒林外史》第三回："連我臉上都無～了。" ❼ 時光。唐·李白《春夜宴從弟桃花園序》："～陰者，百代之過客也。"

【光霽】 guāng jì 即"光風霽月"的略語，即天朗氣清時的和風，雨過天晴後的明月。後來也用來比喻人的心胸開闊、光明磊落，或者社會安定、政治清明的局面。元·范椁《貴州》："若無～～在，何以破朱炎？"

廣 guǎng ❶大。《莊子·逍遙遊》："有魚焉，其～數千里。" ❷眾多。《史記·魏公子列傳》："而公子親枉車騎自迎嬴於眾人～坐之中。" ❸寬闊。唐·杜甫《自京赴奉先詠懷》："川～不可越。" ❹擴大。《戰國策·唐雎不辱使命》："今吾以十倍之地，請～於君。" ❺增加，增強。三國蜀·諸葛亮《出師表》："有所～益。" ❻寬宏。《左傳·僖公二十三年》："晉公子～而儉。" ❼廣泛，普遍。《國語·單子知陳必亡》："而～施德於天下者也。" ❽開闢，拓寬。漢·路溫舒《尚德緩刑書》："～箴諫之路。"

【廣崇】guǎng chóng　崇高偉大。《史記·屈原賈生列傳》："明道德之～～。"

【廣莫】guǎng mò　空曠遼闊。《莊子·逍遙遊》："～～之野。"

【廣嗣】guǎng sì　後代繁多。《漢書·杜周傳附杜欽》："～～重祖。"

【廣宇】guǎng yǔ　拓寬疆土。唐·張文徹《龍泉神劍歌》："神劍新磨須使用，定疆～～未為遲。"

【廣運】guǎng yùn　土地面積大。《國語·越語上》："～～百里。"

獷 guǎng ❶兇狠。唐·劉希夷《謁漢世祖廟》："～獸血塗地，巨人聲沸天。" ❷犬名。唐·柳宗元《獸之窮》："天厚獷德，狙～服。"

【獷驁】guǎng ào　橫暴，不受約束。《新唐書·王沛傳》："是時新建府，俗～～。"

【獷悍】guǎng hàn　蠻橫。《舊唐書·武宗本紀》："戎人～～，不顧成敗。"

圭 guī ❶古玉器名，上段三角形，下段正方，整體呈條形，古人用作禮器。《論語·鄉黨》："執～，鞠躬如也，如不勝。" ❷古時測日影的儀器，見"圭表"。

【圭表】guī biǎo　測日影的儀器。後來也用作指代典型、標準。唐·崔皚《授蕭鄴李玄監察御史制》："蓋以～～百吏，糾繩四方。"

【圭臬】guī niè　喻指準則、法度。圭，測日影的儀器；臬，測廣狹的儀器。唐·杜甫《故著作郎貶台州司戶滎陽鄭公虔》："～～星經奧，蟲篆丹青廣。"

【圭璋】guī zhāng　貴重的玉器，後也用做比喻品德高尚。晉·阮籍《詠懷》："容飾整顏色，磬折執～～。"

皈 guī ❶佛教用語，歸信，皈依。唐·李頎《宿瑩公禪房聞梵》："頓令心地欲～依。" ❷返回。宋·楊萬里《晚飯再度西橋》："～近西橋東復東，蓼花近路舞西風。"

規 guī ❶圓規，畫圓的工具。《荀子·勸學》："其曲中～。" ❷法度。漢·張衡《東京賦》："卒無補於風～，只以昭其愆尤。" ❸謀劃，打算。南朝梁·丘遲《與陳伯之書》："想見勵良～，自求多福。" ❹規勸。《國語·召公諫弭謗》："近臣盡～，親戚補察。" ❺規劃，設置。《國語·周語中》："～方千里，以為甸服。" ❻效法，模仿。唐·韓愈《進學解》："上～姚姒，渾渾無涯。"

【規諫】guī jiàn　用正言進行勸誡。唐·羅隱《寄侯博士》："～～揚雄賦。"

傀 guī　見339頁 kuǐ。

闈 guī　❶上圓下方的小門。《荀子·解蔽》："俯而出城門，以為小之～也，酒亂其神也。"❷內室。明·歸有光《項脊軒志》："室西連於中～。"

【闈閣】guī gé　宮中小門。南朝梁·何遜《閨怨》："～～行人斷，房櫳月影斜。"

【闈闥】guī tà　內室。宋·蘇洵《張益州畫像記》："有女娟娟，～～閑閑。"

瑰 guī　❶美玉。《詩經·秦風·渭陽》："何以贈之？瓊～玉佩。"❷美好。晉·王鑒《七夕觀織女一首》："火丹秉～燭，素女執瓊華。"❸珍奇。見"瑰瑋"。

【瑰奇】guī qí　奇偉。唐·無名氏《紀遊東觀山》："～～恣搜討，貝闕青瑤房。"

【瑰瑋】guī wěi　珍奇，美好。晉·陸機《與弟清河雲詩》："懷襲～～，播離清風。"

歸 (1) guī　❶女子出嫁。明·歸有光《項脊軒志》："後五年，吾妻來～。"❷返回。晉·陶淵明《歸去來兮辭》："田園將蕪胡不～？"《史記·廉頗藺相如列傳》："不如因而厚遇之，使～趙。"❸歸附，歸依。《論語·顏淵》："一日克己復禮，天下～仁焉。"❹歸還。《史記·廉頗藺相如列傳》："臣請完璧～趙。"
　(2) kuì　通"饋"，贈送，給予。《詩經·邶風·靜女》："自牧～荑，洵美且異。"

【歸安】guī ān　四方歸附。唐·李嘉佑《奉和杜相公長興新宅即事呈元相公》："雅望～～石，深知在叔牙。"

【歸化】guī huà　歸順，歸附。唐·劉方平《寄隴右嚴判官》："赤狄爭～～，青羌已請臣。"

【歸老】guī lǎo　古時官吏辭官回家養老。唐·元結《賊退示官吏》："將家就魚麥，江湖邊～～。"

【歸寧】guī níng　古時女子出嫁後回娘家省親或被休棄回娘家。三國魏·曹植《棄婦》："拊心長歎息，無子當～～。"

【歸省】guī xǐng　回家探望父母。唐·朱慶餘《寄馬秀才》："風塵～～日，江海寄家心。"

【歸義】guī yì　起義投降。《舊唐書·宣宗紀》："沙州置～～軍，以張義潮為節度使。"

龜 (1) guī　❶爬行動物，生命力強，耐飢渴。漢·曹操《步出夏門行》："神～雖壽，猶有竟時。"❷龜甲。如龜玉，國家的重器。《論語·季氏》："～玉毀於櫝中。"
　(2) jūn　皸裂。《莊子·逍遙遊》："能不～手一也。"
　(3) qiū　見"龜茲"。

【龜策】guī cè　占卜用的龜甲和蓍草。戰國楚·屈原《楚辭·卜居》："～～誠不能知此事！"

【龜鑒】guī jiàn　龜鏡，引申指借鑒。因為龜片能卜算吉凶，鏡子能辨別美醜。唐·皮日休《白太傅》："仕若不得志，可為～～焉。"

【龜筮】guī shì　古時通過象數判斷吉凶，占卜用龜，筮用蓍草。唐·權德輿《工部發日囚屬傷足臥疾不遂執紼》："笳簫里巷咽，～～墓田開。"

【龜坼】jūn chè　占卜灼龜甲時出現的裂紋，卜者據此判斷吉凶，後來也指天旱地面乾裂或手足凍裂。唐・張祜《憂旱吟》："田疇苦焦烈，～～無潤壤。"

【龜茲】qiū cí　漢朝時天山南麓的一個城國。宋・贊寧《宋高僧傳・唐揚州華林寺靈坦傳》："忽見二胡人稱自～～國來。"

宄 guǐ　作亂，違法。《資治通鑑》卷四十八："恐開姦～之原。"

度 guǐ　❶ 放置器物的木板或架子。清・袁枚《黃生借書說》："必高束焉，～藏焉。"❷ 收藏。《新唐書・牛仙客傳》："前後錫與，緘～不敢用。"

佹 guǐ　❶ 詭異。漢・王延壽《魯靈光殿賦》："傀～雲起。"❷ 重疊。漢・司馬相如《上林賦》："攢立叢倚，連卷累～。"

軌 guǐ　❶ 車跡。《孟子・盡心下》："城門之～，兩馬之力與？"❷ 古時之車子兩輪間的距離。《禮記・中庸》："今天下車同～，書同文。"❸ 軌道，固定的路線。《淮南子・本經訓》："五星循～而不失其行。"❹ 規矩，法度。《左傳・臧僖伯諫觀魚》："君將納民於～物者也。"❺ 依照，遵循。《史記・孔子世家》："夫儒者滑稽而不可～法。"

【軌範】guǐ fàn　楷模，法式。宋・贊寧《宋高僧傳論》："毗尼一學，～～千途。"

【軌則】guǐ zé　準則。晉・左思《吳都賦》："蓋亦先生之所高會，而四方之所～～。"

鬼 guǐ　❶ 迷信的人認為人死後還存在的精靈。唐・張循之《巫山高》："暗谷疑風雨，幽巖若～神。"❷ 祖先。《論語・為政》："非

其～而祭之，諂也。"

【鬼才】guǐ cái　才氣怪譎。宋・嚴羽《滄浪詩話・詩評》："人言太白仙才，長吉～～。"

【鬼方】guǐ fāng　商周時西北部族名，後來也用作指代邊疆部族。唐・鮑溶《苦戰遠征人》："憶昔從此路，連年征～～。"

【鬼工】guǐ gōng　工藝精巧，非人力所及。唐・李賀《羅浮山父與葛篇》："博羅老仙時出洞，千歲石床啼～～。"

【鬼市】guǐ shì　夜市。清・蒲松齡《聊齋志異・山市》："見山上人煙市肆，……故又名'～～'云。"

【鬼蜮】guǐ yù　傳說中一種能含沙射影使人發病的動物。唐・陳陶《聖帝擊壤歌四十聲》："化合謳謠滿，年豐～～藏。"也用來比喻能用心險惡，暗中傷人。

匭 guǐ　❶ 古時一種盛食物的器具。《史記・李斯列傳》："飯土～，啜土鉶。"❷ 小匣子，小箱子。唐・韓愈《贈唐衢》："當今天子急賢良，～函朝出開明光。"

晷 guǐ　❶ 日光。《宋書・謝莊傳》："月～呈祥。"❷ 時間，光陰。唐・錢起《送張少府》："寸～如三歲，離心在萬里。"❸ 日晷。唐・李世民《度秋》："夏律昨留灰，秋箭今移～。"

【晷刻】guǐ kè　時刻。唐・白居易《和望曉》："鵶行候～～，龍尾登霄漢。"

【晷漏】guǐ lòu　時刻。晷和漏都是古時測時的工具。《後漢書・律曆志中》："圖儀～～，與天相應。"

詭 guǐ　❶ 責成，要求。《漢書・京房傳》："今臣得出守郡，自

~效功。" ❷ 欺騙，虛假。《史記·屈原賈生列傳》："而設一辯於懷王之寵姬鄭袖。" ❸ 掩飾，隱蔽。宋·文天祥《〈指南錄〉後序》："變姓名，~蹤跡。" ❹ 奇異。宋·蘇軾《凌虛臺記》："宏傑~麗。" ❺ 違背，違反。《漢書·董仲舒傳》："有所~於天理與。"

【詭詞】guǐ cí　花言巧語，詭辯不實的話。《舊唐書·張仲武傳》："~~結歡。"

【詭服】guǐ fú　違背心志的奇裝異服，引申指喬裝打扮。《新唐書·烈女傳》："小娥~~為男子。"

【詭戾】guǐ lì　怪異不合常情貌。漢·馬融《長笛賦》："波瀾鱗淪，窊隆~~。"

【詭妄】guǐ wàng　虛妄，不真誠。《新唐書·王世充傳》："(王)世充素~~。"

簋 guǐ　古時盛食物的器皿，有時也作禮器，一般為圓形。晉·潘岳《藉田賦》："簋~普淖，則此之自實。"

炅 (1) guì　姓。
(2) jiǒng　明亮。唐·李白《上雲樂》："碧玉~~雙目瞳，黃金拳拳兩鬢紅。"

桂 guì　常綠灌木或小喬木，是珍貴的觀賞植物，其花具有濃郁的香氣。唐·李賀《李憑箜篌引》："吳質不眠倚一樹，露腳斜飛濕寒兔。"

【桂宮】guì gōng　傳說月亮中有桂樹，後來就以"桂宮"指代月亮。明·高啟《戲呈宋學士》："白兔如嫌~~冷，走入杏花壇下井。"

【桂輪】guì lún　月亮的別稱。唐·于季子《詠雲》："願得承嘉景，無令掩~~。"

【桂月】guì yuè　神話中説月中有桂樹，所以也稱月亮為"桂月"。唐·李隆基《同王真公主過大哥山池》："~~先秋冷，蘋風向晚清。"

貴 guì　❶ 物價高。《左傳·昭公三年》："國之諸市，屨賤踊~。" ❷ 地位高，顯貴。晉·陶淵明《歸去來兮辭》："富~非吾願，帝鄉不可期。" ❸ 重視，珍惜。唐·李白《將進酒》："鐘鼓饌玉不足~。" ❹ 重要。《孟子·盡心下》："民為~，社稷次之，君為輕。" ❺ 尊敬。《孟子·萬章下》："用下敬上，謂之~~。"

【貴戚】guì qī　君主的親族，包括內親和外親。宋·李格非《書洛陽名園記後》："公卿~~開館列第於東都。"

【貴人】guì rén　公卿等地位顯赫之人，後來一度也指地位次於皇后的女官。宋·王安石《泰州海陵縣主簿許君基誌銘》："~~多薦君有大才。"

【貴冑】guì zhòu　貴族子弟。《新唐書·楊師道傳》："師道起~~。"

跪 guì　❶ 一種坐姿。古人坐時兩膝着地，以臀部放在腳跟上。《戰國策·唐雎不辱使命》："秦王色撓，長~而謝之。" ❷ 跪拜行禮，兩膝或單膝着地。《史記·平原君虞卿列傳》："毛遂奉銅槃而~進之楚王。" ❸ 腳。《韓非子·內儲說下》："門者刖~~。" ❹ 特指蟹足。《荀子·勸學》："蟹六~而二螯。"

匱 guì　見339頁kuì。

劇 guì　挖，刺。宋·葛立方《韻語陽秋》："非後來詩人恔心~目雕琢者所為也。"

蹶 guì 見315頁 jué。

gun

袞 gǔn 古時王、公穿的禮服，上面繡有龍紋。《左傳·桓公二年》："～、冕、黼、……，昭其度也。"

【袞袞】gǔn gǔn 前後相繼，連綿不絕。唐·羅維《夏日納涼》："～～承嘉話，清風納晚涼。"

【袞冕】gǔn miǎn 古時帝王與上公的禮服和禮帽。袞，禮服；冕，禮帽。唐·杜甫《過郭代公故宅》："及夫登～～，直氣森噴薄。"

【袞衣】gǔn yī 帝王及上公所穿的繡有龍的禮服。唐·錢起《送蔣尚書居守東都》："長安日西笑，朝夕～～迎。"

【袞職】gǔn zhí 帝王之職。唐·宋之問《送合宮蘇明府頲》："賢哉荀奉倩，～～佇來儀。"

鯀 gǔn 古人名，夏禹的父親。《韓非子·五蠹》："天下大水而～禹決瀆。"

guo

郭 guō ❶外城。《孟子·天時不如地利章》："三里之城，七里之～。"❷四周，外沿。《後漢書·董卓列傳》："又錢無輪～文章，不便人用。"

【郭公】guō gōng 杜鵑的別稱。元·李孝光《寄朱希顏》："會有行人回首處，兩邊楓樹～～啼。"

聒 guō 喧嘩，嘈雜。《水滸傳》第三回："這廝！只顧來～噪！"

【聒天】guō tiān 聲響震天。《宋書·鄧琬傳》："金聲振谷，鳴鼙～～。"

國 guó ❶都城。《左傳·鄭伯克段於鄢》："先王之制，大都不過參～之一。"❷古時王侯的封地。南朝梁·丘遲《與陳伯之書》："立功立事，開～稱孤。"❸國家。《新五代史·伶官傳序》："憂勞可以興～，逸豫可以亡身。"❹地域，地方。《孟子·滕文公下》："當堯之時，水逆行氾濫於中～。"❺建國，立國。《左傳·昭公元年》："～於天地，有與立焉。"

【國步】guó bù ❶國家的命運。唐·杜甫《送韋諷上閬州錄事參軍》："～～猶艱難，兵革未衰息。"❷國土。唐·高適《古大梁行》："軍容帶甲三十萬，～～連營一千里。"

【國朝】guó cháo 本國，本朝。明·王鏊《親政篇》："～～聖節、正旦、冬至、大朝會則奉天殿。"

【國風】guó fēng ❶《詩經》的一部分。《史記·屈原賈生列傳》："《～～》好色而不淫。"❷某地區的風俗。唐·張九齡《奉和聖制途次陝州作》："馳道當河陝，陳詩問～～。"

【國故】guó gù 國家遭受災異、凶喪、戰爭等重大變故。宋·蘇軾《與滕達道書》："別後不意遽聞～～。"

【國殤】guó shāng 為國家犧牲的人。戰國楚·屈原有《國殤》。

【國師】guó shī ❶國家的軍隊。《左傳·襄公十八年》："子殿～～，齊之辱也。"❷帝王賜給高僧的尊號。宋·贊寧《宋高僧傳·唐彭州丹景山知玄傳》："今賜悟達～～為號。"

【國士】 guó shì　國中才能傑出的人。明·方孝孺《豫讓論》："未聞以～～待之也。"

【國書】 guó shū　❶ 國史。《舊唐書·憲宗本紀上》："朕覽～～，見文皇帝行事，少有過差。"❷ 國家之間來往或者共同議定的文書。宋·胡宿《論北界點集事宜》："與議定～～，固其鄰好。"

【國體】 guó tǐ　❶ 國家的典章制度。《漢書·成帝紀》："通達～～。"❷ 國家的體面。《舊唐書·韋渠牟傳》："延齡、李實，……甚傷～～。"

【國學】 guó xué　古代指國家設立的學校。唐·盧仝《常州孟諫議座上聞韓員外職方貶國子博士有感》："員郎猗小小，～～大頻頻。"

幗 guó　古時婦女的髮飾。明·袁宏道《徐文長傳》："非彼巾～而事人者所敢望也。"

摑 guó　又讀 guāi，用巴掌打。宋·贊寧《宋高僧傳·唐資州山北蘭若處寂傳》："如被～頰之聲。"

果 guǒ　❶ 植物的果實。唐·柳宗元《種樹郭橐駝傳》："長安豪富人為觀遊及賣～者。"❷ 有決斷。《論語·雍也》："由也～，於從政乎何有？"❸ 飽，足。《莊子·逍遙遊》："三湌而反，腹猶～然。"❹ 結果，結局。《孟子·離婁下》："言不必信，行不必～。"❺ 終於。《左傳·僖公二十八年》："晉侯在外十九年矣，而～得晉國。"❻ 果真。清·錢大昕《弈喻》："吾～無一失乎？"

椁 guǒ　古時棺有兩重，外稱椁，內稱棺。《論語·先進》："顏路請（孔）子之車以為之～。"

裹 guǒ　❶ 包紮，纏繞。唐·杜甫《兵車行》："去時里正與～頭，

歸來頭白還戍邊。"❷ 捆綁，束縛。秦·李斯《諫逐客書》："～足不入秦。"

【裹革】 guǒ gé　即"馬革裹屍"，指戰鬥而死。唐·員半千《隴頭水》："喋血多壯膽，～～無怯魂。"

馘 guǒ　❶ 古時作戰割取敵人左耳以計數論功。《左傳·成公三年》："不勝其任，以俘～。"❷ 泛指左耳。明·茅坤《〈青霞先生文集〉序》："割中土之戰沒者，與野行者之～，以為功。"

過 guò　❶ 經過。唐·杜牧《阿房宮賦》："雷霆乍驚，宮車～也。"❷ 過去。宋·蘇軾《水龍吟·次韻章質夫楊花詞》："曉來雨～，遺蹤何在。"❸ 責備。《史記·項羽本紀》："聞大王有意督～之。"❹ 探望。明·歸有光《項脊軒志》："一日，大母～余。"❺ 過錯。《論語·學而》："～則勿憚改。"❻ 超過。《論語·憲問》："君子恥其言而～其行。"❼ 過分。晉·李密《陳情表》："～蒙拔擢，寵命優渥。"

【過從】 guò cóng　交往，來往。唐·劉禹錫《和僕射牛相公見示長句》："流輩盡來多歎息，官班高後少～～。"

【過犯】 guò fàn　觸犯（法律）。《舊唐書·德宗紀上》："身有～～，減罪三等。"

【過所】 guò suǒ　古時過關所用的憑證。《舊唐書·百官志四》："凡行人車馬出入，據～～為往來之節。"

【過謁】 guò yè　拜見。漢樂府《步出夏門行》："～～王父母，乃在太山隅。"

【過意】 guò yì　過分的盛意。《史記·平津侯主父列傳》："陛下～～擢臣弘卒伍之中。"

H

hai

咳 (1) hāi　見 325 頁 ké。
(2) hái　見 325 頁 ké。

孩 hái　❶ 小兒笑。《老子》二十章："沌沌兮，如嬰兒之未～。"❷ 幼稚。唐·杜甫《百憂集行》："憶昔十五心尚～，健如黃犢走復來。"❸ 小孩。唐·柳宗元《種樹郭橐駝傳》："字而幼～，遂而雞豚。"

【孩提】hái tí　年幼，幼小。唐·韓愈《祭十二郎文》："如此～～者，又可冀其成立邪！"

骸 hái　❶ 人的骨頭。《公羊傳·宣公十五年》："易子而食之，析～而炊之。"❷ 身體。《莊子·逍遙遊》："豈唯形～有聾盲哉？"❸ 屍骨。唐·李華《弔古戰場文》："枕～遍野，功不補患。"

【骸骨】hái gǔ　❶ 身體。宋·蘇軾《范增論》："願賜～～歸卒伍。"❷ 屍骨。《史記·淮陰侯列傳》："父子暴～～於中野，不可勝數。"

海 hǎi　❶ 百川匯聚的水域，後指大洋靠近陸地部分。《荀子·勸學》："不積小流，無以成江～。"❷ 指海水。《漢書·晁錯傳》："煮～為鹽。"❸ 大的湖泊。《漢書·蘇武傳》："乃徙武北～上無人處。"

【海捕】hǎi bǔ　官府行文各地通緝逃犯。《水滸傳》第三十二回："因此已動了個～～文書，各處追獲。"

【海甸】hǎi diàn　近海的地區。南朝齊·孔稚珪《北山移文》："張英風於～～，馳妙譽於浙右。"

【海客】hǎi kè　在海上航行的人。唐·李白《江上吟》："～～無心隨白鷗。"

【海曲】hǎi qǔ　沿海的偏僻地區。唐·王勃《滕王閣序》："竄梁鴻於～～，豈乏明時？"

【海隅】hǎi yú　沿海的偏僻地區。《孟子·滕文公下》："驅飛廉於～～而戮之，滅國者五十。"

醢 hǎi　❶ 肉醬。三國魏·曹丕《與吳質書》："仲尼覆～於子路。"❷ 酷刑，將人剁成肉醬。《戰國策·魯仲連義不帝秦》："然則吾將使秦王烹～梁王。"

亥 hài　地支的第十二位，可用來紀年、月、日、時，紀方位。宋·王禹偁《黃岡竹樓記》："己～閏三月，到郡。"此紀年。北周·庾信《哀江南賦》："戊辰之年，建～之月。"此紀月，亥月，農曆十月。《水滸傳》第二十三回："其餘寅、卯、申、酉、戌、～六個時辰，不許過岡。"此紀時，亥時，夜裏 9 點到 11 點。《元史·祭祀志一》："黑帝位～。"此紀方位，指西北和北之間的方位。

【亥豕】hài shǐ　因字形近似而導致的文字錯誤，與成語"魯魚亥豕"同義。宋·黃伯思《東觀餘論·校定楚辭序》："～～帝虎，舛午甚多。"

【亥月】hài yuè　農曆十月。《漢書·律曆志上》："位於～～，在十月。"

害 hài　❶ 傷害。《周易·節》："節以制度，不傷財，不～民。"《莊子·逍遙遊》："不夭斤斧，物無～者。"❷ 殺害。《後漢書·陳蕃列傳》："遂執蕃送黃門北寺獄卒，……即日～之。"❸ 災害。《三國志·魏書·高貴鄉公傳》："當堯之時，洪水為～。」❹ 嫉妒。《史記·屈原賈生列傳》：「爭寵，而心～其能。」❺ 妨害。漢·李陵《答蘇武書》：「而妨功～能之臣，盡為萬戶侯。」❻ 重要的，關鍵的。漢·賈誼《過秦論》：「北收要～之郡。」

駭 hài ❶ 馬受驚。漢·枚乘《上書諫吳王》：「馬方～，鼓而驚之。」❷ 驚恐。唐·柳宗元《黔之驢》：「虎大～，遠遁。」❸ 吃驚。唐·柳宗元《梓人傳》：「余圜視大～，然後知其術之工大矣。」❹ 驚擾，騷動。南朝梁·沈約《齊故安陸昭王碑文》：「永明八載，疆場大～。」❺ 攪起。戰國楚·宋玉《風賦》：「～溷濁，揚腐餘。」

【駭遽】 hài jù 驚恐。戰國楚·屈原《楚辭·九章·惜誦》：「眾～～以離心兮，又何以為此伴也。」

【駭突】 hài tū 因受驚而狂奔。宋·謝翱《西發集鈔·宋鐃歌鼓吹曲》：「獸窮～～，死卒以場。」

---

han

酣 hān ❶ 酒喝到暢快時。《史記·廉頗藺相如列傳》：「秦王飲酒～。」❷ 痛快，盡情。明·張岱《西湖七月半》：「吾輩縱舟～睡於十里荷花之中。」❸（睡意）濃。宋·蘇軾《水龍吟·次韻章質夫楊花詞》：「縈損柔腸，困～嬌眼，欲開還閉。」❹ 濃烈，鮮明。宋·王安石《題西太一宮壁》：「荷花落日紅～～。」

【酣興】 hān xìng 暢飲盡興。《周書·長孫紹遠傳》：「雖不飲酒，而好觀人～～。」

【酣戰】 hān zhàn 劇烈戰鬥。唐·杜甫《丹青引》：「褒公鄂公毛髮動，

英姿颯爽來～～。」

憨 hān 癡，傻氣。南朝梁·劉勰《文心雕龍·程器》：「正平（禰衡）狂～以致戮。」

鼾 hān 打呼嚕。漢·張仲景《傷寒論》：「身重，多眠睡，鼻息必～。」

含 hán ❶ 嘴裏銜着。清·林嗣環《口技》：「兒～乳啼，婦拍而嗚之。」❷ 容納。唐·杜甫《絕句》：「窗～西嶺千秋雪，門泊東吳萬里船。」❸ 懷着，記在心裏。《戰國策·秦策一》：「～怒日久。」

【含睇】 hán dì 目光流盼，含情而不見。戰國楚·屈原《楚辭·九歌·山鬼》：「既～～兮又宜笑。」

【含垢】 hán gòu ❶ 包容污垢。漢·路溫舒《尚德緩刑書》：「瑾瑜匿惡，國君～～。」❷ 隱忍羞恥。清·昭槤《嘯亭雜錄·理藩院》：「～～忍辱，以求旦夕之安。」

【含咀】 hán jǔ 仔細玩味，欣賞。《梁書·王筠傳》：「昔年幼壯，頗愛斯文，～～之間，倏焉疲暮。」

【含殮】 hán liàn 入殮。古代喪禮，死人入殮時，口中放入珠、玉等物，因稱入殮為「含殮」。《新唐書·權皋傳》：「蕡為盡哀，自～～之。」

邯 hán 邯鄲，戰國時趙國都城。《史記·魏公子列傳》：「又進兵圍～鄲。」

【邯鄲夢】 hán dān mèng 唐·沈既濟《枕中記》：盧生在邯鄲旅店中，遇道人呂翁，呂翁給他一枕，盧生枕之入夢，夢中享盡十年榮華富貴；夢醒，主人的黃粱飯尚未熟。後來用以比喻虛幻的事和慾望的破滅。宋·王安石《中年》：「中年許國～～～，晚歲還家壙埌遊。」

函 hán ❶匣子。《戰國策·燕策三》："荊軻奉樊於期頭~，而秦舞陽奉地圖柙，以次進。" ❷用匣子盛着。《新五代史·伶官傳序》："~梁君臣之首。" ❸信的封套。《晉書·殷浩傳》："竟答空~。" ❹鎧甲，也指造鎧甲的人。《孟子·公孫丑上》："矢人惟恐不傷人，~人惟恐傷人。" ❺容納，包含。漢·張衡《南都賦》："巨蚌~珠。" ❻函谷關。漢·賈誼《過秦論》："秦孝公據殽~之固，擁雍州之地。"

【函關】hán guān 函谷關，在今河南省新安縣境，地勢險要，易守難攻。唐·杜甫《秋興八首》其五："西望瑤池降王母，東來紫氣滿~~。"

【函弘】hán hóng 廣大。晉·左思《吳都賦》："伊茲都之~~，傾神州而韞櫝。"

【函胡】hán hú 含糊不清。宋·蘇軾《石鐘山記》："南聲~~，北音清越。"

【函列】hán liè 按行排列。晉·左思《蜀都賦》："樌桃~~，梅李羅生。"

涵 hán ❶包容。宋·蘇軾《湖州謝上表》："天覆羣生，海~萬族。" ❷滋潤，浸潤。宋·王安石《送江寧彭給事赴闕》："威加諸部風霜肅，惠清連營雨露~。"

【涵淡】hán dàn 水波激蕩。宋·蘇軾《石鐘山記》："~~澎湃而為此也。"又作"涵澹"。

【涵虛】hán xū 浩大空曠，水映天空。唐·孟浩然《望洞庭湖贈張丞相》："八月湖水平，~~混太清。"

【涵煦】hán xù 滋潤化育。宋·歐陽修《豐樂亭記》："休養生息，~~於百年之深也。"

【涵淹】hán yān 潛伏。唐·韓愈《祭鱷魚文》："鱷魚之~~卵育於此，亦固其所。"

【涵泳】hán yǒng ❶潛泳。晉·左思《吳都賦》："~~乎其中。" ❷浸漬，沉浸。唐·韓愈《禘祫議》："臣生遭聖明，~~恩澤，雖賤不及議而志切效忠。" ❸仔細體會。宋·朱熹《朱子語類·性理》："且~~玩索，久之當自有見。"

寒 hán ❶冷。明·宋濂《送東陽馬生序》："天大~，硯冰堅，手指不可屈伸。" ❷冷卻。《孟子·告子上》："一日暴之，十日~之，未有能生者也。" ❸令人感到冷的，令人恐懼的。北朝民歌《木蘭辭》："朔氣傳金柝，~光照鐵衣。" ❹貧窮。唐·杜甫《自京赴奉先詠懷》："彤庭所分帛，本自~女出。"

【寒更】hán gēng 寒夜打更聲。唐·羅隱《長安秋夜》："燈欹短焰燒離鬢，漏轉~~滴旅腸。"

【寒荊】hán jīng 對人謙稱己妻。清·錢彩《說岳全傳》："只因~~產了一子。"

【寒門】hán mén 貧窮的家庭。《晉書·劉毅傳》："是以上品無~~，下品無勢族。"也作對自己家門的謙稱。

【寒食】hán shí 節令名，在農曆清明節前一或二日，期間要禁火三日。唐·韓翃《寒食》："春城無處不飛花，~~東風御柳斜。"

【寒士】hán shì ❶出身寒微的讀書人。南朝宋·劉義慶《世說新語·假譎》："我有一女，乃不惡；但吾~~，不宜與卿，計欲令阿智取之。" ❷貧窮的讀書人。唐·杜甫

《茅屋為秋風所破歌》："安得廣廈千萬間，大庇天下～～俱歡顏。"

【寒心】hán xīn ❶ 傷心，痛心。漢·司馬遷《報任安書》："商鞅因景監見，趙良～～。" ❷ 恐懼。清·蒲松齡《聊齋志異·辛十四娘》："夜色迷悶，誤入澗谷，狼奔鴟叫，豎毛～～。"

【寒族】hán zú ❶ 出身低微的人。《晉書·華譚傳》："又舉～～周訪為孝廉。" ❷ 對人謙稱自己的家族。清·吳敬梓《儒林外史》第五回："嚴致和道：'恐怕～～多話。'"

幹　hán　見 171 頁 gàn。

罕　hǎn　❶ 網。漢·揚雄《羽獵賦》："及至～車飛揚，武騎聿皇。" ❷ 旗幟名。《史記·周本紀》："百夫荷～旗以先驅。" ❸ 少。《史記·外戚世家》："孔子～稱命，蓋難言之也。"

【罕漫】hǎn màn 糊塗不明。漢·揚雄《劇秦美新》："在乎混混茫茫之時，廔（wěi）聞～～而不昭察。"

汗　(1) hàn　汗水。漢·司馬遷《報任安書》："每念斯恥，～未嘗不發背霑衣也！"
　　(2) hán　可（kè）汗，中國北方少數民族對自己最高首領的稱呼。北朝民歌《木蘭詩》："昨夜見軍帖，可～大點兵。"

【汗簡】hàn jiǎn ❶ 刻字的竹簡。因為在製作竹簡的過程中需火烤使其"出汗"，故稱"汗簡"。❷ 著述寫作。北周·庾信《園庭》："窮愁方～～，無遇始觀交。" ❸ 著作典籍。元·袁桷（jué）《偶述末章答繼學》："～～功深歲月修。"

【汗漫】hàn màn ❶ 廣闊無邊。唐·

杜甫《奉送王信州崟北歸》："甘為～～遊。" ❷ 原指渺茫不可知，後附會為仙人名。唐·李白《廬山謠寄盧侍御虛舟》："先期～～九垓上。"

【汗青】hàn qīng ❶ 刻字的竹簡。古代將字刻在竹簡上，為了使竹簡乾燥易寫，並避免蟲蛀，要先用火烤竹簡，水分被烤出，像人出汗一樣，故稱"汗青"。❷ 寫成書冊。《新唐書·劉子玄傳》："頭白可期，～～無日。" ❸ 史冊。宋·文天祥《過零丁洋》："人生自古誰無死，留取丹心照～～。"

【汗血】hàn xuě 因過分勞作而流血流汗。《後漢書·崔駰列傳》："～～競時，利合而友。"今多作"血汗"。

盰　hàn　見 170 頁 gàn。

旱　hàn　❶ 久不下雨，旱災。《孟子·梁惠王上》："七八月之間～，則苗槁矣。" ❷ 通"悍"，猛，急。漢·賈誼《鵩鳥賦》："水激則～兮，矢激則遠。"

【旱魃】hàn bá 旱神，能致旱災。《詩經·大雅·雲漢》："～～為虐，如惔（tán，火燒）如焚。"

悍　hàn　❶ 勇敢。宋·蘇軾《方山子傳》："精～之色，猶見於眉間。" ❷ 蠻橫。《韓非子·說林下》："有與～者鄰，欲賣宅而避之。" ❸ 水流急。《史記·河渠書》："水湍～。" ❹ 剛直。《戰國策·秦策五》："～人也。"

【悍吏】hàn lì 蠻橫的官吏。唐·柳宗元《捕蛇者說》："～～之來吾鄉，叫囂乎東西，隳突乎南北。"

捍　hàn　❶ 保衛。《商君書·賞刑》："千乘之國，若有～城者,攻將凌其城。"❷ 抵禦,防禦。《禮記·祭法》:"能一大患則祀之。"❸ 同"悍",勇猛。《史記·貨殖列傳》:"而民雕~少慮。"❹ 暴烈。漢·桓寬《鹽鐵論·刑德》:"猶釋階而欲登高,無銜橛而禦~馬也。"

菡 hàn　荷花。南朝梁·吳均《登二妃廟》:"折~巫山下,采荇洞庭腴。"

【菡萏】hàn dàn　❶ 荷花骨朵。唐·李白《子夜吳歌》:"鏡湖三百里,~~發荷花。"❷ 荷花。唐·李璟《浣溪沙》:"~~香銷翠葉殘,西風愁起綠波間。"

感 hàn　見 170 頁 gǎn。

漢 hàn　❶ 河流名,即漢水。《三國志·蜀書·諸葛亮傳》:"荊州北據~、沔,利盡南海。"❷ 天河,銀河。《詩經·小雅·大東》:"維天有~,監亦有光。"❸ 地名,指漢水流域。唐·李白《與韓荊州書》:"白,隴西布衣,流落楚、~。"❹ 朝代名,指西漢、東漢或五代後漢。唐·李華《弔古戰場文》:"~一擊匈奴,雖得陰山,枕骸遍野,功不補患。"指西漢。《三國志·蜀書·諸葛亮傳》:"~室傾頹。"指東漢。❺ 漢族。南朝宋·劉義慶《世說新語·言語》:"高坐道人不作~語。"❻ 男子。清·蒲松齡《聊齋志異·聶小倩》:"此一當是鐵石。"

【漢隸】hàn lì　❶ 字體名,與"秦隸"相對,以東漢碑刻文字為代表,又叫八分書。❷ 漢朝官吏。晉·袁宏《三國名臣序贊》:"身為~~,而跡入幕府。"

【漢女】hàn nǔ　❶ 漢水中女神。《漢書·揚雄傳上》:"~~水潛,怪物

暗冥。"❷ 漢族女子。《漢書·匈奴傳上》:"取~~為妻。"

頷 hàn　❶ 下巴。清·紀昀《閱微草堂筆記·槐西雜誌》:"視之,自~下至尾閭,皆觸斧裂矣。"❷ 點頭。宋·歐陽修《賣油翁》:"見其發矢十中八九,但微~之。"

【頷首】hàn shǒu　❶ 點頭,表示同意或讚許。唐·韓愈《華山女》:"玉皇~~許歸去,乘龍驥鶴來青冥。"❷ 低頭。宋·洪邁《容齋隨筆·嚴先生祠堂記》:"公凝坐~~,殆欲下拜。"

憾 hàn　❶ 不滿意。《孟子·梁惠王上》:"養生喪死無~,王道之始也。"❷ 仇恨,怨恨。《左傳·隱公五年》:"邾人告於鄭曰:'請君釋~於宋,敝邑為道。'"

撼 hàn　❶ 搖動。唐·孟浩然《望洞庭湖贈張丞相》:"氣蒸雲夢澤,波~岳陽城。"❷ 說服,打動。《宋史·徐勣傳》:"蔡京自錢塘召還,過來見勣,微言(隱晦的言詞)~之。"

翰 hàn　❶ 紅色的山雞。引錦雞。《逸周書·王會》:"蜀人以文~,文~者,若皋雞。"❷ 長而硬的羽毛。晉·左思《吳都賦》:"理翮振~,容與自玩。"❸ 毛筆。漢·張衡《四愁》:"側身西望涕沾~。"❹ 文章。南朝宋·鮑照《擬古》:"十五諷詩書,篇~靡不通。"❺ 書信。《宋書·吳喜傳》:"前驅之人,忽獲來~。"❻ 高飛。《詩經·大雅·常武》:"如飛如~。"

【翰林】hàn lín　❶ 文苑。《晉書·陸雲傳》:"辭邁~~,言敷其藻。"❷ 棲息的鳥羣。晉·潘岳《悼亡》:"如彼~~鳥。"❸ 官名,翰林學士。

宋・蘇轍《上樞密韓太尉書》：“見
～～歐陽公，聽其議論之宏辯。”

【翰墨】hàn mò　❶筆墨。漢・張衡
《歸田賦》：“揮～～以奮藻，陳三王
之軌模。”　❷文章。三國魏・曹丕
《典論・論文》：“寄身於～～，見意
於篇籍。”　❸書法或繪畫。《宋史・
米芾傳》：“特妙於～～。”

【翰藻】hàn zǎo　文辭。南朝梁・蕭
統《〈文選〉序》：“事出於沈思，義
歸乎～～。”

瀚　hàn　廣大無邊。《淮南子・俶
真訓》：“浩浩～～。”

【瀚海】hàn hǎi　❶漢代北方湖泊名，
有說指今呼倫湖、貝爾湖。唐・高
適《燕歌行》：“校尉羽書飛～～。”
❷唐代指大沙漠。唐・岑參《白雪
歌送武判官歸京》：“～～闌干百丈
冰，愁雲慘淡萬里凝。”

hang

夯　hāng　❶用力抬。明・淨善
《禪林寶訓》：“自家閫閾中物，
不肯放下，反累及他人擔～。”　❷築
實地面。清・李斗《揚州畫舫錄》：
“～築填房屋地面。”　❸衝，撞。
《古今雜劇・莽張飛大鬧石榴園》：
“不由我怒生嗔，氣～破我胸膛。”

行　háng　見 666 頁 xíng。

頏　háng　鳥向下飛。《詩經・邶
風・燕燕》：“燕燕于飛，頡
（xiè，鳥往上飛）之～之。”

沆　hàng　見“沆碭”。

【沆碭】hàng dàng　冬天空中的白氣。
明・張岱《湖心亭看雪》：“霧淞～～～，
天與雲與山與水，上下一白。”

hao

蒿　hāo　草名，蒿子。宋・蘇軾
《惠崇春江晚景》：“蔞～滿地
蘆芽短，正是河豚欲上時。”

【蒿里】hāo lǐ　山名，古輓歌名，借
指墳地。晉・陶淵明《祭從弟敬遠
文》：“長歸～～，邈無還期。”

【蒿目】hāo mù　放眼遠望。《莊子・
駢拇》：“今世之仁人，～～而憂世
之患。”

薅　hāo　❶拔除（雜草）。唐・韓
愈《平淮西碑》：“稂莠不～。”
❷除去。宋・陸游《董逃行》：“王
朝荒穢誰復～？”

呺　háo　見 655 頁 xiāo。

毫　háo　❶細長而尖銳的毛。《孟
子・梁惠王上》：“明足以察秋
～之末，而不見輿薪。”　❷比喻極微
小的事物。宋・蘇軾《前赤壁賦》：
“苟非吾之所有，雖一～而莫取。”
❸毛筆。唐・杜甫《飲中八仙歌》：
“脫帽露頂王公前，揮～落紙如雲
煙。”　❹長度單位。

【毫翰】háo hàn　毛筆，亦借指文章。
唐・孟浩然《洗然弟竹亭》：“逸氣
假～～，清風在竹林。”

【毫芒】háo máng　毫毛的尖端，比喻
極細微的事物。晉・陸機《文賦》：
“考殿最於錙銖，定去留於～～。”

【毫毛】háo máo　比喻微小的事物。
《史記・項羽本紀》：“～～不敢有所
近。”

豪　háo　❶豪豬，即箭豬。《山海
經・西山經》：“（鹿台之山）
其獸多柞牛、羬羊、白～。”　❷長
而硬的刺。《山海經・北山經》：“有

獸焉，其狀如狟而赤～。"❸ 才能出眾的人。《史記・游俠列傳》："故士窮窘而得委命，此豈非人之所謂賢～間者邪？"❹ 凶蠻的人。《史記・游俠列傳》："～暴侵凌孤弱，恣欲自快。"❺ 闊綽，豪華。《梁書・賀琛傳》："今之燕喜，相競夸～。"❻ 通"毫"，細長而尖銳的毛。《商君書・弱民》："今離婁見秋～之末，不能明目易人。"❼ 通"毫"，長度單位，十毫為一釐。《史記・太史公自序》："失之一釐，差以千里。"

【豪傑】 háo jié ❶ 才能出眾的人。宋・蘇軾《念奴嬌・赤壁懷古》："江山如畫，一時多少～～。"❷ 豪強，仗勢橫行一方的人。《漢書・地理志下》："富人則商賈為利，～～則游俠通奸。"

【豪舉】 háo jǔ ❶ 豪放的舉動。《史記・魏公子列傳》："平原君之游，徒～～耳，不求士也。"❷ 有氣魄的做事者。漢・班固《西都賦》："鄉曲～～，游俠之雄。"

【豪右】 háo yòu 豪門大族。《後漢書・明帝紀》："濱湖下田，賦與貧人，勿令～～得固其利。"

【豪恣】 háo zì 蠻橫恣肆。《宋書・戴法興傳》："法興小人，專權～～。"

嚎 háo ❶ 放聲大哭。《紅樓夢》第九十八回："不禁～啕大哭。"❷ 吼叫。宋・梅堯臣《寧陵阻風雨寄都下親舊》："晝夜風不止，寒樹～未休。"

濠 háo ❶ 河流名，在安徽省。《莊子・秋水》："莊子與惠子遊於～梁之上。"❷ 護城河。南朝梁・江淹《雜體詩》："飲馬出城～，北望沙漠路。"

好 (1) hǎo ❶ 容貌美麗。《史記・孔子世家》："於是選齊國中女子～者八十人。"❷ 美好。宋・柳永《望海潮》："異日圖將～景，歸去鳳池誇。"❸ 友好，交好。《史記・廉頗藺相如列傳》："秦王使使者告趙王，欲與王為～會於西河外澠池。"❹ 合宜，合適。唐・杜甫《兵車行》："信知生男惡，反是生女～。"❺ 可，可以。唐・韓愈《左遷至藍關示姪孫湘》："知汝遠來應有意，～收吾骨瘴江邊。"❻ 很，特別。宋・文天祥《〈指南錄〉自序》："天時不齊，人事～乖，……哀哉！"❼ 和善。《漢書・趙尹韓張兩王傳》："王變色視尊，意欲格殺之，即～謂相君佩刀。'"

(2) hào 喜歡，愛好。《孟子・以五十步笑百步》："王～戰，請以戰喻。"

【好合】 hǎo hé 和好，和諧。《詩經・小雅・常棣》："妻子～～，如鼓瑟琴。"

【好色】 (1) hǎo sè 美色，美人。《禮記・大學》："所謂誠其意者：毋自欺也，如惡惡臭，如好～～，此之謂自謙。"

(2) hào sè 貪愛女色。《孟子・梁惠王下》："昔者太王～～，愛厥妃。"

【好逑】 hǎo qiú ❶ 好的配偶。《詩經・周南・關雎》："窈窕淑女，君子～～。"❷ 賢淑女子。明・無名氏《四賢記・挑鬥》："他是良家～～，性幽閒且自多忠厚。"

昊 hào ❶ 廣大。《左傳・成公十三年》："昭告～天上帝，秦三公，楚三王。"❷ 天。宋・蘇軾《再和潛師》："忍飢未擬呼窮～。"

【昊蒼】hào cāng 天。唐·李華《寄趙七侍御》：「勢排～～上，氣壓吳越雄。」

浩 hào ❶水勢盛大。宋·王安石《河勢》：「河勢～難測，禹功傳所聞。」❷多。宋·吳自牧《夢粱錄》：「人煙稠密，戶口～繁。」❸大聲。唐·杜甫《自京赴奉先詠懷》：「～歌彌激烈。」

【浩蕩】hào dàng ❶水勢洶湧、壯闊。晉·潘岳《河陽縣作》：「洪流何～～。」❷廣闊深遠。唐·李白《夢遊天姥吟留別》：「青冥～～不見底。」❸心胸開闊。戰國楚·屈原《楚辭·九歌·河伯》：「登崑崙兮四望，心飛揚兮～～。」❹心無主見，縱恣。戰國楚·屈原《楚辭·離騷》：「怨靈修之～～兮，終不察夫民心。」

【浩浩】hào hào ❶水勢盛大。《尚書·虞書·堯典》：「懷山襄陵，～～滔天。」❷廣闊遼遠。唐·李華《弔古戰場文》：「～～乎平沙無垠。」❸悠然自得的樣子。宋·蘇軾《前赤壁賦》：「～～如馮虛風而不知其所止，飄飄乎如遺世獨立。」

【浩漫】hào màn ❶眾多。北齊·劉晝《劉子·閱武》：「夫三軍～～，則立表號。」❷茫然，心無主見。唐·李白《尋魯城北范居士失道》：「客心不自得，～～將何之。」

【浩然】hào rán ❶正大剛直。《孟子·公孫丑上》：「我善養吾～～之氣。」❷心胸廣闊，豁達。宋·歐陽修《〈釋祕演詩集〉序》：「祕演狀貌雄傑，其胸中～～。」❸意義重大。宋·蘇軾《潮州韓文公廟碑》：「此豈非參天地，關盛衰，～～而獨存者乎？」

耗 hào ❶減損，消耗。唐·柳宗元《種樹郭橐駝傳》：「不抑～其實而已，非有能蚤而蕃之也。」❷音信，消息。唐·李商隱《即日》：「赤嶺久無～，鴻門猶合圍。」

皓 hào ❶白。清·紀昀《閱微草堂筆記·槐西雜誌》：「鬚髮～然，時略咯作嗽。」❷明亮。宋·范仲淹《岳陽樓記》：「～月千里，浮光躍金。」

【皓白】hào bái 雪白。宋·《史記·留侯世家》：「鬚眉～～，衣冠甚偉。」

【皓皓】hào hào 潔白的樣子。《史記·屈原賈生列傳》：「又安能以～～之白而蒙世俗之溫蠖乎！」

【皓首】hào shǒu 白頭。漢·李陵《答蘇武書》：「丁年奉使，～～而歸，老母終堂，生妻去帷。」

號 (1) hào ❶發號令。《莊子·田子方》：「何不～於國中？」❷號令，命令。宋·歐陽修《秋聲賦》：「不聞～令，但聞人馬之行聲。」❸召喚，呼喚。《左傳·襄公十九年》：「齊侯圍之，見衞在城上，～之，乃下。」❹稱呼。唐·韓愈《原道》：「帝之與王，其～各殊，其所以為聖一也。」❺稱作，稱。漢·鄒陽《獄中上梁王書》：「邑～‘朝歌’。」❻別號，名號。晉·陶淵明《五柳先生傳》：「宅邊有五柳樹，因以為～焉。」❼名聲，名譽。漢·鄒陽《獄中上梁王書》：「臣聞盛飾入朝者不以私污義，砥厲名～者不以利傷行。」❽宣稱，揚言。《史記·高祖本紀》：「沛公兵十萬，～二十萬。」❾進升官爵封號。《後漢書·獻帝紀》：「曹操自進～魏王。」

(2) háo ❶大聲喊叫。唐·

柳宗元《捕蛇者説》："～呼而轉徙，飢渴而頓踣。" ❷ 號咷，同"嚎咷"，大聲哭。唐·李白《北上行》："悲～絶中腸。" ❸ 呼嘯。宋·范仲淹《岳陽樓記》："陰風怒～，濁浪排空。"

【號房】hào fáng　明代學宮所設的學生宿舍。明·戚繼光《練兵實紀·雜集》："無～～則別求館舍以教之。"

嘷 hào ❶ 通"昊"，廣大。《漢書·鄭崇傳》："欲報之德，～天罔極。" ❷ 廣大。見"嘷嘷"。

【嘷嘷】hào hào　心胸寬廣。《孟子·盡心上》："王者之民，～～如也。"

顥 hào ❶ 白色貌。唐·柳宗元《夢歸賦》："圜方混而不形兮，～醇白之霏霏。" ❷ 清新潔白之氣。宋·范成大《六月七日夜起坐殿廡取涼》："～氣澡肌骨，栩栩兩腋輕。" ❸ 通"昊"，廣大。《呂氏春秋·有始》："西方曰～天。"

灝 hào ❶ 水面遼闊，引申指內容博大。漢·揚雄《揚子法言·問神》："虞夏之書渾渾爾，商書～～爾。" ❷ 通"浩"，"灝氣"即"浩氣"，指天地間的自然之氣。唐·柳宗元《始得西山宴遊記》："悠悠乎與～氣俱，而莫得其崖。"

he

呵 (1) hē ❶ 喝叱。明·張溥《五人墓碑記》："於是乘其厲聲以～，則譟而相逐。" ❷ 喝道，喝令行人讓路。唐·韓愈《送李愿歸盤谷序》："武夫前～，從者塞途。" ❸ 噓氣。《關尹子·二柱》："衣搖空得風，氣～物得水。"

(2) hā　同"哈"，彎曲。清·

李寶嘉《官場現形記》第二回："王鄉紳忙過來～下腰去扶他。"

【呵筆】hē bǐ　向毛筆哈氣使解凍。唐·羅隱《雪》："寒窗～～尋詩句，一片飛來紙上銷。"

【呵護】hē hù　呵禁守護。唐·李商隱《驪山有感》："九龍～～玉蓮房。"

【呵禁】hē jìn　喝止。唐·韓愈《送李愿歸盤谷序》："鬼神守護兮，～～不祥。"

苛 hē　見 324 頁 kē。

喝 (1) hē　飲。清·吳敬梓《儒林外史》第三回："只得連斟兩碗酒～了。"

(2) hè ❶ 大聲下令。《三國演義·楊修之死》："操大怒曰：'汝怎敢造言亂我軍心！'－刀斧手推出斬之。" ❷ 大聲招呼。宋·歐陽修《回丁判官書》："吏人連呼姓名，～出使拜。" ❸ 喝叱。《晉書·劉毅傳》："（劉）裕厲聲～之。" ❹ 通"嚇"，恐嚇。

【喝道】hè dào　喝令行人讓路。明·張岱《西湖七月半》："官府席散，皂隸～～去。"

訶 hē　大聲喝叱。《宋史·王旦傳》："忽聞後有騶～聲，驚視之，乃（王）旦也。"

禾 hé ❶ 粟，即小米。《詩經·豳風·七月》："黍稷重穋，～麻菽麥。" ❷ 稻子。《左傳·隱公三年》："秋，又取成周之～。" ❸ 穀類作物的幼苗。唐·李紳《憫農》："鋤～日當午，汗滴～下土。" ❹ 穀類作物。《詩經·魏風·伐檀》："不稼不穡，胡取～三百廛兮？"

合 hé ❶ 閉合。《戰國策·鷸蚌相爭》："蚌方出曝，而鷸啄其肉。蚌～而拑其喙。"❷會合。宋·蘇軾《放鶴亭記》："岡嶺四～，隱然如大環。"❸聚合，聚攏。漢·賈誼《過秦論》："天下雲～回應。"❹匯合。宋·蘇轍《黃州快哉亭記》："南～湘沅，北～漢沔，其勢益張。"❺配合。《詩經·大雅·大明》："天作之～。"❻和睦，融洽。《詩經·小雅·常棣》："妻子好～，如鼓瑟琴。"❼投合。宋·蘇軾《范增論》："～則留，不～則去。"❽兩軍交鋒。《左傳·成公二年》："自始～，而矢貫余手及肘。"❾符合，與……一致。漢·王充《論衡·自然》："不～自然，故其義疑。"❿全，整個。宋·王安石《上皇帝萬言書》："蓋一郡之間往往而絕也。"⓫應當，應該。唐·白居易《與元九書》："歌詩～為事而作。"⓬盒子。唐·白居易《長恨歌》："唯將舊物表深情，鈿～金釵寄將去。"

【合符】hé fú ❶古代以竹木或金石為符，上面寫上文字，分成兩半，處於異地的雙方各執其一，合之為證。《史記·魏公子列傳》："公子即～～。"❷符合，與……相符。漢·路溫舒《尚德緩刑書》："陛下初登至尊，與天～～，宜改前世之失。"

【合和】hé hé ❶使之成婚。《管子·入國》："取鰥寡married～～之。"❷使之和睦。《禮記·樂記》："故樂者……所以～～父子君臣，附親萬民者也。"

【合巹】hé jǐn 成婚。舊時把瓠(hù，瓠瓜)剖開成兩個瓢，叫巹，新婚夫婦在婚禮上要各執一瓢飲酒，稱"合巹"。《禮記·昏儀》："共牢而食，～～而酳。"

【合口】hé kǒu ❶合乎口味。《漢書·揚雄傳下》："美味期乎～～，工聲調於比耳。"❷爭吵，拌嘴。《水滸傳》第三十七回："你又和誰～～？"

何 (1) hé ❶疑問代詞，什麼。《論語·顏淵》："內省不疚，夫～憂～懼？"❷疑問代詞，多少。《戰國策·觸龍說趙太后》："敬諾。年幾～矣？"❸疑問代詞，誰，哪一個。《孟子·萬章下》："～事非君，～使非民。"❹疑問代詞，怎，怎麼樣。《戰國策·齊策一》："徐公～能及君也。"❺疑問代詞，何故，為什麼。《孟子·以五十步笑百步》："鄰國之民不加少，寡人之民不加多，～也？"❻疑問代詞，何處，哪裏。唐·王勃《滕王閣》："閣中帝子今～在，檻外長江空自流。"❼副詞，多麼。唐·李白《古風五九首》之三："秦王掃六合，虎視～雄哉！"

(2) hè ❶擔，背着。《詩經·小雅·無羊》："爾牧來思，～蓑～笠。"❷承受。《詩經·商頌·長發》："～天之休。"

(3) hē 通"呵"。呵斥，責。唐·韓愈《劉公墓誌銘》："兩界耕桑交跡，吏不～問。"

【何啻】hé chì 何止。宋·王安石《賈生》："爵位自高言盡廢，古來～～萬公卿。"也作"奚啻"、"何翅"。

【何但】hé dàn ❶何必，何苦。《漢書·武帝紀》："單于能戰，天子自將待邊；不能，亟來臣服。～～亡匿幕北苦寒之地為？"❷豈止。《漢書·嚴助傳》："且秦舉咸陽而棄之，～～越也！"

【何當】hé dāng ❶何時。唐·李商隱《夜雨寄北》："～～共剪西窗燭，卻話巴山夜雨時。" ❷ 何況。宋‧蘇軾《無題》："～～肉與身，安得常強健？"

【何怙】hé hù 依靠誰。《詩經‧小雅‧蓼莪》："無父～～，無母何恃？"後以"何怙"借指喪父。宋‧范仲淹《求追贈考妣狀》："竊念臣繈褓之中，已丁～～，鞠負在母，慈愛過人。"

【何乃】hé nǎi ❶ 何能，怎麼竟。《史記‧蒙恬列傳》："此其兄弟遇誅，不亦宜乎？～～罪地脈哉！" ❷ 何況。《史記‧田叔列傳》："將軍尚不知人，～～家監也！" ❸ 為什麼。《史記‧酈生陸賈列傳》："平原君母死，～～賀我乎？"

【何奈】hé nài ❶ 如何，能把……怎麼樣。同"奈何"。漢‧王符《潛夫論‧卜列》："夫鬼神與人殊氣異務，非有事故，～～於我？" ❷ 沒有辦法，無可奈何。唐‧韓愈《感春》："孤負平生心，已矣知～～。"

【何渠】hé jù 如何，怎麼。《史記‧酈生陸賈列傳》："使我居中國，～～不若漢？"

【何如】hé rú ❶ 如何，怎麼樣。宋‧文天祥《〈指南錄〉後序》："痛定思痛，痛～～哉！" ❷ 何似，比……怎麼樣？南朝宋‧劉義慶《世說新語‧夙惠》："因問明帝：'汝意謂長安～～日遠？'答曰：'日遠，不聞人從日邊來，居然可知。' ❸ 何故，為什麼。《史記‧魏公子列傳》："今吾擁十萬之眾，屯於境上，國之重任，今單車來代之，～～哉？"

【何似】hé sì ❶ 如何，怎樣。唐‧張九齡《敕幽州節度史張守珪書》："卿比疹疾，今復～～？宜善將療，

不得自勤。" ❷ 比……怎麼樣，同"何如"。唐‧聶夷中《燕臺》："～～章華畔，空餘禾黍生？" ❸ 何如，還不如。宋‧朱淑真《愁懷》："東君不與花為主，～～休生連理枝！"

【何所】hé suǒ 何處，什麼地方。《史記‧孝武本紀》："人皆以為不治產業而饒給，又不知其～～人。"

【何圖】hé tú 哪～想到。漢‧李陵《答蘇武書》："～～志未立而怨已成，計未從而骨肉受刑。"

【何謂】hé wèi ❶ 什麼是，什麼叫做。《論語‧堯曰》："子張曰：'～～五美？' " ❷ 什麼原因。宋‧王禹偁《待漏院記》："天道不言，而品物亨、歲功成者，～～也？" ❸ 指的是什麼。宋‧司馬光《官失》："迁叟曰：'世之人不以耳視而目食者，鮮矣！'聞者駭然曰：'～～也？' "

【何物】hé wù ❶ 什麼事物。《管子‧小問》："～～可比於君子之德乎？" ❷ 什麼人。南朝宋‧劉義慶《世說新語‧言語》："帝問曰：'夏侯湛作《羊秉敘》，絕可想。是卿～～？有後不？' " ❸ 哪一個。《晉書‧王衍傳》："～～老嫗，生寧馨兒！"

【何限】hé xiàn ❶ 多少。唐‧韋莊《和人春暮書事寄崔秀才》："不知芳草情～～，只怪遊人思易傷。" ❷ 無邊。唐‧韓愈《郴口又贈》："沿涯宛轉到深處，～～青天無片雲。"

【何許】hé xǔ ❶ 何處。晉‧陶淵明《五柳先生傳》："先生不知～～人也，亦不詳其姓字。" ❷ 何時。三國魏‧阮籍《詠懷》："良辰在～～？凝霜沾衣襟。" ❸ 何故，為何。唐‧萬楚《題情人藥欄》："斂眉語芳草，～～太無情！" ❹ 多

少。宋·蘇庠《如夢令》："日暮日暮，～～雲林煙樹。"

【何以】hé yǐ ❶憑什麼，怎麼能。《史記·項羽本紀》："此沛公左司馬曹無傷言之。不然，籍～～至此？" ❷用什麼。漢·曹操《短歌行》："～～解憂？唯有杜康。"

【何意】hé yì ❶何故。戰國楚·宋玉《神女賦》："精神怳忽，若有所喜，紛紛擾擾，未知～～？" ❷豈料，不料。三國魏·吳質《答魏太子箋》："～～數年之間，死喪略盡。"

【何有】hé yǒu 熟語，用於反問。❶有何難。《孟子·梁惠王下》："王如好貨，與百姓同之，於王～～？" ❷哪有。《後漢書·賈琮列傳》："刺史當遠視廣聽，糾察美惡，～～反垂帷裳以自掩塞乎！" ❸有什麼。《論語·述而》："學而不厭，誨人不倦，～～於我哉？"《莊子·逍遙遊》："何不樹之於無～～之鄉，廣莫之野。"

【何則】hé zé 為什麼。《左傳·季梁諫追楚師》："公曰：'吾牲牷肥腯（tú，豬肥），粢（zī，古代祭祀的穀物）盛豐備，～～不信？'"漢·司馬遷《報任安書》："蓋鍾子期死，伯牙終身不復鼓琴。～～？士為知己者用，女為悅己者容。"

【何者】hé zhě 同"何則"，為什麼。《史記·廉頗藺相如列傳》："於是趙王乃齋戒五日，使臣奉璧，拜送書於庭。～～？嚴大國之威以修敬也。"

【何自】hé zì 為什麼。《史記·張釋之馮唐列傳》："父老～～為郎？家何在？"

劾 hé ❶判決。《史記·淮南衡山列傳》："衡山王入朝，其謁者衛慶有方術，欲上書事天子。

王怒，故～慶死罪，彊榜服之。" ❷揭發檢舉。《後漢書·朱暉列傳》："暉剛於為吏，見忌於上，所在多被～。" ❸罪狀。《後漢書·黨錮列傳》："滂睹時方艱，知意不行，因投～去。"

【劾狀】hé zhuàng 揭發罪狀。《新唐書·崔隱甫傳》："浮屠惠範倚太平公主脅人子女，隱甫～～，反為所擠。"

和 (1) hé ❶聲音相應，諧調。《呂氏春秋·察傳》："夔於是正六律，～五聲，以通八風。" ❷氣候溫和，溫暖。晉·王羲之《〈蘭亭集〉序》："天朗氣清，惠風～暢。" ❸協調，和順。《禮記·中庸》："發而皆中節謂之～。" ❹（臉色）平和，和藹。《史記·魏公子列傳》："侯生下見其客朱亥，俾倪故久立，與其客語，微察公子。公子顏色愈～。" ❺和好，和解。《三國志·蜀書·諸葛亮傳》："西～諸戎，南撫夷越。" ❻和睦。《論語·季氏》："蓋均無貧，～無寡，安無傾。" ❼匯合，結合。《禮記·郊特牲》："陰陽～合而萬物得。" ❽連同，連帶着。唐·杜荀鶴《山中寡婦》："時挑野菜～根煮，旋斫生柴帶葉燒。" ❾連詞，與。宋·岳飛《滿江紅》："八千里路雲～月。"

(2) hè ❶應和，跟着唱。《戰國策·燕策三》："高漸離擊築，荊軻～而歌。" ❷依照別人詩的韻律和內容作詩。《南史·陳後主紀》："製五言詩，十客一時繼～，遲則罰酒。"

(3) huò 拌和，摻和在一起。宋·沈括《夢溪筆談·活板》："設一鐵板，其上以松脂、蠟～紙灰之類冒之。"

【和合】hé hé ❶ 和睦同心。《墨子·尚同中》："內之父子兄弟作怨讎，皆有離散之心，不能相～～。" ❷ 調和。《韓詩外傳》："天施地化，陰陽～～。" ❸ 順利。《元曲選·盆兒鬼》："明日個蚤還家，單注着買賣～～，出入通達。"

【和謹】hé jǐn 和順謹慎。《南史·王諶傳》："諶貞正～～，朝廷稱為善人，多與之厚。"

【和敬】hé jìng 和順恭敬。《禮記·樂記》："君臣上下同聽之，則莫不～～。"

【和勉】hé miǎn 和睦而互勉。《管子·宙合》："分敬而無妒，則夫婦～～矣。"

【和戎】hé róng ❶ 與外族交好、結盟。南朝宋·鮑照《擬古》："晚節從世務，乘障遠～～。" ❷ 和親，與外族聯姻。明·馬鑾《明妃》："安邊無策始～～，簫鼓含情出禁中。"

【和柔】hé róu 平和順從。《史記·衛將軍驃騎列傳》："大將軍為人仁善退讓，以～～自媚於主上。"

【和衷】hé zhōng 同心。《宋史·吳潛傳》："(陛下)明詔二三大臣，～～竭慮。"

河 hé ❶ 黃河。《莊子·逍遙遊》："秋水時至，百川灌～。" ❷ 泛指河流。漢·賈誼《過秦論》："宰割天下，分裂山～。" ❸ 銀河。唐·杜甫《一百五日夜對月》："秋期猶渡～。"

【河伯】hé bó 古代傳説中的黃河神。《韓非子·內儲説上》："有間，大魚動，因曰：'此～～。'"

【河漕】hé cáo 水上運輸。《後漢書·西羌列傳》："因渠以溉，水舂～～，用功省少，而軍糧饒足。"

【河漢】hé hàn ❶ 銀河，天河。《古詩十九首·迢迢牽牛星》："～～清且淺，相去復幾許。" ❷ 喻言論迂闊，不切實際。《莊子·逍遙遊》："吾驚怖其言謂～～而無極也。"

【河滸】hé hǔ 河邊。《詩經·王風·葛藟（lěi，藤）》："綿綿（mián，同"綿"）葛藟，在河之滸。"

【河津】hé jīn 河邊渡口。北周·庾信《春賦》："三日曲水向～～，日晚河邊多解神。"

曷 hé ❶ 同"何"，什麼。《呂氏春秋·審分覽》："雖聞，～聞？雖見，～見？雖知，～知？" ❷ 誰。《孟子·梁惠王下》："四方有罪無罪惟我在，天下～敢有越厥志？" ❸ 為什麼。唐·劉禹錫《天論》："古之人～引天為？" ❹ 何時，什麼時候。《尚書·商書·湯誓》："時日～喪？予及汝偕亡！" ❺ 豈，難道。《淮南子·精神訓》："人之耳目～能久熏勞而不息乎！" ❻ 通"盍"，何不。《詩經·唐風·有杕之杜》："中心好之，～飲食之？"

【曷為】hé wéi ❶ 做什麼。《晏子春秋·內雜難下》："王曰：'縛者～～者也？'對曰：'齊人也，坐盜。'" ❷ 為什麼。《戰國策·魯仲連義不帝秦》："～～久居此圍城之中而不去也？"

核 hé ❶ 果核。明·魏學洢《核舟記》："蓋簡桃～修狹者為之。" ❷ 有核的果品。宋·蘇軾《前赤壁賦》："客喜而笑，洗盞更酌。肴～既盡，杯盤狼藉。" ❸ 真實。《漢書·司馬遷傳》："其文直，其事～。" ❹ 核實，查考。南朝齊·孔稚珪《北山移文》："談空空於釋部，～玄玄於道流。"

盍 hé ❶同"何"，為什麼。《管子·戒》："～不出從乎？"❷何不。《論語·公冶長》："顏淵、季路侍。子曰：'～各言爾志？'"

荷 (1) hé 荷花，蓮。宋·楊萬里《小池》："小～才露尖尖角，早有蜻蜓立上頭。"

(2) hè ❶扛，擔。《列子·愚公移山》："遂率子孫～擔者三夫，叩石墾壤，箕畚運於渤海之尾。"❷承擔，擔當。漢·張衡《東京賦》："～天下之重任。"❸承受。唐·駱賓王《為徐敬業討武曌檄》："奉先帝之成業，～本朝之厚恩。"

洇 hé ❶水盡，乾涸。《國語·單子知陳必亡》："夫辰角見而雨畢，天根見而水～，本見而草木節解。"❷竭，盡。《管子·牧民》："積於不～之倉。"❸處於困境。唐·皇甫湜《韓文公墓誌銘》："吳元濟反，吏兵久屯無功，國～將疑，眾懼惱惱。"❹堵塞。漢·東方朔《七諫》："悲太山之為隍兮，執江河之可～。"

嗑 hé 見 327 頁 kè。

閡 hé ❶阻礙。晉·葛洪《抱朴子·博喻》："學而不思，則疑～實繁。"❷邊界。晉·陸機《文賦》："恢萬里而無～。"

翮 hé ❶羽毛中間的硬管。《韓詩外傳》："夫鴻鵠一舉千里，所恃者六～耳。"後以"六翮"借指翅膀。❷翅膀。唐·杜甫《醉歌行》："鸞鳥舉～連青雲。"❸鳥。晉·陶淵明《詠懷》："遲遲出林～，未夕復來歸。"

闔 hé ❶門板。《禮記·月令》："是月也，耕者少舍，乃修～扇。"❷門。《荀子·儒效》："故外～不閉。"❸關閉，合上。明·歸有光《項脊軒志》："比去，以手～門。"❹停息。宋·蘇轍《黃州快哉亭記》："濤瀾洶湧，風雲開～。"❺全，整個。《漢書·武帝紀》："今或至～郡而不薦一人。"❻通"合"，符合。《戰國策·秦策三》："意者臣愚而不～於王心耶？"❼通"盍"，何，何不。《管子·小稱》："～不起為寡人壽乎？"《莊子·天地》："夫子～行邪？無落吾事！"

【闔廬】 hé lú 即住室。《左傳·襄公十七年》："吾儕小人，皆有～～以避燥濕寒暑。"

【闔門】 hé mén 全家。漢·楊惲《報孫會宗書》："(孫會宗)與惲書諫戒之，為言大臣廢退，當～～惶懼，為可憐之意。"

覈 hé ❶核實，考查。漢·張衡《東京賦》："溫故而知新，研～是非。"❷謹嚴。南朝梁·劉勰《文心雕龍·熔裁》："思贍者善敷，才～者善刪。"❸米糠中的硬皮。《史記·陳丞相世家》："亦食糠～耳。"❹果核。《周禮·地官司徒·大司徒》："三曰丘陵，……其植物宜～物。"❺刻薄，嚴格。《後漢書·第五倫列傳》："峭～為方，非夫愷悌之士。"

【覈考】 hé kǎo 拷問。《後漢書·班固列傳》："(班)固弟(班)超恐固為郡所～～，不能自明，乃馳詣闕上書。"

【覈理】 hé lǐ 條理清晰。《韓非子·揚權》："夫道者弘大而無形，德者～～而普至。"

【覈實】hé shí　核查屬實。唐·白居易《議文章》："今褒貶之文無～～，則勸懲之道缺矣。"

賀　hè　❶送禮物慶祝。《史記·楚世家》："宣王六年，周天子～秦獻公。"❷泛指慶祝。唐·韓愈《送溫處士赴河陽軍序》："生既至，拜公於軍門，其為吾以前所稱，為天下～。"❸犒勞。《晏子春秋·外篇重而異者》："景公迎而～之。"❹嘉獎。唐·柳宗元《永州韋使君新堂記》："或贊且一曰：'見公之作，知公之志。'"

褐　hè　❶粗布衣服。《史記·廉頗藺相如列傳》："乃使其從者衣～，懷其璧，從徑道亡，歸璧於趙。"這裏"衣褐"指打扮成平民百姓。❷指貧窮、地位低賤之人。《左傳·哀公十三年》："旨酒一盛兮，余與～之父睨（nì，斜着眼睛看）之。"❸黃黑色。唐·白居易《三適贈道友》："～綾袍厚暖。"

【褐夫】hè fū　穿粗布衣服的人，下等人。《孟子·公孫丑上》："視刺萬乘之君，若刺～～。"

【褐衣】hè yī　粗劣的衣服。《史記·游俠列傳》："故季次、原憲終身空室蓬戶，～～疏食不厭。"

赫　hè　❶火紅色。《詩經·邶風·簡兮》："～如渥赭。"❷明亮，顯著，顯赫。《荀子·天論》："故日、月不高，則光暉不～。"❸盛怒貌。《晉書·摯虞傳》："皇振其威，～如雷霆。"

【赫赫】hè hè　❶形容地位顯赫。《禮記·大學》："詩云：'節彼南山，維石巖巖，～～師尹，民具爾瞻。'"❷形象鮮明。唐·韓愈《送楊少尹序》："而後世工畫者又圖其跡，至今照人耳目，～～若前日事。"❸乾燥炎熱的樣子。晉·潘岳《在懷縣作》："初伏啟新節，降暑方～。"

【赫烈】hè liè　火焰盛大。唐·柳宗元《賀進士王參元失火書》："今乃有焚煬～～之虞，以震駭左右。"

壑　hè　❶能蓄水的大坑。《孟子·告子下》："禹之治水，水之道也，是故禹以四海為～。"❷水溝。《戰國策·觸龍說趙太后》："雖少，願及未填溝～而託之。"❸山谷。唐·李白《蜀道難》："冰厓轉石萬～雷。"

【壑谷】hè gǔ　山溝，比喻地下室。《左傳·襄公三十年》："鄭伯有嗜酒，為窟室而夜飲酒，擊鐘焉，朝至未已。朝者曰：'公焉在？'其人曰：'吾公在～～。'"又可比喻地位卑下。《韓非子·說疑》："以其主為高天泰山之尊，以其身為～～鬴洧之卑。"

【壑舟】hè zhōu　把舟藏在山谷中。語出《莊子·大宗師》："夫藏舟於壑，藏山於澤，謂之固矣。"比喻世事變化，難以避免。晉·陶淵明《雜詩》："～～無須臾，引我不得住。"

鶴　hè　❶鳥名，通體羽毛以白色為主。宋·蘇軾《後赤壁賦》："適有孤～，橫江東來，翅如車輪，玄裳縞衣。"❷祝人長壽之詞，也稱鶴齡，古人以為鶴為長壽仙禽。

【鶴髮】hè fà　白頭髮。唐·杜甫《遣悶奉呈嚴公二十韻》："白水魚竿客，清秋～～翁。"

【鶴鶴】hè hè　白色鮮明的樣子。《孟子·梁惠王上》："麀鹿濯濯，白鳥～～。"

【鶴駕】hè jià　太子的車駕。唐·杜甫《洗兵馬》："～～通宵鳳輦備，雞鳴問寢龍樓曉。"

---

hei

黑　hēi　❶黑色。宋·蘇軾《超然臺記》："處之期年，而貌加豐，髮之白者，日以反～。"❷天色昏暗。唐·杜甫《茅屋為秋風所破歌》："俄頃風定雲墨色，秋天漠漠向昏～。"❸光線暗。唐·柳宗元《小石城山記》："其旁出堡塢，有若門焉，窺之正～。"

【黑衣】hēi yī　宮廷衛士。《戰國策·觸龍説趙太后》："願令補～～之數，以衛王宮。"

---

hen

痕　hén　❶傷疤。隋·侯白《啟顏錄·賣羊》："然為獼猴頭上無瘡～，不可為驗，遂隱忍不言。"❷印跡，痕跡。宋·陸游《釵頭鳳》："春如舊，人空瘦，淚～紅浥鮫綃透。"

恨　hèn　❶遺憾。三國蜀·諸葛亮《出師表》："先帝在時，每與臣論此事，未嘗不歎息痛～於桓、靈也。"❷不滿意。《史記·魏公子列傳》："然公子遇臣厚，公子往而臣不送，以是知公子～之復返也。"❸懷恨。唐·杜甫《詠懷古跡》："千載琵琶作胡語，分明怨～曲中論。"

---

heng

亨　(1) hēng　通達，順利。宋·王禹偁《待漏院記》："天道不言，而品物～、歲功成者，何

謂也？"

(2) pēng　同"烹"。《詩經·豳風·七月》："七月～葵及菽。"

【亨通】hēng tōng　通達順利。《周易·隨》："'元亨利貞'，孔疏：'元亨者，於相隨之世，必大得～～。'"

【亨運】hēng yùn　順利的世運，比喻太平盛世。宋·曾鞏《代翰林侍讀學士錢藻遺表》："獨遍竊於美名，蓋親逢於～～。"

恆　héng　❶常，經常。唐·柳宗元《始得西山宴遊記》："自余為僇人，居是州，～惴慄。"❷固定，長久不變的。《左傳·莊公七年》："夏，～星不見。"❸長久不變的意志。《論語·子路》："人而無～，不可以作巫醫。"❹平常的，一般的。漢·王充《論衡·恢國》："微病，～醫皆巧；篤劇，扁鵲乃良。"

【恆產】héng chǎn　土地、房屋等不動產。《孟子·梁惠王上》："無～～而有恒心者，惟士為能。"

【恆言】héng yán　常用語。《孟子·離婁上》："人有～～，皆曰天下國家。"

桁　héng　屋樑上的橫木，即檁子。三國魏·何晏《景福殿賦》："～梧複疊，勢合形離。"

珩　héng　❶玉佩上的橫玉。《國語·王孫圉論楚寶》："若夫白～，先王之玩也，何寶焉？"❷古人把冠冕固定在髮髻上的橫簪。漢·張衡《東京賦》："～紞紘綖，玉笄綦會。"

橫　(1) héng　❶與地面平行。唐·柳宗元《小石城山記》："其一少北而東，不過四十丈，土斷而川分，有積石～當其垠。"❷連橫，幾個國家聯合起來以對付共同

的敵人。《戰國策·蘇秦以連橫説秦》：“約從散～，以抑強秦。”❸橫渡。《漢書·揚雄傳上》：“上乃帥羣臣，～大河。”❹出乎意料地。漢·楊惲《報孫會宗書》：“懷祿貪勢，不能自退，遭遇變故，～被口語。”❺充滿。南朝齊·孔稚珪《北山移文》：“將欲排巢父，拉許由，傲百氏，蔑王侯，風情張日，霜氣～秋。”❻廣闊。宋·范仲淹《岳陽樓記》：“浩浩蕩蕩，～無際涯。”❼遍，到處。《史記·伯夷列傳》：“聚黨數千人，～行天下。”

　　(2) hèng　❶橫暴。《史記·魏其武安侯列傳》：“灌夫家在潁川，～甚，民苦之。”❷頑強地。漢·司馬遷《報任安書》：“足歷王庭，垂餌虎口，～挑彊胡。”

【橫波】héng bō　❶橫亂的波紋。戰國楚·屈原《楚辭·九歌·河伯》：“衝風起兮～～。”❷猶如水波流動的眼神。唐·李白《長相思》：“昔時～～目，今作流淚泉。”

【橫事】hèng shì　意外的事故或災禍。宋·秦觀《與蘇公先生簡》：“薄田百畝，……若無～～，亦可給十七。”

【橫議】hèng yì　❶放肆的議論。《孟子·滕文公下》：“聖王不作，諸侯放恣，處士～～。”❷非議，責難。《梁書·武帝紀中》：“若肉食莫言，山阿欲有～～，投謗木函。”

衡　héng　❶車轅前端的橫木。《論語·衛靈公》：“在輿，則見其倚於～也。”❷樓殿邊的欄杆。《漢書·爰盎傳》：“百金之子不騎～。”❸秤桿。《荀子·禮論》：“～誠縣矣，則不可以欺輕重。”❹秤。《史記·秦始皇本紀》：“天下

之事無大小皆決於上，上至以～石量書。”❺平。《禮記·曲禮下》：“執天子之器則上～。”❻秤量。《淮南子·主術訓》：“～之於左右，無私輕重。”❼通“橫”，與“縱”相對。《詩經·齊風·南山》：“藝麻如之何？～從是畝。”

【衡館】héng guǎn　簡陋的房屋。南朝齊·王儉《褚淵碑》：“跡屈朱軒，志隆～～。”

【衡石】héng shí　❶稱重量的器具。晉·葛洪《抱朴子·用刑》：“日夜分，則同度量，鈞～～。”❷喻法則。南朝宋·何承天《重答顏光錄》：“唱言窮軒輊，立法無～～。”❸喻國家皇權。《梁書·徐勉傳》：“常參掌～～，甚得士心。”

【衡宇】héng yǔ　簡陋的房屋。晉·陶淵明《歸去來兮辭》：“乃瞻～～，載欣載奔。”

蘅　héng　香草名，又稱”杜蘅”或”杜衡”。三國魏·曹植《洛神賦》：“步～薄而流芳。”

【蘅蕪】héng wú　香草名。晉·王嘉《拾遺記·前漢》：“卧夢李夫人授帝～～之香。”

hong

訇　hōng　象聲詞，形容巨大的響聲。唐·李白《夢遊天姥吟留別》：“列缺霹靂，丘巒崩摧；洞天石扉，～然中開。”

【訇訇】hōng hōng　同“轟轟”，形容巨大的響聲。唐·楊炯《少室山少姨廟碑銘》：“文狸赤豹，電策雷車，隱隱中道，～～太虛。”

烘　hōng　❶焚燒。《詩經·小雅·白華》：“樵彼桑薪，卬（我）

~於燼（火爐）。**❷** 用火烤。宋·陸游《宿野人家》："土釜暖湯先濯足，豆稭吹火旋～衣。" **❸** 渲染。宋·范成大《春後微雪一宿而晴》："朝暾（tūn）不與同雲便，～作晴空萬縷霞。"

薨 hōng　周朝稱諸侯或其夫人死為"薨"。宋·蘇洵《管仲論》："威公～於亂，五公子爭立。"

【薨薨】hōng hōng **❶** 昆蟲振動翅膀的聲音。《詩經·周南·螽斯》："螽斯羽，～～兮。" **❷** 填土的聲音。《詩經·大雅·緜》："度之～～，築之登登。"

弘 hóng **❶** 大。漢·揚雄《甘泉賦》："於是事畢功～。" **❷** 寬宏。《左傳·季札觀周樂》："聖人之～也，而猶有慙德。" **❸** 發揚光大。《論語·衛靈公》："子曰：'人能～道，非道～人。'" **❹** 張揚，擴大。三國蜀·諸葛亮《出師表》："誠宜開張聖聽，以光先帝遺德，恢～志士之氣。"

【弘辯】hóng biàn　雄辯。《史記·范睢蔡澤列傳》："燕客蔡澤，天下雄俊～～智士也。"

【弘濟】hóng jì　廣泛救助。前蜀·杜光庭《王宗壽常侍丈人山醮詞》："即永荷眾聖～～之恩。"

【弘毅】hóng yì　寬宏堅毅。《論語·泰伯》："曾子曰：'士不可以不～～，任重而道遠。'"

【弘遠】hóng yuǎn　極遠。《漢書·高帝紀下》："雖日不暇給，規摹～～矣。"

宏 hóng **❶** 大。唐·李德裕《重題》："亭古思一棟，川長憶夜舟。" **❷** 廣。宋·蘇轍《上樞密韓太尉書》："今觀其文章，寬厚～博。"

【宏邈】hóng miǎo　（風度）豁達。《晉書·安平獻王孚傳論》："安平風度～～，器宇高雅。"

【宏逸】hóng yì　（詩文繪畫的風格）高妙超絕。晉·葛洪《抱朴子·辭義》："夫文章之體，尤難詳賞……其英異～～者，則網羅乎玄黃之表。"

泓 hóng **❶** 深潭。唐·杜甫《劉九法曹鄭瑕丘石門宴集》："晚來橫吹好，～下亦龍吟。" **❷** 深水。唐·柳宗元《招海賈文》："入～坳兮視天若欷。" **❸** 量詞，一片或一汪。唐·李賀《夢天》："遙望齊州九點煙，一～海水杯中瀉。"

紅 (1) hóng **❶** 淺紅，粉紅。南朝梁·劉勰《文心雕龍·情采》："間色屏於～紫。" **❷** 大紅色。清·姚鼐《登泰山記》："日上，正赤如丹，下有～光動搖承之。" **❸** 變紅腐敗。《漢書·賈捐之傳》："太倉之粟～腐而不可食。"

（2）gōng **❶** 通"工"，指婦女紡織、縫紉、刺繡等手工。《漢書·酈食其傳》："農夫釋耒，～女下機，天下之心未有所定也。" **❷** 通"功"，喪服名。《史記·孝文本紀》："（樞）已下，服大～十五日，小～十四日。"

【紅淚】hóng lèi **❶** 借指流淚的女人。唐·李賀《蜀國絃》："誰家～～客，不忍過瞿塘。" **❷** 花上的露水。唐·羅隱《庭花》："向晚寂無人，相偎墮～～。" **❸** 融化而下滴的蠟燭油。唐·白居易《夜宴惜別》："箏怨朱絃從此斷，燭悲～～為誰流。"

【紅樓】hóng lóu　華麗的樓房。唐·白居易《秦中吟》："～～富家女，金縷繡羅襦。"

【紅粟】hóng sù　存儲多年腐敗變紅的粟米，借指糧食豐足。唐·駱賓王《為徐敬業討武曌檄》："海陵～～，倉儲之積靡窮；江浦黃旗，匡復之功何遠！"

洪 hóng ❶大水。宋·蘇軾《百步洪二首》之一："長～斗落生跳波，輕舟南下如投梭。"❷大。《孟子·滕文公上》："當堯之時，天下猶未平，～水橫流，氾濫於天下也。"

【洪荒】hóng huāng　❶混沌蒙昧的狀態。南朝梁·周興嗣《千字文》："天地玄黃，宇宙～～。"❷太古時代。晉·謝靈運《三月三日侍宴西池》："詳觀記牒，～～莫傳。"

【洪生】hóng shēng　博通經籍的儒生。三國魏·阮籍《詠懷》："～～資制度，被服正有常。"

虹 hóng ❶雨後彩虹。唐·杜牧《阿房宮賦》："複道行空，不霽何～？"❷借指橋。唐·陸龜蒙《和襲美詠皋橋》："橫截春流架斷～。"

【虹橋】hóng qiáo　❶即虹。因虹似拱橋，故名"虹橋"。唐·上官儀《安德山池宴集》："雨霽～～晚。"❷拱橋。唐·陸廣徵《吳地記》："吳、長二縣，古坊六十，～～三百有餘。"

閧 hóng ❶巷門。《左傳·子產壞晉館垣》："高其閈～，厚其牆垣，以無憂客使。"❷大。漢·司馬相如《難蜀父老》："必將崇論～議。"

鴻 hóng ❶大雁類泛稱。漢·司馬遷《報任安書》："人固有一死，或重於泰山，或輕於～毛。"❷天鵝。唐·李白《古風五九首》之一九："恍恍與之去，駕～凌紫冥。"❸通"洪"，大。《史記·夏本紀》："當帝堯之時，～水滔天。"❹書信。元·王實甫《西廂記》："～稀鱗絕，悲愴何勝。"

【鴻鵠】hóng hú　天鵝。《史記·陳涉世家》："燕雀安知～～之志哉！"

【鴻門】hóng mén　古地名，在今陝西臨潼縣東。《史記·項羽本紀》："當是時，項羽兵四十萬，在新豐～～。"

【鴻蒙】hóng méng　太古時代的混沌狀態。唐·柳宗元《〈愚溪詩〉序》："超～～，混希夷，寂寥而莫我知也。"

【鴻儒】hóng rú　同"洪儒"，大儒。唐·劉禹錫《陋室銘》："談笑有～～，往來無白丁。"

【鴻生】hóng shēng　同"洪生"，大儒。《漢書·揚雄傳上》："於茲虖～～鉅儒，俄軒冕，雜衣裳。"

【鴻爪】hóng zhǎo　鴻的足跡，比喻往事留下的痕跡。元·柳貫《大雪戲詠》："踐跡噴～～，全生愧馬蹄。"

黌 hóng 古時的學校。《後漢書·仇覽列傳》："農事既畢，乃令子弟羣居，還就～學。"

【黌宇】hóng yǔ　學校。《後漢書·儒林列傳序》："順帝感翟酺之言，乃更修～～。"

訌 hòng ❶爭吵，傾軋。《詩經·大雅·召旻》："天降罪罟，蟊賊內～。"❷混亂。《新唐書·郭子儀傳》："外阻內～。"

侯 hóu ❶箭靶，用獸皮或在布上畫上獸形製成。《詩經·齊風‧猗嗟》：“終日射~，不出正（靶心）兮。”❷古代五等爵位的第二等，秦漢以後，僅次於王的爵位。《史記‧陳涉世家》：“王~將相，寧有種乎！”❸封侯。《戰國策‧觸龍說趙太后》：“今三世以前，……趙王之子孫~者，其繼有在者乎？”❹尊稱，相當於“君”。唐‧李頎《送陳章甫》：“陳~立身何坦蕩，虬鬚虎眉仍大顙。”

【侯門】hóu mén　泛指豪門貴族之家。唐‧杜荀鶴《與友人對酒吟》：“~~深似海。”

喉 hóu　❶咽喉。《左傳‧文公十一年》：“富父終甥摏其~，以戈殺之。”❷喻交通要道。宋‧李格非《書洛陽名園記後》：“挾殽、澠之阻，當秦、隴之襟~。”

后 hòu　❶帝王，君主。《尚書‧商書‧湯誓》：“我~不恤我眾。”❷諸侯。唐‧柳宗元《封建論》：“設五等，邦羣~。”❸君主的正妻：王后、皇后。《後漢書‧郭皇后紀》：“~叔父南，早終。”

【后皇】hòu huáng　后土與皇天，天地的代稱。《楚辭‧九章‧橘頌》：“~~嘉樹，橘徠服兮。”

【后稷】hòu jì　❶人名，周朝的先祖。《孟子‧滕文公上》：“~~教民稼穡，樹藝五穀。五穀熟而民人育。”❷古代農官名。《國語‧周語上》：“農師一之，農正二之，~~三之。”

【后土】hòu tǔ　❶大地的尊稱。晉‧李密《陳情表》：“皇天~~，實所共鑒。”❷土地神。《周禮‧春官宗伯‧大宗伯》：“王大封，則先告~~。”

後 hòu　❶時間較遲或較晚，與“先”相對。宋‧徐鉉《和門下殷侍郎新茶二十韻》：“碾~香彌遠。”❷後代，子孫。《詩經‧大雅‧瞻卬》：“無忝皇祖，式救爾~。”❸位置在後的，與“前”“上”相對。《晉書‧魯褒傳》：“處前者為君長，在~者為臣僕。”❹落在後面。《論語‧雍也》：“非敢~也，馬不進也。”

【後昆】hòu kūn　後代。明‧無名氏《玉環記‧延賞慶壽》：“止因無子，他日招婿，以續~~。”

【後學】hòu xué　後輩學生。《後漢書‧徐訪傳》：“宜為章句，以悟~~。”

【後重】hòu zhòng　走在部隊後的輜重。《漢書‧陳湯列傳》：“（康居）從後與漢軍相及，頗寇盜~~。”

【後主】hòu zhǔ　❶繼嗣皇位的君主。《史記‧酷吏列傳》：“前主所是著為律，~~所是疏為令，當時為是，何古之法乎？”❷史稱王朝的第二個也是最後一個君主為後主。唐‧杜甫《登樓》：“可憐~~（此指三國蜀亡國之君劉禪）還祠廟，日暮聊為《梁甫吟》。”

厚 hòu　❶厚度。《莊子‧養生主》：“彼節者有間，而刀刃者無~。”❷寬厚，不刻薄。《史記‧絳侯周勃世家》：“勃為人木彊敦~。”❸豐厚。《論語‧先進》：“顏淵死，門人欲~葬之。”❹多。《左傳‧隱公元年》：“子封曰：‘可矣！~將得眾。’公曰：‘不義不暱，~將崩。’”❺味道濃。漢‧枚乘《七發》：“飲食則溫淳甘脆，脭（肉）醲（酒）肥~。”

【厚生】hòu shēng　❶使百姓生活富裕。唐‧白居易《進士策問》：“必由均節，以致~~。”❷重視養生以求長壽。《魏書‧列女傳》：“人處世，誰不～～。"

【厚遇】hòu yù　給予優厚的待遇。《史記·廉頗藺相如列傳》："不如因而～～之，使歸趙。"

【厚秩】hòu zhì　❶ 豐厚的俸祿。《北史·隋河間王弘傳論》："故高位～～，與時終始。" ❷ 豐厚的酬勞。南朝宋·何承天《上安邊策》："有急之日，民不知戰，至乃廣延賞募，奉以～～。"

候 hòu　❶ 伺望。《墨子·備城門》："三十步置坐一樓。" ❷ 偵察。《呂氏春秋·壅塞》："宋王使人～齊寇之所至。" ❸ 偵察兵。《韓非子·說林上》："子胥出走，邊～得之。" ❹ 哨所。《史記·律書》："願且堅邊設～。" ❺ 邊境守望、報警的官吏。《國語·周語中》："～不在疆，司空不視塗。" ❻ 窺伺時機準備效勞。唐·韓愈《與陳給事書》："伺～於門牆者日益進。" ❼ 等候。晉·陶淵明《歸去來兮辭》："僮僕歡迎，稚子～門。" ❽ 徵兆，徵候。宋·李格非《書洛陽名園記後》："洛陽之盛衰，天下治亂之～也。" ❾ 程度，時機。清·吳敬梓《儒林外史》第三回："宗師說我火～已到，…… 如不進去考他一考，如何甘心？" ❿ 古代計時單位，五天為一候，引申指時間。《水滸傳》第三回："整弄了一早辰，卻得飯罷時～。"

【候館】hòu guǎn　驛館。宋·姜夔《齊天樂·蟋蟀》："～～迎秋，離宮弔月，別有傷心無數。"

【候騎】hòu qí　偵察、巡邏的騎兵。唐·王維《使至塞上》："蕭關逢～～。"

【候人】hòu rén　❶ 偵察兵。《金史·太祖紀》："遼懿州節度使劉宏以戶

三千並執遼～～來降，以為千戶。" ❷ 迎送賓客的官員。《國語·周語中》："敵國賓至，關尹以告，行理以節逆之，～～為導，卿出郊勞。"

埃 hòu　❶ 瞭望敵情的土堡，哨所。元·洪希文《聞清漳近信》："～鼓日夜鳴。" ❷ 標誌里程的土堆。宋·蘇軾《荔枝歎》："十里一置飛塵灰，五里一～兵火催。"

【埃樓】hòu lóu　瞭望樓。《通典·兵五》："卻敵上建～～，以版跳出為櫓，與四外烽戍晝夜瞻視。"

hu

乎 hū　❶ 語氣詞，表示疑問或反問。可譯作嗎、呢。《孟子·告子上》："鄉為身死而不受，今為所識窮乏者得我而為之，是亦不可以已～？" ❷ 語氣詞，表示贊美或感歎，可譯作啊，呀。《史記·淮陰侯列傳》："夫功者難成而易敗，時者難得而易失，時～時，不再來。" ❸ 語氣詞，表示推測，可譯作"吧"。唐·韓愈《師說》："聖人之所以為聖，愚人之所以為愚，其皆出於此～！" ❹ 語氣詞，表示祈使或命令，可譯作"吧"。《左傳·昭公元年》："勉速行～！無重而罪！" ❺ 語氣詞，表示呼告，可譯作"啊"。《論語·里仁》："參～！吾道一以貫之！" ❻ 語氣詞，表示商榷。《韓非子·顯學》："以容取人～，失之子羽；以言取容～，失之宰予。" ❼ 語氣詞，表示肯定，相當於"也"。《列子·周穆王》："孔子曰：'此非汝所及～。'顧謂顏回紀之。" ❽ 助詞，用於形容詞詞尾。唐·柳宗元《始得西山宴遊

記》："悠悠～與灝氣俱，而莫得其涯。" ❾ 助詞，用在句中表示停頓處。《論語・里仁》："君子去仁，惡～成名？" ❿ 介詞，相當於"於"，可視語境譯為在、從、於。唐・韓愈《師說》："生～吾前，其聞道也，固先～吾，吾從而師之。"

呼 hū ❶ 吐氣，與"吸"相對。《莊子・刻意》："吹呴（xǔ，張嘴出氣）～吸，吐故納新。" ❷ 叫喊。《荀子・勸學》："順風而～，聲非加疾也，而聞者彰。" ❸ 號召。宋・李覯《袁州州學記》："劉氏一～而關門不守，武夫健將賣降恐後。" ❹ 歎詞，"唉"。宋・歐陽修《朋黨論》："嗟～！治亂興亡之跡，為人君者可以鑒矣！" ❺ 稱道，稱讚。《荀子・儒效》："～先王以欺愚者而求衣食焉……是俗儒也。"

【呼盧】hū lú 賭博。唐・李白《少年行》："～～百萬終不惜，報讎千里如咫尺。"

忽 hū ❶ 忽略，忽視。《韓非子・存韓》："願陛下幸察愚臣之計，毋～。" ❷ 迅速。《左傳・莊公十一年》："桀紂罪人，其亡也～。" ❸ 忽然。唐・白居易《琵琶行》："～聞水上琵琶聲，主人忘歸客不發。" ❹ 遼闊廣大。戰國楚・屈原《楚辭・九歌・國殤》："平原～兮路超遠。" ❺ 古代長度單位，尺的百萬分之一。《孫子算經》卷上："十～為一絲，十絲為一毫。"

【忽忽】hū hū ❶ 恍忽，神不守舍的樣子。漢・司馬遷《報任安書》："是以腸一日而九迴，居則～～若有所亡，出則不知其所往。" ❷ 迅疾。戰國楚・屈原《楚辭・離騷》："日～～其將暮。" ❸ 模模糊糊。漢・

司馬相如《子虛賦》："眇眇～～，若神仙之仿佛。"

【忽微】hū wēi 極細微的事物。《新五代史・伶官傳序》："夫禍患常積於～～，而智勇多困於所溺，豈獨伶人也哉！"

【忽焉】hū yān 忽然。《史記・伯夷列傳》："以暴易暴兮，不知其非矣。神農、虞夏～～沒兮，我安適歸矣？"

惚 hū 模糊不清。《老子》二十一章："～兮恍兮，其中有象。"

嘑 hū ❶ 通"呼"。呼叫，呼喚。《周禮・春官・御史》："及墓，～啟關陳車。" ❷ 呵叱聲，見"嘑爾"。

【嘑爾】hù ěr 很沒禮貌地喝叫別人。《孟子・告子上》："～～而與之，行道之人弗受。"

戲 hū 見 644 頁 xì。

弧 hú ❶ 木弓。《周易・繫辭下》："弦木為～，剡木為矢。"《左傳・昭公十二年》："唯是桃～棘矢，以共禦王事。" ❷ 枉曲，不公正。漢・東方朔《七諫》："邪說飾而多曲兮，正法～而不公。"

【弧矢】hú shǐ 弓與箭。《周易・繫辭下》："～～之利，以威天下。"

狐 hú 狐狸。《戰國策・狐假虎威》："虎求百獸而食之，得～。"

胡 hú ❶ 野獸脖子下的垂肉。《詩經・豳風・狼跋》："狼跋其～。" ❷ 古代泛指外族。唐・杜甫《詠懷古跡》："千載琵琶作～語，分明怨恨曲中論。" ❸ 疑問副詞，為什麼。《詩經・魏風・伐檀》："不稼不穡，～取禾三百廛兮？" ❹ 疑問代詞，什麼。唐·李白《蜀道難》："其險也如此，嗟爾遠道之人～為乎來哉！" ❺ 模糊。宋·蘇軾《石鐘山記》："得雙石於潭上，扣而聆之，南聲函～，北音清越。"

【胡福】hú fú 大福。《儀禮·士冠禮》："眉壽萬年，永受～～。"

【胡考】hú gǒu 長壽或年老的人。《左傳·子魚論戰》："且今之勍（qíng，強有力）者，皆吾敵也。雖及～～，獲則取之，何有於二毛？"

【胡姬】hú jī 西域出生的少女，泛指酒店中賣酒的少女。漢·辛延年《羽林郎》："～～年十五，春日獨當壚。"

【胡笳】hú jiā 古代中國北方民族的一種管樂器。漢·李陵《答蘇武書》："側耳遠聽，～～互動，牧馬悲鳴，吟嘯成～，邊聲四起。"

【胡越】hú yuè ❶ 胡地與越地，一南一北，喻疏遠、隔絕。《淮南子·俶真訓》："六合之內，一舉而千萬里。是故自其異者視之，肝膽～～；自其同者視之，萬物一圈也。" ❷ 相距遙遠的兩地。唐·白居易《與元微之書》："況以膠漆之心，置於～～之身，進不得相合，退不能相忘。" ❸ 敵對的雙方，敵人。唐·魏徵《諫太宗十思疏》："竭誠則～～為一體，傲物則骨肉為行路。"

壺 hú ❶ 盛酒或糧食的器具。《國語·越語上》："生丈夫，二～酒，一犬；生女子，二～酒，一豚。"《後漢書·費長房列傳》："市中有老翁賣藥，懸一～於肆頭。" ❷ 通"瓠"，葫蘆。《詩經·豳風·七月》："七月食瓜，八月斷～。"

【壺漿】hú jiāng ❶ 酒漿。南朝梁·陸倕《石闕銘》："～～塞野，簞食

盈塗。" ❷ 用壺盛酒。《孟子·梁惠王下》："簞食～～，以迎王師。"

斛 hú 量器名，容十斗；又為容量單位。宋·錢公輔《義田記》："族之聚者九十口，歲入給稻八百～。"

【斛斗】hú dǒu 斛與斗，古代計量單位，十斗為一斛，多代指糧食。《舊唐書·食貨志下》："唯貯～～匹段絲麻等。"

葫 hú 見"葫蘆"。

【葫蘆】hú lu 植物名。又名蒲蘆、壺蘆、匏瓜。夏天開花，秋天實熟，形狀像重疊的兩個圓球。嫩時可食，乾老後可以盛物。唐·馮贄《雲仙雜記》："王筠好弄～～，每吟詩，則水注於～～，傾已復注，若擲之於地，則詩成矣。"

【葫蘆提】hú lu tí 糊裏糊塗。元·關漢卿《竇娥冤》："念～～～～當罪愆，念竇娥身首不完全。"

糊 hú ❶ 漿糊。唐·馮贄《雲仙雜記》："日用面一斗為～，以供緘封。" ❷ 找飯吃，謀生。《左傳·隱公十一年》："寡人有弟，不能和協，而使～其口於四方。"

醐 hú 酥酪表面凝聚的油，亦稱"醍醐"。宋·周必大《再和牛尾狸》："伴食偏宜十字餅，先驅正賴一卮～。"

斛 hú 量器名，周制為一斗二升，亦為容量單位。《周禮·冬官考工記·陶人》："鬲實五～。"

【斛觫】hú sù 恐懼發抖的樣子。《孟子·梁惠王上》："吾不忍其～～，若無罪而就死地。"

鵠 hú 見187頁gǔ。

鶻 hú 見187頁gǔ。

虎 hǔ ❶ 猛獸的一種。《史記·魏公子列傳》："今有難，無他端而欲赴秦軍，譬若以肉投餒～，何功之有哉？" ❷ 比喻威武、勇猛。

【虎榜】hǔ bǎng 進士榜又稱龍虎榜，簡稱"虎榜"。宋·劉克莊《挽林侍郎》："揭曉名高推～～，凌雲賦奏動龍顏。"

【虎賁】hǔ bēn ❶ 如虎奔（賁）走，形容勇士。《孟子·盡心下》："武王之伐殷也，革車三百兩，～～三千人。" ❷ 皇宮衛士。《後漢書·獻帝伏皇后紀》："三公領兵朝見，令～～執刃挾之。"

【虎符】hǔ fú 虎形的兵符，調兵遣將的信物。中剖為二，留守者與出外作戰的將領各執一半，調兵時由使臣持符驗合，方能生效。《史記·魏公子列傳》："公子誠一開口請如姬，如姬必許諾，則得～～奪晉鄙軍。"

許 hǔ 見674頁xǔ。

滸 hǔ 水邊。《詩經·大雅·縣》："古公亶父，來朝走馬；率西水～，至於岐下。"

互 hù ❶ 掛肉的架子。《周禮·地官司徒·牛人》："凡祭祀，共其牛牲之～。" ❷ 交錯。《漢書·劉向傳》："宗族磐～。" ❸ 交替。宋·蘇洵《六國論》："六國～喪，率賂秦耶？"此處"互"意思為交互繼續，意味六國相繼滅亡。 ❹ 互相。宋·范仲淹《岳陽樓記》："靜影沉璧，漁歌～答。"

【互結】hù jié 相互擔保出具的信約。《清會典·事例》："初選官，投～～並同鄉京官印結。"

【互市】hù shì 對外貿易。清·龔自珍《送欽差大臣侯官林公序》："留夷館一所，為～～之棲止。"

【互文】hù wén 古文修辭方式的一種。把一句話分成兩句，上下句文義互相補充、呼應。如三國蜀·諸葛亮《出師表》："受任於敗軍之際，奉命於危難之間。"兩句互文見義，或者在表達相同或相近的意思時，在相鄰的句子中相同的位置上選用同義詞，以避免行文的重複。秦·李斯《諫逐客書》："惠王用張儀之計，拔三川之地，西并巴蜀，北收上郡，南取漢中，包九夷，制鄢郢。"其中"拔、并、收、取、包、制"皆為互文。

戶 hù ❶ 單扇門。泛指門。《呂氏春秋·盡數》："流水不腐，～樞不蠹，動也。" ❷ 住戶，人家。《後漢書·烏桓列傳》："時幽冀吏人奔烏桓者十萬餘～。" ❸ 戶口。《晉書·慕容廆載記》："或百室合～，或千丁共籍。" ❹ 鳥、蟲巢穴的出入口。《禮記·月令》："（仲春之月），蟄蟲咸動，啟～而出。" ❺ 酒量。唐·白居易《久不見韓侍郎戲題四韻以寄之》："～大嫌甜酒，才高笑小詩。" ❻ 把守，守衛。《漢書·王嘉傳》："以明經射策甲科為郎，坐～殿門失闌，免。" ❼ 阻止。

【戶曹】hù cáo 掌管民戶、祀祠、農桑等民事的官署，不同時代其名稱、職權範圍等略有不同。

【戶丁】hù dīng 每家的成年男子。《元史·世祖紀二》："庚申，括北京鷹坊等～～為兵。"

【戶口】hù kǒu 聯合計量單位，計家用"戶"，計每家的人數用"口"。《史記·高祖功臣侯者年表》："故

大城名都散亡～～可得而數者
十二三。"

【戶限】hù xiàn　門檻。《晉書·謝安
傳》："既罷，還內，過～～，心甚
喜，不覺屐齒之折。"

【戶牖】hù yǒu　❶門窗。《老子》
十一章："鑿～～以為室。"❷泛指
田園，家鄉。明·張溥《五人墓碑
記》："不然，令五人者保其首領，
以老於～～之下，則盡其天年，人
皆得以隸使之。"❸門派，流派。
南朝梁·劉勰《文心雕龍·諸子》：
"夫自六國以前，去聖未遠，故能越
世清談，自開～～也。"

怙 hù　❶依靠，倚仗。唐·韓愈
《祭十二郎文》："吾少孤，及
長，不省所～，惟兄嫂是依。"❷借
指父親。《詩經·小雅·蓼莪》："無
父何～。"

【怙寵】hù chǒng　倚仗着尊寵的寵
愛。《後漢書·朱暉列傳》："恃勢
～～之輩，漁食百姓。"

【怙亂】hù luàn　憑藉着動亂（取利）。
《左傳·僖公十五年》："無始禍，無
～～。"

【怙恃】hù shì　❶倚仗。《左傳·襄
公十八年》："齊環～～其險，負其
眾庶，棄好背盟。"❷喪父為失怙，
喪母為失恃。後借指父母。清·蒲
松齡《聊齋志異·陳雲棲》："～～
俱失，暫寄此耳。"

戽 hù　用戽斗汲水。唐·貫休
《宿深村》："黃昏見客合家喜，
月下取魚～塘水。"

祜 hù　福。《詩經·周頌·載見》：
"永言保之，思皇多～。"

笏 hù　朝笏，又稱手板，古代
君臣上朝時所執狹長板片，
後專為大臣所執，用玉、象牙或竹

製成，用以助手勢或在上面記事。
宋·歐陽修《相州畫錦堂記》："決
大議，垂紳正～，不動聲色。"

扈 hù　❶披掛，戴上。戰國楚·
屈原《楚辭·離騷》："～江離
與辟芷兮。"❷通"戶"，制止，防
止。《左傳·昭公十七年》："九～為
九農正，～民無淫者。"❸鳥名。
《詩經·小雅·小宛》："交交桑～。"

【扈從】hù cóng　侍從、護衛。漢·
司馬相如《上林賦》："～～橫行。"

【扈扈】hù hù　明亮的樣子。《史
記·司馬相如列傳》："煌煌～～。"

【扈養】hù yǎng　雜役，僕從。《公
羊傳·宣公十二年》："廝役、～～
死者數百人。"

瓠 (1) hù　一種葫蘆，嫩時可
吃，老時可作盛物器。《韓非
子·外儲說左上》："夫～所貴者，
謂其可以盛也。"

(2) hú　瓦壺。漢·賈誼《弔
屈原賦》："斡棄周鼎寶康～兮。"

【瓠落】hù luò　❶空曠蕩的，大而無
當的樣子。《莊子·逍遙遊》："剖之
以為瓢，則～～無所容。"❷潦倒
失意貌，猶落拓。明·歸有光《祭
方禦史文》："公孫蠖屈於南宮之
試，予亦～～於東海之濱。"

滬 hù　捕魚的竹柵。唐·陸龜蒙
《〈漁具詩〉序》："網罟之流，
列竹於海噬（shì，水濱）曰～。"

護 hù　❶保護。明·歸有光《項
脊軒志》："軒凡四遭火，得
不焚，殆有神～者。"❷統帥，統
領。《史記·樂毅列傳》："樂毅於是
并～趙、楚、韓、魏、燕之兵以伐
齊。"❸在意，注意。三國魏·曹
丕《與吳質書》："觀古今文人，類不
～細行，鮮能以名節自立。"❹掩

飾，回護。三國魏・嵇康《與山巨源絕交書》："仲尼不假蓋於子夏，～其短也。"

【護軍】hù jūn ❶ 統率軍隊。《史記・陳丞相世家》："今日大王尊官之，令～～。" ❷ 職官名，有護軍都尉、護軍中尉、中護軍等，不同時代，稱呼不同。

hua

花 huā ❶ 花朵。唐・杜甫《秋興八首》其六："～萼夾城通御氣，芙蓉小苑入邊愁。" ❷ 似花的東西。唐・李白《黃鶴樓送孟浩然之廣陵》："故人西辭黃鶴樓，煙～三月下揚州。" ❸ 開花。唐・杜甫《遣懷》："愁眼看霜露，寒城菊自～。" ❹（目光）模糊，迷亂。唐・杜甫《飲中八仙歌》："知章騎馬似乘船，眼～落井水底眠。"

【花紅】huā hóng ❶ 舊俗喜事的禮物要簪花掛紅，故稱彩禮為"花紅"。《水滸傳》第四十四回："前面兩個小牢子，一個馱着許多禮物～～。" ❷ 辦喜事的犒賞和報酬。《清平山堂話本・快嘴李翠蓮記》："～～利市多多賞，富貴榮華過百秋。"

【花黃】huā huáng 一種首飾，用金黃色紙剪成星、月、花鳥等形，貼在額上。北朝民歌《木蘭辭》："當窗理雲鬢，對鏡貼～～。"

【花甲】huā jiǎ 指六十甲子，由天干地支順次組合而成，用以紀年、日。宋・范成大《丙午新正書懷》："祝我剩（shèng，頗，更）周～～子，謝人深勸玉東西。"後稱年滿六十歲為"花甲"。

【花塢】huā wù 四周高起中間凹下的花圃。唐・嚴維《劉員外見寄》："柳塘春水漫，～～夕陽遲。"

華 (1) huā 同"花"。❶ 花朵。《詩經・周南・桃夭》："桃之夭夭，灼灼其～。" ❷ 開花。《禮記・月令》："（仲春之月）桃始～。"

(2) huá ❶ 華美，華麗。唐・李商隱《錦瑟》："一絃一柱思～年。" ❷ 奢華，豪華。北魏・楊衒之《洛陽伽藍記・開善寺》："況我大魏天王，不為～侈！" ❸ 精華。唐・王勃《滕王閣序》："物～天寶，龍光射牛斗之墟。" ❹ 光輝。《淮南子・墜形訓》："（扶桑木）末有十日，其～照下地。" ❺ 顯貴，榮耀。漢・王符《潛夫論・論榮》："所謂賢人君子者，非必高官厚祿、富貴榮～之謂也。" ❻ 浮華。漢・王符《潛夫論・實貢》："是以朋黨用私，背實趨～。" ❼ 對涉及到的對方文章、書信的美稱。唐・韋應物《答崔都水》："常緘素箚去，適枉～章還。" ❽（頭髮）花白的。宋・蘇軾《念奴嬌・赤壁懷古》："多情應笑我，早生～髮。" ❾ 漢族的簡稱。《左傳・襄公十四年》："我諸戎飲食衣服不與～同。"

(3) huà 山名，華山，在今陝西省。漢・賈誼《過秦論》："然後踐～為城，因河為池。"

【華萼】huá è 花與萼，喻兄弟之愛。南朝宋・謝瞻《於安城答靈運》："～～相光飾，嚶鳴悅同響。"

【華表】huá biǎo 立於宮殿、城牆或陵墓前作為標誌或裝飾的石柱，上面多刻有花紋。北魏・楊衒之《洛陽伽藍記・龍華寺》："南北兩岸有～～，舉高二十丈。"

【華鬢】huá bìn　兩鬢斑白，猶言"華髮"。唐·李白《古風五九首》之二八："～～不耐秋，颯然成衰蓬。"

【華辭】huá cí　浮華不實的文辭。《後漢書·郭符許列傳》："其獎拔士人，皆如所鑒，後之好事，或附益增張，故多～～不經。"

【華蓋】huá gài　❶帝王或高官車上所用傘蓋。《漢書·王莽傳》："芝乃造～～九重，高八丈一尺。"❷指車。貴族車皆有傘蓋，故名"華蓋"。晉·劉琨《贈盧諶》："狹路傾～～。"❸宮殿名。明·王鏊《親政篇》："～～、謹身、武英等殿，豈非內朝之遺制乎？"❹星名。迷信者認為命犯華蓋星則運氣不好。《京本通俗小說·菩薩蠻》："命有～～，卻無官星，只好出家。"

【華夏】huá xià　❶漢族的古稱。《尚書·周書·武成》："～～蠻貊，罔不率俾。"❷古代指中原地區。《三國志·蜀書·關羽傳》："（關）羽威震～～。"

【華胄】huá zhòu　即貴胄，世家貴族的後代。《晉書·桓玄傳》："（楊）佺期為人驕悍，嘗自謂承籍～～，江表莫比。"

划　huá　用槳撥水使船前進，划船。《水滸傳》第一百〇六回："每船上二人～槳。"

滑　(1) huá　❶滑溜，不粗澀。唐·杜甫《自京赴奉先詠懷》："蚩尤塞寒空，蹴踏崖谷～。"❷通"猾"，狡猾。《史記·酷吏列傳》："～賊任威。"
(2) gǔ　❶攪渾。《後漢書·周燮列傳》："斯固以～泥揚波，同其流矣。"❷攪亂。《列子·黃帝》："美惡不～其心。"

滑稽　gǔ jī　❶古代盛酒的器具，能不斷往外流酒。漢·揚雄《酒箴》："鴟(chī, 皮口袋)夷～～，腹大如壺。"❷能言善辯，對答如流。《史記·滑稽列傳》："長不滿七尺，～～多辯，數使諸侯，未嘗屈辱。"❸圓滑諂媚貌。戰國楚·屈原《楚辭·卜居》："寧廉潔正直，以自清乎？將突梯～～，如脂如韋，以潔楹乎？"

猾　(1) huá　❶狡詐。《史記·高祖本紀》："項羽為人慓悍～賊。"❷狡詐的人。唐·柳宗元《封建論》："然猶桀～時起，虐害方域者，失不在於州而在於兵。"
(2) gǔ　擾亂。《尚書·虞書·堯典》："蠻夷～夏。"

嘩　huá　❶大聲叫喊、吵鬧。《虞初新志》："無敢～者。"❷喧嘩，聲音大而雜亂。唐·柳宗元《捕蛇者說》："悍吏之來吾鄉，叫囂乎東西，隳突乎南北，～然而駭者，雖雞狗不得寧焉。"

驊　huá　見"驊騮"。

【驊騮】huá liú　古代駿馬名。《莊子·秋水》："騏驥、～～，一日而行千里。"

化　huà　❶變化。唐·韓愈《應科目時與人書》："其得水，變～風雨，上下於天不難也。"❷轉化成某種狀態。唐·蘇軾《前赤壁賦》："飄飄乎如遺世獨立，羽～而登仙。"❸消除。《韓非子·五蠹》："鑽燧取火以～腥臊。"❹教化，使人改變思想或風俗。漢·楊惲《報孫會宗書》："明明求仁義，常恐不能～民者，卿大夫意也。"❺風俗，民風。《漢書·敘傳下》：

"侯服玉食，敗俗傷～。" ❻ 造化，大自然的功能。宋·蘇軾《潮州韓文公廟碑》："是皆有以參天地之～，關盛衰之運。" ❼ 統治者的德政，恩澤。晉·李密《陳情表》："逮奉聖朝，沐浴清～。" ❽ 死的一種委婉語。晉·陶淵明《自祭文》："余今斯～，可以無恨。" ❾ 乞討，募化。元·關漢卿《望江亭》："今朝無甚事，施主人家～些道糧走一遭去。" ❿ 通"貨"，收買，賄賂。《韓非子·詭使》："上不禁，又從而尊之以名，～之以實。"

【化度】huà dù　感化超度，使達樂土。唐·薛易《遊爛柯山》："只今成佛定，～～果難量。"

【化工】huà gōng　❶ 大自然的造化者。唐·元稹《春蟬》："作詩憐～～，不遣春蟬生。" ❷ 自然成就的工巧。明·李贄《雜說》："《拜月》《西廂》，～～也；《琵琶》，畫工也。"

【化境】huà jìng　藝術的最高境界。清·陳廷焯《白雨齋詞話》："哀豔而超脫，真是坡仙～～。"

【化生】huà shēng　❶ 變化生長。《周易·咸》："天地感而萬物～。" ❷ 由他類昆蟲轉化而來。清·趙翼《園居》："蚊虻本～～，非有卵與核。"

【化外】huà wài　野蠻之地，政令教化達不到的地方。明·余繼登《典故紀聞》："誣告十人以上者，凌遲處死，家屬遷～～。"

劃　huà　❶ 劃分。北齊·顏之推《顏氏家訓·歸心》："九州未～，列國未分。" ❷ 突然。唐·杜甫《苦雨奉寄隴西公兼呈王征士》："～見公子面，超然歡笑同。" ❸ 策劃，謀劃。唐·杜甫《送從弟亞赴安西判官》："須存武威郡，為～長久利。"

【劃然】huà rán　❶ 象聲詞。宋·蘇軾《後赤壁賦》："～～長嘯，草木震動，山鳴谷應，風起水湧。" ❷ 猶"豁然"，開朗的樣子。明·王思任《徐霞客傳》："與之論山經、辨水脈，搜討形勝，則～～心開。" ❸ 忽然，突然。唐·韓愈《聽穎師彈琴》："～～變軒昂，勇士赴敵場。"

畫　huà　❶ 劃分界限。《孫子·虛實》："我不欲戰，～地而守之。" ❷ 畫，描繪。唐·溫庭筠《菩薩蠻》："懶起～蛾眉，弄妝梳洗遲。" ❸ 圖畫。清·姚鼐《登泰山記》："望晚日照城郭，汶水、徂徠如～，而半山居霧若帶然。" ❹ 有圖畫的。唐·杜牧《七夕》："銀燭秋光冷～屏，輕羅小扇撲流螢。" ❺ 謀劃。《左傳·哀公二十六年》："使召六子曰：'聞下有師，君請六子～。'" ❻ 計策，計謀。唐·柳宗元《封建論》："後乃謀臣獻～，而離削自守矣。"

【畫戟】huà jǐ　有彩飾的戟。唐·韋應物《郡齋中雨與諸文士宴集》："兵衛森～～，宴寢凝清香。"

【畫角】huà jiǎo　古代軍中樂器，作用似今軍號。唐·杜甫《歲晏行》："萬國城頭吹～～，此曲哀怨何時終？"

話　huà　❶ 言語，言詞。晉·陶淵明《歸去來兮辭》："悅親戚之情～，樂琴書以消憂。" ❷ 談論。唐·孟浩然《過故人莊》："開軒面場圃，把酒～桑麻。" ❸ 告諭。唐·駱賓王《為徐敬業討武曌檄》："公等或居漢地，或協周親；或膺重寄於～言，或受顧命於宣室。" ❹ 故事，評話。唐·元稹《酬翰林白學士代書一百韻》："翰墨題名盡，光陰聽~移。"

huai

踝 huái ❶ 腳跟。《禮記・深衣》："負繩（上衣與下裳的背縫）及~以應直。" ❷ 腳踝，踝關節。北魏・楊衒之《洛陽伽藍記・王子坊》："唯（元）融與陳留王李崇負絹過任，蹶倒傷~。"

懷 huái ❶ 胸前，懷裏。三國魏・曹植《七哀詩》："願為西南風，長逝入君~。"明・歸有光《項脊軒志》："嫗又曰：'汝姊在吾~，呱呱而泣。'" ❷ 懷裏揣着，懷藏。《史記・廉頗藺相如列傳》："乃使其從者衣褐，~其璧，從徑道亡，歸璧於趙。" ❸ 懷抱，抱負。晉・王羲之《〈蘭亭集〉序》："或取諸~抱，晤言一室之內；或因寄所託，放浪形骸之外。" ❹ 內心，心中。晉・王羲之《〈蘭亭集〉序》："未嘗不臨文嗟悼，不能喻之於~。" ❺ 心中的想法。南朝梁・丘遲《與陳伯之書》："若遂不改，方思僕言，聊布往~，君其詳之。" ❻ 想望，懷念。唐・王勃《滕王閣序》："帝閽而不見，奉宣室以何年？" ❼ 心情，思緒。晉・王羲之《〈蘭亭集〉序》："所以遊目騁~，足以極視聽之娛，信可樂也。" ❽ 包圍，環繞。《尚書・虞書・堯典》："湯湯洪水方割，蕩蕩~山襄陵。" ❾ 安撫。《呂氏春秋・音律》："詰誅不義，以~遠方。"

【**懷冰**】huái bīng ❶ 心地純潔如冰。晉・陸機《漢高祖功臣頌》："周苛慷慨，心若~~。" ❷ 喻極冷。晉・張華《雜詩》："重衾無暖氣，挾

纊如~~。" ❸ 喻人嚴肅冷峻。《南史・陸慧曉傳》："王思遠恆如~~，暑月亦有霜氣。" ❹ 謹慎，戒懼。《宋書・鄭鮮之傳》："夙夜~~，敢忘其懼。"

【**懷刺**】huái cì 懷揣名片，指準備有所謁見。《魏書・元順傳》："（元）順曾~~詣（高）肇門，門者以其年少，……不肯為通。"

【**懷德**】huái dé ❶ 感念恩德。《左傳・陰飴甥對秦伯》："服者~~，貳者畏刑。" ❷ 以德行教化百姓。《詩經・大雅・板》："~~維寧，宗子維城。"

壞 huài ❶ 牆、屋、山等倒塌。唐・柳宗元《梓人傳》："棟橈屋~，則曰：'非我罪也！'" ❷ 引申為拆毀，推倒。《左傳・子產壞晉館垣》："子產使盡~其館之垣而納車馬焉。" ❸ 衰敗。漢・司馬遷《報任安書》："考之行事，稽其成敗興~之理。" ❹ 敗壞。《論語・陽貨》："君子三年不為禮，禮必~。"

huan

歡 huān ❶ 喜悅，高興。晉・陶淵明《歸去來兮辭》："僮僕~迎，稚子候門。" ❷ 情誼，歡心。《史記・屈原賈生列傳》："奈何絕秦~！" ❸ 對情人的昵稱。唐・劉禹錫《踏歌詞》："唱盡新詞~不見，紅霞映樹鷓鴣鳴。" ❹ 享樂。唐・李白《將進酒》："人生得意須盡~。"

驩 huān ❶ 喜悅，高興。《孟子・盡心上》："霸者之民，~虞如也。" ❷ 交好。《史記・廉頗藺相如列傳》："今殺相如，終不能得璧也，而絕秦趙之~。"

桓 huán ❶標誌性的木柱，多立在官署、驛站、陵墓等前，又稱桓表、華表。《漢書·尹賞傳》："瘞寺門～東。"❷大。《詩經·商頌·長發》："玄王～撥。"

【桓桓】huán huán　威武的樣子。唐·杜甫《北征》："～～陳將軍，仗鉞奮忠烈。"

寰 huán ❶京都周圍千里以內的地域，即王畿。《穀梁傳·隱公元年》："～內諸侯，非有天子之命，不得出會諸侯。"❷廣大的地域。唐·李白《代壽山答孟少府移文書》："使一區大定，海縣清一。"❸人間。南朝宋·鮑照《舞鶴賦》："去帝鄉之岑寂，歸人～之喧卑。"❹通"環"，環繞。唐·韓愈《題炭谷湫祠堂》："萬物都陽明，幽暗鬼所～。"❺通"環"，全，遍。唐·柳宗元《嶺南節度饗軍堂記》："～觀於遠邇。"

【寰海】huán hǎi　全國。唐·裴度《鑄劍戟為農具賦》："～～鏡清。"

【寰內】huán nèi ❶京都千里之內。《後漢書·孔融列傳》："千里～～，不以封建諸侯。"❷天下。晉·左思《魏都賦》："殷殷～～，繩繩八區。"

還 (1) huán ❶返回。《戰國策·燕策三》："壯士一去兮不復～！"❷償還。《南史·顏延之傳》："買人田，不肯一直。"❸交還，歸還。《三國志·吳書·孫權傳》："當奉～土地民人。"❹繳納（賦稅）。唐·杜甫《歲晏行》："割慈忍愛～租庸。"❺回頭。《漢書·項籍傳》："（項）羽～叱之。"❻反而。《樂府詩集·雞鳴》："樹木身相代，兄弟～相忘？"❼通"環"。環繞。《漢書·食貨志上》："～廬樹桑。"

（2）hái ❶仍然。唐·杜甫《泛江》："亂離～奏樂，飄泊且聽歌。"隋·侯白《啟顏錄·賣羊》："書生既見獼猴，～謂是其舊羊，唯怪其無角。"❷又，復。唐·杜甫《垂老別》："此去必不歸，～聞勸加餐。"

（3）xuán ❶旋轉，轉。《莊子·庚桑楚》："夫尋常之溝，巨魚無所～其體。"❷轉身。《韓非子·扁鵲見蔡桓公》："扁鵲望桓侯而～走。"❸迅速，立刻。《荀子·王霸》："如是則禹舜～至，王業～起。"

環 huán ❶玉圈。《韓非子·內儲說下》："被王衣，含杜若，握玉～。"❷耳環。《戰國策·趙威后問齊使》："撤其～瑱，至老不嫁，以養父母。"❸環形物，圈。宋·蘇軾《放鶴亭記》："彭城之山，岡嶺四合，隱然如大～，獨缺其西一面。"❹包圍。《孟子·天時不如地利章》："三里之城，七里之郭，～而攻之而不勝。"《國語·越語上》："三江～之，民無所移。"❺圍成一圈。唐·柳宗元《梓人傳》："或執斧斤，或執刀鋸，皆～立嚮之。"❻盤繞，環繞。唐·韓愈《送李愿歸盤谷序》："謂其～兩山之間，故日盤。"❼全，遍佈。唐·韓愈《進學解》："昔者孟軻好辯，孔道以明；轍～天下，卒老於行。"

【環堵】huán dǔ　四周土牆，形容狹小簡陋的居室。晉·陶淵明《五柳先生傳》："～～蕭然。"

【環珮】huán pèi　衣帶上的環形佩玉。《史記·孔子世家》："夫人自帷中再拜，～～玉聲璆然。"

繯 huán ❶繩圈、繩套。《呂氏春秋·上農》："～網罝（jū，捕兔網）罦（fú，捕鳥網），不敢出於門。」❷ 絞索。《文獻通考·刑考》：「因~而死。」明·張溥《五人墓碑記》：「待聖人之出而投~道路，不可謂非五人之力也。」

轘 huán　車裂，即用車、馬分裂人體。《左傳·宣公十一年》：「殺夏徵舒，~諸栗門。」

鬟 huán　❶ 婦女的環形髮髻。唐·杜牧《阿房宮賦》：「明星熒熒，開妝鏡也；綠雲擾擾，梳曉~也。」❷ 婢女。宋·梅堯臣《聽文都知吹簫》：「欲買小~試教之，教坊供奉誰知者？」

緩 huǎn　❶ 緩慢，與"急"相對。宋·朱熹《熟讀精思》：「正身體，對書冊，詳~看字，仔細分明讀之。」❷ 拖延，延緩。《孟子·公孫丑下》：「民事不可~也。」❸ 刑政寬鬆，寬恕。《史記·李斯列傳》：「~刑罰，薄賦斂。」❹ 怠慢。《墨子·親士》：「~賢忘士，而能以其國存者，未曾有也。」❺ 鬆軟。《呂氏春秋·任地》：「使地肥而土~。」

幻 huàn　❶ 虛幻的，不真實的。宋·陸游《晚秋》：「~境槐安夢，危機竹節灘。」❷ 怪異的變化。漢·張衡《西京賦》：「奇~儵（tiáo，一種魚）忽，易貌分形；吞刀吐火，雲霧杳冥。」❸ 迷惑，欺騙。《六韜·尚賢》：「偽方異伎，巫蠱左道，不祥之言，~惑良民。」

奐 huàn　❶ 眾多，盛大。《禮記·檀弓下》：「美哉~焉！」❷ 光彩鮮明。唐·玄奘《大唐西域記·戰主國》：「~其麗飾。」

【奐奐】huàn huàn　光彩煥發的樣子。唐·丘光庭《補新宮》：「~~新宮，禮樂其融。」

宦 huàn　❶ 學做官吏。《左傳·宣公二年》：「~三年矣，未知母之存否。」❷ 使做貴族的奴隸。《國語·越語上》：「然後卑事夫差，~士三百人於吳。」❸ 做官。宋·歐陽修《相州晝錦堂記》：「仕~而至將相，富貴而歸故鄉。」明·王守仁《瘞旅文》：「古者重去其鄉，遊~不踰千里。」❹ 官。唐·李商隱《蟬》：「薄~梗猶泛，故園蕪已平。」❺ 太監，宦官。漢·司馬遷《報任安書》：「夫以中材之人，事有關於~豎，莫不傷氣，況慷慨之士乎！」

【宦達】huàn dá　仕途順利、顯達。晉·李密《陳情表》：「本圖~~，不矜名節。」

【宦情】huàn qíng　❶ 做官的慾望。三國魏·徐幹《〈擬魏太子鄴中集〉序》：「少無~~，有箕潁之心事，故仕世多素辭。」❷ 做官的心情。唐·柳宗元《柳州二月榕葉落盡偶題》：「~~羈思共淒淒，春半如秋意轉迷。」

【宦學】huàn xué　學習做官和六經。《漢書·樓護傳》：「以君卿之才，何不~~乎？」

【宦遊】huàn yóu　外出求官。唐·王勃《送杜少府之任蜀州》：「與君離別意，同是~~人。」

【宦者】huàn zhě　❶ 閹人，太監。《史記·呂不韋列傳》：「太后乃陰厚賜主腐者吏，詐論之，拔其鬚眉為~~。」❷ 指做官的人。唐·白行簡《李娃傳》：「生大呼數四，有~~出。」❸ 星名。屬天市垣，共四星。《後漢書·宦者傳序》：「~~四星，在皇位之側。」

眩 huàn　見 678 頁 xuàn。

浣 huàn　❶ 清洗（衣物）。宋·蘇洵《辨姦論》：“夫面垢不忘洗，衣垢不忘~，此人之至情也。”　❷ 假期名，唐代官吏每十天休假沐浴一次稱“浣”。唐·李白《朝下過盧郎中敘舊遊》：“復此休~時，閒為疇昔（往日，從前）談。”　❸ 時段名稱，唐時稱每月上、中、下三旬為上、中、下浣。《紅樓夢》第二十三回：“那一日正當三月中~。”

【浣雪】huàn xuě　洗去罪名。《新唐書·王士真傳》：“帝憂之，而淄青、盧龍數表請赦，乃詔~~，盡以故地畀之。”

患 huàn　❶ 憂慮，擔心。《論語·季氏》：“故有國有家者，不~寡而~不均。”　❷ 災禍。《孟子·告子上》：“死亦我所惡，所惡有甚於死者，故~有所不辟也。”　❸ 疾病。唐·柳宗元《愈膏肓賦》：“愈膏肓之~，難。”　❹ 染病。《晉書·桓石虔傳》：“時有瘧疾者……無復潰漏之~。”　❺ 弊端，隱患。《後漢書·王景列傳》：“十里立一水門，……無復潰漏之~。”

【患毒】huàn dú　痛恨。《宋書·蕭思話傳》：“侵暴鄰曲，莫不~~之。”

換 huàn　❶ 交換。唐·李白《將進酒》：“呼兒將出~美酒。”　❷ 更換。隋·侯白《啟顏錄·賣羊》：“眾乃以獼猴來~之。”　❸ 更替，變化。唐·王勃《滕王閣序》：“物~星移幾度秋！”

【換帖】huàn tiě　異姓結為兄弟。交換束帖，上寫姓名、年籍、家世等。

渙 huàn　❶ 離散，散亂。清·紀昀《閱微草堂筆記·灤陽消夏錄》：“大抵畏則心亂，心亂則神~。”　❷ （淚水）橫流。唐·柳宗

元《弔屈原文》：“託遺編而歔唏兮，~余涕之盈眶。”

【渙渙】huàn huàn　水勢浩大的樣子。《詩經·鄭風·溱洧》：“溱與洧，方~~兮。”

煥 huàn　❶ 鮮明，有文彩。《論語·泰伯》：“~乎其有文章！”　❷ 明亮。漢·班固《西都賦》：“~若列宿。”

【煥煥】huàn huàn　❶ 顯赫的樣子。《南史·長沙威王晃傳》：“(蕭)晃多從武容，赫奕街衢，時人為之語曰：‘~~蕭四傘。’”　❷ 光彩鮮明的樣子。唐·韓愈《南山》：“參參削劍戟，~~銜瑩琇（xiù，像玉的石頭）。”

豢 huàn　❶ 飼養，餵養（牲畜）。明·宋應星《天工開物·攻稻》：“既春以後，皮膜成粉，名曰細糠，以供犬豕之~。”　❷ 家畜（的肉）。《史記·貨殖列傳》：“口欲窮芻~之味。”　❸ 當成牲畜餵養，以利引誘。《左傳·哀公十一年》：“吳人皆喜，唯子胥懼，曰：‘是~吳也夫！’”

漶 huàn　模糊難辨識。宋·蘇軾《鳳翔八觀·東湖》：“圖書已漫~。”

擐 huàn　穿上。《左傳·成公十三年》：“文公躬~甲冑，跋履山川，……征東之諸侯。”

<hr>

huang

肓 huāng　❶ 古代醫學指心臟和隔膜之間，認為是藥力達不到的地方。《左傳·成公十年》：“疾不可為也，在~之上，膏之下。”　❷ 膏肓，不治之症。宋·蘇軾《乞校

正陸贄奏議進御劄子》："可謂進苦口之藥石，針害身之膏～。"

荒 huāng ❶荒蕪。晉·陶淵明《歸去來兮辭》："三徑就～，松菊猶存。" ❷荒僻極遠的地方。漢·賈誼《過秦論》："囊括四海之意，并吞八～之心。"宋·蘇軾《潮州韓文公廟碑》："公不少留我涕滂，翩然被髮下大～。" ❸荒地，荒野。《晉書·王宏傳》："督勸開～五千餘頃。" ❹饑荒。《宋史·蘇軾傳》："取救一餘錢萬緡，糧萬石。" ❺野生的。宋·蘇軾《凌虛臺記》："昔者～草野田，霜露之所蒙翳。" ❻迷亂。宋·蘇軾《放鶴亭記》："雖～惑敗亂如酒者，猶不能為害。" ❼過度，放縱。《左傳·襄公二十九年》："哀而不愁，樂而不～，用而不匱，廣而不宣。" ❽荒廢。唐·韓愈《進學解》："業精於勤，～於嬉。" ❾空。《國語·吳語》："吳王乃許之，～成不盟。"

【荒頓】 huāng dùn　荒廢。南朝宋·傅亮《為宋公修張良廟教》："靈廟～～。"

【荒荒】 huāng huāng　蒼白無光彩的樣子。唐·杜甫《漫成》："野日～～白，春流泯泯清。"

【荒土】 huāng tǔ　荒遠的地方。《淮南子·墜形訓》："自東北方曰和丘，曰～～。"

【荒外】 huāng wài　八荒之外，極遠的地方。《後漢書·班勇列傳》："夫要功～～，萬無一成，若兵連禍結，悔無及矣。"

皇 huáng ❶偉大。《詩經·大雅·皇矣》："～矣上帝，臨下有棘。"《左傳·僖公五年》："故《周書》曰：'～天無親，惟德是輔。'"

❷對神靈、已故長輩的尊稱。《國語·楚語下》："有不虞之備，而～神相之。"唐·韓愈《柳子厚墓誌銘》："～考諱鎮，以事母棄太常博士，求為縣令江南。" ❸天神。漢·劉向《九嘆》："情慷慨而長懷兮，信上～而質正。" ❹皇帝。漢·賈誼《過秦論》："始～既沒，餘威震於殊俗。" ❺使鮮明，使明亮。唐·韓愈《進學解》："補苴罅漏，張～幽眇。" ❻雌鳳，泛指鳳凰。漢·路溫舒《尚德緩刑書》："臣聞烏鳶之卵不毀，而後鳳～集；誹謗之罪不誅，而後良言進。" ❼通"惶"，驚慌。《新五代史·伶官傳序》："亂者四應，倉～東出，未見賊而士卒離散。"

【皇妣】 huáng bǐ　對亡母的尊稱。宋·歐陽修《瀧岡阡表》："～～累封越國太夫人。"

【皇儲】 huáng chǔ　皇太子。晉·陸機《漢高祖功臣頌》："～～時人，平城有謀。"

【皇皇】 huáng huáng ❶莊嚴，美盛的樣子。《禮記·曲禮下》："天子穆穆，諸侯～～。" ❷聖明偉大。《論語·堯曰》："敢昭告於～～后帝：有罪不敢赦。" ❸光明，明亮。《國語·越語下》："天道～～，日月以為常。" ❹通達無礙的樣子。《莊子·知北遊》："其來無迹，其往無崖，無門無房，四達之～～也。" ❺通"惶惶"，心中不安。《孟子·滕文公下》："孔子三月無君，則～～如也。" ❻通"遑遑"，匆忙的樣子。《漢書·董仲舒傳》："夫～～求財利，常恐乏匱者，庶人之意也。"

【皇極】 huáng jí ❶帝王統治的準則。《晉書·武帝紀》："應受上帝之命，協～～之中。" ❷指王位或王室。晉・干寶《晉紀總論》："至於世祖，遂享～～。"

【皇考】huáng kǎo　對亡父的尊稱。宋・歐陽修《瀧岡阡表》："嗚呼！惟我～～崇公，卜吉於瀧岡之六十年，其子（歐陽）修始克表於其阡。"

【皇門】huáng mén　❶ 春秋時鄭國的外城門。《左傳・宣公十二年》："楚子圍鄭……三月克之，入自～～，至於逵路，鄭伯肉袒牽羊以逆。"❷ 王門。漢・王褒《九懷》："～～開兮照下土，株穢除兮蘭芷睹。"

【皇州】huáng zhōu　皇帝所居的地方、帝都。唐・李白《古風五九首》之一八："衣冠照雲日，朝下散～～。"

偟　huáng　通"遑"，閒暇。漢・揚雄《揚子法言・君子》："忠臣孝子，～乎不～。"

鳳　huáng　雌鳳。唐・皮日休《與魯望夜會》："況有蕭閒洞中客，吟為紫鳳呼一聲。"

隍　huáng　無水的護城河。唐・王勃《滕王閣序》："臺一枕夷夏之交，賓主盡東南之美。"

黃　huáng　❶ 黃色。宋・歐陽修《朋黨論》："及～巾賊起，漢室大亂。"❷ 指黃金印。南朝梁・丘遲《與陳伯之書》："佩紫懷～。"

【黃白】huáng bái　❶ 指金銀。《古今小説・張舜美燈宵得麗女》："老尼遂取出～～一包。"❷ 道教煉丹化成金銀的法術。唐・白居易《效陶潛體》："入山燒～～，一旦化為灰。"

【黃榜】huáng bǎng　殿試後朝廷發佈的榜文，用黃紙寫成。宋・蘇軾《與潘彥明書》："不見～～，未敢馳賀，想今高捷也。"

【黃道】huáng dào　古人想像的太陽運行的軌道。《漢書・天文志》："中道者，～～，一曰金道。"

【黃髮】huáng fà　老年人。晉・陶淵明《桃花源記》："～～垂髫，並怡然自樂。"

【黃鵠】huáng hú　天鵝。戰國楚・屈原《楚辭・卜居》："寧與～～比翼乎？將與雞鶩爭食乎？"喻賢士。

【黃花】huáng huā　黃色的菊花。唐・李白《九日龍山歌》："九日龍山飲，～～笑逐沈。"

【黃口】huáng kǒu　❶ 雛鳥，因其嘴黃色，故稱"黃口"。唐・元稹《有鳥》："可惜官倉無限粟，伯夷餓死～～肥。"❷ 幼兒。《淮南子・汜論訓》："古之伐國，不殺～～，不獲二毛。"

【黃門】huáng mén　❶ 黃色宮門，指宮禁。《通典・職官三》："凡禁門黃闥，故號～～。"❷ 官署名，與宮中接近，易得寵倖。《漢書・元帝紀》："詔罷～～乘輿狗馬。"❸ 職官名，黃門侍郎、給事黃門侍郎的簡稱。❹ 宦官，太監。三國魏・嵇康《與山巨源絕交書》："豈可見～～而稱貞哉！"

【黃泉】huáng quán　❶ 地下的泉水。《荀子・勸學》："（蚓）上食埃土，下飲～～。"❷ 地下深處，也指人死後埋葬的地穴。《左傳・隱公元年》："不及～～，無相見。"

【黃炎】huáng yán　傳説中的黃帝和炎帝。《國語・周語下》："夫亡者豈繄無寵？皆～～之後也。"

【黃鐘】huáng zhōng　❶ 古樂十二律之一，屬於標準音，聲調洪亮和諧，多用於隆重、盛大的儀式或場面。《周禮・春官宗伯・大司樂》：

"乃奏～～，歌大呂，舞雲門，以祀天神。"❷古樂器的一種，器大而音宏，為世人所重，多比喻賢才。戰國楚・屈原《楚辭・卜居》："～～毀棄，瓦釜雷鳴。"

惶 huáng ❶害怕，恐慌。漢・楊惲《報孫會宗書》："為言大臣廢退，當闔門～懼，為可憐之意。"❷吃驚。北朝民歌《木蘭辭》："出門看火伴，火伴皆驚～。"❸匆忙，危急。《戰國策・燕策三》："秦王方環柱走，卒～急不知所為。"

【惶遽】huáng jù　恐懼。清・蒲松齡《聊齋志異・畫皮》："嫗在室，～～無色，出門欲遁。"

湟 huáng　低窪積水的地方。《大戴禮記・夏小正》："～潦(lǎo，雨後地上的積水)生萍。"

違 huáng ❶閒暇。《詩經・小雅・小弁》："心之憂矣，不～假寐(坐着打盹)。"❷耽擱，怠慢。《詩經・召南・殷其雷》："何斯違斯，莫敢或～？"《詩經・商頌・殷武》："莫敢不～？"❸通"惶"，急，匆忙。《後漢書・馬嚴列傳》："諸郡～急，各以狀聞。"

【違違】huáng huáng ❶匆忙的樣子。晉・陶淵明《歸去來兮辭》："胡為乎～～欲何之？"❷心神不安的樣子。唐・柳宗元《興州江運記》："相與怨咨，～～如(如，相當於'然')不飲食。"

煌 huáng　見"煌煌"。

【煌煌】huáng huáng　輝煌，明亮。宋・王禹偁《待漏院記》："相君啟行，～～～火城。"

潢 huáng ❶低窪積水的地方。《左傳・隱公三年》："～污行

潦之水。"❷積水池。《漢書・龔遂傳》："故使陛下赤子盜弄陛下之兵於～池中。"❸把紙染成黃色。北魏・賈思勰《齊民要術・雜說》："染～及治書法。"註："凡～紙，滅白即是，不宜太深。"❹裝潢；裝裱書畫。《新唐書・玄宗諸子傳》："長安初，張易之奏天下善工～治。"

篁 huáng ❶竹田。《戰國策・樂毅報燕王書》："薊邱之植，植於汶～。"❷竹林。唐・王維《竹里館》："獨坐幽～裏，彈琴復長嘯。"❸叢生的竹子。唐・柳宗元《小石潭記》："隔～竹聞水聲，如鳴環佩。"❹竹製的管樂器。唐・韓愈《聽穎師彈琴》："嗟余有兩耳，未省聽絲～。"

璜 huáng　半璧形的玉器，用作禮器或裝飾。漢・王符《潛夫論・讚學》："夏后之～～，楚和之璧。"

簧 huáng ❶樂器中用以振動發聲的薄片，用竹、葦、金屬等製成。《詩經・小雅・鹿鳴》："吹笙鼓～。"❷代指簧。《詩經・王風・君子揚揚》："左執～，右招我由房。"❸音樂。南朝梁・劉勰《文心雕龍・總術》："視之則錦繪，聽之則絲～。"❹蠱惑，花言巧語使動心。《詩經・小雅・巧言》："巧言如～，顏之厚矣。"

恍 huǎng ❶形容模糊不清。《老子》二十一章："～兮惚兮，其中有物。"❷捉摸不定。《老子》二十一章："道之為物，惟～惟惚。"❸突然；猛然領悟。唐・李白《夢遊天姥吟留別》："驚起而長嗟。"

【恍恍】huǎng huǎng ❶迷迷糊糊。唐・李白《古風五九首》之一九："～～與之去，駕鴻凌紫冥。"❷仿

佛，好像。明·劉基《賣柑者言》："今夫佩虎符、坐皋比者，～～乎干城之具也。"

幌 huàng ❶帷幔，窗簾。唐·杜甫《望月》："何時倚虛～，雙照淚痕乾。" ❷借指窗。南朝齊·孔稚珪《北山移文》："宜扃岫～，掩雲關，斂輕霧，藏鳴湍。" ❸酒店的招子。唐·陸龜蒙《和初冬偶作》："小罏低～還遮掩，酒滴灰香似去年。" ❹通"晃"，搖動，晃動。明·張岱《西湖七月半》："小船輕～，淨几暖爐，茶鐺旋煮，素瓷靜遞。"

hui

灰 huī ❶物體燃燒後變成的粉末。宋·李格非《書洛陽名園記後》："高亭大樹，煙火焚燎，化而為～燼。" ❷塵土。漢·曹操《龜雖壽》："神龜雖壽，猶有竟時；騰蛇乘霧，終為土～。" ❸（意志）喪失，消沉。宋·蘇軾《寄呂穆仲寺丞》："回首西湖真一夢，～心霜鬢更休論。" ❹灰色。《晉書·郭璞傳》："時有物大如牛，～色卑腳。"

恢 huī ❶寬廣，寬闊。《周書·李遠傳》："幼有器局，志度～然。" ❷擴大，拓展。《漢書·敍傳下》："～我疆宇。" ❸通"詼"。漢·王充《論衡·本性》："～諧劇談，甘如飴蜜。"

【**恢達**】huī dá　寬宏豁達。《北史·崔鑒傳》："性～～，常以將略自許。"

【**恢弘**】huī hóng ❶寬闊，遼闊。宋·蘇軾《次韻程正輔遊碧落洞》："胸中幾雲夢，餘地方～～。" ❷增大，發揚。三國蜀·諸葛亮《出師

表》："以光先帝遺德，～～志士之氣。"

【**恢恢**】huī huī　廣大，寬闊。唐·杜甫《夢李白》："孰云網～～？將老身反累。"《莊子·養生主》："～～乎其於遊刃必有餘地矣。"

【**恢廓**】huī kuò ❶寬宏。《三國志·吳書·周瑜傳》："性度～～。" ❷拓展，擴大。《漢書·吾丘壽王傳上》："～～祖業。"

【**恢奇**】huī qí　壯偉超羣。《史記·平津侯主父列傳》："（公孫）弘為人～～多聞，常稱以為人主病不廣大，人臣病不儉節。"

㠇 huī ❶撞擊。南朝宋·鮑照《登大雷岸與妹書》："鼓怒之所～擊。" ❷喧囂。唐·李白《蜀道難》："飛湍瀑流爭喧～。"

揮 huī ❶舞動，揮動。唐·柳宗元《梓人傳》："視木之能舉，～其杖，曰'斧！'" ❷甩掉手上的液體。《戰國策·齊策一》："舉袂成幕，～汗如雨。" ❸撥動。三國魏·嵇康《贈兄秀才公穆入軍》："目送歸鴻，手～五絃。" ❹飛。晉·潘岳《西征賦》："終奮翼而高～。" ❺通"徽"，標誌，旗幟。三國魏·陳琳《為袁紹檄豫州》："揚素～以啟隆路。"

【**揮翰**】huī hàn　運筆，指書寫。《晉書·盧溥傳》："若乃含章舒藻，～～流離，稱述事物。"

【**揮霍**】huī huò ❶恣意妄為。唐·李商隱《行次西郊作》："窠寇東北來，～～如天翻。" ❷迅疾的樣子。漢·張衡《西京賦》："跳丸劍之～～，走索上而相逢。" ❸任意花錢。唐·李肇《唐國史補》："會冬至，（趙）需家致宴～～。" ❹灑

灑，灑脱。《紅樓夢》第一回："那道則跛足蓬頭，瘋瘋癲癲，～～談笑而至。"

暉 huī ❶ 陽光。宋·范仲淹《岳陽樓記》："朝～夕陰，氣象萬千。" ❷ 光芒。《荀子·天論》："水火不積，則～潤不博。" ❸ 光彩。三國魏·王粲《雜詩》之二："幽蘭吐芳烈，芙蓉發紅～。" ❹ 照耀。南朝齊·王融《〈三月三日曲水詩〉序》："雲潤星～，風揚月至。"

睢 huī 見 575 頁 suī。

輝 huī ❶ 光，光彩。漢樂府《長歌行》："陽春布德澤，萬物生光～。" ❷ 照耀，輝映。晉·謝靈運《登江中孤嶼》："雲日相～映，空水共澄鮮。"

【輝赫】 huī hè 顯赫。唐·李白《古風五九首》之二："路逢鬥雞者，冠蓋何～～。"

墮 huī 見 131 頁 duò。

麾 huī ❶ 作戰時的指揮旗。《南史·梁高祖紀》："望～而進，聽鼓而動。" ❷ 揮動，搖動。《左傳·鄭莊公戒飭守臣》："瑕叔盈又以蝥弧（旗幟名）登，周～而呼曰：'君登矣！'" ❸ 指揮。《三國演義》第七十二回："操方～軍回戰馬超，自立馬於高阜處，看兩軍爭戰。" ❹ 倡導。宋·蘇軾《潮州韓文公廟碑》："談笑而～之，天下靡然從公。"

【麾蓋】 huī gài ❶ 帥旗的頂端。《三國志·蜀書·關羽傳》："羽望見（顏）良～～，策馬刺良於萬眾之中。" ❷ 儀仗隊中的旗與傘。《晉書·衞瓘傳》："給親兵百人，置

長史、司馬、從事中郎掾屬，即大車、官騎、～～、鼓吹諸威儀，一如舊典。"

【麾節】 huī jié 帥旗和符節，指將帥的指揮。唐·李華《〈韓公廟碑銘〉序》："介胄之士，垂十萬人，瞻我～～，以為進退。"

【麾下】 huī xià ❶ 帥旗下。《史記·魏其武安侯列傳》："馳入吳軍，至吳將～～，所殺傷數十人。" ❷ 部下。《史記·李將軍列傳》："（李）廣廉，得賞賜，輒分其～～。"

戲 huī 見 644 頁 xì。

徽 huī ❶ 繩索。《漢書·陳遵傳》："不得左右，牽於繩～。" ❷ 捆綁。漢·揚雄《解嘲》："～以糾墨（繩索），制以鑕鈇（泛指刑具。鑕，砧板，斬人用的墊板；鈇，斧子）。" ❸ 琴徽，繫琴絃用的繩子。晉·陸機《文賦》："猶絃幺而～急，故雖和而不悲。" ❹ 撥絃，彈奏。《淮南子·主術訓》："鄒忌一～，而威王終夕悲感於憂。" ❺ 標幟，旗幟。《左傳·昭公二十一年》："揚～者，公徒也。"晉·左思《魏都賦》："～幟以變，器械以革。" ❻ 美好。三國魏·王粲《公燕》："管絃發～音，曲度清且悲。"

【徽號】 huī hào ❶ 新朝或某一帝王新政的標幟。一般是旗幟，上有圖案。《禮記·大傳》："改正朔，易服色，殊～～。" ❷ 尊號。《舊五代史·唐明宗紀》："八月戊申，帝被袞冕，……～～曰；……。"

【徽徽】 huī huī ❶ 做善事。漢·揚雄《太玄·從》："從～～，後得功也。" ❷ 光彩鮮明。晉·陸機《文賦》："文～～以溢目，音泠泠而盈耳。"

H

【徽容】huī róng　美好的容貌。南朝宋·鮑照《數詩》：「九族共瞻遲，賓友仰～～。」

【徽索】huī suǒ　繩索，刑具。漢·揚雄《解嘲》：「范睢，魏之亡命也，折脅拉髂，免於～～。」

【徽音】huī yīn　❶ 德音。《詩經·大雅·思齊》：「大姒嗣～～，則百斯男。」❷ 美妙的音樂。三國魏·王粲《公燕》：「管絃發～～，曲度清且悲。」❸ 佳音，喜訊。晉·謝靈運《登臨海嶠初發疆中作》：「倘遇浮丘公，長絕子～～。」

隳　huī　❶ 毀壞，毀掉。漢·賈誼《過秦論》：「～名城，殺豪傑，收天下之兵，聚之咸陽。」❷ 衰敗。宋·王禹偁《待漏院記》：「政柄於是乎～哉，帝位以之而危矣。」

【隳突】huī tū　橫衝直撞。唐·柳宗元《捕蛇者說》：「叫囂乎東西，～～乎南北。」

回　huí　❶ 漩渦，迴旋的水。戰國楚·屈原《楚辭·九章·涉江》：「船容與而不進兮，淹～水而凝滯。」❷ 旋轉，迴旋。戰國楚·屈原《楚辭·九章·悲回風》：「悲～風之搖蕙兮。」❸ 掉轉，往回走。戰國楚·屈原《楚辭·離騷》：「～朕車以復路兮，及行迷之未遠。」❹ 邪惡。《左傳·宣公三年》：「其姦～昏亂，雖大，輕也。」❺ 改變，使回心轉意。宋·蘇軾《潮州韓文公廟碑》：「故公之精誠，能開衡山之雲，而不能～憲宗之惑。」❻ 回覆，答覆。宋·沈括《夢溪筆談·人事二》：「有一縣令使人，獨不肯去，須責～書。」

【回紇】huí hé　隋唐時代中國西北部的一個民族，亦作「回鶻」。

【回翔】huí xiáng　在空中盤旋、翔翔。唐·孟浩然《自潯陽泛舟經海》：「遙憐上林雁，冰泮也～～。」

【回鑾】huí luán　帝王回京。帝王的車駕稱「鑾」。《紅樓夢》第十八回：「請駕～。」

洄　huí　❶ 迴旋的水，漩渦。《宋書·張興世傳》：「江有～洑（fú，漩渦），船下必來泊。」❷ 水流迴旋。《後漢書·王景列傳》：「十里立一水門，令更相～注，無復潰漏之患。」❸ 曲折的水道。《詩經·秦風·蒹葭》：「遡～從之，道阻且長。」

迴　huí　❶ 迂迴，曲折。唐·柳宗元《始得西山宴遊記》：「日與其徒上高山，入深林，窮～溪。」❷ 迴避。《後漢書·王堂列傳》：「奏案貪猾二千石，無所～忌。」❸ 回頭。柳宗元《漁翁》：「～看天際下中流，巖上無心雲相逐。」❹ 量詞，次，件。

【迴迴】huí huí　❶ 迂曲，指心情煩亂。三國魏·劉楨《雜詩》：「沈迷簿領書，～～自昏亂。」❷ 來往賓士。《尚書大傳·虞夏傳》：「八風～～。」❸ 紛亂的樣子。《後漢書·馬融列傳》：「紛～～，南北東西。」❹ 火苗跳動的樣子。漢·張衡《思玄賦》：「焱～～其揚靁。」❺ 每次。唐·杜牧《寄遠人》：「終日求人卜，～～道好音。」

悔　huǐ　❶ 後悔。漢·司馬遷《報任安書》：「雖萬被戮，豈有～哉！」❷ 災禍，不吉利。漢·張衡《思玄賦》：「占既吉而無～兮。」

虺　huǐ　❶ 毒蛇。唐·駱賓王《為徐敬業討武曌檄》：「加以～蜴為心，豺狼成性。」❷ 小蛇。《國語·吳語》：「為～弗摧，為蛇將若何？」

【虺蜮】huǐ yù ❶ 虺與蜮，皆為害人之物。《子華子·晏子》：「毀本塞源，甚於～～。」❷ 喻害人的人。宋·陸游《南唐書·江文蔚傳》：「陛下宜畛慮殷憂，誅鋤～～。」

毀 huǐ ❶ 摧毀。《孫子·謀攻》：「拔人之城而非攻也，～人之國而非久也。」❷ 毀壞。《論語·季氏》：「虎兕出於柙，龜玉～於櫝中，是誰之過與？」❸ 損傷，傷害。漢·司馬遷《報任安書》：「其次～肌膚、斷肢體受辱，最下腐刑極矣！」❹ 詆毀，損害其名譽。《論語·衛靈公》：「吾之於人也，誰～誰譽？如有所譽者，其有所試矣。」❺ 污衊、侮辱。《戰國策·樂毅報燕王書》：「國策離～辱之非，墮先王之名者，臣之所大恐也。」❻ 壞話。漢·鄒陽《獄中上梁王書》：「眾口鑠金，積～銷骨也。」❼ 失敗。宋·蘇軾《凌虛臺記》：「物之廢興成～，不可得而知也。」

【毀短】huǐ duǎn 誹謗，造謠。《三國志·吳書·顧雍傳》：「～～大臣，排陷無辜，雍等皆見舉白，用被譴讓。」

【毀顏】huǐ yán 面色憂慮。《後漢書·陳蕃列傳》：「加兵我未戢，四方離散，是陛下焦心～～，坐以待旦之時也。」

卉 huì 草。唐·柳宗元《永州韋使君新堂記》：「茂樹惡木，嘉葩毒～，亂雜而爭植。」

恚 huì 發怒；使惱怒。《三國志·吳書·呂蒙列傳》：「歸，以告（呂）蒙母。母～，欲罰之。」

【恚憤】huì fèn 憤怒。《後漢書·陳嚚列傳》：「嚚病且餓，……～～而死。」

彗 huì ❶ 掃帚。唐·李白《行路難》：「君不見昔時燕家重郭隗，擁～折節無嫌猜。」❷ 掃除。《後漢書·光武帝紀下》：「高鋒～雲。」❸ 形如掃帚的星，彗星。《戰國策·唐雎不辱使命》：「夫專諸之刺王僚也，～星襲月。」

晦 huì ❶ 農曆每月的最後一天。《左傳·寺人披見文公》：「己丑～，公宮火。」❷ 傍晚，天黑。戰國楚·屈原《楚辭·天問》：「自明至～，所行幾里？」❸ 暗，昏暗。戰國楚·屈原《楚辭·九章·涉江》：「下幽～以多雨。」❹ 隱晦，不明顯。宋·歐陽修《晏元獻公神道碑》：「其世次～顯徙遷不常。」

【晦跡】huì jì 將蹤跡隱匿起來，隱居。南朝梁·慧皎《高僧傳·竺道壹》：「少出家，貞正有學業，而～～隱智，人莫能知。」

【晦明】huì míng ❶ 從夜到明，晝夜。戰國楚·屈原《楚辭·抽思》：「望孟夏之短夜兮，何～～之若歲？」❷ 明暗，陰晴。宋·歐陽修《醉翁亭記》：「若夫日出而林霏開，雲歸而巖穴冥，～～變化者，山間之朝暮也。」

惠 huì ❶ 仁愛，愛心。明·歸有光《吳山圖記》：「君之為縣有～愛，百姓扳留之不能得。」❷ 恩惠。《國語·齊語》：「臣，君之庸臣也，君加～於臣，使不凍餒，則是君之賜也。」❸ 和順，寬柔。《管子·小匡》：「寬～愛民，臣不如也。」❹ 通「慧」，聰慧。《列子·愚公移山》：「甚矣，汝之不～！」

【惠風】huì fēng 柔和的風。晉·王羲之《〈蘭亭集〉序》：「是日也，天朗氣清，～～和暢。」

彙 huì ❶類，品類。唐·韓愈《應科目時與人書》："蓋非常鱗凡介之品～匹儔也。" ❷繁密。《漢書·敍傳上》："柯葉～而靈茂。" ❸（水流）匯合。宋·李格非《洛陽名園記·環溪》："池左右翼，而北過涼榭，復～為大池。"

會 (1) huì ❶集合，會合。唐·柳宗元《梓人傳》："委羣材，～羣工，或執斧斤，或執刀鋸。" ❷見面，相會。《史記·廉頗藺相如列傳》："王許之，遂與秦王～澠池。" ❸盟會。《史記·孔子世家》："乃使使告魯為好會，～於夾谷。" ❹都會，人羣聚居處。唐·王勃《〈九成宮頌〉序》："名都廣～，閭閻（lú yán，里巷的門，泛指住宅）萬室。" ❺機會，時機。漢·王充《論衡·命祿》："逢時遇～。" ❻領會，理解。宋·陳亮《念奴嬌·登多景樓》："歎此意，今古幾人曾～。" ❼交合。漢·王充《論衡·奇怪》："牝牡之～，皆見同類之物。" ❽節奏，節拍。《莊子·養生主》："乃中經首之～。" ❾適逢，正碰上。《史記·孔子世家》："孔子居陳三歲，～晉楚爭彊，更伐陳。" ❿總會，一定。唐·李白《將進酒》："乘風破浪～有時。"
(2) kuài 結賬，算賬。《戰國策·馮煖客孟嘗君》："誰習計～，能為文收責於薛者乎？"

【會當】 huì dāng　該當、總歸要。唐·杜甫《望嶽》："～～凌絕頂，一覽眾山小。"

【會府】 huì fǔ　❶古星名，即斗魁。《新唐書·天文志》："斗魁謂之～～。" ❷尚書省。因其為會試之地，故名"會府"。唐·李商隱《代李玄為崔京兆祭蕭侍郎文》："及春闈獻藝，～～試才。" ❸都會。唐·杜甫《八哀》："四登～～地，三掌華陽兵。"

【會獵】 huì liè　集體打獵，引申指會戰，交戰。《資治通鑑》卷六十五："今治水軍八十萬眾，方與將軍～～於吳。"

【會試】 huì shì　科舉時代，士人參加鄉試成為舉人後的更高一級的考試，在禮部進行，中式者為進士。

【會須】 huì xū　應該，應當。唐·李白《將進酒》："烹羊宰牛且為樂，～～一飲三百杯。"

【會要】 huì yào　斷代政書，分門別類，記一代典章制度、文物、故實等資料，如《唐會要》等。

【會元】 huì yuán　科舉中，舉人會試中式第一名為"會元"，也稱"會魁"。

賄 huì ❶財物。《左傳·隱公十一年》："凡而器用財～，無置於許。" ❷向人贈送財物。《左傳·宣公九年》："王以為有禮，厚～之。" ❸賄賂，用財物收買或被收買。唐·柳宗元《答元饒州論政理書》："弊政之大，莫若～行而征賦亂。"

誨 huì ❶教導，教授。《論語·述而》："學而不厭，～人不倦。" ❷見解。唐·元好問《贈答楊煥然》："關中楊夫子，高～世所聞。"

慧 huì 聰明，有智慧。《左傳·成公十八年》："周子有兄而無～，不能辨菽麥。"

【慧根】 huì gēn　佛教五根之一，後亦泛指天資聰明，認識真理的智慧。唐·劉禹錫《送密宗上人歸南山草堂寺》："宿習修來得～～，多聞第一卻忘言。"

【慧黠】huì xiá　聰明靈巧。《北史·馮淑妃傳》："～～能彈琵琶，工歌舞。"

諱 huì　❶ 隱瞞，迴避不說。《公羊傳·隱公元年》："為尊者～，為親者～，為賢者～。" ❷ 避諱，不直稱或寫君主或尊長的名字。唐·韓愈《諱辯》："～名不～姓，姓所同也，名所獨也。" ❸ 應該隱諱或避忌的事物。《史記·伯夷列傳》："操行不軌，專犯忌～，而終身逸樂。" ❹ 舊時稱死去帝王或尊長的名字。《三國志·蜀書·劉備傳》："先主姓劉，～備，字玄德。"

【諱疾】huì jí　隱瞞缺點錯誤。《穀梁傳·成公九年》："為尊者諱恥，為賢者諱過，為親者～。"

蕙 huì　香草的一種，俗名佩蘭。戰國楚·屈原《楚辭·離騷》："余既滋蘭之九畹兮，又樹～之百畝。"

【蕙風】huì fēng　具有花草芳香的風。晉·左思《魏都賦》："～～如薰，甘露如醴。"

【蕙心】huì xīn　芳心。南朝宋·鮑照《蕪城賦》："東都妙姬，南國麗人，～～紈質，玉貌絳唇。"

【蕙質】huì zhì　品性高潔的人。南朝梁·江淹《雜體詩》："明月入綺窗，仿佛想～～。"

蒼 huì　❶ 叢生的草。晉·郭璞《江賦》："潛～蔥蘢。" ❷ 草木繁茂的樣子。宋·李格非《洛陽名園記·水北胡氏園》："樹木～蔚，煙雲掩映。" ❸ 會聚，薈萃，亦指會聚而成的事物。唐·杜甫《八哀》："貫穿無遺恨，～蕞（會聚眾家之説而著書）何技癢！"

檜 huì　檜樹。宋·蘇軾《峴山》："團團山上～，歲歲閱榆柳。"

穢 huì　❶ 雜草。晉·陶淵明《歸園田居》："晨興理荒～。" ❷ 荒蕪，雜草叢生的地方。宋·王禹偁《黃岡竹樓記》："雉堞圮毀，蓁莽荒～，因作小樓二間。" ❸ 污穢的東西。《史記·屈原賈生列傳》："蟬蛻於濁～，以浮游塵埃之外。" ❹ 陋習，惡習。《國語·展禽論祀爰居》："文王以文昭，武王去民之～。" ❺ 醜陋。漢·楊惲《報孫會宗書》："惲材朽行～，文質無所底。" ❻ 污濁、低賤的境地。漢·司馬遷《報任安書》："顧自以為身殘處～，動而見尤，欲益反損。" ❼ 淫亂。唐·駱賓王《為徐敬業討武曌檄》："洎乎晚節，～亂春宮。" ❽ 污染。唐·李白《與韓荊州書》："至於制作，積成卷軸，則欲塵～視聽。"

【穢土】huì tǔ　濁世，佛家對塵世之稱，對"淨土"而言。《觀無量壽佛經疏妙宗鈔》："堪忍～～，多受眾苦。"

【穢褻】huì xiè　下流，涉及淫亂的言行。《北齊書·司馬子如傳》："子如性滑稽，不治檢裁，言戲～～，識者非之。"

【穢行】huì xíng　卑劣、不正經的行為。南朝宋·劉義慶《世說新語·品藻》："孫興公、許玄度一時名流，或重許高情，則鄙孫～～。"

繪 huì　❶ 彩色的刺繡。南朝梁·劉勰《文心雕龍·總術》："視之則錦～，聽之則絲簧。" ❷ 描繪，畫出。明·歸有光《吳山圖記》："於是好事者以《吳山圖》以為贈。"

靧 huì　洗臉。明·張岱《西湖七月半》："此時月如鏡新磨，山復整妝，湖復～面。"

hun

昏 hún ❶日暮，傍晚。唐·王勃《滕王閣序》："奉晨～於萬里。"唐·杜甫《詠懷古跡》："獨留青塚向黃～。" ❷模糊。宋·王安石《遊褒禪山記》："至於幽暗～惑而無物以相之，亦不能至也。" ❸黑暗。唐·杜甫《茅屋為秋風所破歌》："秋天漠漠向～黑。" ❹昏聵，糊塗。南朝梁·丘遲《與陳伯之書》："況偽孽～狡，自相夷戮。"

【昏聵】hūn kuì　眼花耳聾，喻糊塗，神志不清。《紅樓夢》第九十七回："本來原有～～的病，加以今夜神出鬼沒，更叫他不得主意。"

婚 hūn ❶通婚；建立婚姻關係。《史記·屈原賈生列傳》："時秦昭王與楚～，欲與（楚）懷王會。" ❷結婚。唐·杜甫《新婚別》："暮～晨告別，無乃太匆忙！"

葷 hūn ❶葱蒜等有刺激味的蔬菜。《管子·立政》："瓜瓠～菜。" ❷肉食。《舊唐書·王維傳》："居常蔬食，不茹～血。"

【葷羶】hūn shān　指有腥羶氣味的肉食。唐·韋應物《紫閣東林居士叔緘賜松英丸捧對忻喜蓋非塵侶之所當服輒獻詩代啟》："道場齋戒今初服，人事～～已覺非。"

閽 hūn ❶守門人。《左傳·襄公二十九年》："吳人伐越，獲俘焉，以為～。" ❷宮門。唐·王勃《滕王閣序》："懷帝～而不見，奉宣室以何年？"

渾 hún ❶渾濁。宋·陸游《游山西村》："莫笑農家臘酒～。" ❷混同。《關尹子·二柱》："～人

我，同天地。" ❸愚昧，糊塗。《商君書·壹言》："塞而不開則民～。" ❹通"混"，混淆，攙和在一起。《漢書·劉向傳》："今賢不肖～淆，白黑不分。" ❺全，整個。唐·杜荀鶴《蠶婦》："年年道我蠶辛苦，底事～身着苧麻？" ❻簡直。唐·杜甫《春望》："～欲不勝簪。"

【渾渾】hún hún ❶水流奔湧，連綿不絕的樣子。《荀子·富國》："財貨～～如泉湧。" ❷無邊無際的樣子。唐·韓愈《進學解》："作為文章，其書滿家。上規姚姒，～～無涯。" ❸渾濁的樣子。晉·陸雲《九湣·考志》："世～～其難澄。"

【渾天儀】hún tiān yí　中國古代觀測天體位置的儀器，類似今天的地球儀。《後漢書·張衡列傳》："遂乃研核陰陽，妙盡璇機之正，作～～～。"

魂 hún ❶死後的靈魂。唐·韓愈《祭十二郎文》："死而～不與吾夢相接。" ❷精神。宋·蘇軾《再用松風亭下韻》："玉雪為骨冰為～。"

譚 hún　說笑逗趣（的人）。《新唐書·史思明傳》："思明愛優～，寢食常在側。"

【譚話】hún huà　逗趣的話。宋·陳鵠《西塘集·耆舊續聞》："黃一摘數語作～～，天下傳為口實矣。"

混 hùn ❶水勢浩大。漢·司馬相如《上林賦》："汨乎～流。" ❷混和，連成一片。唐·柳宗元《〈愚溪詩〉序》："超鴻蒙，～希夷，寂寥而莫我知也。"唐·孟浩然《望洞庭湖贈張丞相》："涵虛～太清。" ❸模糊不清，黑暗。《淮南子·本經訓》："猶在於～冥之

中。"❹ 混雜，不清澈。《史記·屈原賈生列傳》："舉世～濁而我獨清。"❺ 糊塗，愚昧。《荀子·非十二子》："使天下～然不知是非。"

【混成】hùn chéng　混沌之中自然生成。《老子》二十五章："有物～～，先天地生。"

涽 hùn　❶ 渾濁，污濁。戰國楚·屈原《楚辭·離騷》："世～濁而不分兮，好蔽美而嫉妒。"❷ 貪婪。漢·賈誼《弔屈原賦》："謂隨夷～兮。"❸ 混雜，混亂。《漢書·五行志中之上》："亂服共坐，～肴亡別。"❹ 廁所。明·張溥《五人墓碑記》："於是乘其厲聲以呵，則譟而相逐，中丞匿於～藩以免。"❺ 豬圈。漢·王充《論衡·吉驗》："後產子，捐於豬～中。"

【涽廁】hùn cè　❶ 混雜。漢·王褒《九懷·通路》："無正兮～～，懷德兮何睹？"❷ 廁所。

【涽濁】hùn zhuó　污濁。宋·蘇軾《祭歐陽文忠公文》："豈厭世～～，潔身而逝乎！"

huo

谿 (1) huō　❶ 殘缺，有缺口。北魏·賈思勰《齊民要術·種穀》："稀～之處，鋤而補之。"❷ 捨棄而不惜高昂代價。唐·杜牧《寄杜子》："狂風烈焰雖千尺，～得平生俊氣無？"

(2) huò　❶ 開闊。晉·陶淵明《桃花源記》："初極狹，才通人。復行數十步，～然開朗。"❷ 心胸豁達，大度。晉·潘岳《西征賦》："觀夫漢高之興也，非徒聰明神武，～達大度而已。"❸ 空虛。晉·

陸機《文賦》："兀若枯木，～若涽流。"❹ 消散。唐·杜甫《北征》："仰觀天色改，坐覺妖氣～。"❺ 免除。清·王士禎《書劍俠二事》："傳令吏歸舍，釋妻子，～其賠償。"

活 huó　❶ 獲得生命，成活。唐·柳宗元《種樹郭橐駝傳》："視駝所種樹，或移徙，無不～。"❷ 使其存活，救活。明·方孝孺《深慮論》："良醫之子，多死於病；……彼豈工於～人而拙於～己之子哉？"❸ 謀生，生計。《魏書·北海王祥傳》："自今而後，不願富貴，但令母子相保，共汝掃市作～也。"❹ 活動，不固定。宋·沈括《夢溪筆談·技藝》："有工匠畢昇，又為～板。"❺ 似有生命的，生動的。唐·杜牧《池州送孟遲先輩》："煙溪樹姿嬌，雨餘山態～。"

【活絡】huó luò　靈活。宋·羅大經《鶴林玉露》："大抵看詩要胸次玲瓏～～。"

火 huǒ　❶ 火焰，火。宋·蘇洵《六國論》："以地事秦，猶抱薪救～，薪不盡，～不滅。"❷ 痛苦的境地。明·宋濂《閱江樓記》："此朕拔諸水～，而登於衽席者也。"❸ 火把。宋·王安石《遊褒禪山記》："予與四人擁～以入，入之愈深，其進愈難。"❹ 焚燒。唐·韓愈《原道》："人其人，～其書，廬其居，明先王之道以道之。"❺ 光亮。明·劉基《司馬季主論卜》："鬼磷螢～，昔日之金缸華燭也。"

【火城】huǒ chéng　❶ 用火圍城。《南史·羊侃傳》："侃乃令多擲火，為～～以斷其路。"❷ 朝會時的火炬儀仗。宋·王禹偁《待漏院記》："乃若北闕向曙，東方未明，相君啟行，煌煌～～。"

【火精】huǒ jīng　太陽。宋·孔武仲《清江集鈔·龜石》:"灼以炎黃之~~,鑠與少昊之金液。"

或 huò　❶有人。《論語·為政》:"~謂孔子曰:'子奚不為政?'"❷有的。宋·范仲淹《岳陽樓記》:"予嘗求古仁人之心,~異二者之為,何哉?"❸或許,也許。南朝宋·范縝《神滅論》:"刃之與利,~如來說。"❹又。《詩經·小雅·賓之初筵》:"既立之監,~佐之史。"❺通"惑",迷惑。《漢書·荊燕吳傳》:"御史大夫晁錯營~天子,侵奪諸侯。"

貨 huò　❶財物。《孟子·梁惠王下》:"王曰:'寡人有疾,寡人好~。'"❷貨幣,交易的媒介。《漢書·食貨志上》:"~謂布帛可衣及金刀龜貝,所以通有無者也。"❸出賣。唐·柳宗元《鈷鉧潭西小丘記》:"唐氏之棄地,~而不售。"❹買進。《宋史·食貨志下》:"請自今所~歲約毋過二百萬緡。"❺賄賂,收買。《後漢書·黃瓊列傳》:"誅稅民受~者九人。"

【貨賄】huò huì　貨物,財物。宋·王安石《本朝百年無事箚子》:"大臣貴戚,左右近習,莫能大擅威福,廣私~~。"

【貨賂】huò lù　用財物收買,賄賂。《管子·七臣七主》:"故君法則主位安,臣法則~~止。"

【貨殖】huò zhí　❶使財物增加,經商。漢·王充《論衡·率性》:"(子貢)為世富人者,得~~之術也。"❷經商者。漢·班固《西都賦》:"與乎州郡之豪傑,五都之~~,三選七遷,充奉陵邑。"

惑 huò　❶疑惑。唐·韓愈《師說》:"師者,所以傳道、受

業、解~也。"❷糊塗,迷惑。唐·韓愈《師說》:"愛其子,擇師而教之,於其身也則恥師焉,~矣!"❸被迷惑。《戰國策·范雎說秦王》:"足下上畏太后之嚴,下~姦臣之態。"❹混亂。《戰國策·蘇秦以連橫說秦》:"諸侯亂~,萬端俱起,不可勝理。"❺狂亂,迷亂。漢·司馬遷《報任安書》:"從俗浮沉,與時俯仰,以通其狂~。"

【惑蠱】huò gǔ　迷惑。《國語·晉語二》:"將以驪姬之~~君而誣國人,讒羣公子而奪之利。"

禍 huò　❶災禍,與"福"相對。漢·司馬遷《報任安書》:"僕以口語遇遭此~,重為鄉黨所笑。"❷禍害,危害。《孟子·告子上》:"率天下之人而~仁義者,必子之言夫!"

霍 huò　❶鳥疾飛的聲音,引申為迅疾。漢·司馬相如《大人賦》:"煥然霧除,~然雲消。"❷通"藿",豆類植物的葉子。《韓非子·五蠹》:"糲粢之食,藜~之羹。"

【霍霍】huò huò　❶迅疾閃亮的樣子。宋·劉子翬《屏山集鈔·諭俗》:"乞靈走羣祀,晚電明~~。"❷磨刀聲。北朝民歌《木蘭詩》:"小弟聞姊來,磨刀~~向豬羊。"

【霍然】huò rán　迅疾的樣子。漢·枚乘《七發》:"~~病已。"

獲 huò　❶獵獲。《孟子·滕文公下》:"昔者趙簡子使王良與嬖奚乘,終日不~一禽。"❷俘獲。秦·李斯《諫逐客書》:"~楚魏之師。"❸得到。《左傳·介之推不言祿》:"晉侯求之不~,以緜上為之田。曰:'以志吾過,且旌善人。'"

❹女奴。漢‧司馬遷《報任安書》："且夫臧～婢妾，猶能引決。"❺收割莊稼。漢‧晁錯《論貴粟疏》："春耕、夏耘、秋～、冬藏。"❻收成，收穫。清‧唐甄《潛書》："王公之家一宴之味，費上農一歲之～，猶食之不甘。"

【獲麟】huò lín　獵獲麒麟，喻末世。

唐‧李白《古風五九首》之一："希聖如有立，絕筆於～～。"

鑊　huò　❶大鍋。《史記‧廉頗藺相如列傳》："臣請就湯～，唯大王與羣臣孰計議之。"❷古代酷刑，用湯鍋煮，於是大鍋成為刑具。宋‧蘇軾《留侯論》："秦之方盛也，以刀鋸鼎～待天下之士。"

J

几 jī 小桌子，古代設於座旁便於倚靠。明·歸有光《項脊軒志》："或憑～學書。"

乩 jī 古代一種用以占卜吉凶的活動。《紅樓夢》第四回："堂上設下～壇。"

肌 jī 人的肌肉。《莊子·逍遙遊》："～膚若冰雪。"

【肌理】jī lǐ 皮膚的紋理。唐·杜甫《麗人行》："態濃意遠淑且真，～～細膩骨肉勻。"

【肌膚】jī yú 泛指肌肉。漢·王充《論衡·量知》："猶穀成飯，食之生～～也。"

其 jī 見 459 頁 qí。

奇 jī 見 460 頁 qí。

姬 jī ❶周王室的姓。《左傳·僖公二十三年》："吾聞～姓，唐叔之後，其後衰者也。"❷古代對漂亮女子的稱呼。《史記·項羽本紀》："貪於財貨，好美～。"❸妾。《左傳·僖公二十三年》："晉公子，～出也。"

【姬漢】jī hàn 周朝和漢朝。南朝梁·丘遲《與陳伯之書》："～～舊邦，無取雜種。"

剞 jī ❶雕刻用的曲刀。漢·嚴忌《哀時命》："握～劂而不用兮，操規矩而無所施。"❷雕刻。唐·鄭棨《開天傳信記》："～劂精巧。"❸發掘。晉·左思《吳都賦》："劫～熊羆之室，剟掠虎豹之落。"

屐 jī 木製底部有齒的鞋子。《晉書·宣帝紀》："帝使軍士二千人着軟材平底木～前行。"

【屐齒】jī chǐ 木屐底部的齒狀物，起防滑、防濕的作用。宋·葉紹翁《遊園不值》："應憐～～印蒼苔，小扣柴扉久不開。"

飢 jī ❶吃不飽，挨餓。《孟子·梁惠王上》："百畝之田，勿奪其時，數口之家可以無～矣。"❷通"饑"，穀物歉收，荒年。《韓非子·五蠹》："故～歲之春，幼弟不餉。"

【飢餒】jī něi 飢餓，挨餓。《資治通鑑》卷一百八十一："風雪晦冥，文武～～。"

【飢殍】jī piǎo 非常飢餓，也指因飢餓而死的人。《三國志·蜀書·許靖傳》："絕糧茹草，～～薦臻，死者大半。"

笄 jī ❶古人盤髮或別住帽子所用的簪子，亦指插笄。《列子·周穆王》："設～珥，衣阿褟。"❷女子盤髮插笄表示成年。《禮記·內則》："女子十年不出，十有五年而～。"

基 jī ❶地基。《戰國策·齊策四》："雖高，必以下為～。"❷基礎。《左傳·襄公二十四年》："德，國家之～也。"❸開始。《左傳·襄公二十九年》："美哉！始～之矣，猶未也，然勤而不怨矣。"

幾 (1) jī ❶事物細微的跡象和徵兆。唐·駱賓王《為徐敬業討武曌檄》："坐昧先～之兆，必貽後至之誅。"❷細微。《論語·里仁》："子曰：'事父母～諫。'"❸接近，幾乎。宋·文天祥《〈指南錄〉後序》："挾匕首以備不測，～自剄死。"❹通"機"，政務。南朝梁·

劉勰《文心雕龍·情采》："心纏～務，而虛述人外。"

(2) jī　多少，用於疑問。《莊子·逍遙遊》："鯤之大，不知其～千里也。"

【幾何】jī hé　多少。漢·曹操《短歌行》："對酒當歌，人生～～？"

期 jī　見459頁qī。

畸 jī　❶參差不齊。《荀子·天論》："有齊無～，則政令不施。"❷不同。《莊子·大宗師》："～於人而侔於天。"❸剩餘。漢·賈誼《新書·銅布》："以收～羨。"

箕 jī　❶簸箕。《禮記·曲禮上》："凡為長者糞之禮，必加帚於～上，以袂拘而退。"❷一種坐的姿勢。臀部着地兩腿分開，形如箕。《禮記·曲禮上》："遊毋倨，立毋跛，坐毋～，寢毋伏。"

【箕倨】jī jù　見"箕踞"。

【箕踞】jī jù　坐時兩腿前伸，形如箕，是一種倨傲無禮的表現。《後漢書·袁帝八王傳》："王不正服，～～殿上。"唐·柳宗元《始得西山宴遊記》："攀援而登，～～而遨。"

緝 (1) jī　搜捕、緝拿。清·方苞《獄中雜記》："訪～糾詰。"

(2) jí　通"輯"，編輯。《晉書·陳壽傳》："咸能綜～遺文，垂諸不朽。"

【緝熙】jī xī　光明。《詩經·大雅·文王》："穆穆文王，於～～敬止！"

畿 jī　❶古代京城周圍千里以內的地方。《禮記·大學》："邦～千里，惟民所止。"❷泛指京城所轄的周邊地區。隋·虞世基《出塞》："歌吹入京～。"❸地域。唐·宋之問《送李侍御》："南登指吳服，

北走出秦～。"❹田野。南朝梁·蕭綱《雉朝飛操》："晨光照麥～。"

【畿甸】jī diàn　京城的郊區。晉·陸機《五等論》："然禍止～～，害不覃及。"

稽 (1) jī　❶停留。《後漢書·列女傳》："今若斷斯織也，則捐失成功，～廢時日。"❷拖延，遲延。《宋史·范仲淹傳》："主司～違者，重置於法。"❸查考。漢·司馬遷《報任安書》："～其成敗興壞之理。"❹計較，爭論。漢·賈誼《治安策》："婦姑不相說（悅），則反唇而相～。"

(2) qǐ　叩頭。見"稽首"。

【稽考】jī kǎo　查考，考核。《宋史·鄒浩傳》："尚有五朝聖政盛德，願～～而繼述之。"

【稽首】qǐ shǒu　古代的一種跪拜禮。《左傳·僖公二十三年》："公子降，拜～～。"

機 jī　❶古代一種類似弩的機械裝置。漢·劉安《淮南子·原道訓》："其用之也若發～。"❷發動（機械）。戰國楚·屈原《楚辭·九章·惜誦》："矰弋～而在上兮。"❸織布機。唐·杜牧《阿房宮賦》："架梁之椽，多於～上之工女。"❹關鍵。漢·王符《潛夫論·本政》："是故國家存亡之本，治亂之～，在於明選而已矣。"❺事物間微妙的跡象或變化。唐·王勃《滕王閣序》："所賴君子見～，達人知命。"❻時機。南朝梁·丘遲《與陳伯之書》："昔因～變化，遭遇明主。"❼機巧，機靈。《三國志·魏書·武帝紀》："太祖少～警。"❽機密，機要。《晉書·荀勖傳》："勖久在中書，專管～事。"❾事務。北朝民歌《木蘭

辭》：「萬里赴戎～。」**❿** 危險。漢·劉安《淮南子·原道訓》：「處高而不～。」

【**機辟**】jī bì　弓弩或捕捉鳥獸的機關陷阱。《莊子·逍遙遊》：「中於～～，死於罔罟。」

【**機心**】jī xīn　詭詐的心思。《莊子·天地》：「～～存於胸中，則純白不備。」

【**機杼**】jī zhù　**❶** 織布機。北朝民歌《木蘭辭》：「不聞～～聲。」**❷** 比喻詩文的命意構思。《三國志·魏書·祖瑩傳》：「文章須自出～～，成一家風骨。」

積 jī　**❶** 堆積穀物。《詩經·大雅·公劉》：「迺場（yì·疆界）迺疆，迺積迺倉。」**❷** 泛指堆積、聚積。《荀子·勸學》：「～土成山。」

【**積世**】jī shì　累世，好幾代。《後漢書·明帝紀》：「糜破～～之業，以供終朝之費。」

【**積威**】jī wēi　久積而成的威勢。宋·蘇洵《六國論》：「而為秦人～～之所劫。」

激 jī　**❶** 水因阻礙或振動而向上騰湧。唐·韓愈《送孟東野序》：「水之無聲，……其躍也或～之。」**❷** 推動。《韓非子·難勢》：「夫弩弱而矢高者，～於風也。」**❸** 激動，激勵。明·張溥《五人墓碑記》：「～於義而死焉者也。」**❹** 迅急，迅猛。《史記·游俠列傳》：「比如順風而呼，聲非加疾，其勢～也。」**❺** 聲音或情緒強烈、高亢。唐·柳宗元《小石城山記》：「其響之～越，良久乃已。」

【**激烈**】jī liè　**❶** 激越高亢。唐·李白《擬古》：「絃聲何～～。」**❷** 激昂慷慨。宋·蘇舜欽《代人上申公祝壽》：「裴公辭～～，袁相涕飄零。」**❸** 猛烈，劇烈。唐·何敬《題吉州龍溪》：「狂風～～翻春濤，薄霧冥濛溢清江。」**❹** 激動。明·高啟《送王推官赴譙陽》：「逢予解鞍飲，～～椎酒淋。」

【**激賞**】jī shǎng　極其讚賞。唐·李白《溫泉侍從歸逢故人》：「～～搖天筆，承恩賜御衣。」

【**激揚**】jī yáng　**❶** 指水勢急流飛濺。《論衡·書虛》：「溪谷之深，流者安洋；淺多沙石，～～為瀨。」**❷** 激勵。《三國志·吳書·周瑜傳》：「瑜乃自興，案行軍營，～～吏士，仁由是遂退。」

擊 jī　**❶** 擊打，敲打。戰國楚·屈原《楚辭·九歌·國殤》：「援玉枹兮～鳴鼓。」**❷** 拍打。《莊子·逍遙遊》：「鵬之徙於南冥也，水～三千里。」**❸** 刺。《史記·項羽本紀》：「請以劍舞，因～沛公於坐，殺之。」**❹** 攻打，攻擊。《史記·屈原賈生列傳》：「懷王乃悉發國中兵以深入～秦。」**❺** 接觸。《戰國策·蘇秦以連橫說秦》：「古者使車轂～馳，言語相結，天下為一。」

【**擊楫**】jī jí　敲打船槳。《晉書·祖逖傳》：「中流～～而誓。」後人用以稱頌恢復失地報效國家的壯舉與志節。

【**擊節**】jī jié　奏樂或歌唱時打拍子。晉·左思《蜀都賦》：「巴姬彈絃，漢女～～。」後用來表示歎賞。

【**擊賞**】jī shǎng　擊節稱賞；讚賞。《舊唐書·封倫傳》：「素負貴恃才，多所凌侮，唯～～（封）倫。」

【**擊筑**】jī zhù　敲奏筑這一樂器。《戰國策·燕策三》：「高漸離～～。」後用來形容慷慨悲歌或送別。

磯 jī ❶ 在江河邊上所突出的岩石。唐·孟浩然《經七里灘》："釣~平可坐，苔磴滑難步。" ❷ 激動。《孟子·告子下》："親之過小而怨，是不可~也。"

績 jī ❶ 搓麻繩，紡績。《國語·敬姜論勞逸》："其母方~也。" ❷ 功績，業績。《左傳·哀公元年》："復禹之~。" ❸ 繼承。《左傳·昭公元年》："子盍亦遠~禹功而大庇民乎？"

【績學】jī xué 治理學問。宋·蔡襄《觀天馬圖》："自秦滅漢興，綴文~~，德業彬然，獨董仲舒而已。"

雞 jī 一種鳥綱雉科家禽。晉·陶淵明《歸田田居》："狗吠深巷中，~鳴桑樹顛。"

【雞肋】jī lèi 雞的肋骨，吃着沒味，丟了又可惜，比喻價值不大。《三國演義·楊修之死》："操喚楊修問之，修以~~之意對。"

譏 jī ❶ 指責，責難。《戰國策·鄒忌諷齊王納諫》："能謗~於市朝，聞寡人之耳者，受下賞。" ❷ 譏諷。《史記·外戚世家》："《春秋》~不親迎。" ❸ 察，查問。《孟子·梁惠王下》："關市~而不征。"

【譏貶】jī biǎn 譏刺責備。晉·葛洪《抱朴子·良規》："或諫余此言為傷聖人，必見相~~。"

【譏彈】jī tán 指責缺點或錯誤。三國魏·曹植《與楊德祖書》："僕嘗好人~~其文。"

饑 jī ❶ 穀物不熟，荒年。《論語·顏淵》："年~，用不足，如之何？" ❷ 通"飢"，餓。《國語·吳語》："其民不忍~勞之殃。"

【饑饉】jī jǐn 泛指饑荒，災荒。《論

語·先進》："加之以師旅，因之以~~。"

齎 jī ❶ 把東西給別人。秦·李斯《諫逐客書》："藉寇兵而~盜糧。" ❷ 攜帶（錢、食物）。《史記·滑稽列傳》："~金千斤。" ❸ 懷着，抱着。南朝梁·江淹《恨賦》："~志沒地，長懷無已。"

【齎發】jī fā ❶ 打發，資助。《水滸傳》第二回："收拾些人事盤纏，~~高俅回東京。" ❷ 發送。清·蔣士銓《桂林霜》："一切公文移會，不得~~，俱送本帥拆看。"

【齎恨】jī hèn 懷抱遺憾。宋·陳亮《祭孫沖季文》："今余不幸而言中，使子~~而入地。"

躋 jī ❶ 登。《詩經·秦風·蒹葭》："遡洄從之，道阻且~。" ❷ 墜落。《尚書·商書·微子》："今爾無指告予顛~。"

齏 jī ❶ 切成碎末的鹹菜。唐·韓愈《送窮文》："朝~暮鹽。" ❷ 粉碎。南朝宋·鮑照《登大雷岸與妹書》："碕（qí，彎曲的岸）岸為之~落。"

【齏粉】jī fěn 粉末，比喻喪身。《梁書·武帝紀上》："而一朝~~，孩稚無遺。"

羈 jī ❶ 馬絡頭。三國魏·曹植《白馬篇》："白馬飾金~，連翩西北馳。" ❷ 套上馬絡頭。漢·李陵《答蘇武書》："策疲乏之兵，當新~之馬。" ❸ 束縛，拘束。晉·陶淵明《歸園田居》："~鳥戀舊林，池魚思故淵。" ❹ 寄居他鄉作客。宋·歐陽修《〈梅聖俞詩集〉序》："以道~臣寡婦之所歎。" ❺ 古代女孩留在頭頂像馬絡頭一般的頭髮。《禮記·內則》："男角女~。"

J

【羇旅】jī lǚ　客居他鄉。《左傳·莊公二十二年》:"～～之臣幸若獲宥。"

【羇縻】jī mí　❶拘禁。宋·文天祥《〈指南錄〉後序》:"予～～不得還。"❷籠絡。《史記·孝武本紀》:"然終～～弗絕。"

【羇人】jī rén　客居他鄉的人。明·袁宏道《徐文長傳》:"故其為詩……如寡婦之夜哭,～～之寒起。"

及　jí　❶追上,趕上。《荀子·修身》:"夫驥一日而千里,駑馬十駕,則亦～之矣。"❷如,比得上。《莊子·逍遙遊》:"小知不～大知,小年不～大年。"❸到,到達。《左傳·鄭伯克段於鄢》:"不～黃泉,無相見也。"❹連詞,等到,到了。漢·賈誼《過秦論》:"～至始皇,奮六世之餘烈,振長策而御宇內。"❺介詞,趁着。《戰國策·觸龍説趙太后》:"願～未填溝壑而託之。"❻涉及。唐·白居易《與元微之書》:"危惙之際,不暇～他。"❼相繼。《管子·輕重戊》:"魯梁之民,餓餒相～。"❽連詞,和,與。唐·李白《蜀道難》:"蠶叢～魚鳧,開國何茫然!"

【及第】jí dì　考中進士。宋·歐陽修《瀧岡阡表》:"先公少孤力學,咸平三年進士～～。"

【及冠】jí guàn　古代男子二十歲行冠禮,表示到了成年。清·昭槤《嘯亭雜錄》:"其下役,皆內府中之童子,惟司灑掃。舊例～～時即更易。"

【及笄】jí jī　古代女子年滿十五盤髮插笄,表示成年。清·吳敬梓《儒林外史》第十回:"魯老先生有一個令愛,年方～～。"

吉　jí　❶吉利,吉祥。戰國楚·屈原《楚辭·卜居》:"孰～

孰凶?"❷好,善。戰國楚·屈原《楚辭·九歌·東皇太一》:"～日兮良辰。"❸陰曆每月的初一,即朔日。《論語·鄉黨》:"～月,必朝服而朝。"

【吉問】jí wèn　好消息。《後漢書·李南列傳》:"明日中時,應有～～。"

岌　jí　❶山高的樣子。宋·孔平仲《二十二日大風發長蘆》:"側看岸旋轉,白浪若山～。"❷危險,不安。《管子·小問》:"～哉,君之國～乎!"

【岌岌】jí jí　❶高峻、高聳的樣子。戰國楚·屈原《楚辭·離騷》:"高余冠之～～兮。"❷形容十分危險或不安。《孟子·萬章上》:"於斯時也,天下殆哉,～～乎!"

汲　jí　❶從低處往高處打水。《韓非子·五蠹》:"夫山居而谷～者,膢臘而相遺以水。"❷引導。《穀梁傳·襄公十年》:"～鄭伯。"❸舉薦,提拔。唐·駱賓王《上兗州刺史啟》:"～引忘疲,獎提不倦。"

【汲古】jí gǔ　鑽研古籍。唐·韓愈《秋懷》:"歸愚識夷塗,～～得修綆。"

【汲汲】jí jí　急於獲取的樣子。宋·司馬光《諫院題名記》:"彼～～於名者,猶～～於利也。"

級　jí　❶台階、樓梯等的層次。《左傳·僖公二十三年》:"公降一～而辭焉。"❷等級。《史記·秦始皇本紀》:"拜爵一～。"

即　jí　❶接近,靠近。《論語·子張》:"君子有三變:望之儼然,～之也溫,聽其言也厲。"❷登上。《左傳·隱公元年》:"及莊公～位,為之請制。"❸如果。《史記·孔子世家》:"我～死,若必相魯;

相魯，必召仲尼。"❹就在（某地）。《史記‧項羽本紀》："～其帳中斬宋義頭。"❺當下，當前。南朝齊‧謝朓《賦貧民田》："～此風雲佳，孤觴聊可命。"❻就。明‧宋濂《送東陽馬生序》："余幼時～嗜學。"❼立即。《三國志‧蜀書‧諸葛亮傳》："～遣兵三萬人以助備。"❽就是。《左傳‧襄公八年》："民亡者，非其父兄，～其子弟。"❾倘若，如果。漢‧賈誼《論積貯疏》："～不幸有方二三千里之旱，國胡以相恤？"❿即使。《史記‧魏公子列傳》："公子～合符，而晉鄙不授公子兵而復請之，事必危矣。"⓫則。《史記‧廉頗藺相如列傳》："欲勿予，～患秦兵之來。"

【即世】jí shì　去世。《左傳‧成公十三年》："言誓未就，景公～～。"

亟（1）jí　趕快，迅速。《左傳‧隱公十一年》："我死，乃～去之。"
（2）qì　屢次。《左傳‧鄭伯克段於鄢》："愛共叔段，欲立之，～請於武公。"

佶jí　❶健壯。《詩經‧小雅‧六月》："四牡既～。"❷見"佶屈"。

【佶屈】jí qū　文句艱澀，讀起來不順暢。唐‧韓愈《進學解》："周誥殷盤，～～聱牙。"

急jí　❶急躁，性急。《資治通鑑》卷四十八："今君性嚴～。"❷為……着急，關切。《史記‧魏公子列傳》："為能～人之困。"❸使……着急，逼迫。《史記‧廉頗藺相如列傳》："大王必欲～臣，臣頭今與璧俱碎於柱矣。"❹緊急，急迫。《左傳‧燭之

武退秦師》："吾不能早用子，今～而求子，是寡人之過也。"❺緊急的事情。漢‧司馬遷《報任安書》："以殉國家之～。"❻急速，快速。《戰國策‧觸龍說趙太后》："趙太后新用事，秦～攻之。"❼重視。漢‧曹操《置屯田令》："秦人以～農并天下。"❽極度貧困，急需救助。《論語‧雍也》："君子周～不繼富。"

【急就章】jí jiù zhāng　漢元帝時黃門令史游所作《急就篇》，也稱《急就章》，後來用以比喻短時間內快速寫就的文章。明‧李漁《奈何天‧籌餉》："只好在馬上封題～～～。"

【急難】jí nàn　為他人解救危難。《詩經‧小雅‧常棣》："脊令在原，兄弟～～。"

【急足】jí zú　送緊急文書的僕役。又叫急腳，急腳子。宋‧范仲淹《與中舍書》："某拜聞中舍三哥，～～還領書，承尊候已安，只是少力。"

笈jí　書箱，代指書。《晉書‧王裒傳》："負～遊學。"

疾jí　❶病，患病。南朝宋‧劉義慶《世說新語‧苟巨伯遠看友人疾》："友人有～，不忍委之。"❷疾苦。漢‧路溫舒《尚德緩刑書》："滌煩文，除民～。"❸毛病，缺點。《史記‧孔子世家》："所刺譏皆中諸侯之～。"❹憎恨，嫌怨。《史記‧屈原賈生列傳》："屈平～王聽之不聰也。"❺遺憾。《論語‧衛靈公》："君子～沒世而名不稱焉。"❻妒忌。《禮記‧大學》："人之有技，媢（mào，嫉妒）～以惡之。"❼快速，迅疾。《戰國策‧觸龍說趙太后》："老臣病足，曾不能～走。"❽大。《荀子‧勸學》："順風而呼，聲非加～也。"疾，高急也，此處借

指聲音嘹亮。❾ 急切地從事。《商君書·弱民》:"萬民～於耕戰。"

【疾視】 jí shì　怒目而視。《孟子·梁惠王下》:"則～～其長上之死而不救。"

棘 jí　❶ 酸棗樹。一種矮小而成叢的灌木,枝上多刺。漢·賈誼《過秦論》:"鉏耰～矜,不銛於鉤戟長鎩也。"❷ 泛指有芒刺的小木。《左傳·襄公十四年》:"我諸戎除翦其荊～。"❸ 通"戟",古代兵器。《禮記·明堂位》:"越～大弓,天子之戎器也。"

殛 jí　誅殺。《孟子·萬章上》:"～鯀於羽山也。"

集 jí　❶ 指鳥棲落。《史記·孔子世家》:"有隼～於陳廷而死。"❷ 降。戰國楚·屈原《楚辭·天問》:"皇天～命,惟何戒之?"❸ 集合,聚集,收集。晉·王羲之《蘭亭集》序:"少長咸～。"❹ 集會,宴會。《晉書·謝安傳》:"每攜中外子姪往來遊～。"❺ 彙集單篇作品的書。三國魏·曹丕《與吳質書》:"頃撰其遺文,都為一～。"❻ 古代圖書四大分類之一,其餘三種為經、史、子。《新唐書·藝文志一》:"列經、史、子、～四庫。"❼ 安定。《史記·秦始皇本紀》:"天下初定,遠方黔首未～。"

極 jí　❶ 北極星。《淮南子·齊俗訓》:"不知東西,見斗～則寤矣。"❷ 標準,準則。《尚書·周書·洪範》:"惟皇作～。"❸ 頂點,盡頭。《莊子·逍遙遊》:"其遠而無所至～也?"❹ 窮極,窮盡。晉·王羲之《蘭亭集》序:"足以～視聽之娛。"❺ 皇位。南朝宋·鮑照《〈河清頌〉序》:"聖上天飛踐

～,迄茲二十有四載。"❻ 最遠的地方。《淮南子·女媧補天》:"往古之時,四～廢,九州裂。"❼ 非常。唐·白居易《與元微之書》:"江酒～美。"❽ 至,到達。宋·范仲淹《岳陽樓記》:"然則北通巫峽,南～瀟湘。"❾ 最高的。漢·司馬遷《報任安書》:"是以就～刑而無慍色。"❿ 達到極點。《史記·滑稽列傳》:"故曰酒～則亂,樂～則悲。"⓫ 疲勞,困乏。唐·柳宗元《永州韋使君新堂記》:"陵絕險阻,疲～人力。"

【極諫】 jí jiàn　盡力規勸。《韓非子·外儲說左下》:"犯顏～～,臣不如東郭牙。"

【極言】 jí yán　竭力主張,盡情説出。南朝梁·任昉《天監三年策秀才文》:"悉意以陳,～～無隱。"

楫 jí　❶ 船槳。短稱"楫",長稱"櫂"。宋·范仲淹《岳陽樓記》:"商旅不行,檣傾～摧。"❷ 借指船。《荀子·勸學》:"假舟～者,非能水也,而絕江河。"❸ 划(船)。《詩經·大雅·棫樸》:"淠彼涇舟,烝徒～之。"❹ 林木。《呂氏春秋·明理》:"其氣有上不屬天,下不屬地,有豐上殺下,有若水之波,有若山之～。"

戢 jí　❶ 把兵器收起來。《國語·周語上》:"夫兵～而時動,動則威。"❷ 收斂,止息。《南史·虞寄傳》:"願將軍少～雷霆。"

媢 jí　❶ 嫉妒,妒忌。漢·鄒陽《獄中上梁王書》:"士無賢不肖,入朝見～。"❷ 憎恨。唐·駱賓王《為徐敬業討武曌檄》:"人神之所共～。"

瘠　(1) jí　❶ 指人瘦。《韓非子·內儲說上》:"宋崇門之巷人服

喪而毁，甚～。"❷ 指土地貧瘠。《國語·敬姜論勞逸》："擇～土而處之。"

(2) zì　通"胔"，指肉還未盡爛的屍骨。漢·晁錯《論貴粟疏》："湯有七年之旱，而國無捐～者。"

輯 jí　❶ 車子。《列子·湯問》："齊～乎轡銜之際。"❷ 協調，協和。《國語·展禽論祀爰居》："契為司徒而民～。"❸ 搜集，聚集。明·茅坤《〈青霞先生文集〉序》："於是哀 (póu，彙編) ～其生平所著若干卷。"

籍 (1) jí　❶ 名籍。古代一種寫有當事人姓名、年齡、身份的小牌子，出入時以便案驗。《漢書·魏相傳》："光夫人顯及諸女皆通～長信宮。"❷ 書籍，書冊。宋·沈括《夢溪筆談·活板》："五代時始印五經，已後典籍皆為板本。"❸ 登記冊，戶口冊。漢·王充《論衡·自紀》："戶口眾，簿～不得少。"❹ 登記。《史記·項羽本紀》："～吏民，封府庫，以待將軍。"❺ 籍貫。唐·韓愈《寄崔立之》："舊～在東都，茅屋积稉籬。"

(2) jiè　通"藉"，枕，墊。宋·蘇軾《前赤壁賦》："相與枕～乎舟中。"

【籍籍】 jí jí　❶ 紛亂、雜亂的樣子。《漢書·江都易王非傳》："國中口語～～。"❷ 形容名聲很大。唐·李商隱《韓同年新居餞西迎家室戲贈》："～～征西萬戶侯，新緣貴婿起朱樓。"

【籍沒】 jí mò　登記財物加以沒收。《舊唐書·狄仁傑傳》："時越王 (李) 貞稱兵汝南，事敗，緣坐者六七百人，～～者五千口。"

【籍田】 jí tián　❶ 對田畝實行徵稅。《國語·魯語下》："先王制土，～～以力，而砥其遠邇。"❷ 古代帝王親自耕作的小塊農田。《漢書·文帝紀》："夫農，天下之本也，其開～～，朕親牽耕，以給宗廟粢盛。"

己 jǐ　自己。《荀子·勸學》："君子博學而日參省乎～。"

掎 jǐ　牽住，拖住。《左傳·襄公十四年》："譬如捕鹿，晉人角之，諸戎～之，與晉踣之。"

【掎角】 jǐ jiǎo　分兵牽制或夾擊敵人。《三國志·吳書·陸遜傳》："～～此寇，正在今日。"

給 jǐ　見 176 頁 gěi。

戟 jǐ　古代兵器，長柄的一端裝有青銅或鐵製的槍尖，一旁附有月牙形的鋒刃。漢·賈誼《過秦論》："鋤耰棘矜，不銛於鉤～長鎩也。"

伎 jì　❶ 通"妓"，古代以歌舞為職業的女子。《新唐書·元載傳》："名姝異～，雖禁中不逮。"❷ 泛指歌舞表演。漢·張衡《思玄賦》："雜～，藝以為珩。"❸ 通"技"，技藝。漢·司馬遷《報任安書》："使得奉薄～。"

忌 jì　❶ 猜忌，嫉妒。《三國演義·楊修之死》："操雖稱美，心甚～之。"❷ 顧忌，畏懼。《禮記·中庸》："小人而無～憚也。"❸ 禁忌，忌諱。《資治通鑑》卷六十五："故兵法～之～。"

技 jì　❶ 技藝，技能。《莊子·逍遙遊》："今一朝而鬻～百金，請與之。"❷ 工匠。《荀子·富國》："故百～所成，所以養一人也。"

【技擊】 jì jī　擊刺技術。《荀子·議兵》："齊人隆～～。"

季 jì ❶古人以伯(孟)、仲、叔、季排行，季表示年齡最小的。唐·韓愈《柳子厚墓誌銘》："～曰周七，子厚卒乃生。"❷泛指弟弟。唐·李白《春夜宴從弟桃花園序》："群～俊秀，皆為惠連。"❸一年分春夏秋冬四季，一季三個月。唐·白居易《上陽舍人》："四～徒支妝粉錢，一朝不識君王面。"❹一季中的最後一個月。唐·柳宗元《時令論上》："～冬講武，習射御。"❺一個朝代或一個時期的末了。漢·蔡琰《悲憤詩》："漢～失權柄，董卓亂天常。"❻代。宋·李格非《書洛陽名園記後》："及其亂離，繼以五～之酷。"

【季父】jì fù　叔父。《史記·項羽本紀》："楚左尹項伯者，項羽～～也。"

【季漢】jì hàn　漢末。《三國志·蜀書·諸葛亮傳》："將建殊功於～～。"

【季世】jì shì　末世。漢·賈誼《治安策》："豈有異秦之～～乎？"

【季王】jì wáng　末世的君王。三國魏·嵇康《宅無吉凶攝生論》："夫時日譴祟，古之盛王無之，而～～之所好聽也。"

【季葉】jì yè　末世，衰世。漢·揚雄《司空箴》："昔在～～，班祿遺賢。"

既 jì ❶盡。《戰國策·燕策三》："左右～前，斬荊軻。"❷已經。《史記·廉頗藺相如列傳》："相如～歸，趙王以為賢大夫。"❸不久。《國語·周語上》："～，榮公為卿士。"❹表示並列，往往與"且"、"又"等連用。《左傳·燭之武退秦師》："～東封鄭，又欲肆其西封。"

【既而】jì ér　不久。《左傳·鄭伯克段於鄢》："～～大叔命西鄙、北鄙貳於己。"

【既望】jì wàng　殷周時陰曆每月的十五、十六至二十二、二十三日。後指每月的十六日。蘇軾《前赤壁賦》："壬戌之秋，七月～～，蘇子與客泛舟，遊於赤壁之下。"

【既已】jì yǐ　既然，已經。《史記·孔子世家》："夫道～～大修而不用，是有國者之醜也。"

洎 jì　到，及。宋·蘇洵《六國論》："～牧以讒誅，邯鄲為郡，惜其用武而不終也。"

計 jì ❶計算，算賬。《戰國策·馮煖客孟嘗君》："誰習～會，能為文收責於薛者乎？"❷算術。《後漢書·馮勤列傳》："八歲善～。"❸賬目，賬冊。《漢書·黃霸傳》："使領郡錢穀～。"❹謀劃，盤算。《戰國策·觸龍說趙太后》："父母之愛子，則為之～深遠。"❺商量。《史記·廉頗藺相如列傳》："唯大王與羣臣孰～議之。"

【計臣】jì chén　謀臣。《史記·蘇秦列傳》："故尊主廣地彊兵之～～得陳忠於前矣。"

【計吏】jì lì　❶掌計簿的官吏。《後漢書·楊賜列傳》："時郡國～～多留拜為郎。"❷考察官員的官吏。漢·王充《論衡·須頌》："得詔書到，～～至，乃聞聖政。"

紀 (1) jì ❶絲縷的頭緒。漢·劉向《說苑·權謀》："袁氏之婦絡而失其～。"❷治理，料理。《史記·孔子世家》："綱而～之，統而理之。"❸法度，準則，綱紀。《史記·高祖功臣侯者年表》："帝王者各殊禮而異務，要以成功為統～。"❹記載。《左傳·桓公二年》:"文、物以~之,聲、明以發之。"❺古代紀傳體史書中記述帝王事跡的部分。❻古代紀年的單位,十二年為一紀《尚書·周書·畢命》:"既歷三~。"❼又一世為一紀。漢·班固《幽通賦》:"皇十~而鴻漸兮,有羽儀於上京。"

(2) jǐ 姓。《史記·項羽本紀》:"與樊噲、夏侯嬰、靳彊、~信等四人持劍盾步走。"

【紀綱】jì gāng ❶法度。《禮記·樂記》:"然後聖人作,為父子君臣,以為~。"❷治理。明·王守仁《尊經閣記》:"《書》也者,志吾心之~~政事者也。"❸管理僕隸之人,後泛指僕人。清·蒲松齡《聊齋志異·長清僧》:"夫人遣~~至,多所饋遺。"

【紀序】jì xù 綱紀次序。《史記·曆書》:"天下有道,則不失~。"

【紀傳】jì zhuàn ❶古代紀傳體史書中的本紀與列傳。南朝梁·劉勰《文心雕龍·史傳》:"~~為式,編年綴事。"❷古代史書編撰的一種體裁。唐·劉知幾《史通》:"自斯已後,作者相繼。為編年者四族,創~~者五家。"

迹 jì ❶腳印,痕跡。❷遺跡。❸功業。《漢書·王褒傳》:"索人求士者,必樹伯~。"❹追尋蹤跡,追究。《史記·孔子世家》:"追~三代之禮。"

記 jì ❶記憶,記住不忘。宋·李清照《如夢令》:"常~溪亭日暮。"❷記錄,記載。唐·白居易《與元微之書》:"大抵若是,不能殫~。"❸古代紀言或紀事的文字、典籍。《公羊傳·僖公二年》:"~曰:'唇亡齒寒。'"❹古代解釋

經典的文字。《史記·孔子世家》:"故書傳、禮~自孔氏。"❺古代的一種公文。三國魏·曹丕《與吳質書》:"元瑜書~翩翩,致足樂也。"

【記名】jì míng 記錄姓名。唐·張籍《舊宮人》:"宮錦不傳樣,御香空~~。"

【記言】jì yán 記錄言論。《漢書·藝文志》:"左史~~,右史記事。"

【記傳】jì zhuàn 歷史傳記。《後漢書·盧植列傳》:"校中書《五經》~~,補續《漢紀》。"

寂 jì ❶沒有聲音,寂靜。唐·常建《題破山寺後禪院》:"萬籟此俱~,但餘鐘磬音。"❷安靜。明·魏學洢《核舟記》:"爐上有壺,其人視端容~,若聽茶聲然。"❸冷落,孤獨。唐·李白《將進酒》:"古來聖賢皆~寞,惟有飲者留其名。"

【寂寂】jì jì 寂靜無聲。明·歸有光《項脊軒志》:"而庭階~~,小鳥時來啄食,人至不去。"

【寂寥】jì liáo 空寂,寂靜。宋·蘇軾《後赤壁賦》:"時夜將半,四顧~~。"

寄 jì ❶寄居,依附。唐·杜甫《自京赴奉先詠懷》:"老妻~異縣,十口隔風雪。"❷寄放,存放。《南史·江淹傳》:"前以一疋錦相~,今可見還。"❸委託,託付。三國蜀·諸葛亮《出師表》:"先帝知臣謹慎,故臨崩~臣以大事也。"❹託人傳送。唐·李白《聞王昌齡左遷龍標遙有此寄》:"我寄愁心與明月,隨風直到夜郎西。"

【寄傲】jì ào 寄託傲世之志。晉·陶淵明《歸去來兮辭》:"倚南窗以~~,審容膝之易安。"

【寄命】 jì mìng ❶ 使生命有所寄託。漢・杜篤《首陽山賦》："冀～～乎餘壽。" ❷ 短暫的生命。《晉書・皇甫謐傳》："～～終盡。"

悸 jì ❶ 因恐懼而心跳、害怕。唐・柳宗元《賀進士王參元失火書》："乃始厄困震～。" ❷ 病名，症狀為心跳太快或不規則。《漢書・田延年傳》："使我至今病～。"

【悸悸】 jì jì 驚慌害怕的樣子。唐・杜甫《乾元元年華州試進士策問》："外則～～然求賢如不及。"

祭 jì 以儀式祀神祀祖，以表達悼念或敬意，祈求保佑。《論語・八佾》："～神如神在。"

【祭酒】 jì jiǔ ❶ 酹酒祭神。❷ 古代以年長位尊者主持祭酒，所以後來也稱年尊者為"祭酒"。《史記・孟子荀卿列傳》："而荀卿三為～～焉。" ❸ 官名，如漢時有博士祭酒，晉時有國子祭酒。

齊 jì 見461頁 qí。

際 jì ❶ 邊際，邊緣。唐・李白《黃鶴樓送孟浩然之廣陵》："惟見長江天～流。" ❷ 間，彼此之間。漢・司馬遷《報任安書》："亦欲以究天人之～，通古今之變，成一家之言。" ❸ 會合，交會。《莊子・則陽》："不應諸侯之～。" ❹ 交往。《孟子・萬章下》："敢問交～何心也？" ❺ 時候。唐・白居易《與元微之書》："危惙之～，不暇及他。" ❻ 達到，接近。宋・蘇軾《放鶴亭記》："春夏之交，草木～天。"

【際會】 jì huì 遇合，時機。漢・王充《論衡・偶會》："良輔超拔於～～。"

暨 jì ❶ 與，及。《史記・秦始皇本紀》："東至海～朝鮮。" ❷ 至，到。明・宋濂《閱江樓記》："由是聲教所～，罔間朔南。" ❸ 見"暨暨"。

【暨暨】 jì jì 果斷，剛毅的樣子。宋・蘇洵《張益州畫像記》："謂公～～。"

跽 jì 聳身直腰而跪，亦稱長跪。《史記・項羽本紀》："項王按劍而一曰：'客何為者？'"

稷 jì ❶ 穀物名。《左傳・僖公五年》："黍～非馨，明德惟馨。" ❷ 穀神。《禮記・祭法》："夏之衰也，周棄繼之，故祀以為～。" ❸ 主管農事的官。《左傳・昭公二十九年》："～，田正也。"

冀 jì ❶ 希望。唐・韓愈《祭十二郎文》："如此孩提者，又可～其成立邪！" ❷ 古代九州之一。漢・劉安《淮南子・女媧補天》："殺黑龍以濟～州。"

【冀幸】 jì xìng 希望。《史記・屈原賈生列傳》："～～君之一悟，俗之一改也。"

劑 jì ❶ 切，割。漢・賈誼《新書・諭誠》："豫讓一面而變容。" ❷ 調劑，調節。《後漢書・劉梁列傳》："和如羹焉，酸苦以～其味。" ❸ 藥劑。《新唐書・吳湊傳》："武為救世砭～，文其膏粱與？" ❹ 劑量。《三國志・魏書・華佗傳》："心解分～，不復稱量。"

濟 (1) jì ❶ 渡過。唐・李白《行路難》："直掛雲帆～滄海。" ❷ 渡口，渡頭。三國魏・王粲《登樓賦》："川既漾而～深。" ❸ 通，貫通。《淮南子・原道訓》："利貫金石，強～天下。" ❹ 利用，得益。《周易・繫辭下》："臼杵之利，萬民以～。" ❺ 成功，成就。《後漢書・

荀彧列傳》："故雖有困敗，而終～大業。" ❻ 幫助，救濟。《論語·雍也》："如有博施於民而能～眾，何如？" ❼ 增加，補充。《左傳·桓公十一年》："盍請～師於王？"

(2) jǐ ❶ 水名。古代與江、淮、河並稱四瀆。清·姚鼐《登泰山記》："陽谷皆入汶，陰谷皆入～。" ❷ 用於地名。宋·蘇軾《超然臺記》："方是時，予弟子由，適在～南。"

【濟時】jì shí 匡時救世。唐·杜甫《遣興五首》之二："豈無～～策，終竟畏羅罟。"

覬 jì 希望，希冀。唐·杜甫《自京赴奉先詠懷》："蓋棺事則已，此志常～豁。"

【覬覦】jì yú 非分的希望或企圖。《左傳·桓公二年》："是以民服事其上，而下無～～。"

騎 jì 見462頁qí。

繼 jì ❶ 連續不斷，緊接着。宋·蘇洵《六國論》："齊人未嘗賂秦，終～五國遷滅，何哉？" ❷ 繼承。《荀子·儒效》："工匠之子，莫不～事。" ❸ 增益，接濟。《論語·雍也》："君子周急不～富。"

【繼成】jì chéng 承接先輩的成業。《漢書·武五子傳》："今陛下承明～～。"

【繼晷】jì guǐ 夜以繼日。唐·韓愈《進學解》："焚膏油以～～，恆兀兀以窮年。"

【繼繼】jì jì 連續不斷。唐·韓愈《平淮西碑》："聖子神孫，～～承承。於千萬年，敬戒不怠。"

【繼嗣】jì sì 指子孫後代綿延不斷。《史記·孝文本紀》："子孫～～，世世弗絕。"

霽 jì ❶ 雨雪止、雲霧散，天氣轉晴。唐·杜牧《阿房宮賦》："複道行空，不～何虹？" ❷ 明朗。宋·黃庭堅《〈濂溪詩〉序》："胸中灑落如光風～月。" ❸ 指怒氣或怒容消散。宋·范成大《望海寧賦》："氣平怒～。"

驥 jì 千里馬，良馬。《荀子·勸學》："騏～一躍，不能十步。"

jia

加 jiā ❶ 放，把某物放在他物的上面。《史記·項羽本紀》："樊噲覆其盾於地，～彘肩上，拔劍切而啖之。" ❷ 穿，戴。明·宋濂《送東陽馬生序》："既～冠，益慕聖賢之道。" ❸ 施加。《史記·廉頗藺相如列傳》："彊秦之所以不敢～兵於趙者，徒以吾兩人在也。" ❹ 任，擔任。《孟子·公孫丑上》："夫子～齊之卿相，得行道焉。" ❺ 侵淩，淩駕。《論語·公冶長》："我不欲人之～諸我也，吾亦欲無～諸人。" ❻ 超越，勝過。《史記·李斯列傳》："雖申韓復生，不能～也。" ❼ 增加。《荀子·勸學》："登高而招，臂非～長也，而見者遠。" ❽ 誇大。《左傳·曹劌論戰》："犧牲玉帛，弗敢～也，必以信。" ❾ 更加。《孟子·以五十步笑百步》："鄰國之民不～少，寡人之民不～多，何也？" ❿ 有益。《孟子·告子上》："萬鍾於我何～焉？" ⓫ 通"嘉"，表揚。漢·李陵《答蘇武書》："無尺土之封，～子之勤。"

【加禮】jiā lǐ 待人勝過常禮。《左傳·襄公三十一年》："晉侯見鄭伯，有～～，厚其宴好而歸之。"

J

夾 jiā ❶ 左右兩旁有物限制住，在兩者之間。晉·陶淵明《桃花源記》："～岸數百步，中無雜樹，芳草鮮美，落英繽紛。" ❷ 雜，夾雜。清·林嗣環《口技》："又～百千求救聲。"

【夾注】jiā zhù 書中插在正文中間的註解文字。唐·杜荀鶴《戲題王處士書齋》："欺春祇愛和醅酒，諱老猶看～～書。"

茄 jiā 見476頁 qié。

佳 jiā 美，好。晉·陶淵明《飲酒》："山氣日夕～，飛鳥相與還。"

柳 jiā ❶ 古代套在犯人脖子上的一種刑具，用木板製成。《隋書·刑法志》："流罪～而桎。" ❷ 脫粒用的農具。《國語·齊語》："權節其用，耒、耜、～、芟。"

俠 jiā 見644頁 xiá。

挾 jiā 見661頁 xié。

浹 jiā ❶ 通，理解。《荀子·解蔽》："已不足以～萬物之變。" ❷ 濕透。明·袁宏道《滿井遊記》："風力雖尚勁，然徒步則汗出～背。"

家 jiā ❶ 住房。《漢書·司馬相如傳上》："～徒四壁立。" ❷ 家庭，家族。《孟子·梁惠王上》："數口之～可以無飢矣。" ❸ 妻子或丈夫。《左傳·桓公十八年》："女有～，男有室。"戰國楚·屈原《楚辭·離騷》："固亂流其鮮終兮，浞又貪夫厥～。" ❹ 結婚成家。戰國楚·屈原《楚辭·離騷》："及少康之未～兮，留有虞之二姚。" ❺ 落戶，住下來。《史記·酈生陸賈列傳》："以好時（zhì，祭天地及古代帝王的處所）田地善，可以～焉。" ❻ 專門從事某種職業或有專業特長的人。漢·楊惲《報孫會宗書》："田～作苦。" ❼ 流派。漢·賈誼《過秦論》："於是廢先王之道，焚百～之言，以愚黔首。" ❽ 古代卿大夫的采地食邑。《論語·季氏》："丘也聞有國有～者，不患寡而患不均。" ❾ 以……為家，私有。《漢書·蓋寬饒傳》："五帝官天下，三王～天下。" ❿ 家財，財產。《史記·呂不韋列傳》："皆沒其～而遷之蜀。" ⓫ 朝廷。唐·李白《憶秦娥》："音塵絕，西風殘照，漢～陵闕。" ⓬ 家中飼養的。《漢書·何胤傳》："馴狎如～禽焉。" ⓭ 謙詞，用於稱自己的親屬。唐·王勃《滕王閣序》："～君作宰，路出名區。"

【家臣】jiā chén 春秋時卿大夫的臣屬。《史記·孔子世家》："孔子適齊，為高昭子～～。"

【家牒】jiā dié 記載家族世系的譜牒，又作"家諜"。唐·元結《自釋》："世業載家史，世系在～～。"

【家公】jiā gōng ❶ 家的主人。《莊子·寓言》："其往也，舍者迎將，其～～執席，妻執巾櫛。" ❷ 稱自己的父親。《晉書·山簡傳》："吾年幾三十，而不為～～所知。" ❸ 稱別人的父親。《孔叢子·執節》："子之～～，有道先生。"

【家君】jiā jūn ❶ 稱自己的父親。唐·王勃《滕王閣序》："～～作宰，路出名區。" ❷ 稱別人的父親。南朝宋·劉義慶《世說新語·德行》："足下～～太丘有何功德而荷天下重名？"

【家口】jiā kǒu ❶ 家人的口糧。《列子·朝三暮四》："損其～～，充狙之欲。"❷家裏的人口。《宋書·劉劭傳》："（劉）劭欲殺三鎮士庶~~。"

【家兄】jiā xiōng　稱自己的哥哥。明·賈仲明《蕭淑蘭》："你讀書人不會詔，為非事行無止，見~~有甚臉。"

【家尊】jiā zūn　稱別人的父親。南朝宋·劉義慶《世說新語·品藻》："君書何如君~~？"

嘉 jiā ❶美好。漢·曹操《短歌行》："我有一賓，鼓瑟吹笙。"❷誇獎，讚美。唐·韓愈《師說》："余~其能行古道，作《師說》以貽之。"❸喜愛。《莊子·天道》："苦死者，~孺子而哀婦人。"

【嘉禾】jiā hé　生長特別好的禾苗，古代以為祥瑞。漢·王充《論衡·講瑞》："~~生於禾中，與禾中異穗，謂之~~。"

【嘉惠】jiā huì　❶對別人所給予恩惠的美稱。《史記·屈原賈生列傳》："共承~~兮，俟罪長沙。"❷給予別人恩惠。唐·柳宗元《唐故祕書少監陳公行狀》："天子~~羣臣而引愿焉。"

【嘉禮】jiā lǐ　❶古代五禮之一，指飲食、婚冠、鄉射、賀慶等禮。❷婚禮。清·蒲松齡《聊齋志異·狐嫁女》："不知今夕~~，慚無以賀。"

【嘉納】jiā nà　對別人的意見加以讚揚並採納，一般用於上級對下級。《後漢書·朱暉列傳》："因上便宜，陳密事，深見~~。"

【嘉事】jiā shì　古代的朝禮。《左傳·定公十五年》："~~不體，何以能久。"

【嘉與】jiā yǔ　獎勵優待。《漢書·

武帝紀》："~~宇內之士。"

戛 jiá ❶兵器，似戟。唐·杜甫《自京赴奉先詠懷》："羽林相摩~。"❷象聲詞，見"戛戛"。

【戛戛】jiá jiá　❶象聲詞。清·蒲松齡《聊齋志異·小二》："聞籠中~~。"❷形容困難而費力。唐·韓愈《答李翊書》："惟陳言之務去，~~乎其難哉！"

鋏 jiá ❶劍柄。《戰國策·馮煖客孟嘗君》："居有頃，復彈其~。"❷泛指劍。戰國楚·屈原《楚辭·九章·涉江》："帶長~之陸離兮，冠切雲之崔嵬。"

甲 jiǎ ❶動物或植物果實的硬質外殼。唐·杜甫《秋興八首》其七："石鯨鱗~動秋風。"❷手指甲。唐·杜甫《陪鄭廣文遊何將軍山林十首》其五："銀~彈箏用，金魚換酒來。"❸古代軍人所穿的革製護身衣。《韓非子·五蠹》："鎧~不堅者傷乎體。"❹披甲的戰士。漢·晁錯《論貴粟疏》："有石城十仞，湯池百步，帶~百萬，而無粟，弗能守也。"❺古代戶口編制單位。宋·王安石《上五事劄子》："惟免役也、保~也、市易也，此三者有大利害焉。"❻天干第一位。借稱第一流的，第一。《漢書·貨殖傳》："故秦楊以田農而~一州。"

【甲兵】jiǎ bīng　❶指鎧甲和兵器，一般用來泛指武備。《左傳·鄭伯克段於鄢》："大叔完聚，繕~~，具卒乘，將襲鄭。"❷軍隊，泛稱軍事。《孟子·梁惠王上》："抑王興~~，危士臣，構怨於諸侯，然後快於心與？"

【甲第】jiǎ dì　❶豪門貴族的宅第。唐·杜甫《醉時歌》："~~紛紛厭梁肉，廣文先生飯不足。"❷科舉考試第一等。《新唐書·選舉志上》："凡進士，試時務策五道、帖一大經，經、策全通為～～。"

【甲庫】**jiǎ kù**　儲藏鎧甲的倉庫。北周·庾信《周大將軍懷德公吳明徹墓誌銘》："洞浦藏犀，還輸～～。"

【甲宅】**jiǎ zhái**　豪華的宅第。唐·李白《古風五九首》之二四："中貴多黃金，連雲開～～。"

【甲胄】**jiǎ zhòu**　鎧甲和頭盔。《左傳·成公十三年》："文公躬擐～～，跋履山川。"

【甲子】**jiǎ zǐ**　天干地支依次配位的紀年紀日法，亦用作歲月或年齡的代稱。宋·王安石《泰州海陵縣主簿許君墓誌銘》："以嘉祐某年某月某～～葬真州之揚子縣甘露鄉某所之原。"

岬 **jiǎ**　❶ 兩山之間。晉·左思《吳都賦》："傾藪薄，倒～岫。" ❷ 岬角，向海突出的陸地尖角，多用於地名。

假 (1) **jiǎ**　❶ 借，借給。明·宋濂《送東陽馬生序》："以是人多以書～余，余因得遍觀羣書。" ❷ 憑藉。《荀子·勸學》："～輿馬者，非利足也，而致千里。" ❸ 寬容。《北史·魏世祖紀》："大臣犯法，無所寬～。" ❹ 假使。漢·曹操《與王修書》："～有斯事，亦庶鍾期不失聽也。" ❺ 代理。《孟子·盡心上》："堯舜，性之也；湯武，身之也；五霸，～之也。久～而不歸，惡知其非有也。"

(2) **jià**　假期。唐·王勃《滕王閣序》："十旬休～，勝友如雲。"

【假借】**jiǎ jiè**　❶ 借。明·宋濂《送東陽馬生序》："每～～於藏書之

家。" ❷ 寬容。《戰國策·燕策三》："願大王少～～之，使得畢使於前。"

【假令】**jiǎ lìng**　假使，如果。《史記·管晏列傳》："～～晏子而在，余雖為之執鞭，所忻慕焉。"

【假寐】**jiǎ mèi**　❶ 假裝睡覺。清·蒲松齡《聊齋志異·狼》："乃悟前狼～～，蓋以誘敵。" ❷ 小睡，不脫衣服而睡。宋·王禹偁《待漏院記》："私心怊怊，～～而坐。"

【假容】**jiǎ róng**　矯飾容態。南朝齊·孔稚珪《北山移文》："雖～～於江皋，乃纓情於好爵。"

賈 (1) **jiǎ**　姓。
(2) **gǔ**　❶ 商人。漢·晁錯《論貴粟疏》："而商～大者積貯倍息，小者坐列販賣。" ❷ 做買賣。《史記·管晏列傳》："吾始困時，嘗與鮑叔～，分財利，多自與。" ❸ 買。《左傳·昭公二十九年》："平子每歲～馬。" ❹ 賣。《漢書·酷吏傳》："仕不至二千石，～不至千萬，安可比人乎？" ❺ 求取，招致。《國語·晉語八》："謀於眾，不以～好。"
(3) **jià**　通"價"，價格。《孟子·滕文公上》："從許子之道，則市～不貳，國中無偽。"

【賈人】**gǔ rén**　商人。《國語·越語上》："～～夏則資皮，冬則資絺。"

【賈豎】**gǔ shù**　古代對商人的蔑稱。漢·楊惲《報孫會宗書》："逐什一之利，此～～之事。"

瘕 **jiǎ**　肚子裏結塊的病。《史記·扁鵲倉公列傳》："蟯～為病，腹大。"

價 **jià**　價格，價值。漢·晁錯《論貴粟疏》："有者，半～而賣；無者，取倍稱之息。"

【價稱】jià chēng　聲價名譽。唐·賈島《重酬姚少府》:"俸利沐均分,~~煩噓噏(xī,同'吸')。"

駕 jià ❶ 使牲口拉車,駕駛。戰國楚·屈原《楚辭·九章·涉江》:"~青虬兮驂白螭。" ❷ 馬拉一天為一駕。《荀子·勸學》:"駕馬十~。" ❸ 騎。唐·李白《古風五九首》之一九:"~鴻凌紫冥。" ❹ 車駕,古代帝王車乘的總稱。《三國志·蜀書·諸葛亮傳》:"將軍宜枉~顧之。" ❺ 凌駕,超越。唐·李白《古風五九首》之三:"明斷自天啟,大略~群才。" ❻ 通"架",支撐。《淮南子·本經訓》:"大構~,興宮室。"

稼 jià ❶ 莊稼,穀物。《詩經·豳風·七月》:"九月築場圃,十月納禾~。" ❷ 種植穀物。《詩經·魏風·伐檀》:"不~不穡。"

【稼穡】jià sè　播種和收割,泛指農業勞動。《孟子·滕文公上》:"后稷教民~~。"

---

jiān

奸 (1) jiān　通"姦"。邪惡,狡詐。《晉書·王敦傳》:"以誅~臣。"
(2) gān　❶ 通"干",干犯,犯。《韓非子·定法》:"賞存乎慎法,而罰加乎~令者也。" ❷ 通"干",干求,求。《漢書·灌夫傳》:"(灌)夫亦持(田)陰事為~,受淮南金。"

戔 jiān　見"戔戔"。

【戔戔】jiān jiān　❶ 眾多的樣子。唐·白居易《秦中吟》:"灼灼百朵紅,~~五色素。" ❷ 顯露。南朝

梁·江淹《劉僕射東山集學騷》:"石~~兮水成文。" ❸ 微小,瑣細。清·蒲松齡《聊齋志異·小官人》:"~~微物,想太史亦當無所用,不如即賜小人。"

肩 jiān　❶ 肩膀。《莊子·養生主》:"手之所觸,~之所倚。" ❷ 動物腿根部。《史記·項羽本紀》:"賜之彘~。" ❸ 肩扛,擔負。《後漢書·光武帝紀下》:"且知天下疲耗,思樂息~。"

【肩輿】jiān yú　轎子。《晉書·王導傳》:"帝親觀禊,乘~~,具威儀。"

姦 (1) jiān　❶ 自私,奸詐。三國蜀·諸葛亮《出師表》:"攘除~凶。" ❷ 邪惡的人。《尚書·周書·泰誓下》:"崇信~回。" ❸ 姦淫,不正當的男女關係。《左傳·莊公二年》:"夫人姜氏會齊侯於禚(zhuó),書~也。" ❹ 盜竊。《淮南子·氾論》:"~符節,盜管金。"
(2) gān　通"奸"。侵犯,擾亂。《淮南子·主術》:"各守其職,不得相~。"

◆ 古代"奸"和"姦"是兩個字,音義各不相同。"奸"是干擾的意思,"姦"也可以寫作"奸"。

【姦慝】jiān tè　奸詐,邪惡。《尚書·周書·周官》:"詰~~,刑暴亂。"

兼 jiān　❶ 兩倍的。《漢書·韓信傳》:"受辱於跨下,無~人之勇,不足畏也。" ❷ 同時涉及或同時得到。《孟子·告子上》:"二者不可得~,舍生而取義者也。" ❸ 吞併,兼併。漢·晁錯《論貴粟疏》:"此商人所以~并農人,農人所以流亡者也。"

堅 jiān ❶硬，堅固。《莊子·逍遙遊》："以盛水漿，其～不能自舉也。"❷堅硬或堅固的事物。《史記·陳涉世家》："將軍身被～執銳。"❸使堅固，加固。《三國志·魏書·荀彧傳》："今東方皆已收麥，必一壁清野以待將軍。"❹剛強，堅定。《論語·子罕》："仰之彌高，鑽之彌～。"❺堅持。《戰國策·魏策一》："言而輕走易北，不敢一戰。"❻安心。《史記·留侯世家》："羣臣見雍齒封，則人人自～矣。"

【堅白】jiān bái 身處濁境而不污，比喻意志堅定，不可動搖。《三國志·魏書·王基傳》："王基學行～～。"

【堅明】jiān míng ❶堅守，恪守。《史記·廉頗藺相如列傳》："秦自繆公以來二十餘君，未嘗有～～約束者也。"❷堅強。《晉書·虞潭傳》："潭貌雖和弱，而內～～，有膽決，雖屢統軍旅，而鮮有傾敗。"

【堅直】jiān zhí 堅毅正直。《史記·循吏列傳》："～～廉正，無所阿避。"

淺 jiān 見 471 頁 qiǎn。

間 jiān ❶中間。《莊子·逍遙遊》："翱翔蓬蒿之～。"❷近來。《漢書·敍傳上》："帝一顏色瘦黑。"❸房間。晉·陶淵明《歸園田居》："方宅十餘畝，草屋八九～。"

【間關】jiān guān ❶鳥鳴聲。唐·白居易《琵琶行》："～～鶯語花底滑。"❷道路崎嶇難走。《漢書·王莽傳》："～～至漸臺。"

菅 jiān 草本植物，葉細長而尖，花綠色。《詩經·小雅·白華》："白華～兮，白茅束兮。"

湔 jiān 用水洗，洗滌。《三國志·魏書·華佗傳》："病若在腸中，便斷腸～洗。"

煎 jiān ❶一種烹調方法，鍋裏放少量油，加熱後把食物放進去。三國魏·曹植《七步詩》："本是同根生，相～何太急！"❷把東西放在水裏熬煮，使所含的成份進入水裏。宋·蘇軾《豆粥》："帳下烹一皆美人。"❸使……煎熬，焦慮。漢樂府《孔雀東南飛》："恐不任我意，逆以～我懷。"

監 (1) jiān 從上往下看，監視。《國語·召公諫弭謗》："王怒，得衛巫，使一謗者。"

(2) jiàn ❶古人用以照視的器具，最初是盛水的鑒，後來便是銅鏡。漢·賈誼《新書·胎教》："明～，所以照形也。"❷照視。《尚書·周書·酒誥》："人無於水～，當於民～。"❸借鑒。《論語·八佾》："周～二代。"❹宦官。漢·司馬遷《報任安書》："商鞅因景～見，趙良寒心。"

【監門】jiān mén 守門的小官。《韓非子·五蠹》："雖～～之服養不虧於此矣。"

【監生】jiàn shēng 明、清兩代入國子監就讀的人統稱"監生"。

蒹 jiān 沒有長穗的蘆荻。唐·韓愈《苦寒》："豈徒蘭蕙榮，施及艾與～。"

【蒹葭】jiān jiā 蒹，荻；葭，蘆葦，是常見的水草。《詩經·秦風·蒹葭》："～～蒼蒼，白露為霜。"

箋 jiān ❶古書註釋的一種。《後漢書·儒林列傳》："鄭玄作《毛詩～》。"❷精美的小幅紙張，用以題詠、寫信，所以古時書信也稱"箋"。唐·李商隱《送崔珏往西川》："浣花～紙桃花色，好好題詩詠玉鉤。" ❸ 文體名，寫給尊者的書信。《晉書·謝安傳》："要投～求歸。"

【箋註】jiān zhù　註釋文字。唐·韓愈《施先生墓銘》："古聖人言，其旨密微，～～紛羅，顛倒是非。"

緘 jiān ❶ 捆紮用的繩子。《漢書·孝成皇后傳》："帝與昭儀坐，使客子解篋～。" ❷ 捆紮，縛束，封閉。《墨子·節葬下》："穀木之棺，葛以～之。" ❸ 隱藏而不表露出來。《梁書·賀琛傳》："獨～胸臆，不語妻子，辭無粉飾，削稿則焚。" ❹ 書信。唐·李白《搗衣篇》："玉手開～長歎息，狂夫猶戍交河北。"

【緘愁】jiān chóu　寄信與人，言相思之苦。南朝陳·江總《七夕》："波橫翻瀉淚，束素～～愁。"

【緘札】jiān zhá　即書信。唐·李商隱《春雨》："玉璫～～何由達，萬里雲羅一雁飛。"

縑 jiān　雙絲織的微帶黃色的細絹。宋·錢公輔《義田記》："歲衣，人一～。"

艱 jiān ❶ 艱苦，困難。宋·蘇軾《潮州韓文公廟碑》："而廟在刺史公堂之後，民以出入為～。" ❷ 險惡。《詩經·小雅·何人斯》："彼何人斯？其心孔～。" ❸ 父母的喪事。南朝齊·王儉《褚淵碑文》："又以居母～去官。"

【艱厄】jiān è　又作"艱戹"、"艱阨"。❶ 指生活困乏、困苦。宋·曾鞏《瀧山祈雨文》："使民獲善歲，而不罹於～～。" ❷ 艱險。《後漢書·班超列傳》："臣前與官屬三十六人奉使絕域，備遭～～。"

纖 jiān　見 647 頁 xiān。

韉 jiān　襯托馬鞍的坐墊。北朝民歌《木蘭辭》："東市買駿馬，西市買鞍～。"

柬 jiǎn ❶ 選擇。《荀子·修身》："安安燕而血氣不惰，～理也。" ❷ 通"簡"，書信。唐·皮日休《魯望以竹夾膝見寄因次韻酬謝》："大勝書客裁成～，頗賽溪翁截作筒。"

跰 jiǎn　腳掌因磨擦而生的硬皮。《莊子·天道》："百舍重～而不敢息。"

剪 jiǎn ❶ 斬斷，截斷。《韓非子·五蠹》："堯之王天下也，茅茨不～。" ❷ 消滅。唐·李華《弔古戰場文》："憑陵殺氣，以相～屠。" ❸ 刪除。南朝梁·劉勰《文心雕龍·熔裁》："～截浮詞謂之裁。" ❹ 用剪刀剪。明·張溥《五人墓碑記》："而又有～髮杜門，佯狂不知所之者。"

【剪剪】jiǎn jiǎn ❶ 整齊的樣子。宋·范成大《勞畬耕》："麥穗黃～～，豆苗綠芊芊。" ❷ 形容風刺骨刮面。❸ 狹隘的樣子。《莊子·在宥》："而佞人之心～～者，又奚足以語至道？"

【剪徑】jiǎn jìng　攔路搶劫。《水滸傳》第四十二回："你這廝是甚麼鳥人？敢在這～～～！"

減 jiǎn ❶ 減少。《笑林·漢世老人》："或人從之求丐者，不得已而入內取錢十，自堂而出，隨步輒～。" ❷ 減輕，降低。《晉書·王憚傳》："聲望日～。" ❸ 少於。《晉書·謝安傳》："此兒風神秀徹，後當不～王東海。" ❹ 消滅，除掉。《左傳·鄭子家告趙宣子》："十一月，克～侯宣多。"

儉 jiǎn ❶ 節約。《論語·八佾》："禮，與其奢也，寧～。"❷ 歉收。《後漢書·陳忠列傳》："荊揚稻收～薄。"❸ 謙遜的樣子。《論語·學而》："夫子溫、良、恭、～、讓以得之。"

【儉歲】jiǎn suì　歉收的年歲，荒年。唐·劉禹錫《蘇州謝賑賜表》："蒼生荷再造之恩，～～同有年之慶。"

檢 jiǎn ❶ 標籤。《後漢書·公孫瓚列傳》："每有所下，輒皁囊施～，文稱詔書。"❷ 約束，限制。《北史·韓顯宗傳》："正姦在於防～，不在嚴刑。"❸ 法度。三國魏·曹丕《典論·論文》："譬諸音樂，曲度雖均，節奏同～。"❹ 檢查，查看。《孟子·梁惠王上》："狗彘食人食而不知～，塗有餓莩而不知發。"

【檢讎】jiǎn chóu　校訂。《新唐書·褚無量傳》："又詔祕書省、司經局、昭文、崇文二館更相～～。"

【檢核】jiǎn hé　檢查核實。《三國志·魏書·和洽傳》："二者不加～～，臣竊不安。"

【檢括】jiǎn kuò ❶ 遵守法度。晉·劉琨《答盧諶詩並書》："昔在少壯，未嘗～～。"❷ 考查。《魏書·元暉傳》："人困於上，官損於上，自非更立權制，善加～～，損耗之來，方在未已。"

【檢討】jiǎn tǎo　整理，查核。唐·白居易《與元九書》："僕數月來，～～囊篋中得新舊詩，各以類分。"

【檢正】jiǎn zhèng ❶ 端正的操行。《晉書·陳輿傳》："輿雖無～～，而有力致。"❷ 檢驗核正。《新唐書·高儉傳》："參考史傳，～～真偽。"

謇 jiǎn ❶ 口吃，結巴。《北史·李諧傳》："因跛而緩步，因～而徐言。"❷ 正直，忠直。《北史·徐紇傳》："外似～正，內實諂諛。"❸ 句首助詞，無實義。戰國楚·屈原《楚辭·離騷》："～吾法夫前修兮，非世俗之所服。"

蹇 (1) jiǎn ❶ 跛腳。《史記·晉世家》："而魯使～，衛使眇。"❷ 指跛腳或行動遲緩的驢馬。漢·班彪《王命論》："是故駑～之乘，不騁千里之途。"❸ 艱難，困苦。唐·白居易《夢上山》："晝行雖～澀，夜步頗安逸。"❹ 傲慢。《漢書·劉長傳》："驕～，數不奉法。"❺ 通"謇"，口吃，結巴。宋·黃庭堅《病起荊江亭即事》："張子耽酒語～吃，聞道潁州又陳州。"

(2) qiān　通"褰"，提起，撩起。明·袁宏道《滿井遊記》："泉而茗者、罍而歌者、紅裝而～者亦時時有。"

【蹇蹇】jiǎn jiǎn　忠直，正直。《周易·蹇》："王臣～～，匪躬之故。"

謭 jiǎn　淺薄。《史記·李斯列傳》："能薄而材～。"

【謭謭】jiǎn jiǎn　十分淺薄。宋·陸游《賀留樞密啟》："世方～～以自營，公固落落而難合。"

簡 jiǎn ❶ 竹簡，古代用以書寫的狹長竹片。宋·歐陽修《祭石曼卿文》："而著在～冊者，昭如日星。"❷ 書信。宋·沈括《夢溪筆談·人事二》："乃為一～答之。"❸ 簡單，簡要。宋·蘇軾《石鐘山記》："余是以記之，蓋歎酈元之～，而笑李渤之陋也。"❹ 怠慢，倨傲。《史記·孔子世家》："吾黨之小子狂～，進取不忘其初。"❺ 選擇，挑選。明·魏學洢《核舟記》："蓋～桃核修狹者為之。"❻ 檢查，檢閱。《左傳・桓公六年》："秋大閱，〜車馬。"

【簡拔】jiǎn bá　挑選，選拔。三國蜀・諸葛亮《出師表》："此皆良實，志慮忠純，是以先帝〜〜以遺陛下。"

【簡冊】jiǎn cè　以竹為簡，合數簡為冊。事少則書之於簡，事多則書之於冊。後泛指書籍。宋・曾鞏《寄趙宮保》："素節讜言留〜〜，高情清興入林泉。"

【簡慢】jiǎn màn　怠慢。《呂氏春秋・孝行》："今有人於此，行於親重，而不〜〜於輕疏，則是篤謹孝道。"

【簡率】jiǎn shuài　❶簡樸真率。《北史・陽休之傳》："〜〜不樂煩職。"❷簡略草率。宋・蘇軾《答錢濟明書》："蒙令子惠書，回答〜〜，一一封納，必不罪也。"

【簡選】jiǎn xuǎn　挑選，選拔。《後漢書・賈琮列傳》："〜〜良吏試守諸縣。"

【簡札】jiǎn zhá　竹簡和木札。《後漢書・范滂列傳》："豈以汙〜〜哉！"

繭 jiǎn　❶蠶類成蛹前吐絲所做的殼。《後漢書・列女傳》："此織生自蠶〜，成於機杼。"❷絲綿衣服。《左傳・襄公二十一年》："重〜衣裘。"❸手腳因摩擦而生的硬皮。唐・杜甫《觀公孫大娘弟子舞劍器行》："老夫不知其所往，足〜荒山轉愁疾。"

件 jiàn　❶分，分列。《三國志・魏書・盧同傳》："若名級相應者，即於黃素楷書大字，具〜階級數，令本曹尚書以朱印印之。"❷量詞。

【件別】jiàn bié　分別。《新唐書・段秀實傳》："畫地以對，〜〜條陳。"

見 (1) jiàn　❶看見，看到。《荀子・勸學》："吾嘗跂而望矣，不如登高之博〜也。"❷謁見，拜見。《左傳・燭之武退秦師》："若使燭之武〜秦君，師必退。"❸見解，見識。明・李贄《焚書・答以女人學道為見短書》："謂男子之〜盡長，女人之〜盡短。"❹知道，理解。宋・陸游《示兒》："齒豁頭童方悟此，乃翁〜事可憐遲。"❺聽，聽說。唐・李白《將進酒》："君不〜高堂明鏡悲白髮，朝如青絲暮成雪。"❻遇到，碰上。漢・蔡琰《胡笳十八拍》："哀哀父母生育我，〜離亂兮當此辰。"❼計劃，打算。唐・李賀《南園》："〜買若耶溪水劍，明朝歸去事猿公。"❽被。《史記・廉頗藺相如列傳》："欲與秦，秦城恐不可得，徒〜欺。"❾放在動詞前，表示對自己怎麼樣。宋・王安石《答司馬諫議書》："冀君實或〜恕也。"

(2) xiàn　❶出現，顯現。《史記・屈原賈生列傳》："明道德之廣崇，治亂之條貫，靡不畢〜。"❷薦舉。《左傳・昭公二十年》："初，齊豹〜宗魯於公孟，為驂乘焉。"❸現成的，現有的。《漢書・文帝紀》："發近縣〜卒萬六千人。"

◆ 上古沒有"現"字，凡"出現"的意義都寫作"見"。

【見背】jiàn bèi　父母或長輩逝去。晉・葛洪《抱朴子・自敍》："年十有三，而慈父〜〜〜。"

【見齒】jiàn chǐ　笑。《禮記・檀弓上》："高子皋之執親喪也，泣血三年，未嘗〜〜〜。"

建 jiàn ❶ 豎立。秦·李斯《諫逐客書》："～翠鳳之旗，樹靈鼉之鼓。"❷ 建造，建築。明·宋濂《閱江樓記》："上以其地雄勝，詔～樓於巔。"❸ 建立，創立。《國語·叔向賀貧》："若不憂德之不～，而患貨之不足。"❹ 立議，建議。唐·柳宗元《駁復讎議》："當時諫臣陳子昂～誅之而旌其閭。"

【建言】jiàn yán 對國事有所建議和陳述。宋·曾鞏《救災議》："有司～～，請發倉廩與之粟。"

荐 jiàn ❶ 草蓆。漢·許慎《説文解字·部》："～，薦蓆也。"❷ 通"薦"，草。《左傳·襄公四年》："戎狄～居，貴貨易土，土可買焉。"❸ 重，一再，屢次。《左傳·僖公十三年》："晉～饑。"

【荐居】jiàn jū 指遊牧民族逐水草而居。《左傳·襄公四年》："戎狄～。"

閒（1）jiàn ❶ 空隙，縫隙。《莊子·養生主》："彼節者有～而刀刃者無厚。"❷ 隔，間隔。《戰國策·鄒忌諷齊王納諫》："數月之後，時時而～進。"❸ 更疊，交錯。《尚書·虞書·益稷》："笙鏞以～，鳥獸蹌蹌。"❹ 嫌隙。《左傳·哀公二十七年》："故君臣多～。"❺ 離間。《史記·廉頗藺相如列傳》："秦多與趙王寵臣郭開金，為反～。"❻ 參與，參加。《左傳·曹劌論戰》："肉食者謀之，又何～焉？"❼ 伺候，偵察。《韓非子·外儲説右上》："內～主之情以告外。"❽ 間諜。《史記·廉頗藺相如列傳》："趙王信秦之～也。"❾ 距離，差別。《淮南子·俶真訓》："壹比犠尊、溝中之斷，則醜美有～矣。"❿ 私自，祕密地。《史記·廉頗藺相如列傳》："臣誠恐見欺於王而負趙，故令人持璧歸，～至趙矣。"與上文"從徑道亡"呼應，這裏特指抄小路。⓫ 病痊瘉或好轉。《史記·扁鵲倉公列傳》："今主君之病與之同，不出三日必～。"

（2）見 647 頁 xián。

◆ 上古沒有"間"字，後代寫作"間"的，上古都寫作"閒"。後代把讀 jiān 和 jiàn 的都寫作"間"，把讀 xián 的寫作"閒"。"閒"的本義是柵欄，在一般情況下，"間"和"閒"是不相通的；只有在"空閒"的意義上有時寫作"閒"。

【閒闊】jiàn kuò 離別很久。

【閒行】jiàn xíng 從小路走，潛行。《史記·項羽本紀》："（沛公等）從酈山下，道芷陽～～。"

健 jiàn ❶ 剛強有力，遒勁。三國魏·曹丕《與吳質書》："孔璋章表殊～，微為繁富。"❷ 健壯。宋·李覯《袁州學記》："武夫～將賣降恐後，何耶？"❸ 健康。唐·白居易《與元微之書》："形骸且～，方寸甚安。"❹ 善於。《後漢書·馮異列傳》："諸將非不～鬥，然好虜掠。"

【健筆】jiàn bǐ 筆力遒健。唐·杜甫《戲為六絕句》："庾信文章老更成，凌雲～～意縱橫。"

【健啖】jiàn dàn 食量過人。宋·陸游《老景》："～～每三餐。"

【健捷】jiàn jié 雄健而敏捷。《金史·烏延蒲盧渾傳》："卿年老，尚能馳逐擊獸，～～如此。"

僭 jiàn ❶ 古代指超越身份冒用地位在上的名義、禮儀或器物。南朝梁·丘遲《與陳伯之書》："北虜～盜中原，多歷年所，惡積禍盈。"

❷ 過分，差失。唐·韓愈《爭臣論》："天子有不～賞從諫如流之美。"

【僭偽】jiàn wěi 封建王朝以正統自居，稱割據對立的王朝為"僭偽"。《宋書·武帝紀》："～～必滅。"

漸 (1) jiàn ❶ 逐漸，漸進。漢·司馬遷《報任安書》："猛虎在深山，百獸震恐，及在檻阱之中，搖尾而求食，積威約之～也。"❷ 指病加劇。《尚書·周書·顧命》："嗚呼，病大～。"❸ 疏導。《史記·越王句踐世家》："禹之功大矣，～九川，定九州。"

(2) jiān ❶ 浸泡。《荀子·勸學》："蘭槐之根是為芷，其～之滫，君子不近，庶人不服。"❷ 沾染，浸染。《漢書·龔遂傳》："今大王親近羣小，～漬邪惡。"❸ 沾濕，浸濕。《詩經·衛風·氓》："淇水湯湯，～車帷裳。"❹ 慢慢流入。《尚書·夏書·禹貢》："東～於海，西被於流沙。"❺ 傳入。明·宋應星《天工開物·蔗種》："今蜀中種盛，亦自西域～來也。"❻ 欺詐。《尚書·周書·呂刑》："民興胥～。"

澗 jiàn 兩山之間的流水。宋·蘇軾《放鶴亭記》："獨終日於～谷之間兮，啄蒼苔而履白石。"

賤 jiàn ❶ 價格低，價格低的東西。《史記·貨殖列傳》："故物～之徵貴，貴之徵～。"❷ 地位低下，卑賤。《論語·里仁》："貧與～……不以其道得之，不去也。"❸ 鄙視，輕視。漢·晁錯《論積粟疏》："是故明君貴五穀而～金玉。"❹ 自謙詞。《戰國策·觸龍説趙太后》："老臣～息舒祺，最少。"

踐 jiàn ❶ 踩，踏。唐·柳宗元《憎王孫》："不～稼蔬。"❷ 履

行，實現。《左傳·文公元年》："～修舊好，要結外援。"❸ 登，臨。《禮記·中庸》："～其位，行其禮。"❹ 因循。《論語·先進》："不～跡，亦不入於室。"❺ 憑藉。漢·賈誼《過秦論》："～華為城，因河為池。"

【踐履】jiàn lǚ ❶ 踐踏。《詩經·大雅·行葦》："敦彼行葦，牛羊勿～～。"❷ 身體力行。宋·朱熹《答何叔京》："想見前賢造詣之深，～～之熟。"

【踐阼】jiàn zuò 皇帝登位。《三國志·魏書·管寧傳》："陛下～～，篡成洪緒。"

劍 jiàn ❶ 古代兵器。《戰國策·燕策三》："拔～，～長。"❷ 劍術。宋·蘇軾《方山子傳》："獨念方山子少時，使酒好～，用財如糞土。"❸ 用劍殺人。晉·潘岳《馬汧督誄》："有司馬叔持者，白日於都市手～父仇。"❹ 挾。宋·歐陽修《瀧岡阡表》："回顧乳者～汝而立於旁。"

餞 jiàn ❶ 餞行，設酒食送別。《左傳·昭公十六年》："鄭六卿～宣子於郊。"❷ 餞行的宴會。唐·王勃《滕王閣序》："童子何知，躬逢勝～。"

諫 jiàn ❶ 規勸，多用於以下對上。《戰國策·鄒忌諷齊王納諫》："上書～寡人者，受中賞。"《論語·里仁》："子曰：'事父母幾～。'"❷ 挽回，挽救。晉·陶淵明《歸去來兮辭》："悟已往之不～，知來者之可追。"

【諫疏】jiàn shū 條陳得失的奏章。唐·韓愈《遊青龍寺贈崔大補闕》："年少得途未要忙，時清～～尤宜罕。"

【諫喻】jiàn yù　勸諫諷喻。《三國志·魏書·曹爽傳》："羲或時以～～不納，涕泣而起。"

【諫諍】jiàn zhèng　直言規勸。宋·蘇軾《上神宗皇帝書》："歷觀秦漢以及五代，～～而死，蓋數百人。"

薦　(1) jiàn　❶獸所吃的草。《莊子·齊物論》："麋鹿食～。"❷進獻。《左傳·子產壞晉館垣》："若獲～幣，修垣而行。"❸指祭祀祖考時進獻祭物。《禮記·中庸》："春秋脩其祖廟，陳其宗器，設其裳衣，～其時食。"❹推薦，推舉。《史記·伯夷列傳》："仲尼獨～顏淵為好學。"❺頻繁，屢次。宋·王禹偁《待漏院記》："六氣不和，災眚～至，願避位以禳之。"

(2) jìn　通"搢"，薦紳，指士大夫有官位的人。《史記·五帝本紀》："～紳先生難言之。"

鍵　jiàn　❶門閂。漢·劉向《説苑·談叢》："五寸之～，制開闔之門。"❷鑰匙。漢·郭璞《〈爾雅〉序》："誠九流之津涉，六藝之鈐～。"❸事物的重要部分，一般"關"、"鍵"連用。南朝梁·劉勰《文心雕龍·神思》："神居胸臆，而志氣統其關～。"

濺　(1) jiàn　液體受衝擊而迸射。《史記·廉頗藺相如列傳》："五步之內，相如請得以頸血～大王矣！"

(2) jiān　見"濺濺"。

【濺濺】jiān jiān　❶像聲詞。流水聲。北朝民歌《木蘭辭》："不聞爺娘喚女聲，但聞黃河流水聲～～。"❷水疾流的樣子。唐·白居易《途中題山泉》："決決涌巖穴，～～出洞門。"

檻　jiàn　❶關禽獸的木籠或木柵。漢·司馬遷《報任安書》："及在～阱之中，搖尾而求食，積威約之漸也。"❷禁閉，拘囚。唐·白居易《與元微之書》："籠鳥～猿俱未死，人間相見是何年！"❸囚籠。《晉書·紀瞻傳》："瞻覺其詐，便破～出之。"❹欄杆。唐·杜牧《阿房宮賦》："直欄橫～，多於九土之城郭。"❺四方加有護板的船。晉·左思《吳都賦》："弘舸連軸，巨～接艫。"

【檻車】jiàn chē　用來拘囚犯人或猛獸的有柵欄的車。《史記·陳丞相世家》："以節召樊噲，噲受詔，即反接載～～，傳詣長安。"

譖　jiàn　見764頁zèn。

鑒　jiàn　❶古代用來盛水或冰的器皿。《周禮·天官冢宰·凌人》："祭祀共冰～。"❷鏡子。《莊子·則陽》："生而美者，人與之～。不告，則不知其美於人也。"❸照。唐·柳宗元《〈愚溪詩〉序》："溪雖莫利於世，而善～萬類也。"❹借鑒，引以為鑒。唐·杜牧《阿房宮賦》："後人哀之而不～之，亦使後人而復哀後人也。"❺洞察，審辨。《後漢書·郭符許列傳》："其獎拔士人，皆如所～。"❻洞察力，眼力。《梁書·到洽傳》："樂安、任昉有知人之～。"

jiāng

江　jiāng　❶古代長江的專稱。戰國楚·屈原《楚辭·涉江》："哀南夷之莫吾知兮，旦余濟乎～湘。"❷河流的通稱。《荀子·勸學》："不積小流，無以成～海。"

【江東】jiāng dōng 自漢至隋唐稱自安徽蕪湖以下的長江下游南岸地區為"江東"。三國時，吳所轄的全部地區亦稱為"江東"。宋·李清照《夏日絕句》："至今思項羽，不肯過～～。"

【江湖】jiāng hú ❶ 指江河湖海。唐·杜甫《秋興八首》其七："關塞極天惟鳥道，～～滿地一漁翁。" ❷ 泛指五湖四海各地。唐·杜牧《遣懷》："落魄～～載酒行，楚腰纖細掌中輕。" ❸ 隱士所居之處。宋·范仲淹《岳陽樓記》："居～～之遠，則憂其君。"

【江外】jiāng wài 指江南。《南史·陳後主紀》："又散寫詔書，書三十萬紙，遍諭～～。"

【江左】jiāng zuǒ ❶ 長江下游以東地區，即今江蘇省一帶。五代·丘光庭《兼明書·雜説·江左》："晉、宋、齊、梁之書，皆謂江東為～～。" ❷ 東晉和南朝宋、齊、梁、陳各代都建都在南京，因此時人稱這五朝及其所轄區域為"江左"，而南朝人稱"江左"則專指東晉。《晉·謝靈運傳》："與顏延之為～～第一。"

姜 jiāng ❶ 水名。《國語·晉語四》："黃帝以姬水成，炎帝以～水成。" ❷ 姓。《史記·外戚世家》："周之興也以～原及大任，而幽王之禽也淫於褒姒。"

【姜牙】jiāng yá 姜子牙，即西周時的呂尚，也稱為"太公望"。唐·孟郊《感懷》："～～佐周武，世業永巍巍。"

強 jiāng 見473頁 qiáng。

將 (1) jiāng ❶ 扶持，扶助。北朝民歌《木蘭辭》："出郭相扶～。" ❷ 遵奉，秉承。《詩經·大雅·烝民》："肅肅王命，仲山甫～之。" ❸ 奉養，將養。《三國志·魏書·華佗傳》："好自～愛，一年便健。" ❹ 進，漸進。《詩經·周頌·敬之》："日就月～，學有緝熙於光明。" ❺ 攜帶，帶領。宋·陸游《夜與兒子出門間步》："間～稚子出柴門。" ❻ 拿，把。唐·李白《將進酒》："呼兒～出換美酒。" ❼ 打算，想要。《左傳·燭之武退秦師》："若不闕秦，～焉取之？" ❽ 將要，將近。晉·王羲之《〈蘭亭集〉序》："曾不知老之～至。" ❾ 難道。北周·庾信《〈哀江南賦〉序》："～非江表王氣終於三百年乎？" ❿ 與，和。唐·李白《月下獨酌》："暫伴月～影。" ⓫ 如果，若。《左傳·昭公二十七年》："令尹～必來辱，為惠已甚。" ⓬ 助詞，用於動詞後，無實義。唐·白居易《長恨歌》："鈿合金釵～去。"

(2) jiàng ❶ 將帥，將領。《史記·廉頗藺相如列傳》："廉頗者，趙之良～也。" ❷ 統帥，率領。《莊子·逍遙遊》："越有難，吳王使之～。"

(3) qiāng ❶ 願，請。唐·李白《將進酒》："～進酒，杯莫停。" ❷ 通"鏘"，見"將將"。

【將理】jiāng lǐ 將養調理。宋·歐陽修《辭免青州第一箚子》："許臣且守舊任，冀得～～衰殘。"

【將率】jiàng shuài ❶ 將帥，也指州長、黨正等地方長官。《史記·孔子世家》："王之～～有如子路者乎？" ❷ 率領。《韓非子·初見秦》：

"昔者紂為天子，～～天下甲兵百萬。"

【將將】 qiāng qiāng　象聲詞，同"鏘鏘"。《詩經·小雅·鼓鐘》："鼓鐘～～，淮水湯湯。"

【將息】 jiāng xī　❶ 休息。宋·李清照《聲聲慢·秋情》："乍暖還寒時候，最難～～也。"❷ 病中調養休息。宋·朱熹《朱子語類·學三》："～～不到，然後服藥；～～到，則自無病。"❸ 保健養生。唐·韓愈《與崔群書》："～～之道，當先理其心。心間無事，然後外患不入。"

漿 jiāng　❶ 汁，汁液。戰國楚·屈原《楚辭·招魂》："胹鱉炮羔，有柘～些。"❷ 泛指飲料。《孟子·梁惠王下》："簞食壺～，以迎王師。"❸ 酒。《史記·魏公子列傳》："薛公藏於賣～家。"

【漿飯】 jiāng fàn　粥。《韓非子·外儲説右上》："子路以其私秩粟為～～。"

僵 jiāng　❶ 倒，倒下。宋·王安石《感事》："況是交冬春，老弱尤～仆。"❷ 不活動，僵硬。明·宋濂《送東陽馬生序》："四支～勁不能動。"

薑 jiāng　一種多年生草本植物，根莖有辣味，是常用的調味品，也可以入藥，其根莖也稱為"薑"。《論語·鄉黨》："不撤～食。"

繮 jiāng　馬繮繩。唐·許渾《寄房千里博士》："春風白馬紫絲～。"

疆 jiāng　❶ 邊界，國界。《左傳·成公十三年》："以來蕩搖我邊～。"❷ 田界，田邊。《詩經·小雅·信南山》："中田有廬，～場有瓜。"❸ 極限，止境。《禮記·中庸》："悠久無～。"❹ 劃分疆界。《左傳·成公二年》："先王～理天下。"

獎 jiǎng　❶ 勉勵，勸勉。三國蜀·諸葛亮《出師表》："當～率三軍。"❷ 誇獎，稱讚。《舊唐書·劉禹錫傳》："禹錫尤為叔文所～。"❸ 輔助。《左傳·僖公二十八年》："皆～王室。"

【獎進】 jiǎng jìn　獎勵引進。《後漢書·孔融列傳》："薦達賢士，多所～～。"

【獎掖】 jiǎng yè　推許扶持。元·劉壎《隱居通議·禮樂》："念昔垂髫，從紱父學，辱承～～。"

【獎挹】 jiǎng yì　讚賞推重，提攜。《新唐書·李頻傳》："合大加～～，以女妻之。"

講 jiǎng　❶ 討論，研究。《國語·魯語上》："夫仁者～功，而智者處物。"❷ 講習，訓練。《論語·述而》："德之不修，學之不～，聞義不能徙，不善不能改，是吾憂也。"❸ 謀劃。《左傳·襄公五年》："～事不令，集人來定。"❹ 和解，講和。《戰國策·秦策四》："寡人欲割河東而～。"❺ 講解。唐·韓愈《柳子厚墓誌銘》："其經承子厚口～指畫為文詞者，悉有法度可觀。"❻ 講究，講求。《禮記·禮運》："選賢與能，～信修睦。"

【講肆】 jiǎng sì　古代的講舍。南朝梁·慧皎《高僧傳·支遁》："每主～～，善標宗旨。"

【講武】 jiǎng wǔ　講習武事。《國語·周語上》："三時務農而一時～～。"

匠 jiàng　❶ 工匠，指具有某種專門技藝的手工藝人。《孟子·盡心下》："梓～輪輿，能與人規矩，不能使人巧。"❷ 指在某一方面造詣很深的人。唐·杜甫《贈特進汝陽王二十韻》："學業醇儒富，辭華哲～能。"

【匠成】jiàng chéng　培養造成。《淮南子·泰族訓》："入學庠序，以修人倫，此皆人之所有於性，而聖人之所～～也。"

【匠心】jiàng xīn　工巧的心思。唐·王士源《〈孟浩然集〉序》："文不按古，～～獨妙。"

【匠意】jiàng yì　刻意。宋·黃伯思《東觀餘論·跋盤線圖後》："～～簡古，勢若一手。"

降 (1) jiàng　❶從高處往下走。《史記·孔子世家》："繁登～之禮。"❷降下，落下。《孟子·梁惠王下》："誅其君而弔其民，若時雨～，民大悦。"❸降臨。唐·杜甫《秋興八首》其五："西望瑤池～王母，東來紫氣滿函關。"❹降生，出生。清·龔自珍《己亥雜詩》："不拘一格～人才。"❺降低，貶抑。《論語·微子》："不～其志，不辱其身，伯夷、叔齊與！"❻降職，降級。《北史·陽平王傳》："後例～為公。"

(2) xiáng　❶投降。漢·司馬遷《報任安書》："李陵既生～，穨其家聲。"❷使投降。《漢書·蘇武傳》："欲因此時～武。"

【降格】jiàng gé　降低格調。唐·皎然《詩式·律詩》："假使曹、劉～～，來作律詩，……未知孰勝。"

【降北】xiáng běi　兵敗投降。《漢書·晁錯傳》："凡民守戰至死不～～者，以計得之也。"

【降表】xiáng biǎo　表示降服的章奏。《新五代史·後蜀世家》："衍之亡也，昊為草～～，至是又草焉。"

【降首】xiáng shǒu　❶降服，投降。《魏書·崔亮傳》："若畏威～～者，自加讞宥。"❷降將，投降的首領。《三國志·吳書·孫權傳》："臨陣所斬及投兵～～數萬人。"

洚 jiàng　大水氾濫。《孟子·告子下》："水逆行，謂之～水。"

絳 jiàng　深紅色。南朝宋·劉義慶《世說新語·規箴》："常自帶～棉繩。"

---

jiāo

交 jiāo　❶交叉，交錯。《史記·項羽本紀》："～戟之衛士欲止不內。"❷互相，交互。《左傳·隱公三年》："周、鄭～惡。"❸交換。《左傳·隱公三年》："故周、鄭～質。"❹接觸，接合。《史記·袁盎鼂錯列傳》："太后嘗病三年，陛下不～睫，不解衣。"❺前後交替的時候。宋·蘇軾《放鶴亭記》："春夏之～，草木際天。"❻交配，性交。《禮記·樂令》："（仲冬三月）虎始～。"❼交往。晉·陶淵明《歸去來兮辭》："請息～以絕遊。"❽結交。漢·賈誼《過秦論》："合從締～，相與為一。"❾交情，友誼。《戰國策·范雎說秦王》："若是者，～疏也。"❿交給，交付。清·吳敬梓《儒林外史》第三回："胡屠戶把肉和錢～與女兒，走了出來。"⓫全部。《孟子·梁惠王上》："上下～征利而國危矣。"⓬通"教"，使，令。唐·羅隱《銅雀臺》："免一憔悴望西陵。"

【交分】jiāo fèn　交情。唐·元稹《〈白氏長慶集〉序》："至於樂天之官族景行，與予～～淺深，非敍文之要也，故不書。"

【交媾】jiāo gòu ❶陰陽交合。唐・李白《草創大還贈柳官迪》：「造化合元符，～～騰精魄。」❷性交。《周易參同契》卷下：「觀夫雌雄～～之時，剛柔相交而不可解。」

【交構】jiāo gòu ❶結合，交合。《後漢書・周舉列傳》：「二儀～～，乃生萬物。」❷交相構陷。《三國志・吳書・賀齊傳》：「齊令越人因事～～，遂致疑隙，阻兵相圖。」

【交交】jiāo jiāo ❶鳥鳴聲。《詩經・秦風・黃鳥》：「～～黃鳥。」❷鳥飛來飛去的樣子。《詩經・小雅・桑扈》：「～～桑扈，有鶯其羽。」

【交口】jiāo kǒu 眾口一詞。唐・韓愈《柳子厚墓誌銘》：「～～薦譽之。」

【交衢】jiāo qú 指道路交錯要衝之處。唐・杜甫《哀王孫》：「不敢長語臨～～，且為王孫立斯須。」

【交市】jiāo shì 互市，往來通商。《後漢書・西域列傳》：「與安息天竺～～於海中，利有十倍。」

【交通】jiāo tōng ❶互相通達。晉・陶淵明《桃花源記》：「阡陌～～，雞犬相聞。」❷勾結，交往。漢・晁錯《論貴粟疏》：「因其富厚，～～王侯，力過吏勢。」

郊 jiāo ❶指都城百里以內的地方。《史記・孔子世家》：「剖胎殺夭則麒麟不至～～。」❷古代帝王於郊外祭祀天地。唐・韓愈《原道》：「～焉而天神假，廟焉而人鬼享。」

【郊次】jiāo cì 出居郊外。《左傳・僖公三十三年》：「秦伯素服～～。」

【郊甸】jiāo diàn 郊野。晉・潘岳《在懷縣作》：「登城望～～。」

【郊祀】jiāo sì 古代於郊外祭祀天地。《漢書・平帝紀》：「春正月～～高祖以配天。」

【郊迎】jiāo yíng 出郊迎接，以示隆重。《史記・孔子世家》：「衛靈公聞孔子來，喜，～～。」

姣 jiāo 美麗。《孟子・告子上》：「不知子都之～者，無目者也。」

喬 jiāo 見474頁qiáo。

菽 jiāo 見555頁shū。

椒 jiāo ❶花椒。唐・杜牧《阿房宮賦》：「煙斜霧橫，焚～蘭也。」❷山頂。南朝宋・謝莊《月賦》：「菊散芳於山～，雁流哀於江瀨。」

【椒房】jiāo fáng 后妃所居的宮殿，以椒和泥塗於牆壁，取溫、香、多子之意。漢・班固《西都賦》：「後宮則有掖庭～～，后妃之室。」

焦 jiāo ❶燒焦。唐・杜牧《阿房宮賦》：「楚人一炬，可憐～土！」❷乾燥，乾枯。唐・杜甫《茅屋為秋風所破歌》：「公然抱茅入竹去，唇～口燥呼不得，歸來倚杖自歎息。」❸黃黑色。南朝梁・陶弘景《真誥・運象》：「心悲則面～～。」❹急，煩憂。《水滸傳》第三回：「魯達一躁，便把碟兒盞兒都丟在樓板上。」

蛟 jiāo ❶古代傳說中一種能發洪水的動物。《荀子・勸學》：「積水成淵，～龍生焉。」❷指龜、鱷之類的動物。宋・蘇軾《前赤壁賦》：「舞幽壑之潛～，泣孤舟之嫠婦。」

【蛟虯】jiāo qiú 蛟和虯（無角龍）。唐・孟郊《峽哀》：「石劍相劈斫，石波怒～～。」可形容盤曲。

嬌 jiāo ❶柔嫩，美好可愛。宋・蘇軾《水龍吟・次韻章質夫楊花詞》：「縈損柔腸，困酣～眼，欲開還閉。」❷寵愛，憐愛。唐・杜甫《茅屋為秋風所破歌》："布衾多年冷似鐵，～兒惡臥踏裏裂。"❸ 過分愛惜。《紅樓夢》第二十九回："小門小戶的孩子，都是～生慣養的。"❹ 通"驕"，驕橫，驕傲。《漢書·西域傳上》："有求則卑辭，無欲則～嫚。"

澆 jiāo ❶ 灌溉。唐·宋之問《藍田山莊》："軻川朝伐木，藍水暮～田。" ❷ 浮薄，不淳厚。《漢書·黃霸傳》："～淳散樸。"

鮫 jiāo 鯊魚。《荀子·議兵》："楚人～革犀兕以為甲，堅如金石。"

【鮫綃】jiāo xiāo ❶ 相傳為居於海底的鮫人所織的綃，借指輕紗薄絹。唐·溫庭筠《張靜婉采蓮曲》："剪斷～～破春碧。" ❷ 手帕。陸游《釵頭鳳》："淚痕紅浥～～透。"

驕 jiāo ❶ 指馬高大健壯。《詩經·衛風·碩人》："四牡有～。"❷ 驕縱，放縱。明·方孝孺《豫讓論》："與之地以～其志。"❸ 傲慢，驕傲。《國語·晉語八》："及桓子，～泰奢侈。"❹ 強烈。宋·王安石《孤桐》："歲老根彌壯，陽～葉更陰。"

【驕兵】jiāo bīng 驕傲自負的軍隊。《漢書·魏相傳》："恃國家之大，矜民人之重，欲見威於敵者，謂之～～。"

【驕蹇】jiāo jiǎn 傲慢不順。《史記·梁孝王世家》："梁王上有太后之重，～～日久。"

【驕慢】jiāo màn 又作"驕嫚"，驕傲，傲慢。北周·庾信《結客少年場行》："漢武多～～，淮南不小心。"

【驕人】jiāo rén 得志的小人。晉·

葛洪《抱朴子·行品》："輕人士而踞傲者，～～也。"

角 (1) jiǎo ❶ 動物頭上長的角。《左傳·臧僖伯諫觀魚》："皮革齒牙、骨～毛羽，不登於器。"❷ 抓住動物的角。《左傳·襄公十四年》："譬如捕鹿，晉人～之。"❸ 額骨，額角。《孟子·盡心下》："若崩厥～稽首。"❹ 古代兒童頭頂兩側所束的髮髻，其形狀像牛角。《詩經·齊風·甫田》："婉兮孌兮，總～丱（guàn）兮。"❺ 古代樂器名。唐·杜甫《閣夜》："五更鼓～聲悲壯。"❻ 古代量器名。《管子·七法》："尺寸也，繩墨也，規矩也，衡石也，斗斛也，～量也，謂之法。"❼ 量詞。《水滸傳》第三回："先打四～酒來。"❽ 角落。清·林嗣環《口技》："於廳事之東北，施八尺屏障。"❾ 棱角。唐·杜牧《阿房宮賦》："各抱地勢，鉤心鬥～。"❿ 有棱角的。唐·杜甫《南鄰》："錦里先生烏～巾，園收芋粟不全貧。"

(2) jué ❶ 較量。《三國志·吳書·華覈傳》："今當～力中原。"❷ 古代一種酒器。《禮記·禮器》："尊者舉觶，卑者舉～。"

【角立】jiǎo lì ❶ 卓然特立，超羣出眾。《後漢書·徐穉列傳》："至於穉者，爰自江南卑薄之城，而～～傑出。"❷ 對立，並立。《宋史·呂午傳》："邊閫～～，當協心釋嫌。"

【角樓】jiǎo lóu 古代供瞭望和防守用的城樓，因建於城垣的四角而得名。唐·元稹《欲曙》："片月低城堞，稀星轉～～。"

【角門】jiǎo mén 正門兩側的小門。宋·王安石《省中沈文通聽事》："竹上秋風吹網絲，～～常閉吏人稀。"

【角抵】jué dǐ　古代一種雜技，類似今天的摔跤。《漢書·武帝紀》："作～～戲，三百里內皆來觀。"

佼 jiǎo　美，美好。《墨子·尚賢中》："面目～好。"

【佼佼】jiǎo jiǎo　美好，高出一等。《後漢書·劉盆子列傳》："卿所謂鐵中錚錚，傭中～～者也。"

【佼人】jiǎo rén　美人。《詩經·陳風·月出》："月出皎兮，～～僚兮。"

狡 jiǎo　❶傳說中的獸名。《山海經·西山經》："有獸焉，其狀如犬而豹文，其角如牛，其名曰～。"❷狡猾。《戰國策·馮煖客孟嘗君》："～兔有三窟，僅得免其死耳。"❸通"姣"，美好。《詩經·鄭風·山有扶蘇》："不見子充，乃見～童。"

【狡譎】jiǎo jué　詭詐。《新唐書·杜伏威傳》："伏威～～多算。"

皎 jiǎo　❶潔白。《詩經·小雅·白駒》："～～白駒，在彼空谷。"❷明亮。宋·歐陽修《秋聲賦》："星月～潔。"

絞 jiǎo　❶纏繞。宋·柳宗元《晉問》："根～怪石。"❷縊死，勒死。《韓非子·難三》："遣吏執而問之，則手～其夫者也。"❸急切。《論語·泰伯》："直而無禮則～。"

湫 (1) jiǎo　低下。《左傳·昭公三年》："～隘囂塵，不可以居。"

(2) qiū　❶清涼的樣子。戰國楚·宋玉《高唐賦》："～兮如風，悽兮如雨。"❷見"湫漻"。

【湫漻】qiū liǎo　清寂的樣子。《淮南子·原道訓》："～～寂寞。"

腳 (1) jiǎo　❶人和動物肢體的最下端。北朝民歌《木蘭辭》："雄兔～撲朔。"❷小腿。漢·司馬遷《報任安書》："孫子臏～，《兵法》修列。"❸物體的最下端或最下部。唐·杜甫《茅屋為秋風所破歌》："雨～如麻未斷絕。"

(2) jué　腳色，戲曲中的各種人物類型。

【腳力】jiǎo lì　❶兩腿步行的耐力。宋·范成大《寒食郊行》："賞心添～～，呼渡過溪東。"❷古代指搬運或傳遞文書的工人。唐·段成式《酉陽雜俎·怪術》："元和末，鹽城～～張儼，遞牒入京。"

剿 (1) jiǎo　❶討伐，滅絕。《三國志·吳書·魯肅傳》："～除黃祖，進伐劉表。"❷勞苦，勞累。《新唐書·高郢傳》："臣謂悉力追孝，誠為有益，妨時～人，不得無損。"

(2) chāo　❶抄襲。《禮記·曲禮上》："毋～說，毋雷同。"❷簡捷，簡明。南朝梁·鍾嶸《詩品》："雖不宏綽，而文體～淨。"

【剿民】jiǎo mín　使百姓勞苦。《左傳·宣公十二年》："無及於鄭而～～，焉用之？"

僥 jiǎo　希望意外得到成功或免去災禍。宋·李覯《袁州學記》："若其弄筆墨以～利達而已。"

撟 jiǎo　❶舉起。《史記·扁鵲倉公列傳》："舌～然不下。"❷通"矯"，糾正，矯正。《漢書·諸侯王表》："可謂～枉過其正矣。"❸通"矯"，假託，詐稱。《史記·魏公子列傳》："～魏王令代晉鄙。"

徼 (1) jiǎo　❶求，取。《左傳·成公十三年》："君亦悔禍之延，而欲～福於先君獻穆。"❷微妙。《老子》一章："故常'無'，欲以觀其妙。常'有'，欲以觀其～。"❸徼幸，同"僥倖"，指希望意外得到成功或免去災禍。《禮記·在上位不陵下》："小人行險以～幸。"

（2）jiāo 竊取。《論語·陽貨》："惡～以為知者。"

（3）jiào ❶巡查。《漢書·東方朔傳》："～巡長楊以東。"❷巡查的人。宋·文天祥《〈指南錄〉後序》："賈家莊幾為巡～所陵迫死。"

（4）yāo ❶通"邀"，攔截。漢·曹操《請增封荀彧表》："堅營固守，～其軍實。"❷通"邀"，招致。《左傳·成公十三年》："其承寧諸侯以退，豈敢～亂？"

矯 jiǎo ❶矯正。《漢書·嚴安傳》："～箭控弦。"❷糾正。《韓非子·孤憤》："不勁直，不能～奸。"❸假託，詐稱（君王的命令）。《戰國策·馮煖客孟嘗君》："～命，以責賜諸民。"❹高舉，舉起。晉·陶淵明《歸去來兮辭》："時～首而遐觀。"❺堅強，強大的樣子。《禮記·中庸》："故君子和而不流，強哉～！"

【矯飾】jiǎo chì 故意做作，以掩蓋事物的真相。《新唐書·孫偓傳》："（孫）偓性通簡，不～～。"

【矯矯】jiǎo jiǎo 強壯勇武的樣子。《詩經·魯頌·泮水》："～～虎臣，在泮獻馘。"

【矯殺】jiǎo shā 詐稱君王的命令而殺死某人。宋·蘇軾《范增論》："羽既～～卿子冠軍，義帝必不能堪。"

皦 jiǎo ❶明亮。《詩經·王風·大車》："謂予不信，有如～日。"❷潔白，清白。《漢書·高闔傳》："譬如玉石，～然可知。"❸清晰，分明。《論語·八佾》："從之，純如也，～如也，繹如也，以成。"

【皦皦】jiǎo jiǎo 潔白，高潔。明·張溥《五人墓碑記》："獨五人之

～～，何也？"

【皦然】jiǎo rán 潔白的樣子。《後漢書·樂恢列傳》："（樂）恢獨～～不污於法。"

校 jiào 見 659 頁 xiào。

教 （1）jiào ❶教育。《孟子·滕文公上》："飽食、暖衣、逸居而無～，則近於禽獸。"❷政教。《韓非子·五蠹》："乃修～三年，執干戚舞，有苗乃服。"❸上級對下級發的書面指示。漢·曹操《與王修書》："故與君～。"❹教唆。《史記·淮陰侯列傳》："若～百姓反，何冤？"

（2）jiāo ❶傳授。唐·李賀《李憑箜篌引》："夢入神山～神嫗，老魚跳波瘦蛟舞。"❷讓。唐·王昌齡《出塞》："不～胡馬度陰山。"

【教督】jiào dū 教導指正。漢·楊惲《報孫會宗書》："足下哀其愚蒙，賜書～～以所不及。"

【教坊】jiào fāng 唐宋時掌管女樂的官署名，明代為教坊司，清代始廢。唐·白居易《琵琶行》："名屬～～第一部。"

較 （1）jiào ❶比較。《水滸傳》第三回："正說些閒話～量些槍法。"❷考校，考核。《新唐書·百官志一》："歲～其屬功過。"❸明顯。《史記·伯夷列傳》："此其尤大彰明～著者也。"❹大概，大略。《史記·貨殖列傳》："此其大～也，皆中國人民所喜好。"

（2）jué 通"角"，競賽，比賽。《孟子·萬章下》："孔子之仕於魯也，魯人獵～，孔子亦獵～。"

嶠 jiào 尖峭的高山。南朝宋·顏延之《和謝靈運》："跂予間衡～，曷月瞻秦稽。"

嚼 (1) jiáo ❶ 嚼，咬。漢·王充《論衡·道虛》：「口齒以~食。」❷ 活着的或活下來的人。南朝梁·徐陵《陳公九錫文》：「曾不崇朝，俾無遺~。」

(2) jiāo ❶ 聲音急促。《禮記·樂記》：「其哀心感者，其聲~以殺。」❷ 鳥鳴聲。漢·揚雄《羽獵賦》：「~~昆鳴。」

醮 jiào ❶ 古代舉行冠禮和婚禮時的一種儀式。《禮記·昏義》：「父親~子而命之迎。」❷ 古代指女子嫁人。清·蒲松齡《聊齋志異·陸判》：「未嫁而喪二夫，故十九猶未~也。」❸ 祭祀。戰國楚·宋玉《高唐賦》：「~諸神，禮太一。」❹ 打醮，道士設壇做法事。唐·李商隱《天平公座中呈令狐令公》：「罷執霓旌上~壇，慢妝嬌樹水晶盤。」

jie

皆 jiē ❶ 都，全。《論語·季氏》：「夫子欲之，吾二臣者~不欲也。」❷ 一起，一同。《管子·大匡》：「公將如齊，與夫人~行。」這個義項後來寫作「偕」。❸ 比擬。《敦煌變文·葉淨能詩》：「造化之內，無人可~。」

接 jiē ❶ 交接，交往。《孟子·萬章下》：「其交也以道，其~也以禮。」❷ 接待。《史記·屈原賈生列傳》：「出則~遇賓客，應對諸侯。」❸ 接觸。《孟子·以五十步笑百步》：「兵刃既~，棄甲曳兵而走。」❹ 連接，連續。三國魏·曹丕《與吳質書》：「行則連輿，止則~席。」❺ 承託，承接。《三國演義》第十七回：「(曹操) 遂自下馬

~土填坑。」❻ 綁縛。《史記·陳丞相世家》：「武士反~之。」❼ 向着，迎射。三國魏·曹植《白馬篇》：「仰手~飛猱，俯身散馬蹄。」❽ 通「捷」，迅疾，敏捷。《荀子·大略》：「先事慮事謂之~。」

【接會】jiē huì　交接，接觸。漢·王充《論衡·本性》：「有與~~，故惻隱卑謙，形出於外。」

階 jiē ❶ 台階，或指梯子。《史記·孔子世家》：「孔子趨而進，歷~而登。」❷ 途徑。《周易·繫辭上》：「亂之所生也，則言語以為~。」❸ 憑藉，依據。《漢書·異姓諸侯王表》：「漢亡尺土之~，繇一劍之任，五載而成帝業。」❹ 官階，品級。《舊唐書·職官志一》：「流內九品三十~之內，又有視流內起居，五品至從九品。」

【階陛】jiē bì　宮廷的台階。《史記·刺客列傳》：「門戶~~左右，皆王僚之親戚也。」

【階除】jiē chú　即台階。唐·杜甫《南鄰》：「慣看賓客兒童喜，得食~~鳥雀馴。」

【階次】jiē cì　官職的等級。晉·孫楚《奏廢九品為大小中正》：「收人才不問~~。」

喈 jiē ❶ 見「喈喈」。❷ 形容急風疾雨。《詩經·邶風·北風》：「北風其~，雨雪其霏。」

【喈喈】jiē jiē ❶ 象聲詞，形容鳥叫聲。《詩經·周南·葛覃》：「黃鳥于飛，集於灌木，其鳴~~。」鍾、鈴一類的聲音。《詩經·小雅·鐘鼓》：「鐘鼓~~。」哭聲。唐·孟郊《送淡公》：「江湖有故莊，小女啼~~。」❷ 和睦融洽的樣子。漢·揚雄《太玄·眾》：「躆戰~~，

恃力作王也。"

揭 (1) jiē ❶ 高舉。《戰國策·馮煖客孟嘗君》："於是，乘其車，～其劍，過其友。" ❷ 擔負，扛。《莊子·胠篋》："然則巨盜至，則負匱～篋擔囊而趨。" ❸ 手持，拿。《後漢書·馮衍列傳》："衍少事名賢，歷經顯位，懷金垂紫，～節奉使，不求苟得。" ❹ 掀起。唐·韓愈《次同冠峽》："泄乳交巖脈，懸流～浪摽。" ❺ 顯示，顯露。宋·歐陽修《瀧岡阡表》："既又載我皇考崇公之遺訓，太夫人之所以教而有待於修者，並～於阡。" ❻ 標誌。漢·張衡《東京賦》："大室作鎮，～以熊耳。" ❼ 揭發，公開。《尉繚子·伍制令》："伍有干令犯禁者，～之市。"

(2) qì 提起衣裳。《論語·憲問》："深則厲，淺則～。"

【揭參】jiē cān 彈劾。清·黃六鴻《福惠全書·郵政》："非以貪污～～而挾詐，即以不法衙蠹而訪拿。"

【揭調】(1) jiē diào 高亢的調子。唐·高駢《贈歌者》："公子邀歡月滿樓，佳人～～唱《伊州》。"

(2) jiē tiáo 揭短調唆。《金瓶梅詞話》："又使性兒彼此互相～～。"

【揭竿】jiē gān ❶ 舉着竹竿或木棍。漢·賈誼《過秦論》："斬木為兵，～～為旗。" 後引申為武裝暴動。❷ 豎立旗竿。《野獲編·科場·旗竿》引明·王世貞《觚不觚錄》："士子鄉會試得雋，郡縣始～～於門，懸捷旗。"

【揭揭】jiē jiē ❶ 長或高的樣子。《詩經·衛風·碩人》："葭菼(tǎn，初生的荻)～～，庶姜孽孽，庶士

有揭。" ❷ 動搖不定的樣子。《淮南子·兵略訓》："因其勞倦息亂，……擠其～～，此謂因勢。" ❸ 疾馳的樣子。漢·焦贛《易林·需之小過》："猋(biāo，同'飆')風忽起，車馳～～。"

【揭篋】jiē qiè 盜竊搬走箱籠，比喻全盤抄襲他人的文字。南朝梁·劉勰《文心雕龍·指瑕》："全寫則～～。"

【揭貼】jiē tiē 即張貼，後 "貼" 也作 "帖"。清·方以智《通雅·器用》："詔中書例寫一本，納執政，分令諸房～～。"

【揭帖】jiē tiě ❶ 一種公文。明·戚繼光《練兵實紀·雜集》："凡有大事申報上司，於文書之外，仍附以～～，備言其事之始末情節，利害緣由。" ❷ 稱張貼的啟事或公告。清·孔尚任《桃花扇》："小弟做了一篇留都防亂的～～，公討其罪。"

【揭櫫】jiē zhū 標誌。章炳麟《文學說例》："前世著述，其編題多無義例，《和氏》《盜跖》，以人名為符號；《馬蹄》《駢拇》，以章首為～～。"

街 jiē ❶ 城邑市鎮中的大路。《水滸傳》第三回："三個人出了潘家酒肆，到～上分手。" ❷ 集市。清·劉獻廷《廣陽雜記》："蜀謂之場，滇謂之～，嶺南謂之墟，河北謂之集。"

【街鼓】jiē gǔ 唐代設在京城街上報宵禁始與終的警夜鼓，宋以後泛指更鼓。唐·劉肅《大唐新語·釐革》："始置～～，俗號咚咚，公私便焉。"

【街肆】jiē sì 街上的店鋪。《後漢書·董卓列傳》："長安中士女賣其珠玉衣裝市酒肉相慶者，填滿～～。"

【街卒】jiē zú　打掃街道兼負治安的差役。《後漢書·范丹列傳》："友人南陽孔嵩,家貧親老,乃變姓名,傭為新野縣阿里~~~。"

楷　jiē　見 320 頁 kǎi。

嗟　**jiē** ❶歎詞,相當於"喂"、"唉"。打招呼。《尚書·周書·費誓》:"~!人無譁,聽命。"應答。《史記·五帝本紀》:"~,然!禹,汝平水土,維是勉哉。"悲傷,歎息。《詩經·魏風·陟岵》:"~予子,行役夙夜無已。"❷讚歎。戰國楚·屈原《楚辭·九章·橘頌》:"~爾幼志。"❸感歎。唐·杜甫《新婚別》:"自~貧家女,久致羅襦裳。"

【嗟夫】jiē fú　表示感歎。唐·杜牧《阿房宮賦》:"~~!使六國各愛其人,則足以拒秦。"

【嗟乎】jiē hū　表示感歎,同"嗟夫"。唐·韓愈《師說》:"~~!師道之不傳也久矣!"

【嗟嗟】jiē jiē　❶歎詞。打招呼。《詩經·周頌·臣工》:"~~臣工,敬爾在公。"表示感歎。唐·李頎《行路難》:"薄俗~~難重陳,深山麋鹿可為鄰。"表示讚美。《詩經·商頌·烈祖》:"~~烈祖,有秩斯祜。"❷象聲詞。水流聲,等於說"濺濺"。北魏·酈道元《水經注·河水》:"今惟見小水異耳,~~有聲,聲聞數里。"

【嗟來】jiē lái　❶歎詞。來,語氣詞。《莊子·大宗師》:"~來桑戶乎!~~桑戶乎!而已反其真,而我猶為人猗!"❷"嗟來之食"的縮略語,表示帶侮辱性的施捨,典出《禮記·檀弓下》。漢·桓寬《鹽鐵論·孝養》:"夫~~而招之,投

而與之,乞者由不取也。"

孑　**jié** ❶單,獨。漢·孔融《論盛孝章書》:"單~獨立,孤危愁苦。"❷短,小。《宋史·尹焞傳》:"勿以小智~義而圖大功。"❸戟,一種兵器。《左傳·莊公四年》:"楚武王荊尸,授師~焉,以伐隨。"

【孑孑】jié jié　❶特出、獨立的樣子。《詩經·鄘風·干旄》:"~~干旄,在浚之郊。"❷孤單,孤寂。宋·洪邁《夷堅志·小溪縣令妾》:"四顧~~,更無親戚可依。"❸細小的行為或恩惠。唐·韓愈《原道》:"彼以煦煦為仁,~~為義,其小之也則宜。"❹突然。唐·段成式《酉陽雜俎·怪術》:"其僧房門後有筇杖~~跳出,連擊其僧。"❺艱難,蹙迫。清·薛福成《敍疆臣建樹之難》:"尚覺~~不遑。"

【孑孓】jié jué　❶蚊子的幼蟲。晉·郭璞註《爾雅·釋蟲》:"井中小蛣蟩赤蟲,名~~。"❷形容肢體殘損顛絆的樣子。清·紀昀《閱微草堂筆記·灤陽消夏錄》:"景州一宦家子,好取貓犬之類,拗折其足,捩之向後,觀其~~跳號以為戲。"

【孑黎】jié lí　殘存的黎民百姓。清·薛福成《〈誥授資政大夫江蘇巡撫張公五十壽〉序》:"~~喁喁,不得一夕甘寢。"

【孑立】jié lì　無依靠。晉·李密《陳情表》:"煢煢~~,形影相弔。"

【孑然】jié rán　❶孤單,孤獨。前蜀·杜光庭《墉城集仙錄·緱仙姑》:"精修香火十餘年,~~無侶。"❷特出,卓然不羣。宋·范仲淹《〈唐異詩〉序》:"觀乎處士之作也,~~弗倫。"❸全體,全部。《國語·周語中》:"胡有~~其

效戎狄也？"

【孑遺】jié yí　殘存的人或物。《詩經·大雅·雲漢》："周餘黎民，靡有～～。昊天上帝，則不我遺。"

劫 jié ❶強奪，掠取。《史記·高祖本紀》："今乃與王黃等～掠代地。" ❷威逼，威脅。宋·蘇洵《六國論》："有如此之勢，而為秦人積威之所～。" ❸佛教用語，梵語"劫波"的簡稱。佛經把天地的一成一敗叫一劫，表示一段很長的時間。唐·李白《短歌行》："蒼穹浩茫茫，萬～太極長。"

拮 (1) jié　見"拮据"。
(2) jiá　通"戛"，敲擊，逼迫。《戰國策·秦策五》："句踐終～而殺之。"

【拮据】jié jū ❶辛苦勞作，操持。《詩經·豳風·鴟鴞》："予手～～。" ❷生活艱難，經濟窘迫。唐·杜甫《秋日夔府詠懷奉寄鄭監李賓客一百韻》："文物陪巡狩，親賢病～～。"

訐 jié　指責、揭發他人短處或隱私。《論語·陽貨》："惡訐以為直者。"北齊·顏之推《顏氏家訓·省事》："～羣臣之得失。"

【訐揚】jié yáng　揭發暴露。《漢書·孝成趙皇后傳》："乃探追不及之事，～～幽昧之過，此臣所深痛也。"

【訐直】jié zhí　亢直敢言。《周書·樂運傳》："而性～～，為人所排抵，遂不被任用。"

桀 jié ❶小木椿。《詩經·王風·君子于役》："雞棲於～。" ❷優秀、傑出的人物。《詩經·衛風·伯兮》："伯兮朅兮，邦之～兮。"也寫作"傑"。 ❸突出，高出。北魏·酈道元《水經注·江水》："其頹巖所餘，比之諸嶺，尚為竦～。"

❹兇暴。《韓非子·亡徵》："官吏弱而人民～，如此則國躁。" ❺夏朝的末代君主，名履癸，因暴虐無道，被稱為"桀"。

【桀驁】jié ào　兇悍倔強。《漢書·匈奴傳》："匈奴人民每來降漢，單于亦輒拘留漢使以相報復，其～～尚如斯，安肯以愛子而為質乎？"

【桀桀】jié jié　草茂盛而高的樣子。《詩經·齊風·甫田》："無田甫田，維莠～～。"

【桀起】jié qǐ　高聳。北魏·酈道元《水經注·沁水》："崔嵬～～。"

【桀然】jié rán ❶高聳的樣子。晉·郭璞《山海經圖贊·崑崙丘》："～～中峙，號曰天柱。" ❷形容傑出、超羣。《續資治通鑑》卷七十二："彼皆才器～～過人，任使稱意。"

捷 (1) jié ❶勝利，成功。《詩經·小雅·采薇》："豈敢定居，一月三～。" ❷獵獲物，戰利品。《左傳·襄公二十五年》："鄭子產獻～于晉。" ❸迅速，敏捷。漢·司馬相如《上書諫獵》："臣聞物有同類而殊能者，故力稱烏獲，～言慶忌，勇期賁、育。" ❹抄近路。《左傳·成公五年》："待我，不如～之速也。" ❺及，趕上。《列子·說符》："昔人言有知不死之道者，燕君使人受之，不～，而言者死。"
(2) qiè　見"捷捷"。

【捷急】jié jí ❶應對敏捷。《後漢書·韋彪傳》："宜鑒嗇夫～～之對，深思絳侯木訥之功也。" ❷應急。唐·陳子昂《上軍國機要事》："是～～之計，非天子之兵。"

【捷給】jié jǐ　口才好而應對敏捷。《史記·張釋之馮唐列傳》："豈敩此嗇夫諜諜利口～～哉！"

【捷捷】jié jié ❶ 動作敏捷的樣子。《詩經·大雅·烝民》:"征夫～～,每懷靡及。" ❷ 貪吃的樣子,引申為貪得。《孔子家語·五儀》:"事任於官,無取～～。" ❸ 形容花言巧語。《詩經·小雅·巷伯》:"～～幡幡,謀欲譖言。"

【捷徑】jié jìng ❶ 近便的小路。《隋書·楊尚希傳》:"(楊尚希)遂夜中從～～而遁。" ❷ 喻不循正軌,貪便圖快的做法,後多指取巧進身的門路。唐·俞簡《行不由徑》:"～～雖云易,長衢豈不平?" ❸ 喻速成的方法或手段。南朝梁·沈約《述僧中食論》:"往古諸佛,過中不餐,此蓋是遣累筌蹄,適道之～～。"

絜 jié 見 661 頁 xié。

渴 jié 見 325 頁 kě。

結 (1) jié ❶ 用條狀物繫成疙瘩。唐·杜甫《自京赴奉先詠懷》:"霜嚴衣帶斷,指直不得～。" ❷ 泛指糾結不通或關鍵之處。《史記·扁鵲倉公列傳》:"盡見五藏症～。" ❸ 縈縛,捆綁。戰國楚·屈原《楚辭·九歌·山鬼》:"乘赤豹兮從文狸,辛夷車兮～桂旗。" ❹ 縫綴,編織。晉·陶淵明《五柳先生傳》:"短褐穿～,簞瓢屢空,晏如也。" ❺ 構築。唐·李白《渡荊門送別》:"月下飛天鏡,雲生～海樓。" ❻ 聯結,結交。《史記·廉頗藺相如列傳》:"燕王私握臣手,曰:'願～友。'" ❼ 聚積,凝結。南朝梁·江淹《麗色賦》:"鳥封魚斂,河凝海～。" ❽ 終結,結束。《淮南子·繆稱訓》:"故君子行

思乎其所～。" ❾ 結案,判決。《後漢書·楊震列傳》:"帝發怒,遂收考詔獄,～以罔上不道。" ❿ 證明對某事負責任或了結某事的一種字據、文書。《後漢書·劉般列傳》:"又以郡國牛疫,通使區種增耕,而吏下檢～,多失其實,百姓患之。"

(2) jì 通"髻"。《漢書·李廣傳附李陵》:"兩人皆胡服椎～。"

【結草】jié cǎo ❶ 據《左傳·宣公十五年》,晉國的魏犨(chōu)死時,讓他的兒子把他的妾殉葬,兒子魏顆未從,把他的妾嫁了出去。後來魏顆作戰,有一個老人用草把他的敵手纏倒,這位老人就是魏犨妾的父親,前來報答魏顆。後以"結草"代指報恩。晉·李密《陳情表》:"臣生當隕首,死當～～。" ❷ 指構造簡陋的茅屋。唐·杜甫《寄張十二山人彪三十韻》:"～～即河濱。"

【結髮】jié fà ❶ 束髮,即把頭髮在頭頂上挽成髻。古時男子自成年始束髮,故以"結髮"代指年輕時。《史記·李將軍列傳》:"且臣～～而與匈奴戰。" ❷ 成婚。唐·杜甫《新婚別》:"～～為君婦。" ❸ 指原配妻子。《北史·齊馮翊太妃鄭氏傳》:"妃是王～～婦,常以父母家財奉王。"

【結構】jié gòu ❶ 連結、構築而造房舍。晉·葛洪《抱朴子·勖學》:"文梓干雲而不可名臺樹者,未加班輸之～～也。" ❷ 勾結。宋·孔平仲《續世說·奸佞》:"王叔文因王伾,伾因李忠言,忠言因牛昭容,轉相～～。" ❸ 詩文書畫各部分的排列與佈局。唐·張彥遠《法書要錄》引晉·衛夫人《筆陣圖》:"～～圓備如篆法,飄揚灑落如章草。"

【結軌】jié guǐ　車轍交錯。形容車輛來往絡繹不絕。《漢書·司馬相如傳下》："～～還轅，東鄉將報，至於蜀都。"

【結裹】jié guǒ　❶裝束，打扮。宋·劉克莊《沁園春·和林卿韻》："黃冠～～，老大知妾。"❷同"結果"，歸宿。明·唐順之《答王鑒川兵備書》："即且攜家遠去，尋一人跡不到之山～～此身。"

【結口】jié kǒu　緘口，閉口不言。《後漢書·蔡邕列傳》："遂使羣下～～，莫圖正辭。"

【結纜】jié lǎn　❶繫舟，停船。唐·梁知微《入朝別張燕公》："亮舟才～～，驂駕已相迎。"❷也寫作"結攬"，包攬，霸攬。元·張國賓《羅李郎》："這廝～～着章臺柳，鋪買下謝家樓。"

【結廬】jié lú　搭蓋房子。晉·陶淵明《飲酒》："～～在人境，而無車馬喧。"

【結茅】jié máo　用茅草蓋房子，意思是搭建簡陋的住處。南朝宋·鮑照《觀圖人藝植》："抱鍤壟上餐，～～野中宿。"

【結納】jié nà　❶結交。《漢書·石顯傳》："顯使人致謝，深自～～。"❷納采，男方派人到女家下聘禮。《周書·文帝紀上》："初，魏帝在洛陽，許以馮翊長公主配太祖，未及～～，而帝西遷。"

【結念】jié niàn　專注一心地思念。唐·沈佺期《鳳聲曲》："～～羅幃中。"

【結契】jié qì　指結交而感情投合。唐·劉知幾《思慎賦》："(陳)餘推誠而裨(張)耳，蕭(育)～～而連朱(博)。"

【結舌】jié shé　不敢說話。《漢書·李尋傳》："及京兆引王章坐言事誅滅，智者～～。"

【結繩】jié shéng　在繩子上挽疙瘩。上古時沒有文字，這是用來記事的一種方式。後來也用來指上古時代。明·徐渭《代雲南策問》："自～～以後至于三王五帝。"

【結實】jié shí　簽署認定某種狀況的文書，證實自己的立場或責任。宋·司馬光《涑水記聞》："即命各供狀～～。"

【結綬】jié shòu　佩繫印綬，指作官。《漢書·蕭育傳》："蕭朱～～，王貢彈冠。"

【結束】jié shù　❶捆綁，結紮。《後漢書·東夷列傳》："其男衣皆橫幅～～相連。"❷約束，束縛。《古詩十九首·東城高且長》："何為自～～。"❸收拾整理行裝。唐·善生《送智光之南值雨》："～～衣囊了，炎州定去遊。"❹梳妝，打扮。唐·杜甫《陪王使君晦日泛江就黃家亭子》："～～多紅粉，歡娛恨白頭。"❺妝飾。宋·王明清《摭青雜說》："寧陪些少～～，嫁一本分人。"

【結駟】jié sì　一車套四匹馬。《後漢書·趙壹列傳》："舐痔～～，正色徒行。"也指高官顯貴。晉·陶淵明《扇上畫贊》："至矣於陵，養氣浩然，蔑彼～～，甘此灌園。"

【結言】jié yán　❶用言語定約。《公羊傳·桓公三年》："古者不盟，～～而退。"❷指連綴文辭。南朝梁·劉勰《文心雕龍·風骨》："～～端直，則文骨成焉。"

【結纓】jié yīng　繫好帽帶。《左傳·哀公十五年》："子路曰：'君子死，冠不免。'～～而死。"後來用以表示從容就義。唐・陳子昂《為副大總管屯營大將軍蘇宏暉謝表》:"誠合～～軍壘,抵罪國章。"

【結援】jié yuán ❶ 結為外援。《國語・晉語七》:"四年,諸侯會於雞丘……～～、修好、申盟而還。"❷ 結交,建立關係。南朝宋・劉義慶《世說新語・方正》:"王丞相初在江左,欲～～吳人,請婚。"

【結轍】jié zhé ❶ 車轍交錯在一起。《管子・小匡》:"平原廣牧,車不～～,士不旋踵,鼓之而三軍之士視死如歸。"❷ 車輛往來不絕。唐・陳子昂《昭夷李趙氏碣頌》:"年二十七,褐衣遊洛陽,天下名流,翕然宗仰……故蓬居窮巷,軒冕～～。"

【結軫】jié zhěn ❶ 心情鬱結沉痛。戰國楚・宋玉《九辯》:"重無怨而生離兮,中～～而增傷。"❷ 停車。軫,車廂底部後面的橫木,又代指車。南朝齊・謝朓《和徐都曹出新亭渚》:"～～青郊路,回瞰蒼江流。"

【結正】jié zhèng 定案判決。《三國志・魏書・陳矯傳》:"曲周(曲周,地名)民父病,以牛禱,縣～～棄市。"

詰 jié ❶ 詢問,追問。宋・蘇洵《張益州畫像記》:"今夫平居聞一善,必問其人之姓名與其鄰里之所在,以至於其長短、大小、美惡之狀,甚者或～其平生所嗜好,以想見其為人。"❷ 責問,質問。唐・韓愈《進學解》:"是所謂～匠氏之不以杙為楹。"❸ 追究,查辦。《尚書・周書・周官》:"司寇掌邦禁,～姦慝,刑暴亂。"❹ 禁

止,整治。《周禮・天官冢宰・大宰》:"五曰刑典,以～邦國。"❺ 彎曲。見"詰曲"。❻ 猶"翌"。見"詰旦"、"詰日"。

【詰兵】jié bīng 整治兵器。明・唐順之《覆勘薊鎮邊務首疏》:"但知番戍遠調,足辦目前,不思蒐乘～～,用圖久計。"又稱"詰戎治兵"。

【詰旦】jié dàn 清晨,明朝。《宋書・柳元景傳》:"自～～而戰,至於日昃,虜眾大潰。"

【詰姦】jié jiān 查辦奸盜。《國語・周語中》:"司空視塗,司寇～～。"

【詰難】jié nàn 詰問駁難。宋・朱熹《熟讀精思》:"復以眾說互相～～,而求其理之所安。"

【詰曲】jié qū 曲折。唐・宋之問《秋蓮賦》:"複道兮～～,離宮兮相屬。"

【詰讓】jié ràng 責問申斥。《後漢書・鄭弘列傳》:"帝～～弘,收上印綬。"

【詰日】jié rì 明天。唐・許堯佐《柳氏傳》:"使女奴竊言失身沙叱利,阻同車者,請～～幸相待於道政里門。"

【詰朝】jié zhāo ❶ 第二天早上。《左傳・襄公十四年》:"～～之事,爾無與焉,與將執汝。"❷ 清晨。唐・儲光羲《樵父詞》:"～～礪斧尋,視暮行歌歸。"

潔 jié ❶ 清潔,乾淨。漢樂府《陌上桑》:"為人～白皙,鬑鬑頗有鬚。"❷ 潔白。三國魏・嵇康《答釋南宅無吉凶攝生論》:"猶西施之～不可為,而西施之服可為也。"❸ 人品高潔。《史記・屈原賈生列傳》:"其志～,其行廉。"❹ 指語言簡潔。南朝梁・劉勰《文

心雕龍·議對》："文以辨～為能，不以繁縟為巧。"

睫 jié ❶眼瞼邊緣上生的細毛。《韓非子·喻老》："智如目也，能見百步之外而不能自見其～。" ❷眨眼。《列子·仲尼》："矢來注眸子，而眰不～。"

碣 jié ❶高聳孤立的石頭，引申為獨立高聳的樣子。《漢書·揚雄傳上》："鴻濛沆茫，～以崇山。" ❷圓頂的石碑叫碣，方頂的石碑叫碑。《後漢書·竇憲列傳》："封神丘兮建隆～。" ❸一種文體，源於石碣上的文字。南朝梁·劉勰《文心雕龍·銘箴》："若班固燕然之勒，張昶華陰之～，序亦盛矣。" ❹界碑。《魏書·序紀》："夾道立～，與晉分界。"

【碣石】jié shí ❶山名，在河北省昌黎縣北，其山東端綿脈的柱狀石亦稱"碣石"，東漢以後逐漸沉入海中。漢·曹操《步出夏門行》："東臨～～，以觀滄海。" ❷指墓碑。唐·司空圖《偶詩》："一掬信陵墳上土，便如～～累千斤。"

竭 jié ❶承載。《禮記·禮運》："五行之動，疊相～也。" ❷窮盡，全部。《左傳·曹劌論戰》："一鼓作氣，再而衰，三而～。"三國蜀·諸葛亮《出師表》："庶～駑鈍，攘除姦凶。" ❸乾涸。《詩經·大雅·召旻》："池之～矣。" ❹喪失。《莊子·胠篋》："唇～則齒寒。" ❺敗壞，毀滅。《淮南子·主術訓》："耳目淫則～。" ❻遏止。漢·桓寬《鹽鐵論·疾貪》："猶水之赴下，不～不止。"

【竭節】jié jié　守節，盡忠。漢·曹操《陳損益表》："顧恩念責，亦臣

～～投命之秋也。"

【竭蹶】jié jué ❶跌跌撞撞、急急忙忙往前趕的樣子。《荀子·儒效》："故近者歌謳以樂之，遠者～～而趨之。" ❷盡心竭力。明·張煌言《與某書》："苟有利於國家，有益於桑梓，無弗～～以告當事。"

【竭命】jié mìng　盡力效命。《南史·呂文顯傳》："宗慤年將六十，為國～～也。"

【竭情】jié qíng　盡心。《左傳·昭公二十年》："夫子之家事治，言於晉國，～～無私。"

頡 (1) jié　見"頡曲"。
(2) xié ❶脖子僵直的樣子。《淮南子·脩務訓》："王公大人有嚴志～頏之行。" ❷鳥向上飛的樣子。《詩經·邶風·燕燕》："燕燕于飛，～之頏之。" ❸捆紮。北魏·賈思勰《齊民要術·筆墨》："縮羊青毛去兔毫頭下二分許，然後合扁，捲令極圓。訖，痛～之。"
(3) jiá　刮取，克扣。《新唐書·高仙芝傳》："然以我為盜～資糧，誣也。"

【頡曲】jié qū　曲折。清·厲鶚《東城雜記·僧了心》："松篁蔥蒨，羊腸～～。"

【頡頏】xié háng　又寫作"頡亢"。❶鳥上下飛翔的樣子。漢·司馬相如《琴歌》："何緣交頸為鴛鴦，胡～～今共翱翔。" ❷不相上下，相抗衡。《晉書·文苑傳》："潘（岳）夏（侯湛）連輝，～～名輩。" ❸高傲，傲視。晉·夏侯湛《東方朔畫贊》："苟出不可以直道也，故～～以傲世。"

【頡滑】xié huá　錯亂，紛紜。《莊子·徐無鬼》："～～有實，古今不代。"

羯 jié ❶ 騸割過的公羊。《爾雅·釋獸》："羖羊羠曰～。" ❷ 古代少數民族。《晉書·苟晞傳》："李惲、陳午等救懷諸軍與～大戰，皆見破散。"

【羯胡】jié hú　泛指北方的少數民族。唐·杜甫《往在》："前者厭～～，後來遭犬戎。"

節 jié ❶ 竹節。宋·王禹偁《黃岡竹樓記》："黃岡之地多竹，大者如椽，竹工破之，刳去其～，用代陶瓦。" ❷ 骨骼連接之處。《莊子·養生主》："彼～者有間而刀刃者無厚。" ❸ 量詞，事物的一段。《淮南子·說林訓》："見象牙乃知其大於牛，見虎尾乃知其大於狸，一～見而百～知也。" ❹ 季節，節氣。《列子·愚公移山》："寒暑易～，始一反焉。" ❺ 節日。唐·王維《九月九日憶山東兄弟》："獨在異鄉為異客，每逢佳～倍思親。" ❻ 約束，控制。《史記·滑稽列傳》："六藝於治一也。《禮》以～人……" ❼ 克制。《國語·越語上》："昔者夫差恥吾君於諸侯之國，今越國亦～矣，請報之。" ❽ 準則，法度。《禮記·曲禮上》："禮不逾～，不侵侮，不好狎。" ❾ 禮節。《論語·微子》："長幼之～，不可廢也。" ❿ 節操，氣節。三國蜀·諸葛亮《出師表》："此悉貞良死～之臣。" ⓫ 節約，節儉。《史記·孔子世家》："孔子曰：政在～財。" ⓬ 符節。《史記·絳侯周勃世家》："於是上乃使使持～詔將軍。" ⓭ 節奏，節拍。唐·韓愈《送孟東野序》："其聲清以浮，其～數以急。" ⓮ 古代一種竹製用以打節拍的樂器。唐·白居易《琵琶行》："鈿頭雲篦擊～碎。" ⓯ 等，等級。《戰國策·齊策五》："此用兵之上～也。"

【節次】jié cì ❶ 依次，逐一。《水滸傳》第四十一回："五起人馬登程，～～進發，只隔二十里而行。" ❷ 程序，次序。《朱子語類·法制》："若有緊急事變，如何待得許多～～？"

【節度】jié dù ❶ 規則，法度。漢·王充《論衡·明雩》："日月之行，有常～～。" ❷ 約束，節制。《漢書·龔遂傳》："功曹以為王生素嗜酒，亡～～，不可使。" ❸ 指揮，調度。《後漢書·劉虞列傳》："初，詔令公孫瓚討烏桓，受虞～～。" ❹ "節度使"的省稱，總攬一州或數州軍政財務之官。唐·韓愈《送石處士序》："河陽軍～～御使大夫烏公，為～～之三月，求士於從事之賢者。"

【節概】jié gài　節操氣概。唐·韓愈《柳子厚墓誌銘》："行立有～～，重然諾。"

【節級】jié jí ❶ 次第，依次。《魏書·釋老志》："若取非人，刺史為首，以違旨論，太守、縣令、綱僚～～連坐。" ❷ 唐宋時的低級武官；獄吏。唐·無名氏《煬帝開河記》："又令少年驍卒五萬人各執杖督工為吏，如～～、隊長之類。"

【節降】jié jiàng　依次遞減。《北史·魏紀·宣武帝》："已下復為～～，斟酌古今，以制厥衷。"

【節節】jié jié ❶ 逐一，逐次。《明史·譚綸傳》："論沈毅知兵……立束伍法，自裨將以下～～相制。" ❷ 處處。清·戴名世《藥身說》："余所嘗備極天下之苦，一身之內～～皆病，蓋窮轉愁痛者久矣。" ❸ 有條理的樣子。《大戴禮記·四代》："齊齊然，～～然，穆穆然，皇皇然，見才色脩聲不視，聞怪物恪名不改志。」

【節解】jié jiě ❶ 草木凋謝。《國語·周語中》：「天根見而水涸，本見而草木～～。」❷ 肢解身體的酷刑。《晉書·石季龍載記下》：「皆車裂～～，棄之漳水。」

【節介】jié jiè 氣節，操守。《後漢書·梁鴻列傳》：「後受業太學，家貧而尚～～。」

【節略】jié lüè ❶ 摘要，概要。宋·蘇軾《申明戶部符節略賑濟狀》：「右臣竊詳戶部符內，止是～～行下。」❷ 省略，刪節。元·德異《〈壇經〉序》：「惜乎《壇經》為後人～～太多，不見六祖大全之旨。」

【節目】jié mù ❶ 樹木枝幹交接且紋理糾結不順的地方。《禮記·學記》：「善問者如攻堅木，先其易者，後其～～，及其久也，相説以解。」也用以指竹節。❷ 比喻關鍵處。明·歸有光《送王子敬之任建寧序》：「而根本～～之大，未嘗不同也。」❸ 條目，事項。唐·韓愈《上張僕射書》：「有小吏持院中故事～～十餘事來示愈。」❹ 枝節，麻煩。宋·蘇洵《衡論下·議法》：「變其～～而存其大體。」

【節年】jié nián 歷年，積年。明·張居正《請蠲積逋以安民生疏》：「查萬曆七年以前～～逋負幾何。」

【節然】jié rán ❶ 偶然，湊巧。《荀子·天論》：「君子啜菽飲水，非愚也，是～～也。」❷ 高聳的樣子。《明史·賓童龍國傳》：「有崑崙山，～～大海中。」

【節尚】jié shàng 志向節操。《晉書·祖逖傳》：「輕財好俠，慷慨有～～。」

【節使】jié shǐ ❶ 節度使的省稱。唐·李商隱《行次西郊作一百韻》：「～～殺亭吏，捕之恐無因。」❷ 持符節的使者。唐·王維《老將行》：「～～三河募年少，詔書五道出將軍。」

【節事】jié shì 合理有節制。《國語·越語下》：「夫國家之事，有持盈，有定傾，有～～。」

【節文】jié wén ❶ 禮節和文飾。可以做名詞或動詞用。《孟子·離婁上》：「禮之實，～～斯二者是也。」❷ 省略文字。《後漢書·應劭列傳》：「謁去復重，為之～～。」

【節物】jié wù ❶ 作為，行事。《呂氏春秋·士容》：「今日君民而欲服海外，～～甚高而細利弗賴。」❷ 各個季節的景物。宋·蘇舜欽《秋夕懷念南中故人》：「向夕依闌念昔遊，蕭條～～更他州。」❸ 各種節日所應用的物品。宋·陸游《老學庵筆記》：「如～～則春幡、燈球、競渡、艾虎、雲月之類。」

【節下】jié xià ❶ 對將領的敬稱，後也用以稱呼朝廷使節或封疆大臣。《晉書·殷仲堪傳》：「願～～弘之以道德，運之以神明。」❷ 麾下，部下。《新唐書·哥舒翰傳》：「表請乾運兵隸～～。」

【節制】jié zhì ❶ 節度有法制。《荀子·議兵》：「秦之銳士，不可以當桓文之～～，桓文之～～，不可以當湯武之仁義。」❷ 控制，克制。《北史·長孫道生傳》：「君臨臣喪，自有～～，今乘輿屢降，恐乖典禮。」❸ 指揮，管轄。《尉繚子·兵令下》：「將能立威，卒能～～，號令明信，攻守皆得。」❹ 稱節度使。唐·高適《〈李雲征南蠻詩〉

序〉："天寶十一載有詔伐西南夷，右相楊公兼～～之寄。"

【節中】jié zhōng　折中，取正。戰國楚·屈原《楚辭·離騷》："依前聖以～～兮。"

【節奏】jié zòu ❶ 音高、音值高低、長短的有規律的變化。《禮記·樂記》："文采～～，聲之飾也。"也用以泛指事物有規律的變化。❷ 禮節制度。《荀子·王制》："案平政教，審～～，砥礪百姓。"

解 (1) jiě ❶ 分割動物的肢體。《莊子·養生主》："庖丁為文惠君～牛。" ❷ 分解，割裂。《國語·魯語上》："晉文公～曹地以分諸侯。" ❸ 離散，渙散。《漢書·張耳陳餘傳》："今獨守陳，恐天下～也。" ❹ 緩解，消散。《戰國策·觸龍說趙太后》："太后之色少～。" ❺ 解開，鬆開。《孟子·公孫丑上》："民之悅之，如～倒懸也。" ❻ 解除，解散。《史記·魏公子列傳》："秦軍～去，遂救邯鄲，存趙。" ❼ 禳除，向鬼神祈禱消災。《淮南子·脩務訓》："是故禹之為水，以身～於陽盱之河。" ❽ 脫落。《國語·周語中》："天根見而水涸，本見而草木節～。" ❾ 解釋，辯解。《三國志·蜀書·諸葛亮傳》："先主～之曰：'孤之有孔明，猶魚之有水也，願諸君勿復言。'" ❿ 理解，明白，懂得。晉·陶淵明《五柳先生傳》："好讀書，不求甚～。" ⓫ 能夠，會。晉·陶淵明《九日居閑》："酒能袪百慮，菊為～頹齡。" ⓬ 通達。《莊子·秋水》："無南無北，奭（shì，盛大的樣子）然四～。" ⓭ 終止，停止。宋·楊萬里《答朱侍講》："伏今事將中，苦雨未～。" ⓮ 分泌，排泄。宋·

周密《齊東野語·食牛報》："昔年疾傷寒，旬餘不～……今幸汗～矣。" ⓯ 樂曲、詩歌或文章的章節。晉·崔豹《古今注·音樂》："李延年因胡曲，更進新聲二十八～。" ⓰ 一種文章體裁，以辯駁、解釋疑難為主要特點。晉·張華《博物志》："賢者著述曰傳、曰記、曰章句、曰～、曰論、曰讀。"唐韓愈有《進學解》。

(2) jiè ❶ 下級向上級行文報告。《宋史·禮志二》："云杜縣～稱國子檀和之所生親王，求除太夫人。" ❷ 唐宋時報考進士的，由地方上推薦發送進京，稱為"解"。《新唐書·令狐滈傳》："使天下謂無～及第，不亦悶乎？" ❸ 押送。宋·沈俶《諧史》："一日，所屬～一賊至。" ❹ 抵押，典當。明·高明《琵琶記》："虧他媳婦相看待，把衣服和釵梳都～。"

(3) xiè ❶ 即"懈"，物體相連接的地方，又指關節之處。漢·賈誼《治安策》："屠牛坦一朝解十二牛，而芒刃不頓者，所排擊剝割，皆眾理～也。" ❷ 鬆懈。這個意義後來寫作"懈"。《國語·吳語》："春秋貢獻，不～於王府。"

【解辮】jiě biàn　解散髮辮。少數民族多結髮辮，解開髮辮意味著改用漢人服飾，故用來代指歸順漢族政權。唐·崔鉉《進宣宗收復河湟》："右地名王爭～～，遠方戎壘盡投戈。"

【解驂】jiě cān　語出《史記·管晏列傳》，解下駕車的馬贈人，代指用財物幫助人。《後漢書·皇后紀上》："菲薄衣食，躬率羣下，損膳～～，以贍黎苗。"

【解醒】jiě chéng　解酒，消除酒後的不適。南朝宋·劉義慶《世説新語·任誕》：「天生劉伶，以酒為名，一飲一斛，五斗～～。」

【解帶】jiě dài　❶ 指做官。唐·王勃《別盧主簿序》：「惟高明之捧檄，屬吾人之～～。」❷ 解開衣帶，表示閒適或朋友間熟悉而不拘禮節。宋·梅堯臣《西禪院竹》：「～～欲忘歸，壺觴歡自足。」

【解道】jiě dào　知道，懂得。唐·張籍《涼州詞》：「邊將皆承主恩澤，無人～～取涼州。」

【解帆】jiě fān　❶ 代指開船。唐·杜甫《奉送魏少府之廣交》：「～～歲雲暮，可與春風歸。」❷ 代指停船。唐·崔櫓《岸梅》：「行客見來無去意，～～煙浦為題詩。」

【解紱】jiě fú　解下印綬，意為辭官。紱，掛官印的絲帶。晉·陸雲《答孫顯世贈》：「～～披褐，投印懷玉。」

【解冠】jiě guān　代指辭去官職。冠，古代做官人所戴的帽子。南朝梁·江淹《去故鄉賦》：「出汀州而～～，入潊浦而捐視。」

【解褐】jiě hè　脱下粗布衣换上官服，代指出仕、做官。褐，窮人穿的粗劣衣服。唐·陳子昂《〈塵尾賦〉序》：「甲申歲，天子在洛陽，余始～～。」

【解甲】jiě jiǎ　❶ 解除盔甲，放下武器，即投降之義。前蜀·花蕊夫人《述國亡》：「十四萬人齊～～，寧無一個是男兒。」❷ 指武將辭去或被免除官職。唐·玄奘《大唐西域記·吠舍釐國》：「於是～～歸宗，釋兵返族。」

【解駕】jiě jià　❶ 駐馬停車。《後漢書·郭躬列傳》：「行路聞凶，便～～留止。」❷ 死的委婉説法。南朝梁·陶弘景《許長史舊館壇碑》：「太元元年，～～違世。」

【解巾】jiě jīn　解下頭巾，意思是要改戴冠冕，故用以代指做官。《後漢書·韋彪列傳》：「詔書逼切，不得已，～～之郡。」

【解落】jiě luò　❶ 離散，脱落。《呂氏春秋·決勝》：「義則敵孤獨，敵孤獨，則上下虛，民～～。」❷ 解除官職。《隋書·高頎傳》：「我於高頎勝兒子，雖或不見，常似目前。自其～～，瞑然忘之，如本無高頎。」

【解袂】jiě mèi　分手，離別。唐·杜甫《湘江宴餞裴二端公赴道州》：「鷦鷞（hé，古書上説的一種善鬥的鳥）催羽林，～～從此旋。」

【解免】jiě miǎn　❶ 逃脱，避免。宋·蘇軾《論役法差雇利害起請畫一狀》：「非百錢不能～～，官錢未納，此費已重。」❷ 免職。《舊唐書·玄宗紀上》：「詔自今内外官有犯贓至～～以上，縱逢赦免，並終身勿齒。」❸ 勸説，解勸。清·蒲松齡《聊齋志異·胡四姐》：「三姐從旁～～，四姐怒稍釋。」

【解佩】jiě pèi　❶ 解下佩帶的飾物，喻男女贈送信物。漢·劉向《列仙傳·江妃二女》：「隨手～～與交甫。」❷ 解下朝服上的飾物，意謂辭官。南朝梁·鍾嶸《詩品》：「或有士～～出朝，一去忘返。」❸《漢書·龔遂傳》載龔遂任渤海太守時，讓百姓解下隨身佩戴的刀劍買牛，後遂成為買牛務農的代稱。宋·蘇軾《姪安節遠來夜坐》：「腰下牛閒方～～，洲中奴長足為生。」

【解人】(1) jiě rén　通達事理，見解高明的人。《三國志‧吳書‧孫霸傳》:"～～不當爾邪！"

(2) jiè rén　押送犯人的差役。

【解任】jiě rèn　免職，停職。《魏書‧司馬躍傳》:"還為祠部尚書、大鴻臚卿、潁川王師。以疾表求～～。"

【解日】jiě rì　消磨時光。晉‧王羲之《永興帖》:"吾疾故而沈滯，憂瘁～～。"

【解舍】(1) jiě shě　免除徭役。《管子‧五輔》:"是故上必寬裕而有～～，下必聽從而不疾怨。"

(2) jiě shè　休息，休止。《吳子‧治兵》:"馬疲人倦而不～～，所以不任其上令。"

【解事】jiě shì　❶ 聰明懂事。《南齊書‧茹法亮傳》:"法亮便辟～～，善於奉承。"❷ 免職。清‧錢謙益《孫公行狀》:"(袁崇煥)雖兼程赴援，卻又箝制諸將，坐視搶掠，功罪難掩，暫～～，權聽勘。"

【解釋】jiě shì　❶ 解開。漢‧陸賈《新語‧慎微》:"～～疑滯而緣之結。"❷ 解脫，免除。《後漢紀‧獻帝紀》:"靈帝末，君子多遇禍難。顧歲中率常再三私入洛陽，為人～～患難。"❸ 釋放，開釋。《後漢書‧王允列傳》:"是冬大赦，而(王)允獨不在宥，三公咸復為言，至明年，乃得～～。"❹ 消除，消解。宋‧秦觀《清和先生傳》:"若先生激發壯氣，～～憂憤，使布衣寒士樂而忘其窮，不亦薰然慈仁君子之政歟？"❺ 融化，鬆散。《後漢書‧郎顗列傳》:"又頃前數日，寒過其節，兵乃～～，還復凝合。"❻ 勸

解，疏通。《新唐書‧劉晏傳》:"朱泚、崔寧力相～～。"❼ 分析說明。《後漢書‧徐防列傳》:"～～多者為上第，引文明者為高說。"

【解手】jiě shǒu　❶ 分手，離別。唐‧韓愈《祭河南張員外文》:"～～背面，遂十一年。"❷ 把事情解決，脫手。《宋書‧庾登之傳》:"見縛束，猶未得～～。"❸ 大小便。明‧戚繼光《練兵實紀‧練營陣》:"夜間不許容一人出營～～。"

【解說】(1) jiě shuō　❶ 疏通講情。《漢紀‧景帝紀》:"梁內史韓安國亦因長公主～～，梁王卒得不治。"❷ 解釋說明。宋‧晏殊《菩薩蠻》:"人人盡道黃葵淡，儂家～～黃葵豔。"

(2) jiě yuè　心情寬鬆歡悅。《史記‧梁孝王世家》:"太后乃～～。"

【解榻】jiě tà　據《後漢書‧徐稺列傳》，陳蕃任豫章太守時，不接待賓客，只為高士徐稺特備一張坐榻，平時懸掛起來，徐稺來時才解開放下。後來用以代指在自己家中禮賢下士或熱情待客。宋‧王禹偁《〈神童劉少逸與時賢聯句詩〉序》:"一日潘生與之偕行，惠然肯顧因～～以延之。"

【解脫】jiě tuō　❶ 解開，脫下。唐‧韓愈《元和聖德》:"～～攀索，夾以砧斧。"❷ 赦免，釋放。《漢書‧趙廣漢傳》:"幸逢赦令，或時～～。"❸ 脫出窠臼，擺脫舊套。清‧黃宗羲《金介山詩》序:"世以公安、竟陵為～～，則迎之而為率易，為混淪。"❹ 泛指擺脫煩惱。

【解腕】jiě wàn　斷腕。《宋書‧何尚之傳》:"蠆毒在手，～～求存。"

【解顏】jiě yán 露出笑臉。《列子·黃帝》：「夫子始一~~而笑。」

【解嚴】jiě yán ❶ 解除戒備。《新唐書·代宗紀》：「癸酉，郭子儀及吐蕃戰於靈臺，敗之，京師~~。」❷ 嚴寒消退。宋·周密《齊東野語·趙信國辭相》：「更當支吾一冬，來春~~，容歸故里。」

【解鞅】jiě yāng ❶ 駐馬。宋·陸游《即席》：「~~名園暇倍明，殷勤翠袖勸飛觥。」❷ 放馬。清·曹寅《滁州清流關道中》：「~~近百里，詰旦聽雞鳴。」

【解頤】jiě yí 開顏而笑。唐·杜甫《奉贈李八丈曛判官》：「討論實~~，操割紛愆手。」

【解印綬】jiě yìn shòu 辭去官職。《漢書·薛宣傳》：「亦~~~去。」

【解纓】jiě yīng 解去繫冠的帶子，意謂丟掉官職。唐·錢起《歸義寺題震上人壁》：「不作~~客。」

【解語花】jiě yǔ huā 會說話的花。本為唐玄宗讚楊貴妃語，後用以比喻美女。清·趙翼《題女史駱佩香秋燈課女圖》：「一個嬌娃~~~，綺窗親課秋宵讀。」

【解簪】jiě zān ❶ 拔下頭上的簪子，意謂就寢。唐·黃滔《陳皇后因賦復寵賦》：「難期獻繭於春晝，不忍~~於日暮。」❷ 解除簪纓，意謂免去官職。清·唐孫華《浙闈撤棘後聞以銓曹公事連染左官》：「西風蕭瑟動秋林，忽有郵書報~~。」

【解澤】jiě zé 佈施恩惠。宋·王安石《謝李舜舉賜詔書藥物表》：「而離明昭晰於隱微，~~頻繁於疏逖。」

【解折】jiě zhé 擺脫，解除。元·徐

天逸《田家》：「二月新絲五月穀，如何~~今年窮。」

【解秩】jiě zhì 免官。宋·文瑩《玉壺清話·江南遺事》：「甫及滿任，~~歸田，縣人緣河泣涕，挽舟酷留，凡不絕者三日。」

【解縱】jiě zòng ❶ 釋放。《史記·高祖本紀》：「夜乃~~所送徒。」❷ 廢棄。宋·蘇轍《制置三司條例司論事狀》：「而朝廷破壞規矩，~~繩墨，使得馳騁自由，唯利是嗜。」

【解作】jiě zuò 指大地解凍、雷雨出現、草木萌發。晉·謝靈運《於南山往北山經湖中瞻眺》：「~~竟何感。」

【解放】jiè fàng 向上發送或向下發放。明·陳子龍《治兵必先足餉疏》：「苟非最疲之地，但使~~有序，則撥京之數亦不可缺。」

【解庫】jiè kù ❶ 當鋪。宋·吳曾《能改齋漫錄·事始》：「江北人謂以物質錢為~~。」❷ 送交國庫。清·蔣良騏《東華錄》：「請將艱運之開州等縣折銀~~，聽兵領銀自購，庶民兵兩便。」

【解送】jiè sòng ❶ 選送。《魏書·釋老志》：「年常度僧，依限大州應百人者，州郡於前十日~~三百人。」❷ 押送財物或犯人。清·袁枚《誥贈資政大夫兵部右侍郎抑堂史公基誌銘》：「限五日內~~穀袋三千。」

【解文】jiè wén 推薦人才的文件。宋·曾鞏《謝解啟》：「伏睹~~，首蒙舉選。」

【解元】jiè yuán ❶ 科舉考試中鄉試的第一名。鄉試為地方考試，明清後指省一級，考中者稱舉人。凡舉人進京參加會試由地方政府發送，

稱為"解"，"元"是首、第一的意思，所以有"解元"之稱。《明史·選舉志》："而士大夫又通以鄉試第一為～～。" ❷ 宋元以後用以尊稱讀書人。金·董解元《西廂記諸宮調》："可憐自家，母子孤孀，投託～～子個。"

【解構】xiè gòu ❶ 附會造作。《淮南子·俶真訓》："孰肯～～人間之事，以物煩其性命乎？" ❷ 離間。《後漢書·隗囂列傳》："自今以後，手書相聞，勿用傍人～～之言。"

【解逅】xiè hòu 即"邂逅"，不期而遇。宋·胡少汲《與劉邦直》："夢魂南北昧平生，～～相逢意已傾。" 又寫作"解後"。

【解豸】xiè zhì 傳說中能辨別曲直的神獸。漢·揚雄《太玄·難》："上九，角～～，終以直。"

介 jiè ❶ 邊界，側畔。戰國楚·屈原《楚辭·九章·哀郢》："哀州土之平樂兮，悲江～之遺風。" ❷ 接近，逼近。《穀梁傳·文公十五年》："其遠之何也？不以難～中國也。" ❸ 間隔，隔開。《漢書·翼奉傳》："前鄉崧高，後～大河。" ❹ 夾在二者之間。《左傳·子產壞晉館垣》："以敝邑褊小，～於大國，誅求無時。" ❺ 介紹人，中間人。《戰國策·魯仲連義不帝秦》："平原君曰：'勝請為紹～而見之於先生。'" ❻ 春秋時代主賓往來時賓方的副手、輔助人員，助賓客行禮或傳遞信息。後來泛指送信或傳遞消息的人。宋·孫光憲《北夢瑣言》："延壽之將行也，其妻王氏勉延壽曰：'願日致一～，以寧所懷。'" ❼ 憑藉，藉助《左傳·文公六年》："～人之寵，非勇也。" ❽ 留

存。《漢書·匡衡傳》："無～乎容儀。" ❾ 堅固。《周易·豫》："～於石，不終日。" ❿ 通"甲"，鎧甲。亦指披著鎧甲。《詩經·鄭風·清人》："清人在彭，駟～旁旁。" ⓫ 披甲的兵士。《左傳·宣公二年》："既而與為公～。" ⓬ 指帶甲殼的昆蟲或水生物。唐·韓愈《原道》："無羽毛鱗～以居寒熱也。" ⓭ 獨特，孤傲。南朝齊·孔稚珪《北山移文》："夫以耿～拔俗之標，瀟灑出塵之想，度白雪之方潔，干青雲而直上，吾方知之矣。" ⓮ 節操。《孟子·告子上》："柳下惠不以三公易其～。" ⓯ 大。《尚書·周書·顧命》："太保率～圭。" ⓰ 通"芥"，小草，比喻細小的東西。《戰國策·馮媛客孟嘗君》："孟嘗君為相數十年，無纖～之禍者，馮媛之計也。"芥蒂，嫌隙。《後漢書·孔融列傳》："往聞二君有執法之平，以為小～，當收舊好。" ⓱ 單獨，獨一。《史記·張耳陳餘列傳》："獨～居河北，不王無以填之。" ⓲ 個。《左傳·襄公八年》："君有楚命，亦不使一～行李，告於寡君也。"

【介夫】jiè fū ❶ 披甲的武士。《禮記·檀弓下》："陽門之～～死，司城子罕入而哭之哀。" ❷ 指凡夫俗子。宋·惠洪《冷齋夜話·白土埭》："然觀其詩句，脫去畛封，有超然自得之氣，非尋常～～所能作也。"

【介介】jiè jiè ❶ 分隔，離間。漢·劉向《九嘆》："進雄鳩之耿耿兮，讒～～而蔽之。" ❷ 細小，細微。《淮南子·繆稱訓》："福之萌也綿綿，禍之生也～～。" ❸ 等於說耿耿於懷。《後漢書·馬援列傳》："但畏長者家兒，或在左右，或與從事，殊難得調，～～獨惡是耳。"

❹ 孤高耿直。晉‧陶淵明《魯二儒》："～～若人，特為貞夫。" ❺ 象聲詞。《素問‧欬論》："喉中～～如梗狀。"

【介立】jiè lì　獨立不羣，清高孤傲。南朝宋‧顏延之《陶徵士誄》："物尚孤生，人固～～。"

【介眉壽】jiè méi shòu　《詩經‧豳風‧七月》："為此春酒，以～～～。" 介，求；眉壽，長壽。後成為祝壽用語，亦稱"介眉"。清‧李漁《風箏誤》："孩兒備有春酒，替爹爹母親介眉。"

【介僻】jiè pì　耿介孤僻，不隨流俗。唐‧羅隱《讒書‧答賀蘭友書》："而受性～～，不能方圓。"

【介丘】jiè qiū　又寫作"介邱"。 ❶ 大山。宋‧王禹偁《北狄來朝頌》："宜登～～。" ❷ 小山。介，通"芥"。漢‧揚雄《揚子法言‧吾子》："升東嶽而知眾山之峛崺（同"邐迤"，曲折連綿）也，況～～乎！"

【介然】jiè rán　❶ 專一，堅定。《漢書‧公孫劉田王楊蔡陳鄭傳》："九江祝生奮史魚之節，發憤懣，譏公卿，～～直而不撓。" ❷ 耿直高潔。晉‧陶淵明《詠貧士》："～～安其業，所樂非窮通。" ❸ 留存心中而不能忘。唐‧韓愈《送溫處士赴河陽軍序》："今皆為有力者奪之，其何能無～～於懷邪？" ❹ 有間隔，隔閡。宋‧司馬光《上皇帝疏》："遂使兩宮之情，～～有私。"

【介人】jiè rén　❶ 有才德的人。《荀子‧君道》："《詩》曰：'～～維藩，大師維垣。'此之謂也。" ❷ 甲士，武士。《大宋宣和遺事》："乃令～～引帝歸幕。"

【介石】jiè shí　❶ 意謂操守堅貞。《北史‧隋本紀下》："將～～在懷，確乎難拔？" ❷ 石碑。唐‧上官靈芝《王居士磚塔銘》："跡往能名留，不刊～～～，敢播徽猷。"

【介士】jiè shì　❶ 甲士，軍士。《韓非子‧五蠹》："國平則養儒俠，難至則用～～。" ❷ 耿介正直的人。明‧方孝孺《題楊先生墓誌銘後》："古所謂～～幽人拔流俗者，其白鹿子之謂邪！"

【介特】jiè tè　❶ 孤獨，孤單。漢‧王逸《九思‧怨上》："哀吾兮～～，獨處兮罔依。" ❷ 單身人。《左傳‧昭公十四年》："長孤幼，養老疾，收～～。" ❸ 孤高，不同流俗。《新唐書‧李絳傳》："絳居中～～，尤為左右所不悅。"

【介意】jiè yì　在意，將不愉快的事放在心上。《後漢書‧度尚列傳》："所亡少少，何足～～。"

【介冑】jiè zhòu　❶ 鎧甲和頭盔。《史記‧平津侯主父列傳》："～～生蟣虱，民無所告愬。" ❷ 披甲戴盔。《管子‧小匡》："～～執枹，立於軍門。" ❸ 指代武士。《陳書‧魯廣達傳》："爪牙背義，～～無良。"

戒 jiè　❶ 警戒。《左傳‧襄公三十一年》："今吾子壞之，雖從者能～，其若異客何？" ❷ 告誡。漢‧馬援《誡兄子嚴敦書》："所以復言者，施衿結縭（lí，古時女子的佩巾；結縭，古時指女子出嫁），申父母之～，欲使汝曹不忘之耳。" ❸ 禁戒，戒條。《論語‧季氏》："孔子曰：君子有三～。" ❹ 謹慎，小心。《莊子‧養生主》："每至於族，吾見其難為，怵然為～。" ❺ 準備。《詩經‧小雅‧大田》："既種既～，既備乃事。」❻命令，飭令。《孟子·滕文公上》:「五月居廬，未有命～。」

【戒敕】jiè chì ❶漢代皇帝的四種命令文件之一。南朝梁·劉勰《文心雕龍·詔策》:「漢初定儀則，則命有四品：一曰策書，二曰制書，三曰詔書，四曰～～。敕戒州部，詔誥百官，制施赦命，策封王侯。」❷告誡命令。漢·蔡邕《獨斷》:「戒書，～～刺史、太守及三邊營官。」

【戒飭】jiè chì 告誡，命令。唐·韓愈《請上尊號表》:「堯之在位，七十餘載，～～咨嗟，以致平治。」

【戒道】jiè dào 登程，上路。《周書·劉璠傳》:「尋而家信至，云其母病，璠即號泣～～，絕而又蘇。」

【戒路】jiè lù 登程，上路。《南齊書·高帝紀上》:「執金板而先馳，登寅車而～～。」

【戒門】jiè mén 將人拒之門外，意謂以富貴傲視別人。唐·韓愈《試大理評事王君墓誌銘》:「諸公貴人既志得，皆樂熟軟媚耳目者，不喜聞生語，一見，輒～～以絕。」

【戒日】jiè rì 占卜以求吉日。宋·葉紹翁《四朝聞見錄·劉錡邊報》:「高宗得劉錡奏，逆亮將～～渡江，上以為憂。」

【戒言】jiè yán 說話謹慎。《越絕書·內經九術》:「故曰九者勿患，～～勿傳，以取天下不難，況於吳乎！」

【戒裝】jiè zhuāng 準備行裝。南朝宋·顏延之《為皇太子侍宴餞衡陽南平二王應詔》:「亦既～～，皇心載遠，夕帳亭阜，晨儀禁苑。」

芥　jiè ❶小草。《孟子·離婁下》:「君之視民如土～，則民視君如寇讎。」❷指細小的東西。明·張岱《湖心亭看雪》:「與余舟一～，舟中人兩三粒而已。」❸小視，輕視。南朝齊·孔稚珪《北山移文》:「～千金而不盼，屣萬乘其如脫。」❹芥菜。北魏·賈思勰《齊民要術·種蜀芥蕓薹芥子》:「七月八月可種～。」❺芥蒂，梗塞。清·王士禛《梅厓詩意序》:「若人世榮辱得喪，一無足～其中者。」

【芥蒂】jiè dì ❶細小的梗塞物，常用以比喻存在心中的不滿、怨恨。宋·蘇軾《與王定國書》:「今得來教，既不見棄絕，而能以道自遣，無絲髮～～。」❷等於說放在心上。明·陳汝元《金蓮記·射策》:「言語之間，何須～～。」

【芥視】jiè shì 輕視。明·方孝孺《祭童伯禮》:「我傷時人，以利勝恩，珍貴錙銖，～～天倫。」

【芥舟】jiè zhōu 小船。唐太宗《小池賦》:「牽狹鏡兮數尋，泛～～而已沈。」

屆　jiè ❶至，到達。《尚書·虞書·大禹謨》:「惟德動天，無遠弗～。」❷極限，盡頭。《詩經·大雅·瞻卬》:「蟊賊蟊疾，靡有夷～。」❸相當於「次」、「期」。清·蔣士銓《一片石·訪墓》:「五十一月科歲考科場，昔日紅花，也算作傳家寶。」

【屆路】jiè lù 上路，登程。《北史·煬帝本紀》:「今宜受律啟行，分麾～～。」

界　jiè ❶邊界，邊境。《戰國策·燕策三》:「進兵北略地，至燕南～。」❷界限。《韓非子·五蠹》:「遂舉兵伐魯，去門十里以為～。」❸接界，毗鄰。《戰國策·齊策三》:「三國之與秦壤～而患急，齊不與秦壤～而患緩。」❹分割，界開。唐·

韋莊《天仙子》:"恨重重,淚~蓮腮兩線紅。"❺離間。《漢書‧揚雄傳下》:"(范雎)~涇陽抵穰侯而代之。"❻臨,對着。宋‧孫光憲《清平樂》:"盡日目斷魂飛,晚窗斜~殘輝。"❼特定的範圍、環境。宋‧文天祥《〈指南錄〉後序》:"而境~危惡,層見錯出,非人世所堪。"

【界天】jiè tiān　接天。形容極高。唐‧杜甫《懷錦水居止》:"雪嶺~~白,錦城曛日黃。"

【界首】jiè shǒu　邊界前沿,交界之處。《後漢書‧董宣列傳》:"今勒兵~~,檄到,幸思自安之宜。"

借 jiè ❶暫時使用別人的東西。《穀梁傳‧僖公二年》:"公遂~道而伐虢。"❷把東西暫時給別人使用。《論語‧衛靈公》:"有馬者~人乘之。"❸憑藉,依仗。晉‧陸機《演連珠》:"臣聞良宰謀朝,不必~威。"❹假託,藉口。《三國演義‧楊修之死》:"今乃~惑亂軍心之罪殺之。"❺使用,利用。南朝梁‧劉勰《文心雕龍‧書記》:"歲~民力,條之於版。"❻幫助,照顧。唐‧薛用弱《集異記‧王維》:"(王)維方將應舉,其具事言於岐王,仍求庇~。"❼勉勵,稱讚。宋‧司馬光《答彭寂朝議書》:"辱書獎~太過,期待太厚,且愧且懼,殆無所容。"❽得到,達到。漢‧鄒陽《獄中上梁王書》:"慈仁殷勤,誠加於心,不可以虛辭~也。"❾寬容。《南史‧齊紀下》:"帝明審有吏才,持法無所~。"❿連詞,表假設。漢‧賈誼《過秦論》:"~使子嬰有庸主之材,而僅得中佐,山東雖亂,三秦之地可全而有。"

【借令】jiè lìng　即使。宋‧王安石《贈曾子固》:"~~不幸賤且死,後日猶為班(固)與揚(雄)。"

【借命】jiè mìng　❶苟且偷生。南朝梁‧丘遲《與陳伯之書》:"將軍獨靦顏~~,驅馳氈裘之長,寧不哀哉!"❷憐惜,寬恕性命。唐‧姚少微《為任虛白陳情表》:"一蒙渙汗,忻~~之恩,萬里奔波,無乞骸之望。"

【借如】jiè rú　❶假如,假使。唐‧元稹《遣病》:"~~今日死,亦足了一生。"❷比如,例如。唐‧劉知幾《史通‧品藻》:"~~陽瓚效節邊城,捐軀死敵,當有宋之代,抑劉卜之徒歟?"

【借問】jiè wèn　❶詢問。唐‧杜牧《清明》:"~~酒家何處有,牧童遙指杏花村。"❷向人打聽時含有敬意的用語。《水滸傳》第三回:"~~經略府內有個東京來的王教頭麼?"❸過問。《舊唐書‧劉仁軌傳》:"從顯慶五年以後,征役身死,更不~~。"❹用於古詩中的設問。晉‧陶淵明《悲從弟仲德》:"~~為誰悲,懷人在九冥。"

【借重】jiè zhòng　❶借用別人的身份、名望來抬高自己。明‧李贄《自刻〈說書〉序》:"既自刻矣,自表暴矣,而終不肯~~於人矣。"❷請別人幫忙的敬語。清‧李漁《意中緣‧入幕》:"我這幕府缺人,要~~先生秉筆。"

誡 jiè ❶告誡,警告。《戰國策‧馮煖客孟嘗君》:"馮煖~孟嘗君曰:'願請先王之祭器,立宗廟於薛。'"❷戒備,警戒。《左傳‧桓公十一年》:"鄖人軍其郊,必不~。"❸囑咐,囑告。《史記‧項羽本紀》:"梁乃出,~籍持劍居外待。"❹ 教令，命令。《荀子·彊國》："發～布令而敵退，是主威也。"❺ 文體名。一種勸誡、教誨性的文章。《後漢書·曹世叔妻傳》："著《女～》七篇，有助內訓。"

藉 (1) jiè ❶ 祭祀朝聘時擺放禮品的草墊。《漢書·郊祀志上》："江淮間一茅三脊為神～。"❷ 坐卧在某物上。南朝宋·孫綽《遊天台山賦》："～萋萋之纖草，蔭落落之長松。"❸ 鋪墊，襯墊。唐·柳宗元《捕蛇者說》："往往而死者相～也。"❹ 憑藉，依託。《商君書·開塞》："求過不求善，～刑以去刑。"❺ 借給。漢·鄒陽《獄中上梁王書》："～荊軻首以奉丹事。"

(2) jí ❶ 踐踏，欺凌。《呂氏春秋·慎人》："殺夫子者無罪，～夫子者不禁。"❷ 多，盛。唐·陳羽《西蜀送許中庸歸秦赴舉》："桂條攀偃蹇，蘭葉～參差。"❸ 貢獻，進奉。《穀梁傳·哀公十三年》："其～於成周，以尊天王。"❹ 顧念，顧惜。唐·韓愈《柳子厚墓誌銘》："不自貴重顧～，故坐廢退。"❺ 通"籍"，登記，記錄。《墨子·號令》："守必自異其人而～之。"

【藉口】jiè kǒu ❶ 借用別人的話。《左傳·成公二年》："若苟有以～～而復於寡君，君之惠也。"❷ 指充飢。北魏·賈思勰《齊民要術·蔓菁》："乾而蒸食，既甜且美，自可～～，何必饑饉。"

【藉令】jiè lìng 假使，即便。宋·王安石《上歐陽永叔書》："～～朝廷憐閔，不及一年，即與之外任，則人之多言，亦甚可畏。"

【藉藉】jí jí ❶ 又多又亂的樣子。《新唐書·蘇定方傳》："所棄鎧仗、

牛馬，～～山野不可計。"❷ 名氣盛大。明·宋濂《幻住禪庵記》："幻住之名，～～於四方。"❸ 象聲詞。清·蒲松齡《聊齋志異·胡四相公》："張反身而行，即有履聲～～隨其後。"

【藉沒】jí mò　查抄沒收。《後漢書·侯覽列傳》："儉遂破覽塚宅，～～資財，具言罪狀。"

【藉甚】jí shèn　盛大，昭著。《史記·酈生陸賈列傳》："陸生以此游漢廷公卿間，名聲～～。"

<hr>

jin

巾 jīn ❶ 用來擦拭、包裹、覆蓋的織品。唐·王勃《送杜少府之任蜀州》："無為在歧路，兒女共沾～。"❷ 頭巾，帽子。宋·王禹偁《黃岡竹樓記》："公退之暇，被鶴氅衣，戴華陽～。"❸ 包裹，覆蓋，戴上頭巾。《莊子·天運》："盛以篋衍，～以文繡。"❹ 給車子裝上帷幕。晉·潘尼《贈陸機出為吳王郎中令》："我車既～，我馬既秣。"

【巾車】jīn chē ❶ 有帷幕的車子。晉·陶淵明《歸去來兮辭》："或命～～，或棹孤舟。"❷ 給車子裝上帷幕。引申為駕車出行。《孔叢子·記問》："～～命駕，將適唐都。"❸ 周代官職。《左傳·子產壞晉館垣》："～～脂轄，隸人牧圉，各瞻其事。"

【巾冠】jīn guān　頭巾和帽子，代指成年人。《南齊書·王儉列傳》："盛年已老，孫孺～～。"

【巾幗】jīn guó　婦女的頭巾和髮飾，因用來代指婦女。明·袁宏道《徐文長傳》："非彼～～而事人者所敢望也。"

【巾褐】jīn hè　"褐"是一種粗劣的衣服,和頭巾都是平民的服飾。引申指不得登仕途的困頓生活。清·袁枚《隨園詩話補遺》:"先生困於~~,二句殊可傷也。"

【巾笈】jīn jí　放置頭巾或身邊佩戴雜物的小箱子,又叫"巾箱"。宋·王安石《得子固書因寄》:"故人莫在眼,屢獨開~~。"

【巾卷】jīn juàn　頭巾和書卷,代指學生。南朝宋·顏延之《皇太子釋奠會作》:"纓笏幣序,~~充街。"

【巾箱】jīn xiāng　❶放頭巾等物的小箱子,也用來放書信文件等。❷指學問著作。宋·陸游《冬夜讀書》:"小兒可付~~業,未用逢人歎不遇。"

【巾幘】jīn zé　即頭巾。宋·周邦彥《六醜·落花》:"殘英小,強簪~~。"

今　jīn　❶如今,現在。《左傳·燭之武退秦師》:"臣之壯也,猶不如人;~老矣,無能為也已。"❷當世,現代。晉·王羲之《〈蘭亭集〉序》:"後之視~,亦猶~之視昔。"❸立刻,將要。《史記·高祖本紀》:"~屠沛。"❹這,此。《國語·周語上》:"~是何神也?"❺如果,假如。《墨子·非攻上》:"~有一人,入人園圃,竊人桃李。"

【今夫】jīn fú　發語詞。《孟子·告子上》:"~~弈之為數,小數也。"

【今來】jīn lái　如今,現在。三國魏·曹植《情詩》:"始出嚴霜結,~~白露晞。"

【今上】jīn shàng　對在位皇上的稱呼。宋·歐陽修《瀧岡阡表》:"~~初郊,皇考賜爵為崇國公,太夫人進號魏國。"

斤　jīn　❶斧子一類的砍削工具,比斧小,原專用以砍木。《孟子·梁惠王上》:"斧~以時入山林,材木不可勝用也。"❷類似鋤的較小農具。《國語·齊語》:"惡金以鑄鋤、夷、~、~、斸(zhǔ,砍,斫),試諸壤土。"❸砍,削。《南齊書·宗測傳》:"何為謬傷海鳥,橫~山木?"❹表重量。自古及今歷有變化,大致是上古時斤小,略等於二百多克;隋唐至清代斤大,一般為六百多克;民國以後為五百克。一斤舊制為十六兩,內地後改為十兩。《戰國策·燕策三》:"秦王購之金千~,邑萬家。"

【斤斧】jīn fǔ　❶斧頭。《莊子·逍遙遊》:"今子有大樹……不夭~~。"❷請別人修改詩文的客氣話。宋·范仲淹《與韓魏公書》:"所謂將勤補拙,更乞~~,免貽眾誚。"

【斤斤】jīn jīn　❶明察的樣子。《詩經·周頌·執競》:"自彼成康,奄有四方,~~其明。"❷謹慎、拘謹的樣子。《後漢書·吳漢列傳》:"及在朝廷,~~謹質,形於體貌。"❸過分在意。宋·李清照《〈金石錄〉後序》:"抑亦死者有知,猶~~愛惜,不肯留在人間邪?"

【斤然】jīn rán　謹慎的樣子。宋·葉適《黃端明益簡肅議》:"則雖其小者宜不失~~之守,而於治身之謹誠細微無不盡焉。"

【斤削】jīn xuē　請人修改詩文的客套話。唐·馮贄《雲仙雜記》:"兵曹使我呈父,加~~也。"

金　jīn　❶金屬的泛稱。《漢書·食貨志下》:"黃~為上,白~

為中，赤～為下。"❷黃金。漢·晁錯《論貴粟疏》："夫珠玉金～銀，飢不可食，寒不可衣。"❸貨幣，錢財。《戰國策·蘇秦以連橫説秦》："以季子位尊而多～也。"❹金屬製品。《荀子·勸學》："故木受繩則直，～就礪則利。"❺泛指金飾。唐·溫庭筠《菩薩蠻》："小山重疊～明滅，鬢雲欲度香腮雪。"❻特指銅鑄的鼎。《國語·周語下》："如是而鑄之～，磨之石。"❼喻貴重。《晉書·夏侯湛傳》："今乃一口玉音，漠然沈默。"❽比喻堅固。《漢書·蒯通傳》："皆為～城湯池，不可攻也。"❾金子一般的顏色。宋·范仲淹《岳陽樓記》："浮光躍～，靜影沉璧。"❿貨幣單位，古今變化不定。《史記·平準書》："米至石萬錢，馬一匹則百～。"

【金帛】jīn bó　黃金和絲織品，泛指錢財。《史記·淮南衡山列傳》："皇太后所賜～～～，盡以賜軍吏。"

【金蟾】jīn chán　月亮的別稱。唐·令狐楚《八月十七日夜抒懷》："～～著未出，玉樹悲稍破。"

【金城】jīn chéng　❶形容非常堅固的城。漢·賈誼《過秦論》："天下已定，始皇之心，自以為關中之固，～～千里，子孫帝王萬世之業也。"❷京城。晉·張協《詠史》："朱軒曜～～～，供帳臨長衢。"❸城內的牙城。《資治通鑑》卷一百一十六："鎮惡與城內兵鬥，且攻其～～。"

【金錯刀】jīn cuò dāo　❶西漢王莽攝政時鑄的刀形幣，上有黃金鑲嵌（"錯"是鑲嵌的意思）的文字，故稱"金錯刀"。後泛指錢財。漢·張衡《四愁詩》："美人贈我～～～，

何以報之英瓊瑤。"❷書法和繪畫的一種筆體。《宣和畫譜·李煜》："書作顫筆樛曲之狀，遒勁如寒松霜竹，謂之～～～。"

【金斗】jīn dǒu　❶酒斗，酒器。宋·孔平仲《懷井儀堂》："～～倒垂交勸飲，玉蟾分面各題詩。"❷金印。唐·李賀《送秦光祿北征》："呵臂懸～～～。"❸熨斗。唐·白居易《繚綾》："～～熨波刀剪紋。"❹即筋斗。明·于慎行《谷山筆麈·雜考》："惟擲倒不知何法，疑即翻～～～也。"

【金方】jīn fāng　即西方。唐·王勃《晚秋遊武擔山寺序》："於時～～啟序，玉律驚秋。"

【金粉】jīn fěn　❶花鈿與鉛粉，都是婦女的化妝品，後用來借指繁華奢靡的生活。清·吳偉業《殘畫》："六朝～～地，落木更蕭蕭。"❷金黃色的粉末，形容花粉等。宋·蘇轍《歙縣歲慶堂》："暗長茯苓根大，旋收～～氣尤清。"

【金革】jīn gé　❶兵器和甲冑。《禮記·中庸》："衽（枕卧）～～，死而不厭。"❷借指戰爭。漢·路溫舒《尚德緩刑書》："方今天下，賴陛下恩厚，亡～～～之危、飢寒之患。"

【金閨】jīn guī　❶指金馬門，也代指朝廷。南朝宋·鮑照《侍郎報滿辭閣疏》："～～雲路，從茲自遠。"❷閨閣的美稱。唐·王昌齡《從軍行》："更吹羌笛關山月，無那～～萬里愁。"

【金鏡】jīn jìng　❶比喻月亮。唐·元稹《泛江玩月》："遠樹懸～～，深潭倒玉幢。"❷比喻光明正道。南朝梁·劉孝標《廣絕交論》："蓋聖人握～。"❸指對人進行諷喻

規正的書籍文章。唐‧康駢《劇談錄‧宣室夜召翰林學士》："此讀者先朝所述～～一卷，則《尚書‧大禹謨》。"

【金蘭】jīn lán ❶ 比喻深厚牢固的交情。南朝梁‧劉孝標《廣絕交論》："自昔把臂之英，～～之友。"❷ 指結義兄弟。明‧許自昌《水滸記‧黨援》："為救～～，奔走直如飛電，取道到忠義堂前。"

【金門】jīn mén 代指富貴人家。《魏書‧景穆傳》："夫如是，故綺閣～～，可安其宅。"

【金木】jīn mù 鐵和木，代指刑具。《南史‧王彧傳》："～～纏身，性命幾絕。"

【金魄】jīn pò 指滿月、圓月。唐‧沈佺期《和元舍人萬頃臨池玩月》："～～度雲來。"

【金山】jīn shān 比喻人的外表英俊軒昂。《梁書‧朱異傳》："器宇宏深，神表峯峻。～～萬丈，緣陟未登。"

【金聲】jīn shēng ❶ 鉦、鐘等金屬樂器的聲音。《荀子‧議兵》："聞鼓聲而進，聞～～而退。"❷ 比喻人美好的聲譽。晉‧劉琨《勸進表》："玉質幼彰，～～夙振。"

【金石】jīn shí ❶ 黃金和玉石。《荀子‧勸學》："鍥而不舍，～～可鏤。"常用以比喻美好、堅貞、牢固、剛強等品質。宋‧歐陽修《秋聲賦》："奈何以非～～之質，欲與草木而爭榮？"❷ 指鐘磬一類樂器。南朝梁‧江淹《別賦》："～～震而色變，骨肉悲而心死。"❸ 指鎸刻文字以記事頌功的鐘鼎、碑碣。宋‧歐陽修《相州晝錦堂記》："勒之～～，播之聲詩，以耀後世而垂無窮。"❹ 指丹藥。《舊唐書‧

裴潾傳》："況～～皆含酷烈熱毒之性。"

【金兔】jīn tù 月亮的別稱。唐‧盧仝《月蝕》："朱絃初罷彈，～～正奇絕。"

【金烏】jīn wū 神話傳說太陽中有三足烏，故用"金烏"作太陽的別稱。漢‧劉楨《清慮賦》："玉樹翠葉，上棲～～。"

【金相】jīn xiàng 比喻美好的外表或形式。南朝齊‧謝朓《秋夜講解》："妙演發～～。"

【金印】jīn yìn ❶ 帝王或高官的金質璽印。宋‧蘇轍《觀捕魚》："～～垂腰定何益。"❷ 宋代稱犯人臉上刺的字《水滸傳》第八回："原來宋時但是犯人徒流遷徙的，都臉上刺字，怕人恨怪，只喚做打～～。"❸ 古代公文、證件上的金泥印章。明‧唐順之《條陳海防經略事疏》："臣又據總兵官盧鏜手本……與日本～～勘合。"

津 jīn ❶ 渡口。《論語‧微子》："孔子過之，使子路問～焉。"❷ 渡過。晉‧潘岳《西征賦》："～便門以右轉，究吾境之所及。"❸ 傳送。南朝梁‧劉義恭《豔歌行》："傾首佇春燕，為我～辭語。"❹ 涯、岸。唐‧陸龜蒙《木蘭堂》："洞庭波浪渺無～。"❺ 水。北魏‧酈道元《水經注‧渭水三》："山雨滂湃，洪～泛灑。"❻ 生物分泌的液體。《素問‧調經論》："人有精氣～液。"❼ 濕潤。晉‧郭璞《江賦》："林無不溽，岸無不～。"❽ 滋潤，引申為資助。宋‧張端義《貴耳集》："及試，劉～其行李。"❾ 充溢。《素問‧生氣通天論》："肝氣以～，脾氣乃絕。"

【津筏】jīn fá　渡河的木筏，比喻引導人們達到目的的途徑。唐·韓愈《送文暢師北遊》："開張篋中寶，自可得～～。"

【津關】jīn guān　水陸要衝所設置的關口。《史記·孝景本紀》："復置～～，用傳出入。"

【津津】jīn jīn　❶ 充盈、洋溢的樣子。明·馮夢龍《掛枝兒·噴嚏》："其才吾不能測之，而其情則～～筆舌下矣。"❷ 充滿喜樂的樣子。宋·范成大《吳船錄》卷上："筆跡超妙，眉目～～，欲與人語。"❸ 興趣盎然的樣子。清·陳廷焯《白雨齋詞話》："兩宋於詞，皆屬最下乘……而世顧～～稱之。"

【津梁】jīn liáng　❶ 橋樑。《國語·晉語二》："亦謂君之東遊～～之上。"❷ 起橋樑作用的人或物。《魏書·封軌傳》："非直為國進賢，亦為汝等將來之～～也。"❸ 引渡，引導。《宋書·禮志一》："～～萬物，閒邪納善，潛備於日用者也。"

【津人】jīn rén　渡船上的船夫。《莊子·達生》："吾嘗濟乎觴深之淵，～～操舟若神。"

【津要】jīn yào　❶ 水陸要衝之處。《南史·杜慧度傳》："分遣二子斷遏水陸～～。"❷ 喻事物的關鍵和要點。南朝梁·江淹《無為論》："宣尼六藝之文，百氏兼該之術，靡不詳其～～。"❸ 比喻重要的職位。清·方苞《兵部尚書法公墓表》："居～～者多畏公忼直。"也代指身居津要的人。《南齊書·竟陵文宣王子良傳》："交關～～，共相唇齒。"

矜　(1) jīn　❶ 自誇，自傲。《史記·游俠列傳》："而不～其能，伐其德，蓋亦有足多者焉。"❷ 謹慎，慎重。《尚書·周書·旅獒》："不～細行。"❸ 憐憫，同情。晉·李密《陳情表》："願陛下～愍愚誠，聽臣微志。"❹ 端莊，肅敬。《論語·衛靈公》："君子～而不爭，羣而不黨。"❺ 敬重，看重。明·茅坤《〈青霞先生文集〉序》："特憫其人，～其志。"

　(2) qín　矛、戟的柄，也指棍棒。漢·賈誼《過秦論》："鋤耰棘矜，不銛於鉤戟長鎩也。"

【矜持】jīn chí　❶ 盡力保持莊重。南朝宋·劉義慶《世說新語·雅量》："王家諸郎，亦皆可嘉，聞來覓婿，咸自～～。"❷ 自負，自得。北齊·顏之推《顏氏家訓·名實》："而家世艱厚，雅自～～，多以酒犢珍玩交結名士，甘其餌而遞共吹噓。"❸ 約束。南朝宋·鮑照《答客》："愛賞好偏越，放縱少～～。"❹ 拘泥，拘謹。明·胡應麟《詩藪·宋》："～～於句格，則面目可憎。"

【矜伐】jīn fá　驕傲自誇。《隋書·李諤傳》："雖勤比大禹，功如師望，亦不得厚自～～。"

【矜奮】jīn fèn　❶ 自傲而張狂外露。《漢書·晁錯傳》："～～自賢，羣臣恐諛。"❷ 自信而努力。唐·韓愈《柳州羅池廟碑》："三年，民各自～～。"

【矜節】jīn jié　保持操守。《漢書·刑法志》："未有安制～～之理也。"

【矜矜】jīn jīn　❶ 戒懼，小心。漢·韋孟《諷諫》："～～元王，恭儉靜一。"❷ 自得的樣子。清·袁枚《隨園詩話》："專拾取古人所吐棄不屑用之字，而～～然自炫其奇，抑末也。"

【矜邁】jīn mài　莊重超脫的樣子。《晉書·王綏傳》："少有美稱，厚自～～，實鄙而無行。"

【矜名】jīn míng　看重、誇飾名節。唐·柳宗元《梓人傳》："不炫能，不～～。"

【矜人】jīn rén　❶可憐的人，指貧弱者。《詩經·小雅·鴻雁》："爰及～～，哀此鰥寡。" ❷向人誇耀。《管子·宙合》："此言尊高滿大，而好～～以麗，主盛處賢，而自予雄也。"

【矜容】jīn róng　❶端莊的儀表。漢·傅毅《舞賦》："或有～～愛儀，洋洋習習。" ❷憐憫寬容。《續資治通鑑》卷三十："責以公議，誠為罪人，賴陛下～～，不然，顛躓久矣。"

【矜飾】jīn shì　自高誇飾。宋·歐陽修《瀧岡阡表》："其居於家，無所～～。"

衿　(1) jīn　❶衣領。又專指讀書人穿的衣服。《詩經·鄭風·子衿》："青青子～，悠悠我心。"後來又代指秀才。清·吳敬梓《儒林外史》第四回："合城紳～都來弔唁。" ❷衣襟，衣服胸前交叉的左右兩幅。《莊子·讓王》："捉～而肘見，納履而踵決。" ❸衣服前襟的下擺處。《戰國策·齊策三》："臣輒以頸血湔足下～。" ❹胸襟，胸懷。唐·賈島《寄友人》："我常倦投跡，君亦知此～。"
(2) jìn　❶繫衣服的帶子。漢·馬援《誡兄子嚴敦書》："所以復言者，施～結縭，申父母之戒，欲使汝曹不忘之耳。" ❷繫，結。漢·揚雄《反離騷》："～芰茄之綠衣兮，被芙蓉之朱裳。"

【衿抱】jīn bào　襟懷，胸懷。南朝宋·劉義慶《世說新語·輕詆》："中郎～～未虛，復那得獨有？"

【衿士】jīn shì　秀才或讀書人。清·黃本銓《梟林小史》："城中設義學，賊欲羈縻諸～～，使二十餘人分教之。"

【衿袖】jīn xiù　以衿袖相連比喻親密的關係。南朝齊·王融《蕭咨議西上夜集》："～～三春隔，江山千里長。"

【衿要】jīn yào　指地理衝要之處。《魏書·裴慶孫傳》："朝廷以此地被山帶河，～～之所，肅宗末，遂立邵郡。"

【衿肘】jīn zhǒu　比喻近旁、身邊。《新唐書·苑君璋傳》："今糧盡眾攜，不即決，恐～～變生。"

巹　jīn　原為一個葫蘆破開做的兩個瓢，後指婚禮時用的酒器。《儀禮·士昏禮》："三酳（yìn，吃過用酒漱口）用～。"後以"合巹"指結婚，喝交杯酒。

堇　(1) jǐn　❶菜名。《魏書·崔玄伯傳附崔和》："其母李春思～，惜錢不買。"又寫作"蓳"。❷通"僅"，言其少。《史記·貨殖列傳》："豫章出黃金，長沙出連錫，然～～物之所有，取之不足更費。"
(2) qín　黏土。《新唐書·劉仁恭傳》："以～土為錢。"

僅　(1) jǐn　❶僅僅，只是，不過。《戰國策·馮煖客孟嘗君》："狡兔有三窟，～得免其死耳。" ❷數量少。《晉書·趙王倫傳》："臺省府衛～有存者。"
(2) jìn　幾乎，將近。唐·杜甫《泊岳陽城下》："江國逾千里，山城～百層。"

瑾 jǐn　美玉。戰國楚·屈原《楚辭·九章·懷沙》："懷～握瑜兮，窮不知所示。"

【瑾瑕】jǐn xiá　瑾是美玉，瑕是玉上的瑕疵，用以比喻好壞、美醜、優劣。明·徐渭《鸚鵡眼》："認客休青白，韜光混～～。"

【瑾瑜】jǐn yù　瑾、瑜都是美玉，用作美玉的泛稱，又喻美德賢才。北齊·顏之推《顏氏家訓·省事》："懷～～而握蘭桂者，悉恥為之。"

錦 jǐn　❶有彩色花紋的絲織品。唐·李白《盧山謠寄盧侍御虛舟》："屏風九疊雲一張。"❷錦做的衣服。《論語·陽貨》："食夫稻，衣夫～，於女安乎？"❸比喻美好的東西或形容事物的美好。南朝梁·劉勰《文心雕龍·才略》："一朝綜文，千年凝～。"❹比喻色彩鮮豔華麗。宋·范仲淹《岳陽樓記》："沙鷗翔集，～鱗游泳。"

【錦車】jǐn chē　用錦裝飾的車子。唐·郎士元《送楊中丞和番》："～～登隴日，邊草正萋萋。"

【錦城】jǐn chéng　即"錦官城"的省稱。唐·李白《蜀道難》："～～雖云樂，不如早還家。"

【錦官城】jǐn guān chéng　故址在今四川成都市南，因為掌織錦官署所在地，故稱"錦官城"，後來便作為成都的別稱。唐·杜甫《春夜喜雨》："曉看紅濕處，花重～～～。"又稱"錦府"等。

【錦囊】jǐn náng　❶用錦做的袋子，常用來裝詩稿或重要文件。宋·蘇舜欽《送王楊庭著作宰巫山》："落筆多佳句，時應滿～～。"❷代指詩作。宋·楊萬里《雲龍歌贈陸務觀》："金印斗大值幾錢？～～山齊今幾篇？"

【錦瑟】jǐn sè　漆有織錦紋的瑟。唐·李商隱《錦瑟》："～～無端五十絃，一絃一柱思華年。"後以"錦瑟華年"喻青春時代。

【錦書】jǐn shū　❶華美的書簡。南朝梁·沈約《華山館為國家營功德》："～～飛雲字，玉簡黃金編。"❷即"錦字書"。據《晉書·竇滔妻蘇氏傳》，前秦蘇蕙給被流放的丈夫竇滔寄去一首織在錦上的回文詩，以表達思念之情，後用以代指夫妻間表思念的書信。宋·陸游《釵頭鳳》："山盟雖在，～～難託，莫、莫、莫！"

謹 jǐn　❶謹慎，小心。《孟子·梁惠王上》："～庠序之教。"❷恭敬。《史記·平原君虞卿列傳》："～奉社稷而以從。"❸禮節，禮儀。《史記·項羽本紀》："大行不顧細～，大禮不辭小讓。"

【謹敕】jǐn chì　❶同"謹飭"。漢·馬援《誡兄子嚴敦書》："效伯高不得，猶為～～之士，所謂'刻鵠不成尚類鶩'者也。"❷等於說嚴令。《六韜·烏雲山兵》："～～三軍，無使敵人知我之情。"

【謹飭】jǐn chì　謹慎而自我約束。《南史·程文季傳》："文季臨事～～，御下嚴整。"

【謹篤】jǐn dǔ　謹慎而忠厚。《後漢書·楊終傳》："時太后兄衛尉馬廖，～～自守，不訓諸子。"

【謹節】jǐn jié　❶謹慎自律，守法度。《後漢書·光武十王列傳》："在國～～，終始如一，稱為賢王。"❷謹慎節儉。明·方孝孺《謹節堂銘》："事親能養，～～為貴，謹則無憂，節則不匱。"

【謹介】jǐn jiè　謹慎孤高。《宋史·王顯傳》："性～～，不好狎，未嘗踐市肆。"

晉 jìn　❶進。漢·班固《幽通賦》："盍孟～以迨羣兮。"❷春秋時諸侯國名。《左傳·燭之武退秦師》："～侯、秦伯圍鄭。"❸朝代名。晉·陶淵明《桃花源記》："不知有漢，無論魏～。"

進 jìn　❶前進，與"退"相對。《國語·越語上》："吾不欲匹夫之勇也，欲其旅～旅退也。"❷入朝做官。宋·范仲淹《岳陽樓記》："居廟堂之高則憂其民，處江湖之遠則憂其君；是～亦憂，退亦憂。"❸超過。《莊子·養生主》："臣之所好者道也，～乎技矣。"❹進獻。《史記·廉頗藺相如列傳》："於是相如前～，因跪請秦王。"❺推薦，薦舉。漢·司馬遷《報任安書》："教以慎於接物，推賢～士為務。"❻通"盡"，竭盡。《列子·黃帝》："竭聰明，～智力。"

【進學】jìn xué　❶使學有進益。唐·韓愈《～～解》："業精於勤，荒於嬉。"❷明清時，童生考中秀才，稱為"進學"。清·吳敬梓《儒林外史》第三回："范進～～回家，母親、妻子俱各歡喜。"

【進用】jìn yòng　❶提拔任用。《漢書·孔光傳》："退去貪殘之徒，～～賢良之吏。"❷財用。《史記·呂不韋列傳》："子楚，秦諸孽孫，質於諸侯，車乘～～不饒。"

搢 jìn　插。《晉書·輿服志》："所謂～紳之士也，搢笏而垂紳帶也。"

禁 (1) jìn　❶禁止，制止。《戰國策·司馬錯論伐蜀》："以鼎與楚，以地與魏，王不能～。"❷禁令。《孟子·梁惠王下》："臣始至於境，問國之大～，然後敢入。"❸宮殿門戶皆設禁，非侍御者不得入，故為宮殿的代稱。蘇曼殊《焚劍記》："詔入～內，常策駿馬，出入宮門。"
(2) jīn　禁得起，受得住。唐·白居易《楊柳枝》："小樹不～攀折苦，乞君留取兩三條。"

【禁軍】jìn jūn　唐宋時皇帝的親兵稱"禁軍"。《新唐書·兵志》："夫所謂天子～～者，南、北衙兵也。南衙，諸衛兵是也；北衙者，～～也。"

【禁苑】jìn yuàn　帝王的園囿。《史記·平準書》："是時～～有白鹿而少府多銀錫。"

靳 jìn　❶駕轅兩馬當胸的皮套，代稱轅馬。《左傳·定公九年》："吾從子如驂之～。"❷吝惜。宋·洪邁《夷堅志·陽大明》："大明與之，無～色。"

盡 (1) jìn　❶完，竭。宋·蘇洵《六國論》："以地事秦，猶抱薪救火，薪不～，火不滅。"❷全部用出。《孟子·梁惠王上》："寡人之於國也，～心焉耳矣。"❸達到頂點。《論語·八佾》："子謂《韶》，～美矣，又～善也。"❹都，全部。《史記·項羽本紀》："沛公欲王關中，使子嬰為相，珍寶～有之。"❺結束，終止。晉·王羲之《〈蘭亭集〉序》："修短隨化，終期於～。"❻死。《後漢書·皇甫規妻傳》："妻謂持杖者曰：'何不重乎？速～為惠。'遂死車下。"
(2) jǐn　儘量，儘可能。《禮記·曲禮上》："虛坐～後，食坐～前。"

【盡辭】jìn cí　説完要説的話。《國語・吳語》："敢使下臣～～，唯天王秉利度義焉。"

縉 jìn　見"縉紳"。

【縉紳】jìn shēn　通"搢紳"。❶古代高級官吏的裝束。《荀子・禮論》："～～而無鉤帶矣。"❷古代官吏或做過官的人。明・張溥《五人墓碑記》："～～而能不易其志者，四海之大，有幾人歟？"

嗺 jìn　❶閉口，不説話。《史記・袁盎晁錯列傳》："且臣恐天下之士一口，不敢復言也。"❷關閉。晉・潘岳《西征賦》："有～門而莫啟，不窺兵於山外。"

觀 jìn　❶古代諸侯秋季朝見天子稱"觀"。《孟子・萬章上》："天下諸侯朝～者，不之堯之子而之舜。"❷泛指朝見帝王。《穀梁傳・僖公五年》："天子微，諸侯不享～。"❸拜見。《左傳・昭公十六年》："宣子私～於子產。"

---

jing

京 jīng　❶山丘。《詩經・大雅・公劉》："迺陟南岡，乃覯於～。"❷人工築起的高大土堆。《三國志・魏書・公孫瓚傳》："於塹裏築～，皆高五六丈。"❸圓形的大穀倉。《史記・扁鵲倉公列傳》："見建家～下方石，即弄之。"❹大。《左傳・莊公二十二年》："八世之後，莫之與～。"❺國都，首都。清・林嗣環《口技》："～中有善口技者。"

【京畿】jīng jī　國都所在地及其行政官署所管轄地區。《三國志・魏書・武帝紀》："遂遷許都，造我～～，設官兆祀，不失舊物。"

【京洛】jīng luò　即洛陽。因東周、東漢都曾建都於洛陽，故稱"京洛"。漢・班固《東都賦》："子徒習秦阿房之造天，而不知～～之有制。"

【京闕】jīng què　古代皇宮門前兩邊建樓台，中間是路，叫闕。京闕，指皇宮。南朝梁・沈約《卻東西門行》："驅馬城西阿，遙眺想～～。"也指京城。唐・李白《梁園吟》："我浮黃雲去～～。"

荊 jīng　❶一種灌木。宋・蘇洵《六國論》："思厥先祖父，暴霜露，斬～棘，以有尺寸之地。"❷用荊條做的打人的刑具。《史記・廉頗藺相如列傳》："廉頗聞之，肉袒負～，因賓客至藺相如門謝罪。"❸春秋時楚國的別稱。《韓非子・五蠹》："～文王恐其害己也，舉兵伐徐，遂滅之。"

【荊楚】jīng chǔ　即楚國。楚原建國於荊山一帶，故稱"荊楚"。《詩經・商頌・殷武》："撻（tà，雄壯威武的樣子）彼殷武，奮伐～～。"

【荊扉】jīng fēi　柴門，代指貧賤者的居住地。晉・陶淵明《歸園田居》："白日掩～～，虛室絕塵想。"

【荊婦】jīng fù　對人謙稱自己的妻子。宋・陳亮《丙午復朱元晦祕書書》："～～兒女附拜再四起居。"

旌 jīng　❶用旄牛尾和彩色鳥羽裝飾的旗。《國語・吳語》："建～提鼓。"❷旗子的通稱。戰國楚・屈原《楚辭・九歌・國殤》："～蔽日兮敵若雲，矢交墜兮士爭先。"❸表彰。明・張溥《五人墓碑記》："且立石於其墓之門，以～其所為。"

菁 jīng　❶韭菜的花。漢・張衡《南都賦》："春卵夏筍，秋韭冬～。"❷ 泛指花。戰國楚·宋玉《高唐賦》："江離載～。"❸ 菜名，即蔓菁，又叫蕪菁。北魏·賈思勰《齊民要術·蔓菁》："七月可種蕪～。"❹ 水草。漢·司馬相如《上林賦》："唼喋（shà dié，魚吃食）～藻，咀嚼菱藕。"

【菁華】jīng huá　通"精華"。唐·劉知幾《史通·書志》："攝其機要，收彼～～。"

【菁菁】jīng jīng　植物茂盛的樣子。《詩經·唐風·杕杜》："其葉～～。"

晶 jīng　❶ 形容明亮。宋·歐陽修《秋聲賦》："其容清明，天高日～。"❷ 晴朗，明淨。唐·宋之問《明河篇》："八月涼風天氣～，萬里無雲河漢明。"❸ 太陽。北周·衛元嵩《元包明夷》："～冥炎潛。"

經 jīng　❶ 織物的縱線叫"經"，與"緯"相對。《左傳·昭公二十五年》："禮，上下之紀，天地之～緯也。"❷ 南北走向的道路為"經"，與"緯"相對。《周禮·冬官考工記·匠人》："國中九～九緯。"❸ 原則。《禮記·中庸》："凡為天下國家有九～，曰：修身也，尊賢也，……懷諸侯也。"❹ 常規。《史記·太史公自序》："守～事而不知其宜，遭變事而不知其權。"❺ 經典，中國古代以《詩》《書》《禮》《易》《樂》《春秋》為六經。又指某些載一事一藝的專書，如《黃帝內經》等。唐·韓愈《師說》："六藝～傳，皆通習之。"❻ 專述某一事物或技藝的書，也稱某某經。宋·蘇軾《石鐘山記》："《水～》云：'彭蠡之口有石鐘山

焉。'"❼ 經過。晉·陶淵明《歸去來兮辭》："既窈窕以尋壑，亦崎嶇而～丘。"❽ 經歷。唐·杜甫《茅屋為秋風所破歌》："自～喪亂少睡眠。"❾ 度量，籌劃。《孟子·梁惠王上》："～之營之，庶民攻之，不日成之。'"❿ 治理。《左傳·隱公十一年》："禮，～國家，定社稷，序人民，利後嗣者也。"⓫ 自縊。《論語·憲問》："自～於溝瀆，而莫之知也。"

【經界】jīng jiè　土地、疆域的分界。《孟子·滕文公上》："～～既正，分田制祿可坐而定也。"

【經綸】jīng lún　理出絲的頭緒叫經，編絲為繩叫綸，統稱"經綸"。引申為籌劃治理國家大事。《禮記·中庸》："唯天下至誠，為能～～天下之大經，立天下之大本，知天地之化育。"

【經史】jīng shǐ　經學和史學。唐·韓愈《柳子厚墓誌銘》："議論證據今古，出入～～百子。"

【經世】jīng shì　研究學問要為社會所用。《抱朴子·審舉》："故披《洪範》而知箕子有～～之器。"

競 jīng　❶ 動。漢·揚雄《太玄·逃》："～其股。"❷ 見"競競"。

【競競】jīng jīng　❶ 小心謹慎的樣子。《詩經·小雅·小旻》："戰戰～～，如臨深淵，如履薄冰。"❷ 強健的樣子。《詩經·小雅·無羊》："爾羊來思，矜矜～～，不騫不崩。"

精 jīng　❶ 純淨的上等細米，與"粗"相對。《莊子·人間世》："鼓筴（cè，簸箕）播～，可以食十人。"❷ 精美的食品。《論語·鄉

黨》："食不厭～，膾不厭細。"❸ 精華，精粹。唐·杜牧《阿房宮賦》："齊楚之～英。"❹ 精銳。漢·賈誼《過秦論》："信臣精卒陳利兵而誰何。"❺ 道家稱生成萬物的靈氣。《莊子·在宥》："吾欲取天地之～，以佐五穀，以養民人。"❻ 精力，精神。宋·歐陽修《秋聲賦》："百憂感其心，萬物勞其形，有動於中，必搖其～。"❼ 精靈，鬼怪。唐·杜甫《陪鄭廣文遊何將軍山林》："野鶴清晨出，山～白日藏。"❽ 精心。宋·朱熹《熟讀精思》："大抵觀書先須熟讀……繼以～思……然後可以有得爾。"❾ 精通。唐·韓愈《進學解》："業～於勤，荒於嬉。"❿ 明亮。《漢書·李尋傳》："日月光～，時雨氣應。"⓫ 通"菁"，花。戰國楚·宋玉《風賦》："翱翔於激水之上，將擊芙蓉之～。"

【精爽】jīng shuǎng ❶ 精神，精氣。《三國志·魏書·蔣濟傳》："歡娛之耽，害於～～。"❷ 靈魂。唐·李羣玉《題二妃廟》："不知～～歸何處，疑是行雲秋色中。"

【精舍】jīng shè ❶ 學舍。《後漢書·黨錮傳》："（劉）淑少學明五經，遂隱居，立～～講授，諸生常數百人。"❷ 僧人修煉居住之所。《晉書·孝武帝紀》："帝初奉佛法，立～～於殿內，引諸沙門而居之。"❸ 心為精之所舍，故也稱"精舍"。《管子·內業》："定心在中，耳目聰明，四枝堅固，可以為～～。"

驚 jīng ❶ 馬受到驚嚇。《戰國策·趙策一》："（趙）襄子至橋而馬～。"❷ 驚駭，震驚。《史記·項羽本紀》："沛公大～，曰：'為之奈何？'"❸ 驚動，震動。

唐·杜牧《阿房宮賦》："雷霆乍～，宮車過也。"

井 jīng ❶ 水井。《荀子·榮辱》："短綆不可以汲深～之泉。"❷ 井田。相傳古代奴隸社會的一種土地制度，以方九百畝的地為一里，劃為九區，中間為公田，周圍八家均私田百畝，同養公田，因形如"井"字，故名"井田"。《穀梁傳·宣公十五年》："～田者，九百畝，公田居一。"❸ 相傳古代八家共一井，後引申為鄉里。唐·陳子昂《謝賜冬衣表》："三軍葉慶，萬～相歡。"

【井井】jīng jīng ❶ 潔淨不變。《周易·井》："改邑不改井，無喪無得，往來～～。"❷ 有條理的樣子。《荀子·儒效》："～～今其有理也。"

【井陌】jīng mò　市井街道。《南齊書·徐孝嗣傳》："一夫輟耕，於事彌切，故～～疆里，長頓盛於周鄰。"

阱 jīng ❶ 為防禦或獵取野獸而設的陷坑。《後漢書·趙壹列傳》："畢網加上，機～在下。"❷ 地牢。《漢書·谷永傳》："又以掖庭獄大為亂～。"

剄 jīng 用刀割脖子。《史記·孫子吳起列傳》："龐涓自知智窮兵敗，乃自～。"

景 (1) jīng ❶ 日光。南朝梁·江淹《別賦》："日出天而耀～，露下地而騰文。"❷ 景色，風景。晉·謝靈運《〈擬魏太子鄴中集詩〉序》："天下良辰美～，賞心樂事。"❸ 大。《詩經·小雅·楚茨》："以妥以侑，以介～福。"

(2) yǐng　影子。《墨子·經說下》："首蔽上光，故成～於下。"這個意義後來寫作"影"。

【景行】jīng xíng　高尚的道德品行。

漢·蔡邕《郭有道碑文》：「於是樹碑表墓，昭銘～～。」

【景仰】jǐng yǎng　仰慕，敬重。《後漢書·劉愷列傳》：「今愷～～前修，有伯夷之節。」

【景從】yǐng cóng　緊相追隨，如影之隨形。漢·賈誼《過秦論》：「天下雲集而響應，贏糧而～～。」

儆　jǐng　❶戒備，警備。《左傳·襄公九年》：「令司宮、巷伯～宮。」❷告誡，警告。《國語·魯語下》：「夕省其典刑，夜～百工。」❸緊急情況，多指戰事。《後漢書·郭伋列傳》：「帝以並州尚有盧芳之～。」

【儆戒】jǐng jiè　戒備。《尚書·虞書·大禹謨》：「～～無虞。」

警　jǐng　❶警告。《左傳·宣公十二年》：「今天或者大～晉也。」❷戒備。《左傳·宣公十二年》：「軍衞不徹，～也。」❸緊急情況，通常指戰事。《漢書·終軍傳》：「邊境時有風塵之～。」上述三個義項，又寫作「儆」。❹敏銳，敏捷。《三國志·魏書·武帝紀》：「太祖少機～，有權數。」

勁　jìng　❶堅強有力。漢·賈誼《過秦論》：「良將～弩，守要害之處。」❷剛強，正直。《韓非子·孤憤》：「能法之士，必強毅而～直。」❸硬。明·宋濂《送東陽馬生序》：「四支僵～不能動。」

【勁秋】jìng qiū　有肅殺之氣的深秋。晉·陸機《文賦》：「悲落葉於～～，喜柔條於芳春。」

【勁士】jìng shì　❶勇武的人。《晉書·苻生載記》：「～～風集，驍騎如雲。」❷正直的人。《荀子·儒效》：「行法至堅，……如是，則可謂～～矣。」

【勁卒】jìng zú　精壯的兵士。《三國志·魏書·杜恕傳》：「武士～～愈多，愈多愈病耳。」

陘　jìng　見 668 頁 xíng。

徑　jìng　❶小路。唐·杜甫《客至》：「花～不曾緣客掃，蓬門今始為君開。」❷取道，經過。北魏·酈道元《水經注·江水》：「江水又東，～廣溪峽，斯乃三峽之首也。」❸直往。唐·柳宗元《小石城山記》：「自西山道口～北。」❹直截了當。《荀子·性惡》：「少言則～而省。」❺直徑。明·魏學洢《核舟記》：「能以一寸之木，為宮室、器皿、人物。」❻即，就。《史記·滑稽列傳》：「髡恐懼俯伏而飲，不過一斗～醉矣。」

【徑行】jìng xíng　直行，任性而為。《禮記·檀弓下》：「有以故興物者，有直情而～～者。」

【徑須】jìng xū　直須，只須。唐·李白《將進酒》：「主人何為言少錢，～～沽取對君酌。」

竟　jìng　❶終，最後。《史記·屈原賈生列傳》：「其後楚日以削，數十年，～為秦所滅。」❷直到……終了。《史記·廉頗藺相如列傳》：「秦王～酒，終不能加勝於趙。」❸全，整。《晉書·謝安傳》：「歡笑～日。」❹窮究，追究。《後漢書·光武十王傳》：「有司舉奏之，顯宗以親親故，不忍究～其事。」❺終於，終究。《史記·淮陰侯列傳》：「信亦知其意，怒，～絕去。」❻究竟，到底。唐·駱賓王《為徐敬業討武曌檄》：「請看今日之域中，～是誰家之天下。」❼竟然，居然。《史記·屈原賈生列傳》：「懷王～聽鄭袖，復釋去張儀。"❽假若。宋·文天祥《〈指南錄〉後序》："如揚州，過瓜州揚子橋，～使遇哨，無不死。"❾疆界。《左傳·莊公二十七年》："卿非君命不越～。"這個意義後來寫作"境"。

敬 jìng ❶嚴肅，慎重。《荀子·禮論》："～始而慎終。"❷尊敬，尊重。《論語·為政》："今之孝者，是謂能養。至於犬馬，皆能有養。不～，何以別乎！"❸表敬重的禮貌用語。《史記·陳涉世家》："徒屬皆曰：'～受命。'"❹通"警"，警戒。《詩經·大雅·常武》："既～既戒，惠此南國。"

【敬事】jìng shì ❶敬謹處事。《論語·學而》："～～而信，節用而愛人，使民以時。"❷恭敬侍奉。《尚書·周書·立政》："以～～上帝，立民長伯。"

靖 (1) jìng ❶安定。《左傳·僖公二十三年》："而天下～晉國，殆將啟之。"❷止息。《左傳·昭公十三年》："諸侯～兵，好以為事。"❸謀劃。《詩經·小雅·菀柳》："俾予～之。"❹恭敬。《管子·大匡》："士處～，敬老與貴。"
　　(2) jīng 通"旌"，表彰。《左傳·昭公元年》："魯叔孫豹可謂能矣，請免之以～能者。"

境 jìng ❶邊境，國界。《史記·廉頗藺相如列傳》："臣嘗從大王與燕王會～上。"❷所處的地方。晉·陶淵明《飲酒》："結廬在人～。"❸境地，處境。明·徐霞客《徐霞客遊記·滇遊日記》："生平所歷危～，無逾於此。"❹境界。南朝宋·劉義慶《世說新語·排調》："漸至佳～。"

靓 jìng ❶妝飾豔麗。《後漢書·南匈奴傳》："昭君豐容～飾，光明漢宮。"❷通"靜"，安靜。《漢書·賈誼傳》："澹虖若深淵之～。"

【靓妝】jìng zhuāng　美麗的妝飾。晉·左思《蜀都賦》："都人士女，袨服～～。"

静 jìng ❶靜止，與"動"相對。宋·朱熹《熟讀精思》："處～觀動，如攻堅木。"❷平靜，與"躁"相對。晉·王羲之《〈蘭亭集〉序》："～躁不同。"❸寂靜，無聲。宋·章質夫《水龍吟·楊花詞》："臨深院，日長門閉。"❹嫻雅。《詩經·邶風·靜女》："～女其姝，俟我於城隅。"❺通"淨"，潔淨。漢·張衡《東京賦》："滌濯～嘉。"

鏡 jìng ❶銅鏡。明·張岱《西湖七月半》："此時月如～新磨。"❷照鏡子。《墨子·非攻中》："～於水，見面之容。"❸借鑒。《史記·高祖功臣侯者年表》："居今之世，志古之道，所以自～也。"❹照耀。《後漢書·班彪列傳》："榮～宇宙，尊無與抗。"

【鏡匲】jìng lián　鏡匣。《後漢書·陰皇后紀》："帝於席前伏臣妝袱，視太后～～中物，感動悲涕。"

竞 jìng ❶爭逐，比賽。宋·柳永《望海潮》："市列珠璣，戶盈羅綺，～豪奢。"❷強勁。《左傳·襄公十八年》："又歌南風，南風不～。"

---

jiong

扃 jiōng ❶從外面關門用的門閂。《禮記·曲禮上》："入戶奉～，視瞻毋回。"❷門戶。南朝齊‧孔稚珪《北山移文》："雖情投於魏闕，或假步於山～。"❸上門，關門。南朝齊‧孔稚珪《北山移文》："宜～岫幌，掩雲關。"❹兵車前插軍旗的橫木。漢‧張衡《西京賦》："旗不脫～。"

【扃鍵】jiōng jiàn　鎖閉門戶。《新唐書‧和思趙皇后傳》："妃既囚，～～牢諜，日給飼料。"

【扃牖】jiōng yǒu　關閉窗戶。明‧歸有光《項脊軒志》："余～～而居，久之，能以足音辨人。"

炅　jiǒng　見 196 頁 guì。

炅
炯　jiǒng　明亮。唐‧杜甫《法鏡寺》："朱甍半光～。"

窘　jiǒng　生活或處境困迫。清‧蒲松齡《聊齋志異‧狼》："屠大～，恐前後受其敵。"

---

jiu

究　jiū　❶終極，窮盡。《史記‧孔子世家》："當年不能～其禮。"❷終究，畢竟。清‧龔自珍《己亥雜詩》："九州生氣恃風雷，萬馬齊瘖～可哀。"❸研究，探求。漢‧司馬遷《報任安書》："亦欲以～天人之際，通古今之變，成一家之言。"

【究詰】jiū jié　深入追問。《新唐書‧陸贄傳》："朝廷含糊，未嘗～～。"

糾　jiū　❶兩股擰成的繩索。漢‧賈誼《鵩鳥賦》："夫禍之與福兮，何異～繩（mò 三股擰成的繩索）。"❷糾纏，纏繞。唐‧李華《弔古戰場文》："河水縈帶，羣山～紛。"❸糾集，集合。《左傳‧僖公二十六年》："桓公是以～合諸

侯。"❹督察。《荀子‧王制》："嚴刑罰以～之。"❺檢舉。《梁書‧丘遲傳》："為有司所～。"❻矯正。《左傳‧子產論政寬猛》："慢則～之以猛。"

【糾繩】jiū shéng　舉發懲處。《梁書‧徐勉傳》："三日大斂，如有不奉，加以～～。"

赳　jiū　見"赳赳"。

【赳赳】jiū jiū　雄壯威武的樣子。《詩經‧周南‧兔罝》："～～武夫，公侯干城。"

繆　jiū　見 413 頁 miù。

九　jiǔ　❶數詞。宋‧陸游《示兒》："死去元知萬事空，但悲不見～州同。"❷泛指多。《莊子‧逍遙遊》："摶扶搖而上者～萬里。"❸通"勼"，匯合，會聚。《莊子‧天下》："禹親自操橐耜，而～雜天下之川。"

【九賓】jiǔ bīn　古代朝會大典設九賓。在不同的朝代和不同的場合，九賓所指也不同。❶先秦時九賓也稱"九儀"，指"公、侯、伯、子、男、孤、卿、大夫、士"。《史記‧廉頗藺相如列傳》："設～～於廷，臣乃敢上璧。"❷漢代或指"傳擯"，即在賓主之間傳言者。《漢書‧叔孫通傳》："大行設～～，臚句（上傳語告下為臚，下告上為句）傳。"❸漢代或指九種地位不同的禮賓人員，即"王、侯、公、卿、二千石、六百石、郎、吏、匈奴侍子"。《後漢書‧禮儀志上》："大鴻臚設～～，隨立寢殿前。"

【九鼎】jiǔ dǐng　❶古代象徵國家政權的傳國之寶。《史記‧孝武本

紀》："禹收九牧之金，鑄～～，象九州。" ❷ 分量極重，地位極重要。《史記·平原君虞卿列傳》："毛先生一至楚，而使趙重於～～大呂。"

【九流】jiǔ liú ❶ 戰國時的九個學術流派，即儒家、道家、陰陽家、法家、名家、墨家、縱橫家、雜家、農家。《漢書·敍傳下》："劉向司籍，～～以別。" ❷ 泛指各學術流派。《南史·袁燦傳》："然～～百氏之言，雕龍談天之藝，皆泛識其大歸。" ❸ 九品人物。《南史·梁武帝紀》："自今～～常選，年未三十，不通一經，不得解褐。" ❹ 江河的眾多支流。唐·孟浩然《自潯陽泛舟經明海作》："大江分～～，淼漫成水鄉。"

【九品】jiǔ pǐn ❶ 先秦時指九卿。《國語·周語中》："外官不過～～。" ❷ 九品官人法。三國魏曹丕即位後，命吏部尚書陳羣制定九品中正制，即在郡縣設中正評定人材高下，分為九等，以選拔人才。《三國志·魏書·陳羣傳》："制～～官人之法，羣所建也。" 以後漸演變為官階的九個等級。

【九曲】jiǔ qū ❶ 極言黃河河道之曲折。唐·劉禹錫《浪淘沙》："～～黃河萬里沙，浪淘風簸自天涯。" ❷ 地名，在今青海化隆回族自治縣。唐·杜甫《八哀》："～～非外蕃，其王轉深壁。"

【九天】jiǔ tiān ❶ 中央與八方。戰國楚·屈原《楚辭·離騷》："指～～以為正兮，夫唯靈修之故也。" ❷ 極言其高。唐·李白《望廬山瀑布》："飛流直下三千尺，疑是銀河落～～。" ❸ 比喻皇宮，極言其深遠。唐·王維《和賈舍人早朝大明宮之

作》："～～閶闔開宮殿，萬國衣冠拜冕旒。"

【九土】jiǔ tǔ ❶ 九州之土。《國語·魯語上》："共工氏之伯九有也，其子曰后土，能平～～。" ❷ 九州。唐·李白《經亂離後天恩流夜郎憶舊遊書懷贈江夏韋太守良宰》："炎涼幾度改，～～中橫潰。"

【九族】jiǔ zú 有兩種不同説法：一為異姓親族，即父族四、母族三、妻族二；一為同姓親族，即從自身算起，上至高祖，下至玄孫為九族。《左傳·桓公六年》："修其五教，親其～～。"

久 jiǔ ❶ 時間長。《論語·述而》："～矣吾不復夢見周公！" ❷ 滯留。《公羊傳·莊公八年》："何言乎祠兵？為～也。" ❸ 等待。《左傳·昭公二十四年》："寡君以為盟主之故，是以～子。"

【久闊】jiǔ kuò 久別。《三國志·蜀書·許靖傳》："～～情愫（xù，通'蓄'），非夫筆墨所能寫陳。"

【久視】jiǔ shì ❶ 永不衰老。《呂氏春秋·重己》："世之人主貴人，無賢不肖，莫不欲長生～～。" ❷ 長時間注視。宋·蘇轍《黃州快哉亭記》："變化倏忽，動心駭目，不可～～。"

白 jiù ❶ 舂米的容器。漢·王充《論衡·量知》："穀之始熟曰粟，舂之於～，簸其秕糠。" ❷ 泛指搗物用的容器。唐·柳宗元《夏晝偶作》："日午獨覺無餘聲，山童隔竹敲茶～。"

咎 jiù ❶ 災禍。《左傳·僖公二十三年》："違天，必有大～。" ❷ 罪過，過失。三國蜀·諸葛亮《出師表》："則責攸之、禕等之慢，

以彰其～。"❸責怪，歸罪。宋·王安石《遊褒禪山記》："既其出，則或～其欲出者。"❹追究罪責。《論語·八佾》："既往不～。"

疚 jiù ❶久病。《韓非子·顯學》："無饑饉疾～禍罪之殃。"❷內心痛苦。《論語·顏淵》："子曰：'內省不～，夫何憂何懼？'"❸弊病。《國語·叔向賀貧》："行刑不～。"❹困頓。《禮記·中庸》："事前定則不困，行前定則不～。"

救 jiù ❶挽救，拯救。宋·文天祥《〈指南錄〉後序》："予更欲一戰北，歸而求～國之策。"❷援助，幫助。《戰國策·觸龍說趙太后》："趙氏求～於齊。"❸止。宋·蘇洵《六國論》："古人云：'以地事秦，猶抱薪～火。'"

就 jiù ❶趨向，接近。《孟子·梁惠王上》："望之不似人君，～之而不見所畏焉。"❷踏上，登上。《史記·刺客列傳》："於是荊軻～車而去，終已不顧。"❸赴，前往。楚·屈原《九章·哀郢》："去故鄉而～遠兮，遵江夏以流亡。"❹歸於。《國語·齊語》："處工－官府，處商～市井，處農－田野。"❺完成，達到。秦·李斯《諫逐客書》："河海不擇細流，故能～其深。"❻留，取。《莊子·秋水》："言察乎安危，寧於禍福，謹於去～，莫之能害也。"❼就職，赴任。《三國志·魏書·武帝紀》："久之，征還為東郡太守，不～。"❽從事。楚·屈原《天問》："纂～前緒，遂成考功。"❾受，被。楚·屈原《天問》："何親～上帝罰，殷之命以不救？"❿求。《詩經·大雅·生民》："克岐克嶷，以～口食。"⓫借助。《管子·乘馬》：

"因天材，～地利，故城郭不必中規矩，道路不必中準繩。"⓬卒，終。《南史·徐陵傳》："每嗟陵早～，謂之顏回。"⓭能。《左傳·哀公十一年》："有子曰：'～用命焉。'"⓮即，便。《晉書·景帝紀》："必以'文武'為謚，請依何等，～加詔許之，謚曰'忠武'。"⓯即令，即使。《三國志·魏書·荀彧傳》："～能破之，尚不可有也。"

【**就就**】jiù jiù　猶豫的樣子。《呂氏春秋·下賢》："～～乎其不肯自是也。"

【**就裏**】jiù lǐ　個中，其中。宋·梅堯臣《賜書》："～～少年唯賈誼，其間蜀客乃王褒。"

【**就礪**】jiù lì　向磨刀石上磨。《荀子·勸學》："故木受繩則直，金～則利。"

【**就命**】jiù mìng　終命，死。晉·向秀《〈思舊賦〉序》："（嵇康）臨當～～，顧視日影，索琴而彈之。"

【**就食**】jiù shí　前往某處謀生。唐·韓愈《祭十二郎文》："既又與汝～～江南。"

【**就養**】jiù yǎng　侍奉父母。《舊唐書·李光弼傳》："吾久在軍中，不得～～。"

【**就中**】jiù zhōng　其中。唐·白居易《五鳳樓晚望》："自入秋來風景好，～～最好是今朝。"

俴 jiù ❶租賃。唐·韓愈《送鄭尚序》："家屬百人，無數畝之宅，～屋以居。"❷僱車運送。《史記·平準書》："而天下賦輸或不償其～費。"❸僱車的運費。《商君書·墾令》："令送糧無取～。"

舊 jiù ❶陳舊，破舊，過時的，與"新"相對。宋·蘇軾《超然臺記》：“而園之北，因城以為臺者～矣，稍葺而新之。”❷ 原來的，從前的。明・歸有光《項脊軒志》：“項脊軒，～南閣子也。”❸ 故交，朋友。晉・陶淵明《五柳先生傳》：“親～知其如此，或置酒而招之。”

---

ju

且 jū 見 476 頁 qiě。

居 jū ❶ 坐。《論語・陽貨》：“～，吾語女。”❷ 居住。《列子・愚公移山》：“北山愚公者，年且九十，面山而～。”❸ 居住的地方。《左傳・宣公二年》：“問其名～，不告而退。”❹ 處在，位於。宋・范仲淹《岳陽樓記》：“～廟堂之高，則憂其民。”❺ 停留。《周易・繫辭下》：“變動不～，周流六虛。”❻ 積聚，屯積。《史記・呂不韋列傳》：“此奇貨可～。”❼ 平時。《論語・先進》：“～則曰：‘不吾知也。’”❽ 過了一段時間。《戰國策・馮煖客孟嘗君》：“～有頃，倚柱彈其劍。”

【居常】jū cháng ❶ 守常不變。《左傳・昭公十三年》：“獲神，一也；有民，二也；令德，三也；寵貴，四也；～～，五也。”❷ 日常，平時。《後漢書・崔瑗列傳》：“不問餘產，～～蔬食菜羹而已。”

【居正】jū zhèng ❶ 遵循正道。《公羊傳・隱公三年》：“故君子大～～，宋之禍，宣公為之也。”❷ 帝王登位。晉・劉琨《勸進表》：“援據圖錄，～～宸極。”

拘 (1) jū ❶ 拘禁。《史記・孔子世家》：“匡人～孔子益急。”❷ 拘泥，限制。清・龔自珍《己亥

雜詩》：“不～一格降人才。”

(2) gōu ❶ 取。《禮記・曲禮上》：“若僕者降等，則撫僕之手，然則自下～之。”❷ 遮蔽。《禮記・曲禮上》：“必加帚於箕上，以袂～而退，其塵不及長者。”❸ 彎曲，不能伸直。《淮南子・泰族訓》：“夫指之～也，莫不事申也。”

【拘持】jū chí 要挾，挾制。《漢書・韓延壽傳》：“望之自奏，職在總領天下，聞事不敢不問，而為延壽所～～。”

【拘介】jū jiè 廉正自守。《晉書・王沈傳》：“示以賞勸，將恐～～之士，或憚賞而不言；貪賕之人，將慕利而妄舉。”

【拘禮】jū lǐ 為禮法所拘，不能通權達變。《淮南子・氾論訓》：“～～之人，不可使應變。”

【拘牽】jū qiān 受束縛。唐・白居易《酬別微之》：“博望自來非棄置，承明重入莫～～。”

狙 jū ❶ 獼猴。《列子・黃帝》：“宋有一～公者，愛～，養之成羣。”❷ 窺伺，暗中觀察。《管子・七臣七主》：“從～而好小察。”

苴 jū ❶ 麻的子實。《詩經・豳風・七月》：“九月叔（拾取）～。”❷ 結子的麻。《莊子・讓王》：“～布之衣。”❸ 草做的鞋墊。漢・賈誼《治安策》：“冠雖敝，不以～履。”❹ 包，裹。《三國志・魏書・武帝紀》：“封君為魏公，錫君玄土，～以白茅。”

疽 jū 一種毒瘡。宋・蘇軾《范增論》：“（范增）歸，未至彭城，～發背死。”

掬 jū 雙手捧取；一捧。《禮記・曲禮上》：“受珠玉者以～～。”

琚 jū 佩玉。《詩經·衛風·木瓜》："投我以木瓜，報之以瓊～。"

趄 jū 腳步不穩。《水滸傳》第二十二回："宋江已有八分酒，腳步～了，只顧踏去。"

裾 (1) jū ❶衣襟。唐·韓愈《送李愿歸盤谷序》："飄輕～，翳長袖，粉白黛綠者，列屋而閒居。"❷衣袖。唐·李白《行路難》："彈琴作歌奏苦聲，曳～王門不稱情。"

(2) jù ❶通"倨"，傲慢。《漢書·趙禹傳》："禹為人廉～，為吏以來，舍無食客。"❷通"據"，依據。晉·左思《魏都賦》："由重山之束阨，因長川之～勢。"

雎 jū 見"雎鳩"。

【雎鳩】jū jiū 水鳥名。《詩經·周南·關雎》："關關～～，在河之洲。"

鞠 jū ❶古代一種用革製成的皮球。三國魏·曹植《名都篇》："連翩擊～壤，巧捷惟萬端。"❷養育。《詩經·小雅·蓼莪》："父兮生我，母兮～我。"❸彎曲。《論語·鄉黨》："入公門，～躬如也，如不容。"

局 jú ❶彎曲。《詩經·小雅·正月》："謂天蓋高，不敢不～。"❷局限，拘束。晉·潘尼《乘輿箴》："文繁而義詭，意～而辭野。"❸棋盤。《史記·宋微子世家》："遂以～殺湣公於蒙澤。"❹棋局。唐·李肇《唐國史補》："良宵難遣，可棋一～乎？"❺部分。《禮記·曲禮上》："各司其～。"❻官署名。《隋書·百官志中》："典膳、藥藏～，監、丞各二人。"❼器量。

《晉書·任愷傳》："通敏有智～。"

沮 (1) jǔ ❶阻止。《孟子·公孫丑上》："嬖人有臧倉者～君，君是以不果來也。"❷敗壞，毀壞。漢·司馬遷《報任安書》："明主不曉，以為僕～貳師，而為李陵游說。"❸沮喪，喪氣。宋·蘇洵《心術》："知理則不屈，知勢則不～。"

(2) jù 低濕之處。《孫子·軍爭》："不知山林險阻～澤之形者，不能行軍。"

矩 jǔ ❶畫直角或方形的曲尺。《孟子·離婁上》："不以規～，不能成方員。"❷引申為法則。《論語·為政》："七十而從心所欲，不踰～。"

舉 jǔ ❶舉起，擎起。《孟子·梁惠王上》："吾力足以～百鈞，而不足以～一羽。"❷抬起。唐·白居易《與元微之書》："～頭但見山僧一兩人，或坐或睡。"❸提出。唐·魏徵《十漸不克終疏》："略～所見十條。"❹舉薦，推舉。三國蜀·諸葛亮《出師表》："是以眾議～寵為督。"❺發動。《戰國策·燕策三》："不敢～兵以逆軍吏。"❻攻取，佔領。漢·賈誼《過秦論》："南取漢中，西～巴蜀。"❼沒收。《周禮·地官司徒·司門》："凡財物犯禁者，～之。"❽以，憑藉。《資治通鑑》卷六十五："吾不能～全吳之地，十萬之眾，受制於人。"❾全，整個。《史記·屈原賈生列傳》："～世混濁，何不隨其流而揚其波？"宋·蘇洵《六國論》："子孫視之不甚惜，～以予人。"

【舉劾】jǔ hé 列舉罪過而彈劾之。《史記·蒙恬列傳》："求其罪過，～～之。"

【舉人】jǔ rén ❶選拔人才。《左傳·文公三年》:"君子是以知秦穆公之為君也，~~之周也。" ❷唐宋時有進士科，凡應科目經有司貢舉者，通稱"舉人"。唐·白居易《把酒思閒事》:"落第~~心。" ❸明清時專稱鄉試登第者為"舉人"。清·吳敬梓《儒林外史》第三回:"自古無場外的~~。"

【舉子】jǔ zǐ ❶生育子女。《漢書·王吉傳》:"聘妻送女亡節，則貧人不及，故不~~。" ❷被薦舉應試的士子。唐·李淖《秦中歲時記》:"槐花黃，~~忙。"

齟 jǔ ❶門牙不正。《漢書·東方朔傳》:"~者，齒不正也。" ❷見"齟齬"。

【齟齬】jǔ yǔ 本義為牙齒參差不齊，常用以比喻抵觸、不和。宋·王安石《泰州海陵縣主簿許君墓誌銘》:"彼皆超然眾人之求而有所待於後世者也，共~~固宜。"

句 (1) jù ❶語句，詩句。唐·白居易《與元微之書》:"'垂死病中驚起坐，暗風吹雨入寒窗'。此~他人尚不可聞，況僕心哉!" ❷上傳語告下為臚，下告上為句。《漢書·叔孫通傳》:"大行設九賓，臚~傳。"

(2) gōu ❶彎曲。《禮記·月令》:"~者畢出，萌者盡達。" ❷勾住。《史記·天官書》:"其兩旁各有三星，鼎足~之。" ❸不等邊直角三角形中最短的直角邊。宋·沈括《夢溪筆談·技藝》:"各自乘，以股除弦，餘者開方除為~。"上述各義項，後來均寫作"勾"。

(3) gòu 通"彀"，張滿弓。《詩經·大雅·行葦》:"敦弓既~，既挾四鍭。"

【句讀】jù dòu 句和逗，文章休止和停頓之處。唐·韓愈《師說》:"彼童子之師，授之書而習其~~者也。"

【句度】jù dù 即句讀。《晉書·樂志上》:"其辭既古，莫能曉其~~。"

【句斷】jù duàn 同"句讀"。漢·馬融《長笛賦》:"節解~~，管商之制也。"

巨 jù ❶大。《三國志·蜀書·諸葛亮傳》:"事無~細，亮皆專之。" ❷通"詎"，豈。《漢書·高帝紀上》:"沛公不先破關中兵，公~能入乎?"

【巨筆】jù bǐ ❶大筆。宋·歐陽修《廬山高贈同年劉中允歸南康》:"丈夫壯節似君少，嗟我欲說，安得~~如長杠。" ❷大手筆，文章大家。宋·蘇軾《次韻張安道讀杜詩》:"~~屠龍手，微官似馬曹。"

【巨擘】jù bò 大拇指，常用以比喻最出色的人物。《孟子·滕文公下》:"於齊國之士，吾必以仲子為~~焉。"

【巨室】jù shì ❶大屋，大廈。《莊子·至樂》:"人且偃然寢於~~。" ❷有世襲特權的豪門貴族。《孟子·離婁上》:"為政不難，不得罪於~~。" ❸泛指富豪之家。明·瞿佑《剪燈新話·秋香亭記》:"王氏亦金陵~~。"

拒 (1) jù ❶抵禦，抵抗。唐·杜牧《阿房宮賦》:"嗟夫!使六國各愛其人，則足以~秦。" ❷拒絕。《論語·子張》:"我之不賢與，人將~我，如之何其~人也?"

(2) jǔ 通"矩"，軍隊排列的方陣。《左傳·桓公五年》:"鄭子元請為左~，以當蔡人、衛人;為右~，以當陳人。"

具 jù ❶設食，準備酒席。唐·孟浩然《過故人莊》：「故人~雞黍，邀我至田家。」❷飯食，酒肴。《戰國策·馮煖客孟嘗君》：「食以草~（粗劣的飯食）。」❸設置，備辦。《左傳·鄭伯克段於鄢》：「繕甲兵，~卒乘。」❹具有。明·魏學洢《核舟記》：「罔不因勢象形，各~情態。」❺完備。宋·王安石《上皇帝萬言書》：「今朝廷法嚴令~，無所不有。」❻全部，都。宋·范仲淹《岳陽樓記》：「政通人和，百廢~興。」❼器具，裝備。漢·賈誼《過秦論》：「內立法度，務耕織，修守戰之~。」❽才能，才具。漢·李陵《答蘇武書》：「抱將相之~。」❾量詞。《史記·貨殖列傳》：「旃席（zhān xí，毛毯）千~。」

【具服】 jù fú ❶全部承認。《漢書·趙廣漢傳》：「廣漢使吏捕治，~~~。」❷朝服，官員上朝時的服飾。《隋書·禮儀志七》：「朝服，亦名~~……凡大事則服之。」

【具文】 jù wén ❶徒具形式的空文。《漢書·宣帝紀》：「上計簿，~~而已，務為欺謾，以避其課（賦稅）。」❷文詞具備。晉·杜預《〈春秋左氏傳集解〉序》：「直書其事，~~見意。」

俱 jù ❶在一起。唐·柳宗元《送杜留後詩序》：「行則與~，止則相對。」❷一起。《史記·廉頗藺相如列傳》：「臣頭今與璧~碎於柱矣。」❸全，都。明·張岱《湖心亭賞月》：「大雪三日，湖中人鳥聲~絕。」

倨 jù ❶傲慢。《史記·廉頗藺相如列傳》：「今臣至，大王見臣列觀，禮節甚~。」❷通「踞」，

蹲坐。《莊子·天運》：「老聃方將~堂。」

【倨倨】 jù jù ❶無思無慮的樣子。《淮南子·覽冥訓》：「臥~~，興眄眄。」❷神氣傲慢。《孔子家語·三恕》：「子路盛服見於孔子，子曰：『由，是~~者何也？』」

詎 jù ❶豈。唐·李白《行路難》：「華亭鶴唳~可聞。」❷如果。《國語·晉語六》：「且唯聖人能無外患，又無內憂，~非聖人，必偏而後可。」❸曾。唐·韓愈《送侯參謀赴河中幕》：「一別~幾何，忽如隔晨興。」

距 jù ❶雞爪。《左傳·昭公二十五年》：「季、郈之雞門，季氏介其雞，郈氏為之金~。」❷特指雄雞足後突出如趾的部分。《漢書·五行志中之上》：「丞相府史家雌雞伏子，漸化為雄，冠，~，鳴，將。」❸到達。《史記·蘇秦列傳》：「不至四五日而~國都矣。」❹距離。宋·王安石《遊褒禪山記》：「~洞百餘步，有碑仆道。」❺通「拒」，抗拒。《史記·高祖本紀》：「與項羽相~歲餘。」❻通「拒」，拒絕。《孟子·盡心下》：「往者不追，來者不~。」❼通「巨」，大。《淮南子·氾論訓》：「體大者節疏，蹠~者舉遠。」

鉅 jù ❶鋼鐵。《荀子·議兵》：「宛~鐵釸。」❷鉤子。晉·潘岳《西征賦》：「於是弛青鯤於網~。」❸通「巨」，大。《禮記·三年問》：「創~者其日久，痛甚者其愈遲。」❹通「詎」，難道。《荀子·正論》：「是豈~知見侮之不辱哉？」

聚 jù ❶村落。《史記·五帝本紀》：「一年而所居成~，二年

成邑。"❷蓄積，儲備。《莊子·逍遙遊》："適千里者，三月~糧。"❸收集。唐·柳宗元《捕蛇者說》："太醫以王命~之。"

【聚訟】jù sòng　眾人爭論不休。《後漢書·曹褒列傳》："會禮之家，名為~~。互生疑異，筆不得下。"

踞 jù ❶蹲坐。《史記·高祖本紀》："不宜~見長者。"❷倚靠。《史記·留侯世家》："漢王下馬，~鞍而問……"❸通"倨"，傲慢。晉·葛洪《抱朴子·行品》："捐貧賤之故舊，輕人士而~者，驕人也。"❹通"鋸"，鋸齒。戰國楚·景差《大招》："長爪~牙。"

劇 jù ❶厲害，嚴重。《漢書·趙充國傳》："即疾~，留屯毋行。"❷複雜，繁難。《商君書·算地》："事~而功寡。"❸迅速。漢·揚雄《劇秦美新》："二世而亡，何其~與！"❹嬉戲。唐·李白《長干行》："妾髮初覆額，折花門前~。"

【劇難】jù nàn　激烈的詰難、質問。《陳書·袁憲傳》："及憲試，爭起~~。"

據 jù ❶靠着。《莊子·德充符》："~槁梧而瞑。"❷依靠，憑藉。漢·賈誼《過秦論》："秦孝公~殽函之固，擁雍州之地。"❸依據，根據。《宋史·范質傳》："律條繁冗，輕重無~。"❹作為憑證的書面文件。《金史·百官志一》："凡試僧尼道女冠……中選者，試官給~，以名報有司。"❺佔據，盤踞。《三國志·蜀書·諸葛亮傳》："孫權~有江東。"

遽 jù ❶傳車，驛車。《國語·吳語》："吳、晉爭長未成，邊~乃至，以越亂告。"❷急速。《國

語·晉語四》："謁者以告，公~見之。"❸倉促，匆忙。宋·朱熹《熟讀精思》："至於文義有疑，眾說紛錯，則亦虛心靜慮，勿~取捨於其間。"❹加重。唐·韓愈《祭十二郎文》："比得軟腳病，往往而~。"❺惶恐，窘急。南朝宋·劉義慶《世說新語·雅量》："風起浪湧，孫、王諸人色並~。"❻遂，就。《淮南子·人間訓》："室有百戶，閉其一，盜何~無從入？"

瞿 (1) jù ❶形容驚時瞪大眼睛的樣子。《漢書·吳王濞傳》："膠西王~然駭曰：'寡人何敢如是！'"❷驚悸。《禮記·雜記下》："見似目~，聞名心~。"

(2) qú　兵器，戟屬。《尚書·周書·顧命》："一人冕，執~。"

醵 jù ❶合錢飲酒。《禮記·禮器》："周禮其猶~與。"❷聚餐。《史記·貨殖列傳》："歲時無以祭祀進~，飲食被服不足以自通。"

懼 jù ❶害怕，恐懼。漢·賈誼《過秦論》："諸侯恐~，同盟而謀弱秦。"❷引申為擔心。《論語·里仁》："父母之年，不可不知也。一則以喜，一則以~。"

娟 juān　明媚，美好。明·袁宏道《滿井遊記》："山巒為晴雪所洗，~然如拭。"

捐 juān ❶拋棄。《後漢書·列女傳》："羊子大慚，乃~金於野。"❷除去。戰國楚·屈原《楚辭·九歌·湘君》："~余玦兮江中。"❸捐助，獻納。《史記·貨殖列傳》："唯無鹽氏出~千金貸。"❹賦稅。《清

會典·戶部釐稅》："(同治) 二年，江北設立釐～總局。"

涓 juān ❶ 細小的水流。《後漢書·周列傳》："～流雖寡，浸成江河。" ❷ 清除，除去。《漢書·禮樂志》："～選休成。" ❸ 選擇。晉·左思《魏都賦》："～吉日，陟中壇，即帝位，改正朔。"

【涓涓】juān juān ❶ 細流。《後漢書·丁鴻列傳》："夫壞崖破巖之水，源自～～。" ❷ 水流緩慢的樣子。晉·陶淵明《歸去來兮辭》："木欣欣以向榮，泉～～而始流。"

鐫 juān ❶ 鑿，開掘。《漢書·溝洫志》："患底柱隘，可～廣之。" ❷ 刻。《後漢書·蔡邕列傳》："使工～刻，立於太學門外。" ❸ 官吏降級。《宋史·食貨志上四》："所糶至萬石者旌擢，其不收糶與擾民及不實者～罰。"

蠲 juān ❶ 顯明，顯示。《左傳·襄公十四年》："惠公～其大德。" ❷ 清潔，乾淨。《周禮·天官冢宰·宮人》："除其不～，去其惡臭。" ❸ 除去，免除。《史記·太史公自序》："～除肉刑。"

【蠲除】juān chú 免除。《漢書·元帝紀》："赦天下，有可～～減省以便萬姓者，條奏，毋有所諱。"

卷 (1) juǎn ❶ 彎曲成圓筒形。《詩經·邶風·柏舟》："我心匪席，不可～也。" ❷ 收藏。《論語·衛靈公》："邦無道則～而懷之。" 以上兩個義項，後來也寫作"捲"。

(2) juàn ❶ 因古代的書寫在帛或紙上，捲起來收藏，一部書可以分為若干卷，後來便用"卷"指書的冊本或篇章。北朝民歌《木蘭辭》："軍書十二～，～～有爺名。" ❷ 引

申為書。宋·蘇軾《乞校正陸贄奏議進御箚子》："如贄之論，開～了然。" ❸ 試卷。《宋史·選舉志一》："試～，內臣收之。"

(3) quán ❶ 彎曲。《莊子·逍遙遊》："其小枝，～曲而不中規矩。" ❷ 通"拳"，微小如拳頭。《禮記·中庸》："今夫山，一～石之多。"

【卷耳】juǎn ěr 菊科植物。蒼耳。《詩經·周南·卷耳》："采采～～，不盈頃筐。"

【卷卷】quán quán ❶ 忠誠懇切。《漢書·賈捐之傳》："無忌諱之患，敢昧死竭～～。"這個意義也寫作"拳拳"。漢·司馬遷《報任安書》："拳拳之忠，終不能自列。" ❷ 零落的樣子。唐·韓愈《秋懷》："～～落地葉，隨風走前軒。" ❸ 勤苦用力的樣子。

捲 (1) juǎn 把東西捲成筒狀。北周·庾信《詠畫屏風》："玉柙珠簾～，金鉤翠幔懸。"

(2) quán 通"拳"，拳頭。《史記·孫子吳起列傳》："夫解雜亂紛糾者不控～。"

倦 juàn ❶ 疲倦，勞累。晉·陶淵明《歸去來兮辭》："雲無心以出岫，鳥～飛而知還。" ❷ 厭倦，不耐煩。《論語·述而》："學而不厭，誨人不～。" ❸ 蹲踞。《淮南子·道應訓》："盧敖就而視之，方～龜殼而食蛤梨。"

狷 juàn ❶ 急躁，心胸狹隘。《舊唐書·王遂傳》："遂性～忿，不存大體。" ❷ 拘謹，有所不為。《論語·子路》："狂者進取，～者有所不為也。"

【狷急】juàn jí 性情急躁。《後漢書·范冉列傳》："以～～不能從俗，常佩韋 (皮革) 於朝。"

【狷介】juàn jiè ❶ 潔身自好。宋·蘇軾《賈誼論》：“賈生……有～～之操，一不見用，則憂傷病沮，不能復振。” ❷ 拘謹自守。《國語·晉語二》：“小心～～，不敢行也。”

眷 juàn ❶ 回頭看。《詩經·大雅·皇矣》：“乃～西顧。” ❷ 留戀，懷念。晉·陶淵明《歸去來兮辭》：“～然有歸歟之情。” ❸ 器重。南朝宋·劉義慶《世說新語·寵禮》：“王珣、郗超並有奇才，為大司馬所～拔。” ❹ 親屬。唐·白居易《自詠老身示諸家屬》：“家居雖濩落，～屬幸團圓。”

【眷眷】juàn juàn 依戀向往的樣子。三國魏·王粲《登樓賦》：“情～～而懷歸兮，孰憂思之可任？”

絹 juàn 絲織品名。唐·杜甫《丹青引》：“詔謂將軍拂～素，意匠慘澹經營中。”

雋 (1) juàn 本指鳥肉肥美，後引申為文章意味深長，常與“永”字連用。宋·趙蕃《次韻斯遠三十日見寄》：“窗明內晴景，書味真～永。”
(2) jùn 通“俊”、“儁”，才智出眾之士。三國魏·曹丕《與吳質書》：“諸子但為未及古人，自一時之～也。”

jue

決 jué ❶ 疏通河道。《國語·召公諫弭謗》：“是故為川者～之使導，為民者宣～使言。” ❷ 堤防被水沖潰。《漢書·武帝紀》：“河水～濮陽。” ❸ 決定。《史記·平原君虞卿列傳》：“日出而言之，日中不～。” ❹ 一定，肯定。宋·朱熹《熟讀精思》：“心眼既不專一，……不能

記，記亦不能久也。” ❺ 判決。《史記·陳丞相世家》：“天下一歲～獄幾何？” ❻ 告別，辭別。《史記·魏公子列傳》：“具告所以欲死秦軍狀，辭～而行。”這個意義後來寫作“訣”。 ❼ 自殺。宋·文天祥《〈指南錄〉後序》：“予分當引～，然而隱忍以行。”

【決決】jué jué ❶ 傳說中的水名。《山海經·北山經》：“龍侯之山無草木，多金玉、～～之水出焉，而東流注於河。” ❷ 泉水流動的樣子。唐·韋應物《縣齋》：“～～水泉動，忻忻眾鳥鳴。”

【決眥】jué zì ❶ 裂開眼眶。漢·司馬相如《上林賦》：“弓不虛發，中必～～。” ❷ 指瞪大眼睛，怒目而視。三國魏·曹植《鼙鼓歌·孟冬篇》：“張目～～，髮怒穿冠。”

抉 jué ❶ 挖出，挑出。《史記·伍子胥列傳》：“～吾眼縣吳東門之上。”引申為撬開，托舉。 ❷ 戳，穿。《左傳·襄公十七年》：“(臧堅) 以杙 (yì，尖銳的木條)～其傷而死。”

珏 jué 白玉一雙。漢·許慎《說文解字·玉部》：“二玉相合為一～。”

倔 jué ❶ 頑強，固執。漢·桓寬《鹽鐵論·論功》：“～強倨敖，自稱老夫。” ❷ 通“崛”，突出，突起。漢·賈誼《過秦論》：“(陳涉) 躡足行伍之間，而～起仟佰之中。”

崛 jué ❶ 山峯高起，突出。漢·王符《潛夫論·慎微》：“凡山陵之高，非削成而～起也。” ❷ 引申為一般意義的突出。漢·揚雄《甘泉賦》：“洪臺～其獨出兮。”

訣 jué ❶ 辭別，告別。《史記·廉頗藺相如列傳》：“與王～曰：‘……三十日不還，則請立太

子為王。'"　❷ 永別，與死者告別。南朝宋·劉義慶《世說新語·任誕》："阮籍嘗葬母，蒸一肥豚，飲酒二斗，然後臨～。"　❸ 祕訣，訣竅。唐·許渾《學仙詩》之二："心期仙～意無窮。"　❹ 通"決"，自殺。《隋書·薛道衡傳》："帝令自盡，道衡殊不意，未能引～。"

厥 jué　❶ 其，他（們）的。宋·蘇洵《六國論》："思～先祖父，暴霜露，斬荊棘。"　❷ 乃，才。漢·司馬遷《報任安書》："左丘失明，～有《國語》。"　❸ 挖掘。《山海經·海外北經》："禹～之三仞。"

絕 jué　❶ 絲繩斷開。《史記·滑稽列傳》："淳于髡仰天大笑，冠纓索～。"　❷ 斷絕。《史記·廉頗藺相如列傳》："今殺相如，終不能得璧也，而～秦趙之驩（歡）。"　❸ 橫渡，橫穿。《荀子·勸學》："假舟楫者，非能水也，而～江河。"　❹ 達到極點。唐·白居易《與元微之書》："雲水泉石，勝～第一。"　❺ 盡，無，消失。明·張岱《湖心亭看雪》："湖中人鳥聲俱～。"

【絕筆】 jué bǐ　❶ 無與倫比的詩文書畫。唐·杜甫《戲韋偃為雙松圖歌》："～～～長風出纖末。"　❷ 臨死所寫之詩文。晉·杜預《春秋左氏經傳集解》序："～～於獲麟之一句者。"

【絕塵】 jué chén　❶ 腳不沾塵，形容神速。《莊子·田子方》："夫子奔逸～～，而回瞠若乎後矣。"　❷ 超絕塵俗。《晉書·庾袞傳》："庾賢～～避地，超然遠跡。"　❸ 荒無人煙。《《宋書》自序》："掠剝邊鄙，郵販～～。"　❹ 良馬名。晉·葛洪《西京雜記》："文帝自代還，有良馬九匹……一名浮雲，一名赤電……

一名～～，號為九逸。"

【絕世】 jué shì　❶ 斷絕祿位的世家。《禮記·中庸》："繼～～，舉廢國。"　❷ 棄絕人世，死亡。《左傳·哀公十五年》："大命隕隊，～～於良。"　❸ 冠絕當代，並世無雙。宋·葛立方《韻語陽秋》："韓愈《平淮西碑》，～～之文也。"

劂 jué　雕刻用的曲刀和曲鑿。漢·嚴忌《哀時命》："握剞～而不用兮，操規矩而無所施。"

噱 jué　大笑。《漢書·敍傳上》："談笑大～。"

闋 jué　見 499 頁 quē。

爵 jué　❶ 禮器中的酒器。《禮記·禮器》："宗廟之祭，貴者獻以～。"　❷ 爵位，貴族的等級。《禮記·王制》："王者之制祿～，公、侯、伯、子、男，凡五等。"　❸ 後泛指官職。明·張溥《五人墓碑記》："則今之高～顯位……其辱人賤行，視五人之死，輕重固何如哉？"

【爵服】 jué fú　爵位和相應的服飾。《管子·權修》："～～加於不義，則民賤其～～。"

【爵土】 jué tǔ　爵位和俸祿。《漢書·王莽傳》："虧損孝道……不宜有～～，請免為庶人。"

蹷 (1) jué　❶ 跌倒。《孟子·公孫丑上》："今夫～者趨者，是氣也，而反動其心。"　❷ 挫敗。明·袁宏道《徐文長傳》："屢試輒～。"　❸ 竭，盡。漢·賈誼《論積貯疏》："生之者甚少，而靡之者甚多，天下財產何得不～？"　❹ 病名，逆氣上行，突然暈倒。《史記·扁鵲倉公列傳》："召臣意診脈，曰：'～上為重。'"

（2）guì ❶動，搖動。戰國楚·宋玉《風賦》："～石伐木。" ❷急行的樣子。《國語·越語下》："～而趨之。"

譎 jué ❶欺詐，玩弄手段。《論語·憲問》："晉文公～而不正，齊桓公正而不～。" ❷變異。《莊子·天下》："相里勤之弟子……南方之墨者……俱誦《墨經》，而倍～不同，相謂別墨。" ❸變化。漢·張衡《東京賦》："玄謀設而陰行，合二九而成～。"

【譎詭】jué guǐ ❶奇異，怪誕。戰國楚·宋玉《高唐賦》："狀似走獸，或像飛禽，～～奇偉，不可究陳。" ❷變幻莫測。漢·張衡《東京賦》："瑰異～～，燦爛炳煥。"

矍 jué 吃驚的樣子。宋·蘇軾《方山子傳》："方山子亦～然問余所以至此者。"

【矍矍】jué jué ❶驚視，目光遊移。《周易·震》："震索索，視～～～。" ❷急迫，與"汲汲"義同。唐·柳宗元《故祕書郎姜君墓誌銘》："不～～於進取，不施施於驕伉。"

覺 （1）jué ❶省悟。《荀子·成相》："不～悟，不知苦。" ❷發覺。《史記·秦始皇本紀》："長信侯毐作亂而～。" ❸感覺，感到。北魏·賈思勰《齊民要術·園籬》："不～白日西移。"

（2）jiào ❶睡醒。唐·柳宗元《始得西山宴遊記》："～而起，起而歸。" ❷通"較"。相差。《世說新語·捷語》："我才不及卿，乃～三十里。"

◆ 在古代"睡覺"沒有睡眠的意思，只表示睡醒的意思。

爝 jué 束葦為火炬，燒之以袚除不祥。《呂氏春秋·本味》："湯得伊尹，祓之於廟，～以爝火。"

【爝火】jué huǒ 炬火。《莊子·逍遙遊》："日月出矣，而～～不息。"

攫 jué ❶用爪抓取。《淮南子·女媧補天》："猛獸食顓民，鷙鳥～老弱。" ❷奪取。《列子·說符》："因～其金而去。"

钁 jué 大鋤。《淮南子·精神訓》："今夫繇者揭～臿，負籠土，鹽汗交流，喘息薄喉。"

---

jun

旬 jūn 見 679 頁 xún。

君 jūn ❶君主。《史記·廉頗藺相如列傳》："秦自繆公以來二十餘～，未嘗有堅明約束者也。" ❷統治，治理。《晏子春秋·內篇雜下》："是臣代君～民也。" ❸封號。《史記·魏公子列傳》："趙王及平原～自迎公子於界。" ❹妻子稱丈夫。《戰國策·鄒忌諷齊王納諫》："～美甚，徐公何能及～也。" ❺對對方的敬稱。《戰國策·馮煖客孟嘗君》："今～有一窟，未得高枕而臥也。"

【君父】jūn fù 國君的兒子對父親的稱呼。《左傳·僖公二十三年》："保～～之命而享其生祿。"

【君侯】jūn hóu ❶古時稱列侯為"君侯"。《資治通鑑》卷四十八："～～在外國三十餘年。" ❷對官員的敬稱。唐·李白《與韓荊州書》："今天下以～～為文章之司命，人物之權衡。"

【君子】jūn zǐ ❶古代統治者和一般貴族男子的通稱。《左傳·桓公十二年》："～～屢盟。"❷有道德的人。《論語·里仁》："～～無終食之間違仁。"❸妻稱夫或青年女子稱戀人。《鄭風·風雨》："既見～～，云胡不喜。"

均 (1) jūn ❶平均，公平。《論語·季氏》："不患寡而患不～。"❷衡量。《史記·廉頗藺相如列傳》："～之二策，寧許以負秦曲。"❸調節，協調。《禮記·月令》："～琴瑟管簫。"❹同，同樣的。《左傳·僖公五年》："～服振振，取虢之旂（同'旗'）。"❺全，都。《墨子·尚同下》："其鄉里未之～聞見也。"❻古代計量單位名。《漢書·食貨志下》："以二千五百石為一～。"

(2) yùn 通"韻"。晉·成公綏《嘯賦》："音～不恆，曲無定制。"

【均輸】jūn shū ❶漢武帝實行的一項經濟措施，統一徵收、買賣和運輸貨物，以調劑各地供應。漢·桓寬《鹽鐵論·本議》："往者郡國諸侯，各以其物貢輸，往來煩雜，物多苦惡，或不償其費；故郡置輸官，以相給運，而便遠方之貢，故曰～～。"❷北宋王安石新法之一。《宋史·王安石傳》："～～法者，以發運之職改為～～，假以錢貨，凡上供之物，皆得徙貴就賤，用近易遠，預知在京倉庫所當辦者，得以便宜蓄買。"

軍 jūn ❶軍隊。《史記·項羽本紀》："項伯乃夜馳之沛公～。"❷軍隊的編制單位。《周禮·地官司徒·小司徒》："五旅為師，五師為～。"❸指揮軍隊。《左傳·桓公五年》："祝聃射王中肩，王亦能～。"❹軍隊駐紮。《左傳·燭之武

退秦師》："晉～函陵，秦～氾南。"

鈞 jūn ❶古代重量單位名，三十斤為一鈞。《孟子·梁惠王上》："吾力足以舉百～，而不足以舉一羽。"❷製造陶器所用的轉輪。漢·桓寬《鹽鐵論·遵道》："轉若陶～。"❸衡量輕重。《呂氏春秋·仲春》："日夜分則同度量，～衡石。"❹通"均"，同等，同樣。《孟子·告子上》："～是人也，或為大人，或為小人，何也？"❺敬詞，用於下級對上級。

【鈞石】jūn shí　重量單位名。《漢書·律曆志上》："權者……～～也；……三十斤為鈞，四鈞為石。"

龜 jūn　見194頁guī。

俊 jùn ❶才智出眾。唐·李白《春夜宴從弟桃花園序》："群季～秀，皆為惠連；吾人詠歌，獨慚康樂。"❷才智出眾的人。宋·蘇轍《上樞密韓太尉書》："太史公……與燕趙間豪～交遊。"

【俊邁】jùn mài　英俊出眾的人。《三國志·魏書·管寧傳》："賓禮～～，以廣緝熙。"

【俊士】jùn shì ❶周代稱選取入學的人為"俊士"。《禮記·王制》："司徒論選士之秀者而升之學，曰～～。"❷泛指才智出眾的人。《荀子·大略》："天下國有～～，世有賢人。"

【俊逸】jùn yì　俊美飄逸，不同凡俗。唐·杜甫《春日憶李白》："清新庾開府，～～鮑參軍。"

郡 jùn　古代行政區劃名。漢·賈誼《過秦論》："東割膏腴之地，北收要害之～。"

【郡國】jùn guó　秦代之郡縣，至漢代又分為郡與國。郡直轄於朝廷，

國則分封於諸王侯。清·顧炎武《日知錄·漢侯國》："京兆尹、左馮翊、右扶風……三輔同於～～矣。"

【郡望】jùn wàng　魏晉至隋唐時，每郡顯貴的世族，稱為"郡望"，意思是世居某郡，為當地所仰望。明·楊慎《丹鉛錄》："虛高族望，起於江南，言今之百氏～～起於元魏胡虜，何足據也。"

峻 jùn　❶ 高而陡峭。晉·王羲之《〈蘭亭集〉序》："此地有崇山～嶺，又有茂林修竹。" ❷ 大。《禮記·大學》："《帝典》曰：'克明～德。'" ❸ 嚴刻，嚴厲。晉·李密《陳情表》："詔書切～，責臣逋慢。"

浚 jùn　❶ 深。明·劉基《司馬季主論卜》："高丘之下，必有～谷。" ❷ 疏通，加深河道。唐·魏徵《諫太宗十思疏》："欲流之遠者，必～其泉源。" ❸ 索取，榨取。《左傳·襄公二十四年》："毋寧使人謂子，子寧生我，而謂子～我以生乎？"

【浚利】jùn lì　水流暢通無阻。《漢書·溝洫志》："至海五百餘里，水道～～。"

竣 jùn　退立。《國語·齊語》："有司已於事而～。"

駿 jùn　❶ 良馬。《史記·項羽本紀》："項王……有一馬名騅，常騎之。" ❷ 急速。《詩經·周頌·清廟》："對越在天，～奔走在廟。" ❸ 通"峻"，高而陡峭。《詩經·大雅·崧高》："崧高維嶽，～極於天。" ❹ 通"峻"，嚴刻，嚴厲。《史記·商君列傳》："刑黥太子之師傅，殘傷民以～刑，是積怨畜禍也。" ❺ 通"俊"，才智過人之士。戰國楚·屈原《楚辭·九章·懷沙》："誹～疑桀兮，固庸態也。"

K

kai

開 kāi ❶ 開門。唐·杜甫《客至》："蓬門今始為君～。" ❷ 打開，開啟。《禮記·月令》："～府庫，出幣帛。" ❸ 花開放，綻開。唐·岑參《白雪歌送武判官歸京》："千樹萬樹梨花～。" ❹ 寬解，舒暢。唐·李白《夢遊天姥吟留別》："使我不得～心顏。" ❺ 開闢，開拓。唐·杜甫《兵車行》："武皇～邊意未已。" ❻ 開創，開始。南朝梁·丘遲《與陳伯之書》："立功立事，～國稱孤。" ❼ 啟發，開導。漢·王符《潛夫論·卜列》："移情易俗之本，乃在～其心而正其精。" ❽ 設置，設立。漢·班固《東都賦》："遂綏哀牢，～永昌。" ❾ 打通。《荀子·修身》："厭其源，～其瀆，江河可竭。" ❿ 分開，分離。三國魏·阮籍《大人先生歌》："天地解兮六合～。" ⓫ 開列。《後漢書·徐防列傳》："臣以為博士及甲乙策試，宜從其家章句，～五十難以試之。"

【開復】 kāi fù ❶ 收復。《晉書·庾亮傳》："時石勒新死，亮有～～中原之謀。" ❷ 在清朝，恢復降職留任官員原來的職銜稱為"開復"。清·陳康祺《郎潛紀聞》："至是還孫總兵原職，童～～頂戴。"

【開闔】 kāi hé ❶ 開啟與閉合，多用來形容事物開合聚散的變化。宋·蘇轍《黃州快哉亭記》："風雲～～。" ❷ 古代控制商品供求關係的術語，指國家通過拋售或收購，達到調節物價、增加收入的目的。《管子·乘馬數》："出準之令，守地用人筴，故～～皆在上，無求於民。" ❸ 指詩文結構的鋪展、收合等變化。宋·姜夔《白石詩說》："大篇有～～，乃妙。"

【開泰】 kāi tài　亨通安泰。晉·劉琨《勸進表》："不勝犬馬憂國之情，遲睹人神～～之路。"

【開元】 kāi yuán ❶ 創始。漢·班固《東都賦》："夫大漢之～～也，奮布衣以登皇位。" ❷ 新年。《梁書·武帝紀中》："今～～發歲，品物惟新。"

【開張】 kāi zhāng ❶ 開擴，展開。三國蜀·諸葛亮《出師表》："誠宜～～聖聽，以光先帝遺德，恢弘志士之氣。" ❷ 開放，開通。《後漢書·橋玄傳》："凡有劫質，皆并殺之，不得贖以財寶，～～姦路。" ❸ 開市貿易。宋·孟元老《東京夢華錄·馬行街鋪席》："夜市直至三更盡，才五更，又復～～。"

豈 kǎi　見 463 頁 qǐ。

凱 kǎi ❶ 軍隊得勝所奏的樂曲。漢·蔡邕《釋誨》："城濮捷而晉～入。" ❷ 通"愷"，和樂，歡樂。《漢書·主父偃傳》："天子大～。"

【凱復】 kǎi fù　平復，克復。《南史·梁元帝紀》："舊邦～～，函洛已平。"

剴 kǎi ❶ 規勸，諷喻。《新唐書·杜如晦傳》："謂一人不可總數職，陰～諷如晦等。" ❷ 切實，中肯。《新唐書·劉昌裔傳》："為環檄李納，～曉大誼。"

愷 kǎi ❶ 歡樂，和樂。《莊子·天道》："中心物～，兼愛無私。" ❷ 通"凱"，軍隊得勝所奏的樂曲。《左傳·僖公二十八年》："振旅，～以入於晉。"

楷 (1) kǎi ❶ 法式，典範。《禮記·儒行》："今世行之，後世以為～。" ❷ 取法，效法。《晉書·齊王攸傳》："清和平允，愛經籍，能屬文，善尺牘，為世所～。" ❸ 楷書，也叫正書、真書。《晉書·衛恒傳》："上谷王次仲始作～法。"

(2) jiē ❶ 楷木，即黃連木。唐·段成式《酉陽雜俎·木篇》："孔子墓上特多～木。" ❷ 比喻品格剛直。三國魏·劉劭《人物志·體別》："強～堅勁……失在專固。"

【楷則】 kǎi zé　法式，楷模。《孔叢子·連叢子下》："故每所交遊，莫不推先以為～～也。"

慨 kǎi ❶ 感慨，感歎。南朝齊·孔稚珪《北山移文》："～遊子之我欺，悲無人以赴弔。" ❷ 憤激的樣子。《史記·游俠列傳》："少時陰賊，～不快意，身所殺甚眾。" ❸ 慷慨，不吝惜。《紅樓夢》第一百○三回："學生自蒙～贈到都，託庇獲琴公車，受任貴鄉。"

愾 kài ❶ 憤怒，仇恨。《左傳·文公四年》："諸侯敵王所～而獻其功。" ❷ 滿。《禮記·哀公問》："君行此三者，則～乎天下矣。" ❸ 通"慨"，南朝梁·江淹《雜體詩》："遊子易感～，躑躅還自憐。"

---

kan

刊 kān ❶ 砍掉，削除。《左傳·襄公二十五年》："陳侯會楚子伐鄭，當陳隧者，井堙木～。" ❷ 消除，磨滅。《後漢書·左雄列傳》："流光垂祚，永世不～。" ❸ 刻石。漢·班固《封燕然山銘》："及遂封山～石，昭銘盛德。" ❹ 訂正，修訂。

晉·杜預《〈春秋左氏傳集解〉序》："其教之所存，文之所害，則一而正之。" ❺ 印行，刊登。清·魏源《聖武記目錄》："隨作隨～，未遑精審。"

【刊落】 kān luò　刪除。《後漢書·班彪列傳》："故其書～～不盡，尚有盈辭。"

【刊頌】 kān sòng　刻石立碑以歌功頌德。漢·王充《論衡·實知》："上會稽，祭大禹，立石～～。"

【刊正】 kān zhèng　校正。《後漢書·盧植列傳》："庶裁定聖典，～～碑文。"

勘 kān ❶ 校對，核對。唐·白居易《題詩屏風絕句》："自書自～不辭勞。" ❷ 審問，問罪。《隋書·薛道衡傳》："付執法者～之。" ❸ 推究，察看。唐·司空圖《上譙公書》："援古～今，思有所發者。" ❹ 同"戡"，平定。宋·王禹偁《建溪處士贈大理評事柳府君墓碣銘》："有唐以武～亂，以文化人。"

【勘當】 kān dāng　審核議定。唐·劉肅《大唐新語·持法》："我令俊臣～～，汝無自悔。"

【勘合】 kān hé　驗證符契。古代符契文書所蓋印信分為兩半，用時由當事雙方將兩半合在一起，驗證無誤後方可實行。唐·長孫無忌《唐律疏議》："得左符皆用右符～～，始從發兵之事。"

【勘破】 kān pò　猶看破。宋·文天祥《七月二日大雨歌》："死生已～～，身世如遺忘。"

堪 kān ❶ 地面突起處。《睡虎地秦墓竹簡·經死》："西去～二尺，～上可道絜終索。" ❷ 勝任，能承擔。《左傳·文公二年》："書士穀，～其事也。" ❸ 經得起，能承受。《論語·雍也》："人不～其憂，回也不改其樂。"❹ "何堪"的省文，更兼，何況。唐·齊己《秋空》："已覺秋空極，更～寥沉青。"

戡 kān ❶平定，攻克。《尚書·商書·西伯戡黎》："西伯既～黎，祖伊恐。"❷通"堪"，勝任。《尚書·周書·君奭》："惟時二人弗～。"

龕 kān ❶供奉神佛或神主的石室、小閣、櫃子。南朝陳·江總《攝山棲霞寺碑》："大同二年，～頂放光。"❷安葬僧人遺體的塔或塔下室。唐·貫休《送人歸夏口》："倚絕三祖寺，一為禮～墳。"❸空間較小的窟穴或房屋。宋·蘇軾《四菩薩閣記》："長安有故藏經～，唐明皇帝所建。"❹通"戡"，武力平定。漢·揚雄《揚子法言·重黎》："劉～南陽，項救河北。"

坎 kǎn ❶坑穴。明·王守仁《瘞旅文》："就其傍山麓為三～埋之。"❷掘坑，挖洞。《左傳·昭公六年》："柳聞之，乃～，用牲，埋書。"❸象聲詞。形容物相撞擊。《詩經·陳風·宛丘》："～其擊鼓，宛丘之下。"

【坎坎】kǎn kǎn ❶象聲詞。《詩經·魏風·伐檀》："～～伐檀兮。"❷空虛的樣子。漢·揚雄《太玄·窮》："其腹～～。"❸憂憤，不平。唐·柳宗元《弔屈原文》："哀余衷之～～兮。"

侃 kǎn ❶剛直。《三國志·魏書·楊阜傳》："阜常～然以天下為己任。"❷和樂，和悅。《漢書·韋賢傳》："我徒～爾，樂亦在而。"❸調侃，戲弄。元·關漢卿《望江亭》："白頭吟，非浪～。"

【侃侃】kǎn kǎn 從容不迫的樣子。《論語·鄉黨》："朝與下大夫言，～～如也。"

看 (1) kàn ❶見到。唐·李白《望廬山瀑布》："遙～瀑布掛前川。"❷觀察。《三國志·吳書·周魴傳》："～伺空隙，欲復為亂。"❸觀賞。明·張岱《湖心亭看雪》："獨往湖心亭～雪。"❹探望，問候。南朝宋·劉義慶《世說新語·荀巨伯遠看友人疾》："荀巨伯遠～友人疾，值胡賊攻郡。"❺對待，看待。唐·高適《詠史》："不知天下士，猶作布衣～。"❻照料，料理。《敦煌變文·下女詞》："賊來須打，客來須～。"

◆ 注意：❶❹❻義項在古詩中常讀平聲 kān。

(2) kān 守護，看守。《隋書·辛公義傳》："父子夫妻，不相～養。"

瞰 kàn ❶遠望。漢·揚雄《羽獵賦》："東～目盡，西暢亡厓。"❷俯視。《後漢書·光武帝紀上》："雲車十餘丈，～臨城中。"❸窺視。《孟子·滕文公下》："陽貨～孔子之亡也，而饋孔子蒸豚。"

---

kang

康 kāng ❶安樂，安定。《國語·周語下》："昊天有成命，二后受之，成王不敢～。"❷豐足，富足。《詩經·周頌·臣工》："明昭上帝，迄用～年。"❸健康，無病。唐·韓愈《送李愿歸盤谷序》："飲且食兮壽而～，無不足兮奚所望？"❹四通八達的大路。《列子·仲尼》："堯乃微服遊於～衢。"❺虛，

空。《詩經·小雅·賓之初筵》："酌彼～爵，以奏爾時。" ❻同"糠"。《墨子·備城門》："灰、～、秕、杯、馬矢，皆謹收藏之。"

【康靖】 kāng jìng　安寧，安定。《國語·吳語》："昔周室逢天之降禍……不唯下土之不～～。"

【康平】 kāng píng　❶平安，太平。《後漢書·宣帝紀》："是以上下和洽，海內～～。" ❷安康。宋·周密《癸辛雜識前集·迎曙》："仁宗晚年不豫，漸復～～。"

慷 kāng　情緒激昂。漢·曹操《短歌行》："慨當以～，憂思難忘。"

扛 (1) káng　用肩荷物。清·文康《兒女英雄傳》第四十四回："只一肩膀便～得那船行動了。"
(2) gāng　❶用兩手舉。《史記·項羽本紀》："籍長八尺餘，力能～鼎。" ❷抬。《後漢書·費長房列傳》："又令十人～之，猶不舉。" ❸用語言頂撞。元·尚仲賢《氣英布》："你那舌尖兒～，嘈（zá，咱家）則將劍刃兒磨。" ❹磕，碰。《後西遊記》第二十六回："吃倒好吃，只怕有些～牙。"

亢 (1) kàng　❶高。《莊子·人間世》："解之以牛之白顙者與豚之～鼻者。" ❷極，過甚。《左傳·宣公三年》："先納之，可以～寵。" ❸剛強。明·茅坤《〈青霞先生文集〉序》："劉賁之對疑於～。" ❹庇護，保護。《左傳·昭公元年》："吉不能～身，焉能～宗？" ❺舉，興起。《穀梁傳·僖公十六年》："五石六鷁之辭不設，則王道不～矣。" ❻通"抗"，抵禦，抵擋。《左傳·襄公十四年》："晉禦其上，戎～其

下，秦師不復，我諸戎實然。"
(2) gāng　咽喉，喉嚨。《史記·劉敬叔孫通列傳》："夫與人鬥，不搤（è，同'扼'）其～，拊其背，未能全其勝也。"

【亢旱】 kàng hàn　大旱。《三國志·吳書·陸遜傳》："縣連年～～。"

【亢直】 kàng zhí　剛強正直。《三國志·魏書·杜恕傳》："其議論～～，皆此類也。"

伉 kàng　❶匹敵，相當。《戰國策·趙策三》："今君不能與文信侯相～以權。" ❷高。《詩經·大雅·緜》："迺立皋門，皋門有～。" ❸強壯，強悍。《韓非子·亡徵》："太子輕而庶子～。" ❹剛直，質直。漢·揚雄《揚子法言·吾子》："事勝辭則～。" ❺擔當，承當。《呂氏春秋·士節》："吾聞之，養及親者，身～其難。" ❻通"抗"，抵擋，抵抗。《戰國策·蘇秦以連橫說秦》："天下莫之～。" ❼通"亢"，極。《荀子·富國》："正身行，～隆高。"

【伉直】 kàng zhí　剛直。《史記·仲尼弟子列傳》："子路性鄙，好勇力，志～～。"

抗 kàng　❶抵禦，抵抗。明·茅坤《〈青霞先生文集〉序》："不及飛一鏃以相～。" ❷匹敵，對等。漢·賈誼《過秦論》："非～九國之師也。" ❸捍衛，援救。《國語·晉語四》："未報楚惠而～宋，我曲楚直。" ❹違抗。《荀子·臣道》："有能～君之命……功伐足以成國之大利，謂之拂。" ❺舉。南朝齊·孔稚珪《北山移文》："焚芰製而裂荷衣，～塵容而走俗狀。" ❻正直，高尚。《墨子·親士》："是故比干之殪，其～也。"

【抗跡】kàng jì　高尚的志行心跡。戰國楚·屈原《楚辭·九章·悲回風》：“悲申徒之～～～。”

【抗節】kàng jié　堅守節操。《三國志·魏書·鍾繇傳》註：“和璧入秦，相如～～～。”

【抗疏】kàng shū　上書直言。唐·杜甫《秋興八首》其三：“匡衡～～功名薄。”

【抗言】kàng yán　❶高聲而言。三國魏·嵇康《管蔡論》：“遂乃～～率眾，欲除國患。” ❷直言。宋·王禹偁《待漏院記》：“直士～～，我將黜之。” ❸對面交談。晉·陶淵明《移居》：“鄰曲時時來，～～談在昔。”

【抗直】kàng zhí　剛直。《史記·魯仲連鄒陽列傳》：“鄒陽辭雖不遜，然其比物連類，有足悲者，亦可謂～～不撓矣。”

閌　kàng　❶高大。漢·揚雄《甘泉賦》：“～閬閬其寥廓兮，似紫宮之崢嶸。” ❷門限。漢·張衡《西京賦》：“高門有～，列坐金狄。”

kao

考　kǎo　❶老，年紀大。《漢書·元帝紀》：“黎庶康寧，～終厥命。” ❷指去世的父親。宋·歐陽修《瀧岡阡表》：“～諱德儀，世為江南名族。”也可指在世的父親。《尚書·周書·康誥》：“子弗祗服厥父事，大傷厥～心。”又可泛指祖先。《三國志·魏書·武帝紀》：“昭爾～之弘烈。” ❸成，落成。《左傳·隱公五年》：“～仲子之宮，初獻六羽。” ❹考察。宋·朱熹《熟讀精思》：“而求其理之所安，以～其是非。” ❺考核，考試。清·吳敬梓《儒林外史》第三回：“自古無場外的舉人，如不進去～他一～，如何甘心？” ❻拷問，刑訊。《後漢書·皇后紀上》：“有囚實不殺人而被～自誣。” ❼敲，擊。宋·蘇軾《石鐘山記》：“而陋者乃以斧斤～擊之，自以為得其實。”

【考妣】kǎo bǐ　父母。後多指已經去世的父母。《孟子·萬章上》：“百姓如喪～～。”

【考定】kǎo dìng　考核審定。《漢書·楚元王傳》：“典儒林史卜之官，～～律曆，著《三統曆譜》。”

【考功】kǎo gōng　考核官吏的政績。《漢書·谷永傳》：“治天下者尊賢～～則治。”

【考迹】kǎo jì　❶考訂。《漢書·地理志上》：“是以采獲舊聞，～～詩書，推表山川，以綴《禹貢》《周官》《春秋》。” ❷考核事跡。《漢書·王莽傳》：“親見牧守以下，～～雅素。”

【考績】kǎo jì　考核官吏的政績。《尚書·虞書·舜典》：“三載～～。”

【考校】kǎo jiào　❶考查比較。《禮記·學記》：“比年入學，中年～～。” ❷考試。五代·王定保《唐摭言·進士歸禮部》：“～～取捨，存乎至公。” ❸校對，校正。漢·王充《論衡·佚文》：“成帝出祕《尚書》以～～之，無一字相應者。”

【考課】kǎo kè　按一定標準考核官吏的成績，作為升降賞罰的依據。《東觀漢記·張酺傳》：“～～眾職。”

【考實】kǎo shí　考察實情。《東觀漢記·明帝紀》：“遣謁者～～。”

【考信】kǎo xìn　考察真實情況。《史記·伯夷列傳》：“夫學者載籍極博，猶～～六藝。”

【考訊】kǎo xùn ❶考查詢問。《國語·晉語六》："～～其阜以出，則怨靖。"❷刑拷審訊。晉·潘岳《馬汧督誄》："～～吏兵。"

拷 kǎo　拷打。《魏書·刑罰志七》："不聽非法～人。"

【拷掠】kǎo lüè　鞭打，泛指刑訊。晉·干寶《搜神記》："官收繫之，～～毒治。"

犒 kào ❶以酒食財物等慰勞軍士。《左傳·僖公二十六年》："使下臣～執事。"❷犒勞之物。宋·蘇洵《心術》："豐～而優游之，所以養其力。"

【犒師】kào shī　犒軍，用酒食慰勞將士。《左傳·僖公二十六年》："公使展喜～～。"

ke

苛 (1) kē ❶煩瑣，繁細。《史記·韓長孺列傳》："今太后以小節～禮責望梁王。"❷苛刻，嚴厲。《禮記·苛政猛於虎》："～政猛於虎也。"

(2) hē　通"呵"，呵斥，責問。《漢書·王莽傳》："大司空士夜過奉常亭，亭長～之。"

【苛察】kē chá　以煩瑣苛刻顯示精明。《莊子·天下》："君子不為～～。"

【苛禮】kē lǐ　煩瑣的禮節。《史記·酈生陸賈列傳》："酈生聞其皆握齪好～～自用。"

【苛留】(1) kē liú　極力挽留。宋·范成大《愛雪歌》："兒女遮説相～～。"

(2) hē liú　盤問扣留。《漢書·王莽傳》："關津～～。"

【苛細】kē xì　煩瑣細小，繁雜細

微。《漢書·欒布傳》："以～～誅之，臣恐功臣人人自危也。"

柯 kē ❶草木的枝莖。南朝齊·孔稚珪《北山移文》："或飛～以折輪，乍低枝而掃迹。"❷斧柄。漢·陳琳《檄吳將校部曲文》："有斧無～，何以自濟。"❸同"舸"，船。唐·王建《泛水曲》："閬芳無留瞬，弄桂不停～。"

珂 kē ❶一種似玉的美石。南朝梁·王僧孺《初夜文》："煥發青蓮，容與～雪。"❷馬籠頭上的飾物。晉·張華《輕薄篇》："文軒樹羽蓋，乘馬鳴玉～。"

科 kē ❶品類，等級。《論語·八佾》："為力不同～。"❷法規，律令。三國蜀·諸葛亮《出師表》："若有作姦犯～及為忠善者，宜付有司論其刑賞。"❸判處，判決。《晉書·王濬傳》："付廷尉～罪。"❹科舉考試的名目、條例、年份等。唐·柳宗元《賀進士王參元失火書》："使夫蓄於心者咸得開其喙，發策決～者授子而不慄。"❺課程，科目。《孟子·盡心下》："夫子之設～也，往者不追，來者不距。"❻光禿。宋·莊季裕《雞肋編》："西北人生子，其儕輩即～其父首，使作會宴客而後已。"❼通"棵"，量詞，用於植物。北魏·賈思勰《齊民要術·種穀》："良田，率一尺留一～。"

【科第】kē dì ❶根據條規評定次第等級。《漢書·元帝紀》："光祿以此～～郎、從官。"❷科考及第。唐·羅隱《裴庶子除太僕卿因賀》："秩隨～～臨時貴。"

【科甲】kē jiǎ　漢唐舉士，考試設甲乙丙等科，後世通稱科舉為"科甲"。宋·王明清《揮麈後錄》："仲文、子華、玉汝相繼再中～～。"

【科禁】kē jìn　條律禁令。《後漢書·顯宗孝明帝紀》："勿因～～，加虐羸弱。"

疴 kē　疾病。南朝宋·鮑照《謝賜藥啟》："颮落先傷，衰～早及。"

軻 kē　❶ 以兩木接續成軸的車，又代指車。宋·王禹偁《送柴轉運赴職序》："畫～頻移，繡衣漸遠。"❷ 專指孟子的名。唐·韓愈《石鼓歌》："方今太平日無事，柄任儒術崇丘～。"

窠 kē　❶ 動物的巢穴。晉·左思《蜀都賦》："穴宅奇獸，～宿異禽。"❷ 指居室。宋·辛棄疾《鷓鴣天·三山道中》："拋卻山中詩酒～，卻來官府聽笙歌。"❸ 孔穴，坑。唐·岑參《送李卿賦得孤島石》："綠～攢剝蘚。"❹ 寫字刻印所加界格。唐·盧肇《金錢花》："輪郭休誇四字書，紅～寫出對庭除。"❺ 通"棵"，量詞，多用於植物。唐·陳標《蜀葵》："淺紫深紅數百～。"

磕 kē　❶ 象聲詞，石頭的撞擊聲，也用來形容鼓聲、水聲、車騎喧鬧聲等。漢·司馬相如《子虛賦》："礧石相擊，硍硍～～。"❷ 撞擊，敲擊。唐·杜牧《大雨行》："雲纏風束亂敲～。"

咳 (1) ké　通"欬"，咳嗽。宋·蘇軾《石鐘山記》："又有若老人～且笑於山谷中者。"

(2) hāi　歎詞。明·湯顯祖《牡丹亭》："～，情知畫到中間好，再有似生成別樣嬌。"

(3) hái　小孩笑。《禮記·內則》："父執子之右手，～而名之。"

可 (1) kě　❶ 表示同意，許可。《論語·先進》："小子鳴鼓而攻之～也。"❷ 可以，能夠。《國語·越語上》："然謀臣與爪牙之士，不～不養而擇也。"❸ 適合，適宜。《韓非子·外儲說左下》："寡人欲得其良令也，誰使而～？"❹ 堪，值得。晉·王羲之《〈蘭亭集〉序》："足以極視聽之娛，信～樂也。"❺ 約略，大約。唐·柳宗元《小石潭記》："潭中魚～百許頭。"❻ 表示反詰，相當於"豈"、"難道"。唐·李涉《謫謫康州先寄弟渤》："唯將直道信蒼蒼，～料無名抵憲章。"❼ 表示強調，相當於"真"、"確實"。《契丹國志·天祚帝本紀》："觀夫昏主，～謂痛心。"

(2) kè　見"可汗"。

【可憐】kě lián　❶ 值得同情。唐·白居易《賣炭翁》："～～身上衣正單。"❷ 可愛。唐·李白《清平調》："～～飛燕倚新妝。"❸ 可惜。唐·杜牧《阿房宮賦》："楚人一炬，～～焦土。"

【可以】kě yǐ　❶ 能夠。《孟子·梁惠王上》："百畝之田，勿奪其時，數口之家～～無飢矣。"❷ 可用以。《戰國策·燕策三》："今有一言，～～解燕國之患。"❸ 表示許可，允許。唐·韓愈《盧君墓誌銘》："法曹曰：'我官可也，我在不～～為是。'"

【可汗】kè hán　中國古代鮮卑、柔然、突厥、回紇、蒙古等民族的最高首領。北朝民歌《木蘭辭》："昨夜見軍帖，～～大點兵。"

渴 (1) kě　❶ 口乾想喝水。《孟子·公孫丑上》："～者易為飲。"❷ 急切期待。宋·蘇軾《葉嘉傳》："吾～見卿久矣。"

（2）jié　"竭"的古字。❶ 水乾涸。《周禮·地官司徒·草人》："墳壤用麋，~澤用鹿。"❷ 盡，窮盡。《呂氏春秋·任地》："利器皆時至而作，~時而止。"❸ 乾燥，乾枯。唐·白居易《對鏡偶吟贈張道士抱元》："肺~多因酒損傷。"

【渴賞】kě shǎng　急切期望立功受賞。晉·孫楚《為石仲容與孫皓書》："~~之士，鋒鏑爭先。"

【渴心】kě xīn　急切盼望之心。用於殷切想望舊友。唐·盧仝《訪含曦上人》："轆轆無人井百尺，~~歸去生塵埃。"也作"渴塵"。

【渴仰】kě yǎng　❶ 殷切仰慕。《法華經·壽量品十六》："心懷戀慕，~~於佛。"❷ 急切盼望。《周書·黎景熙傳》："方今農要三月，時雨猶愆，率土之心，有懷~~。"

克　kè　❶ 能夠。唐·魏徵《諫太宗十思疏》："善始者實繁，~終者蓋寡。"❷ 戰勝，攻破。《孟子·告子下》："我能為君約與國，戰必~。"❸ 約束，克制。《論語·顏淵》："~己復禮為仁。"❹ 完成。《三國志·蜀書·諸葛亮傳》："事臨垂~，遘疾隕喪。"❺ 限定，約定。《三國志·魏書·武帝紀》："公乃與~日會戰。"

【克復】kè fù　收復失地。南朝宋·劉義慶《世說新語·言語》："當共戮力王室，~~神州，何至作楚囚相對！"

【克荷】kè hè　能夠承當。《陳書·程文季傳》："纂承門緒，~~家聲。"

【克柔】kè róu　和順。晉·夏侯湛《東方朔畫贊》："無滓伊何，高明~~。"

【克勝】kè shèng　❶ 猜忌苛嚴好勝。

《漢書·匡衡傳》："上有~~之佐，則下有傷害之心。"❷ 克敵制勝。元·劉祁《歸潛志》："欲其~~，難哉。"

【克諧】kè xié　❶ 達到和諧。《尚書·虞書·舜典》："八音~~。"❷ 能協同。《三國志·吳書·魯肅傳》："如其~~，天下可定也。"

【克責】kè zé　責備。漢·王充《論衡·感虛》："有癰熱之病，深自~~，猶不能愈。"

刻　kè　❶ 雕刻。宋·歐陽修《瀧岡阡表》："乃列其世譜，具~於碑。"❷ 刻薄，苛刻。漢·路溫舒《尚德緩刑書》："今治獄吏則不然，上下相驅，以~為明。"❸ 嚴格要求。唐·韓愈《答元侍御書》："~身立行，勤己足取。"❹ 削減，減損。《南齊書·顧憲之傳》："山陰一縣，課戶二萬，其民貲不滿三千者殆將居半，~之又~，猶且三分餘一。"❺ 傷害，虐待。唐·柳宗元《封建論》："大逆未彰，……怙勢作威，大~於民者，無如之何。"❻ 計時單位。古代以漏壺計時，一晝夜共分為一百刻，一刻相當十四分二十四秒。明·王鏊《親政篇》："君臣相見，止於視朝數~。"❼ 通"剋"，約定，限定。北魏·酈道元《水經注·鮑丘水》："限田千頃，~地四千三百一十六頃。"

【刻己】kè jǐ　嚴格要求自己。《漢書·杜欽傳》："歸咎於身，~~自責。"

【刻漏】kè lòu　古代的計時器，以銅壺盛水，內立帶刻度的箭形浮標，隨着壺水不斷滴漏，浮標刻度顯示出不同的時間。唐·杜甫《冬末以事之東都湖城東因為醉歌》："可惜~~隨更箭。"

【刻鏤】 kè lòu ❶ 刻木為刻，刻金為鏤。後泛指雕刻。《漢書·景帝令二千石修職詔》：「雕文～～，傷農事也。」❷ 引申為極力修飾。南朝梁·劉勰《文心雕龍·神思》：「規矩虛位，～～無形。」

【刻日】 kè rì 限定日期。《宋史·張浚傳》：「為虛聲脅和，有～～決戰之語。」

剋 kè ❶ 戰勝，攻破。《逸周書·度訓》：「夫力竟非眾不～。」❷ 約束，克制。《後漢書·周舉列傳》：「成湯遭災，以六事～己。」❸ 限定，約定。《後漢書·鍾離意列傳》：「與～期俱至，無或違者。」❹ 通「刻」，刀刻，刻鏤。晉·王嘉《拾遺記·前漢下》：「削荊為筆，～樹汁為墨。」❺ 苛刻，刻薄。《宋書·朱脩之傳》：「然性儉～，少思情。」

客 kè ❶ 來賓，客人。唐·杜甫《客至》：「花徑不曾緣～掃。」❷ 旅居。明·張岱《湖心亭看雪》：「問其姓氏，是金陵人～此。」❸ 旅人，遊子。唐·王勃《滕王閣序》：「萍水相逢，盡是他鄉之～。」❹ 門客，食客。《戰國策·馮煖客孟嘗君》：「問門下諸～誰習計會。」❺ 指從事某種活動的人。《後漢書·馬廖列傳》：「吳王好劍～，百姓多創瘢。」❻ 過去的。明·劉世敦《〈合刻李杜分體全集〉序》：「～歲南邁。」

【客邸】 kè dǐ 旅舍。唐·唐彥謙《寄友》之一：「別來～～空翹首，細雨春風憶往年。」

【客籍】 kè jí 門客的名冊。《戰國策·楚策四》：「召門吏為汗先生著～～，五日一見。」

【客卿】 kè qīng ❶ 秦官名，由諸侯國的人到秦國做官，其位為卿，以客待之，故稱「客卿」。後亦泛指在本國做官的外國人。《戰國策·秦策三》：「秦昭王召見，與語，大說之，拜為～～。」❷ 唐代鴻臚卿的別稱。宋·洪邁《容齋隨筆·官稱別名》：「鴻臚為～～，睡卿。」

【客思】 kè sī 遊子的鄉情。南朝齊·謝朓《離夜》：「翻潮尚知限，～～眇難裁。」

恪 kè ❶ 恭敬。《詩經·商頌·那》：「溫恭朝夕，執事有～。」❷ 通「格」，上升。《左傳·昭公七年》：「叔父陟～，在我先王之左右。」

嗑 (1) kè ❶ 說話，閒談。元·無名氏《玉抱肚》：「休來這裏閒～。」❷ 用牙咬有殼或較硬的東西。明·袁宏道《與耿中丞叔台》：「如排場～瓜，無益音節，大為發譁之資也。」

(2) hé 閉合。晉·葛洪《抱朴子·守塉》：「口張而不能～。」

溘 kè ❶ 忽然。戰國楚·屈原《楚辭·離騷》：「寧～死以流亡兮。」❷ 依憑，附著。唐·李賀《七月一日曉入太行山》：「一夕遶（ráo，同「繞」）山秋，香露～蒙蒙。」

【溘溘】 kè kè ❶ 象聲詞，形容水聲。唐·李賀《塘上行》：「飛下雌鴛鴦，塘水聲～～。」❷ 寒冷的樣子。明·劉崧《江南弄》：「沙堤十里寒～～。」

【溘謝】 kè xiè 忽然謝世。唐·李乂《節湣太子哀冊文》：「形神～～，德音如在。」

課 kè ❶ 檢驗，考核。《管子·七法》：「成器不～不用，不試不藏。」❷ 督促。《後漢書·方術列傳》：「知當大亂，乃～家人負物百斤，環舍趨走。」❸ 講習，學習。

唐·白居易《與元九書》："書~賦，夜~書，間又~詩。" ❹ 徵收賦稅。《宋書·孝武帝本紀》："是歲，始~南徐州僑民租。" ❺ 賦稅，租稅。《漢書·宣帝紀》："務為欺謾，以避其~。" ❻ 占卜的一種。宋·惠洪《冷齋夜話》："有日者能~，使之~，莫不奇中。"

【課役】kè yì ❶ 督促役使。《後漢書·樊宏列傳》："~~童隸，各得其宜。" ❷ 賦稅徭役。《隋書·高祖紀下》："秋七月壬申，詔以河南八州水，免其~~。"

緙 kè 織緯。見"緙絲"。

【緙絲】kè sī 中國特有的一種絲織手工藝，織造時先架好經線，用小梭子按需要去織緯線，織成的圖案花紋異常精美。

---

ken

肯 kěn ❶ 附着在骨頭上的肌肉。見"肯綮❶"。❷ 願意。唐·韓愈《圬者王承福傳》："楊之道，不~拔我一毛以利天下。" ❸ 應允，許可。《國語·晉語四》："楚眾欲止，子玉不~。" ❹ 表示反問。豈，豈肯。唐·韓愈《左遷至藍關示姪孫湘》："~將衰朽惜殘年？" ❺ 恰恰。宋·王安石《奉寄子思以代別》："全家欲出嶺雲外，匹馬~尋山雨中。"

【肯綮】kěn qìng ❶ 筋骨結合的地方。《莊子·養生主》："技經~~之未嘗，而況大軱乎？" ❷ 比喻要害或關鍵。《元史·王都中傳》："都中遇事剖析，動中~~。"

墾 kěn ❶ 翻土，翻耕。《管子·輕重甲》："今君躬犁~田，耕

發草本，得其穀矣。" ❷ 開墾，開發。《國語·周語上》："土不備~。"

懇 kěn ❶ 真誠，誠摯。明·方孝孺《豫讓論》："諄切~告，諫不從，再諫之。" ❷ 請求，干求。《元史·羊仁傳》："乃遍~親故，貸得鈔百錠。"

---

keng

坑 （1）kēng ❶ 溝塹，溝壑。《晉書·呂纂載記》："與左右因醉馳獵於~澗之間。" ❷ 地面上的深陷處。漢·東方朔《七諫》："死日將至兮，與麋鹿同~。" ❸ 掘坑，活埋。唐·李端《送彭將軍雲中觀兄》："設伏軍謀密，~降塞邑愁。"

（2）gāng 丘陵，土岡。漢·揚雄《甘泉賦》："陳眾車於東~兮，肆玉釱而下馳。"

【坑壍】kēng hè 土坑水溝。《三國志·吳書·諸葛恪傳》："士卒傷病，流曳道路，頓仆~~~，或見略獲。"

【坑阱】kēng jǐng 陷阱。清·李漁《凰求鳳》："原不是自投~~。"

鏗 kēng ❶ 象聲詞，形容金石玉木等所發出的洪亮的聲音。《論語·先進》："鼓瑟希，~爾。" ❷ 撞擊，敲擊。戰國楚·屈原《楚辭·招魂》："~鐘搖簴（jù，古代懸掛鐘或磬的架子兩旁的柱子），揳梓瑟些。"

【鏗鏘】kēng qiāng 音樂聲。《漢書·張禹傳》："優人筦絃~~極樂。"

【鏗然】kēng rán ❶ 形容聲音響亮。宋·蘇軾《石鐘山記》："石之~~有聲，所在皆是也。" ❷ 堅實的樣子。五代·黃崇嘏《辭蜀相妻女》："立身卓爾青松操，挺志~~白璧姿。"

kong

空 (1) kōng ❶ 空虛，裏面沒有東西。宋·蘇軾《石鐘山記》："有大石當中流，可坐百人，～中而多竅。" ❷ 窮盡，罄其所有。漢·王充《論衡·薄葬》："竭財以事神，～家以送終。" ❸ 廣闊，空曠。《詩經·小雅·白駒》："皎皎白駒，在彼～谷。" ❹ 空間，天空。唐·劉禹錫《秋詞》："晴～一鶴排雲上。" ❺ 虛構。南朝梁·劉勰《文心雕龍·神思》："意翻～而易奇。" ❻ 徒然。唐·崔顥《黃鶴樓》："此地～餘黃鶴樓。" ❼ 佛教認為萬物生於因緣，沒有實在的自體，即為空。《大智度論》："觀五陰無我，無我所，是名為～。"

(2) kǒng 通"孔"，穴，洞。《史記·五帝本紀》："舜穿井為匿～旁出。"

(3) kòng ❶ 貧困。貧乏。《論語·先進》："回也，其庶乎，屢～。" ❷ 空子，間隙。元·馬致遠《漢宮秋》："我得～逃走了，無處投奔。"

【空明】kōng míng ❶ 空曠澄澈，多用於水面、天空等。宋·蘇軾《前赤壁賦》："擊～～兮泝流光。" ❷ 洞澈而靈明，多用於心性。宋·蘇轍《讀舊詩》："老人不用多言語，一點～～萬法師。"

【空言】kōng yán ❶ 虛而不實之言。《史記·廉頗藺相如列傳》："秦貪，負其彊，以～～求璧。" ❷ 不起作用的話。《史記·太史公自序》："我欲載之～～，不如見之於行事之深切著明也。"

倥 (1) kōng 倥侗，蒙昧無知的樣子。漢·揚雄《〈揚子法言〉

序》："天降生民，～～顓蒙。"

(2) kǒng 見"倥傯"。

【倥傯】kǒng zǒng ❶ 事情繁忙急迫。南朝齊·孔稚珪《北山移文》："牒訴～～裝其懷。" ❷ 困苦，窘困。漢·劉向《九嘆》："愁～～於山陸。"

箜 kōng 見"箜篌"。

【箜篌】kōng hóu 古代的一種絃樂器，有豎式和臥式兩種。唐·李賀《李憑箜篌引》："江娥啼竹素女愁，李憑中國彈～～。"

孔 kǒng ❶ 小洞，窟窿。《墨子·備城門》："諸門戶皆令鑿而慕～。" ❷ 途徑，門徑。《管子·國蓄》："利出於一～者，其國無敵。" ❸ 大，盛。唐·韓愈《祭董相公文》："其德～碩。" ❹ 通達。《漢書·西域傳上》："辟在西南，不當～道。" ❺ 很，甚。《詩經·小雅·鹿鳴》："我有嘉賓，德音～嘉。"

【孔德】kǒng dé 大德，盛德。《老子》二十一章："～～之容，惟道是從。"

【孔方兄】kǒng fāng xiōng 對錢的戲稱。宋·黃庭堅《戲呈孔毅父》："管城子無食肉相，～～～有絕交書。"

【孔父】kǒng fù ❶ 指孔子。父，古代男子的美稱。《後漢書·申屠剛列傳》："損益之際，～～攸歎。" ❷ 春秋時宋國大夫名。《公羊傳·桓公二年》："宋督弒其君與夷及其大夫～～。"

【孔老】kǒng lǎo 孔子和老子。宋·蘇洵《辨姦論》："今有人口誦～～之言，身履夷齊之行。"

【孔竅】kǒng qiào 常指心及眼、耳、口、鼻等器官。《韓非子·解志》：“知治人者其思慮靜，知事天者其～～虛。”

【孔罅】kǒng xià　孔洞，縫隙。宋·戴復古《玉華洞》：“神功巧穿鑿，石壁生～～。”

恐 kǒng　❶畏懼，懼怕。宋·蘇軾《後赤壁賦》：“予亦悄然而悲，肅然而～。”❷恫嚇，威嚇。《史記·秦始皇本紀》：“李斯因說秦王，請先取韓以～他國。”❸恐怕，擔心。《史記·廉頗藺相如列傳》：“欲與秦，秦城～不可得，徒見欺。”

【恐悸】kǒng jì　恐懼。唐·柳宗元《乞巧文》：“鬼神～～，聖智危慄。”

【恐悚】kǒng sǒng　恐懼不安。唐·趙璘《因話錄·商下》：“吾向見長官白事卑敬，不覺～～。”

控 kòng　❶拉弓，開弓。唐·岑參《白雪歌送武判官歸京》：“將軍角弓不得～。”❷駕馭，控制。唐·王勃《滕王閣序》：“襟三江而帶五湖，～蠻荊而引甌越。”❸走告，控訴。明·茅坤《〈青霞先生文集〉序》：“往往而是，無所～顧。”❹投，落下。《莊子·逍遙遊》：“時則不至，而～於地而已矣。”

【控引】kòng yǐn　控制。漢·班固《西都賦》：“～～淮湖，與海通波。”

【控馭】kòng yù　控制，駕馭。唐·秦韜玉《紫騮馬》：“若遇丈夫能～～，任從騎取覓封侯。”

---

kou

摳 (1) kōu　❶提起。《禮記·曲禮上》：“～衣趨隅，必慎唯諾。”❷用手挖。《雍熙樂府·雙調新水令·仙宮慶會》：“～瞎了他雙眸。”❸探取，特指賭博。《列

子·黃帝》：“以瓦～者巧，以鈎～者憚，以黃金～者惛。”

（2）ōu　同“毆”，叩擊。明·陳繼儒《珍珠船》：“吾始則心～之，中則神遇之，終則天隨之。”

口 kǒu　❶嘴。《孟子·告子上》：“～之於味也，有同耆焉。”❷人口。《孟子·梁惠王上》：“百畝之田，勿奪其時，數～之家可以無飢矣。”❸進出的通道。晉·陶淵明《桃花源記》：“山有小～，仿佛若有光。”❹言語，言論。《國語·召公諫弭謗》：“防民之～，甚於防川。”❺鋒刃。《水滸傳》第十二回：“砍銅剁鐵，刀～不卷。”❻寸口，中醫切脈的部位。《史記·扁鵲倉公列傳》：“切其脈時，右～氣急。”❼量詞。北魏·酈道元《水經注·資水》：“水南十里有井數百～。”

【口惠】kǒu huì　空口許給人好處。《禮記·表記》：“～～而實不至，怨菑及其身。”

【口舌】kǒu shé　言語，言辭。《史記·廉頗藺相如列傳》：“而藺相如徒以～～為勞，而位居我上。”

【口占】kǒu zhān　❶口授其辭。唐·李翱《贈禮部尚書韓公行狀》：“公令柏耆～～為丞相書。”❷隨口成文。《漢書·朱博傳》：“閤下書佐入，朱博～～檄文。”

【口詔】kǒu zhào　皇帝的口頭命令。《晉書·閻纘傳》：“須錄詣殿前，面受～～，然後為信。”

叩 kòu　❶敲，打。《孟子·盡心上》：“昏暮～人之門戶求水火，無弗與者。”❷攻打，攻擊。《漢書·鄒陽傳》：“張耳、陳勝連從兵之據，以～函谷，咸陽遂危。”❸探問，詢問。《論語·子罕》：“我

～其兩端而竭焉。"❹ 叩頭，跪拜。清·昭槤《嘯亭雜錄·滿洲跳神儀》："主人～畢，巫以系馬吉帛進。"❺ 通"扣"，拉住，牽住。《史記·伯夷列傳》："伯夷、叔齊～馬而諫。"

【叩誠】kòu chéng　真誠，款誠。漢·劉向《九嘆》："行～～而不阿兮，遂以排而逢讒。"

【叩喪】kòu sāng　弔喪。《後漢書·范式列傳》："巨卿既至，～～言曰：'行矣元伯！死生異路，永從此辭。'"

扣 kòu ❶ 拉住，牽住。漢·許慎《說文解字·手部》："～，牽馬也。"❷ 靠近，迫近。《北史·孟業傳》："郡中父老，～河迎接。"❸ 扣押，扣留。《古今小說·沈小霞相會出師表》："即時～了店主人到來，聽四人的口詞。"❹ 減除，除去。明·文秉《烈皇小識》："乃每名～除四錢七錢不等。"❺ 覆蓋。清·文康《兒女英雄傳》第七回："上面一着一口破鐘。"❻ 結子。元·王實甫《西廂記》："紐結丁香，掩過芙蓉～。"❼ 同"叩"，敲擊。宋·蘇軾《前赤壁賦》："於是飲酒樂甚，～舷而歌之。"❽ 求教，詢問。明·宋濂《送東陽馬生序》："嘗趨百里外從鄉之先達執經～問。"❾ 俯首向下。《晉書·孝武帝紀》："號天～地，靡知所訴。"

【扣關】kòu guān ❶ 攻擊關門。漢·賈誼《過秦論》："嘗以十倍之地，百萬之眾，～～而攻秦。"❷ 敲門。唐·韋應物《移疾會詩客元生與釋子法朗因貽諸昆季》："釋子來問訊，詩人亦～～。"

寇 kòu ❶ 劫掠，抄掠。《呂氏春秋·貴公》："大兵不～。"❷ 盜匪，盜賊。《孟子·離婁下》："～至則先去以為民望，～退則反，殆於不可。"❸ 侵略，進犯。《漢書·晁錯傳》："是時匈奴強，數～邊。"❹ 侵略者，敵人。宋·蘇洵《張益州畫像記》："蜀人傳言有～至邊。"

【寇暴】kòu bào　侵奪劫掠。《後漢書·荀彧列傳》："布乘虛～～，震動人心。"

---

ku

刳 kū ❶ 挖空。《周易·繫辭下》："～木為舟，剡木為楫。"❷ 剖開。《史記·孔子世家》："丘聞之也，～胎殺夭則麒麟不至郊。"❸ 宰，殺。《史記·蘇秦列傳》："～白馬而盟。"

矻 kū　見"矻矻"。

【矻矻】kū kū　勤勉不懈的樣子。《漢書·王褒傳》："勞筋苦骨，終日～～。"

枯 kū ❶ 枯槁，枯萎。唐·李白《蜀道難》："～松倒挂倚絕壁。"❷ 乾涸，乾枯。《荀子·勸學》："淵生珠而崖不～。"❸ 乾瘦，憔悴。《荀子·修身》："勞倦而容貌不～。"❹ 失明。唐·張鷟《朝野僉載》："賀氏兩目俱～。"❺ 枯槁的草木。清·蒲松齡《聊齋志異·雲翠仙》："壁半有～橫亮。"❻ 空，盡。宋·陸游《七十》："七十殘年百念～。"

【枯腸】kū cháng ❶ 空腸，枵（xiāo，空虛）腹。唐·鄭隅《津陽門》："～～渴肺忘朝飢。"❷ 比喻才思枯竭。唐·盧仝《走筆謝孟諫議寄新茶》："三碗搜～～，唯有文字五千卷。"

【枯索】kū suǒ　枯萎。漢·王充《論衡·順鼓》："（蝗蟲）所集之地，穀草～～。"

哭 kū　❶因悲傷或激動而流淚、發聲。唐·杜甫《兵車行》："牽衣頓足攔道～，～聲直上干雲霄。"❷弔唁。《淮南子·說林訓》："桀辜諫者，湯使人～之。"❸悲歌。《淮南子·覽冥訓》："昔雍門子以～見於孟嘗君。"

【哭國】kū guó　因痛傷國事而哭泣。《呂氏春秋·貴直》："狐援出而～～三日。"

堀 kū　❶洞穴，後作"窟"。漢·鄒陽《獄中上梁王書》："則士有伏死～穴巖藪之中耳，安有盡忠信而趨闕下者哉！"❷穿穴。《荀子·法行》："夫龜鱉黿鼉，猶以淵為淺而～其中。"

【堀室】kū shì　建在地下的房間。《左傳·昭公二十七年》："光伏甲於～～而享王。"

窟 kū　❶洞穴。《戰國策·馮煖客孟嘗君》："狡兔有三～，僅得免其死耳。"❷土室。《孟子·滕文公下》："下者為巢，上者為營～。"❸人或事物彙集的地方。唐·陸龜蒙《雜諷九首》之八："豈無惡少年，縱酒游俠～。"❹穴居，作巢。晉·潘岳《西征賦》："狐兔～於殿旁。"

苦 kǔ　❶苦菜，即荼。《詩經·唐風·采苓》："采～，采～，首陽之下。"❷像膽汁或黃連的味道。《詩經·邶風·谷風》："誰謂荼～，其甘如薺。"❸勞苦，辛苦。《孟子·梁惠王上》："樂歲終身～，凶年不免於死。"❹刻苦。唐·白居易《與元九書》："蓋以一學力

文所致。"❺痛苦，苦惱。唐·杜甫《石壕吏》："吏呼一何怒，婦啼一何～！"❻苦於，困於。《韓非子·五蠹》："澤居～水者，買庸而決竇。"❼極力，竭力。唐·杜甫《夢李白》："告歸常局促，～道來不易。"❽很，甚。《三國志·吳書·孫權傳》："人言～不可信，朕為諸君破家保之。"

【苦力】kǔ lì　❶刻苦盡力。南朝梁·江淹《江文通集》自序："人生當適性為樂，安能精意～～，求身後之名哉！"❷苦工，幹重活的勞動者。清·吳趼人《二十年目睹之怪現狀》第五十七回："來到香港，當～～度日。"

【苦言】kǔ yán　❶逆耳之言。《史記·商君列傳》："～～藥也，甘言疾也。"❷淒切的言詞。三國魏·嵇康《聲無哀樂論》："心動於和聲，情感於～～。"

【苦吟】kǔ yín　反覆雕琢詩句。唐·賈島《三月晦日贈劉評事》："三月正當三十日，風光別我～～身。"

庫 kù　❶儲存戰車兵器的處所。唐·王勃《滕王閣序》："紫電青霜，王將軍之武～。"❷貯物的屋舍。《宋史·藝文志一》："分三館書萬餘卷，別為書～。"❸監獄。《戰國策·魯仲連義不帝秦》："故拘之牖里之～百日，而欲令之死。"❹店鋪，酒樓。《水滸傳》第三十九回："信步入酒～裏來。"

袴 kù　❶套褲。《禮記·內則》："衣不帛襦～。"❷同"褲"，滿襠開襠褲的通稱。唐·韓愈《崔十六少府攝伊陽以詩及書見投因酬三十韻》："嬌兒好眉眼，～腳凍兩骭（gàn，小腿）。"

酷 kù ❶ 酒味濃烈，也泛指氣味濃烈。三國魏・曹植《七啟》："浮蟻鼎沸，～烈馨香。" ❷ 殘暴，暴虐。宋・李格非《書洛陽名園記後》："及其亂離，繼以五季之一。" ❸ 慘痛，痛苦。北齊・顏之推《顏氏家訓・文章》："銜～茹恨，徹於心髓。" ❹ 副詞，極，甚。宋・蘇軾《上韓魏公乞葬董傳書》："其為人不通曉世事，然～嗜讀書，其文字蕭然有出塵之姿。"

【酷吏】kù lì 濫用刑罰殘虐百姓的官吏。《史記・酷吏列傳》："～～獨有侯封。"

---

kuɑ

夸 kuā ❶ 奢侈。《荀子・仲尼》："貴而不為～，信而不處謙。" ❷ 矜誇，自大。《呂氏春秋・下賢》："富有天下而不騁～。" ❸ 誇張，炫耀。《韓非子・解老》："雖勢尊衣美，不以～賤欺貧。" ❹ 讚賞，讚美。唐・皮日休《惜義鳥》："吾聞鳳之貴，仁義亦足～。"

【夸父】kuā fù ❶ 神話人物。《列子・湯問》《山海經・海外北經》載，夸父欲追逐日影，中途渴死。唐・柳宗元《行路難》："君不見～～逐日窺虞淵。" ❷ 獸名。《山海經・東山經》："有獸焉，其狀如～～而彘毛。" ❸ 山名。《山海經・中山經》："～～之山，其木多棕枏，多竹箭。"

誇 kuā ❶ 誇口，誇大。《鶡冠子・著希》："言仁則以為誣，發於義則以為～。" ❷ 誇示，誇耀。漢・揚雄《長楊賦》："上將大～胡人以多禽獸。" ❸ 誇獎，誇讚。宋・蘇軾《寄題興州池》："百畝新池傍郭斜，居人行樂路人～。"

胯 kuà ❶ 兩大腿之間。《史記・淮陰侯列傳》："召辱己之少年令出～下者以為楚中尉。" ❷ 量詞，用於茶葉。《金史・食貨志五》："泗州場歲供新茶千～。" ❸ 以玉為飾的革帶。《新唐書・李靖傳》："～各附環，以金固之，所以佩物者。"

【胯下辱】kuà xià rǔ 見同頁"跨下辱"。

跨 kuà ❶ 超越，超過。《三國志・蜀書・諸葛亮傳》："豪傑並起，～州加郡者不可勝數。" ❷ 橫架其上。漢・司馬相如《上林賦》："離宮別館，彌山～谷。" ❸ 騎，乘。明・宋濂《送天台陳庭學序》："～馬行，則竹間山高者，累旬日不見其巔際。" ❹ 據有，佔有。秦・李斯《諫逐客書》："此非所以～海內、制諸侯之術也。" ❺ 通"胯"，見"跨下辱"。

【跨下辱】kuà xià rǔ 《漢書・韓信傳》："淮陰少年又侮（韓）信曰：'雖長大，好帶刀劍，怯耳。'眾辱（韓）信曰：'能死，刺我；不能，出跨下。'於是（韓）信孰視，俛出跨下。"謂胸懷大志，能屈能伸，甘受小辱。元・耶律楚材《和劉子中韻》："子中有大志，每甘～～～。"

---

kuɑi

蒯 kuǎi ❶ 草名，多年生草本植物，莎草科，多生於水邊或陰濕處，莖可製繩編蓆。《左傳・成公九年》："雖有絲麻，無棄菅～。" ❷ 方言，撓，抓。《西遊記》第六十六回：“就弄手腳，抓腸～腹，翻根頭，豎蜻蜓，任他在裏面擺佈。”

快 kuài ❶高興，快樂。《孟子·梁惠王上》：“抑王興甲兵，危士臣，構怨於諸侯，然後～於心與？”❷暢快，痛快。戰國楚·宋玉《風賦》：“～哉此風！”❸放肆，放縱。《戰國策·趙策一》：“恭於教而不～，和於下而不危。”❹迅速。宋·辛棄疾《破陣子·為陳同甫賦壯詞以寄之》：“馬作的盧飛～。”❺鋒利。唐·杜甫《戲題王宰畫山水圖歌》：“焉得并州～剪刀，剪取吳松半江水。”

【快然】kuài rán　喜悅的樣子。晉·王羲之《〈蘭亭集〉序》：“～～自足，曾不知老之將至。”

【快士】kuài shì　豪爽的人。《三國志·蜀書·黃權傳》：“宣王與諸葛亮書曰：‘黃公衡，～～也。’”

會 kuài　見 238 頁 huì。

塊 kuài ❶土塊。《左傳·僖公二十三年》：“野人與之～。”❷孤獨，孑然。戰國楚·宋玉《九辯》：“～獨守此無澤兮，仰浮雲而永歎。”❸安然無動於衷。《穀梁傳·僖公五年》：“～然受諸侯之尊己，而立乎其位，是不子也。”❹量詞。《宋史·瀛國公紀》：“我忍死堅關至此者，正為趙氏一～肉爾。”

【塊壘】kuài lěi ❶指鬱積之物。《宋書·五行志五》：“日始出，色赤如血，外生牙，～～不圓。”❷比喻胸中鬱結不平。清·蒲松齡《聊齋志異·仙人島》：“小飲能令～～消。”

儈 kuài ❶介紹買賣。《後漢書·逢萌列傳》：“君公遭亂獨不

足，～牛自隱。”❷經紀人。宋·洪邁《夷堅志·婦人三重齒》：“乃召女～立券，盡以其當得錢，為市脂澤衣服。”

噲 kuài ❶吞咽，下咽。漢·許慎《說文解字·口部》：“噲，咽也。”❷通“喙”，鳥獸的嘴。《淮南子·俶真訓》：“蚊行～息。”❸通“快”，暢快。《淮南子·精神訓》：“當此之時，～然得臥，則親戚兄弟，歡然而喜。”

獪 kuài　狡猾，狡詐。《新唐書·馬三寶傳》：“馬三寶，性敏～。”

膾 kuài ❶細切的肉或魚。《論語·鄉黨》：“食不厭精，～不厭細。”❷細切為膾。《詩經·小雅·六月》：“飲御諸友，炰鼈～鯉。”

---

kuan

寬 kuān ❶寬闊，寬廣。三國魏·嵇康《幽憤詩》：“恢恢六合間，四海一何～。”❷寬宏，寬容。《孟子·萬章下》：“故聞柳下惠之風者，鄙夫～，薄夫敦。”❸舒緩，松緩。《國語·晉語四》：“輕關易道，通商～農。”❹放寬，放鬆。《史記·衞將軍驃騎列傳》：“減隴西、北地、上郡戍卒之半，以～天下之繇。”❺寬解，寬慰。南朝宋·鮑照《擬行路難》之四：“酌酒以自～，舉杯斷絕歌《路難》。”

【寬仁】kuān rén　寬厚仁慈。《漢書·韓信傳》：“陛下～～，諸侯雖有叛亡，而後歸，輒復故位號，不誅也。”

【寬柔】kuān róu　寬緩和柔。《禮記·中庸》：“～～以教，不報無道。”

款 kuǎn　❶ 誠懇，懇切。《荀子·修身》：“愚～端愨，則合之以禮樂。”❷ 緩慢。唐·元稹《冬白紵歌》：“吳宮夜長宮漏～。”❸ 住，留。宋·楊萬里《夜宿王才臣齋中睡覺聞768雪大作》：“終年才小～，明日又言歸。”❹ 招待，款待。唐·李朝威《柳毅傳》：“因命酌互舉，以～人事。”❺ 叩，敲。唐·柳宗元《梓人傳》：“有梓人～其門，願傭隙宇而處焉。”❻ 至，到。漢·張衡《西京賦》：“繞黃山而～牛首。”❼ 歸順，求和。南朝宋·劉義隆《策命爨達國王》：“皇鳳遐暨，荒服來～。”❽ 招供，服罪。《陳書·沈洙傳》：“未知獄所測人，有幾人～，幾人不～。”❾ 條目，事項。元·無名氏《神奴兒》：“現如今暴骨停屍，是坐着那一～罪犯招因？”

【款步】kuǎn bù　緩步。明·湯顯祖《牡丹亭》：“～～書堂下。”

【款啟】kuǎn qǐ　見識狹小。《莊子·達生》：“今休，～～寡聞之民也。”

【款曲】kuǎn qū　❶ 衷情。漢·秦嘉《留郡贈婦》：“念當遠別離，思念敘～～。”❷ 殷勤應酬。《南史·廢帝郁林王紀》：“接對賓客，皆～～周至。”❸ 詳情，內情。《三國志·魏書·郭淮傳》：“及見，一二知其～～，訊問周至。”

---

kuang

匡 kuāng　❶ “筐”的古字，古代盛飯的容器。唐·韋莊《謁蔣帝廟》：“山勢如～晉祚危。”❷ 方正，端正。漢·揚雄《揚子法言·寡見》：“卜式之云，不亦～乎！”❸ 輔佐，輔助。《詩經·小雅·六月》：“以～王國。”❹ 救助，挽救。《左傳·成公十八年》：“～困乏，救災患。”❺ 糾正，扶正。《國語·魯語上》：“吾過而里革～我，不亦善乎！”❻ 眼眶。後作“眶”。《史記·淮南衡山列傳》：“涕滿～而橫流。”❼ 邊框。後作“框”。唐·白居易《裴常侍以題蔷薇架十八韻見示》：“猩猩凝血點，瑟瑟蹙金～。”❽ 惶恐。後作“恇”。《禮記·禮器》：“年雖大殺，眾不～懼。”

【匡飭】kuāng chì　整治，整頓。《漢書·高后紀》：“高皇帝～～天下，諸有功者皆受分地為列侯。”

【匡合】kuāng hé　《論語·憲問》謂管仲幫助齊桓公“九合諸侯，一匡天下”，此其略語，謂糾集力量，匡正天下。漢·王褒《聖主得賢臣頌》：“齊桓設庭燎之禮，故有～～之功。”

【匡時】kuāng shí　挽救艱難的時局。《後漢書·荀淑列傳》：“陵夷則濡跡以～～。”

【匡相】kuāng xiàng　輔佐，輔助。《國語·晉語九》：“今范、中行氏之臣不能～～其君，使至於難。”

【匡坐】kuāng zuò　端坐，正坐。《莊子·讓王》：“～～而絃歌。”

狂 kuáng　❶ 瘋狗，也指狗發瘋。《晉書·五行志中》：“旱歲犬多～死。”❷ 瘋顛，精神錯亂。漢·鄒陽《獄中上梁王書》：“是以箕子陽～，接輿避世，恐遭此患也。”❸ 狂妄，輕狂。《論語·陽貨》：“好剛不好學，其蔽也～。”❹ 放縱，狂放。《論語·陽貨》：“古之～也肆。”❺ 急躁。《詩經·鄘風·載馳》：“許人尤之，眾稚且～。”❻ 猛烈。宋·梅堯臣《和謝舍人新秋》：“西風一夕～，古звук吹可恐。"❼ 通"誑"，欺騙。《韓非子·顯學》："今或謂人曰：'使子必智而壽'，則世必以為～。"

【狂夫】kuáng fū ❶ 狂妄無知的人。《詩經·齊風·東方未明》："折柳樊圃，～～瞿瞿。"❷ 狂放不羈的人。唐·杜甫《狂夫》："欲填溝壑惟疏放，自笑～～老更狂。"❸ 指悖逆妄為的人。《墨子·非攻下》："武王乃攻～～，反商之周。"❹ 古代婦女自稱其夫的用語。唐·李白《搗衣篇》："～～猶戍交河北。"

【狂簡】kuáng jiǎn 志向遠大而處事疏略。《論語·公冶長》："吾黨之小子～～，斐然成章，不知所以裁之。"

【狂狷】kuáng juān 指激進與潔身自守。《論語·子路》："不得中行而與之，必也～～乎？狂者進取，狷者有所不為也。"後泛指偏激。《漢書·劉輔傳》："廣開忠直之路，不罪～～之言。"

【狂生】kuáng shēng ❶ 狂妄無知的人。《荀子·君道》："危削滅亡之情舉積此矣，而求安樂，是～～者也。"❷ 不拘小節的人。《史記·酈生陸賈列傳》："好讀書，家貧落魄，無以為衣食業，為里監門吏，然縣中賢豪不敢役，縣中皆謂之～～。"

誑 kuáng 欺騙，迷惑。《列子·黃帝》："恐眾狙之不馴於己也，先～之。"

兄 kuàng 見 669 頁 xiōng。

況 kuàng ❶ 情形，狀況。唐·杜荀鶴《贈秋浦張明府》："他日親知問官～，但教吟取杜家詩。"❷ 比擬，比較。《漢書·高惠高后文

功臣表》："以往～今，甚可悲傷。"❸ 副詞，更加。《國語·晉語一》："以眾故，不敢愛親，眾～厚之。"❹ 連詞，何況，況且。《史記·廉頗藺相如列傳》："臣以為布衣之交尚不相欺，～大國乎！"❺ 通"貺"，賜予。《國語·魯語下》："君以諸侯之故，～使臣以大禮。"❻ 惠顧，光臨。《史記·司馬相如列傳》："足下不遠千里，來～齊國。"

【況夫】kuàng fú 何況，況且。《荀子·榮辱》："是其所以不免於凍餓，操瓢囊為溝壑中瘠者也，～～先王之道，仁義之統，《詩》《書》《禮》《樂》之分乎？"

絋 kuàng 同"纊"。見 337 頁。

壙 kuàng ❶ 墓穴。唐·元稹《夢井》："土厚～亦深，埋魂在深埏。"❷ 原野。《孟子·離婁上》："民之歸仁也，猶水之就下，獸之走～也。"❸ 通"曠"，曠遠，久遠。《漢書·孝武李夫人傳》："托沈陰以～久兮，惜蕃華之未央。"❹ 曠廢，荒廢。《管子·形勢》："明主上不逆天，下不～地。"

【壙壙】kuàng kuàng 廣闊的樣子。漢·賈誼《新書·修政語下》："天下～～然，一人有之。"

曠 kuàng ❶ 明白，明亮。《莊子·天地》："此人謂照～。"❷ 空闊，開闊。晉·陶淵明《桃花源記》："土地平～，屋舍儼然。"❸ 空缺。《孟子·離婁上》："～安宅而弗居，舍正路而弗由，哀哉！"❹ 荒廢。唐·韓愈《爭臣論》："嘗為乘田矣，亦不敢～其職。"❺ 久遠，長久。唐·韓愈《平淮西碑》："外多失朝，～不嶽狩。"❻ 阻隔，間隔。

漢·劉楨《贈五官中郎將》：「自夏涉玄冬，彌～十餘旬。」❼ 沒有配偶的成年男子或成年女子。《孟子·梁惠王下》：「內無怨女，外無～夫。」

【曠達】kuàng dá　心胸開闊豁達。宋·葉適《朝奉黃公墓誌銘》：「天性～～，不作疑客。」

【曠代】kuàng dài　❶ 絕代，當代無雙。晉·謝靈運《傷己賦》：「丁～～之渥惠，遭謬眷於君子。」❷ 隔世，久歷年代。晉·葛洪《抱朴子·時難》：「高勛之臣，～～而一。」

【曠夫】kuàng fū　無妻的成年男子。《後漢書·周舉列傳》：「內積怨女，外有～～。」

【曠懷】kuàng huái　開闊豁達的胸懷。唐·白居易《酬楊八》：「君以～～宜靜境。」

纊 kuàng　❶ 絲棉絮。《左傳·宣公十二年》：「三軍之士，皆如挾～。」❷ 蠶繭。《淮南子·繆稱訓》：「小人在上位，如寢關曝～。」

---

kui

刲 kuī　❶ 刺殺。《周易·歸妹》：「士～羊無血。」❷ 割取。《資治通鑑》卷二百七十七：「令壯士十人～其肉自啖之，洪至死罵不絕聲。」

悝 kuī　嘲謔，詼諧。漢·張衡《東京賦》：「～穆公於宮室。」

盔 kuī　將士用來保護頭部的帽子，多用金屬或皮革等製成。《三國演義》第二十六回：「一箭射中頭～，將簪纓射去。」

窺（1）kuī　❶ 從孔隙或隱蔽處偷看。《孟子·滕文公下》：「不待父母之命，媒妁之言，鑽穴隙相

～。」❷ 泛指觀看。唐·李白《廬山謠寄盧侍御虛舟》：「閑～石鏡清我心。」❸ 觀察，偵察。漢·賈誼《過秦論》：「君臣固守，以～周室。」❹ 希望接近某種境界。宋·王安石《奉酬永叔見贈》：「他日若能～孟子，終身何敢望韓公。」

（2）kuǐ　通「跬」，半步。明·馬中錫《中山狼傳》：「君能除之，固當～左足以效微勞。」

【窺管】kuī guǎn　從管孔中看東西，比喻見識狹小。晉·陸雲《與陸典書》之五：「所謂～～以瞻天，緣木而求魚也。」

【窺覬】kuī jì　暗中希求，覬覦。《宋書·袁顗傳》：「而羣小構慝，妄生～～。」

虧 kuī　❶ 欠缺，缺損。《戰國策·秦策三》：「語曰：『日中則移，月滿則～。』」❷ 毀壞，破壞。《韓非子·孤憤》：「重人也者，無令而擅為，～法以利私。」❸ 損害，傷害。《墨子·非攻上》：「苟～人愈多，其不仁茲甚，罪益厚。」

歸 kuī　高峻獨立的樣子。漢·王延壽《〈魯靈光殿賦〉序》：「自西京未央建章之殿皆見隳壞而靈光～然獨存。」

奎 kuí　❶ 胯。《莊子·徐無鬼》：「～蹄曲隈，乳間股腳，自以為安室利處。」❷ 星宿名。古人以奎宿主文章、文運，故用以指代文章或文事等，美稱帝王的文章書畫為「奎章」「奎畫」。元·李冶《敬齋古今黈拾遺》：「世以祕監為～府，御書為～畫，謂奎宿主文章也。」

【奎閣】kuí gé　收藏典籍文物的樓閣。明·何景明《觀石鼓歌》：「璧池日月動華袞，～～星斗羅貞珉。」

【奎文】kuí wén　猶御書。宋·王阮《同張安國遊萬杉寺》:"昭陵龍去～～在,萬歲靈山守百神。"

馗　kuí　通"逵",四通八達的通路。漢·王粲《從軍詩五首》之五:"館宅充廛里,士女滿莊～。"

逵　kuí　四通八達的道路。《左傳·隱公十一年》:"子都拔棘以逐之,及大～,弗及。"

【逵路】kuí lù　四通八達的大道。《左傳·宣公十二年》:"入自皇門,至於～～。"

揆　kuí　❶度量,揣度。《漢書·董仲舒傳》:"孔子作《春秋》,上～之天道,下質諸人情。"❷道理,準則。《孟子·離婁下》:"先聖後聖,其一也。"❸掌管,管理。《左傳·文公十八年》:"以～百事。"❹事務,政事。《尚書·虞書·舜典》:"納於百～,百～時敘。"❺特指宰相或職位相當的主政者。《晉書·禮志上》:"桓溫居～,政由己出。"

【揆度】kuí duó　揣度,估量。漢·東方朔《非有先生論》:"圖畫安危,～～得失。"

【揆席】kuí xí　相位。唐·李乂《哭僕射鄂公楊再思》:"～～凝邦績。"

【揆敘】kuí xù　本《尚書·虞書·舜典》"百揆時敘"語,後通指統理安排。漢·趙岐《孟子題辭解》:"包羅天地,～～萬類。"

暌　kuí　違背,乖離。南朝梁·劉勰《文心雕龍·雜文》:"或文麗而義～,或理粹而辭駁。"

【暌違】kuí wéi　別離,隔離。南朝梁·何遜《贈諸舊遊》:"新知雖已樂,舊愛盡～～。"

葵　kuí　❶葵菜。《詩經·豳風·七月》:"七月亨～及菽。"❷菊

科草本植物,有錦葵、蜀葵、秋葵、向日葵等。漢樂府《長歌行》:"青青園中～,朝露待日晞。"❸蒲葵的簡稱,其葉可以製成扇子。明·魏學洢《核舟記》:"居左者右手執蒲～扇,左手撫爐。"❹通"揆",測度,度量。《詩經·小雅·采菽》:"樂只君子,天子～之。"

【葵傾】kuí qīng　葵花向日而傾,比喻向往傾慕。《宋史·樂志十五》:"千官雲擁,羣后～～。"

【葵心】kuí xīn　以葵花向陽比喻向往傾慕之心。宋·蘇軾《奉和陳賢良》:"傾盡～～日愈高。"

魁　kuí　❶舀湯的勺子。宋·黃庭堅《謝楊景仁承事送惠酒器》:"楊君喜我梨花盞,卻念初無注酒～。"❷首領,主帥。《尚書·夏書·胤征》:"殲厥渠～,脅從罔治。"❸首選,第一。《漢書·游俠傳》:"諸公之間陳遵為雄,閭里之俠原涉為～。"❹宋代以來特指狀元。宋·陸游《老學庵筆記》:"初欲以為～,終以此不果。"❺高大,魁梧。《史記·孟嘗君列傳》:"始以薛公為～然也,今視之,乃眇乎小丈夫耳。"

【魁柄】kuí bǐng　喻指朝廷大權。《漢書·梅福傳》:"今乃尊寵其位,授以～～,使之驕逆。"

【魁甲】kuí jiǎ　狀元。宋·陳鵠《耆舊續聞》:"王嗣宗,太祖時以～～登第。"

【魁奇】kuí qí　傑出,特異。宋·曾鞏《贈黎安二生序》:"二生固可謂～～特起之士,而蘇君固可謂善知人者也。"

睽　kuí　❶違背,乖離。《莊子·天運》:"上悖日月之明,下～山川之精,中墮四時之施。"❷反

目，怒目而視。唐・柳宗元《貞符》："交焉而爭，～焉而鬥。"

【睽違】 kuí wéi ❶ 差錯。唐・顏師古《上漢書注》："匡正～～，激揚鬱滯。" ❷ 分離，分隔。唐・李朝威《柳毅傳》："遂至～～，天各一方。"

夔 kuí ❶ 古代傳說中的一種異獸。《國語・魯語下》："木石之怪曰～、蝄蜽。" ❷ 相傳為舜時的樂官。《呂氏春秋・察傳》："乃令重黎舉～於草莽之中而進之，舜以為樂正。" ❸ 恭敬的樣子。漢・賈誼《新書・勸學》："～立蛇進，而後敢進。"

頃 kuǐ 見 482 頁 qīng。

傀 (1) kuǐ ❶ 傀儡。木偶戲，也指木偶人。五代・孫光憲《北夢瑣言》："頻於使院堂前弄～儡子。" ❷ 比喻不能自主，受人操縱。清・李漁《憐香伴・歡聚》："把我當做個～儡，從那時節掣到如今，還不知覺。"

(2) guī ❶ 大。《莊子・列禦寇》："達生之情者～，達於知者肖。" ❷ 珍奇，怪異。《周禮・春官宗伯・大司樂》："大～異烖（zāi，同'災'），諸侯薨，令去樂。"

【傀奇】 guī qí 奇異。亦指奇異之物。晉・郭璞《江賦》："珍怪之所化產，～～之所窟宅。"

跬 kuǐ ❶ 半步。漢・賈誼《新書・審微》："悲一～而謬千里也。" ❷ 近。《莊子・駢拇》："遊心於堅白異同之閒，而敝～譽無用之言非乎？"

◆ 古人以舉足一次為"跬"，以舉足兩次為"步"。

【跬步】 kuǐ bù 半步，指極近的距

離。《荀子・勸學》："是故不積～～，無以致千里。"

喟 kuì 歎息。戰國楚・屈原《楚辭・離騷》："依前聖以節中兮，～憑心而歷茲。"

愧 kuì ❶ 慚愧，羞慚。《尚書・商書・說命下》："其心～恥。" ❷ 使人感到慚愧。《禮記・表記》："不以人之所不能者～人。"

【愧赧】 kuì nǎn 因羞愧而臉紅。《三國志・魏書・陳思王植傳》："竊感《相鼠》之篇，無禮遄死之義，形影相弔，五情～～。"

【愧惕】 kuì tì 慚愧而知戒懼。《三國志・魏書・曹爽傳》裴松之引晉・王沈《魏書》："心中～～，敢竭愚情，陳寫至實。"

【愧怍】 kuì zuò 慚愧。語本《孟子・盡心上》："仰不愧於天，俯不怍於人。"宋・曾鞏《又祭亡妻晁氏文》："夙夜思惟，心顏～～。"

匱 (1) kuì ❶ 竭盡，缺乏。《列子・黃帝》："損其家口，……俄而～焉。" ❷ 虛假。《國語・晉語五》："今陽子之貌濟，其言～，非其實也。" ❸ 通"簣"，盛土的竹筐。《漢書・王莽傳》："成在一～。" ❹ 通"潰"，崩潰，潰散。《管子・兵法》："進無所疑，退無所～。"

(2) guì ❶ 櫃子。後作"櫃"。《尚書・周書・金縢》："乃納冊於金縢之～中。" ❷ 水渠，水庫。《宋史・張浚傳》："其可因水為險者，皆積為～。"

【匱盟】 kuì méng 缺乏誠意的盟會。《左傳・成公二年》："盟於蜀，卿不書，～～也。"

簣 kuì 盛土的竹筐。《論語・子罕》："譬如為山，未成一～。"

瞆 kuì　❶耳聾。《國語‧晉語四》："聾不可使聽。"❷糊塗，不明事理。唐‧皮日休《耳箴》："近賢則聰，近愚則～。"

【瞆瞆】kuì kuì　糊塗，不明事理。漢‧揚雄《太玄‧玄攡》："曉天下之～～，塋天下之晦晦者，其唯玄乎！"

憒 kuì　昏亂。《戰國策‧馮煖客孟嘗君》："文倦於是，～於憂。"

潰 kuì　❶水沖破堤防。《國語‧召公諫弭謗》："川壅而～，傷人必多。"❷漫溢，亂流。清‧王士禛《光祿大夫靳公墓誌銘》："黃水四～，不復歸海。"❸敗逃，逃散。《左傳‧齊桓公伐楚盟屈完》："齊侯以諸侯之師侵蔡，蔡～。"❹毀壞。《墨子‧非攻下》："燔～其祖廟。"❺潰爛。明‧劉基《賣柑者言》："杭有賣柑者，善藏柑，涉寒暑不～。"❻惱怒，憤怒。《詩經‧邶風‧谷風》："有洸（guāng，怒）有～，既詒我肄。"❼通"遂"，達到。《詩經‧小雅‧小旻》："如彼築室於道謀，是用不～於成。"

餽 kuì　❶送食物給人吃。《孟子‧滕文公下》："陽貨瞰孔子之亡也，而～孔子蒸豚。"❷吃飯，進食。《左傳‧子革對靈王》："王揖而入，～不食，寢不寐。"❸食物。《詩經‧小雅‧伐木》："陳～八簋。"❹贈送。《孟子‧公孫丑下》："前日於齊，王～兼金一百而不受。"❺輸送糧食。漢‧賈誼《論積貯疏》："卒然邊境有急，數千萬之眾，國胡以～之。"❻祭祀。南朝宋‧王僧達《祭顏光祿文》："以此忍哀，敬陳尊～。"

【餽食】kuì shí　❶獻熟食，天子諸侯每月朔朝廟的一種祭禮。《孟子‧滕文公下》："湯使亳眾往為之耕，老弱～～。"❷食物，熟食。《後漢書‧陸續列傳》："母但作～～，付門卒以進之。"

【餽歲】kuì suì　年末互相送禮應酬。宋‧蘇軾《歲暮思歸寄子由弟》題云："歲晚，相與餽問為～～。"

【餽饌】kuì zhuàn　進獻食物。《後漢書‧清和王慶列傳》："供奉長樂宮，身執～～，太后憐之。"

歸 kuì　見194頁 guī。

---

kun

坤 kūn　❶女性，陰性。《周易‧繫辭上》："乾道成男，～道成女。"❷古以八卦定方位，指西南方。宋‧蘇軾《寄題梅義園亭》："我本放浪人，家寄西南～。"

【坤輿】kūn yú　大地的代稱。古人以坤為地，為大輿，能負載萬物，故稱"坤輿"。《宋史‧樂志八》："混混～～，配天作極。"

【坤元】kūn yuán　指大地孳生萬物的特性。《周易‧坤》："至哉～～，萬物資生。"

昆 kūn　❶同，共同。漢‧揚雄《太玄‧玄攡》："理生～羣，兼愛之謂仁也。"❷兄。唐‧李白《太原南柵餞赴上都序》："其二三諸～，皆以才秀擢用。"❸後，然後。《尚書‧虞書‧大禹謨》："官占，惟先蔽志，～命於元龜。"❹後裔，子孫。《尚書‧商書‧仲虺之誥》："垂裕後～。"❺羣，眾，諸多。章炳麟《〈新方言〉自序》："悲文獻之衰微，諸夏～族之不寧壹。"

【昆弟】kūn dì ❶ 兄弟。《禮記·中庸》："親親則諸父~~不怨。"❷ 比喻友好親密。《漢書·衡山王賜傳》："淮南王乃~~語，除前隙，約束反具。"

【昆季】kūn jì 兄弟，長為昆，幼為季。北齊·顏之推《顏氏家訓·風操》："行路相逢，便定~~。"

【昆仍】kūn réng 後代子孫。宋·樓鑰《顏侍郎挽詞》之二："清忠與公恕，餘慶君~~。"

【昆裔】kūn yì 後裔，後代。《國語·晉語二》："天降禍於晉國，讒言繁興，延及寡君之紹續~~。"

【昆玉】kūn yù 稱人兄弟的敬詞。元·關漢卿《單刀會》："因將軍賢~~無尺寸地，暫供荊州以為養軍之資。"

【昆仲】kūn zhòng 稱人兄弟的敬詞，長曰昆，次曰仲。唐·黃滔《〈穎川陳先生集〉序》："無~~姊妹。"

髡 kūn ❶ 剃髮。《左傳·哀公十七年》："公自城上見己氏之妻髮美，使~之以為呂姜髢（dí，假髮）。"❷ 古代剃髮服役的一種刑罰。《周禮·秋官司寇·掌戮》："~者使守積。"❸ 對僧尼的賤稱。唐·孫樵《復佛寺奏》："臣以為殘蠹於民者，羣~最大。"❹ 砍斷，截斷。三國魏·杜恕《體論·君》："是猶~其枝而欲根之蔭。"❺ 剪去樹木的枝條。《齊民要術·種槐柳楸梓梧柞》："種柳千樹則足柴，十年之後，~一樹得一載，歲~二百樹，五年一周。"

【髡首】kūn shǒu ❶ 剃去頭髮。戰國楚·屈原《楚辭·九章·涉江》："接輿~~兮，桑扈臝（luǒ，露出，無遮蓋）行。"❷ 光頭，指僧人。唐·鄭愚《潭州大潙山同慶寺大圓禪師

碑銘》："故褐衣~~，未必皆是。"

鯤 kūn ❶ 魚苗。《國語·魯語上》："魚禁~鮞。"❷ 傳說中的一種大魚。《莊子·逍遙遊》："北冥有魚，其名為~。"

悃 kǔn 誠懇，誠實。漢·劉向《九嘆》："親忠正之~誠兮，招貞良與明智。"

閫 kǔn ❶ 門限，門檻。漢·揚雄《甘泉賦》："天~決兮地垠開。"❷ 郭門，國門。《史記·張釋之馮唐列傳》："~以內者，寡人制之；~以外者，將軍制之。"❸ 借指統兵在外的將帥。宋·文天祥《〈指南錄〉後序》："即具以北虛實告東西二~。"❹ 閨門，婦女居住的內室。《後漢書·皇后紀上》："內無出~之言，權無私溺之授。"

困 kùn ❶ 艱難，窘困。漢·賈誼《過秦論》："秦無亡矢遺鏃之費，而天下諸侯已~矣。"❷ 使處於困境，被困。《左傳·襄公二十二年》："子三~我於朝，吾懼不敢不見。"❸ 貧困，貧乏。《史記·魏公子列傳》："終不以監門~故而受公子財。"❹ 疲憊，疲乏。唐·白居易《賣炭翁》："牛~人飢日已高。"❺ 盡，極。《國語·越語下》："日~而還，月盈而匡。"

【困毒】kùn dú ❶ 中毒。漢·王充《論衡·語增》："魏公子無忌為長夜之飲，~~而死。"❷ 苦難。《後漢書·質帝紀》："況我元元，嬰此~~。"

【困蹇】kùn jiǎn 困頓，不順利。宋·歐陽修《與丁學士》："元珍才行並高，而~~如此。"

【困匱】kùn kuì 貧乏。《後漢書·郭丹列傳》："而家無遺產，子孫~~。"

【困學】kùn xué 遇到困難才去學習。後泛指刻苦求學。宋·朱熹《困學詩》之二："～～工夫豈易成？斯名獨恐是虛稱。"

【困躓】kùn zhì 窘迫，受挫。晉·鍾會《檄蜀文》："～～冀徐之郊。"

kuo

括 kuò ❶ 捆束。《禮記·喪大記》："～髮以麻。"❷ 包容，包括。漢·賈誼《過秦論》："囊～四海之意。"❸ 搜求，搜括。《北史·孫搴傳》："時大～人為軍士。"❹ 清查，登記。《新唐書·蘇環傳》："時十道使～天下亡戶。"❺ 到來。《詩經·王風·君子于役》："日之夕矣，牛羊下～。"

闊 kuò ❶ 廣闊，寬闊。唐·杜甫《旅夜書懷》："星垂平野～。"❷ 遠離，疏遠。《詩經·邶風·擊鼓》："于嗟～兮，不我活兮。"❸ 迂闊，不切實際。《孔叢子·論書》："《書》之於事也，遠而不～。"❹ 稀疏，缺乏。《漢書·溝洫志》："頃所以～無大害者，以屯氏河通，兩川分流也。"❺ 寬緩，放寬。《漢書·王莽傳》："假貸犁牛種食，～其租賦。"❻ 富有，豪奢。晉·成公綏《天地賦》："何陰陽之難測，偉二儀之奓（zhà，張開）～。"

【闊達】kuò dá 豁達。《史記·齊太公世家》："其民～～多匿知，其天性也。"

【闊狹】kuò xiá ❶ 寬窄，遠近。《史記·天官書》："大小有差，～～有常。"❷ 虛實。《三國志·吳書·陸遜傳》："賦得韓扁，具知吾～～。"❸ 緩急，寬嚴。《漢書·兒寬傳》："收租稅，時裁～～，與民相假貸。"

廓 kuò ❶ 廣大，空闊。唐·韓愈《送李愿歸盤谷序》："盤之阻，誰爭子所，窈而深，～其有容。"❷ 擴大，開拓。《荀子·修身》："狹隘褊小，則～之以廣大。"❸ 清除，掃除。《北史·隋紀上》："～妖氣於遠服。"❹ 空寂，空虛。戰國楚·宋玉《九辯》："悲憂窮戚兮獨處～。"❺ 物體的外周。隋·王度《古鏡記》："又置二十四字，周繞輪～，文體似隸。"❻ 通"郭"，外城。《鹽鐵論·論功》："匈奴無城～之守。"

【廓恢】kuò huī 擴大。《三國志·魏書·高堂隆傳》："文帝受天明命，～～皇基。"

【廓如】kuò rú 澄清的樣子。唐·陸龜蒙《奉和襲美因贈至一百四十言》："陰霾終～～。"

L

la

拉 lā ❶折斷。漢·鄒陽《獄中上梁王書》：“范睢～脅折齒於魏。”❷折辱。南朝齊·孔稚珪《北山移文》：“將欲排巢父，～許由。”❸牽挽，邀約。明·張岱《湖心亭看雪》：“～余同飲。”

【拉雜】lā zá　折碎。漢樂府《有所思》：“聞君有他心，～～摧燒之。”

喇 (1) lā　見“喇喇”。
(2) lǎ　見“喇子”。

【喇喇】lā lā　象聲詞。明·湯顯祖《牡丹亭》：“風～～，陣旗飄。”

【喇子】lǎ zi　流氓無賴之流。清·吳敬梓《儒林外史》第二十九回：“他是個～～，他屢次來騙我。”

剌 là　❶違背。漢·司馬遷《報任安書》：“無乃與僕私心～謬乎？”❷見“剌剌”。

【剌剌】là là　象聲詞，狀風聲。唐·李商隱《送千牛李將軍越闕五十韻》：“去程風～～，別夜漏丁丁。”

臘 (1) là　❶年末祭祀名。《左傳·僖公五年》：“虞不～矣。”❷歲末。漢·楊惲《報孫會宗書》：“歲時伏～，烹羊炰羔。”❸臘月或冬天醃製風乾或熏乾的肉。《清平山堂話本·快嘴李翠蓮記》：“醃雞不要混～獐。”
(2) xī　製成肉乾。唐·柳宗元《捕蛇者說》：“然得而～之以為餌。”

蠟 là　❶動植物或礦物所產生的某些具有可塑性的油質，不溶於水。宋·沈括《夢溪筆談·活板》：“其上以松脂、～和紙灰之類冒之。”❷用蠟塗物。宋·王安石《韓持國從富并州辟》：“何時歸相過，遊屐尚可～。”❸指蠟燭。《晉書·石崇傳》：“崇以～代薪。”

【蠟淚】là lèi　蠟燭點燃後淌下的液態蠟，其形似淚。宋·陸游《夜宴賞海棠醉書》：“忽驚～～已堆盤。”

lai

來 (1) lái　❶小麥。明·宋應星《天工開物·乃粒》：“而～、牟、黍、稷居什三。”❷由彼及此，由遠及近。《戰國策·鄒忌諷齊王納諫》：“客從外～。”❸回來。北朝民歌《木蘭辭》：“爺孃聞女～，出郭相扶將。”❹歸服。《國語·越語上》：“四方之士～者，必廟禮之。”❺招致，使……來。《論語·季氏》：“遠人不服，則修文德以～之。”❻未來。《論語·微子》：“往者不可諫，～者猶可追。”❼表示從過去某個時候到現在的一段時間。三國魏·曹丕《與吳質書》：“別～行復四年。”❽表示約數。唐·杜牧《書情》：“誰家洛浦神，十四五～人。”❾用在動詞後，表示動作趨向或結果。宋·梅堯臣《絕句》：“上去下～船不定，自飛自語燕爭忙。”❿助詞。用在句中或句末，表示祈使。晉·陶淵明《歸去來兮辭》：“歸去～兮，田園將蕪胡不歸？”或用在句中作襯字。唐·韋莊《閏官軍繼至未睹凱旋》：“秋草深～戰馬肥。”
(2) lài　勸勉。《漢書·王莽傳》：“力～農事，以豐年穀。”

【來歸】lái guī　❶回來。漢樂府《陌上桑》：“～～相怨怒，但坐觀羅敷。"❷歸附。《戰國策·燕策三》:"樊將軍窮困～～丹。"❸女子為夫家所棄而返回母家。《左傳·莊公二十七年》:"凡諸侯之女,歸寧曰來,出曰～～。"

【來今】lái jīn　今後。《漢書·杜業傳》:"唯陛下深思往事,以戒～～。"

【來情】lái qíng　❶將來的情況。《後漢書·馮衍列傳》:"守節故亦彌阻於～～。"❷情由。《水滸傳》第五十七回:"小嘍囉問了備細～～。"

【來儀】lái yí　❶謂鳳凰來舞而有容儀,古代認為是瑞兆。《尚書·虞書·益稷》:"鳳皇～～。"❷喻傑出人物的出現。晉·干寶《搜神記》:"哲人忽～～。"

【來茲】lái zī　來年。《呂氏春秋·任地》:"今茲美禾,～～美麥。"

徠 lái　❶古文"來"字,到來。《漢書·禮樂志》:"天馬～,從西極。"❷招來。《商君書·徠民》:"今以草茅之地,～三晉之民。"

萊 lái　❶草名,即"藜"。《詩經·小雅·南山有臺》:"南山有臺,北山有～。"❷指郊外輪休的農田。《周禮·地官司徒·縣師》:"辨其夫家人民田～之數。"也指雜草叢生的荒田。漢·桓寬《鹽鐵論·通用》:"燔～而播粟。"❸除草。《周禮·地官司徒·山虞》:"若大田獵,則～山田之野。"

睞 lài　❶斜視。三國魏·曹植《洛神賦》:"明眸善～。"❷眺望。晉·謝靈運《登上戍石鼓山》:"極目～左闊,回顧眺右狹。"

賴 lài　❶利益。《左傳·昭公十二年》:"今鄭人貪～其田。"

❷依靠。漢·楊惲《報孫會宗書》:"幸～先人餘業。"❸通"懶",懶惰。《孟子·告子上》:"富歲子弟多～。"❹通"癩",惡瘡。《史記·刺客列傳》:"豫讓又漆身為～。"

瀨 lài　❶從沙石上流過的水。戰國楚·屈原《楚辭·九歌·湘君》:"石～兮淺淺,飛龍兮翩翩。"❷急流。《淮南子·本經訓》:"抑減(yù,逆流)怒～,以揚激波。"

籟 lài　❶竹製的管樂器。《史記·司馬相如列傳》:"吹鳴～。"❷孔穴裏發出的聲音,亦泛指一般的聲響。明·歸有光《項脊軒志》:"萬～有聲。"

---

lan

婪 lán　貪。戰國楚·屈原《楚辭·離騷》:"眾皆競進以貪～兮。"

【婪酣】lán hān　貪食狂飲。唐·韓愈《月蝕詩效玉川子作》:"～～大肚遭一飽。"

嵐 lán　山林中的霧氣。晉·夏侯湛《山路吟》:"冒晨朝兮入大谷,道透迤兮氣清。"

闌 lán　❶門前的柵欄。唐·杜甫《李監宅》:"門～多喜色,女婿近乘龍。"❷遮攔物的通稱。《晉書·華嶠傳》:"與陳勰共造豬～於宅側。"❸書版、畫幅或織物上的界格和行格。唐·蔣防《霍小玉傳》:"出越姬烏絲～素縑三尺以授生。"❹通"攔",阻隔。《戰國策·魏策三》:"有河山以～之。"❺將殘,將盡。宋·陸游《十一月四日風雨大作》:"夜～臥聽風吹雨。"❻擅自。《漢書·成帝紀》:"～入尚方掖門。"

❼通“斕”，色彩斑斕。晉・陸機《答賈長淵》：“蔚彼高藻，如玉之〜。”

【闌干】lán gān ❶横斜的樣子。三國魏・曹植《善哉行》：“月沒參横（參星横斜，指夜深），北斗〜〜。”❷縱横交錯的樣子。唐・岑參《白雪歌送武判官歸京》：“瀚海〜〜百丈冰。”❸欄杆。唐・李白《清平調》：“解得春風無限恨，沈香亭北倚〜〜。”

【闌珊】lán shān 衰減，將盡。宋・辛棄疾《青玉案・元夕》：“驀然迴首，那人卻在，燈火〜〜處。”

藍 lán ❶植物名，蓼藍等葉可製藍色染料的植物。《荀子・勸學》：“青，取之於〜而青於〜。”❷深青色。漢・王充《論衡・本性》：“至惡之質，不受〜朱變也。”❸通“襤”，襤縷。唐・杜甫《山寺》：“山僧衣〜縷，告訴棟梁摧。”❹佛寺。梵語“伽藍”的省稱。《五燈會元》：“郡之左有天皇寺，乃名〜也。”

【藍衫】lán shān ❶古代儒生、小官所穿的服裝。唐・殷文圭《賀同年第三人劉先輩》：“甲門才子鼎科人，拂地〜〜榜下新。”❷明清生員的服裝。清・吳敬梓《儒林外史》第三十二回：“人家將來進了學，穿戴着簇新的方巾，〜〜。”

斕 lán 見“斕斑”。

【斕斑】lán bān ❶色彩錯雜的樣子。唐・白居易《郡中春宴因贈諸客》：“暗淡緋衫故，〜〜白髮新。”❷形容斑痕狼藉的淚點。宋・蘇軾《琴枕》：“〜〜漬珠淚，宛轉堆雲鬢。”

襤 lán 無邊飾的衣服，也泛指服裝破爛。漢・揚雄《方言》：“無緣之衣謂之〜。”

瀾 (1) lán ❶巨大的波浪。唐・韓愈《進學解》：“迴狂〜於既倒。”❷波紋。元・李洞《留別金門知己》：“赤城霞氣生微〜。”
(2) làn 見“瀾漫”。

【瀾漫】làn màn 也作“瀾熳”。❶分散、雜亂的樣子。《淮南子・覽冥訓》：“主暗晦而不明，道〜〜而不修。”❷形容色彩鮮明濃厚。晉・左思《嬌女詩》：“濃朱衍丹唇，黄吻〜〜赤。”❸形容興會淋漓。三國魏・嵇康《琴賦》：“留連〜〜。”

蘭 lán ❶蘭花，多年生草本植物，葉細長，叢生，花味清香。❷蘭草，多年生草本植物。戰國楚・屈原《楚辭・離騷》：“〜芷變而不芳兮，荃蕙化而為茅。”❸木蘭，一種香木。唐・賈島《寄樊潮州愈》：“此心曾與木〜舟，直到天南潮水頭。”❹通“闌”，阻隔。《戰國策・魏策三》：“晉國之去梁也，千里有餘，河山以〜之。”❺通“欄”，以欄圈遮擋。《漢書・王莽傳》：“又置奴婢之市，與牛馬同〜。”

【蘭交】lán jiāo 《周易・繫辭上》：“同心之言，其臭如〜。”後稱知心朋友為“蘭交”。唐・孟郊《乙酉歲舍弟扶侍歸興義莊居後獨止舍待替人》：“〜〜早已謝，榆景徒相迫。”

【蘭臺】lán tái ❶戰國楚臺名。宋・蘇轍《黄州快哉亭記》：“昔楚襄王從宋玉、景差於〜〜之宮。”❷西漢宮中收藏圖書檔案之處。《漢書・百官公卿表上》：“（中丞）在殿中〜〜，掌圖籍祕書。”❸御史臺的别稱。漢代御史中丞掌管蘭臺，故名“蘭臺”。《資治通鑑》卷一百四十三：“燒〜〜府署為戰場。”

L

❹ 東漢班固曾為蘭臺令史，受詔撰《光武本紀》，故"蘭臺"又為史官的別稱。❺ 唐指祕書省。唐·李商隱《無題》："走馬~類轉蓬。"

【蘭澤】lán zé ❶ 長有蘭草的沼澤。《古詩十九首·涉江採芙蓉》："~~多芳草。" ❷ 用蘭浸製而成的塗髮或潤膚的香油。戰國楚·宋玉《神女賦》："沐~~，含若芳。"

【蘭質】lán zhì 喻女子淑美善良的氣質。唐·楊虞卿《過小妓英英墓》："~~蕙心何所在？焉知過者是狂夫？"

【蘭舟】lán zhōu 木蘭舟，也用作小舟的美稱。宋·柳永《雨霖鈴》："留戀處，~~催發。"

欄 lán ❶ 家畜的圈。《墨子·非攻上》："至入人~廄，取人牛馬者。" ❷ 欄杆。唐·杜牧《阿房宮賦》："直~橫檻。" ❸ 書刊、畫幅或織物上的行格和界格。唐·李肇《唐國史補》："宋、亳間有織成界道絹素，謂之烏絲~、朱絲~。"

讕 lán 誣妄，抵賴。《漢書·梁懷王劉揖傳》："王陽（佯）病抵~。"

【讕言】lán yán 誣妄的話，無關宏旨的舊聞佚事。南朝梁·劉勰《文心雕龍·諸子》："~~兼存，瑣語必錄。"

覽 lǎn ❶ 觀看，考察。晉·王羲之《〈蘭亭集〉序》："每~昔人興感之由。" ❷ 炫示。《史記·孟子荀卿列傳》："~天下諸侯賓客，言齊能致天下賢士也。" ❸ 通"攬"，摘取。唐·李白《宣州謝朓樓餞別校書叔雲》："欲上青天~日月。"

【覽問】lǎn wèn 考察提問。《後漢書·章帝紀》："將來~~焉。"

攬 lǎn ❶ 持，把持。《後漢書·光武帝紀下》："總~權綱。" ❷ 收取。晉·陸機《擬古》："照之有餘輝，~之不盈手。" ❸ 延攬。《三國志·蜀書·諸葛亮傳》："總~英雄，思賢如渴。" ❹ 採摘。戰國楚·屈原《楚辭·離騷》："夕~洲之宿莽。" ❺ 通"覽"，觀看。《莊子·在宥》："此~乎三王之利，而不見其患者也。"

【攬持】lǎn chí ❶ 把持，掌握。唐·韓愈《順宗實錄》："益自~~機柄。" ❷ 擁抱。南朝梁·任昉《述異記》："（董）逸~~不置。"

【攬涕】lǎn tì 揮淚。三國魏·曹植《三良》："~~登君墓，臨穴仰天歎。"

纜 lǎn ❶ 繫船的粗繩或鐵索。唐·杜甫《秋興八首》其六："珠簾繡柱圍黃鵠，錦~牙檣起白鷗。" ❷ 用纜繫船。《隋書·南蠻傳》："進金鎖以~駿船。"

濫 làn ❶ 水氾濫。《孟子·滕文公上》："洪水橫流，氾~於天下。" ❷ 沉浸。《國語·魯語上》："宣公夏~於泗淵。" ❸ 過度，越軌。《論語·衛靈公》："君子固窮，小人窮斯~矣！" ❹ 虛妄失實。南朝齊·孔稚珪《北山移文》："~巾北岳。" ❺ 浮華。晉·陸機《文賦》："每除煩而去~。" ❻ 冤屈。北魏·楊衒之《洛陽伽藍記·城內》："~死者加加襃贈。"

爛 làn ❶ 用火煮熟。漢·揚雄《方言》："~，熟也。" ❷ 燒傷。《漢書·曲突徙薪》："灼~者在於上行。" ❸ 精通，熟悉。宋·林逋《偶書》："聖經窮~更何圖。" ❹ 極，甚。清·吳敬梓《儒林外史》第三回："你是個～忠厚沒用的人。"❺ 腐爛。北周·庾信《對雨》:"～草變初螢。" ❻ 破碎,破爛。唐·齊己《升天行》:"堂前碾～蟠桃花。"❼ 光明,明亮。漢·曹操《觀滄海》:"星漢燦～。"❽ 色彩華美。《詩經·唐風·葛生》:"角枕粲兮,錦衾～兮。"

lang

郎 láng ❶ 官名。《漢書·李廣傳》:"(李)廣與從弟俱為～。" ❷ 對青少年男子的通稱。唐·杜甫《少年行》:"馬上誰家白面～。" ❸ 對丈夫或情人的昵稱。唐·李商隱《留贈畏之》:"待得～來月已低,寒暄不道醉如泥。" ❹ 奴僕對主人的稱呼。《舊唐書·宋璟傳》:"足下非(張)易之家奴,何～之有?"

廊 láng ❶ 堂下四周的廊屋。唐·白居易《凶宅》:"往往朱門內,房～相對空。" ❷ 正屋兩旁屋檐下的過道,或獨立有頂的通道。唐·杜牧《阿房宮賦》:"～腰縵迴。"

狼 láng ❶ 形似狗的食肉猛獸。《史記·項羽本紀》:"夫秦有虎～之心。" ❷ 兇狠。《淮南子·要略》:"秦國之俗,貪～強力。" ❸ 星名,即"天狼星"。《史記·天官書》:"其東有大星曰～。"

【狼狽】 láng bèi ❶ 獸名。唐·段成式《酉陽雜俎·毛》:"或言～～是兩物,狽前足絕短,每行常架兩狼,失狼則不能動。"後以"狼狽為奸"喻勾結作惡。❷ 困窘,窘迫。晉·李密《陳情表》:"臣之進退,實為～～。" ❸ 急遽,匆忙。南朝宋·劉義慶《世說新語·方正》:"明旦報仲智,仲智～～來。"

【狼顧】 láng gù ❶ 狼性多疑而常回頭窺望,因稱人畏懼為"狼顧"。漢·賈誼《論積貯疏》:"民且～～。" ❷ 喻兇狠而貪婪攫取。《金史·禮志一》:"海陵～～,志欲併吞江南。"

【狼藉】 láng jí ❶ 雜亂的樣子。《史記·滑稽列傳》:"履舄交錯,杯盤～～。" ❷ 行為卑污,名聲敗壞。《三國志·魏書·武帝紀》:"長吏多阿附貴戚,贓污～～,於是奏免其入。"也作"狼籍"。

【狼煙】 láng yān 狼糞燒後的煙,邊境上用作烽火報警。唐·溫庭筠《遏水謠》:"～～堡上霜漫漫。"

琅 láng ❶ 像珠玉的美石,常與"玕"連用作"琅玕"。三國魏·曹植《美女篇》:"頭上金爵釵,腰佩翠～玕。" ❷ 象聲詞。晉·孫綽《遊天台山賦》:"法鼓～以振響。"

【琅琅】 láng láng ❶ 象聲詞,形容清亮的聲音。明·宋濂《王冕傳》:"執策映長明燈讀之,～～達旦。" ❷ 形容人品高潔堅貞。晉·潘岳《馬汧督誄》:"～～高致。"

【琅邪】 láng yá 山名。也作"琅玡"、"瑯琊"、"琅琊"。一在今山東諸城市東南海濱。《孟子·梁惠王下》:"遵海而南,放於～～。" 一在今安徽滁州市西南。宋·歐陽修《醉翁亭記》:"望之蔚然而深秀者,～～也。"

鋃 láng 見"鋃鐺"。

【鋃鐺】 láng dāng 也作"鋃鐺"。❶ 拘繫罪犯的鐵鎖鏈。唐·裴鉶《傳奇·薛昭》:"但荷～～而去。" ❷ 懸掛的鈴鐺。唐·杜甫《大雲寺贊公房》:"夜深殿突兀,風動金～～。"

閬 láng ❶空曠。《莊子·外物》：“胞有重～。”❷城壕。《管子·度地》：“郭外為之土～。”

【閬苑】láng yuàn　傳說中仙人所居的閬風之苑，借指苑囿。南朝梁·庾肩吾《山池應令》：“～～秋光暮，金塘收潦清。”

朗 lǎng ❶明亮。晉·王羲之《〈蘭亭集〉序》：“天～氣清。”❷清澈。唐·杜甫《八哀》：“春深秦山秀，葉墜清渭～。”❸高明。晉·袁宏《三國名臣序贊》：“公瑾英達，～心獨見。”❹響亮。晉·孫綽《遊天台山賦》：“～詠長川。”

浪 làng ❶波浪。宋·蘇軾《石鐘山記》：“微風鼓～。”❷鼓動，划動。南朝齊·孔稚珪《北山移文》：“今又促裝下邑，～拽（船舷）上京。”❸隨便，輕率。宋·陸游《衰病》：“衰病不～出，閉門煙雨中。”❹放縱。晉·王羲之《〈蘭亭集〉序》：“放～形骸之外。”❺副詞，徒然。宋·蘇軾《贈月長老》：“功名半幅紙，兒女～辛苦。”

<hr/>

lao

勞　(1) láo ❶勞動。《孟子·梁惠王下》：“～者弗息。”❷疲勞，勞苦。明·宋濂《送東陽馬生序》：“無奔走之～矣。”❸功勞。《史記·廉頗藺相如列傳》：“而藺相如徒以口舌為～，而位居我上。”❹憂愁。《詩經·邶風·燕燕》：“瞻望弗及，實～我心。”❺煩勞。唐·姚合《答孟侍御早朝見寄》：“疏懶～相問，登山有舊梯。”

　(2) lào　慰勞。《史記·絳侯周勃世家》：“上自～軍。”

【勞瘁】láo cuì　也作“勞悴”。辛苦勞累。《詩經·小雅·蓼莪》：“哀哀父母，生我～～。”

【勞績】láo jì　辛勞而得的功績。唐·白居易《李景亮授長史制》：“計～～，而後進爵秩。”

【勞結】láo jié　憂鬱。三國魏·曹丕《與吳質書》：“雖書疏往返，未足解其～～。”

【勞劇】láo jù　繁重。《三國志·蜀志·楊儀傳》：“(楊)儀每從行，當其～～。”

【勞來】láo lái　也作“勞勑”、“勞徠”。❶用恩德招之使來。《漢書·平當傳》：“舉奏刺史二千石，～～有意者。”❷勸勉。戰國楚·屈原《楚辭·卜居》：“將送往～～，斯無窮乎？”

【勞勞】láo láo　❶惆悵憂傷的樣子。漢樂府《孔雀東南飛》：“舉手長～～，二情同依依。”❷忙碌辛勞。唐·元稹《送東川馬逢侍御使回十韻》：“流年等閒過，人世各～～。”

【勞心】láo xīn　❶費心思，指腦力勞動。《孟子·滕文公上》：“～～者治人。”❷憂心。《詩經·齊風·甫田》：“無思遠人，～～忉忉。”

牢 láo ❶關養牲畜的欄圈。《戰國策·楚策四》：“亡羊補～。”❷供祭祀用的牛、羊、豕三牲。《新五代史·伶官傳序》：“遣從事以一少～告廟。”❸監獄。漢·司馬遷《報任安書》：“故士有畫地為～。”❹牢固。《新五代史·宦者傳論》：“而把持者日益～。”❺包羅。唐·柳宗元《〈愚溪詩〉序》：“～籠百態。”

【牢具】láo jù　監獄用具。《三國志·魏書·司馬岐傳》：“縣請豫治～～。”

澇 (1) láo　大波。南朝宋·鮑照《登大雷岸與妹書》："吹～弄翻。"

(2) lào　❶雨多成災。《三國志·魏書·鄭渾傳》："患水～。"❷澆灌。宋·王安石《和錢學士喜雪》："強飲～田補歲饑。"

醪 láo　❶濁酒，汁和渣混合在一起的酒。唐·杜甫《清明》："濁～粗飯任吾年。"❷酒的總稱。《新唐書·鄭從讜傳》："從讜以饏(xì)～犒軍。"

老 lǎo　❶年齡大。《左傳·燭之武退秦師》："今～矣。"❷古代對某些臣僚的稱謂。有時指上公。《禮記·王制》："屬於天子之～二人。"有時指大夫。《左傳·昭公十三年》："天子之～，請帥王賦。"也有指羣吏之尊者。《儀禮·士昏禮》："主人降，授～雁。"❸告老，致仕。《金史·始相以下諸子傳》："因上表請～。"❹歷時長久的。明·歸有光《項脊軒志》："百年～屋。"❺衰落，衰敗。《左傳·僖公二十八年》："師直為壯，曲為～。"❻老練。唐·杜甫《奉漢中王手札》："枚乘文章～。"❼婉稱死。唐·白居易《與元微之書》："不唯忘歸，可以終～。"❽老子及其學派的省稱。唐·韓愈《進學解》："攘斥佛～。"

【老父】 lǎo fù　❶對老年人的尊稱。《史記·高祖本紀》："有一～～過請飲。"❷對人稱自己的父親。明·宗臣《報劉一丈書》："長者之不忘～～。"

【老羸】 lǎo léi　年老體弱的人。《孟子·公孫丑下》："～～轉於溝壑。"

【老耄】 lǎo mào　七八十歲的老人。《後漢書·逸民傳》："託以～～，迷

路東西。"

【老衲】 lǎo nà　"衲"為僧衣，故稱老僧為"老衲"。唐·戴叔倫《題橫山寺》："～～供茶碗，斜陽送客舟。"也為老僧自稱。明·陳汝元《金蓮記》："～～萍蹤浪跡。"

【老拙】 lǎo zhuō　老年人自謙之詞。宋·蘇軾《與孔毅父書》："甚非～～所堪也。"

姥 (1) lǎo　姥姥，也作"老老"，稱外祖母。明·沈榜《宛署雜記》："外甥稱母之父曰老爺，母之母曰～～。"

(2) mǔ　❶年老婦人的通稱。《晉書·王羲之傳》："會稽有孤居～養一鵝。"❷母親。北朝樂府《瑯琊王歌》："公死～更嫁，孤兒甚可憐。"也指婆母。漢樂府《孔雀東南飛》："奉事循公～，進止敢自專。"

栳 lǎo　栲栳，即笆斗，用柳條編成的盛物器具。北魏·賈思勰《齊民要術·作酢法》："量飯著盆中或栲～中。"

潦 (1) lǎo　❶雨水大，也指雨後的大水。宋·王安石《上徐兵部書》："風波勁悍，雨～湍猛。"❷雨後積水。唐·王勃《滕王閣序》："～水盡而寒潭清。"

(2) lào　通"澇"，水淹。《莊子·秋水》："禹之時十年九～。"

(3) liáo　潦草，草率。宋·朱熹《朱子語類·朱子十三》："今人事無大小，皆～草過了。"

酪 lào　❶用動物乳汁製成的半凝固食品。漢·李陵《答蘇武書》："膻肉～漿，以充飢渴。"❷用果實製成的糊狀食品。《漢書·食貨志上》："又分遣大夫謁者教民煮木為～。"

le

泐 lè ❶石頭因風化遇水而形成的紋理，也指紋理裂開。《周禮·冬官考工記序》："石有時以～。" ❷通"勒"，雕刻。明·楊慎《丹鉛續錄·呂梁碑》："字為小篆而訛～者過半。"引申為書寫。秋瑾《致琴文書》："匆匆倚燈謹～數行。"

勒 lè ❶套在牲口頭上帶嚼子的籠頭。唐·杜甫《哀江頭》："輦前才人帶弓箭，白馬嚼齧黃金～。" ❷拉住韁繩不使前進。戰國楚·屈原《楚辭·九章·思美人》："～騏驥而更駕兮。" ❸強制。《梁書·武帝紀下》："於民有蠹患者，便即～停。" ❹統率。《魏書·太祖紀》："帝親～六軍四十餘萬。" ❺編纂。《南史·孔休源傳》："凡奏議彈文～成十五卷。" ❻雕刻。宋·歐陽修《相州晝錦堂記》："～之金石。" ❼書寫。《京本通俗小說·碾玉觀音》："～下軍令狀了去。"

【勒兵】lè bīng　操練或指揮軍隊。《史記·魏公子列傳》："公子遂將晉鄙軍，～～～。"

樂 （1）lè ❶愉快。晉·王羲之《〈蘭亭集〉序》："信可～也。" ❷安樂。《論語·里仁》："不仁者，不可以久處約，不可以長處～。" ❸樂意。《戰國策·楚策一》："士卒安難～死。" ❹指聲色。《國語·越語下》："今吳王淫於～而忘其百姓。"

（2）yào　愛好。《論語·雍也》："知者～水，仁者～山。"後以"樂水"指智者。

（3）yuè ❶音樂。宋·蘇軾《石鐘山記》："如～作焉。" ❷樂器。《孟子·梁惠王下》："吾王之好鼓～。" ❸樂工。《史記·孔子世家》："陳女～文馬於魯城南高門外。"

【樂歲】lè suì　豐年。《孟子·梁惠王上》："～～終身飽。"

【樂土】lè tǔ　安樂的地方。唐·杜甫《垂老別》："何鄉為～～，安敢尚盤桓？"

lei

雷 （1）léi ❶雲層放電時發出的巨響。《禮記·月令》："～乃發聲。" ❷大如雷的聲音。唐·李白《蜀道難》："飛湍瀑流爭喧豗，砅崖轉石萬壑～。"

（2）lèi　通"擂"，擊鼓。南朝樂府《巨鹿公主歌辭》："官家出遊～大鼓，細乘犢車開後戶。"

【雷同】léi tóng ❶完全相同。《禮記·曲禮上》："毋勦（chāo，抄取，抄襲）說，毋～～。" ❷隨聲附和。《後漢書·循吏傳》："履正奉公，臣子之節。上下～～，非陛下之福。"

縲 léi　捆綁犯人的繩索，也作捆綁解。南朝陳·徐陵《移齊文》："～禽不貰。"

【縲絏】léi xiè　拘繫犯人的繩索，引申為牢獄。《論語·公冶長》："雖在～～之中，非其罪也。"

儡 léi ❶喪敗的樣子。唐·劉禹錫《猶子蔚適越戒》："～然與破甂為伍矣。" ❷困乏。《淮南子·俶真訓》："孔墨之弟子，皆以仁義之術教導於世，然而不免於～。"

檑 léi　檑木，從高處推下擊砸敵人的圓柱形大木。《遼史·兵衛志上》："矢石～木並下。"

壘

(1) léi　巨大。《山海經·北山經》：「其中多～石。」

(2) lěi　❶軍營的圍牆或防禦工事。明·茅坤《〈青霞先生文集〉序》：「而帥府以下束手閉～。」❷堆砌。唐·姚合《武功縣中作三十首》：「～階溪石淨，燒竹灶煙輕。」

【壘塊】lěi kuài　謂胸中鬱結不平之氣。南朝宋·劉義慶《世說新語·任誕》：「阮籍胸中～～，故須酒澆之。」

贏

léi　❶衰病，或衰病的人。《孟子·公孫丑下》：「老～轉於溝壑。」❷樹葉落盡。《呂氏春秋·首時》：「秋霜既下，眾林皆～。」❸損毀。《周易·井》：「～其瓶，凶。」❹破舊。《後漢書·朱列傳》：「儁乃～服間行。」❺纏繞。《周易·大壯》：「羝羊觸藩，～其角。」

【羸頓】léi dùn　瘦弱困頓。《北史·隋秦王俊傳》：「～～骨立。」

【羸老】léi lǎo　瘦弱的老人。宋·歐陽修《吉州學記》：「行於其郊而少者扶其～～。」

纍

léi　通「縲」。❶繩索。《漢書·李廣傳》：「以劍斫絕～。」❷捆綁，拘繫。《呂氏春秋·義賞》：「不憂其係～，而憂其不焚也。」❸囚犯。唐·元稹《故中書令贈太尉沂國公墓誌銘》：「爾輩牽制孺子猶一～，吾焉能受？」

耒

lěi　見「耒耜」。

【耒耜】lěi sì　古代翻土的工具。耒是木把，耜是木把下端的起土部分。《孟子·滕文公上》：「負～～而自宋至滕。」

累

(1) lěi　❶堆集，積聚。唐·柳宗元《〈愚溪詩〉序》：「遂負土～石，塞其隘。」❷重疊。戰國楚·屈原《楚辭·招魂》：「層臺～榭，臨高山些。」❸屢次。宋·歐陽修《《梅聖俞詩集》序》：「～舉進士。」❹連續。唐·杜甫《贈衛八處士》：「主稱會面難，一舉～十觴。」

(2) lèi　❶牽連，拖累。《史記·高祖本紀》：「足下通行無所～。」❷委託，煩勞。《戰國策·齊策三》：「皆以國事～君。」❸勞累。《管子·形勢》：「形體～而壽命損。」❹憂患。《莊子·至樂》：「視子所言，皆生人之～也。」❺過失。《世說新語·雅量》：「同是一～，而未判其得失。」❻家室。《晉書·戴洋傳》：「（孫）混欲迎其家～。」

【累累】lěi lěi　❶重疊，很多的樣子。唐·張祜《遊天台山》：「羣峯日來朝，～～孫侍祖。」❷連綿不斷。《漢書·五行志下之下》：「中國諸侯果～～從楚而圍蔡。」❸屢屢，多次。《穀梁傳·哀公十三年》：「吳，東方之大國也，～～致小國以會諸侯。」

【累卵】lěi luǎn　堆疊的蛋，喻情勢危險。《韓非子·十過》：「其君之危，猶～～也。」

【累世】lěi shì　歷代，接連幾代。《史記·孔子世家》：「～～不能殫其學。」

【累息】lěi xī　❶長歎。漢·劉向《九歎》：「愁哀哀而～～。」❷屏息，因恐懼而不敢呼吸。《新唐書·酷吏傳》：「中外～～，至以目語。」

誄

lěi　❶敍述死者事跡表示哀悼。《禮記·曾子問》：「賤不～貴，幼不～長。」❷文體名，哀悼死者的文章。晉·陸機《文賦》：「～纏綿而悽愴。」❸向神祈禱福祐。《論語·述而》："～曰：禱爾於上下神祇。"

磊 lěi ❶眾石累積的樣子。明·宋應星《天工開物·丹青》："～然白石。" ❷堆砌。《西遊記》第十三回："密叢叢亂石～。" ❸見"磊落"。

【磊塊】lěi kuài ❶石頭，石塊。宋·陸游《蔬圃》："鉏犁～～無。" ❷喻阻梗。宋·沈括《夢溪筆談·樂律》："令轉換處無～～。" ❸喻胸中鬱結不平。宋·陸游《家居自戒》："未能平～～，已復生堆阜。"

【磊磊】lěi lěi ❶石眾多的樣子。戰國楚·屈原《楚辭·九歌·山鬼》："石～～兮葛蔓蔓。" ❷圓轉的樣子。南朝梁·劉勰《文心雕龍·雜文》："～～自轉，可稱珠耳。" ❸形容襟懷坦白，胸次分明。宋·曾鞏《上歐陽學士第一書》："其仁與義～～然橫天地。"

【磊落】lěi luò 俊偉的樣子。宋·歐陽修《祭石曼卿文》："其軒昂～～，突兀崢嶸。"

淚 lèi ❶眼淚。唐·杜甫《春望》："感時花濺～，恨別鳥驚心。" ❷形狀像眼淚的東西。唐·溫庭筠《菩薩蠻》："香燭銷成～。" ❸哭泣，流淚。南朝齊·孔稚珪《北山移文》："～翟子之悲，慟朱公之哭。"

【淚珠】lèi zhū ❶傳說海中鮫人滴淚而成的寶珠。漢·郭憲《洞冥記》："得～～，則鮫人所泣之珠也。" ❷淚滴。唐·元稹《江陵三夢》："撫稚再三囑，～～千萬垂。"

【淚竹】lèi zhú 斑竹。傳說舜死於蒼梧，其二妃淚染楚竹，形成斑痕，故名斑竹，也稱"淚竹"。事見晉·張華《博物志》。唐·郎士元《送李

敖湖南書記》："入楚豈忘看～～，泊舟應自愛江楓。"

酹 lèi 把酒灑在地上，表示祭奠。宋·蘇軾《念奴嬌·赤壁懷古》："人間如夢，一尊還～江月。"

類 lèi ❶種類。《周易·繫辭上》："方以～聚，物以群分。" ❷像，相似。漢·馬援《誡兄子嚴敦書》："所謂畫虎不成反～狗者也。" ❸法式。戰國楚·屈原《楚辭·九章·懷沙》："明告君子，吾將以為～兮。" ❹事理。《孟子·告子上》："此之謂不知～也。" ❺大抵，大都。三國魏·曹丕《與吳質書》："觀古今文人，～不護細行。" ❻善，美好。《國語·楚語上》："余恐德之不～，茲故不言。"

【類次】lèi cì 分類編次。宋·歐陽修《〈梅聖俞詩集〉序》："遽喜謝氏之能～～也，輒序而藏之。"

leng

稜 (1) léng ❶物體的稜角。唐·盧綸《塞下曲》："平明尋白羽，沒在石～中。" ❷物體上略微高起的條狀部分。《水滸傳》第三回："打得眼～縫裂。" ❸威勢。《後漢書·班固列傳》："瞰四裔而抗～。" ❹嚴厲。《漢書·李廣傳》："威～憺乎鄰國。"

(2) lèng 田埂。唐、宋時用作約計田畝遠近的單位。唐·陸龜蒙《奉酬襲美苦雨見寄》："我本曾無一～田，平生嘯傲空漁船。"

楞 (1) léng ❶稜角。明·無名氏《玉環記》："有些～角人才怕。" ❷物體上一條條凸起的部

分。明·徐光啟《農政全書》："莖有線～。"

（2）lèng ❶失神，發呆。晉·干寶《搜神記》："班驚～。"❷兇狠。元·關漢卿《四春園》："批頭棍大腿上十分～。"

冷 lěng ❶寒冷。唐·杜甫《茅屋為秋風所破歌》："布衾多年～似鐵。"❷冷清，閒散。唐·杜甫《醉時歌贈廣文館學士鄭虔》："諸公袞袞登臺省，廣文先生官獨～。"❸冷僻。唐·李山甫《酬劉書記一二知己見寄》："句～不求奇。"❹停止。元·熊谷《木棉歌》："車身才～催上機，知手誰人身上衣？"

【冷腸】lěng cháng　冷漠的心腸。北齊·顏之推《顏氏家訓·省事》："楊朱之侶，世謂～～。"

【冷箭】lěng jiàn ❶偷偷射出的箭，暗箭。元·高文秀《黑旋風》："你們休放～～。"❷喻刺骨的寒風。唐·孟郊《寒地百姓吟》："～～何處來？棘針風騷勞。"

【冷峭】lěng qiào ❶謂寒氣逼人。唐·白居易《府酒五絕》其二："春風～～雪乾殘。"❷神態嚴峻。清·袁枚《隨園詩話》："蘇州太守孔南溪，風骨～～。"

li

狸 lí　狸子，也叫野貓、山貓。《莊子·逍遙遊》："子獨不見～狌乎？"

梨 lí ❶木名，梨樹。唐·岑參《白雪歌送武判官歸京》："千樹萬樹～花開。"其果實亦稱梨。❷草名。《山海經·中山經》："有草焉，名曰～。"❸通"黎"，黎民。

南朝梁·徐勉《始興忠武王碑》："公褰（qiān，撩起）襜（chān，一種便衣）以化～氓。"

【梨園】lí yuán　唐玄宗時以梨園為教習宮廷歌舞藝人的地方，後因以梨園泛指戲班或演戲的地方。明·謝讜《四喜記》："但～～新添一種。"

漓 lí ❶淺薄，不淳厚。元·馬致遠《青衫淚》："則士風日～矣。"❷通"醨"，薄酒。《史記·屈原賈生列傳》："何不餔其糟而歠（chuò，飲）其～？"

嫠 lí　寡婦。《左傳·襄公二十五年》："～也何害。"

【嫠婦】lí fù　寡婦。宋·蘇軾《前赤壁賦》："泣孤舟之～～。"

犛 lí　犛牛。《國語·楚語》："巴浦之犀～兕象，其可盡乎？"

黎 lí ❶眾，多。《詩經·大雅·桑柔》："民靡有～，具禍以燼。"❷黑色。《尚書·夏書·禹貢》："厥土青～。"

【黎苗】lí miáo ❶古代九黎族和三苗族的並稱。三國魏·曹植《七啟》："惠澤播於～～。"❷民眾。《新唐書·柳澤傳》："振～～之將溺。"

【黎庶】lí shù　民眾。宋·范仲淹《奏上時務書》："國侵則害加～～。"

【黎元】lí yuán　黎民。唐·杜甫《自京赴奉先詠懷》："窮年憂～～，歎息腸內熱。"

罹 lí ❶遭受。《史記·孔子世家》："吾與夫子再～難。"❷憂患。《詩經·王風·兔爰》："我生之後，逢此百～。"

離 （1）lí ❶分離。戰國楚·屈原《楚辭·九歌·國殤》：

"首身～兮心不懲。" ❷ 離散。《論語·季氏》："邦分崩～析而不能守也。" ❸ 斷絕。《戰國策·秦策四》："則是我～秦而攻楚也。" ❹ 通"罹"，遭遇。三國魏·曹丕《與吳質書》："親故多～其災。" ❺ 憂愁。三國魏·曹丕《短歌行》："我獨孤煢，懷此百～。" ❻ 模糊不清。北朝民歌《木蘭辭》："雌兔眼迷～。"

（2）lì ❶ 失去。《禮記·中庸》："道也者不可須臾～也。" ❷ 通"麗"，附着。漢·張衡《思玄賦》："松喬高跱（zhì，立）孰能～。"

【離宮】lí gōng ❶ 供帝王出巡時居住的宮室。漢·班固《西都賦》："～～別館，三十六所。" ❷ 指南天。《西遊記》第三十五回："望東南丙丁火，正對～～，唿喇的一扇子，搧將下來。"

【離會】lí huì ❶ 兩國意見不合的相會。《穀梁傳·定公十年》："～～不致。" ❷ 分離與相會。南朝宋·鮑照《懷遠人》："哀樂生有端，～～起無因。"

【離闊】lí kuò 猶闊別。唐·白居易《與元微之書》："人生幾何，～～如此！"

【離離】lí lí ❶ 繁茂的樣子。唐·白居易《賦得古原草送別》："～～原上草，一歲一枯榮。" ❷ 歷歷分明有序的樣子。《尚書大傳·略説》："～～若參星之錯行。" ❸ 悲痛的樣子。漢·劉向《九嘆》："曾哀悽歔，心～～兮。" ❹ 孤獨的樣子。唐·盧照鄰《病梨樹賦》："潛茲珍木，～～幽獨。" ❺ 懶散疲沓的樣子。《荀子·非十二子》："勞苦事業之中則儢儢然，～～然。"

【離落】lí luò ❶ 離散。《國語·吳語》："民人～～，而日以憔悴。" ❷ 籬笆。宋·王禹偁《春居雜興》："山家～～起蛇蟲。"

【離判】lí pàn 也作"離叛"，離心，背叛。《國語·周語中》："若七德～～，民乃攜貳。"

【離披】lí pī 散亂的樣子。戰國楚·宋玉《九辯》："白露既下降百草兮，奄～～此梧楸。"

【離索】lí suǒ 離群索居。宋·陸游《釵頭鳳》："一懷愁緒，幾年～～。" ❷ 蕭索，蕭條。宋·姜夔《淒涼犯·合肥秋夕》："秋風起，邊城一片～～。"

【離緒】lí xù 離別的情思。唐·王勃《春思賦》："幽閨～～切。"

【離憂】lí yōu ❶ 遭遇憂患。《史記·屈原賈生列傳》："離騷者，猶～～也。" ❷ 離別的憂思。金·元好問《過泉州寄蕭侯》："別後故人應念我，一詩聊與話～～。"

騷（1）lí ❶ 治理。宋·王禹偁《待漏院記》："請脩德以～之。" ❷ 更改。《後漢書·梁統傳》："豈一朝所～？" ❸ 分開。明·陶宗儀《南村輟耕錄·院本名目》："國朝院本、雜劇始～而二之。" ❹ 數量單位，長度為尺的千分之一，面積為畝的百分之一。《史記·太史公自序》："失之豪～，差以千里。"重量為舊制兩的千分之一。《太平天國·天朝田畝制度》："當中尚田一畝三分五～。" ❺ 通"嫠"，寡婦。《詩經·小雅·巷伯》："'哆兮侈兮，成是南箕。'毛傳：'昔者顏叔子獨處於室，鄰之～婦又獨處於室。'"

（2）xī ❶ 福。《史記·孝文本紀》："今吾聞祠官祝～。" ❷ 祭祀後的福肉。《史記·屈原賈生列傳》："孝文帝方受～。"

【釐改】lí gǎi 改革。《國語·周語下》："～～制量。"

【釐革】lí gé 改正，改革。《舊唐書·文宗紀上》："此時～～。"

【釐正】lí zhèng 考據訂正，整治改正。唐·孔穎達《〈毛詩正義〉序》："～～遺文。"

嫠 lí 通"犛"。《莊子·逍遙遊》："今夫～牛，其大若垂天之雲；此能為大矣，而不能執鼠。"

藜 lí ❶ 草本植物，初生嫩葉可食，老莖可作杖。《韓非子·五蠹》："～藿之羹。" ❷ 指藜杖。宋·蘇軾《東新橋》："我亦壽使君，一言聽扶～。"

嫠 lí 黑色。《戰國策·蘇秦以連橫説秦》："面目～黑。"

【嫠老】lí lǎo ❶ 衰老。宋·洪邁《稼軒記》："幸未～～時，及見侯展大功名，錦衣來歸。" ❷ 指老人。唐·柳宗元《興州江運記》："～～童孺。"

蠡 lí 葫蘆瓢。《漢書·東方朔傳》："以～測海。"

籬 lí 籬笆。晉·陶淵明《飲酒》："採菊東～下，悠然見南山。"

【籬落】lí luò 即籬笆。明·王守仁《瘞旅文》："予從～～間望見之。"

驪 lí ❶ 黑色的馬。漢樂府《陌上桑》："何用識夫婿，白馬從～駒。" ❷ 驪龍（黑龍）的省稱。唐·羅隱《謝江都鄭長官啟》："長官鏤筆才清，探～價重。" ❸ 並列。漢·張衡《西京賦》："～駕四鹿。"

【驪歌】lí gē 告別的歌。唐·李白《灞陵行送別》："正當今夕斷腸處，～～愁絕不忍聽。"

李 lǐ ❶ 果木名。晉·陶淵明《歸園田居》："榆柳蔭後簷，桃～羅堂前。"其果實也稱李。《墨子·非攻上》："入人園圃，竊其桃～。" ❷ 通"理"，古代獄官。《管子·大匡》："國子為～。"

【李唐】lǐ táng 唐朝由李姓建國，故稱"李唐"。宋·周敦頤《愛蓮説》："自～～來。"

【李下】lǐ xià 李子樹下。漢樂府《君子行》："瓜田不納履，～～不正冠。"後因以"李下"為嫌疑之地。南朝陳·徐陵《謝兒報坐事付治中啟》："整冠～～，君子斯慎。"

里 lǐ ❶ 人們聚居的地方。晉·陶淵明《歸園田居》："依依墟～煙。" ❷ 指故鄉。南朝梁·江淹《別賦》："離邦去～。" ❸ 古代地方行政組織，歷代戶數不等。❹ 長度單位，歷代不等。《穀梁傳·宣公十五年》："古者三百步為～。"

【里閭】lǐ lǘ 里巷，鄉里。《古詩十九首·去者日以疏》："思還故～～，欲歸道無因。"

【里落】lǐ luò 村落。《後漢書·淳于恭列傳》："～～化之。"

【里人】lǐ rén ❶ 里中主事的人。《國語·魯語上》："唯～～所命次。" ❷ 同里的人。宋·曾鞏《贈黎安二生序》："將解惑於～～。"

【里仁】lǐ rén 意謂居住在仁者所居之里。《論語·里仁》："～～為美。"後亦作別人所居的美稱。晉·支遁《八關齋》："～～契朋儔。"

【里正】lǐ zhèng 里長。唐·杜甫《兵車行》："去時～～與裹頭。"

俚 lǐ ❶ 粗俗，不文雅。《漢書·司馬遷傳》："質而不～。" ❷ 指民間歌謠。唐·孟浩然《和張明府登鹿門山》："謬承巴～和，非敢應同聲。"❸聊賴，依託。《漢書·季布傳》："其畫無～之至耳。"

【俚耳】lǐ ěr　俗人之耳。宋·王安石《次韻董伯懿松聲》："～～紛紛多鄭衛，直須聞此始心清。"

【俚歌】lǐ gē　指民間歌謠。唐·劉禹錫《武陵書懷五十韻》："踏月～～喧。"

【俚人】lǐ rén　❶粗俗之人。漢·王褒《四子講德論》："～～不識。"❷古代對南方某些少數民族的貶稱《南史·蕭勱傳》："～～不賓，多為海暴。"

理 lǐ　❶雕琢玉石，引申為整理，治理。唐·柳宗元《種樹郭橐駝傳》："～非吾業也。"❷治療。《後漢書·崔寔列傳》："是以梁肉～疾也。"❸溫習。《顏氏家訓·勉學》："十年一～，猶不遺忘。"❹紋理。《荀子·儒效》："井井兮其有～也。"❺道理。宋·蘇洵《六國論》："～固宜然。"❻法紀，法律《韓非子·安危》："先王寄～於竹帛。"❼使者，媒人。戰國楚·屈原《楚辭·離騷》："吾令蹇修以為～。"❽順。《孟子·盡心下》："稽大不～於口。"

裏 lǐ　❶方位詞，內，其中，與"外"相對。晉·陶淵明《歸園田居》："久在樊籠～。"❷衣服、被褥等的裏子。唐·杜甫《茅屋為秋風所破歌》："嬌兒惡臥踏～裂。"

澧 lǐ　❶水名，今湖南澧水。戰國楚·屈原《楚辭·九歌·湘君》："遺余佩兮～浦。"❷通"醴"，甘泉。《列子·湯問》："甘露降，～泉湧。"

禮 lǐ　❶祭神祈福。《儀禮·覲禮》："～山川丘陵於西門外。"❷社會行為的各種準則、規範和禮節。《論語·顏淵》："克己復～為仁"❸以禮相待。宋·蘇洵《六國論》："以事秦之心，～天下之奇才。"❹禮品。《晉書·陸納傳》："及受～，唯酒一斗。"

【禮教】lǐ jiào　禮儀教化。《孔子家語·賢君》："敦～～，遠罪疾，則民壽矣。"

【禮器】lǐ qì　祭器。《史記·孔子世家》："觀仲尼廟堂車服～～。"

鯉 lǐ　❶鯉魚。《詩經·陳風·衡門》："豈其食魚，必河之～。"❷代指書信。唐·李商隱《寄令狐郎中》："嵩雲秦樹久離居，雙～迢迢一紙書。"

【鯉庭】lǐ tíng　《論語·季氏》載：孔子獨自站在庭中，其子孔鯉"趨而過庭"，孔子告誡他要學詩、學禮。後因稱子受父兄訓為"鯉庭"。唐·劉禹錫《酬鄭州權舍人見寄十二韻》："～～傳事業，雞樹（指中書省）遂翱翔。"

醴 lǐ　❶甜酒。《詩經·周頌·豐年》："為酒為～，烝畀祖妣。"❷甘美的泉水。《禮記·禮運》："地出～泉。"

【醴泉】lǐ quán　❶甜美的泉水。唐·韓愈《驚驥贈歐陽詹》："渴飲～～流。"❷指及時之雨。《論衡·是應》："甘露時降，……謂之～～。"

邐 lǐ　❶曲折連綿的樣子。南朝梁·何遜《送韋司馬別》："～～山蔽日，洶洶浪隱舟。"❷超過。林紓《祭宗室壽伯茀太史文》："節趣廉貞，～漢李杜。"

【邐迤】lǐ yǐ　也作"邐迆"，曲折連綿的樣子。唐·杜牧《阿房宮賦》："金塊珠礫，棄擲～～。"

力 lì ❶力量，力氣。《莊子·逍遙遊》："則其負大舟也無～。"❷能力。《史記·魏公子列傳》："～能竊之。"❸權勢。漢·賈誼《治安策》："眾建諸侯而少其～。"❹功勞。明·張溥《五人墓碑記》："不可謂非五人之～也。"❺勞役。《韓非子·五蠹》："不事～而養足。"❻盡力。三國魏·曹丕《與吳質書》："少壯當努～。"❼甚。《漢書·汲黯傳》："今病～，不能任郡事。"

【力本】lì běn 致力於農業生產。古代以農業為本，故稱"力本"。《漢書·董仲舒傳》："皆在～～任賢。"

【力士】lì shì ❶氣力大的人。《史記·魏公子列傳》："此人～～。"❷官名，主管金鼓旗幟，隨皇帝出入及守衛四門。《明史·職官志五》："帥～～隨駕宿衛。"

【力行】lì xíng 勉力而行。《禮記·中庸》："～～近乎仁。"

【力役】lì yì ❶徭役，勞役。《孟子·盡心下》："～～之征。"❷徵調民力。《漢書·五行志中之下》："是時民患上～～。"

立 lì ❶站立。《史記·項羽本紀》："披帷西嚮～。"❷豎立。明·張溥《五人墓碑記》："且～石於其墓之門。"❸樹立。戰國楚·屈原《楚辭·離騷》："老冉冉其將至兮，恐脩名之不～。"❹設置，建立。《尚書·周書·周官》："～太師、太傅、太保。"❺制定。漢·賈誼《過秦論》："內～法度。"❻決定。漢樂府《孔雀東南飛》："作計乃爾～。"❼流傳。漢·桓寬《鹽鐵論·散不足》："顯名～於世。"❽君主即位。《史記·屈原賈生列傳》："長子頃襄王～。"❾扶立。《史記·廉頗藺相如列傳》："三十日不還，則請～太子為王，以絕秦望。"❿出仕。《孟子·梁惠王上》："使天下仕者皆欲～於王之朝。"⓫成就，建樹。《論語·為政》："三十而～。"後亦以"立"指三十歲。南朝梁·劉勰《文心雕龍·序志》："齒在踰～。"⓬立刻，馬上。《史記·廉頗藺相如列傳》："大王遣一介之使至趙，趙～奉璧來。"

【立雪】lì xuě ❶《景德傳燈錄·慧可大師》：禪宗二祖慧可初見其師達摩，徹夜立大雪中，及明，積雪過膝，因感動其師。後以"立雪"指僧人精誠求法。唐·方干《贈江南僧》："繼後傳衣者，還須～～中。"❷語出"程門立雪"一事，後以此指敬師篤學。明·李東陽《再用韻示兆先》："莫倚家風比謝王，正須～～似游楊。"

【立言】lì yán 指創立學說。《左傳·襄公二十四年》："大上有立德，其次有立功，其次有～～。"

吏 lì ❶官吏。《國語·周語上》："王乃使司徒咸戒公卿、百～、庶民。"❷指官府中的胥吏或差役。唐·柳宗元《種樹郭橐駝傳》："旦暮～來而呼。"

【吏治】lì zhì 官吏為官的方法和政績。唐·張籍《祭退之》："學無不該貫，～～得其方。"

利 lì ❶鋒利。《荀子·勸學》："金就礪則～。"❷迅疾。《晉書·王濬傳》："風～，不得泊也。"❸利益，好處。《左傳·燭之武退秦師》："然鄭亡，子亦有不～焉。"❹吉利。《史記·項羽本紀》："時不～兮騅不逝。"❺方便，適宜。漢‧賈誼《過秦論》：“因～乘便，宰割天下。”❻贏利。《史記‧越王句踐世家》：“逐什一之～。”❼爵賞，利祿。《孟子‧離婁下》：“則人之所以求富貴～達者。”❽利用。《論語‧里仁》：“知者～仁。”

【利市】lì shì ❶貿易所得的利潤。《左傳‧昭公十六年》：“爾有～～寶賄。”❷吉利，好運氣。漢‧焦延壽《易林》：“入門笑喜，與吾～～。”❸喜慶、節日的喜錢。宋‧孟元老《東京夢華錄‧娶婦》：“女家親人有茶酒～～之類。”

【利足】lì zú　行走快速之意。《荀子‧勸學》：“假輿馬者，非～～也，而致千里。”

戾 (1) lì ❶乖張，違反。《論語‧陽貨》：“今之矜也忿～。”❷暴虐。《韓非子‧五蠹》：“誅嚴不為～。”❸罪行。《左傳‧文公四年》：“其敢干大禮以自取～。”❹猛烈。晉‧潘岳《秋興賦》：“勁風～而吹帷。”❺到達。《詩經‧大雅‧旱麓》：“鳶飛～天，魚躍於淵。”❻安定。《詩經‧大雅‧桑柔》：“民之未～，職盜為寇。”

(2) liè　通“捩”，扭轉。《北史‧劉昶傳》：“諸王每侮弄之，或～手齧臂。”

粟 lì ❶木名。木材堅實，其果實也稱栗子，可食用。❷穀粒飽滿。《詩經‧大雅‧生民》：“實堅實好，實穎實～。”❸堅實，堅硬。《禮記‧聘義》：“縝密以～，知也。”❹敬肅。唐‧張九齡《送趙都護赴安西》：“他日文兼武，而今～且寬。”❺通“慄”，發抖。《論語‧八佾》：“周人以栗，曰使民戰～。”❻通“溧”，寒冷。宋‧歐

陽修《秋聲賦》：“其氣～冽，砭人肌骨。”

鬲 lì 見175頁gé。

唳 lì 鶴鳴。《晉書‧陸機傳》：“華亭鶴～。”也泛指鳥鳴。

粒 lì ❶穀粒。唐‧杜牧《阿房宮賦》：“多於在庾之粟～。”❷泛指粒狀物。明‧張岱《湖心亭看雪》：“舟中人兩三～而已。”❸以穀粒為食。北齊‧顏之推《顏氏家訓‧涉務》：“三日不～。”❹量詞，多用於細小的固體。唐‧李紳《憫農》：“春種一～粟，秋收萬顆子。”

詈 lì　罵，責罵。明‧張溥《五人墓碑記》：“呼中丞之名而～之。”

慄 lì ❶害怕得發抖。唐‧柳宗元《始得西山宴遊記》：“自余為僇人，居是州，恆惴～。”❷恐懼，害怕。《莊子‧人世間》：“吾甚～之。”

◆ 在古代，“慄”和“栗”可以通用。但“栗”還有“栗子”和“堅硬”的意義，不能寫作“慄”。

蒞 lì ❶臨視，治理。《孟子‧梁惠王上》：“朝秦楚，～中國。”❷到，來。《舊唐書‧穆贊傳》：“所～皆有政聲。”❸到任。唐‧元稹《戒勵風俗德音》：“不能以勤恪～官。”

【蒞臨】lì lín　來臨，光臨。清‧黃軒祖《遊梁瑣記》：“不敢～～。”

【蒞盟】lì méng　前往會盟。《穀梁傳‧僖公三年》：“公子季友如齊～～。”

【蒞政】lì zhèng　掌管政事。《韓非子‧喻老》：“楚莊王～～三年。”

【蒞阼】 lì zuò　臨朝執政。《禮記·文王世子》："成王幼，不能～～。"

屬 (1) lì ❶ "礪"的本字，磨刀石。引申為磨礪。《戰國策·秦策一》："綴甲～兵。" ❷ 切磋，揣摩。《國語·越語上》："而磨～之於義。" ❸ 振奮。唐·韓愈《柳子厚墓誌銘》："踔～風發。" ❹ 策，鞭打。三國魏·曹植《白馬篇》："羽檄從北來，～馬登高堤。" ❺ 疾飛。《漢書·息夫躬傳》："鷹隼橫～。" ❻ 猛烈。明·袁宏道《滿井遊記》："餘寒猶～。" ❼ 嚴肅，嚴厲。《論語·述而》："子溫而～。" ❽ 高。明·張溥《五人墓碑記》："乘其～聲以呵。" ❾ 虐害。《論語·子張》："未信，則以為～己也。" ❿ 災禍。《詩經·大雅·瞻卬》："降此大～。" ⓫ 指病人。《禮記·檀弓下》："不殺～，不獲二毛。" ⓬ 惡鬼。明·王守仁《瘞旅文》："無為～於茲墟兮。" ⓭ 連衣涉水。《論語·憲問》："深則～，淺則揭。" ⓮ 腰帶下垂的樣子。《詩經·小雅·都人士》："彼都人士，垂帶而～。" ⓯ 通"勵"，勸勉。《左傳·哀公十一年》："宗子陽與閭丘明相～也。"
(2) lài　通"癩"，惡瘡。《戰國策·秦策三》："漆身而為～。"

【厲風】 lì fēng　大風。《莊子·齊物論》："～～濟，則眾竅為虛。"

【厲鬼】 lì guǐ　惡鬼。《左傳·昭公七年》："其何～～也。"

【厲志】 lì zhì　磨練意志。《新唐書·吳兢傳》："少～～，貫知經史。"

曆 lì　曆法，曆書。漢樂府《孔雀東南飛》："視～復開書，便利此月內。"

歷 lì ❶ 經歷，經過。清·姚鼐《登泰山記》："～齊河、長清。" ❷ 行，遊歷。《戰國策·蘇秦以連橫說秦》："橫～天下。" ❸ 越過。《孟子·離婁下》："禮，朝廷不～位而相與言。" ❹ 遭逢。三國魏·李康《運命論》："求成其名而～誹議於當時。" ❺ 盡，遍。三國魏·曹丕《與吳質書》："～覽諸子之文。" ❻ 選擇。戰國楚·屈原《楚辭·離騷》："～吉日乎吾將行。" ❼ 清楚，分明。唐·崔顥《黃鶴樓》："晴川～～漢陽樹。"

【歷歷】 lì lì　清晰分明，逐一可數。唐·杜甫《歷歷》："～～開元事，分明在眼前。"

【歷亂】 lì luàn ❶ 雜亂。南朝宋·鮑照《紹古辭》："憂來無行伍，～～如蔓葛。" ❷ 爛漫。南朝梁·蕭綱《採桑》："新花～～開。"

隸 lì ❶ 奴隸，奴僕。明·張溥《五人墓碑記》："人皆得以使之。" ❷ 指地位低下的人。漢·賈誼《過秦論》："（陳涉）甿～之人。" ❸ 差役。明·張岱《西湖七月半》："皂～喝道去。" ❹ 隸屬。唐·柳宗元《小石潭記》："～而從者，崔氏二小生。"

勵 lì ❶ 勉勵，勸勉。南朝梁·丘遲《與陳伯之書》："想早～良規。" ❷ 振奮。唐·韓愈《平淮西碑》："兵頓不～。" ❸ 通"厲"，猛烈。清·蒲松齡《聊齋志異·螳螂捕蛇》："聞崖上有聲甚～。"

櫪 lì ❶ 木名。唐·張籍《樵客吟》："秋來野火燒～林。" ❷ 欄杆之類。《史記·東方朔傳》："建章宮後閣重～中有物出焉，其狀似麋。" ❸ 搏擊。晉·潘岳《射雊賦》："～雌妒異，倏來忽往。"
❹ 刮擦器物使出聲。《史記·楚元王世家》："嫂佯為羹盡，～釜。"

瀝 lì ❶ 指液體下滴。宋·歐陽修《賣油翁》："徐以杓酌油～之。" ❷ 清酒。《史記·滑稽列傳》："侍酒於前，時時餘～。" ❸ 傾吐。《舊五代史·晉高祖紀》："～衷誠而效順。"

麗 lì ❶ 成對，並駕。《周禮·夏官司馬·校人》："～馬一圉。" ❷ 附著，依附。《周易·離》："日月～乎天。" ❸ 繫，結。《禮記·祭義》："既入廟門，～於碑。" ❹ 美好。《戰國策·鄒忌諷齊王納諫》："齊國之美～者也。"

【麗辭】lì cí ❶ 華麗的辭藻。漢·王充《論衡·佚文》："繁文～～。" ❷ 對偶的詞句。南朝·沈約《報博士劉杳書》："故知～～之益，其事弘多。"

【麗都】lì dū 華麗。《戰國策·齊策四》："妻子衣服～～。"

【麗澤】lì zé 謂兩澤相連，後以喻朋友之間互相切磋。唐·柳宗元《送崔子符罷舉詩序》："～～之益。"

櫪 lì ❶ 同"櫟"，木名。唐·韓愈《山石》："時見松～皆十圍。" ❷ 馬槽。漢·曹操《步出夏門行》："老驥伏～，志在千里。"

礪 lì ❶ 磨刀石。《荀子·勸學》："金就～則利。" ❷ 磨治，磨煉。宋·蘇軾《晁錯論》："日夜淬～。"

【礪砥】lì dǐ ❶ 磨石。粗者為礪，細者為砥。《尚書·夏書·禹貢》："～～砮丹。" ❷ 磨煉。元·袁桷《善之僉事兄南歸述懷百韻》："相期在霄漢，薄祿慎～～。"

礫 (1) lì 小碎石。唐·杜牧《阿房宮賦》："金塊珠～。"
(2) luò 超絕出眾。《後漢書·禰衡列傳》："英才卓～。"

儷 lì ❶ 比配。《淮南子·精神訓》："鳳皇不能與之～。" ❷ 並。《淮南子·繆稱訓》："是與俗～走而內行無繩。" ❸ 對偶的。唐·劉知幾《史通·雜說下》："對語～辭，盛行於俗。"

糲 lì ❶ 糙米。《韓非子·五蠹》："～粢之食。" ❷ 粗糙。漢·王充《論衡·藝增》："豆麥雖～，亦能愈飢。"

轢 lì ❶ 碾壓。漢·張衡《西京賦》："值輪被～。" ❷ 侵凌，欺壓。《史記·酷吏列傳》："刻～宗室，侵辱功臣。" ❸ 超越。南朝梁·劉勰《文心雕龍·時序》："跨周～漢。"

靂 lì 響聲巨大的雷。宋·辛棄疾《破陣子·為陳同甫賦壯詞以寄之》："弓如霹～弦驚。"

lian

帘 lián 酒家、茶館等為招攬顧客而懸掛的幌子。唐·劉禹錫《魚復江中》："斜日青～背酒家。"

連 lián ❶ 聯合。宋·文天祥《〈指南錄〉後序》："約以～兵大舉。" ❷ 連接。三國魏·曹丕《與吳質書》："行則～輿。" ❸ 連續。《漢書·高帝紀上》："時～雨自七月至九月。" ❹ 牽連。清·吳敬梓《儒林外史》第三回："～我臉上都無光了。" ❺ 兼得，連獲。《史記·司馬相如列傳》："弋白鵠，～駕鵝。" ❻ 通"鏈"，未經冶煉的鉛。《史記·貨殖列傳》："江南出楠、梓、姜、桂、金、錫……～。"❼行政區劃名。《國語·齊語》："四里為～……十一為鄉。"❽通"漣"，漣然，流淚的樣子。《戰國策·齊策四》："管燕～然流涕。"❾通"憐"，憐愛。唐·杜甫《喜聞官軍已臨賊境二十韻》："悲～子女號。"

【連璧】lián bì　並列的兩塊玉，比喻相關而美好的兩人或兩種事物。《莊子·列禦寇》："以日月為～～。"

【連橫】lián héng　❶也作"連衡"。戰國時張儀主張秦國聯合六國中之一個弱國共同攻打其他弱國，稱"連橫"，與游說六國聯合抗秦的"合縱"相對。《戰國策·齊策一》："張儀為秦～～。"❷泛指勾結，結盟。《舊五代史·史弘肇傳》："居無何，河中、永興、鳳翔～～謀叛。"

【連襟】lián jīn　❶謂彼此心連心。唐·駱賓王《秋日與～公宴序》："款爾～～，共挹青田之酒。"❷姊妹丈夫的合稱或互稱。清·顧張思《土風錄》："姊妹之夫曰～～。"

【連理枝】lián lǐ zhī　兩棵樹樹枝交叉相連，比喻相愛的夫妻。唐·白居易《長恨歌》："在地願為～～～。"也用以喻兄弟或關係親密的人。

【連坐】lián zuò　一人犯法，其家屬、親友等連帶受罰。《史記·商君列傳》："令民為什伍，而相牧司～～。"

廉 lián　❶堂的側邊。《漢書·賈誼傳》："～遠地，則堂高。"❷鋒利，有棱角。《荀子·不苟》："君子寬而不慢，～而不劌。"❸正直，方正。《史記·屈原賈生列傳》："其志潔，其行～。"❹收斂，遜讓。唐·韓愈《上宰相書》："不必

～於自進也。"❺清廉，不貪。《孟子·離婁下》："可以取，可以無取，取傷～。"❻節儉。《淮南子·原道訓》："不以奢為樂，不以～為悲。"❼價格低廉。宋·王禹偁《黃岡竹樓記》："以其價～而工省也。"❽考察，查訪。《漢書·何武傳》："（何）武使從事～得其罪。"

【廉介】lián jiè　清廉耿直《明史·馬謹傳》："謹性～～。"

【廉隅】lián yú　❶棱角。宋·蘇軾《章錢二君見和復次韻答之》："醉裏冰髯失縈絡，夢回布被起～～。"❷喻方正不苟。《禮記·儒行》："近文章，砥厲～～。"

【廉直】lián zhí　❶清廉正直。《史記·平準書》："以～～稍遷至九卿。"❷低廉的價格。宋·何薳《春渚紀聞》："因就～～，取此馬以代步。"

奩 lián　❶婦女梳妝用的鏡匣。《後漢書·光烈陰皇后紀》："視太后鏡～中物。"❷盛放東西的箱盒。唐·姚合《和李舍人秋日臥疾言懷》："藥～開靜室，書閣出叢筐。"

連 lián　❶水面被風吹起的波紋。宋·范成大《初三出東郊碑樓院》："遠柳新晴暝紫煙，小江吹凍生漪～。"❷淚流不斷的樣子。唐·李白《玉壺吟》："三杯拂劍舞秋月，忽然高吟涕泗～。"

蓮 lián　亦名"荷"、"芙蕖"，淺水中的多年生草本植物。唐·白居易《與元微之書》："紅榴白～，羅生池砌。"

【蓮步】lián bù　謂美人的腳步。宋·孔平仲《觀舞》："雲鬟應節低，～～隨歌轉。"

【蓮房】lián fáng ❶蓮蓬。唐·杜甫《秋興八首》其七：“波漂菰米沈雲黑，露冷～～墜粉紅。”❷指僧人居室。明·張羽《寄述古道上人》：“聞師剩有藏書在，擬借～～未有緣。”

憐 lián ❶哀憐。《史記·項羽本紀》：“縱江東父兄～而王我。”❷喜愛，疼愛。《戰國策·觸龍說趙太后》：“竊愛～之。”

聯 lián ❶聯合。《漢書·趙充國傳》：“且復結～他種。”❷連接。唐·韓愈《贈太傅董公行狀》：“嘉瓜同蒂～實。”❸編聯。漢·東方朔《七諫》：“～蕙芷以為佩兮。”❹詩文每兩句為一聯，且多為對偶句。如七律八句四聯，分別為首聯、領聯、頸聯、尾聯。❺一雙。唐·段成式《酉陽雜俎·肉攫部》：“獲白兔鷹一～。”

【聯璧】lián bì　並列的美玉。喻兩者相互媲美。南朝梁·劉孝標《廣絕交論》：“日月～～。”也作“連璧”。

【聯句】lián jù　作詩的一種方法。由兩人或多人各作一句或多句，合而成篇。南朝梁·劉勰《文心雕龍·明詩》：“～～共韻。”

簾 lián　以竹、布等製成的簾子。唐·劉禹錫《陋室銘》：“草色入～青。”

斂 liǎn ❶聚集。明·張溥《五人墓碑記》：“～貲財以送其行。”❷收穫。《孟子·梁惠王下》：“秋省～而助不給。”❸聚斂。唐·韓愈《送許郢州序》：“財已竭而～不休。”❹賦稅。《孟子·盡心上》：“薄其稅～。”❺收藏。宋·歐陽修《秋聲賦》：“煙霏雲～。”❻約束，使節制。漢·陸賈《新語·無

為》：“秦始皇帝設為車裂之誅，以～姦邪。”❼減少。《史記·趙世家》：“去沙丘、鉅鹿～三百里。”❽磨礪。漢·王褒《聖主得賢臣頌》：“越砥～其鍔。”❾通“殮”，給死者穿衣放入棺中。唐·韓愈《祭十二郎文》：“～不得憑其棺。”

襝 liǎn　同“斂”，斂衽，亦作“斂衽”。整飭衣襟，表示恭敬。《戰國策·楚策一》：“見臣莫不～衽而拜。”

練 liàn ❶把生絲或生絲織品煮熟，使柔軟潔白。宋·蘇軾《宥老楛》：“黃繒～成素。”❷白色的熟絹。宋·王安石《桂枝香·金陵懷古》：“千里澄江似～。”❸白色，素色。南朝梁·吳均《答蕭新浦》：“翩翩流水車，蕭蕭曳～馬。”❹練習，訓練。漢·李陵《答蘇武書》：“更～精兵。”❺詳熟。《漢書·薛宣傳》：“宣明習文法，～國制度。”❻閱歷。宋·葉適《郭府君墓誌銘》：“飽～世故。”❼熔煉。《列子·湯問》：“故昔者女媧氏～五色石以補其闕。”❽通“揀”，選擇。《大戴禮記·保傅》：“王左右不可不～也。”

殮 liàn　為死者穿衣入棺。《晉書·劉輿傳》：“（王）延尚未～，輿便媢之。”

◆ 古籍中“殮”字一般多用“斂”。

漣 liàn ❶水際。晉·潘岳《西征賦》：“青蕃蔚乎翠～。”❷漂浮。晉·郭璞《江賦》：“或泛～於潮波。”❸見“漣灔”。

【漣灔】liàn yàn ❶水波蕩漾的樣子。宋·蘇軾《飲湖上初晴後雨》：“水光～～晴方好，山色空濛雨亦奇。”❷水滿溢的樣子。宋·歐陽澈《玉

樓春》："～～～十分浮蟻綠。" ❸ 光耀的樣子。宋·蔡縧《鐵圍山叢談》："月色～～，則秋毫皆得睹。"

戀 liàn ❶ 留戀。唐·駱賓王《為徐敬業討武曌檄》："若其眷～窮城。" ❷ 思念。晉·陶淵明《歸園田居》："羈鳥～舊林，池魚思故淵。" ❸ 指男女相愛。南朝樂府《子夜四時歌》："春別猶春～，夏還情更久。"

【戀棧】liàn zhàn　馬貪戀棧槽，喻人貪戀祿位。宋·陸游《題舍壁》："尚憎駑～～～，肯羨鶴乘車？"

---

liang

良 liáng ❶ 善良。《論語·學而》："夫子溫、～、恭、儉、讓以得之。" ❷ 賢善。《荀子·修身》："傷一曰讒，害～曰賊。" 也指賢良的人。《左傳·僖公七年》："鄭有叔詹、堵叔、師叔三～為政。" ❸ 美，好。《孟子·滕文公下》："天下之～工也。" ❹ 吉祥。戰國楚·屈原《楚辭·九歌·東皇太一》："吉日兮辰～。" ❺ 和樂。《荀子·非十二子》："其衣逢，其容～。" ❻ 見"良人"。❼ 良民。宋·王禹偁《雙鸚志》："放從於～。" ❽ 很，甚。《戰國策·燕策三》："秦王目眩～久。" ❾ 確實，誠然。三國魏·曹丕《與吳質書》："古人思秉燭夜遊，～有以也。"

【良人】liáng rén ❶ 賢良的人。唐·韓愈《原毀》："彼人也，能有是，是足為～～～矣。" ❷ 平民，良家子。《三國志·魏書·曹芳傳》："官奴婢六十已上，免為～～～。" ❸ 妻子稱呼其夫。《孟子·離婁下》："與其妾訕其～～～。" ❹ 美人。《詩經·

唐風·綢繆》："今夕何夕，見此～～。" ❺ 指身世清白的人。《水滸傳》第七回："是何道理，把～～調戲。" ❻ 鄉吏。《國語·齊語》："十連為鄉，鄉有～～～。"

【良佐】liáng zuǒ　賢良的輔佐。《後漢書·劉陶列傳》："斯實中興之～～～。"

涼 (1) liáng ❶ 薄。《左傳·昭公四年》："君子作法於～，其敝猶貪。" ❷ 寒冷，也指微寒。漢·李陵《答蘇武書》："～秋九月，塞外草衰。" ❸ 淒涼。宋·歐陽修《祭石曼卿文》："悲～悽愴。" ❹ 冷落，人煙稀少。南朝齊·孔稚珪《北山移文》："石徑荒～徒延佇。"
(2) liàng ❶ 風乾，今作"晾"。《新唐書·百官志一》："以衛尉幕士暴～之。" ❷ 輔佐。《詩經·大雅·大明》："～彼武王，肆伐大商。"

【涼友】liáng yǒu　扇子的別名。宋·陶穀《清異錄·器具》："～～招清風。"

梁 liáng ❶ 橋。漢·路溫舒《尚德緩刑書》："通關～。" ❷ 建橋。《史記·衛將軍驃騎列傳》："～北河。" ❸ 捕魚小堰。唐·柳宗元《鈷鉧潭西小丘記》："當湍而浚者為魚～。" ❹ 堤堰。《韓非子·外儲說右下》："茲鄭子引車上高～而不能支。" ❺ 屋樑。唐·杜牧《阿房宮賦》："架～之椽，多於機上之工女。" ❻ 冠上的橫脊。《後漢書·輿服志下》："公侯三～，中二千石以下至博士兩～。"

【梁父吟】liáng fù yín　或作梁甫吟。❶ 漢樂府相和歌辭楚調。梁父為泰山下的小山，梁父吟乃言人死後葬此山，故為葬歌。❷ 相傳為曾子所作的琴曲。諸葛亮隱居隆中時,好為梁父吟。唐·杜甫《登樓》:"可憐後主還祠廟,日暮聊為～～～～"

量 (1) liáng ❶ 用量器計算東西的容積、輕重、長短。《莊子·胠篋》:"為之斗斛以～之。" ❷ 計算。戰國楚·宋玉《對楚王問》:"豈能與之～江海之大哉?" ❸ 商酌。《魏書·范紹傳》:"共～進止。"

(2) liàng ❶ 計量物體的容器。《論語·堯曰》:"謹權～。" ❷ 限度,容量。《論語·鄉黨》:"唯酒無～,不及亂。" ❸ 氣量。宋·范仲淹《嚴先生祠堂記》:"光武之～,包乎天地之外。" ❹ 衡量,估計。宋·蘇洵《六國論》:"則勝負之數,存亡之理,當與秦相較,或未易～。"

梁 liáng ❶ 粟,穀子,去殼後為小米。晉·左思《魏都賦》:"雍邱之～。" ❷ 特指優良的小米。《孟子·告子上》:"所以不願人之膏～之味也。" 引申為精美的飯食。

【梁肉】 liáng ròu　精細的小米為飯,肉為肴,謂美食佳肴。漢·晁錯《論貴粟疏》:"食必～～。"

跟 (1) liáng　跳躍。唐·柳宗元《黔之驢》:"因跳～大噉,斷其喉,盡其肉,乃去。"另"跳跟"見"跳梁",頁597。

(2) liàng　見"跟蹌"。

【跟蹌】 liàng qiàng　通"踉蹌"。走路跌跌撞撞的樣子。唐·韓愈《贈張籍》:"君來好呼出,～～越阡限。"

糧 liáng ❶ 穀類食物的總稱。《莊子·逍遙遊》:"三月聚～。" ❷ 指田賦。《元史·食貨志一》:"申明稅～條例。"

兩 (1) liǎng ❶ 二,指人或物。宋·蘇軾《石鐘山記》:"舟迴至～山。" ❷ 兩次。宋·蘇軾《送李公擇》:"比年～見之,賓主更獻酬。" ❸ 量詞。古制以二十四銖為一兩《左傳·閔公二年》:"重錦三十～。" ❹ 古代軍隊編制單位,二十五人為一兩。《周禮·地官司徒·小司徒》:"五人為伍,五伍為～。"

(2) liàng　"輛"的古字。❶ 量詞,用於車。《孟子·盡心下》:"革車三百～。" ❷ 借指車。《後漢書·吳祐列傳》:"此書若成,則載之兼～。"

【兩儀】 liǎng yí ❶ 指天地。《周易·繫辭上》:"是故易有太極,是生～～。" ❷ 借指君主的父母。《舊唐書·盧粲傳》:"又安樂公主承～～之澤。"

亮 liàng ❶ 明亮。三國魏·嵇康《雜詩》:"皎皎～月。" ❷ 輔佐。《尚書·虞書·舜典》:"惟時～天功。" ❸ 明白,清楚。三國魏·何晏《景福殿賦》:"睹農人之耘耔,稼穡之艱難。" ❹ 響亮。晉·向秀《思舊賦》:"發聲～～。" ❺ 顯露。《後漢書·列女傳》:"貞女～明白之節。" ❻ 誠信。《孟子·告子下》:"君子不～,惡乎執?" ❼ 正直,坦白。《晉書·何曾傳》:"執心忠～。" ❽ 確實。漢·王符《潛夫論·慎微》:"～哉斯言!" ❾ 通"諒",體諒,諒解。《南史·范岫傳》:"朝廷～其哀款。" ❿ 料想。宋·吳曾《能改齋漫錄·記事二》:"～是當年一言之報也。"

諒 liàng ❶ 誠信,也指誠信的人。《論語·季氏》:"友直、友～、友多聞。" ❷ 信任。《詩經·鄘風·柏舟》:"母也天只,不～人只。" ❸ 固執。《論語·衛靈公》:"君子貞而不～。" ❹ 確實。戰國楚·屈原《楚辭·九章·惜往日》:

"～聰不明而蔽壅兮。"❺ 料想。《後漢書·馬援列傳》："～為烈士，當如此矣。"

【諒直】liàng zhí　誠信正直。唐·白居易《祭李司徒文》："忠貞～～，天下所知。"

liao

聊 liáo　❶依靠，依賴。宋·文天祥《〈指南錄〉後序》："窮餓無～。"❷願，樂。《詩經·邶風·泉水》："孌彼諸姬，～與之謀。"❸姑且，暫且。晉·陶淵明《歸去來兮辭》："～乘化以歸盡。"❹略微，絲毫。《南史·羊鴉仁傳》："～不掛意。"

僚　(1) liáo　❶官。《詩經·小雅·大東》："百～是試。"❷一起當官的人，同僚。漢·楊惲《報孫會宗書》："又不能與群～同心并力。"❸朋輩。《後漢書·魏應列傳》："不義～黨。"
(2) liǎo　美好的樣子。《詩經·陳風·月出》："月出皎兮，佼人～兮。"

【僚友】liáo yǒu　一同做官的人。《禮記·曲禮上》："～～稱其弟也。"

【僚佐】liáo zuǒ　指屬官、屬吏。《舊唐書·東夷列傳》："其下各有～～，分掌曹事。"

寥 liáo　❶空虛無形。《老子》二十五章："寂兮～兮。"❷寂靜。宋·蘇軾《後赤壁賦》："四顧寂～。"❸天空。宋·范成大《望海亭賦》："騰駕碧～，指麾滄溟。"❹見"寥落"。

【寥戾】liáo lì　也作"寥唳"，形容聲音清遠。漢·王褒《四子講德論》：

"故虎嘯而風～～。"

【寥寥】liáo liáo　❶空虛的樣子。宋·曾鞏《將之江浙謝書懷別》："功名竟安在，富貴空～～。"❷寂寞，孤單。唐·宋之問《溫泉莊疾寄楊七炯》："～～倦幽獨。"❸形容稀少。唐·權德輿《舟行見月》："～～霜雁兩三聲。"❹空曠。漢·曹操《善哉行》："～～高堂上，涼風入我室。"

【寥落】liáo luò　稀疏。南朝齊·謝朓《京路夜發》："曉星正～～。"

撩 liáo　❶整理。北周·庾信《夢入堂內》："畫眉千度拭，梳頭百遍～。"❷紛亂。唐·韋應物《答重陽》："坐使驚霜鬢，～亂已如蓬。"❸纏繞。明·徐霞客《徐霞客遊記·遊黃山日記》："泉光雲氣，～繞衣裾。"❹摘取。《北齊書·陸法和傳》："凡取果，宜待熟時，不～自落。"❺挑逗。唐·韓愈《次同冠峽》："無心思嶺北，猿鳥莫相～。"

寮 liáo　❶窗。南朝梁·蕭綱《序愁賦》："看斜暉之度～。"❷通"僚"，官吏。《左傳·文公七年》："同官為～。"❸小屋。宋·陸游《貧居》："屋窄似僧～。"

尞　(1) liáo　火炬。明·張岱《西湖七月半》："轎夫擎～。"
(2) liǎo　❶放火燒田中雜草，也泛指燒。宋·李格非《書洛陽名園記後》："煙火焚～。"❷烘烤。《後漢書·馮異列傳》："光武對灶～衣。"
(3) liào　❶照明。《禮記·雜記上》："其終夜～。"❷祭名，指燒柴祭天。《逸周書·世俘》："武王朝至，～於周。"❸指柴薪。唐·元稹《賽神》："主人不堪命，積～曾欲燔。"

遼 liáo ❶ 遙遠。《左傳·襄公八年》：“楚師～遠。”❷ 久遠。三國魏·阮籍《詠懷》：“人生樂長久，百年自言～。”

療 liáo ❶ 醫治。《三國志·魏書·王朗傳》：“醫藥以～其疾。”❷ 解除。漢·張衡《思玄賦》：“羞玉芝以～飢。”

繆 liáo 見 413 頁 miù。

繚 liáo ❶ 纏繞，迴環。唐·柳宗元《始得西山宴遊記》：“縈青～白，外與天際，四望如一。”❷ 猶“綹”，一束。《舊唐書·玄宗楊貴妃傳》：“(貴妃) 乃引刀剪髮一～附獻。”❸ 通“撩”，紛亂。宋·梅堯臣《禽言》：“山花～亂目前開，勸爾今朝千萬壽。”❹ 挑逗，引惹。明·董說《西遊補》：“煙眼～人。”

了 liǎo ❶ 決斷。《晉書·石勒載記上》：“吾所不～，右侯已～。”❷ 完畢，結束。唐·杜甫《望嶽》：“齊魯青未～。”❸ 見“了了”。❹ 明了。晉·郭璞《〈爾雅〉序》：“其所易～，闕而不論。”❺ 勝任。宋·歐陽修《春日獨居》：“常憂任重才難～。”❻ 完全。北齊·顏之推《顏氏家訓·名實》：“～非向韻。”

【了得】liǎo dé ❶ 領悟，理解。《祖堂集·拘留孫佛》：“～～身心本性空，斯人與佛何殊別？”❷ 了卻，了結。宋·李清照《聲聲慢·秋情》：“這次第，怎一箇愁字～～！”

【了了】liǎo liǎo ❶ 聰慧，明白事理。南朝宋·劉義慶《世說新語·小時了了》：“小時～～，大未必佳。”❷ 清楚，明白。明·魏學洢《核舟記》：“鉤畫～～。”

蓼 (1) liǎo ❶ 草本植物，有水蓼、紅蓼等。唐·元稹《憶雲之》：“為魚實愛泉，食辛寧避～。”❷ 喻辛苦。《新唐書·李景略傳》：“與士同甘～。”

(2) lù　長大的樣子。《詩經·小雅·蓼蕭》：“～彼蕭斯，零露湑兮。”

瞭 (1) liǎo ❶ 眼珠明亮。《孟子·離婁上》：“胸中正，則眸子～焉。”❷ 清楚，明晰。漢·王充《論衡·自紀》：“言～於耳，則事味於心。”❸ 遠，高。戰國楚·宋玉《九辯》：“堯舜之抗行兮，～冥冥而薄天。”

(2) liào　遠望。清·黃遵憲《東詞行》：“我軍～敵遽飛砲。”

料 (1) liào ❶ 計點，清查。《國語·周語上》：“(宣王) 乃～民於太原。”❷ 估量。《史記·項羽本紀》：“～大王士卒足以當項王乎？”❸ 挑選。《三國志·吳書·陸遜傳》：“遜～得精兵八千餘人。”❹ 照料，照看。《三國志·吳書·陸遜傳》：“將家屬來者，使就～視。”❺ 奔走。元·張國賓《羅李郎》：“走南～北，不見孩兒。”❻ 材料。唐·高適《留別鄭三韋九兼洛下諸公》：“詩書已作青雲～。”❼ 供人畜食用的物品。元·無名氏《陳州糶米》：“陳州亢旱三年，六～不收。”❽ 官吏俸祿外津貼的食料、口糧。《隋書·庫狄士文傳》：“性清苦，不受公～。”

(2) liáo ❶ 捋。元·朱凱《昊天塔》：“才敢把虎頭來～鬚來抹。”❷ 通“療”，治療。晉·左思《蜀都賦》：“盧跗 (fū，腳背) 是～～。”

【料理】liào lǐ ❶ 照顧，安置。《晉

書·王徽之傳》："卿在府日久，比當相～～。"❷排遣，消除。宋·黃庭堅《催公靜碾茶》："睡魔正仰茶～～，急遣溪童碾玉塵。"❸修理，整理。唐·段安節《琵琶錄》："因為題頭脫損，送在崇仁坊南趙家～～。"

【料量】liào liáng　❶稱量計數。《史記·孔子世家》："嘗為季氏吏，～～平。"❷估計，猜度。唐·李涉《送顏覺赴舉》："顏子將才應四科，～～時審更誰過？"❸安排，處理。清·陳裴之《香畹樓憶語》："汝一切～～安妥後……"

【料峭】liào qiào　春寒。宋·蘇軾《定風波》："～～春風吹酒醒，微冷。"

---

lie

列　liè　❶行列，位次。《史記·廉頗藺相如列傳》："今君與廉頗同列～。"❷陳列，佈置。漢·揚雄《長楊賦》："～萬騎於山隈。"❸陳述。《漢書·司馬遷傳》："拳拳之忠，終不能自～。"❹各個。《史記·貨殖列傳》："富於～國之君。"❺集市。漢·晁錯《論貴粟疏》："小者坐～販賣。"

【列列】liè liè　❶行列分明。漢·劉向《列仙傳》："青松～～。"❷高聳的樣子。漢·張衡《西京賦》："鍔鍔～～。"❸風吹的樣子。晉·成公綏《嘯賦》："～～飄揚。"

【列女】liè nǚ　❶指眾婦女。《後漢書·梁皇后紀》："常以～～圖畫置於左右。"❷同"烈女"，有節操的婦女。《戰國策·韓策二》："非獨（聶）政之能，乃其姊者，亦～～也。"

【列缺】liè quē　❶高空。戰國楚·屈原《楚辭·遠遊》："上至～～兮，降望大壑。"❷閃電。唐·李白《夢遊天姥吟留別》："～～霹靂，丘巒崩摧。"

【列士】liè shì　❶即"元士"，古稱天子之上士，以別於諸侯之士。《國語·周語上》："使公卿至於～～獻詩。"❷有名望的人。《荀子·大略》："子贛、季路……為天下～～。"❸同"烈士"，堅守信念而犧牲性命的人。漢·賈誼《鵩鳥賦》："～～殉名。"

【列坐】liè zuò　❶以次相坐。晉·王羲之《〈蘭亭集〉序》："～～其次。"❷在座的人。漢·枚乘《七發》："～～縱酒。"

劣　liè　❶弱。三國魏·曹植《辨道論》："骨體強～，各有人焉。"❷少。唐·貫休《讀劉得仁賈島集》："門荒～有人。"❸拙劣，低劣。三國蜀·諸葛亮《出師表》："必能使行陣和睦，優～得所。"❹鄙陋。南朝梁·丘遲《與陳伯之書》："對穹廬以屈膝，又何～邪！"❺頑皮，乖巧。金·董解元《西廂記諸宮調》："君瑞好乖～。"❻弄錯。元·馬致遠《漢宮秋》："且休問～了宮商。"❼暴烈。《水滸傳》第四十八回："小郎君祝彪騎一匹～馬。"❽僅僅。唐·孟浩然《雲門寺西六七里聞符公蘭若最幽與薛八同往》："小溪～容舟，怪石屢驚馬。"❾謙詞。宋·蘇軾《與蔡景繁書》："～弟久病。"

冽　liè　❶寒冷。唐·李華《弔古戰場文》："凜～海隅。"❷清澄。宋·歐陽修《醉翁亭記》："泉香而酒～。"

烈 liè　❶ 火勢猛。《左傳·昭公二十年》:"夫火,民望而畏之。"❷ 猛烈,厲害。《論語·鄉黨》:"迅雷風·必變。"❸ 嚴厲。宋·孔平仲《續世說·自新》:"為政嚴~。"❹ 香氣濃烈。晉·陸機《演連珠》:"臣聞鬱~之芳,出於委灰。"❺ 燒。《孟子·滕文公上》:"益~山澤而焚之。"❻ 光明,顯赫。《國語·晉語九》:"君有~名,臣無叛質。"❼ 剛烈。《史記·刺客列傳》:"其姊亦~女也。"❽ 威。宋·歐陽修《秋聲賦》:"乃一氣之餘~。"❾ 功業。漢·賈誼《過秦論》:"奮六世之餘~。"❿ 指重義輕生或建功立業的人。《晉書·周虓傳》:"無愧古~。"

【烈烈】lièliè　❶ 猛火熾烈的樣子。《詩經·商頌·長發》:"如火~~,則莫我敢曷。"❷ 光明燦爛的樣子。唐·牟融《贈浙西李相公》:"長庚~~獨遙天,盛世應知降謫仙。"❸ 功業顯赫。《晉書·祖逖傳》:"祖生~~,夙懷奇節。扣楫中流,誓清凶孽。"❹ 威武的樣子。《詩經·小雅·黍苗》:"~~征師,召伯成之。"❺ 高峻雄偉的樣子。《詩經·小雅·蓼莪》:"南山~~。"❻ 憂傷的樣子。三國魏·阮籍《詠懷》:"軍旅令人悲,~~有哀情。"❼ 寒冷的樣子。三國魏·王粲《贈蔡子篤》:"~~冬日,肅肅淒風。"❽ 象聲詞。三國魏·曹植《七哀詩》:"北風行蕭蕭,~~入吾耳。"

【烈士】lièshì　❶ 堅守信念而犧牲性命的人。《莊子·秋水》:"白刃交於前,視死若生者,~~之勇也。"❷ 有建功立業之志的人。漢·曹操

《步出夏門行》:"~~暮年,壯心不已。"

【烈祖】lièzǔ　指建立功業的祖先,多指創立帝業之主,也用作對遠祖的美稱。北周·庾信《哀江南賦》:"余~~於西晉,始流播於東川。"

捩 liè　❶ 扭轉。宋·蘇轍《入峽》:"~柁破潰旋,畏與亂石遭。"❷ 迴旋,轉動。唐·韓愈《寄崔二十六立之》:"四座各低面,不敢~眼窺。"❸ 折斷,掐去。唐·李白《大獵賦》:"~雄虺之九首。"❹ 違逆。《新唐書·張說傳》:"已~貴臣之意。"❺ 擠壓,揉搓。宋·陸游《齋居紀事》:"淨布~汁。"

裂 liè　❶ 扯裂,剪裁。南朝齊·孔稚珪《北山移文》:"焚芰製而~荷衣。"❷ 分割。漢·賈誼《過秦論》:"分~山河。"❸ 破裂,綻開。《史記·項羽本紀》:"目眥盡~。"❹ 指車裂,亦泛指處死。《後漢書·楊倫列傳》:"九~不恨。"

【裂帛】lièbó　❶ 撕裂絲帛,形容聲音清淒。唐·白居易《琵琶行》:"曲終收撥當心畫,四絃一聲如~~。"❷ 指書籍。南朝梁·劉勰《文心雕龍·史傳》:"閱石室,啟金匱,抽~~。"

【裂地】lièdì　裂地,即分割土地。裂地而封,分地封為王侯,泛指封爵封官。《莊子·逍遙遊》:"冬與越人水戰,大敗越人,~~而封之。"

【裂眥】lièzì　怒睜雙眼,眼眶欲裂開,形容極其憤怒的神態。《淮南子·泰族訓》:"聞者莫不瞋目~~。"

獵 liè　❶ 打獵。《詩經·魏風·伐檀》:"不狩不~。"❷ 凌虐。明·何景明《內篇》:"~其民甚於鳥獸。"❸ 經歷。唐·裴延

翰《〈樊川文集〉後序》：“上～秦、漢、魏、晉、南北二朝。” ❹ 涉獵。宋·王禹偁《李兵部濤》：“賢人何代無，舊史聊可～。” ❺ 追求。漢·揚雄《揚子法言·學行》：“～德而得德。” ❻ 象聲詞。南朝宋·鮑照《潯陽還都道中》：“鱗鱗夕雲起，～～晚風遒。” ❼ 通“躐”，踐踏。《荀子·議兵》：“不殺老弱，不～禾稼。”

【獵涉】lie shè ❶ 經歷。晉·謝靈運《山居賦》：“野有蔓草，～～蘡薁。” ❷ 同“涉獵”，瀏覽書籍。清·吳趼人《劫餘灰》：“諸子百家，俱能～～。”

躐 lie ❶ 踐踏，踩。戰國楚·屈原《楚辭·九歌·國殤》：“凌余陣兮～余行。” ❷ 超越。《禮記·學記》：“學不～等。”

lin

林 lín ❶ 成片的樹木。晉·陶淵明《桃花源記》：“忽逢桃花～。” ❷ 叢聚的人或物。漢·司馬遷《報任安書》：“列於君子之～矣。” ❸ 指鄉里或退隱之處。唐·張說《和魏僕射還鄉》：“富貴還鄉國，光華滿舊～。”

琳 lín 美玉。《尚書·夏書·禹貢》：“（雍州）厥貢惟球、～、琅玕。”

鄰 lín ❶ 古代地方組織名。《周禮·地官司徒·遂人》：“五家為～，五～為里。” ❷ 鄰居，鄰國。《孟子·梁惠王上》：“察～國之政。” ❸ 君主的近臣。《尚書大傳》：“古者天子必有四～，前曰疑，後曰丞，左曰輔，右曰弼。” ❹ 親密，親近。《左傳·襄公二十九年》：“晉

不～矣。” ❺ 近。宋·王安石《謁曾魯公》：“老景已～周呂尚，慶門方似漢韋賢。”

【鄰比】lín bǐ ❶ 比鄰，鄰居。三國魏·嵇康《家誡》：“自非知舊～～。” ❷ 互相連接。清·唐甄《潛書·富民》：“茅舍～～。”

【鄰伍】lín wǔ 鄰居。唐·張謂《代北州老翁答》：“盡將田宅借～～，且復伶俜去鄉土。”

嶙 lín 見“嶙峋”。

【嶙峋】lín xún ❶ 山崖重疊幽深的樣子。唐·韓愈《送惠師》：“眾壑皆～～。” ❷ 形容山崖等突兀高聳的樣子。明·徐霞客《徐霞客遊記·滇遊日記》：“塢口石峯東峙，～～飛舞。” ❸ 形容人體瘦削。清·梁章鉅《歸田瑣記·北東園日記》：“病入膏肓宜易蘇，～～虎骨起長顱。” ❹ 形容氣節高尚。清·陳康祺《郎潛紀聞》：“太史敦尚風義，氣節～～。”

潾 lín 山石間流出的水。《初學記·總載水》：“水出山石間曰～。”

【潾潾】lín lín 水清澈的樣子。清·魏源《送李春湖師歸廣西》：“桂水～～桂山矗。”

遴 lín 審慎挑選。見“遴束”。

【遴束】lín jiǎn 慎重選拔人才。宋·王安石《取材》：“聖人之於國也，必先～～其賢能。”

【遴選】lín xuǎn 選拔。《新唐書·賈曾傳》：“玄宗為太子，～～宮僚，以（賈）曾為舍人。”

霖 lín ❶ 連綿雨。《管子·度地》：“夏多暴雨，秋～不止。”

❷甘雨。唐·元稹《桐花》：“臣作旱天～。”❸喻恩澤。唐·丁稜《和主司王起》：“新有受恩江海客，坐聽朝夕繼為～。”

瞵 lín 瞪眼注視。晉·左思《吳都賦》：“鷹～鶚視。”

臨 lín ❶由上向下看。《左傳·襄公二十四年》：“上帝～汝。”❷降臨。由尊適卑。《論語·為政》：“～之以莊則敬。”❸統治，治理。唐·韓愈《祭故陝府李司馬文》：“歷～大邑。”❹進攻，脅制。明·唐順之《信陵君救趙論》：“今悉兵以～趙，趙必亡。”❺來到，到達。漢·曹操《步出夏門行》：“東～碣石，以觀滄海。”❻面對，當着。三國蜀·諸葛亮《出師表》：“～表涕零，不知所言。”❼碰着，遇上。《論語·述而》：“必也～事而懼。”❽接近，將近。《韓非子·難三》：“～死而懼，已死而哀。”❾照耀。《詩經·邶風·日月》：“日居月諸，照～下土。”❿給予，加給。唐·魏元同《請吏部各擇寮屬疏》：“～之以利，以察其廉。”⓫臨摹。明·周履靖《山居》：“興至偶～數行帖，半窗殘日弄花陰。”⓬正當，將要。唐·王勃《滕王閣序》：“～別贈言。”

【臨朝】lín cháo 君臨朝廷處理國政。《三國志·魏書·武帝紀》：“太子即位，太后～～。”

【臨池】lín chí 書法家衞瓘有“臨池學書，池水盡黑”的故事，後人藉以指學習書法。唐·王維《戲題示蕭氏外甥》：“憐爾解～～，渠爺未學詩。”

【臨決】lín jué 親自裁決。《舊唐書·憲宗紀論》：“人間細務，（德宗）多自～～。”

【臨民】lín mín 治民。《宋書·劉道彥傳》：“善於～～，在雍部政績尤著。”

【臨命】lín mìng 人將死之時。晉·潘岳《楊仲武誄》：“～～忘身，顧戀慈母。”

磷 (1) lín ❶見“磷磷”。❷磷火。宋·歐陽修《祭石曼卿文》：“走～飛螢。”

(2) lìn 薄，損傷。《論語·陽貨》：“磨而不～。”

【磷磷】lín lín ❶清澈的樣子。三國魏·劉楨《贈從弟》：“泛泛東流水，～～水中石。”❷形容色彩鮮明。唐·羅鄴《吳王古宮井》：“碧砌～～生綠苔。”

【磷緇】lìn zī 典出《論語·陽貨》。磷謂因磨而薄，緇謂因染而黑。後指受環境影響而起變化。宋·蘇軾《遊惠山》：“皎然無～～。”

轔 (1) lín ❶車輪。《儀禮·既夕禮》：“遷於祖用軸。”鄭玄註：“軸狀如轉～。”❷門檻。《淮南子·説林訓》：“雖欲謹亡馬不發戶～。”❸見“轔轔”。

(2) lìn 輾軋，踐踏。漢·司馬相如《子虛賦》：“掩兔～鹿。”

【轔轔】lín lín 象聲詞。❶車行聲。唐·杜甫《兵車行》：“車～～，馬蕭蕭。”❷雷鳴聲。漢·崔駰《東巡頌》：“天動雷霆，隱隱～～。”

鱗 lín ❶魚類、爬行類及少數哺乳類動物密排於身體表層的片狀物。戰國楚·屈原《楚辭·九歌·河伯》：“魚～屋兮龍堂。”❷魚的代稱。宋·范仲淹《岳陽樓記》：“沙鷗翔集，錦～游泳。”❸泛指帶鱗甲的動物。《周禮·地官司徒·大司徒》：“曰川澤，其動物宜～物。”

【鱗比】lín bǐ　如魚鱗排列，形容多而密。三國魏·何晏《景福殿賦》："星居宿陳，綺錯~~。"

凜 lǐn　❶寒冷。唐·李華《弔古戰場文》："蓬斷草枯，~若霜晨。"❷畏懼的樣子。宋·蘇軾《後赤壁賦》："蕭然而恐，~乎其不可留也。"❸通"懍"，莊嚴而令人敬畏。《宋史·李苾傳》："望之~然猶神明。"

廩 lǐn　❶糧倉。《孟子·滕文公上》："今也滕有倉~府庫。"❷指糧食。宋·蘇軾《和公濟飲湖上》："與君歌舞樂豐年，喚取千夫食陳~。"❸公家供給的糧食。明·宋濂《送東陽馬生序》："縣官日有~稍之供。"❹指俸祿。宋·蘇軾《答楊君素》："薄~維絆，歸計未成。"

【廩食】lǐn shí　❶倉儲的糧食。唐·沈亞之《學解嘲對》："今~~不充。"❷官府供給的糧食。《漢書·蘇武傳》："武既至海上，~~不至。"

懍 lǐn　❶恐懼。晉·潘岳《關中》："主憂臣勞，孰不祗~。"❷忿怒的樣子。南朝宋·劉義慶《世說新語·輕詆》："桓公~然作色。"

吝 lìn　❶悔恨，遺憾。《後漢書·馬援列傳》："援與妻子生訣，無悔~之心。"❷吝嗇，愛惜。《論語·堯曰》："出納之~。"❸貪婪，鄙俗。《後漢書·黃憲列傳》："不見黃生，則鄙~之萌復存乎心。"

賃 lìn　❶受僱。《史記·季布欒布列傳》："~傭於齊。"❷工錢。唐·韓愈《與于襄陽書》："愈今者惟朝夕芻米僕~之資是急。"❸租借。宋·王禹偁《書齋》："年年~宅住閒坊，也作幽齋著道裝。"

躏 lìn　❶踩。宋·文天祥《高沙道中》："一斮~其足，吞聲以自全。"❷踩躏。清·顧炎武《羌胡引》："四入郊圻~魯齊，破邑屠城不可數。"

---

ling

伶 líng　❶樂官，也泛指演員。《新五代史·伶官傳序》："及其衰也，數十~人困之。"❷見"伶仃"。

【伶仃】líng dīng　又作"伶丁"、"零丁"。❶孤獨。宋·陸游《幽居遣懷》："斜陽孤影歎~~。"❷瘦弱的樣子。元·王德信《四塊玉》："則我這瘦~~形體如柴。"❸搖擺晃動。《水滸傳》第九十七回："看見左臂已折，~~將斷。"

【伶官】líng guān　樂官，後稱供職宮廷的伶人。宋·王讜《唐語林》："自兵寇覆蕩，~~分散。"

【伶俜】líng pīng　❶孤零零。唐·杜甫《新安吏》："肥男有母送，瘦男獨~~。"❷飄泊流離。金·元好問《再到新衛》："蝗旱相仍歲已荒，~~十口值遷鄉。"❸艱難。宋·司馬光《和范景仁》："~~徒步水石間。"

【伶人】líng rén　古稱樂人。《國語·周語下》："二十四年鐘成，~~告知。"也用以稱演員。

【伶優】líng yōu　優伶，演員。宋·蘇軾《次韻周開祖長官見寄》："俯仰東西閱數州，老於歧路豈~~。"

图 líng　監獄。唐·韓愈《答張徹》："下險疑墮井，守官類拘~。"

【图圄】líng yǔ　監獄。漢·司馬遷《報任安書》："深幽~~之中。"

泠 líng ❶見"泠然"。❷清涼。唐·柳宗元《鈷鉧潭西小丘記》:"清～之狀與目謀。"❸明了。《淮南子·脩務訓》:"受教一言,精神曉～。"❹見"泠泠"。❺通"零",滴落。宋·秦醇《譚意歌傳》:"不覺淚～。"

【泠泠】líng líng ❶清涼貌。戰國楚·宋玉《風賦》:"清清～～。"❷潔白的樣子。漢·劉向《新序·節士》:"又惡能以其～～更事之嘿嘿者哉!"❸聲音清越。晉·陸機《文賦》:"音～～而盈耳。"

【泠然】líng rán ❶輕妙的樣子。《莊子·逍遙遊》:"夫列子禦風而行,～～善也。"❷寒涼的樣子。唐·薛用弱《集異記·李子牟》:"座客心骨～～。"❸聲音清越。《晉書·裴楷傳》:"～～若琴瑟。"

玲 líng 見"玲玲"。

【玲玲】líng líng 玉碰擊聲。晉·曹攄《述志賦》:"美吾珮之～～。"也泛指清越的聲音。

凌 líng ❶冰,積聚的冰。唐·孟郊《寒江吟》:"涉江莫涉～,得意須得朋。"❷侵犯,欺壓。戰國楚·屈原《楚辭·九歌·國殤》:"～余陣兮躐余行。"❸暴虐。《史記·游俠列傳》:"豪暴侵～孤弱。"❹超過,壓倒。唐·王勃《滕王閣序》:"氣～彭澤之樽。"❺越,渡。宋·蘇軾《前赤壁賦》:"～萬頃之茫然。"❻迎着,冒着。宋·王安石《梅花》:"牆角數枝梅,～寒獨自開。"❼升,登。唐·杜甫《望嶽》:"會當～絕頂。"❽迫近。唐·杜甫《自京赴奉先詠懷》:"～晨過驪山。"

【凌遲】líng chí ❶斜平不陡峭。《韓詩外傳》:"百仞之山,童子登而遊焉,～～故也。"❷衰敗,敗壞。《漢書·刑法志》:"今堤防～～。"❸封建時代最殘酷的一種死刑,也稱"剮刑"。《宋史·刑法志一》:"～～者,先斷其支體,乃抉其吭。"

【凌風】líng fēng 乘風,駕風。唐·韓愈《鳴雁》:"違憂懷息性匪他,～～一舉君謂何。"

【凌虐】líng nüè 欺侮虐待。宋·何蓮《春渚紀聞·磨刀勸婦》:"每夫外歸,必泣訴其～～之苦。"

【凌虛】líng xū 升於空中。三國魏·阮籍《詠懷》:"寄顏雲霄間,揮袖～～翔。"

陵 líng ❶大土山。《論語·子張》:"他人之賢者,丘～也。"❷墳墓。一般指帝王的墓。唐·李白《憶秦娥》:"西風殘照,漢家～闕。"❸登上,上升。漢·司馬相如《上書諫獵》:"今陛下好～阻險。"❹超過。漢·陳琳《檄吳將校部曲文》:"自以兵強,勢～京城。"❺凌駕。《左傳·隱公三年》:"賤妨貴,少～長。"❻侵犯,欺侮。《禮記·在上位不陵下》:"在上位,不～下。"❼衰敗。《史記·高祖功臣侯者年表》:"而枝葉稍～夷衰微也。"❽暴烈。漢·揚雄《揚子法言·吾子》:"震風～雨。"❾戰慄。漢·劉向《說苑·善說》:"登高臨危……而足不～者。"❿嚴密。《荀子·致士》:"節奏～而文。"⓫淬礪,磨礪。《荀子·君道》:"兵刃不待～而勁。"

【陵廟】líng miào 陵墓與宗廟。《南史·謝裕傳》:"安泰以令史職拜謁～～。"

【陵寢】líng qǐn 帝王陵墓的宮殿寢

廟，借指帝王陵墓。《後漢書·祭祀志》：「殤帝生三百餘日而崩，……就～～祭之而已。」

【陵替】 líng tì　衰敗。宋·曾鞏《雅樂》：「周世宗患樂壞～～。」

崚

líng　見「崚嶒」。

【崚嶒】 líng cēng　❶ 高峻重疊。唐·杜甫《望岳》：「西岳～～竦處尊，諸峯羅立似兒孫。」❷ 喻特出不凡。清·周亮工《示裴生符剖》：「江南詞賦爾～～。」❸ 喻節操堅貞。明·鄔仁卿《沁園春·招隱看梅》：「鐵骨～～，冰姿修潔。」❹ 骨節顯露的樣子。清·李永祺《病起》：「～～未怕骨如柴，排悶時時強散懷。」

翎

líng　❶ 鳥翅和尾上的硬羽毛，也泛指鳥羽。唐·白居易《放旅雁》：「拔汝翅～為箭羽。」❷ 昆蟲的翅翼。唐·陸龜蒙《蟬》：「一腹清何甚，雙～薄更無。」

聆

líng　❶ 聽，聞。宋·蘇軾《石鐘山記》：「扣而～之。」❷ 清晰。漢·王充《論衡·自紀》：「～然若聾之通耳。」

菱

líng　❶ 一年生水生草本植物，其果實俗稱菱角。宋·柳永《望海潮》：「羌管弄晴，～歌泛夜。」❷ 指菱花鏡，元·薩都剌《梳頭曲》：「摩挲睡眼窺秋～。」

零

líng　❶ 雨徐徐而下。《詩經·豳風·東山》：「我來自東，～雨其濛。」❷ 降落，掉落。三國蜀·諸葛亮《出師表》：「臨表涕～。」❸ 凋落，凋零。唐·杜甫《自京赴奉先詠懷》：「歲暮百草～，疾風高岡裂。」❹ 喻人死亡。三國魏·曹丕《與吳質書》：「何圖數年之間，～落略盡。」❺ 餘，零頭。宋·包拯《擇官再舉范祥》：「二年計增錢五十一萬六千貫有～。」❻ 零碎，零散。唐·白居易《題州北路旁老柳樹》：「雪花～碎逐年減，煙葉稀疏隨分新。」

綾

líng　一種細薄紋如冰凌的絲織品。唐·白居易《賣炭翁》：「半匹紅紗一丈～，繫向牛頭充炭直。」

靈

líng　❶ 指神巫。戰國楚·屈原《楚辭·九歌·東皇太一》：「～偃蹇兮姣服，芳菲菲兮滿堂。」❷ 神靈。北魏·酈道元《水經注·渭水上》：「出五色魚，俗以為～。」❸ 福，祐。《左傳·隱公三年》：「若以大夫之～，得保首領以沒。」❹ 應驗，靈驗。明·劉基《司馬季主論卜》：「鬼神何～。」❺ 神奇。明·魏學洢《核舟記》：「技亦～怪矣哉！」❻ 威靈。《左傳·哀公二十四年》：「願乞～於臧氏。」❼ 魂靈。三國蜀·諸葛亮《出師表》：「以告先帝之～。」❽ 對死者的尊稱。三國魏·曹植《贈白馬王彪》：「孤魂翔故域，～柩寄京師。」❾ 善，美好。《詩經·鄘風·定之方中》：「～雨既零。」❿ 聰明，通曉事理。唐·韓愈《祭鱷魚文》：「不然，則是鱷魚冥頑不～。」⓫ 靈巧，靈活。明·徐霞客《徐霞客遊記·滇遊日記》：「舞霓裳而骨節皆～。」

【靈位】 líng wèi　❶ 謂陰間的官職。南朝梁·沈約《司徒謝朓(fěi)基誌銘》：「～～攸待。」❷ 用來供奉的牌位，上面寫着死者的名字。元·張國賓《羅李郎》：「我安了～～。」

【靈犀】 líng xī　❶ 犀牛角。舊傳犀為神獸，其角有鎮妖、解毒、分水等作用，故稱"靈犀"。宋·歐陽修《再和聖俞見答》："何憚入海求～～。"❷舊説犀牛角中有白紋如線直通兩頭，感應靈敏，因用以喻兩心相通。唐·李商隱《無題》："心有～～一點通。"

【靈修】líng xiū ❶指楚懷王。戰國楚·屈原《楚辭·離騷》："指九天以為正兮，夫唯～～之故也。"後亦泛指君主。清·陳廷焯《〈白雨齋詞話〉自序》："美人香草，貌託～～。"❷指賢德的人。明·黃哲《過梁昭明太子墓》："～～忽爾逝，歲晏勞予心。"❸指神靈。明·沈貞《樂神曲·城隍》："民不驚兮志定，眷～～兮作民命。"

櫺 líng ❶窗或欄杆上雕有花紋的木格子。金·董解元《西廂記諸宮調》："濕風吹雨入疏～。"❷屋檐。漢·揚雄《方言》："屋梠謂之～。"

領 líng ❶脖子。《孟子·梁惠王上》："則天下之民皆引～而望之矣。"❷衣領。清·吳敬梓《儒林外史》第三回："身穿葵花色圓～。"❸要領。南朝梁·劉勰《文心雕龍·序志》："上篇以上，綱～明矣。"❹治理。漢·趙曄《吳越春秋·句踐陰謀外傳》："吳王……不～政事。"❺統率。漢·楊惲《報孫會宗書》："總～從官。"❻地位較高的官員兼理較低的職務。《漢書·昭帝紀》："大將軍（霍）光秉政，～尚書事。"❼引，帶。唐·元結《宿洄溪翁宅》："老翁八十猶能行，將～兒孫行拾穗。"❽接受，領取。宋·蘇軾《與楊濟甫》："一一如數～訖。"❾領會。晉·陶淵明《飲酒》："醒醉還相笑，發言各不～。"❿量詞，用

於衣衾之類。《荀子·正論》："太古薄葬，棺厚三寸，衣衾三～。"

嶺 líng ❶山峯，山脈。晉·王羲之《〈蘭亭集〉序》："此地有崇山峻～。"❷五嶺的簡稱。《史記·南越列傳》："兵不能踰～。"

令 lìng ❶命令。《國語·越語上》："乃號～於三軍。"❷法令。《史記·屈原賈生列傳》："懷王使屈原造為憲～。"❸使，讓。《戰國策·觸龍説趙太后》："有復言～長安君為質者，老婦必唾其面。"❹指帝王對臣民發佈的詔令或文告。《史記·秦始皇本紀》："命為制，～為詔。"❺官名，可指縣級地方行政長官，或中央政府部門長官。《史記·廉頗藺相如列傳》："藺相如者，趙人也，為趙宦者～繆賢舍人。"❻詞調、曲調名，即小令，又名令曲。宋·張炎《詞源·令曲》："詞之難於～曲。"❼酒令，飲酒時賭輸贏的遊戲。唐·劉禹錫等《春池泛舟聯句》："杯停新～舉。"❽時令，節令。清·李漁《閑情偶寄·頤養》："春之為～，即天地交歡之候。"❾善，美好。《孟子·告子上》："～聞廣譽施於身。"❿對他人親屬的敬稱。《紅樓夢》第四回："～甥之事已完。"另如以"令尊"稱對方父親，"令堂"稱對方母親，"令愛"稱對方女兒等。⓫連詞，如果，假使。《史記·魏其武安侯列傳》："～我百歲後，皆魚肉之矣。"

【令才】lìng cái　美好的才華。漢樂府《孔雀東南飛》："年始十八九，便言多～～。"
【令稱】lìng chēng　❶美好的稱號。《漢書·王莽傳》："以為曲陽非～～。"❷好名聲。《藝文類聚》："少

有～～，州閭之名。"

【令德】lìng dé　指美德。《史記·孔子世家》："先王欲昭其～～。"

【令典】lìng diǎn　❶ 法令典章。《左傳·宣公十二年》："擇楚國之～～。"❷ 美好的典禮。宋·秦觀《代賀皇太妃受冊表》："舉～～於宮闈。"

【令君】lìng jūn　❶ 魏晉時對尚書令的敬稱。後亦泛指握有重權的大臣。《晉書·荀瑁傳》："二～～之美，亦望於君也。"❷ 對縣令的尊稱。宋·韋居安《梅詩碉話》："邑士多賦詩，往往皆諂～～。"

【令名】lìng míng　❶ 美好的名聲。《漢書·溝洫志》："西門豹為鄴令，有～～。"❷ 美好的名稱。《史記·秦始皇本紀》："（阿房宮）成，欲更擇～～名之。"

【令色】lìng sè　❶ 和悅的容色。《詩經·大雅·烝民》："令儀～～，小心翼翼。"❷ 偽善諂媚的臉色。《論語·學而》："巧言～～，鮮矣仁。"

---

liu

流 liú　❶ 水的移動。《孟子·告子上》："決諸東方則東～，決諸西方則西～。"也泛指其他液體的移動。❷ 順水漂流。南朝梁·宗懍《荊楚歲時記》："為～杯曲水之飲。"❸ 移動，運行。宋·蔣捷《一剪梅·舟過吳江》："～光容易把人拋。"❹ 虛浮的，無根據的。南朝梁·丘遲《與陳伯之書》："外受～言。"❺ 變化。《孟子·盡心上》："上下與天地同～。"❻ 傳佈，擴散。《孟子·公孫丑上》："德之～行，速於置郵而傳命。"❼ 流露。

南朝宋·鮑照《代出自薊北門行》："簫鼓～漢思，旌甲被胡霜。"❽ 放縱。《禮記·樂記》："使其聲足樂而不～。"❾ 留戀，沉溺。《孟子·梁惠王下》："從流下而忘反，謂之～。"❿ 求取。《詩經·周南·關雎》："參差荇菜，左右～之。"⓫ 江河裏的水。晉·左思《詠史》："濯足萬里～。"⓬ 河水離開源頭後的部分，與源相對。《論語·子張》："是以君子惡居下～。"⓭ 品類。明·張溥《五人墓碑記》："安能屈豪傑之～。"⓮ 放逐。《史記·屈原賈生列傳》："雖放～，睠顧楚國。"

【流輩】liú bèi　同輩，同一流的人。明·宋濂《送東陽馬生序》："～～甚稱其賢。"

【流佈】liú bù　❶ 流傳散佈。《吳子·料敵》："上愛其下，惠施～～。"❷ 流露，表達。元·吳師道《吳禮部詩話》："今子西所作，～～自然。"

【流光】liú guāng　❶ 謂福澤流傳到後代。《後漢書·左雄列傳》："～～垂祚。"❷ 閃耀光芒。三國魏·曹丕《洛川賦》："明珠灼灼而～～。"❸ 流動、閃爍的光。《南史·宋宗室及諸王下》："見～～相隨，狀若螢火。"❹ 特指如水般流瀉的月光。宋·蘇軾《前赤壁賦》："擊空明兮溯～～。"❺ 指易逝的時光。宋·宋祁《浪淘沙·別劉原父》："少年不管，～～如箭。"

【流火】liú huǒ　❶《詩經·豳風·七月》有"七月～～，九月授衣"之句。"火"指大火星。七月的黃昏，火星的位置由中天逐漸西降。後因指農曆七月暑漸退而秋將至這段時間。❷ 指王朝勃興。據《史記·周本紀》。周武王伐紂，渡孟津，有火覆蓋武王帷幕，變為赤烏飛去。《宋史·禮志十一》：“昔者～～開祥。”

【流民】liú mín　流浪在外地的人。《史記·萬石張叔列傳》：“關東～～二百萬口。”

【流年】liú nián　❶謂如水般流逝的光陰或年華。唐·杜甫《雨》：“悠悠邊月破，鬱鬱～～度。”❷算命看相的人稱人一年的運氣。宋·蘇軾《次韻子由東亭》：“～～自可數期頤。”

【流品】liú pǐn　本指官階，後也泛指門第或社會地位的品類、等級。《宋書·王僧綽傳》：“究識～～，諳悉人物。”

【流人】liú rén　❶被流放的人。《莊子·徐無鬼》：“子不聞夫越之～～乎？”❷流浪外地的人。漢·桓寬《鹽鐵論·執務》：“～～還歸。”

【流移】liú yí　❶流亡，遷移。《後漢書·桓帝紀》：“民有不能自振及～～者。”❷指流離失所的人。宋·李綱《與折仲古僉學書》：“境內盜賊悉已淨盡，～～歸業。”❸流放。《唐六典·尚書刑部》：“～～之人，皆不得棄放妻妾及私遁還鄉。”

留　liú　❶停留，留下。晉·陶淵明《歸去來兮辭》：“何不委心任去～。”❷挽留。《史記·項羽本紀》：“項王即日因～沛公與飲。”❸扣留。《史記·屈原賈生列傳》：“因～懷王，以求割地。”❹保存，遺留。唐·李白《將進酒》：“古來聖賢皆寂寞，惟有飲者～其名。”❺稽留，拖延。明·方以智《物理小識·鳥獸類上》：“卵～二三月，即伏不出矣。”❻拘泥。《管子·正世》：“不慕古，不～今。”❼盡。《逸周書·

大匡》：“哭不～日。”❽治理。《國語·楚語上》：“舉國～之，數年乃成。”

【留中】liú zhōng　❶指將臣下的奏章留置宮禁中，不交辦。《史記·三王世家》：“奏未央宮，～～不下。”❷指留在朝中任職。唐·戴叔倫《奉天酬別鄭諫議》：“拜闕奏良圖，～～沃聖謨。”

琉　liú　見“琉璃”。

【琉璃】liú li　❶有色半透明的玉石。晉·葛洪《西京雜記》：“雜廁五色～～為劍匣。”❷用黏土、長石、石青等為原料而燒成的瓦。《新唐書·南蠻傳下》：“有百寺，～～為甓。”

旒　liú　❶旗幟邊懸垂的飾物。漢·王充《論衡·變動》：“旌旗垂～。”❷通“瑬”，冕冠前後懸垂的玉串。《孔子家語·入官》：“古者聖主冕而前～，所以蔽明也。”

劉　liú　❶斧鉞一類的兵器。《尚書·周書·顧命》：“一人冕執～。”❷征服。《逸周書·世俘》：“咸～商王紂。”❸凋殘。明·劉基《擢彼喬松》：“靡草不凋，無木不～。”

瀏　liú　❶水深而清澈的樣子。唐·柳宗元《永州韋使君新堂記》：“蠲之～如。”❷風疾的樣子。漢·劉向《九嘆》：“秋風～以蕭瑟。”❸涼風。漢·應劭《風俗通》：“涼風曰～。”❹清涼。三國魏·曹植《與吳季重書》：“～若清風。”

柳　liǔ　❶木名，枝硬而揚起者為楊，枝弱而垂者為柳。晉·陶淵明《歸園田居》：“榆～蔭後簷，桃李羅堂前。”❷喻美女。宋·柳永《玉蝴蝶》：“見了千花萬～。”

六 **liù** ❶ 數詞。《莊子·逍遙遊》："去以～月息者也。"❷ 舊時工尺譜中所用的記音符號，相當於簡譜的"5"。

【六朝】liù cháo 三國吳、東晉和南朝的宋、齊、梁、陳六個朝代，因相繼建都建康，史稱"六朝"。宋·王安石《桂枝香·金陵懷古》："～～舊事隨流水。"

【六畜】liù chù 指馬、牛、羊、雞、犬、豕。漢文帝《議佐百姓詔》："～～之食焉者眾與？"後亦泛指各種牲畜。《淮南子·墜形訓》："多牛羊及～～。"

【六典】liù diǎn 六方面的治國之法，即治典、教典、禮典、政典、刑典、事典。《周禮·天官冢宰·大宰》："大宰之職，掌建邦之～～。"

【六服】liù fú 周代把王畿以外的地方，根據遠近分為侯服、甸服、男服、采服、衛服和蠻服，稱為"六服"。以後泛指全國各地。南朝宋·顏延之《赭白馬賦》："總～～以收賢。"

【六宮】liù gōng 古代皇后的寢宮，包括正寢一，燕寢五，合為六宮。後泛指皇后妃嬪或其住處。唐·白居易《長恨歌》："回眸一笑百媚生，～～粉黛無顏色。"

【六合】liù hé ❶ 指天地四方，也泛指天下。漢·賈誼《過秦論》："然後以～～為家。"❷ 古代曆法用語。❸ 陰陽家選擇吉日，需月建與日辰相合，即子與丑合，寅與亥合，卯與戌合，辰與酉合，巳與申合，午與未合，稱為六合。漢樂府《孔雀東南飛》："～～正相應，良吉三十日。"

【六甲】liù jiǎ ❶ 用天干地支相配

計算時日，其中有甲子、甲戌、甲申、甲午、甲辰、甲寅，統稱"六甲"。《南史·顧歡傳》："年六七歲，知推～～。"❷ 星名。《晉書·天文志上》："華蓋杠旁六星曰～～。"❸ 五行方術之遁甲術。晉·葛洪《神仙傳·左慈》："乃學道，尤明～～。"❹ 謂婦女懷孕。明·凌濛初《初刻拍案驚奇》卷三十三："果然身懷～～。"

【六律】liù lǜ 古代樂音標準名。相傳黃帝時伶倫截竹為管，以管的長短，來分別聲音的高低清濁，樂器的音調，都以它為準則。六律即黃鍾、太蔟、姑洗、蕤賓、夷則、無射。《孟子·離婁上》："不以～～，不能正五音。"

【六親】liù qīn ❶ 六類親屬。具體內容説法不一，或以父、子、兄弟、夫、婦為六親，或以父、母、兄、弟、妻、子為六親，或以父、昆弟、從父昆弟、從祖昆弟、從曾祖昆弟、族兄弟為六親。❷ 泛指近親。南朝·鮑照《松柏篇》："昔日平居時，晨夕對～～。"

【六卿】liù qīng ❶ 上古天子六軍的主將。《尚書·夏書·甘誓》："大戰於甘，乃召～～。"❷ 指六官，即天官冢宰、地官司徒、春官宗伯、夏官司馬、秋官司寇、冬官司空。《尚書·周書·周官》："～～分職，各率其屬。"後泛指羣臣。漢·桓寬《鹽鐵論·刺權》："威重～～。"

【六書】liù shū ❶ 古人對漢字造字方式的概括，即象形、指事、會意、形聲、轉注、假借。《漢書·藝文志》："保氏掌教國子，教之～～。"❷ 指古文、奇字、篆書、左書、繆篆，鳥蟲書等六種字體，也稱六體。

【六王】**liù wáng**　指戰國時的齊、楚、燕、韓、魏、趙六國之王。唐・杜牧《阿房宮賦》："～～畢，四海一。"

【六味】**liù wèi**　指苦、酸、甘、辛、鹹、淡六味。南朝梁・蕭綱《六根懺文》："餐禪悦之～～。"

【六藝】**liù yì**　❶ 古代教育學生的六種科目，即禮、樂、射、御、書、數。《周禮・地官司徒・保氏》："乃教之～～。"❷ 指儒家的"六經"，即《詩》《書》《禮》《樂》《易》《春秋》。唐・韓愈《師説》："～～經傳，皆通習之。"

---

long

隆　**lóng**　❶ 高，突起。《後漢書・張衡列傳》："(地動儀) 合蓋隆起，形似酒尊。"❷ 興盛。三國蜀・諸葛亮《出師表》："此先漢之所以興～也。"❸ 多，豐厚。《淮南子・繆稱訓》："禮不～而德有餘。"❹ 深，深厚。《紅樓夢》第四回："蒙皇上～恩起復委用。"❺ 尊崇。《荀子・禮論》："尊先祖而～君師。"❻ 顯赫。南朝梁・劉勰《文心雕龍・程器》："將相以位～特達。"

【隆寒】**lóng hán**　嚴寒。《三國志・魏書・王昶傳》："松柏之茂，～～不衰。"

【隆化】**lóng huà**　使社會風氣敦厚。晉・袁宏《後漢紀・靈帝紀上》："濟俗變教，～～之道也。"也指敦厚的社會風氣。明・陳汝元《金蓮記・射策》："望君王奮志成～～。"

【隆穹】**lóng qióng**　高聳入雲的樣

子。《後漢書・馬融列傳》："～～槃迴。"

【隆顯】**lóng xiǎn**　❶ 顯揚。《漢書・王莽傳》："～～大命，屬予以天下。"❷ 高貴顯赫。《隋書・李密傳》："光榮～～，舉朝莫二。"

龍　**lóng**　❶ 傳説中能興雲降雨的神異動物。也指似龍的動物。《荀子・勸學》："積水成淵，蛟～生焉。"❷ 喻皇帝。唐・杜甫《哀王孫》："豺狼在邑～在野，王孫善保千金軀。"❸ 喻非常之人。《三國志・蜀書・諸葛亮傳》："諸葛孔明者，卧～也。"❹ 堪輿家稱山脈的走勢。唐・劉禹錫《虎丘寺路宴》："鑿山～已去。"❺ 由龍捲風形成的積雨雲。唐・張籍《雲童行》："雲童童，白～之尾垂江中。"❻ 高大的駿馬。唐・王勃《感興奉送王少府序》："馬羣雜而不分～。"❼ 通"壟"，高岡。《孟子・公孫丑下》："而獨於富貴之中有私～斷焉。"

【龍門】**lóng mén**　❶ 喻聲望高者及其府第。唐・李白《與韓荊州書》："一登～～，則聲價十倍。"❷ 借指科舉會試，會試中第為登龍門。唐・盧綸《早春遊樊川野居卻寄李端校書兼呈崔峒補闕司空曙主簿耿湋拾遺》："桂樹曾爭折，～～幾共登。"

【龍顏】**lóng yán**　❶ 謂眉骨圓起。《史記・高祖本紀》："高祖為人，隆準而～～。"❷ 借指帝王。南朝梁・沈約《郊居賦》："值～～之鬱起。"

瀧　**lóng**　❶ 下雨。唐・元稹《送崔侍御之嶺南二十韻》："祈～在至城。"❷ 湍急的河流。唐・元結《欸乃曲》："下～船似入深淵，上～船似欲升天。"

龍 lóng ❶ 草名，即水荭。《管子·地員》："有～與斥。"❷ 茂密。唐·李華《寄趙七侍御》："玄猿啼深～。"

朧 lóng 月色明亮。北齊·劉晝《新論·兵術》："列宿滿天，不及～月。"

礱 lóng ❶ 研磨。《荀子·性惡》："鈍金必將待～厲然後利。"❷ 磨石。漢·賈誼《新書·官人》："知足以為～礪。"❸ 磨去稻殼的農具。明·宋應星《天工開物·攻稻》："凡稻去殼用～。"❹ 用礱脫去稻殼。明·宋應星《天工開物·攻稻》："既～，則風揚以去糠秕。"

籠 (1) lóng ❶ 竹製盛物器。南朝宋·劉義慶《世說新語·任誕》："持半小～生魚。"❷ 飼養鳥、蟲、家禽等的籠子。唐·白居易《與元微之書》："～鳥檻猿俱未死。"❸ 將手或物品放在衣袖裏。宋·王安石《用前韻戲贈葉致遠直講》："熟視～兩手。"
(2) lǒng ❶ 箱籠。《南史·范述曾傳》："唯有二十～簿書。"❷ 籠罩。北朝民歌《敕勒歌》："天似穹廬，～蓋四野。"❸ 包羅。唐·柳宗元《鈷鉧潭西小丘記》："丘之小不能一畝，可以～而有之。"❹ 纏繞，戴。唐·韓愈《閒遊》："萍蓋汙池淨，藤～老樹新。"❺ 籠絡，控制。《列子·黃帝》："聖人以智～羣愚。"

隴 lǒng ❶ 山名，在今甘肅、陝西交界處。《漢書·武帝紀》："遂逾～。"亦指今甘肅一帶。❷ 通"壟"，墳墓。《墨子·節葬下》："葬埋必厚，……丘～必巨。"又指高丘。南朝齊·孔稚珪《北山移文》："鶴書赴～。"又指畦，田塊。唐·

杜甫《兵車行》："縱有健婦把鋤犁，禾生～畝無東西。"

壟 lǒng ❶ 墳墓。《戰國策·齊策四》："生王之頭，曾不若死士之～也。"❷ 高丘。晉·葛洪《抱朴子·勤求》："搜尋仞之～，求干天之木。"❸ 田埂。《史記·陳涉世家》："輟耕之～上。"

---

lou

僂 (1) lóu 見"僂儸"。
(2) lǔ ❶ 駝背。唐·柳宗元《種樹郭橐駝傳》："病～。"❷ 曲身表示恭敬。《史記·刺客列傳》："～行見荊卿。"亦泛指彎曲。❸ 迅速。《荀子·儒效》："彼寶也者，……賣之不可～售也。"

【僂儸】 lóu luó 亦作"僂羅"、"僂囉"。❶ 幹練，機靈。元·無名氏《貨郎旦》："他那裏精神一撥顯～～。"❷ 嘍囉，即綠林頭領的部眾。金·董解元《西廂記諸宮調》："遂喚幾個小～～。"

嘍 lóu 見"嘍囉"。

【嘍囉】 lóu luó 也作"嘍羅"。❶ 伶俐，機警。唐·盧仝《寄男抱孫》："～～兒讀書，何異摧枯朽。"❷ 綠林頭領的部眾。《水滸傳》第二回："聚集着五七百個小～～。"❸ 擾亂，喧噪。明·劉基《送人分題得鶴山》："前飛烏鳶後駕鵝，啄腥爭腐聲～～。"

樓 lóu ❶ 兩層以上的房屋。唐·杜牧《阿房宮賦》："五步一～。"❷ 建在城牆、土台等高處的建築物。唐·白居易《寄微之》："城～枕水湄。"❸ 車、船有上層的，也叫樓。《左傳·宣公十五年》："登諸～車（樓車，車上設有望樓，用以瞭望敵情）。"

【樓船】lóu chuán ❶ 古代多指有樓的戰船。唐·劉禹錫《西塞山懷古》："西晉～～下益州，金陵王氣黯然收。" ❷ 有樓飾的遊船。明·張岱《西湖七月半》："～～簫鼓。"

耬 lóu　一種畜力播種機。漢·崔寔《政論》："下種挽～皆取備焉。"

陋 lòu ❶ 狹小，簡陋。唐·劉禹錫《陋室銘》："何～之有？" ❷ 短小。南朝宋·劉義慶《世說新語·容止》："（曹操）自以形～，不足雄遠國。" ❸ 見聞不廣。《荀子·修身》："少見曰～。" ❹ 低微，卑賤。晉·李密《陳情表》："今臣亡國賤俘，至微至～。" ❺ 鄙視，輕視。唐·柳宗元《鈷鉧潭西小丘記》："農夫漁父過而～之。" ❻ 醜陋，猥瑣。元·高明《琵琶記》："你貌～身單。" ❼ 粗俗。唐·白居易《郡中春宴因贈諸客》："勿笑風俗～，勿欺官府貧。" ❽ 偏僻，邊遠。《論語·子罕》："子欲居九夷，或曰：'～如之何？'" ❾ 粗劣。《宋書·孔覬傳》："吳郡顧愷之亦尚儉素，衣裝器服，皆擇其～者。" ❿ 吝嗇。漢·張衡《東京賦》："儉而不～。"

【陋儒】lòu rú 學識淺陋的儒生。《荀子·勸學》："不免為～～而已。"

漏 lòu ❶ 漏壺，古代的一種計時器。唐·杜甫《奉和賈至舍人早朝大明宮》："五夜～聲催曉箭，九重春色醉仙桃。" ❷ 更次，時刻。唐·白居易《和櫛沐寄道友》："停驂待五～。" ❸ 物體從孔穴或縫隙中透出。明·歸有光《項

脊軒志》："使不上～。" ❹ 流失。《淮南子·本經訓》："鴻水～，九州乾。" ❺ 疏闊，疏漏。三國蜀·諸葛亮《出師表》："必能裨補闕～。" ❻ 遺漏，遺忘。《南齊書·崔慰祖傳》："採《史》《漢》所～二百餘事。" ❼ 泄露。《左傳·襄公十四年》："蓋言語～泄。" ❽ 孔穴。《淮南子·脩務訓》："禹耳參（三）～。"

【漏刻】lòu kè ❶ 古代計時器，即漏壺，因其上刻有符號，故名"漏刻"。《六韜·分兵》："明告戰日，～～有時。" ❷ 頃刻。《漢書·王莽傳中》："虜知殄滅，在於～～。" ❸ 借指時間。唐·劉長卿《喜朱拾遺承恩拜命赴任上都》："滄洲離別風煙遠，青瑣幽深～～長。"

鏤 lòu ❶ 鋼鐵。《尚書·夏書·禹貢》："（梁州）厥貢璆、鐵、銀、～、砮、磬。" ❷ 雕刻。《荀子·勸學》："金石可～。" ❸ 疏通，開鑿。《漢書·司馬相如傳下》："～靈山。"

---

lu

壚 lú ❶ 黑硬的土壤。《漢書·地理志上》："下土墳～～。" ❷ 酒店安放酒甕的壚形土臺子。也借指酒店。漢·辛延年《羽林郎》："胡姬年十五，春日獨當～。" ❸ 通"爐"，火爐。宋·陸游《山行過僧庵不入》："茶～煙起知高興，棋子聲疏識苦心。"

廬 lú ❶ 農時暫住的棚舍。《詩經·小雅·信南山》："中田有～。" ❷ 簡陋的居室。三國蜀·諸葛亮《出師表》："三顧臣於草～之中，諮臣以當世之事。" ❸ 在墓旁

守喪的小屋，也指居廬守喪。《新唐書·陳子昂傳》：「會父喪，～塚次。」❹ 古代沿途迎候賓客的房舍。《周禮·地官司徒·遺人》：「十里有～，～有飲食。」❺ 古代官員值宿的房舍。《漢書·嚴助傳》：「君厭承明之～，勞侍從之事，懷故土，出為郡吏。」❻ 寄居。《國語·齊語》：「衛人出，～於曹。」❼ 居住。漢·張衡《西京賦》：「恨阿房之不可～。」

【廬墓】 lú mù　古人為父母或師長服喪時在墓旁修築小屋守墓，稱為「廬墓」。北魏·酈道元《水經注·泗水》：「今泗水南有夫子冢……即子貢～～處也。」

【廬冢】 lú zhǒng　墳墓旁的廬舍。宋·王安石《遊褒禪山記》：「今所謂慧空禪院者，褒之～～也。」

爐 lú　❶ 供烹飪、冶煉、取暖用的設備。明·張岱《湖心亭看雪》：「擁毳衣～火。」❷ 香爐、熏爐。唐·韋應物《觀早朝》：「～香起中天。」❸ 通「壚」，酒店安放酒甕的爐形土台子。《古今小説·宋四公大鬧禁魂張》：「難效彼當～卓氏。」

櫨 lú　❶ 木名，即「黃櫨」。漢·張衡《南都賦》：「其木則……楓柙～櫪。」❷ 果名，柑橘的一種。《呂氏春秋·本味》：「果之美者……有甘～焉。」❸ 梁上短柱，即斗拱。唐·韓愈《進學解》：「欂～、侏儒（短椽），椳（wēi，門臼），闑（門中所豎短木），扂（門栓），楔，各得其宜。」

臚 lú　❶ 肚腹前部。《素問·六元正紀大論》：「癘，心腹滿熱，～脹。」❷ 額。《雲笈七籤》：「七液洞流衝一間。」❸ 陳述，宣佈。《史記·六國年表》：「～於郊祀。」

鹵 lǔ　❶ 鹽鹼地。《史記·貨殖列傳》：「地潟、，人民寡。」❷ 鹽，鹽鹵。《史記·貨殖列傳》：「山東食海鹽，山西食鹽～。」❸ 通「櫓」，大盾。《戰國策·中山策》：「流血漂～。」❹ 通「虜」，俘獲。《史記·吳王濞列傳》：「燒宗廟，～御物。」又指俘虜，也是對少數民族或敵方的蔑稱。❺ 通「魯」，遲鈍。三國魏·劉楨《贈五官中郎將》：「小臣信﹏～，僶俛（miǎn mǐn，勤勉）安能追？」

虜 lǔ　❶ 俘獲。《史記·項羽本紀》：「若屬皆且為所～。」❷ 戰俘，俘虜。明·唐順之《信陵君救趙論》：「不幸戰不勝，為～於秦。」❸ 擄掠。晉·張載《七哀》：「珠柙離玉體，珍寶見剽～。」❹ 奴隸，奴僕。《戰國策·趙策三》：「權使其士，～使其民。」❺ 指敵人。《漢書·高帝紀上》：「乃捫足曰：『～中吾指』。」❻ 對北方的外族或南人對北人的蔑稱。南朝梁·丘遲《與陳伯之書》：「北～僭盜中原。」

【虜略】 lǔ lüè　搶掠。《後漢書·馮異列傳》：「所至～～。」

魯 lǔ　❶ 遲鈍。《論語·先進》：「參也～。」❷ 粗魯。宋·周羽翀《三楚新錄》：「語一而且醜。」❸ 周代諸侯國名，在今山東兗州東南至江蘇沛縣、安徽泗縣一帶。《史記·周本紀》：「封弟周公旦於曲阜，曰～。」❹ 通「旅」，陳述。《史記·周本紀》：「周公受禾東土，～天子之命。」

櫓 lǔ　❶ 古代兵器，即大盾。漢·賈誼《過秦論》：「流血漂～。」❷ 沒有頂蓋的望樓。《三國志·魏書·袁紹傳》：「紹為高～。」❸ 比槳長而大的划船用具。《三國志·吳書·呂蒙傳》：「使白衣搖～。」

陸 lù ❶高出水面的土地。《國語·越語上》：“~人居~，水人居水。”❷道路，陸上通道。唐·韓愈《潮州刺史謝上表》：“水ー萬里。”❸跳躍。《莊子·馬蹄》：“齕草飲水，翹足而~。”

【陸沈】lù chén ❶陸地無水而沉，喻隱居。北周·庾信《幽居值春》：“山人久~~，幽徑忽春臨。”❷喻不為人所知。宋·周密《齊東野語·范公石湖》：“而~~於荒煙蔓草者千七百年。”❸喻國土淪陷。南朝宋·劉義慶《世說新語·輕詆》：“遂使神州~~。”❹迂執而不合時宜。漢·王充《論衡·謝短》：“夫知古不知今，謂之~~。”

【陸梁】lù liáng ❶跳躍的樣子。漢·張衡《西京賦》：“怪獸~~。”❷囂張，猖獗。《後漢書·皇甫規列傳》：“後先零諸種~~，覆沒營塢。”❸地區名，秦時稱五嶺山脈以南為陸梁地。《史記·秦始皇本紀》：“略取~~地，為桂林、象郡、南海。”

【陸陸】lù lù ❶猶“碌碌”，無所作為的樣子。《後漢書·馬援列傳》：“季孟嘗折愧子陽而不受其爵，今更共~~。”❷象聲詞，轆轤下索的聲音。漢·揚雄《太玄·法》：“繘（yù，井繩）~~。”

淥 lù 清澈。南朝齊·孔稚珪《北山移文》：“汙~池以洗耳。”

鹿 lù ❶動物名。《孟子·盡心上》：“與~豕遊。”❷喻政權，帝位或爵位。《史記·淮陰侯列傳》：“秦失其~，天下共逐之。”❸糧倉。《國語·吳語》：“市無赤米，而囷（圓的糧倉）~（方的糧倉）空虛。”

【鹿駭】lù hài 鹿性易驚，故以“鹿駭”喻人驚惶紛擾。漢·桓寬《鹽鐵論·險固》：“而邊境無~~狼顧之憂矣。”

祿 lù ❶福。《禮記·中庸》：“受~於天。”❷官吏的俸祿。《史記·孔子世家》：“居魯得~幾何？”

賂 lù ❶贈送財物。漢·賈誼《過秦論》：“爭割地而~秦。”❷行賄，以財物買通人。《晉書·謝玄傳》：“賊厚~泓。”❸贈送的財物，也泛指財物。漢·司馬遷《報任安書》：“貨~不足以自贖。”

碌 lù 見“碌碌”。

【碌碌】lù lù ❶玉石美好的樣子。《文子·符言》：“故不欲~~如玉。”❷平庸無能的樣子。《史記·酷吏列傳》：“九卿~~奉其官。”❸忙碌勞苦的樣子。唐·牟融《遊報本寺》：“自笑微軀長~~，幾時來此學無還。”❹車輪轉動的聲音。唐·賈島《古意》：“~~復~~，百年雙轉轂。”

路 lù ❶道路。《孟子·梁惠王上》：“頒白者不負戴於道~矣。”❷途徑，門路。三國蜀·諸葛亮《出師表》：“以塞忠諫之~也。”❸道。《孟子·離婁上》：“義，人之正~也。”❹喻仕途，掌權。《孟子·公孫丑上》：“夫子當~於齊。”❺經過，途經。戰國楚·屈原《楚辭·離騷》：“~不周以左轉兮。”❻條理，規律。《尚書·周書·洪範》：“遵王之~。”❼大。《史記·孝武本紀》：“~弓乘（四矢為乘）矢。”

僇 lù ❶侮辱，羞辱。《呂氏春秋·當染》：“故國殘身死，為天下～。"❷通"戮"，殺。《呂氏春秋·論人》："惜上世之亡主，以罪為在人，故日殺～而不止，以至於亡而不悟。"

【僇力】lù lì　見"戮力"。

【僇人】lù rén　當加刑罰或受過刑罰的人，泛指罪人。唐·柳宗元《始得西山宴遊記》："自余為～～，居是州，恆惴慄。"也作"戮人"。

漉　lù　❶使乾涸。《呂氏春秋·仲春》："無～陂池。"❷液體慢慢地滲下。《史記·司馬相如列傳》："滋液滲～。"❸過濾。三國魏·曹植《七步詩》："煮豆持作羹，～菽以為汁。"❹用網撈取。唐·白居易《寄皇甫七》："鄰女偷新果，家僮～小魚。"

戮　lù　❶殺。南朝梁·丘遲《與陳伯之書》："自相夷～。"❷陳屍示眾。《史記·孔子世家》："防風氏後至，禹殺而～之。"❸暴虐。《呂氏春秋·貴因》："讒慝勝良，命曰～。"❹羞辱。漢·司馬遷《報任安書》："重為鄉黨～笑。"

【戮力】lù lì　也作"僇力"，併力，合力。《史記·項羽本紀》："臣與將軍～～而攻秦。"

錄　(1) lù　❶記錄。晉·王羲之《〈蘭亭集〉序》："～其所述。"❷簿籍，名冊。三國魏·曹丕《與吳質書》："觀其姓名，已為鬼～。"❸謄寫。明·宋濂《送東陽馬生序》："手自筆～。"❹採納，採取。《三國志·魏書·陳矯傳》："亦焉足一哉！"❺收藏，收集。南朝宋·劉義慶《世說新語·政事》："敕船官悉～鋸木屑。"❻收留，收錄。南朝梁·丘遲《與陳伯之書》："棄瑕～用。"❼拘捕。南朝宋·劉義慶

《世說新語·政事》："吏～一犯夜人來。"❽總領。《後漢書·和帝紀》："大司農尹睦為太尉，～尚書事。"❾次第。《國語·吳語》："今大國越～。"❿談到。清·陳文菘《〈李延公詩〉序》："姓名為當世所諱，不肯～之齒牙間。"

(2) lù　省察，甄別。《新唐書·蔣欽緒傳》："以御史中丞～河南囚。"

璐　lù　美玉。戰國楚·屈原《楚辭·九章·涉江》："被明月兮珮寶～。"

麓　lù　❶山腳。清·姚鼐《登泰山記》："與知府朱孝純子穎由南～登。"❷管理山林苑囿的官吏。《國語·晉語九》："主將適螻（晉君之囿）而～不聞。"

露　lù　❶露水。靠近地面的水蒸氣，夜間遇冷凝結而成的小水珠。宋·蘇洵《六國論》："暴霜～。"❷滋潤。《詩經·小雅·白華》："英英白雲，～彼菅茅。"❸顯露。宋·楊萬里《小池》："小荷才～尖尖角，早有蜻蜓立上頭。"❹敗露，泄露。唐·白居易《得乙盜買印用法直斷以偽造論》："潛謀斯～。"❺揭露。《後漢書·孔融列傳》："前以～袁術之罪。"❻破敗，敗壞。《莊子·漁父》："故田荒室～。"❼羸弱，瘦弱。《列子·湯問》："氣甚猛，形甚～。"❽芳冽的酒。明·宗臣《過采石懷李白》："為君五斗金莖～，醉殺江南千萬山。"

閭　lú　❶里巷的大門。唐·柳宗元《駁復讎議》："當時諫臣陳

子昂建議誅之而旌其～。"也泛指門。❷古代戶籍編制單位,也泛指鄉里。唐·白居易《村居苦寒》:"回觀村一間,十室八九貧。"❸水聚集。《莊子·秋水》:"尾～泄之,不知何時已。"

【閭里】 lǘ lǐ　鄉里,泛指民間。宋·蘇軾《方山子傳》:"～～之俠皆宗之。"

【閭伍】 lǘ wǔ　閭與伍都是戶籍的基層組織,後以"閭伍"指平民所居。《史記·司馬穰苴列傳》:"臣素卑賤,君擢之～～之中。"

【閭巷】 lǘ xiàng　猶里巷,泛指民間。《史記·游俠列傳》:"原憲,～～人也。"

【閭左】 lǘ zuǒ　居里門左側的人,秦代為貧賤者所居,故借指平民。《史記·陳涉世家》:"發～～適戍漁陽九百人。"後又借指戍卒。

捋　(1) lǚ　用手指順着抹過去,使物體順溜。漢樂府《陌上桑》:"行者見羅敷,下擔～髭鬚。"
　　(2) luō　以手握着物體順着移動採取。《詩經·周南·芣苢》:"采采芣苢,薄言～之。"

旅　lǚ　❶軍隊的編制單位。《周禮·地官司徒·小司徒》:"五人為伍,五伍為兩,四兩為卒,五卒為～。"❷泛指軍隊。《論語·先進》:"加之以師～。"❸眾人,眾多。《左傳·昭公三年》:"敢煩里～。"❹俱,共同。《國語·越語上》:"欲其～進～退。"❺次序。《儀禮·燕禮》:"賓以～酬於西階上。"❻陳列。《漢書·敍傳下》:"周穆觀兵,荒服不～。"❼寄居,客處。《孟子·公孫丑上》:"則天下之～皆悅。"❽植物不種而生。《後漢書·光武帝紀上》:"至是野穀～生。"

【旅次】 lǚ cì　旅途寄居之所。唐·杜甫《毒熱寄簡崔評事十六弟》:"老夫轉不樂,～～兼百憂。"

【旅食】 lǚ shí　❶已入官而未受正祿之士的宴飲。《儀禮·燕禮》:"尊士～～於門西。"❷客居,寄食。唐·韓愈《祭十二郎文》:"故捨汝而～～京師。"

屢　lǚ　❶多次,經常。《論語·先進》:"回也其庶乎,～空。"❷急速。《禮記·樂記》:"臨事而～斷,勇也。"

膂　lǚ　脊骨。《尚書·周書·君牙》:"作股肱心～。"

【膂力】 lǚ lì　謂四肢有力。《三國志·魏書·呂布傳》:"～～過人。"

履　lǚ　❶鞋。《史記·滑稽列傳》:"～舄交錯。"❷穿鞋。《史記·留侯世家》:"因長跪～之。"❸踩踏。《論語·泰伯》:"如～薄冰。"❹行走。《周易·履》:"跛能～。"❺經歷。《後漢書·張衡列傳》:"親～艱難者知下情。"❻臨,處。漢·賈誼《過秦論》:"～至尊而制六合。"❼國土。《左傳·僖公四年》:"賜我先君～。"❽執行,實行。《國語·吳語》:"夫謀必素見成事焉,而後～之。"❾踏勘。宋·蘇舜欽《先公墓誌銘》:"公按籍收判貲,悉～邑田書而揭之。"❿操守,品行。《晉書·郗鑒傳》:"太真性～純深。"⓫福祿。《詩經·周南·樛木》:"樂只君子,福～綏之。"⓬敬辭,猶言起居。宋·蘇軾《與朱康叔書》:"比日伏想尊～佳勝。"

【履霜】 lǚ shuāng　❶踩霜。《詩經·魏風·葛屨》:"糾糾葛屨,可以～～。"❷謂踏霜而知寒冬將至,喻事態發展已有嚴重後果的預兆。

明·唐順之《信陵君救趙論》："～～之漸，豈一朝一夕也哉。" ❸ 謂霜降時節懷念親人。宋·蘇軾《元祐元年九月六日明堂赦文》："惻然～～，詎勝悽愴之意。"

縷 lǚ ❶ 線。《孟子·滕文公上》："麻、絲絮輕重同，則賈（價格）相若。" ❷ 泛指細而長的線狀物。《戰國策·燕策三》："血濡～。" ❸ 帛。《孟子·盡心下》："有布～之徵。" ❹ 詳細地，逐條地。南朝梁·劉勰《文心雕龍·聲律》："非可～言。" ❺ 疏導。《明史·黃河志上》："築堤則有截水、～水之異。" ❻ 刺繡。唐·白居易《繡觀音菩薩像贊序》："紉針～彩。" ❼ 量詞，多用於細長之物。唐·韋應物《長安遇馮著》："昨別今已春，鬢絲生幾～。"

律 lǜ ❶ 古代定音用的管狀儀器，以管的長短來確定音階。從低音算起，奇數的六個管叫律，偶數的六個管叫呂，統稱十二律。《孟子·離婁上》："不以六～，不能正五音。" 古人又用十二律對應一年的十二個月，因用律指節氣、時令。❷ 法令，法紀。漢·晁錯《論貴粟疏》："今法～賤商人。" ❸ 規律，規則。《淮南子·覽冥訓》："以治日月之行～。" ❹ 遵循，效法。《禮記·中庸》："上～天時。" ❺ 約束。《尉繚子·戰威》："先053愛而後～其身。" ❻ 衡量。明·袁宏道《遊蘇門山百泉記》："以常情～之。" ❼ 依法治理，處置。《尚書·周書·微子之命》："～乃有民。" ❽ 詩的格律。唐·杜甫《又示宗武》："覓句新知～。"

【律令】lǜ lìng ❶ 法令。《史記·孝

文本紀》："除收帑諸相坐～～。" ❷ 指一般的法則，規律。唐·柳宗元《覆杜溫夫書》："但見生用助字，不當～～。"

率 (1) lǜ ❶ 計算。《資治通鑑》卷八十三："且關中之人百餘萬口，～其少多，戎狄居半。" ❷ 比例，比率。《漢書·梅福傳》："建始以來，日食地震，以～言之，三倍春秋。" ❸ 法令，條例。《後漢書·朱暉列傳》："以義犯～。" 又指標準。《孟子·盡心上》："羿不為拙射變其彀～。"

(2) shuài ❶ 捕鳥用的長柄網，引申為用網捕鳥獸。漢·張衡《東京賦》："悉～百禽。" 也指網羅人才。❷ 聚斂，徵收。《舊唐書·德宗紀上》："今後除兩稅外，輒一錢，以枉法論。" ❸ 帶領。《孟子·梁惠王上》："此～獸而食人也。" ❹ 遵循。《禮記·中庸》："～性之謂道。" ❺ 順從。《舊唐書·懿宗紀》："獨惟南蠻姦宄不～。" ❻ 沿著，順著。《孟子·梁惠王下》："～西水滸，至於岐下。" ❼ 表率，楷模。《漢書·朱博傳》："臣願盡力，以御史大夫為百僚～。" ❽ 直率，直爽。《梁書·張弘策傳》："弘策為人寬厚通～。" ❾ 粗魯，粗獷。《北史·高允傳》："季式豪～好酒。" ❿ 直陳。晉·王謐《答桓太尉》："輒復～其短見。" ⓫ 草率，輕率。清·蒲松齡《聊齋志異·林四娘》："今將長別，當～成一章。" ⓬ 迅疾的樣子。《古詩十九首·凜凜歲雲暮》："涼風～已厲。" ⓭ 一概，都。唐·宋·蘇洵《六國論》："六國互喪，～賂秦耶？" ⓮ 大概，一般。南朝梁·劉勰《文心雕龍·明詩》："何晏之徒，～多浮淺。"

【率更】lǜ gēng ❶ 即 "率更令"，秦漢官名，為太子屬官，掌漏刻紀時器。漢武帝《柏梁》："外家公主不可治，椒房～～領其材。" ❷ 指唐代書法大家歐陽詢，因其曾任率更令。明·董其昌《畫禪室隨筆·評書法》："即米顛（米芾）書自～～得之。"

【率爾】shuài ěr ❶ 急遽、輕率的樣子。《論語·先進》："子路～～而對。" ❷ 無拘束，隨便的樣子。《晉書·袁宏傳》："秋夜乘月，～～與左右微服泛江。"

【率然】shuài rán ❶ 傳說中的一種蛇。《孫子·九地》："～～者，常山之蛇也。" ❷ 灑脫、飄逸的樣子。《晉書·嵇康傳》："其高情遠趣，～～玄遠。" ❸ 輕率的樣子。明·唐順之《贈李司訓遷官臨安序》："不量其人之能與不能也，～～而授之為師。" ❹ 急遽的樣子。隋·王通《中說·天道》："～～而作，無所取焉。"

【率土】shuài tǔ ❶ 謂境域以內。《詩經·小雅·北山》："～～之濱，莫非王臣。" ❷ 謂京畿地區。唐·張署《贈韓退之》："浼汗幾時流～～，扁舟西下挂歸田。"

【率由】shuài yóu ❶ 遵循《詩經·大雅·假樂》："不愆不忘，～～舊章。" ❷ 由來。《梁書·何點傳》："夷坦之風，～～自遠。" ❸ 皆由，都由。唐·張九齡《〈開元紀功德頌〉序》："～～事邊，是無寧歲。"

綠 lǜ ❶ 綠色。唐·王勃《滕王閣序》："睢園～竹，氣凌彭澤之樽。" ❷ 特指綠葉。宋·李清照《如夢令》："應是～肥紅瘦。" ❸ 變為綠色。宋·王安石《泊船瓜洲》："春

風又～江南岸，明月何時照我還。" ❹ 烏黑色，古詩詞中常用來形容鬢髮。唐·李白《古風五九首》之五："中有～髮翁，披雲卧松雪。" ❺ 指綠色的東西。唐·杜甫《對雪》："瓢棄尊無～，爐存火似紅。"

【綠雲】lǜ yún ❶ 綠色的雲彩，多形容繚繞仙人的瑞氣。唐·李白《遠別離》："帝子泣兮～～間，隨風波兮去無還。" ❷ 比喻女子烏黑光亮的秀髮。唐·杜牧《阿房宮賦》："～～擾擾，梳曉鬟也。" ❸ 喻綠葉。宋·謝邁《念奴嬌》："～～影裏。"

慮 lǜ ❶ 思考，謀劃。漢·賈誼《過秦論》："深謀遠～。" ❷ 思想，意念。《孟子·告子下》："困於心，衡於～。" ❸ 憂慮。晉·趙至《與嵇茂齊書》："則有後～之戒。" ❹ 大約，大概。宋·蘇舜欽《內園使連州刺史知代州劉公墓誌》："獲馬畜鎧甲之類，～一萬七千三百餘。" ❺ 用繩子結綴。《莊子·逍遙遊》："今子有五石之瓠，何不～以為大樽？"

---

luan

巒 luán ❶ 小而尖銳的山。戰國楚·屈原《楚辭·九章·悲回風》："登石～以遠望兮。" ❷ 狹長的山。晉·陸機《苦寒行》："凝冰結重澗，積雪被長～。" ❸ 泛指山峯。《水經注·洛水》："雙～競舉，狀同熊耳。"

孌 luán 美好的樣子。《詩經·邶風·靜女》："靜女其～，貽我彤管。"

攣 luán ❶ 牽繫。唐·白居易《與元微之書》："牽～乖隔。"

❷ 抽搐。《素問·皮部論》:"寒多則筋～骨痛。" ❸ 手足蜷曲不能伸展。唐·柳宗元《捕蛇者說》:"可以已大風、～踠、瘻、癘。"

臠 luán

❶ 切成塊狀的魚肉。《莊子·至樂》:"鳥乃眩視憂悲,不敢食一～。" ❷ 碎割。唐·韓愈《論佛骨表》:"必有斷臂～身以為供奉者。"

鑾 luán

❶ 裝在軛首或車衡上的鈴,其聲似鸞鳥。漢·張衡《東京賦》:"～聲噦噦(huì)。" ❷ 皇帝的車駕,因用作皇帝的代稱。清·孔尚任《桃花扇·劫寶》:"迎～護駕。"

鸞 luán

❶ 傳說中鳳凰一類的鳥。戰國楚·屈原《楚辭·九章·涉江》:"～鳥鳳凰,日以遠兮。" ❷ 鈴,車鈴。《左傳·桓公二年》:"錫、～、和、鈴,昭其聲也。" ❸ 指鸞車,有鸞鈴的車。宋·辛棄疾《江神子·和陳仁和韻》:"玉簫聲遠憶驂～。" ❹ 鸞鏡,妝鏡。宋·無名氏《張協狀元》:"臨～照時。" ❺ 借指姬妾。唐·楊炯《和崔司空傷姬人》:"今日東方至,～銷珠鏡前。"

【鸞鳳】luán fèng ❶ 鸞鳥和鳳凰。漢·劉向《九歎》:"駕～～以上游兮。" ❷ 喻賢俊之士。漢·賈誼《弔屈原文》:"～～伏竄兮,鴟梟翱翔。" 又喻君主。《舊唐書·馬周傳》:"～～～凌雲,必資羽翼。" 又喻夫婦。清·蒲松齡《聊齋志異·陸判》:"豈有百歲不拆之～～耶!" 或喻美女。唐·盧儲《催妝》:"今日幸為秦晉會,早教～～～下妝樓。"

【鸞書】luán shū ❶ 男女定親的婚帖。明·無心子《金雀記·成親》:"婚賴～～。" ❷ 書信。明·李東

陽《山水圖為曰會中書題送體齋先生》:"～～驛騎隨車輪,倏忽咫尺如有神。"

亂 luàn

❶ 治,治理。《論語·泰伯》:"予有～臣十人。" ❷ 動亂,叛亂。《史記·孔子世家》:"魯～,孔子適齊。" ❸ 橫暴無道。《韓非子·五蠹》:"桀、紂暴～而湯、武征伐。" ❹ 擾亂,敗壞。《論語·衛靈公》:"小不忍則～大謀。" ❺ 無條理,雜亂。隋·王通《中說·王道》:"陳事者～而無緒乎?" ❻ 混雜,混淆。《韓非子·喻老》:"～之楮葉之中而不可別也。" ❼ 昏亂,迷亂。《論語·鄉黨》:"唯酒無量,不及～。" ❽ 煩亂。戰國楚·屈原《楚辭·卜居》:"心煩慮～,不知所從。" ❾ 危害,禍害。《漢書·霍光傳》:"當斷不斷,反受其～。" ❿ 淫亂。唐·駱賓王《為徐敬業討武曌檄》:"穢～春宮。" ⓫ 紛繁。唐·白居易《錢塘湖春行》:"～花漸欲迷人眼,淺草才能沒馬蹄。" ⓬ 隨便,任意。唐·白居易《與元微之書》:"隨意～書。" ⓭ 橫渡。南朝齊·謝朓《拜中軍記室藤隋王箋》:"東～三江,西浮七澤。" ⓮ 古代樂曲的最後一章。《論語·泰伯》:"《關雎》之～,洋洋乎盈耳哉!" 也指辭賦篇末總括全篇要旨的話。

【亂紀】luàn jì ❶ 破壞法紀。《禮記·禮運》:"是謂天子壞法～～。" ❷ 亂世。《漢書·天文志》:"太白經天,天下革,民更王,是為～～。" ❸ 指事物失去條理。晉·陸機《浮雲賦》:"朱絲～～。"

【亂流】luàn liú ❶ 橫渡河流。《後漢書·徐登列傳》:"(趙炳)長嘯呼風,～～而濟。" ❷ 水流不依常

道。唐・李嘉祐《送王牧往吉州謁王使君叔》："野渡花爭發，春塘水~~。" ❸ 恣行放縱。戰國楚・屈原《楚辭・離騷》："固~~其鮮終兮，浞（寒浞）又貪夫厥家。"

【亂民】luàn mín ❶ 統治人民。《尚書・商書・説命中》："不惟逸豫，惟以~~。" ❷ 侵害民眾。《韓非子・詭使》："下漸行如此，入則~~。" ❸ 造反的人。漢・王充《論衡・治期》："猶夫~~之不可安也。"

---

lüe

掠　**lüè** ❶ 搶奪，奪取。唐・杜牧《阿房宮賦》："摽~其人。" ❷ 竊取。清・方苞《兩朝》："懼無其實而~美也。" ❸ 拷問。《禮記・月令》："去桎梏，毋肆~。" ❹ 砍，砍伐。《穆天子傳》："命虞人~林除藪。" ❺ 輕輕擦過，拂過。宋・蘇軾《後赤壁賦》："戛然長鳴，~予舟而西也。" ❻ 梳理。明・袁宏道《滿井遊記》："如倩女……靧鬢之始~也。"

略　**lüè** ❶ 疆界。《資治通鑑》卷一百三十二："輕犯王~。" ❷ 治理。明・方孝孺《蜀道易》："鑿山焚荒穢，~水鑱崖石。" ❸ 巡行，行經。宋・蘇軾《潮州韓文公廟碑》："西遊咸池~扶桑。" ❹ 奪取。《戰國策・燕策三》："進兵北地至燕南界。" ❺ 收羅。《左傳・成公十二年》："~其武夫，以為己腹心。" ❻ 法度。《左傳・定公四年》："吾子欲復文武之~。" ❼ 謀略，智謀。《漢書・鄒陽傳》："陽為人有智~。" ❽ 簡略。漢・司馬遷《報任安書》："~考其行事。" ❾ 忽略，輕視。《荀子・修身》："君子之求利

也~。" ❿ 大致，概要。《孟子・萬章下》："嘗聞其~也。" ⓫ 皆，全。北魏・酈道元《水經注・江水》："兩岸連山，~無闕處。"

【略地】lüè dì ❶ 巡察邊境。《左傳・隱公五年》："吾將~~焉。" ❷ 攻佔土地。《史記・張耳陳餘列傳》："足下必將戰勝然後~~。" ❸ 掠過地面。唐・高適《奉和鶻賦》："始滅沒以~~，忽升騰而參雲。"

---

lun

倫　**lún** ❶ 輩，類。漢・賈誼《過秦論》："吳起、孫臏、帶佗、兒（ní，同'倪'）良、王廖、田忌、廉頗、趙奢之~制其兵。" ❷ 比，匹敵。唐・陳子昂《堂弟孜墓誌銘》："實為時輩所高，而莫敢與~也。" ❸ 道理。《論語・微子》："言中~，行中慮。" ❹ 倫常，綱紀。《孟子・滕文公上》："教以人~。" ❺ 條理，順序。《尚書・虞書・舜典》："無相奪~。"

淪　**lún** ❶ 水面吹起的小波紋。《詩經・魏風・伐檀》："河水清且~猗。" ❷ 一個接一個的樣子。元・程鉅夫《跋酸齋詩文》："情景~至。" ❸ 沉沒。唐・韓愈《送區冊序》："破碎~溺者，往往有之。" ❹ 陷入。宋・陸游《感興》："遺民~左袵，何由雪煩冤？" ❺ 墜落。北魏・田益宗《請乘機取義陽表》："然露葉將~。" ❻ 進入，滲入。《漢書・鄒陽傳》："德~於骨髓。" ❼ 消亡。唐・白居易《贈樊著作》："每惜若人輩，身死名亦~。"

綸　（1）**lún** ❶ 青絲綬帶，古代官員繫印用的絲帶。《後漢書・

仲長統列傳》："身無半通青～之命。"❷釣絲。三國魏・嵇康《贈秀才入軍》："流磻平皋，垂～長川。"❸粗於絲的繩子。《禮記・緇衣》："王言如絲，其出如～。"❹比喻帝王的旨意。唐・王勃《春思賦》："夕憩金閨奉帝～。"❺治理。《禮記・中庸》："為能經～天下之大經。"

(2) guān　見"綸巾"。

【綸巾】guān jīn　古代用青色絲帶編的頭巾，相傳為三國諸葛亮所創製，故又名"諸葛巾"。宋・蘇軾《念奴嬌・赤壁懷古》："羽扇～～，談笑間，檣櫓灰飛煙滅。"

輪 lún ❶車輪。《荀子・勸學》："輮以為～。"❷車。宋・孫光憲《臨江仙》："杳杳征～何處去？"❸迴轉，轉動。《呂氏春秋・大樂》："天地車～。"❹輪流，按次序更替。晉・葛洪《神仙傳・張道陵》："使諸弟子隨事～出米絹器物。"❺周邊，邊緣。《後漢書・董卓列傳》："又錢無～郭文章，不便人用。"❻似輪的物體，多指月或日。唐・杜甫《江月》："玉露溥（tuán，形容露水多）清影，銀河沒半～。"❼圓。南唐・李煜《昭惠周后誄》："鏡重～兮何年？"❽製作車輪的工匠。《孟子・滕文公下》："則梓匠～輿皆得食於子。"❾樹的橫枝。漢・劉安《招隱士》："樹～相糾兮。"❿面積的南北長度。《南史・夷貊上》："其國廣～三千餘里。"⓫高大的樣子。《禮記・檀弓下》："美哉～焉。"

論 (1) lún　對記錄孔子言行思想的《論語》一書的簡稱。三國魏・曹丕《典論》自序："余是以少誦《詩》《～》。"

(2) lùn ❶議論。三國蜀・諸葛亮《出師表》："每與臣～此事。"❷衡量，評定。《漢書・霍光傳》："今～功而請賓。"❸編次。漢・司馬遷《報任安書》："退而～書策。"❹定罪。明・袁宏道《徐文長傳》："下獄～死。"❺推知。《荀子・解蔽》："處於今而～久遠。"❻考慮。秦・李斯《諫逐客書》："不～曲直。"❼敍說，陳述。唐・杜甫《詠懷古跡》："千載琵琶作胡語，分明怨恨曲中～。"❽彈劾。清・俞樾《茶香室叢鈔・秋香》："父以疏～嚴氏，謫死。"❾倚仗。元・高文秀《澠池會》："～膽量完璧而回。"

【論次】lùn cì　論定編次。《史記・五帝本紀》："余并～～。"

【論列】lùn liè ❶一一論述。漢・司馬遷《報任安書》："～～是非。"❷指上書彈劾。《舊唐書・孔戣傳》："諫官～～。"

【論難】lùn nàn　辯論詰難。宋・蘇軾《司馬溫公行狀》："反覆～～。"

luo

羅 luó ❶捕鳥的網。唐・杜甫《夢李白》："君今在～網，何以有羽翼？"❷張網捕鳥。《詩經・小雅・鴛鴦》："鴛鴦于飛，畢之～之。"❸包羅。《莊子・天下》："萬物畢～～。"❹約束，防範。宋・王安石《上仁宗皇帝言事書》："方今法嚴令具，所以～天下之士，可謂密矣。"❺羅列，散佈。晉・陶淵明《歸園田居》："榆柳蔭後簷，桃李～堂前。"❻輕軟有稀孔的絲織品。戰國楚・屈原《楚辭・招魂》：

"～幬（帷帳）張些。"❼一種密孔的篩子。明·宋應星《天工開物·粹精》："凡麥經磨之後，幾番入～。"也指用羅篩東西。

【羅致】luó zhì　用網捕捉鳥類，後多喻招攬人才《明史·蔡國珍傳》："欲～～門下。"

蘿 luó　松蘿，或云女蘿，攀緣蔓生植物，枝體下垂如絲。唐·白居易《與元微之書》："青～為牆垣。"

絡 luò　❶粗絮。漢·史游《急就篇》："綈～縑練素帛蟬。"❷纏絲，也指纏絲工人。《三國志·吳書·陸凱傳》："後宮列女，及諸織～，數不滿百。"❸纏繞。《漢書·楊王孫傳》："支體一束，口含玉石。"引申為環繞。北魏·酈道元《水經注·決水》："其水歷北委注而～其縣矣。"❹包羅，覆蓋。《文子·精誠》："智～天地。"❺網，網狀物。明·陳子龍《報夏考功書》："而邏一忽嚴。"也指用網兜起。《漢書·李廣傳》："廣時傷，置兩馬間，～而盛之臥。"❻馬籠頭。唐·李白《陌上桑》："五馬如飛龍，青絲結金～。"亦指兜住馬頭。漢樂府《陌上桑》："黃金～馬頭。"

落 luò　❶樹葉或花脫落，飄落。南唐·李煜《浪淘沙》："流水～花春去也。"❷下降，掉下。唐·白居易《與元微之書》："飛泉～於簷間。"❸掉進，陷入。晉·陶淵明《歸園田居》："誤～塵網中，一去三十年。"❹除去，去掉。晉·謝靈運《曇隆法師誄》："慨然有擯～榮華，兼濟物我之志。"❺掉在後面。唐·李白《流夜郎贈辛判官》："氣岸遙凌豪士前，風流肯～

他人後？"❻稀少。《史記·汲鄭列傳》："家貧，賓客益～。"❼衰敗。《管子·宙合》："盛而不～者，未之有也。"❽耽誤，荒廢。《莊子·天地》："夫子闔行邪？無～吾事。"❾流落。唐·李白《與韓荊州書》："流～楚漢。"❿止息。唐·李子卿《府試授衣賦》："山靜風～。"⓫居處。唐·杜甫《兵車行》："千村萬～生荊杞。"⓬籬笆。明·王守仁《瘞旅文》："予從籬～間望見之。"

【落草】luò cǎo　逃往山林與官府為敵。宋·蘇軾《乞增修弓箭社條約狀》："近有逃北～～四十餘人。"

【落落】luò luò　❶磊落。《三國志·蜀書·彭羕傳》："必有忠讜～～之譽。"❷孤獨的樣子。《後漢書·耿弇列傳》："常以為～～難合。"❸零落、稀疏的樣子。晉·陸機《歎逝賦》："親～～而日稀。"❹眾多的樣子。清·袁枚《黃生借書說》："俸去書來，～～大滿。"❺高超卓絕的樣子。北周·庾信《謝趙王示新詩啟》："～～詞高。"❻粗劣、鄙賤的樣子。《後漢書·馮衍列傳》："不碌碌如玉，～～如石。"❼連續不斷的樣子。唐·趙牧《對酒》："手捼六十花甲子，循環～～如弄珠。"❽清楚分明的樣子。唐·劉禹錫《唐故中書侍郎平章事韋公集紀》："古今相望，～～然如騎星辰。"❾清澈的樣子。晉·陶淵明《讀〈山海經〉》："亭亭明玕照，～～清瑤流。"❿象聲詞。唐·王建《聽雨》："雨聲～～屋檐頭。"

【落拓】luò tuò　❶貧困失意。宋·陸游《醉道士》："～～在人間，經旬不火食。"❷冷落，寂寞。元·

楊湜《劉行首》："～～清閒，倒大幽微。" ❸ 放浪不羈。《隋書·楊素傳》："素少～～，有大志。"

【落英】luò yīng　落花。晉·陶淵明《桃花源記》："～～繽紛。"

犖　luò　❶ 雜色牛。唐·陸龜蒙《雜諷》："怒～抉以入。" ❷ 見"犖犖"。❸ 超絕。唐·韓愈《進學解》：

"卓～為傑。"

【犖犖】luò luò　❶ 分明、顯著的樣子。《史記·天官書》："此其～～大者。" ❷ 卓絕的樣子。唐·韓愈《代張籍與李浙東書》："惟閣下心事～～，與俗輩不同。"

　luò　見 565 頁 shuò。

M

麻 má ❶一種植物，也叫大麻。唐·孟浩然《過故人莊》："把酒話桑～。" ❷麻布喪服。《禮記·雜記下》："～不加於采。" ❸唐宋時詔書用麻紙書寫，因稱詔書為"麻"。《舊唐書·韋弘景傳》："弘景草～，漏敘(蘇)光榮之功。" ❹形容紛亂眾多。唐·李白《蜀道難》："殺人如～。"

埋 (1) mái 掩藏在土中。明·王守仁《瘞旅文》："就其傍山麓為三炊，～之。"
(2) mán 見"埋冤"。

【埋冤】mán yuān 同"埋怨"。責備，抱怨。宋·辛棄疾《南鄉子·舟中記夢》："只記～～前夜月。"

霾 mái ❶風沙迷漫，日色無光。《詩經·邶風·終風》："終風且～。" ❷昏暗，模糊不清。北周·庾信《晚秋》："雲峯晚更～。" ❸掩埋，埋沒。戰國楚·屈原《楚辭·九歌·國殤》："～兩輪兮縶四馬。"

買 mǎi ❶用金錢換取物品。北朝民歌《木蘭辭》："東市～駿馬。" ❷引申為租用或僱傭。《韓非子·五蠹》："澤居苦水者，～庸而決竇。" ❸因個人的言語、行為而引起的不良後果；招惹，招致。《戰國策·韓策一》："此所謂市怨而～禍者也。" ❹用錢財或言語、行

為追求某種目的；博取，追逐，獲取。《管子·法禁》："說人以貨財，濟人以～譽，其身甚靜。"

◆ 買、賣。二字都是指錢與物的交換。對主體講，"買"是物入，"賣"是物出。

【買春】mǎi chūn 買酒，賞春。唐·司空圖《二十四詩品·典雅》："玉壺～～，賞雨茆屋。"

【買名】mǎi míng 以錢財換取名聲，追逐名譽。南朝梁·江淹《去故鄉賦》："不～～於城市。"

【買市】mǎi shì ❶古時官府或富豪為繁榮市場而設立集市，招徠小商小販，並給與賞賜。《水滸傳》第八十二回："今欲罄竭資財，～～十日。" ❷購物。清·張南莊《何典》："一個大肚癟困，出外上街～～。"

脈 (1) mài ❶血管。《素問·脈要精微論》："夫～者，血之府也。" ❷脈息，脈搏。《史記·扁鵲倉公列傳》："復診其～，而～躁。" ❸指如同血管那樣連貫而有條理的事物。唐·皎然《詠小瀑布》："細～穿亂沙。"
(2) mò ❶通"脈"，察看，審視。《戰國策·魏策一》："～地形之險阻，決利害之備。" ❷通"默"，視而不語。清·捧花生《畫舫餘談》："一遇斂錢之時，則互相退縮，～不作聲。"

【脈脈】mò mò 同"眽眽"。凝視、含情而望的樣子。《古詩十九首·迢迢牽牛星》："盈盈一水間，～～不得語。"

賣 mài ❶以物品、貨物換錢，與"買"相對。《漢書·食貨志下》："貴則～之，賤則買之。" ❷背棄，叛賣。明·夏完淳《南都

大略》："（史）可法始知為士英所~，已無及矣。"❸賣弄，炫耀。《莊子·天地》："獨弦哀歌以~名聲於天下者乎？"

【賣交】mài jiāo　出賣朋友。《史記·樊酈滕灌列傳》："天下稱酈況~~也。"

【賣重】mài zhòng　賣弄權勢。《韓非子·和氏》："主用術，則大臣不得擅斷，近習不敢~~。"

邁 mài　❶跨步行走，前進。《詩經·小雅·小宛》："我日斯~，而月斯征。"❷時光消逝。《詩經·唐風·蟋蟀》："今我不樂，日月其~。"❸超越。《三國志·魏書·高堂隆傳》："三王可~，五帝可越。"❹年老。《後漢書·皇甫規列傳》："凡諸敗將，非官爵之不高，年齒之不~。"

【邁邁】mài mài　❶流逝的樣子。晉·陶淵明《時運》："~~時運，穆穆良朝。"❷輕慢。《詩經·小雅·白華》："念子懆懆（cǎo cǎo，憂愁不安的樣子），視我~~。"

man

顢 mān　見"顢頇"。

【顢頇】mān hān　❶面大，廣大。五代·和凝《宮詞》："~~冰面瑩池心。"❷糊塗。清·趙翼《題竹初為袁趙兩家息詞後》："閻羅包老也~~。"

悗 （1）mán　❶迷惑。《呂氏春秋·審分》："夫説以智通，而實以過~。"❷煩悶。《靈樞經·五亂》："清濁相干，亂於胸中，是謂大~。"

（2）měn　無心的樣子，心不在焉。《莊子·大宗師》："~乎忘其言也。"

謾 （1）mán　❶欺騙，蒙蔽。《墨子·非儒下》："久喪偽哀以~親。"❷詆毀。《荀子·非相》："鄉則不若，偝（背）則~之。"

（2）màn　❶通"慢"，怠慢，傲慢。《漢書·董仲舒傳》："故桀紂暴~。"❷通"漫"，散漫，不得要領。《莊子·天道》："大~，願聞其要。"隨意，任意。宋·陳亮《水調歌頭·送章德茂大卿使虜》："不見南師久，~説北羣空。"徒然，空自。唐·戴叔倫《過賈誼舊居》："~有長書憂漢室。"❸不要。宋·朱淑真《讀史》："王霸~分心與跡。"

蠻 mán　❶舊稱中國南方少數民族，也泛稱四方邊遠不設法制的地方，也指國外。《禮記·王制》："南方曰~。"❷粗野，強悍。宋·歐陽修《自岐江山行至平陸驛》："習俗羨~獷。"❸鳥鳴聲。唐·張籍《登樓寄胡家兄弟》："林煙演漾鳥~~。"

【蠻荊】mán jīng　古代稱春秋楚國的地方，即長江中游荊州地區。唐·王勃《滕王閣序》："控~~而引甌越。"

滿 mǎn　❶充滿，裝滿，遍。宋·蘇軾《超然臺記》："盜賊~野。"❷足，夠，滿足。《史記·管晏列傳》："晏子長不~六尺。"❸自足，驕傲。《新五代史·伶官傳序》："《書》曰：~招損，謙受益。"❹成就，完成。《呂氏春秋·貴信》："以言非信，則百事不~也。"❺到期。《陳書·虞荔傳》："前後所居官，未嘗至秩。"

曼 màn ❶長。《詩經‧魯頌‧閟宮》:"孔~且碩。"❷擴展,延伸。戰國楚‧屈原《楚辭‧九章‧哀郢》:"~余目以流觀兮,冀壹反之何時?"❸細膩,柔美。戰國楚‧屈原《楚辭‧天問》:"平脅~膚,何以肥之?"❹長遠的樣子。戰國楚‧屈原《楚辭‧離騷》:"路~~其脩遠兮,吾將上下而求索。"

【曼妙】màn miào　柔美,嬌豔。清‧蒲松齡《聊齋志異‧陳雲樓》:"姿容~~,目所未睹。"

優 màn ❶怠慢,懈怠。《荀子‧不苟》:"君子寬而不~。"❷輕視。《荀子‧非十二子》:"上功用,大儉約,而~差等。"

幔 màn ❶帳幕。《墨子‧非攻下》:"~幕帷蓋,三軍之用。"❷布帛做的簾子。南朝齊‧謝朓《秋夜》:"北窗輕~垂,西戶月光入。"

慢 màn ❶鬆懈,怠慢。《左傳‧子產論政寬猛》:"政寬則民~。"三國蜀‧諸葛亮《出師表》:"若無興德之言,則責攸之、禕、允等之~。"❷傲慢,不敬。《呂氏春秋‧上德》:"去鄭之荊,荊成王~焉。"❸緩慢。清‧文康《兒女英雄傳》第五回:"一路緊趕緊走,~趕~走。"❹胡亂,隨意。宋‧聶冠卿《多麗》:"休辭醉,明月好花,莫~輕擲!"❺徒然,空自。宋‧周邦彥《水龍吟‧詠梨花》:"恨玉容不見,瓊英~好,與何人比!"❻唐宋時雜曲曲調名,曲調較舒緩。李清照有《聲聲慢》詞,姜夔有《揚州慢》詞。❼通"墁",塗抹。《莊子‧徐無鬼》:"郢人堊~其鼻端,若蠅翼。"❽通"瞞",欺騙,隱瞞。《韓非子‧說林上》:"田駟東~齊侯,南欺荊王。"

【慢世】màn shì　傲世,玩世不恭。唐‧李白《贈友人》:"~~薄功業,非無胸中畫。"

【慢易】màn yì ❶怠慢,輕視。《管子‧內業》:"思索生知,~~生憂。"❷輕鬆舒緩。《禮記‧樂記》:"~~、繁文、簡節之音作,而民康樂。"

漫 màn ❶水漲流溢。宋‧王安石《白日不照物》:"西南一為壑。"❷水盛大的樣子。唐‧儲光羲《酬綦毋校書夢耶溪見贈之作》:"春看湖水~。"❸滿,遍。宋‧朱熹《題周氏溪園》:"桃李任~山。"❹放縱,不檢點。《新唐書‧元結傳》:"公~久矣。"❺隨便,任意。唐‧杜甫《聞官軍收河南河北》:"~卷詩書喜欲狂。"❻玷污。《莊子‧讓王》:"又欲以其辱行~我。"❼徒然,空自。唐‧杜甫《賓至》:"~勞車馬駐江干。"

【漫漫】màn màn ❶無邊無際,長遠。漢‧揚雄《甘泉賦》:"指東西之~~。"❷放縱,隨意。唐‧柳宗元《始得西山宴遊記》:"其隟也,則施施而行,~~而遊。"❸昏聵,糊塗。漢‧應劭《風俗通》:"里語曰:'縣官~~,冤死者半。'"❹慢慢。漫,通"慢"。元‧康進之《李逵負荊》:"聽老漢~~的說一遍。"

【漫失】màn shī　因浸蝕剝落而模糊不清。清‧姚鼐《登泰山記》:"其遠古刻盡~~。"此義也常寫作"漫滅"。

蔓 màn ❶草本蔓生植物的枝莖。北魏‧賈思勰《齊民要術‧種瓜》:"~廣則歧多。"❷蔓延,滋長。《左傳‧鄭伯克段於鄢》:"~難圖也。"

【蔓草】màn cǎo　蔓生的野草。《左傳·鄭伯克段於鄢》："～～猶不可除，況君之寵弟乎？"

【蔓蔓】màn màn　❶ 蔓延伸展的樣子。戰國楚·屈原《楚辭·九歌·山鬼》："石磊磊兮葛～～。"❷ 延續長久的樣子。《漢書·禮樂志》："～～日茂。"

縵 màn　❶ 沒有花紋的絲織品。漢·董仲舒《春秋繁露·度制》："庶人衣～。"❷ 泛指不加文飾的物品。《左傳·成公五年》："君為之不舉，降服乘～。"❸ 迂迴的樣子。唐·杜牧《阿房宮賦》："廊腰～迴，簷牙高啄。"

---

mang

芒 máng　❶ 草本植物，可做繩索或草鞋。《晉書·劉惔傳》："家貧，織～屩以為養。"❷ 稻麥子實上的細刺或泛指各種細尖、毛刺。南朝宋·劉義慶《世說新語·規箴》："手不能堪～也。"❸ 指刀槍上的鋒刃或尖端。晉·左思《吳都賦》："莫不衄（nù，挫）銳挫～。"❹ 光芒。南朝梁·任昉《〈王文憲集〉序》："昂宿垂～。"❺ 通"茫"，模糊不清，昏昧無知。《莊子·齊物論》："人之生也，固若是～乎？"

盲 máng　❶ 失明。《莊子·逍遙遊》："豈唯形骸有聾～哉？"❷ 昏暗。《荀子·賦》："列星殞墜，旦暮晦～。"❸ 形容像瞎眼失明一樣不明事理或做不成事情。唐·韓愈《代張籍與李浙東書》："當今～於心者皆是。"

茫 máng　曠遠，模糊不清。唐·李白《蜀道難》："蠶叢及魚

鳧，開國何～然。"

【茫昧】máng mèi　曠遠，幽暗不明。晉·陶淵明《怨詩》："天道幽且遠，鬼神～～然。"

莽 mǎng　❶ 密生的草，也指草木深邃的地方。漢·揚雄《長楊賦》："羅千乘於林～。"❷ 草木茂盛的樣子。戰國楚·屈原《楚辭·九章·懷沙》："草木～～。"❸ 無邊無際的樣子。唐·杜甫《秦州雜詩》："～～萬重山。"

【莽眇】mǎng miǎo　❶ 深遠，高遠。《莊子·應帝王》："厭則又乘夫～～之鳥。"❷ 迷茫忘言。宋·洪邁《夷堅志·張風子》："忽墮～～中，不可復問。"

---

mao

毛 máo　❶ 鳥獸的毛。《左傳·僖公十四年》："皮之不存，～將焉附？"亦指人的毛髮。❷ 地表生的草木。三國蜀·諸葛亮《出師表》："故五月渡瀘，深入不～。"❸ 莊稼五穀。《左傳·昭公七年》："食土之～，誰非君臣。"❹ 無。《後漢書·馮衍傳》："饑者～食，寒者裸跣。"

茅 máo　❶ 茅草。唐·杜甫《茅屋為秋風所破歌》："八月秋高風怒號，卷我屋上三重～。"❷ 借指草屋。宋·蘇軾《月華寺》："破鐺煮飯～三間。"❸ 借指王侯的封爵。《文獻通考·封建考》："功無橫草，人已分～。"

【茅茨】máo cí　❶ 茅草屋頂。《韓非子·五蠹》："堯之王天下也，～～不翦。"❷ 指茅屋。唐·白居易《效陶潛體》："榆柳百餘樹，～～十數間。"❸ 指簡陋的居室。引申為平

民居住的地方。《後漢紀·桓帝紀下》："不慕榮宦，身安～～。"

【茅社】máo shè 古代天子分封諸侯，授給茅土，使回國立社。《晉書·汝南文成王亮等傳》："徒分～～，實傳虛爵。"

旄 (1) máo ❶氂牛尾。《荀子·王制》："西海則有皮革文～焉。"❷竿頂用氂牛尾裝飾的旗。也泛指大旗。唐·韓愈《送李愿歸盤谷序》："其在外，則樹旗～，羅弓矢。"

(2) mào ❶通"耄"，年老。《禮記·射義》："～期稱道不亂。"❷通"眊"，眼睛昏花。《戰國策·楚策一》："～不知人。"❸昏昧。《史記·春申君列傳》："後制於李園，～矣。"

【旄節】máo jié ❶使臣所持的符節。宋·梅堯臣《送馬仲塗司諫使北》："又持～～使陰山。"❷仙人所執紫毛或青毛之節。唐·王維《送方尊師歸嵩山》："仙官欲往九龍潭，～～朱旛倚石龕。"

【旄鉞】máo yuè 白旄和黃鉞。借指指揮軍隊或軍權。《三國志·蜀書·諸葛亮傳》："親秉～～以臨三軍。"

髦 máo ❶古代小孩下垂到眉的短髮。《詩經·鄘風·柏舟》："髧（dàn，頭髮下垂的樣子）彼兩～。"❷馬頭上的長毛。《儀禮·既夕禮》："馬不齊～。"❸俊傑。《詩經·小雅·甫田》："烝（進）我～士。"❹通"旄"，裝飾氂牛尾的旗幟。清·吳偉業《與友人談遺事》："雲～大纛（dào，古代軍隊裏的大旗）星辰動。"❺通"耄"，年老。清·戴名世《艱貞叟傳》："已而安陽新令來，～且昏。"❻通"毛"，毛髮。宋·王安石《寄李秀才兄弟》："握手何時見二～。"

蟊 máo 一種吃禾苗的害蟲。見"蟊賊"。

【蟊賊】máo zéi ❶分別為兩種危害禾苗的蟲子。吃根的害蟲叫"蟊"，吃節的害蟲叫"賊"。《詩經·小雅·大田》："去其螟螣，及其～～，無害我田稺！"❷比喻危害國家和民眾的壞人或災害。唐·杜甫《送韋諷上閬州錄事參軍》："必若救瘡痍，先應去～～。"

茂 mào ❶草木茂盛。《詩經·小雅·天保》："如松柏之～。"❷繁盛，豐盛。《管子·五行》："歲農豐，年大～。"❸優秀，厚重，充沛。《史記·外戚世家》："非獨內得～也，蓋亦有外戚之助焉。"❹美好。南朝宋·劉義慶《世說新語·容止》："有人歎王恭形～者。"

【茂才】mào cái 即"秀才"，漢代舉用人才的一種科目。明清時入府州縣學的生員叫"秀才"，也沿稱"茂才"。《南史·劉之遴傳》："年十五，舉～～。"

【茂年】mào nián 壯年。南朝梁·沈約《奏彈祕書郎蕭遙昌》："盛戚～～。"

【茂實】mào shí ❶茂盛而多果實。《管子·五行》："五穀鄰熟，草木～～。"❷物產豐富。清·孫嘉淦《南遊記》："物產～～。"❸盛美的功業。《漢書·司馬相如傳下》："蜚英聲，騰～～。"

【茂行】mào xíng 品行高邁。唐·韓愈《祭薛中丞文》："公之懿德～～，可以勵俗。"

【茂學】mào xué 博學，學識廣博。唐·白居易《除孔戣管官制》："懿文～～，尤推於時。"

冒 mào ❶覆蓋。宋·沈括《夢溪筆談·活板》："其上以松脂、蠟和紙灰之類～之。」❷貪。《左傳·文公十八年》：「貪於飲食，～於貨賄。」❸冒犯，衝擊。《史記·秦本紀》：「於是岐下食善馬者三百人馳～晉軍，晉軍解圍。」❹假冒，冒充。《漢書·衛青傳》：「故青～姓為衛氏。」❺貿然，冒昧。唐·韓愈《為人求薦書》：「是以～進其說以累於執事。」❻頂着，不顧。明·袁宏道《滿井遊記》：「每～風馳行，未百步輒返。」

【冒沒】mào mò　❶冒昧，輕率。唐·司空圖《絕麟集述》：「～～已多，幸無大愧。」❷貪圖。《新唐書·李夷簡傳》：「～～於財。」❸埋沒，廢棄。宋·葉適《同安縣學朱先生祠堂記》：「夷夏同指，科舉～～。」

【冒顏】mào yán　冒犯尊貴之人。三國魏·曹植《上責躬應詔詩表》：「貴露下情，～～以聞。」

耄 mào　❶年老，歲數大。明·宋濂《送天台陳庭學序》：「建今聖主興而宇內定，極海之際，合為一家，而予齒益加～矣。」❷昏亂，糊塗。《左傳·昭公元年》：「諺所謂老將至而～及之者。」

袤 mào　❶古時南北距離的長度（縱長）稱「袤」，東西距離的長度（橫長）稱「廣」。《墨子·雜守》：「盧廣十尺，～丈二尺。」❷泛指長度。《史記·蒙恬列傳》：「起臨洮，至遼東，延～萬餘里。」

貿 (1) mào　❶交換財物，交易。《詩經·衛風·氓》：「抱布～絲。」❷變易，改變。三國魏·吳質《在元城與魏太子箋》：「古今一揆，先後不～。」

(2) móu　通「牟」，謀取。

漢·桓寬《鹽鐵論·本議》：「是以縣官不失實，商賈無所～利。」

瞀 mào　❶眼睛昏眩。《莊子·徐無鬼》：「予適有～病。」❷昏亂，混亂。戰國楚·屈原《楚辭·九章·惜頌》：「中悶～之忳忳（憂傷）。」❸昏暗。南朝宋·顏延年《北使洛》：「陰風振涼野，飛雪～窮天。」

貌 (1) mào　❶面容，相貌。宋·蘇軾《超然臺記》：「處之期年，而～加豐。」❷姿態，神態。漢·賈誼《鵩鳥賦》：「止於坐隅兮，～甚閒暇。」❸外表，表面。宋·文天祥《〈指南錄〉後序》：「北雖～敬，實則憤怒。」

◆ 貌、容。二字為同義詞，都是指人的面容、相貌，有時可互換使用。但二字也有細微差別。「容」側重於內，如表情、神色；「貌」側重於外，如外觀、面相。

(2) mò　描繪，摹寫。唐·杜甫《丹青引》：「屢～尋常行路人。」

懋 mào　❶勉力。《尚書·虞書·舜典》：「汝平水土，惟時～哉！」❷勸勉，勉勵。宋·曾鞏《文思使張俊等遷官制》：「躐（liè，超越）升位等，以～爾勞。」❸大，盛美。南朝宋·鮑照《從過舊宮》：「仁聲日月～。」❹喜悅。漢·張衡《東京賦》：「四靈～而允懷（歸順）。」

mei

枚 méi　❶樹幹。《詩經·大雅·旱麓》：「莫莫葛藟，施於條～。」❷行軍時，士卒口銜形如筷子的小棍，以防喧嘩。宋·歐陽修《秋聲賦》：「又如赴敵之兵，銜～疾走。」

❸量詞，個。《墨子·備城門》："石重千鈞以上者五百～。"❹一一，逐個。清·李漁《閑情偶寄·詞曲》："此類繁多，不能～舉。"

眉 méi ❶眉毛。唐·溫庭筠《菩薩蠻》："懶起畫蛾～。"❷旁邊，邊側。《漢書·陳遵傳》："觀瓶之居，居井之～。"也指書頁文稿的上端，如稱"書眉"、"眉批"。❸題額。《穆天子傳》："～曰西王母之山。"

【眉語】méi yǔ　用眼眉表達情意。唐·李白《上元夫人》："～～兩自笑，忽然隨風飄。"

媒 méi ❶說合婚姻的人。《詩經·衞風·氓》："子無良～。"❷中介，誘因。隋·王通《中說·魏相》："見譽而喜者，佞之～也。"❸謀求。宋·李綱《與梅和勝侍郎書》："惟知佞柔，以～富貴。"

湄 méi 岸邊，水與草相接之處。《詩經·秦風·蒹葭》："所謂伊人，在水之～。"

楣 méi 門楣，門上的橫木。宋·陸游《夏雨歎》："蝸舍入門～觸額。"

每 měi ❶每次，每個。漢·司馬遷《報任安書》："～念斯恥，汗未嘗不發背沾衣也。"❷往往，常常。晉·陶淵明《雜詩》："值歡無復娛，～～多憂慮。"❸雖然。《詩經·小雅·常棣》："～有良朋，況也永歎。"

美 měi ❶甘美，味道好。《孟子·盡心下》："膾炙與羊棗孰～？"❷形貌好。《戰國策·鄒忌諷齊王納諫》："吾孰與城北徐公～？"❸與"惡"相對，善，好。《國語·晉語一》："彼將惡始而～終。"❹美好的人或事物。《莊子·秋水》："以

天下之～為盡在己。"❺讚美，稱讚。《戰國策·鄒忌諷齊王納諫》："吾妻之～我者，私我也。"

【美姬】měi jī　美女。《史記·項羽本紀》："沛公居山東時，貪於財貨，好～～。"

【美人】měi rén　❶漂亮的人。《詩經·邶風·簡》："彼～～兮，西方之人兮。"❷理想中的人，所懷念的人。宋·蘇軾《赤壁賦》："望～～兮天一方。"❸姬妾。《史記·廉頗藺相如列傳》："秦王大喜，傳以示～～及左右。"❹漢代以後妃嬪中一個等級的稱號。《漢書·外戚傳序》："～～視二千石。"

浼 měi 玷污，污染。《孟子·公孫丑上》："爾焉能～我哉！"

【浼浼】měi měi　水流平緩的樣子。南朝陳·徐陵《報尹義尚書》："白溝～～，春流已清。"

昧 mèi ❶暗，昏暗。唐·韓愈《送石處士序》："無～於諂言。"❷視物不明。《左傳·僖公二十四年》："目不別五色之章為～。"❸糊塗，迷惑。《左傳·宣公十二年》："兼弱攻～。"❹掩蔽，隱藏。唐·杜甫《迴櫂》："吾家碑不～，王氏井依然。"❺違背。唐·李白《南奔書懷》："草草出近關，行行～前算。"❻冒昧，冒犯。《韓非子·初見秦》："臣～死，願望見大王。"

【昧旦】mèi dàn　天將明，破曉。《詩經·鄭風·女曰雞鳴》："女曰雞鳴，士曰～～。"

【昧昧】mèi mèi　❶昏暗的樣子。戰國楚·屈原《楚辭·九章·懷沙》："進路北次兮，日～～其將暮。"❷沉思的樣子。《尚書·周書·秦誓》："～～我思之。"❸渾厚淳樸的樣

子。《淮南子·俶真訓》："至伏羲氏，其道～～芒芒然。"

媚 mèi ❶ 巴結，逢迎，討人喜歡。《史記·佞幸列傳》："非獨女以色～，而士宦亦有之。" ❷ 喜歡，愛。《左傳·宣公三年》："以蘭有國香，人服～之如是。" ❸ 豔麗，美好。明·袁宏道《滿井遊記》："山巒為晴雪所洗，娟然如拭，鮮妍明～。"

【媚行】mèi xíng　慢走。《呂氏春秋·不屈》："婦至，宜安矜煙視（微視）～～。"

寐 mèi　入睡，睡着。《詩經·周南·關雎》："窈窕淑女，寤～求之。"

◆ 寐、寢、眠、睡。入睡叫"寐"，在牀上睡覺叫"寢"，合上眼睛叫"眠"，坐着打瞌睡叫"睡"，不除冠帶而閉目養神叫"假寐"。"睡"與"假寐"同義。

魅 mèi ❶ 物老而變的精怪，也泛指鬼怪。《後漢書·費長房列傳》："吾責鬼～之犯法者耳。" ❷ 惑亂。《孔叢子·陳士義》："然內懷容媚諂～，非大丈夫之節也。"

---

men

汶 mén　見 628 頁 wèn。

門 mén ❶ 建築物及車船的出入口，如房門、城門、車門等。晉·陶淵明《歸去來兮辭》："～雖設而常關。" ❷ 用作動詞，攻打門或守衛門。《左傳·僖公二十八年》："晉侯圍曹，～焉，多死。" ❸ 喻事物的關鍵、門徑。《老子》一章："玄之又玄，眾妙之～。" ❹ 家族，門

第。《三國志·魏書·賈詡傳》："男女嫁娶，不結高～。" ❺ 學派，宗派。漢·王充《論衡·問孔》："孔～之徒。" ❻ 門類，類別。《舊唐書·杜佑傳》："書凡九～，計二百卷。"

【門閥】mén fá　也作"門伐"。❶ 家族所獲得的功勛爵位，指有顯貴家世的人家。《新唐書·鄭肅傳》："嘗以～～文章自高。" ❷ 宅第。清·黃軒祖《遊梁瑣記》："比至，則～～巍峨，聲勢煊赫。"

【門生】mén shēng　❶ 東漢時指不是親自授業的弟子，後世也指親傳弟子。唐·楊炯《遂州長江縣先聖孔子廟堂碑》："～～七十，仰天路以無階。" ❷ 依附士族豪門門下供役使的人。《宋書·徐湛之傳》："～～千餘人，皆三吳富人之子。"

【門蔭】mén yìn　憑藉祖先的功勛循例獲得官爵。《新唐書·杜羔傳》："以～～歷太子通事舍人。"

捫 mén ❶ 持，握。《詩經·大雅·抑》："莫～朕舌，言不可逝矣。" ❷ 摸，撫摸。唐·李白《蜀道難》："～參歷井仰脅息。"

悶 （1）mèn ❶ 煩悶。《周易·乾》："遯世無～。" ❷ 憋悶。清·吳趼人《二十年目睹之怪現狀》第七十一回："終日～着一肚子氣。" ❸ 愚昧無聞的樣子。《老子》二十章："俗人察察，我獨～～。"

（2）mēn ❶ 沉默的樣子。《莊子·德充符》："～然而後應。" ❷ 氣不通暢，不爽快。《素問·風論》："閉則熱而～。"

懣 （1）mèn　憤懣，煩悶。漢·司馬遷《報任安書》："是僕終已不得舒憤～以曉左右。"

（2）mén　輩，們。宋·何蓮

《春渚紀聞》："娘子～更各自好將息。"

meng

氓 méng ❶ 平民，百姓。《詩經．衛風．氓》："～之蚩蚩，抱布貿絲。" ❷ 外來的百姓。《孟子．滕文公上》："遠方之人，聞君行仁政，願受一廛而為～。"

【氓隸】 méng lì 賤民，被役使的平民。漢．賈誼《過秦論》："～～之人，而遷徙之徒也。"

萌 méng ❶ 植物的芽。宋．蘇軾《文與可畫篔簹谷偃竹記》："竹之始生，一寸之～耳，而節葉具焉。" ❷ 草木發芽。《禮記．月令》："天地和同，草木～動。" ❸ 開始，發生。《戰國策．趙策二》："智者見於未～。" ❹ 鋤草。《周禮．秋官司寇．薙氏》："春始生而～之，夏日至而夷之。" ❺ 通"氓"，百姓，平民。《戰國策．燕策二》："執政任事之臣，所以能循法令……施及～隸，皆可以教於後世。"

【萌兆】 méng zhào 預兆。《晉書．孫楚傳》："此乃吉凶之～～，榮辱所由生也。"

盟 méng ❶ 兩方或多方殺牲歃血，在神前發誓締約。《左傳．隱公元年》："公及邾儀父～於蔑。" ❷ 泛指一般的誓約。《史記．孫子吳起列傳》："齧臂而～曰：'起不為卿相，不復入衛。'"

蒙 méng ❶ 草名，即女蘿。《管子．地員》："羣藥安生，薑與桔梗，小辛大～。" ❷ 覆蓋，包裹。《詩經．唐風．葛生》："葛生～楚（荊條）。" ❸ 矇騙，隱瞞。《左傳．僖公二十四年》："上下相～，難與處矣。" ❹ 愚昧，無知。《戰國策．韓策一》："韓氏之兵非削弱也，民非～愚也。" ❺ 幼稚。《宋書．文帝紀》："復以～稚，猥同艱難。" ❻ 遭受，承受。《史記．太史公自序》："為人君父而不通於《春秋》之義者，必～首惡之名。" ❼ 自稱的謙詞。漢．張衡《西京賦》："～竊惑焉。" ❽ 敬詞，承，承蒙。晉．李密《陳情表》："尋～國恩，除臣洗馬。"

【蒙塵】 méng chén 被灰塵覆蓋。多指帝王失位，逃亡在外，蒙受風塵。《三國志．蜀書．諸葛亮傳》："漢室傾頹，……主上～～。"

【蒙衝】 méng chōng 古代戰船。《後漢書．禰衡列傳》："黃祖在～～船上，大會賓客。"

【蒙籠】 méng lóng ❶ 草木茂盛的樣子。《淮南子．脩務訓》："犯津關，躐～～。" ❷ 眼睛模糊不爽的樣子。唐．白居易《眼病》："～～物上一重紗。"

【蒙蒙】 méng méng ❶ 迷茫、模糊的樣子。宋．蘇軾《大別方丈銘》："閉目而視，目之所見，冥冥～～。" ❷ 思慮堵塞不暢的樣子。《漢書．敘傳上》："心～～猶未察。" ❸ 幼稚無知的樣子。晉．葛洪《抱朴子．明本》："吾非生而知之，又非少而信之，始者～～，亦如子耳。" ❹ 瀰漫眾多的樣子。漢．東方朔《七諫》："何青雲之流瀾兮，微霜降之～～。"

【蒙滅】 méng miè 朦朧不明的樣子。唐．李賀《題趙生壁》："冬暖拾松枝，日煙坐～～。"

【蒙茸】 méng róng ❶ 雜亂的樣子。《史記．晉世家》："狐裘～～，一國三公，吾誰適從？」❷鬱鬱蒼蒼的樣子。宋·蘇軾《後赤壁賦》：「履巉巖，披～～。」

甍 méng ❶屋脊，屋棟。唐·王勃《滕王閣序》：「披繡闥，俯雕～。」❷屋頂四角伸出的飛簷。清·蒲松齡《聊齋志異·山市》：「見宮殿數十所，碧瓦飛～，始悟為山市。」

瞢 (1) méng ❶目不明。唐·李白《上安州李長史書》：「青白其眼，～而前行。」❷昏暗。戰國楚·屈原《楚辭·天問》：「冥昭～暗，誰能極之？」❸煩悶。《左傳·襄公十四年》：「不與於會，亦無～焉。」❹慚愧，羞慚。《國語·晉語三》：「臣得其志，而使君～，是犯也。」

(2) mèng 通「夢」，做夢。《晏子春秋·內篇諫上》：「公～見二丈夫立而怒。」

【瞢瞢】méng méng 也作「瞢瞢」。❶模糊不清的樣子。唐·岑參《青城龍溪奧道人》：「西望青～～。」❷糊塗無心的樣子。唐·孟郊《寄張籍》：「傾敗生所競，保全歸～～。」

濛 méng ❶小雨貌。《詩經·豳風·東山》：「我來自東，零雨其～。」❷彌漫，籠罩。《三國演義》第一百回：「慘霧～～。」❸廣大。漢·王逸《〈天問〉敍》：「既有解詞，乃復多連蹇其文，～頊（hòng，水流轉的樣子）其說。」

懞 méng ❶忠厚老實。《管子·五輔》：「敦～純固，以備禍亂。」❷同「懜」，見《懞懂》。

【懞懂】méng dǒng 糊塗。明·馮夢龍《掛枝兒·情淡》：「好笑我真～～。」

曚 méng 見「曚昧」、「曚曨」。

【曚曨】méng lóng 日光不明的樣子。唐·李咸用《隴頭行》：「薄日～～秋，怨氣徒雲結。」

【曚昧】méng mèi 混合未分的狀態。《晉書·紀瞻傳》：「太極者，蓋若混沌之時，～～未分。」

朦 méng ❶月光似明不明的樣子。唐·來鵠《寒食山館書情》：「楚魂吟後月～朧。」❷模糊不清的樣子。唐·李嶠《早發苦竹館》：「～朧煙霧曉。」❸遮蓋。元·王實甫《西廂記》：「把一個發慈悲的臉來～着。」❹蒙蔽，欺瞞。清·黃六鴻《福惠全書·錢穀》：「以欠作完，～官欺帑。」

猛 měng ❶兇猛，勇猛。《史記·高祖本紀》：「安得～士兮守四方！」❷兇暴，兇惡。唐·柳宗元《捕蛇者說》：「苛政～於虎也。」❸嚴，嚴厲。《左傳·昭公二十年》：「寬以濟～，～以濟寬，政是以和。」❹猛烈，急驟。唐·皮日休《桃花賦》：「狂風～雨。」❺堅強，雄壯。晉·陶淵明《讀〈山海經〉》：「刑天舞干戚，～志故常在。」❻突然，忽然。宋·劉克莊《賀新郎·宋庵訪梅》：「還～省、謝家池館，早寒天氣。」

懜 (1) měng ❶糊塗不明。南朝宋·謝莊《月賦》：「昧道～學，孤奉明恩。」❷欺詐。清·陳森書《品花寶鑒》：「你瞧他南邊人老實，不懂你那～勁兒，你就～開了。」

(2) mèng 無知的樣子。唐·白居易《與元九書》：「除讀書屬文外，其他～然無知也。」

孟 mèng ❶兄弟姐妹中排行最大的。宋·周密《癸辛雜識前集·向胡命子名》:"胡衞道三子:～曰寬,仲曰定,季曰宕。"❷四季中各季的首月。戰國楚·屈原《楚辭·九章·懷沙》:"滔滔～夏兮,草木莽莽。"❸大,高。《管子·任法》:"莫敢高言～行,以過其情。"

【孟浪】mèng làng ❶荒誕無據,不着邊際。《莊子·齊物論》:"夫子以為～～之言,而我以為妙道之行也。"❷魯莽,冒昧。《資治通鑑》卷二百七十七:"重誨舉措～～。"❸放浪,浪蕩。明·凌濛初《初刻拍案驚奇》卷二十九:"這事有個委曲,非～～男女宣淫也。"

夢 (1) mèng ❶睡眠中大腦活動的表像,做夢,夢見。唐·李商隱《錦瑟》:"莊生曉～迷蝴蝶。"❷想像,幻想。《荀子·解蔽》:"不以～劇亂知。"

(2) méng ❶不明,看不清。《詩經·大雅·抑》:"視爾～～,我心慘慘。"❷喻極細的雨。金·王若虛《滹南詩話》:"風頭～,吹無跡。"

mi

迷 mí ❶迷惑,分辨不清。《周易·坤》:"先～後得主,利西南得朋。"❷昏迷。《列子·湯問》:"扁鵲遂飲二人毒酒,～死三日。"❸迷戀,沉溺,陶醉於某人或某事。《漢書·五行志下之上》:"時幽王暴虐,妄誅伐,不聽諫,～於褒姒,廢其正后。"❹通"彌",充滿,彌漫。唐·杜甫《送靈州李判官》:"血戰乾坤赤,氛～日月黃。"

彌 mí ❶遍及,滿,足。宋·蘇軾《喜雨亭記》:"既而～月不雨,民方以為憂。"❷終,極,

盡。漢·王粲《登樓賦》:"北～陶牧,西接昭丘。"❸久遠,久長。《史記·孔子世家》:"孔子循道～久。"❹彌補,補救。《周易·繫辭上》:"故能～綸天地之道。"❺更加。宋·蘇洵《六國論》:"奉之～繁,侵之愈急。"

【彌望】mí wàng 滿眼。晉·潘岳《西征賦》:"黃壤千里,沃野～～。"

糜 mí ❶牛繮繩,泛指繩索。《史記·司馬相如列傳》:"蓋聞天子之於夷狄也,其義羈～勿絕而已。"❷羈絆,束縛,牽制。宋·文天祥《〈指南錄〉後序》:"予羈～不得還,國事遂不可收拾。"❸通"靡",浪費,損耗。《後漢書·西域傳》:"當斯之役,黔首隕於狼望之北,財幣～於盧山之壑。"

麋 mí ❶麋鹿。宋·蘇軾《前赤壁賦》:"漁樵於江渚之上,侶魚蝦而友～鹿。"❷通"糜",粥。唐·韓愈《送窮文》:"飫於肥甘,慕彼糠～。"

弭 mǐ ❶沒有裝飾的弓。《左傳·僖公二十三年》:"若不獲命,其左執鞭～,右屬櫜鞬,以與君周旋。"也指弓的末端。❷消除,停止。《國語·召公諫厲謗》:"吾能～謗矣,乃不敢言。"❸安定,順服。《史記·田敬仲完世家》:"夫治國家而～人民,皆在其中。"

【弭兵】mǐ bīng 平息戰爭。《左傳·襄公二十七年》:"曰～～以召諸侯,而稱兵以害我。"

靡 (1) mǐ ❶倒下。《左傳·曹劌論戰》:"吾視其轍亂,望其旗～,故逐之。"《史記·廉頗藺相如列傳》:"相如張目叱之,左右皆～。"這裏指嚇倒退下。❷細膩。

戰國楚·屈原《楚辭·招魂》："～顏膩理。"❸ 美好，華麗。《後漢書·班彪列傳》："以為相如《封禪》，～而不典。"❹ 邊，水邊。漢·司馬相如《上林賦》："明月珠子，的皪江～。"❺ 無，不。《詩經·大雅·蕩》："～不有初，鮮克有終。"❻ 浪費，消耗。漢·賈誼《論積貯疏》："生之者甚少，而～之者甚多。"

(2) mí ❶ 分散。《周易·中孚》："我有好爵，吾與爾～之。"❷ 糜爛，破碎。《漢書·王溫舒傳》："大氐盡～爛獄中。"❸ 損害，損壞。《國語·越語下》："王若行之，將妨於國家，～王躬身。"

(3) mó 通 "摩"，擦，蹭。《莊子·馬蹄》："喜則交頸相～。"

【靡麗】mǐ lì ❶ 奢侈，豪華。《後漢書·孝安帝紀》："嫁娶送終，紛華～～。"❷ 精美，華麗。《孔子家語·刑政》："文錦珠玉之器，雕飾～～。"❸ 文采富麗。《史記·司馬相如列傳》："揚雄以為～～之賦。"

糸 mì 細絲。漢·許慎《說文解字·糸部》："～，細絲也。"

泌 (1) mì 分泌，由細小孔縫中排出。南朝齊·褚澄《褚氏遺書》："～衊血滲人喉，愈滲愈欬，愈欬愈滲。"

(2) bì 泉水細流。《詩經·陳風·衡門》："～之洋洋，可以樂飢。"

祕 mì ❶ 神祕不可測，密藏不公開，祕密。《史記·孝武本紀》："其事～，世莫知也。"❷ 希奇，新奇。漢·張衡《西京賦》："～舞更奏，妙材騁伎。"❸ 閉，內藏。晉·謝靈運《入彭蠡湖口》："靈物吝珍怪，異人秘～精魂。"

【祕書】mì shū ❶ 指宮廷藏書。《後

漢書·班彪列傳》："遷為郎，典校～～。"❷ 掌管典籍或起草文書的官。北齊·顏之推《顏氏家訓·勉學》："上車不落則著作，體中何如則～～。"

密 mì ❶ 稠密。《周易·小畜》："～～雲不雨。"❷ 靜。《周易·繫辭上》："聖人以此洗心，退藏於～。"❸ 周到，嚴密。《荀子·儒效》："其知慮多當矣，而未周～也。"❹ 密切，親近。《三國志·蜀書·諸葛亮傳》："於是與亮情好日～。"❺ 安，寧。《詩經·大雅·公劉》："止旅乃～。"

【密邇】mì ěr 貼近，靠近。《左傳·文公十七年》："以陳、蔡之～～於楚，而不敢貳焉。"

【密密】mì mì ❶ 細密。唐·孟郊《遊子吟》："臨行～～縫，意恐遲遲歸。"❷ 勤勉。《韓非子·說林下》："己獨何為～～十年難乎？"

幂 mì ❶ 遮蓋食物的巾。《儀禮·公食大夫禮》："簠（fǔ，古代祭祀時盛穀物的器皿）有蓋～。"❷ 遮掩，覆蓋。《戰國策·楚策四》："（伯樂）解紵衣以～之。"❸ 塗抹，粉飾。晉·左思《魏都賦》："葺牆～室，房廡雜襲。"

【幂幂】mì mì 濃密的樣子。唐·李華《弔古戰場文》："魂魄結兮天沉沉，鬼神聚兮雲～～。"

謐 mì 安寧，寂靜。《抱朴子·吳失》："五絃～響，《南風》不詠。"

【謐謐】mì mì 寂靜的樣子。唐·李賀《昌谷》："～～厭夏光，商風道清氣。"

【謐如】mì rú 猶 "謐然"，寧靜的樣子。《宋書·文帝紀》："故能內清外晏，四海～～也。"

眠 mián ❶睡覺。《後漢書·第五倫列傳》：“吾子有疾，雖不省視而竟夕不～。”❷某些動物在一定時期的休眠狀態。北周·庾信《歸田》：“社雞新欲伏，原蠶始更～。”❸裝死，假死。《山海經·東山經》：“有獸焉，其狀如菟而鳥喙，鴟目蛇尾，見人則～。”❹橫臥，平放。唐·司空圖《二十四詩品·典雅》：“～琴綠陰，上有飛瀑。”

綿 mián ❶蠶絲結成的片或團，絲綿。唐·白居易《新製布裘》：“吳～軟如雲。”❷比喻草木的飛絮。宋·陸游《沈園》：“沈園柳老不飛～。”❸相連不斷，延續。《後漢書·西羌傳》：“～地千里。”❹遙遠。晉·陸機《飲馬長城窟行》：“去家邈以～。”❺薄弱，軟弱。《漢書·嚴助傳》：“越人～力薄材，不能陸戰。”

【綿薄】 mián bó　力量弱小，才能有限。常用作自謙之辭。宋·岳飛《辭太尉第四劄子》：“正恐～～，不堪祿賜之厚。”

【綿頓】 mián dùn　久病衰弱的樣子。南朝梁·劉潛《為南平王讓徐州表》：“臣～～枕席，動移旬晦。”

【綿亙】 mián gèn　延續，連綿不斷。宋·陳亮《郎秀才墓誌銘》：“是～～數十里而為在官之山。”

【綿聯】 mián lián　延續不斷。漢·張衡《西京賦》：“繚垣～～，四百餘里。”

【綿密】 mián mì　❶細緻周密。《周書·姚僧垣傳》：“卿用意～～，乃至於此。”❷細密，稠密。峻青《秋

色賦》：“靜靜的昆明湖上，映照着太空中～～的星斗。”

【綿邈】 mián miǎo　❶久遠，遙遠。《晉書·天文志上》：“年代～～，文籍靡傳。”❷形容含意深遠。晉·陸機《文賦》：“函～～於尺素，吐滂沛乎寸心。”

免 miǎn ❶免除，避免。《莊子·逍遙遊》：“此雖～平行，猶有所待也。”❷除去，脫掉。《戰國策·唐雎不辱使命》：“布衣之怒，亦～冠徒跣，以頭搶地爾。”❸釋放，赦免。《左傳·成公二年》：“郤(xì，姓)子曰：‘……赦之，以勸事君者。’乃～之。”❹免職，罷免。《漢書·文帝紀》：“遂～丞相勃，遣就國。”❺不，不要。唐·韓愈《賀張十八得裴司空馬》：“旦夕公歸伸拜謝，～勞騎去逐雙旌。”❻通“勉”，勉勵。《漢書·薛宣傳》：“二人視事數月而兩縣皆治，宣因移書勞～之。”

【免席】 miǎn xí　避席，離席而起。表示敬意《史記·樂書》：“賓牟賈起，～～而請。”

沔 miǎn ❶水名，漢水的上游。《尚書·夏書·禹貢》：“浮於潛，逾於～。”❷水流盛滿的樣子。《詩經·小雅·沔水》：“～彼流水，朝宗於海。”❸通“湎”，沉迷。《史記·樂書》：“流～沈佚，遂往不返。”

俛 (1) miǎn ❶俯，低頭。《左傳·成公二年》：“韓厥～定左右。”❷通“勉”，勤勞的樣子。《禮記·表記》：“～焉日有孳孳。”

(2) fǔ　通“俯”。唐·韓愈《應科目時與人書》：“若～首帖耳搖尾而乞憐者，非我之志也。”

勉 miǎn ❶盡力，努力。《論語·子罕》：“喪事不敢不～。”❷勸

勉，鼓勵。《國語·越語上》：“父～其子。”❸勉強，強迫自己去做。《後漢書·桓譚列傳》：“故雖有怯弱，猶～而行之。”

【勉力】miǎn lì　❶努力，盡力。《管子·形勢》：“故朝不～～務進。”❷勉勵，鼓勵。《史記·蕭相國世家》：“相國為上在軍，乃拊循～～百姓，悉以所有佐軍，如陳豨時。”

【勉勉】miǎn miǎn　力行不懈的樣子。宋·陸游《自規》：“修身在我爾，～～盡餘生。”

【勉勸】miǎn quàn　鼓勵。《後漢書·章帝紀》：“二千石～～農桑，弘致勞來。”

眄 miǎn　❶斜視。《列子·黃帝》：“心不敢念是非，口不敢言利害，始得夫子一～而已。”❷看，望。唐·王勃《滕王閣序》：“窮睇～於中天，極娛遊於暇日。”

【眄睞】miǎn lài　❶顧盼，目光左右巡視。《古詩十九首·凜凜歲雲暮》：“～～以適意，引領遙相睎。”❷眷顧。宋·歐陽修《夷陵上運使啟》：“時蒙～～，曲賜拊存。”

【眄睨】miǎn nì　邪視，表示輕慢的神態。《後漢書·陰興列傳》：“夫外戚家苦不知謙退，嫁女欲配侯王，取婦～～公主。”

【眄視】miǎn shì　斜着眼睛看。三國魏·阮籍《獼猴賦》：“躭（dān，同‘耽’）嗜欲而～～矣，有長卿之妍姿。”

冕 miǎn　古代大夫以上戴的禮帽，後專指皇冠。《史記·樂書》：“吾端～而聽古樂。”

【冕服】miǎn fú　古代大夫以上的禮帽與服飾，凡吉禮時皆戴冕，而服飾隨事而異。《尚書·商書·太甲中》：“伊尹以～～，奉嗣王歸於亳。”

湎 miǎn　❶沉迷於酒。《尚書·周書·酒誥》：“罔敢～於酒。”❷泛指沉迷。《禮記·樂記》：“慢易以犯節，流～以忘本。”

緬 miǎn　❶遙遠，高遠。北魏·酈道元《水經注·廬江水》：“高壁～然，與霄漢連接。”❷隱沒不現。晉·潘岳《西征賦》：“窺秦墟於渭城，冀闕～其堙盡。”

靦 miǎn　臉面。宋·蘇舜欽《送李冀州》：“眼如堅冰～河月。”

澠 miǎn　見“澠池”。

【澠池】miǎn chí　地名，在今河南省澠池縣境內。《史記·廉頗藺相如列傳》：“會於西河外～～。”

面 miàn　❶臉。《戰國策·觸龍說趙太后》：“有復言令長安君為質者，老婦必唾其～。”❷前面。《尚書·周書·顧命》：“大輅在賓階～。”❸表面。唐·白居易《錢塘湖春行》：“水～初平雲腳低。”❹向，面向。《列子·愚公移山》：“北山愚公者，年且九十，～山而居。”❺見，見面。宋·蘇軾《與任德翁》：“半月不～。”❻量詞。《宋書·何承天傳》：“上又賜銀裝箏一～。”

【面刺】miàn cì　當面指責。《戰國策·鄒忌諷齊王納諫》：“能～～寡人之過者，受上賞。”

【面命】miàn mìng　當面教導。《詩經·大雅·抑》：“匪～～之，言提其耳。”

【面首】miàn shǒu　❶頭臉，容顏，面貌。唐·寒山《詩》之四十三：“二人同老少，一種好～～。”❷指姣美的男子。《宋書・臧質傳》："又納～～生口。" ❸ 指供貴婦人玩弄的美男子，男妾，男寵。《資治通鑑》卷一百三十："帝乃為公主置～～左右三十人。"

【面折】miàn zhé　當面指責或批評別人的過失。《史記・呂太后本紀》："陳平、絳侯曰：於今～～廷爭，臣不如君。"

麵 miàn　麥子磨成的粉，亦指麵製食品及粉末。唐・張說《喜雪應制》："積如沙照月，散似～從風。"

---

miao

苗 miáo　❶ 沒有吐穗的莊稼。《詩經・王風・黍離》："彼黍離離，彼稷之～。" ❷ 泛指初生的植物。晉・陶淵明《歸園田居》："種豆南山下，草盛豆～稀。" ❸ 苗頭，徵兆。唐・白居易《讀張籍古樂府》："言者志之～，行者文之根。" ❹ 後裔，後代，後人。《三國志・蜀書・諸葛亮傳》："大王劉氏～族，紹世而起。"

【苗稼】miáo jià　莊稼。《三國志・吳書・孫登傳》："常遠避良田，不踐～～。"

描 miáo　依樣摹畫。唐・白居易《小童薛陽陶吹觱篥歌》："有條直直如筆～。"

眇 (1) miǎo　❶ 一眼瞎，泛指眼瞎。《列子・仲尼》："目將～者，先睹秋毫。" ❷ 眼睛小。《淮南子・說山訓》："小馬大目，不可謂大馬；大馬之目～，可謂之～馬。" ❸ 渺小，微小。《莊子・德充符》："～乎小哉！所以屬於人也。" ❹ 仔

細看。《漢書・敍傳上》："離婁～目於豪分。" ❺ 高，高遠。《荀子・王制》："彼王者不然，仁～天下，義～天下，威～天下。"

　(2) miào　通 "妙"，微妙，精微。《漢書・揚雄傳下》："今吾子乃抗辭幽說，閎意～指。"

淼 miǎo　大水，水面遼闊。戰國楚・屈原《楚辭・九章・哀郢》："當陵陽之焉至今，～南渡之焉如。"

【淼漫】miǎo màn　大水遼闊無邊。南朝梁・陶弘景《水仙賦》："～～八海，汩汩九河。"

渺 miǎo　❶ 通 "淼"，水面遼闊，水大。晉・郭璞《江賦》："溟漭～潒，汗汗沺沺。" ❷ 曠遠，邈遠。唐・皎然《奉送袁高使君詔徵赴行在效曹劉體》："遐路～天末，繁笳思河邊。" ❸ 小，微小。宋・蘇軾《前赤壁賦》："寄蜉蝣於天地，～滄海之一粟。"

藐 miǎo　❶ 弱小，幼小。晉・潘岳《寡婦賦》："孤女～焉始孩。" ❷ 小看，輕視。《孟子・盡心下》："說大人，則～之。" ❸ 美好。漢・張衡《西京賦》："眳～流眄，一顧傾城。" ❹ 通 "邈"，遠，廣遠。戰國楚・屈原《楚辭・九章・悲回風》："～蔓蔓之不可量兮。"

【藐藐】miǎo miǎo　❶ 高遠、遠大的樣子。《詩經・大雅・瞻卬》："～～昊天。" ❷ 富麗、美好的樣子。《詩經・大雅・崧高》："寢廟既成，既成～～。" ❸ 冷漠、疏遠的樣子。《詩經・大雅・抑》："誨爾諄諄，聽我～～。" ❹ 幼小的樣子。晉・陶淵明《祭程氏妹文》："～～孤女，曷依曷恃？"

邈 miǎo ❶遠，遙遠，久遠。唐·李白《月下獨酌》：「相期～雲漢。」❷通「藐」，輕視。漢·劉向《〈戰國策〉序》：「上小堯舜，下～三王。」

妙 (1) miào ❶微妙，神妙，奧妙。《老子》一章：「故常無，欲以觀其～。」❷美妙。《後漢書·邊讓列傳》：「～舞麗於陽阿。」❸年輕，年少。唐·錢起《送傅管記赴蜀軍》：「才略縱橫年且～，無人不重樂毅賢。」

(2) miǎo ❶細微，細小。《呂氏春秋·審分》：「所知者～矣。」❷通「邈」，深遠。《韓非子·難言》：「閎大廣博，～遠不測。」

廟 miào ❶供祭祖宗的房屋。《穀梁傳·僖公十五年》：「天子至士皆有～。」❷指廟中的神主牌位。《荀子·彊國》：「負三王之～而辟於陳蔡之間。」❸指祭祀宗廟。唐·韓愈《原道》：「郊焉而天神假，～焉而人鬼饗。」❹祭祀的房屋。《史記·封禪書》：「於是作渭陽五帝～。」

【廟號】miào hào　皇帝死後，在太廟立室奉祀時特別起的名號，如某祖、某宗。《晉書·成帝紀》：「帝崩於西堂，……～～顯宗。」「廟號」也簡稱「廟」。

【廟寢】miào qǐn　寢廟，指宗廟中的前廟和後寢。《晉書·賀循傳》：「漢之光武，不繼成帝，別立～～，使臣下祭之。」

【廟堂】miào táng　❶太廟的殿堂。《禮記·禮器》：「～～之上，罍尊在阼，犧尊在西。」❷朝廷。宋·范仲淹《岳陽樓記》：「居～～之高，則憂其民。」

mie

滅 miè ❶熄滅。《詩經·小雅·正月》：「燎之方揚，寧或～之？」❷淹沒。《周易·大過》：「過涉～頂。」❸消除，去掉。《國語·晉語五》：「～其前惡。」❹滅亡。唐·杜牧《阿房宮賦》：「～六國者，六國也，非秦也。」❺死亡。唐·白居易《贈王山人》：「無生即無～。」❻消失。唐·杜甫《戲為六絕句》：「爾曹身與名俱～，不廢江河萬古流。」❼暗淡，隱沒。唐·溫庭筠《菩薩蠻》：「小山重疊金明～。

◆ 滅、亡。在「滅亡」意義上，二字可互用。「滅」是及物動詞，可以說「為……所滅」，而「亡」是不及物動詞，不能說「為……所亡」。

【滅族】miè zú　古代酷刑，一人犯罪而連及父母兄弟妻子等全族被殺。漢·王充《論衡·書解》：「淮南王作道書，禍至～～～。」

蔑 miè ❶拋棄，丟棄。《國語·周語中》：「不奪民時，不～民功。」❷細小，微小。漢·揚雄《揚子法言·學行》：「視日月而知眾星之～也。」❸輕視，輕慢。晉·左思《詠史》：「親戚還相～，朋友日夜疏。」❹不。《左傳·成公十六年》：「寧事齊、楚有亡而已，～從晉矣。」

【蔑不】miè bù　無不。《左傳·僖公十年》：「臣出晉君，君納重耳，～～濟矣。」

【蔑如】miè rú　❶微不足道，沒有什麼了不起。《漢書·東方朔傳》：「其流風遺書～～也。」❷不如，不及。漢·潘勗《冊魏公九錫文》：「雖伊尹格於皇天，周公光於四海，方之〜〜也。"

【蔑侮】 miè wǔ　輕慢，輕侮。《韓非子・外儲說左上》："吾聞宋君無道，〜〜長老。"

【蔑以】 miè yǐ　"無以"，沒有可能，沒有辦法。《左傳・文公十七年》："雖我小國，則〜〜過之矣。"

【蔑由】 miè yóu　沒有途徑。《史記・孔子世家》："夫子循循然善誘人，雖欲從之，〜〜也已。"

【蔑有】 miè yǒu　沒有。《左傳・昭公元年》："封疆之削，何國〜〜？"

【蔑與】 miè yǔ　"無與"，沒有誰……《國語・晉語八》："自此其父之死，吾〜〜比而事君矣！"

---

min

民 mín　❶人，人類。《詩經・大雅・生民》："厥初生〜，時維姜嫄。"❷平民，百姓。《國語・越語上》："去〜之所惡，補〜之不足。"

【民夫】 mín fū　❶宮女入宮前的丈夫。《漢書・丙吉傳》："掖庭宮婢則令〜〜上書，自陳嘗有阿保之功。"❷服役的民工。宋・蘇轍《乞罷修河司劄子》："朝廷為之置修河司，調發〜〜。"

【民母】 mín mǔ　在民間的母親。《漢書・衛青傳》："〜〜之子皆奴畜之，不以為兄弟數。"

【民生】 mín shēng　❶百姓的生計、生活。《左傳・宣公十二年》："〜〜在勤，勤而不匱。"❷人性。《尚書・周書・君陳》："惟〜〜厚，因物有遷。"❸人生。戰國楚・屈原《楚辭・離騷》："〜〜各有所樂

今。"❹平民納粟入官，取得監生資格，稱作"民生"。也指平民身份的學生，與"官生"相對。《清史稿・選舉志》："〜〜除貢生外，廩、增、附生員文義優長者，並許提學考選送監。"

瑉 mín　似玉的美石。《荀子・法行》："君子之所以貴玉而賤〜者何也？為夫玉之少而〜之多邪？"

緡 mín　❶釣魚的絲繩。唐・韓愈《獨釣》："〜細覺牽難。"❷釣取。唐・韓愈《河之水寄子姪老成》："〜魚於淵。"❸穿錢的繩子，借指成串的銅錢，一千錢為一緡。宋・羅大經《鶴林玉露》："今以錢十萬，卒五千，付兒。"❹泛指錢。宋・胡珵《蒼梧雜誌・酒債》："不治生產，嘗欠人酒〜。"❺通"昏"，昏昧。《莊子・在宥》："當我，〜乎！遠我，〜乎！"

【緡錢】 mín qián　❶用繩穿成成串的錢。《舊唐書・劉悟傳》："積〜〜數百萬於洛中。"❷泛指稅金。清・厲鶚《東城雜記・紅穈醋庫》："宋時酒醋皆官庫釀造，納〜〜於戶部。"

泯 mǐn　❶滅，盡。明・呂坤《呻吟語・涵養》："待價在沽，怨尤悉〜。"❷亂。漢・王充《論衡・偶會》："伯魯命當賤，知慮多〜亂也。"❸消失。宋・王安石《傷仲永》："〜然眾人矣。"

【泯泯】 mǐn mǐn　❶紛亂的樣子。《呂氏春秋・慎大》："眾庶〜〜，皆有遠志。"❷由混變清的樣子。唐・杜甫《漫成》："野日荒荒白，春流〜〜清。"❸消失，滅絕。唐・韓愈《與孟尚書書》："後之學者，無所尋逐，以至於今〜〜也。"❹靜默，無聲無息。宋・葉適《息虛論

二·待時》：“豈必若是之～～默默，使少壯至於耆老而終不見邪？”

敏 mǐn ❶敏捷，靈活。《論語·公冶長》：“～而好學，不恥下問，是以謂之文也。” ❷聰慧，通達。唐·韓愈《柳子厚墓誌銘》：“子厚少精～，無不通達。”《論語·顏淵》：“顏淵曰：‘回雖不～，請事斯語矣。’” ❸勤勉，努力。《國語·齊語》：“盡其四支之～，以從事於田野。” ❹腳拇趾。《詩經·大雅·生民》：“履帝武～歆。”

【敏達】mǐn dá 敏慧而通達。宋·曾鞏《戚元魯墓誌銘》：“自少有大志，聰明～～。”

【敏悟】mǐn wù 敏捷靈通，聰明。《宋史·元絳傳》：“生而～～，五歲能作詩。”

【敏行】mǐn xíng 勉力修身，努力去做。《漢書·東方朔傳》：“此士所以日夜孳孳，～～而不敢怠也。”

閔 mǐn ❶憐憫，可憐。《漢書·蘇武傳》：“武年老，子前坐事死，上～之。” ❷憂慮，擔心。《孟子·揠苗助長》：“宋人有～其苗之不長而揠之者。” ❸憂患，喪親之憂。晉·李密《陳情表》：“臣以險釁，夙遭～凶。” ❹通“暋”，強橫。《孟子·萬章下》：“殺越人於貨，～不畏死。” ❺勉，努力。《尚書·周書·君奭》：“予惟用～於天越民。”

愍 mǐn ❶憂傷。戰國楚·屈原《楚辭·九章·惜誦》：“惜誦以致～兮，發憤以抒情。” ❷憐憫，哀傷。《三國志·蜀書·郤正傳》：“～生民之顛沛。” ❸禍亂。漢·班固《幽通賦》：“考遘～以行謠。”

【愍憐】mǐn lián 憐憫，痛惜。宋·蘇軾《謝失覺察妖賊放罪表》：“猶

在～～之數。”

【愍惜】mǐn xī 憐恤，憐惜。《漢書·敍傳上》：“會伯病卒，年三十八，朝廷～～焉。”

憫 mǐn ❶憤恨不平，憂鬱。《孟子·公孫丑上》：“阨窮而不～。” ❷哀憐，同情。唐·柳宗元《謝中丞安撫崔簡戚屬啟》：“儻非至仁厚德，深加～恤，則流散轉死，期在須臾。”

◆憫、愍、閔。三字是同源字，音同義近，一般情況下可以互用。

---

ming

名 míng ❶名稱。《周易·繫辭下》：“其稱～也，雜而不越。” ❷指稱，稱讚。《論語·泰伯》：“唯天為大，唯堯則之。蕩蕩乎，民無能～焉！” ❸人名，取名，命名。《左傳·鄭伯克於鄢》：“莊公寤生，驚姜氏，故～曰寤生。” ❹名譽，名聲。《莊子·養生主》：“為善無近～，為惡無近刑。” ❺名分，名號。《漢書·藝文志》：“古者一位不同，禮亦異數。” ❻有名，著名。唐·劉禹錫《陋室銘》：“山不在高，有仙則～。” ❼通“命”，命令，傳令。《墨子·尚賢中》：“乃～三后，恤功於民。”

【名場】míng chǎng ❶名流會聚之所，名勝之地。唐·王勃《綿州北亭群公宴序》：“況乎踐～～，攜勝友。” ❷科舉考場。清·薛雪《一瓢詩話》：“熱趨～～之人，豈有好詩好文哉？” ❸指追逐名利之場。唐·李咸用《臨川逢陳百年》：“利路～～多忌諱。”

【名刺】míng cì　名片。唐·元稹《重酬樂天》："最笑近來黃叔度，自投～～占陂湖。"

【名法】míng fǎ　❶名分與法律。《尹文子·大道下》："以～～治國，萬物所不能亂。"❷名家與法家。《史記·太史公自序》："撮～～之要。"

【名諱】míng huì　舊指尊長或所尊敬之人的名字。舊時生前稱"名"，死後稱"諱"，分開用有區別，合用義同名字。《西遊記》第五十四回："牒文之後，寫上孫悟空、豬悟能、沙悟淨三人～～。"

【名器】míng qì　名號與車服儀制。這是用來區別尊卑貴賤的等級。宋·蘇軾《乞校正陸贄奏議進御劄子》："去小人以除民患，惜～～以待有功。"

【名實】míng shí　❶名稱與實質、實際。《荀子·正名》："奇辭起，～～亂。"❷名譽與功績。《孟子·告子下》："先～～者，為人也；後～～者，自為也。"❸名與利。《晏子春秋·內篇問上》："倍仁義而貪～～者，不能服天下。"

【名世】míng shì　聞名於世。宋·陸游《書憤》："出師一表真～～，千載誰堪伯仲間！"

【名物】míng wù　❶事物的名稱、名目與事物的特徵、性質。金·王若虛《五經辨惑》："三代損益不同，制度～～，容有差殊。"❷辨明物理，給事物命名。宋·蘇軾《喜雨亭記》："古者有喜，則以～～，示不忘也。"❸有名的物產。宋·梅堯臣《和答韓奉禮餉荔支》："四海饋～～。"

明 míng　❶明亮，光明。唐·王維《山居秋暝》："～月松間照，清泉石上流。"❷顯明，清楚。《戰國策·齊策一》："則秦不能害齊，亦已～矣。"❸明白，懂得。明·張溥《五人墓碑記》："亦以～死生之大，匹夫之有重於社稷也。"❹明白地。《孟子·梁惠王上》："願夫子輔吾志，～以教我。"❺明確。唐·杜甫《新婚別》："妾身未分～，何以拜姑嫜？"❻視力。漢·司馬遷《報任安書》："左丘失～，厥有《國語》。"❼眼力，眼力好。《左傳·梁惠王上》："～足以察秋毫之末，而不見輿薪。"❽明顯地，明確地。《三國演義·楊修之死》："盒上～書'一人一口酥'，豈敢違丞相之命乎？"❾賢明，英明。《三國志·蜀書·諸葛亮傳》："智慧之士，思得～君。"❿闡明。《史記·孔子世家》："今孔丘述三五之法，～周召之業。"⓫精通。《史記·屈原賈生列傳》："～於治亂。"⓬嚴明。《史記·淮南衡山列傳》："言大將軍號令～，當敵勇敢，常為士卒先。"⓭神，神靈。《左傳·襄公十四年》："敬之如～～。"

【明達】míng dá　❶通達，透徹，對人情事理有着透徹深刻的認識。《漢書·高帝紀下》："不修文學，而性～～。"❷通達的人。晉·謝靈運《撰征賦》："迨～～之高覽，契古今而同事。"

【明旦】míng dàn　❶天明，天亮。《漢書·鄭當時傳》："夜以繼日，至～～，常恐不遍。"❷明晨，明日。唐·張說《欽州守歲》："故歲今宵盡，新年～～來。"

【明德】míng dé　❶光明之德，美德。《史記·五帝本紀》："天下～～皆自虞帝起。"❷盛德之人。晉·

謝靈運《擬魏太子〈鄴中集〉》：「余生幸已多，矧（shěn，何況）乃值～～。」

【明時】míng shí ❶ 闡明天時的變化。《周易·革》：「君子以治曆～～。」❷ 政治清明的時代。唐·王勃《勝王閣序》：「竄梁鴻於海曲，豈乏～～。」

【明堂】míng táng　古代帝王宣明政教的地方，凡是朝會、慶賞、選士等大典都在這裏舉行。北朝民歌《木蘭辭》：「歸來見天子，天子坐～～。」

茗 míng ❶ 晚採的茶，泛指茶。南朝梁·任昉《述異記》：「巴東有真香～，其花白色如薔薇。」❷ 煮茶，泡茶。明·袁宏道《滿井遊記》：「遊人雖未盛，泉而～者，……亦時時有。」

冥 míng ❶ 幽昧，昏暗。《老子》二十一章：「窈兮～兮，其中有精。」❷ 眼睛昏花。《後漢書·和熹鄧皇后紀》：「夫人年高目～，誤傷（皇）后額。」❸ 愚昧無知。唐·韓愈《祭鱷魚文》：「不然則是鱷魚～頑不靈。」❹ 黑夜，夜。漢·蔡琰《悲憤詩》：「～當寢兮不能安。」❺ 暗合，默契。《關尹子·四符》：「唯無我無人，無首無尾，所以與天地～。」❻ 指天空，天。清·蒲松齡《聊齋志異·山市》：「孤塔聳起，高插青～。」❼ 玄默，默默。明·歸有光《項脊軒志》：「～然兀坐，萬籟有聲。」❽ 指陰間。漢·馮衍《顯志賦》：「齎此恨而入～。」

【冥報】míng bào　死後相報，陰間報答。晉·陶淵明《乞食》：「銜戢知何謝，～～以相貽。」

【冥合】míng hé　暗合，契合。唐·柳宗元《始得西山宴遊記》：「心凝形釋，與萬化～～。」

【冥昧】míng mèi ❶ 天地未形成前的混沌狀態。三國魏·嵇康《太師箴》：「爰初～～，不慮不營。」❷ 幽暗。漢·王充《論衡·書虛》：「置季子於～～之處，尚不取金，況以白日？」❸ 蒙昧，愚昧。清·方苞《讀經解》：「每至郊廟大議，眾皆～～而莫知其原。」

【冥蒙】míng méng ❶ 幽暗不明。晉·左思《吳都賦》：「曠瞻迢遞，迥眺～～。」❷ 濃霧的樣子。唐·元稹《松樹》：「槐樹夾道植，枝葉俱～～。」

【冥迷】míng mí　模糊不清。唐·杜牧《阿房宮賦》：「高低～～，不知西東。」

【冥冥】míng míng ❶ 昏暗。宋·范仲淹《岳陽樓記》：「薄暮～～，虎嘯猿啼。」❷ 昏昧。《戰國策·趙策二》：「豈掩於眾人之言，而以～～決事哉！」❸ 黑夜。《荀子·解蔽》：「～～而行者，見寢石以為伏虎也。」❹ 高遠。宋·蘇軾《喜雨亭記》：「歸之太空，太空～～，不可得而名。」❺ 謂精誠專一。《荀子·勸學》：「是故無～～之志者，無昭昭之明。」

溟 （1）míng ❶ 小雨零落的樣子。唐·張泌《春江雨》：「雨～～，風零零，老松瘦竹臨煙汀。」❷ 海。唐·王勃《勝王閣序》：「地勢極而南～深，天柱高而北辰遠。」

（2）mǐng　見「溟涬」。

【溟涬】mǐng xìng ❶ 古人所說的天地形成以前的混沌之氣。唐·李白《日出入行》：「吾將囊括大塊，浩然與～～同科。」❷ 水盛大無邊的樣子。《淮南子．本經訓》："江淮通流，四海～～。"

鳴 míng ❶鳥叫。唐．杜甫《絕句》："兩個黃鸝～翠柳，一行白鷺上青天。"❷動物的發聲，鳴叫。漢．曹操《短歌行》："呦呦鹿～，食野之蘋。"❸發聲，響。宋．蘇軾《後赤壁賦》："山～谷應，風起雲湧。"❹發表主張，見解。唐．韓愈《送孟東野序》："周之衰，孔子之徒～之。"❺呼喚。《列子．黃帝》："飲則相攜，食則～羣。"❻用某種聲音來表現或顯示。唐．韓愈《送孟東野序》："是故以鳥～春，以雷～夏，以蟲～秋，以風～冬。"❼聞名，著稱。《元史．楊載傳》："（李桓）亦以文～江東。"

【鳴鞭】míng biān ❶揮鞭。《宋史．孟珙傳》："敵一～～，即至城外。"❷皇宮儀仗的一種，鞭形，揮動時發出響聲，使人肅靜，所以又稱"靜鞭"。明．高明《琵琶記》："只聽～～，去螭頭上拜跪。"

【鳴鏑】míng dí 響箭。三國魏．曹植《名都篇》："攬弓捷～～，長驅上南山。"

【鳴鳩】míng jiū 即斑鳩。明．劉基《春日雜興》："～～語燕聲相應，又是人間一度春。"

【鳴鑾】míng luán ❶裝在軛首或車衡上的銅鈴，車行搖動作響。因聲音似鸞鳥之鳴，也稱"鳴鸞"。唐．王勃《滕王閣序》："滕王高閣臨江渚，佩玉～～罷歌舞。"❷指皇帝或貴族出行。漢．班固《西都賦》："大路～～，容與徘徊。"

【鳴玉】míng yù ❶古人腰間佩戴玉飾，行走時相互碰撞而發出聲響。《國語．王孫圉論楚寶》："趙簡子～～以相。"❷佩玉。晉．潘岳《西征賦》："飛翠緌，施～～，以出入禁門者眾矣。"

銘 míng ❶刻在器物上的文字，用於自警或頌揚功德。《後漢書．竇憲列傳》："刻石勒功，紀漢威德，令班固作～。"❷銘記，銘刻。《國語．晉語》："其勛～於景鍾。"❸永志不忘。南朝梁．江淹《哀千里賦》："徒望悲其何及，～此恨於黃埃！"❹文體名。晉．陸機《文賦》："～博約而溫潤，箴頓挫而清壯。"

【銘佩】míng pèi 感恩不忘。宋．李綱《海康與許崧老書》："蒙誨諭之厚，～～無已。"

瞑 míng ❶昏暗。宋．歐陽修《醉翁亭記》："若夫日出而林霏開，雲歸而巖穴～。"❷日暮，黃昏。唐．李白《自遣》："對酒不覺～，落花盈我衣。"

【瞑瞑】míng míng 寂寞的樣子。南朝梁．劉孝綽《春宵》："誰能對雙燕，～～守空牀。"

命 mìng ❶派遣，差使，指令。《左傳．鄭伯克段於鄢》："～子封帥車二百乘以伐京。"❷命令，使命。《左傳．鄭伯克段於鄢》："制，巖邑也。虢叔死焉，佗邑唯～。"❸教導，告誡。《詩經．大雅．抑》："匪面～之，言提其耳。"❹天命，命運。唐．王勃《滕王閣序》："所賴君子見機，達人知～。"❺生命。唐．王勃《滕王閣序》："勃，三尺微～，一介書生。"❻生存，生活。晉．李密《陳情表》："母孫二人，更相為～。"❼命名。《史記．伍子胥列傳》："因～曰胥山。"❽任命。唐．柳宗元《命官》："官之～，宜以材耶？抑以姓乎？"❾賜予。《左傳·昭公十三年》："聞諸道路，將～寡君以犨、櫟。"

◆ 命、令。在"命令"的意義上，"命"和"令"是同義詞，一般可以互用，但也有細微差別，"命"是差遣人去做某件事，"令"是指示某人做某件事或不要做某件事。

【命筆】mìng bǐ ❶ 使筆，用筆。《陳書·魯廣達傳》："尚書令江總撫柩慟哭，乃～～題其棺頭。"❷ 指寫作或繪畫。《明史·李東陽傳》："乃欣然～～，移時而罷。"

【命分】mìng fèn ❶ 命運。唐·白居易《白雲期》："年長識～～，心憮少營為。"❷ 稟賦，天分。《朱子語類·性理一》："～～有多寡厚薄之不同。"

【命服】mìng fú 帝王賜給臣下的制服。《左傳·昭公四年》："若～～，生弗敢服，死又不以，將焉用之？"

【命婦】mìng fù 有封號的婦女，也指受有爵位的人的妻子。《左傳·昭公四年》："大夫～～喪浴用冰。"

【命意】mìng yì 寓意，用意。多指作文、繪畫等的主旨構思。宋·鄧椿《畫繼·山水林石·陳用之》："蓋復古先畫而後～～。"

----

miu

繆 (1) miù ❶ 欺騙。《晉書·李熹傳》："侵剝百姓，以～惑朝士。"❷ 通"謬"，謬誤，差錯。《漢書·于定國傳》："何以錯～至是。"❸ 相異，不同。漢·王延壽《魯靈光殿賦》："千變萬化，事各～形。"

(2) móu ❶ 十捆麻。漢·許慎《説文解字·糸部》："～，枲

(xǐ，麻)之十絜(xié，量度物體的長度)。"❷ 見 78 頁"綢繆"。

(3) jiū ❶ 交錯，絞結。《漢書·孝成趙皇后傳》："即自～死。"❷ 通"糾"，糾正。《墨子·非命中》："是故昔者三代之暴王，不～其耳目之淫。"

(4) mù 通"穆"。❶ 恭敬，虔誠。見"繆卜"。❷ 宗廟神位排列次序，父子輩體相排列，左為昭右為穆。《禮記·大傳》："序以昭～，別之以禮義，人道竭矣。"

(5) liáo ❶ 通"繚"，纏繞。宋·蘇軾《前赤壁賦》："山川相～，鬱乎蒼蒼。"❷ 見"繆然"。

【繆巧】miù qiǎo 詐術技巧。《漢書·韓安國傳》："意者有它～～可以禽之，則臣不知也。"

【繆卜】mù bǔ 虔誠占卜。《史記·魯周公世家》："武公有疾，不豫，羣臣懼，太公、召公乃～～。"

【繆繆】mù mù 和美的樣子。《荀子·哀公》："～～肫肫，其事不可循。"

【繆然】liáo rán 深思的樣子。《鹽鐵論·刺復》："大夫～～不言。"

謬 miù ❶ 謬誤，差錯。《荀子·儒效》："故聞之而不見，雖博必～。"❷ 詐偽，裝假。《史記·范睢蔡澤列傳》："應侯知蔡澤之欲困己以説，復一曰：'何為不可？'"❸ 違背。《後漢書·班固列傳》："(班)彪、(班)固譏(司馬)遷，以為是非頗～於聖人。"

----

mo

摹 mó ❶ 臨摹，照原樣寫或畫。《後漢書·蔡邕列傳》："其碑始立，其觀視及～寫者，車乘日千

餘兩（輛）。」❷規劃，依樣謀劃。《漢書·高帝紀下》：「雖日不暇給，規～弘遠矣。」❸效法，照樣做。《後漢書·仲長統列傳》：「若是，三代不足～，聖人未可師也。」❹描寫。南朝梁·江淹《別賦》：「誰能～暫離之狀，寫永訣之情者乎？」

【摹本】mó běn　按書畫原本所臨摹或翻刻的本子。宋·范成大《觀禊帖有感》：「寶章薶九泉，～～範百世。」

【摹印】mó yìn　❶秦書八體的一種，就小篆稍加變化，本用於璽印，後也用於一般印章。❷規度或雕刻印章。清·史震林《西青散記》：「玉函之～～，動刀迅速，周折凹凸，不敗絲髮。」❸摹拓。宋·趙彥衞《雲麓漫鈔》：「《瘞鶴銘》在今鎮江府大江中焦山後巖下，冬日水落，……乃可～～。」

【摹狀】mó zhuàng　描寫；描繪。清·平步青《霞外攟屑》：「而於忠烈貞孝之事，尤極意～～。」

模　mó　❶製作器物的木範。漢·王充《論衡·物勢》：「陶冶者，初埏埴作器，必～範為形。」❷規範，楷模，法式。漢·張衡《歸田賦》：「揮翰墨以奮藻，陳三皇之軌～。」❸效法，模仿。南朝梁·陸倕《石闕銘》：「色法上圓，製～下矩。」❹通「摹」，摹仿，描寫。《北史·冀傳》：「善隸書，特工～寫。」

膜　mó　❶生物體內像薄皮一樣的組織。唐·李商隱《石榴》：「榴～輕明榴子鮮。」❷通「漠」，沙漠。《穆天子傳》：「甲申至於黑水，西～之所謂鴻鷺。」

摩　mó　❶摩擦。《周易·繫辭上》：「是故剛柔相～，八卦相蕩。」❷摸，撫摸。清·袁枚《黃

生借書說》：「必慮人逼取，而惴惴焉～玩之不已。」❸按摩。《素問·至真要大論》：「～之，浴之。」❹砥礪，磨煉。《漢書·董仲舒傳》：「～民以誼，節民以禮。」❺切磋，研究。《禮記·學記》：「相觀而善之謂～。」❻接近，貼近。唐·杜甫《寄題江外草堂》：「蛟龍無定窟，黃鵠～蒼天。」❼磨滅。《淮南子·精神訓》：「故形有～而神未嘗化者，以不化應化。」

磨　（1）mó　❶製作石器。《國語·周語下》：「如是，而鑄之金，～之石。」❷磨擦。《論語·陽貨》：「不曰堅乎，～而不磷。」❸磨滅，消失。《後漢書·南匈奴傳》：「失得之源，百世不～矣。」❹切磋。漢·揚雄《揚子法言·學行》：「學以治之，思以精之，朋友以～之。」❺磨難，折磨。唐·白居易《酬微之》：「由來才命相～折，天遣無兒欲怨誰。」

（2）mò　❶石磨。晉·陸翽《鄴中記》：「又有～車，置石～於車上，行十里輒磨麥一斛。」❷用石磨碎物。明·宋應星《天工開物·攻麥》：「蕎麥則微加舂杵去衣，然後或舂或～以成粉。」

【磨礪】mó lì　❶磨快鋒刃。漢·王充《論衡·率性》：「消鍊五石，鑄以為器，～～生光。」❷磨練，鍛煉。漢·王充《論衡·率性》：「孔子引而教之，漸漬～～，闓導牖進。」

謨　mó　❶謀劃，謀略。《尚書·商書·伊訓》：「聖～洋洋，嘉言孔彰。」❷無，沒有。宋·馬令《南唐書·查文徽傳》：「越人～信，未可速進。」

【謨猷】mó yóu　謀略。唐·李白《與韓荊州書》："白～～籌畫，安能自矜？"

抹（1）mǒ　❶搽，塗抹。宋·蘇軾《飲湖上初晴後雨》："欲把西湖比西子，淡妝濃～總相宜。"❷輕淡的痕跡，多與"一"連用，猶"一片"。宋·秦觀《泗州東城晚望》："林梢一～青如畫，應是淮流轉處山。"❸閃過，一掠而過。宋·蘇軾《玉樓春》："佳人猶唱醉翁詞，四十三年如電～。"❹細切，切割。宋·蘇軾《春菜》："薺菜甘菊不負渠，膾縷堆盤纖手～。"

（2）mò　❶輕按，彈奏絃樂的一種指法。唐·白居易《琵琶行》："輕攏慢撚～復挑，初為《霓裳》後《六么》。"❷緊貼，緊束。唐·劉言史《觀繩伎》："銀畫青綃～雲髮，高處綺羅香更切。"❸緊挨着轉彎。元·王曄《桃花女》："轉過隅頭，～過屋角。"

【抹額】mò é　武士頭上紮的巾帶。唐·李賀《畫角東城》："水花沾～～，旗鼓夜迎潮。"

末　mò　❶樹梢。《左傳·昭公十一年》："～大必折，尾大不掉。"❷物體的頂端、末尾。《孟子·梁惠王上》："明足以察秋毫之～，而不見輿薪。"❸末尾的，最後的。《史記·韓長孺列傳》："非初不勁，～力衰也。"❹不是根本的，非重要的事情。《淮南子·泰族訓》："治之所以為本者，仁義也；所以為～者，法度也。"❺微小，淺薄。《呂氏春秋·精諭》："淺智者之所事則～矣。"❻無，沒有。《論語·子罕》："雖欲從之，～由也已。"❼粉末，碎末。《晉書·鳩摩羅什傳》："乃以五色絲做繩結之，燒為灰～。"❽指人體胸腹以外的某一部分，如手足四肢。《左傳·昭公元年》："風淫～疾，雨淫腹疾。"❾特指工商業。《呂氏春秋·上農》："民舍本而事～，則不令。"

【末技】mò jì　❶小技，不足道的技藝。宋·陳師道《出清口》："文章～～將自效，語不驚人神可嚇。"❷指工商業。漢·賈誼《論積貯疏》："～～遊食之民轉而緣南畝。"

【末季】mò jì　末世。三國魏·曹植《釋愁文》："子生～～，沈溺流俗。"

【末行】（1）mò xíng　小節，不足稱道的行為。《漢書·蓋寬饒傳》："君不惟蘧氏之高蹤，而慕子胥之～～。"

（2）mò háng　末位，後列。唐·李商隱《王十二兄與畏之員外相訪見招不去因寄》："謝傅門前舊～～，今朝歌管屬檀郎。"

【末學】mò xué　❶淺薄無根之學，多用於自謙或自稱。宋·蘇軾《與封守朱朝請》："前日蒙示所藏諸書，使～～稍窺家法之祕，幸甚幸甚。"❷淺薄的學者。《後漢紀·獻帝紀論》："～～庸淺，不達名教之本。"❸猶後學。宋·蘇軾《謝應中制科啟》："亟收～～，以輔大猷。"

伯　mò　見36頁bó。

沒　mò　❶沉沒，淹沒。《史記·滑稽列傳》："水來漂～人民。"❷埋沒，掩蓋。唐·李華《弔古戰場文》："積雪～脛。"❸覆沒，覆滅。《史記·衛將軍驃騎列傳》："遂～其軍。"❹消失，隱沒。元·黃庚《西州即事》："山吞殘日

~，水挾斷雲流。" ❺ 沒收。唐·韓愈《柳子厚墓誌銘》："子本相侔，則~為奴婢。" ❻ 死亡。唐·李華《弔古戰場文》："其存其~，家莫聞知。" ❼ 冒犯。《戰國策·觸龍説趙太后》："~死以聞。"

【沒世】mò shì ❶ 死，到死。《論語·衞靈公》："君子疾~~而名不稱焉。" ❷ 終身，永遠。《禮記·大學》："君子賢其賢而親其親，小人樂其樂而利其利，此以~~不忘也。"

歿 mò ❶ 死，死亡。《國語·晉語四》："管仲~矣，多讒在側。" ❷ 終，盡。《墨子·非命上》："（湯）未~其世，而王天下。" ❸ 落。宋·范仲淹《謫守睦州作》："聖明何以報？齒願無邪。" ❹ 通"沒"，隱沒。唐·李白《安州應城玉女湯作》："神女~幽境。"

沫 mò ❶ 水泡。《淮南子·俶真訓》："人莫鑒於流~。" ❷ 唾沫。《莊子·大宗師》："相濡以~。" ❸ 停止，終盡。戰國楚·屈原《楚辭·離騷》："芳菲菲而難虧兮，芬至今猶未~。"

佰 mò 見 10 頁 bǎi。

陌 (1) mò ❶ 田界。見 467 頁"阡陌"。❷ 道路。南朝宋·沈約《直學省愁臥》："秋風吹廣~。" ❸ 路邊。唐·王昌齡《閨怨》："忽見~頭楊柳色，悔教夫婿覓封侯。"
(2) bǎi 通"佰"，一百錢。《梁史·武帝紀》："自今通用足~錢。"

秣 mò ❶ 飼料。唐·杜甫《敬簡王明府》："驥病思偏~，鷹秋怕苦籠。" ❷ 餵飼料，餵養。《國語·吳語》："吳王昏乃戒，令~馬食士。" ❸ 進食，吃。《荀子·勸學》："伯牙鼓琴，而六馬仰~。"

莫 (1) mò ❶ 沒有誰，沒有什麼。《詩經·小雅·北山》："率土之濱，~非王臣。" ❷ 無，不，沒有。《孟子·告子上》："如使人之所欲~甚於生，則凡可以得生者，何不用也？" ❸ 表示勸誡，不要，不可，不能。唐·李白《將進酒》："~使金樽空對月。" ❹ 表示揣測。或許，大約，莫非。清·納蘭性德《滿宮花》："盼天涯，芳訊絕，~是故情全歇。" ❺ 通"漠"，廣大。《莊子·逍遙遊》："何不樹之於無何有之鄉，廣~之野？" ❻ 通"寞"，寂靜，沉寂。《漢書·孝成班倢伃傳》："白日忽已移光兮，遂晻~而昧幽。"
(2) mù "暮"的本字。❶ 日落時，傍晚。宋·晏幾道《蝶戀花》："朝落~開空自許，竟無人解知心苦。" ❷ 昏暗，昏庸。《荀子·成相》："悖亂昏~，不終極。" ❸ 年老。漢·曹操《步出夏門行》："烈士~年，壯心不已。" ❹ 通"幕"。《史記·張釋之馮唐列傳》："斬首捕虜，上功~府。"

【莫莫】mò mò ❶ 茂密的樣子。明·何景明《養蠶詞》："桑葉~~，蠶白滿箔。" ❷ 肅敬的樣子。《詩經·小雅·楚茨》："君婦~~，為豆孔庶。" ❸ 塵土飛揚的樣子。漢·王逸《九思·疾世》："塵~~兮未晞。"

【莫須有】mò xū yǒu　恐怕有，也許有。宋丞相秦檜曾用"莫須有"的罪名強加岳飛身上，後用以表示憑空誣陷。清·孔尚任《桃花扇·辭院》："這也是~~~~之事。"

【莫邪】mò yé　古代一種寶劍，也作"莫鋣"、"鏌邪"、"鏌鋣"。漢·趙曄《吳越春秋·闔閭內傳》："使劍匠作為二枚，一曰干將，二曰～～。～～，干將之妻也。"

漠 mò　❶沙漠。唐·王維《使至塞上》："大～孤煙直，長河落日圓。"❷寂靜無聲。戰國楚·屈原《楚辭·遠遊》："山蕭條而無獸兮，野寂～其無人。"❸見"漠漠"。❹見"漠然"。

【漠漠】mò mò　❶廣大無邊的樣子。唐·王維《積雨輞川莊作》："～～水田飛白鷺。"❷迷蒙不清的樣子。唐·杜甫《茅屋為秋風所破歌》："俄頃風定雲墨色，秋天～～向昏黑。"❸寂寞的樣子。晉·陶淵明《命子詩》："紛紛戰國，～～衰周。"❹無聲無響的樣子。《荀子·解蔽》："掩耳而聽者，聽～～而以為恂恂。"

【漠然】mò rán　❶靜默無聲的樣子。《漢書·馮奉世傳》："玄成等～～無有對者。"❷冷淡的樣子。《莊子·天道》："老子～～不應。"❸模糊暗淡的樣子。唐·劉禹錫《昏鏡詞》："昏鏡非美金，～～喪其晶。"

韤 (1) mò　見"韤韐"。(2) wà　"通"襪"，襪子。《南齊書·徐孝嗣傳》："孝嗣登殿不著～。"

【韤韐】mò hé　❶古代一個民族。《隋書·東夷傳》："～～，在高麗之北，邑落俱有酋長，不相總一。"❷一種寶石。《舊唐書·肅宗紀》："楚州刺史崔侁獻定國寶玉十三枚。……七曰紅～～，大如巨栗，赤如櫻桃。"

墨 mò　❶用碳、松煙等材料製成的用於寫字、繪畫的黑色顏料。《莊子·田子方》："受揖而立，舐筆和～，在外者半。"❷墨線，木工用來測定直線的工具。《孟子·盡心上》："大匠不為拙工改廢繩～。"❸黑色。唐·杜甫《茅屋為秋風所破歌》："俄頃風定雲～色。"❹面容顏色晦暗。《孟子·滕文公上》："面深～。"❺墨刑，即黥刑，在犯人額頭、面頰、手臂等處刺字塗墨。《尚書·商書·伊訓》："臣下不匡，其刑～。"❻指墨家。《孟子·滕文公下》："天下之言，不歸楊則歸～。"❼貪污，不廉潔。《左傳·昭公十四年》："己惡而掠美為昏，貪以敗官為～。"

嘿 mò　見"嘿然"。

【嘿然】mò rán　同"默然"。沉默不語的樣子。《漢書·霍光傳》："主人～～不應。"

默 mò　❶靜默，不語。《周易·繫辭上》："君子之道，或出或處，或～或語。"❷暗中，心中。漢·王充《論衡·實知》："陰見～識，用思深祕。"❸隱居。晉·桓溫《薦譙元彥表》："雖園、綺之棲商、洛，管寧之～遼海，方之於秀，殆無以過。"❹退隱，困窘，孤寂。南朝梁·任昉《桓宣城碑》："俯仰顯～之際，優遊可否之間。"❺默寫。清·袁枚《隨園詩話》："翠齡笑取筆為～出之。"❻無知的樣子。《莊子·天運》："蕩蕩～～，乃不自得。"❼不得意。《漢書·賈誼傳》："于嗟～～，生之亡故兮。"

鏌 mò　見"鏌干"、"鏌鋣"。

【鏌干】mò gān 寶劍"莫邪"與"干將"的合稱，指利劍。《莊子·達生》："復讎者不折～～。"

【鏌鋣】mò yé 見417頁"莫邪"。

驀 mò ❶上馬，騎。晉·左思《吳都賦》："～六乂，追飛生（鼯鼠）。"❷越過，跨越。宋·陸游《夜投山家》："～溝上阪到山家。"❸徑直，一直。《景德傳燈錄·諸方雜舉徵拈代別語》："僧問：'徑山路何處去？'婆曰：'～直去。'"❹突然，忽然。宋·辛棄疾《青玉案·元夕》："～然回首，那人卻在，燈火闌珊處。"

mou

牟 móu ❶牛叫聲。唐·韓愈等《征蜀聯句》："椎肥牛呼～，載實駝鳴圜。"❷謀取，奪取。《史記·平準書》："如此，富商大賈無所～大利。"❸大，博大。《呂氏春秋·謹聽》："賢者之道，～而難知，妙而難見。"❹通"侔"，等同。《漢書·司馬相如傳下》："德～往初，功無與二。"❺通"眸"，瞳人。《荀子·非相》："堯舜參～子。"

【牟賊】móu zéi 即"蟊賊"。❶吃莊稼的害蟲。❷指幹壞事的人。《新唐書·元載傳》："而諸子～～，聚斂無涯藝，輕浮者奔走。"

侔 móu ❶等，齊，相當，相等。唐·李白《與韓荊州書》："君侯制作～神明，德行動天地。"❷通"牟"，謀取，取得。漢·桓寬《鹽鐵論·本議》："騰躍則商賈～利。"

眸 móu ❶眼珠。唐·白居易《長恨歌》："回～一笑百媚生，六宮粉黛無顏色。"❷泛指眼睛。《紅樓夢》第五十三回："笙歌聒耳，錦繡盈～。"

【眸子】móu zǐ 瞳人。《孟子·離婁上》："胸中正，則～～瞭焉。"

謀 móu ❶疑難問題的諮詢。《左傳·襄公四年》："咨事為諏，咨難為～。"❷謀劃，商量辦法。《史記·伯夷列傳》："子曰'道不同不相為～'，亦各從其志也。"❸圖謀，營求。《論語·衛靈公》："君子～道不～食。"❹計策，謀略。《後漢書·南匈奴傳》："勿貪小功，以亂大～。"

◆ 謀、計。兩字都有籌劃、考慮、想辦法的意義，但"謀"側重於幾個人的商討與諮詢，着重解決辦法的過程；"計"側重於個人心中的思考與盤算，着重完成計策的結果。

【謀面】móu miàn ❶憑面貌謀求人。《尚書·周書·立政》："～～用丕訓德，則乃宅人，茲乃三宅無義民。"❷見面。明·周亮工《〈袁周合刻稿〉序》："吾邑袁聖衣太史與金陵周子仍叔，素未～～也。"

鍪 móu ❶古代器皿，類似鍋。漢·史游《急就篇》："鐵鈇鑽錐釜鍑～。"❷武士頭盔，因形似鍪而得名。《戰國策·韓策一》："甲、盾、鞮、～、鐵幕……無不畢具。"❸形似頭盔的帽子。《荀子·禮論》："薦器則冠有～而毋縰，甕廡虛而不實。"

某 mǒu ❶指代不明說的或失傳的人或事物。《漢書·項籍傳》："～時～喪，使公主～事，不能辦，以故不任公。"❷用於自稱，表示謙虛。宋·王安石《遊褒禪山記》："至和元年七月某日，臨川王～記。"

mu

母 mǔ ❶ 母親。《詩經·小雅·蓼莪》:"無父何怙?無母何恃?" ❷ 指老年婦女。《史記·淮陰侯列傳》:"(韓)信釣於城下,諸母漂,有一母見信飢,飯信。" ❸ 乳母。《國語·越語上》:"生三人,公與之母。" ❹ 哺育,養育。《史記·淮南衡山列傳》:"上悔,令呂后母之。" ❺ 雌性。《孟子·盡心上》:"五母雞,二母彘,無失其時。" ❻ 本源,根源。《商君書·說民》:"慈仁,過之母也。" ❼ 指經商或借貸的本錢,利息稱"子"。唐·柳宗元《道州文宣王廟碑》:"權其子母,羸且不竭。"

【母弟】mǔ dì 同母弟,胞弟。《左傳·莊公八年》:"僖公之母弟曰夷仲年。"

【母氏】mǔ shì ❶ 母親。《詩經·邶風·凱風》:"有子七人,母氏勞苦。" ❷ 指皇帝母親的家族。《後漢書·皇后紀下》:"自漢興,母氏莫不尊寵。"

【母兄】mǔ xiōng 同母兄,胞兄。《公羊傳·隱公七年》:"其稱弟何?母弟稱弟,母兄稱兄。"

【母儀】mǔ yí 母範,人母的典範。《後漢書·光武郭皇后紀》:"郭主雖王家女,而好禮節儉,有母儀之德。"

【母憂】mǔ yōu 母親的喪事。《後漢書·郭符許列傳》:"後遭母憂,有至孝稱。"

牡 mǔ ❶ 雄性的鳥獸。《詩經·邶風·匏有苦葉》:"雄鳴求其牡。" ❷ 物體凸起。清·俞樾《茶香室三鈔·印文陰陽之別》:"凡物之凸起,謂之牡,謂之陽。" ❸ 鎖簧。《漢書·五行志中之上》:"長安章城門門牡自亡。" ❹ 丘陵。《大戴禮記·易本命》:"丘陵為牡,谿谷為牝。"

姆 mǔ 見349頁lǎo。

畝 mǔ ❶ 田壟。《詩經·齊風·南山》:"蓺麻如之何?衡從其畝。" ❷ 治理田壟。《詩經·大雅·緜》:"迺疆迺理,迺宣迺畝。" ❸ 田畝,農田。《詩經·小雅·采芑(qǐ,古書上說的一種植物)》:"於彼新田,於此菑畝。" ❹ 土地面積單位。《漢書·食貨志上》:"六尺為步,步百為畝,畝百為夫。"

木 mù ❶ 樹木。《詩經·周南·漢廣》:"南有喬木,不可休思。" ❷ 木材,木料。《孟子·梁惠王下》:"為巨室,則必使工師求大木。" ❸ 指棺木。《左傳·僖公二十三年》:"我二十五年矣,又如是而嫁,則就木焉。" ❹ 指木製刑具。漢·司馬遷《報任安書》:"魏其,大將也,衣赭衣,關三木。" ❺ 木枋。唐·柳宗元《種樹郭橐駝傳》:"鳴鼓而聚之,擊木而召之。" ❻ 質樸,樸實。《論語·子路》:"剛毅木訥,近仁。"

【木人】mù rén ❶ 木雕人像。《戰國策·燕策二》:"宋王無道,為木人以寫寡人,射其面。" ❷ 形容心神寂定,不為外物所動。《晉書·夏統傳》:"此吳兒是木人石心也。"

【木魚】mù yú ❶ 佛教法器。唐·司空圖《上陌梯寺懷舊僧》:"松日明金像,山風響木魚。" ❷ 棕筍的別名。宋·蘇軾《棕筍》:"贈尹木魚三百尾,中有鵝黃子魚子。" ❸ 木刻魚形，懸於庫房前表示有餘。明·劉若愚《酌中志·內府衙門職掌》：“廳前懸一〜〜，長可三尺許，以示有餘糧之意。”

目 mù ❶ 眼睛。《莊子·養生主》：“臣以神遇而不以〜視。” ❷ 目光，眼力。《孟子·告子上》：“不知子都之姣者，無〜者也。” ❸ 看，觀看。唐·韓愈《送陳秀才彤序》：“吾〜其貌，耳其言，因以得其為人。” ❹ 用目光注視。《史記·項羽本紀》：“范增數〜項羽，舉所佩玉玦以示之者三。” ❺ 用眼睛示意。《國語·召公諫弭謗》：“國人莫敢言，道路以〜。” ❻ 樹木上的瘤子。宋·朱熹《熟讀精思》：“大率徐行卻立，處靜觀動，如攻堅木，先其易者而後其節。” ❼ 孔眼。《呂氏春秋·用民》：“壹引其綱，萬〜皆張。” ❽ 名目，名稱。《後漢書·酷吏傳》：“凡殺者皆磔屍車上，隨其罪〜，宣示屬縣。” ❾ 稱，言。《穀梁傳·隱公元年》：“以其〜君，知其為弟也。” ❿ 品評。《後漢書·許劭列傳》：“曹操微時，常卑辭厚禮，求為己〜。” ⓫ 條目，要目。《論語·顏淵》：“顏淵曰：‘請問其〜。’”

【**目論**】mù lùn ❶ 比喻只見他人之失，無自知之明。《史記·越王句踐世家》：“今王知晉之失計，而不自知越之過，是〜〜也。” ❷ 目前狹隘的見解。明·唐順之《答洪方洲主事書》：“自歎草野書生不能識知榷場事體，終為〜〜耳。”

【**目色**】mù sè ❶ 視力。戰國楚·宋玉《神女賦》：“〜〜髣髴（fǎng fú，仿佛），乍若有記，見一婦人，狀甚奇異。” ❷ 青眼；垂青。《南史·徐陵傳》：“世間人言有〜，

我特不〜〜范悌。”

【**目眥**】mù zì 眼眶。《史記·項羽本紀》：“瞋目視項王，頭髮上指，〜〜盡裂。”

沐 mù ❶ 洗頭髮。《史記·屈原賈生列傳》：“新〜者必彈冠，新浴者必振衣。” ❷ 洗髮用的淘米汁。《史記·外戚世家》：“姊去我西時，與我決於傳舍中，丐〜沐我，請食飯我，乃去。” ❸ 泛指洗。戰國楚·宋玉《神女賦》：“〜蘭澤，含若芳。” ❹ 整治。《禮記·檀弓下》：“孔子之故人原壤，其母死，夫子助之〜椁。” ❺ 芟除，剪除。《管子·輕重丁》：“請以令一途旁之樹枝，使無尺寸之陰。” ❻ 潤澤。《後漢書·明帝紀》：“京師冬無宿雪，春不燠〜。” ❼ 休假。古代稱官員休假為“休沐”，也簡稱“沐”。南朝梁·沈約《酬謝宣城朓》：“晨趨朝建禮，晚〜臥郊園。”

【**沐食**】mù shí 享受俸祿而無實職。《南齊書·王僧虔傳》：“自古以來有〜〜侯，近代有王官。”

牧 mù ❶ 放養牲畜，也指放養牲畜的人。《周禮·地官司徒·牧人》：“〜人掌〜六畜而阜藩其物。” ❷ 自我修養。《後漢書·公孫瓚列傳》：“劉虞守道慕名，以忠厚自〜。” ❸ 治理，統治。《管子·牧民》：“凡有地〜民者，務在四時，守在倉廩。” ❹ 指郊外。《左傳·隱公五年》：“鄭人侵衛〜。”

【**牧守**】mù shǒu 州郡的長官。州官稱牧，郡官稱守。唐·白居易《張聿可衢州刺史制》：“〜〜之任，最親吾人。”

【**牧圉**】mù yǔ ❶ 牛馬。借指君王遷移中的車駕。《左傳·僖公二十八

年》："不有居者，誰守社稷？不有行者，誰扞~~？" ❷ 放牧牛馬的人。《左傳·襄公十四年》："士有朋友，庶人、工商、皂隸、~~皆有親暱，以相輔佐也。" ❸ 牧地，牧場，牧業。《舊五代史·孔知濬傳》："知濬撫士得宜，人皆盡力，故西疆無~~之失。"

【牧宰】mù zǎi　州縣的長官。州官稱"牧"，縣官稱"宰"。《舊唐書·韋仁壽傳》："仁壽將兵五百人至西洱河，承制置八州十七縣，授其豪帥為~~。"

苜 mù　見"苜蓿"。

【苜蓿】mù xù ❶ 一種牧草，又稱懷風草、光風草、連枝草。唐·薛令之《自悼》："盤中何所有，~~長闌干。" ❷ 馬喜吃苜蓿，所以又作馬的代稱。明·夏完淳《大哀賦》："嘶風則~~千羣，卧野則駒騄萬帳。"

募 mù ❶ 廣泛徵求。《史記·商君列傳》："~民有能徙置北門者予十金。" ❷ 招募，徵召。唐·柳宗元《捕蛇者説》："~有能捕之者，當其租入。"

【募化】mù huà　化緣，指佛、道教徒求人施捨飲食、財物。《水滸傳》第九十七回："這廟裏止有三個道人，被喬道清將將他累得~~積下的飯來，都吃盡了。"

【募選】mù xuǎn　從應募的人中挑選合適的人。《荀子·議兵》："故招近~~，隆埶詐，尚功利，是漸之也。"

睦 mù ❶ 和睦，和善。三國蜀·諸葛亮《出師表》："營中之事，悉以咨之，必能使行陣和~，優劣得所。" ❷ 親密，親近。漢·韋賢

《諷諫詩》："嗟嗟我王，漢之~親。" ❸ 通"穆"，恭敬。見"睦睦"。

【睦睦】mù mù　恭敬的樣子。《史記·司馬相如列傳》："旼旼~~，君子之能。"

墓 mù ❶ 古時埋葬死人，封土隆起的叫"墳"，平的叫"墓"。《禮記·檀弓上》："吾聞之，古也~而不墳。" ❷ 泛指墳墓。《左傳·蹇叔哭師》："爾何知？中壽，爾~之木拱矣。" ❸ 葬。清·繆艮《沈秀英傳》："今~於大姑山下。"

【墓表】mù biǎo ❶ 猶墓碑，因豎於墓前或墓道內表彰死者，故稱"墓表"。清·王芑孫《碑版文廣例》："~~與神道碑異名同物。" ❷ 文體名，其法只表述大事。唐·柳宗元《答元饒州論春秋書》："宗元始至是州，作《陸先生~~》，今以奉獻。"

【墓碣】mù jié　圓頂的墓碑。宋·司馬光《答劉蒙書》："凡當時王公大人，廟碑~~碣，靡不請焉。"

幕 mù ❶ 帳幕，帷幕。在上稱"幕"，在旁稱"帷"。宋·柳永《望海潮》："煙柳畫橋，風簾翠~，參差十萬人家。" ❷ 覆蓋。《左傳·昭公十一年》："泉丘人有女，夢以其帷~孟氏之廟。" ❸ 殼。《宋書·天文志一》："天形穹隆如雞子~，其際周接四海之表。" ❹ 古代作戰用的臂甲或腿甲。《史記·蘇秦列傳》："當敵則斬堅甲鐵~。"

【幕賓】mù bīn　指官府參謀顧問人員，明清時也用以稱幕友。唐·封演《封氏聞見記·遷善》："判官是~~，使主無受拜之禮。"

【幕府】mù fǔ ❶ 古代軍旅無固定住所，以帳幕為府署，故稱"幕府"。《史記·李將軍列傳》："大將軍使長

史急責廣之～～對簿。」❷泛指官署。《魏書・崔休傳》：「～～多事，辭訟盈几。」❸幕僚。唐・韓愈《河南少尹李公墓誌銘》：「崇文命～～唯公命從。」

【幕僚】mù liáo　古代將帥幕府中的參謀、書記之類的僚屬，後也泛稱地方軍政官署中辦理文案、錢糧等的公務人員。清・趙翼《甌北詩話・杜少陵詩》：「杜區區一～～，何必引節鎮大官自戒。」

慕 mù ❶思念，依戀。《孟子・萬章上》：「人少則～父母。」❷愛慕。《孟子・萬章上》：「知好色，則～少艾。」❸羨慕。南朝梁・丘遲《與陳伯之書》：「棄燕雀之小志，～鴻鵠以高翔。」❹敬仰，仰慕。《史記・廉頗藺相如列傳》：「臣所以去親戚而事君者，徒～君之高義也。」❺仿效，效法。唐・柳宗元《種樹郭橐駝傳》：「他植者雖窺伺效～，莫能如也。」

【慕化】mù huà　向往歸化。清・袁枚《〈隨園詩話〉補遺》：「外夷～～，往往有之。」

【慕義】mù yì　仰慕仁義。《新唐書・裴行儉傳》：「西域諸國多～～歸附。」

暮 mù ❶日落時，傍晚。唐・杜甫《石壕吏》：「～投石壕村，有吏夜捉人。」❷晚，遲。《呂氏春秋・謹聽》：「夫自念斯，學德未～。」❸夜。《漢書・郊祀志上》：「帝太戊有桑穀生於廷，一～大拱。」❹末尾，將盡。唐・杜甫《垂老別》：「老妻臥路啼，歲～衣裳單。」❺喻指年老，衰老。漢・曹操《步出夏門行》：「烈士～年，壯心不已。」

【暮齒】mù chǐ　晚年。唐・韓愈《奉使常山早次太原呈副使吳郎中》：「～～良多感。」

穆 mù ❶美好。《詩經・周頌・清廟》：「於～清廟，肅雝顯相。」❷溫和。《詩經・大雅・烝民》：「吉甫作誦，～如清風。」❸恭敬。《尚書・周書・金縢》：「我其為王～卜。」❹順從。《管子・君臣下》：「～君之色，從其欲。」❺古代宗廟排列的次序，始祖居廟中，父子依序為昭穆，左為昭，右為穆。《禮記・中庸》：「宗廟之禮所以序昭～也。」❻通「睦」，和睦。三國魏・曹植《豫章行》：「周公～康叔，管蔡則流言。」

【穆穆】mù mù ❶端莊恭敬。《尚書・虞書・舜典》：「賓於四門，四門～～。」❷和美的樣子。《詩經・大雅・文王》：「～～文王，於緝熙敬止。」❸清亮柔和的樣子。《漢書・禮樂志》：「月～～以金波，日華燿以宣明。」❹莊重肅嚴的樣子。《漢書・韋賢傳》：「～～天子，臨爾下土。」

N

na

內 (1) nà　"納"的古字。❶放入，使進入。《孟子·萬章上》:"匹夫匹婦有不被堯舜之澤者，若己推而～之溝中。"❷接納，採納。《史記·屈原賈生列傳》:"亡走趙，趙不～。"❸交納，進獻。《史記·秦始皇本紀》:"百姓～粟千石，拜爵一級。"

(2) nèi　❶裏面，內部。《戰國策·鄒忌諷齊王納諫》:"四境之～莫不有求於王。"❷內室。《史記·魏公子列傳》:"嬴聞晉鄙之兵符常在王臥～。"❸皇宮，朝廷。三國蜀·諸葛亮《出師表》:"然侍衛之臣，不懈於～。"❹內心。《論語·里仁》:"見賢思齊焉，見不賢而～自省也。"

【內嬖】nèi bì　受君主寵倖的人。《後漢書·皇甫規列傳》:"一除～～，再誅外臣。"

【內朝】nèi cháo　古代國君處理朝政和休息的地方。明·王鏊《親政篇》:"～～所以通遠近之情。"

【內臣】nèi chén　朝廷的近臣。《戰國策·燕策三》:"願舉國為～～，比諸侯之列。"

【內第】nèi dì　私宅。《後漢書·濟南王安傳》:"又多起～～，觸犯防禁，費以巨萬。"

【內艱】nèi jiān　舊指遭逢母親的喪事。唐·楊炯《原州百泉縣令李君神道碑》:"君年十一，丁（遭逢）～～。"

【內省】(1) nèi shěng　宮內。《後漢書·和熹鄧皇后紀》:"宮禁至重，

而使外舍（外戚）久在～～。"

(2) nèi xǐng　內心反省。《論語·顏淵》:"子曰:'～～不疚，夫何憂何懼？'"

【內職】nèi zhí　在宮廷中供職的朝廷重臣。唐·韓愈《上兵部李侍郎書》:"今者入守～～，謂朝廷大臣。"

【內子】nèi zǐ　妻子。《晏子春秋·內篇雜下》:"公見其妻曰:'此子之～～邪？'"

衲 nà　❶縫補，補綴。宋·劉克莊《同孫季藩遊靜居諸庵》:"戒衣皆自～，因講始停針。"❷僧衣。因為和尚的衣服常用許多碎布塊縫綴而成，故稱"衲"。唐·白居易《贈自遠禪師》:"自出家來常自在，緣身一一繩牀。"❸和尚的代稱或自稱。唐·戴叔倫《題橫山寺》:"老～供茶碗，斜陽送客舟。"

納 nà　❶進入，使進入。《禮記·中庸》:"驅而～諸罟擭陷阱之中，而莫之知辟也。"❷接納，收容。《戰國策·魯仲連義不帝秦》:"魯人投其籥，不果～。"❸接受，採納。三國蜀·諸葛亮《出師表》:"察～雅言。"❹收藏。《詩經·豳風·七月》:"十月～禾稼。"❺進貢，繳納。《孟子·萬章上》:"天子使吏治其國，而～其貢稅焉。"❻取，娶。《史記·秦始皇本紀》:"得韓王安，盡～其地。"

【納陛】nà bì　在簷下的殿基上鑿出台階，可以避免露天登殿，這是古代帝王對有特殊功勳的大臣的一種恩賜。《韓詩外傳》:"諸侯之有德，天子賜之，……五賜～～。"

【納幣】nà bì　古代婚禮六禮之一。納吉之後，男方送聘禮至女家，謂

定婚事。《穀梁傳・莊公二十二年》：
"冬，公如齊～～。"

【納吉】 nà jí　古代婚禮六禮之一。
在納幣之前，男方卜得吉兆，攜禮
物通知女方，決定締結婚姻。《儀
禮・士昏禮》："～～用雁。"

【納言】 nà yán　官名，負責向臣下
傳遞國君的命令或向國君傳遞臣下
的言論。《尚書・虞書・堯典》："命
汝作～～，夙夜出納朕命。"

nai

乃 nǎi　❶ 第二人稱代詞，可譯
作你，你的。《新五代史・伶
官傳序》："爾其無忘～父之志。"
❷ 指示代詞，可譯作這樣，如此。
《孟子・梁惠王上》："夫我～行之，
反而求之，不得吾心。"❸ 副詞，
表示前後兩事在情理上的順承關
係，或時間上緊接，可譯作就，這
才。宋・范仲淹《岳陽樓記》："～
重修岳陽樓，增其舊制。"❹ 副詞，
表示出乎意料或違背常理的逆轉關
係，可譯作卻、竟、反而。《史記・
廉頗藺相如列傳》："今君～亡趙走
燕，燕畏趙，其勢必不敢留君。"
❺ 副詞，表示對事物範圍的限制，
可譯作只，僅。《史記・項羽本紀》：
"～有二十八騎。"❻ 副詞，用在判
斷句中，起確認作用，可譯作是，就
是等。宋・王安石《遊褒禪山記》：
"以其～華山之陽名之也。"❼ 連
詞，表示他轉，可譯作至於、於
是、然而、而且、可是等等。《孟
子・公孫丑上》："～所願，則學孔
子也。"❽ 連詞，表示假設，可譯
作"如果"。《尚書・費誓》："～越
逐，不復，汝則有常刑。"❾ 助詞，

無義。《尚書・大禹謨》："帝德廣
運，～聖～神，～武～文。"

【乃耳】 nǎi ěr　同"乃爾"。《三國
志・吳書・孫韶傳》："伯海與將軍
疏遠，而責我～～。"

【乃爾】 nǎi ěr　"乃爾"亦作"乃耳"。
如此，就這樣，竟然這樣。《顏氏
家訓・勉學》："諸劉歎曰：'不意
～～！'"

【乃公】 nǎi gōng　❶ 你的父親。清・
金農《盧郡掾官齋銷夏即事有贈》：
"茶事殷勤羨～～。"❷ 帶有罵人
性質的傲慢的自稱。《漢書・高帝紀
上》："豎儒幾敗～～事。"

【乃今】 nǎi jīn　如今。《戰國策・燕
策三》："～～得聞教！"

【乃可】 nǎi kě　❶ 才可。《韓非子・
外儲說左上》："而棘刺之母猴，
～～見也。"❷ 竟可。《列子・
湯問》："人之巧～～與造化同功
乎？"❸ 怎可，哪能。南朝宋・劉
義慶《世說新語・任誕》："卿～～
縱適一時，獨不為身後名邪？"

【乃且】 nǎi qiě　將，將要。《呂氏春
秋・期賢》："吾～～伐之。"

【乃若】 nǎi ruò　至於。《孟子・離婁
下》："～～所憂則有之。"

【乃始】 nǎi shǐ　開始。唐・柳宗元
《賀進士王參元失火書》："～～厄困
震悸，……而後能光明。"

【乃遂】 nǎi suì　於是，就。《戰國
策・燕策三》："～～私見樊於期。"

【乃翁】 nǎi wēng　你的父親。宋・
陸游《示兒》："家祭無忘告～～。"

【乃者】 nǎi zhě　❶ 從前，以往。《戰
國策・趙策一》："秦～～過柱山，
有兩木焉。"❷ 近日。漢・荀悅《漢
紀・哀帝紀》："～～河南潁川郡水
泛處浸殺人民。"

【乃祖】**nǎi zǔ**　你的祖先。《尚書·商書·盤庚下》：“古我先王，暨～～乃父。”

芳　(1) **nǎi**　芋芳，植物名，也通稱“芋頭”。

(2) **rèng**　割後再生的新草，引申為雜草、亂草。晉·張華《博物志》：“藉～燔林。”

逎　**nǎi**　同“乃”。

奈　**nài**　❶ 對付，處置。《戰國策·魯仲連不帝秦》：“事將～何矣？”❷ 無奈，怎奈。唐·韓愈《醉後》：“煌煌東方星，～此眾客醉。”❸ 通“耐”，受得住，禁得起。宋·歐陽修《四月九日幽谷見緋桃盛開》：“深紅淺紫看雖好，顏色不～東方吹。”❹ 通“柰”，水果名。北魏·楊衒之《洛陽伽藍記·報德寺》：“～味甚美，冠於京華。”

【奈何】**nài hé**　❶ 怎麼樣，怎麼辦。《史記·廉頗藺相如列傳》：“取吾璧，不予我城，～～？”❷ 怎麼，為什麼。唐·杜牧《阿房宮賦》：“～～取之盡錙銖，用之如泥沙？”❸ 辦法。《韓非子·扁鵲見蔡桓公》：“司命之所屬，無～～也。”

耐　**nài**　❶ 忍受，禁得起。南唐·李煜《浪淘沙》：“羅衾不～五更寒。”❷ 適宜。唐·高適《廣陵別鄭處士》：“溪水堪垂釣，江田～插秧。”❸ 願。唐·岑參《郡齋南池招楊轔》：“閒時～相訪，正有牀頭錢。”❹ 通“奈”，奈何。宋·黃庭堅《奉謝泰亨送酒》：“可～東池到曉蛙。”

鼐　**nài**　大鼎。《戰國策·莊辛論幸臣》：“故晝游乎江湖，夕調乎鼎～。”

男　**nán**　❶ 男性。《左傳·僖公二十三年》：“～女同姓，其生不蕃。”❷ 兒子。唐·杜甫《石壕吏》：“二～新戰死。”❸ 古代爵位，五等爵的第五等。《孟子·萬章下》：“天子一位，公一位，侯一位，伯一位，子、～同一位，凡五等也。”

南　**nán**　❶ 方位名，與“北”相對。漢樂府《陌上桑》：“使君從～來。”❷ 南方的國家或地區。《孟子·滕文公上》：“今也～蠻鴃舌(jué shé，指伯勞的叫聲，比喻語言難懂)之人，非先王之道。”

【南服】**nán fú**　古代王畿以外的地區分為五服，其中南方稱“南服”。《晉書·劉弘傳》：“弘專督江漢，威行～～。”

【南冠】**nán guān**　❶ 春秋時楚人的帽子。《左傳·成公九年》：“～～而繫者，誰也？”後來便借“南冠”指代囚徒。宋·文天祥《真州雜賦》：“曉來到處捉～～。”❷ 借指南方人。北周·庾信《率爾成詠》：“～～今別楚。”

【南冥】**nán míng**　也作南溟，南方大海。《莊子·逍遙遊》：“是鳥也，海運則將徙於～～。”

【南人】**nán rén**　❶ 南方人。《論語·子路》：“～～有言曰：人而無恆，不可以作巫醫。”❷ 金代對漢人的稱呼。《金史·輿服志下》：“女真人不得改為漢姓及學～～裝束。”❸ 元代對南宋人的稱呼。《元史·選舉志一》：“漢人、～～作一榜。”

難　(1) **nán**　❶ 困難，不容易。《新五代史·伶官傳序》：“豈得之～而失之易歟？”❷ 不能，不好。宋・蘇軾《後赤壁賦》：“關山～越，誰悲失路之人？”

　　（2）nàn ❶ 災難，禍亂。《左傳・僖公二十三年》：“晉公子重耳之及於～也，晉人伐諸蒲城。”❷ 兵亂，戰爭。《莊子・逍遙遊》：“越有～，吳王使之將。”❸ 責備，責問。《孟子・離婁上》：“於禽獸又何～焉？”❹ 反抗，抗拒。漢・賈誼《過秦論》：“一夫作～而七廟墮。”❺ 仇敵。《戰國策・秦策一》：“將西南而與秦為～。”

【難色】nán sè　為難的表情。明・王守仁《瘞旅文》：“二童子有～～然。”

囊 náng ❶ 口袋。《新五代史・伶官傳序》：“請其矢，盛以錦～，負而前驅。”❷ 用口袋裝，收藏。《新唐書・食貨志三》：“晏命～米而載以舟，減錢十五。”❸ 覆蓋，包羅。漢・賈誼《過秦論》：“有席卷天下包舉宇內～括四海之意。”

【囊橐】náng tuó ❶ 口袋。宋・蘇軾《上韓魏公論場務書》：“鳳翔、京兆，此兩郡者，陝西之～～也。”❷ 行李，財物。唐・白行簡《李娃傳》：“及旦，盡從其～～，因家於李之第。”❸ 窩藏，包庇。《漢書・刑法志》：“豪桀擅私，為之～～。”

曩 nǎng　從前，過去。唐・柳宗元《捕蛇者説》：“～與吾祖居者，今其室十無一焉。”

【曩昔】nǎng xī　往日，從前。唐・白行簡《李娃傳》：“默想～～之藝業，可溫習乎？”

【曩者】nǎng zhě　從前。漢・司馬遷

《報任安書》：“～～辱賜書，教以慎於接物，推賢進士為務。”

猱 náo ❶ 獸名，猿的一種。唐・李白《蜀道難》：“猿～欲度愁攀援。”❷ 輕捷，輕快。清・蒲松齡《聊齋志異・妖術》：“公～進，刀中庭石。”❸ 撓，搔。《南曲・正宮過曲・小桃紅》：“委實的教我心癢難～。”

撓 náo ❶ 擾亂，阻止。《左傳・呂相絕秦》：“～亂我同盟，傾覆我國家。”❷ 攪動，搖動。唐・韓愈《送孟東野序》：“草木之無聲，風～之鳴。”❸ 抓，搔。《孟子・梁惠王下》：“北宮黝之養勇也，不膚～，不目逃。”❹ 弱，削弱。《漢書・佞幸傳》：“鼎足不彊，棟幹微～。”❺ 彎曲，屈服。《戰國策・唐雎不辱使命》：“秦王色～，長跪而謝之。”

【撓北】náo běi ❶ 敗北。《呂氏春秋・忠廉》：“將眾則必不～～矣。”❷ 背離。《淮南子・兵略訓》：“心疑則支體～～。”

【撓辭】náo cí　又作“撓詞”，屈服的言辭。《後漢書・袁紹列傳》：“配意氣壯烈，終無～～。”

【撓志】náo zhì　委屈節志。漢・王符《潛夫論・愛日》：“夫直者貞正而不～～，無恩於吏。”

橈 náo　見 503 頁 ráo。

譊 náo　爭辯，喧囂。宋・王令《太湖》：“去憶應縈縈，歸誇口定～。”

【譊譊】náo náo　爭辯、喧鬧的聲音。《莊子・至樂》：“彼唯人言之惡聞，奚以夫～～為乎！”

鐃 náo ❶古代一種用以止鼓退兵的樂器。《周禮·地官司徒·鼓人》：“以金～止鼓。”❷一種打擊樂器，宋時始有，多用於民間吹打。《元史·刑法志四》：“諸俗人集眾鳴～作佛事者，禁之。”

淖 (1) nào ❶爛泥，泥沼。《史記·屈原賈生列傳》：“自疏濯～汙泥之中。”❷柔軟。北魏·賈思勰《齊民要術·醴酪》：“煮令極熟，剛～得所，然後出之。”❸陷沒。《陳書·侯瑱傳》：“馬騎並～於蘆荻中。”
(2) chuò　通“綽”，見“淖約”。

【淖約】chuò yuē　姿態柔美的樣子。《漢書·揚雄傳上》：“閨中容競～～兮。”

<hr>
ne
<hr>

訥 nè　説話遲鈍，不善言辭。《論語·里仁》：“君子欲～於言，而敏於行。”

【訥口】nè kǒu　説話遲鈍，不善言辭。《史記·李將軍列傳》：“廣～～少言。”

【訥慎】nè shèn　説話謹慎、遲鈍。三國魏·嵇康《琴賦》：“惠施以之辯給，萬石以之～～。”

<hr>
nen
<hr>

恁 nèn　見506頁rèn。

<hr>
neng
<hr>

能 (1) néng ❶古代傳説中一種似熊的獸。《國語·晉語八》：“今夢黃～入於寢。”❷才幹，能力。漢·賈誼《過秦論》：“材～不及中人。”❸有才幹的人。《三國志·蜀書·諸葛亮傳》：“國險而民附，賢～為之用。”❹勝任，擅長於。《論語·陽貨》：“若季氏則吾不～。”❺能夠。《左傳·燭之武退秦師》：“吾不～早用子。”❻親善，和睦。《史記·蕭相國世家》：“何素不與曹參相～。”❼如此，這樣。唐·杜甫《茅屋為秋風所破歌》：“忍～對面為盜賊。”❽及，到。宋·王安石《遊褒禪山記》：“蓋余所至，比好遊者尚不～十一。”❾則，就。《孫子·虛實》：“故敵佚～勞之，飽～飢之，安～動之。”❿而，卻。漢·崔駰《大理箴》：“或有忠～被害，或有孝而見殘。”
(2) nài　通“耐”，禁得起。《漢書·趙充國傳》：“土地寒苦，漢馬不～冬。”

【能政】néng zhèng　好的政績。唐·岑參《贈酒泉韓太守》：“太守有～～，遙聞如古人。”

<hr>
ni
<hr>

妮 nī　舊指婢女。《新五代史·晉家人傳》：“吾有梳頭～子。”後泛指女孩。

怩 ní　見433頁“忸怩”。

泥 (1) ní ❶泥巴。唐·杜牧《阿房宮賦》：“奈何取之盡錙銖，用之如～沙？”❷泥狀的東西。漢·郭憲《洞冥記》：“帝令剉（cuò，折傷）此草為～，以塗雲明之館。”
(2) nì ❶用泥塗抹，使密封加固。南朝宋·劉義慶《世説新語·汰侈》：“王以赤石脂～壁。”

❷阻滯，不暢通。《論語·子張》："雖小道，必有可觀者焉；致遠恐～，是以君子不為也。"❸拘泥，不變通。《荀子·君道》："知明制度權物稱用之為不一也。"❹軟纏軟磨。唐·元稹《遣悲懷》："顧我無衣搜盡篋，～他沽酒拔金釵。"❺貪戀，迷戀。唐·劉得仁《病中晨起即事寄境中往還》："豈能為久隱，更欲～浮名。"

（3）niè　通"涅"。❶可作黑色顏料的礬石。《大戴禮記·曾子制言上》："白沙在～，與之皆黑。"❷染黑，玷污。《史記·屈原賈生列傳》："不獲世之垢，嚼然～而不滓者也。"

【泥古】nì gǔ　墨守前人的觀點或成規。宋·樓鑰《薦黃膚卿林椅箚子》："既非～～以違今，直可據經而從事。"

倪　（1）ní　❶幼兒。《孟子·梁惠王下》："反其旄～，止其重器。"❷頭緒，邊際。唐·柳宗元《非國語·三川震》："又況天地之無～，陰陽之無窮。"❸區分。《莊子·秋水》："知是非之不可為分，細大之不可為～。"

（2）nì　通"睨"。《史記·魏公子列傳》："侯生下見其客朱亥，俾～，故久立。"

猊　ní　即狻猊，獅子。宋·蘇軾《十八羅漢頌》："手拊兒～，目視瓜獻。"

霓　ní　一種光現象，有時和虹一同出現，在虹的外側，也稱副虹、雌虹。《孟子·梁惠王上》："民望之，若大旱之望雲～也。"

【霓裳】ní cháng　❶用霓製作的衣裳，指神仙的衣裳。唐·李白《古風五九首》之一九："～～曳廣帶，飄拂升天行。"❷唐代樂曲《霓裳羽衣曲》的省稱。唐·白居易《琵琶行》："輕攏慢撚抹復挑，初為《～～》後《六么》。"

旎　ní　見"旖旎"。

【旖旎】nǐ ní　柔和的樣子。唐·盧仝《寄贈含曦上人》："春鳥嬌關關，春風醉～～。"

疑　ní　見702頁yí。

擬　nǐ　❶揣度，推測。《周易·繫辭上》："～之而後言，議之而後動。"❷比擬，類似。《史記·管晏列傳》："管仲富～於公室。"❸仿照，模仿。明·袁宏道《徐文長傳》："不以模～損才。"❹比畫，指向。《漢書·蘇武傳》："復舉劍～之，武不動。"❺打算，準備。宋·李清照《武陵春》："也～泛輕舟。"

【擬古】nǐ gǔ　詩文創作中的仿古行為，後成為詩體之一。宋·嚴羽《滄浪詩話》："～～惟江文通最長。"

昵　nì　同"暱"，親近，親信。《左傳·襄公二十五年》："非其私～，誰敢任之？"

逆　nì　❶迎，迎接。《國語·周語中》："行理以節～之。"❷迎戰，迎擊。《國語·吳語》："越王句踐起師～之江。"❸倒着，反向。《史記·廉頗藺相如列傳》："且以一璧之故～彊秦之歡，不可。"❹違背，不順從。《戰國策·唐雎不辱使命》："而君～寡人者，輕寡人與？"❺叛逆，叛亂。《資治通鑑》卷四十八："恐開姦宄之原，生～亂之心。"❻預先，事先。宋·蘇洵《管仲論》："而又～知其將死，則其書誕謾不足信也。"❼推測，猜度。

《孟子・萬章上》："以意～志，是為得之。"

【逆數】（1）nì shǔ ❶預測。《周易・說卦》："數往者順，知來者逆，是故《易》～～也。" ❷倒數。明・袁宗道《論文上》："至於今日、～～前漢，不知幾千年遠矣。"

（2）nì shù　天時反常。《國語・周語下》："時無～～，物無害生。"

匿 nì ❶隱藏，躲避。明・張溥《五人墓碑記》："中丞～於溷藩以免。"《史記・廉頗藺相如列傳》："相如引車避～。" ❷虛假。《淮南子・齊俗訓》："禮義飾則生偽～之本。"

【匿諱】nì huì　隱瞞。《史記・李將軍列傳》："大將軍～～之。"

【匿喪】nì sāng　古時官吏出於某種目的而隱瞞父母或祖父母的喪事。《元典章・刑部三》："不候服闋，～～之任。"

【匿怨】nì yuàn　掩飾內心的怨恨。《論語・公冶長》："～～而友其人，左丘明恥之。"

溺 （1）nì ❶落水，淹沒。《山海經・北山經》："～而不返，故為精衛。" ❷陷入不好的境地。《孟子・梁惠王上》："彼陷～其民，王往而征之，夫誰與王敵！" ❸沉迷，無節制。《新五代史・伶官傳序》："而智勇多困於所～。"

（2）niào　尿，撒尿。《史記・范雎蔡澤列傳》："賓客飲者醉，更～（范）雎。"

【溺志】nì zhì　使心志沉湎於某種事物。《新唐書・嚴挺之傳》："然～～於佛，與浮屠惠義善。"

睨 nì ❶斜視。《史記・廉頗藺相如列傳》："相如持其璧～柱，

欲以擊柱。" ❷見 448 頁"睥睨"。

暱 nì ❶親近。《左傳・鄭伯克段於鄢》："不義不～，厚將崩。" ❷私。《列子・湯問》："魏黑卵以～嫌殺邱邴章。"

【暱就】nì jiù　親近，親昵。《左傳・成公十三年》："斯是用痛心疾首，～～寡人。"

---

nian

年 nián ❶穀熟，年成。宋・蘇軾《喜雨亭記》："其占為有～。" ❷十二月為一年。《國語・越語上》："民俱有三～之食。" ❸年齡，歲數。《論語・里仁》："子曰：'父母之～，不可不知也。'" ❹歲月，時間。唐・韓愈《後十九日復上宰相書》："愈之強學力行有～矣。" ❺科舉時代同年登科的關係。見"年伯"、"年誼"。 ❻帝王的年號。《三國志・吳書・孫權傳》："改～為延康。"

【年伯】nián bó　科舉時代對與父親同年登科者的尊稱。清・蔣士銓《空谷香・病俠》："特求老～～相救。"

【年齒】nián chǐ　年齡。《莊子・徐無鬼》："～～長矣，聰明衰矣。"

【年庚】nián gēng　生辰八字。《紅樓夢》第二十五回："問了他二人～～，寫在上面。"

【年命】nián mìng　❶壽命。晉・司馬彪《贈山濤》："感彼孔聖歎，哀此～～促。" ❷生辰八字。晉・干寶《搜神記》："以～～未合，且小乖，大歲東方卯，當還求君。"

【年韶】nián sháo　美好的青春年華。《樂府詩集・郊廟歌辭六》："笙歌簫舞屬～～。"

【年誼】nián yì　科舉時稱同年登科的關係。清·吳敬梓《儒林外史》第三回："你我～～世好，就如至親骨肉一般。"

【年祚】nián zuò　❶人的壽命。❷立國的年數。宋·陳善《捫虱新話》："君明臣忠，～～長久。"

輦 niǎn　❶用人拉的車子。《韓非子·外儲說右下》："茲鄭子引～上高梁而不能支。"❷秦漢以後專指帝王后妃乘坐的車。《戰國策·觸龍說趙太后》："老婦恃～而行。"❸乘輦，乘車。唐·杜牧《阿房宮賦》："妃嬪媵嬙，王子皇孫，辭樓下殿，～來於秦。"❹用車運載。《左傳·莊公二十二年》："以乘車～其母，一日而至。"❺借指京城。晉·潘岳《在懷縣作》："自我違京～，四載迄於斯。"

碾 niǎn　❶碾子。唐·韓愈《虢州司戶韓府君墓誌銘》："破豪家水～利民田，頃凡百萬。"❷滾壓。唐·白居易《潯陽春》："曲江～草鈿車行。"❸研磨，雕琢。宋·劉過《沁園春·詠指甲》："銷薄春冰，～輕寒玉。"

輾 niǎn　見768頁zhǎn。

念 niàn　❶思考，考慮。《史記·廉頗藺相如列傳》："顧吾～之，彊秦之所以不敢加兵於趙者，徒以吾兩人在也。"❷思念，顧念。漢·司馬遷《報任安書》："～父母，顧妻子。"❸念頭，想法。《紅樓夢》第四回："一～未遂，反花了錢，送了命。"❹愛憐，哀憐。唐·韓愈《殿中少監馬君墓誌》："肌肉玉雪可～，殿中君也。"

【念茲在茲】niàn zī zài zī　對某事念念不忘。晉·陶淵明《命子》："溫恭朝夕，～～～～。"

埝 niàn　小河堤。清·劉鶚《老殘遊記》第十三回："必得廢了民～，退守大堤。"

娘 niáng　❶年輕女子。宋·陸游《吳曲曲》："吳～十四未知愁，羅衣已覺傷春瘦。"❷已婚婦女的通稱。元·陸泳《吳下田家志》："～養蠶花郎種田。"

釀 niàng　❶造酒。宋·蘇軾《超然臺記》："擷園蔬，取池魚，～秫酒。"❷酒。南朝宋·劉義慶《世說新語·賞譽》："見何次道飲酒，使人欲傾家～。"❸逐漸形成，造成。漢·王充《論衡·率性》："善以化渥，～其教令，變更為善。"

鳥 (1) niǎo　脊椎動物的一綱。《莊子·逍遙遊》："化而為～，其名為鵬。"
　　(2) dǎo　同"島"，見"鳥夷"。

【鳥夷】dǎo yí　海島居民，先秦時指中國東部沿海一帶的居民。《漢書·地理志上》："～～皮服。"

【鳥跡】niǎo jì　❶鳥的爪印。《孟子·滕文公上》："獸蹄～～之道，交於中國。"❷鳥篆，篆體字別稱。漢·蔡邕《隸勢》："～～之變，乃為佐隸。"

裊 niǎo　❶纏繞。宋·蘇軾《罷徐州往南京寄子由》："父老何自來，花枝～長紅。"❷形容煙氣繚繞上升或聲音婉轉悠揚。宋·歐陽修《西齋手植菊花過節始開》："上浮黃金蕊，送以清歌～。" ❸ 細長美好的樣子。唐·杜牧《贈別》："娉娉～～十三餘。" ❹ 搖曳，晃動。南朝梁·沈約《十詠·領邊繡》："不聲如動吹，無風自～枝。"

---

nie

涅 niè ❶ 黑泥。《荀子·勸學》："白沙在～，與之俱黑。" ❷ 石墨，黑色顏料。《淮南子·俶真訓》："今以～染緇，則黑於～。" ❸ 染黑，污染。《史記·孔子世家》："不曰白乎，～而不淄。" ❹ 在人身上刺塗黑色文字或圖形。《新唐書·南蠻傳下》："有繡面種，生逾月，～黛於面。"

【涅槃】 niè pán　佛教所幻想的沒有煩惱、超脫生死的境界，後也用來指人的死亡。宋·王安石《請秀長老疏》："雖開方便之多門，同趣～～之一路。"

臬 niè ❶ 箭靶，目標。漢·張衡《東京賦》："桃弧棘矢，所發無～。" ❷ 古代測量日影的標杆。南朝梁·陸倕《石闕銘》："陳圭置～，瞻星揆地。" ❸ 法規，刑法。《尚書·周書·康誥》："外事，汝陳時～。" ❹ 終極，極限。漢·王粲《遊海賦》："其深不測，其廣無～。"

齧 niè ❶ 咬。唐·柳宗元《捕蛇者說》："觸草木，盡死；以～人，無禦之者。" ❷ 侵蝕。《戰國策·魏策一》："櫟水～其墓。" ❸ 缺口。《淮南子·人間訓》："劍之折，必有～。"

【齧臂】 niè bì　用把手臂咬出血的方式來表示誠信或決心。唐·駱賓王

《上廉吏啟》："而～～求仕，非圖高蓋之榮。"

嚙 niè ❶ 附耳私語。《史記·魏其武安侯列傳》："今日長者為壽，乃效女兒呫～耳語。" ❷ 說話吞吞吐吐的樣子。宋·王安石《寄蔡天啟》："或嗤元郎謖，或訛白翁～。"

躡 niè ❶ 踩，踏。《史記·淮陰侯列傳》："張良、陳平～漢王足，因附耳語。" ❷ 攀登，登上。唐·李白《古風五九首》之一九："素手把芙蓉，虛步～太清。" ❸ 穿鞋。漢樂府《孔雀東南飛》："足下～絲履，頭上玳瑁光。" ❹ 追蹤，跟隨。《尉繚子·經卒令》："莫敢當其前，無敢～其後。"

【躡足】 niè zú ❶ 置身其間，參與。漢·賈誼《過秦論》："～～行伍之間。" ❷ 輕步行走的樣子。元·張壽卿《紅梨花》："花陰裏～～行行，柳影中潛身等等。"

孽 niè ❶ 舊時指庶子或旁支。《史記·孔子世家》："更立其庶～陽虎素所善者。" ❷ 歧視，懷疑。《管子·版法》："天植正，則不私近親，不～疏遠。" ❸ 災害，災禍。唐·柳宗元《賀進士王參元失火書》："於是有水火之～。" ❹ 危害。《呂氏春秋·遇合》："聖賢之後，反而～民。"

【孽嬖】 niè bì　寵妾。《漢書·劉向傳》："採取《詩》《書》所載賢妃貞婦……及～～亂亡者，序次為《列女傳》。"

【孽臣】 niè chén　奸邪受寵的臣子。《史記·蒙恬列傳》："是必～～逆亂，內陵之道也。"

【孽黨】 niè dǎng　奸黨。唐·王勃《常州刺史平原郡開國公行狀》："孤竹尋雲之際，～～蜂騰。"

【孽類】niè lèi　指奸邪之人。《三國志·吳書·孫權傳》:"天下未定,～～猶存。"

【蘖蘖】niè niè　妝飾華麗的樣子。《詩經·衛風·碩人》:"庶姜～～。"

蘖 niè　❶草木被砍伐後長出的新枝或嫩芽。《國語·魯語上》:"且夫山不槎～,澤不伐夭。"❷通"孽",妖孽,邪惡。唐·柳宗元《憎王孫文》:"大人聚兮～無餘。"

---

nin

恁 nín　見506頁 rèn。

---

ning

寧　(1) níng　❶安靜,寧靜。唐·杜甫《垂老別》:"四郊未～靜,垂老不得安。"❷安定,安寧。唐·柳宗元《捕蛇者說》:"譁然而駭者,雖雞狗不得～焉。"❸探親,看望父母。明·歸有光《項脊軒志》:"吾妻歸～。"

(2) nìng　❶寧可,寧願。《史記·廉頗藺相如列傳》:"均之二策,～許以負秦曲。"❷副詞,豈,難道。《史記·陳涉世家》:"王侯將相～有種乎!"《戰國策·魯仲連義不帝秦》:"十人而從一人者,～力不勝,智不若邪?"

【寧耐】níng nài　又作"寧奈"。忍耐。宋·朱熹《朱子語類·易六》:"以剛遇險,時節如此,只當～～以待之。"

【寧馨】níng xīn　如此,這樣。晉宋時的俗語。隋·侯白《啟顏錄·賣羊》:"向者～～羶,今來爾許臭。"

【寧許】nìng xǔ　如此,這樣。宋·楊萬里《過賢招渡》:"柳上青蟲～～劣。"

凝 níng　❶結冰。唐·岑參《走馬川行奉送西出征》:"幕中草檄硯水～。"❷凝結,凝聚。唐·李賀《李憑箜篌引》:"空山凝雲頹不流。"❸精力集中,專注。漢·張衡《思玄賦》:"默無為以～志兮,與仁義平逍遙。"❹堅定,鞏固。《荀子·議兵》:"唯堅～之難焉。"❺形成。《禮記·中庸》:"故曰苟不至德,至道不～焉。"

【凝睇】níng dì　凝視,盯着。元·尚仲賢《柳毅傳書》:"你看他顰眉～～,如有所待。"

【凝寂】níng jì　沉靜。唐·白居易《白鷺兒》:"毛衣新成雪不敵,眾禽喧呼獨～～。"

佞 nìng　❶能言善辯,口才好。《論語·公冶長》:"不知其仁,焉用～?"❷用花言巧語向人諂媚。《資治通鑑》卷一百七十一:"百官～我,皆稱太子聰明睿智。"❸善於花言巧語、阿諛奉承的人。《孟子·盡心下》:"惡～,恐其亂義也。"❹迷戀,迷惑。唐·元稹《立部伎》:"奸聲入耳～入心,侏儒飽飯夷齊餓。"❺才能。《左傳·成公十三年》:"君若不施大惠,寡人不～,其不能以諸侯退矣。"

【佞佛】nìng fó　向佛獻媚。《新唐書·侯希逸傳》:"～～,興廣祠廬。"

【佞巧】nìng qiǎo　諂諛巧詐。《史記·周本紀》:"石父為人～～,善諛好利。"

【佞人】nìng rén　善於花言巧語、阿諛奉承的人。《論語·衛靈公》:"鄭聲淫，～～殆。"

【佞舌】nìng shé　巧嘴。宋·蘇軾《賀時宰啟》："某愚有赤心，老無～～。"

【佞史】nìng shǐ　有所袒護、多用溢美之辭的史書。《宋史·陸佃傳》："如公言，蓋～～也。"

【佞幸】nìng xìng　也作"佞倖"，依靠諂媚而受寵。宋·王禹偁《鄉老獻能書賦》："然後～～之風不起。"

---

niu

牛 niú ❶ 哺乳動物名。唐·李白《將進酒》："烹羊宰～且為樂，會須一飲三百杯。" ❷ 比喻固執、倔強。《紅樓夢》第十七回："眾人見寶玉一～心，都怕他討了沒趣。"

【牛女】niú nǚ　牽牛星和織女星。唐·元稹《新秋》："殷勤寄～～，河漢正相望。"

【牛衣】niú yī ❶ 為牛禦寒的披蓋物，用麻或草編製而成。《漢書·王章傳》："無被，臥～～中。" ❷ 比喻貧寒，也指貧寒的人。宋·司馬光《又和二月五日夜風雪》："此夕～～客，成名不可忘。"

【牛飲】niú yǐn　狂飲。宋·梅堯臣《和韻三和戲示》："將學時人鬥～～，還從上客舞娥杯。"

忸 niǔ ❶ 羞慚。南朝梁·陶弘景《答虞中書書》："迨及暇日，有事邅童，不亦皎潔當年，而無～前修也。" ❷ 通"狃"，習慣。《新唐書·漢陽公主傳》："內外相矜，～以成風。"

【忸怩】niǔ ní ❶ 羞愧。《孟子·萬章上》："象曰：'鬱陶思君爾。'

～～。" ❷ 猶豫，躊躇。唐·韓偓《送人棄官入道》："～～非壯志，擺脫是良圖。"

狃 niǔ ❶ 習慣，習以為常而不加注意。宋·蘇軾《晁錯論》："起而強為之，則天下～於治平之安，而不吾信。" ❷ 輕侮。《左傳·僖公十四年》："一夫不可～，況國乎？" ❸ 貪圖。《國語·晉語一》："嗛嗛之食，不足～也。" ❹ 驕傲，自滿。《朱子語類·雜類》："敗不可懲，勝不可～。" ❺ 局限，拘泥。宋·陸九淵《與黃日新書》："彼～於習俗，蔽於聞見，以陷於惡。"

紐 niǔ ❶ 紐帶，帶子上的交結處。《禮記·玉藻》："居士錦帶，弟子縞帶，并～用組。" ❷ 佩戴，纏束。南朝齊·孔稚珪《北山移文》："其～金章，綰墨綬。" ❸ 樞紐，根本。《莊子·人間世》："是萬物之化也，禹舜之所～也。"

拗 niù　見6頁ǎo。

---

nong

農 nóng ❶ 耕種。漢·晁錯《論貴粟疏》："貧生於不足，不足生於不～。" ❷ 農業。《孟子·梁惠王上》："不違～時，穀不可勝食也。" ❸ 農夫，農民。《史記·孔子世家》："良～能稼而不能為穡。" ❹ 勤勉。《管子·大匡》："耕者出入不應於父母，用力不～，不事賢，行此三者，有罪無赦。"

【農父】nóng fù ❶ 古官名，司徒的尊稱。《尚書·周書·酒誥》："薄違～～。" ❷ 農夫。元·馮子振《鸚鵡曲》："近日最懊惱殺～～。"

N

【農力】nóng lì　努力。《左傳·襄公十三年》："君子尚能而讓其下，小人～～而事其上。"

膿 nóng ❶ 肌體發炎潰爛所形成的黏液。《史記·扁鵲倉公列傳》："後八日嘔～死。" ❷ 腐爛。《齊民要術·水稻》："陳草復起，以鐮浸水芟之，草悉～死。" ❸ 通"醲"，濃厚。漢·枚乘《七發》："甘脆肥～，命曰腐腸之藥。"

穠 nóng ❶ 花木茂盛稠密。《廣韻·鍾韻》："～，花木厚。" ❷ 濃，濃厚。宋·蘇軾《和劉孝叔會虎丘》："白簡威猶凜，青山興已～。" ❸ 豔麗。唐·元稹《山枇杷》："～姿秀色人皆愛，怨媚羞容我偏別。" ❹ 豐滿，肥胖。戰國楚·宋玉《神女賦》："～不短，纖不長。"

【穠華】nóng huá ❶ 指女子青春美貌。宋·王讜《唐語林》："公主……～～秀整，令德芬馨。" ❷ 濃豔的花朵。唐·白居易《和夢遊春》："秀色似堪餐，～～如可掬。"

【穠纖】nóng xiān ❶ 肥瘦。漢·曹植《洛神賦》："～～得衷，修短合度。" ❷ 豔麗纖巧。清·葉燮《原詩·內篇上》："漢魏之藻麗～～。"

【穠豔】nóng yàn ❶ 繁茂豔麗的花木。宋·劉過《滿庭芳》："三春～～，一夜繁霜。" ❷ 形容女子姿色豔美。唐·蔣防《霍小玉傳》："資質～～，一生未見。"

弄 nòng ❶ 用手把玩，玩賞。《漢書·趙堯傳》："高祖持御史大夫印，～之。" ❷ 戲耍，遊戲。《南齊書·東昏侯紀》："帝在東宮便好～，不喜書學。" ❸ 擺弄。清·吳敬梓《儒林外史》第三回："～了半日，漸漸喘息過來，眼睛明亮，不瘋了。" ❹ 玩弄，戲弄。《史記·廉頗藺相如列傳》："得璧，傳之美人，以戲～臣。" ❺ 演奏樂器。《史記·司馬相如列傳》："及飲卓氏，～琴。" ❻ 樂曲，曲調。也指樂曲的一闋或演奏一遍。唐·白居易《食飽》："淺酌一杯酒，緩彈數～琴。"

【弄臣】nòng chén　被帝王寵愛親昵的臣子。《史記·張丞相列傳》："此吾～～，君釋之。"

【弄瓦】nòng wǎ　指生女孩。典出《詩經·小雅·斯干》："乃生女子，載寢之地，載衣之裼，載弄之瓦。"古代婦女所用的陶製的紡錘叫"瓦"，後因稱生女為"弄瓦"。元·方回《五月旦抵舊隱》："長男近～～。"

【弄璋】nòng zhāng　玩璋，代指生男孩。璋是古代大臣所持的一種禮器，讓男孩玩璋，是希望他長大後可以為官，後因稱生男孩為"弄璋"。唐·白居易《崔侍御以孩子三日示其所生詩見示因以二絕句和之》："～～詩句多才思，愁殺無兒老鄧攸。"

耨 nòu ❶ 古代一種似鋤的鋤草工具。北魏·賈思勰《齊民要術·耕田》："為耒耜鉏～，以墾草莽。" ❷ 鋤草。《孟子·梁惠王上》："彼奪其民時，使不得耕～以養其父母。"

奴 nú ❶ 奴隸。漢·司馬遷《報任安書》："季布為朱家鉗～，灌夫受辱於居室。"後指奴僕，奴婢。漢·楊惲《報孫會宗書》："～婢歌者數人。" ❷ 奴役，役使。唐·韓愈《原道》："入者主之，出者～之。"

帑 nú 見 587 頁 tǎng。

孥 nú ❶ 兒女。宋·錢公輔《義田記》："妻～之富，止乎一己。" ❷ 妻子和兒女的統稱。唐·韓愈《祭十二郎文》："止一歲，請歸取其～。" ❸ 通"奴"。《孟子·梁惠王下》："澤梁無禁，罪人不～。"

駑 nú ❶ 劣馬。《荀子·勸學》："～馬十駕，功在不舍。" ❷ 比喻才能低下。《史記·廉頗藺相如列傳》："相如雖～，獨畏廉將軍哉？"

【駑鈍】nú dùn　平庸愚鈍，也指低下的才能，常用作謙辭。三國蜀·諸葛亮《出師表》："當獎率三軍，北定中原，庶竭～～。"

【駑馬】nú mǎ　劣馬。《荀子·勸學》："～～十駕。"

努 nǔ ❶ 用力，盡力。唐·杜甫《新婚別》："勿為新婚念，～力事戎行！" ❷ 凸出，伸出。唐·唐彥謙《採桑女》："春風吹蠶細如蟻，桑芽才～青鴉嘴。"

【努目】nǔ mù　盡力睜大眼睛，使眼球突出。《西遊記》第九十七回："行者近前～～睜看，厲聲高叫。"

弩 nǔ ❶ 利用機械裝置射箭的弓。《史記·絳侯周勃世家》："軍士吏被甲，銳兵刃，彀弓～，持滿。" ❷ 擅長射弩的弓箭手。漢·賈誼《過秦論》："良將勁～守要害之處，信臣精卒陳利兵而誰何！"

怒 nù ❶ 生氣，憤怒。《史記·屈原賈生列傳》："懷王～，

大興師伐秦。" ❷ 譴責。《禮記·內則》："若不可教，而後～之。" ❸ 氣勢強盛。宋·柳永《望海潮》："～濤卷霜雪，天塹無涯。" ❹ 奮發，奮起。《莊子·逍遙遊》："～而飛，其翼若垂天之雲。"

女 (1) nǚ ❶ 女性，女人。《史記·項羽本紀》："財物無所取，婦～無所幸。" ❷ 特指未婚女子。《詩經·邶風·靜女》："靜～其姝，俟我於城隅。" ❸ 女兒。《山海經·北山經》："是炎帝之少～，名曰女娃。" ❹ 把女子嫁給人。《國語·越語上》："請句踐～女於王，大夫～女於大夫，士～女於士。" ❺ 柔弱。《詩經·豳風·七月》："取彼斧斨，以伐遠揚，猗彼～桑。"
(2) rǔ　通"汝"，第二人稱代詞。《論語·為政》："由，誨～知之乎？"

【女德】nǚ dé ❶ 舊時認為婦女所應具備的品德。《左傳·僖公二十四年》："～～無極，婦怨無終。" ❷ 指女色。《漢書·杜周傳》："～～不厭，則壽命不究於高年。" ❸ 宋時對尼姑的稱呼。《宋史·徽宗紀》："改女冠為女道，尼為～～。"

【女弟】nǚ dì　妹妹。《戰國策·楚策四》："趙人李園，持其～～，欲進之楚王。"

【女丁】nǚ dīng　成年婦女。《晉書·李雄載記》："其賦男丁歲穀三斛，～～半之。"

【女工】nǚ gōng ❶ 指從事紡織、縫紉、刺繡等工作的婦女。《墨子·辭過》："～～作文采，男工作刻

鏤。"❷ 即女功、女紅。元・王實甫《西廂記》："針指～～，詩詞書算，無不能者。"

【女功】nǚ gōng　舊指婦女所從事的紡織、縫紉、刺繡等。《史記・貨殖列傳》："於是太公勸其～～，極技巧，通魚鹽。"

【女牆】nǚ qiáng　城牆上呈凸凹形的小牆。《宋書・南平穆王鑠傳》："憲督屬將士，固～～而戰。"後泛指矮牆。

【女史】nǚ shǐ　❶ 古代女官名。《後漢書・皇后紀上》："～～彤筆，記功書過。"❷ 對知識婦女的美稱。趙翼有《題～～駱佩香秋燈課女圖》。

【女兄】nǚ xiōng　姐姐。《新唐書・長孫詮傳》："（長孫）詮～～為韓瑗妻。"

【女嬃】nǚ xū　屈原的姐姐，後來作為姐姐的代稱。戰國楚・屈原《楚辭・離騷》："～～之嬋媛兮，申申其詈予。"

妞 nù　❶ 鼻中出血。《傷寒論・辨脈法》："脈浮，鼻中燥者，必～也。"❷ 損傷，挫敗。晉・左思《吳都賦》："莫不～銳挫芒。"

暖 (1) nuǎn　❶ 溫暖，暖和。唐・李商隱《錦瑟》："滄海月明珠有淚，藍田日～玉生煙。"也指溫暖的衣物。清・惲敬《相鼠說》："輕～之取。"❷ 使溫暖。明・楊慎《升庵詩話》："耳衣，今之～耳也。"

(2) xuān　見"暖暖"。

【暖翠】nuǎn cuì　天晴時山色青翠的樣子。元・吳景奎《和韻春日》："江上數峯浮～～，日邊繁杏倚春紅。"

【暖暖】xuān xuān　柔婉的樣子。明・張居正《同望之子文人日立春喜雪》："～～宮雲綴，飛飛苑雪來。"

虐 nüè　❶ 殘暴《左傳・宣公三年》："商紂暴～。"❷ 虐待，殘害。《孟子・梁惠王上》："今燕～其民，王往而征之。"❸ 災害。宋・蘇軾《密州祭常山文》："旱蝗之為～，三年於茲矣。"❹ 無節制，過度。《詩經・衛風・淇澳》："善戲謔兮，不為～兮。"

儺 nuó　古時臘月舉行的一種驅除疫鬼的儀式。《後漢書・禮儀志》："先臘一日，大～，謂之逐疫。"也指這種儀式中戴面具表演的人。

搦 nuò　❶ 按，壓。晉・左思《魏都賦》："～秦起趙，威振八蕃。"❷ 握，拿。三國魏・曹植《幽思賦》："～素筆而慷慨，揚大雅之哀吟。"❸ 磨，摩。北魏・賈思勰《齊民要術・法酒》："～黍令散。"❹ 捕捉。唐・裴諝《判爭貓兒狀》："貓兒不識主，傍家～老鼠。"❺ 挑，惹。元・無名氏《小尉遲》："下將戰書去，單～尉遲敬德出馬。"

諾 nuò　❶ 應答聲。《戰國策・觸龍說趙太后》："太后曰：'～。恣君之所使之。'"❷ 答應。《史記・魏公子列傳》："公子誠一開口請如姬，如姬必許～。"

【諾諾】 nuò nuò 也作"喏喏"，連聲應答。《韓非子·八姦》："此人主未命而唯唯，未使而～～。"

【諾唯】 nuò wěi 應諾。宋·蘇軾《戲子由》："心知其非口～～。"

懦 nuò ❶ 怯弱，軟弱。漢·司馬遷《報任安書》："僕雖怯～，欲苟活，亦頗識去就之分矣。" ❷ 柔軟。《左傳·昭公二十年》："水～弱，民狎而玩之，則多死焉。"

O

ou

摳 ōu　見 330 頁 kōu。

嘔　(1) ōu　通"謳"，歌唱。《漢書·朱買臣傳》："其妻亦負戴相隨，數止買臣毋歌～道中。"
(2) ǒu　吐。唐·杜甫《北征》："老夫情懷惡，～泄臥數日。"
(3) xū　態度和藹的樣子。見"嘔嘔"。

【嘔啞】ōu yā　象聲詞。唐·杜牧《阿房宮賦》："管絃～～，多於市人之言語。"

【嘔嘔】xū xū　態度和藹的樣子。《史記·淮陰侯列傳》："項王見人，恭敬慈愛，言語～～。"

歐　(1) ōu　❶ 同"謳"，歌唱。宋·洪適《隸釋·漢三公山碑》："百姓～歌，得我惠君。"❷ 通"毆"，毆打。《漢書·張良傳》："良愕然，欲～之。"
(2) ǒu　同"嘔"，吐。《山海經·海外北經》："一女子跪，據樹～絲。"

毆　(1) ōu　捶擊，擊打。《紅樓夢》第四回："各不相讓，以致～傷人命。"
(2) qū　同"驅"，驅趕，驅使。漢·賈誼《論積貯疏》："今～民而歸之農，皆著於本。"

謳 ōu　❶ 歌唱。《孟子·告子下》："昔者王豹處於淇，而河西善～；綿駒處於高唐，而齊右善歌。"❷ 歌曲。三國魏·曹植《箜篌引》："京洛出名～。"

偶 ǒu　❶ 木偶，偶像。明·宋濂《王冕讀書》："佛像多土～，獰惡可怖。"❷ 雙數，成雙。《禮記·郊特牲》："鼎俎奇而籩豆～。"❸ 配偶，婚配。《魏書·劉昞傳》："妙選良～。"❹ 同類，同伴。《史記·黥布列傳》："迺率其曹～，亡之江中為羣盜。"❺ 遇上，遇合。明·袁宏道《徐文長傳》："視一世事無可當意者，然竟不～。"❻ 偶然，偶或。宋·歐陽修《縱囚論》："若夫縱而來歸而赦之，可一～為之爾。"

【偶視】ǒu shì　相對而視。《荀子·修身》："～～而牛俯，非恐懼也。"

【偶行】ǒu xíng　結伴同行。《戰國策·楚策一》："三人～～，南遊於楚。"

【偶語】ǒu yǔ　相聚議論，竊竊私語。《史記·高祖本紀》："誹謗者族，～～者棄市。"

【偶坐】ǒu zuò　❶ 陪坐。《禮記·曲禮上》："～～不辭。"❷ 相對而坐，同坐。唐·杜甫《題李尊師松樹障子歌》："松下丈人巾屨同，～～似是商山翁。"

耦 ǒu　❶ 古代的一種耕田方法，二人並肩耕作。《史記·孔子世家》："長沮、桀溺～而耕。"❷ 配偶。《左傳·桓公六年》："人各有～。"❸ 雙數，成雙。《三國志·吳書·孫權傳》："車中八牛以為四～。"❹ 對手，匹敵。《左傳·襄公二十五年》："弈者舉棋不定，不勝其～。"

P

pa

葩 pā ❶ 花。唐·柳宗元《永州韋使君新堂記》:"茂樹惡木,嘉～毒卉,亂雜而爭植,號為穢墟。"❷ 華麗。唐·韓愈《進學解》:"易奇而法,詩正而～。下逮莊騷,太史所錄。"

爬 pá ❶ 搔。唐·韓愈《試大理評事王君墓誌銘》:"櫛垢～癢。"❷ 爬行,手足並行。《水滸傳》第三回:"小二～將起來,一道煙跑向店裏去躲了。"

【爬羅】 pá luó 搜羅。唐·韓愈《進學解》:"～～剔抉,刮垢磨光。"

【爬梳】 pá shū ❶ 抓搔梳理。宋·陸游《行東山下至南巖》:"坐覺塵襟真一洗,正如頭垢得～～。"❷ 整治。唐·韓愈《送鄭尚書序》:"(蠻夷)蜂屯蟻雜,不可～～。"

pai

俳 pái ❶ 雜戲,滑稽戲。《漢書·霍光傳》:"擊鼓歌吹作～唱。"❷ 演雜戲、滑稽戲的藝人。《漢書·枚乘傳》:"詼笑類～倡。"❸ 滑稽,玩笑。《北史·文苑傳》:"好為～諧雜說,人多愛狎之。"

【俳偶】 pái ǒu 駢偶。清·黃宗羲《〈庚戌集〉自序》:"盍思昌黎以上之八代,除～～文之外,詞何嘗不修,非有如唐以後之格調也。"

【俳諧】 pái xié ❶ 詼諧滑稽。《北史·文苑傳》:"(侯白)好為～～雜說。"❷ 詼諧滑稽的言辭。《新唐書·敬播傳》:"嘗集～～十五篇,為太子歡。"❸ 演滑稽戲的藝人。宋·陸游《〈容齋燕集詩〉序》:"方子之飲酒也,～～者箕踞,角抵者裸裎,子何以不怒?"

【俳優】 pái yōu 以雜戲歌舞為業的人。《荀子·正論》:"今～～、侏儒、狎徒,嘖侮而不鬥者,是豈鉅知見侮之為不辱者!"

徘 pái 見"徘徊"。

【徘徊】 pái huái ❶ 來回地走,盤桓不進。唐·白居易《長恨歌》:"攬衣推枕起～～,花冠不整下堂來。"❷ 猶豫不定。唐·駱賓王《為徐敬業討武曌檄》:"～～歧路。"

排 pái ❶ 推,推開。《漢書·樊噲傳》:"(樊)噲乃～闥直入。"❷ 排除淤塞。《孟子·滕文公上》:"決汝、漢,～淮、泗,而注之江。"❸ 排遣,抒發。晉·阮籍《詠懷》之三十七:"人情有感慨,蕩漾焉能～?"❹ 排解,消除。《戰國策·魯仲連義不帝秦》:"所貴於天下之士者,為人～患、釋難、解紛亂而無所取也。"❺ 擠。《晉書·王徽之傳》:"值暴雨,徽之～～入車中。"❻ 排擠,排斥。《後漢書·賈逵列傳》:"諸儒內懷不服,相與～之。"❼ 分解,分剖。漢·賈誼《治安策》:"屠牛坦一朝解十二牛,而芒刃不頓者,所～擊剝割,皆眾理解也。"❽ 排列。唐·白居易《春題湖上》:"松～山面千重翠,月點波心一顆珠。"

【排擯】 pái bìn 排斥,排除。《史記·游俠列傳》:"然儒、墨皆～～不載。"

【排闔】 pái hé 推開門。《禮記·少儀》:"～～説(tuō,脱)屨於戶內者,一人而已矣。"

【排空】pái kōng　凌空。宋·范仲淹《岳陽樓記》："若夫霪雨霏霏，連月不開，陰風怒號，濁浪～～。"

【排闥】pái tà　推門。宋·王安石《書湖陰先生壁》："一水護田將綠繞，兩山～～送青來。"

【排雲】pái yún　凌空。唐·劉禹錫《秋詞》："晴空一鶴～～上，便引詩情到碧霄。"

派 pài　❶江河的支流。晉·左思《吳都賦》："百川～別。"❷流派，派別。唐·李商隱《贈送前劉五經映》："別～驅楊墨。"❸分配，派遣。清·吳敬梓《儒林外史》第三回："我們而今且～兩個人跟定了范老爺。"

<hr>

pan

扳 pān　見 11 頁 bān。

潘 pān　淘米水。北魏·賈思勰《齊民要術·種蘘荷芹》："尤忌～泔及鹵鹽水，澆之即死。"

【潘鬢】pān bìn　指人到中年。唐·元稹《酬翰林白學士代書一百韻》："～～去年衰。"

【潘郎】pān láng　指晉潘岳。潘岳姿儀俊美，故有此稱。後泛指為女子愛慕的男子。唐·韋莊《江城子》："緩揭繡衾抽皓腕，移鳳枕，枕～～臂。"

攀 pān　❶抓着東西往上爬，攀登。唐·李白《蜀道難》："猿猱欲度愁～援。"❷攀折。《筆記四則·木猶如此》："～枝執條，泫然流淚。"❸拉住，挽住。《後漢書·孟嘗列傳》："吏民～車請之。"❹抓住。三國魏·曹植《名都篇》："白日西南馳，光景不可～。"

【攀桂】pān guì　指科舉登第，猶"折桂"。清·趙嘏《東望》："同郡故人～～盡。"

盤 pán　❶承盤。《禮記·大學》："湯之～銘曰：'苟日新，日日新，又日新。'"❷盤子，淺而敞口的盛食器。唐·李紳《憫農》："誰知～中餐，粒粒皆辛苦。"❸環繞，迂曲。唐·李白《北上行》："磴道～且峻。"❹盤旋，繞圈跑或飛。唐·韓愈《雉帶箭》："將軍欲以巧伏人，～馬彎弓惜不發。"❺環遊，到處遊玩。唐·魏徵《諫太宗十思疏》："樂～遊，則思三驅以為度。"❻通"磐"，巨石。唐·李白《丁都戶歌》："萬人鑿～石。"

【盤纏】pán chan　日常費用，旅費。《水滸傳》第三回："每日但得些錢來，將大半還他，留些少父女們～～。"

【盤桓】pán huán　❶徘徊，逗留。三國魏·曹植《洛神賦》："悵～～而不能去。"❷思想猶豫。晉·李密《陳情表》："豈敢～～。"❸廣大，雄偉。晉·陸機《擬青青陵上柏》："名都一何綺，城闕鬱～～。"❹迴環而高聳。唐·吳融《個人三十韻》："髻學～～綰。"

【盤盤】pán pán　迴環曲折。唐·杜牧《阿房宮賦》："～～焉，囷囷焉，……矗不知其幾千萬落。"

磐 pán　❶巨石。漢樂府《孔雀東南飛》："～石方且厚，可以卒千年。"❷通"盤"，徘徊，逗留。《後漢書·宋意列傳》："久～京師。"

蟠 pán　❶盤曲地伏着。漢·揚雄《揚子法言·問神》："龍～於泥。"❷伸展到，遍及。《莊子·刻意》："上際於天，下～於地。"

判

pàn　❶分離，分剖。《韓非子・解老》："自天地之剖～以至於今。"❷分，分開。唐・柳宗元《梓人傳》："離而為六職，～而為百役。"❸明確，分辨。宋・蘇洵《六國論》："故不戰而強弱勝負已～矣。"❹裁決，判決。《後漢書・陳寵列傳》："其有爭訟，輒求～正。"❺判決書。《舊唐書・李元紘傳》："元紘大署－後曰：'南山或可改移，此～終無搖動。'"❻兼管。《宋史・范仲淹傳》："唐以宰相分～六曹。"❼通"拚"，不顧惜，豁出去。唐・元稹《採珠行》："採珠之人～死採。"

【判斷】pàn duàn　❶裁決。《紅樓夢》第四回："雨村便徇情枉法，胡亂～～了此案。"❷描繪。宋・劉克莊《賀新郎》："傾倒贛江供硯滴，～～雪天月夜。"❸鑒賞。元・伯顏《喜來春》曲："山河～～在俺筆尖頭。"

【判押】pàn yā　簽押，即在公文上簽字畫押。宋・朱熹《答黃直卿書》："致仕文字為眾楚所咻，費了無限口頰，今方得州府～～。"

泮

pàn　❶冰解凍，裂開。北周・庾信《哀江南賦》："於時瓦解冰～，風飛電散。"❷分解，分開。《老子》六十四章："其脆易～，其微易散。"❸通"畔"，邊，邊際。《詩經・衛風・氓》："淇則有岸，隰則有～。"❹州、縣的學堂。清・蒲松齡《聊齋志異・嬰寧》："早孤，絕慧，十四入～。"

盼

pàn　❶眼珠黑白分明。《論語・八佾》："子夏問曰：'巧笑倩兮，美目～兮，素以為絢兮。'何謂也？"❷看。明・張岱《西湖

七月半》："攜及童孌，笑啼雜之，還坐露臺，左右一望。"❸回頭看，留戀。南朝齊・孔稚珪《北山移文》："芥千金而不～，屣萬乘其如脫。"

畔

pàn　❶田界。《左傳・襄公二十五年》："行無越思，如農之有～。"❷邊，邊際。唐・劉禹錫《酬樂天揚州初逢席上見贈》："沈舟側～千帆過，病樹前頭萬木春。"❸通"叛"，背叛。漢・賈誼《治安策》："下無倍～之心，上無誅伐之志。"

---

pang

滂

pāng　❶大水湧流。《漢書・宣帝紀》："醴泉～流，枯槁榮茂。"❷形容淚如水流。宋・蘇軾《潮州韓文公廟碑》："公不少留我涕～，翩然被髮下大荒。"

逄

páng　❶姓。《孟子・離婁下》有善射者"逄蒙"，宋・朱熹《孟子集注》作"逢蒙"。西漢末年有逄安。❷象聲詞，鼓聲。唐・韓愈《病中贈張十八》："不踏曉鼓朝，安眠聽～～。"

旁

(1) páng　❶旁邊，旁側。宋・蘇軾《潮州韓文公廟碑》："天孫為織雲錦裳，飄然乘風來帝～。"❷從旁邊。明・袁宏道《徐文長傳》："間以其餘，～溢為花鳥，皆超逸有致。"❸多方面地，廣泛地。唐・韓愈《進學解》："尋墜緒之茫茫，獨～搜而遠紹。"❹偏邪，不正。《荀子・議兵》："～辟曲私之屬為之化而公。"❺別的，其他的。唐・杜甫《堂成》："～人錯比揚雄宅，懶惰無心作《解

嘲》。"❻ 通"磅",廣,大。《莊子 · 逍遙遊》:"將～礴萬物以為一。"

(2) bàng　依傍。《漢書 · 趙充國傳》:"南～塞,至符奚廬山。"

【旁皇】páng huáng　同"彷徨",猶豫不決的樣子。《莊子 · 天運》:"風起北方,一西一東,有上～～。"

【旁坐】páng zuò　同"連坐",古代刑罰,一人獲罪而株連親屬。《新唐書 · 蔣乂傳》:"故罪止錡及子息,無～～者。"

傍 páng　見 13 頁 bàng。

徬 páng　見"徬徨"。

【徬徨】páng huáng　徘徊,猶豫。漢 · 司馬相如《子虛賦》:"秋田乎青丘,～～乎海外。"又同"彷徨"。《莊子 · 逍遙遊》:"～～乎無為其側,逍遙乎寢臥其下。"

龐 páng　❶高大,強壯。《詩經 · 小雅 · 車攻》:"四牡～～,駕言徂東。"❷ 又多又亂。《新唐書 · 李勉傳》:"汴州水陸所湊,邑居～雜。"❸ 臉。元 · 王實甫《西廂記》:"衣冠楚楚～兒俊。"

胖 (1) pàng　肥大。《水滸傳》第五回:"當中坐着一個～和尚。"

(2) pán　❶大。《禮記 · 大學》:"心廣體～。"❷ 安適,安逸。《新唐書 · 裴耀卿傳》:"～肆自安,非愛人憂國者。"

---

pao

庖 páo　廚房。《孟子 · 梁惠王上》:"～有肥肉,廄有肥馬,民有飢色,野有餓莩,

【庖代】páo dài　同"代庖",代做廚房裏的事,喻代他人做分外的事。清 · 蒲松齡《聊齋志異 · 紅玉》:"君所欲託諸人者,請自任之;所欲自任者,願得而～～焉。"

【庖丁】páo dīng　❶ 名字叫丁的廚師。《莊子 · 逍遙遊》:"～～為文惠君解牛。"❷ 泛指廚師。明 · 李漁《秦淮健兒傳》:"易姓名,隱～～。"

【庖人】páo rén　廚師。《莊子 · 逍遙遊》:"～～雖不治庖,尸祝不越樽俎而代之矣。"

炮 (1) páo　❶燒烤。《詩經 · 小雅 · 瓠葉》:"有兔斯首,～之燔之。"❷ 焚燒。《左傳 · 昭公二十七年》:"令尹～之,盡滅郤氏之族黨。"❸ 焙烤(中藥)。宋 · 陸游《離家示妻子》:"兒為檢藥籠,桂姜手～煎。"

(2) pào　火炮,兵器的一種。《清史稿 · 兵志》:"配快～八尊。"

【炮烙】páo lào　❶ 烤肉用的銅格。《韓非子 · 喻老》:"紂(王)為肉圃,設～～,登糟丘,臨酒池。"❷ 酷刑,用燒紅的金屬烙人。清 · 方苞《左忠毅公逸事》:"久之,聞左公被～～,旦夕且死。"

匏 páo　葫蘆的一種,果實稱匏瓜,味苦,不能食,對半剖開可作水瓢。《史記 · 孔子世家》:"我豈～瓜也哉。"

【匏樽】páo zūn　用匏瓜做的酒器,也泛指酒器。宋 · 蘇軾《前赤壁賦》:"駕一葉之扁舟,舉～～以相屬。"

---

pei

醅 pēi　未過濾的米酒。唐 · 杜甫《客至》:"盤飧市遠無兼味,

樽酒家貧只舊～。"

陪 péi ❶ 重疊的，隔了一層的。《後漢書·袁紹列傳》："拔於～隸之中。" ❷ 輔助，輔佐。漢·楊惲《報孫會宗書》："～輔朝廷之遺忘。" ❸ 謙遜。宋·司馬光《陶侃》："侃性～敏恭勤，終日斂膝危坐。" ❹ 陪伴。唐·王勃《滕王閣序》："他日趨庭，叨～鯉對；今茲捧袂，喜託龍門。" ❺ 通"倍"，增加。《左傳·燭之武退秦師》："越國以鄙遠，君知其難也。焉用亡鄭以～鄰？" ❻ 通"賠"，賠償。宋·蘇軾《重遊終南》："懶不作詩君錯料，舊逋應許過時～。"

【陪臣】 péi chén 古代諸侯的大夫對天子自稱"陪臣"。大夫以諸侯為君，諸侯以天子為君，故有此稱，意為重疊為臣。也指大夫的家臣。《史記·貨殖列傳》："而管氏……位在～～，富於列國之君。"

【陪都】 péi dū 在首都以外另設的都城，如周代的洛邑、宋代的建康等。宋·葉夢得《聞事慨然歸不能寐因以寫懷》："～～復來亦何有？凜凜殺氣浮高牙。"

【陪乘】 péi shèng ❶ 站在君主或主帥的車上的右邊作為侍衛。《周禮·夏官司馬·齊右》："行則～～。" ❷ 隨從的車子。《國語·魯語下》："士有～～，告奔走也。"

培 (1) péi ❶ 培土。《禮記·中庸》："故栽者～之，傾者覆之。" ❷ 培植，培養。《金史·韓企先傳》："專以～植獎勵後進為己責任。" ❸ 屋的後牆。《淮南子·齊俗訓》："鑿～而遁之。" ❹ 憑藉，乘着。《莊子·逍遙遊》："故九萬里則風斯在下矣，而後乃今～風。"

(2) pǒu 見"培塿"。

【培塿】 pǒu lǒu 小土丘。唐·柳宗元《始得西山宴遊記》："然後知是山之特出，不與～～為類。"

妃 pèi 見 145 頁 fēi。

沛 pèi ❶ 有水有草的地方。《孟子·滕文公下》："～澤多而禽獸至。" ❷ 水流疾速。戰國楚·屈原《楚辭·九歌·湘君》："～吾乘兮桂舟。" ❸ 雨下得大。漢·張衡《思玄賦》："凍雨～其灑途。" ❹ 充沛，充足。《公羊傳·文公十四年》："力～若有餘。"

【沛然】 pèi rán ❶ 水流急速。《孟子·梁惠王上》："誠如是也，民歸之，猶水之就下，～～誰能禦之？" ❷ 迅猛，迅速。《後漢書·袁術列傳》："是以豪傑發憤，～～俱起。" ❸ 雨下得大。《孟子·梁惠王上》："天油然作雲，～～下雨，則苗浡然興之矣。"

佩 pèi ❶ 繫在衣帶上的飾物。戰國楚·屈原《楚辭·離騷》："紉秋蘭以為～。" ❷ 玉佩。❸ 佩戴。《論語·鄉黨》："去喪，無所不～。" ❹ 帶着，掛着。明·宋濂《送東陽馬生序》："腰白玉之環，左～刀，右備容臭，燁然若神人。" ❺ 感念不忘，銘記。《紅樓夢》第九十九回："至今～德勿諼。"

【佩弦】 pèi xián 佩帶弓弦。弦常處於緊繃狀態，故性格弛緩的人佩帶弓弦以自警，提醒自己緊張起來。《韓非子·觀行》："西門豹之性急，故佩韋以自緩；董安於之性緩，故～～以自急。"

【佩玉】 pèi yù ❶ 身上所佩戴的玉器。《詩經·鄭風·有女同車》：

"～～將將。" ❷ 繫戴玉佩。《禮記·玉藻》:"古之君子必～～。"

帔 pèi　披肩。《南史·任昉傳》:"西華冬月著葛～練裙。"

肺 pèi　見148頁 fèi。

旆 pèi　❶旗邊下垂的裝飾。《詩經·小雅·六月》:"白～央央。" ❷帥旗。《左傳·襄公二十八年》:"狐毛設二～而退之。" ❸旗幟。《詩經·小雅·車攻》:"蕭蕭馬鳴,悠悠～旌。"

【旆旆】pèi pèi　❶旗幟飄揚的樣子。《詩經·小雅·出車》:"彼旟旐斯,胡不～～?" ❷茂盛的樣子。《詩經·大雅·生民》:"荏菽～～。"

茷 pèi　見138頁 fá。

配 pèi　❶婚配。唐·李白《感興八首》之六:"安得～君子,共乘雙飛鸞?" ❷配偶。宋·梅堯臣《元日》:"豈意未幾年,中路苦失～。" ❸匹敵,媲美。漢·王逸《九思》:"～稷契兮恢唐功。" ❹配享,在祭祀時附祭被祭。《禮記·大學》:"詩云:'殷之未喪師,克～上帝。'" ❺配合,搭配。《禮記·中庸》:"博厚～地,高明～天。" ❻分配。《晉書·殷仲堪傳》:"割此三郡,～隸益州。" ❼發配,流放。《舊唐書·敬宗紀》:"河陽節度掌書記李仲言～流象州。"

霈 pèi　❶雨大。唐·李白《明堂賦》:"於斯之時,雲油雨～。" ❷雨水。唐·沈璵《賀雨賦》:"喜甘～之流滋。" ❸喻帝王恩澤。唐·柳宗元《代韋中丞賀元和大赦表》:"～澤斯降,青淵無遺。" ❹陰雲密佈。晉·陸機《行思賦》:

"玄雲～而垂陰,涼風淒而薄體。"

彎 pèi　駕馭牲口用的繮繩。《詩經·秦風·小戎》:"四牡孔阜,六～在手。"

---

pen

歕 pēn　❶吹氣。❷同"噴",噴射。《穆天子傳》:"黃之池,其馬～沙。"

盆 pén　❶盛物的器皿。《淮南子·兵略》:"今使陶人化而為埴,則不能成～盎。" ❷量器,也指容量單位。十二斗八升為一盆。《荀子·富國》:"今是土之生五穀也,人善治之,則畝數～也。" ❸浸在盆水中。《禮記·祭義》:"及良日,夫人繰,三～手。"

溢 pén　❶水上湧。《漢書·溝洫志》:"是歲,勃海清河信都河水～溢,灌縣邑三十一。" ❷水名。在今江西。唐·白居易《琵琶行》:"住近～江地低濕,黃蘆苦竹繞宅生。"

---

peng

亨 pēng　見214頁 hēng。

烹 pēng　❶燒煮(食物)。《史記·陳涉世家》:"卒買魚～食,得魚腹中書。" ❷用鼎鑊煮殺人的酷刑。《戰國策·魯仲連義不帝秦》:"然則吾將使秦王～醢梁王。" ❸消滅。《史記·秦始皇本紀》:"～滅彊暴。"

【烹鮮】pēng xiān　烹調鮮魚,喻輕而易舉。典出《老子》六十章:"治大國若烹小鮮。"

朋 **péng** ❶ 貨幣單位。上古以貝殼為貨幣，五貝為一串，兩串為一朋。《詩經·小雅·菁菁者莪》："錫（賜）我百～。" ❷ 成對地。《山海經·北山經》："羣居而～飛。" ❸ 隊，組。《舊唐書·中宗紀》："分～拔河。" ❹ 同一師門的人，同學。《論語·學而》："有～自遠方來，不亦樂乎？" ❺ 朋友。唐·王勃《滕王閣序》："千里逢迎，高～滿座。" ❻ 集團，派別。宋·歐陽修《朋黨論》："堯之時，小人共工、讙兜等四人為一～。" ❼ 結黨，互相勾結。戰國楚·屈原《楚辭·離騷》："世並舉而好～兮。" ❽ 可相比的。《詩經·唐風·椒聊》："碩大無～。" ❾ 同，齊心。《後漢書·李固杜喬列傳》："～心合力。"

【朋比】 **péng bǐ** ❶ 依附。《新唐書·選舉志上》："向闒楊虞卿兄弟～～貴勢，妨平進之路。" ❷ 互相勾結。《新唐書·李絳傳》："趨利之人，常為～～，同其私也。"

【朋黨】 **péng dǎng** 為了私利結成的集團。漢·鄒陽《獄中上梁王書》："此二人者，皆信必然之畫，捐～～之私，挾孤獨之交。"

【朋附】 **péng fù** 依附，勾結。《舊唐書·文宗紀下》："掃清～～之徒。"

【朋酒】 **péng jiǔ** ❶ 兩樽酒。《詩經·豳風·七月》："～～斯饗。" ❷ 朋友會飲。《晉書·陶潛傳》："而蓄素琴一張……每～～斯會，則撫而和之。"

【朋僚】 **péng liáo** ❶ 同僚，一起做官的人。《晉書·裴秀傳》："秀則聲蓋～～，稱為領袖。" ❷ 朋友。南朝齊·謝朓《和劉繪入琵琶峽望瀑布石磯》："山川隔舊賞，～～多雨散。"

蓬 **péng** ❶ 蓬草，蒿類，乾枯後常被風連根拔起，隨風飛轉，故又稱飛蓬。《莊子·逍遙遊》："翱翔～蒿之間。" ❷ 泛指草。唐·李華《弔古戰場文》："～斷草枯，凜若霜晨。" ❸ 比喻遠行的人。唐·王維《使至塞上》："征～出漢塞，歸雁入胡天。"

【蓬蓽】 **péng bì** 蓬門蓽戶的縮略形式，喻貧苦家庭。唐·杜甫《北征》："詔許歸～～。" 現用於對自己居室的謙稱。

【蓬蒿】 **péng hāo** 引申指草野，民間。唐·韓愈《爭臣論》："夫陽子本以布衣隱於～～之下。"

【蓬戶】 **péng hù** 編蓬草而成的門，喻窮人的住屋。《史記·游俠列傳》："故季次、原憲終身空室～～，褐衣疏食不厭。"

【蓬萊】 **péng lái** 傳說中在渤海裏的仙山。唐·杜甫《秋興八首》其五："～～宮闕對南山。"

【蓬門】 **péng mén** ❶ 蓬草編成的門。唐·杜甫《客至》："花徑不曾緣客掃，～～今始為君開。" ❷ 喻指貧苦人家。唐·秦韜玉《貧女》："～～未識綺羅香，擬託良媒亦自傷。"

【蓬蓬】 **péng péng** ❶（草木）繁茂。《詩經·小雅·采菽》："維柞之枝，其葉～～。" ❷ 風聲。《莊子·秋水》："～～然入於南海。"

【蓬心】 **péng xīn** 語本《莊子·逍遙遊》："則夫子猶有蓬之心也夫。" 蓬草拳曲不直，後因以"蓬心"比喻見識淺薄，不能通達事理。常用作謙辭。南朝宋·顏延年《北使洛》："～～既已矣，飛薄殊亦然。"

【蓬轉】péng zhuǎn ❶ 蓬被風捲起飄轉空中,喻人到處飄零。晉·潘岳《西征賦》:"陌吾人之拘攣,飄萍浮而～～。" ❷ 迅疾。唐·呂溫《蕃中拘留歲餘迴至隴石先寄城中親故》:"～～星霜改,蘭陔色養違。"

捧 pěng ❶ 用雙手托着。唐·王勃《滕王閣序》:"今茲一袂,喜托龍門。" ❷ 抱着。唐·李華《弔古戰場文》:"提攜～負,畏其不壽。"

【捧心】pěng xīn ❶ 兩手捂着胸口,表示病態。《莊子·效顰》:"西施病心而顰其里,其里之醜人見而美之,歸亦～～而顰其里。" ❷ 喻拙劣的模仿。宋·陸游《遣興》:"學人難作～～顰。"

---

pi

丕 pī ❶ 大。《尚書·虞書·大禹謨》:"嘉乃～績。" ❷ 奉,秉承。《漢書·郊祀志下》:"～天之大律。" ❸ 假借為副詞,相當於"乃",才。《尚書·夏書·禹貢》:"三危既宅,三苗～敘。"

【丕顯】pī xiǎn 大明,非常顯明。《孟子·滕文公下》:"書曰:'～～哉,文王謨⋯⋯'"

【丕則】pī zé 連詞,於是。《尚書·周書·康誥》:"～～敏德,用康乃心。"

批 pī ❶ 用手擊打。《左傳·莊公十三年》:"(宋萬)遇仇牧於門,～而殺之。" ❷ 攻擊,搗。《莊子·逍遙遊》:"～大郤,導大窾。" ❸ 觸動。《史記·刺客列傳》:"奈何以見陵之怨,欲一其逆鱗哉?" ❹ 排除。《史記·范雎蔡澤列傳》:"～患折難。" ❺ 斜削。唐·杜甫《房兵曹胡馬》:"竹～雙耳峻。"

坯 pī 沒有燒過的陶器、磚瓦。漢·許慎《說文解字·土部》:"～,瓦未燒也。"

披 pī ❶ 剖開,表露。《史記·淮陰侯列傳》:"臣願一腹心,輸肝膽。" ❷ 裂開。《史記·范雎蔡澤列傳》:"木實繁者～其枝。" ❸ 敞開,分開。宋·蘇轍《黃州快哉亭記》:"有風颯然至者,王～襟當之,曰:'快哉此風!'"唐·柳宗元《始得西山宴遊記》:"到則～草而坐,傾壺而醉。" ❹ 翻閱。唐·韓愈《進學解》:"先生口不絕吟於六藝之文,手不停～於百家之編。" ❺ 散開。漢·張衡《南都賦》:"風靡雲～。" ❻ 排除。宋·王安石《開元行》:"糾合俊傑～姦猾。" ❼ 覆蓋在肩背上,穿上。明·宗臣《報劉一丈書》:"夜～衣坐,聞雞鳴,即起盥櫛。"

【披拂】pī fú ❶ 拂動。《莊子·天運》:"風起北方,一西一東,有上彷徨,孰噓吸是?孰居無事而～～是?" ❷ 撥開。晉·謝靈運《石壁精舍還湖中作》:"～～趨南徑,愉悅偃東扉。"

【披懷】pī huái 敞開胸懷,喻坦誠相待。晉·陸機《辯亡論》:"卑宮菲食,以豐功臣之賞;～～虛己,以納謀士之算。"

【披肩】pī jiān 覆蓋在肩上。唐·杜荀鶴《空閒二公遞以禪律相鄙因而解之》:"念珠在手臂禪衲,禪衲～～壞念珠。"

【披瀝】pī lì 竭盡效忠。唐·上官儀《為盧岐州請致仕表》:"～～丹愚,諒非矯飾。"今語有"披肝瀝膽"。

被 pī 見 18 頁 bèi。

紕 (1) pī　差錯。唐·裴駰《〈史記集解〉序》："固之所言雖時有～謬，實勒成一家。"

(2) pí　在衣冠或旗子上鑲邊。《詩經·鄘風·干旄》："素絲～之。"也指所鑲的邊。《禮記·玉藻》："縞冠素～。"

皮 pí　❶動植物的表皮。《左傳·僖公十四年》："～之不存。"❷皮革，製過的獸皮。《左傳·臧僖伯諫觀魚》："鳥獸之肉不登於俎，～革、齒牙、骨角、毛羽不登於器。"❸皮侯，獸皮製的箭靶。《論語·八佾》："射不主～，為力不同科，古之道也。"❹劃破，劃開。《史記·刺客列傳》："因自～面抉眼，自屠出腸，遂以死。"

【皮相】pí xiàng　從外表觀察。《史記·酈生陸賈列傳》："而以目～～～，恐失天下之能士。"

阰 pí　大土崗子。戰國楚·屈原《楚辭·離騷》："朝搴～之木蘭兮，夕攬州之宿莽。"

陂 pí　見16頁bēi。

毗 pí　❶輔佐。《三國志·蜀書·諸葛亮傳》："亮～佐危國。"❷損傷。《莊子·在宥》："人大喜邪，～於陽；大怒邪，～於陰。"❸通"比"，連接，毗連。唐·柳宗元《貞符》："我代之延，永永～之。"

疲 pí　疲乏，渾身無力。漢·李陵《答蘇武書》："策～乏之兵，當新羈之馬。"

【疲弊】pí bì　❶疲勞，乏力。漢·賈誼《過秦論》："率～～之卒，將數百之眾，轉而攻秦。"❷困苦，破敗。三國蜀·諸葛亮《出師表》："今天下三分，益州～～，此誠危急

存亡之秋也。"

陴 pí　城牆上的矮牆。南朝梁·丘遲《與陳伯之書》："撫弦登～，豈不愴恨。"

埤 (1) pí　❶增益。南朝宋·鮑照《登大雷岸與妹書》："削長～短，可數百里。"❷矮牆。唐·杜甫《題省中院壁》："掖垣竹～梧十尋。"

(2) bēi　通"卑"，低窪潮濕的地方。《國語·晉語八》："松柏不生～。"

禈 pí　見24頁bì。

罷 pí　見9頁bà。

羆 pí　熊的一種，又叫馬熊或人熊。漢·曹操《苦寒行》："熊～對我蹲，虎豹夾路啼。"

匹 pǐ　❶對手，能力不相上下的人。《左傳·僖公二十三年》："秦晉，～也。"❷相配，對比。《左傳·齊國佐不辱命》："蕭同叔子非他，寡君之母也。若以～敵，則亦晉君之母也。"❸婚配，配偶。《史記·外戚世家》："甚哉，妃～之愛！君不能得之於臣，父不能得之於子，況卑下乎！"❹朋友。南朝梁·何遜《臨行與故遊夜別》："一旦辭羣～。"❺與……相比。唐·李白《望黃鶴樓》："茲嶺不可～。"❻量詞。《孟子·告子下》："有人於此，力不能勝一～雛。"《孟子·盡心上》："樹牆下以桑，～婦蠶之，則老者足以衣帛矣。"❼類，族類。唐·韓愈《應科目時與人書》："蓋非常鱗凡介之品彙～儔也。"

【匹夫】pǐ fū　❶男子漢。《論語·泰伯》："～～不可奪志也。"❷平

民百姓。《孟子·萬章上》："身為天子，弟為～～，可謂親愛之乎？" ❸ 對人的蔑稱。《三國演義·楊修之死》："～～安敢欺我耶！"

仳 pǐ 分離，分別。南朝宋·謝惠連《西陵遇風獻康樂》："哲兄感～別，相送越坰林。"

【仳離】pǐ lí 分離，特指女人被丈夫遺棄而分離。清·袁枚《祭妹文》："汝以一念之貞，遇人～～。"

否 pǐ 見 154 頁 fǒu。

洍 pì 船行的樣子。《詩經·大雅·棫樸》："～彼涇舟。"

媲 pì 可與……相比；對等。唐·韓愈《醉贈張祕書》："險語破鬼膽，高詞～皇墳。"

俾 pì 見 22 頁 bǐ。

睥 pì 見 "睥睨"。

【睥睨】pì nì ❶ 斜視，傲視。《淮南子·脩務訓》："過者莫不左右～～而掩鼻。" ❷ 覬覦，渴望得到。宋·蘇轍《黃州快哉亭記》："曹孟德、孫仲謀之所～～，周瑜、陸遜之所馳騖。" ❸ 窺視。《魏書·爾朱榮傳》："而始則希覬非望，～～宸極。" ❹ 城牆上的矮牆，上呈凹凸狀，便於觀察、防禦。清·蒲松齡《聊齋志異·山市》："高垣～～，連亙六七里，居然城郭矣。"

辟 pì 見 24 頁 bì。

僻 pì ❶ 偏僻。《戰國策·司馬錯論伐蜀》："今夫蜀，西～之國，而戎狄之長也。" ❷ 奸邪，不正。唐·駱賓王《為徐敬業討武曌檄》："近狎邪～，殘害忠良。"

❸ 怪僻。唐·杜甫《江上值水如海勢聊短述》："為人性～耽佳句，語不驚人死不休。"

【僻介】pì jiè ❶ 遠在……唐·柳宗元《邕州馬退山茅亭記》："是亭也，～～閩嶺，佳境罕到。" ❷ 怪僻耿直。宋·周密《齊東野語》："賦性～～，素不與內侍往還。"

【僻陋】pì lòu ❶ 地處偏僻，風俗粗野。漢·荀悅《漢紀·武帝紀一》："見蜀地～～，有蠻夷之風。" ❷ 偏僻簡陋。《南史·張種傳》："太建初，女為始興王妃，以居處～～，特賜宅一區。" ❸ 見識淺陋。《韓詩外傳》："吾野鄙之人也，～～而無心，五音不知，安能調琴。"

【僻違】pì wéi ❶ 乖戾，違背常理。宋·范成大《問天醫賦》："地產之藥，方家之書，媲寒配溫，～～怪迂。" ❷ 違背。漢·劉向《說苑·修文》："十二牧行而九州莫敢～～。"

譬 pì ❶ 比喻。《論語·雍也》："能近取～，可謂仁之方也已。" ❷ 知曉，明白。《後漢書·鮑永列傳》："若乃言之者雖誠，而聞之未～。" ❸ 使明白。《後漢書·馬援列傳》："援數以書記責～於嚚。"

---

pian

扁 piān 見 28 頁 biǎn。

偏 piān ❶ 邊側，不居中的地方。《左傳·鄭莊公戒飭守臣》："乃使公孫獲處許西～。" ❷ 旁邊，旁側。明·歸有光《滄浪亭記》："其外戚孫承佑，亦治園於其～。" ❸ 邊遠的，偏僻。晉·陶淵明《飲酒》："問君何能爾？心遠地自～。" ❹ 側翼的。《左傳·宣公十二年》："彘子以～師陷。" ❺ 偏頗的，不正的。漢·鄒陽《獄中上梁王書》："此二國豈繫於俗，牽於世，繫奇～之浮辭哉？" ❻ 偏向，出以私心的。三國蜀·諸葛亮《出師表》："不宜～私，使內外異法也。" ❼ 片面，單方面。漢·鄒陽《獄中上梁王書》："故～聽生姦，獨任成亂。" ❽ 一半，一邊。《戰國策·燕策三》："樊於期～袒搤腕而進曰：'此臣之日夜切齒腐心也，乃今得聞教！'" ❾ 歪，斜。漢樂府《孔雀東南飛》："女行無～斜，何意致不厚。" ❿ 特別，最。北魏·賈思勰《齊民要術·甘蔗》："雩都縣土壤肥沃，～宜甘蔗。"

【偏師】 piān shī 在主力軍側翼協助作戰的部隊，亦可為自己所率部隊的謙稱。《左傳·宣公十二年》："彘子以～～陷，子罪大矣。"

【偏舟】 piān zhōu 單隻船，一隻小船。《後漢書·隗囂傳》："范蠡收責句踐，乘～～於五湖。"

篇 piān ❶ 古代文章寫在竹簡上，把首尾完整的詩或文的竹簡用繩或皮條編在一起，稱"篇"，後詩文一個首尾完整的單位即稱"篇"。《史記·屈原賈生列傳》："其存君興國，而欲反覆之，一～之中三致意焉。" ❷ 泛指文章。唐·賈島《寄韓潮州愈》："隔嶺～章來華岳，出關書信過瀧流。"

翩 piān ❶ 鳥疾飛。《詩經·魯頌·泮水》："～彼飛鴻。" ❷ 輕捷，敏捷。三國魏·曹植《洛神賦》："～若驚鴻。"

【翩翩】 piān piān ❶ 輕盈地飛翔的樣子。唐·白居易《燕詩示劉叟》："梁上有雙燕，～～雄與雌。" ❷ 往來不停的樣子。晉·左思《魏都賦》："締交～～。" ❸ 風度優美。《史記·平原君虞卿列傳》："平原君，～～濁世之佳公子也。" ❹ 文采優美。三國魏·曹丕《與吳質書》："元瑜書記～～，致足樂也。"

【翩然】 piān rán 輕捷、飄忽的樣子。宋·蘇軾《潮州韓文公廟碑》："公不少留我涕滂，～～被髮下大荒。"

便 pián 見 29 頁 biàn。

胼 pián 見 "胼胝"。

【胼胝】 pián zhī 手足上生出老繭，喻辛勞。《韓非子·外儲說左上》："手足～～，面目黧黑。"

駢 pián ❶ 兩馬並駕一車。三國魏·稽康《琴賦》："～馳翼驅。" ❷ 並列，相挨。宋·歐陽修《相州晝錦堂記》："夾道之人，相與～肩累跡，瞻望咨嗟。" ❸ 一個接一個。唐·韓愈《馬說》："～死於槽櫪之間，不以千里稱也。"

【駢肋】 pián lèi ❶ 肋骨相連好像一骨。《左傳·僖公二十三年》："及曹，曹共公聞其～～，欲觀其裸。" ❷ 肌肉壯健，不顯肋骨。《史記·商君列傳》："多力而～～者為驂乘。"

【駢駢】 pián pián 茂盛的樣子。宋·蘇洵《張益州畫像記》："公在西囿，草木～～。"

【駢文】 pián wén 即駢體文，通篇基本上由對偶句組成的文體，講究詞藻和用典，通常以四字句和六字句為主，相互交替，故又稱四六文。起源於魏晉，成熟於齊梁，唐末始衰。唐·王勃《滕王閣序》即為駢體文名篇。

P

蹁 pián　見"蹁躚"。

【蹁躚】pián xiān　輕盈飄忽的樣子。宋·蘇軾《後赤壁賦》："夢一道士，羽衣～～，過臨皋之下。"

piao

剽 piāo　❶搶劫。唐·杜牧《阿房宮賦》："幾世幾年，～掠其人，倚疊如山。"❷消除。❸敏捷。清·陸士諤《馮婉貞》："～疾如猿猴。"❹輕浮。唐·柳宗元《與韋中立論師道書》："故吾每為文章，未嘗敢以輕心掉之，懼其～而不留也。"

【剽虜】piāo lǔ　搶劫。晉·張載《七哀》："珠柙離玉體，珍寶見～～。"

漂 (1) piāo　❶漂起，浮起。漢·賈誼《過秦論》："流血～櫓。"❷漂動。唐·杜甫《秋興八首》其七："波～菰米沈雲黑，露冷蓮房墜粉紅。"

(2) piǎo　在水中沖洗。《史記·淮陰侯列傳》："(韓)信釣於城下，諸母～，有一母見信飢，飯信。"

【漂然】piāo rán　灑脫豪放的樣子。漢·楊惲《報孫會宗書》："～～皆有節概，知去就之分。"

【漂撇】piāo piě　餘音不絕的樣子。漢·王褒《洞簫賦》："聯綿～～，生微風兮。"

【漂萍】piāo píng　漂泊，言如浮萍飄流不定。唐·杜甫《贈翰林張四學士》："此生任春草，垂老獨～～。"

縹 (1) piāo　通"飄"，飄起。漢·賈誼《弔屈原賦》："鳳～～其高逝兮。"

(2) piǎo　❶淡青色的絲綢。《隋書·經籍志》："總括羣書，盛以～囊。"❷淡青色。三國魏·吳鈞《與朱元思書》："水皆～碧。"

【縹緲】piāo miǎo　❶隱隱約約的樣子。清·蒲松齡《聊齋志異·山市》："又其上，則黯然～～，不可計其層次矣。"❷飄忽不定的樣子。宋·王安石《登越州城樓》："浮雲～～抱城樓。"❸險峻的樣子。唐·杜甫《鐵堂峽》："～～乘險絕。"

飄 piāo　❶急速旋轉的。《老子》二十三章："～風不終朝，驟雨不終日。"❷迅疾。三國魏·王粲《浮淮賦》："若鷹～逸。"❸吹動。《北史·楊侃傳》："乃至風～水浮。"❹飄揚。唐·李白《古風五九首》之一九："霓裳曳廣帶，～拂升天行。"❺飄落。唐·杜甫《茅屋為秋風所破歌》："下者～轉沈塘坳。"

【飄蓬】piāo péng　❶猶飛蓬，喻漂泊不定。隋·尹式《別宋常侍》："無論去與住，俱是一～～。"❷漂泊，流浪。唐·杜甫《鐵堂峽》："～～逾三年。"

【飄飄】piāo piāo　❶風吹動的樣子。晉·陶淵明《歸去來兮辭》："舟搖搖以輕颺，風～～而吹衣。"❷輕飄飄的，好像浮在空中。《史記·司馬相如列傳》："相如既奏大人之頌，天子大說(悅)，～～有凌雲之氣。"❸飛翔的樣子。晉·潘岳《秋興賦》："雁～～而南飛。"❹灑脫自然的樣子。宋·蘇軾《前赤壁賦》："～～乎如遺世獨立，羽化而登仙。"❺漂泊，流浪。唐·杜甫《旅夜書懷》："～～何所似，天地一沙鷗。" ❻ 飄忽不定的樣子。《淮南子·兵略訓》："與～～往，與忽忽來，莫知其所之。"

【飄搖】piāo yáo ❶ 無拘無束。《戰國策·莊辛論幸臣》："奮其六翮，而凌清風，～～乎高翔，自以為無患，與人無爭也。" ❷ 飄渺，遙遠。唐·高適《燕歌行》："邊庭～～那可度。" ❸ 漂泊，流浪。北周·庾信《哀江南賦》："別有～～武威，羈旅金微。" ❹ 動盪，飄動。明·李漁《笠翁偶集·芙蕖》："有風既作～～之態。"

瓢 piáo ❶ 用來舀取水酒等物的勺子，傳統多以葫蘆或木頭製成。《莊子·逍遙遊》："剖之以為～，則瓠落無所容。" ❷ 量詞。計算瓢裝物的單位。《論語·雍也》："一簞食，一～飲。"

【瓢飲】比喻生活儉樸。語本《論語·雍也》："一簞食，一瓢飲，在陋巷，人不堪其憂，(顏)回也不改其樂。"唐·杜甫《贈特進汝陽王》："～～唯三徑，岩棲在百層。"

殍 piǎo ❶ 餓死的人。《孟子·盡心下》："用其二而民有～，用其三而父子離。" ❷ 餓死。《遼史·楊佶傳》："燕地饑疫，民多流～。"

票 piào ❶ 搖動。漢·揚雄《長楊賦》："～岜崙。" ❷ 輕捷的樣子。《漢書·禮樂志》："～然逝，旗逶蛇。" ❸ 行動迅速《漢書·王商傳》："遣～輕吏微求人罪，欲以立威。"

儦 piào 輕捷。《荀子·議兵》："輕利～速，卒如飄風。"

驃 piào 見 31 頁 biāo。

瞥 piē ❶ 迅速地看一眼，目光掠過。清·魏源《默觚上·學篇二》："談滄溟之廣，以為知海，不如估客之一～。" ❷ 疾速地閃現一下。唐·白居易《與元微之書》："～然塵念，此際暫生。"

貧 pín ❶ 缺少衣食錢財，貧困。明·宋濂《送東陽馬生序》："家～，無從致書以觀，每假借於藏書之家，手自筆錄。" ❷ 貧困的人。宋·沈括《夢溪筆談·雜誌二》："(李順)大賑～乏，錄用材能。" ❸ 缺乏。南朝梁·劉勰《文心雕龍·事類》："有學飽而才餒，有才富而學～。"

頻 pín ❶ 皺眉。晉·陸雲《晉故散騎常侍陸府君誄》："～顑厄運。" ❷ 頻繁，連續多次。唐·杜甫《兵車行》："行人但云點行～。" ❸ 緊急。《詩經·大雅·桑柔》："國步斯～。"

【頻仍】pín réng 連續多次。《水滸傳》第九十一回："又值水旱～～。"

嬪 pín ❶ 嫁。《尚書·虞書·堯典》："釐降二女於媯汭，～於虞。" ❷ 配偶。《國語·單子知陳必亡》："棄其伉儷妃～，而帥其卿佐，以淫於夏氏，不亦瀆姓矣乎？" ❸ 專指帝王的妾。唐·杜牧《阿房宮賦》："妃～媵嬙，王子皇孫。" ❹ 通"繽"，眾多。見"嬪然"。

【嬪從】pín cóng 女侍。唐·張說《安樂郡主花燭行》："藹藹綺庭～～列，峨峨紅粉扇中開。"

【嬪儷】pín lì　配偶。漢·蔡邕《司空楊秉碑》："夙喪～～。"

【嬪然】pín rán　眾多的樣子。《漢書·王莽傳》："～～成行。"

顰　pín　❶皺眉頭。唐·李白《怨情》："深坐～蛾眉。"❷愁苦的人。明·宋濂《送方生還寧海》："沿途慰孤～。"

【顰蹙】pín cù　皺眉。南朝齊·顏之推《顏氏家訓·治家》："聞之～～。"

品　pǐn　❶眾多。晉·左思《吳都賦》："混～物而同廛（庫房）。"❷物品。《宋史·李公麟傳》："聞一妙～，雖捐千金不惜。"❸種，種類。唐·韓愈《應科目時與人書》："蓋非常鱗凡介之～彙匹儔也。"❹等級。《史記·高祖功臣侯者年表》："古者人臣功有五～。"❺官級。宋·蘇軾《上梅直講書》："執事名滿天下，而位不過五～。"❻品評，評論。《南史·鍾嶸傳》："嶸～古今詩，為評言其優劣。"❼品格。清·吳敬梓《儒林外史》第三回："我的這個嬌婿才學又高，～貌又好。"

【品第】pǐn dì　評價，品評。唐·封演《封氏聞見記·討論》："～～海內族姓。"

【品類】pǐn lèi　萬物。晉·王羲之《〈蘭亭集〉序》："俯察～～之盛。"

【品目】pǐn mù　❶種類，名目。《宋書·恩倖傳》："～～少多，隨事俯仰。"❷品評。宋·歐陽修《隋丁道護啟法寺碑》："余所藏書，未有不更其～～者。"

【品題】pǐn tí　品評，評價。唐·李白《與韓荊州書》："一經～～，便作佳士。"

【品藻】pǐn zǎo　品評，評論。南朝齊·顏之推《顏氏家訓·涉物》："吾見世中文學之士，～～古今，若指諸掌。"

娉　(1) pìn　通"聘"。❶邀請。晉·左思《蜀都賦》："～江斐，與神遊。"❷下聘書。漢·褚少孫《西門豹治鄴》："巫行視小家女好者，云是當為河伯婦，即～取。"
　(2) pīng　見"娉婷"。

【娉婷】pīng tíng　❶姿容美好的樣子。古樂府《春歌》："～～揚舞袖，阿那曲身輕。"❷美女。唐·白居易《夜聞歌者》："獨倚帆檣立，～～十七八。"

聘　pìn　❶探問。《詩經·小雅·采薇》："我戍未定，靡使歸～。"❷諸侯國之間派使節訪問。《左傳·季札觀周樂》："吳公子箚來～。"❸聘請，招納。《史記·孔子世家》："楚使人～孔子。"❹送禮物定婚。《史記·陳丞相世家》："乃假貸幣以～，予酒肉之資以內婦。"

---

ping

平　píng　❶平坦，沒有高低起伏。晉·陶淵明《桃花源記》："土地～曠，屋舍儼然，有良田美池桑竹之屬。"❷平均，均分。《孟子·公孫丑下》："井地不均，穀祿不～。"❸公平。《商君書·靳令》："法～則吏無姦。"❹治理。《孟子·公孫丑下》："如欲～治天下，當今之世，舍我其誰也？"❺安定，太平。《孟子·滕文公上》："當堯之時，天下猶未～。"❻平定。唐·李白《子夜吳歌》："何時～胡虜，良人罷遠征。"❼講和。《左傳·宣公十五年》："宋及楚人～。"❽平時。唐·柳宗元《與蕭翰林俛書》："～居閉門，口舌無數。"❾ 憑着，依據。清·錢大昕《弈喻》："～心而度之，吾果無一失乎？"❿ 通"評"，評議。《商君書·更法》："孝公～畫。"

【平疇】píng chóu　平坦的田地。晉·陶淵明《癸卯歲始春懷古田舍》："～～交遠風，良苗亦懷新。"

【平旦】píng dàn　凌晨，天將亮。《史記·李將軍列傳》："～～，李廣乃歸其大軍。"

【平明】píng míng　❶ 凌晨，天剛亮。唐·王昌齡《芙蓉樓送辛漸》："寒雨連江夜入吳，～～送客楚山孤。"❷ 公正明察。三國魏·諸葛亮《出師表》："若有作姦犯科及為忠善者，宜付有司論其刑賞，以昭陛下～～之理。"

【平章】píng zhāng　❶ 品評（味道）。宋·陸游《自笑》："～～春韭秋菘味，拆補天吳紫鳳圖。"❷ 評論。宋·辛棄疾《水調歌頭·席上留別》："在家貧亦好，此語試～～。"❸ 議論處理。南朝齊·顏之推《顏氏家訓·風操》："近在議曹，共～～百官秩祿。"

【平準】píng zhǔn　古代轉輸物資、平抑物價的措施。《史記·平準書》："故抑天下之物，名曰～～。"

洴　píng　見"洴澼"。

【洴澼】píng pì　漂洗。《莊子·逍遙遊》："或以封，或不免於～～絖，則所用之異也。"

屏　（1）píng　❶ 照壁，宮室、官府內對着門的小牆。《荀子·大略》："天子外～，諸侯內～。"❷ 屏風，室內用來隔斷視線和作為裝飾的小牆，多用紙、帛、竹等為之，上有圖案，可折疊、移動。唐·杜牧《秋夕》："銀燭秋光冷畫～，輕羅小扇撲流螢。"❸ 屏障，遮擋物。清·林嗣環《口技》："於廳事之東北角，施八尺～，口技人坐～中。"

　（2）bǐng　❶ 使避開。《史記·魏公子列傳》："侯生乃屏人間語，曰：'嬴聞晉鄙之兵符常在王臥內，……'"❷ 排斥，摒棄。《論語·堯曰》："子曰：'尊五美，～四惡，斯可以從政矣。'"❸ 抑止，憋住。《論語·鄉黨》："攝齊升堂，鞠躬如也，～氣似不息者。"

枰　píng　古代的博局，棋盤。《晉書·杜預傳》："帝與張華圍棋，（杜）預表適至，（張）華推～斂手。"

萍　píng　❶ 浮萍，又稱"青萍"，浮生在水面上。唐·王勃《滕王閣序》："～水相逢。"❷ 通"蘋"，蘋蒿。宋·蘇軾《豆粥》："～齏豆粥不傳法，咄嗟而辦石季倫。"

【萍蹤】píng zōng　漂泊不定的行蹤。明·湯顯祖《牡丹亭》："恨匆匆，～～浪影，風剪了玉芙蓉。"

馮　píng　見 153 頁 féng。

憑　píng　❶ 靠着，斜倚着。明·歸有光《項脊軒志》："後五年，吾妻來歸，時至軒中，從余問古事，或～几學書。"❷ 扶着（高處的欄杆等）遠望。南唐·李煜《浪淘沙》："獨自莫～欄，無限江山，別時容易見時難。"❸ 臨，憑弔。唐·韓愈《祭十二郎文》："嗚呼！汝病吾不知時，汝歿吾不知日；……斂不～其棺，窆（落葬）不臨其穴。"❹ 登臨。宋·王安石《桂枝香·金陵懷石》："千古～高對此，漫嗟榮辱。"❺ 倚仗，憑藉。宋·歐

P

陽修《豐樂亭記》："嚮之～恃險阻，刬（chǎn，同'鏟'）削消磨，百年之間，漠然徒見山高而水清。" ❻ 徒步涉水。北魏·楊衒之《洛陽伽藍記·法寧寺》："兆不由舟楫，～流而渡。" ❼ 任憑。唐·王建《原上新居》："古碣～人拓。" ❽ 請求。宋·辛棄疾《永遇樂·京口北固亭懷古》："～誰問，廉頗老矣，尚能飯否？"

【憑依】 píng yī　依靠。唐·韓愈《雜說》："異哉！其所～～，乃其所自為也。"

---

po

朴 pō　見"朴刀"。

【朴刀】 pō dāo　古代一種兵器，刀身窄長，刀柄短。《水滸傳》第五回："那客人內有一個便撚着～～來鬥李忠。"

泊 pō　見37頁 bó。

頗 pō　❶ 偏，偏差。戰國楚·屈原《楚辭·離騷》："循繩墨而不～。" ❷ 很，非常。《漢書·景帝令二千石修職詔》："今歲或不登，民食～寡，其咎安在？" ❸ 稍微，稍稍。漢樂府《陌上桑》："為人潔白皙，鬑鬑～有鬚。"

醱 pō　見"醱醅"。

【醱醅】 pō pēi　未過濾的酒，泛指酒。北周·庾信《春賦》："石榴聊泛，蒲桃～～。"

婆 pó　❶ 年老婦女的通稱。清·蒲松齡《聊齋志異·促織》："見紅女白～，填塞門戶。" ❷ 丈夫的母親。清·吳敬梓《儒林外史》：

第三回："說罷，～媳兩個都來坐着吃了飯。"

【婆娑】 pó suō　❶ 跳舞。《詩經·陳風·東門之枌》："子仲之子，～～其下。" ❷ 盤桓，徘徊。漢·班彪《北征賦》："登郇隄而遙望兮，聊須臾以～～。" ❸ 枝條紛披的樣子。南朝宋·劉義慶《世說新語·黜免》："槐樹～～，無復生意。" ❹（聲音）婉轉曲折。三國魏·嵇康《琴賦》："紆餘～～。"

皤 pó　❶（鬍鬚、頭髮）白。唐·白居易《寫真》："勿歎韶華子，俄成～叟仙。" ❷（肚子）凸起，腆起。《左傳·宣公二年》："睅（hàn，鼓起）其目，～其腹。"

叵 pǒ　❶ "不可"的合音。《新唐書·尹愔傳》："吾門人多矣，尹子～測也。" ❷ 便，就。《後漢書·隗囂列傳》："帝知其終不為用，～欲討之。"

迫 pò　❶ 接近，將近。漢·司馬遷《報任安書》："今少卿抱不測之罪，涉旬月，～季冬。" ❷ 狹窄，距離近。《後漢書·竇融列傳》："西州地勢局～。" ❸ 危急，急迫。《史記·項羽本紀》："（樊）噲曰：'此～矣，臣請入，與之同命。'" ❹ 逼進。宋·文天祥《〈指南錄〉後序》："時北兵已～修門外，戰、守、遷皆不及施。" ❺ 強迫。晉·李密《陳情表》："郡縣逼～，催臣上道。" ❻ 為……所迫。漢·司馬遷《報任安書》："書辭宜答，會東從上來，又～賤事，相見日淺。" ❼ 迫害。宋·文天祥《〈指南錄〉後序》："賈家莊幾為巡徼所陵～死。" ❽ 壓迫，煎熬。唐·杜甫《新婚別》："君今往死地，沈痛～中腸。"

【迫脅】pò xié　威脅強迫。《三國志·魏書·毋丘儉傳》："（丘儉）～～淮南將守諸別屯者，及吏民大小，皆入壽春城。"

破　pò　❶（石頭）裂開。唐·李賀《李憑箜篌引》："女媧煉石補天處，石～天驚逗秋雨。"❷毀壞，打破。《史記·廉頗藺相如列傳》："秦王恐其～璧，乃辭謝固請。"❸劈開，剖開。宋·王禹偁《黃岡竹樓記》："黃岡之地多竹，大者如椽，竹工～之，刳去其節，用代陶瓦。"❹殘破，不完整。宋·蘇軾《凌虛臺記》："而一瓦頹垣無復存者。"❺破敗。《史記·屈原賈生列傳》："然亡國～家相隨屬。"❻打敗。《史記·廉頗藺相如列傳》："廉頗為趙將伐齊，大～之，取陽晉。"❼攻克，奪取。漢光武帝《勞耿弇》："昔韓信～歷下以開基，今將軍攻祝阿以發跡。"❽盡。唐·杜甫《漫興》："二月已～三月來。"❾用盡，用光。《史記·孔子世家》："崇喪遂哀，～產厚葬，不可以為俗。"

【破鏑】pò dí　言詞中肯，同"破的"。宋·蘇軾《次韻王鞏南遷初歸》："歸來貌如故，妙語仍～～。"

【破的】pò dì　❶射中箭靶。的，靶心。《晉書·謝尚傳》："卿若～～，當以鼓吹相賞。"❷喻言詞中肯，能說到要害。南朝宋·劉義慶《世說新語·品藻》："韶音令辭不如我，往輒～～勝我。"

魄　pò　❶依附於人體，人死後繼續存在的精神。漢·司馬遷《報任安書》："是僕終已不得舒憤懣以曉左右，則長逝者魂～私恨無窮。"❷月亮初生時的光亮部分。《尚書·周書·康誥》："唯三月

哉生～。"❸泛指月光。唐·盧仝《月蝕》："初露半個璧，漸吐滿輪～。"❹指月亮的虧缺部分。漢·張衡《靈憲》："故月光生於日之所照，～生於日之所蔽。"

剖　pōu　❶破開，從中間分開。《莊子·逍遙遊》："魏王貽我大瓠之種，我樹之而成實五石……～之以為瓢。"❷辦開。明·劉基《賣柑者言》："杭有賣果者，善藏柑，涉寒暑不潰，出之燁然，玉質而金色。～其中，乾若敗絮。"❸分割。唐·柳宗元《封建論》："～海內而立宗子，封功臣。"❹辨別，辨析。明·方孝孺《深慮論》："武宣以後，稍～析之而分其勢，以為無事矣。"

【剖決】pōu jué　分析解決。《新唐書·劉晏傳》："事無閒劇，即日～～無留。"

掊　(1) póu　❶量詞，同"抔"。漢·王充《論衡·調時》："河決千里，塞以一～之土，能勝乎？"❷用手扒或挖土。《漢書·郊祀志上》："見地如鉤狀，～視得鼎。"❸積聚。《新唐書·封倫傳》："素彈百姓力，為吾～怨天下！"

(2) pǒu　擊打，擊破。《莊子·逍遙遊》："吾為其無用而～之。"

【掊克】póu kè　搜刮。《詩經·大雅·蕩》："曾是彊禦，曾是～～。"也指搜刮者。

仆　pū　❶向前倒下。《史記·項羽本紀》："衛士～地，（樊）

嚐遂入。"❷ 泛指倒卧在地上。
宋·王安石《遊褒禪山記》："有碑
～道，其文漫滅。"

【仆頓】pū dùn 跌倒，引申指失敗。
漢·王充《論衡·效力》："猶有
～～之禍。"又作"頓仆"。

扑 pū ❶ 古刑具的一種，用櫃樹
或荊的枝條製成。《尚書·虞
書·舜典》："～作教刑。"❷ 鞭打。
南朝齊·孔稚珪《北山移文》："敲
～誼囂犯其慮，牒訴倥傯裝其懷。"

撲 pū ❶ 擊打。《淮南子·説林
訓》："為雷電所～。"❷ 撲
向，全力向前壓下。清·紀昀《閱
微草堂筆記·槐西雜誌》："虎～
至，側首讓之。虎自頂上躍過，已
血流仆地。"❸ 撲打。唐·杜牧《秋
夕》："銀燭秋光冷畫屏，輕羅小扇
～流螢。"❹ 遍，分佈。唐·王勃
《滕王閣序》："閭閻～地，鐘鳴鼎食
之家。"

鋪 (1) pū ❶ 釘在門上的門環的
底座。宋·姜夔《齊天樂》：
"露濕銅～，苔侵石井。"❷ 展開，
鋪開。明·張岱《湖心亭看雪》："有
兩人～氈對坐。"❸ 普遍，廣泛。
南朝梁·劉勰《文心雕龍·明詩》：
"～觀二代。"

(2) pù ❶ 牀鋪。古樂府《瑯
琊王歌辭》："孟陽三四月，移～
逐陰涼。"❷ 驛站。《金史·世宗
紀》："朕嘗欲得新荔枝，兵部遂於
道路特設～遞。"

菩 pú 見"菩提"。

【菩提】pú tí 梵語的音譯，意譯為
"正覺"，即明辨善惡、覺悟真理的
意思。《景德傳燈錄·大乘贊》："慈
心一切平等，真如～～自現。"

僕 pú ❶ 僕從，奴僕。《戰國
策·魯仲連義不帝秦》："辛垣
衍曰：'先生獨未見夫～乎？十人而
從一人者，甯力不勝，智不若邪？
畏之也。'"❷ 車夫。《史記·管
晏列傳》："今子長八尺，乃為人～
御。"❸ 謙詞，古人自稱為"僕"。
漢·司馬遷《報任安書》："～少負
不羈之才，長無鄉曲之譽。"

【僕夫】pú fū 車夫，駕車的人。《詩
經·小雅·出車》："召彼～～，謂
之載矣。"

璞 pú ❶ 包含着玉的石頭，未
經雕琢的玉。《孟子·梁惠王
下》："今有～玉於此，雖萬鎰，必
使玉人雕琢之。"❷ 質樸，淳樸。
《戰國策·顏斶説齊王》："歸真反
～，則終身不辱。"

樸 pǔ ❶ 原木，未經加工的木
料。戰國楚·屈原《楚辭·九
章·懷沙》："材～委積兮。"❷ 樸
質，樸實。戰國楚·屈原《楚辭·卜
居》："吾寧悃悃款款，～以忠乎？將
送往勞來，斯無窮乎？"❸ 敦厚。
《老子》十九章："見素抱～，少私寡
欲。"❹ 簡單。宋·陸游《游山西
村》："簫鼓追隨春社近，衣冠簡～古
風存。"❺ 通"撲"，打人的棍。

圃 pǔ ❶ 種植蔬菜、瓜果以及花
木的園子。《墨子·非攻上》：
"今有一人，入人園～，竊其桃
李。"❷ 種植瓜果花木的技能。《論
語·子路》："樊遲請學稼，子曰：
'吾不如老農。'請學為～，曰：'吾
不如老～。'"❸ 園地。南朝梁·
沈約《齊臨川王行狀》："洽貫書場，
該緯文～。"❹ 通"蒲"，蒲草。《國
語·單子知陳必亡》："藪有～草，
囿有林池。"

浦 pǔ ❶水邊。唐·王勃《滕王閣序》:"雁陣驚寒,聲斷衡陽之～。" ❷港口。《宋書·徐寧傳》:"至廣陵尋親舊,還,遇風,停～中。"

溥 (1) pǔ ❶廣大。《禮記·中庸》:"～博淵泉,而時出之。" ❷普遍,全。《詩經·小雅·北山》:"～天之下,莫非王土。"

(2) fū 通"敷",分佈。《禮記·祭義》:"～之而橫乎四海。"

譜 pǔ ❶按照事物的系統或類別編成的表冊、書籍。宋·歐陽修《瀧岡阡表》:"乃列其世～,具刻於碑。" ❷編排譜系。宋·王安石《泰州海陵縣主簿許君墓誌銘》:"余嘗～其世家,所謂今泰州海陵縣主簿者也。" ❸曲譜,樂譜。《宋史·樂志五》:"雅樂皆先制樂章而後成～。"

【譜牒】 pǔ dié 記錄氏族或宗族世系的書。《史記·太史公自序》:"維三代尚矣,年紀不可考,蓋取之～～舊聞。"

暴 pù 見15頁 bào。

瀑 pù 瀑布,水從山間或岩石上急流而下,遠看好像從山上掛下來的白布。明·宋濂《送陳彥正教授》:"怒瀉千丈～。"

【瀑水】 pù shuǐ 瀑布。清·姚鼐《登泰山記》:"冰雪,無～～。"

曝 pù 曬。晉·陶淵明《自祭文》:"冬～其日,夏濯其泉。"

P

Q

qi

七 qī ❶數目。宋·王安石《遊褒禪山記》："至和元年～月某日，臨川王某記。"❷一種辭賦體裁，也稱"七體"。南朝梁·蕭統《文選》專列"七"為一門。

【七出】qī chū 舊社會妻子要被丈夫遺棄的七種情況，這是封建宗法制度迫害婦女的藉口。《孔子家語·本命解》："～～者：不順父母者，無子者，淫僻者，嫉妒者，惡疾者，多口舌者，竊盜者。"

【七國】qī guó ❶指戰國時秦、楚、燕、韓、趙、魏、齊七國。漢·許慎《〈說文解字〉序》："其後諸侯力征，不統於王，……分為～～。"❷指漢景帝時吳、楚、趙、膠西、濟南、菑川、膠東七個諸侯國，他們曾於公元前154年同時發動叛亂，史稱"七國之亂"。宋·蘇軾《晁錯論》："夫以～～之強，而驟削之。"

【七廟】qī miào 王朝的代稱。漢·賈誼《過秦論》："一夫作難而～～墮。"

妻 qī ❶妻子。《國語·越語上》："令老者無取壯～。"❷嫁給。《左傳·僖公二十三年》："以叔隗～趙衰，生盾。"❸娶以為妻。《孟子·萬章上》："～帝之二女，而不足以解憂。"

【妻孥】qī nú 也作"妻帑"，妻子和兒女。宋·錢公輔《義田記》："聲色之多，～～之富，止乎一己。"

【妻子】qī zǐ ❶專指妻。《禮記·中庸》："詩曰：'～～好合，如鼓瑟琴。'"❷指妻和子。唐·杜甫《兵車行》："耶孃～～走相送，塵埃不見咸陽橋。"

俱 qī 古代驅除疫鬼時所戴的面具，也稱"倛頭"。《荀子·非相》："仲尼之狀，面如蒙～。"

淒 qī ❶寒冷。唐·杜牧《阿房宮賦》："舞殿冷袖，風雨～～。"❷同"悽"，悽涼悲傷。北魏·酈道元《水經注·江水》："常有高猿長嘯，屬引～異。"

戚 qī ❶古代一種斧類兵器，後也作"鏚"。《韓非子·五蠹》："執干～舞，有苗乃服。"❷親近，親密。《孟子·梁惠王下》："將使卑踰尊，疏踰～。"❸親戚，親屬。晉·陶淵明《歸去來兮辭》："悅親～之情話，樂琴書以消憂。"❹憂愁，悲傷。唐·柳宗元《捕蛇者說》："言之，貌若甚～者。"

【戚戚】qī qī ❶憂懼的樣子。《論語·述而》："君子坦蕩蕩，小人長～～。"❷相親的樣子。《詩經·大雅·行葦》："～～兄弟，莫遠具爾。"❸心有所動的樣子。《孟子·梁惠王上》："夫子言之，於我心有～～焉。"

【戚屬】qī shǔ 親屬，親戚。漢·賈誼《新書·六法》："人之～～，以六為法。"

樓 qī ❶鳥停留、歇息。唐·杜甫《秋興八首》其八："碧梧～老鳳凰枝。"❷居住，停留。《國語·越語上》："越王句踐～於會稽之上。"❸歇息的地方，也特指牀。《孟子·萬章上》："二嫂，使治朕～。"

蔞 qī ❶草木茂盛的樣子。唐·崔顥《黃鶴樓》："晴川歷歷漢陽樹，芳草～～鸚鵡洲。"❷通

"淒"。唐・白居易《賦得古原草送別》："又送王孫去，～～滿用情。"

期 (1) qī ❶約定的時間，期限。《史記・陳涉世家》："失～，法皆斬。" ❷約定，約會。唐・李白《月下獨酌》："相～邈雲漢。" ❸限度。《呂氏春秋・懷寵》："徵斂無～，求索無厭。" ❹期望，要求。《孟子・告子上》："至於聲，天下～於師曠。" ❺預料，料想。唐・盧延讓《八月十六夜月》："難～一年事。"

(2) jī 一周年，一整月。《論語・子路》："苟有用我者，～月而已可也。"

【期會】qī huì ❶約定時間聚集。《後漢書・趙歧列傳》："紹等各引兵去，皆與（趙）歧～～洛陽。" ❷期限。宋・沈俶《諧史》："～～促迫，刑法慘酷。" ❸在特定時期內實施政令，多指有關朝廷或官府的財物出入。《史記・貨殖列傳》："此寧有政教發徵～～哉？"

【期年】jī nián 一年。《左傳・僖公十四年》："～～將有大咎，幾亡國。"

欺 qī ❶欺騙。《史記・廉頗藺相如列傳》："欲予秦，秦城恐不可得，徒見～。" ❷欺負，欺凌。唐・杜甫《茅屋為秋風所破歌》："南村羣童～我老無力，忍能對面為盜賊。" ❸勝過，超過。宋・蘇軾《徐大正閒軒》："早眠不見燈，晚食或～午。"

【欺誑】qī kuáng 欺騙迷惑。晉・葛洪《抱朴子・勤求》："每見此曹～～天下以規世利者，遲速皆受殃罰。"

【欺謾】qī màn 欺騙迷惑。宋・蘇軾《次韻毛滂法曹感雨》："一朝涉世故，空腹容～～。"

【欺誣】qī wū 欺騙蒙蔽。漢・王符《潛夫論・忠貴》："迷罔百姓，～～天地。"

欹 qī 見700頁yī。

亓 qí "其"的古字。《墨子・備梯》："子～慎之。"

圻 (1) qí ❶方圓千里的土地。《左傳・昭公六年》："今土數～。" ❷京畿。古代天子直轄或京城所領的地區。漢・董仲舒《春秋繁露・爵國》："天子邦～千里。" ❸疆界，地域。晉・陸機《辯亡論》："化協殊裔，風衍遐～。"

(2) yín 同"垠"，邊際。《淮南子・俶真訓》："四達無境，通於無～。"

祁 qí 盛，大。《詩經・小雅・吉日》："瞻彼中原，其～孔有。"

【祁祁】qí qí 眾多的樣子。《詩經・豳風・七月》："春日遲遲，采蘩～～。"

其 (1) qí ❶第三人稱代詞，代人或事物。他（她、它）的，他（她、它）們的。《論語・憲問》："君子恥～言而過～行。" ❷第三人稱代詞，一般代人。他（她、它），他（她、它）們。《史記・廉頗藺相如列傳》："秦王恐～（指藺相如）破璧。" ❸指示代詞，那，那些。唐・韓愈《師說》："彼童子之師，授之書而習～句讀者。" ❹指示代詞，表示"其中的"，後面多為數詞。《孟子・梁惠王上》："海內之地，方千里者九，齊集有～一。" ❺副詞，加強祈使語氣，可譯作可，還是。《左傳・燭之武退秦師》："攻之不克，圍之不繼，吾～還也。"❻副詞，加強揣測語氣，可譯作恐怕、或許、大概、可能。《孟子·梁惠王下》："王之好樂甚，則齊國～庶幾乎？"唐·韓愈《師說》："聖人之所以為聖，愚人之所以為愚，～皆出於此乎！"❼副詞，加強反問語氣，可譯作難道、怎麼。《列子·愚公移山》："以殘年餘力，曾不能毀山之一毛，～如土石何？"❽連詞，表示選擇關係，相當於"是……還是……"。《莊子·逍遙遊》："天之蒼蒼，～正色邪？～遠而無所至極邪？"❾連詞，表示假設關係，相當於"如果"。明·宋濂《送東陽馬生序》："～業有不精，德有不成者，非天質之卑，則心不若余之專耳。"❿助詞，用在形容詞之後，相當於"然"。《詩經·鄭風·溱洧》："溱與洧，瀏～清矣。士與女，殷～盈矣。"⓫助詞，用在偏短正語之間，相當於"之"。《尚書·康誥》："朕～弟，小子封。"⓬助詞，形容詞詞頭。《詩經·邶風·北風》："北風～涼，雨雪～霏。"

　　(2) jī　用於疑問代詞之後，表示疑問語氣。《詩經·小雅·庭燎》："夜如何～？夜未央。"

　　(3) jì　助詞，常附在代詞"彼""何"之後。《詩經·王風·揚之水》："彼～之子，不與我戍申。"

【其殆】qí dài　差不多，幾乎。明·王守仁《象祠記》："蓋《周官》之制，～～仿於舜之封象歟？"

【其或】qí huò　或許，假如。《論語·為政》："～～繼周者，雖百世可知也。"

【其雨】qí yǔ　希望下雨。《詩經·衛風·伯兮》："～～～～，杲杲日出。"

【其諸】qí zhū　表示猜度語氣，相當於"或者"。《論語·學而》："夫子之求之也，～～異乎人之求之與？"

奇 (1) qí　❶奇異的，罕見的。宋·蘇洵《六國論》："以事秦之心禮天下之～才。"❷出人意料，詭異不正。多指奇兵、奇謀。唐·李華《弔古戰場文》："～兵有異於仁義。"唐·韓愈《進學解》："易～而法，詩正而葩。"❸以……為奇，看重。宋·王安石《傷仲永》："邑人～之，稍稍賓客其父。"❹美妙，好。唐·韓愈《進學解》："文雖～而不濟於用。"❺非常，很。北魏·酈道元《水經注·沮水》："尋源浮溪，～為深峭。"

　　(2) jī　❶單數。《資治通鑑》卷二百四十三："每～日，未嘗不視朝。"❷零數，餘數。明·魏學洢《核舟記》："舟首尾長約八分有～。"❸贏餘，剩餘。漢·晁錯《論貴粟疏》："操其～贏。"❹命運不好，常與"數"連用。明·袁宏道《徐文長傳》："然數～，屢試輒蹶。"

【奇崛】qí jué　也作"奇倔"。❶奇特不凡。唐·陸贄《謝密旨因論所宜事狀》："自揣凡庸之才，又無～～之效。"❷奇特剛健。宋·姜夔《續書譜》："申之以變化，鼓之以～～。"

【奇葩】qí pā　珍奇的花。漢·司馬相如《美人賦》："～～逸麗，淑質豔光。"

【奇邪】qí xié　詭異不正。唐·柳宗元《時令論下》："必言其中正，而去其～～。"

祈 qí　❶向神禱告懇求。《詩經·小雅·甫田》："以～甘雨。"

❷乞求，請求。明・文天祥《〈指南錄〉後序》："未幾，賈餘慶等以～請使詣北。"

【祈年】qí nián ❶ 祈禱豐年。宋・葉適《祇端午行》："～～賽願從其俗，禁斷無益反為酷。" ❷ 古代帝王舉行祈禱豐年儀式的宮殿名。宋・蘇軾《凌虛臺記》："其東則秦穆之～～，橐泉也。"

【祈禳】qí ráng 祈禱神明降福除災。宋・蘇軾《答郡中同僚賀雨》："天地本無功，～～何足數也。"

耆 (1) qí ❶ 古稱六十歲為"耆"，也泛指年老、長壽。三國魏・曹植《求自試表》："年～即世者有聞矣。" ❷ 老人，長者。《漢書・景帝令二千石修職詔》："老～以壽終，幼孤得遂長。"

(2) shì 愛好，後寫作"嗜"。《孟子・告子上》："～秦人之炙（烤肉）。"

【耆艾】qí ài 長者，師長。《國語・召公諫弭謗》："瞽史教誨，～～修之。"

【耆耋】qí dié 年老。《禮記・射義》："幼壯孝弟，～～好禮。"

【耆舊】qí jiù 年高望重的人。唐・杜甫《憶昔》："傷心不忍問～～，復恐初從亂離説。"

【耆老】qí lǎo ❶ 老年人。《孟子・梁惠王下》："乃屬其～～而告之。" ❷ 特指老成人、德高望重的人。《禮記・檀弓上》："天不遺～～。"

【耆年】qí nián 老年人。宋・陸游《北望》："～～死已盡，童稚日夜長。"

【耆宿】qí sù 也作"耆夙"，年長德高的人。《後漢書・樊儵（shū）列傳》："～～大賢，多見廢棄。"

跂 (1) qí 多生出的腳趾。《莊子・駢拇》："故合者不為駢（pián，腳的大拇趾與二趾連在一起），而枝者不為～。"

(2) qì 踮起腳跟。《荀子・勸學》："吾嘗～而望矣，不如登高之博見也。"

【跂行】qí xíng 蟲爬行，泛稱有足能行者。《史記・匈奴傳》："～～喙息蠕動之類。"

琦 qí ❶ 美玉。晉・葛洪《抱朴子・博喻》："溝澮之中，無宵朗之～。" ❷ 奇異，奇美。戰國楚・宋玉《對楚王問》："夫聖人瑰意～行，超然獨處。"

頎 qí 身材修長的樣子。《詩經・衞風・碩人》："碩人其～。"

【頎頎】qí qí 很高的樣子。唐・陸龜蒙《野廟碑》："祿位～～，酒牲甚微。"

旗 qí ❶ 古代畫有熊虎圖像的旗。《周禮・春官宗伯・司常》："熊虎為～。" ❷ 泛指各種旗幟。漢・賈誼《過秦論》："斬木為兵，揭竿為～。" ❸ 清代以不同顏色的旗幟作為區分軍民組織的標誌。《清文獻通考・兵一》："又編蒙古八～。"

齊 (1) qí ❶ 整齊，平齊。宋・朱熹《熟讀精思》："將書冊～整頓放。" ❷ 整治，使合乎某一標準或規範。《禮記・大學》："欲治其國者，先～其家。" ❸ 相同，一樣。唐・杜牧《阿房宮賦》："一日之內，一宮之間，而氣候不～。" ❹ 齊備，齊全。清・吳敬梓《儒林外史》第三回："在廚下收拾～了，拿在草棚下。" ❺ 一起，一齊。唐・王勃《滕王閣序》："落霞與孤鶩～飛，秋水

Q

共長天一色。"❻古國名。《戰國策·鄒忌諷齊王納諫》:"燕、趙、韓、魏聞之,皆朝於～。"

(2) jì ❶"劑"的古字,調劑,藥劑。《韓非子·扁鵲見蔡桓公》:"在腸胃,火～之所及也。"❷通"濟",順利,成功。唐·王勃《滕王閣序》:"時運不～,命途多舛。"

【齊跡】qí jì　德行、業績相同。漢·蔡邕《漢交趾都尉胡府君夫人黃氏神誥》:"～～湘靈,配名古人。"

【齊列】qí liè　並列,同等。唐·段文昌《平淮西碑》:"戎旅同心,壘垣～～。"

【齊民】qí mín ❶平民,普通老百姓。宋·蘇軾《潮州韓文公廟碑》:"皆篤於文行,延及～～。"❷治理民眾。《韓非子·八經》:"設法度以～～。"

薺 qí ❶蒼白色或青黑色。《詩經·鄭風·出其東門》:"縞衣～巾。"❷鞋帶。《禮記·內則》:"履,著～。"❸腳印。明·屠隆《曇花記》:"看門庭似水,～履誰來。"❹極,很。宋·蘇軾《禮義信足以成德論》:"～大而至天子,～小而至庶夫。"

騏 qí　有青黑斑紋的馬。《詩經·魯頌·駉》:"有騏(xīng,毛皮紅色的牛馬等)有～。"

【騏驥】qí jì ❶駿馬。《荀子·勸學》:"～～一躍,不能十步。"❷比喻賢才。《晉書·馮跋載記》:"吾遠求～～,不知近在東鄰。"

騎 (1) qí ❶騎馬。《史記·項羽本紀》:"駿馬名騅,常～之。"❷騎其他東西。宋·蘇軾《潮州韓文公廟碑》:"公昔～龍白雲鄉,手決雲漢分天章。"

(2) jì ❶騎的馬。《戰國策·趙策二》:"車千乘,～萬匹。"❷騎馬的人。《史記·項羽本紀》:"乃令～皆下馬步行。"❸一人一馬的合稱。《史記·項羽本紀》:"沛公旦日從百餘～來見項王。"

麒 qí　見"麒麟"。

【麒麟】qí lín ❶古代傳說的一種神獸,古人把牠作為祥瑞的象徵。《史記·孔子世家》:"剡胎殺夭則～～不至郊。"❷比喻才能傑出的人。《晉書·顧和傳》:"此吾家～～,興吾宗者,必此人也。"

薪 qí ❶通"祈",祈求。《莊子·逍遙遊》:"世～乎亂,孰弊弊焉以天下為事!"❷通"圻",邊際,界限。《荀子·儒效》:"跨天下而無～。"❸古州名,治所在齊昌(今湖北省蘄春縣南)。《史記·陳涉世家》:"攻大澤鄉,收而攻～。"

乞 (1) qǐ ❶討要。《論語·公冶長》:"～諸其鄰而與之。"❷行乞,要飯。《孟子·告子上》:"蹴爾而與之,～人不屑也。"❸請求,希望。《資治通鑑》卷四十八:"年老思土,上書～歸。"

(2) qì　給予。唐·李白《少年行》:"好鞍好馬～與人,十千五千旋沽酒。"

【乞貸】qǐ dài　求借。《史記·孔子世家》:"游說～～,不可以為國。"

【乞骸骨】qǐ hái gǔ　意為使骸骨得以歸葬故鄉,是古代官吏因年老、生病等而自請退職的常用語。《史記·萬石張叔列傳》:"願歸丞相侯印,～～歸。"

【乞盟】qǐ méng　請求參加盟約,也指向敵國請求和。《新唐書·契丹傳》："契丹乃～～。"

【乞巧】qǐ qiǎo　中國傳統民間風俗。農曆七月初七，婦女在庭院擺設瓜果，祈求織女星幫助她們提高女紅技巧。唐·林傑《乞巧》："家家～～望秋月，穿盡紅絲幾萬條。"

【乞師】qǐ shī　請求出兵援助。《公羊傳·成公十七年》："晉侯使荀罃來～～。"

【乞言】qǐ yán　請求教誨。特指古代帝王或其嫡長子向自己所養的一些德高望重的老人求教。《晉書·王祥傳》："天子北面～～。"

企　qǐ　❶踮起腳跟。《漢書·高帝紀上》："日夜～而望歸。"❷仰望，盼望。唐·韓愈《赴江陵途中寄贈翰林三學士》："生平～仁義，所學皆孔周。"❸趕上。《新唐書·杜甫傳》："揚雄、枚皋，可～及也。"

【企竦】qǐ sǒng　踮起腳後跟站着，形容看得出神。三國魏·曹植《求自試表》："夫臨博而～～，聞樂而竊抃（biàn，鼓掌）者，或有賞音而識道也。"

【企望】qǐ wàng　盼望。《後漢書·袁紹列傳》："～～義兵，以釋國難。"

【企羨】qǐ xiàn　《北史·陽修之傳》："鄉曲人士，莫不～～。"

【企予】qǐ yǔ　佇立，其中"予"相當於"而"。三國魏·曹丕《秋胡行》："～～望之。"

杞　qǐ　❶樹名，即杞柳。《詩經·鄭風·將仲子》："無折我樹～。"❷枸杞，一種灌木。《詩經·小雅·四牡》："集於苞～。"❸周代諸侯國名，在今河南杞縣。《列子·杞人憂天》："～國有人，憂天地崩墜。"

起　qǐ　❶站起，起來。《史記·項羽本紀》："（樊）噲拜謝，～，立而飲之。"❷起牀。宋·溫庭筠《菩薩蠻》："懶～畫蛾眉，弄妝梳洗遲。"❸上升，升起。明·劉基《司馬季主論卜》："一～一伏。"❹豎立，聳立。晉·慧遠《廬山記略》："東南有香爐山，孤峯秀～。"❺興起，發動。《史記·項羽本紀》："吾～兵至今八歲矣。"❻出現，產生。宋·蘇軾《潮州韓文公廟碑》："道喪文弊，異端並～。"❼起用，徵聘。宋·王鞏《聞見近錄》："上復有旨，～蘇軾以本官。"❽出發，動身。《水滸傳》第三回："俺明日清早來發付你兩個～身。"❾建造。漢·楊惲《報孫會宗書》："治產業，～室宅。"❿開始。《史記·李斯列傳》："明法度，定律令，皆以始皇～。"

豈　(1) qǐ　❶難道，怎麼。《史記·廉頗藺相如列傳》："今以秦之彊而先割十五都予趙，趙～敢留璧而得罪於大王乎？"❷或許，莫非。《三國志·蜀書·諸葛亮傳》："諸葛孔明者，臥龍也，將軍～願見之乎？"❸何況。見"豈況"。
(2) kǎi　同"愷"，快樂，和樂。《詩經·小雅·魚藻》："王在在鎬，～樂飲酒。"

【豈況】qǐ kuàng　何況。《後漢書·爰延列傳》："～～陛下今所親幸，以賤為貴，以卑為尊哉！"

【豈其】qǐ qí　❶何必。《詩經·陳風·衡門》："～～食魚，必河之魴。"❷難道。戰國楚·屈原《楚辭·離騷》："～～有他故兮。"

【豈若】qǐ ruò　怎如，不如。《論語·微子》："且與其從辟人之士，～～從辟世之士哉！"

【豈伊】qǐ yī　難道。伊，助詞，無義。唐·李白《贈崔司戶文昆季》："～～箕山故，特以風期親。"

【豈直】qǐ zhí　難道只是，何止。南朝梁·劉勰《文心雕龍·詔策》："～～取美當時，亦敬慎來葉矣。"

啟 qǐ ❶ 開門。《左傳·鄭伯克段於鄢》："夫人將～之。"泛指開，打開。明·魏學洢《核舟記》："～窗而觀，雕欄相望焉。"❷ 開拓，開發。《韓非子·有度》："齊桓公并國三十，～地三千里。"❸ 開導，啟發。《論語·述而》："不憤不～，不悱不發。"❹ 招致，引發。《後漢書·二十八將傳》："夫崇恩偏授，易～私溺之失。"❺ 開始。宋·王禹偁《待漏院記》："相君一行，煌煌火城。"❻ 稟告，陳述。清·紀昀《閱微草堂筆記·槐西雜誌》："老翁察中涵意滿，半跪～曰。"❼ 舊時一種用於陳述事情的簡短書信。宋·蘇軾《與王敏仲》之十："方欲奉～告別。"

【啟事】qǐ shì　陳述事情。《三國志·魏書·董卓傳》："召呼三臺尚書以下自詣卓府～～。"也指陳述事情的奏章、書信。南朝梁·沈約《謝賜甘露啟》："謹以～～謝以聞。"

棨 qǐ ❶ 古代一種木製的符信，用作通過關卡的憑證。漢·許慎《說文解字·木部》："～，傳信也。"❷ 見"棨戟"。

【棨戟】qǐ jǐ　有繒衣的戟，古時官吏用作前導的儀仗。唐·王勃《滕王閣序》："都督閻公之雅望，～～遙臨。"

綺 qǐ ❶ 有花紋的絲織品。宋·柳永《望海潮》："戶盈羅～，競豪奢。"❷ 華美，美麗。宋·蘇軾《水調歌頭》："轉朱閣，低～戶。"

【綺靡】qǐ mí　豔麗，浮華。《資治通鑑》卷七十九："百工作無用之器，婦人為～～之飾。"

【綺年】qǐ nián　美好的青春年華。北周·宇文逌《〈庾信集〉序》："～～而播華譽。"

【綺思】qǐ sī　美妙的文思。唐·羅隱《廣陵李僕射示近詩因投獻》："閒尋～～千花麗，靜想高吟六義清。"

【綺紈】qǐ wán ❶ 華麗的絲織品。《後漢書·王符列傳》："錦繡～～。"❷ 紈綺子弟。南朝梁·劉孝標《廣絕交論》："於是有弱冠王孫，～～公子。"

稽 qǐ　見 245 頁 jī。

汔 qì ❶ 水乾涸。漢·許慎《說文解字·水部》："～，水涸也。"❷ 終究，始終。宋·王安石《上揚州韓資政啟》："～由恩臨，得以理去。"❸ 將近，差不多。《左傳·子產論政寬猛》："詩曰：'民亦勞止，～可小康。'"❹ 通"迄"，至，到。《新唐書·韓愈傳》："自晉～隋，老佛顯行。"

迄 qì ❶ 至，到。明·宋濂《閱江樓記》："自六朝～於南唐，類皆偏據一方。"❷ 終究，終於。《後漢書·孔融列傳》："而才疏意廣，～無成功。"

亟 qì　見 249 頁 jí。

泣 qì ❶ 眼淚。唐·李白《古風五九首》之三四："～盡繼以血，心摧兩無聲。"❷ 無聲流淚或小聲哭。《戰國策·觸龍說趙太后》："媼之送燕后也，持其踵為之～。"

【泣血】qì xuè　淚哭乾後，流出了血，形容極度悲痛。漢·李陵《答

蘇武書》："此陵所以仰天椎心而
～～也！"

【泣罪】qì zuì　因哀憐罪人而哭泣。
語本漢·劉向《説苑·君道》："禹
初見罪人，下車問而泣之。"南朝
梁·蕭綱《〈昭明太子集〉序》："仁
同～～。"

契　qì　❶用刀刻。《呂氏春秋·
刻舟求劍》："其劍自舟中墜
於水，遽～其舟。"❷指刻在甲
骨等上的文字。《周易·繫辭下》：
"上古結繩而治，後世聖人易之以書
～。"❸契約，文書。《戰國策·馮
煖客孟嘗君》："約車治裝，載券～
而行。"❹投合，和諧。宋·蘇軾
《乞校正陸贄奏議進御劄子》："但使
聖賢之相～，即如臣主之同時。"

【契會】qì huì　❶約會，盟會。唐·
黃滔《周以龍興賦》："遂使盟津
～～。"❷符合，相通。唐·薛用
弱《集異記·李勉》："勉即詢訪，
果與逝者所敍～～。"

【契闊】qì kuò　❶勤苦。《詩經·
邶風·擊鼓》："死生～～，與子成
説。"❷久別。漢·曹操《短歌
行》："～～談讌，心念舊恩。"

【契契】qì qì　愁苦的樣子。《詩經·小
雅·大東》："～～痌歎，哀我憚人。"

砌　(1) qì　❶台階。唐·白居易
《與元微之書》："紅榴白蓮，
羅生池～。"❷用泥灰等壘、鋪磚
石。清·姚鼐《登泰山記》："道皆
～石為磴，其級七千有餘。"❸堆
積。宋·秦觀《踏莎行·霧失樓
臺》："～成此恨無重數。"
　　(2) qiè　見"砌末"。

【砌末】qiè mò　❶演戲用的簡單佈
景和小道具。宋·無名氏《錯立身》
戲文第四齣："孩兒與老都管去，

我收拾～～恰來。"❷指舊時戲曲
中滑稽笑謔的動作。元·曾瑞《紅
繡鞋》："妝～～招人謗。"

訖　qì　❶終了，完畢。宋·沈括
《夢溪筆談·活板》："用～再
火令藥熔。"❷終究，始終。《漢
書·西域傳上》："而康居驕黠，～
不肯拜使者。"❸通"迄"，至，
到。《史記·孔子世家》："上至隱
公，下～哀公十四年。"

氣　qì　❶雲氣，氣體。《莊子·逍
遙遊》："絕雲～，負青天。"
❷氣息，呼吸。《論語·鄉黨》："屏
～似不息者。"❸氣象，氣候，節
氣。唐·杜牧《阿房宮賦》："一日
之內，一宮之間，而～候不齊。"
❹氣味。明·張岱《湖心亭看雪》：
"香～拍人，清夢甚愜。"❺語氣。《晏
子春秋·外篇重而異者》："聲甚哀，
～甚悲。"❻人的元氣，生命力。
《荀子·修身》："以治～養生。"❼勇
氣，氣勢。《史記·項羽本紀》：
"力拔山兮～蓋世，時不利兮騅不
逝。"❽意氣，感情。《南史·傅縡
傳》："然性木強，不持檢操，負才
使～，陵侮人物。"❾氣節。南朝
梁·陶弘景《尋山志》："輕死重～，
名貴於身。"❿生氣，惱怒。《戰國
策·觸龍説趙太后》："太后盛～而
揖之。"⓫中國古代哲學概念。《孟
子·公孫丑下》："我善養吾浩然之
～。"⓬風尚，風氣。《華陽國志·
巴志》："俗素樸，無造次辨麗之～。"

【氣調】qì diào　氣概，度。南朝
陳·徐陵《東陽雙林寺傅大士碑》：
"～～清高，流化親明。"

【氣性】qì xìng　氣質，性情。晉·
葛洪《抱朴子·清鑒》："或～～殊
而所務合。"

【氣運】qì yùn　氣數，命運。宋·沈括《夢溪筆談·象數》：“小則人之眾疾，亦隨~~盛衰。”

【氣韻】qì yùn　❶人的神采和風度。宋·蘇舜欽《蘇州洞庭山水月禪院記》：“殊無纖介世俗間~~。”❷文章、書畫的風格、意境或韻味。《南齊書·文學傳論》：“放言落紙，~~天成。”

棄 qì　❶抛開，扔掉。《孟子·以五步笑百步》：“兵刃既接，~甲曳兵而走。”❷廢除，廢置。唐·柳宗元《種樹郭橐駝傳》：“其置也若~。”❸違背。《左傳·呂相絕秦》：“君又不祥，背~盟誓。”❹離去。唐·李白《行路難》：“~我去者，昨日之日不可留。”

【棄世】qì shì　❶超凡脫俗。《莊子·達生》：“夫欲免為形者，莫如~~。”❷離開人世，死的委婉語。《三國志·魏書·陳思王植傳》：“臣竊感先帝早崩，威王~~。”

【棄市】qì shì　本指讓受刑的人在鬧市示眾，後專指死刑。《史記·秦始皇本紀》：“有敢偶語《詩》《書》者~~。”

【棄言】qì yán　背棄諾言。《左傳·宣公十五年》：“王~~焉。”

【棄養】qì yǎng　父母去世的委婉語，意思是説父母死亡，子女不得奉養。清·吳趼人《二十年目睹之怪現狀》第七十四回：“兄弟縗絰時，先嚴、慈便相繼~~。”

揭 qì　見275頁jiē。

葺 qì　❶用茅草覆蓋房屋等。《左傳·子產壞晉館垣》：“繕完~牆，以待賓客。”❷修補，修繕。明·歸有光《項脊軒志》：“乃使

人復~南閣子，其制稍異於前。”❸重疊，累積。戰國楚·屈原《楚辭·九章·悲回風》：“魚~鱗以自別兮，蛟龍隱其文章。”

器 qì　❶器具，器物。《晏子春秋·內篇問上》：“宋人有酤酒者，為~甚潔清。”❷才能，才幹。《三國志·蜀書·諸葛亮傳》：“亮之~能理政。”喻指有才之人。明·劉基《賣柑者言》：“昂昂乎廟堂之~也。”❸器量，度量。《論語·八佾》：“管仲之~小哉！”❹器重，重視。《三國志·蜀書·諸葛亮傳》：“徐庶見先主，先主~之。”

【器識】qì shí　度量與見識。《晉書·張華傳》：“~~弘曠，時人罕能測之。”

憩 qì　休息。晉·陶淵明《歸去來兮辭》：“策扶老以流~，時矯首而遐觀。”

qia

恰 qià　正好，適合。唐·杜甫《南鄰》：“秋水才深四五尺，野航~受兩三人。”

【恰才】qià cái　剛才，剛剛。《水滸傳》第七回：“~~飲得三杯，只見女使錦兒慌慌急急，紅了臉……”

【恰恰】qià qià　❶正好，恰好。唐·鄭損《星精石》：“孤巖~~容堂構，可愛江南釋子園。”❷象聲詞，形容鳥啼聲。唐·杜甫《江畔獨步尋花》：“自在嬌鶯~~啼。”

【恰則】qià zé　剛才，剛剛。宋·楊萬里《晚霽醸雨》：“~~晴時雲又生。”

洽 qià　❶浸潤，濕潤。《孟子·公孫丑上》：“且以文王之德，百年而後崩，猶未~於天下。”漢·

王充《論衡·自然》："霈然而雨，物之莖葉根荄（gāi，草根）莫不～濡。"❷ 和諧，融洽。《詩經·大雅·江漢》："矢（通'施'）其文德，～此四國。"❸ 周遍，廣博。《後漢書·杜林列傳》："（杜）林從竦受學，博～多聞，時稱通儒。"

【洽聞】qià wén　知識豐富，見聞廣博。《漢書·劉向傳》："皆博物～～，通達古今。"

---

qian

千　qiān　❶ 數詞。《戰國策·鄒忌諷齊王納諫》："今齊地方～里，百二十城。"❷ 表示很多。宋·李清照《漁家傲·記夢》："天接雲濤連曉霧，星河欲轉～帆舞。"

【千里馬】qiān lǐ mǎ　良馬，日行千里，極言跑得快。唐·韓愈《馬說》："世有伯樂，然後有～～～。"

【千千】qiān qiān　❶ 形容數目很多。唐·章碣《贈邊將》："～～鐵騎擁塵紅，去去平吞萬里空。"❷ 同"芊芊"，見467頁"芊芊"。

【千乘】qiān shèng　❶ 古代四馬駕一車為一乘，"千乘"形容兵車很多。《孟子·盡心下》："驅騁田獵，後車～～，我得志弗為也。"❷ 戰國時的諸侯國，小者稱"千乘"，大者稱"萬乘"。《韓非子·孤憤》："萬乘之患，大臣太重；～～之患，左右太信：此人主之所公患也。"

【千萬】qiān wàn　❶ 形容數目極多。唐·杜甫《茅屋為秋風所破歌》："安得廣廈～～間，大庇天下寒士俱歡顏。"❷ 一定，必定。漢樂府《孔雀東南飛》："念與世間辭，～～不復全。"

千葉】qiān yè　❶ 千世，千代。《晉書·赫連勃勃載記》："孰能本枝於～～，重光於萬祀。"❷ 花瓣重疊繁多。唐·皮日休《惠山聽松庵》："～～紅蓮舊有香，半山金剎照方塘。"

仟　qiān　❶ 古代軍制，千人之長為仟。《史記·陳涉世家》："躡足行伍之間，俛仰～佰之中。"❷ 通"千"。《漢書·食貨志上》："亡農夫之苦，有～佰之得。"❸ 通"阡"，田間小路。《漢書·食貨志上》："壞井田，開～陌。"

阡　qiān　❶ 田間小路。漢·曹操《短歌行》："越陌度～，枉用相存。"元·關漢卿《竇娥冤》："要什麼素車白馬，斷送出古陌荒～。"❷ 墓道，墳墓。宋·歐陽修《瀧岡阡表》："其子修始克表於其～。"

【阡陌】qiān mò　田間小路。或說南北向為"阡"，東西向為"陌"。晉·陶淵明《桃花源記》："～～交通，雞犬相聞。"

芊　qiān　草木茂盛。元·揭傒斯《寄題馮掾東皋園亭》："池流澹無聲，畦蔬蔚葱～。"

【芊眠】qiān mián　❶ 草木茂盛的樣子，也作"芊綿"。晉·謝靈運《山居賦》："孤岸竦秀，長洲～～。"❷ 光色鮮明的樣子。晉·陸機《文賦》："或藻（文）思（情）綺合，清麗～～。"此謂文彩華美。

【芊芊】qiān qiān　❶ 草木茂盛的樣子。《列子·力命》："美哉國乎！鬱鬱～～。"❷ 濃綠色。戰國楚·宋玉《高唐賦》："仰視山巔，肅何～～。"

牽　(1) qiān　❶ 拉，牽引向前。《孟子·梁惠王上》："王坐於堂上，有～牛而過堂下者。"❷ 牛羊豕等牲畜。《左傳·僖公三十三年》:"吾子淹久於敝邑,唯是脯、資、餼、~竭矣。"❸關係,牽連。漢·張衡《西京賦》:"夫人在陽時則舒,在陰時則慘,此~乎天者也。"❹牽制,拘泥。漢·鄒陽《獄中上梁王書》:"此二國豈係於俗,~於世,繫奇偏之浮辭哉?"

(2) qiàn　同"縴",拉船前進的繩索。明·高啟《贈楊滎陽》:"渡河自撐篙,水急船船~。"

【牽掣】qiān chè　牽制,束縛。《三國志·魏書·高貴鄉公傳》:"或沒命戰場,冤魂不散;或~~虜手,流離異域。"

【牽拘】qiān jū　牽制,拘泥。《史記·封禪書》:"又~~於《詩》、《書》古文而不能騁。"

【牽染】qiān rǎn　牽累,連累。《後漢書·楊倫列傳》:"其所~~將相大臣百有餘人。"

【牽絲】qiān sī　❶執引印綬,指任官。晉·謝靈運《初去郡》:"~~及元興,解龜(去官)在景平。"❷選婿或擇妻。明·李昌祺《剪燈餘話·瓊奴傳》:"古人有射屏、~~、設席等事,皆所以擇婿也。"❸牽絲戲,也叫傀儡戲、提線木偶。清·錢謙益《新歲有感》:"依社憑叢原是鬼,~~刻木總為神。"

僉　qiān　❶眾人,大家。《尚書·虞書·舜典》:"~曰:'伯禹作司空。'"❷都,皆。《尚書·虞書·大禹謨》:"朕志先定,詢謀~同。"❸通"簽"。《三國演義》第一百一十九:"汝等各自~名,共成此事。"

【僉望】qiān wàng　眾望。南朝宋·沈約《王亮王瑩加授詔》:"~~所歸。"

鉛　(1) qiān　金屬名。漢·賈誼《弔屈原賦》:"莫邪為鈍兮,~刀為銛(xiān,鋒利)。"

(2) yán　通"沿",沿着,循着。《荀子·榮辱》:"告之示之,靡之儇之,~之重之。"

【鉛黛】qiān dài　鉛粉和黛黑,婦女的化妝品。南朝梁·劉勰《文心雕龍·情采》:"夫~~所以飾容,而盼倩生於淑姿。"

【鉛華】qiān huá　古代婦女搽臉的粉。清·納蘭性德《菩薩蠻》:"妝薄~~淺。"

愆　qiān　❶超過,過。《尚書·周書·牧誓》:"不~於四伐、五伐、六伐、七伐,乃止齊焉。"❷過失,罪過。《國語·魯語下》:"社而賦事,烝而獻功,男女效績,~則有辟,古之制也。"❸違背,違反。唐·柳宗元《駁復讎議》:"不~於法。"❹喪失。《左傳·昭公二十六年》:"王昏不若,用~厥位。"❺患惡疾。《左傳·昭公二十六年》:"至於夷王,王~於厥身。"

【愆違】qiān wéi　❶過失。清·劉大櫆《胡母謝太孺人傳》:"稍有~~,即令長跪受杖。"❷失時。《明史·雷復傳》:"今雨雪~~,饑民疾病流離,困瘁萬狀。"

【愆義】qiān yì　違背道義。晉·陸機《文賦》:"苟傷廉而~~,亦雖愛而必捐。"

慳　qiān　❶省儉,吝嗇。《宋書·王玄謨傳》:"劉秀之儉吝,常呼為老~。"❷缺少。宋·陸游《懷昔》:"澤國氣候晚,仲冬雪猶~。"

遷　qiān　❶遷移。《孟子·滕文公上》:"吾聞出於幽谷,~於喬木者,未聞下喬木而入於幽谷者。"❷變易，變化。晉·王羲之《蘭亭集》序："情隨事～。"❸調動官職，一般指升官。《後漢書·張衡列傳》："安帝雅聞（張）衡善術學，公車特徵拜郎中，再～為太史令。"❹放逐，流放。《史記·屈原賈生列傳》："頃襄王怒而～之。"

♦ 遷、徙。都有遷移、變動的意思，不同點是"遷"帶有由下往上移動的意思；"徙"是平面移動，是普通的變易、變動；在調職的意義上"遷"表示升官，"徙"則表示一般的調動。

【遷客】qiān kè　被貶謫到外地的官員。宋·范仲淹《岳陽樓記》："～～騷人。"

【遷滅】qiān miè　滅亡。古代滅人國家，並遷去其傳國重器，故稱"遷滅"。宋·蘇洵《六國論》："齊人未嘗賂秦，終繼五國～～。"

【遷徙】qiān xǐ　❶遷移，移動。唐·柳宗元《種樹郭橐駝傳》："視駝所種樹，或～～，無不活。"❷變化，變易。《荀子·非相》："與時～～，與世偃仰、緩急、贏絀。"❸貶謫，放逐。唐·柳宗元《蝜蝂傳》："黜棄之，～～之。"

【遷延】qiān yán　❶退卻。《左傳·襄公十四年》："乃命大還，晉人謂之～～之役。"❷拖延。《晉書·湣懷太子傳》："不若～～卻期，賈后必害太子……"❸自由自在。《淮南子·主術訓》："～～而入之。"

【遷謫】qiān zhé　貶官遠地。唐·白居易《《琵琶行》序》："是夕始覺有～～意。"

褰　qiān　❶套褲。《左傳·昭公二十五年》："徵～與襦。"❷提起，揭起，撩起。《詩經·鄭風·褰裳》："子惠思我，～裳涉洧。"唐·李商隱《行次西郊作》："金障既特設，珠簾亦高～。"❸開，散開。晉·潘岳《射雉賦》："～微罟以長眺，已踉蹌而徐來。"❹折疊，疊縮。漢·司馬相如《子虛賦》："襞積～縐，有槎溪口。"

寒　qiān　見 262 頁 jiǎn。

簽　qiān　在文書上寫上意見或署名、畫押。宋·蘇軾《乞罷詳定役法箚子》："臣既不同，決難隨眾～書。"

騫　qiān　❶舉首，昂首。戰國楚·景差《大招》："鯢峯短狐，王虺～只。"❷驚懼，震驚。南朝宋·顏延之《車駕幸京口侍遊曲阿後湖作》："人靈～都野，鱗翰聳淵丘。"❸虧損。《詩經·小雅·天保》："如南山之壽，不～不崩。"❹違背。《後漢書·李固杜喬傳論》："夫專為義則傷生，專為生則～義。"❺通"愆"，過錯，過失。《荀子·正名》："長夜漫兮，永思～兮。"❻通"搴"，拔取。《漢書·楊僕傳》："非有斬將～旗之實也。"❼飛起，通"鶱(xiān)"。唐·柳宗元《觀八駿圖說》："咸若～若翔。"

籤　qiān　❶官府發給差役拘捕犯人的憑證。《紅樓夢》第四回："發～差公人立刻將兇犯家屬拿來拷問。"❷一頭尖的細小棍兒。《宋史·王罕傳》："削竹～十六，穿於革。"❸標籤，作標誌或記註的條子或小牌子等。《新唐書·藝文志》："其書有正有副，軸帶帙～，皆以異色以別之。"❹刺，插入。《新唐書·酷吏傳》："泥耳籠首，枷楔兼暴，拉肋～爪。"

Q

前 qián ❶前面，先前，與"後"相對，表示方位、時間、次第。晉·陶淵明《歸園田居》："榆柳蔭後簷，桃李羅堂～。"❷向前，前進。明·張溥《五人墓碑記》："緹騎按劍而～。"

【前塵】qián chén ❶佛教對當前境界的稱謂。唐·白居易《酒筵上答張居士》："但要～～滅，無妨外相同。"❷舊事，往事。宋·歐陽修《歸田錄》："澹墨題名第一人，孤生何幸繼～～。"

【前惡】qián è ❶前人的罪過。《國語·晉語五》："國之良也，滅其～～。"❷舊有的嫌隙。《史記·匈奴列傳》："朕與單于皆捐往細故，俱蹈大道，墮壞～～，以圖長久。"

【前行】(1) qián háng　前鋒，先鋒部隊。《史記·項羽本紀》："將秦軍為～～。"

(2) qián xíng ❶以前的行為。《荀子·議兵》："武王之誅紂也，非以甲子之朝而後勝之也，皆～～素修也。"❷向前行走。晉·陶淵明《桃花源記》："復～～，欲窮其林。"

虔 qián ❶虎行走的樣子。漢·許慎《說文解字》引申為威武。《詩經·商頌·長發》："武王載旆，有虔秉鉞。"❷敬，恭敬。《國語·周語中》："其貴國之賓至，則以班加一等，益～。"❸殺害，劫掠。《左傳·成公十三年》："芟夷我農功，～劉我邊陲。"

鈐 qián ❶車轄，車軸頭部的銅鍵或鐵鍵，用以管住車輪，使不脫落。《玉篇·金部》："～，車轄也。"❷鎖。晉·郭璞《〈爾雅注〉序》："九流之津涉，六藝之～鍵。"❸用作動詞，蓋章，蓋印。明·沈榜《宛署雜記》："用印～蓋。"❹兵法。清·林則徐《中秋有作》："樓船將軍肅～律。"

鉗 qián ❶古代的一種刑具。《舊唐書·刑法志》："又繫囚之具，有枷、杻、～、鎖。"❷古代的一種刑罰，以鐵束頸項。漢·司馬遷《報任安書》："季布為朱家～奴。"❸強制，脅迫。清·王夫之《讀通鑒論·桓帝》："外戚奄人作威福以～天下。"❹夾東西的工具。唐·柳宗元《乞巧文》："膠如～夾，誓死無生。"❺夾住，夾取。《戰國策·燕策》："蚌方出曝，而鷸啄其肉，蚌合而～其喙。"❻緘，閉。《莊子·胠篋》："削曾、史之行，～楊、墨之口。"

【鉗口】qián kǒu　因有所顧忌而閉口不言。《後漢書·單超列傳》："上下～～，莫有言者。"

潛 qián ❶在水裏面活動。《詩經·小雅·鶴鳴》："魚～在淵，或在於渚。"❷隱藏，隱蔽。宋·蘇軾《前赤壁賦》："舞幽壑之蛟，泣孤舟之嫠婦。"❸深，深處。唐·韓愈《苦寒》："虎豹僵穴中，蛟螭死幽。"❹暗中，祕密地，悄悄地。《左傳·寺人披見文公》："晉侯～會秦伯於王城。"❺專一。《漢書·董仲舒傳》："下帷發憤，～心大業。"❻放在水中供魚棲止的柴。《詩經·周頌·潛》："～有多魚。"

錢 qián ❶貨幣，也喻圓如銅錢的東西。宋·楊萬里《秋涼晚步》："綠池落盡紅蕖卻，荷葉猶開最小～。"❷重量單位，十錢為一兩。

【錢布】qián bù　"布"是古代的一種鏟形貨幣，後以"錢布"泛指錢幣、

金錢。《管子·山至數》：“故賦無
～～，府無藏財，貲藏於民。”

【錢刀】qián dāo　“刀”是古代的一
種刀形貨幣，後以“錢刀”泛指錢
幣、金錢。古樂府《白頭吟》：“男
兒重意氣，何用～～為！”

黔 qián　❶黑色，使……黑。
唐·韓愈《爭臣論》：“孔席不
暇暖，而墨突不得～。”❷古地區
名，今貴州東北部和四川東南部一
帶。唐·柳宗元《黔之驢》：“～無
驢，有好事者船載以入。”

【黔首】qián shǒu　平民。漢·賈誼
《過秦論》：“焚百家之言，以愚～
～。”

淺 (1) qiǎn　❶（水等）不深。《莊
子·逍遙遊》：“置杯焉則膠，
水～而舟大也。”❷淺薄，膚淺。
《三國志·蜀書·諸葛亮傳》：“欲信
大義於天下，而智術～短，遂用猖
獗。”❸短，不長。漢·賈誼《過
秦論》：“延及孝文王、莊襄王，享
國日～，國家無事。”❹窄，小。
《呂氏春秋·先己》：“吾地不～，吾
民不寡。”❺色淡。唐·杜甫《江
畔獨步尋花》：“桃花一簇開無主，
可愛深紅愛～紅？”

　　(2) jiān　見“淺淺”。

【淺淺】jiān jiān　水流急速的樣子。
戰國楚·屈原《楚辭·九歌·湘
君》：“石瀨兮～～，飛龍兮翩翩。”

慊 (1) qiǎn　不滿足，遺憾。《孟
子·公孫丑下》：“彼以其爵，
我以吾義，吾何～乎哉？”

　　(2) qiè　滿足，愜意。《孟子·
公孫丑上》：“行有不～於心，則餒
矣。”

　　(3) xián　嫌疑，通“嫌”。《漢
書·趙充國傳》：“媮得避～之便。”

遣 qiǎn　❶派遣，使離去。《史
記·廉頗藺相如列傳》：“趙王
於是遂～相如奉璧西入秦。”❷放
逐，貶謫。唐·韓愈《柳子厚墓誌銘》：
“中山劉夢得禹錫亦在～中，當詣播
州。”❸排除，排遣。唐·杜甫《自
京赴奉先詠懷》：“沈飲聊自～，放歌
破愁絕。”❹使，教。唐·李白《勞
勞亭》：“春風知別苦，不～柳條青。”

譴 qiǎn　❶責備，責問。《詩經·
小雅·小明》：“豈不懷歸？畏
此～怒。”❷罪過，過錯。《後漢
書·蔡邕列傳》：“改政思～。”❸貶
謫。唐·劉禹錫《上杜司徒書》：“又
不得已而～，則為之擇地而居。”

【譴黜】qiǎn chù　謫降貶黜。《晉書·
陳壽傳》：“壽獨不為之屈，由是屢
被～～。”

【譴謫】qiǎn zhé　因罪貶降。《周書·
李賢傳》：“既被～～，常憂懼不得
志。”

茜 qiàn　❶茜草。《史記·貨殖
列傳》：“若千畝卮～、千畦薑
韭，此其人皆與千戶侯等。”❷大
紅色。唐·李羣玉《黃陵廟》：“黃
陵廟前莎草春，黃陵女兒～裙新。”

倩 (1) qiàn　❶微笑的樣子。《論
語·八佾》：“巧笑～兮，美目
盼兮，素以為絢兮。”❷美麗，嫵
媚。明·袁宏道《滿井遊記》：“鮮
妍明媚，如～女之靧（huì）面。”
❸男子的美稱。《漢書·朱邑傳》：
“昔陳平雖賢，須魏～而後進。”

　　(2) qìng　❶借助，請別人代
自己做事，亦指僕人。明·張居正
《答應天巡撫宋陽山書》：“頃小兒回
籍應舉，自行顧～。”❷女婿。《史
記·扁鵲倉公列傳》：“黃氏諸～，
見建家京下方石，即弄之。”

【倩盼】qiàn pàn　形容容貌秀美動人。宋·張耒《次韻秦觀》:"嬋娟守重閨,倚市爭～～。"

傔　qiàn ❶滿足。《呂氏春秋·知士》:"揆吾家,苟可以～劑貌辨者,吾無辭為也。"❷侍從,副官。《舊唐書·職官志二》:"凡諸軍鎮使、副使以下,皆有～人。"

嵌　qiàn ❶開張的樣子。漢·揚雄《甘泉賦》:"～巖巖其龍鱗。"❷深陷,凹陷。唐·岑參《江上阻風雨》:"積浪成高丘,盤渦為～窟。"❸填塞,鑲嵌。《紅樓夢》第三回:"頭上戴着束髮～寶紫金冠。"

蒨　qiàn ❶草茂盛的樣子。晉·左思《吳都賦》:"夏曄冬～。"❷通"茜",茜草。南朝梁·劉勰《文心雕龍·通變》:"夫青生於藍,絳生於～。"引申為大紅色。

壍　qiàn ❶坑,壕溝。明·宋濂《閱江樓記》:"六朝之時,往往倚之為天～。"特指護城河。《史記·高祖本紀》:"使高壘深～,勿與戰。"❷挖溝,挖掘。《左傳·昭公十七年》:"環而～之,及泉。"

戕　qiāng　殺害,殘殺。唐·柳宗元《駁復讎議》:"讎天子之法,而～奉法之吏。"

【戕賊】qiāng zéi　傷害,殘害。宋·歐陽修《秋聲賦》:"念誰為之～～,亦何恨乎秋聲?"

將　qiāng　見267頁jiāng。

戧　(1) qiāng　❶逆,不順。清·郁永河《海上紀略》:"隨風順行,可以脫禍;若仍行～風,鮮不

敗者。"❷決裂,衝突。清·吳敬梓《儒林外史》第五十四回:"兩個人説～了,揪着領子,一頓亂打。"
　(2) chuāng　傷。《玉篇·戈部》:"～,傷也。古創字。"

槍　qiāng　❶長柄尖頭的刺擊兵器。《舊五代史·王彥章傳》:"常持鐵～,衝堅陷陣。"❷掘土除草的農具。《國語·齊語》:"挾其～、刈、耨、鎛。"❸衝,碰撞。《莊子·逍遙遊》:"我決起而飛,～榆枋而止。"❹代替。《清史稿·選舉志三》:"且～冒頂替,弊端不可究詰。"

【槍旗】qiāng qí　茶葉名,因嫩芽尖細如槍,新葉初展如旗,故名"槍旗"。宋·歐陽修《蝦蟆碚》:"共約試春芽,～～幾時綠。"

【槍替】qiāng tì　考試時代替別人作文章或答題。清·吳趼人《二十年目睹之怪現狀》第二十五回:"他到了考場時,是請人～～做的。"

蹌　(1) qiāng　步伐有節奏的樣子。《詩經·齊風·猗嗟》:"美目揚兮,巧趨～兮。"
　(2) qiàng　❶快步走。《京本通俗小説·志誠張主管》:"那人～將入來,閃身已在燈光背後。"❷見364頁"跟蹌"。

【蹌蹌】qiāng qiāng　❶步趨有禮節的樣子。《詩經·大雅·公劉》:"～～濟濟。"❷起舞的樣子。《尚書·虞書·益稷》:"笙鏞以間,鳥獸～～。"❸飛躍奔騰的樣子。《漢書·揚雄傳上》:"秋秋～～,入西園,切神光。"

鏘　qiāng　金屬或玉石相擊的聲音。唐·柳宗元《〈愚溪詩〉序》:"清瑩秀澈,～鳴金石。"

強 (1) qiáng ❶ 弓有力。《前出塞九首》之六:"挽弓當挽~,用箭當用長。"❷ 強壯,有力。《荀子·勸學》:"蚓無爪牙之利,筋骨之~。"❸ 強大,強盛。《老子》三十三章:"自勝者~。"❹ 增強,加強。《荀子·天論》:"~本而節用,則天不能貧。"❺ 剛強,堅強。《孟子·告子下》:"樂正子~乎?"❻ 堅決。《呂氏春秋·知士》:"謝病~辭。"❼ 勝過,優越。宋·蘇軾《上神宗皇帝書》:"宣宗收燕、趙,復河、隍,力~於憲、武矣。"❽ 有餘,略多。北朝民歌《木蘭辭》:"策勳十二轉,賞賜百千~。"

(2) qiǎng ❶ 勉力,勤勉。《孟子·梁惠王下》:"君如彼何哉?~為善而已矣。"❷ 勉強。《戰國策·觸龍說趙太后》:"老臣今者殊不欲食,乃自~步。"❸ 強迫。《左傳·文公十年》:"三君皆將~死。"

(3) jiāng ❶ 通"僵",僵硬。❷ 通"疆",疆土。明·洪楩《清平山堂話本·漢李廣世號飛將軍》:"說武官萬死千生,開~展土,非小可事。"

(4) jiàng 倔強,不順從。清·李玉《清忠譜》:"打得我好一似落湯雞,弗敢~。"

【強辯】(1) qiáng biàn 能言善辯,有力的辯論。《北史·張雕武傳》:"弟子遠方就業者以百數,諸儒服其~~。"也作"強辨"。

(2) qiǎng biàn 強詞奪理。《孟子·離婁上》:"世有~~飾非,聞諫愈甚者。"

【強死】qiáng sǐ 不因老病而死,死於非命。《左傳·文公十年》:"三君皆將~~。"

【強項】qiáng xiàng 性格剛強,不肯低頭屈服。《後漢書·楊震列傳》:"卿~~,真楊震子孫。"

【強諫】qiǎng jiàn 極力諫諍。《漢書·韓延壽傳》:"韓義出身~~,為王所殺。"

【強學】qiǎng xué 勤奮學習。《禮記·儒行》:"夙夜~~以待問。"

【強志】qiǎng zhì 強於記憶。《國語·晉語七》:"其壯也,~~而用命。"

彊 qiáng 通"強"。見同頁 qiáng。

嬙 qiáng 古代宮廷中的女官名。唐·杜牧《阿房宮賦》:"妃嬪媵~,王子皇孫,辭樓下殿,輦來於秦。"

牆 qiáng ❶ 用土石磚木等築成的障壁。唐·杜甫《石壕吏》:"老翁踰~走,老婦出門看。"❷ 裝飾靈柩的帷幔。《儀禮·既夕禮》:"奠席於柩西,巾奠乃~。"

【牆衣】qiáng yī 生於牆上的苔蘚。唐·白居易《營閒事》:"暖變~~色,晴催木筆花。"

【牆宇】qiáng yǔ ❶ 房屋。《晉書·孝湣帝紀》:"~~頹毀。"❷ 指人的風度。晉·袁宏《三國名臣序贊》:"邈哉崔生,體正心直,天骨疏朗,~~高巍(nì,高峻)。"

檣 qiáng 桅杆。宋·范仲淹《岳陽樓記》:"商旅不行,~傾楫摧。"引申指船。晉·謝靈運《〈撰征賦〉序》:"靈~千艘,雷輜萬乘。"

搶 (1) qiǎng ❶ 爭,奪。《水滸傳》第三回:"從肉案上~了一把剔骨尖刀。"❷ 搶白,當面責備或譏諷。金·董解元《西廂記諸宮調》:"莫怪我~~,休怪我責。"

搶 (2) qiāng ❶ 碰，撞。《戰國策·唐雎不辱使命》：「布衣之怒，亦免冠徒跣，以頭～地爾。」❷ 逆，頂，擋。宋·蘇舜欽《城南歸值大風雪》：「低頭～朔風，兩眼不敢開。」

鏹 qiǎng 錢貫，即穿錢的繩子，引申為錢或成串的錢。晉·左思《蜀都賦》：「藏～巨萬。」

---

qiao

敲 qiāo 打，擊，叩。唐·賈島《題李凝幽居》：「鳥宿池邊樹，僧～月下門。」

【敲扑】 qiāo pū ❶ 刑具，打人的棍子，短的叫「敲」，長的叫「扑」。漢·賈誼《過秦論》：「履至尊而制六合，執～～以鞭笞天下。」❷ 敲打，拷打。南朝齊·孔稚珪《北山移文》：「～～諠囂犯其慮，牒訴倥傯裝其懷。」

磽 qiāo 土地堅硬而貧瘠。《孟子·告子上》：「則地有肥～。」

招 qiáo 見 772 頁 zhāo。

喬 (1) qiáo ❶ 高。《孟子·梁惠王下》：「所謂故國者，非謂有～木之謂也。」❷ 裝假。元·王實甫《西廂記》：「不是俺一家兒～坐衙，說幾句衷腸話。」❸ 無賴，狡詐，虛偽。元·楊景賢《劉行首》：「這先生好～也。」
(2) jiāo 驕傲，通「驕」。《禮記·表記》：「～而野。」

【喬嶽】 qiáo yuè 本指泰山，泛指高山。《詩經·周頌·時邁》：「懷柔百神，及河～～。」

【喬詰】 jiāo jié 意不平。《莊子·在宥》：「於是乎天下始～～卓鷙。」

僑 qiáo ❶ 寄居，客居。《韓非子·亡徵》：「羈旅～士。」❷ 寄居外鄉的人，僑民。《晉書·桓宣傳》：「宣久在襄陽，綏撫～舊。」

【僑人】 qiáo rén 東晉六朝時，因戰亂而遷居江南的北方人稱「僑人」。《隋書·食貨志》：「晉自中原喪亂，元帝寓居江左，百姓之自拔南奔者，並謂之～～。」

憔 qiáo ❶ 憂患，憂愁。《新唐書·裴潾傳》：「雨不時降，人心～然。」❷ 見「憔悴」。

【憔悴】 qiáo cuì ❶ 瘦弱疲困，面色不好看。《史記·屈原賈生列傳》：「顏色～～，形容枯槁。」❷ 勞苦，困苦。《孟子·公孫丑上》：「民之～～於虐政，未有甚於此時者也。」

樵 qiáo ❶ 木柴。漢·晁錯《論貴粟疏》：「伐薪～，治官府。」❷ 打柴。《戰國策·顏斶說齊王》：「有敢去柳下季壟五十步而～採者，死不赦！」❸ 打柴的人。唐·杜甫《閣夜》：「野哭千家聞戰伐，夷歌數處起漁～。」❹ 用柴焚燒。《公羊傳·桓公七年》：「焚之者何？～之也。」❺ 通「譙」，譙樓，望樓。《漢書·趙充國傳》：「為壍壘木～，校聯不絕。」

翹 (1) qiáo ❶ 鳥尾上的長羽毛。戰國楚·屈原《楚辭·招魂》：「砥室翠～，掛曲瓊些。」❷ 舉起。《莊子·馬蹄》：「齕草飲水，～足而陸（跳躍），此馬之真性也。」❸ 揭示，啟發。《禮記·儒行》：「粗而～之。」❹ 特出，傑出。北齊·顏之推《顏氏家訓·文章》：「凡此諸人，皆其～秀者。」
(2) qiào 向上昂起。《世說新語·規箴》：「丞相～鬚厲色。」

【翹楚】 qiáo chǔ 本指高出雜樹叢的

荊樹，後喻指傑出人才。唐·孔穎達《〈春秋正義〉序》："劉炫於數君之內，實為～～。"

【魁企】qiáo qǐ　抬起頭，踮起腳，形容盼望之急切。《後漢書·袁紹列傳》："～～延頸，待望仇敵。"

【魁魁】qiáo qiáo　❶ 高出的樣子。《詩經·周南·漢廣》："～～錯薪。" ❷ 高而危險的樣子。《詩經·豳風·鴟鴞》："予室～～，風雨所漂搖。" ❸ 眾多的樣子。《左傳·莊公二十二年》："～～車乘，招我以弓。" ❹ 企盼的樣子。南朝梁·陶弘景《冥通記》："有緣自然會，不待心～～。"

譙 (1) qiáo　城門上的望樓。《史記·陳涉世家》："獨守丞與戰～門中。"宋·王禹偁《黃岡竹樓記》："井幹、麗～，華則華矣。"

(2) qiào　責備。《韓非子·五蠹》："父母怒之弗為改，鄉人～之弗為動。"

巧 qiǎo　❶ 技巧，技藝《孟子·離婁上》："離婁之明，公輸子之～，不以規矩，不能成方圓。" ❷ 靈巧，技藝高超。《孟子·盡心下》："梓匠輪輿，能與人規矩，不能使人～。" ❸ 偽詐，虛浮不實。《論語·學而》："～言令色，鮮矣仁。"

【巧佞】qiǎo nìng　奸詐機巧，阿諛奉承。漢·東方朔《七諫》："～～在前兮，賢者滅息。"

【巧笑】qiǎo xiào　美好的笑。《論語·八佾》："～～倩兮，美目盼兮，素以為絢兮。"

悄 qiǎo　❶ 憂愁的樣子。宋·蘇軾《後赤壁賦》："予亦～然而悲，肅然而恐。" ❷ 寂靜，沒有聲音或聲音極低。唐·白居易《琵琶行》："東船西舫～無言，唯見江心秋月白。"

愀 qiǎo　容色變得嚴肅或憂愁。宋·蘇軾《前赤壁賦》："蘇子～然，正襟危坐。"

俏 (1) qiào　❶ 容態輕盈美好。唐·白行簡《三夢記》："鬢梳蟬嫽（liáo，美好）一學宮妝，獨立閒庭納夜涼。" ❷ 完全，簡直。元·李邦祐《轉調淘金令·思情》："當初共他，～一似雙飛燕。"

(2) xiào　通"肖"，相似。《列子·力命》："佹佹成者，～成也，初非成也。……故迷生於～也。"

峭 qiào　❶ 高陡，險峻。宋·沈括《夢溪筆談·雁蕩山》："自下望之則高巖～壁。" ❷ 嚴厲，嚴酷。《韓非子·五蠹》："故明王～其法而嚴其刑也。"

誚 qiào　❶ 責問，責備。《尚書·周書·金縢》："王亦未敢～公。" ❷ 譏笑，譏諷。宋·歐陽修《朋黨論》："然而後世不～舜為二十二人朋黨所欺，而稱舜為聰明之聖者。"

鞘 (1) qiào　❶ 刀劍套。宋·歐陽修《日本刀歌》："魚皮裝貼香木～。" ❷ 貯銀的空心木筒，用以轉運。清·吳敬梓《儒林外史》第三十四回："來了一起銀～，有百十個牲口。"

(2) shāo　通"梢"，鞭梢。《晉書·苻堅載記下》："長～馬鞭擊左股。"

竅 qiào　❶ 孔穴，洞。唐·柳宗元《永州韋使君新堂記》："～穴逶邃，堆阜突怒。" ❷ 貫通。《淮南子·俶真訓》："乃至神農黃帝，剖判大宗，～領天地。"

qie

切 (1) qiē ❶用刀切開，切斷。《史記·項羽本紀》：「拔劍～而啖之。」❷古代加工骨器的工藝名，喻在道德學問上互相研討，取長補短。《禮記·大學》：「'如～如磋'者，道學也。」

(2) qiè ❶摩擦。宋·王安石《汴說》：「肩相～，踵相籍」❷密合，切合，貼近。《戰國策·燕策三》：「此臣之日夜～齒腐心也。」這裏是咬緊的意思。❸迫切，急切。晉·李密《陳情表》：「詔書～峻，責臣逋慢。」❹懇切，率直。宋·蘇軾《明君可為忠言賦》：「論者雖～，聞者多惑。」❺嚴厲，苛刻。《漢書·溝洫志》：「上～責之。」❻具備。《漢書·翟方進傳》：「京兆尹王章譏～大臣。」❼要領，要點。漢·揚雄《長楊賦》：「請略舉凡，而客自覽其～焉。」

【切正】(1) qiē zhèng　切磋補正。北齊·顏之推《顏氏家訓·音辭》：「唯見崔子約、崔瞻叔姪，李祖仁、李蔚兄弟，頗事言myös語，少為～～。」

(2) qiè zhèng　恰切平正。《後漢書·周舉傳》：「上書言當世得失，辭甚～～。」

【切膚】qiè fū　切身。元·虞集《淮陽獻武王廟堂之碑》：「羣讒～～。」

【切諫】qiè jiàn　直言極諫。《史記·平津侯主父列傳》：「臣聞明主不惡～～以博觀。」

【切切】qiè qiè ❶督責，勉勵。《論語·子路》：「朋友～～偲偲（sī，互相勉勵），兄弟怡怡。」❷急切，急迫。漢·桓寬《鹽鐵論·國疾》：「何不徐徐道理相喻，何至～～如此

乎？」❸哀怨、憂思的樣子。南朝梁·江淹《傷愛子賦》：「形熒熒而外施，心～～而內圮（pǐ，毀，傷害）。」❹象聲詞，形容聲音細微或淒切。唐·白居易《琵琶行》：「大弦嘈嘈如急雨，小弦～～如私語。」

【切問】qiè wèn ❶懇切地向人請教。《論語·子張》：「博學而篤志，～～而近思，仁在其中矣。」❷急切問難。《新唐書·叛臣傳上》：「有娼者欲對廣眾～～以屈少游。」

伽 (1) qié ❶見「伽藍」。❷茄子。漢·揚雄《蜀都賦》：「盛冬育筍，舊菜增～。」

(2) gā　譯音字，如：～瑪射線。

【伽藍】qié lán　梵文"眾院"或"僧院"的譯詞詞，後泛指佛教的寺院。北魏·楊衒之有《洛陽伽藍記》。

茄 (1) qié　茄子。西漢·王褒《僮約》：「種瓜作瓠，別～披蔥。」

(2) jiā　荷梗。《漢書·揚雄傳上》：「衿芰～之綠衣兮。」

【茄袋】jiā dài　荷包。《宋史·輿服志六》：「銷金玉事件二，皮～～一。」

且 (1) qiě ❶此。《詩經·周頌·載芟》：「匪～有～，匪今斯今，振古如茲。」❷連詞，表示並列，相當於又、與、及。《詩經·魏風·伐檀》：「河水清～漣漪。」❸連詞，表示遞進，相當於而且，況且。《史記·陳涉世家》：「～壯士不死即已，死即舉大名耳。」❹連詞，表示讓步，相當於尚且、即使、縱然。《史記·項羽本紀》：「臣死～不避，卮酒安足辭！」❺連詞，表示假設，相當於如果，假若。《呂氏春秋·知士》：「～靜郭君聽辨而為之

也，必無今日之患也。"❻連詞，表示轉折，相當於"卻"。唐·王勃《滕王閣序》："窮~益堅，不墜青雲之志。"❼連詞，表示選擇，相當於還是，或者。《戰國策·齊策四》："王以天下為尊秦乎？~尊齊乎？"❽副詞，將要。《史記·項羽本紀》："不者，若屬皆~為所虜。"❾副詞，姑且，暫且。唐·李白《夢遊天姥吟留別》："~放白鹿青崖間，須行即騎訪名山。"❿副詞，幾近。《後漢書·劉玄傳》："三年，大疾疫，死者~半，乃各散引去。"⓫副詞，但，只。唐·杜甫《送高三十五書記》："崆峒小麥熟，~願休王師。"⓬助詞，用在句首，相當於"夫"。有時亦和"夫"連用，組成"且夫"，可譯作"再說"或不譯。《孟子·公孫丑上》："~王者之不作，未有疏於此時者也。"

(2) cú　往，去。《詩經·鄭風·溱洧》："女曰觀乎，士曰既~。"

(3) jū　❶多，眾多。《詩經·大雅·韓奕》："籩豆有~。"❷陰曆六月的別稱。《爾雅·釋天》："六月為~。"❸句尾語氣詞。《詩經·鄭風·褰裳》："狂童之狂也~。"

(4) cū　通"粗"，見"且苴"。

【且苴】cū jū　指粗麻。且，通"粗"。《墨子·兼愛下》："當文公之時，晉國之士，大布之衣，牂羊之裘，練帛之冠，~~之屨，入見文公。"

妾 qiè　❶女奴隸。《左傳·僖公二十三年》："將行，謀於桑下。蠶~在其上，以告姜氏。"❷小老婆，舊時男子在妻子之外另娶的女人。《戰國策·鄒忌諷齊王納諫》："~之美我者，畏我也。"❸舊時婦女的自謙之詞。漢樂府《孔雀東南飛》："賤~守空房，相見常日稀。"

怯 qiè　❶膽小，畏懼，害怕。《史記·廉頗藺相如列傳》："王不行，示趙弱且~也。"❷虛弱。《西遊記》第四十一回："是那般一個瘦~~的黃病孩兒，哄了我師父。"

挈 (1) qiè　❶提着，提起。《晏子春秋·內篇問上》："人~器而入。"❷提攜，帶領。《穀梁傳·僖公二年》："~其妻子以奔曹。"❸缺，絕。《史記·司馬相如列傳》："~三神之歡，缺王道之儀。"

(2) qì　❶通"契"，刻。《漢書·敘傳上》："且算祀於~龜。"❷契約，通"契"。《漢書·溝洫志》："今內史稻田租~重。"

捷 qiè　見277頁jié。

愜 qiè　❶滿足，快意。明·張岱《西湖七月半》："吾輩縱舟酣睡於十里荷花之中，香氣拍人，清夢甚~。"❷恰當。《晉書·李重傳》："李重言因革之利，駁田產之制，詞~事當。"

【愜心】qiè xīn　滿意，快意。《後漢書·楊彪列傳》："司隸校尉陽球因此奏誅甫，天下莫不~~。"

篋 qiè　小箱子。《戰國策·蘇秦以連橫說秦》："乃夜發書，陳~數十。"

鍥 qiè　❶鐮刀。漢·揚雄《方言》："(刈鉤)自關而西或謂之鉤，或謂之鐮，或謂之~。"❷刻。《荀子·勸學》："~而不舍，金石可鏤。"❸截斷。《戰國策·宋策》："~朝涉之脛。"

竊 qiè　❶偷，盜。《墨子·非攻上》："今有一人，入人園圃，

~其桃李。"❷ 偷偷地，暗暗地。《史記·魏公子列傳》："從騎皆~罵侯生。"❸ 私下，私自。表示個人意見的謙詞。《史記·廉頗藺相如列傳》："臣~以為其人勇士，有智謀，宜可使。"

【竊柄】qiè bǐng　竊奪國家權力。《明史·黃克纘傳》："蓋是時王安已死，魏忠賢方~~。"

【竊計】qiè jì　私下考慮，私自打算。《史記·廉頗藺相如列傳》："臣嘗有罪，~~欲亡走燕。"

【竊命】qiè mìng　竊取國家的權力。《三國志·蜀書·諸葛亮傳》："漢室傾頹，姦臣~~，主上蒙塵。"

【竊竊】qiè qiè　❶ 細聲私語的樣子。《金史·唐括辯傳》："辯等因間每~~偶語，不知議何事。"❷ 明察的樣子。《莊子·齊物論》："而愚者自以為覺，~~然知之。"

---

qin

侵　(1) qīn　❶ 侵犯，侵略。宋·蘇洵《六國論》："奉之彌繁，~之愈急。"❷ 欺壓，迫害。《史記·游俠列傳》："豪暴~凌孤弱。"❸ 侵蝕。《北齊書·邢邵傳》："加以風雨稍~，漸致虧墜。"❹ 逐漸。《列子·湯問》："帝憑怒，~減龍伯之國使阨。"❺ 荒年。《穀梁傳·襄公二十四年》："五穀不升，謂之大~。"

(2) qǐn　通"寢"，相貌醜陋。《史記·魏其武安侯列傳》："武安者，貌~。"

【侵晨】qīn chén　天剛亮。《笑林·漢世老人》："~~而起，侵夜而息。"

【侵尋】qīn xún　漸進，逐漸擴展。《史記·孝武本紀》："天子始巡郡縣，~~於泰山矣。"

【侵淫】qīn yín　逐漸擴展。戰國楚·宋玉《風賦》："夫風生於地，起於青蘋之末，~~溪谷，盛怒於土囊之口。"

【侵早】qīn zǎo　天剛亮。唐·杜甫《贈崔十三評事公輔》："天子朝~~。"

衾　qīn　❶ 被子。明·宋濂《送東陽馬生序》："以~擁覆，久而乃和。"❷ 殮屍的單被。《韓非子·內儲說上》："布帛盡於衣~。"

欽　qīn　❶ 敬佩，敬重。《晉書·王獻之傳》："謝安甚~愛之。"❷ 對皇帝某些行為的敬稱，如：~命、~賜、~定、~差。

親　(1) qīn　❶ 父母。也單指父親或母親。《孟子·盡心上》："孩提之童，無不知愛其~者。"❷ 血統最近的。《史記·韓長孺列傳》："雖有~兄，安知其不為狼？"❸ 親人，親戚。唐·杜甫《登岳陽樓》："~朋無一字，老病有孤舟。"引申指親密的人，可靠的人。唐·李白《蜀道難》："所守或非~，化為狼與豺。"❹ 愛，親愛，親近。三國蜀·諸葛亮《出師表》："~賢臣，遠小人，此先漢所以興隆也。"❺ 親自。《國語·越語上》："其身~為夫差前馬。"❻ 接觸，接近。《孟子·離婁上》："男女授受不~，禮也。"

(2) xīn　通"新"。《禮記·大學》："大學之道，在明明德，在~民。"

【親貴】qīn guì　❶ 親近貴幸。《史記·劉敬叔孫通列傳》："公所事者且十主，皆面諛以得~~。"❷ 王室的至親。《管子·立政》："三曰罰避～～，不可使冤兵。"

【親舊】qīn jiù　親戚故舊。晉·陶淵明《五柳先生傳》："～～知其如此，或置酒而招之。"

【親幸】qīn xìng　❶寵倖。《史記·匈奴列傳》："中行說既至，因降單于，單于甚～～之。"❷帝王親自臨幸。《北史·王盟王誼傳》："帝～～其第，與之極歡。"

【親政】qīn zhèng　帝王親理國政。舊制，帝王年幼即位，由他人代理朝政，待帝成年，開始親自處理國政，叫"親政"。《漢書·王莽傳》："皇帝年在繈褓，未任～～。"

芹　qín　蔬菜名。《詩經·魯頌·泮水》："思樂泮水，薄采其～。"

【芹獻】qín xiàn　贈送禮物的謙詞，意謂所獻菲薄。《西遊記》第二十七回："如不棄嫌，願表～～。"

【芹意】qín yì　謙詞，微薄的情意。《紅樓夢》第一回："邀兄到敝齋一飲，不知可納～～否？"

矜　qín　見296頁jīn。

秦　qín　❶周代的諸侯國，戰國時為七雄之一，在今陝西中部和甘肅南部一帶。《左傳·僖公三十年》："闕（損害）～以利晉，唯君圖之。"❷朝代名，秦始皇所建，公元前221－前206年，都咸陽。唐·王昌齡《出塞》："～時明月漢時關，萬里長征人未還。"❸漢時西域諸國稱中國為"秦"。《漢書·西域傳下》："～人，我匄（gài，給予）若馬。"❹指今陝西和甘肅一帶。唐·杜甫《奉送嚴公入朝十韻》："不死會歸～。"

【秦娥】qín é　❶古代的歌女名。晉·陸機《擬今日良宴會》："齊僮《梁甫吟》，～～《張女彈》。"❷秦地女子。唐·李白《憶秦娥》："簫聲咽，～～夢斷秦樓月。"

【秦火】qín huǒ　指秦始皇焚書事。唐·孟郊《秋懷》："～～不爇（ruò，焚燒）舌，～～空爇文。"

【秦樓】qín lóu　❶秦穆公為其女弄玉所建之樓。據西漢劉向《列仙傳》載，秦穆公將其女兒弄玉嫁給善吹簫的蕭史，蕭史教弄玉吹簫作鳳鳴。秦穆公又為他們建鳳樓，二人吹簫，鳳凰來集。後蕭史乘龍，弄玉乘鳳，飛升而去。唐·李白《憶秦娥》："簫聲咽，秦娥夢斷～～月。"❷指歌舞場所或妓院。宋·柳永《西平樂·盡日憑高目》："～～鳳吹。"

【秦塞】qín sài　秦地。塞，山川險阻之處。秦中自古稱四塞之國，故稱"秦塞"。唐·李白《蜀道難》："不與～～通人煙。"

董　qín　見297頁jǐn。

琴　qín　樂器名，五絃或七絃。南朝齊·孔稚珪《北山移文》："～歌既斷，酒賦無續。"

【琴瑟】qín sè　兩種樂器名。琴瑟合奏，音律和諧，因常以喻夫妻、兄弟、朋友間感情和諧。《詩經·周南·關雎》："窈窕淑女，～～友之。"

【琴心】qín xīn　用琴聲表達的心意。《史記·司馬相如列傳》："故相如繆（假裝）與令相重，而以～～挑之。"

禽　qín　❶鳥獸總名。《左傳·子產論尹何為邑》："譬如田獵，射御貫，則能獲～。"❷鳥類總名。《爾雅·釋鳥》："二足而羽謂之～，四足而毛謂之獸。"❸獸總名。漢·

王充《論衡·遭虎》："虎也，諸～之雄也。"❹ 捕捉。《左傳·僖公二十二年》："君子不重傷，不～二毛。"此意義後來寫作"擒"。

勤 qín ❶ 勞，辛苦。《左傳·僖公三十二年》："～而無所，必有悖心。"❷ 努力，盡力多做。唐·韓愈《進學解》："業精於～，荒於嬉。"❸ 幫助。《左傳·僖公三年》："齊方～我，棄德不祥。"❹ 憂慮，愁苦。漢·揚雄《揚子法言·先知》："民有三～……政善而吏惡，一～也；吏善而政惡，二～也；政吏駢惡，三～也。"❺ 心情急切，殷切。《詩經·召南·江有汜序》："～而無怨，嫡能悔過也。"❻ 多，常常。唐·韓愈《木芙蓉》："願得～來看，無令便逐風。"

【勤勤】 qín qín　情意懇切至誠。漢·司馬遷《報任安書》："意氣～～懇懇。"

【勤恤】 qín xù　憂憫，關懷。《國語·周語上》："是先王非務武也，～～民隱而除其害也。"

寢 qǐn ❶ 睡覺，躺着休息。《論語·公冶長》："宰予晝～。"引申為物體橫躺着。《荀子·解蔽》："見～石，以為臥虎也。"❷ 寢室，卧室。《左傳·宣公二年》："晨往，～門辟矣。"❸ 古帝王宗廟的後殿。《禮記·檀弓下》："杜蕢入～。"❹ 古帝王陵墓上的正殿。《漢書·韋玄成傳》："又園中各有～、便殿。"❺ 停止，平息。《商君書·開塞》："二國行之，兵則少～。"引申為擱置。《漢書·禮樂志》："其議遂～。"❻ 隱藏，隱蔽。漢·王充《論衡·佚文》："～藏牆壁之中。"❼ 容貌醜陋。《晉書·文苑

傳》："貌～，口訥，而辭藻壯麗。"

【寢廟】 qǐn miào　古代宗廟分寢和廟兩部分，後面停放牌位和先人遺物的地方叫"寢"，前面舉行祭祀的地方叫"廟"，合稱"寢廟"。《詩經·小雅·巧言》："奕奕～～，君子作之。"

沁 qìn ❶ 滲入，滲透。唐·唐彥謙《詠竹》："醉卧涼陰一骨清。"❷ 汲水。唐·韓愈等《同宿聯句》："義泉雖至近，盜索不敢～。"

---

qīng

青 qīng ❶ 綠色。宋·蘇軾《雨》："～秧發廣畝，白水涵孤城。"❷ 藍色。《荀子·勸學》："～，取之於藍，而～於藍。"❸ 黑色。唐·李白《將進酒》："朝如～絲暮成雪。"❹ 泛指青色物。《禮記·曲禮上》："前有水則載～旌。"此指畫着青雀的軍旗。南朝梁·劉勰《文心雕龍·諸子》："殺～所編。"此指竹簡。唐·杜甫《絕句》："江邊踏～罷。"此指青草。❺ 古代以青為東方之色，因以青代指東方。《宋書·符瑞志》："有赤方氣與～方氣相連。"

【青驄】 qīng cōng　毛色青白相雜的駿馬。漢樂府《孔雀東南飛》："躑躅～～馬，流蘇金鏤鞍。"

【青燈】 qīng dēng ❶ 指油燈，其光青熒。唐·韋應物《寺居獨夜寄崔主簿》："坐使～～曉，還傷夏衣薄。"❷ 借指孤獨清苦的生活。清·陶貞懷《天雨花》："不念我，紅顏女，一世～～。"

【青衿】 qīng jīn ❶ 交領的青色長衫，是古代學子尤其是明清秀才的常服。北周·庾信《謝趙王賚息絲布

啟》："～～宜襲,書生無廢學之詩。"❷借指學子,明清時也指秀才。《魏書·李謐傳》："方欲訓彼～～。"也借指青少年。

【青樓】qīng lóu ❶指顯貴之家的豪華樓房。三國魏·曹植《美女篇》："～～臨大路,高門結重關。"❷指南朝齊武帝時的興光樓。《南史·廢帝東昏侯本紀》："武帝興光樓,上施青漆,世人謂之'～～'。"後也泛指帝王之居。❸指妓院。唐·杜牧《遺懷》："贏得～～薄幸名。"也指青樓中的女子。

【青廬】qīng lú 古代北方民族舉行婚禮時,用青布搭成的篷帳。漢樂府《孔雀東南飛》："其日牛馬嘶,新婦入～～。"

【青冥】qīng míng ❶指青天。清·蒲松齡《聊齋志異·山市》："高插～～。"❷指山嶺。唐·施肩吾《瀑布》："豁開～～顛。"❸形容竹木鬱茂。漢·張衡《南都賦》："攢立叢駢,～～昕瞑(qiān míng,陰晦不明的樣子)。"❹喻顯要的職位。宋·王安石《送孫叔康赴御史府》："時來上～～。"❺喻宮廷或帝王。唐·韓愈《和水部張員外宣政衙賜百官櫻桃》："豈似滿朝承雨露,共看傳賜出～～。"

【青鳥】qīng niǎo ❶青色的鳥。漢·張衡《西京賦》："況～～與黃雀。"❷神話傳說中為西王母取食與傳信的神鳥。漢·班固《漢武故事》："忽有一～～從西方來。"後因以青鳥為信使的代稱。唐·李商隱《無題》："～～殷勤為探看。"❸羊的別稱。南朝梁·任昉《述異記》："(羊)又名～～。"

【青女】qīng nǚ ❶神話傳說中主管霜雪的女神。《淮南子·天文訓》："至秋三月……～～乃出,以降霜雪。"❷借指霜雪。宋·王安石《紅梨》："歲晚蒼官才自保,日高～～尚橫陳。"❸喻白髮。明·顧大典《青衫記·樂天賞花》："恐～～又侵青鏡。"

【青青】qīng qīng ❶形容顏色很青。漢樂府《長歌行》："～～園中葵,朝露待日晞。"❷借指楊柳。宋·賀鑄《減字木蘭花》："西門官柳,滿把～～臨別手。"❸形容濃黑。宋·辛棄疾《臨江仙·簪花屢墮戲作》："～～頭上髮,還作柳絲長。"❹茂盛的樣子。宋·范仲淹《岳陽樓記》："岸芷汀蘭,郁郁～～。"

【青史】qīng shǐ 古代用青色竹簡記事,因稱史籍為"青史"。清·洪昇《長生殿·傳概》："昭白日,垂～～。"

【青霜】qīng shuāng ❶秋霜。宋·曾鞏《地動》："據經若此非臆測,皎如秋日浮～～。"❷袍名,因其色青白,故名"青霜"。《漢武帝內傳》："服～～之袍。"❸喻斑白頭髮。明·王錂《春蕪記·訪友》："愁睹～～點鬢毛。"❹指劍。唐·王勃《滕王閣序》："紫電～～,王將軍之武庫。"

【青眼】qīng yǎn ❶表示對人喜愛或器重,與"白眼"相對。據《世說新語·簡傲》註引《晉百官名》說,阮籍能為青白眼,見凡俗之士,對以白眼;見嵇康則以青眼對。借指知心朋友。唐·權德輿《送盧評事婺州省觀》："客愁～～別,家喜玉人歸。"❷喻青春年少。唐·張祜《喜王子載話舊》："相逢～～日,相歎白頭時。"❸硯名，因硯有青色斑暈得名。宋·無名氏《端溪硯譜》："便以～～為上，黃赤為下。"

【青衣】qīng yī ❶古代帝王、后妃禮服的一種。《禮記·月令》："天子居青陽……衣～～。"❷青色或黑色的衣服。漢代以後，多為卑賤者所服，因以"青衣"指侍女、婢女、侍童。清·蒲松齡《聊齋志異·神女》："遙見小車來，二～～夾隨之。"也指樂工。❸指儒生。明·陳繼儒《珍珠船》："李抱玉主課～～。"

【青塚】qīng zhǒng ❶也作"青冢"，特指漢代的王昭君墓，在今內蒙古呼和浩特市南。傳説當地多白草而此塚獨青，故名"青塚"。唐·杜甫《詠懷古跡》："一去紫臺連朔漠，獨留～～向黃昏。"❷泛指墳墓。唐·于武陵《感情》："四海故人盡，九原～～多。"❸借指邊疆少數民族地區。唐·賈島《送于中丞使回紇冊立》："漸通～～鄉山盡，欲達皇情譯語初。"

頃 (1) qīng ❶頭不正。❷傾斜，後寫作"傾"。《漢書·王褒傳》："是以聖王……不單一耳而聽已聰。"❸傾覆。馬王堆漢墓帛書《十六經·姓爭》："非德必～。"

(2) qǐng ❶土地面積單位，百畝為"頃"。漢·楊惲《報孫會宗書》："種一～豆。"❷一會兒，頃刻。明·歸有光《項脊軒志》："～之，持一象笏至。"❸近來，剛才。三國魏·曹丕《與吳質書》："～撰（編定）其遺文。"❹往昔。唐·白居易《與元微之書》："～所牽念者，今悉置在目前。"

(3) kuǐ 見"頃步"。

【頃間】qǐng jiān ❶近來。《莊子·山木》："夫子何為～～甚不庭（不快）乎？"❷頃刻間，一會兒。晉·干寶《搜神記》："～～，復有叩閣者如前。"

【頃來】qǐng lái ❶近來。三國魏·曹植《鶡雀賦》："～～轉軻。"❷向來。漢·蔡邕《巴郡太守謝表》："巴土長遠，江山修隔，～～未悉。"

【頃年】qǐng nián ❶近年。《後漢書·明帝紀》："加～～以來，雨水不時。"❷往年。唐·薛逢《醉春風》："～～曾作東周掾，同舍尋春屢開宴。"

【頃者】qǐng zhě ❶近來。漢·楊惲《報孫會宗書》："～～足下離舊土。"❷往昔。唐·陳子昂《申宗人冤獄書》："～～至忠，而今日受賂。"❸一會兒，不久。宋·王讜《唐語林·賞譽》："～～李至，觀諸子詩。"

【頃步】kuǐ bù　半步。《禮記·祭義》："故君子～～而弗敢忘孝也。"

清 qīng ❶水純淨透明，與"濁"相對。《詩經·魏風·伐檀》："河水～且漣猗。"也指清澈的水。北魏·酈道元《水經注·江水》："迴～倒影。"也指其他液體或氣體清澈不渾。唐·李白《行路難》："金樽～酒斗十千，玉盤珍羞直萬錢。"❷純潔，潔淨。《史記·屈原賈生列傳》："舉世混濁而我獨～。"❸單一。晉·張協《七命》："若乃追～哇，赴嚴節。"❹清洗，清除。《戰國策·秦策一》："～宮除道。"❺清靜，寂靜。宋·王安石《寄酬曹伯玉因以招之》："～坐苦無公事擾，高談時有故人經。"❻閒雅。宋·王安石《太湖恬亭》："～遊始覺心無累，靜處誰知世有機？"　❼ 清楚，明白。《荀子·解蔽》："凡觀物有疑，中心不定，則外物不～。"　❽ 清平，太平。《孟子·萬章下》："居北海之濱，以待天下之～也。"　❾ 公正。《周易·豫》："則刑罰～而民服。"　❿ 清廉，清白。《論語·微子》："虞仲、夷逸，隱居放言，身中～。"　⓫ 治理，清理。《詩經·小雅·黍苗》："原隰 (xí，低濕的地方) 既平，泉流既～。"　⓬ 清醒。宋·王安石《外廚遺火二絕》："圖書得免同煨燼，卻賴廚人～不眠。"　⓭ 眼睛明亮，黑白分明。《詩經·齊風·猗嗟》："美目～兮。"　⓮ 清俊，秀美。唐·杜甫《與李十二白同尋范十隱居》："入門高興發，侍立小童～。"　⓯ 清越，清逸。唐·杜甫《自京赴奉先詠懷》："悲管逐～瑟。"　⓰ 寒涼。唐·杜甫《端午日賜衣》："自天題處濕，當暑著來～。"　⓱ 清淡，不濃。宋·周敦頤《愛蓮說》："香遠益～。"　⓲ 盡，完。《越絕書·荊平王內傳》："～其壺漿而食。"

【清拔】qīng bá　（文辭）清秀脫俗。南朝梁·鍾嶸《詩品》："（劉琨）自有～～之氣。"

【清旦】qīng dàn　清晨。《列子·說符》："～～衣冠而之市。"

【清華】qīng huá　❶ 清美華麗，多用以指文章。《北史·魏長賢傳》："詞藻～～。"　❷ 謂門第或官職清高顯貴。《北齊書·袁聿脩傳》："以名家子歷任～～。" 也指清高顯貴的人。❸ 指景物清秀美麗。晉·謝混《遊西池》："景昃鳴禽集，水木湛～～。"　❹ 指清新之氣。宋·蘇轍《賀趙少保啟》："呼吸～～，有以期百年之壽。"

【清話】qīng huà　高雅的言談。晉·陶淵明《與殷晉安別》："信宿酬～～，益復知為親。"

【清介】qīng jiè　清廉耿直。唐·元結《自箴》："處世～～。"

【清狂】qīng kuáng　❶ 癡顛。《漢書·昌邑哀王劉賀傳》："～～不惠。"　❷ 放逸不羈。唐·杜甫《壯遊》："放蕩齊趙間，裘馬頗～～。"

【清平】qīng píng　❶ 太平。漢·班固《〈兩都賦〉序》："臣竊見海內～～。" 也用作動詞，使……太平。北周·庾信《周大將趙公墓誌銘》："有～～天下之心。"　❷ 清廉公正。《後漢書·魯恭列傳》："選舉～～。"　❸ 清和平允。清·袁枚《隨園詩話》："詩到～～能動主。"

【清望】qīng wàng　❶ 清白的名望。《南史·張緒傳》："（張）緒少有～～。"　❷ 有清白名望的人或望族。《資治通鑑》卷一百四十："所結姻婭 (lián，姻親)，莫非～～。"

【清虛】qīng xū　❶ 清淨虛無。《漢書·敘傳上》："～～淡泊，歸之自然。"　❷ 太空，天空。晉·葛洪《抱朴子·勗學》："奮翮 (hé，鳥翅）於～～。"　❸ 指月宮。五代·譚用之《江邊秋夕》："幾時乘興上～～。"　❹ 指風露。唐·孟郊《北郊貧居》："欲識貞靜操，秋蟬飲～～。"

【清言】qīng yán　❶ 清談，指魏晉時何晏等崇尚老莊，擯棄世務，競談玄理的風氣。《晉書·樂廣傳》："（樂）廣善～～而不長於筆（文筆）。"　❷ 高雅的言論。晉·陶淵明《詠二疏》："問金終寄心，～～曉未悟。"

【清揚】qīng yáng　❶ 謂眼睛明亮，黑白分明。《詩經·鄭風·野有蔓草》："有美一人，～～婉兮。"後引申為對人容顏的頌稱，猶言"丰采"。唐·蔣防《霍小玉傳》："今日幸會，得睹～～。"❷ 形容聲音清越高揚。《荀子·法行》："其聲～～而遠聞。"

【清要】qīng yào　❶ 清簡得要。《尚書·周書·周官》孔傳："禹、湯建官二百，亦能用治，言不及唐、虞之～～。"❷ 職位清貴，掌握樞要。唐·韓愈《永貞行》："郎官～～為世稱。"❸ 指文字明白簡要。南朝梁·劉勰《文心雕龍·雜文》："及傅毅《七激》，會～～之工。"

【清議】qīng yì　對時政的議論。《三國志·吳書·張溫傳》："〔暨〕豔性狷屬，好為～～。"也指社會上公正的輿論。《晉書·傅玄傳》："使天下無復～～。"

【清越】qīng yuè　❶ 清脆悠揚。宋·蘇軾《石鐘山記》："南音函胡，北音～～。"❷ 高超出眾。《南史·梁貞惠世子方諸傳》："善談玄，風采～～。"

卿 qīng　❶ 古代官階名，爵位名。《國語·召公諫弭謗》："使公～至於列士獻詩。"❷ 對男子的敬稱。晉·干寶《宋定伯捉鬼》："～太重。"❸ 君對臣下的愛稱。《新唐書·魏徵傳》："朕（唐太宗）方自比於金，以～為良匠而加礪焉。"❹ 夫妻、情人間的愛稱。漢樂府《孔雀東南飛》："我自不驅～，逼迫有阿母。"

【卿家】qīng jiā　❶ 你家。《三國志·吳書·魯肅傳》："～～軍敗遠來，無以為資故也。"❷ 古小說戲曲中，君對臣下的親切稱呼。清·石玉昆《三俠五義》第十七回："（娘

娘）說道：'～～平身。'"

【卿士】qīng shì　❶ 指卿、大夫，也泛指官吏。《尚書·周書·牧誓》："是以為大夫～～。"❷ 指周王朝的執政者。《左傳·僖公五年》："為文王～～。"

【卿雲】qīng yún　❶ 象徵祥瑞的彩雲。《竹書紀年·帝舜有虞氏》："十四年，～～見。"❷ 歌名。傳說是虞舜將禪位給禹時和百官一起唱的歌。《尚書大傳》："百工相和而歌《～～》。"❸ 漢代辭賦家司馬相如（字長卿）和揚雄（字子雲）的並稱。南朝陳·徐陵《報尹義尚書》："才冠～～。"

傾 (1) qīng　❶ 側，偏斜。唐·李白《將進酒》："與君歌一曲，請君為我～耳聽。"❷ 倒塌。南朝梁·丘遲《與陳伯之書》："高臺未～。"❸ 傾危，傾覆。《論語·季氏》："蓋均無貧，和無寡，安無～。"❹ 壓倒，勝過。漢·司馬遷《報任安書》："權～五伯。"❺ 傾盡，竭盡。《笑林·漢世老人》："我～家贍君。"❻ 傾吐，傾訴。宋·王安石《寄曾子固》："高論幾為衰俗廢，壯懷難值故人～。"❼ 死，喪。《水滸傳》第六十七回："不想卻遭此難，幾被～送。"❽ 傾軋，排擠。漢·晁錯《論貴粟疏》："以利相～。"❾ 依，倚。《老子》二章："長短相形，高下相～。"❿ 敬佩，傾慕。《漢書·司馬相如傳上》："相如為不得已而強往，一坐盡～。"
(2) qǐng　頃刻，不久。《後漢書·龐萌列傳》："～之，五校糧盡。"

【傾奪】qīng duó　競相爭奪。《史記·春申君列傳》："是時齊有孟嘗君，

趙有平原君，魏有信陵君，方爭下
士致賓客，以相～～。"

【傾耳】qīng ěr　側耳靜聽。明·宋
濂《送東陽馬生序》："俯身～～以
請。"

【傾目】qīng mù　注目。《南史·謝
顥傳》："左右為之～～。"

【傾危】qīng wēi　❶ 險詐。《史記·
張儀列傳》："此兩人真～～之士
哉！" ❷ 傾覆，傾側危險。《周
書·于謹傳》："昔帝室～～，人圖
問鼎。" ❸ 傾斜欲倒的樣子。宋·
李澄叟《畫山水訣》："山高峻無使
～～。"

輕 qīng　❶ 分量小，與"重"相
對。《孟子·梁惠王上》："權，
然後知～重。" ❷ 靈巧，輕便。唐·
李白《早發白帝城》："兩岸猿聲啼
不住，～舟已過萬重山。" ❸ 程度
淺，數量少。南朝梁·蕭綱《與蕭
臨川書》："～寒迎節。" ❹ 減少，
削弱。《三國志·吳書·孫休傳》：
"～其賦稅。" ❺ 不費力。唐·杜
甫《江漲》："細動迎風燕，～搖逐浪
鷗。" ❻ 輕易，容易。《孟子·梁惠
王上》："故民之從之也～。" ❼ 賤，
不貴重，地位低。《孟子·盡心下》：
"民為貴，社稷次之，君為～。" ❽
短淺。《呂氏春秋·長攻》："智寡才
～。" ❾ 輕佻。漢·馬援《誡兄子
嚴敦書》："陷為天下～薄子。" ❿ 輕
率，不審慎。唐·韓愈《為宰相公讓
官表》："不可～以付臣，使人失望。"
⓫ 寬大，寬容。唐·韓愈《原毀》：
"其待人也～以約。" ⓬ 輕視，鄙視。
宋·文天祥《〈指南錄〉後序》："北
亦未敢遽～吾國。" ⓭ 鬆軟。北魏·
賈思勰《齊民要術·耕田》："土甚～
者，以牛羊踐之。"

【輕民】qīng mín　遊手好閒無正業的
人。《管子·七法》："～～處而重民
（務農的人）散。"

情 qíng　❶ 感情。晉·王羲之
《〈蘭亭集〉序》："～隨事遷。"
❷ 本性。《孟子·滕文公上》："夫物
之不齊，物之～也。" ❸ 志向，意
志。漢樂府《孔雀東南飛》："君既
為府吏，守節～不移。" ❹ 常情，
常理。《孫子·九地》："兵之～主
速。" ❺ 實情，實況。《左傳·曹劌
論戰》："小大之獄，雖不能察，必以
～。" ❻ 情致，興趣。晉·王羲之
《〈蘭亭集〉序》："一觴一詠，亦足以
暢敘幽～。" ❼ 情慾。戰國楚·屈原
《楚辭·天問》："負子肆～。" ❽ 愛
情。唐·陳鴻《長恨歌傳》："定～之
時，授金釵鈿合以固之。" ❾ 誠，
真實。三國魏·嵇康《與山巨源
絕交書》："欲降心順俗，則詭故不
～。" ❿ 形態，情態，姿態。明·魏
學洢《核舟記》："罔不因勢象形，各
具～態。" ⓫ 拿，要。元·曾瑞《迎
仙客·風情》："～我做着屏風。"

【情實】qíng shí　❶ 真心。《管子·
形勢解》："與人交，多詐偽無
～～。" ❷ 實情，真相。《韓非子·
外儲說左下》："主不審其～～。"

【情素】qíng sù　亦作"情愫"，真
情，本心。漢·鄒陽《獄中上梁王
書》："披心腹，見～～。"

【情偽】qíng wěi　❶ 實情或虛假情
況。《左傳·僖公二十八年》："民之
～～，盡知之矣。" ❷ 猶情弊，弊
病。《管子·七法》："國之～～不竭
於上。"

晴 qíng　❶ 雨雪等停止，天上無
雲或少雲。北魏·酈道元《水
經注·江水》："每至～初霜旦。" ❷ 喻

淚乾或淚止。清·蒲松齡《聊齋志異·阿寶》:"淚眼不~。"

【晴嵐】 qíng lán 晴日山中的霧氣。唐·鄭谷《華山》:"峭仞聳巍巍,~~染近畿。"

擎 qíng ❶舉起,向上托。明·張岱《西湖七月半》:"轎夫~燎。" ❷取。唐·裴鉶《傳奇·裴航》:"~一甌漿來。" ❸支撐。宋·王禹偁《立春前二日雪》:"飄泊殘梅妒,龍鍾老檜~。"

檠 qíng ❶矯正弓弩的器具。《淮南子·脩務訓》:"弓待~而後能調。" ❷矯正。《漢書·蘇武傳》:"武能……~弓弩。" ❸燈枱。唐·韓愈《短燈檠歌》:"長八尺空自長,短~二尺便且光。"也指燈。宋·王安石《自州迢送朱氏女弟》:"投僧避夜雨,古~昏無膏。" ❹量詞,用於燈,猶"盞"。元·趙善慶《水仙子·客鄉秋夜》:"寒燈一~,孤雁數聲。"

黥 qíng ❶古代的一種刑罰,在犯人臉上刺刻塗墨,也叫"墨刑"。《史記·孫子吳起列傳》:"以法刑斷其兩足而~之。" ❷文身。《隋書·流求國傳》:"婦人以墨~手,為蟲蛇之文。" ❸鏤刻。清·魏源《白嶽東巖》:"聲明走百靈,結構~幽谷。"

【黥首】 qíng shǒu ❶在額上刺字的古代刑法。《後漢書·蔡邕列傳》:"乞~~~刖足。" ❷在額上刺字或圖紋的古代風俗。漢·王褒《四子講德論》:"剪髮~~,文身裸袒之國。"

請 (1) qǐng ❶謁見。《史記·酷吏列傳》:"公卿相造~(趙)禹,禹終不報謝。" ❷請求。《左傳·隱公元年》:"若弗與,則~除

之。" ❸詢問。《墨子·號令》:"擎而~故。" ❹告訴。《儀禮·鄉射禮》:"主人答,再拜,乃~。" ❺召,邀請。《漢書·孝宣許皇后傳》:"乃置酒~之。" ❻敬辭,請求對方允許自己做某件事。《論語·顏淵》:"回雖不敏,~事斯語矣。" ❼領受。宋·王讜《唐語林·補遺》:"~俸有至百萬者。"又作認領。唐·韓愈《唐正議大夫尚書左丞孔公墓誌銘》:"滿三月無妻子之~者,盡沒有之。"

> ◆ "請"字後面帶動詞時,有兩種不同的意義。第一種是請你做某事,如❷。第二種是請你允許我做某事,如❻。在古漢語裏,第二種情況比較常見。

(2) qíng 實情。《墨子·明鬼》:"夫眾人耳目之~。"又指感情。《列子·說符》:"發於此而應於外者唯~。"

【請告】 qǐng gào 請求休假或退休。《漢書·汲黯傳》:"黯多病,……嚴助為~~。"

【請急】 qǐng jí 請假,告假。《晉·謝靈運傳》:"經旬不歸,既無表聞,又不~~。"

【請寄】 qǐng jì 請託,私相囑託。《史記·酷吏列傳》:"(郅都)問遺無所受,~~無所聽。"

【請老】 qǐng lǎo 官吏請求退休養老。《左傳·襄公三年》:"祁奚~~~。"

【請命】 qǐng mìng ❶請求保全生命或解除疾苦。《漢書·蒯通傳》:"西鄉(向)為百姓~~。" ❷猶請示。唐·韓愈《後十九日復上宰相書》:"而~~於左右。" ❸請求任命。《左傳·襄公三十年》:"大史退,則~~焉。"

【請謁】qǐng yè　告求。《左傳·隱公十一年》："唯我鄭國有～～焉。"

慶 qìng ❶慶賀，祝賀。宋·蘇洵《管仲論》："可以彈冠而相～矣。" ❷賞賜。《孟子·告子下》："俊傑在位，則有～。" ❸善，善事。《尚書·周書·呂刑》："一人有～，兆民賴之。" ❹福。《周易·坤》："積善之家，必有餘～。"

【慶賞】qìng shǎng ❶獎賞。《韓非子·難勢》："無～～之勸。" ❷欣賞，玩賞。元·睢景臣《六國朝·催拍子》："十里風花，～～無厭。"

【慶雲】qìng yún ❶也作"景雲"、"卿雲"，指五色雲，古人以為喜慶、吉祥之氣。《列子·湯問》："～～浮，甘露降。" ❷喻君主、顯位或長輩。三國魏·曹植《上責躬應詔詩表》："是以不別荊棘者，～～之惠也。"

磬 qìng ❶古代的一種打擊樂器，用玉、石或金屬製成，形似曲尺。《史記·孔子世家》："孔子擊～。" ❷佛寺中召集眾僧用的雲板形鳴器或誦經用的鉢形打擊樂器。唐·常建《題破山寺後禪院》："萬籟此俱寂，但餘鐘～音。" ❸身形似磬般彎曲的。《後漢書·馬援列傳》："～折而入。" ❹懸而縊殺，古代死刑之一。《禮記·文王世子》："則～於甸人。"

罄 qìng ❶容器中空。《詩經·小雅·蓼莪》："瓶之～矣。" ❷盡，完。漢·張衡《東京賦》："東京之懿未～。" ❸顯現。《韓非子·外儲說左上》："旦暮～於前。" ❹滿。宋·王安石《仁宗皇帝挽辭》："哀思～幅員。" ❺嚴整。《逸周書·太子晉》："師曠～然又稱曰……" ❻一

種打擊樂器。《大戴禮記·禮三本》："縣（懸）一～。"

邛 qióng ❶土丘，高丘。《詩經·陳風·防有鵲巢》："防有鵲巢，～有旨苕。" ❷憂病。《詩經·小雅·巧言》："匪其止共，維王之～。"

穹 qióng ❶中間隆起四邊下垂的樣子。《周禮·冬官考工記·韗人》："～者三之一（中間隆起的深度是鼓面直徑的三分之一）。" ❷天空。唐·李白《暮春江夏送張祖監丞之東都序》："手弄白日，頂摩青～。" ❸大。《漢書·司馬相如傳上》："觸～石。" ❹高。宋·沈括《夢溪筆談·雜誌一》："～崖巨谷。" ❺深。唐·柳宗元《永州韋使君新堂記》："將為～嵌（kān）巖淵池於郊邑之中。" ❻穹廬，氈帳。唐·李如璧《明月》："昭君失寵辭上宮，娥眉嬋娟臥氈～。"

【穹蒼】qióng cāng　蒼天。"穹"指天的形狀如穹隆，"蒼"指天的顏色。唐·李白《出自薊北門行》："殺氣凌～～。"

【穹隆】qióng lóng　也作"穹窿"。❶指中間隆起、四周垂下的形狀。漢·揚雄《太玄·玄告》："天～～而周乎下。" ❷高大的樣子。北魏·酈道元《水經注·廬江水》："（廬山）～～嵯峨，實峻極之名山也。" ❸屈曲的樣子。漢·張衡《西京賦》："閣道～～。" ❹充盛騰湧的樣子。《漢書·司馬相如傳上》："滂濞沆溉，～～雲橈。" ❺指建築物的圓頂。清·姚鼐《謁明孝陵遊

覽靈谷寺》："守吏衞樵蘇，金碧餘～～。"❻象聲詞。唐・封演《封氏聞見記・長嘯》："～～砰磕，雷鼓之音。"

煢　qióng　❶孤獨。《孟子・梁惠王下》："哀此～獨。"❷骰子。北齊・顏之推《顏氏家訓・雜藝》："小博則二～。"

【煢煢】qióng qióng　孤單的樣子。晉・李密《陳情表》："～～孑立。"

惸　qióng　踽步聲。宋・黃庭堅《送彥孚主簿》："伏藏飈颸徑，猶想足音～。"

【惸惸】qióng qióng　象聲詞，踏地的聲音。宋・蘇轍《次韻子瞻宿南山蟠龍寺》："～～深徑馬蹄響，落落稀星著疏木。"

【惸然】qióng rán　❶形容腳步聲。《莊子・徐無鬼》："聞人足音～～而喜矣。"❷欣喜的樣子。宋・沈遘《謝人投書》："辱書及文編，……讀之～～。"❸空無所有或稀少的樣子。明・湯顯祖《讀陳匡左〈元史本末〉有感》："～～寒谷少人聲，玉茗書歸雪夜明。"

窮　qióng　❶盡，完結。《戰國策・燕策三》："圖～而匕首見。"❷終端，終極。戰國楚・屈原《楚辭・九歌・雲中君》："橫四海兮焉～？"❸尋根究源。《史記・酷吏列傳》："皆～根本。"❹理屈。《孟子・公孫丑上》："遁辭知其所～。"❺揭穿，識破。宋・沈括《夢溪筆談・故事二》："恐事～且得罪，乃再詣相府。"❻止息。唐・魏徵《理獄聽諫疏》："不服其心，但～其口。"❼困厄。《戰國策・燕策三》："樊將軍以～困來歸丹。"❽不得志，與"達"相對。

《孟子・盡心上》："～則獨善其身，達則兼善天下。"❾貧苦。宋・文天祥《〈指南錄〉後序》："～餓無聊。"❿缺陷，不足。宋・陳亮《酌古論・曹公》："此其為術，猶有所～。"⓫荒僻，邊遠。宋・陸游《夜讀兵書》："孤燈耿霜夕，～山讀兵書。"⓬最，非常。《墨子・天志上》："故天子者，天下之～貴也。"

【窮冬】qióng dōng　指深冬，隆冬。明・宋濂《送東陽馬生序》："～～烈風。"

【窮髮】qióng fà　荒遠不毛之地。髮，草木。《莊子・逍遙遊》："～～之北有冥海者。"

【窮老】qióng lǎo　❶老而貧困。《三國志・魏書・王朗傳》："～～者得仰食倉廩。"❷垂老。南朝宋・鮑照《東武吟》："少壯辭家去，～～還入門。"❸終老。晉・郭璞《山海經圖贊》："雖不增齡，可以～～。"

【窮通】qióng tōng　❶困厄不得志與顯達。唐・李白《笑歌行》："男兒～～當有時，曲腰向君君不知。"❷謂乾涸與流通。北魏・酈道元《水經注・淄水》："水流亦有時～～。"

瓊　qióng　❶美玉。《詩經・衞風・木瓜》："投我以木瓜，報之以～琚。"❷此喻手指。後蜀・毛熙震《河滿子》："整鬟時見纖～。"❸此喻花。宋・石延年《紅梅花》："繁香奪～亂，殘英絳雪遺。"❹此喻美女。唐・元稹《江陵三夢》："古原三丈穴，深葬一枝～。"❺古代的一種博具，猶後來的骰子。宋・范成大《上元紀吳中節物俳諧體三十二韻》："酒壚先疊鼓，燈市蚤（早）投～。"

【瓊華】qióng huā ❶ 美石。《詩經·齊風·著》："尚之以～～，乎而。" ❷ 即"瓊花"。瓊，樹之花。唐·韓愈《春雪映早梅》："未許～～比，從將玉樹親。" ❸ 喻雪花。宋·辛棄疾《上西平·會稽秋風亭觀雪》："問誰解愛惜～～。" ❹ 喻美好的詩文。元·耶律楚材《和北京張天佐見寄》："～～贈我將何報。"

【瓊樹】qióng shù ❶ 傳說中的仙樹。❷ 對樹木的美稱，也指白雪覆蓋的樹。南朝宋·謝惠連《雪賦》："林挺～～。" ❸ 喻品格高潔的人。《晉書·王戎傳》："王衍神姿高徹，如瑤林～～。" ❹ 喻美女。宋·周邦彥《黃鸝繞碧樹·春情》："醉倦～～。"

【瓊瑤】qióng yáo ❶ 美玉。《詩經·衛風·木瓜》："投我以木桃，報之以～～。" ❷ 喻指雪。唐·白居易《西樓喜雪命宴》："四郊鋪縞素，萬室甃～～。" ❸ 喻美好的詩文。唐·高適《酬李少府》："日夕捧～～，相思無休歇。"

qiu

丘 qiū ❶ 小土山。晉·陶淵明《歸園田居》："少無適俗韻，性本愛～山。" ❷ 墳墓。漢·司馬遷《報任安書》："亦何面目復上父母～墓乎？" ❸ 廢墟。戰國楚·屈原《楚辭·九章·哀郢》："曾不知夏之為～兮。" ❹ 田壟。《新唐書·宇文融傳》："括正～畝。" ❺ 居邑，村落。南朝宋·鮑照《結客少年場行》："去鄉三十載，復得還舊～。" ❻ 大。《漢書·楚元王傳》："時時與賓客過其～嫂食。" ❼ 空。

《漢書·息夫躬傳》："寄居～亭。"

【丘民】qiū mín 泛指百姓。《孟子·盡心下》："是故得乎～～而為天子。"

【丘墟】qiū xū ❶ 廢墟，荒地。宋·李格非《書洛陽名園記後》："廢而為～～。" ❷ 山丘之地。北魏·酈道元《水經注·潁水》："其地～～，井深數丈。" ❸ 墳墓。宋·陸游《歎老》："朋儕什九墮～～，自笑身如脫網魚。" ❹ 形容魁偉。北周·庾信《周柱國大將軍長孫儉神道碑》："公狀貌～～。"

【丘園】qiū yuán 家園，指隱居之處。《舊唐書·劉黑闥傳》："樂在～～為農夫耳。" 也指隱逸。唐·陳子昂《申宗人冤獄書》："然非～～之賢。"

秋 qiū ❶ 禾穀成熟，也泛指農作物成熟。宋·楊萬里《江山道中蠶麥大熟》："穗初黃後枝無綠，不但麥～桑亦～。" ❷ 秋季。《莊子·逍遙遊》："蟪蛄不知春～。" ❸ 指季節。《管子·輕重乙》："夫歲有四～。" ❹ 年。唐·杜甫《絕句》："窗含西嶺千～雪，門泊東吳萬里船。" ❺ 日子，時期。三國蜀·諸葛亮《出師表》："此誠危急存亡之～也。" ❻ 指白色。古以五色、五行配四時，秋為金，其色白，故稱白色為"秋"。宋·陸游《聞雨》："慷慨心猶壯，蹉跎鬢已～。" ❼ 指西方。古以四方配四時，西為秋，故稱西方為"秋"。漢·張衡《東京賦》："屯神虎於～方。"

【秋節】qiū jié 指九月九日重陽節。漢樂府《長歌行》："常恐～～至。"

【秋娘】qiū niáng 唐代歌妓、女伶的通稱。唐·白居易《琵琶行》："妝成每被～～妒。"

【秋社】qiū shè　古代秋季祭祀土神的日子（立秋後第五個戊日）。宋·陸游《秋夜感遇》："牲酒賽～～，簫鼓迎新婚。"

【秋水】qiū shuǐ　❶秋天的水。唐·王勃《滕王閣序》："～～共長天一色。"❷喻氣質清朗。唐·杜甫《徐卿二子歌》："大兒九齡色清澈，～～為神玉為骨。"❸喻明澈的眼波。唐·白居易《宴桃源》："凝了一雙～～。"❹喻劍。唐·白居易《李都尉古劍》："湛然玉匣中，～～澄不流。"❺喻鏡。唐·鮑溶《古鑒》："曾向春窗分綽約，誤迴～～照蹉跎。"

【秋闈】qiū wéi　秋試。科舉考試的鄉試（省試）例於農曆八月舉行，故稱"秋闈"，"闈"是考場。元·黃溍《試院同諸公為主試官作》："右轄升庸日，～～獻藝初。"

【秋顏】qiū yán　衰老的容顏。唐·李白《春日獨酌》："但恐光景晚，宿昔成～～。"

湫　qiū　見272頁jiǎo。

楸　qiū　❶木名，落葉喬木，木質細密，可供建築、造船等用。晉·潘岳《懷舊賦》："望彼～矣。"❷棋盤。因古時棋盤都以楸木製成，故名"楸"。唐·李洞《對棋》："側～敲醒睡，片石夾吟詩。"

龜　qiū　見194頁guī。

囚　qiú　❶拘禁，監禁。漢·司馬遷《報任安書》："～於請室（囚禁有罪官吏的牢獄）。"❷包圍。《漢書·枚乘傳》："趙～邯鄲。"❸束縛，限制。唐·孟郊《冬日》："萬事有何味，一生虛自～。"❹俘虜。

南朝宋·劉義慶《世說新語·言語》："何至作楚～相對？"❺罪犯。唐·白居易《歌舞》："豈知閿（wén）鄉獄，中有凍死～。"

【囚首】qiú shǒu　頭髮蓬亂如囚犯。宋·蘇洵《辨姦論》："～～喪面而談詩書。"

仇　qiú　見78頁chóu。

求　qiú　❶尋找，搜尋。《史記·廉頗藺相如列傳》："計未定，～人可使報秦者，未得。"❷探索。《論語·述而》："我非生而知之者，好古，敏以～之者也。"❸要求，責求。《史記·屈原賈生列傳》："因留懷王以～割地。"❹貪求。《後漢書·列女傳》："況拾遺～利。"❺請求，乞求。《左傳·燭之武退秦師》："今急而～子。"❻招致。《孟子·公孫丑上》："是自～禍也。"❼選擇。漢·王充《論衡·譏日》："裁衣獨～吉日。"

【求凰】qiú huáng　指男子求偶。司馬相如《琴歌》有"鳳兮鳳兮歸故鄉，遨遊四海求其凰"之句，相傳此歌為司馬相如向卓文君求愛之作。清·蒲松齡《聊齋志異·嬰寧》："故～～未就也。"

【求媚】qiú mèi　討好。《左傳·成公二年》："而欲～～於晉。"

虯　qiú　❶傳說中無角的龍。戰國楚·屈原《楚辭·九章·涉江》："駕青～兮驂白螭。"❷蜷曲。前蜀·杜光庭《虯髯客傳》："赤髯如～。"

【虯龍】qiú lóng　❶傳說中的一種龍。唐·賈島《望山》："～～一掬波。"❷喻盤曲的樹。宋·蘇軾《後赤壁賦》："登～～。"

酋 qiú ❶ 陳酒。漢·許慎《説文解字》：“～，繹（昔）酒也。” ❷ 掌酒之官。《禮記·月令》：“乃命大～。”也指掌酒的女奴。《墨子·天志下》：“婦人以為舂、～。” ❸ 部落首領，也為魁帥的通稱。宋·文天祥《〈指南錄〉後序》：“二貴～名曰伴館。”

【酋豪】qiú háo ❶ 部落首領。南朝梁·丘遲《與陳伯之書》：“～～猜貳。” ❷ 土豪。《陳書·華皎傳》：“時南州守宰多鄉里～～。” ❸ 盜匪頭領。明·沈德符《野獲編·懼內》：“皆一時劇盜～～。”

逑 qiú ❶ 聚合。《詩經·大雅·民勞》：“惠此中國，以為民～。” ❷ 匹配，配偶。《詩經·周南·關雎》：“窈窕淑女，君子好～。”

道 qiú ❶ 急迫，迫近。戰國楚·屈原《楚辭·招魂》：“～相迫些。” ❷ 終。戰國楚·宋玉《九辯》：“歲忽忽而～盡兮。” ❸ 聚集。《左傳·成公二年》：“詩曰：‘敷政優優，百祿是～。’” ❹ 堅固。《詩經·豳風·破斧》：“周公東征，四國是～。” ❺ 強勁，有力。三國魏·曹丕《與吳質書》：“公幹有逸氣，但未～耳。” ❻ 美好。漢·班固《答賓戲》：“《說難》既～，其身乃囚。”

裘 qiú ❶ 用毛皮製的禦寒服。唐·李白《將進酒》：“五花馬，千金～。” ❷ 穿上毛皮衣。《禮記·月令》：“是月也，天子始～。”

【裘葛】qiú gé 裘衣和葛布衣，是冬夏所穿的衣服，也泛指四時衣服。明·宋濂《送東陽馬生序》：“父母歲有～～之遺。”

【裘褐】qiú hè ❶ 粗陋的衣服。《莊子·天下》：“使後世之墨者，多以～～為衣。” ❷ 泛指禦寒服。《晉書·郤超傳》：“且北土早寒，三軍～～者少。”

賕 qiú ❶ 行賄。《晉書·馮跋載記》：“請一路絕～。” ❷ 賄賂用的財物。唐·元稹《競舟》：“買舟俸一競，競斂貧者～。” ❸ 受賄。《新唐書·蘇瓌傳》：“（韋溫）以～被杖。” 非理而求，貪求。《晉書·慕容暐載記》：“侵～無已。”

曲 qū ❶ 蠶箔，用葦或竹編成的養蠶器具。《史記·絳侯周勃世家》：“（周）勃以織薄～為生。” ❷ 彎曲，不直。《荀子·勸學》：“其～中規。” ❸ 理虧。《史記·廉頗藺相如列傳》：“而趙不許，～在趙。” ❹ 邪僻，不正派。《史記·屈原賈生列傳》：“邪～之害公也。” ❺ 迂曲，迂腐。宋·蘇軾《論閏月不告朔猶朝於廟》：“是亦～而不通矣。” ❻ 彎曲的地方。唐·李白《惜餘春賦》：“漢之～兮江之潭。” ❼ 鄉里，偏僻的處所。漢·司馬遷《報任安書》：“長無鄉～譽。” ❽ 局部，部分。《荀子·解蔽》：“蔽於一～。” ❾ 細事，小事。《禮記·中庸》：“其次致～。” ❿ 周遍。《周易·繫辭上》：“～成萬物而不遺。” ⓫ 委屈。《後漢書·段潁列傳》：“潁～意宦官，故得保其富貴。”

【曲筆】qū bǐ ❶ 史家編史時有所顧忌或徇情違諱，不直書其事。《後漢書·臧洪列傳》：“《南史》不～～以求存。” ❷ 指徇情枉法來定案。《魏書·游肇傳》：“陛下自能恕之，豈足令臣～～也？”

【曲阿】qū ē ❶屋的曲角。晉·陸機《吳趨行》：「迴軒啟～～。」❷曲意阿附。《魏書·趙郡王幹傳》：「尚書～～朕意。」

區　qū ❶隱藏。《左傳·昭公七年》：「作僕（隱藏）～之法。」❷區別，劃分。《論語·子張》：「譬諸草木，～以別矣。」❸畦。漢·劉向《說苑·反質》：「終日溉韭百～不倦。」❹住宅，居處。南朝宋·劉義慶《世說新語·儉嗇》：「～宅、僮牧、膏田、水碓之屬，洛下無比。」❺小，微小。漢·賈誼《過秦論》：「然秦以～～之地。」❻量詞。《漢書·揚雄傳上》：「有宅一～。」

【區處】(1) qū chǔ　分別處置。《漢書·黃霸傳》：「霸具為～～。」
(2) qū chù　居處，處所。漢·王充《論衡·辯祟》：「蟲魚介鱗，各有～～。」

屈　qū ❶彎曲。《淮南子·氾論訓》：「～膝卑拜。」❷屈服。《孟子·滕文公下》：「威武不能～。」❸壓抑。漢·王充《論衡·自紀》：「才高見～。」❹委屈，冤屈。唐·王勃《滕王閣序》：「～賈誼於長沙。」❺理虧。《晉書·唐彬傳》：「而辭理皆～。」❻彙集。明·戚繼光《練兵實紀·練將》：「集眾思，～羣策。」❼猶言請，敬辭。唐·韋瓘《周秦行紀》：「～兩個娘子出見秀才。」

【屈厄】qū è　困窘。三國魏·李康《運命論》：「以仲尼之智也，而～～於陳蔡。」

【屈伏】qū fú ❶屈服。《晉書·劉曜載記》：「為之拜者，～～於人也。」❷潛藏。《素問·至真要大論》：「報氣～而未發也。」❸曲折起伏。唐·李白《宿蝦湖》：「明

晨大樓去，岡隴多～～。」

【屈駕】qū jià　委屈大駕，敬辭。《三國志·蜀書·蔣琬傳》：「乃欲～～修敬墳墓。」

【屈節】qū jié ❶失節歸敵。《漢書·蘇武傳》：「～～辱命，雖生，何面目歸漢。」❷降低身份相從。漢·劉向《九嘆》：「顧～～以從流兮。」

【屈致】qū zhì　委屈招致。《三國志·蜀書·諸葛亮傳》：「此人可就見，不可～～也。」

詘　(1) qū ❶言語鈍拙。《史記·李斯列傳》：「辯於心而～於口。」❷彎曲。明·魏學洢《核舟記》：「佛印……～右臂支船。」❸折服，屈服。《戰國策·秦策一》：「凌萬乘，～敵國。」❹冤枉，屈辱。《呂氏春秋·壅塞》：「宋王因怒而～殺之。」❺窮盡，盡。《墨子·公輸》：「子墨子之守圉有餘，公輸盤～。」❻缺少。明·徐霞客《徐霞客遊記·江右遊日記》：「但～水觀耳。」❼聲音戛然而止。《禮記·聘義》：「其聲清越以長，其終～然。」
(2) chù　貶黜。《晉書·何曾傳》：「罪亦不至～免。」

【詘節】qū jié　屈己從人。漢·陸賈《新語·懷慮》：「～～事君。」

【詘容】qū róng　屈辱容忍。《荀子·正論》：「獨～～為己。」

【詘指】qū zhǐ ❶曲意，降低身份。《戰國策·燕策一》：「～～而事之。」❷即屈指，彎曲手指來計算。《漢書·陳湯傳》：「～～計其日。」

毆　qū　見438頁 ōu。

趨　(1) qū ❶疾行，奔跑。宋·文天祥《〈指南錄〉後序》：「夜～高郵，迷失道。」❷小碎步快

走，古代的一種禮節，表示恭敬。《戰國策·觸龍説趙太后》："入而徐~。"❸ 奔赴。明·宋濂《送東陽馬生序》："嘗~百里外，從鄉之先達執經叩問。"❹ 追求，追逐。《管子·宙合》："以~爵禄。"❺ 趨向，向。宋·蘇洵《六國論》："日削月割，以~於亡。"❻ 歸附，趨附。《史記·商君列傳》："秦人皆~令。"❼ 遵循。宋·蘇舜欽《啟事上奉寧軍節侍郎》："幼~先訓，苦心為文。"❽ 節奏，節拍。《淮南子·俶真訓》："足蹀《陽阿》之舞，而手會《綠水》之~。"

(2) qù ❶ 旨趣。宋·蘇洵《辨姦論》："與人異~。"❷ 志趣。三國魏·嵇康《見秀才公穆入軍贈詩》："仰慕同~，其馨若蘭。"❸ 興趣，興味。《晉書·王羲之傳》："損其歡樂之~。"❹ 風致，韻味。《晉書·王獻之傳》："獻之骨力遠不及父，而頗有媚~。"❺ 行，作為。《列子·湯問》："汝先觀吾~，~如吾，然後六轡可持。"

(3) cù ❶ 督促。《禮記·月令》："（季秋之月）乃~獄刑，毋留有罪。"❷ 催促。《史記·陳涉世家》："~趙兵亟入關。"❸ 趕快。《漢書·蕭何傳》："蕭何薨，參聞之，告舍人~治行。"❹ 急，急於。《史記·孫子吳起列傳》："（吳王）~使使下令曰⋯⋯"

【趨時】qū shí ❶ 謂努力適應時勢。漢·王符《潛夫論·救邊》："凡彼聖人必~~~。"❷ 抓緊時機。《金史·侯摯傳》："勸喻農民~~耕種。"❸ 迎合潮流、時尚。唐·白居易《陳中師除太常少卿制》："不~~以沽名。"

【趨勢】qū shì ❶ 順應形勢。《後漢

書·竇融列傳》："（竇融）終膺卿相之位，此則徼功~~之士也。"❷ 趨附權勢。《後漢書·蔡邕列傳》："多引無行~~之徒。"

【趨庭】qū tíng　指承父教典出《論語·季氏》，孔子嘗獨立，其子孔鯉趨而過庭，孔子教以學《詩》、學《禮》。唐·王勃《勝王閣序》："他日~~，叨陪鯉對。"

【趨走】qū zǒu ❶ 小步快走，表示謹敬的一種禮節。《莊·盜跖》："孔子再拜~~。"❷ 奔走服役。唐·杜甫《官定後戲贈》："老夫怕~~，率府且逍遙。"

麴 qū　酒麴。《列子·楊朱》："積~成封。"

驅 qū ❶ 鞭馬前進。《詩經·唐風·山有樞》："子有車馬，弗馳弗~。"也泛指驅趕其他牲口。❷ 奔馳，行進。《晉書·王濬傳》："順流長~。"❸ 驅趕。唐·杜甫《兵車行》："況復秦兵耐苦戰，被~不異犬與雞。"❹ 駕馭，役使。宋·王安石《商鞅》："自古~民在信誠，一言為重百金輕。"❺ 追隨，追逐。清·蒲松齡《聊齋志異·狼》："而兩狼之并~如故。"❻ 迫使。晉·陶淵明《乞食》："飢來~我去，不知竟何之。"

【驅策】qū cè　猶驅使。《隋書·李德林傳》："如李德林來受~~。"

【驅馳】qū chí ❶ 策馬疾馳。《漢書·周勃傳》："將軍約，軍中不得~~。"❷ 奔走效力。三國蜀·諸葛亮《出師表》："由是感激，遂許先帝以~~。"

【驅遣】qū qiǎn ❶ 逐之使離去。漢樂府《孔雀東南飛》："仍更被~~，何言復來還！"❷ 驅使，差遣。元·

無名氏《隔江鬥智》:"專等我有～～之處。"❸ 猶逼迫。唐·王建《行見月》:"不緣衣食相～～,此身誰願長奔波。"

【驅役】qū yì ❶ 驅使,役使。宋·蘇洵《田制》:"鞭笞～～,視以奴僕。"❷ 為官事奔走辛勞。晉·潘岳《在懷縣作》:"～～宰兩邑,政績竟無施。"

劬 qú ❶ 勤勞。漢·張衡《歸田賦》:"雖日夕而忘～。"❷ 慰勞。《禮記·內則》:"食子者(指哺乳世子的士妻或大夫之妾),三年而出,見於公宮則～。"

【劬勞】qú láo 勞苦。《詩經·小雅·蓼莪》:"哀哀父母,生我～～。"

【劬劬】qú qú 勞苦的樣子。宋·程俱《和柳子厚讀書》:"誰能三萬卷,懸頭苦～～。"

渠 qú ❶ 人工開鑿的水道、壕溝。《史記·河渠書》:"此～皆可行舟。"又指開鑿溝渠。《呂氏春秋·上農》:"不敢～地而耕。"❷ 車輪的外圈。《周禮·冬官考工記·車人》:"車人為車,柯長三尺……三柯者三。"❸ 盾。《國語·吳語》:"奉文犀之～。"❹ 大。《後漢書·光武帝紀上》:"封其～帥為列侯。"❺ 他。《三國志·吳書·趙達傳》:"女婿昨來,必是～所竊。"

【渠渠】qú qú ❶ 深廣的樣子。《詩經·秦風·權輿》:"夏屋～～。"❷ 殷勤的樣子。宋·蘇舜欽《上孔待制書》:"～～而下士。"

軥 qú ❶ 車軛兩邊叉馬頸的曲木。《左傳·襄公十四年》:"射兩～而還。"❷ 見"軥輈"。

【軥輈】qú zhōu 鳥鳴聲。元·李致遠《天淨沙·初夏即事》:"竹深時

喚～～。"

璩 qú ❶ 玉名。漢·鄒陽《酒賦》:"犀～為鎮。"❷ 耳環。《山海經·中山經》:"而穿耳以～,其鳴如鳴玉。"

瞿 qú 見312頁jù。

蘧 qú ❶ 草名,蘧麥,又名瞿麥,因籽形如麥而得名。❷ 見"蘧然"。

【蘧然】qú rán 驚喜的樣子。《莊子·大宗師》:"成然寐,～～覺。"

衢 qú ❶ 四通八達的道路,大路。《左傳·昭公二年》:"尸諸周氏之～。"❷ 分岔。漢·賈誼《新書·審微》:"故墨子見～路而哭之。"❸ 指樹枝交錯分出。《山海經·中山經》:"其枝五～。"

【衢道】qú dào 歧路,岔路。《荀子·勸學》:"行～～者不至。"

取 (1) qǔ ❶ 指捕獲野獸或戰俘時,割下左耳以計功。《周禮·夏官司馬·大司馬》:"大獸公之,小禽私之,獲者～左耳。"❷ 捕捉,獵獲。《詩經·豳風·七月》:"～彼狐狸,為公子裘。"❸ 收受,索取。《孟子·萬章上》:"一介不以～諸人。"❹ 尋求。漢·張衡《西京賦》:"競媚～榮。"❺ 選取,擇定。《孟子·告子上》:"二者不可得兼,舍生而～義者也。"❻ 邀請,召喚。《新五代史·四夷附錄一》:"理當我商量,新天子安得自立?"❼ 招致。《晏子春秋·內篇雜下》:"寡人反～病焉。"❽ 獲得,拿。《論語·憲問》:"義然後～,人不厭其～。"❾ 從中取出。《荀子·勸學》:"青,～之於藍,而青於藍。"❿ 戰勝、收復、攻下。《史記·廉頗藺相

如列傳》："廉頗為趙將伐齊，大破之，～陽晉。"❶聽從。《史記·匈奴列傳》："亦～閼氏之言。"❶任憑。宋·葉適《建會昌橋》："買斷寒蔬～意挑。"❶依託，憑藉。唐·韓愈《董公行狀》："唐之復土疆，～回紇力焉。"❶治。《老子》四十八章："～天下常以無事。"❶才，僅。《史記·酷吏列傳》："丞相～充位，天下事皆決於湯。"❶助詞，表動態，猶"着"。宋·文天祥《過零丁洋》："人生自古誰無死，留～丹心照汗青。"猶"得"。宋·蘇軾《雨中花慢》："不如留～，十分春態。"❶娶妻。《國語·越語上》："令壯者無～老婦。"這個意義後來寫作"娶"。

(2) qū　❶通"趨"，趨向。《管子·權修》："賞罰不信，則民無～。"又疾走。《韓非子·難勢》："王良御之而日～千里。"❷距離。《清平山堂話本·楊溫攔路虎傳》："此間～縣有百三十里來。"

【取次】qǔ cì　任意，隨意。唐·杜甫《送元二適江左》："～～莫論兵。"

【取與】qǔ yǔ　也作"取予"，收受和給予。漢·司馬遷《報任安書》："～～義。"

去 qù　❶離開。《史記·廉頗藺相如列傳》："臣所以～親戚而事君者，徒慕君之高義也。"❷距離。《史記·項羽本紀》："相～四十里。"❸命令退去。《史記·樗里子甘茂列傳》："文信侯叱曰：'～！'"❹除去，去掉。《論語·里仁》："貧與賤，是人之所惡也；不以其道得之，不～也。"❺拋棄。《孟子·告子下》："是君臣、父子、兄弟盡～仁義。"❻損失，失去。《後漢

書·梁鴻列傳》："問所～失，悉以家償之。"❼死去。晉·陶淵明《雜詩》："日月還復周，我～不再陽。"❽往，到。唐·李白《贈韋祕書子春》："終與安社稷，功成～五湖。"❾過去的。漢·曹操《短歌行》："譬如朝露，～日苦多。"❿後。《三國志·吳書·呂岱傳》："自今已～，國家永無南顧之虞。"

【去婦】qù fù　被丈夫休棄的婦女。唐·王建《路上田尚書》："～～～何辭見六親，手中刀尺不如人。"

【去國】qù guó　❶離開本國。《呂氏春秋·過理》："寡人自～～居衛地，帶益三副矣。"❷指離開京都或朝廷。宋·范仲淹《岳陽樓記》："登斯樓也，則有～～懷鄉，憂讒畏譏，滿目蕭然，感極而悲者矣。"❸指離開故鄉。宋·蘇軾《勝相院經藏記》："有一居士，其先蜀人……～～流浪，在江淮間。"

【去就】qù jiù　❶去留，進退。漢·司馬遷《報任安書》："亦頗識～～之分矣。"❷舉止行動。《鶡冠子·道端》："觀其～～，足以知智。"

【去思】qù sī　地方士民對離職官吏的懷念。宋·歐陽修《與韓忠獻王書》："民俗～～未遠。"

【去住】qù zhù　猶去留。漢·蔡琰《胡笳十八拍》："～～兩情兮難具陳。"

趣 (1) qù　❶意向。《史記·李斯列傳》："非主以為名，異～以為高。"❷樂趣，興趣。唐·杜甫《送高司直尋封閬州》："荒山甚無～。"

(2) qū　❶趨向，奔赴。唐·柳宗元《始得西山宴遊記》："意有所極，夢亦同～。"❷跑，疾跑。《戰

Q

國策·秦策五》：“遇司空馬門，～甚疾，出誠門也。”❸追逐，追求。《列子·力命》：“農赴時，商～利。”

（3）cù　通“促”。❶催促。《史記·陳涉世家》：“～趙兵亟入關。”❷趕快，急促。《史記·絳侯周勃世家》：“～為我語。”

闃 qù　❶空。南朝宋·謝莊《宋孝武宣貴妃誄》：“皇情痛掖殿之既～。”❷寂靜。宋·王禹偁《黃岡竹樓記》：“幽～遼夐（xiòng，遼遠）。”

覷 qù　❶窺伺。唐·張鷟《朝野僉載》：“黃門侍郎盧懷慎好視地，目為～鼠貓兒。”❷看。唐·韓愈《秋懷》：“不如一文字，丹鉛事點勘。”

---

quan

悛 （1）quān　❶悔改，停止。《左傳·隱公六年》：“長惡不～。”❷次序。《左傳·哀公三年》：“蒙葺公屋，自大廟始，外內以～。”

（2）xún　見“悛悛”。

【悛革】quān gé　悔改。《宋書·顏延之傳》：“而曾不～～，怨誹無已。”

【悛心】quān xīn　悔改之心。《尚書·周書·泰誓上》：“惟受罔有～～。”

【悛悛】xún xún　誠謹忠厚的樣子。《史記·李將軍列傳》：“余睹李將軍，～～如鄙人。”

全 quán　❶純色玉。《周禮·冬官考工記·玉人》：“天子用～。”❷完備。《荀子·勸學》：“君子知夫不～不粹之不足以為美也。”❸保全。三國蜀·諸葛亮《出師表》：“苟～性命於亂世，不求聞達於諸侯。”❹整個的。《莊子·養生

主》：“所見無非～牛者。”❺都。明·于謙《石灰吟》：“粉骨碎身～不怕，要留清白在人間。”

【全丁】quán dīng　指能擔負賦稅服勞役的成年男子。《晉書·范寧傳》：“今以十六為～～。”

卷 quán　見 313 頁 juǎn。

泉 quán　❶泉水，地下水。晉·陶淵明《歸去來兮辭》：“～涓涓而始流。”❷黃泉，人死後埋葬的地方。唐·白居易《十年三月三十日別微之於澧上》：“往事渺茫都似夢，舊遊零落半歸～。”❸古錢幣名。《管子·輕重丁》：“今齊西之粟釜百～。”

【泉臺】quán tái　❶臺名，春秋魯莊公所築，又名“郎臺”。《公羊傳·文公十六年》：“夫人姜氏薨，毀～～。”❷墓穴。唐·駱賓王《樂大夫挽詞》：“忽見～～路，猶疑水鏡懸。”

荃 quán　❶香草名。戰國楚·屈原《楚辭·離騷》：“～、蕙化而為茅。”❷細布。《漢書·江都易王劉非傳》：“繇王閩侯亦遺建～、葛、珠璣、犀甲。”

【荃察】quán chá　舊時書信中常用作希望對方見諒的敬辭。語本戰國楚·屈原《楚辭·離騷》：“荃不察余之中情兮。”荃喻君主。

拳 quán　❶手。漢·許慎《說文解字·手部》：“～，手也。”《呂氏春秋·贊能》：“乃使史鰌其～。”❷拳頭。清·吳敬梓《儒林外史》第三回：“把一頭舒過來。”❸搏擊。唐·元稹《有鳥》：“俊鶻無由～狡兔。”❹力氣，勇力。《詩經·小雅·巧言》：“無～無勇，職

為亂階。" ❺ 指拳術。明‧戚繼光《紀效新書‧拳經》："學～要身法活便。" ❻ 捲曲，彎曲。唐‧柳宗元《種樹郭橐駝傳》："根～而土易（指用新土換去舊土）。" ❼ 通"弮"，弩弓。漢‧司馬遷《報任安書》："更張空～。"

【拳曲】quán qū　捲曲，彎曲。《莊子‧人間世》："～～而不可以為棟梁。"

【拳拳】quán quán　❶ 懇切、忠謹的樣子。漢‧司馬遷《報任安書》："～～之忠。" ❷ 眷愛的樣子。唐‧白居易《訪陶公舊宅》："每讀《五柳傳》，目想心～～。" ❸ 彎曲的樣子。漢‧李陵《錄別》："爍爍三星列，～～月初生。"

捲 quán　見 313 頁 juǎn。

詮 quán　❶ 闡明，解釋。《淮南子‧要略》："～以至理之文。" ❷ 事理，真理。唐‧杜甫《秋日夔府詠懷奉寄鄭監李賓客一百韻》："落帆追宿昔，衣褐向真～。"

【詮次】quán cì　選擇和編次。唐‧韓愈《進順宗皇帝實錄表狀》："～～不精。"

【詮緒】quán xù　闡述，記述。唐‧玄奘《大唐西域記‧上茅宮城》："難用～～。"

【詮言】quán yán　指闡明事理的言論。後周‧宇文逌《道教實花序》："可道非道，因金籙以～～。"

銓 quán　❶ 秤。《漢書‧王莽傳》："考量以～。" ❷ 衡量，鑒別。漢‧王充《論衡‧自紀》："聖賢～材之所宜。" ❸ 選授官職。《魏書‧世宗紀》："而中正所～，但存門第。"

【銓敍】quán xù　❶ 審查官吏的資歷和勞績，確定其升降等級。《晉書‧石季龍載記上》："隨才～～。" ❷ 評定次第。宋‧李上交《近事會元‧法曲》："太常卿韋縚令博士韋逌直……等～～前後所用樂章為五。" ❸ 序次。南朝宋‧裴松之《上三國志表》："（陳）壽書～～可觀。"

蜷 quán　見"蜷局"。

【蜷局】quán jú　彎曲。戰國楚‧屈原《楚辭‧離騷》："～～顧而不行。"

踡 quán　彎曲，屈身。漢‧王延壽《王孫賦》："～兔蹲而狗踞。"

【踡跼】quán jú　❶ 屈曲不能伸直。《淮南子‧精神訓》："病疵瘕者，……～～而諦。" ❷ 局促。漢‧王逸《九思‧憫上》："～～兮寒局數，獨處兮志不申。"

鬈 quán　❶ 頭髮好，引申為美好。《詩經‧齊風‧盧令》："盧重環，其人美且～。" ❷ 把頭髮分開，垂在兩側，是古代成年女子平日家居時的髮式。《禮記‧雜記下》："燕則～首。" ❸ 毛髮捲曲的樣子。《管子‧立政》："百工商賈，不得服長～貂。"

權 quán　❶ 秤錘，也指秤。《論語‧堯曰》："謹～量。" ❷ 稱量。《孟子‧梁惠王上》："～，然後知輕重。" ❸ 衡量，比較。唐‧李白《與韓荊州書》："人物之～衡。" ❹ 平均，平衡。唐‧韓愈《雜詩》："束蒿以代之，小大不相～。" ❺ 權力，權柄。漢‧司馬遷《報任安書》："～傾五伯。" ❻ 秉，持。漢‧王符《潛夫論‧勸將》："～十萬之眾。" ❼ 謀略。漢·荀悦《漢紀·高祖紀二》："～不可預設。" ❽ 權宜，變通。《孟子·離婁上》："嫂溺援之以手者，～也。" ❾ 暫時代理。唐·李翱《韓吏部行狀》："改江陵府法曹軍，入為～知國子博士。" ❿ 充當。元·張可久《水仙子·湖上小隱》："蕉葉～歌扇。"

【權變】quán biàn　隨機應變。《史記·六國年表》："然戰國之～～亦有可頗采者，何必上古。"

【權利】quán lì　❶ 權勢和貨財。《荀子·勸學》："是故～～不能傾也。" ❷ 謂權衡利害。《商君書·算地》："窮則生知而～～。"

【權略】quán lüè　權變的謀略。《後漢書·祭肜傳》："(祭)肜有～～。"

【權要】quán yào　猶權貴。《陳書·陸瓊傳》："思避～～。"

【權宜】quán yí　謂隨時勢而採取的變通措施。《北史·齊煬王憲傳》："此乃亂時～～，非經國之術。"

【權輿】quán yú　❶ 起始。《詩經·秦風·權輿》："今也每食無餘，于嗟乎！不承～～。" ❷ 萌芽。《後漢書·魯恭列傳》："今始夏，百穀～～。"

【權制】quán zhì　❶ 猶"權柄"，統治的權力。《商君書·修權》："～～獨斷於君則威。" ❷ 臨時制定的措施。《晉書·劉毅傳》："夫～～不可以經常。"

犬 quǎn　❶ 狗。《國語·越語上》："生丈夫，二壺酒，一～。" ❷ 舊時用於自謙。晉·李密《陳情表》："不勝～馬怖懼之情。"

【犬戎】quǎn róng　❶ 古代戎族的一支。《國語·周語上》："穆王將征～～。" ❷ 舊時對中國少數民族或外國侵略者的蔑稱。唐·杜甫《揚旗》："三州陷～～，但見西嶺青。"

畎 quǎn　❶ 田間小水溝。《尚書·虞書·益稷》："濬～澮。" ❷ 山谷通水處。清·王士禎《奉政大夫刑部雲南清吏司郎中王公墓誌銘》："使岱～之水，涓滴皆入運河。" ❸ 疏通，流注。唐·無名氏《開河記》："乃是秦將王離～水灌大梁之處。" ❹ 田野。《南史·蕭穎達傳》："辭訟者遷於～焉。"

【畎畝】quǎn mǔ　❶ 田地，田野。《孟子·萬章上》："以事舜於～～之中。" ❷ 指農民。唐·張說《喜雨賦》："～～欣而相顧。"

綣 quǎn　❶ 牢結不離散，引申為眷戀。清·邢昉《同弱翁爾止江加集徐旻若小園》："紆徐得三徑，～此幽棲處。" ❷ 屈服。《淮南子·人間訓》："兵橫行天下而無所～。"

【綣綣】quǎn quǎn　同"拳拳"，懇切的樣子。唐·韓愈《答殷侍御書》："孰能勤勤～～若此之至。"

券 quàn　❶ 契據，古代常用竹木等製成，分兩半，各執其一，後世多用紙，也泛指憑據。明·高啟《贈楊榮陽》："客中雖無錢，自寫賒酒～。" ❷ 分內的。宋·陸游《送辛幼安殿撰造朝》："功名固是～內事，且茸園廬了婚嫁。"

勸 quàn　❶ 勉勵，獎勵。《莊子·逍遙遊》："且舉世譽之而不加～。" ❷ 勸說。《史記·屈原賈生列傳》："懷王稚子子蘭～王行。" ❸ 勤勉，努力。《管子·輕重乙》："而農夫～其事矣。" ❹ 助，輔助。《周禮·冬官考工記·輈人》："～登馬力。" ❺ 祝願。宋·晏殊《漁家傲》："當筵～我千長壽。"

【勸酬】quàn chóu　互相勸酒。宋·樓鑰《王成之給事囿山堂》："樽酒屢～～。"

【勸進】quàn jìn　❶鼓勵，促進。《漢書·王莽傳》："～～農業。"❷勸即帝位。《晉書·阮籍傳》："公卿將～～。"❸指勸酒。清·錢棻《沁園春》："三杯～～，少此嬋娟。"

【勸農】quàn nóng　鼓勵農耕。《史記·孝文本紀》："其於～～之道未備。"

---

que

缺 quē　❶破損，殘缺。《詩經·豳風·破斧》："既破我斧，又～我斨（qiāng，方孔的斧）。"❷空隙，缺口。《史記·孔子世家》："昔吾入此，由彼～也。"❸虧。宋·蘇軾《水調歌頭》："月有陰晴圓～。"❹缺陷，過失。《尚書·周書·君牙》："啟佑我後人，咸以正罔～。"❺衰落。《史記·漢興以來諸侯王年表》："幽厲之後，王室～～。"❻廢弛。《史記·孔子世家》："周室微而禮樂廢，《詩》《書》～。"❼官職的空額。《史記·趙世家》："願得補黑衣之～。"也泛指空位。

闕 (1) quē　❶缺誤，疏失。三國蜀·諸葛亮《出師表》："必能裨補～漏。"❷缺口，空隙。北魏·酈道元《水經注·江水》："兩岸連山，略無～處。"❸空缺着。《新唐書·許遠傳》："以為～（許）遠事非是。"❹缺乏。《國語·楚語下》："民多～則有離叛之心。"❺殘缺。唐·柳宗元《梓人傳》："其牀～足而不能理。"❻欠，應給而不給。《左傳·襄公四年》："敝邑褊小，～而為罪。"❼衰微。漢·應劭《〈風俗通〉序》："昔仲尼沒而微言～。"❽官位空缺。南朝宋·劉義慶《世說新語·賞譽》："吏部郎～。"

(2) què　❶宮門、城門兩側的高台，中間有道路。唐·杜甫《自京赴奉先詠懷》："鞭撻其夫家，聚斂貢城～。"也借指宮廷及京城。南朝宋·顏延之《祭屈原文》："身絕郢～。"❷古代神廟、墳墓前兩旁多用石頭雕成的巨柱。唐·李白《憶秦娥》："西風殘照，漢家陵～。"❸設於士宦之家門前的一種旌表建築物。《新唐書·朱敬則傳》："一門六～相望。"❹兩山夾峙的地方。《史記·司馬相如列傳》："出乎椒丘之～。"❺兩眉之間的部位。《靈樞經·五色》："明堂者，鼻也；～者，眉間也。"

(3) jué　❶失去。《漢書·酷通傳》："守儋石之祿者，～卿相之位。"❷侵損，削減。《左傳·燭之武退秦師》："若不～秦，將焉取之？"❸通"掘"，挖掘。《左傳·鄭伯克段於鄢》："若～地及泉。"❹通"厥"，同指示代詞"其"。《墨子·非命中》："棄～先神而不祀也。"

【闕略】quē lüè　缺漏。晉·皇甫謐《〈高士傳〉序》："史班之載，多所～～。"

【闕然】quē rán　❶延擱。漢·司馬遷《報任安書》："～～久不報。"❷不完備的樣子。《荀子·禮論》："其於禮節者～～不具。"❸若有所失的樣子。《後漢書·魯恭列傳》："百姓～～。"

【闕如】quē rú　❶存疑不論。《論語·子路》："君子於其所不知，蓋～～也。"❷缺少。唐·劉知幾《史通·二體》："求諸備體，固以～～。"

【闕里】què lǐ ❶孔子故里，在今山東曲阜城內闕里街住，因立有兩石闕，故名「闕里」。《孔子家語·七十二弟子解》：「孔子始教學於～～。」❷借指曲阜孔廟。三國魏·應璩《與廣川長岑文瑜書》：「泥人鶴立於～～。」

卻 (1) què ❶退卻，使退。《史記·廉頗藺相如列傳》：「後秦擊趙者再，李牧連～之。」❷推後。《三國志·魏書·武帝紀》：「～十五日為汝破紹。」❸拒絕，推辭。《孟子·萬章下》：「～之～之為不恭。」❹止。《韓非子·外儲說右上》：「三～馬至門而狂矞不報見也。」❺除去。《漢書·郊祀志上》：「李少君亦以祠灶、穀道、～老方見上。」❻介詞，猶「於」。唐·李白《別魯頌》：「誰道太山高，下～魯連（魯仲連）節。」❼副詞，表示強調，相當於「正」、「恰」。唐·李白《把酒問月》：「人攀明月不可得，月行～與人相隨。」❽副詞，表示繼續或重複，相當於「還」、「再」。唐·李商隱《夜雨寄北》：「～話巴山夜雨時。」❾副詞，表示輕微的轉折，相當於「倒是」、「反而」。唐·劉禹錫《竹枝詞》：「道是無晴～有晴。」❿副詞，表示出乎意料，相當於「竟」、「竟然」。宋·辛棄疾《青玉案·元夕》：「那人～在、燈火闌珊處。」⓫副詞，表示反問，相當於「豈」、「難道」。元·王實甫《西廂記》：「～不辱沒了俺家譜？」

(2) xì ❶空隙，間隙。《莊子·養生主》：「批大～。」❷嫌隙，隔閡。《史記·曹相國世家》：「（曹）參始微時，與蕭何善。及為將相，有～。」

【卻還】què huán ❶退回。唐·封演《封氏聞見記·查談》：「琯使昌藻郊外接候，須臾～～。」❷退還，交還。唐·元稹《彈奏劍南東川節度使狀》：「一切～～產業，庶使孤窮有託。」

【卻坐】què zuò ❶離位。唐·皇甫湜《賦四相詩·禮部尚書門下侍郎平章事李峴》：「宦官～～。」❷猶靜坐。宋·葉適《朝議大夫蔣公基誌銘》：「公既休，竟日～～。」

愨 què 樸實，恭謹。《荀子·非十二子》：「其容～。」

榷 què ❶獨木橋。宋·程大昌《演繁露·闌出》：「～者，水上獨木之橋也。」❷專賣，專利。唐·韓愈《論變鹽法事宜狀》：「國家～鹽。」❸徵收，徵稅。明·張居正《贈水部周漢浦榷竣還朝序》：「荊州～稅，視他處最少。」

【榷利】què lì 官府對某些物品實行專賣以增加財政收入。漢·揚雄《揚子法言·寡見》：「（桑）弘羊～～而國用足。」

確 què ❶石多土薄，瘠薄。唐·柳宗元《祭崔簡旅櫬歸上都文》：「或～而崒（zú，高峻而危險）。」❷堅硬，堅實。《淮南子·人間訓》：「其地～石而名醜。」❸堅定，堅決。晉·袁宏《三國名臣序贊》：「雅志彌～。」❹匱乏。晉·左思《吳都賦》：「庸可……同年而議豐～乎？」❺真實，準確。《後漢書·崔寔列傳》：「言辯而～。」

【確爾】què ěr 猶「確然」，剛強、堅定的樣子。《梁書·劉遵傳》引梁簡文帝令：「～～之志，亦何易得？」

闋 què ❶止息。宋·周邦彥《浪淘沙慢·恨別》:"南陌脂車待發,東門帳飲乍一。" ❷樂終。《儀禮·大射》:"主人答拜,樂~。" ❸歌或詞一首叫一闋。宋·晏殊《破陣子》:"高歌數一堪聽。" ❹空,空隙。《莊子·人間世》:"瞻彼~者,虛室生白。" ❺服喪期滿。《隸釋·漢山陽太守祝睦後碑》:"於是三年禮~。" ❻空缺。《潛夫論·邊議》:"寄其身者,各取一~。"

---

qun

囷 qūn ❶圓形穀倉。《詩經·魏風·伐檀》:"不稼不穡,胡取禾三百~兮?" ❷指類似圓形穀倉之物。《山海經·中山經》:"百草木成~。" ❸捆束,聚攏。清·魏源《城守篇·守備下》:"其有大樹及竹木~積者,皆攻城之具也。" ❹見"囷囷"。

【囷囷】qūn qūn 曲折迴旋的樣子。唐·杜牧《阿房宮賦》:"盤盤焉,~~焉。"

逡 qūn ❶退讓,退卻。《漢書·公孫弘傳》:"有功者上,無功者下,則羣臣~。" ❷指日月等天體運行的度次。漢·揚雄《方言》:"日運為躔,月運為~。" ❸急速。

《禮記·大傳》:"遂率天下諸侯,執豆籩,~奔走。"

【逡巡】qūn xún ❶恭順的樣子。《公羊傳·宣公六年》:"趙盾~~北面再拜稽首。" ❷退讓,退避。《梁書·王筠傳》:"或勸~~不就。" ❸從容不迫。《莊子·秋水》:"於是~~而卻。" ❹小心謹慎。宋·陸游《送陳德邵宮教赴行在》:"人才方雜遝,公仕益~~。" ❺徘徊不進,遲疑。明·張溥《五人墓碑記》:"大閹亦~~畏義。" ❻頃刻。宋·陸游《除夜》:"笑話~~即隔年。"

羣 qún ❶牲畜野獸相聚而成的集體。《詩經·小雅·無羊》:"誰謂爾無羊,三百維~。" ❷指人羣。《淮南子·主術訓》:"千人之無絕梁。" ❸種類。 ❹朋輩。明·張岱《西湖七月半》:"酒醉飯飽,呼~三五。"也指親戚。 ❺合羣,會合。《論語·衛靈公》:"君子矜而不爭,~而不黨。" ❻眾,許多。南朝梁·丘遲《與陳伯之書》:"~鶯亂飛。"

【羣從】qún cóng 堂兄弟及諸子姪。晉·陶淵明《悲從弟仲德》:"禮服名~~,恩愛若同生。"

【羣方】qúnfāng 猶言萬方。宋·范仲淹《從諫如流賦》:"我後光被~~。"

Q

R

ran

然 rán ❶ 燃燒。《孟子·論四端》：“若火之始～，泉之始達。” ❷ 對，正確。《孟子·公孫丑下》：“孟子曰：‘許子必種粟而後食乎？’曰：‘～。’” ❸ 認為正確。清·蒲松齡《聊齋志異·促織》：“成～之。” ❹ 這樣，如此。《荀子·勸學》：“雖有槁暴，不復挺者，輮使之～也。” ❺ 但是，不過。三國蜀·諸葛亮《出師表》：“～侍衞之臣，不懈於內。” ❻ 形容詞詞尾，……的樣子。唐·柳宗元《始得西山宴遊記》：“其高下之勢，岈～窪～。”

【然故】 rán gù　這樣，就。《荀子·大略》：“～～民不困財，貧窶者有所竄其手。”

【然乃】 rán nǎi　可是仍然。《史記·淮陰侯列傳》：“其母死，貧，無以葬，～～行營高敞地，令其旁可置萬家。”

【然諾】 rán nuò　許諾。唐·韓愈《柳子厚墓誌銘》：“行立有節概，重～～，與子厚結交，子厚亦為之盡，竟賴其力。”

【然且】 rán qiě　連詞，然而。《荀子·修身》：“～～為之，是忘其君也。”

【然猶】 rán yóu　可還是。宋·蘇軾《刑賞忠厚之至論》：“成、康既沒，穆王立而周道始衰，～～命其臣呂侯，而告之以祥刑。”

【然則】 rán zé　既然這樣，那麼……。宋·蘇洵《六國論》：“～～諸侯之地有限，暴秦之欲無厭，奉之彌繁，侵之愈急，故不戰而強弱勝負已判矣。”

髯 rán　兩頰上的鬍鬚。明·魏學洢《核舟記》：“船頭坐三人，中峩冠而多～者為東坡。”

冉 rǎn　逐漸，慢慢。《晉書·江統傳》：“而收市井之利，漸～相放，莫以為恥。”

【冉冉】 rǎn rǎn　❶ 逐漸，慢慢。漢樂府《陌上桑》：“盈盈公府步，～～府中趨。” ❷ 柔弱下垂的樣子。三國魏·曹植《美女篇》：“柔條紛～～，葉落何翩翩。” ❸ 逐漸散發的樣子。唐·李商隱《野菊》：“微香～～淚涓涓。”

苒 rǎn　見“苒苒”。

【苒苒】 rǎn rǎn　❶ 草木茂盛的樣子。唐·孫魴《芳草》：“萋萋綠遠水，～～在空林。” ❷ 柔弱的樣子。漢·王粲《迷迭賦》：“挺～～之柔莖。” ❸ 逐漸，漸漸。宋·柳永《八聲甘州》：“是處紅衰綠減，～～物華休。”

染 rǎn　❶ 用染料着色。唐·柳宗元《〈愚溪詩〉序》：“故謂之～溪。” ❷ 感染，傳染。南朝齊·孔稚珪《北山移文》：“慟朱公之哭，乍迴跡以心～。”

【染指】 rǎn zhǐ　❶ 品嘗某種食品。唐·白居易《答皇甫十郎中秋深酒熟見憶》：“未暇傾巾漉，還應～～嘗。” ❷ 沾取非分的利益。宋·鄭興裔《請禁傳饋疏》：“悉以原物歸還，未敢分毫～～。”

rang

禳 ráng　古代一種向鬼神祈禱以除邪消災的祭祀。宋·王禹偁《待漏院記》：“六氣不和，災眚薦至，願避位以～之。”

穰 (1) ráng ❶ 稻麥等農作物的稈莖。北魏·賈思勰《齊民要術·種穀》："燒黍～。" ❷ 瓜果裏面柔軟的部分。清·紀昀《閱微草堂筆記·灤陽續錄》："肌肉虛松，似蓮房之～。" ❸ 莊稼豐熟。《韓非子·五蠹》："～歲之秋，疏客必食。"

(2) rǎng ❶ 繁華，眾多。《漢書·張敞傳》："長安中浩～，於三輔尤為劇。" ❷ 通"禳"，祈禱。《史記·滑稽列傳》："見道旁有～田者，操一豚蹄，酒一盂。"

【穰歲】 ráng suì　豐年。《韓非子·五蠹》："～～之秋，疏客必食。"

【穰穰】 rǎng rǎng　❶眾多。《史記·滑稽列傳》："甌窶滿篝，污邪滿車，五穀蕃熟，～～滿家。" ❷雜亂的樣子。宋·洪邁《夷堅志·舒民殺四虎》："行至舒州境，見村民～～，十百相聚，因弛擔觀之。"

襄 rǎng　見 652 頁 xiāng。

攘 rǎng ❶排除，排斥。三國蜀·諸葛亮《出師表》："庶竭駑鈍，～除姦凶。" ❷偷竊，竊取。《墨子·非攻上》："取人馬牛者，其不義又甚～人犬豕雞豚。" ❸侵奪，奪取。《漢書·景帝令二千石修職詔》："彊毋～弱，眾毋暴寡。" ❹挽起，撩起。三國魏·曹植《美女篇》："～袖見素手，皓腕約金環。" ❺忍受。戰國楚·屈原《楚辭·離騷》："屈心而抑志兮，忍尤而～詬。"

【攘臂】 rǎng bì　捋起袖子，露出胳膊，形容激動或憤怒的樣子。漢·李陵《答蘇武書》："故每～～忍辱。"

讓 ràng ❶責備，責怪。《左傳·寺人披見文公》："寺人披請見，公使～之，且辭焉。" ❷謙讓，辭讓。《戰國策·魯仲連義不帝秦》："於是平原君欲封魯仲連，魯仲連辭～者三，終不肯受。" ❸把權利、職位讓給別人。《史記·伯夷列傳》："堯～天下於許由，許由不受，恥之逃隱。" ❹亞於，遜色。金·董解元《西廂記》："此個閣兒雖小，其間趣不～林泉。"

嬈 (1) ráo　嫵媚，豔麗。唐·何希堯《海棠》："著雨胭脂點點消，半開時節最妖～。"

(2) rǎo　煩擾，擾亂。《淮南子·原道訓》："其魂不躁，其神不～。"

橈 (1) ráo ❶船槳。唐·崔顥《入若耶溪》："停～向餘景。" ❷小船。唐·賈島《憶江上吳處士》："蘭～殊未返。"

(2) náo ❶彎曲。唐·柳宗元《梓人傳》："棟～屋壞。" ❷屈服。《荀子·榮辱》："重死，持義而不～，是士君子之勇也。" ❸矯正。漢·桓寬《鹽鐵論·救匱》："蓋一杠者過直，救文者以質。" ❹擾亂。《史記·韓長孺列傳》："犯上禁，～明法。" ❺削弱。《史記·留侯世家》："項羽急圍漢王滎陽，漢王恐憂，與酈食其謀～楚權。"

饒 ráo ❶富足，豐厚。漢·賈誼《過秦論》："不愛珍器重寶肥～之地，以致天下之士，合從締交，相與為一。" ❷寬恕，寬容。《水滸傳》第三回："你是個破落戶，若只和俺硬到底，洒家倒～了你！" ❸另外添上。唐·李商隱《當句有對》："但覺游蜂～舞蝶，豈知孤鳳憶離鸞！"

R

【饒讓】ráo ràng　寬恕謙讓。《水滸傳》第三十四回：“秦明，你這廝原來不識好人～～～，我念你是個上司官，你道俺真個怕你！”

擾 rǎo　❶亂。《左傳·襄公四年》：“民有寢廟，獸有茂草；各有攸處，德用不～。”❷擾亂。宋·蘇軾《教戰守策》：“而士大夫亦未嘗言兵，以為生事～民，漸不可長。”❸馴服，安撫。《荀子·性惡》：“以矯飾人之情性而正之，以～化人之情性而導之也。”❹受人財物或款待時的客套話。清·吳敬梓《儒林外史》第三十二回：“昨日～了世兄這一席酒，我心裏快活極了。”

【擾攘】rǎo rǎng　❶雜亂，混亂。《漢書·律曆志上》：“戰國～～～，秦兼天下。”❷匆忙，忙亂。《史記·陳丞相世家》：“傾側～～～楚魏之閒（間），卒歸高帝。救紛糾之難……”

繞 rào　❶纏束，纏繞。《韓非子·內儲說下》：“晉平公觴客（以酒宴客），少庶子進炙而髮～之。”❷環繞，圍繞。清·姚鼐《登泰山記》：“泰山正南面有三谷。中谷～泰安城下，酈道元所謂環水也。”❸繞道，走彎路。《後漢書·岑彭列傳》：“及彭至武陽，～出延岑軍後，蜀地震駭。”

【繞梁】rào liáng　比喻歌聲高亢悠揚。清·蒲松齡《聊齋志異·丐仙》：“（餘音）不盡～～～。”

re

熱 rè　❶溫度高。漢·晁錯《論貴粟疏》：“夏不得避暑～，秋不得避陰雨，冬不得避寒凍。”❷急

躁，焦灼。《孟子·萬章上》：“仕則慕君，不得於君則～中。”❸情緒激動。唐·杜甫《自京赴奉先詠懷》：“窮年憂黎元，歎息腸內～。”

ren

人 rén　❶人。《論語·季氏》：“故遠～不服，則修文德以來之。”❷民眾，老百姓。唐·杜牧《阿房宮賦》：“秦復愛六國之～，則遞三世，可至萬世而為君，誰得而族滅也？”❸別人，他人。宋·蘇洵《六國論》：“子孫視之不甚惜，舉以予～，如棄草芥。”❹人人，每人。《史記·商君列傳》：“道不拾遺，山無盜賊，家給～足。”❺人品。明·張溥《五人墓碑記》：“其辱～賤行，視五人之死，輕重固何如哉？”

【人定】rén dìng　夜深人靜的時候。漢樂府《孔雀東南飛》：“奄奄黃昏後，寂寂～～初。”

【人寰】rén huán　人世，人間。唐·白居易《長恨歌》：“回頭下望～～處，不見長安見塵霧。”

【人境】rén jìng　人住的地方，喻塵世。晉·陶淵明《飲酒》：“結廬在～～，而無車馬喧。”

【人籟】rén lài　排簫發出的音響。《莊子·齊物論》：“～～則比竹是已，敢問天籟？”

【人主】rén zhǔ　君主，國君。《戰國策·觸龍說趙太后》：“豈～～之子孫則必不善哉？”

仁 rén　❶對人親善、友愛、同情。《史記·魏公子列傳》：“公子為人，～而下士，士無賢不肖，皆謙而禮交之。”❷品德高尚。宋·范仲淹《岳陽樓記》：“予嘗求古

～人之心，或異二者之為。」❸品德高尚的人。《論語·學而》：「泛愛眾，而親～。」❹儒家善政的標準。《孟子·梁惠王上》：「王如施～政於民，省刑罰，薄稅斂，深耕易耨。」❺果核或果殼中較柔軟的部分。宋·陸游《過小孤山大孤山》：「江水渾濁，每汲用，皆以杏～澄之。」

【仁里】rén lǐ　民風淳厚的鄉里。漢·張衡《思玄賦》：「匪～～其焉宅兮，匪義跡其焉追？」

【仁術】rén shù　儒家指施行仁政的措施、方法。《孟子·梁惠王上》：「無傷也，是乃～～也，見牛未見羊也。」

壬 rén　❶天干的第九位。宋·蘇軾《前赤壁賦》：「～戌之秋，七月既望。」❷盛大。《詩經·小雅·賓之初筵》：「百禮既至，有～有林。」❸巧言諂媚。宋·王安石《答司馬諫議書》：「辟邪說，難～人，不為拒諫。」

忍 rěn　❶忍耐，容忍。《史記·廉頗藺相如列傳》：「且相如素賤人，吾羞，不～為之下。」❷克制，抑制。《荀子·榮辱》：「行～情性，然後能修。」❸狠心。清·方苞《獄中雜記》：「漯惡吏～於鬻獄，無責也。」❹殘忍，狠心。《史記·項羽本紀》：「項王為人不～。」❺頑強，堅韌。宋·蘇軾《晁錯論》：「亦必有堅～不拔之志。」

荏 rěn　❶一年生草本植物，即白蘇。北魏·賈思勰《齊民要術·種穀》：「區種～，令相去三赤（通「尺」）。」❷軟弱，柔弱。《論語·堯曰》：「色厲而內～，譬諸小人，其猶穿窬之盜也與？」

【荏苒】rěn rǎn　時光逐漸流逝。晉·張華《勵志》：「日歟月歟，～～代謝。」

【荏弱】rěn ruò　怯弱，柔弱。戰國楚·屈原《楚辭·九章·哀郢》：「外承歡之汋約兮，諶～～而難持。」

稔 rěn　❶莊稼成熟。《國語·吳語》：「吳王夫差既殺申胥，不～於歲。」❷年。宋·王禹偁《黃岡竹樓記》：「竹之為瓦僅十～，若重覆之，得二十～。」❸熟悉。清·蒲松齡《聊齋志異·神女》：「予出入其門最～。」

刃 rèn　❶刀刃，刀鋒。《莊子·養生主》：「而刀～若新發於硎。」❷刀劍一類的兵器。漢·李陵《答蘇武書》：「舉～指虜，胡馬奔走。」❸用刀砍殺。《史記·廉頗藺相如列傳》：「左右欲～相如，相如張目叱之，左右皆靡。」

仞 rèn　❶古代的長度單位，七尺或八尺為一仞。漢·晁錯《論貴粟疏》：「有石城十～，湯池百步，帶甲百萬，而無粟，弗能守也。」❷測量深度。《左傳·昭公三十二年》：「度厚薄，～溝洫。」

任 rèn　❶擔任，承擔。《史記·管晏列傳》：「管仲既用，～政於齊，齊桓公以霸。」❷擔子，負擔。《商君書·弱民》：「此～重道遠而無車馬，濟大川而無舡楫也。」❸行李。《孟子·滕文公上》：「昔者孔子沒，三年之外，門人治～將歸。」❹職責，責任。三國蜀·諸葛亮《出師表》：「至於斟酌損益，進盡忠言，則攸之、禕、允之～也。」❺任用。唐·魏徵《諫太宗十思疏》：「簡能而～之，擇善而從之。」❻相信，信任。《史記·屈原賈生列傳》：「王甚～之。」❼任憑，聽憑。晉·陶淵明《歸去來兮辭》：

"何不委心～去留？"❽ 即使，縱使。唐·杜荀鶴《山中寡婦》："～是深山更深處，也應無計避征徭。"

【任率】 rèn shuài 直率，不做作。《晉書·王戎傳》："為人短小，～～不修威儀。"

【任俠】 rèn xiá ❶ 打抱不平，講義氣。宋·葉紹翁《四朝聞見錄·光皇策士》："有時名，然頗～～。" ❷ 見義勇為的人。宋·王安石《郭解》："平日五陵多～～，可能推刃報王孫。"

【任心】 rèn xīn 任憑心意，為所欲為。南朝梁·劉勰《文心雕龍·總術》："棄術～～～，如博塞之遨遇。"

紉 rèn ❶ 捻繩，搓繩。漢·賈誼《惜誓》："傷誠是之不察兮，并～茅絲以為索。" ❷ 縫綴。戰國楚·屈原《楚辭·離騷》："～秋蘭以為佩。" ❸ 穿針引線。《禮記·內則》："衣裳綻裂，～箴請補綴。"

衽 rèn ❶ 衣襟。《論語·憲問》："微（如果沒有）管仲，吾其被髮左～矣。" ❷ 袖口。《史記·留侯世家》："陛下南鄉（xiàng，嚮）稱霸，楚必斂～而朝。" ❸ 蓆子。唐·柳宗元《始得西山宴遊記》："則凡數州之土壤，皆在～蓆之下。" ❹ 以……為蓆子。《禮記·中庸》："～金革，死而不厭。"

軔 rèn ❶ 擋住車輪轉動的木頭。戰國楚·屈原《楚辭·離騷》："朝發～於蒼梧兮，夕余至乎縣圃。" ❷ 阻止，《後漢書·申屠剛列傳》："遂以頭～乘輿輪。" ❸ 牢固。《管子·制分》："故凡用兵者，攻堅則～。" ❹ 通"仞"，古代長度單位。《孟子·盡心上》："掘井九～而不及泉，猶為棄井也。"

恁 (1) rèn 思念。《後漢書·班彪列傳》："若然受之，亦宜勤～旅力，以充厥道。"

(2) nèn ❶ 這樣，這麼。宋·柳永《八聲甘州》："爭知我，倚闌干處，正～凝愁。" ❷ 那。宋·姜夔《疏影》："等～時、重覓幽香，已入小窗橫幅。"

(3) nín 你，您。元·馬致遠《漢宮秋》："～不去出力，怎生教娘娘和番？"

---

reng

仍 réng ❶ 沿襲，因襲。《論語·先進》："魯人為長府。閔子騫曰：'～舊貫，如之何？何必改作？'" ❷ 屢次，多次。《國語·周語下》："晉～無道而鮮胄，其將失之矣。" ❸ 仍然，依舊。唐·白居易《早興》："闌銷宿酒頭～重。" ❹ 因而，而且。《史記·太史公自序》："百年之間，天下遺文古事靡不畢集太史公，太史公～父子相續纂其職。"

【仍仍】 réng réng ❶ 惆悵失意的樣子。漢·劉安《淮南子·精神訓》："乃性～～然，知其盆瓴之足羞也。" ❷ 屢屢，頻頻。元·戴良《詠雪三十二韻贈友》："罅隙～～掩，高低故故平。"

【仍世】 réng shì 歷代，累世。《南史·謝弘微傳》："混～～宰相，一門兩封。"

芿 rèng 見 425 頁 nǎi。

---

ri

日 rì ❶ 太陽。宋·范仲淹《岳陽樓記》："～星隱曜，山岳潛形。"❷ 白天，白晝。《孟子·離妻下》："其有不合者，仰而思之，夜以繼～；幸而得之，坐以待旦。"❸ 一天，一晝夜。唐·韓愈《祭十二郎文》："誠知其如此，雖萬乘之公相，吾不以一～輟汝而就也。"❹ 每天。《孟子·滕文公下》："一齊人傅之，眾楚人咻之，雖～撻而求其齊也，不可得矣。"❺ 從前，往日。《左傳·文公七年》："～偷不睦，故取其地。"❻ 一天天。《左傳·隱公十一年》："王室而既卑矣，周之子孫～失其序。"❼ 光陰，時光。《論語·陽貨》："～月逝矣，歲不我與。"❽ 某一時間。《戰國策·蘇秦以連橫説秦》："今先生儼然不遠千里而庭教之，願以異～。"

【日晷】rì guǐ　❶ 古代用來觀察日影以定時刻的儀器。清·錢泳《履園叢話·藝能·銅匠》："測十二時者，古來惟有漏壺，而後世又作～～、月晷。"❷ 太陽的影子。唐·方干《贈上虞胡少府百篇》："～～未移三十刻，風騷已及四千言。"❸ 時間，時刻。宋·王安石《本朝百年無事劄子》："臣以淺陋，誤承聖問，迫於～～，不敢久留，語不及悉，遂辭而退。"

【日精】rì jīng　❶ 太陽的精華。唐·宋之問《王之喬》："白虎搖瑟鳳吹笙，乘騎雲氣吸～～。"❷ 太陽。宋·梅堯臣《苦雨》："晝不見～～，夜不見月魄。"

<hr />

rong

戎 róng　❶ 武器，兵器。《詩經·大雅·常武》："整我六師，以修我～。"❷ 戰車，兵車。《左傳·僖公三十三年》："子墨衰絰，梁弘御～，萊駒為右。"❸ 軍隊。《三國志·蜀書·諸葛亮傳》："～陣整齊。"❹ 戰爭，軍事。《左傳·成公三年》："二國治～，臣不才，不勝其任，以為俘馘。"

【戎車】róng chē　❶ 兵車。《詩經·小雅·采薇》："～～既駕，四牡業業。"❷ 軍隊。三國魏·鍾士季《檄蜀文》："今鎮西奉辭銜命，攝統～～。"

【戎服】róng fú　軍服。《左傳·襄公二十五年》："鄭子產獻捷於晉，～～將事。"

【戎行】róng háng　❶ 兵車的行列。《左傳·成公二年》："下臣不幸，屬當～～，無所逃隱。"❷ 軍務，軍事。唐·杜甫《新婚別》："勿為新婚念，努力事～～。"

【戎機】róng jī　軍務，戰爭。北朝民歌《木蘭辭》："萬里赴～～，關山度若飛。"

【戎器】róng qì　兵器。《周易·萃》："君子以除～～，戒不虞。"

容 róng　❶ 容納。明·歸有光《項脊軒志》："室僅方丈，可～一人居。"❷ 採納。宋·王安石《本朝百年無事劄子》："正論非不見～，然邪説亦有時而用。"❸ 容忍，寬容。唐·駱賓王《為徐敬業討武曌檄》："天地之所不～。"❹ 許可，允許。《史記·屈原賈生列傳》："其行廉，故死而不～自疏。"❺ 面容，容貌。《史記·屈原賈生列傳》："顏色憔悴，形～枯槁。"❻ 打扮。漢·司馬遷《報任安書》："士為知己者用，女為悦己者～。"❼ 可能，或許。《後漢書·李固列傳》："宮省之內，～有陰謀。"

R

【容或】 róng huò　也許，或許。北魏·酈道元《水經注·河水》：「遺文逸句，～～可尋。」

【容膝】 róng xī　室內狹小。晉·陶淵明《歸去來兮辭》：「倚南窗以寄傲，審～～之易安。」

【容臭】 róng xiù　香袋。明·宋濂《送東陽馬生序》：「左佩刀，右備～～，燁然若神人。」

【容與】 róng yú　❶ 猶豫不前的樣子。戰國楚·屈原《楚辭·九章·涉江》：「船～～而不進兮，淹回水而凝滯。」❷ 悠閒逍遙的樣子。戰國楚·屈原《楚辭·離騷》：「忽吾行此流沙兮，遵赤水而～～。」❸ 放任。《莊子·人間世》：「因案人之所感，以求～～其心。」

【容悅】 róng yuè　曲意逢迎以取悅於上。《孟子·盡心上》：「事是君，則為～～者也。」

【容止】 róng zhǐ　❶ 儀容舉止。《左傳·襄公三十一年》：「周旋可則，～～可觀。」❷ 收留。漢·劉向《列女傳·齊孤逐女》：「妾三逐於鄉，五逐於里，孤無父母，擯棄於野，無所～～。」

茸 (1) róng　❶ 草初生時柔嫩的芽。唐·韓愈等《有所思聯句》：「庭草滋深～。」❷ 細軟的獸毛。宋·姜夔《探春慢·衰草愁煙》：「拂雪金鞭，欺寒～帽。」❸ 鹿茸的簡稱。宋·黃庭堅《夏日夢伯兄寄江南》：「槲葉風微鹿養～。」❹ 通「絨」，刺繡用的絲縷。明·高啟《效香奩》：「繡～留得唾痕香。」
(2) rǒng　推入。漢·司馬遷《報任安書》：「而僕又以蠶室，重為天下觀笑。」

訟 róng　見 570 頁 sòng。

頌 róng　見 571 頁 sòng。

榮 róng　❶ 草木的花。戰國楚·屈原《楚辭·九章·橘頌》：「綠葉素～，紛其可喜兮。」❷ 草木開花。宋·沈括《夢溪筆談·藥議》：「諸越則桃李冬實，朔漠則桃李夏～。」❸ 繁茂，茂密。唐·白居易《賦得古原草送別》：「離離原上草，一歲一枯～。」❹ 繁茂的景象。晉·陶淵明《歸去來兮辭》：「木欣欣以向～，泉涓涓而始流。」❺ 光榮，榮耀。晉·陶淵明《五柳先生傳》：「閒靖少言，不慕～利。好讀書，不求甚解。」

【榮觀】 (1) róng guàn　宮闕。《老子》十六章：「雖有～～，燕處超然。」
(2) róng guān　❶ 壯觀的景象。明·唐順之《重修涇縣儒學記》：「然祇以為太平之～～，而當時所謂師弟子不在也。」❷ 榮耀，榮譽。北齊·顏之推《顏氏家訓·名實》：「立名者，修身慎行，懼～～之不顯。」

融 róng　❶ 熔化，消融。唐·杜甫《晚出左掖》：「樓雪～城濕，宮雲去殿低。」❷ 融合，融會。宋·楊纘《八六子·牡丹次白雲韻》：「幾許愁隨柳解，一聲歌轉春～。」❸ 通，流通。三國魏·何晏《景福殿賦》：「雲行雨施，品物咸～。」❹ 天大明。《左傳·昭公五年》：「明而未～，其當旦乎？」

【融融】 róng róng　❶ 和樂恬適的樣子。《左傳·鄭伯克段於鄢》：「大隧之中，其樂也～～。」❷ 和暖明媚的樣子。唐·杜牧《阿房宮賦》：「歌臺暖響，春光～～；舞殿冷袖，風雨淒淒。」

冗 rǒng　❶ 閒散。唐·韓愈《進學解》：「三年博士，～不見治。」

❷繁瑣。唐・劉知幾《史通・敘事》："尋其一句，摘其煩詞。"❸繁忙。宋・劉宰《走筆謝王去非遺饋江鱗》："知君束裝～，不敢折柬致。"

【冗費】rǒng fèi　不必要的開支。宋・蘇轍《上皇帝書》："事之害財者三：一曰冗吏，二曰冗兵，三曰～～。"

---

rou

柔 róu　❶草木細嫩。明・袁宏道《滿井遊記》："柳條將舒未舒，～梢披風，麥田淺鬣寸許。"❷柔軟，軟弱。《禮記・中庸》："人一能之，己百之，人十能之，己千之。果能此道矣，雖愚必明，雖～必強。"❸溫和，溫順。《禮記・中庸》："寬～以教，不報無道。"❹安撫，使馴順。《詩經・大雅・民勞》："～遠能邇，以定我王。"

【柔服】róu fú　柔順服從。《左傳・昭公三十年》："若好吳邊疆，使～～焉，猶懼其至。"

【柔遠】róu yuǎn　安撫遠方的人或邦國。《詩經・大雅・民勞》："～～能邇，以定我王。"

揉 róu　❶使木頭彎曲。《管子・七法》："朝一～輪而夕欲乘車。"❷使馴服。《詩經・大雅・崧高》："～此萬邦。"❸擾雜，混合。南朝宋・劉義慶《世說新語・文學》："皆粲然成章，不相～雜。"❹揉搓。唐・王建《照鏡》："暖手～雙目，看圖引四肢。"

輮 róu　❶車輪的外周。也叫牙、輞。《周禮・考工記・車人》："行澤者反～，行山者仄。"❷通"揉"，使木彎曲以造車輪等物。《荀子・勸學》："～以為輪。"❸通

"蹂"，踐踏。《漢書・項籍傳》："亂相～踏。"

蹂 róu　❶踩，踏。宋・李格非《書洛陽名園記後》："其池塘竹樹，兵車～蹴，廢而為丘墟。"❷摧殘。《宋史・周淙傳》："時兩淮經殘～，民多流亡。"❸通"揉"，揉搓。《詩經・大雅・生民》："或舂或揄，或簸或～。"

月 ròu　見750頁yuè。

肉 ròu　❶供食用的動物的肌肉。《孟子・梁惠王上》："雞豚狗彘之畜，無失其時，七十者可以食～矣。"❷人的身體。《史記・廉頗藺相如列傳》："君不如～袒伏斧質請罪，則幸得脫矣。"❸瓜果去掉皮核後的可食部分。唐・白居易《〈荔枝圖〉序》："瓤～瑩白如冰雪。"❹古代圓形有孔的錢幣或玉器的邊，中間的孔稱"好"，孔外的部分叫"肉"。

【肉刑】ròu xíng　對人的肉體予以摧殘的刑罰。《荀子・正論》："治古無～～，而有象刑。"

---

ru

如 rú　❶依照，遵從。《孟子・滕文公下》："～其道，則舜受堯之天下，不以為泰。"❷往，到……去。《史記・項羽本紀》："沛公起～廁，因招樊噲出。"❸比得上。《荀子・勸學》："吾嘗終日而思矣，不～須臾之所學也。"❹像，如同。宋・蘇洵《六國論》："～棄草芥。"❺應當，不如。《左傳・僖公二十二年》："若愛重傷，則～勿傷。"❻如果。《孟子・滕文公上》："且一人之

身，而百工之所為備。～必自為而後用之，是率天下而路也！”❼ 或者。《論語．先進》：“方六七十，～五六十，求也為之，比及三年，可使足民。”❽ 至於。《論語．先進》：“～其禮樂，以俟君子。”❾ 詞尾，表狀態。晉．陶淵明《五柳先生傳》：“簞瓢屢空，晏～也。”

【如何】rú hé ❶ 怎麼，為什麼。《左傳．僖公二十二年》：“傷未及死，～～勿重。”❷ 怎樣，怎麼樣。宋．蘇軾《贈包安靜先生》：“建茶三十斤，不審味～～。”❸ 怎麼辦。《漢書．霍光傳》：“昌邑王行昏亂，恐危社稷，～～？”

【如或】rú huò 如果。《漢書．藝文志》：“～～一言可采，此亦芻蕘狂夫之議也。”

【如令】rú lìng 假如，如果。《史記．李將軍列傳》：“～～子當高帝時，萬戶侯豈足道哉？”

【如其】rú qí 至於。唐．劉知幾《史通．惑經》：“～～與奪，請謝不敏。”

【如使】rú shǐ 假如，如果。《孟子．告子上》：“～～人之所欲莫甚於生，則凡可以得生者何不用也？”

【如是】rú shì 如此，這樣。漢．司馬遷《報任安書》：“僕非敢～～也。”

【如許】rú xǔ 如此，這樣。宋．朱熹《觀書有感》：“問渠哪得清～～，為有源頭活水來。”

茹 rú ❶ 蔬菜的總稱。《史記．循吏列傳》：“食～而美，拔其園葵而棄之。”❷ 吃。唐．韓愈《送李愿歸盤谷序》：“採於山，美可～；釣於水，鮮可食。”❸ 柔軟。戰國楚．屈原《楚辭．離騷》：“攬～蕙以掩涕兮。”❹ 腐臭。《呂氏春秋．功名》：“以～魚去蠅，蠅愈至，不可禁。”

儒 rú ❶ 古代熟悉詩書禮樂，為貴族服務的一類人。《論語．雍也》：“子謂子夏曰：‘女為君子～，無為小人～。’”❷ 儒家學派。《孟子．盡心下》：“逃墨必歸於楊，逃楊必歸於～。”❸ 信奉儒家學說的人。《韓非子．五蠹》：“～以文亂法，而俠以武犯禁。”❹ 讀書人。宋．蘇軾《教戰守策》：“及至後世，用迂～之議，以去兵為王者之盛節。”

【儒臣】rú chén 有學問的大臣。宋．陳亮《及第謝恩和御賜詩韻》：“復仇自是平生志，勿謂～～鬢髮蒼。”

【儒林】rú lín ❶ 對眾多儒家學者的稱呼。《後漢書．儒林列傳》：“今但錄其能通經名家者，以為～～篇。”❷ 對讀書人的泛稱。宋．蘇軾《答喬舍人啟》：“伏惟某官，名重～～，才為國器。”

【儒行】rú xíng ❶ 儒家的行為道德規範。南朝梁．劉峻《辨命論》：“通涉六經，循循善誘，服膺～～。”❷ 合乎儒家行為道德規範的言行。唐．劉長卿《淮上送梁二恩命追赴上都》：“賈生年最少，～～漢庭聞。”

孺 rú ❶ 年幼，幼小。宋．歐陽修《相州晝錦堂記》：“蓋士方窮時，困厄閭里，庸人～子皆得易而侮之。”❷ 幼兒。唐．皮日休《靜箴》：“勿欺孩～。”❸ 親睦，親近。《詩經．小雅．常棣》：“兄弟既具，和樂且～。”

【孺子】rú zǐ ❶ 幼兒，兒童。《孟子．論四端》：“今人乍見～～將入於井，皆有怵惕惻隱之心。”❷ 年輕人。《禮記．檀弓下》：“時亦不可失也，～～其圖之。”

濡 rú ❶ 沾濕，浸漬。《戰國策．燕策三》：“以試人，血～縷，

R

人無不立死者。"❷潮濕。《韓非
子·內儲說上》："被～衣而走火者,
左三千人,右三千人。"❸鮮明有
光澤。《詩經·小雅·皇皇者華》:
"我馬維駒,六轡如～。"❹柔軟,
柔順。《淮南子·說山訓》："擊鐘磬
者必以～木。"❺遲緩,緩慢。《孟
子·公孫丑下》："三宿而後出畫,
是何～滯也?"

襦 rú　短衣,短襖。漢樂府《陌
上桑》:"緗綺為下裙,紫綺為
上～。"

女 rǔ　見 435 頁 nǚ。

汝 rǔ　❶河流名。《孟子·滕文
公上》："決～、漢,排淮、
泗,而注之江。"❷你,你的。
唐·韓愈《祭十二郎文》:"承先人
後者,在孫惟～,在子惟吾。"

【汝曹】rǔ cáo　你們。漢·馬援《誡
兄子嚴敦書》:"吾欲～～聞人過
失,如聞父母之名,耳可得聞,口
不可得言也。"

乳 rǔ　❶生育,生子。漢·許慎
《說文解字·乙部》:"人及鳥生
子曰～。"❷鳥獸等產卵、產子。
《漢書·蘇武傳》:"使牧羝,羝～乃
得歸。"❸餵奶,以乳哺育。明·
歸有光《項脊軒志》:"嫗,先大母
婢也,～二世,先妣撫之甚厚。"
❹乳房。明·魏學洢《核舟記》:"佛
印絕類彌勒,袒胸露～。"❺乳汁。
《史記·張丞相列傳》:"口中無齒,
食～。"❻剛生子的,哺乳期的。
《莊子·盜跖》:"案劍瞋目,聲如～
虎。"❼幼小的,初生的。宋·蘇
軾《賀新郎》:"～燕飛華屋。"

辱 rǔ　❶恥辱。《莊子·逍遙遊》:
"定乎內外之分,辯乎榮～之

鏡,斯已矣。"❷侮辱,使受侮辱。
《史記·廉頗藺相如列傳》:"～其羣
臣,相如雖駑,獨畏廉將軍哉?"
❸埋沒,辱沒。唐·韓愈《馬說》:
"故雖有名馬,只～於奴隸人之手。"
❹玷辱,辜負。《論語·子路》:"行
己有恥,使於四方,不～君命,可謂
士矣。"❺屈辱,委屈。《左傳·齊
桓公伐楚盟屈完》:"～收寡君。"

入 rù　❶進入,進來。《論語·微
子》:"不得其門而～。"❷納
入,使進入。《史記·廉頗藺相如列
傳》:"城～趙而璧留秦。"❸收入。
唐·柳宗元《捕蛇者說》:"竭其廬之
～。"❹交納。《左傳·齊桓公伐楚
盟屈完》:"爾貢包茅不～,王祭不
共,無以縮酒。"❺切合,合乎。
宋·蘇軾《紅梅》:"自怨冰容不～
時。"

【入貢】rù gòng　❶向朝廷進獻貢品。
《周禮·秋官司寇·小行人》:"今諸
侯春～～,秋獻功,王親受之。"
❷鄉貢考試合格者入京參加會試。
唐·齊己《荊州貫休大師舊房》:"～
～文價來請益,出宮卿相駐過存。"

【入彀】rù gòu　進入弓箭射程之內。
比喻受籠絡、就範。元·乃賢《答
祿將軍射虎行》:"世祖神謨涵宇
宙,坐使英雄皆～～。"

【入室】rù shì　學問或技藝的成就達到
精深階段。唐·杜甫《丹青引》:"弟
子韓幹早～～,亦能畫馬窮殊相。"

【入庠】rù xiáng　明清時讀書人經考
試進入府、州、縣學為生員,叫"入
庠"。明·沈德符《野獲編·徵夢》:
"亦～～為諸生,而性理狂錯。"

【入直】rù zhí　古代大臣進朝拜見皇
帝,或僚屬見長官,到衙門供職,
都叫"入直"。唐·杜甫《送顧八分

文學適洪吉州》："三人並～～，恩澤各不二。"

溽 rù ❶潮濕而悶熱的氣候。唐·柳宗元《夏晝偶作》："南州～暑醉如酒。"❷味道濃厚。《禮記·儒行》："其居處不淫，其飲食不～。"

蓐 rù 草墊子，草蓆。晉·李密《陳情表》："而劉夙嬰疾病，常在牀～。"

縟 rù ❶花紋、彩飾繁密。三國魏·曹植《七啟》："步光之劍，華藻繁～。"❷辭藻華麗。南朝梁·劉勰《文心雕龍·哀弔》："禰衡之弔平子，～麗而輕清。"❸繁瑣，繁多。《儀禮·喪服禮》："喪成人者其文～，喪未成人者其文不～。"

---

rui

蕤 ruí ❶花。明·劉基《司馬季主論卜》："荒榛斷梗，昔日之瓊～玉樹也。"❷下垂的裝飾品。晉·左思《吳都賦》："羽旄揚～，雄戟耀芒。"

芮 ruì ❶柔軟。《呂氏春秋·必己》："不食穀實，不衣～溫。"❷聚集。晉·潘岳《西征賦》："營宇寺署，肆廛管庫，蕝～於城隅者，百不處一。"

瑞 ruì ❶古代用作憑信的玉器。《史記·太史公自序》："獲符～，建封禪，改正朔，易服色。"❷吉祥的徵兆。唐·韓愈《後廿九日復上宰相書》："休徵嘉～，麟鳳龜龍之屬，皆已備至。"

睿 ruì 明智，通達。宋·蘇軾《賈誼論》："是故非聰明～智不惑之主，則不能全其用。"

【**睿哲**】ruì zhé　聖明，明智。唐·

李賀《感諷》："皇漢十二年，惟帝稱～～。"

銳 ruì ❶鋒利，銳利。漢·劉安《淮南子·時則訓》："柔而不剛，～而不挫。"❷銳利的武器。《史記·陳涉世家》："將軍身被堅執～，……功宜為王。"❸精悍，精銳。《戰國策·燕策二》："輕卒～兵，長驅至國。"❹機敏，靈敏。南朝梁·劉勰《文心雕龍·才略》："孔融氣盛於為筆，禰衡思～於為文。"❺旺盛。宋·蘇軾《留侯論》："故深折其少年剛～之氣，使之忍不忿而就大謀。"❻迅速，急劇。《孟子·盡心上》："其進～者，其退速。"❼細小。《左傳·昭公十六年》："且吾以玉賈罪，不亦～乎？"

---

run

潤 rùn ❶滋潤。唐·杜甫《春夜喜雨》："隨風潛入夜，～物細無聲。"❷潮濕。宋·蘇洵《辨姦論》："月暈而風，礎～而雨，人人知之。"❸光澤，光潤。唐·柳宗元《紅蕉》："綠～含朱光。"❹修飾，使有光澤。《孟子·滕文公上》："此其大略也。若夫～之，則在君與子矣。"❺雨水。《後漢書·鍾離意列傳》："而比日密雲，遂無大～。"

【**潤筆**】rùn bǐ　給創作詩文書畫的人的報酬。清·吳敬梓《儒林外史》第一回："老爺少不得還有幾兩～～的銀子。"

---

ruo

若 ruò ❶選擇。《國語·晉語二》："夫晉國之亂，吾誰使先，～夫二公子而立之，以為朝夕之急？"
❷ 順從。《詩經·大雅·烝民》："天子是～，明命使賦。" ❸ 香草名，即杜若。戰國楚·屈原《楚辭·九歌·雲中君》："浴蘭湯兮沐芳，華采衣兮～英。" ❹ 海神名。《莊子·秋水》："於是焉河伯始旋其面目，望洋向～而歎。" ❺ 如，像，好像。《莊子·逍遙遊》："怒而飛，其翼～垂天之雲。" ❻ 相當於"奈"，常與"何"配合使用。《左傳·成公二年》："此車一人殿之，可以集事。～之何其以病敗君之大事也？" ❼ 第二人稱代詞，你，你的。唐·柳宗元《捕蛇者說》："更～役，復～賦，則何如？" ❽ 指示代詞，此，這個。《孟子·梁惠王上》："以～所為，求～所欲。" ❾ 連詞，假如。《孟子·梁惠王上》："王～隱其無罪而就死地，則牛羊何擇焉？" ❿ 連詞，或。《漢書·高帝紀上》："以萬人～一郡降者，封萬戶。" ⓫ 連詞，與，和。《史記·魏其武安侯列傳》："願取吳王～將軍頭，以報父仇。" ⓬ 連詞，至於。《孟子·梁惠王上》："～民，則無恆產，因無恆心。" ⓭ 連詞，而，表承接。《周易·夬》："君子夬夬獨行，遇雨～濡。" ⓮ 副詞，乃，才。《國語·周語上》："必有忍也，～能有濟也。" ⓯ 助詞，用在句首，無義。《尚書·呂刑》："～古有訓，蚩尤惟始作亂，延及于平民。" ⓰ 形容詞詞尾，……的樣子。《詩經·衞風·氓》："桑之未落，其葉沃～。"

【若夫】 ruò fú　至於。宋·歐陽修《醉翁亭記》："～～日出而林霏開。"

【若苟】 ruò gǒu　假如，如果。《左傳·成公二年》："～～有以藉口而復於寡君，君之惠也。"

【若或】 ruò huò　如果。《墨子·號令》："有司見有罪而不誅，同罰，～～逃之，亦殺。"

【若乃】 ruò nǎi　至於。《戰國策·魯仲連義不帝秦》："～～梁，則吾乃梁人也。"

【若若】 ruò ruò　長長的。《漢書·石顯傳》："印何纍纍，綬～～邪！"

【若使】 ruò shǐ　假如，如果。宋·歐陽修《〈梅聖俞詩集〉序》："～～其幸得用於朝廷，作為'雅'、'頌'，以歌詠大宋之功德……"

【若屬】 ruò shǔ　你們，你們這伙人。《史記·項羽本紀》："不者，～～皆且為所虜。"

【若許】 ruò xǔ　❶ 這樣，如此。宋·李曾伯《思歸偶成》："春來便擬問歸津，轉眼江流～～深。" ❷ 這麼多。《紅樓夢》第一回："枉入紅塵～～年。"

弱 ruò　❶ 與"強"相對。力量小，弱小。《孟子·梁惠王上》："～固不可以敵強。" ❷ 削弱，使衰弱。宋·蘇軾《晁錯論》："謀～山東之諸侯。" ❸ 懦弱，軟弱。《三國志·蜀書·諸葛亮傳》："劉璋暗～，張魯在北，民殷國富而不知存恤。" ❹ 年少，年幼。《列子·愚公移山》："汝心之固，固不可徹，曾不若孀妻～子。" ❺ 不足，差一點。《晉書·天文志一》："與赤道東交於角五稍～。"

【弱冠】 ruò guàn　古代指二十幾歲的男子。晉·左思《詠史》："～～弄柔翰。"

【弱水】 ruò shuǐ　❶ 古代神話傳說中險惡難渡的河海。宋·蘇軾《金山妙高臺》："蓬萊不可到，～～三萬里。" ❷ 比喻愛河情海。《紅樓夢》第九十一回："任憑～～三千，我只取一瓢飲。"

S

sa

灑 (1) sǎ ❶灑水。《論語·子張》："子夏之門人小子,當～掃、應對、進退,則可矣。"❷散落。唐·劉禹錫《故洛城古牆》："粉落椒飛知幾春,風吹雨一旋成塵。"唐·杜甫《茅屋為秋風所破歌》："茅飛渡江～江郊。"❸撒下。晉·潘岳《西征賦》："～釣投網,垂餌出入,挺叉來往。"

(2) xǐ 通"洗",洗滌。漢·枚乘《七發》："於是澡概胸中,～練五臟。"

颯 sà ❶風聲。宋·蘇轍《黃州快哉亭記》："昔楚襄王從宋玉景差,於蘭臺之宮,有風～然至者,王披襟當之。"❷衰敗。南朝梁·陸倕《思田賦》："歲聿忽其雲暮,庭草～以萎黃。"

sai

塞 (1) sài ❶邊塞,邊疆險要之地。明·茅坤《〈青霞先生文集〉序》："已而君纍然攜妻子出家～上。"❷(地勢)險要。《三國志·蜀書·諸葛亮傳》："益州險～,沃野千里。"❸邊疆。唐·李白《蜀道難》："爾來四萬八千歲,不與秦～通人煙。"

(2) sè ❶堵塞。三國蜀·諸葛亮《出師表》："以～忠諫之路也。"❷充滿,填滿。明·王守仁《尊經閣記》："通人物,達四海,～天地,互古今,無有乎弗具,無有乎

弗同。"❸不順利,不亨通。唐·韓愈《鴛鴦》："孰云時與命?通～皆自由。"❹禁止。《商君書·畫策》："善治民者～民以法。"❺彌補。《漢書·于定國傳》："將欲何施以～此咎?"❻駐守。《宋史·太祖紀》:"(皇甫暉、姚鳳)眾號十五萬,～清流關,擊走之。"

san

三 sān ❶三,第三。《孟子·梁惠王下》："前以～鼎,而後以五鼎與?"❷多。漢·曹操《短歌行》："繞樹～匝,何枝可依?"

【三拜】sān bài 古代禮節。長跪、彎腰、兩手觸地為"拜";拜時頭低垂至地並略作停留,叫"稽首"。古代常禮為"再拜稽首",即拜兩次,然後稽首。有特殊的需要,可以打破常禮,拜三次然後稽首,比再拜稽首禮節更重。《左傳·僖公十五年》："晉大夫～～稽首。"至北周宣帝,改三拜稽首為常禮。

【三湌】sān cān 三餐,三頓飯。《莊子·逍遙遊》："適莽蒼者,～～而反,腹猶果然。"

【三春】sān chūn ❶春季的三個月,農曆稱正月、二月、三月分別為孟春、仲春、季春,合稱"三春"。❷春季的第三個月。唐·岑參《臨洮龍興寺玄上人院同詠青木香叢》："六月花新吐,～～葉已長。"❸泛指春天。唐·孟郊《遊子吟》："誰言寸草心,報得～～暉。"❹三個春天,即三年。晉·陸機《答賈謐》："遊跨～～,情固二秋。"

【三公】sān gōng 古代皇帝之下權位最高的三位大臣,官名歷代不

同。如秦、西漢包括丞相、太尉和御史大夫。《戰國策·魯仲連義不帝秦》:"昔者,鬼侯、鄂侯、文王,紂之~~也。"

【三宮】sān gōng ❶ 儒家稱天子可以娶六房妻子,稱為六宮,諸侯減半,稱為三宮。《禮記·祭儀》:"卜~~之夫人、世婦之吉者,使入蠶於蠶室。" ❷ 指明堂、辟雍、靈台三個宮殿。漢·張衡《東京賦》:"乃營~~。" ❸ 指皇帝、太后、皇后。《漢書·王嘉傳》:"自貢獻宗廟~~。"

【三季】sān jì ❶ 三個末世,指夏、商、周三代的末年。季,末。《國語·晉語一》:"雖當~~之王,亦不可乎?" ❷ 指春秋魯國的季孫氏、仲孫氏和孟孫氏。

【三九】sān jiǔ ❶ 三公九卿,封建王朝掌握中央政權的最高官職,簡稱"三九"。《後漢書·郎顗列傳》:"而~~之位,未見其人。" ❷ 指三九天。從冬至日起,每九天為一九,至九九止共八十一天,稱數九寒天。冬至後第三個九(即第十九天至第二十七天)稱"三九天",是一年中最冷的時候。明·徐光啟《農政全書·農事占候》:"~~廿七,籬頭吹觱篥。"

【三軍】sān jūn 春秋時,諸侯多設三軍,或稱中軍、上軍、下軍,或稱中軍、左軍、右軍,各設將、佐,而以中軍元帥為三軍統帥,後泛指軍隊。《論語·子罕》:"子曰:'~~可奪帥也,匹夫不可奪志也。'"

【三老】sān lǎo ❶ 傳說古代天子養老,有三老五更。《孝經緯·神契下》:"天子親臨雍,袒割尊事

~~,兄事五更。" ❷ 官職名。古代鄉官,掌管地方教化。漢·褚少孫《西門豹治鄴》:"鄴~~、廷掾常歲賦斂百姓。" ❸ 官職名。秦漢並置縣三老、郡三老,幫助縣令、縣丞、縣尉推行政令。《史記·陳涉世家》:"數日,號令召~~、豪傑與皆來會計事。" ❹ 指高壽的老人,根據年齡分上壽、中壽、下壽,上壽年齡最大,亦泛指老人。《左傳·昭公三年》:"公聚朽蠹而~~凍餒。" ❺ 川江峽中稱篙師為長年,稱舵工為"三老"。唐·杜甫《撥悶》:"長年~~遙憐汝,捩(liè,轉動)舵開頭捷有神。"

【三秋】sān qiū ❶ 三個季節,即九個月。《詩經·王風·采葛》:"一日不見,如~~兮。" ❷ 秋季的三個月,秋季。宋·柳永《望海潮》:"有~~桂子,十里荷花。" 南朝齊·王融《永明十一年策秀才文》:"幸四境無虞,~~式稔(萬物成熟)。" ❸ 秋季的第三個月。唐·王勃《滕王閣序》:"時維九月,序屬~~。" ❹ 三個秋季,指三年。唐·李白《江夏行》:"只言期一載,誰謂歷三秋。"

【三山】sān shān ❶ 指古代神話中的三座神山,即方丈、蓬萊、瀛州。宋·蘇軾《奉和陳賢良》:"~~舊是神仙地。" ❷ 山名,又叫護國山,在今南京市西南,長江東岸。山突出江中,為江防要地。宋·文天祥《〈指南錄〉後序》:"自海道至永嘉來~~,為一卷。"

【三世】sān shì 祖孫三代。《史記·管晏列傳》:"以此~~顯名於諸侯。"

【三五】sān wǔ ❶ 十五。三五相乘為十五,故稱十五為"三五"。《禮

記·禮運》："播五行於四時，和而後月生也。是以～～而盈，～～而闕。"此指十五天。晉·陶淵明《雜詩》："年始～～間。"此指年齡在十五歲左右。❷指農曆十五。明·歸有光《項脊軒志》："～～之夜，明月半牆，桂影斑駁，風移影動，珊珊可愛。"❸表示約數。明·張岱《西湖七月半》："酒醉飯飽，呼羣～～，躋入人叢。"

【三夏】sān xià ❶夏季的三個月，夏季。南朝樂府《子夜四時歌》："情知～～熱，今日偏獨甚。"❷三個夏季，三年。宋·晁貫之《墨經·新故》："凡新墨不過～～，殆不堪用。"

【三友】sān yǒu ❶三種交友之道。《論語·季氏》："益者～～，損者～～。"❷以三種事物為友；所鍾愛的三種事物。如唐·元結《丐論》以雲山、松竹、琴酒為三友；唐·白居易《北窗三友》以琴、酒、詩為三友；宋·蘇軾《題文與可畫》以梅、竹、石為三友；明·馮應京《月令廣義》以松、竹、梅為三友。

【三元】sān yuán ❶元旦，即農曆正月初一。此日為新的年、月、日的起點，故稱"三元"。《南齊書·武帝紀》："～～行始，宜沾恩慶。"❷唐代分別稱農曆正月、七月、十月的十五日為上元、中元、下元，合稱"三元"。《唐詩紀事·中元日觀法事》："四孟逢秋序，～～得氣中。"❸古代稱天、地、人為"三元"。唐·王昌齡《夏月花萼樓酺宴應制》："土德～～正，堯心萬國同。"❹科舉考試，鄉試、會試、殿試都是第一名，叫"三元"，即解元、會元、狀元。明代又

以殿試的前三名為"三元"。

參 sān 見45頁 cān。

糁 sǎn ❶把米粒摻入菜羹中。漢·劉向《説苑·雜言》："七日不食，藜藿（灰菜和豆葉，常用來做菜羹）不～。"❷飯粒。北魏·賈思勰《齊民要術·作魚鮓》："炊米飯為～。"❸羹，燉製的有汁的肉或魚等菜。宋·陸游《賽神曲》："鯉魚～美出神廚。"❹（用粉末）填入或塗上。明·魏學洢《核舟記》："左刻'清風徐來，水波不興'，石青～之。"

散 (1) sàn ❶分開，分離。《孟子·梁惠王上》："父母凍餓，兄弟妻子離～。"❷分散。《史記·太史公自序》："萬物之～聚皆在《春秋》。"❸使散，解散。秦·李斯《諫逐客書》："遂～六國之從，使之西面事秦。"❹散佈。唐·岑參《白雪歌送武判官歸京》："～入珠簾濕羅幕，狐裘不暖錦衾薄。"❺使亂，雜亂。唐·李白《宣州謝脁樓餞別校書叔雲》："明朝～髮弄扁舟。"❻流通。漢·桓寬《鹽鐵論·通有》："而天下財不～也。"

(2) sǎn ❶散漫，沒有約束。《荀子·修身》："庸眾駑～，則劫之以師友。"❷閒散。唐·韓愈《進學解》："投閒置～，乃分之宜。"❸粉狀藥。《後漢書·華佗列傳》："（華）佗以為腸痛，與～兩錢服之。"❹曲，樂曲。三國魏·應璩《與劉孔才書》："聽廣陵之清～。"

【散逸】sǎn yì　散失，流散。北齊·顏之推《顏氏家訓·雜藝》："梁氏祕閣～～以來，吾見二王真草多矣。"

sang

桑 sāng ❶ 桑樹。《孟子·梁惠王上》："五畝之宅，樹之以～，五十者可以衣帛矣。" ❷ 桑葉，採桑葉。漢樂府《陌上桑》："羅敷善蠶～。"

【桑井】 sāng jǐng ❶ 古代井田制度，五畝之宅，種植桑樹，故稱"桑井"。《魏書·李孝伯傳》："愚謂今雖～～難復，宜更均量。" ❷ 指家鄉，家園。《魏書·高謙之傳》："競逃王役，不復顧其～～。"

【桑麻】 sāng má ❶ 桑和麻，借指農作物。晉·陶淵明《歸園田居》："相見無雜言，但道～～長。" ❷ 借指農事。唐·孟浩然《過故人莊》："開軒面場圃，把酒話～～。" ❸ 借指農村。宋·蘇軾《超然臺記》："背湖山之觀，而行～～之間。"

【桑榆】 sāng yú 日落時桑樹榆樹上殘餘的日光，喻日暮、晚期。唐·王勃《滕王閣序》："東隅已逝，～～非晚。"亦比喻晚年。三國魏·曹植《贈白馬王彪》："年在～～間。"

【桑梓】 sāng zǐ 故鄉，家鄉。典出《詩經·小雅·小弁》："維桑與梓，必恭敬止。"言故鄉的桑樹、梓樹是父母所栽，對它們要懷有敬意。唐·柳宗元《聞黃鸝》："鄉禽何事亦來此？令我生心憶～～。"

喪 (1) sāng ❶ 喪事。《左傳·子產壞晉館垣》："晉侯以我～故，未之見也。" ❷ 悲悼，悼念。《左傳·陰飴甥對秦伯》："小人恥失其君而悼～其親。" ❸ 守喪。《孟子·盡心上》："王子有其母死者，其傅為之請數月之～。" ❹ 喪禮。漢·馬援《誡兄子嚴敦書》："父～

致客，數郡畢至。"

(2) sàng ❶ 失去，喪失。《孟子·告子上》："非獨賢者有是心也，人皆有之，賢者能勿～耳。" ❷ 失去權力。唐·柳宗元《封建論》："余以為周之～久矣。" ❸ 死亡。唐·韓愈《祭十二郎文》："季父愈聞汝～之七日，乃能銜哀致誠。"又引申為滅亡。宋·蘇洵《六國論》："六國互～，率略秦耶？"

【喪亂】 sāng luàn 戰亂。唐·杜甫《茅屋為秋風所破歌》："自經～～少睡眠，長夜沾濕何由徹！"

【喪死】 sāng sǐ 為死者送葬。《孟子·梁惠王上》："是使民養生～～無憾也。"

顙 sǎng 額頭。《史記·孔子世家》："東門有人，其～似堯。"

sao

搔 sāo ❶ 撓，用指甲輕抓。唐·杜甫《夢李白》："出門～白首，若負平生志。" ❷ 通"騷"，擾亂，動亂。《三國志·吳書·陸凱傳》："所在～擾，更為繁苛。"

【搔頭】 sāo tóu ❶ 整理頭髮。《後漢書·李固列傳》："胡粉飾貌，～～弄姿。" ❷ 簪子。南唐·馮延巳《謁金門》："碧玉～～斜墜。"

騷 sāo ❶ 動亂。《國語·鄭語》："九年而王室始～。" ❷ 擾亂。《漢書·敘傳上》："十餘年間，外內～擾。" ❸ 文體名。屈原作《離騷》，故將楚國其他人所寫的風格類似的詩歌和後人的模仿之作稱之為"騷"。《晉·謝靈運傳》："莫不同祖風～。" ❹ 文人。清·魏源《墨觚下·治篇一》："工～墨（擅長詩文）

之士，以農桑為俗務。”❺ 憂愁。《史記·屈原賈生列傳》：“離～者，猶離憂也。”

【騷人】sāo rén ❶ 指屈原，因屈原寫《離騷》，故稱“騷人”。唐·李白《古風五九首》之一：“正聲何微茫，哀怨起～～。” ❷ 詩人，文人。宋·王禹偁《黃岡竹樓記》：“非～～之事，吾所不取。” ❸ 失意文人。宋·蘇轍《黃州快哉亭記》：“此皆～～思士之所以悲傷憔悴而不能勝者。”

【騷壇】sāo tán 詩壇，文壇。明·袁宏道《徐文長傳》：“當時所謂～～主盟者，文長皆叱而怒之。”

【騷屑】sāo xiè ❶ 風聲。漢·劉向《九嘆》：“風～～以搖木兮。” ❷ 紛擾不安。唐·杜甫《自京赴奉先詠懷》：“撫迹猶酸辛，平人固～～。”

掃 sǎo ❶ 打掃。《論語·子張》：“子夏之門人小子，當灑～、應對、進退，則可矣。” ❷ 清除，掃除。明·袁宏道《徐文長傳》：“先生詩文崛起，一～近代蕪穢之習。” ❸ 消滅。漢·張衡《東京賦》：“～項軍於垓下。” ❹ 做打掃的動作，來回晃動。清·紀昀《閱微草堂筆記·槐西雜誌》：“其目以毛帚～之不瞬。” ❺ 歸攏在一起。《漢書·黥布傳》：“大王宜～淮南之眾，日夜會戰彭城下。” ❻ 描畫。唐·張祜《集靈臺》：“淡～蛾眉朝至尊。”

【掃拜】sǎo bài 掃墓祭祖。《魏書·高陽王傳》：“又任事之官，吉凶請假，定省～～。”

---

se

色 (1) sè ❶ 臉色。《孟子·告子下》：“徵於～，發於聲，而後喻。” ❷ 神色。清·彭端淑《為學》：“富者有慚～。” ❸ 怒色，怒容。《戰國策·觸龍說趙太后》：“太后之～少解。” ❹ 美色，美女。秦·李斯《諫逐客書》：“然則是所重者在乎樂珠玉，而所輕者在乎人民也。” ❺ 顏色。唐·王維《送元二使安西》：“客舍青青柳～新。” ❻ 景色。唐·杜甫《登樓》：“錦江春～來天地，玉壘浮雲變古今。” ❼ 種類。《北史·長孫道生傳》：“客內無此～人。” ❽ 成色。清·吳敬梓《儒林外史》第三十二回：“他這銀子是九五兌九七～的。” ❾ 角色。清·夏庭芝《青樓集·周人愛》：“周人愛，京師旦～，姿藝俱佳。”

(2) shǎi 色子，骰子。《水滸全傳》：“那些擲～的在那裏呼么喝六。”

【色目】sè mù ❶ 名目。《資治通鑑》卷二百二十六：“改作兩稅法，比來新舊徵科～～，一切罷之。” ❷ 身份。唐·蔣防《霍小玉傳》：“如此～～，共十郎相當矣。” ❸ 元代指西域人。《元史·選舉志一》：“蒙古、～～人作一榜，漢人、南人作一榜。”

【色聽】sè tīng 審理案件時察言觀色。《周禮·秋官司寇·小司寇》：“以五聲聽獄訟，求民情。一曰辭聽，二曰～～。”

嗇 sè ❶ 節儉。《韓非子·解老》：“少費謂之～。” ❷ 過分吝惜，吝嗇。《笑林·漢世老人》：“漢世有老人，無子，家富，性儉～，惡衣蔬食。” ❸ 通“穡”，收割莊稼。《漢書·成帝紀》：“服田力～。”

瑟 sè ❶ 樂器名，一種絃樂器，像琴，最初五十絃，後改為二十五絃。《論語·先進》：“鼓～希，鏗爾，舍～而作。"❷ 清澈的樣子。北魏·酈道元《水經注·濟水》："左右楸桐，負日俯仰，面對魚鳥，水木明～。"❸ 風聲。漢·曹操《觀滄海》："秋風蕭～，洪波湧起。"

塞 sè 見514頁sài。

澀 sè ❶ 不光滑。唐·柳宗元《蝜蝂傳》："其背甚～，物積因不散。"❷ 澀口，舌頭感到麻木的味道。唐·杜甫《廣橘》："酸～如棠梨。"❸ 說話或聲音不流暢。唐·白居易《琵琶行》："水泉冷～絃凝絕，凝絕不通聲暫歇。"

【澀訥】sè nè 言語遲鈍不流利。《北齊書·祖珽傳》："容貌短小，言辭～～，少有才學。"

穡 sè ❶ 收割莊稼。《史記·孔子世家》："良農能稼而不能為～，良工能巧而不能為順。"❷ 泛指農業技藝。《孟子·滕文公上》："后稷教民稼，樹藝五穀，五穀熟而民人育。"❸ 通"嗇"，節儉。《左傳·昭公元年》："大國省～而用之。"

【穡人】sè rén 農夫。《左傳·襄公四年》："邊鄙不聳，民狎其野，～～成功。"

---

sen

森 sēn ❶ 樹林。晉·左思《蜀都賦》："彈言鳥於～木。"❷ 茂密。宋·范成大《青青澗上松》："松～上層雲。"❸ 陰森，幽暗。唐·顧況《遊子吟》："沉(xuè)寥(空曠，晴朗)羣動異，眇默諸境～。"❹ 因驚懼而毛髮聳立。宋·劉因《龍潭》："下有靈物棲，倒影毛髮～。"❺ 蕭條冷落。唐·杜甫

《秋興八首》其一："玉露凋傷楓樹林，巫山巫峽氣蕭～。"❻ 森嚴，整肅。明·宋濂《與子充論文》："嚴～五刑佈秋霜，花間百卉含春榮。"

【森列】sēn liè 密集排列。唐·李白《古風五九首》之五："星辰上～～。"

【森然】sēn rán 指陰森恐怖的樣子。宋·蘇軾《石鐘山記》："如猛獸奇鬼，～～欲搏人。"

---

sha

沙 shā ❶ 極細碎的石粒。唐·王昌齡《從軍行》："黃～百戰穿金甲，不破樓蘭終不還。"❷ 沙灘。唐·杜甫《登高》："風急天高猿嘯哀，渚清～白鳥飛回。"❸ 沙漠。唐·李華《弔古戰場文》："浩浩乎平～無垠。"❹ 淘汰。《晉書·孫綽傳》："～之汰之，瓦石在後。"❺ 沙狀物，蟲屎。北魏·賈思勰《齊民要術·種桑柘》："埋覆～於宅亥地，大富。"❻ 敲打。《宋史·蠻夷傳》："擊銅鼓，～鑼，以祀鬼神。"

【沙場】shā chǎng ❶ 平沙曠野。三國魏·應璩《與滿炳書》："～～夷蔽，清風肅穆。"❷ 戰場。唐·王翰《涼州詞》："醉臥～～君莫笑，古來征戰幾人回？"

殺 shā ❶ 使失去生命，使死亡。戰國楚·屈原《楚辭·國殤》："天時墜兮威靈怒，嚴～盡兮棄原野。"❷ 凋謝。唐·黃巢《賦菊》："待到秋來九月八，我花開後百花～。"❸ 使殘敗，敗壞。宋·蘇軾《次韻林子中春日新提書事》："為報來年～風景，連江夢雨不知春。"❹ 削。《後漢書·吳祐傳》："恢欲

～青簡以寫經書。」❺ 減少，降低。北魏·賈思勰《齊民要術·種麻子》：「曝井水，～其寒氣，以澆之。」❻ 微小。《禮記·樂記》：「其哀心感者，其聲噍（jiāo）以～。」❼ 瘦，細。《韓非子·喻老》：「豐～莖柯。」❽ 狠，竭盡全力。唐·白居易《玩半開花》：「東風莫～吹。」

【殺青】shā qīng　指書籍定稿。宋·陸游《讀書》：「《三蒼》奇字已～～。」

紗 shā　輕而薄的絲織物。唐·李賀《楊生青花紫石硯歌》：「～帷書暖墨花春。」

【紗帽】shā mào　❶ 紗製的帽子，古代君主或官員所戴。明、清定紗帽為官帽。清·吳敬梓《儒林外史》第三回：「頭戴～～，身穿葵花色圓領。」❷ 指官職。《紅樓夢》第一回：「因嫌～～小，致使枷鎖扛。」

莎 (1) shā　見「莎雞」。
(2) suō　❶ 莎草，即香附子。《北史·豆盧寧傳》：「懸～草以射之，七發五中。」❷ 草。唐·杜荀鶴《傷病馬》：「春暖～青放未遲。」❸ 開花。唐·陸龜蒙《杞菊賦》：「爾杞未棘，爾菊未～。」

【莎雞】shā jī　蟲名，即紡織娘。《詩經·豳風·七月》：「六月～～振羽。」

鍛 shā　長刃的矛。漢·賈誼《過秦論》：「不銛於鉤戟長～也。」

夏 shà　見 646 頁 xià。

廈 shà　大屋。明·宋濂《送東陽馬生序》：「坐大～之下而誦《詩》《書》。」

歃 shà　❶ 飲，喝。晉·吳隱之《酌貪泉賦詩》：「古人云此水，一～懷千金。」❷ 古代訂盟時的一

種取信方式：殺牲取血，訂盟者以手指蘸血塗口旁，以表誠信；或說是以口含血。《史記·平原君虞卿列傳》：「文不能取勝，則～血於華屋之下，必得定從而還。」

煞 (1) shà　❶ 迷信中的凶神。明·王同軌《耳談》：「鄂城之俗，於新喪避～最嚴。」❷ 很，甚。宋·柳永《迎春樂》：「別後相思～。」
(2) shā　❶ 通「殺」，殺死。北魏·楊衒之《洛陽伽藍記·城北》：「立性兇暴，多行～戮。」❷ 死。清·蒲松齡《聊齋志異·江城》：「此等男子，不宜打～耶？」❸ 用在動詞，形容詞後，表示程度深。南唐·李煜《望江南》：「滿城飛絮混輕塵，愁～看花人。」

---

shan

山 shān　❶ 地面上由土石構成的隆起而高聳的部分。《荀子·勸學》：「積土成～，風雨興焉。」❷ 形狀似山的東西。《南齊書·高逸傳》：「刃樹劍～，焦湯猛火。」❸ 陵墓。唐·李華《含元殿賦》：「靡迤秦～，陂陀漢陵。」❹ 蠶簇，供蠶結繭的草把，或用枝條紮成。明·宋應星《天工開物·結繭》：「（蠶）初上～時，火分兩略輕少，引he成緒。」

【山東】shān dōng　❶ 戰國、秦、漢時，稱崤山或華山以東地區為「山東」。《史記·項羽本紀》：「沛公居～～時，貪於財貨，好美姬。」❷ 指戰國時秦以外的東方六國。漢·賈誼《過秦論》：「～～豪俊，遂並起而亡秦族矣。」

【山阿】shān ē　❶ 山中曲折處，山的深處。戰國楚·屈原《楚辭·九歌·

山鬼》："若有人兮山之阿。"❷泛指山。晉・陶淵明《挽歌》："死去何所道，託體同~~。"

【山房】shān fáng　山中房舍。唐・戴叔倫《靈寺守歲》："守歲~~迴絕緣。"

【山君】shān jūn　❶山神。《史記・孝武本紀》："泰一、皋山~~、地長用牛。"❷老虎。宋・王安石《次韻酬宋》："遊衍水邊追野馬，嘯歌林下應~~。"❸最高的山。宋・蘇軾《宸奎閣碑》："咨爾東南，~~海王。"

【山陵崩】shān líng bēng　君主死亡的諱稱。《戰國策・觸龍説趙太后》："一旦~~~，長安君何以自託於趙？"

【山人】shān rén　❶管理山林的官。《左傳・昭公四年》："~~取之。"❷隱士，隱居不仕的人。南朝齊・孔稚珪《北山移文》："~~去兮曉猿驚。"

刪　shān　❶削減，刪除。《漢書・律曆志上》："~其偽辭。"❷節取。《漢書・藝文志》："今~其要，以備篇籍。"

【刪拾】shān shí　編選，指搜集文章加以淘汰選擇。宋・王安石《得曾子固書因寄》："舊學待鐫磨，新文得~~。"

【刪述】shān shù　指個人著作。相傳孔子為《尚書》作序，刪節《詩經》，自稱是"述而不作"，即照述前人的成説而不發表自己的見解。後人把"刪"、"述"連用，以謙稱自己的著作。唐・李白《古風五九首》之一："我志在~~，垂輝映千春。"

芟　shān　❶鋤去（雜草）。《詩經・周頌・載芟》："載~載柞。"

❷大鐮刀。《國語・齊語》："權節其用，耒、耜、枷、~。"

【芟穢】shān huì　剷除雜草，喻除掉禍害。《三國志・蜀書・蔣琬傳》："~~彌難，臣職是掌。"

【芟夷】shān yí　❶把雜草連根拔除。《左傳・隱公六年》："如農夫之務去草焉，~~蘊崇（堆積起來）之。"❷徹底破壞，毀滅。《左傳・呂相絕秦》："~~我農功；虔劉我邊陲。"❸消除。《三國志・蜀書・諸葛亮傳》："今操~~大難，略已平矣。"

姍　shān　❶見"姍姍"。❷通"訕"，譏諷，非議。《漢書・石顯傳》："（石）顯恐天下學士~己。"

【姍姍】shān shān　（女子）走路姿態緩慢從容的樣子。《漢書・孝武李夫人傳》："是邪？非邪？立而望之，何~~來遲邪？"

珊　shān　見"珊珊"。

【珊珊】shān shān　❶玉器撞擊的聲音。唐・杜甫《鄭駙馬宅宴洞中》："時聞雜佩聲~~。"❷衣服摩擦的聲音。戰國楚・宋玉《神女賦》："拂墀聲之~~。"❸斑駁可愛的樣子。明・歸有光《項脊軒志》："風移影動，~~可愛。"❹同"姍姍"，女子走路姿態優美的樣子。清・蒲松齡《聊齋志異・連鎖》："有女子~~自草中出。"

埏　(1) shān　❶用水揉和土。《荀子・性惡》："夫陶人~埴而生瓦。"❷製陶器的模型。《管子・任法》："猶埴之在~也，唯陶之所以為。"

(2) yán　❶大地的邊際。漢・張衡《溫泉賦》："蔭高山之北~。"

❷墓道。《後漢書·陳蕃列傳》："民有趙宣，葬親而不閉～隧。"

【埏埴】shān zhí 揉和黏土以製陶坯。漢·桓寬《鹽鐵論·通有》："～～為器。"

挺 shān ❶勾結。《新唐書·盧鈞傳》："相～為亂。"❷奪取。《漢書·賈誼傳》："主上有敗，則因而～奪之矣。"❸通"埏"，用水揉和黏土。《老子》十一章："～埴以為器。"

潸 shān ❶淚流不止的樣子。《史記·扁鵲倉公列傳》："流涕長～。"❷眼淚，淚痕。宋·陸游《樓上醉書》："中原機會嗟屢失，明日茵席留餘～。"

【潸然】shān rán 淚流不止的樣子。南朝宋·劉義慶《世說新語·夙惠》："有人從長安來，元帝問洛下消息，～～流涕。"

羶 shān ❶羊臊味兒。《莊子·徐無鬼》："蟻慕羊肉，羊肉～也。"隋·侯白《啟顏錄·賣羊》："向者寧馨～，今來爾許臭。"❷獸肉。唐·劉禹錫《壯士行》："彪炳為我席，～腥充我庖。"❸羊肉。漢·李陵《答蘇武書》："～肉酪漿，以充飢渴。"

苫 shàn ❶用草編成的覆蓋物，草簾子。《左傳·駒支不屈於晉》："乃祖吾離被～蓋，蒙荊棘，以來歸我先君。"❷古人守喪時睡的草墊子。《儀禮·喪服》："寢～枕塊（土塊）。"

訕 shàn ❶詆毀，背後說壞話。《論語·陽貨》："惡稱人之惡者，惡居下流而～上者。"❷譏刺。《孟子·離婁下》："（妻）與其妾～其良人，而相泣於中庭。"

【訕毀】shàn huǐ 詆毀，誹謗。晉·葛洪《抱朴子·明本》："既不通道，好為～～，謂真正為妖訛，以神仙為誕妄。"

扇 (1) shàn ❶門扇。《禮記·月令》："（仲春之月）耕者少舍，則脩闔～。"❷指門或窗的數目。明·魏學洢《核舟記》："旁開小窗，左右各四，共八～。"❸扇子。唐·杜牧《秋夕》："銀燭秋光冷畫屏，輕羅小～撲流螢。"❹古代帝王儀仗中的長柄障扇，亦叫宮扇、掌扇。唐·杜甫《秋興八首》其五："雲移雉尾開宮～，日繞龍鱗識聖顏。"❺遮擋。北魏·賈思勰《齊民要術·種榆》："榆性～地，其陰下五穀不生。"❻通"騸"，閹割過的。《新五代史·郭崇韜傳》："至於～馬，亦不可騎。"

(2) shān ❶搖動扇子。《西遊記》第五十九回："一～熄火，二～生風。"❷風吹拂。宋·范成大《初夏》："永日屋頭槐景暗，微風～裏麥花香。"❸鼓動，煽動。《三國志·蜀書·許靖傳》："～動羣逆，津途四塞。"❹狂妄，張狂。《漢書·谷永傳》："閻妻驕～。"❺興旺，旺盛。《梁書·謝舉傳》："逮乎江左，此道彌～。"

單 shàn 見100頁dān。

善 shàn ❶美的，好的。《孟子·盡心上》："及其聞一～言，見一～行，若決江河。"❷使之完美，使之完善。《孟子·盡心上》："窮則獨～其身。"❸好的行為，善行。《荀子·勸學》："積～成德，而神明自得，聖心備焉。"❹善於，擅長。《荀子·勸學》："君子生非異也，～

假於物也。"❺致力於，用心。明·宋濂《送東陽馬生序》："是可謂～學者矣。"❻與……友善，與……交好。《史記·項羽本紀》："楚左尹項伯者，項羽季父也，素～留侯張良。"❼好好地，友善地。《史記·項羽本紀》："今人有大功而擊之，不義也，不如因～遇之。"❽成，成功。《國語·召公諫弭謗》："口之宣言也，～敗於是乎興。"❾稱讚，讚歎。晉·陶淵明《歸去來兮辭》："～萬物之得時，感吾生之行休。"❿應答之詞，表示同意。《三國志·蜀書·諸葛亮傳》："先主曰：'～。'於是與（諸葛）亮情好日密。"

【善本】shàn běn 珍貴難得的、年代久遠的、訛誤較少的古籍的刻本或寫本。宋·歐陽修《唐田弘正家廟碑》："時人共傳，號為～～。"

【善才】shàn cái 唐代對樂師或樂器彈奏高手的通稱。唐·白居易《〈琵琶行〉序》："問其人，本長安倡女，嘗學琵琶於穆、曹二～～。"

【善鄰】shàn lín 與鄰國或鄰人交好。《左傳·隱公六年》："親仁～～，國之寶也。"

【善政】shàn zhèng 妥善的法則、政令。《孟子·公孫丑上》："紂之去武丁未久也，其故家遺俗，流風～～，猶有存者。"

禪　shàn 見56頁chán。

壇　shàn ❶變化，改變。《史記·秦楚之際月表》："五年之間，號令三～。"❷通"禪"，把帝位或王位讓給他人。《漢書·王莽傳》："予之皇始祖考虞帝，受～於唐。"

【嬗變】shàn biàn 演變。《清史稿·食貨志一》："蓋屯衛～～，時勢然也。"

擅　shàn ❶專有，獨有。漢·晁錯《論貴粟疏》："爵者，上之所～，出於口而無窮。"❷佔有，佔據。宋·王安石《讀孟嘗君傳》："～齊之強，得一士焉，宜可以南面而制秦。"❸獨自，擅自。《左傳·呂相絕秦》："秦大夫不詢於我寡君，～及鄭盟。"❹專橫，恣意妄為。漢·曹操《抑兼併令》："袁氏之治也，使豪強～恣。"❺通"禪"，把帝位或王位讓給他人。《荀子·正論》："堯舜～讓，是虛言也。"

【擅兵】shàn bīng 獨掌兵權。《戰國策·燕策三》："彼大將～～於外，而內有大亂，則君臣相疑。"

【擅寵】shàn chǒng 專寵，獨受寵信。《荀子·仲尼》："～～於萬乘之國，必無後患之術。"

【擅國】shàn guó 獨攬國政。《史記·范睢蔡澤列傳》："夫～～之謂王，能利害之謂王，制殺生之威之謂王。"

膳　shàn ❶飲食。《戰國策·魯仲連義不帝秦》："視～於堂下，天子已食，退而聽朝也。"❷特指菜肴。《三國志·吳書·是儀傳》："服不精細，食不重～。"❸進獻飯食。《儀禮·公食大夫禮》："宰夫～稻於梁西。"

繕　shàn ❶修理，修補。《左傳·鄭伯克段於鄢》："大叔完聚，～甲兵，具卒乘，將襲鄭。"❷抄寫。宋·蘇軾《乞校正陸贄奏議進御劄子》："稍加校正，～寫進呈。"

【繕治】shàn zhì 整治，修理。《漢書·高帝紀上》："～～河上塞。"

蟺 shàn ❶ 見"蜿蟺"。❷ 同"鱔"，鱔魚。《荀子·勸學》："非蛇～之穴無可寄託者。" ❸ 通"嬗"，蛻變。漢·賈誼《鵩鳥賦》："形氣轉續兮，變化而～。"

贍 shàn ❶ 供給，供應。唐·韓愈《原道》："為之工，以～其器用。" ❷ 充足，足夠。《孟子·公孫丑上》："以力服人者，非心贍也，力不～也。" ❸ 富裕，富足。《晉書·宣帝紀》："於是務農積穀，國用豐～。" ❹ 填滿。漢·桓寬《鹽鐵論·本議》："故川源不能實漏卮(zhī，酒器)，山海不能～溪壑。"

---

shang

商 shāng ❶ 販賣貨物，經商，經商的人。《史記·蘇秦列傳》："周人之俗，治產業，力工～。"❷ 計算，估算。唐·韓愈《進學解》："若夫～財賄之有亡，計班資(官階資格)之崇庫(同'卑')。"❸ 研究，商量。《後漢書·宦者傳》："成敗之來，先史～之久矣。"❹ 朝代名，指商朝。《史記·孔子世家》："昔武王克～，通道九夷百蠻，使各以其方賄來貢。"

【商賈】shāng gǔ 商人。漢·晁錯《論貴粟疏》："而～～大者積貯倍息，小者坐列販賣……"

【商旅】shāng lǚ 商販，商人。宋·范仲淹《岳陽樓記》："～～不行，檣傾楫摧。"

【商略】shāng lüè ❶ 商議，討論。《晉書·阮籍傳》："籍嘗於蘇門山遇孫登，與～～終古棲神導氣之術，(孫)登皆不應。" ❷ 估計，預測。宋·陸游《枕上》："～～明朝當少

霽。" ❸ 放縱，不受拘束。《三國志·蜀書·楊戲傳》："楊戲～～，意在不羣。"

【商女】shāng nǔ 歌女。唐·杜牧《泊秦淮》："～～不知亡國恨，隔江猶唱後庭花。"

【商榷】shāng què 商議，討論。晉·左思《吳都賦》："剖判庶士，～～萬俗。"

傷 shāng ❶ 受傷。《左傳·成公二年》："郤克～於矢，流血及屨。"宋·歐陽修《宦者傳論》："至其甚，則俱～而兩敗。" ❷ 受傷的人。漢·司馬遷《報任安書》："慮救死扶～不給。" ❸ 傷處，創傷。《左傳·襄公十七年》："以木杖抉其～而死。" ❹ 傷害，損害。三國蜀·諸葛亮《出師表》："恐託付不效，以～先帝之明。" ❺ 損失。《韓非子·五蠹》："攻其國，則其～大。" ❻ 悲傷，心中痛苦。宋·蘇軾《刑賞忠厚之至論》："其言憂而不～，威而不怒。" ❼ 喪事，喪祭。《管子·君臣下》："是故明君飾食飲弔～之禮。" ❽ 太，過分。唐·李商隱《俳諧》："柳訝眉～淺，桃猜粉太輕。"

【傷逝】shāng shì 哀悼死者。北周·庾信《周趙國公夫人紇豆陵氏墓誌銘》："孫子荊之～～～，怨起秋風。"

湯 shāng 見586頁tāng。

惕 shāng 見"惕惕"。

【惕惕】shāng shāng 走路身體挺拔而步伐快。《禮記·玉藻》："凡行容～～。"

殤 shāng ❶ 夭折，未成年而死。《儀禮·喪服》："不滿八歲以

下皆為無服之～。"❷指死在戰場的人。南朝宋·鮑照《出自薊門北行》:"投軀報國主,身死為國～。"

觴 shāng ❶古代盛酒器,酒杯。唐·柳宗元《始得西山宴遊記》:"引～滿酌,頹然就醉。"❷請人喝酒。《戰國策·魯共公擇言》:"梁王魏嬰～諸侯於范臺。"❸飲酒。晉·王羲之《〈蘭亭集〉序》:"一～一詠,亦足以暢敘幽情。"

賞 shǎng ❶賞賜,獎賞。《韓非子·五蠹》:"是以厚～不行,重罰不用,而民自治。"❷欣賞。宋·柳永《望海潮》:"乘醉聽簫鼓,吟～煙霞。"❸讚賞,賞識。《北史·裴莊伯傳》:"任城王澄辟為參軍,甚加知～。"❹通"尚",尊重,尊崇。《荀子·王霸》:"～賢使能以次之也。"

【賞進】shǎng jìn　獎掖,鼓勵。唐·李貽孫《〈歐陽行周文集〉序》:"每有一作,屢加～～。"

【賞慶】shǎng qìng　獎賞。《左傳·昭公二十八年》:"教誨不倦曰長,～～刑威曰君。"

上 shàng ❶上面,高處。《禮記·在上位不陵下》:"～不怨天,下不尤人。"❷上等,頭等。《戰國策·鄒忌諷齊王納諫》:"能面刺寡人之過者,受～賞。"❸地位在上的,尊長,上級。《墨子·非攻上》:"眾聞則非之,～為政者得則罰之。"❹皇上,對君主的稱呼。《史記·平津侯主父列傳》:"不合～意,～怒。"❺向上登。唐·王之渙《登鸛雀樓》:"更～一層樓。"❻上升。唐·王維《輞川閒居贈裴秀才迪》:"渡頭餘落日,墟里～孤煙。"❼進獻。《史記·廉頗

藺相如列傳》:"設九賓於廷,臣乃敢～璧。"❽凌駕於……之上。《國語·周語中》:"民可近也,而不可～也。"❾時間在前的。漢·司馬遷《報任安書》:"～自軒轅,下至於茲。"❿通"尚",崇尚,重視。《史記·秦始皇本紀》:"～農除末。"

【上德】shàng dé　❶最高的道德。《史記·酷吏列傳》:"～～不德,是以有德。"❷帝王的功德。《韓非子·五蠹》:"～～不厚而行武,非道也。"❸推崇道德,以德為重。《左傳·僖公二十八年》:"元軫將中軍,胥臣將下軍:～～也。"

【上第】shàng dì　❶上等的。《後漢書·梁冀列傳》:"其四方調發,歲時貢獻,皆先輸～～於冀。"❷考試或考核成績的最優等。《後漢書·獻帝紀》:"試儒生四十餘人,～～賜位郎中,次太子舍人,下第者罷之。"

【上冬】shàng dōng　孟冬,冬天的第一個月,即農曆十月。晉·謝靈運《遊嶺門山》:"協以～～月。"

【上卿】shàng qīng　大臣的最高官階。《史記·廉頗藺相如列傳》:"廉頗為趙將伐齊,大破之,取陽晉,拜為～～,以勇氣聞於諸侯。"

【上日】shàng rì　農曆每月初一。《尚書·虞書·舜典》:"正月～～,受終於文祖(堯)。"

【上位】shàng wèi　❶高位,統治者的位置。《禮記·在上位不陵下》:"在～～不陵下。"❷貴客的座位。漢·劉向《新序·雜事一》:"君,客也,請就～～。"

【上聞】shàng wén　使君主或上級聽到或了解,向上報告。《韓非子·難三》:"故季氏之亂成而不～～,此魯君之所以劫也。"

【上諭】shàng yù　君主的命令或指示。《元史·阿里海牙傳》："若悉殺之，非～～。"

【上元】shàng yuán　農曆正月十五日為上元節，此夜為元夜、元宵。《舊唐書·中宗紀》："丙寅～～夜，帝與皇后微服觀燈。"

【上苑】shàng yuàn　供帝王遊獵的園林。南唐·李煜《望江南》："還似舊時遊～～，車如流水馬如龍，花月正春風。"

【上宰】shàng zǎi　❶宰相。晉·棗據《雜詩》："天子命～～，作蕃於漢陽。"❷上天，上帝。《隋書·高祖紀上》："一陰一陽，調其氣者，～～。"

尚　shàng　❶崇尚，重視。《論語·憲問》："君子哉若人！～德哉若人！"❷超過，高出。《論語·里仁》："好仁者，無以～之也。"❸認為自己高，自負。《後漢書·張衡列傳》："雖才高於世，而無驕～之情。"❹凌駕於……上。《宋書·劉穆之傳》："瑀使驕～人。"❺喜歡。三國蜀·諸葛亮《彈李平表》："(李)平所在治家，～為小惠。"❻仰攀婚姻，特指娶帝王之女。《史記·李斯列傳》："諸男皆～秦公主。"❼主管，掌管。《韓非子·內儲說下》："～浴免，則有當代者乎？"❽品德高。晉·陶淵明《桃花源記》："南陽劉子驥，高～士也。"❾久遠。《呂氏春秋·古樂》："樂所由來者～矣。"❿還是，仍然。唐·柳宗元《捕蛇者說》："而吾蛇～存，則弛然而臥。"⓫尚且，還。《史記·廉頗藺相如列傳》："臣以為布衣之交～不相欺，況大國乎！"⓬同"上"，往上，向上。《孟子·萬章下》："以

友天下之善士為未足，又～論古之人。"⓭同"倘"，倘若，如果。《墨子·尚賢上》："～欲祖述堯舜禹湯之道，將不可以不尚賢。"

【尚方】shàng fāng　❶官職名，秦漢時少府屬官，負責置辦宮廷器物。❷皇帝用的劍叫"尚方劍"，也作"上方劍"。《漢書·朱雲傳》："臣願賜～～斬馬劍，斷佞臣一人以厲其餘。"

【尚父】shàng fù　指周朝的開國功臣呂尚（即姜子牙），武王尊稱之為"尚父"，意為可尊崇的父輩。宋·蘇軾《超然臺記》："隱然如城郭，師～～，齊威公之遺烈猶有存者。"

【尚復】shàng fù　何況又……。漢·晁錯《論貴粟疏》："勤苦如此，～～被水旱之災。"

【尚古】shàng gǔ　❶同"上古"，"尚"同"上"。《史記·十二諸侯年表》："亦上觀～～，刪拾春秋，集六國時事……為《呂氏春秋》。"❷崇尚古道（或古制）。《新唐書·蕭穎士傳》："穎士數稱班彪、皇甫謐……能～～。"

【尚饗】shàng xiǎng　也作"尚享"，希望死者來享用祭品，舊時祭文多用為結語。宋·歐陽修《祭石曼卿文》："不覺臨風而隕涕者，有愧夫太上之忘情。～～！"

【尚義】shàng yì　崇尚道義。《列子·周穆王》："貴勝而不～～。"

【尚猶】shàng yóu　尚且，仍然。漢·李陵《答蘇武書》："蠻貊之人，～～嘉子之節。"

---

shao

捎　shāo　❶擊打。漢·張衡《東京賦》："～魑魅，斮（zhuó，斬；

削）猖狂。"❷拔出。《史記·龜策列傳》："以夜～兔絲去之。"❸除掉。三國魏·曹植《野田黃雀行》："劍拔～羅網，黃雀得飛飛。"❹揮動。唐·李賀《貴主征行樂》："春營騎將如紅玉，走馬～鞭上空綠。"❺拂動，掠過。唐·崔湜《暮秋抒懷》："霜剪涼墀蕙，風～幽渚荷。"

梢 shāo ❶樹、竹的末端。唐·杜甫《茅屋為秋風所破歌》："茅飛渡江灑江郊，高者挂罥長林～。"❷事物的末端，尾端。《水滸傳》第三回："提起拳頭來就眼眶際眉～只一拳。"❸長竿。《漢書·禮樂志》："飾玉～以舞歌。"❹通"消"，沖刷。《周禮·冬官考工記·匠人》："～溝三十里而廣倍。"

稍 shāo ❶古代官吏每月的俸米，又指發給太學生的俸祿。明·宋濂《送東陽馬生序》："縣官日有廩～之供，父母歲有裘葛之遺。"❷周代大夫的食邑。《周禮·地官司徒·載師》："以家邑之田任～地。"❸小。《周禮·天官冢宰·膳夫》："凡王之～事，設薦脯醢。"❹稍微，略微。宋·蘇軾《乞校正陸贄奏議進御劄子》："臣等欲取其奏議，一加校正，繕寫進呈。"❺很，甚。南朝梁·江淹《恨賦》："紫臺～遠，關山無極。"❻逐漸地。宋·蘇軾《范增論》："項羽疑范增與漢有私，～奪其權。"

【稍稍】 shāo shāo　逐漸地，漸漸地。清·林嗣環《口技》："賓客意少舒，～～正坐。"

鞘 shāo　見475頁qiào。

杓 sháo　通"勺"，有柄的舀東西的器具。宋·歐陽修《賣油

翁》："以錢覆其口，徐以～酌油瀝之。"

苕 (1) sháo ❶落葉藤本植物，夏季開花，又叫紫葳、凌霄花。《詩經·小雅·苕之華》："～之華，芸其黃矣。"❷苕子，苕菜。宋·陸游《疏食》："陌上煙～誰采采，牆陰風葉正離離。"

(2) tiáo ❶蘆葦的花穗。《荀子·勸學》："以羽為巢，而編之以髮，繫之葦～。"❷通"迢"，遠。見"苕苕"。❸通"岧(tiáo)"，高。見"苕苕"。

【苕苕】 tiáo tiáo ❶通"迢迢"，遙遠的樣子。晉·謝靈運《述祖德》："～～歷千載，遙遙播清塵。"❷通"岧岧"，高險的樣子。晉·陸機《擬西北有高樓》："高樓一何峻，～～峻而安。"

韶 sháo ❶傳說中虞舜時代的樂曲名，亦可伴舞，為古代雅樂的代表。《論語·述而》："子在齊聞～，三月不知肉味。"❷美好。南朝梁·蕭綱《答湘東王書》："暮春美景，風雲～麗。"

【韶光】 sháo guāng　美好的時光，特指春光。宋·范成大《初夏》："晴絲三尺挽～～，百舌無聲燕子忙。"

【韶華】 sháo huá ❶同"韶光"，美好的時光。宋·秦觀《江城子》："～～不為少年留。"❷青春。唐·李賀《嘲少年》："莫道～～鎮長在，髮白面皺專相待。"

少 (1) shǎo ❶數量小，不多的。《孟子·萬章上》："益之相禹也，歷年～，施澤於民未久。"❷缺少，缺乏。宋·蘇洵《管仲論》："天下豈～～三子之徒哉？"❸減少，削弱。漢·賈誼《治安策》："欲天下

之治安，莫若眾建諸侯而～其力。"
❹ 輕視。漢・王充《論衡・程材》："世俗共短儒生，儒生之徒亦自～。"
❺ 微賤，低賤。宋・歐陽修《瀧岡阡表》："自其家～微時，治其家以儉約。" ❻ 稍微。《戰國策・觸龍說趙太后》："太后之色～解。" ❼ 一會兒，不多時。宋・蘇軾《前赤壁賦》："～焉，月出於東山之上。"

（2）shào ❶ 年幼的。唐・韓愈《祭十二郎文》："孰謂～者歿而長者存，強者夭而病者全乎！" ❷ 少年，年輕。宋・歐陽修《相州晝錦堂記》："自公～時，已擢高科，登顯士。"

【少間】shǎo jiān ❶ 病稍好些。漢・枚乘《七發》："伏聞太子玉體不安，亦～～乎？" ❷ 一點兒空隙。宋・李之儀《跋慎伯筠書》："戶外之屨，至無～～。" ❸ 隔了一會兒。清・蒲松齡《聊齋志異・促織》："～～，簾內擲一紙出。"

【少艾】shào ài　美貌少女。《孟子・萬章上》："知好色，則慕～～。"

【少君】shào jūn ❶ 古稱諸侯的妻子，也叫"小君"。《左傳・定公十四年》："從我而朝～～。" ❷ 年幼的君主。《左傳・哀公六年》："～～不可以訪，是以求長君。" ❸ 對別人兒子的尊稱。《紅樓夢》一百一十四回："弟那年在江西糧道任時，將小女許配與統制～～。"

劭　shào ❶ 勸勉，鼓勵。《漢書・成帝紀》："先帝～農，薄其租稅。" ❷ 自勉，自強。《三國志・魏書・韓暨傳》："年逾八十，守道彌固，可謂純篤，老而益～者也。" ❸ 美好。晉・潘岳《行旅上河陽縣》："令名患不～。"

紹　shào ❶ 繼承，接續。韓愈《進學解》："尋墜緒之茫茫，獨旁搜而遠～。" ❷ 介紹，引見。《戰國策・魯仲連義不帝秦》："東國有魯連先生，其人在此，勝請為～介，而見之於將軍。"

she

奢　shē ❶ 奢侈，浪費。《論語・八佾》："禮（吉禮，辦喜事），與其～也，寧儉。" ❷ 過分，過度。明・歸有光《滄浪亭記》："諸子姻戚，乘時～僭，宮館苑囿，極一時之盛。" ❸ 多。《史記・滑稽列傳》："臣見其所持者狹而所欲者～，故笑之。" ❹ 大。晉・王嘉《拾遺記》："不用～帶修裙。" 誇大，誇張。漢・司馬相如《子虛賦》："～言淫樂而顯侈靡。"

【奢靡】shē mí　奢華浪費。宋・司馬光《訓儉示康》："眾人皆以～～為榮。"

賒　shē ❶ 賒欠，延期付款。《水滸傳》第三回："提轄只顧自去，但吃不妨，只怕提轄不來～。" ❷ 遙遠，路長。唐・王勃《滕王閣序》："北海雖～，扶搖可接。" ❸ 寬緩，松。唐・駱賓王《晚度天山有懷京邑》："行歎戎麾遠，坐憐衣帶～。" ❹ 遲，晚於正常時間。唐・杜甫《喜晴》："且耕今未～。" ❺ 稀少。唐・張說《岳州作》："物土南州異，關河北信～。" ❻ 句末語氣詞，無實義。宋・楊萬里《多稼亭看梅》："更上城頭一望～。"

舌　shé ❶ 舌頭。《孟子・滕文公上》："今也南蠻鴃～之人，非先王之道。" ❷ 言詞。唐・柳宗元《賀進士王參元失火書》："自以幸為天子近臣，得奮其～。" ❸ 像舌頭形狀的東西。《詩經·小雅·大東》："維南有箕，載翕其～。"

【舌耕】shé gēng　指教書授徒。學者授徒，以口舌謀生，猶如農夫耕田得栗，故稱教書為"舌耕"。元·張之翰《為郭迂庵壽》："～～三十載，不救室懸罄。"

【舌人】shé rén　古代的翻譯官。《新唐書·突厥傳》："來朝坐於門外，～～體委以食之，不使知馨香嘉味也。"

折 shé　見 774 頁 zhé。

蛇 shé　無足爬行類動物。唐·李白《蜀道難》："朝避猛虎，夕避長～。"

【蛇弓】shé gōng　指弓，因弓形彎曲如蛇，故稱"蛇弓"。唐·楊炯《紫騮馬》："～～白羽箭，鶴轡赤茸鞦。"

【蛇虺】shé huǐ　毒蛇。虺，毒蛇。唐·柳宗元《永州韋使君新堂記》："～～之所蟠，狸鼠之所游。"

【蛇行】shé xíng　❶ 像蛇一樣伏地爬行。《戰國策·蘇秦以連橫説秦》："嫂（嫂）～～匍伏，四拜自跪而謝。" ❷ 蜿蜒曲折。唐·柳宗元《小石潭記》："潭西南而望，斗折～～，明滅可見。"

舍（1）shě　❶ 同"捨"，捨棄，放棄。《孟子·告子上》："二者不可得兼，～生而取義者也。" ❷ 施捨，布施。《左傳·昭公十三年》："施～不倦，求善不厭。" ❸ 發射。《詩經·小雅·車攻》："不失其馳，～矢如破。" ❹ 赦免。《漢書·朱博傳》："常刑不～。"

（2）shè　❶ 房舍，住處。清·

蒲松齡《聊齋志異·山市》："又漸如常樓，又漸如高～。" ❷ 安置住處。《史記·廉頗藺相如列傳》："遂許齋五日，～相如廣成傳。" ❸ 建房舍，定居。宋·王安石《遊褒禪山記》："唐浮圖慧褒始～於其址，而卒葬之。" ❹ 住宿。《莊子·山木》："夫子出於山，～於故人家。" ❺ 停止，休息。《詩經·小雅·何人斯》："爾之安行，亦不遑～。" ❻ 軍隊住宿一夜。《左傳·莊公三年》："凡師，一宿為'～'，再宿為'信'，過信為'次'。" ❼ 三十里。《左傳·僖公二十三年》："晉、楚治兵，遇於中原，其辟君三～。"

【舍弟】shè dì　對人自稱其弟的謙詞。三國魏·曹丕《與鍾大理書》："是以令～～子建因荀仲茂時從容喻鄙旨。"

【舍人】shè rén　❶ 門客，古時在貴族或官僚家裏寄食的人。《史記·廉頗藺相如列傳》："藺相如者，趙人也，為趙宦者令繆賢～～。" ❷ 職官名。❸ 宋元以來對貴顯子弟的俗稱，猶言公子。

社 shè　❶ 土地神。《左傳·昭公二十九年》："后土為～。" ❷ 祭祀土地神的場所。《左傳·文公十五年》："伐鼓於～。" ❸ 祭祀土地神。《禮記·中庸》："郊～之禮，所以事上帝也。" ❹ 古代一種居民組織，方圓六里，二十五家為一社。《史記·孔子世家》："昭王將以書～地七百里封孔子。" ❺ 集體性組織，某種團體。明·張溥《五人墓碑記》："故予與同～諸君子，哀斯墓之徒有其石也。" ❻ 社日的簡稱。元·趙孟頫《山坡羊·燕子》："來時春～，歸時秋～。"

【社稷】shè jì ❶ 祭祀土地神和穀神的神壇。漢‧班固《白虎通義‧社稷》："王者所以有～～何？為天下求福報功。" ❷ 古代指國家。社，土地神；稷，穀神。古代帝王都祭祀社稷，因此"社稷"就成了國家的代稱。《孟子‧盡心下》："民為貴，～～次之，君為輕。"

【社日】shè rì 古代春、秋兩次祭祀土地神的日子。一般在立春和立秋後的第五個戊日，分別稱"春社"和"秋社"。唐‧張籍《吳楚歌辭》："今朝～～停針線。"

射 shè ❶ 射箭。《國語‧諸稽郢行成於吳》："夫一人善～，百夫決拾，勝未可成。" ❷ 用箭射殺。唐‧杜甫《前出塞九首》之六："～人先～馬。" ❸ 射箭的技術。《漢書‧李廣傳》："廣世世受～。" ❹ 像箭一樣迅速噴出。南朝宋‧鮑照《苦熱行》："含沙～流影，吹蠱痛行暉。" ❺ 照射。明‧徐霞客《徐霞客遊記‧楚遊日記》："光由隙中下～，宛如鉤月。" ❻ 追求，謀求。《新唐書‧食貨志四》："鹽價益貴，商人乘時～利。" ❼ 猜測，猜度。《呂氏春秋‧重言》："有鳥止於南方之阜，三年不動不飛不鳴，是何鳥也？王～之。" ❽ 打賭，賭博。《史記‧孫子吳起列傳》："田忌信然之，與王及諸公子逐～千金。"

【射覆】shè fù ❶ 一種遊戲，猜測覆蓋着的東西。《漢書‧東方朔傳》："上嘗使諸數家～～。" ❷ 行酒令，猜度字句中隱寓的事物。唐‧李商隱《無題》："隔座送鉤春酒暖，分曹～～蠟燈紅。"

【射禮】shè lǐ 古代貴族男子重武習射，許多重大場合要舉行射禮。射禮共有四種：將祭擇士時為大射；諸侯來朝或諸侯互相朝見時為賓射；宴飲時為燕射；卿大夫舉士後所行之射為鄉射。

涉 shè ❶ 趟水過河過江等。《呂氏春秋‧察傳》："晉師己亥～河也。" ❷ 渡過江、河等。《荀子‧子道》："不放舟，不避風，則不可～也。" ❸ 跋涉，奔波。《左傳‧子革對靈王》："跋～山林以事天子。" ❹ 到，進入。《左傳‧齊桓公伐楚盟屈完》："不虞君之～吾地也，何故？" ❺ 經歷，經過。唐‧白居易《與元微之書》："僕自到九江，已～三載。" ❻ 遇到，遭遇。《史記‧游俠列傳》："況以中材而～亂世之末流乎？其遇害何可勝道哉！" ❼ 關涉，牽連。唐‧劉知幾《史通‧敘事》："而言有關～，事便顯露。" ❽ 瀏覽，泛覽。《後漢書‧仲長統列傳》："博～書記。"

【涉筆】shè bǐ 動筆（寫作）。宋‧李昭玘《永興提刑謝到任啟》："據鞍～～，擁文墨之紛紜。"

【涉想】shè xiǎng 設想。南朝梁‧何遜《為衡山侯與婦書》："帳前微笑，～～猶存。"

設 shè ❶ 設置，建立。《孟子‧公孫丑下》："～為庠序學校以教之。" ❷ 擺放，安置。《左傳‧子產壞晉館垣》："諸侯賓至，甸～庭燎，僕人巡宮。" ❸ 陳列，陳放。《禮記‧中庸》："春秋修其祖廟，～其宗器，～其裳衣。" ❹ 排列，部署。《史記‧廉頗藺相如列傳》："趙亦盛～兵以待秦，秦不敢動。" ❺ 設計，籌劃。梁啟超《戊戌政變記‧譚嗣同傳》："而～法備貯彈藥。" ❻ 規劃周密，完備。《史記‧

刺客列傳》："宗族盛多，居處兵衛甚～。"❼任用。《荀子·臣道》："故正義之臣～，則朝廷不頗。"❽進，進言。《史記·屈原賈生列傳》："又因厚幣用事者臣靳尚，而～詭辯於懷王之寵姬鄭袖。"❾訂立，立下。《紅樓夢》第四回："立意買來作妾，～誓不再娶第二個了。"❿假設，如果。《史記·魏其武安侯列傳》："～百歲後，是屬寧有可信者乎？"

【設或】shè huò　假如，如果。宋·王令《答友人》："～～堅決為，加以勤自副。"

【設令】shè lìng　假若，如果。《三國志·魏書·傅嘏傳》："～～列船津要，堅城據險，橫行之計，其殆難捷。"

【設色】shè sè　着色。元·虞集《題村田樂圖》："尺素自是高唐物，瑩如秋水宜～～。"

【設席】shè xí　在飲宴時鋪設坐席。《詩經·大雅·行葦》："肆筵～～。"

懾 shè ❶害怕，恐懼。《國語·申胥諫許越成》："夫越非實忠心好吳也，又非～畏吾甲兵之彊也。"❷使恐懼。《淮南子·氾論訓》："威動天地，聲～四海。"

【懾憚】shè dàn　畏懼。《後漢書·李固列傳》："自胡廣、趙戒以下，莫不～～之，皆曰：'惟大將軍令。'"

【懾伏】shè fú　同"懾服"，因恐懼而屈服。《史記·范雎蔡澤列傳》："楚、趙皆～～不敢攻秦者，白起之勢也。"

【懾服】shè fú　因懼怕而屈服。《三國志·魏書·王修傳》："由是豪強～～。"

攝 shè ❶提起，提據。《論語·鄉黨》："～齊（衣服的下邊）升堂，鞠躬如也，屏氣似不息者。"❷拉着，拽。《左傳·襄公二十三年》："～車從之。"❸攝取，吸引。唐·顧況《廣陵白沙大雲寺碑》："磁石～鐵，不～鴻毛。"❹逮捕，捉拿。《國語·吳語》："～少司馬茲與王士五人。"❺代理，兼代。《史記·孔子世家》："孔子年五十六，由大司寇行～相事，有喜色。"❻整理。三國魏·王粲《七哀》："獨夜不能寐，～衣起撫琴。"❼管理，檢看。宋·司馬光《陶侃》："軍府眾事，檢～無遺。"❽輔助。漢·王符《潛夫論·贊學》："～之以良朋，教之以明師。"❾夾處，迫近。《論語·先進》："千乘之國，～乎大國之間。"❿通"懾"，恐懼，害怕。漢·桓寬《鹽鐵論·誅秦》："東～六國，西畏於秦。"

【攝生】shè shēng　養生。攝，調養，保養。《韓非子·解老》："動無死地，而謂之善～～。"

【攝政】shè zhèng　代替君主處理政務。《史記·燕召公世家》："成王既幼，周公～～。"

歙 shè　見641頁 xī。

---

shen

申 shēn ❶申明，反覆強調。《孟子·梁惠王上》："謹庠序之教，～之以孝悌之義，頒白者不負戴於道路矣。"❷抒發，陳述。唐·杜甫《兵車行》："長者雖有問，役夫敢～恨？"❸申報，向上級陳述。唐·韓愈《八月十五夜贈張功曹》："州家～名使家抑。"❹申時，十二時辰之一，即下午三點到五點。《水滸傳》第十六回："楊志卻要辰牌起身，～時便歇。"❺ 伸展，舒展。漢·桓寬《鹽鐵論·利議》："乃安得鼓口舌，～顏眉，預前論議，是非國家之事也？"

【申飭】shēn chì　告誡。《宋史·田錫傳》："伏願～～將帥，慎固封守。"

【申令】shēn lìng　❶ 號令。《史記·孫子吳起列傳》："約束既明，～～不熟，將之罪也。"❷ 傳令。《南史·樊毅傳》："擊鼓～～，眾乃定焉。"

【申申】shēn shēn　反覆地，再三地。戰國楚·屈原《楚辭·離騷》："女嬃之嬋媛兮，～～其詈予。"

【申申如】shēn shēn rú　衣冠楚楚的樣子。《論語·述而》："子之燕居，～～～也，夭夭如也。"

【申奏】shēn zòu　臣下向君主上書稱"申奏"。《宋書·孝武帝紀》："未聞朝聽者，皆聽躬自～～，大小以聞。"

伸　shēn　❶ 伸直，伸開。明·劉基《司馬季主論卜》："一冬一春，靡屈不～。"❷ 伸展，舒展。見"伸眉"。❸ 同"申"，申述，陳述。唐·韓愈《爭臣論》："願進於闕下而～其辭說。"

【伸眉】shēn méi　舒展眉頭，喻揚眉吐氣，得意洋洋。漢·司馬遷《報任安書》："乃欲揚首～～，論列是非……"

身　shēn　❶ 人體除頭部以外的其他部分。戰國楚·屈原《楚辭·九歌·國殤》："帶長劍兮挾秦弓，首～離兮心不懲。"❷ 身體，軀體。《史記·項羽本紀》："項伯亦拔劍起舞，常以～翼蔽沛公。"❸ 自己，自身。《戰國策·觸龍說趙太后》："此其近者禍及～，遠者及其

子孫。"❹ 親自。漢·司馬遷《報任安書》："常思奮不顧～，以徇國家之急。"❺ 身份。唐·杜甫《新婚別》："妾～未分明，何以拜姑嫜。"❻ 物體的主幹部分。唐·白居易《凌霄花》："託根附樹～～。"❼ 人的品行，才能。《漢書·李尋傳》："士屬～立名者多。"❽ 自家，我。《三國志·蜀書·張飛傳》："～是張翼德也。"❾ 通"娠"，身孕。《詩經·大雅·大明》："大任有～，生此文王。"

呻　shēn　❶ 誦讀，吟誦。《禮記·學記》："今之教者，～其佔畢（書簡）。"❷ 呻喚，因痛苦而發出低哼聲。《列子·周穆王》："晝則～呼而即事。"

【呻吟】shēn yín　❶ 吟誦。漢·桓寬《鹽鐵論·大論》："～～槁簡，誦死人之語。"❷ 痛苦時發出的低哼聲。《後漢書·華佗列傳》："（華）佗聞其～～，駐車往視。"

信　shēn　見 664 頁 xìn。

參　shēn　見 45 頁 cān。

紳　shēn　❶ 古代士大夫服裝的組成部分，繫在外衣腰間的大帶子，具有裝飾作用。《論語·鄉黨》："疾，君視之，東首，加朝服，拖～。"❷ 官服的標誌之一。宋·歐陽修《相州晝錦堂記》："垂～正笏，不動聲色。"❸ 借指當官的人，常"縉紳"連用。明·張溥《五人墓碑記》："縉～而能不易其志者，四海之大，有幾人歟？"❹ 用帶子捆束。《韓非子·外儲說左上》："～之束之。"

莘　shēn　見 664 頁 xīn。

深 shēn ❶ 水深，與"淺"相對。漢·曹操《短歌行》："山不厭高，海不厭～。" ❷ 上下或內外之間的距離大。宋·王安石《遊褒禪山記》："有穴窈然，入之甚寒，問其～，則其好遊者不能窮也。" ❸ 向下。《孟子·梁惠王上》："省刑罰，薄稅斂，～耕易耨。" ❹ 厚。明·宋濂《送東陽馬生序》："窮冬烈風，大雪～數尺。" ❺ 內部，縱深處。《莊子·逍遙遊》："鷦鷯巢於～林，不過一枝。" ❻ 遠。晉·陶淵明《歸園田居》："狗吠～巷中。" ❼ 久遠，長遠。《戰國策·觸龍說趙太后》："父母之愛子，則為之計～遠。" ❽ 深刻，深奧。宋·王安石《遊褒禪山記》："以其求思之～而無不在也。" ❾ 嚴刻，嚴酷。《後漢書·光武帝紀上》："獄中多冤人，用刑～刻。" ❿ 重大，重要。《三國志·魏書·陳思王植傳》："位益高者，責益～。" ⓫ 茂盛。唐·杜甫《春望》："城春草木～。"

神 shén ❶ 神靈，神話或宗教中萬事萬物的主宰者。唐·李白《與韓荊州書》："君侯制作侔～明，德行動天地。" ❷ 人死後離開軀體而存在的精靈。《漢書·孔子世家》："質之鬼～而無憾。" ❸ 意識，人的精神，與"形體"相對。《荀子·天論》："形具而～生。" ❹ 精力，心智。漢·鄒陽《獄中上梁王書》："雖竭精～，欲開忠於當世之君⋯⋯" ❺ 神奇，超乎尋常的。《宋史·列傳第一百二十四》："生有～力，未冠，挽弓三百斤，弩八石。" ❻ 神態，表情。《後漢書·劉寬列傳》："(劉)寬～色不異。" ❼ 肖像。宋·蘇軾《傳神記》："南都程懷立，眾稱其能，於傳吾～，大得其全。"

【神龜】shén guī　有神力的龜。古人認為龜有神力，故以龜甲占卜吉凶，並稱龜為神龜。漢·曹操《步出夏門行》："～～雖壽，猶有竟時。"

【神交】shén jiāo ❶ 與神交往。《漢書·敍傳上》："皆誒(sì，等待)命而～～，匪詞言之所信。" ❷ 精神上的交往，即志同道合。晉·袁宏《山濤別傳》："(山)濤初不識，一與相遇，便為～～。"

【神明】shén míng ❶ 天地間神的總稱。《周易·繫辭下》："陰陽合德，而剛柔有體，以體天地之撰，以通～～之德。" ❷ 道德修養的最高境界。《荀子·勸學》："積善成德，而～～自得。" ❸ 人的精神。《莊子·齊物論》："勞～～為一，而不知其同也。" ❹ 神聖。《後漢書·班彪傳下》："備哉燦爛，真～～之式也。" ❺ 明智如神。《易林·晉之艮》："學靈三年，聖且～～。"

【神農】shén nóng ❶ 傳說中的古帝名，又稱炎帝、烈山氏，是中國農業的始祖。相傳他始教民製造農具以興農業，嘗百草為醫藥以治疾病。《史記·伯夷列傳》："～～、虞、夏忽焉沒兮，我安適歸矢？" ❷ 農業。《禮記·月令》："毋發令以待，以防～～之事也。" ❸ 春秋戰國時諸子百家之一，指農家。《孟子·滕文公上》："有為～～之言者許行，自楚之滕。"

【神女】shén nǚ ❶ 女神。戰國楚·宋玉《神女賦》："夫何～～之姣麗兮，含陰陽之渥飾。" ❷ 神話中的巫山神女。戰國楚·宋玉《〈神農賦〉序》："其夜王寢，夢與～～遇。"

【神祇】shén qí　指天地之神。神，指天神；祇，指地神。唐·李朝威

《柳毅傳》："吾不知子之牧羊，何能用哉？～～豈宰殺乎？"

【神器】shén qì 指帝位，政權。唐·駱賓王《為徐敬業討武曌檄》："猶復包藏禍心，窺竊～～。"

【神守】shén shǒu ❶意志堅定。《宋書·南郡王義宣傳》："而義宣惛墊，無復～～，入內不復出。"❷神情，神色。《三國志·蜀書·蔣琬傳》："～～舉止，有如平日。"

【神思】shén sī ❶遐想，在此而思彼。南朝梁·劉勰《文心雕龍·神思》："形在江海之上，心存魏闕之下，～～之謂也。"❷思慮，思考。《三國志·吳書·陸凱傳》："願陛下重留～～，訪以時務。"

【神武】shén wǔ ❶神明而威武。《漢書·刑法志》："漢興，高祖躬～～之材……"❷唐代皇帝禁軍北衙門軍的一部。《新唐書·兵志》："唯羽林、龍武、～～、神策、神威最盛，總曰左右十軍矣。"

【神縣】shén xiàn 中國，赤縣神州的簡稱。南朝梁·江淹《雜體詩》："太微凝帝宇，瑤光正～～。"

【神鴉】shén yā 烏鴉。因烏鴉常棲息於神祠之上，故稱"神鴉"。宋·辛棄疾《永遇樂·京口北固亭懷古》："佛狸祠下，一片～～社鼓。"

S

【神遊】shén yóu ❶精神或夢魂往遊其境。宋·蘇軾《念奴嬌·赤壁懷古》："故國～～，多情應笑我，早生華髮。"❷神交。南朝梁·江淹《自序傳》："所與～～者，唯陳留袁叔明而已。"❸死的諱稱。宋·王安石《八月一日永昭陵旦表》："率土方涵於聖化，賓天遽愴於～～。"

【神宇】shén yǔ ❶供奉神靈的房室。漢·董仲舒《春秋繁露·求雨》："取三歲雄雞與三歲豭（jiā，雄性的）豬，皆燔之於四通～～。"❷同"神州"，指中國。晉·郭璞《南郊賦》："廓清紫衢，電掃～～。"❸氣質，氣度。《世說新語·雅量》："世以此定二王（指王徽之、王獻之）～～。"

【神韻】shén yùn ❶超乎常人的風度氣韻。宋·司馬光《送守哲歸廬山》："～～自孤秀。"❷表情，神情。南朝梁·慧皎《高僧傳·慧遠》："遠～～嚴肅，容止方稜。"❸詩、文及書畫的不同尋常的韻味或精神。清·吳陳琰《〈蠶尾續集〉序》："味外味者何？～～也。詩得古人之～～……詩品之貴，莫過於此矣。"

哂 shěn ❶譏笑。《論語·先進》："夫子何～由也？"❷微笑。唐·李白《尋高鳳石門山中元丹丘》："顧我忽而～。"

【哂笑】shěn xiào 譏笑。元·戴表元《少年行贈袁養直》："童奴～～妻子罵。"

矧 shěn ❶何況。《詩經·小雅·伐木》："～伊人矣，不求友生（朋友）！"❷亦，又。《尚書·周書·康誥》："元惡大憝（duì，罪惡），～惟不孝不友。"❸齒齦。《禮記·曲禮上》："笑不至～。"

審 shěn ❶詳細觀察，體察。《呂氏春秋·察今》："故～堂下之陰，而知日月之行，陰陽之變。"❷明確，清楚。宋·蘇軾《潮州韓文公廟碑》："其不眷戀於潮也，～矣。"❸詳備，完備。明·方孝孺《深慮論》："思之詳而備之～矣。"❹慎重，審慎。《商君書·禁使》："故論功察罪不可不～也。"

❺ 確實，果真。漢·王充《論衡·知實》："孔子如～先知，當早易道。"三國蜀·劉備《遺詔》："～能如此，吾復何憂？"

【審諦】shěn dì　周密，詳備。《尚書大傳·略説》："言其能行天道，舉措～～。"

甚 (1) shèn ❶厲害，嚴重。《史記·廉頗藺相如列傳》："廉君宣惡言而君畏匿之，恐懼殊～。" ❷超過，勝過。《孟子·告子上》："生亦我所欲，所欲有～於生者，故不為苟得也。" ❸很，非常。宋·周敦頤《愛蓮説》："自李唐來，世人～愛牡丹。"

(2) shén ❶什麼。《水滸傳》第三回："官人要～東西？分付買來。" ❷為什麼。宋·辛棄疾《八聲甘州》："～當時健者也曾閑？"

慎 shèn ❶謹慎，慎重。宋·王安石《遊褒禪山記》："此所以學者不可以不深思而～取之也。" ❷告誡之詞，相當於"千萬"。《笑林·漢世老人》："～勿他説，復相效而來。"

【慎獨】shèn dú　一人獨處也能謹慎不苟。三國魏·曹植《卞太后誄》："祇畏神明，敬惟～～。"

【慎微】shèn wēi　謹慎及於細微之處。《淮南子·人間訓》："聖人敬小～～，動不失時。"

【慎勿】shèn wù　千萬不要。漢樂府《孔雀東南飛》："～～為婦死，貴賤情何薄？"

【慎終】shèn zhōng ❶做事自始至終小心謹慎。漢·劉向《説苑·談叢》："～～如始，常以為戒。" ❷為父母辦喪事，要依禮盡哀。《論語·學而》："～～追遠，民德歸厚矣。"

椹 shèn ❶桑樹的果實。唐·柳宗元《聞黃鸝》："西林紫～行當熟。" ❷木上生出的菌類。晉·張華《博物志》："江南諸山郡中大樹斷倒者，經春夏生菌，謂之～。"

蜃 shèn ❶大蛤。《左傳·昭公二十年》："海之鹽～，祈望守之。" ❷古代祭器，畫有蜃形的漆尊。《周禮·春官宗伯·鬯人》："凡祭祀……凡山川四方用～。" ❸傳説中的蛟龍，能吐氣成海市蜃樓。唐·王維《〈送祕書晁監還日本國詩〉序》："黃雀之風動地，黑～之氣成雲。"

【蜃氣】shèn qì　一種大氣光學現象，常發生在海上或沙漠地區。南朝梁·蕭綱《吳郡石像碑》："朝視沈浮，疑諸～～，夕復顯晦，乍若潛火。"

【蜃市】shèn shì　也叫"海市"，濱海和沙漠地區因光線折射而形成的奇異幻景。明·張煌言《海上觀燈》："香擁虹橋千里外，芒寒～～九霄間。"

<hr>

sheng

升 shēng ❶量名。十合為一升，十升為一斗。宋·蘇軾《上梅直講書》："方學為對偶聲律之文，求～斗之祿。" ❷古代布八十縷為升。漢·劉向《説苑·臣術》："八～之布，一豆之食，足矣。" ❸上升，升起。唐·李白《古風五九首》之一九："霓裳曳廣帶，飄拂～天行。" ❹登，登上。《論語·鄉黨》："～車，必正立執綏。" ❺古代祭山時，把祭品放在山上。《儀禮·覲禮》："祭天燔柴，祭山丘陵～。" ❻向上薦舉。漢·劉向《列女傳·賢明

S

傳》："晏子賢其能納善自改，～諸景公以為大夫。" ❼ 穀物登場。《論語·陽貨》："舊穀既沒，新穀既～。"

生 shēng　❶ 草木出生，生長。晉·謝靈運《登池上樓》："池塘～春草，園柳變鳴禽。" ❷ 出生。《史記·孔子世家》："孔子～魯昌平鄉陬邑。" ❸ 產生，發生。《荀子·勸學》："積水成淵，蛟龍～焉。" ❹ 生命。《莊子·讓王》："今世俗之君子多危身棄～以殉物，豈不悲哉！" ❺ 活着，與"死"相對。《國語·越語上》："於是葬死者，問傷者，養～者。" ❻ 果實未成熟。《晉書·孫晷傳》："時年饑穀貴，人有刈其稻者，(孫)晷見而避之。" ❼ 未煮過或未煮熟的。《史記·項羽本紀》："項王曰：'賜之彘肩。'則與一～彘肩。" ❽ 天性。《荀子·勸學》："君子～非異也，善假於物也。" ❾ 讀書人的通稱。明·宋濂《送東陽馬生序》："余朝京師，～以鄉人子謁余。" ❿ 通"牲"。《論語·鄉黨》："君賜～，必畜之。"

【生聚】shēng jù　繁殖人口，積聚財富。《左傳·哀公元年》："越十年～～，而十年教訓，三十年之外，吳其為沼乎！"

【生口】shēng kǒu　俘虜、奴隸及被販賣的人口。《三國志·魏書·倭人傳》："獻上男女～～三十人，貢白珠五千。"

【生民】shēng mín　❶《詩經·大雅》的篇名，周人祭祀祖先的樂歌。《詩經·大雅·生民序》："～～，尊祖也。" ❷ 民眾。《孟子·公孫丑上》："率其子弟，攻其父母，自有～～以來，未有能濟者也。" ❸ 教養治理

百姓。《荀子·致士》："凡節奏（禮法制度）欲陵，而～～欲寬。"

【生生】shēng shēng　❶ 陰陽相互轉化，永止不息。《周易·繫辭上》："～～之謂易。" ❷ 孳息不絕。《尚書·商書·盤庚中》："往哉～～，今予將試以汝遷。" ❸ 安於性命之自然。《莊子·大宗師》："殺生者不死，～～者不生。"

【生徒】shēng tú　❶ 學生，門徒。《後漢書·馬援列傳》："常坐高堂，施絳紗帳，前授～～，後列女樂。" ❷ 唐代取士，由學館進者為生徒。《新唐書·選舉志上》："唐制，取士之科……由學館者曰～～，由州縣者曰鄉貢。"

【生息】shēng xī　❶ 生存，生活。宋·李覯《惜雞》："行行求飲食，欲以助～～。" ❷ 生殖繁衍。宋·歐陽修《豐樂亭記》："孰知上之功德，休養～～，涵煦於百年之深也。" ❸ 出借錢物以收取利息。清·阮葵生《茶餘客話·子母錢》："今之以本～～者為子金。"

【生員】shēng yuán　❶ 唐以前，在太學等處學習的人統稱"生員"。《魏書·太祖紀》："增國子太學～～三千人。" ❷ 唐代，在太學學習的監生，統稱"生"；"員"，指一定的數額。《新唐書·選舉志上》："自高祖初入長安，開大丞相府，下令置～～。" ❸ 明清時代，凡經過本省各級考試取入府、州、縣學的，統稱"生員"，俗稱秀才。《明史·選舉志一》："～～之數，府學四十人，州縣以次減十。"

昇 shēng　❶ 太陽升起。南朝梁·江淹《石劫賦》："日照水而東～，山出波而隱沒。" ❷ 登上。漢·

王逸《九思·哀歲》："～車兮命駕，將馳兮四荒。"❸ 升官。唐·韓愈《唐故河東節度觀察使鄭公神道碑文》："公之為司馬，用寬廉平正得吏士心，及～大帥，持是道不變。"

狌 (1) shēng 同"鼪"。黃鼠狼。《莊子·逍遙遊》："子獨不見狸～乎？"

(2) xīng 同"猩"。見"狌狌"。

【狌狌】xīng xīng 即"猩猩"。《山海經·南山經》："有獸焉……其名曰～～。"

牲 shēng 供祭祀和宴享用的牛羊豬等牲畜。《孟子·告子下》："葵丘之會諸侯，束～，載書而不歃血。"

陞 shēng 特指升官。唐以前，這個意義只寫作"升"，唐以後多寫作"陞"。明·陳與郊《義犬》："聞得出首小兒者，官～三級，賞賜千金。"

【陞第】shēng dì 晉級或被錄用。南朝梁·劉孝標《辨命論》："主父偃、公孫弘，對策不～～。"

【陞轉】shēng zhuǎn 官職的提升與調動。自下而上叫"陞"，同級調動叫"轉"。《宋史·兵志十》："積習既久，往往超躐～～，後名反居前列。"

勝 (1) shēng ❶ 勝任，禁受得起。《史記·項羽本紀》："張良入謝，曰：'沛公不～杯杓，不能辭。'"❷ 盡。《孟子·梁惠王上》："不違農時，穀不可～食也。"

(2) shèng ❶ 勝利。與"負"、"敗"相對。《孟子·梁惠王上》："鄒人與楚人戰，則王以為孰～？"❷ 勝過，超過。唐·劉禹錫《秋詞》："自古逢秋悲寂寥，我言秋日～春朝。"❸ 優美的，雅的。唐·王勃《滕王閣序》："～友如雲。"❹ 特指優美的山水或古跡。宋·蘇轍《黃州快哉亭記》："即其廬之西南為亭，以覽觀江流之～。"

【勝會】shèng huì 盛會。明·張岱《西湖七月半》："一入舟，速舟子急放斷橋，趕入～～。"

【勝狀】shèng zhuàng 美景，佳境。宋·范仲淹《岳陽樓記》："予觀夫巴陵～～，在洞庭一湖。"

聲 shēng ❶ 聲音，聲響。《荀子·勸學》："順風而呼，～非加疾也，而聞者彰。"❷ 音樂，歌曲。《論語·陽貨》："惡紫之奪朱也，惡鄭之亂雅樂也。"❸ 言語，音訊。《漢書·趙廣漢傳》："界上亭長寄一謝我，何以不為致問？"❹ 聲調。《南史·陸厥傳》："以平上去入為四～。"❺ 名聲，聲望。漢·司馬遷《報任安書》："此人皆身至王侯將相，～聞鄰國。"❻ 呼籲，聲張。明·張溥《五人墓碑記》："吾社之行為士先者，為之～義。"

【聲問】shēng wèn ❶ 名譽，名聲。"問"通"聞"。《荀子·大略》："德至者色澤洽，行盡而～～遠。"❷ 音訊。《漢書·蘇武傳》："前發匈奴時，胡婦適產一子通國，有～～來，願因使者致金帛贖之。"

繩 shēng ❶ 繩子。《周易·繫辭下》："上古結～而治，後世聖人易之以書契。"❷ 木工用的墨線。《荀子·勸學》："木直中～。"❸ 標準，法則。《孟子·離婁上》："繼之以規矩準～。"❹ 按一定的標準去衡量，糾正。《史記·孔子世家》："推此類以～當世。"❺ 稱讚。《左傳·莊公二十四年》："～息媯以語楚子。"

【繩墨】shéng mò ❶ 木匠畫直線用的工具。《莊子·逍遙遊》："吾有大樹，人謂之樗，其大本擁腫而不中～～。" ❷ 比喻法度。漢·司馬遷《報任安書》："夫人不能早自裁～～之外。"

【繩繩】shéng shéng ❶ 眾多的樣子。《詩經·周南·螽斯》："宜爾子孫～～兮。" ❷ 小心謹慎的樣子。《管子·宙合》："故君子～～乎慎其所先。"

省 (1) shěng ❶ 減少。《孟子·梁惠王上》："～刑罰，薄稅斂。" ❷ 節省，節約。宋·王禹偁《黃岡竹樓記》："黃岡之地多竹……用代陶瓦，比屋皆然，以其價廉而工～也。" ❸ 天災。《公羊傳·莊公二十二年》："大～者何？災～也。" ❹ 過失。《史記·秦始皇本紀》："飾～宣義。" ❺ 宮禁之中。晉·左思《魏都賦》："禁臺～中，連閣曲門。" ❻ 官署名。因尚書省等設於宮禁中，故稱為"省"。❼ 元代行政區域名。明·魏禧《大鐵椎傳》："七～好事者皆來學。"

(2) xǐng ❶ 察看，檢查。《荀子·勸學》："君子博學而日參乎己。" ❷ 反省。《論語·學而》："吾日三～吾身。" ❸ 明白，懂得。唐·韓愈《祭十二郎文》："不～所怙，惟兄嫂是依。" ❹ 看望，問候。唐·韓愈《祭十二郎文》："汝來～吾。" ❺ 記憶。清·袁枚《黃生借書說》："故有所覽，輒～記。"

【省親】xǐng qīn 探望父母或其他尊親。《金史·章宗紀三》："甲子，定諸職官～～拜墓給例假。"

【省視】xǐng shì ❶ 察看。《左傳·僖公二十四年》："鄭伯……～～官具於汜。" ❷ 探望。《新五代史·唐

神閔敬皇后劉氏傳》："（皇）后令宦官進飱酪，不自～～。"

眚 shěng ❶ 眼睛生翳。《新唐書·西域傳下》："有善醫能開腦出蟲以愈目～。" ❷ 泛指疾病。唐·沈既濟《任氏傳》："果見一人牽馬求售者，～在左股。" ❸ 日月蝕。《左傳·莊公二十五年》："非日月之～不鼓。" ❹ 天災。宋·王禹偁《待漏院記》："六氣不和，災～薦至。" ❺ 過失。《左傳·僖公三十三年》："且吾不以一～掩大德。" ❻ 通"省"，削減。宋·司馬光《論燕飲狀》："風雨害稼，民多菜色，此正陛下側身克己、～禮蕃樂之時。"

晟 shèng ❶ 光明。元·郝經《原古上元學士》："昂頭冠三山，俯瞰旭日～。" ❷ 興盛。《西陲石刻錄·周季君修佛龕碑》："自秦創興，於周轉～。"

乘 shèng 見 71 頁 chéng。

盛 (1) shèng ❶ 多。《史記·廉頗藺相如列傳》："趙亦～設兵以待秦，秦不敢動。" ❷ 興旺。《新五代史·伶官傳序》："～衰之是，雖曰天命，豈非人事哉！" ❸ 茂盛。晉·陶淵明《歸園田居》："種豆南山下，草～豆苗稀。" ❹ 盛大。唐·王勃《滕王閣序》："勝地不常，～筵難再。" ❺ 程度深。《戰國策·觸龍說趙太后》："太后～氣而揖之。" ❻ 規模大。宋·沈括《夢溪筆談·活板》："唐人尚未～為之。"

(2) chéng ❶ 祭祀時放在容器中的黍稷等祭品。《左傳·桓公六年》："奉～以告。" ❷ 容器。《禮記·喪大記》："食粥於～，不盥。" ❸ 把東西放入容器裏。《戰國策·燕策

三》："乃遂～樊於期首函封之。"

【盛德】shèng dé ❶四時之盛氣。《禮記‧月令》："某日立春，～～在木。" ❷高尚的道德。唐‧韓愈《送李愿歸盤谷序》："道古今而譽～～，入耳而不煩。"

【盛年】shèng nián　壯年。晉‧陶淵明《雜詩》："～～不重來，一日難再晨。"

聖 shèng ❶聰明睿智。《禮記‧樂記》："故知禮樂之情者能作，識禮樂之文者能述；作者之謂～，述者之謂明。" ❷通達事理。《詩經‧邶風‧凱風》："母氏（母親）～善。" ❸聖人。儒家所稱道德智慧均極高超的理想人物。《論語‧雍也》："子曰：'何事於仁，必也～乎！'" ❹專稱孔子。晉‧司馬彪《贈山濤》："感彼孔～歎，哀此年命促。" ❺君主時代對帝王的尊稱。宋‧歐陽修《豐樂亭記》："及宋受天命，～人出而四海一。" ❻對精通某種技藝的人的尊稱。宋‧王觀國《學林‧聖》："古之人精通一事者，亦或謂之～。漢張芝精草書，謂之草～。"

【聖聰】shèng cōng　古代稱帝王明察的用語。《漢書‧谷永傳》："臣前幸得條對災異之效，禍亂所極，言關於～～。"

【聖聽】shèng tīng　臣下對皇帝聽聞的敬稱。三國蜀‧諸葛亮《出師表》："誠宜開張～～，以光先帝遺德，恢弘志士之氣。"

【聖心】shèng xīng　聖人之心志。《荀子‧勸學》："積善成德，而神明自得，～～備焉。"

【聖哲】shèng zhé ❶超人的道德才智，也指具有這種道德才智的人。

《左傳‧文公六年》："古之王者，知命之不長，是以並建～～。" ❷帝王的尊稱。唐‧杜甫《壯遊》："～～體仁恕。"

剩 shèng ❶多餘。《魏書‧前廢帝廣陵王紀》："～員非才，他轉之。" ❷多。宋‧蘇軾《歸宜興留題竹西寺》："～覓蜀岡新井水，要攜鄉味過江東。" ❸頗。宋‧楊萬里《苦熱登多稼亭》："～欲啜茶還罷去，卻愁通夕不成眠。"

【剩語】shèng yǔ　多餘的話。宋‧邵博《邵氏聞見後錄》："至三百餘言，其文無一～～。"

shi

尸 shī ❶古代祭祀時代表死者受祭的人。《孟子‧告子上》："弟為～，則誰敬？" ❷死人的軀體。漢‧賈誼《過秦論》："伏～百萬，流血漂櫓。" ❸像屍體一樣仰面躺着。《論語‧鄉黨》："寢不～，居不客。" ❹陳列屍體以示眾。《詩經‧小雅‧祈父》："有母之～饔？" ❺主持。《詩經‧召南‧采蘋》："誰其～之？有齊季女。" ❻居其位而不做事。《莊子‧逍遙遊》："夫子立而天下治，而我猶～之，吾自視缺然。"

【尸諫】shī jiàn　以死諫君《韓詩外傳》："生以身諫，死以～～，可謂直矣。"

【尸位】shī wèi　居其位而不盡職，如屍之居位，只受祭而不做事。漢‧王充《論衡‧量知》："無道藝之業，不曉政治，默坐朝廷，不能言事，與尸無異，故曰～～。"

【尸祝】shī zhù ❶古代祭祀時任尸和祝的人。尸，代表鬼神受祭；祝，負責傳告鬼神的言辭。《莊子·逍遙遊》："～～不越樽俎而代之矣。" ❷ 祭祀。明·宋濂《題傅氏誥敕後》："民至今～～之。" ❸ 崇拜。明·歸有光《畏壘亭記》："誰欲～～而社稷我者乎？"

失 shī ❶ 喪失，失去。《孟子·告子上》："此之謂～其本心。" ❷ 迷失。唐·王勃《滕王閣序》："關山難越，誰悲～路之人？" ❸ 放棄。《荀子·大略》："君子隘窮而不～，勞倦而不苟。" ❹ 改變。南朝宋·劉義慶《世說新語·夙惠》："元帝一色，曰：'爾何故異昨日之言邪？'" ❺ 錯過，耽誤。《孟子·梁惠王上》："雞豚狗彘之畜，無～其時，七十者可以食肉矣。" ❻ 過失，錯誤。《史記·魏公子列傳》："我豈有所～哉？"

【失期】shī qī　超過預定的期限。《史記·陳涉世家》："會天大雨，道不通，度已～～。"

【失心】shī xīn　精神失常。《國語·晉語二》："今晉侯……失其心矣，君子～～，鮮不夭昏。"

【失政】shī zhèng　朝政混亂。《後漢書·皇甫嵩列傳》："本朝～～，天下倒懸。"

施 (1) shī ❶ 施行，實行。《荀子·天論》："有齊而無畸，則政令不～。" ❷ 加，施加。《論語·顏淵》："己所不欲，勿～於人。" ❸ 給予恩惠。《論語·雍也》："博～於民，而能濟眾。" ❹ 設置。清·林嗣環《口技》："於廳事之東北角，～八尺屏障。" ❺ 陳屍示眾。《國語·晉語三》："秦人殺冀芮而～之。"

(2) shǐ　義通"弛"，棄置。《論語·微子》："君子不～其親，不

使大臣怨乎不以。"

(3) yí　通"迤"，逶迤行進。《孟子·離婁下》："蚤起，～從良人（良人，丈夫）之所之。"

(4) yì　延續。《史記·伯夷列傳》："閭巷之人，欲砥行立名者，非附青雲之士，惡能～於後世哉！"

【施施】yí yí ❶ 慢步行走的樣子。唐·柳宗元《始得西山宴遊記》："其隙也，則～～而行，漫漫而遊。" ❷ 洋洋得意的樣子。《孟子·離婁下》："～～從外來，驕其妻妾。"

師 shī ❶ 古代軍隊編制以二千五百人為師。《周禮·夏官司馬·司馬》："二千五百人為～，～帥皆中大夫。" ❷ 泛指軍隊。《左傳·莊公十年》："十年春，齊～伐我。" ❸ 老師。《論語·為政》："溫故而知新，可以為～矣。"名詞動詞化，則引申為"以……為師"。唐·韓愈《師說》："生乎吾前，其聞道也，固先乎吾，吾從而～之。" ❹ 有專門知識或技藝的人。《孟子·梁惠王下》："為巨室，則必使工～求大木。" ❺ 學習，效法。唐·韓愈《師說》："吾～道也，夫庸知其年之先後生於吾乎？" ❻ 古官名。《戰國策·觸龍說趙太后》："左～觸龍言願見太后。" ❼ 古代樂官。《國語·召公諫弭謗》："瞽獻曲，史獻書，～箴……"

【師範】shī fàn ❶ 學習的榜樣。《北史·楊播傳》："恭德慎行，為世～～。" ❷ 效法。南朝梁·劉勰《文心雕龍·才略》："相如好書，～～屈宋。"

【師傅】shī fù ❶ 老師的通稱。《穀梁傳·昭公十九年》："羈貫成童，不就～～，父之罪也。" ❷ 太師、太傅的合稱。《史記·吳王濞列傳》："吳太子～～皆楚人。"

【師旅】shī lǚ ❶ 古代軍隊編制以二千五百人為師，五百人為旅，故"師旅"即為軍隊的代稱。《論語·先進》："加之以～～。" ❷ 戰爭的代稱。《漢書·昭帝紀》："～～之後，海內虛耗，戶口減半。"

【師式】shī shì 法式，榜樣。《三國志·蜀書·秦宓傳》："至於著作，為世～～。"

詩 shī ❶ 有韻律可歌詠的一種文體。晉·陶淵明《歸去來兮辭》："臨清流而賦～。" ❷ 特指《詩經》。《論語·為政》："～三百，一言以蔽之，曰：思無邪。"

【詩格】shī gé ❶ 詩的體例。北齊·顏之推《顏氏家訓·文章》："～～既無此例。" ❷ 詩的風格。宋·蘇軾《次韻滕元發許仲途秦少游》："二公～～老彌新，醉後狂吟許野人。"

【詩聖】shī shèng ❶ 詩中之聖，通常指唐代詩人杜甫。清·葉燮《原詩·外篇上》："～～推杜甫。" ❷ 也指唐代詩人李白。清·屈大均《採石題太白祠》："千載人稱～～好，風流長在少陵前。"

【詩史】shī shǐ ❶ 前人的詩作。《晉·謝靈運傳論》："至於先士茂制……並直舉胸情，非傍～～，正以音律調韻，取高前式。" ❷ 指能反映某一時期重大社會事件，有歷史意義的詩歌。唐·孟棨《本事詩·高逸》："杜逢祿山之難，流離隴蜀，畢陳於詩，推見至隱，殆無遺事，故當時號為～～。"

【詩仙】shī xiān ❶ 指詩才飄逸如神仙的詩人。唐·白居易《待漏入閣書事奉贈元九學士閣老》："～～歸洞裏，酒病滯人間。" ❷ 特指唐代詩人李白。宋·楊萬里《望謝家青

山太白基》："六朝陵基今安在？只有～～月下墳。"

【詩眼】shī yǎn ❶ 詩人的鑒賞能力。宋·蘇軾《次韻吳傳正〈枯木歌〉》："君雖不作丹青手，～～亦自工識拔。" ❷ 指一句詩或一首詩中最精練傳神的一個字。清·施補華《峴傭說詩》："五律須講煉字法，荊公所謂～～也。" ❸ 也指一篇詩的眼目，即體現全詩主旨的精彩詩句。宋·朱熹《朱子語類·論語五》："只用他這一說，便瞎卻一部～～矣。"

【詩韻】shī yùn 詩的聲韻。唐·白居易《繼之尚書自余病來……今以此篇，用伸酬謝》："交情鄭重金相似，～～清鏘玉不如。"

蓍 shī ❶ 多年生草本植物名。《詩經·曹風·下泉》："浸彼苞～。" ❷ 特指蓍草莖。古人用蓍草占卦，故為占卦的代稱。明·劉基《司馬季主論卜》："夫～，枯草也；龜，枯骨也。"

【蓍龜】shī guī 蓍草和龜甲均用以卜卦，故為占卜的代稱。《禮記·中庸》："國家將亡，必有妖孽；見乎～～，動乎四體。"

十 shí 數詞。因數逢十進位，故常用以表示齊全、完備。《商君書·更法》："利不百不變法，功不～不易器。"

【十成】shí chéng ❶ 十層。戰國楚·屈原《楚辭·天問》："璜臺～～，誰所極焉？" ❷ 頂點，極度。宋·許月卿《多謝》："園林富貴何千萬，花柳功勛已～～。"

【十二時】shí èr shí 古代將一晝夜分為十二個時段，以干支為紀，稱十二時。清·趙翼《陔餘叢考·一

日十二時始於漢》："其以一日分
〜〜〜，而以干支為紀。"

【十二支】 shí èr zhī　十二地支，即
子、丑、寅、卯、辰、巳、午、
未、申、酉、戌、亥。支也寫作
"枝"。宋‧張世南《遊宦紀聞》：
"自甲至癸為十干，自子至亥為
〜〜〜。"

【十三經】 shí sān jīng　被儒家稱為經
典的十三部著作。清‧顧炎武《日
知錄》："本朝因之，而〜〜〜之名
始立。"

什　(1) shí ❶總數為十的一個單
位，見"什伍"。❷同"十"，
見"什百"。❸《詩經》中的"雅""頌"
以十篇為一"什"，故以"什"為詩
文的代稱。明‧茅坤《〈青霞先生文
集〉序》："以其所憂鬱發之於詩歌
文章，以泄其懷，即集中所載諸〜
是也。"❹雜。見"什物"。
　(2) shén　見"什麼"。

【什百】 shí bǎi　十倍百倍。《孟子‧
滕文公上》："夫物之不齊，物之情
也。或相倍蓰，或相〜〜。"

【什伯】 shí bó　古代軍隊的編制以十
人為什，百人為伯。後泛指軍隊。
《史記‧秦始皇本紀》："躡足行伍之
間，而倔起〜〜之中。"

【什伍】 shí wǔ　❶古代戶籍基層編
制。《管子‧立政》："十家為什，五
家為伍，〜〜皆有長焉。"❷古代
軍隊基層編制，五人為伍，二伍為
什。《禮記‧祭義》："軍旅〜〜，同
爵則尚齒。"

【什物】 shí wù　各種物品器具。《後
漢書‧祭彤列傳》："居室〜〜，大
小無不悉備。"

【什一】 shí yī　十分之一，指上古時
代的稅率。《孟子‧滕文公上》："夏

后氏五十而貢，殷人七十而助，周
人百畝而徹，其實皆〜〜也。"

【什麼】 shén me　疑問代詞。

石　(1) shí ❶山石。《荀子‧勸
學》："鍥而不舍，金〜可鏤。"
❷石刻，石碑。明‧張溥《五人墓
碑記》："且立〜於其墓之門，以旌
其所為。"❸藥石，中藥中的礦
物。宋‧蘇軾《乞校正陸贄奏議進
御箚子》："可謂進苦口之藥〜，針
害身之膏肓。"❹石針，古代醫療
用具。《韓非子‧扁鵲見蔡桓公》：
"在肌膚，針〜之所及也。"❺堅
硬，堅固。《史記‧蘇秦列傳》："此
所謂棄仇讎而得〜交者也。"
　(2) dàn　古讀 shí。❶古代計
量單位，重一百二十斤或十斗為一
石。《莊子‧逍遙遊》："惠子謂莊
子曰：'魏王貽我大瓠之種，我樹
之成而實五〜。'"❷古代官俸計
量單位。《漢書‧景帝令二千石修職
詔》："其令二千〜各修其職。"

【石泓】 shí hóng　❶凹石積水而成的
小潭。宋‧歐陽修《幽谷晚飲》："山
勢抱幽谷，谷泉含〜〜。"❷硯台
的別稱。宋‧黃庭堅《次韻王斌老
所畫橫竹》："晴窗影落〜〜處，松
煤淺染飽霜兔。"

【石椁】 shí guǒ　古墓中放棺的石
室，也稱外棺。《禮記‧檀弓上》：
"昔者夫子居於宋，見桓司馬自為
〜〜，三年而不成。"

拾　(1) shí ❶撿起。《史記‧孔子
世家》："塗不〜遺。"❷收斂。
宋‧歐陽修《〈梅聖俞詩集〉序》：
"聖俞詩既多，不自收〜。"❸射韝
(gōu)，射箭用皮製護袖。《國語‧吳
語》："夫一人善射，百夫決〜，勝未
可成。"

（2）shè　躡足而上。《史記·司馬相如列傳》：「精罔閬而飛揚兮，一九天而永逝。」

食　（1）shí　❶吃。《孟子·梁惠王上》：「無失其時，七十者可以～肉矣。」❷吃的東西。《孟子·告子上》：「一簞～，一豆羹，得之則生，弗得則死。」❸虧耗，缺損，亦指日月缺虧。《論語·子張》：「君子之過也，如日月之～焉。」

（2）sì　給……吃。《晏子春秋·內篇雜下》：「晏子方食，景公使使者至，分食～之。」

【食貨】shí huò　古代泛指政治、經濟。《漢書·敘傳下》：「厥初生民，～～惟先。」

【食客】shí kè　古時寄食於豪門的門客。《史記·魏公子列傳》：「士以此方數千里爭往歸之，致～～三千人。」

【食力】shí lì　❶靠出力生活。唐·柳宗元《梓人傳》：「猶眾工之各有執役以～～也。」❷靠租稅生活。《禮記·曲禮下》：「問大夫之富：曰有宰～～。」❸糧食和人力。南朝陳·徐陵《司空章昭達基誌銘》：「周迪資其～～，更事窺竊（伺機圖謀不軌）。」

【食邑】shí yì　❶靠封地租稅生活。《國語·晉語四》：「大夫～～。」❷君王賜給臣下的封地。宋·歐陽修《瀧岡阡表》：「樂安郡開國公，～～四千三百戶……」

時　shí　❶季節。《孟子·梁惠王上》：「不違農～，穀不可勝食也。」❷光陰，時間。晉·陶淵明《歸去來兮辭》：「寓形宇內復幾～？」❸時代。《韓非子·心度》：「～移而治不易者亂。」❹時尚，

時髦。唐·韓愈《師說》：「李氏子蟠……不拘於～，學於余。」❺機會，時機。唐·王勃《滕王閣序》：「～運不齊，命途多舛。」❻等待。《論語·陽貨》：「孔子～其亡也，而往拜之。遇諸塗。」❼經常，常常。《論語·學而》：「學而～習之，不亦說乎？」❽有時，偶爾。晉·陶淵明《歸去來兮辭》：「～矯首而遐觀。」❾時候。漢·賈誼《過秦論》：「當是～也，商君佐之……」

【時會】shí huì　❶古代帝王不定期朝會各地諸侯。《周禮·秋官司寇·大行人》：「～～以發四方之禁。」❷時機，時候。漢·班彪《北征賦》：「故～～之變化兮，非天命之靡常。」

【時氣】shí qì　❶氣候，天氣。唐·韓愈《與孟東野書》：「春且盡，～～向熱。」❷當前流行的疫病。宋·歐陽修《與王發運書》：「京師早疫，家人類染～～。」

【時世】shí shì　時代。明·宋濂《送天台陳庭學序》：「既覽必發為詩，以紀其景物～～之變，於是其詩益工。」

實　shí　❶財物。《左傳·文公十八年》：「聚斂積～。」❷器物，物資。《左傳·隱公五年》：「歸而飲至，以數軍～。」❸滿，充實。《史記·管晏列傳》：「倉廩～而知禮節。」❹果實。《莊子·逍遙遊》：「惠子謂莊子曰：『魏王貽我大瓠之種，我樹之成而～五石。』」❺事實，真實，真誠。宋·蘇軾《石鐘山記》：「而陋者乃以斧斤考擊而求之，自以為得其～。」❻果然，確實，終於。《左傳·鄭莊公戒飭守臣》：「天禍許國，鬼神～不逞於許君。」

S

蝕 shí ❶蟲子等咬壞物品。唐·鮑容《秋思》：「顧兔一殘月，幽光不如星。」❷損耗，毀壞，侵蝕。明·徐霞客《徐霞客遊記·江右遊日記》：「翠屏為水所～，山骨嶙峋，層疊聳出。」

識 (1) shí ❶知道，認識，可辨別。宋·王安石《遊褒禪山記》：「其文漫滅，獨其為文猶可～。」❷見解，知識。宋·蘇軾《賈誼論》：「賈生志大而量小，才有餘而～不足也。」

(2) zhì ❶記住。《論語·述而》：「多見而～之，知之次也。」❷標記，記號。《金史·阿鄰傳》：「阿鄰得生口（俘虜），知可涉處，～以柳枝，命本部涉濟。」❸記載，記述。明·茅坤《〈青霞先生文集〉序》：「予謹～之。」

◆ 識、知、記。「識」為深知，「知」為一般的知道，了解；「記」為記得。「知」讀 zhì 時，意為智慧，才智，「識」讀 zhì 時，意為記住。

【識鑒】 shí jiàn 見解與辨別能力。《梁書·武帝紀》：「（王）融俊爽，～～過人。」

【識荊】 shí jīng 對友人首次相識的敬稱。出自唐·李白《與韓荊州書》，韓荊州指當時的荊州長史韓朝宗。唐·牟融《贈歐翃》：「京國久知名，江河近～～。」

【識職】 shí zhí 得當。唐·韓愈《南陽樊紹述墓誌銘》：「文從字順各～～。」

史 shǐ ❶文官名。《國語·召公諫弭謗》：「瞽（樂官）獻曲，～獻書。」❷史書，歷史。《孟子·離婁下》：「其事則齊桓、晉文，其文則～。」

【史宬】 shǐ chéng 古代檔案館，始建於明嘉靖年間，即公元 16 世紀。

【史皇】 shǐ huáng 指蒼頡，傳說最早發明文字的人。《呂氏春秋·勿躬》：「～～作圖。」

【史記】 shǐ jì 記載歷史的書。《呂氏春秋·察傳》：「有讀～～者曰：『晉師三豕涉河。』」

矢 shǐ ❶箭。戰國楚·屈原《楚辭·九章·涉江》：「旌蔽日兮敵若雲，～交墜兮士爭先。」❷投壺用的籌。宋·王禹偁《黃岡竹樓記》：「宜投壺，～聲錚錚然。」❸捕，射。《左傳·隱公五年》：「春，公～魚於棠（地名，在今山東魚台縣北）。」❹發誓。《史記·孔子世家》：「孔子～之曰：『予所不者，天厭之！天厭之！』」❺通「屎」。《史記·廉頗藺相如列傳》：「廉將軍雖老，尚善飯，然與臣坐，頃之三遺～矣。」

【矢心】 shǐ xīn 發誓，表白決心。明·何景明《別思賦》：「皎秋日以～～，指寒歲以為期。」

【矢言】 shǐ yán ❶直說。《陳書·宣帝紀》：「其蒞政廉穢，在職能否，分別～～，俟茲黜陟（官吏職位的升降）。」❷正直之言。《尚書·商書·盤庚上》：「民不適有居，率吁眾戚，出～～。」❸發誓。錢基博《辛亥江南光復錄》：「～～革命，匪為干祿。」

豕 shǐ 豬。《孟子·盡心上》：「舜之居深山之中，與木石居，與鹿～遊……」

【豕牢】 shǐ láo 豬圈，廁所。《國語·晉語四》：「臣聞昔者大任娠文王不變，少溲於～～。」

使（1）shǐ ❶ 命令，派遣。《左傳·燭之武退秦師》：「若～燭之武見秦君，師必退。」《莊子·逍遙遊》：「越有難，吳王～之將。」❷ 讓。《孟子·梁惠王上》：「是～民養生喪死無憾也。」❸ 假設。《孟子·告子上》：「～人之所惡莫甚於死者，則凡可以辟患者，何不為也？」

（2）shì 今讀 shǐ。❶ 出使。《史記·廉頗藺相如列傳》：「計未定，求人可～報秦者，未得。」❷ 使者。《史記·廉頗藺相如列傳》：「大王遣一介之～至趙。」

【使臣】 shǐ chén ❶ 奉君命出使國外的官員。《史記·張儀列傳》：「願以甲子合戰，以正殷紂之事，敬使～～先聞左右。」❷ 受君王派遣的有專門使命的官員。《左傳·成公二年》：「不然，寡君之命～～，則有辭矣。」

【使君】 shǐ jūn ❶ 漢代對刺史的稱謂。漢樂府《陌上桑》：「～～從南來。」❷ 對人的尊稱，亦是對奉命出使者的尊稱。秋瑾《柬某君》：「青眼何人識～～。」

【使客】 shǐ kè 使者。《史記·魏公子列傳》：「如姬為公子泣，公子～～斬其讎頭。」

【使事】 shǐ shì 在詩文中使用典故。宋·嚴羽《滄浪詩話·詩法》：「不必太著題，不必多～～。」

始 shǐ ❶ 開初。《孟子·梁惠王上》：「養生喪死無憾，王道之～也。」❷ 方才，曾。唐·白居易《與元微之書》：「僕去年秋～遊廬山。」❸ 才。宋·蘇洵《六國論》：「至丹以荊卿為計，～速禍焉。」

士 shì ❶ 對男子的美稱，亦指成年男子，後成為通稱。《詩經·周頌·載芟》：「思媚其婦，有依其～。」❷ 對品德好、有技能或有學問的人的美稱。《論語·泰伯》：「～不可以不弘毅，任重而道遠。」❸ 古代最低級的貴族階層。《左傳·昭公七年》：「王臣公，公臣大夫，大夫臣～。」❹ 讀書人。《史記·魏公子列傳》：「～以此方數千里爭往歸之，致食客三千人。」❺ 兵士。《史記·平原君虞卿列傳》：「豈其～卒眾多哉，誠能據其勢而奮其威。」

【士大夫】 shì dà fū ❶ 舊指有地位的官員或文人。宋·葉適《辯兵部郎官朱元晦狀》：「見～～～有稍募潔修，粗能操守，輒以道學之名歸之。」❷ 將士。漢·司馬遷《報任安書》：「以為李陵素與～～～絕甘分少，能得人之死力……」

【士林】 shì lín ❶ 指文人士大夫階層。漢·陳琳《為袁紹檄豫州》：「自是～～憤痛，民怨彌重。」❷ 專指南朝梁·蕭衍設立的學館。

【士流】 shì liú 泛指文人。《北齊書·元遙傳》：「至於～～，恥居百里。」

【士庶】 shì shù ❶ 士人與平民。《孟子·離婁上》：「～～人不仁，不保四體。」❷ 世家大族與平民貴族，魏晉時二者區別顯著。《宋書·恩倖傳》：「魏晉以來，以貴役賤，～～之科，較然有辨。」

【士行】 shì xíng 士大夫的操行。宋·文天祥《說苑·善說》：「夫服事何足以端～～乎？」

氏（1）shì ❶ 同姓貴族的不同分支。《戰國策·觸龍說趙太后》：「趙～求救於齊。」❷ 對已婚婦女的稱謂。《左傳·鄭伯克段於鄢》：「莊公寤生，驚姜～，故名曰瘠生。"❸對學有專長者的尊稱。《史記·孔子世家》:"故書傳、禮記自孔~。"

(2) zhī　古時西域有"月氏"國。《漢書·張騫傳》:"(張)騫以郎應募,使月~。"

世 shì　❶三十年為一世。漢·賈誼《過秦論》:"及至始皇,奮六~之餘烈⋯⋯"❷時代。《論語·季氏》:"今不取,後~必為子孫憂。"❸一生。晉·王羲之《〈蘭亭集〉序》:"夫人之相與,俯仰一~。"❹繼承。《漢書·賈誼傳》:"賈嘉最好學,~其家。"

◆ 世、代。古義父子相傳為一世,王朝更替為一代。

【世表】shì biǎo　❶歷史世系表。《史記·太史公自序》:"於是略推,作三代~~。"❷人世之外。唐·李白《春陪商州裴使君遊石娥溪》:"蕭條出~~,冥寂閉玄關。"

【世臣】shì chén　歷世有功之臣。《孟子·梁惠王下》:"所謂故國者⋯⋯有~~之謂也。"

【世閥】shì fá　先世的功勳與名望。《舊唐書·李知本傳》:"俱有~~。"

【世舊】shì jiù　世代的交誼。宋·蘇軾《辨舉王鞏劄子》:"鞏與臣~~,自幼小相知。"

【世子】shì zǐ　太子,君侯的長子。《孟子·滕文公上》:"滕文公為~~,將之楚。"

仕 shì　❶做官,任職。《史記·孔子世家》:"故孔子不~,退而修詩書禮樂。"❷通"士",指以德藝等尋求為官的人。《孟子·公孫丑下》:"有~於此,而子悅之。"

【仕宦】shì huàn　❶為官。《史記·

魯仲連鄒陽列傳》:"好奇偉俶儻之畫策,而不肯~~任職。"❷官員。宋·歐陽修《相州晝錦堂記》:"~~而至將相,富貴而歸故鄉。"

【仕子】shì zǐ　為官之人,故泛指文人、學子。晉·陸機《五等論》:"企及進取,~~之常志。"

市 shì　❶買賣場所。《孟子·滕文公上》:"雖使五尺之童適~,莫之或欺。"❷交易,進行買賣。《周易·繫辭下》:"日中為~,致天下之民,聚天下之貨。"❸買。北朝民歌《木蘭辭》:"願為~鞍馬。"

【市曹】shì cáo　市內商業集中地,古代常於此處決犯人。宋·朱熹《知南康榜文》:"切幸特賜開諭,及榜示~~,仰居民知委。"

【市廛】shì chán　市場上存物的屋舍、場地等,後用來指商店集中的場所。晉·謝靈運《山居賦》:"山居良有異乎~~。"

【市朝】shì cháo　❶買賣場所和官府場所,指爭名爭利的地方。《戰國策·鄒忌諷齊王納諫》:"能謗譏於~~,聞寡人之耳者,受下賞。"❷市集。《論語·憲問》:"吾力猶能肆諸~~。"

【市恩】shì ēn　以個人施予的恩惠取悅於人,討好。《新唐書·裴耀卿傳》:"而懷州刺史王丘饋(送糧食等)牽外無它獻,我知其不~~也。"

【市賈】(1) shì gǔ　❶商人。《左傳·昭公十三年》:"同惡相求,如~~焉。"❷買賣。宋·梅堯臣《昭亭山》:"何事山中人,採以為~~。"

(2) shì jià　市場價格。《孟子·滕文公下》:"從許子之道,則~~不貳,國中無偽。"

【市籍】shì jí　商人的戶籍。秦漢時有相關政策，商人須服役，不得穿絲綢衣服，不得坐車等。《漢書·景帝紀》："有～～不得宦。"

【市肆】 shì sì　市中商店，市場。清·蒲松齡《聊齋志異·山市》："見山上人煙～～，與世無別。"

示 shì　❶ 顯現，表明。《史記·廉頗藺相如列傳》："王不行，～趙弱且怯也。"❷ 給人看。《史記·項羽本紀》："舉所佩玉玦以～之者三。"

式 (1) shì　❶ 榜樣，楷模。《尚書·周書·微子之命》："世世享德，萬邦作～。"❷ 規格，標準。《史記·絳侯周勃世家》："天子為動，改容～車。"❸ 效法。《論語·鄉黨》："凶服者～之。"❹ 發語詞，無實義。《詩經·大雅·蕩》："～號～呼，俾晝作夜。"❺ 通"軾"，車前橫木。《周禮·冬官考工記·輿人》："以揉其～。"

(2) tè　通"慝"，惡。《詩經·小雅·賓之初筵》："～勿從謂。"

事 shì　❶ 事情。《史記·項羽本紀》："今～有急，故幸來告良。"❷ 事故，變故。宋·李格非《書洛陽名園記後》："天下常無～則已，有～，則洛陽必先受兵。"❸ 從事，做。唐·李白《鄴中贈王大》："龍蟠～躬耕。"❹ 職務，官位，職業。《莊子·逍遙遊》："宋人有善為不龜手之藥者，世世以洴澼絖為～。"❺ 典故。《南史·任昉傳》："用～過多，屬辭不得流便。"❻ 景致。唐·杜甫《北征》："青雲動高興，幽～亦可悅。"❼ 侍奉。《史記·項羽本紀》："君為我呼入，吾得兄～之。"❽ 實踐。《論語·顏回》："（顏）回雖不敏，請～斯語矣。"

❾ 僅，止。《論語·雍也》："何～於仁，必也聖乎！"**❿** 量詞，件，樣。唐·白居易《張常侍池涼夜閑讌贈諸公》："對月五六人，管弦兩三～。"

【事典】 shì diǎn　❶ 規章。《左傳·文公六年》："宣子於是乎始為國政，制～～。"❷ 古詩文裏引用的故事。❸ 古代輯錄規章制度的類書。

【事契】 shì qì　情誼。宋·秦觀《婚書》："既～～之久敦，宜婚姻之申結。"

侍 shì　❶ 陪在尊長身邊。《史記·項羽本紀》："沛公北嚮坐，張良西嚮～。"❷ 奉養，伺候。晉·李密《陳情表》："臣～湯藥，未曾廢離。"

【侍講】 shì jiǎng　❶ 跟老師讀書。《後漢書·盧植列傳》："（盧）植～～積年，未嘗轉眄。"❷ 給皇帝講學，亦為官名。《後漢書·和帝紀》："詔長樂少府桓鬱～～禁中。"

室 shì　❶ 房間內室。晉·王羲之《〈蘭亭集〉序》："或取諸懷抱，晤言一～之內。"❷ 家。《國語·越語上》："當～者死，三年釋其政。"❸ 王朝。三國蜀·諸葛亮《出師表》："興復漢～，還於舊都。"❹ 家財，資產。《左傳·昭公十二年》："吾出季氏，而歸其～於公。"❺ 以女嫁人。《左傳·宣公十四年》："衛人以為成勞，復～其子。"

【室家】 shì jiā　❶ 宅院，家舍。《論語·子張》："賜之牆也及肩，窺見～～之好。"❷ 夫婦。《詩經·周南·桃夭》："之子于歸，宜其～～。"❸ 妻子。《後漢書·皇甫規列傳》："規初喪～～，後更娶之。"❹ 泛指家人。《禮記·中庸》：

"宜爾～～，樂爾妻帑。"❺家家戶戶。《尚書·商書·仲虺之誥》："攸祖（cú，往）之民，～～相慶。"

【室居】shì jū　房舍。唐·杜甫《垂老別》："棄絕蓬～～，塌然摧肺肝。"

恃　shì　❶靠，憑藉。《戰國策·觸龍説趙太后》："老婦～輦而行。"❷依賴，依仗。漢·賈誼《論積貯疏》："故其畜積足～。"

拭　shì　擦。明·袁宏道《滿井遊記》："山巒為晴雪所洗，娟然如～。"

是　shì　❶正，不斜。宋·曾鞏《寄歐陽舍人書》："不惑不徇，則公且～矣。"❷正確，肯定。宋·朱熹《熟讀精思》："則似～而非者，亦將奪於公論而無以立矣。"❸這。《孟子·告子上》："非獨賢者有～心也，人皆有之，賢者能勿喪耳。"

【是故】shì gù　連詞，因此，所以。《孟子·告子上》："～～所欲有甚於生者，所惡有甚於死者。"

【是須】shì xū　務必。金·董解元《西廂記諸宮調》："～～休怕怖，請夫人放心無慮。"

【是以】shì yǐ　連詞，因此，所以。三國蜀·諸葛亮《出師表》："此皆良實，志慮忠純，～～先帝簡拔以遺陛下。"

【是用】shì yòng　因此。《左傳·成公十三年》："狄應且憎，～～告我。"

【是正】shì zhèng　訂正。三國吳·韋昭《國語解敍》："及劉光祿於漢成世始更考校，～～疑謬。"

者　shì　見461頁 qí。

逝　shì　❶去，過去。唐·王勃《滕王閣序》："東隅已～，桑榆非晚。"❷死亡。三國魏·曹丕《與吳質書》："既痛～者，行自念也。"❸助詞，無實義。《詩經·邶風·日月》："乃如之人兮，～不古處。"

【逝川】shì chuān　❶一去不復返的江水。清·孫正銓《換船行》："皆云江南來，束人投～～。"❷時光流逝。唐·吳融《子規》："舉國繁華委～～。"

【逝邁】shì mài　時光流逝。三國魏·曹丕《柳賦》："嗟日月之～～。"

視　shì　看。唐·李白《古風五九首》之一九："俯～洛陽川，茫茫走胡兵。"

◆ 視、見、睹、看、覷。"視"為一般看的行為，多為近看；"見"、"睹"為看見；"看"本義為探望，後逐漸代替"視"，有了現在看的意義；"覷"為偷看。

飺　shì　見76頁 chì。

貰　shì　❶賒欠。《史記·汲鄭列傳》："縣官無錢，從民～馬。"❷買。明·徐霞客《徐霞客遊記·滇遊日記》："～燒酒飲四五杯乃行。"❸赦免，寬宥。《漢書·車千秋傳》："武帝以為辱命，欲下之吏。良久，乃～之。"

◆ 貰、貸。"貰"為賒；"貸"為借。

勢　shì　❶權力。《紅樓夢》第四回："倚財仗～，眾豪奴將我小主人竟打死了。"❷力量，威力。漢·賈誼《過秦論》："然秦以區區之地，致萬乘之～。"❸形態，姿態。唐·杜牧《阿房宮賦》："各抱地～，鉤心鬥角。"❹形勢，趨勢。漢·賈誼《過秦論》："仁心不施而攻守之～異也。"

【勢居】shì jū　地位，位置。《逸周書·周祝》："～～小者，不能為大。"

【勢族】shì zú　有權勢的家族。《後漢書·趙壹列傳》："法禁屈撓於～～。"

軾　shì　❶ 車前橫木。《左傳·曹劌論戰》："登～而望之。" ❷ 行車時，雙手扶車前橫木以表敬意。《漢書·石奮傳》："見路馬（為君主駕車的馬）必～焉。"

試　shì　❶ 用，任用。三國蜀·諸葛亮《出師表》："～用於昔日，先帝稱之曰'能'。" ❷ 嘗試。《史記·孔子世家》："～求之故府，果得之。" ❸ 試探，試驗。《三國演義·楊修之死》："操欲～曹丕、曹植之才幹。" ❹ 考試。《後漢書·周防傳》："世祖巡狩汝南，召掾史～經。" ❺ 姑且。漢·賈誼《過秦論》："～使山東之國與陳涉度長絜（xié，衡量）大，比權量力。"

【試燈】shì dēng　元宵節張燈結綵，以祈求豐年。宋·陸游《初春》："轉頭又見～～天。"

飾　(1) shì　❶ 刷，擦拭。《周禮·地官司徒·封人》："凡祭祀，～其牛牲。" ❷ 修飾。《國語·越語上》："越人～美女八人，納之太宰嚭。" ❸ 偽裝。明·王守仁《尊經閣記》："～奸心盜行，逐世壟斷。"
(2) chì　通"飭"，整頓，整治。唐·柳宗元《梓人傳》："其後京兆尹將～官署，余往過焉。"

【飾辭】shì cí　❶ 修飾言辭，文辭。《莊子·天地》："合譬～～眾言也，是終始本末不相坐。" ❷ 假裝，以託詞掩飾。漢·路溫舒《尚德緩刑書》："故囚人不勝痛，則～～以視之。"

弒　shì　地位低的人殺死地位高的人或晚輩殺死尊長。《史記·太史公自序》："臣～君，子～父，非一旦一夕之故也。"

◆ 弒、殺、誅。"弒"為貶義詞，謂下殺上；"殺"為中性詞，使用廣泛；"誅"為褒義詞，稱上殺下，有道殺無道等。

嗜　shì　❶ 愛好。明·宋濂《送東陽馬生序》："余幼時即～學。" ❷ 貪。唐·柳宗元《梓人傳》："謂其無能而貪祿～貨者。"

筮　shì　古時用蓍草來占卜吉凶。《詩經·衛風·氓》："爾卜爾～，體無咎言。"

誓　shì　❶ 古時軍中告誡、約束將士的號令。《周禮·秋官司寇·士師》："一曰～，用之於軍旅。" ❷ 立誓言。《國語·越語上》："乃致其父兄昆弟而～之。" ❸ 誓詞，盟約。《詩經·衛風·氓》："言笑晏晏，信～旦旦。"

適　(1) shì　❶ 往，去。《莊子·逍遙遊》："～莽蒼者，三湌而反。" ❷ 女子出嫁。晉·潘岳《寡婦賦》："少喪父母，～人而所天又殞。" ❸ 相宜相合。晉·陶淵明《歸園田居》："少無～俗韻，性本愛丘山。" ❹ 正好，恰巧。漢·司馬遷《報任安書》："不信，～足取辱耳。" ❺ 義通"啻"，僅，只。《孟子·告子下》："則口腹豈～為尺寸之膚哉？"
(2) dí　❶ 通"嫡"，家庭正支，親近的。《公羊傳·隱公元年》："立～以長，不以賢。" ❷ 通"敵"，相當，匹敵。《史記·李斯列傳》："羣臣百官皆畔，不～。"

【適會】shì huì　❶ 融洽，適應。南朝梁·劉勰《文心雕龍·章句》："隨變～～，莫有定準。」❷ 正好相遇。漢·司馬遷《報任安書》：「～～召問，即以此指。」

噬 shì　咬。《晏子春秋·內篇問上》：「狗迎而～之。」

【噬臍】 shì qí　自咬腹臍，喻後悔不及。宋·葉夢得《懷西山》「平生幾濡首，末路多～～。」

【噬指】 shì zhǐ　喻母子眷念情深。據《後漢書·周磐傳》：周磐與母相親，外出砍柴，家有急事，母親咬指相告，周磐在外即感心痛，速歸家。唐·駱賓王《上吏部裴侍郎書》：「～～之戀徒深。」

諡 shì　古代帝王、貴族或大臣死後依生前事跡所給予的或褒或貶的稱號。明·張溥《五人墓碑記》：「贈～美顯，榮於身後。」

釋 (1) shì　❶ 放開，放下。《莊子·養生主》：「庖丁～刀對曰……」❷ 化解，解除。《國語·越語上》：「三年～其政。」❸ 解釋，說明。《左傳·子產壞晉館垣》：「若之何其～辭也？」❹ 赦免。《左傳·楚歸晉知罃》：「兩～纍囚，以成其好。」❺ 釋迦牟尼簡稱，亦泛指佛教或佛教徒。南朝齊·孔稚珪《北山移文》：「談空空於～部。」

(2) yì　通「懌」，喜悅。《莊子·齊物論》：「南面而不～然，其故何也？」

---

shou

收 shōu　❶ 逮捕。《後漢書·班超列傳》：「如令鄯善～吾屬，送匈奴，骸骨長為豺狼食矣。」❷ 收稅。《國語·越語上》：「十年不～於國，民俱有三年之食。」❸ 攻取，佔

據。漢·賈誼《過秦論》：「北～要害之郡。」❹ 收集，聚集。唐·白居易《與元微之書》：「危慄之際，不暇及他，唯～數帙文章。」❺ 殮葬。唐·韓愈《左遷至藍關示姪孫湘》：「知汝遠來應有意，好～吾骨瘴江邊。」❻ 沒收。《孟子·離婁下》：「去三年不反，然後～其田里。」❼ 收復。唐·杜甫《聞官軍收河南河北》：「劍外忽傳～薊北，初聞涕淚滿衣裳。」❽ 收穫。唐·李紳《憫農》：「春種一粒粟，秋～萬顆子。」❾ 收容，接納。《左傳·齊桓公伐楚盟屈完》：「辱～寡君，寡君之願也。」❿ 收取。《戰國策·馮煖客孟嘗君》：「乃有意欲為～責於薛乎？」

【收功】 shōu gōng　❶ 歸功。《戰國策·范睢說秦王》：「故文王果～～於呂尚。」❷ 取得成功。《孔子家語·屈節》：「今子欲～～於魯，實難。」

【收入】 shōu rù　❶ 收穫。《後漢書·龐參列傳》：「禾稼不得～～。」❷ 沒收。《後漢書·皇甫規列傳》：「～～財賄。」❸ 退入。《史記·項羽本紀》：「秦兵～～濮陽。」

【收族】 shōu zú　❶ 以尊卑親疏之序團結族人。宋·王安石《傷仲永》：「其詩以養父母、～～為意。」❷ 收捕罪犯家族《史記·李斯列傳》：「令有罪者相坐誅，至～～。」

手 shǒu　❶ 人體上肢腕以下部分。《莊子·逍遙遊》：「宋人有善為不龜～之藥者。」❷ 與手有關的動作。唐·柳宗元《駁復讎議》：「卒能～刃父仇，束身歸罪。」❸ 親手，親自。明·歸有光《項脊軒志》：「庭有枇杷樹，吾妻死之年所～植也。」❹ 次序。清·錢大昕《弈喻》：「甫下數子，客已得先～。」

❺技能。宋·歐陽修《賣油翁》:"無他,但~熟爾。"

【手拜】**shǒu bài**　古時一種跪禮,手先着地,再低頭至手。《禮記·少儀》:"為尸(主)坐,則不~~,肅拜。"

【手命】**shǒu mìng**　對別人親筆書信的敬稱。三國魏·吳質《答魏太子箋》:"奉讀~~,追亡慮存。"

【手談】**shǒu tán**　下圍棋。南朝宋·劉義慶《世說新語·巧藝》:"支公以圍棋為~~。"

【手箚】**shǒu zhá**　親筆信。唐·杜甫《呈蘇渙侍御》:"道州~~適復至。"

守　(1) **shǒu** ❶守衛,防守,把守。漢·賈誼《過秦論》:"君臣固~以窺周室。"❷守護,看護。《國語·越語上》:"將免者以告,公令醫~之。"❸監視,圍困。《墨子·號令》:"客卒~主人,及以為守衛,主人亦~客卒。"❹守候,等候。《韓非子·守株待兔》:"因釋其耒而~株,冀復得兔。"❺保持,維持。《論語·衛靈公》:"知及之,仁不能~之;雖得之,必失之。"❻遵循,奉行。《孟子·滕文公下》:"~先王之道,以待後之學者也。"❼操守,節操。《周易·繫辭下》:"失其~者其辭屈。"❽請求。《漢書·孝昭上官皇后傳》:"數~大將軍光,為丁外人求侯。"

　　(2) **shòu**　官職,地方長官,也是太守、郡守、刺史等官職的簡稱。唐·柳宗元《梓人傳》:"郡有~,邑有宰,皆有佐政。"

【守成】**shǒu chéng**　保持已有成就。《吳子圖國》:"要者所以保業~~。"

【守制】**shǒu zhì**　封建守孝禮節制度。父母去世後,兒子要在家守孝

27個月,且不得任官、應考或婚娶。清·顧炎武《日知錄》:"遂以不奔喪~~為禮法之當然。"

【守拙】**shǒu zhuó**　安於愚拙而不取巧。晉·陶淵明《歸園田居》:"開荒南野際,~~歸園田。"

首　**shǒu** ❶頭。唐·韓愈《祭鱷魚文》:"刺史雖駑弱,亦安肯為鱷魚低~下心。"❷君長,首領。唐·魏徵《諫太宗十思疏》:"凡昔元~,承天景命。"❸開端。北魏·酈道元《水經注·江水》:"斯乃三峽之~也。"❹根據。《禮記·曾子問》:"今之祭者不~其義,故誣於祭也。"❺第一,首先。《史記·項羽本紀》:"夫秦失其政,陳涉~難。"❻量詞,可表示詩詞篇章、織物數量或器物數量。《新唐書·裴寂傳》:"鎧四十萬~。"❼向,朝着。《論語·鄉黨》:"疾,君視之,東~,加朝服,拖紳。"❽屈服,服罪。《南史·范曄傳》:"詔收綜等,並皆款服,唯(范)曄不~。"❾告發。《水滸傳》第九十九回:"知而~者,隨即給賞。"

【首級】**shǒu jí**　對敵方人頭的稱謂,秦代以斬敵多少論功晉級,故稱"首級"。《三國演義·楊修之死》:"喝刀斧手推出斬之,將~~號令於轅門外。"

【首丘】**shǒu qiū**　本指狐穴根本之處,為狐死必歸之處,後以此稱不忘故鄉或死後歸葬故鄉,亦用以指故鄉。戰國楚·屈原《楚辭·九章·哀郢》:"鳥飛返故鄉兮,狐死必~~。"

【首途】**shǒu tú**　上路,出發。唐·杜甫《敬寄族弟唐十八使君》:"登陸將~~。"

【首義】shǒu yì ❶率先起兵。唐・韓愈《平淮西碑》："魏將～～，六州降從。"❷説明主旨。漢・王充《論衡・正説》："章以～～，年以紀事。"

受 shòu ❶接受。《孟子・告子上》："嘑爾而與之，行道之人弗～。"❷授予，給予。《韓非子・外儲説左上》："因能而～官。"❸傳授。唐・韓愈《師説》："師者，所以傳道～業解惑也。"這個意義後來寫作"授"。❹盛，容納。唐・杜甫《南鄰》："秋水才深四五尺，野航恰～兩三人。"❺被，遭到。漢・司馬遷《報任安書》："假令僕伏法～誅，若九牛亡一毛，與螻蟻何以異？"❻接着，繼承。《孟子・萬章下》："殷～夏，周～殷，所不辭也。"❼保證，監督。《周禮・地官司徒・大司徒》："五比為閭，使之相～。"❽適合。《呂氏春秋・圜道》："此所以無不～也。"

【受服】shòu fú ❶接受爵祿與服飾之賞。《周易・訟》："以訟～～，亦不足敬也。"❷降服。《國語・吳語》："齊師～～。"

【受田】shòu tián　古代土地制度，二十歲接受賜田，六十歲歸還土地。

狩 shòu ❶古代君主冬獵，也借稱閱兵習武。《詩經・魏風・伐檀》："不～不獵。"❷征伐。北周・庾信《燕射歌辭》："岐陽或～，淮夷自此平。"❸帝王外出巡視。《左傳・僖公二十八年》："晉侯召王，以諸侯見，且使王～。"

售 shòu ❶賣出。唐・柳宗元《鈷鉧潭西小丘記》："唐氏之棄地，貨而不～。"❷實現。唐・柳宗元《小石城山記》："更千百年不得一～其伎，是固勞而無用神者。"❸shú　買。唐・柳宗元《鈷鉧潭西小丘記》："予憐而～之。"

◆ 售、鬻、賣、沽。前三個字都是賣的意思，"售"指賣出，"鬻"和"賣"只表示賣的行為，"沽"既可指賣，也可指買。

授 shòu ❶給予，付給。宋・蘇軾《賈誼論》："夫絳侯親握天子璽而～之文帝。"❷交還。《史記・廉頗藺相如列傳》："王～璧，相如因持璧，卻立，倚柱，怒髮上衝冠。"❸任命。《論語・子路》："誦詩三百，～之以政。"❹教，傳授。明・劉基《賣柑者言》："果能～孫、吳之略耶？"❺通"受"。《論語・憲問》："見利思義，見危～命，久要不忘平生之言，亦可以為成人矣。"

【授業】shòu yè ❶傳授學業。《漢書・董仲舒傳》："弟子傳以久次相～～，或莫見其面。"❷給予產業。《宋史・高麗傳》："國無私田，民計口～～。"

【授政】shòu zhèng　繼承帝位。《史記・伯夷列傳》："典職數十年，功用既興，然後～～。"

綬 shòu　拴玉飾、印章的絲帶；繫帷幕的帶子。南朝齊・孔稚珪《北山移文》："至其紐金章，綰墨～，跨屬城之雄……"

瘦 shòu ❶身體消瘦，與肥相對。隋・侯白《啟顏錄・賣羊》："吾有一奇獸，能肥亦能～。"❷細小，薄。宋・陸游《泛舟》："葉凋山寺出，溪～石稜高。"❸土壤貧瘠。唐・孟郊《秋夕懷遠》："淺井不供飲，～田長廢耕。"❹貧窮。元・無名氏《陳州糶米》："只要肥了你的私囊，也不管民間～。"

壽 shòu ❶長久。唐·柳宗元《種樹郭橐駝傳》：「橐駝非能使木～且孳也。」❷年歲，壽命。《左傳·蹇叔哭師》：「中～，爾墓之木拱矣。」❸敬酒，贈禮。《史記·廉頗藺相如列傳》：「請以秦之咸陽為趙王～。」❹婉辭，生前為死後準備的裝殮物、墓穴等。《後漢書·侯覽列傳》：「又豫作～冢。」❺保存。《晏子春秋·內篇雜下》：「賴君之賜，得以～三族。」

【壽考】shòu kǎo　年高，長壽。《詩經·大雅·棫樸》：「周王～～～。」

【壽元】shòu yuán　壽命。元·吳昌齡《花間四友東坡夢》：「祝吾王～～無量。」

shu

叏 shū ❶古代兵器，竹或木製，一端有棱無刃。唐·白居易《題座隅》：「手不任執～，肩不能荷鋤。」❷船尾用以控制方向的工具。宋·郭忠恕《佩觿（xī，古代用骨頭製的解繩結的錐子）》：「般，象舟之後～以進之。」❸姓。

抒 shū ❶舀出，汲出。明·徐光啟《農政全書》：「可～清而去濁也，代積而代用也。」❷表達，宣泄。《漢書·王褒傳》：「雖然，敢不略陳愚而～情素。」❸解除，清除。《左傳·文公六年》：「有此四德者，難必～也。」❹斜削。明·徐光啟《家政全書》：「管之下端，～之以合於筩（tǒng，粗大的竹管）。」

叔 shū ❶拾取。《詩經·豳風·七月》：「八月斷壺，九月～苴。」❷古人以伯、仲、叔、季排行，「叔」排行第三。唐·柳宗元《哭連州凌員外司馬》：「仲～繼幽淪。」❸父親的弟弟。晉·李密《陳情表》：「既無～伯，終鮮兄弟。」宋·文天祥《〈指南錄〉後序》：「則直前詬虜帥失信，數呂師孟～姪為逆。」❹丈夫的弟弟。《戰國策·秦策》：「嫂不以我為～。」❺同「淑」，善，好。唐·杜甫《漢川王大錄事宅作》：「憶爾才名～，含凄意有餘。」❻通「菽」，豆。《漢書·昭帝紀》：「三輔、太常郡得以～粟當賦。」❼姓。《左傳·襄公二十一年》：「宣子殺羊舌虎，囚～向。」

【叔世】shū shì　衰亂時代。《左傳·哀公六年》：「三辟（夏、商、周三代的刑法）之興，皆～～也。」

杼 shū　見802頁zhù。

姝 shū ❶貌美。《詩經·邶風·靜女》：「靜女其～。」❷美女。漢樂府《陌上桑》：「使君遣吏往，問是誰家～？」❸見「姝姝」。

【姝姝】shū shū　順從的樣子。《莊子·徐無鬼》：「所謂暖姝者，學一先生之言，則暖暖～～而私自說也。」

書 shū ❶記，寫，記載。《墨子·非攻上》：「情不知其不義也，故～其言以遺後世。」❷著作，書籍。《國語·召公諫弭謗》：「使公卿至於列士獻詩，瞽獻曲，史獻～……」❸專指曆書、刑書、占卜書等。漢樂府《孔雀東南飛》：「視曆復開～，便利此月內，六合正相應。」❹《尚書》的簡稱。《史記·孔子世家》：「故孔子不仕，退而修詩～禮樂……」❺文字。《南史·陳伯之傳》：「伯之不識～，及還江州，得文牒辭訟，唯作大諾而已。」❻字體，字形。《隋書·閭毗傳》：「能篆～，工草隸，尤善畫，為當時之妙。"❼ 指"六書"，即象形、指事、會意、轉註、假借、形聲。《禮記·內則》："十年，出就外傳，居宿於外，學～計（算學）。"❽ 文件，書信。《史記·廉頗藺相如列傳》："秦昭王聞之，使人遺趙王～，願以十五城請易璧。"❾ 皇帝詔書或臣子的奏議。《戰國策·鄒忌諷齊王納諫》："上～諫寡人者，受中賞。"❿ 以議論為主的文體名。⓫《史記》中的文體，鋪陳國家政體。漢·司馬遷《報任安書》："為十表，本紀十二，～八章。"

- 書、寫。"書"指創造性的書寫，且多用於書面語；"寫"指傳抄。
- 書、籍。"書"本義為書寫，引申義為書籍；"籍"本義為名冊、戶口冊，引申義為書籍。"書"在書籍的義項中側重指書寫的內容和文字；"籍"則側重指成冊的著作。

【書策】shū cè　書冊，書籍。《戰國策·蘇秦以連橫說秦》："～～稠濁，百姓不足。"

【書鈔】shū chāo　資料的編錄，也作"書抄"。南朝梁·鍾嶸《詩品·總論》："大明、泰始中，文章殆同～～。"

【書牘】shū dú　文書、書信等的總稱。《梁書·范雲傳》："～～盈案，賓客滿門。"

【書笈】shū jí　小書箱。唐·李賀《送沈亞之歌》："白藤交穿織～～，短策齊裁白梵夾（佛書）。"

【書記】shū jì　❶ 指用文字記載的書信文件或書籍、奏章、文章等。三國魏·曹丕《與吳質書》："元瑜～～翩翩，致足樂也。"❷ 掌管

公文、書信的官員。南朝梁·任昉《齊竟陵文王行狀》："謀出股肱，任切～～。"

【書簡】shū jiǎn　❶ 古時用竹簡串成的書冊，書籍。《韓非子·五蠹》："故明主之國，無～～之文，以法為教。"❷ 書信。《三國志·吳書·趙達傳》："又有～～上作千萬數，著空倉中封之，令（趙）達算之。"

【書契】shū qì　❶ 刻錄的文字，後泛指文字。《周易·繫辭下》："上古結繩而治，後世聖人易之以～～。"❷ 契約之類的文書憑證。《周禮·地官司徒·質人》："掌稽市之～～。"

【書生】shū shēng　❶ 抄寫的人。❷ 讀書人。唐·王勃《滕王閣序》："勃，三尺微命，一介～～。"

【書檄】shū xí　軍中或官府的文書。宋·蘇軾《送表弟程六知楚州》："病眼昏花困～～。"

紓 shū　❶ 寬緩，舒緩。《左傳·成公三年》："爾求～其民，各懲其仇，以相宥也。"❷ 寬裕，使寬裕。宋·蘇軾《與開元明師書》："歲豐人～，會當成耳。"❸ 解除，排除。宋·文天祥《〈指南錄〉後序》："眾謂予一行為可以～禍。"❹ 通"抒"，表達。宋·陸游《秋思》："何以～幽情。"

殊 shū　❶ 殺死。古代指帝王下詔，令有罪之人身首分離而死。《漢書·淮南王安傳》："太子自刑，不～。"❷ 斷絕，分離。漢·李陵《答蘇武書》："相去萬里，人絕路～……"❸ 區別，不同。晉·王羲之《〈蘭亭集〉序》："雖趣舍萬～，靜躁不同……曾不知老之將至。"❹ 特別，特出。漢樂府《陌上桑》："坐中數千人，皆言夫婿

~。" ❺ 超過。《後漢書·梁統列傳》："母氏年～七十。" ❻ 很，極。宋·沈括《夢溪筆談·活板》："其印自落，～不沾污。" ❼ 還，仍然。晉·謝靈運《南樓中望所遲客》："圃景早已滿，佳人～未適。"

【殊甚】shū shèn　非常，很。《史記·廉頗藺相如列傳》："君乘宣惡言而君畏匿之，恐懼～～～。"

【殊勝】shū shèng　特異，絕好。唐·薛用弱《集異記·蔡少霞》："水石雲霞，境象～～。"

【殊俗】shū sú　❶ 不同的風俗。《詩經·周南·關雎序》："國異政，家～～。" ❷ 不同風俗的遠方。漢·賈誼《過秦論》："始皇既沒，餘威振於～～。"

【殊遇】shū yù　特殊的知遇，多指帝王的恩寵。三國蜀·諸葛亮《出師表》："蓋追先帝之～～，欲報之於陛下也。"

倏　shū　❶ 如犬跑一樣快走。❷ 忽然，快速的。晉·陶淵明《飲酒》："～如流電驚。"

【倏閃】shū shǎn　❶ 閃爍不定。唐·元稹《秋堂夕》："蕭條簾外雨，～～案前燈。" ❷ 頃刻。唐·牛僧孺《玄怪錄·岑順》："～～之間，雲陣四合。"

淑　shū　❶ 清澈，明朗。《淮南子·本經訓》："明～清而揚光。" ❷ 善，善良。《詩經·周南·關雎》："窈窕～女，君子好逑。" ❸ 美好。晉·陸雲《張二侯頌》："玉潤～貌。" ❹ 通"叔"，拾取，獲益。《孟子·離婁下》："予未得為孔子徒也，予私～諸人也。"

【淑均】shū jūn　善良公正。三國蜀·諸葛亮《出師表》："將軍向寵，性行～～，曉暢軍事。"

【淑離】shū lí　獨善（其身）。戰國楚·屈原《楚辭·九章·橘頌》："～～不淫，梗其有理兮。"

菽　(1) shū　❶ 豆類總稱。《孟子·盡心上》："聖人治天下，使有～粟如水火。" ❷ 專指大豆。《左傳·成公十八年》："周子有兄而無慧，不能辨～麥。"

◆ 菽、豆。"豆"在古時指盛食物的器皿，漢代以後，代替"菽"，成為豆類總稱。

(2) jiāo　草名，小草。漢·王逸《九思·怨上》："～藞兮蔓衍。"

疏　(1) shū　❶ 開通。《孟子·滕文公上》："禹～九河。" ❷ 分開，分列，分佈。明·茅坤《〈青霞先生文集〉序》："並列之為'風'，～之為'雅'，不可勝數。" ❸ 分給。❹ 稀，闊。唐·柳宗元《種樹郭橐駝傳》："搖其本以觀其～密，而木之性日以離矣。" ❺ 遠，遠離。《史記·屈原賈生列傳》："王怒而～屈平。" ❻ 粗略，粗糙。《史記·游俠列傳》："故季次、原憲終身空室蓬戶，褐衣～食不厭。" ❼ 空泛，淺薄。宋·蘇軾《乞校正陸贄奏議進御劄子》："臣等猥以空～，備員講讀。" ❽ 不熟練，不熟悉。晉·陶淵明《詠荊軻》："異哉劍術～，奇功遂不成。" ❾ 清除，排除。《國語·楚語上》："教之樂，以～其穢而鎮其浮。" ❿ 蔬菜。《論語·鄉黨》："雖～食菜羹，瓜祭，必齊如也。" ⓫ 雕刻，裝飾。漢·張衡《西京賦》："交綺豁以～寮。" ⓬ 窗。《史記·禮書》："～房牀第几席，所以養體也。"

(2) shù　❶ 分條記錄或陳述。清·蒲松齡《聊齋志異·促織》："撫軍大説（悦），以金籠進之，細～其能。"❷奏章。唐·杜甫《秋興八首》其三："匡衡抗～功名薄，劉向傳經心事違。"❸為古書舊註所作的闡釋或擴展論述。唐·柳冕《與權德輿書》："盡六經之意，而不能誦～與注，一切棄之。"❹書信。三國魏·曹丕《與吳質書》："雖書～往返，未足解其勞結。"

【疏斥】shū chì　疏遠排斥。《三國志·魏書·高堂隆傳》："明帝時，……戚屬～～。"

【疏達】shū dá　❶豁達，開朗。《孔叢子·陳士義》："今東閭子～～亮直，大丈夫也。"❷通達。《呂氏春秋·誣徒》："身狀出倫，聞識～～。"❸使通暢。北魏·酈道元《水經注·濟水》："使河堤謁者王誨～～河川。"❹豁亮，敞亮。唐·陸龜蒙《奉和襲美太湖》："四軒盡～～，一榻何清零。"

【疏闊】shū kuò　❶簡略，不確定，不精密。宋·蘇洵《辨姦論》："人事之推移，理勢之相因，其～～而難知……"❷遠隔，久別。北齊·顏之推《顏氏家訓·慕賢》："言聖賢之難得，～～如此。"❸迂，不切實際。《漢書·溝洫志》："御史大夫尹忠對方略～～，上切責之，（尹）忠自殺。"❹豁達，心胸開闊。三國魏·嵇康《卜疑》："有宏達先生者，恢廓其度，寂寥～～。"

【疏疏】shū shū　❶盛裝的樣子。《韓詩外傳》："子路盛服以見孔子。孔子曰：'由～～者何也？'"❷稀疏，朦朧。宋·陸游《漁翁》："江煙淡淡雨～～，老翁破浪行捕魚。"

【疏直】(1) shū zhí　正直，坦率。《三國志·吳書·虞翻傳》："（虞）翻性～～。"

(2) shù zhí　上疏直陳。明·何良俊《四友齋叢説·史三》："商公～～十罪以聞，上不省。"

舒　shū　❶伸展。唐·柳宗元《種樹郭橐駝傳》："凡植木之性，其本欲～。"❷展現。明·宋濂《閲江樓記》："臣知斯樓之建，皇上所以發～精神。"❸表達，放縱。晉·陶淵明《歸去來辭》："登東皋以～嘯，臨清流而賦詩。"❹開，散開。明·徐霞客《徐霞客遊記·閩遊日記前》："陰霾盡～，碧空如湛。"❺寬闊。清·顧祖禹《讀史方輿紀要》："山川險隘，田野平～。"❻遲緩，平和。宋·歐陽修《送楊寘序》："緩者～然以和，如崩崖裂石。"❼順暢，暢達。清·林嗣環《口技》："賓客意少～，稍稍正坐。"

【舒遲】shū chí　緩慢，從容，閒雅。《後漢書·韋彪列傳》："雖進退～～，時有不逮，然端心向公，奉職周密。"

【舒舒】shū shū　❶緩慢的樣子。唐·韓愈《復志賦》："慨余行之～～。"❷安適的樣子。唐·孟郊《靖安寄居》："役生皆促促，心竟誰～～。"❸迎風飄揚的樣子。宋·蘇軾《張益州畫像記》："公來自東，旗纛（dú，軍中大旗）～～。"

樞　shū　❶門的轉軸或軸臼。漢·賈誼《過秦論》："然而陳涉甕牖繩～之子……"❷開關。《吳越春秋·句踐陰謀外傳》："橫弓着臂，施機設～。"❸中心，關鍵。《莊子·齊物論》："彼是莫得其偶，謂之道～。"

檽　shū　植物名。苦木科檽樹屬，落葉喬木。樹皮平滑而有淡白色條紋，幼枝有暗黃、赤褐色細毛，其葉有臭氣。可栽植供作行道樹。《莊子·逍遙遊》："吾有大樹，人謂之～。"

輸 shū ❶運送。唐·杜牧《阿房宮賦》："一旦不能有，～來其間。" ❷交出，獻上。《左傳·襄公三十一年》："不敢～幣，亦不敢暴露。" ❸捐獻。《漢書·卜式傳》："式上書，願～家財半助邊。" ❹傳達。《三國志·吳書·周魴傳》："拳拳～情，陳露肝膈。" ❺負，失敗。唐·白居易《放言》："～贏須待局終時。" ❻不及，趕不上。宋·吳曾《能改齋漫錄》："浮名浮利總～閒。" ❼傾瀉。唐·齊己《寄詩友》："盡應～苦心。" ❽報告，泄露。《三國志·蜀書·諸葛亮傳》："服罪～情者，雖重必釋。"

蔬 (1) shū ❶菜的總稱。《國語·魯語上》："昔烈山氏之有天下也，其子曰柱，能植百穀百～。" ❷種菜。《朱子語類·陸氏》："盛言山上有田可耕，有圃可～。"
　　(2) shǔ 米粒。《莊子·天道》："鼠壤有餘～。"

【蔬糲】 shū lì 粗食。糲，糙米，粗食。《北史·張湛傳》："服制（喪服制度）雖除，而～～弗改。"

【蔬食】 shū shí ❶草木的果實。《禮記·月令》："有能取～～田獵禽獸者……" ❷粗食，簡單的食物。《笑林·漢世老人》："漢世有老人，無子，家富，性儉嗇，惡衣～～食。"

攄 shū ❶抒發，散佈。唐·白居易《讀謝靈運詩》："豈惟玩景物，亦欲～心素。" ❷騰躍。《後漢書·張衡列傳》："八乘～而超驤（xiāng，馬奔跑）。"

孰 shú ❶古"熟"字。表示食物熟、莊稼瓜果成熟。《墨子·辭過》："風雨節而五穀～。" ❷詳細，周密。《史記·廉頗藺相如列傳》："臣請就湯鑊，唯大王與羣臣～計議之。" ❸疑問代詞，"誰"，代人。唐·韓愈《師說》："人非生而知之者，～能無惑？" ❹疑問代詞，"哪一個"，代事。《孟子·梁惠王下》："獨樂樂，與人樂樂，～樂？" ❺疑問代詞，"何"，"什麼"。《論語·八佾》："是可忍，～不可忍。"

◆ 孰、誰。"孰"可指代人和物，"誰"只指代人。

【孰何】 shú hé ❶反問，責問。《漢書·衛綰傳》："及景帝立，歲餘，不～～（衛）綰。" ❷奈何。宋·葉紹翁《四朝聞見錄·秦檜待金使》："左右相顧，莫敢～～。"

【孰慮】 shú lù 熟慮，反覆考慮。《後漢書·袁術列傳》："古今所慎，可不～～！"

【孰若】 shú ruò 何如，怎麼比得上。唐·韓愈《送李愿歸盤谷序》："與其有譽於前，～～無毀於其後。"

【孰誰】 shú shuí 何人。《戰國策·楚策一》："秦王身問之：'子～～也？'"

【孰與】 shú yǔ ❶與誰。《公羊傳·宣公十五年》："子去我而歸，吾～～處於此？" ❷何如，怎麼樣，……比……《史記·廉頗藺相如列傳》："公之視廉將軍～～秦王？"

塾 shú ❶位於門內外兩側的屋子，一般有四個。《新唐書·百官志三》："設五鼓於太社，執麾旒於四門之～。" ❷古時民間教人讀書的地方。《禮記·學記》：“古之教者，家有～，黨有庠。”

熟 shú ❶食物加熱到可吃的程度。《論語·鄉黨》：“君賜腥，必～而薦之。” ❷植物果實等長成，成熟。《孟子·滕文公上》：“五穀～而民人育。” ❸有收成，豐收。《國語·吳語》：“四方歸之，年穀時～。” ❹經過加工的。北周·庾信《仙山》：“石軟如香飯，鉛銷似～銀。” ❺精美。《史記·大宛列傳》：“漢使者往既多，其少從率多進～於天子。” ❻因常見或常用而清楚、了解。唐·韓愈《爭臣論》：“聞天下之得失不為不～矣。” ❼熟練。宋·歐陽修《賣油翁》：“無他，但手～爾。” ❽仔細，審慎。漢·鄒陽《獄中上梁王書》：“願大理～察之。” ❾程度深。《呂氏春秋·博志》：“精而～之，鬼而告之。” ❿古字為“孰”。見785頁“孰”。

【熟念】 shú niàn　周密考慮，深思。《漢書·谷永傳》：“唯陛下省察～～。”

贖 shú ❶用財物換回人身自由或抵押品。唐·韓愈《柳子厚墓誌銘》：“其俗以男女質錢，約不時～，子本相侔，則沒為奴婢。” ❷以財物抵消罪過。《史記·管晏列傳》：“解左驂～之，載歸。” ❸去掉，除去。《管子·五行》：“草木區萌，～蟄蟲卵菱。”

暑 shǔ　炎熱，炎熱的季節。《列子·愚公移山》：“寒～易節，始一反焉。”

◆ 暑、熱。“暑”表示濕熱，指炎熱的季節；“熱”表示爆熱，指溫度高的物體。

【暑溽】 shǔ rù　夏季悶熱而潮濕。

宋·趙彥雲《雲麓漫鈔》：“～～異甚，伏望保護寢興……”

黍 shǔ ❶有黏性的穀物名。《孟子·告子下》：“夫貉，五穀不生，惟～生之。” ❷黍的子實。《論語·微子》：“殺雞為～而食之。” ❸古時制定度量衡的依據，以中等黍粒為標準，百黍為古制一尺。清·魏學洢《核舟記》：“舟首尾長約八分有奇，高可二～許。”

署 shǔ ❶佈置，安排。《史記·項羽本紀》：“（項）梁部～吳中豪傑為校尉、候、司馬。” ❷辦理公務的地方。晉·李密《陳情表》：“且臣少仕偽朝，歷職郎～。” ❸任命，委任。《後漢書·劉永列傳》：“遂招諸豪傑沛人周建等，並～為將帥。” ❹執掌，代理。《三國志·蜀書·諸葛亮傳》：“以亮為軍師將軍，～左將軍府事。” ❺記錄，題記，題寫。《漢書·高帝求賢詔》：“遣詣相國府，～行、義、年。”

蜀 shǔ ❶蛾蝶類幼蟲，後作“蠋”。 ❷孤立的山。清·魏源《武林紀遊呈錢伊庵居士》：“諸峯合成垣，不分罣與～。” ❸古國名，在今四川西部。 ❹古地名，春秋時魯地，在今山東泰安西。 ❺古朝代名。歷史上稱蜀的朝代有三：一是蜀漢簡稱，即劉備所建朝代。唐·李賀《李憑箜篌引》：“吳絲～桐張高秋，空山凝雲頹不流。”二是五代時所建朝代，國都也在成都，史稱前蜀。三是後唐的孟知祥在蜀地稱帝，史稱“後蜀”。

屬 shǔ　見801頁zhǔ。

戍 shù ❶防守邊疆。《左傳·燭之武退秦師》：“使杞子、逢孫、楊孫～之，乃還。” ❷守邊之事。《史記·張耳陳餘列傳》："北有長城之役，南有五嶺之～。" ❸ 守衛的士兵。唐·杜甫《垂老別》："萬國盡征～，烽火被岡巒。" ❹ 軍隊駐防營地。唐·元結《欸乃曲》："唱橈欲過平陽～。"

【戌鼓】shù gǔ　指邊防駐軍的鼓聲。南朝梁·劉孝綽《夕逗繁昌浦》："隔山聞～～。"

【戌客】shù kè　指離家守邊的人。唐·李白《關山月》："～～望邊色，思歸多苦顏。"

束 shù ❶ 捆綁，約束。《史記·廉頗藺相如列傳》："燕畏趙，其勢必不敢留君，而～君歸趙矣。" ❷ 窄狹。宋·陸游《將離江陵》："地險多崎嶇，峽～少平曠。" ❸ 量詞，用於捆在一起的東西，十個器物為一束，布五匹為一束。《詩經·小雅·白駒》："生芻一～，其人如玉。"

【束帛】shù bó　捆為一束的五匹帛，古代用作禮物。《周易·賁》："～～戔戔。"

【束髮】shù fà ❶ 紮起頭髮髻。漢·劉向《列女傳·節義傳》："子～～辭親，往仕五年乃還。" ❷ 代指男孩成童時。古代男子到該上學的年齡時要束髮為髻，故稱"束髮"。明·歸有光《項脊軒志》："余自～～讀書軒中。" ❸ 束髮用的頭飾。清·蒲松齡《聊齋志異·晚霞》："魚鬚金～～，上嵌夜光珠。"

【束修】shù xiū ❶ 十條乾肉，古代常用作禮物，後引申為給老師的酬金。修，乾肉。《論語·述而》："自行～～以上，吾未嘗無誨焉。" ❷ 入學的代稱，因入學必用"束修"。漢·桓寬《鹽鐵論·貧富》："余結髮～～，年十三……" ❸ 借指薪俸。清·魏秀仁《花月痕》："我這幾個月剩下的～～，也寄不回去。" ❹ 約束修養。《後漢書·胡廣列傳》："使守善～～，有所勸仰。"

述 shù ❶ 遵循。《禮記·中庸》："父作之，子～之。" ❷ 記敘，講述。晉·王羲之《〈蘭亭集〉序》："錄其所～。" ❸ 特指闡述前人的學說。唐·柳宗元《箕子碑》："故孔子～六經之旨，尤殷勤焉。" ❹ 一種古代論說文體。

【述聖】shù shèng ❶ 稱述古聖先王的盛德。唐·錢起《奉和中書常舍人晚秋集賢院即事》："～～魯宣父。" ❷ 對孔子之孫孔伋的尊稱。

【述造】shù zào　指著作。三國魏·曹丕《與吳質書》："頗復有所～～不？"

【述職】shù zhí ❶ 諸侯向君王陳述業績。明·宋濂《閱江樓記》："見江漢之朝宗，諸侯之～～……" ❷ 供職，就職。《淮南子·主術訓》："百官～～，務致其公跡也。"

【述作】shù zuò ❶ 指制作禮樂和解說禮樂。《禮記·樂記》："明聖者，～～之謂也。" ❷ 指撰寫著作。三國魏·曹丕《與吳質書》："德璉常斐然有～～之意。"

恕 shù ❶ 仁愛，推己及人。《禮記·中庸》："忠～違道不遠，施諸己而不願，亦勿施於人。" ❷ 寬宥，原諒。《戰國策·觸龍說趙太后》："竊自～，而恐太后玉體之有所郤（xì，同'隙'）也。" ❸ 幾乎，差不多。三國魏·嵇康《養生論》："若此以往，～可與羨門比壽。"

術 (1) shù ❶ 道路。晉·左思《詠史》："冠蓋蔭四～，朱輪竟長衢。" ❷ 方法，手段。唐·柳宗元《種樹郭橐駝傳》：“吾問養樹，得養人～。” ❸ 特指君王用臣之道。《史記·游俠列傳》：“至如以～取宰相、卿大夫，輔翼其世主……” ❹ 計謀。宋·蘇洵《心術》：“吾之所長，吾陰而養之，使之狎而墮其中。此用長短之～也。” ❺ 技藝。唐·李白《與韓荊州書》：“十五好劍～，偏干(拜謁)諸侯。” ❻ 思想，學說。唐·韓愈《送孟東野序》：“楊朱、墨翟……孫武、張儀、蘇秦之屬，皆以其～鳴。” ❼ 方術。古代指醫術、占星術、占卜術、相術、星相術等。宋·歐陽修《瀧岡阡表》：“～者謂我歲行在戌將死。” ❽ 學習，效法。《禮記·學記》：“蛾子時～之。” ❾ 通“述”，遵循，記述，陳述。《禮記·祭義》：“形諸色而～省之，孝子之志也。”

（2）suì　通“遂”。❶ 古代行政區劃。《管子·度地》：“故百家為里，里十為～。” ❷ 小溝，溝渠。元·虞集《撫州路樂安縣重修儒學記》：“引～自池上出，洋洋然有瀏覽風詠之興焉。”

【術士】shù shì　❶ 有法術的人。《韓非子·人主》：“主有～～，則大臣不得制斷。” ❷ 儒生。《史記·儒林列傳》：“焚詩書，坑～～，六藝從此缺焉。” ❸ 有技藝的人。

庶　shù　❶ 眾多，雜，各種。晉·陸機《辨亡論》：“百官苟合，～務不遑。” ❷ 百姓，平民。《國語·召公諫弭謗》：“百工諫，～人傳語。” ❸ 宗族旁支，非正妻所生子。《史記·孔子世家》：“更立其～陽虎素所善者，遂執季桓子。” ❹ 差不多。《左傳·襄公二十六年》：“晉其～乎！”此處意指晉國差不多能治理

好了。❺ 幸而，希望。三國蜀·諸葛亮《出師表》：“～竭駑鈍。” ❻ 或許，也許。《左傳·桓公六年》：“君姑修政而親兄弟之國，～免於難。”

【庶乎】shù hū　近似，差不多。《論語·先進》：“回也其～～，屢空。”

【庶幾】shù jī　❶ 差不多，近似。《周易·繫辭下》：“顏氏之子其殆～～乎？” ❷ 或許，也許。宋·文天祥《〈指南錄〉後序》：“中興機會，～～在此。” ❸ 希望，幸而。《禮記·中庸》：“～～夙夜，以永終譽！” ❹ 原指顏回，後代指賢能的人。漢·王充《論衡·別通》：“五經皆習，～～之才也。”

【庶士】shù shì　❶ 眾官吏。《尚書·周書·畢命》：“茲殷～～，席寵惟舊。” ❷ 小官吏。《國語·魯語下》：“自～～以下，皆衣其夫。” ❸ 軍士。《荀子·正論》：“～～介而夾道。”

【庶子】shù zǐ　❶ 周代官名，掌管諸侯、卿大夫非正妻所生孩子的教養之事。《戰國策·燕策三》：“厚遺秦王寵臣中～～蒙嘉。” ❷ 非正妻所生的孩子。《儀禮·喪服》：“～～不得為長子三年，不繼祖也。”

漱　shù　❶ 含水洗蕩口腔。《管子·弟子職》：“少者之事，夜寐蚤(早)作，既拚盥～，執事有恪。” ❷ 洗滌。《禮記·內則》：“冠帶垢，和灰請～。” ❸ 沖刷，沖蕩。唐·柳宗元《〈愚溪詩〉序》：“～滌萬物，牢籠百態，而無所避之。” ❹ 吸，飲。戰國楚·屈原《楚辭·九章·悲回風》：“～凝霜之氛氣。”

【漱玉】shù yù　❶ 形容泉水沖刷河石，聲音如擊玉石。唐·方干《敘龍瑞觀勝異寄於尊師》：“夜溪～～

常堪聽。"❷ 汲水。唐·劉長卿《過包尊師山院》："～～臨丹井。"

數 （1）shù ❶ 數目，數量。《宋史·選舉志》："文理通為合格，不限其～。"❷ 表示不確定的少數。《戰國策·鄒忌諷齊王納諫》："～月之後，時時而間進。"❸ 古代六藝之一：禮、樂、射、御、書、數。❹ 技藝，策略，權術。《孟子·告子上》："今夫弈之為～，小～也。"❺ 特指占卜之類的方術。戰國楚·屈原《楚辭·卜居》："～有所不逮，神有所不通。"❻ 規律，必然性。宋·蘇洵《六國論》："則勝負之～，存亡之理，當與秦相較，或未易量。"❼ 道理。《荀子·正論》："是不容妻子之～也。"❽ 命運。明·袁宏道《徐文長傳》："然～奇，屢試輒蹶。"❾ 順序，次序。《逸周書·大聚》："削赦輕重，皆有～。"❿ 法制。《管子·任法》："聖君任法而不任智，任～而不任說。"

（2）shǔ ❶ 計算，查點。《三國志·蜀書·諸葛亮傳》："跨州加郡者不可勝～。"❷ 在……之列。《戰國策·觸龍說趙太后》："願令得補黑衣之～，以衛王宮。"❸ 最突出。宋·王禹偁《待漏院記》："古之善相天下者，自咎、夔至房、魏，可～也。"❹ 一一說來，責備。宋·文天祥《〈指南錄〉後序》："則直前詬虜帥失信，～呂師孟叔姪為逆。"❺ 稱道。《荀子·王霸》："不足～於大君子之前。"❻ 分析，詳察。《荀子·非相》："欲觀千歲，則～今世。"

（3）shuò ❶ 多次。《史記·項羽本紀》："范增～目項王。"❷ 親密，親近。明·方孝孺《王處士墓表》："撫從子如子，無愛憎、厚

薄、疏～。"❸ 通"速"，快。《莊子·天地》："挈水若抽，～如洫（yì，同'溢'）湯。"

（4）cù 細密，細小。《孟子·梁惠王上》："～罟不入洿池。"

【數讓】 shǔ ràng　責備。《史記·張儀列傳》："（蘇秦）～～之曰：'以子之材能，乃自令困辱至此。'"

豎 shù ❶ 立，直立。明·魏學洢《核舟記》："詘右臂支船，而～其左膝。"❷ 縱。《晉書·陶侃傳》："君左手中指有～理，當為公。"❸ 童子，古代指八歲以上，十九歲以及下的男子，即未成年人。漢·楊惲《報孫會宗書》："此賈～之事，污辱之處，惲親行之。"❹ 僮僕，家中未成年的僕人；宮中役使的小臣，又專指宦官。漢·司馬遷《報任安書》："事關於宦～，莫不傷氣，況慷慨之士乎！"

【豎儒】 shù rú　對儒者的鄙稱。《史記·酈生陸賈列傳》："沛公罵曰：'～～！夫天下同苦秦久矣，故諸侯相率而攻秦，……'"

【豎子】 shù zǐ ❶ 童子。《史記·孔子世家》："魯君與之一乘車，兩馬、一～～～俱，適周問禮。"❷ 對人的蔑稱、賤稱，猶"小子"。《史記·項羽本紀》："～～不足與謀。"

澍 （1）shù ❶ 應時雨，透雨。宋·陸游《喜雨》："樂哉甘～及時至，九衢一洗塵沙黃。"❷ 降落，沾濕。宋·王禹偁《對雪示嘉祐》："秋來連～百日雨，禾黍漂溺多不收。"❸ 滋潤，喻施恩。漢·王充《論衡·雷虛》："故雨潤萬物，名曰～。"

（2）zhù 灌注，傾瀉。唐·柳宗元《晉問》："俄然決源釃流，交灌互～。"

S

樹 shù ❶ 種植。《莊子·逍遙遊》："惠子謂莊子曰：'魏王貽我大瓠之種，我~之成而實五石。'" ❷ 木本植物總稱。唐·柳宗元《種樹郭橐駝傳》："視駝所種~，或遷徙，無不活。" ❸ 通"豎"，直豎。漢·揚雄《長楊賦》："皆稽首~頷。" ❹ 立，建立。《莊子·逍遙遊》："雖然，猶有未~也。" ❺ 株，棵。宋·辛棄疾《青玉案·元夕》："東風夜放花千~。"

◆ 樹、木。"樹"僅指生長的樹木；"木"指樹木，還可指木材及木製品。

【樹藝】 shù yì　種植。《孟子·滕文公上》："后稷教民稼穡，~~五穀，五穀熟而民人育。"

---

shuai

衰 (1) shuāi ❶ 事物發展由強轉弱。《新五代史·伶官傳序》："盛~之理，雖曰天命，豈非人事哉！" ❷ 病情好轉，減退，減少。漢樂府《長歌行》："常恐秋節至，焜黃華葉~。"

(2) cuī ❶ 由大至小依等級遞減。《管子·小匡》："相地而~其政，則民不移矣。" ❷ 粗麻布製的毛邊喪服。《莊子·天道》："哭泣~絰，隆殺之服，哀之末也。"

(3) suō 通"蓑"，蓑草雨衣。

(4) suī 見"衰衰"。

【衰弊】 shuāi bì　勢弱，頹敗，衰敗。《三國志·蜀書·孟光傳》："~~窮極。"

【衰耗】 shuāi hào ❶ 衰落困乏，多次努力皆不成功。《管子·版法解》："夫數困難成之事，而時失不

可及之功，~~之道也。" ❷ 衰弱耗損。《史記·孝武本紀》："後世謾怠，故~~。"

【衰衰】 suī suī　下垂、紛揚的樣子。唐·韓愈《南山有高樹贈李宗閔》："南山有高樹，花葉何~~！"

帥 shuài ❶ 軍中主將，首領。宋·文天祥《〈指南錄〉後序》："予自度不得脫，則直前詬虜~失信。" ❷ 率領，引導。《國語·越語上》："將~二三子夫婦以蕃。" ❸ 遵循。《國語·祭公諫征犬戎》："能~舊德而守終純固，其有以禦我矣！" ❹ 表率，楷模。《論語·顏淵》："子~以正，孰敢不正？"

率 shuài　見 385 頁 lǜ。

---

shuang

霜 shuāng ❶ 天冷時水汽在地面結成的白色冰晶。宋·蘇洵《六國論》："思厥先祖父，暴~露，斬荊棘，以有尺寸之地。" ❷ 白色。南朝梁·范雲《送別》："不悉書難寄，但悉鬢將~。" ❸ "歷年"的代稱。南朝宋·吳邁遠《長相思》："簷隱千~樹，庭枯十載蘭。"

雙 shuāng ❶ 兩隻。《詩經·齊風·南山》："葛屨五兩，冠緌~止。" ❷ 表示成對事物的量詞。《史記·項羽本紀》："我持白璧一~，欲獻項王。" ❸ 匹敵。《莊子·盜跖》："生而長大，美好無~。"

【雙璧】 shuāng bì　讚美弟才能、德行並美。《三國志·魏書·陸凱傳》："僕以老年，更睹~~。"

【雙陸】 shuāng lù　古代一種遊戲。唐·薛用弱《集異記·集翠裘》："遂

命披裝，供奉～～。”

【雙魚】shuāng yú ❶ 又稱“雙鯉”，後代指書信。漢樂府有“客從遠方來，遺我雙鯉魚，呼兒烹鯉魚，中有尺素書”。唐·唐彥謙《寄臺省知己》：“千里致～～。” ❷ 雙魚形水洗，後人也以雙魚寓吉祥之意。❸ 古錢幣名，背面有雙魚紋。

爽 shuǎng ❶ 明，亮。明·徐霞客《徐霞客遊記·滇遊日記》：“其廬雖茅蓋，而簷高牖～。” ❷ 明白，明智。《左傳·昭公元年》：“茲心不～，而昏亂百度。” ❸ 開朗。南朝梁·劉勰《文心雕龍·樂府》：“至於魏之三祖，氣～才麗。” ❹ 清涼，舒暢。宋·陸游《水亭獨酌十二韻》：“～氣生戶牖。” ❺ 違背，差失；不同的。清·蒲松齡《聊齋志異·促織》：“簾內擲出一紙，即道人意中事，無毫髮～。” ❻ 損，傷，減。《老子》十二章：“五音令人耳聾，五味令人口～。” ❼ 失去。晉·張載《雜詩》：“君子守固窮，在約不～貞。”

【爽德】shuǎng dé 失德。南朝宋·鮑照《河清頌》：“昔在～～，王風不昌。”

【爽利】shuǎng lì 開朗，利落，豪爽。《水滸傳》第三回：“也是個不～～的人！”

【爽然】shuǎng rán ❶ 舒暢、暢快的樣子。唐·李白《遊秋浦白笴陂》：“白笴夜長嘯，～～溪谷寒。” ❷ 茫然。《史記·屈原賈生列傳》：“同生死，輕去就，又～～自失矣。”

---

shui

誰 shuí ❶ 哪個人。《史記·屈原賈生列傳》：“人又～能以身

之察察，受物之汶汶者乎！” ❷ 難道。漢·賈誼《治安策》：“一動而五業附，陛下～憚而久不為此？”

【誰何】shuí hé ❶ 哪個，哪位。《莊子·應帝王》：“吾與之虛而委蛇，不知其～～。” ❷ 盤問。漢·賈誼《過秦論》：“信臣精卒，陳利兵而～～。”

水 shuǐ ❶ 河流，泛稱江、河、湖、海。宋·陸游《游山西村》：“山重～複疑無路，柳暗花明又一村。” ❷ 用水測平。《周禮·冬官考工記·匠人》：“匠人建國，～地以縣（xuán，懸線）。” ❸ 指水災，洪水。漢·晁錯《論貴粟疏》：“故堯禹有九年之～，湯有七年之旱。” ❹ 游泳。《荀子·勸學》：“假舟楫者，非能～也，而絕江河。”

【水厄】shuǐ è ❶ 溺水之災。《北齊書·房豹傳》：“紹宗自云有～～，遂於戰艦中浴，並自投於水，冀以厭當之。” ❷ 初指剛開始喝茶的人，後稱嗜茶。北魏·楊衒之《洛陽伽藍記·城南》：“卿不慕王侯八珍，好蒼頭（奴僕）～～。”

【水府】shuǐ fǔ ❶ 傳說中水神或龍王住的地方。南朝梁·任昉《述異記》：“闔閭構水精宮，尤極珍怪，皆出之～～。” ❷ 泛指水底。唐·韓愈《貞女峽》：“懸流轟轟射～～，一瀉百里翻雲濤。”

睡 shuì 坐着打盹，睡覺。《戰國策·蘇秦以連橫說秦》：“讀書欲～，引錐自刺其股，血流至足。”

◆ 睡、寢、眠、寐。“睡”為坐着打瞌睡；“寢”為躺在牀上，不一定睡着；“眠”本義為閉上眼，引申為睡眠，亦指抽象的睡覺；“寐”指睡着了。

shun

恂
shùn　見 679 頁 xún。

順
shùn　❶ 道理，合理。《論語·子路》："名不正，則言不～。"❷ 沿着，跟從，隨着。《荀子·勸學》："～風而呼，聲非加疾也，而聞者彰。"❸ 放任。《史記·孔子世家》："夫儒者滑稽而不可軌法；倨傲自～，不可以為下。"❹ 次序，有條理。《荀子·榮辱》："斬而齊，枉而～，不同而一，夫是之謂人倫。"❺ 通"慎"，謹慎。《荀子·彊國》："故為人上者，不可不～也。"❻ 通"訓"，教誨。《管子·版法》："是謂君心必先～教萬民鄉風。"

【順成】shùn chéng　❶ 辦事成功，因順理而成功。《左傳·宣公十二年》："執事～～謂臧。"❷ 風調雨順，有好收成。《禮記·玉藻》："年不～～，則天子素服，乘素車，食無樂。"

瞬
shùn　❶ 眨眼，眼動。宋·蘇洵《心術》："泰山崩於前而色不變，麋鹿興於左而目不～。"❷ 眨眼之間，極言時間短促。宋·沈括《夢溪筆談·活板》："則第二板已具，更互用之，～息可就。"❸ 看。清·蒲松齡《聊齋志異·嬰寧》："生無語，目注嬰寧，不暇他～。"

shuo

説
(1) shuō　❶ 講述，敍説。晉·陶淵明《桃花源記》："及郡下，詣太守，～如此。"❷ 介紹，説合。《紅樓夢》第五十七回："我

原要～他的人……"❸ 批評，勸告。《紅樓夢》第九十四回："你便狠狠的～他一頓。"❹ 觀點，學説。宋·蘇軾《石鐘山記》："酈元以為下臨深潭，微風鼓浪，水石相摶，聲如洪鐘。是～也，人常疑之。"❺ 文體的一種，也稱雜説。如周敦頤的《愛蓮説》，韓愈的《師説》等。❻ 解説，解釋。《禮記·檀弓下》："而天下其孰能～之？"

(2) shuì　❶ 勸別人聽從自己的意見。《莊子·逍遙遊》："客得之（指藥方），以～吳王。"❷ 通"税"，停置，止息。《左傳·宣公十二年》："右廣雞鳴而駕，日中而～；左則受之，日入而～。"

(3) yuè　通"悅"，高興，喜悅。《論語·學而》："學而時習之，不亦～乎？"

【説帖】shuō tiě　檔案名稱，指條陳、建議書一類的文書。清·李寶嘉《官場現形記》第五十七回："拿白折子寫了～～，派管家當堂呈遞。"

朔
shuò　❶ 月相名，農曆每月初一。宋·蘇洵《張益州畫像記》："明年正月～旦，蜀人相慶如他日，遂以無事。"❷ 初始。明·宋應星《天工開物·總名》："麻菽二者，功用已全入蔬、餌、膏、饌之中，而猶繫之穀者，從其～也。"❸ 月出。《後漢書·馬融列傳》："月～西陂。"❹ 北方。漢·李陵《答蘇武書》："流離辛苦，幾死～北之野。"

【朔吹】shuò chuī　指北風。南朝陳·張正見《寒樹晚蟬疏》："寒蟬噪楊柳，～～犯梧桐。"

【朔漠】shuò mò　指北方的沙漠地帶。明·袁宏道《徐文長傳》："恣情山水，走齊、魯、燕、趙之地，

窮覽～～。"

【朔望】shuò wàng　朔日和望日，即農曆每月初一和十五。清·吳趼人《二十年目睹之怪現狀》第四十二回："且夕香花供奉，～～焚香叩頭。"

碩　(1) shuò　❶大，高大。唐·李商隱《為尚書渤海公舉人自代狀》："必資髦～，方備次遷。" ❷深遠。漢·班固《典引》："既感羣后之讜辭，又悉經五緯之～慮矣。"

　　(2) shí　通"石"，牢固，堅固。三國魏·阮瑀《為曹公作書與孫權》："忍絕王命，明棄一交，實為佞人所構會也。"

【碩茂】shuò mào　高大且茂盛。唐·柳宗元《種樹郭橐駝傳》："視駝所種樹，或移徙，無不活；且～～，蚤實以蕃。"

【碩士】shuò shì　品節高尚、學習淵博之士。唐·曾鞏《與杜相公書》："當今內自京師，外至巖野，宿師～～，傑立相望。"

槊　shuò　❶古兵器，即長矛。宋·蘇軾《前赤壁賦》："橫～賦詩，固一世之雄也，而今安在哉！" ❷古代博戲的一種。唐·韓愈《示兒》："酒食罷無為，棋～以相娛。"

爍　(1) shuò　❶發光貌。宋·梅堯臣《同諸韓及孫曼叔晚遊西湖》："～電未成雨，涼風先入衣。" ❷明亮。唐·元稹《有酒》："月爭光兮星又繁，燒橫絕兮焰仍～。" ❸照耀，照射。南朝宋·鮑照《侍宴覆舟山》："明暉～神都，麗氣冠華甸。" ❹通"鑠"，熔化，消損。漢·王充《論衡·物勢》："案陶冶者之用火～銅燔器，故為之也。"

　　(2) luò　烈日。唐·宋之問《秋蓮賦》："春風盡蕩，一日相煎。"

【爍爍】shuò shuò　❶光芒閃耀。宋·蘇軾《四時詞》："～～風燈動華屋。" ❷酷熱。宋·梅堯臣《依韻和僧詣夏日閒居見寄》："焱正～～，溪水徒瑟瑟。"

鑠　shuò　❶銷熔，熔化。漢·鄒陽《獄中上梁王書》："眾口一金，積毀銷骨也。" ❷輝煌，美盛。《詩經·周頌·酌》："於（歎詞）～王師，遵養時晦。"

si

司　(1) sī　❶掌管，職掌。宋·陸游《春殘》："庸醫～性命，俗子議文章。" ❷職責。南朝齊·王融《〈三月三日曲水詩〉序》："協律摠章之一，厚倫正俗。" ❸政府機構，官署。宋·鄭樵《〈通志〉總序》："校讎之～，未聞其法。"

　　(2) sì　通"伺"。❶探視，視察。《漢書·灌夫傳》："太后亦已使人候～，具以語太后。" ❷守候。《戰國策·趙策三》："夫良商不與人爭買賣之賈，而謹～時。"

【司晨】sī chén　❶報曉。晉·陶淵明《述酒》："流淚抱中歎，傾耳聽～～。" ❷借指雄雞。唐·李益《聞雞贈主人》："膠膠～～鳴，報爾東方旭。"

【司牧】sī mù　古時稱治理百姓為牧畜。《左傳·襄公十四年》："天生民而立之君，使～～之。" 也用以稱官吏。南朝梁·江淹《柳僕射為南兗州詔》："～～之任，宜詳其授。"

【司南】sī nán　中國古代發明的一種指南儀器。漢·王充《論衡·是應》："～～之杓，投之於地，其柢指南。"後比喻正確的指導。《鬼谷子·謀篇》："夫度材量能揣情者亦事之～～也。"

私 sī ❶私人的，與"公"相對。秦·李斯《諫逐客書》："彊公室，杜～門，蠶食諸侯，使秦成帝業。" ❷偏愛，不公道。《孟子·離婁下》："好貨財，～妻子，不顧父母之養，三不孝也。" ❸私下，偷偷地。明·唐順之《信陵君救趙論》："趙安得～請救於信陵？" ❹男女私通。《戰國策·燕策一》："臣鄰家有遠為吏者，其妻～人。"

【私諱】 sī huì　古代以父祖名字為私諱，也稱家諱。《禮記·玉藻》："於大夫所，有公諱無～～。"

【私艱】 sī jiān　遭父母之喪。晉·潘岳《懷舊賦》："余既有～～，且尋役於外。"

【私田】 sī tián　❶中國古代井田制度下勞動者私有的田地。《穀梁傳·宣公十五年》："～～稼不善，則非吏。" ❷屬於私人的田地。《漢書·五行志中之上》："置～～於民間，畜私奴、車馬於北宮。"

思 sī ❶思考。《論語·為政》："學而不～則罔，～而不學則殆。"《荀子·勸學》："吾嘗終日而～矣，不如須臾之所學也。" ❷想念。《資治通鑑》卷四十八回："班超久在絕域，年老～土。" ❸思緒，心情。唐·柳宗元《登柳州城樓》："海天愁～正茫茫。" ❹哀愁，悲傷。《禮記·樂記》："亡國之音哀以～。" ❺語助詞，用於句首、句中或句末。《詩經·周南·漢廣》："漢之廣矣，不可泳～。"

【思存】 sī cún　深切思念。《詩經·

鄭風·出其東門》："有女如雲……匪我～～。"

斯 sī ❶析，劈開。《詩經·陳風·墓門》："墓門有棘，斧以～之。" ❷離，距離。《列子·黃帝》："不知～齊國幾千里也。" ❸指示代詞，此。《論語·顏淵》："（顏）回雖不敏，請事～語矣。" ❹則，乃，就。《論語·述而》："我欲仁，～仁而矣。" ❺助詞，猶"是"、"之"，或無義。《詩經·小雅·甫田》："乃求千～倉，乃求萬～箱。" ❻句末語氣詞。《詩經·豳風·破斧》："哀我人～。"

絲 sī ❶蠶絲。唐·韓愈《原道》："民者，出粟米麻～，作器皿，通貨財，以事其上者也。"後泛指像蠶絲一樣的細縷，如蜘蛛絲、藕絲等。 ❷絲織品。漢·劉向《說苑·建本》："譬猶食穀衣～，而非耕織者也。" ❸計算長度、重量或大小的微小單位。明·程汝思《演算法統宗·零數》："度法，丈以下曰尺、寸、分、釐、毫、～、忽、微。"

【絲蘿】 sī luó　❶菟絲與女蘿，兩種蔓生植物。《詩經·小雅·頍弁》："蔦與女蘿。"毛傳："女蘿，菟絲，松蘿也。"後用來泛指藤蘿一類的植物。唐·溫庭筠《古意》："～～緣澗壑。" ❷菟絲、女蘿纏繞在草木上，不易分開，後因以比喻結為婚姻。元·王實甫《西廂記》："便待要結～～。"

【絲竹】 sī zhú　絃樂器與竹製管樂器的總稱。晉·王羲之《〈蘭亭集〉序》："雖無～～管絃之盛，一觴一詠，亦足以暢敘幽情。"也泛指音樂。《三國志·魏書·陳思王植傳》："口厭百味，目極華靡，耳倦

～～者，爵重祿厚之所致也。"

廝 sī ❶ 古代做粗活、雜活的奴僕。《戰國策·韓策一》："料大王之卒，悉之不過三十萬，而～徒負養在其中矣。" ❷ 對人輕蔑的稱呼。《水滸傳》第三回："你這～詐死，洒家再打！" ❸ 相，互相。《水滸傳》第三十八回："又在這裏和人～打。" ❹ 通"斯"，分開、疏導。《史記·河渠書》："乃～二渠，以引其河。"

【廝役】sī yì 幹雜事的奴隸，後泛指受人驅使的奴僕。《漢書·張耳陳餘傳》："其賓客～～皆天下俊傑。"

嘶 sī ❶ 聲音沙啞。《北史·高允傳》："崔公聲一股戰，不能一言。" ❷ 馬鳴叫。北周·庾信《伏聞遊獵》："馬～山谷響。"後泛指蟲鳥鳴叫聲。北周·庾信《小園賦》："驚慵婦而蟬～。"

澌 sī ❶ 盡，竭盡。漢·許慎《說文解字·水部》："～，水索也。" ❷ 流動的冰塊。《後漢書·王霸列傳》："河水流～，無船，不可濟。"

【澌澌】sī sī 象聲詞，雨、雪等降落時的聲音。唐·王建《宮詞》之五十五："玉階金瓦雪～～。"

死 sī ❶ 生命終止，與"生"相對。明·袁宏道《徐文長傳》："或以利錐錐其兩耳，深入寸餘，竟不得～。" ❷ 熄滅，停止。《莊子·齊物論》："形固可使如槁木，而心固可使如～灰乎？" ❸ 為……獻出生命。三國蜀·諸葛亮《出師表》："此悉貞良～節之臣，願陛下親之信之。" ❹ 失去知覺，不靈活。唐·杜甫《乾元中寓居同谷縣作歌》："手腳凍皴皮肉～。"

◆ 死、崩、薨、卒。這四個詞都是動詞，都表示死。古時等級觀念很嚴重，等級不同，死的稱謂也不同：帝王死稱"崩"，諸侯死稱"薨"，大夫死稱"卒"，庶人死稱"死"。後來"死"、"卒"都泛指死。

【死臣】sī chén 拚死以顯忠義之臣。《越絕書·越絕內經九術》："句踐晝書夜誦竟旦，聚～～數萬。"

【死國】sī guó 為國而死。《史記·陳涉世家》："等死，～～可乎？"

【死交】sī jiāo 至死不變的深厚情誼。《舊唐書·王叔文傳》："密結當代知名之士而欲僥幸速進者，定為～～。"

【死節】sī jié 為保全高義節操而獻出生命。三國蜀·諸葛亮《出師表》："此悉貞良～～之臣。"也特指女子為保貞操而死。漢·劉向《列女傳·貞順傳》："守義～～，不為苟生。"

【死難】sī nàn 死於國家的正義事業或危難。《史記·范睢蔡澤列傳》："是故君子以義～～，視死如歸。"

【死士】sī shì 敢死的勇士。《戰國策·蘇秦以連橫說秦》："厚養～～～，綴甲厲兵，效勝於戰場。"

四 sì 數名。三國魏·曹丕《與吳質書》："歲月易得，別來行復～年。"也表示序數第四。

【四部】sì bù 古代圖書分類名稱，將羣書分為經、史、子、集或甲、乙、丙、丁四類，稱為"四部"，如：《～～備要》。

【四聰】sì cōng 能遠達四方的聽覺。《尚書·虞書·舜典》："明四目，達～～。"

【四封】sì fēng 國家四方之疆界。《國語·越語上》："越～～之內，親吾君也，猶父母也。"

【四荒】sì huāng　四方荒遠之地。戰國楚·屈原《楚辭·離騷》："將往觀乎～～。"

【四郊】sì jiāo　都城四周之地。《周禮·秋官司寇·遂士》："（遂士）掌～～。"

【四庫】sì kù　宮廷收藏圖書之所。《新唐書·藝文志一》："兩都各聚書四部，以甲、乙、丙、丁為次，列經、史、子、集～～。"後作為羣書的總稱。清·袁枚《黃生借書説》："七略～、天子之書，然天子讀書者有幾？"

【四鄰】sì lín　❶四方鄰國。《左傳·襄公二十四年》："～～諸侯，不聞令德而聞重幣。"❷指左鄰右舍。唐·王維《涼州郊外遊望》："野老才三戶，邊村少～～。"

【四書】sì shū　《論語》《大學》《中庸》《孟子》的合稱。宋理學家朱熹為四書作註，著《四書章句集注》，為文人學習的入門書。元朝規定科舉考試必須在四書內出題，答題也必須以朱熹的"集注"為根據，此規定一直沿襲到清朝。

【四體】sì tǐ　❶四肢。《論語·微子》："～～不勤，五穀不分，孰為夫子？"❷字的四種書寫體，即古文、篆、隸、草。清·馬國翰《〈四體書勢〉序》："恆於～～，自作古、隸二勢，篆述蔡邕，草述崔瑗。"

【四夷】sì yí　古代對東夷、西戎、南蠻、北狄的統稱。《孟子·梁惠王上》："欲辟土地，朝秦楚，莅中國而撫～～也。"

寺 sì　❶官署，衙署，如古代有大理寺、太常寺等。《後漢書·劉般列傳》："官顯職閒，而府～寬敞。"❷寺廟。宋·蘇洵《張益州畫像記》："相告留公像於淨眾～。"

❸通"侍"，近侍，此指閹人。北魏·楊衒之《洛陽伽藍記·昭儀尼寺》："太后臨朝，闇～專寵。"

◆ 寺、廟、觀、庵、祠。都表示廟宇，不同之處在於："寺"是佛教活動的場所，奉祀的是佛；"廟"奉祀的是神；"觀"是道教活動的場所，奉祀的是仙；"庵"是僧尼活動的場所，奉祀的是佛；"祠"表示神廟、祠堂，奉祀的是神或歷史上的著名人物。

【寺觀】sì guàn　佛寺和道觀。北魏·楊衒之《〈洛陽伽藍記〉序》："～～灰燼，廟塔丘墟。"

汜 sì　❶由主流分出又回到主流的水。《詩經·召南·江有汜》："江有～，之子歸，不我以。"❷通"涘"，水邊。《詩經·秦風·蒹葭》："在水之～。"❸水名，發源於河南鞏義，向北流經滎陽，注入黃河。《荀子·儒效》："（武王）至～而汎（fàn，泛，漂浮），至懷而壞。"

似 sì　❶類似，像。宋·王安石《桂枝香·金陵懷古》："千里澄江～練。"❷似乎。南朝宋·劉義慶《世説新語·品藻》："吾～有一日之長。"❸與，給予。唐·賈島《劍客》："今日把～君，誰有不平事。"

【似個】sì gè　像這樣。唐·李白《秋浦歌》："白髮三千丈，緣愁～～長。"

伺 sì　❶窺視。宋·蘇轍《六國論》："至使秦人得～其隙以取其國，可不悲哉！"❷等候。唐·韓愈《與陳給事書》："其後閣下位益尊，～候於門牆者日益進。"

【伺察】sì chá　窺視，察探。《三國演義·楊修之死》："（曹）操令人於（曹）丕府門～～之。"

【伺間】sì jiàn　窺伺時機。《孔叢子·論勢》："今秦有兼吞天下之志，日夜～～。"

兕　sì　獸名，古代野水牛之類的野獸，皮厚，可以製甲。《論語·季氏》："虎～出於柙，龜玉毀於櫝中，是誰之過與？"

祀　sì　❶祭祀。《禮記·中庸》："宗廟之禮，所以～乎其先也。"❷祭祀之場所。《禮記·檀弓下》："過～則下。"❸年。《尚書·周書·洪範》："惟十有三～，王訪於箕子。"❹世，代。唐·柳宗元《與友人論文書》："固有文不傳於後～，聲遂絕於天下者矣。"

【祀典】sì diǎn　❶記述祭祀禮儀的典籍。《國語·魯語上》："夫聖王之制祀也，法施於民則祀之，以死勤事則祀之……非是族也，不在～～。"❷祭祀時的儀禮。南朝宋·顏延之《皇太子釋奠會作》："敬躬～～，告奠聖靈。"

姒　sì　❶舊時稱妾中年長者。漢·劉向《列女傳·賢明傳》："婢子娣～，不能相教。"❷兄弟之妻互相的稱呼。兄妻稱姒，弟妻稱娣，妯娌間也互相稱姒。《左傳·昭公二十八年》："長叔～生男。"

泗　sì　鼻涕。唐·杜甫《登岳陽樓》："戎馬關山北，憑軒涕～流。"也泛指鼻涕和眼淚。唐·李朝威《柳毅傳》："悲～淋漓。"

◆ 泗、涕、淚。三者的區別是："涕"最初指眼淚，"淚"出現後，逐漸代替了"涕"，"涕"轉移表示鼻涕。"涕"、"泗"都可表示鼻涕，但"涕"較常用，後來"涕"逐漸代替了"泗"，"泗"一般不用了。

俟　sì　等待，等候。唐·柳宗元《捕蛇者說》："故為之說，以～夫觀人風者得焉。"

◆ 俟、候。都表示等待，等候，二者的區別是："俟"先秦時就已常用，"候"在漢代以後才表示等待；"俟"沒甚麼感情色彩，"候"常帶有恭敬、莊重色彩。

耜　sì　古代一種農具，類似鍬。《孟子·滕文公下》："農夫豈為出疆舍其耒～哉？"

嗣　sì　❶繼承。唐·韓愈《祭鱷魚文》："今天子～唐位，神聖慈武。"❷後嗣，後代。漢·路溫舒《尚德緩刑書》："昭帝即世而無～，大臣憂戚。"❸次，第二。《詩經·大雅·生民》："載燔載烈，以興～歲。"❹隨後，後來。漢·曹操《蒿里行》："勢力使人爭，～還自相戕。"

【嗣息】sì xī　兒子。《舊五代史·符習傳》："又無～～，臣合服斬縗，候臣禮制畢聽命。"

【嗣子】sì zǐ　❶帝王將相的承嗣子。《左傳·哀公二十年》："今越圍吳，～～不廢舊業而敵之。"❷嫡長子。唐·韓愈《唐故檢校尚書左僕射劉公基誌銘》："(劉公)子四人：～～光祿主簿(劉)縱……"❸舊時無子者過繼兄弟或他人之子為後嗣，稱"嗣子"。

肆　(1) sì　❶恣意，放肆。《論語·陽貨》："古之狂也～，今之狂也蕩。"❷陳設，鋪設。《詩經·大雅·行葦》："或～之筵。"❸作坊，商店。《論語·子張》："百工居～以成其事，君子學以致其道。"❹極，盡。《詩經·大雅·崧高》："其詩孔碩，其風～好。"❺數字"四"的大寫。❻延伸，延緩。《左傳·僖公三十年》：「既東封鄭，又欲～其西封。」❼遂，於是。宋·王安石《蔣山鐘銘》：「～作大鐘，以警沈昏。」

（2）yì　通「肄」，練習，學習。《三國志·魏書·杜夔傳》：「教習講～，備作樂器。」

【肆直】sì zhí　直率，正直。《後漢紀·桓帝紀三》：「忠義之士發憤忘難，以明邪正之道，而～～之風盛矣。」

飴　sì　見702頁yí。

駟　sì　❶古時一車套四馬，因稱駕四馬的車或一車所駕的四馬為「駟」。《史記·孔子世家》：「於是選齊國中女子好者八十人，皆衣文衣而舞康樂，文馬三十匹，遺魯君。」❷馬。《史記·孫子吳起列傳》：「取其中～與彼下～。」❸駕乘。戰國楚·宋玉《高唐賦》：「王乃乘玉輿，～倉螭。」❹通「四」。《禮記·樂記》：「夾振之而～伐。」

song

忪　（1）sōng　蘇醒。明·湯顯祖《紫釵記》：「夢～惺，背紗窗教人幾番臨鏡。」

（2）zhōng　心動，驚恐。唐·李賀《惱公》：「銀液鎮心～。」

嵩　sōng　❶山名，古名嵩高，五嶽之一。宋·蘇轍《上樞密韓太尉書》：「恣觀終南、～、華之高。」❷通「崧」，高大。漢·揚雄《河東賦》：「瞰帝唐之～高兮。」

悚　sǒng　恐懼，驚懼。宋·歐陽修《秋聲賦》：「聞有聲自西南來者，～然而聽之。」

竦　sǒng　❶伸脖、踮腳而站立。《漢書·韓信傳》：「士卒皆山東人，～而望歸。」❷誠敬，肅敬。《後漢書·黃憲列傳》：「淑（人名）～然異之。」❸通「悚」，恐懼。《韓非子·主道》：「明君無為於上，羣臣～懼乎下。」❹高起，高立。漢·曹操《觀滄海》：「山島～峙。」❺通「慫」，慫恿，勸勉。漢·揚雄《長楊賦》：「乃時以有年出兵，整輿～戎。」

【竦動】sǒng dòng　驚動。《後漢書·南匈奴傳》：「昭君豐容靚飾……～～左右。」

【竦企】sǒng qǐ　踮腳伸脖以待。《晉書·衞恆傳》：「～～鳥跱，志在飛移。」

【竦峙】sǒng zhì　竦立，矗立。漢·曹操《觀滄海》：「水何澹澹，山島～～。」

慫　sǒng　❶驚恐。漢·張衡《西京賦》：「將乍往而未半，怵悼慄而～兢。」❷慫恿。清·吳敬梓《儒林外史》第五十二回：「～惡家兄煉丹。」

聳　sǒng　❶耳聾。漢·馬融《廣成頌》：「子野聽～。」❷高起，矗立。唐·王勃《滕王閣序》：「層巒～翠，上出重霄。」❸通「慫」，慫恿，鼓勵。《國語·楚語上》：「為之～善而抑惡焉。」❹通「悚」，驚懼。《左傳·成公十四年》：「大夫聞之，無不～懼。」

訟　（1）sòng　❶爭辯，爭論。《淮南子·俶真訓》：「周室衰而五道廢，儒墨乃始列道而議，分徒而～。」引申為訴訟。《周禮·秋官司寇·大司寇》：「以兩造禁民～。」❷替人辯冤。《漢書·陳湯傳》：「大中大夫谷永上疏～（陳）

湯。"❸ 責備，陳訴過錯。《論語·公冶長》："吾未見能見其過而內自～者也。"❹ 頌揚。《漢書·王莽傳》："賢良周護、宋崇等對策，深～（王）莽功德。"❺ 通"公"，公開，明白。《史記·呂太后本紀》："太尉尚恐不勝諸呂，未敢～言誅之。"

（2）róng　通"容"，容納。《淮南子·泰族訓》："靜莫恬淡，～繆胸中。"

【訟牒】sòng dié　訴狀。宋·韓琦《答彭植太博後圓宴射》："鈴索聲沈～～稀。"

【訟庭】sòng tíng　公堂，法庭。唐·李白《贈從弟宣州長史昭》："～～垂桃李，賓館羅軒蓋。"

頌　（1）sòng　❶ 讚揚，頌揚。唐·韓愈《後廿九日復上宰相書》："故於～成王之德，而稱周公之功不衰。"❷《詩經》的六義之一，與風、雅、賦、比、興合稱六義。《論語·子罕》："雅～各得其所。"❸ 文體的一種，用來頌揚人物或事情。晉·陸機《文賦》："～優遊以彬蔚。"❹ 通"誦"，誦讀。《孟子·萬章下》："～其詩，讀其書，不知其人，可乎？"

（2）róng　❶ 儀容。《漢書·王式傳》："摳衣登堂，～禮甚嚴。"❷ 寬容。《史記·魯仲連鄒陽列傳》："世以鮑焦為無從～而死者，皆非也。"

誦　sòng　❶ 朗誦，背誦。宋·蘇軾《前赤壁賦》："～明月之詩，歌窈窕之章。"❷ 陳述。唐·韓愈《答陳生書》："聊為足下～其所聞。"❸ 詩篇。《詩經·大雅·烝民》："吉甫作～，穆如清風。"❹ 諷諫。《左傳·襄公四年》："國人～之

曰："臧之狐裘……"❺ 通"訟"，公開。《漢書·高后紀》："平陽侯馳語太尉勃，勃尚恐不勝，未敢～言誅之。"

【誦憶】sòng yì　誦讀和記憶。《後漢書·王充傳》："閱所賣書，一見輒能～～。"

---

sou

搜　（1）sōu　❶ 查尋，索求。《三國演義·楊修之死》："使者～看篋中，果絹也。"❷ 象聲詞，箭矢疾飛的聲音。《詩經·魯頌·泮水》："角弓其觩，束矢其～。"

（2）shǎo　擾亂。唐·韓愈《岳陽樓別竇司直》："炎風日～擾，幽怪多冗長。"

溲　（1）sōu　便溺。《史記·扁鵲倉公列傳》："令人不得前後～。"也特指小便。《後漢書·張湛列傳》："湛至朝堂，遺失～便。"

（2）sǒu　❶ 浸潤，調合。《儀禮·士虞禮》："明齊～酒。"❷ 用液體拌粉狀物。《晉書·戴逵傳》："總角時以雞卵汁～白瓦屑作鄭玄碑。"

颼　sōu　❶ 小風。漢·應劭《風俗通》："微風曰颼，小風曰～。"❷ 象聲詞，形容風聲或雨聲。唐·杜甫《秋雨歎》："雨聲～～催早寒，胡雁翅濕高飛難。"也形容動作迅疾。《水滸傳》第六回："那漢～的把那口刀掣將出來。"

叟　（1）sǒu　對老年男子的稱呼。《列子·愚公移山》："河曲智～亡以應。"

（2）sōu　象聲詞。見"叟叟"。

【叟叟】sōu sōu　淘米聲。《詩經·大雅·生民》："釋之～～。"

瞍 sǒu ❶瞎，瞎子。古代樂師多為盲人，因也特指樂師。《詩經·大雅·靈臺》："矇～奏公。"❷對長者的稱呼。《尚書·虞書·大禹謨》："祇載見瞽～。"

擻 sǒu 見124頁"抖擻"。

藪 sǒu ❶湖澤，大澤。《國語·周語中》："～有圃草，圃有林池。"❷人、物聚集之地。漢·蔡邕《胡廣黃瓊頌》："惟道之淵，惟德之～。"❸通"搜"，搜求，搜索。《晉書·李重傳》："耽道窮～，老而彌新。"

【藪澤】sǒu zé ❶水草茂密的湖澤。《國語·王孫圉論楚寶》："山林～～足以備財用。"❷草野。《後漢書·郎顗列傳》："來無所樂，進無所趨，則皆懷歸～～，修其故志矣。"

---

su

蘇 sū ❶復活，蘇醒。《史記·扁鵲倉公列傳》："有閒（間），太子～。"❷草名，即紫蘇。漢·枚乘《七發》："秋黃之～，白露之茹。"❸泛指柴草。《宋書·羊玄保傳》："貧弱者薪～無託。"引申為割草或割草之人。南朝宋·鮑照《登大雷岸與妹書》："樵～一歎，舟子再泣。"❹鬚狀下垂物。漢·張衡《東京賦》："飛流～之騷殺（下垂貌）。"

俗 sú ❶風俗，習俗。秦·李斯《諫逐客書》："移風易～，民以殷盛，國以富強。"❷當代人，世俗。《商君書·更法》："論至德者不和於～。"❸庸俗，與"雅"相對。漢·司馬遷《報任安書》："然此可為智者道，難為～人言也。"

夙 sù ❶早，早晨。宋·王禹偁《待漏院記》："～興夜寐，以事一人，卿大夫猶然，況宰相乎！"❷舊，平素。《後漢書·劉虞列傳》："遠近豪俊，～僭奢者，莫不改操而歸心焉。"

【夙成】sù chéng 早熟，早成。《後漢書·袁術列傳》："又聞幼主明智聰敏，有～～之德。"

【夙儒】sù rú 同"宿儒"，博學有聲望的學者。《後漢書·張楷列傳》："自父黨～～，偕造門焉。"

【夙昔】sù xī ❶往日，昔時。漢·桓寬《鹽鐵論·箴石》："此有司～～所願覩也。"❷朝夕。《後漢書·張衡列傳》："共～～而不貳兮，固終始之所服也。"

【夙夜】sù yè 日夜，朝夕。三國蜀·諸葛亮《出師表》："受命以來，～～憂歎。"

【夙怨】sù yuàn 平素就有的怨恨。《宋史·蘇轍傳》："呂大防、劉摯患之，欲稍引用，以平～～。"

涑 sù 通"漱"，洗滌，清洗。《公羊傳·莊公三十一年》："臨民之所～浣也。"

素 sù ❶未染色的絹。漢樂府《孔雀東南飛》："十三能織～，十四學裁衣。"❷白色的，未染色的。《論語·鄉黨》："緇衣羔裘，～衣麑裘，黃衣狐裘。"❸樸素，質樸。《淮南子·本經訓》："其事～而不飾。"❹同"愫"，本心。漢·鄒陽《獄中上梁王書》："披心腹，見情～，墮肝膽。"❺本然的純潔性。《莊子·刻意》："能體純～，謂之真人。"❻向來，一向。《史記·廉頗藺相如列傳》："且相如～賤人。"❼白，空。《史記·貨殖列傳》：「無秩祿之奉，爵邑之入，而樂與之比者，命曰～封。」❽清寒的，貧寒的。見「素士」。

【素餐】sù cān ❶不勞而食。《詩經·魏風·伐檀》：「彼君子兮，不～～兮。」❷蔬食。明·王錂《尋親記》：「未知～～淡飯在何方，那些個酒解愁腸。」

【素服】sù fú　居喪時穿的白色衣服。《禮記·郊特牲》：「～～以送終也。」後也指日常穿的便服。《西遊記》第五十三回：「那真仙……脫了～～，換上道衣。」

【素懷】sù huái　平素的胸懷、志趣。唐·王維《瓜園》：「～～在青山，若值白雲屯。」

【素士】sù shì　不做官的寒素之士，也指貧寒的讀書人。晉·葛洪《抱朴子·崇教》：「若使～～，則晝躬耕以餬口，夜薪火以修業。」

【素心】sù xīn ❶本心，素願。唐·李白《贈從弟南平太守之遙》：「～～愛美酒，不是顧專城。」❷心地純樸。南朝宋·顏延之《陶徵士誄》：「弱不好弄，長實～～。」

【素行】sù xíng ❶平素的品行。《漢書·王尊傳》：「～～陰賊，惡口不信。」❷不在其位而行其道。漢·劉向《説苑·修文》：「存乎心，暢乎體，形乎動靜，雖不在位，謂之～～。」❸素來認真執行。《孫子·行軍》：「令～～者，與眾相得也。」❹高尚的品行。《北齊書·司馬幼之傳》：「（司馬幼之）清貞有～～，少歷顯位。」

速 sù ❶快速，迅速。《論語·子路》：「欲～，則不達；見小利，則大事不成。」❷召，請，招致。宋·蘇洵《六國論》：「至丹以荊卿為計，始～禍焉。」成語有「不速之客」。

宿 (1) sù ❶住宿。北朝民歌《木蘭辭》：「暮～黃河邊。」引申為住宿的地方。《周禮·地官司徒·遺人》：「三十里有～，～有路室。」❷隔夜，隔時。《論語·顏淵》：「子路無～諾（宿留之諾，即未及時兑現的諾言）。」❸老成的，年老的。見「宿德」。❹通「夙」，素常，一向。《後漢書·王霸妻列傳》：「奈何忘～志而慚兒女子乎？」

(2) xiù　星座。《列子·杞人憂天》：「日月星～，亦積氣中之有光耀者。」

【宿德】sù dé　年老而有德者。《東觀漢記·北海敬王睦傳》：「而睦謙恭好士，名儒～～，莫不造門。」

【宿儒】sù rú　博學老成、有聲望的學者。《漢書·翟方進傳》：「是時～～有清河胡常，與方進同經。」

【宿望】sù wàng ❶素負重望的人。《晉書·山濤傳》：「時帝以（山）濤鄉閭～～，命太子拜之。」❷素有的名望。《資治通鑑》卷七十九：「帝乃追述允（人名）之～～，稱奇之才，擢為祠部郎。」

【宿衞】sù wèi　在宮中值宿、警衞。漢·楊惲《報孫會宗書》：「幸賴先人餘業，得備～～。」

【宿夕】sù xī　猶旦夕，謂時間短。《戰國策·趙策三》：「不出～～，人必危之矣。」

【宿怨】sù yuàn ❶懷怨於心。《孟子·萬章上》：「仁人之於弟也，不藏怒焉，不～～焉，親愛之而已矣。」❷舊有的怨恨。《管子·輕重乙》：「邊境有兵，則懷～～而不戰。」

【宿醉】sù zuì　隔夜尚存的餘醉。唐·白居易《洛橋寒食日作十韻》："～～頭仍重。"

訴 sù　❶ 訴説，告訴。《詩經·邶風·柏舟》："薄言往～，逢彼之怒。" ❷ 控告，告狀。《三國志·魏書·郭嘉傳》："初，陳羣非（郭）嘉不治行檢，數廷～（郭）嘉。" ❸ 譭謗，誹謗。《左傳·成公十六年》："取貨於宣伯而～公於晉侯。" ❹ 辭酒不飲。宋·歐陽修《依韻答杜相公》："平生未省降詩敵，到處何嘗～酒巡。"

◆ 訴、告。這兩個詞意義相近，但"告"的意義更廣泛。在用作"告訴"義時，"告"偏重於告知，"訴"偏重於陳述；在用作"控告"義時，"告"偏重於告發，"訴"偏重於陳訴。

粟 sù　❶ 古時指禾、黍農作物的子粒。唐·李紳《憫農》："春種一粒～，秋收萬顆子。"泛指糧食。《管子·治國》："田墾，則～多；～多，則國富。" ❷ 俸祿。《史記·孔子世家》："奉～六萬。" ❸ 粟狀顆粒物，謂物之細小。宋·楊萬里《昌英叔門外小樹木樨早開》："旋開三兩，已作十分香。" ❹ 因天寒皮膚上起的小疙瘩。宋·蘇軾《和陶貧士》："無衣～我膚，無酒覃我顏。" ❺ 古時長度、容量單位。《淮南子·天文訓》："十二～而當一寸。"

愫 sù　真情，誠意。《漢書·鄒陽傳》："披心腹，見情～。"

溯 sù　逆水而上。北魏·酈道元《水經注·江水》："昔岑彭與吳漢～江水入蜀。"

觫 sù　見221頁"觳觫"。

肅 sù　❶ 收縮，委縮。南朝宋·鮑照《山行見孤桐》："未霜葉已～，不風條自吟。" ❷ 恭敬。明·唐順之《信陵君救趙論》："古者人君持權於上，而內外莫敢不～。" ❸ 拜揖，深作揖。《左傳·成公十六年》："三～使者而退。" ❹ 嚴肅，嚴峻。《三國志·蜀書·諸葛亮傳》："賞罰～而號令明。" ❺ 整頓，整飭。宋·范仲淹《推委臣下論》："～朝廷之儀，觸縉紳之邪，此御史府之職也。"

【肅殺】sù shā　蕭瑟貌，一般用來形容深秋或冬季草木凋落時的天氣和景色。宋·歐陽修《秋聲賦》："是謂天地之義氣，常以～～而為心。"

【肅肅】sù sù　❶ 恭敬貌。《詩經·大雅·思齊》："～～在廟。" ❷ 嚴正貌。唐·盧照鄰《益州至真觀主黎君碑》："貞觀之末，有昭慶大法師，魁岸堂堂，威儀～～。" ❸ 蕭瑟貌。晉·潘岳《寡婦賦》："墓門兮～～。" ❹ 象聲詞，形容動物翅膀振動聲或風聲。宋·蘇軾《壽星院寒碧軒》："清風～～搖窗扉。"

蔌 sù　❶ 蔬菜的總稱。宋·歐陽修《醉翁亭記》："山肴野～，雜然而前陳者，太守宴也。" ❷ 見"蔌蔌"。

【蔌蔌】sù sù　❶ 簡陋，鄙陋。《詩經·小雅·正月》："佌佌彼有屋，～～方有穀。" ❷ 風聲勁急。南朝宋·鮑照《蕪城賦》："～～風威。" ❸ 水流動貌。宋·蘇軾《食柑》："清泉～～先流齒。"

謖 sù　❶ 起來，起立。《列子·黃帝》："若夫沒人，則未嘗見舟而～操之者也。" ❷ 肅敬貌。《後漢書·蔡邕列傳》："公子～爾斂袂而興曰……" ❸ 見"謖謖"。

【謖謖】sù sù　挺拔貌。南朝宋·劉

義慶《世說新語‧賞譽》："世目李元禮：～～如勁松下風。"

籟

sù　見"籟籟"。

【籟籟】sù sù　❶象聲詞。形容風雨聲或物體沙沙抖動、振動聲。唐‧段成式《酉陽雜俎‧支諾皋上》："頃間，聞垣上動～～，崔生意其蛇鼠也。"❷淚墜落貌。《醒世恆言》第二十八卷："未曾開言，眼中早已～～淚下。"

---

suan

猍

suān　見"猍猊"。

【猍猊】suān ní　即獅子。清‧蒲松齡《聊齋志異‧象》："少時，有～～來，眾象皆伏。"

酸

suān　❶醋。戰國楚‧屈原《楚辭‧招魂》："大苦鹹～，辛甘行些。"❷像醋一樣的味道或氣味。《水滸傳》第三回："鼻子歪在半邊，卻便似開了個油醬鋪：鹹的，～的，辣的，一發都滾出來。"❸悲痛，辛酸。晉‧陸機《感時賦》："恆睹物而增～。"❹通"痠"，疲勞或疾病引起的痠痛。《晉書‧皇甫謐傳》："四肢～重。"❺迂腐，寒酸。宋‧范成大《次韻和宗偉閱番樂》："洗淨書生酸味～。"

【酸愴】suān chuàng　悲痛，悽愴。清‧吳偉業《下相懷古》："力戰兼悲歌，西風起～～。"

---

sui

睢

(1) suī　❶水名，古蒗蕩渠支津，在河南省。《左傳‧成公十五年》："魚石、向為人、鱗朱、向帶、魚府出舍於～上。"❷古州縣名，今河南省睢縣。

(2) huī　仰目而視。《漢書‧五行志中之下》："萬眾～～，驚怪連日。"

衰

suī　見 562 頁 shuāi。

雖

suī　❶蟲名，一種身上有花紋的大蜥蜴。清‧桂馥《劄樸‧鄉里舊聞》："橋雨師求水蜥易，得之藕塘中，其蟲身有花斑。案：即～也。"❷連詞，表讓步，相當於"雖然"。《荀子‧勸學》："～有槁暴，不復挺者。"表假設，相當於"即使"、"縱然"。《史記‧屈原賈生列傳》："推此志也，～與日月爭光可也。"

【雖復】suī fù　縱令，縱然是。三國魏‧嵇康《家誡》："～～守辱不已，猶當絕之。"

【雖然】suī rán　❶雖然如此，即使如此。《孟子‧離婁下》："～～，今日之事，君事也，我不敢廢。"❷即使。唐‧于鵠《題鄰居》："～～在城市，還得似樵漁。"

【雖使】suī shǐ　縱然。《孟子‧滕文公上》："～～五尺之童適市，莫之或欺。"

隋

(1) suí　❶周代諸侯國名。《淮南子‧覽冥訓》："譬如～侯之珠，和氏之璧，得之者富，失之者貧。"❷朝代名，楊堅建立，起訖時間為公元 581－618 年。

(2) tuǒ　通"橢"，橢圓形。

(3) duò　❶通"墮"，下垂。《史記‧天官書》："廷藩西有～星五。"❷通"惰"，懶惰。《淮南子‧時則訓》："民氣解～。"

【隋和】suí hé　❶隋侯珠與和氏璧的合稱。也稱"隨和"。《史記‧

S

李斯列傳》："今陛下致昆山之玉，有～～之寶。"❷泛稱寶器。漢·班固《答賓戲》："先賤而後貴者，～～之珍也。"❸也用來比喻人有美好的才德。晉·葛洪《抱朴子·守堉》："何異拾瑣沙而損～～，向炯燭而背白日也。"

【隋苑】suí yuàn　園名，隋煬帝時建造，也稱"上林苑"、"西苑"，故址在今江蘇省揚州市西北。唐·杜牧《寄題甘露寺北軒》："天接海門秋水色，煙籠～～暮鐘聲。"

綏（1）suí　❶登車時所執繩索，作拉手用。《論語·鄉黨》："升車，必正立執～。"❷安，安撫。《左傳·僖公四年》："君若以德～諸侯，誰敢不服？"❸臨陣退卻，退軍。《左傳·文公十二年》："乃皆出戰，交～。"

（2）tuǒ　通"妥"，下垂。《禮記·曲禮下》："執天子之器則上衡，國君則平衡，大夫則～之，士則提之。"

【綏靖】suí jìng　安撫平定。《左傳·成公十三年》："文公恐懼，～～諸侯。"

隨suí　❶跟隨，跟從。唐·杜甫《新婚別》："誓欲～君去，形勢反蒼黃。"❷沿着，順着。唐·李白《渡荊門送別》："山～平野盡，江入大荒流。"❸聽任，聽憑。《史記·屈原賈生列傳》："舉世混濁，何不～其流而揚其波？"❹追逐。晉·阮籍《詠懷》："婉孌佞邪子，～利來相欺。"❺隨即，立即。《三國演義·楊修之死》："（曹操）方憶楊修之言，～將修屍收回厚葬，就令班師。"❻依照，依據。《商君書·禁使》："賞～功，罰～罪。"

【隨坐】suí zuò　謂連坐，即他人犯法而受牽連獲罪。《史記·廉頗藺相如列傳》："即有如不稱，妾得無～～乎？"

祟suì　古時稱鬼神作怪。《莊子·天道》："其鬼不～。"引申為災禍，暗中謀害人，如：作～、禍～。

碎suì　❶破碎，粉碎。《史記·廉頗藺相如列傳》："臣頭今與璧俱～於柱矣。"❷瑣碎，繁瑣。《後漢書·韋彪傳》："恐職事煩～，重有損焉。"❸衰敗。宋·王安石《還自舅家書所感》："黃焦下澤稻，綠～短樊蔬。"

歲suì　❶歲星，即木星。《國語·周語下》："昔武王伐殷，～在鶉火。"❷年。唐·白居易《賦得古原草送別》："一～一枯榮。"也泛指時間、光陰。《論語·陽貨》："日月逝矣，～不我與。"❸表年齡的單位。《紅樓夢》第四回："年紀十八九～。"也泛指年齡、年歲。清·姚鼐《寄袁香亭》："同～書生盡白頭，異時江國共登樓。"❹年景，一年的收成。《左傳·昭公三十二年》："閔閔焉如農夫之望～。"

◆ 歲、年。二者都可表示年齡和年成，但用法上有差別：表年齡時，"年"放在數詞前，"歲"則放在數詞後；表年成、收成時，習慣上稱好年成為"豐年"、"樂歲"，稱壞年成為"凶年"、"望歲"。

【歲幣】suì bì　❶舊時朝廷每年向外族交納的錢財。宋·蘇軾《富鄭公神道碑》："不許割地而許增～～。"❷稱地方每年向中央繳納的錢財。《明史·武宗紀》："夏五月丙申，減蘇、杭織造～～。"

【歲朝】(1) suì cháo　古代諸侯每年要見一次天子，因稱"歲朝"。《禮記·王制》："五年一朝。"漢·鄭玄註："虞夏之制，諸侯~~~。"
　　(2) suì zhāo　陰曆正月初一。宋·范成大《爆竹行》："~~爆竹傳自昔。"

【歲除】suì chú　謂年終。唐·孟浩然《歲暮歸南山》："白髮催年老，青陽逼~~。"也指一年的最後一天。《新五代史·皇甫遇傳》："是時~~，出帝與近臣飲酒過量，得疾。"

【歲功】suì gōng　❶ 一年的時序。南朝宋·沈約《憫國賦》："時難紛其未已，~~迫其將徂。"❷ 指一年農業勞動的收穫。金·元好問《雜著》："田家豈不苦？~~聊可觀。"

【歲貢】suì gòng　❶ 謂諸侯或屬國每年向朝廷進獻的禮品。《國語·周語上》："日祭、月祀、時享、~~、終王，先王之訓也。"也指地方政權和個人向中央進獻的貢品。《宋史·食貨志下一》："簡州~~綿綢。"❷ 古代定期推舉人才的制度。《後漢書·蔡邕列傳》："臣聞古者取士，必使諸侯~~。"❸ 明清時貢入國子監的生員的一種。清·蒲松齡《聊齋志異·褚生》："後呂以~~，廷試入都。"

【歲課】suì kè　❶ 漢代每年從太學中挑選官吏的考試。《漢書·儒林傳》："~~甲科四十人為郎中。"❷ 一年繳納的賦稅。清·黃景仁《固關》："關吏頻年愁~~。"❸ 勞動一年的收穫。唐·白居易《花前歎》："~~年頭髮知，從霜成雪君看取。"

遂　suì　❶ 前，前進。《周易·大壯》："羝羊觸藩，不能退，不能~。"引申為舉薦，推舉。《禮記·月令》："~賢良，舉長大。"❷ 順暢，通達。《淮南子·精神訓》："何往而不~。"又指完成，成功。《墨子·修身》："功成名~，名譽不可虛假，反之身者也。"也指養育，使順利成長。唐·柳宗元《種樹郭橐駝傳》："字而幼孩，~而雞豚。"❸ 水中道路。《荀子·大略》："迷者不問路，溺者不問~，亡人好獨。"泛指道路。宋·蘇轍《巫山賦》："蹊~蕪滅而不可陟兮，玄猿黃鵠四顧而鳴悲。"❹ 田間小水溝。《周禮·地官司徒·遂人》："凡治野，夫間有~，~上有徑。"❺ 遠郊。《禮記·王制》："移之~，如初禮。"❻ 於是，就。《史記·廉頗藺相如列傳》："趙王於是~遣藺相如奉璧西入秦。"❼ 終於，竟然。《三國志·蜀書·諸葛亮傳》："然(曹)操~能克(袁)紹，以弱為強者，非惟天時，抑亦人謀也。"❽ 通"墜"，墜落。《墨子·備梯》："爵穴三尺而一，蒺藜投，必~而立。"❾ 通"邃"，深遠。《淮南子·原道訓》："幽兮冥兮，應無形兮；~兮冥兮，不虛動兮。"❿ 通"燧"，古時取火用的器具。宋·岳珂《桯史·選人戲語》："鑽~改火，急可已矣。"

【遂成】suì chéng　孕育，養成。《荀子·哀公》："大道者，所以變化~~萬物也。"

【遂乃】suì nǎi　於是，就。明·袁宏道《徐文長傳》："(徐)文長既已不得志於有司，~~放浪曲蘖，恣情山水。"

【遂事】suì shì　❶ 成就事業，做某事。《晉書·王坦之傳》："成功

~~，百姓皆曰我自然。"❷已完成的事情，往事。《論語·八佾》："成事不説，~~不諫，既往不咎。"❸專斷，獨斷專行。《公羊傳·僖公三十年》："大夫無~~。此其言遂何？公不得為政爾。"

諽　suì　❶責罵。《國語·吳語》："吳王還自伐齊，乃~申胥。"❷詰問。《莊子·山木》："虞人逐而~之。"❸訴説，告知。《漢書·敍傳上》："既~爾以吉象兮，又申之以炯戒。"❹諫諽。戰國楚·屈原《楚辭·離騷》："謇朝~而夕替。"❺通"悴"，憂傷，憂心。《墨子·非命》："覆天下之義者，是立命者也，百姓之~也。"

【諽語】suì yǔ　責罵，斥責。清·方文《夜坐》："飢寒多~~，塞耳不教聞。"

隧　suì　❶道，道路。《禮記·曲禮上》："出入不當門~。"也作地道。《左傳·鄭伯克段於鄢》："大~之中，其樂也融融。"又作挖地道。《左傳·鄭伯克段於鄢》："若闕地及泉，~而相見，其誰曰不然？"❷通"遂"，郊外的基層組織。《左傳·襄公七年》："叔仲昭伯為~正。"也泛指遠郊。《史記·魯周公世家》："魯人三郊三~。"❸通"燧"，古時用於守望的邊塞烽火臺。漢·班彪《北征賦》："登障~而遙望兮。"❹通"墜"，墜落，崩壞。《荀子·儒效》："至共頭而山~。"

燧　suì　❶古時取火用的工具。《韓非子·五蠹》："鑽~取火以化腥臊。"❷古時邊防報警用的煙火。宋·蘇洵《心術》："謹烽~，嚴斥堠，使耕者無所顧忌，所以養其財。"

【燧人氏】suì rén shì　傳説中發明鑽木取火的古帝王。《韓非子·五蠹》："有聖人作，鑽燧取火以化腥臊，而民悦之，使王天下，號之曰~~~。"

邃　suì　❶深，深遠。唐·柳宗元《〈愚溪詩〉序》："幽~淺狹，蛟龍不屑，不能興雲雨。"❷精通，精深。清·錢泳《履園叢話·耆舊·春嘘叔訥兩明府》："凡古文、詩賦，及書畫、藝術諸家，無不通曉，而尤~於地理及兵家言。"

【邃遠】suì yuǎn　深，深遠。戰國楚·屈原《楚辭·離騷》："閨中既以~~兮，哲王又不寤。"

---

sun

孫　(1) sūn　❶兒子的兒子。《列子·愚公移山》："子又生~，~又生子。"❷植物的再生者或孳生者。宋·蘇軾《煮菜》："蘆菔生兒芥有~。"

(2) xùn　❶通"遜"，順，恭順。《論語·衛靈公》："君子義以為質，禮以行之，~以出之，信以成之。"❷引申為出奔、逃遁。《左傳·莊公元年》："夫人~於齊。"

飧　sūn　❶晚餐。《孟子·滕文公上》："賢者與民並耕而食，饔(早餐)~而治。"引申指熟食。唐·杜甫《客至》："盤~市遠無兼味，樽酒家貧只舊醅。"❷用水泡飯。《禮記·玉藻》："君未覆手，不敢~。"

損　sǔn　❶減少。《周易·損》："~下益上，其道上行。"引申為損害。《論語·季氏》："益者三友，~者三友。"❷喪失，損失。《水滸傳》第九十二回："關勝見~了二將，心中忿怒，恨不得殺進常州。"❸克制，謙抑。《周易·繫辭下》："～以遠害，益以興利。"

【損年】sǔn nián ❶虛報年齡，少報年齡。《三國志·魏書·司馬朗傳》："無仰高之風，～～以求早成，非志所為也。"❷減少壽命。北周·庾信《小園賦》："崔駰以不樂～～，吳質以長愁養病。"

【損抑】sǔn yì 退讓，謙讓。《宋書·王僧綽傳》："懼其太盛，勸令～～。"

【損益】sǔn yì ❶增減，盈虧。《論語·為政》："殷因於夏禮，所～～，可知也。"❷興革，變革。《後漢書·趙岐列傳》："其後為大將軍梁冀所辟，為陳～～求賢之策，冀不納。"❸指利弊。三國蜀·諸葛亮《出師表》："至於斟酌～～，進盡忠言，則攸之、禕、允之任也。"

---

suo

婆 suō 見454頁"婆娑"。

衰 suō 見562頁 shuāi。

梭 suō 梭子，織布用的工具。唐·李咸用《夜吟》："落筆思成虎，懸～待化龍。"又指織梭往來的次數。唐·王建《織錦曲》："一～聲盡重一～。"

蓑 suō ❶蓑衣，草或棕毛製成的雨衣。《國語·越語上》："譬如～笠，時雨既至，必求之。"❷用草覆蓋。《公羊傳·定公元年》："三月，晉人執宋仲幾於京師。仲幾之罪何？不～城也。"

縮 suō ❶短，減少。《淮南子·時則訓》："孟春始贏，孟秋始～。"❷捆紮，捆綁。晉·王

嘉《拾遺記》："以香金為鉤，～絲綸。"❸直。《禮記·檀弓上》："古者冠～縫，今也衡（橫）縫。"引申為理直，有道義。《孟子·公孫丑上》："自反而～，雖千萬人，吾往矣。"❹取，抽取。《戰國策·秦策五》："武安君北面再拜賜死，～劍將自誅。"❺濾酒去渣。《禮記·郊特牲》："～酌用茅。"

所 suǒ ❶所處，地方。《詩經·魏風·碩鼠》："樂土樂土，爰得我～。"❷連詞，假若，如果。《左傳·僖公二十四年》："～不與舅氏同心者，有如白水。"❸代詞，放在動詞前面，組成名詞性詞組，表示"……的人"、"……的事物"、"……的地方"等。宋·蘇洵《六國論》："較秦之一得與戰勝而得者，其實百倍。"❹助詞，和"為"字配合使用，表示被動。《史記·項羽本紀》："先即制人，後則為人～制。"❺用於數詞後，表約數。《史記·李將軍列傳》："未到匈奴陣前二里～止。"❻量詞，計量房屋數目。漢·班固《西都賦》："離宮別館，三十六～。"

【所以】suǒ yǐ ❶表示原因。相當於"……的原因（緣故）"等。漢·晁錯《論貴粟疏》："此商人～～兼并農人，農人～～流亡者也。"❷表示行為所憑藉的方式、方法或依據，相當於"用來……的方法"、"是用來……的"等。《莊子·天地》："是三者，非～～養德也。"唐·韓愈《師說》："師者，～～傳道、受業、解惑也。"

【所在】suǒ zài ❶處所，所到之處。《史記·項羽本紀》："漢軍不知項王～～。"❷到處，處處。宋·蘇

軾《石鐘山記》："石之鏗然有聲者，～～皆是也，而此獨以鐘名，何哉？"❸居其位，居其位者。《後漢書·陳蕃列傳》："致令赤子為害，豈非～～貪虐，使其然乎？"

索 suǒ ❶粗繩，泛指繩索。《尚書·夏書·五子之歌》："若朽～之馭六馬。"❷絞合，使成繩狀。漢·王充《論衡·語增》："傳語又稱紂力能～鐵伸鉤。"❸索取，索求。唐·杜甫《兵車行》："縣官急～租，租稅從何出？"❹盡，耗盡。《韓非子·初見秦》："士民病，蓄積～。"❺孤獨，離羣。晉·陸機《歎逝賦》："親落落而日稀，友靡靡而愈～。"❻法度。《左傳·定公四年》："皆啟以商政，疆以周～。"

【索居】suǒ jū　單獨、寂寞地生活。《禮記·檀弓上》："吾離羣而～～亦已久矣。"

【索索】suǒ suǒ　❶恐懼、顫抖的樣子。清·李寶嘉《官場現形記》第五十三回："剃頭的跪在地下，～～的抖。"❷無生氣貌。北周·庾信《擬詠懷》："～～無真氣，昏昏有俗心。"❸泛指細碎之聲。清·林嗣環《口技》："微聞有鼠作作～～，盆器傾側，婦夢中咳嗽。"

瑣 suǒ　❶細小，細碎。唐·韓愈《答張徹》："微誠慕橫草，～力摧撞筵。"❷引申指人品卑劣。《荀子·非十二子》："喬（yù，象徵祥瑞的彩雲）宇嵬～，使天下混然不知是非，治亂之所存者，有人矣。"❸鎖鏈，連環鎖。《後漢書·仲長統列傳》："古來繞繞，委曲如～。"引申為門窗上繪畫或雕刻的連環圖案，也指宮門。戰國楚·屈原《楚辭·離騷》："欲少留此靈～兮，日忽忽其將暮。"

【瑣言】suǒ yán　❶閒言，閒談。清·鈕琇《〈觚賸〉自序》："姑存此日～～。"❷記述瑣事、佚事的一種文章體裁，如唐代孫光憲有《北夢瑣言》。

T

塌 tā　倒坍，下陷。唐·杜甫《蘇端薛復筵簡薛華醉歌》：「忽憶雨時秋井〜。」

【塌然】 tā rán　❶ 崩壞塌陷的樣子。宋·蘇轍《阻風》：「〜〜委積水。」❷ 失意沮喪的樣子。唐·杜甫《垂老別》：「棄絕蓬室居，〜〜摧肺肝。」

沓 tà　❶ 堆積，重疊在一起。唐·李白《廬山謠寄盧侍御虛舟》：「香爐瀑布遙相望，迴崖〜嶂凌蒼蒼。」❷ 話多的樣子。《孟子·離婁上》：「言則非先王之道者，猶〜〜也。」❸ 擊打。北周·庾信《哀江南賦》：「〜漢鼓於雷門。」

【沓雜】 tà zá　同「雜沓」，繁多雜亂的樣子。漢·枚乘《七發》：「壁壘重堅，〜〜似軍行。」

榻 tà　一種狹長而又低矮的坐臥用具。唐·王勃《滕王閣序》：「徐孺下陳蕃之〜。」

踏 (1) tà　❶ 踩。唐·杜甫《自京赴奉先詠懷》：「蚩尤塞寒空，蹴（cù，踏踩）〜崖谷滑。」❷ 實地查看。唐·段成式《酉陽雜俎·喜兆》：「劉沔為小將，軍頭頗異之，每捉生〜伏，沔必在數。」
(2) tā　見「踏實」。

【踏歌】 tà gē　手拉手，用腳踏地為節奏，邊唱邊跳。唐·李白《贈汪倫》：「忽聞岸上〜〜聲。」

【踏踏】 tà tà　馬蹄聲。唐·貫休《輕薄篇》：「馬蹄〜〜。」

【踏月】 tà yuè　月下漫步。唐·劉禹錫《武陵書懷五十韻》：「〜〜俚歌喧。」

【踏實】 tā shí　腳踏實地，不浮躁。宋·朱熹《答包詳道》：「觀古人為學，……步步〜〜。」

撻 tà　❶ 用棍子或鞭子打。《孟子·梁惠王上》：「可使制梃以〜秦楚之堅甲利兵矣。」❷ 迅速。《詩經·商頌·殷武》：「〜彼殷武，奮伐荊楚。」

闥 tà　❶ 門內。《詩經·齊風·東方之日》：「彼姝（shū，美）者子，在我〜兮。」也泛指樓閣的門戶。唐·王勃《滕王閣序》：「披繡〜，俯雕甍（méng，屋脊）。」又指宮中的小門。《漢書·樊噲傳》：「（樊）噲乃排〜直入。」❷ 迅速。三國魏·嵇康《琴賦》：「〜爾奮逸，風駭雲亂。」

台 (1) tāi　用於地名、山名，如台州、天台等。唐·李白《夢遊天姥吟留別》：「天〜四萬八千丈，對此欲倒東南傾。」
(2) tái　❶ 星名，即三台，古代用三台喻三公重臣。《晉書·天文志上》：「三〜六星，兩兩而居。」❷ 用於對別人的敬稱。如兄台、台甫等。宋·歐陽修《與程文簡公書》：「屢煩〜端，悚不可知。」
(3) yí　❶ 第一人稱代詞，我。《尚書·商書·湯誓》：「非〜小子，敢行稱亂。」❷ 何，什麼？《尚書·商書·湯誓》：「夏罪其如〜？」❸ 通「怡」，愉悅。《史記·太史公自序》：「唐堯遜位，虞舜不〜。」

【台輔】 tái fǔ　三公宰相之位。唐·杜甫《奉送嚴公入朝十韻》：「公若登〜〜，臨危莫愛身。」

臺 tái ❶ 高而上平的建築物，可供眺望遊觀之用。唐·杜牧《江南春》："南朝四百八十寺，多少樓~煙雨中。"❷ 台狀的器具。唐·韓偓《席上有贈》："莫道風流無宋玉，好將心力事妝~。"❸ 古代官署名，如御史臺、蘭臺等。漢·應劭《漢官儀》："尚書郎初入~為郎中。"❹ 古代對高級官員的尊稱，如撫臺、學臺、道臺。《通典·職官六》："侍御史之職有四，……~內之事主之，號為~端。"❺ 古代最低等級的奴隸。《左傳·昭公七年》："人有十等……隸臣僚，僚臣僕，僕臣~。"❻ 草名。《詩經·小雅·南山有臺》："南山有~，北山有萊。"

【臺閣】 tái gé ❶ 指亭臺樓閣等建築物。唐·元稹《松鶴》："渚宮本坳下，佛廟有~~。"❷ 漢代指尚書臺，也是尚書的別稱。《後漢書·仲長統傳》："光武皇帝……政不任下，雖置三公，事歸~~。"

駘 (1) tái ❶ 馬嚼子脫落。漢·崔寔《政論》："馭委其轡，馬~其銜。"❷ 劣馬。戰國楚·宋玉《九辯》："策駑~而取路。"喻指庸才。《晉書·荀崧傳》："思竭駑~，庶增萬分。"❸ 踐踏。《史記·天官書》："兵相~藉，不可勝數。"❹ 通"鮐"，鮐背，老壽。舊時認為老人背上生斑如鮐魚背，因以稱長壽老人。宋·梅堯臣《元日》："舉杯更獻酬，各爾祝~背。"

(2) dài ❶ 疲鈍。《北史·王思政傳論》："率疲~之兵，當勁勇之卒。"❷ 見"駘蕩"。

【駘蕩】 dài dàng ❶ 舒緩放縱。《莊子·天下》："~~而不得，逐萬物而不反。"❷ 柔和蕩漾，用來形容聲調。漢·馬融《長笛賦》："安翔~~，從容闡緩。"也用來形容景色。南朝齊·謝朓《直中書省》："朋友以郁陶，春物方~~。"

大 tài 見 95 頁 dà。

太 tài ❶ 極大。宋·蘇軾《喜雨亭記》："歸之~空，~空冥冥，不可得而名。"❷ 過分。唐·杜甫《新婚別》："暮婚晨告別，無乃~匆忙！"❸ 對年長或輩分高的人的尊稱。《史記·高祖本紀》："高祖五日一朝~公。"

【太半】 tài bàn 大半，多半。《資治通鑑》卷六十五："死者~~。"

【太倉】 tài cāng 古代京師儲糧的大穀倉。《史記·平準書》："~~之粟……至腐敗不可食。"

【太初】 tài chū ❶ 遠古天地未分前的混沌元氣。《列子·天瑞》："~~者，氣之始也。"❷ 道家所謂道的本原。《莊子·知北遊》："外不觀乎宇宙，內不知乎~~。"❸ 上古時期。宋·鄭樵《〈通志〉總序》："惟梁武帝為此慨然，乃命吳均作通史，上自~~，下終齊室。"❹ 漢武帝年號。《史記·高祖功臣侯者年表》："至~~，百年之間，見侯五餘皆坐法隕命亡國，耗矣。"

【太阿】 tài ē ❶ 古寶劍名。相傳此劍是春秋時歐冶子、干將所鑄，後用作寶劍的通名。秦·李斯《諫逐客書》："垂明月之珠，服~~之劍。"❷ 指商代的伊尹。伊尹曾因輔佐商王太甲而有"阿衡"的尊號，故稱"太阿"。晉·潘岳《楊荊州誄》："周賴尚父，殷憑~~。"

【太父】 tài fù 祖父。《韓非子·五蠹》："~~未死而有二十五孫。"

【太古】tài gǔ　遠古，上古。唐·韓愈《原道》："曷不為～～之無事。"

【太牢】tài láo　❶古代帝王、諸侯祭祀或宴會時，牛羊豕三牲齊備謂之"太牢"。《莊子·至樂》："具～～以為膳。"《清史稿·禮志一》："～～：羊一、牛一、豕一。"❷也專指牛為"太牢"。《大戴禮記·曾子天圓》："諸侯之祭，牛曰～～。"

【太廟】tài miào　帝王的祖廟。《論語·八佾》："子入～～，每事問。"

【太清】tài qīng　❶天空。古人以為天是輕而清的氣所構成，故稱"太清"。唐·李白《廬山謠寄盧侍御虛舟》："願接盧敖遊～～。"❷天道，自然。《莊子·天運》："行之以禮義，建之以～～。"❸道教所謂道德天尊所居之地，也泛指仙境。晉·葛洪《抱朴子·雜應》："～～之中，其氣甚剛，能勝人也。"

【太息】tài xī　❶大聲長歎，深歎。《戰國策·燕策三》："樊將軍仰天～～流涕曰：'吾每念，常痛於骨髓，顧計不知所出耳！'"❷長呼吸。《素問·平人氣象論》："呼吸定息，脈五動，閏以～～，命曰平人。"

【太陰】tài yīn　❶北方或北極。《漢書·司馬相如傳下》："邪絕少陽而登～～兮，與真人乎相求。"❷冬季。冬季陰氣極盛，故以"太陰"指冬季。漢·蔡邕《獨斷》："冬為～～。"❸水。陰陽五行家以為北方屬水，以"太陰"指水。《史記·天官書》："北方水，～～之精。"唐·杜甫《灩澦》："灩澦既沒孤根深，西來水多愁～～。"❹月亮。日稱"太陽"，月稱"太陰"。清·龔自珍《敘嘉定七生》："抱秋樹之晨華，指～～以宵盟。"❺太歲的別名。《淮南子·天文訓》："～～在寅，歲名曰攝提格。"

汰 tài　❶淘洗。南朝宋·劉義慶《世說新語·排調》："洮之～之，沙礫在後。"❷挑選。宋·歐陽修《水谷夜行寄子美聖俞》："盈前盡珠璣，一一對東～。"❸水波。戰國楚·屈原《楚辭·九章·涉江》："齊吳榜以擊～。"❹掠過，滑過。《左傳·宣公四年》："伯棼射王，～輈。"❺通"泰"，驕奢，過度。《左傳·昭公五年》："楚王～侈已甚。"

泰 tài　❶過分。《孟子·滕文公下》："後車數十乘，從者數百人，以傳食於諸侯，不以～乎？"❷驕縱，奢侈。《國語·叔向賀貧》："及桓子驕～奢侈，貪欲無藝。"❸《周易》卦名。《周易·泰》："象曰：天地交～。"❹通暢，好運氣。漢樂府《孔雀東南飛》："否～如天地，足以榮汝身。"❺平安。唐·劉禹錫《平蔡州》："策勳禮畢天下～。"

【泰半】tài bàn　過半，大多數。《漢書·食貨志上》："收～～之賦，發閭左之戍。"亦作"太半"，參見"太半"。

【泰初】tài chū　天地未分時混沌元氣。《莊子·天地》："～～有無，無有無名。"亦作"太初"。

【泰阿】tài ē　古寶劍名。《舊唐書·陳夷行傳》："陛下不可倒持～～。"亦作"太阿"。

【泰山北斗】tài shān běi dǒu　古人認為泰山最高，北斗最明，因以喻德才成就為眾人所仰慕的人。《新唐書·韓愈傳》："學者仰之如～～～～。"省作"泰斗"。

【泰元】tài yuán　天的別稱。《史記·孝武本紀》："天增授皇帝～～神策。"

態 tài　❶姿容，體態。唐·杜牧《阿房宮賦》："一肌一容，盡～極妍。"也指事物的形態。唐·柳宗元《始得西山宴遊記》："以為凡是州之山水有異～者，皆我有也。"❷態度。戰國楚·屈原《楚辭·離騷》："寧溘死以流亡兮，余不忍為此～也。"

---

tan

貪 tān　❶過分愛財。《史記·項羽本紀》："沛公居山東時，～於財貨，好美姬。"也指不知滿足地求取。唐·韓愈《進學解》："～多務得，細大不捐。"❷貪戀，捨不得。漢·司馬遷《報任安書》："夫人情莫不～生惡死，念父母，顧妻子。"❸通"探"，探求。《後漢書·郭躬郭鎮傳》："推己以議物，舍狀以～情。"

◆貪、婪。"貪"，本指愛財過甚；"婪"，本指貪食，後均指貪得無厭，不知滿足。

【貪鄙】tān bǐ　貪婪卑鄙。漢·楊惲《報孫會宗書》："子弟～～，豈習俗之移人哉？"

【貪戾】tān lì　貪婪殘暴。《禮記·大學》："一人～～，一國作亂。"

【貪天功】tān tiān gōng　奪天所成以為己功，比喻把別人的功勞據為己有。清·蒲松齡《聊齋志異·張鴻漸》："勝則人人～～～，一敗則紛然瓦解。"或作"貪天之功"。

【貪枉】tān wǎng　貪贓枉法。《呂氏春秋·審分》："任以公法，而處以～～。"

攤 tān　❶展開，鋪開。唐·杜甫《又示宗武》："覓句新知律，～書解滿牀。"❷分擔，分派。唐·張九齡《敕處分十道朝集使》："遂使戶多虛掛，人苦均～。"❸攤子，道邊的簡易售貨處。《〈元故宮遺錄〉跋》："予於萬曆三十六年間，得於吳門書～上。"

【攤破】tān pò　❶唐宋間填詞，在字數、句數、平仄、用韻等方面都有定式，如果突破詞調的譜式就叫做"攤破"。❷劃破。明·馮惟敏《朝之歌》："雲影天光～～～，碾碎銀河。"

覃 tán　❶長，悠長。《詩經·大雅·生民》："實～實訏，厥聲載路。"❷蔓延，延及。明·宋濂《閱江樓記》："此朕德綏威服，～及內外之所及也。"《詩經·周南·葛覃》："葛之～兮，施於中谷。"❸深，深入。《後漢書·鄭玄列傳》："將開居以安性，～思以終身。"❹通"剡"，鋒利。《詩經·小雅·大田》："以我～耜，俶載南畝。"

談 tán　❶談話，談論。《戰國策·鄒忌諷齊王納諫》："旦日，客從外來，與坐～。"❷言談，言論。《公羊傳·閔公二年》："魯人至今以為美～。"

◆談、論。"談"是隨意的交談，是平淡之語；"論"是有目的、有條理地商討。

【談柄】tán bǐng　古人清談，多執拂塵，僧侶講法或執如意，故有"談柄"之名。後泛指可作談話的資料。唐·白居易《論嚴綬狀》："天下之人以為～～。"

彈 tán　見102頁dàn。

潭 (1) tán ❶ 深水的湖、池。唐·李白《贈汪倫》：「桃花～水深千尺，不及汪倫送我情。」❷ 通「覃」，深。《漢書·揚雄傳下》：「而大～思渾天。」

(2) xún 通「潯」，水邊。《漢書·揚雄傳下》：「或倚夷門而笑，或橫江～而漁。」

曇 tán 密佈的雲。明·楊慎《雨後見月》：「雨氣斂青藹，月華揚彩～。」

壇 (1) tán ❶ 土石築成的高台，古人舉行祭祀、朝會、盟誓及封拜等大典時用。《史記·陳涉世家》：「為～而盟，祭以尉首。」❷ 廳堂。戰國楚·屈原《楚辭·九章·涉江》：「燕雀烏鵲，巢堂～兮。」❸ 庭院。《淮南子·說林訓》：「腐鼠在～，燒薰於宮。」❹ 僧道為進行宗教活動的場所。《紅樓夢》第四回：「堂上設了乩～。」❺ 從事同類活動的人組成的集體。金·元好問《寄英禪師》：「家無儋石儲，氣壓風騷～。」

(2) dàn 見「壇曼」。

【壇席】tán xí 壇上設席為座，示禮遇之重。《後漢書·方術傳上》：「天子乃為英設～～，……待以師傅之禮。」

【壇曼】dàn màn 平坦寬廣。漢·司馬相如《子虛賦》：「其南則有平原廣澤，登降陁靡，案衍～～。」

罈 tán 一種口小肚大的圓形陶製容器。唐·許渾《夜歸驛樓》：「窗下覆棋殘局在，橘邊沽酒半～空。」

坦 tǎn ❶ 平而寬廣。《文子·上德》：「大道～～。」❷ 開朗，直率。《論語·述而》：「君子～蕩蕩，小人長戚戚。」❸ 安泰，安閒。

宋·蘇轍《黃州快哉亭記》：「使其中～然，不以物傷性，將何適而非快？」❹ 裸露。唐·杜甫《江亭》：「～腹江亭臥，長吟野望時。」

袒 tǎn ❶ 裸露。《史記·廉頗藺相如列傳》：「君不如肉～伏斧質，則幸得脫矣。」❷ 偏袒，袒護。唐·柳宗元《平淮夷雅》：「士獲厥心，大～高驤。」

探 tàn ❶ 向深處摸取。《新五代史·南唐世家》：「取江南如～囊中物爾。」❷ 探測。《商君書·新經》：「～淵者知千仞之深。」❸ 偵察，試探。唐·張籍《出塞》：「月冷邊帳濕，沙昏夜～遲。」❹ 探尋，探訪。《史記·太史公自序》：「上會稽，～禹穴。」❺ 向前伸出。《紅樓夢》第四十六回：「我～頭兒往前看了一看。」❻ 預先。宋·陸游《初秋即事》：「卻愧鄰家常作苦，～租黃犢待寒耕。」

【探刺】tàn cì ❶ 暗中偵察。《後漢書·皇后紀下》：「互作威福，～～禁省。」❷ 探究。明·宋濂《送徐大年還資安序》：「俯首～～，惟恐一事有遺記。」

【探花】tàn huā 科舉考試中殿試一甲第三名為「探花」。唐代進士及第，在曲江杏園舉行「探花宴」，以少年俊秀者兩三人為探花使，遍遊名園，折取探花，「探花」之名源此。南宋後，「探花」專指殿試一甲第三名。

【探湯】tàn tāng 用手探試沸水，容易燙傷，比喻小心戒懼。《論語·季氏》：「見善如不及，見不善如～～。」

歎 tàn ❶ 歎息。唐·李白《蜀道難》：「以手撫膺坐長～。」

❷ 讚歎。宋·歐陽修《〈梅聖俞詩集〉序》："昔王文康公嘗見而～曰：'二百年無此作矣！'"❸ 繼聲和唱。《荀子·禮論》："《清廟》之歌，一倡而三～也。"

---

tang

湯 (1) tāng　❶ 開水，熱水。《孟子·告子上》："冬日則飲～，夏日則飲水。"❷ 食物加水煮出的液汁。《三國演義·楊修之死》："適庖官進雞～。"❸ 中藥湯劑。晉·李密《陳情表》："臣侍～藥，未曾廢離。"❹ 人名，成湯，商朝的開國之君。《莊子·逍遙遊》："～之問棘也是已。"
　　(2) tàng　❶ 通"燙"，加熱，用熱水燙或焐。《山海經·西山經》："～其酒百樽。"❷ 通"蕩"，遊蕩，放蕩。《詩經·陳風·宛丘》："子之～兮，宛丘之上兮。"❸ 碰，觸。明·湯顯祖《牡丹亭》："你因為後花園～風冒日，感下這疾，荒廢書工。"
　　(3) shāng　見"湯湯"。
　　(4) yáng　見"湯谷"。

【湯鑊】 tāng huò　古代的一種酷刑，把人投入沸水中煮死。《史記·廉頗藺相如列傳》："臣知欺大王之罪當誅，臣請就～～。"

【湯湯】 shāng shāng　大水急流的樣子。宋·范仲淹《岳陽樓記》："浩浩～～，橫無際涯。"

【湯谷】 yáng gǔ　亦作"暘谷"，古代傳説日出的地方。戰國楚·屈原《楚辭·天問》："出自～～，次於蒙汜，自明及晦，所行幾里？"

唐 táng　❶ 大話。唐·韓愈《送孟東野序》："莊周以其荒～之辭鳴。"❷ 虛空，空。宋·王安石《再用前韻寄蔡天啟》："昔功恐～捐，異味今得餻。"❸ 古時朝堂前或宗廟門內的大路。《詩經·陳風·防有鵲巢》："中～有甓（pì，磚）。"❹ 廣大。漢·揚雄《甘泉賦》："平原兮壇曼兮，列新雉於林薄。"❺ 朝代名，先後有陶唐、李唐、後唐、南唐四個歷史階段。❻ 古諸侯國名。周成王封弟叔虞於唐，在今山西翼城縣西。❼ 通"塘"，堤岸《呂氏春秋·尊師》："治～圃，疾灌浸，務種樹。"

堂 táng　❶ 築土而成的高出地面的四方形屋基。《禮記·檀弓上》："吾見封之若～者矣。"❷ 階上室外為"堂"，殿堂。《論語·先進》："由也升～矣，未入室也。"❸ 公堂，舊時官吏辦公的地方。《紅樓夢》第四回："老爺明日坐～，只管虛張聲勢。"❹ 高大。清·龔自珍《妷嘉定七生》："美矣臧矣！麗矣～矣！毋相忘矣！"❺ 尊稱他人母親曰"堂"，如令堂、尊堂。清·吳敬梓《儒林外史》第一回："你尊～家下大小事故，一切都在我老漢身上。"❻ 同祖的親屬稱"堂"，如堂兄、堂叔等。《舊唐書·韋紹傳》："封～兄為左金吾將軍。"

【堂廡】 táng wǔ　❶ 堂下四周之屋。唐·柳宗元《永州韋使君新堂記》："無不合形輔勢，效伎於～～之下。"❷ 作品的意境和規模。清·王國維《人間詞話》："而～～特大，開北宋一代風氣。"

塘 táng　❶ 堤岸，堤防。宋·文天祥《〈指南錄〉後序》："坐桂公～土圍中，騎數千過其門，幾落賊手死。"❷ 水池。古時圓的叫池，方的叫塘。唐·溫庭筠《商山早行》："因思杜陵夢，梟雁滿迴～。"

【塘坳】táng ào　地面低窪處或池塘。唐·杜甫《茅屋為秋風所破歌》："下者飄轉沈～～。"

糖 táng　食糖及糖製食品的統稱。《紅樓夢》第九十六回："那黛玉心裏竟是油兒、醬兒、～兒、醋兒倒在一處的一般。"

【糖霜】táng shuāng　白糖。宋·蘇軾《送金山鄉僧歸蜀開堂》："冰盤薦琥珀，何似～～美。"

帑 (1) tǎng　❶財帛。《韓非子·亡徵》："羈旅僑士，重～在外。"❷古代藏財帛的府庫。《笑林·漢世老人》："貨財充於內～矣。"也指裝錢帛的口袋。《舊唐書·杜讓能傳》："行～無寸金，衞兵不宿飽。"

(2) nú　通"孥"。❶兒女。《禮記·中庸》："宜爾室家，樂爾妻～。"也指妻子和兒女。《左傳·文公六年》："宣子使臾駢送其～。"❷鳥尾。《左傳·襄公二十八年》："歲棄其次，而旅於明年之次，以害鳥～。"

倘 (1) tǎng　❶倘使，假如。唐·駱賓王《為徐敬業討武曌檄》："～能轉禍為福，送往事居，共立勤王之勳，無廢大君之命。"❷或許。漢·曹操《讓縣自明本志令》："兵多意盛，與強敵爭，～更為禍始。"❸驚疑的樣子。《莊子·在宥》："～然止，贄然立。"

(2) cháng　見"倘佯"。

【倘佯】cháng yáng　同"徜徉"。徘徊，自由自在地往來。戰國楚·宋玉《風賦》："～～中庭，北上玉堂。"

黨 tǎng　見104頁dǎng。

儻 tǎng　❶精神恍惚的樣子。《莊子·田子方》："文侯～然，終日不言。"❷假如，假若。唐·李白《贈江夏韋太守良宰》："樂毅～再生，於今亦奔忙。"❸或許，也許。《史記·孔子世家》："今費雖小，～庶幾乎！"上述❷❸又寫作"倘"。❹通"黨"，偏頗，偏私。《莊子·天下》："時恣縱而不～。"❺見592頁"倜儻"。

---

tao

叨 tāo　見105頁dāo。

弢 tāo　❶弓袋。《管子·小匡》："～無弓，服無矢。"❷通"韜"，掩藏，隱蔽。晉·陸機《漢高祖功臣頌》："～跡匿光。"

慆 tāo　❶喜悅，使愉悅。《左傳·昭公元年》："君子之近琴瑟，以儀節也，非以～心也。"❷隱藏，掩蓋。《左傳·昭公三年》："君日不悛，以樂～憂。"❸怠慢。《三國志·吳書·孫權傳》："違貳不協，～慢天命。"❹可疑。《左傳·昭公二十七年》："天命不～久矣。"❺過去，逝去。《詩經·唐風·蟋蟀》："今我不樂，日月其～。"❻長久。《詩經·豳風·東山》："我徂東山，～～不歸。"❼紛亂。宋·王禹偁《待漏院記》："私心～～，假寐而坐。"

滔 tāo　❶大水彌漫。《尚書·虞書·益稷》："洪水～天，浩浩懷山襄陵。"❷振蕩，激蕩。《淮南子·本經訓》："共工振～洪水。"❸湧聚。《莊子·田子方》："無器而民～乎前。"❹傲慢。《左傳·昭公二十六年》："士不濫，官不～。"

絛 tāo　用絲線編織成的帶子。唐·賀知章《詠柳》："萬條垂下綠絲～。"

韜 tāo　❶弓袋。也寫作"弢"。《廣雅·釋器》："～，弓藏也。" ❷容納，包容。晉·潘岳《寡婦賦》："樂安任子咸，有～世之量。" ❸掩藏，隱蔽。唐·杜甫《九日寄岑參》："大明～日月，曠野號禽獸。" ❹"六韜"的簡稱。"六韜"為兵書，據說為姜太公所著。唐·李德裕《寒食日三殿侍宴進奉》："不勞子孫法，自得太公～。"

【韜略】tāo lüè　《六韜》與黃石公所著《三略》，都是古代的兵書，後因稱用兵的謀略為"韜略"。《三國演義》第二十九回："此人胸懷～～，腹隱機謀。"

饕 tāo　❶貪婪。《莊子·駢拇》："不仁之人，決性命之情而～貴富。"也專指貪食。宋·蘇軾《老饕賦》："蓋聚物之夭美，以養吾之老～。" ❷兇猛。宋·陸游《落梅》："雪虐風～愈凜然，花中節氣最高堅。"

【饕餮】tāo tiè　❶傳說中一種貪食的兇獸，古時鐘鼎彝器上多刻其首為裝飾。《呂氏春秋·先識》："周鼎著～～，有首無身，食人未咽，害及其身。" ❷喻貪婪殘暴之人。《左傳·文公十八年》："天下之民以比三凶，謂之～～。"

洮 táo　❶盥洗。《尚書·周書·顧命》："甲子，王乃～頮（huì，洗臉）水。" ❷通"淘"。淘洗，沖洗。北魏·賈思勰《齊民要術·木耳菹》："置冷水中，淨～。" ❸古地名，一指春秋時曹地，故址在今山東省鄄城西。《左傳·僖公八年》："盟

於～。"二指春秋時魯地，故址在今山東省泗水境內。《公羊傳·莊公二十七年》："公會杞伯姬於～。"

逃 táo　❶逃跑，逃離。明·張溥《五人墓碑記》："或脫身以～，不能容於遠近。" ❷避開，逃避。《孫子·謀攻》："敵則能戰之，少則能～之。《孟子·盡心下》："～墨必歸於楊，～楊必歸於墨。"

◆ 逃、遁、逸。三字均有逃走、逃避的意思。"逃"適用範圍最廣，任何情況下的躲避或逃避都可稱"逃"；"遁"多指悄悄地溜走，動作具有隱蔽性；"逸"是側重於擺脫束縛而逃離。

陶 (1) táo　❶陶器。宋·王禹偁《黃岡竹樓記》："斮去其節，用代～瓦，比屋皆然。" ❷製造陶器。《孟子·告子下》："萬室之國，一人～，則可乎？"也指製造陶器的人。《孟子·滕文公上》："以粟易械器者，不為厲～冶；～冶亦以械器易粟者，豈為厲農夫哉？" ❸培養，造就。宋·李覯《袁州州學記》："天下治，則譚禮樂以～吾民。" ❹喜悅，高興。晉·謝靈運《酬從弟惠連》："儻若果歸言，共～暮春時。" ❺古邑名，在今山東定陶西北，相傳堯初居此地，故稱"陶唐"。《左傳·襄公二十九年》："思深哉！其有～唐氏之遺民乎？"

　　(2) dào　見"陶陶"。

　　(3) yáo　❶通"窯"，窯灶。《詩經·大雅·縣》："～復～穴，未有家室。" ❷見"陶陶"。

【陶化】táo huà　陶冶化育。《淮南子·本經訓》："陰陽之～～萬物，皆乘人氣者也。"

【陶練】táo liàn　陶冶練習。南朝

宋‧劉義慶《世說新語‧文學》："然
～～之功，尚不可誣。"

【陶陶】（1）dào dào　馬奔跑的樣子。
《詩經‧鄭風‧清人》："清人在軸，
駟介～～。"

（2）yáo yáo　❶ 和樂的樣
子。《詩經‧王風‧君子陽陽》：
"君子～～。"❷ 隨行的樣子。《禮
記‧祭義》："～～遂遂，如將復入
然。"❸ 漫長的樣子。戰國楚‧屈
原《楚辭‧九章‧哀歲》："冬夜兮
～～，雨雪兮冥冥。"

淘　táo　❶ 沖刷，沖洗。宋‧蘇軾
《念奴嬌‧赤壁懷古》："大江
東去，浪一盡，千古風流人物。"
❷ 用水沖洗，汰去雜質。唐‧劉禹
錫《浪淘沙》："千～萬漉雖辛苦，
吹盡狂沙始到金。"❸ 疏浚，疏通。
《宋史‧河渠志四》："開～舊河。"

檮　táo　見"檮杌"。

【檮杌】táo wù　❶ 古代傳說中的惡獸
名。漢‧東方朔《神異記‧西荒經》：
"西方荒中有獸焉……名～～。"
❷ 傳說上古惡人"四凶"之一。《左
傳‧文公十八年》："流四凶族，渾
敦、窮奇、～～、饕餮。"❸ 春秋
時記載楚國歷史的史書。《孟子‧離
婁下》："晉之乘，楚之～～，魯之春
秋，一也。"

討　tǎo　❶ 聲討，公開譴責。《左
傳‧宣公二年》："亡不越竟，
反不～賊。"引申為討伐，征伐。
三國蜀‧諸葛亮《出師表》："願陛
下託臣以～賊興復之效。"❷ 探
討，研究。《論語‧憲問》："世叔
～論之，行人子羽脩飾之。"❸ 整
治，治理。《左傳‧宣公十二年》：
"其君無日不～國人而訓之。"

【討戮】tǎo lù　征討誅殺。南朝梁‧
慧皎《高僧傳‧慧遠》："有所～～。"

式　tè　見 547 頁 shì。

忒　tè　❶ 變更，差誤。《荀子‧
天論》："循道而不一，則天不
能禍。"❷ 差錯。《詩經‧曹風‧
鳲鳩》："淑人君子，其儀不一。"
❸ 太，過甚。清‧吳敬梓《儒林外
史》第五回："這件事你湯老爺也～
孟浪了些！"

特　tè　❶ 公牛。《史記‧秦本紀》：
"二十七年，伐南山大梓，豐大
～。"引申為雄性的牲畜。元‧戴
侗《六書故‧動物一》："～，畜父
也。"❷ 三歲獸。《詩經‧魏風‧伐
檀》："胡瞻爾庭有懸～兮？"❸ 一
頭（牲畜）。《禮記‧內則》："庶人～
豚，士一豕。"❹ 配偶。《詩經‧鄘
風‧柏舟》："髧彼兩髦，實維我～。"
❺ 傑出的。《詩經‧秦風‧黃鳥》：
"維此奄息，百夫之～。"❻ 獨。《莊
子‧逍遙遊》："而彭祖乃今以久～
聞，眾人匹之，不亦悲乎？"❼ 特
地，特別。晉‧李密《陳情表》："詔
書～下，拜臣郎中。"❽ 僅僅，只。
《史記‧廉頗藺相如列傳》："相如度
秦王～以詐佯為予趙城。"

【特拜】tè bài　逐一而拜，以示受拜
者的尊貴。《禮記‧喪大記》："大夫
內子、士妻，～～命婦，泛拜眾賓
於堂上。"

【特進】tè jìn　❶ 官名，西漢末年始
設，以授列侯中功德尤盛、在朝廷
中有特殊地位者，位在三公之下。
宋‧歐陽修《瀧岡阡表》："男推誠、

保德、崇仁、翊戴功臣，觀文殿學士，～～，行兵部尚書……" ❷ 特予晉升。《宋史・選舉志一》："九成以類試，廷策俱第一，命～～一官。"

【特立】tè lì ❶ 有獨特的志向和操守。唐・韓愈《與于襄陽書》："側聞閣下抱不世之才，～～而獨行。" ❷ 獨立，挺立。唐・柳宗元《始得西山宴遊記》："是山之～～，不與培塿為類。"

慝 tè ❶ 邪惡，惡念。《左傳・桓公六年》："所謂馨香，無讒～也。"引申為變心。《詩經・邶風・柏舟》："之死矢靡～。" ❷ 差失，錯誤。《論語・顏淵》："敢問崇德、修～、辨惑。" ❸ 陰氣。《左傳・莊公二十五年》："唯正月之朔，～未作。" ❹ 災害，禍患。《舊唐書・陸贄傳》："太上消～於未萌，其次救失於始兆。" ❺ 通"匿"，隱瞞，隱藏。三國魏・嵇康《釋私論》："隱～之情，必存乎心。"

---

teng

滕 téng ❶ 水上湧。漢・許慎《說文解字・肉部》："～，水超涌也。" ❷ 周代諸侯國名，在今山東省滕縣西南。《孟子・滕文公上》："有為神農之言者許行，自楚之～。"

騰 téng 抄寫。《紅樓夢》第三十八回："十二題已完，各自～出來，都交與迎春。"

【謄錄】téng lù 抄寫，轉錄。宋・曾鞏《請令州縣特舉士箚子》："其課試不用糊名～～之法。"

騰 téng ❶ 奔馳。宋・歐陽修《秋聲賦》："初淅瀝（瀝）以蕭

颯，忽奔～而砰湃。" ❷ 跳躍。《史記・李將軍列傳》："廣暫～上胡兒馬。" ❸ 駕，乘。漢・賈誼《弔屈原賦》："～駕罷牛兮驂蹇驢。" ❹ 上升。宋・蘇軾《石鐘山記》："枹止響～，餘韻徐歇。" ❺ 挪移。清・吳敬梓《儒林外史》第二十回："家裏一個錢也沒有，我店裏是～不出來。" ❻ 傳遞，傳送。《後漢書・隗囂列傳》："因數～書隴蜀，告示禍福。"

【騰挪】téng nuó 也作"騰那"。❶ 調換，挪用。《紅樓夢》第五十回："雖沒作完了韻，～～的字，若生扭了，倒不好了。" ❷ 指拳術中躲閃竄跳的動作。《西遊記》第四十六回："你只像這等變化～～也夠了，怎麼還有這等本事？"引申為玩弄手法或藉故推託責任。清・吳敬梓《儒林外史》第十三回："讓公孫催着回官，差人只～～着混他。"

【騰蛇】téng shé 同"螣蛇"，傳說中一種乘霧而飛的蛇。漢・曹操《步出夏門行》："～～乘霧，終為灰土。"

【騰踏】téng tà ❶ 抬腳踢或踏。《資治通鑑》卷二百○六："披腹出心，～～成泥。" ❷ 飛騰。宋・蘇舜欽《頂破二山》："煙雲～～去，不復經月留。" ❸ 發跡，發達。宋・趙蕃《寄周畏知》："公寧免～～，我乃願婆娑。"

【騰騰】téng téng ❶ 升騰，興起的樣子。《水滸傳》第三回："心頭那一把無名業火焰～～的按捺不住。" ❷ 悠閒而恬淡的樣子。宋・陸游《寓歎》："浮生百年悲冉冉，閒身萬事付～～。" ❸ 象聲詞。唐・韓愈《汴泗交流贈張僕射》："短垣三面繚逶迤，擊鼓～～樹赤旗。"

ti

剔 (1) tī ❶分解骨肉。《水滸傳》第三回："從肉案上搶了一把～骨尖刀。" ❷挑，剔除。宋·范成大《曉枕聞雨》："～燈寒作伴，添被厚如埋。" ❸疏導，疏通。《淮南子·要略》："～河而道九岐。"

(2) tì ❶通"剃"，剃頭。漢·司馬遷《報任安書》："其次～毛髮，嬰（繞）金鐵（鐐銠）受辱。" ❷通"惕"，驚。晉·潘岳《射雉賦》："亦有目不步體，邪眺旁～。"

【剔抉】tī jué 抉擇，挑選。唐·韓愈《進學解》："爬羅～～，刮垢磨光。"

梯 ❶供攀高用的梯子。《墨子·公輸》："吾從北方聞子為～，將以攻宋。" ❷攀登，登上。唐·杜甫《奉贈太常張卿二十韻》："碧海真難涉，青雲不可～。" ❸導致事故的因由。《國語·越語下》："無曠其眾，以為亂～。" ❹憑依。《山海經·海內西經》："西王母～几而戴勝。"

薙 tí 見701頁yí。

啼 tí ❶放聲哭。唐·杜甫《石壕吏》："婦～一何苦！" ❷鳴，叫。唐·杜牧《江南春》："千里鶯～綠映紅。"

提 (1) tí ❶垂手拿着東西。《莊子·養生主》："～刀而立，為之四顧。"引申為攜帶。《戰國策·燕策三》："今～一匕首入不測之強秦。" ❷提拔。《北史·魏收傳》："～獎後輩，以名行為先。" ❸率領，帶領。漢·司馬遷《報任安書》："且李陵～步卒不滿五千。" ❹舉出，指

出。唐·韓愈《進學解》："記事者必～其要，纂言者必鉤其玄。"

(2) dī 見"提防"。

(3) dǐ 投擲。《戰國策·燕策三》："荊軻廢，乃引其匕首～秦王，不中，中柱。"

【提耳】tí ěr 懇切教導。《後漢書·劉矩列傳》："民有爭訟，（劉）矩常引之於前，～～訓告。"

【提防】dī fáng 本作"隄防"。戒備；料想。元·關漢卿《竇娥冤》："沒來由犯王法，不～～遭刑憲。"

綈 tí 一種絲織品，質光滑而厚實。《管子·輕重戊》："魯、梁之民俗為～，公服～。"

緹 tí ❶橘紅色的絲織品。《後漢書·宦者列傳》："狗馬飾雕文，土木被～繡。" ❷橘紅色，黃赤色。《史記·滑稽列傳》："為治齋宮河上，張～絳帷，女居其中。"

【緹騎】tí jì ❶古代貴官出行時前導或隨從的騎士，因着其黃赤色衣服，故稱"緹騎"。唐·劉禹錫《送李中丞赴楚州》："～～朱旗入楚城，士林皆賀振家聲。" ❷逮捕犯人的吏役的通稱。明·張溥《五人墓碑記》："～～按劍而前。"

醍 (1) tí 見"醍醐"。

(2) tǐ 一種淺紅色的清酒。《禮記·禮運》："粢～在堂。"

【醍醐】tí hú ❶從酥酪中輟製出的奶油。《大般涅槃經·聖行品》："善男子譬如從牛出乳……從熟酥出～～，～～最上。" ❷佛教用來喻指最高佛法。清·金農《送性原上座還清浦》："夢醒槐根日未晡，願聞妙法闡～～。" ❸也用來比喻美酒。唐·白居易《將歸一絕》："一甕～～待我歸。"

鵜 tí 見"鵜鶘"。

【鵜鶘】tí hú 一種善捕魚的水鳥。《三國志·魏書·文帝紀》:"夏五月,有~~鳥集靈芝池。"

題 (1) tí ❶ 額頭。《禮記·王制》:"南方曰蠻,雕~交趾,有不火食者矣。" ❷ 物體的一端。《孟子·盡心下》:"高堂數仞,榱(cuī,椽子)~數尺。" ❸ 書籤。唐·李白《感興》:"委之在深篋,蠹魚壞其~。" ❹ 題目。唐·白居易《與元微之書》:"因事立~,~為《新樂府》者一百五十首。" ❺ 標誌。《左傳·襄公十年》:"舞師~以旄夏。" ❻ 書寫。明·魏學洢《核舟記》:"其船背稍夷,則~名其上。" ❼ 品評。唐·李白《與韓荊州書》:"一經品~,便作佳士。"
(2) dì 通"睇",看,視。《詩經·小雅·小宛》:"~彼脊令,載飛載鳴。"

【題目】tí mù ❶ 命題,主題。宋·楊萬里《紅錦帶花》:"後園初夏無~~,小樹微芳芳也得詩。" ❷ 試題。宋·洪邁《容齋隨筆·進士試題》:"御試曰進士~~。" ❸ 書籍的標目。《南史·王僧虔傳》:"汝曾未窺其~~。" ❹ 名稱。《北史·念賢傳》:"時行殿初成,未有~~。" ❺ 藉口。唐·白居易《送呂漳州》:"獨醉似無名,借君作~~。" ❻ 品評。南朝宋·劉義慶《世說新語·政事》:"殆周遍百官,舉無失才,凡所~~,皆如其言。"

體 tǐ ❶ 肢體,胳膊和腿。《論語·微子》:"四~不勤,五穀不分。"也指整個身體。《戰國策·觸龍說趙太后》:"而恐太后玉~之有

所郄也。" ❷ 事物的本體,實體。南朝梁·范縝《神滅論》:"名殊而~一也。" ❸ 樣式,指文體、詩體、字體等。《舊唐書·劉禹錫傳》:"禹錫精於古文,善五言詩;今~文章,復多才麗。" ❹ 占卜的卦兆。《詩經·衛風·氓》:"爾卜爾筮,~無咎言。" ❺ 分解,分別,劃分。《禮記·禮運》:"~其犬豕牛羊。" ❻ 體諒,設身處地為他人着想。《禮記·中庸》:"~羣臣也,子庶民也。" ❼ 體察,領悟。《莊子·刻意》:"能~純素,謂之真人。" ❽ 依據,依靠。《管子·君臣上》:"則君一法而立矣。" ❾ 親近,聯結。《禮記·學記》:"就賢~遠,足以動眾,未足以化民。" ❿ 體驗,實踐。《淮南子·氾論訓》:"故聖人以身~之。"

【體察】tǐ chá ❶ 體會,省察。宋·朱熹《朱子語類·學五》:"讀一句書,須~~這一句我將來甚處用得。" ❷ 考核,考查。元·曾瑞《留鞋記》:"看我扮做個貨郎,挑着這繡鞋兒,~~這一椿事。"

【體式】tǐ shì ❶ 體裁,格式。南朝梁·劉勰《文心雕龍·體性》:"~~雅鄭,鮮有反其習。" ❷ 體制,法度。《北齊書·許惇傳》:"齊朝~~,本州大中正以京官為之。"

【體用】tǐ yòng 事物的本體和作用。一般認為"體"是根本,"用"是"體"的外在表現。唐·元稹《才識兼茂明於體用策一道》:"是用發懇惻之誠,咨~~之要。"

弟 tì 見113頁dì。

倜 tì 見"倜儻"。

【倜儻】tì tǎng ❶ 卓越不凡。漢·

司馬遷《報任安書》："古者富貴而名磨滅，不可勝記，唯～～非常之人稱焉。" ❷ 灑脫，不拘於俗。《三國志·魏書·阮瑀傳》："（阮）瑀子籍，才藻豔逸，而～～放湯。"

悌 tì 敬順兄長。《論語·學而》："弟子入則孝，出則～。"

涕 tì ❶ 眼淚。戰國楚·屈原《離騷》："長太息以掩～兮，哀民生之多艱。" ❷ 鼻涕。唐·杜甫《登岳陽樓》："戎馬關山北，憑軒～泗流。" 辨析見 569 頁 "泗"。

【涕零】 tì líng 落淚。三國蜀·諸葛亮《出師表》："今當遠離，臨表～～，不知所言！"

【涕泣】 tì qì 哭泣。《戰國策·燕策三》："士皆垂淚～～。"

屜 tì ❶ 本義為鞋底襯草，引申指器物的隔層、墊子。《宋史·輿服志一》："馬有金面……青繡～，錦包尾。" ❷ 抽屜。北周·庾信《鏡賦》："暫設妝奩，還抽鏡～。"

逷 tì 遠。明·徐光啟《〈甘薯疏〉序》："遠方之人一聞之，以為逾汶之貉，逾淮之橘也。"

惕 tì 害怕，警惕。《左傳·襄公二十二年》："無日不～，豈敢忘職？"

【惕懼】 tì jù 戒懼。《呂氏春秋·慎大》："湯乃～～，憂天下之不寧。"

【惕然】 tì rán ❶ 恐懼的樣子。三國魏·嵇康《與山巨源絕交書》："間聞足下遷，～～不喜。" ❷ 憂慮的樣子。宋·陸游《歲暮感懷》："長老日零落，念之心～～。" ❸ 警覺醒悟的樣子。《史記·龜策列傳》："元王～～而悟。"

【惕息】 tì xī 因非常恐懼而心跳氣喘。漢·司馬遷《報任安書》："見獄吏則頭搶地，視徒隸則心～～。"

替 tì ❶ 廢棄。《尚書·周書·大誥》："予惟小子，不敢～上帝命。" ❷ 衰敗，衰落。《舊唐書·魏徵傳》："以古為鏡，可以知興～。" ❸ 代替。北朝民歌《木蘭辭》："願為市鞍馬，從此～爺征。"

褆 （1） tì 包裹嬰兒的小被子。《詩經·小雅·斯干》："乃生女了，載寢之地，載衣之～。"

　　（2） xī ❶ 袒露身體。《孟子·公孫丑上》："雖袒～裸裎於我側，爾焉能浼（měi，污染）我哉！" ❷ 行禮時加在裘外的衣服，也叫褆衣。《禮記·玉藻》："裘之～也，見美也。"

摘 tì 見 766 頁 zhāi。

---

tian

天 tiān ❶ 人的頭頂。《山海經·海外西經》："刑～與帝至此爭神，帝斷其首，葬之常羊之山。" 引申為在人的前額刺字塗墨的刑罰。《周易·睽》："其人～且劓。" ❷ 天空。《莊子·逍遙遊》："～之蒼蒼，其正色邪？" ❸ 天氣，氣候。唐·白居易《賣炭翁》："可憐身上衣正單，心憂炭賤願～寒。" ❹ 季節。唐·杜甫《春日憶李白》："渭北春～樹，江東日暮雲。" ❺ 一晝夜的時間，如：昨～、後～。 ❻ 自然形成的，天然的，天性。唐·柳宗元《種樹郭橐駝傳》："能順木之～，以致其性焉爾。" ❼ 人們想像中的萬物的主宰者，天神。《國語·越語上》："今寡人將助～滅之。" ❽ 依靠的對象。《漢書·酈食其傳》："王者以民為～，而民以食為～。"

【天池】tiān chí ❶ 古代傳說中的海。《莊子·逍遙遊》："南冥者，～～也。" ❷ 天上仙界之池。唐·韓偓《漫作》："～～玉作砂？" ❸ 星名。《晉書·天文志上》："九坎間十星，曰～～。"

【天賜】tiān cì 上天的賜與，也指天子的賞賜。宋·梅堯臣《送謝舍人奉使北朝》："戎王拜～～，虜帥伏名卿。"

【天道】tiān dào ❶ 自然規律。宋·王禹偁《待漏院記》："～～不言，而品物亨、歲功成者，何謂也？" ❷ 天象。《國語·周語下》："吾非瞽史，焉知～～？" ❸ 天氣。元·關漢卿《竇娥冤》："這等三伏～～。"

【天府】tiān fǔ ❶ 物產富饒、形勢險固的地方。《戰國策·秦策一》："沃野千里，蓄積饒多，地勢形便，此所謂～～，天下之雄也。" ❷ 周代官名。《周禮·春官宗伯·天府》："～～掌祖廟之守藏與其禁令。" 也用來指皇家藏物的府庫。《清史稿·食貨志一》："～～太倉之蓄，一旦蕩然。" ❸ 朝廷。唐·皎然《峴山送裴秀才赴舉》："～～登名後。"

【天官】tiān guān ❶ 人的感覺器官。《荀子·天論》："耳、目、鼻、口、形，能各有接而不相能也，夫是之謂～～。" ❷ 官名。周禮置六官，以冢宰為天官，總領百官。唐·李賀《仁和里雜敍皇甫湜》："欲雕小說干～～，宗孫不調為誰憐？" 也泛指百官。《禮記·曲禮下》："天子建～～，先六大。" ❸ 天文。《史記·太史公自序》："太史公學～～於唐都。"

【天漢】tiān hàn ❶ 天河。唐·張籍《秋夜長》："秋天如水夜未央，～～東西月色光。" ❷ 漢王朝的美稱。漢·李陵《答蘇武書》："出～～之外。"

【天街】tiān jiē ❶ 京城的街市。唐·韓愈《早春》："～～小雨潤如酥，草色遙看近卻無。" ❷ 星名。《史記·天官書》："昴畢間為～～。"

【天牢】tiān láo ❶ 三面絕壁，易入難出的險地。《孫子·行軍》："凡地有絕澗、天井、～～、……必亟去之，勿近也。" ❷ 京城中由朝廷直接掌管的監牢。清·李寶嘉《官場現形記》第二十九回："但把他羈禁在刑部～～，從緩發落。"

【天門】tiān mén ❶ 天宮之門。唐·韓愈《孟東野失子》："乃呼大靈龜，騎雲款～～。" 也指帝王宮殿門。唐·杜甫《宣政殿退朝晚出左掖》："～～日射黃金榜。" ❷ 心。道教用語。《莊子·天運》："其心以為不然者，～～弗開矣。" ❸ 天庭，額頭。《黃庭內景經·隱藏章》："上合～～，入明堂。" ❹ 天門山，在今安徽省當塗縣西南。唐·李白《望天門山》："～～中斷楚江開。"

【天衢】tiān qú ❶ 天路。天空廣闊，任意通行，猶如四通八達的大道，故稱"天衢"。南朝梁·劉勰《文心雕龍·時序》："馭飛龍於～～，駕騏驥於萬里。" ❷ 京都。《三國志·吳書·胡綜傳》："遠處河朔，～～隔絕。" ❸ 京都的街道。唐·杜甫《自京赴奉先詠懷》："～～陰崢嶸，客子中夜發。"

【天闕】tiān què 帝王的宮闕，也借指朝廷。宋·岳飛《滿江紅》："待從頭，收拾舊山河，朝～～。" 也指傳說中天上的宮闕。南朝宋·顏延之《為織女贈牽牛》："慚無二媛靈，託身侍～～。"

【天人】tiān rén ❶ 天與人，自然與人。漢・司馬遷《報任安書》："亦欲以究～～之際，通古今之變，成一家之言。" ❷ 道家所說的有道之人。《莊子・天下》："不離於宗，謂之～～。" ❸ 仙人，神人。唐・王勃《滕王閣序》："臨帝子之長洲，得～～之舊館。" 也指才或貌出眾的人。《三國志・魏書・曹仁傳》："將軍真～～也。" 有時特指天子。《晉書・應貞傳》："順時貢職，入觀～～。"

田　tián ❶ 農田。《孟子・梁惠王上》："百畝之～田，勿奪其時。" ❷ 古代主管農事之官。《淮南子・天文訓》："東方為～，南方為司馬。" ❸ 耕種。漢・楊惲《報孫會宗書》："～彼南山，蕪穢不治。" ❹ 打獵，後作"畋"。《左傳・僖公二十四年》："其後余從狄君以～渭濱。"

【田疇】tián chóu ❶ 田地。《孟子・盡心上》："易其～～，薄其稅斂，民可使富也。" ❷ 封地。唐・元稹《陽城驛》："食唐之～～。"

【田父】tián fù　老農。《史記・項羽本紀》："項王至陰陵，迷失道，問一～～。"

【田舍】tián shè ❶ 田地和房屋。《史記・蘇秦列傳》："地名雖小，然而～～廬廡之數，曾無所芻牧。" ❷ 農家或農村。唐・白居易《答劉和州》："我亦思歸～～下，君應厭臥郡齋中。"

【田狩】tián shòu　打獵。南朝宋・劉義慶《世說新語・規箴》："桓南郡好獵，每～～，車騎甚盛。" 特指冬獵。

【田邑】tián yì　封地采邑。《禮記・

祭統》："於嘗也，出～～，發秋政，順陰義也。"

佃　tián　見 115 頁 diàn。

甸　tián　見 116 頁 diàn。

恬　tián ❶ 安靜，平靜。《莊子・繕性》："古之治道者，以～養知。" ❷ 淡漠，不在乎。《晉書・謝鯤傳》："莫不服其遠暢而～乎榮辱。"

【恬澹】tián dàn　同"恬淡"，寧靜淡泊，不逐名利。漢・王充《論衡・定賢》："～～無欲，志不在於仕。"

畋　tián ❶ 打獵。唐・柳宗元《三戒・臨江之麋》："臨江之人～，得麇麑，畜之。" ❷ 通"佃"，耕種。《尚書・周書・多方》："今爾尚宅爾宅，～爾田。"

鈿　tián　見 116 頁 diàn。

填　(1) tián ❶ 填塞，充填。《戰國策・觸龍說趙太后》："雖少，願及未～溝壑而託之。" ❷ 象聲詞。《孟子・梁惠王上》："～然鼓之。"

(2) tiǎn　通"殄"，困窮，窮苦。《詩經・小雅・小宛》："哀我～寡。"

(3) zhèn　通"鎮"，安撫。《漢書・高帝紀下》："～國家，撫百姓。"

【填填】tián tián ❶ 穩重的樣子。《莊子・馬蹄》："其行～～。" ❷ 嚴整的樣子。《淮南子・兵略訓》："不襲堂堂之寇，不擊～～之旗。" ❸ 象聲詞，形容聲音很大。戰國楚・屈原《楚辭・九歌・山鬼》："雷～～兮雨冥冥。"

闐 tián ❶ 充滿，充塞。《史記·汲鄭列傳》：「賓客~門。」❷ 喧鬧，聲音巨大。清·黃遵憲《宮本鴨北索題晁山圖》：「怒濤潑地轟雷~。」

忝 tiǎn ❶ 辱，有愧於。《國語·周語上》：「奕世載德，不~前人。」❷ 謙詞。唐·韓愈《送楊少尹序》：「予~在公卿後，遇病不能出。」

殄 tiǎn ❶ 滅絕，斷絕。唐·柳宗元《箕子碑》：「當其周時未至，殷祀未~。」❷ 消滅。《左傳·成公十三年》：「伐我保城，~滅我費滑。」❸ 疲敝，困窮。《國語·魯語上》：「鑄名器，藏寶財，固民之~病是待。」❹ 昏迷。漢·王充《論衡·論死》：「人~不悟，則死矣。」

tiao

佻 (1) tiāo ❶ 輕佻，輕薄。戰國楚·屈原《楚辭·離騷》：「雄鳩之鳴逝兮，余猶惡其~巧。」❷ 竊取。《國語·周語中》：「而卻至~天之功以為己力，不亦難乎？」
(2) yáo 寬緩。《荀子·王霸》：「~其期日，而利其巧任。」

挑 (1) tiāo ❶ 通「佻」，輕佻。《荀子·彊國》：「其服不~。」❷ 懸掛，用長棍的一頭支起。《水滸傳》第十回：「見籬笆中~着一個草帚兒在露天裏。」
(2) tiǎo ❶ 掘，挖出。《墨子·非儒下》：「~鼠穴，探滌器。」❷ 撥，彈撥。宋·辛棄疾《破陣子·為陳同甫賦壯詞以寄之》：「醉裏~燈看劍。」❸ 挑動，挑撥。明·王世貞《藺相如完璧歸趙論》：「此兩言決耳，奈之何既畏而復~其怒也？」❹ 挑逗，引誘。《史記·司馬

相如列傳》：「（相如）以琴心~之。」
(3) tāo 見「挑達」。

【挑達】tāo tà 也作「佻達」、「佻健」、「佻撻」、「挑闥」，自由往來。唐·王維《贈吳官》：「不如儂家任~~。」引申為輕佻放蕩。晉·干寶《搜神記》：「蔣子文者，廣陵人也，嗜酒好色，~~無度。」

祧 tiāo ❶ 遠祖的廟。《左傳·昭公元年》：「敝邑，館人之屬也，其敢愛豐氏之~？」也泛指宗廟。《左傳·襄公二十三年》：「紇不佞，失守宗~。」❷ 繼承。唐·韓愈《順宗實錄》：「付爾以承~之重。」❸ 超越。清·顧炎武《與友人論學書》：「是必其道之高於夫子，而其門弟子賢於子貢，~東魯而直接二帝之心傳者也。」

苕 tiáo 見 527 頁 sháo。

迢 tiáo 見「迢遞」。

【迢遞】tiáo dì ❶ 遙遠的樣子。三國魏·嵇康《琴賦》：「指蒼梧之~~。」❷ 高高的樣子。唐·李商隱《安定城樓》：「~~高城百尺樓，綠楊枝外盡汀洲。」

【迢迢】tiáo yáo ❶ 遙遠的樣子。南朝宋·顏延之《秋胡》：「~~行人遠。」❷ 時間久長。宋·賀鑄《鷓鴣天·畫橋流水》：「~~此夜，淚枕不成眠。」

條 tiáo ❶ 樹名，楸樹。《詩經·秦風·終南》：「終南何有？有~有梅。」❷ 樹木的枝條。清·龔自珍《病梅館記》：「斫其正，養其旁~。」❸ 長。《尚書·夏書·禹貢》：「厥木惟~。」❹ 條款。《戰國策·蘇秦以連橫說秦》：「科~既備，民多

偽態。" ❺ 條理。《尚書·商書·盤庚上》："有～而不紊。" ❻ 分列條目。唐·白居易《與元微之書》："其餘事況，～寫如後云云。" 引申為整頓，治理。唐·柳宗元《梓人傳》："～其綱紀而盈縮焉，齊其法制而整頓焉。" ❼ 通達。《漢書·禮樂志》："聲氣遠～鳳鳥翔。" ❽ 量詞，用於條目，條款。《三國演義·楊修之死》："（楊）修又嘗為曹植作答教十餘～。"

【條暢】 tiáo chàng ❶ 通暢，通達。南朝梁·劉勰《文心雕龍·書記》："故宜～～以任氣，優柔以懌懷。" ❷ 舒暢，歡欣。漢·王褒《四子講德論》："大化隆治，男女～～。" ❸ 生長茂盛。晉·潘岳《西征賦》："華實紛敷，桑麻～～。" ❹ 同 "滌蕩"，不順，不和。《禮記·樂記》："感～～之氣，而滅平和之德。"

【條陳】 tiáo chén 分條陳述。《漢書·李尋傳》："臣謹～～所聞。" 也指分條陳述的文件。清·孔尚任《桃花扇》："准了禮部尚書錢謙益的～～。"

【條對】 tiáo duì 逐條對答天子的垂詢。《漢書·梅福傳》："詣行在所～～急政。" 也指條對的文章。清·徐乾學《納蘭君墓誌銘》："應殿試，～～凱切。"

【條貫】 tiáo guàn ❶ 條理，系統。《史記·屈原賈生列傳》："明道德之廣崇，治亂之～～。" ❷ 章法，條例。清·侯方域《豫省試策二》："一切綱紀～～，固可以次第舉矣。"

調 tiáo 見 118 頁 diào。

髫 tiáo 古時小孩頭上下垂的頭髮，引申為童年、兒童。晉·陶淵明《桃花源記》："黃髮垂～，並怡然自樂。"

【髫兒】 tiáo ér 頭髮下垂的小兒。宋·王安石《憶昨詩示諸外弟》："當時～～對我側。"

【髫髮】 tiáo fà 小兒下垂的頭髮，引申為童年。《後漢書·伏湛列傳》："～～屬志，白首不衰。"

眺 tiào ❶ 邪視，看，視。晉·潘岳《射雉賦》："亦有目不步體，邪～旁剔（通 '睇'）。" ❷ 望，遠視。明·宋濂《送天台陳庭學序》："詩人文士遊～～，飲射、賦詠、歌呼之所，庭學無不歷覽。"

跳 (1) tiào ❶ 腳跛。《荀子·非相》："禹～，湯偏～。" ❷ 跳躍，蹦跳。唐·李賀《李憑箜篌引》："夢入神山教神嫗，老魚～波瘦蛟舞。"

(2) táo 通 "逃"，逃跑。《史記·高祖本紀》："遂圍城皋，漢王～。"

【跳梁】 tiào liáng 又作 "跳踉"。❶ 跳躍，蹦跳。《莊子·逍遙遊》："東西～～，不避高下。" ❷ 喻強橫。《漢書·蕭望之傳》："今羌虜一隅小夷，～～於山谷間。"

帖 (1) tiē ❶ 典押。《新唐書·李嶠傳》："臣計天下編戶，貧弱者眾，有賣舍、～田供王役者。" ❷ 添補。唐·白居易《追歡偶作》："追歡逐樂少閒時，補～平生得事遲。" ❸ 黏貼，黏附。北朝民歌《木蘭辭》："當窗理雲鬢，對鏡～花黃。" ❹ 安定，順從。《晉書·劉琨傳》："舉而用之，羣情～然矣。"

(2) tiě ❶ 官府的文告，文書。北朝民歌《木蘭辭》："昨夜見軍～，可汗大點兵。"❷柬帖，請帖。清·吳敬梓《儒林外史》第十回："你回他我們不在家，留下了～吧。"❸古時婦女放置針錢等用品的紙夾。唐·孟郊《古意》："啟～理針線，非獨學裁縫。"

（3）tiè　畫帖或字帖。宋·梅堯臣《乞米》："幸存顏氏～，況有陶公詩。"

貼 tiē ❶典當，質押。清·蒲松齡《聊齋志異·促織》："加以官貪吏虐，民日～婦賣兒，更無休止。"❷黏附，黏貼。宋·沈括《夢溪筆談·活板》："不用，則以紙～之。"引申為挨近，靠近。明·徐霞客《徐霞客遊記·遊黃山記》："柏雖大幹如臂，無不平～石上，如苔蘚然。"❸安定，順從《資治通鑑》卷二百三十一："泌到，自妥～矣。"

鐵 tiě ❶鐵，一種黑色的金屬。《史記·貨殖列傳》："銅～則千里往往山出棋置。"❷鐵製的器物。漢·李陵《答蘇武書》："兵盡矢窮，人無尺～。"❸鐵色，黑色。唐·杜甫《泥功山》："白馬為～驪，小兒成老翁。"❹比喻堅固、堅強。南朝梁·劉勰《文心雕龍·祝盟》："劉琨～誓，精貫霏霜。"

【鐵案】tiě àn　證據確鑿，不可推翻的定案。清·鄭觀應《盛世危言·節流》："官可罷，頭可斷，～～～終不可移。"

【鐵幕】tiě mù　鐵製的保護臂膀和腿的衣服。《史記·蘇秦列傳》："當敵則斬堅甲～～～。"

【鐵心】tiě xīn　喻非常堅強的意志。宋·文天祥《求客詩》："男子～～無地着，故人血淚向天流。"

【鐵衣】tiě yī　鐵片製成的戰衣。唐·

岑參《白雪歌送武判官歸京》："將軍角弓不得控，都護～～冷難着。"

饕 tiè　見588頁"饕餮"。

---

ting

汀 tīng　水邊平地。唐·王勃《滕王閣序》："鶴～鳧渚，窮島嶼之縈迴。"宋·范仲淹《岳陽樓記》："岸芷～蘭，鬱鬱青青。"

聽 tīng ❶用耳朵接受聲音。《禮記·大學》："心不在焉，視而不見，～而不聞。"喻判斷能力。《史記·屈原賈生列傳》："屈平疾王～之不聰也。"❷聽從，聽信，接受。《國語·越語上》："夫差將欲～與之成。"❸判斷，處理。《國語·召公諫弭謗》："故天子～政，使公卿至於列士獻詩。"❹聽憑，聽任。《莊子·徐無鬼》："匠石運斤成風，～而斲之。"❺打探消息的人。《荀子·議兵》："且仁人之用十里之國，則將有百里之～。"

【聽朝】tīng cháo　帝王臨朝處理政務。《戰國策·趙策三》："天子已食，退而～～～也。"

【聽斷】tīng duàn　聽取陳述，決斷政事、訟事。《荀子·榮辱》："政令法，舉措時，～～～公。"

【聽受】tīng shòu　聽信接受。南朝梁·任昉《齊竟陵文宣王行狀》："～～一謬，差以千里。"

【聽訟】tīng sòng　審理訴訟，斷案。《史記·孔子世家》："孔子在位～～，文辭有可與人共者，弗獨有也。"

廷 tíng ❶朝廷，君主上朝聽政的地方。《史記·廉頗藺相如列傳》："夫以秦王之威，而相如～

叱之。"❷古代地方官員辦事的公堂。《墨子·號令》:"皆詣縣～言,請問其所使。"❸通"庭",院子。《詩經·唐風·山有樞》:"子有～內,弗灑弗掃。"

【廷除】tíng chú ❶宮廷的台階,泛指朝廷。《舊唐書·玄宗紀》:"政才勤卷,妖集～～。"❷朝廷授官。明·凌濛初《初刻拍案驚奇》卷二十二:"～～官職,不復關白。"

【廷對】tíng duì ❶在朝廷上回答皇帝的詢問。《後漢書·邳彤列傳》:"彤～～曰:'議之言皆非也。'"❷即廷試。《明史·李中正傳》:"以天啟二年赴～～,授承天府推官。"

【廷試】tíng shì 科舉考試中天子親自策問中試者。《明史·選舉志二》:"天子親策於廷,曰～～,亦曰殿試。"

【廷杖】tíng zhàng 皇帝懲處官員的一種酷刑,杖打朝臣於殿階下。明·朱國楨《湧幢小品·廷杖》:"凡～～者不去衣,用厚綿底衣,重氈疊帊(pà,同'帕'),示辱而已。"

【廷爭】tíng zhēng 在朝廷上向皇帝諫諍。《史記·呂太后紀》:"於今面折～～,臣不如君。"

亭 tíng ❶古代建在路旁供行人停留食宿的公房。唐·李白《菩薩蠻》:"何處是歸程?長～更短～。"❷秦漢時的基層行政單位。《漢書·百官公卿表上》:"大率十里一～,～有長,十一一鄉。"❸邊境上供觀察敵情用的崗亭。《韓非子·內儲說上》:"秦有小～臨境,吳起欲攻之。"❹一種有頂無牆的建築物,供遊人歇息、觀賞之用。清·姚鼐《登泰山記》:"與子穎坐日觀～待日出。"❺公平處理。《史記·酷吏列

傳》:"補廷尉史,～疑法。"❻調和,均衡。《淮南子·原道》:"味者,甘立而五味～矣。"❼正。見"亭午"。❽通"停"。《漢書·西域傳上》:"其水一居,冬夏弗增減。"

【亭燧】tíng suì 古代建在邊境上的烽火亭,有敵情,則舉火報警。《後漢書·西羌傳》:"於是障塞～～出長城外數千里。"

【亭午】tíng wǔ 中午,正午。唐·李白《古風五九首》之二四:"大車揚飛塵,～～暗阡陌。"

【亭長】tíng zhǎng 戰國時邊境築亭,備守衛,置亭長。秦漢時鄉村十里為一亭,置亭長,負責治安,治理民事。《史記·項羽本紀》:"於是項王乃欲東渡烏江,烏江～～檥船待。"唐代尚書省各部衙門設亭長,掌門戶啟閉和通傳等事。

庭 tíng ❶廳堂。《論語·季氏》:"(孔)鯉趨而過～。"❷庭院,院子。晉·陶淵明《歸去來兮辭》:"引壺觴以自酌,眄～柯以怡顏。"❸官署。《後漢書·馬援列傳》:"(馬)援奏言西於縣戶有三萬二千,遠界去～千餘里。"❹通"廷",朝廷。《史記·廉頗藺相如列傳》:"於是趙王乃齋戒五日,使臣奉璧,拜送書於～。"❺直。《詩經·小雅·大田》:"播厥百穀,既～且碩。"

【庭除】tíng chú ❶庭階。元·無名氏《梧桐葉》:"搦管下～～,書作相思字。"❷庭院。唐·孫樵《書褒城驛壁》:"～～甚蕪,堂廡甚淺。"

【庭訓】tíng xùn 父親的教誨。《論語·季氏》記孔子在庭,其子伯魚趨而過之,孔子教之以《詩》《禮》,

後因稱父教為"庭訓"。《晉書·孫盛傳》:"雖子孫斑白,而~~愈峻。"

【庭宇】 tíng yǔ　屋室庭院。宋·蘇軾《超然臺記》:"於是治其園圃,潔其~~。"

停 tíng　❶停止,停留。唐·李白《將進酒》:"將進酒,杯莫~。"❷保存,保留。北魏·賈思勰《齊民要術·種胡荽》:"冬日亦得入窖,夏還出之,但不濕,亦得五六年~。"❸總數分成幾份,其中一份為一停。《三國演義》第五十回:"三~人馬,一一落後,一一填了溝壑,一一跟隨曹操。"❹通"亭",正。北魏·酈道元《水經注·江水》:"自非~午夜分,不見曦月。"

【停停】 tíng tíng　"停"通"亭",高高的樣子。《關尹子·八籌》:"草木俄苒苒,俄~~,俄蕭蕭。"也指身材修長。漢·蔡邕《青衣賦》:"~~溝側,噭噭青衣。"

婷 tíng　見"婷婷"。

【婷婷】 tíng tíng　美好的樣子。宋·陳師道《黃梅五首》之三:"冉冉梢頭綠,~~花下人。"

霆 tíng　❶疾雷,迅雷。《詩經·小雅·采芑》:"嘽嘽(tān tān,形容牲畜喘息)焞焞,如~如雷。"❷閃電。《淮南子·兵略訓》:"疾雷不及塞耳,疾~不暇掩目。"❸震動。《管子·七臣七主》:"天冬雷,地冬~,草木夏落而秋榮。"

【霆擊】 tíng jī　雷霆襲擊,喻打擊迅猛強烈。《漢書·匈奴傳下》:"令臣尤等深入~~,且以創艾胡虜。"

町 tíng　❶田界,田間小路,喻指界限、規矩、威儀。《莊子·人間世》:"彼且為無~畦,亦與之為無~畦。"❷田畝,田地。漢·張衡《西京賦》:"編~篁。"

挺 tǐng　❶拔,拔出。《戰國策·唐雎不辱使命》:"~劍而起。"又引申為生出。晉·左思《吳都賦》:"旁~龍目,側生荔枝。"❷挺直,伸直。《荀子·勸學》:"雖又槁暴,不復~者,輮使之然也。"❸突出,傑出。《三國志·蜀書·呂凱傳》:"今諸葛丞相英才~出,深睹未萌。"❹動,動搖。《呂氏春秋·忠廉》:"雖名為諸侯,實有萬乘,不足以~其心矣。"❺寬緩,寬待。《禮記·月令》:"~重囚,益其食。"❻量詞,根。明·方孝孺《借竹軒記》:"草戶之外,有竹數~。"

【挺挺】 tǐng tǐng　正直的樣子。《左傳·襄公五年》:"《詩》曰:'周道~~,我心扃扃(明察)。'"

梃 tǐng　❶棍棒。《孟子·梁惠王上》:"殺人以~與刃,有以異乎?"❷量詞,根。《魏書·李孝伯傳》:"駿遣人獻酒二器、甘蔗百~。"

鋌 (1) tǐng　飛速奔跑。《左傳·文公十七年》:"~而走險,急何能擇?"

(2) dìng　❶銅鐵礦石。漢·王充《論衡·率性》:"其本一~,山中之恆鐵也。"❷熔鑄成塊狀的金銀等。元·戴侗《六書故·地理一》:"金曰~,木曰梃,竹曰筳,皆取其長也。"引申為計量金銀的量詞。《舊唐書·薛收傳》:"今賜黃金四十~,以酬雅意。"後寫作"錠"。❸箭頭插入箭桿的部分。《周禮·冬官考工記·冶氏》:"為殺矢,刃長寸,圍寸,~十之。"

侗 tōng　見 122 頁 dòng。

恫 tōng　見 122 頁 dòng。

通 tōng　❶ 到達，通過。《列子·愚公移山》："吾與汝畢力平險，指一豫南，達於漢陰，可乎？"❷ 暢通，通順。漢·賈誼《論積貯疏》："政治未必一也。"引申為通達、亨通，喻得志、顯貴。宋·王安石《上皇帝萬言書》："凡在左右～貴之人，皆順上之欲而服行之。"❸ 通報，傳達。《韓非子·說林下》："毋為客～。"引申為陳述。《漢書·夏侯勝傳》："先生一言，無懲前事。"❹ 通曉，精通。《史記·孔子世家》："身一六藝者七十有二人。"引申為學識廣博，貫通古今，明白事理。漢·王充《論衡·超奇》："博覽古今者為～人。"❺ 交往，交好。《史記·孔子世家》："孔子適齊，為高昭子家臣，欲以～乎景公。"引申為交換，流通。唐·韓愈《原道》："為之賈，以～其有無。"❻ 勾結，串通。《史記·魏其武安侯列傳》："丞相亦言灌夫～奸滑，侵細民。"❼ 全部，整個。《孟子·二子學弈》："弈秋，～國之善弈者矣。"❽ 普遍，一般。《孟子·滕文公上》："治於人者食人，治人者食於人：天下之～義也。"

【通達】tōng dá　❶ 通行，到達。《莊子·則陽》："知遊心於無窮，而反（返）在～～之國。"❷ 通曉。唐·韓愈《柳子厚墓誌銘》："無不～～。"❸ 亨通顯達。北齊·顏之推《顏氏家訓·省事》："吾自南及北，未嘗一言與時人論身分也，不能～～，亦無尤焉。"

【通籍】tōng jí　❶ 漢代出入宮門的制度，在籍（二尺長的竹片）上記其姓名、年齡、身份等，掛在宮門外，出入查對，合者乃得通行。《漢書·魏相傳》："光夫人顯及諸女，皆～～長信宮。"❷ 進士初及第或初作官。清·袁枚《黃生借書說》："～～後，俸去書來，落落大滿。"

【通事】tōng shì　❶ 朝覲聘問之事。《周禮·秋官司寇·掌交》："掌邦國之～～而結其交好。"❷ 通報，傳達。漢·劉向《新序·雜事二》："靖郭君欲城薛，而客多以諫，君告謁者，無為客～～。"❸ 官名，掌管呈遞奏章、傳達皇帝旨意等事。《元史·百官志五》："～～，知印各二人。"❹ 翻譯人員。《新五代史·晉本紀》："甲辰，契丹使～～來。"

【通議】tōng yì　共同議論。《後漢書·朱暉列傳》："於是詔諸尚書～～。"

同 tóng　❶ 相同，一樣。宋·蘇軾《石鐘山記》："酈元之所見聞，殆與余～。"❷ 共同，一起。明·張岱《西湖七月半》："好友佳人，邀月～坐。"❸ 跟，和。清·吳敬梓《儒林外史》第三回："范進因沒有盤費，走去～丈人商議。"❹ 古代四方諸侯同時朝拜天子。宋·王安石《贈賈魏公神道碑》："莫此中國，四夷來～。"❺ 唱和，依照別人詩詞的題材、體裁或用韻來作詩填詞。

【同儕】tóng chái　同等，同輩。《左傳·僖公二十三年》："晉、鄭～～，其過子弟，固將禮焉。"

【同甲】tóng jiǎ　❶ 同等堅固的鎧甲。《管子·大匡》："修兵，～～十萬。"❷ 同齡。因同齡人出生之年的甲子相同，故稱"同甲"。宋·歐陽修《與知縣寺丞書》："杜知州有事，令人感涕不已，與之～～，內顧身世，可謂凜凜。"

【同寮】tóng liáo　也作"同僚"，在一起做官的人。《左傳·文公七年》："吾嘗～～，敢不盡心乎？"

【同門生】tóng mén shēng　同師受業者。《東觀漢記·王丹傳》："丹子有～～～喪親，家在中山，白丹，欲往奔慰。"

彤 tóng　朱紅色。《詩經·邶風·靜女》："～管有煒，說懌女美也。"

【彤墀】tóng chí　赤色台階，皇宮的台階由丹漆塗飾，也借指朝廷。唐·韓愈《歸彭城》："我欲進短策，無由至～～。"

【彤庭】tóng tíng　漢代皇宮中庭為紅色，稱"彤庭"，後泛指皇宮。唐·杜甫《自京赴奉先詠懷》："～～所分帛，本自寒女出。"

童 tóng　❶本指男奴僕，又泛指奴僕，常指未成年奴僕。晉·李密《陳情表》："內無應門五尺之～。"❷少年，小孩。唐·杜牧《清明》："借問酒家何處有，牧～遙指杏花村。"❸幼稚，無知。漢·賈誼《新書·道術》："反慧為～。"❹頭無髮。唐·韓愈《進學解》："頭～齒豁，竟死何裨？"❺牛羊無角。漢·揚雄《太玄·更》："～牛角馬，不今不古。"❻山無草木。《荀子·王制》："故山林不～而百姓有餘材也。"❼通"同"。《列子·黃帝》："狀不必～而智～～。"

【童昏】tóng hūn　愚昧無知。《國語·晉語四》："～～不可使謀。"

【童蒙】tóng méng　❶年幼無知的兒童。《周易·蒙》："匪我求～～，

～～求我。"❷知識貧乏，愚昧無知。《淮南子·齊俗訓》："古者，民～～不知東西。"

銅 tóng　❶一種淡紫紅色金屬，古稱赤金。《史記·貨殖列傳》："～鐵則千里往往山出棋置。"❷銅製品的省稱。漢·賈誼《新書·胎教》："太子生而泣，太師吹～。"❸喻堅硬、堅固。元·尹志平《減字木蘭花》："一朝有報，鐵膽～心人也懼。"

【銅臭】tóng chòu　銅錢的臭味，譏以錢買官或貪利豪富者。唐·皮日休《吳中苦雨寄魯望》："吳中～～戶，七萬沸如癨（huò，肉羹）。"

【銅雀臺】tóng què tái　❶曹操所建三台之一，故址在今河北省臨漳縣西南。北魏·酈道元《水經注·濁漳水》："中曰～～～，高十丈。"❷樂府平調曲名。

【銅人】tóng rén　亦作"金人"，銅鑄的人像。《後漢書·靈帝紀》："復修玉堂殿，鑄～～～四。"

僮 tóng　❶奴僕。《史記·貨殖列傳》："富至～千人。"❷未成年人。《左傳·哀公十一年》："公為與其嬖～汪錡乘，皆死，皆殯。"❸蒙昧，無知。漢·揚雄《太玄·童》："陽氣始窺，物～然，咸未有知。"

潼 (1) tóng　❶水名。一在四川省梓潼縣境內，一在安徽省五河縣境，一在陝西潼關縣境。❷關名，即潼關。在今陝西省潼關縣南。元·張養浩《山坡羊·潼關懷古》："山河表裏～關路。"

(2) chōng　通"沖"，沖激。北魏·酈道元《水經注·河水四》："河在關內，南流～激關山，因謂之潼關。"

統 tǒng ❶絲的頭緒。《淮南子‧泰族訓》：「然非得工女煮以熱湯而抽其一紀，則不能成絲。」❷一脈相承的系統，傳統。《孟子‧梁惠王下》：「君子創業垂～，為可繼也。」❸綱紀，準則。《史記‧高祖功臣侯者年表》：「帝王者各殊禮而異務，要以成功為～紀，豈可緄乎？」❹統領，率領。《資治通鑑》卷六十五：「今將軍誠能命猛將～兵數萬，……破操軍必矣。」❺治理，管理。《戰國策‧馮煖客孟嘗君》：「願君顧先王之宗廟，姑反國～萬人乎？」❻合併，統一。《公羊傳‧隱公元年》：「何言乎正月？大一～也。」

痛 tòng ❶疼痛。《韓非子‧扁鵲見蔡桓公》：「居五日，桓侯體～，使人索扁鵲，已逃秦矣。」❷悲痛，悲傷。晉‧王羲之《〈蘭亭集〉序》：「古人云：『死生亦大矣。』豈不～哉！」❸恨，怨恨。《左傳‧昭公十二年》：「神怒民～。」❹盡情地，徹底地。《水滸傳》第三回：「俺只指望一打這廝一頓。」

慟 tòng ❶極度悲傷、悲哀。《論語‧先進》：「顏淵死，子哭之～。」❷痛哭。南朝宋‧劉義慶《世說新語‧傷逝》：「公往臨殯，一～幾絕。」

◆ 慟、痛。都有悲傷、悲痛的意義，但「慟」的悲傷、悲痛的程度比「痛」更深。

---

tou

偷 tōu ❶刻薄，不厚道。《論語‧泰伯》：「故舊不遺，則民不～。」❷苟且，馬虎。《孫臏兵法‧將失》：「令數變，眾～，可敗也。」❸竊取，盜竊。《淮南子‧道應訓》：「楚有善為～者。」引申指竊賊。《淮南子‧道應訓》：「～則夜解齊將軍之幬帳而獻之。」❹抽出，多指時間。宋‧程顥《偶成》：「時人不識余心樂，將謂～閒學少年。」❺暗中，暗地裏。《紅樓夢》第四回：「誰知這拐子又～賣與薛家。」

愉 tōu 見 733 頁 yú。

投 tóu ❶扔，擲，拋。《列子‧愚公移山》：「～諸渤海之尾，隱土之北。」❷投入。《史記‧屈原賈生列傳》：「於是懷石，自～汨羅以死。」❸投贈。《詩經‧衛風‧木瓜》：「～我以木李，報之以瓊玖。」❹投奔，投靠。《史記‧淮陰侯列傳》：「足下右～則漢王勝，左～則項王勝。」❺投宿。唐‧杜甫《石壕吏》：「暮～石壕村，有吏夜捉人。」❻到，臨。宋‧王安石《觀明州圖》：「～老心情非復昔，當時山水故依然。」❼投合，相合。戰國楚‧景差《大招》：「二八接舞，～詩賦只。」引申為迎合。

【投刺】tóu cì　刺，名帖。❶投遞名帖求見。北魏‧楊衒之《洛陽伽藍記‧景寧寺》：「或有人慕其高義，～～在門，元慎稱疾高臥。」❷拋棄名帖，表示辭官歸隱。南朝梁‧蕭衍《〈孝思賦〉序》：「方寸煩亂，容身無所，便～～解職，以遂歸路。」

【投袂】tóu mèi　用動衣袖，形容激奮或果決。《左傳‧宣公十四年》：「楚子聞之，～～而起。」

【投契】tóu qì　見解或意氣相合。清‧趙翼《甌北詩話‧元遺山詩》：「遺山因有知己之感，與之～～。」

【投止】tóu zhǐ　投奔託足，投宿。清·林之夏《高軒過》：“望門～～我不才，君獨聰明避失綱。”

【投足】tóu zú　❶踏步，舉步。唐·韓愈《應科目時與人書》：“庸詎知有力者不哀其窮而忘一舉手、一～～之勞，而轉之清波乎？”引申為去、到。明·宋濂《送天台陳庭學序》：“及年壯可出，而四方兵起，無所～～。”❷投宿，安身。明·張綱孫《百竹村》：“日晚慎行前行，何處堪～～？”

骰　tóu　骰子，也作“投子”，即色子。一種賭具，投擲決勝負。唐·白居易《就花枝》：“醉翻衫袖拋小令，笑擲一盤呼大采。”

頭　tóu　❶人或動物的腦袋。明·張溥《五人墓碑記》：“斷～置城上，顏色不少變。”❷物體的兩端或頂端。北朝民歌《木蘭辭》：“旦辭黃河去，暮至黑山～。”❸頭領，首領。唐·韓愈《論淮西事宜狀》：“或被分割隊伍，隸屬諸～。”❹事情的開始。宋·岳飛《滿江紅》：“待從～，收拾舊山河，朝天闕。”❺量詞，多用於計量動物。唐·柳宗元《小石潭記》：“潭中魚可百許～。”❻詞尾。漢樂府《陌上桑》：“東方千餘騎，夫婿居上～。”

【頭籌】tóu chóu　第一。唐·王建《宮詞》之七十二：“一半走來爭跪拜，上棚先謝得～～。”

透　tòu　❶跳。《南史·后妃傳》：“妃知不免，乃一井死。”❷通過，穿過。唐·皮日休《襄州春遊》：“映柳認人多錯誤，～花疑鳥最分明。”❸極，遍，到達充分的程度。宋·陸游《釵頭鳳》：“春如舊，人空瘦，淚痕紅浥鮫綃～。”

tu

禿　tū　❶頭無髮。《穀梁傳·成公元年》：“季孫行父～。”引申指物體上端或表面的附着物脱落或被去除了。宋·劉克莊《蒜嶺》：“燒餘山頂～，潮至海波渾。”❷物體失去尖端。唐·元稹《有鳥》：“蟲孔未穿長觜～。”

【禿翁】tū wēng　對年老無官者的蔑稱。《史記·魏其武安侯列傳》：“與長孺共一老～～，何為首鼠兩端。”

【禿友】tū yǒu　禿筆的戲稱。宋·陶穀《清異録·退鋒郎》：“～～退鋒郎，功成鬢髮傷。”

突　tū　❶本義是犬從穴中突然出來，引申為突然，猝然。《周易·離》：“～如其來。”❷衝撞，衝擊。唐·柳宗元《捕蛇者説》：“叫囂乎東西，隳～乎南北。”❸凸出，聳起。《呂氏春秋·任地》：“子能以窐為～乎？”❹穿，破。《左傳·襄公二十五年》：“宵～陳城，遂入之。”❺冒犯，觸犯。《三國志·吳書·孫權傳》：“知有科禁，公敢干～。”❻煙囱。唐·韓愈《爭臣論》：“孔席不暇暖，而墨～不得黔（黑）。”

【突騎】tū jì　衝擊敵軍的精鋭騎兵。《漢書·晁錯傳》：“若夫平原易地，輕車～～，則匈奴之眾易撓亂也。”

徒　tú　❶步行。《周易·賁》：“賁其趾，舍車而～。”❷步兵。《左傳·昭公二十五年》：“帥～以往。”❸服勞役之人。《史記·高祖本紀》：“高祖為亭長，為縣送酈山，～多道亡。”❹徒黨，同一類的人，同一派别的人。《史記·屈原賈生列傳》：“楚有宋玉、唐勒、景差之～者，皆好辭而以賦見稱。" ❺ 徒眾，眾人。又代指某一類人，多為貶義。唐·韓愈《師說》："郯子之～，其賢不及孔子。" ❻ 門人、弟子。《論語·微子》："是魯孔丘之～與？" ❼ 古代五刑之一。《新唐書·刑法志》："用刑有五……三曰～。～者，奴也。" ❽ 空。漢樂府《長歌行》："少壯不努力，老大～傷悲。" ❾ 白白地。《史記·廉頗藺相如列傳》："秦城恐不可得，～見欺。" ❿ 只，僅僅。《史記·廉頗藺相如列傳》："而藺相如～以口舌為勞。"

【徒隸】tú lì 刑徒奴隸，服賤役的人。漢·司馬遷《報任安書》："視～～則心惕息。"

【徒首】tú shǒu 空首，指兵卒無鎧甲、頭盔。漢·李陵《答蘇武書》："兵盡矢窮，人無尺鐵，猶復～～奮呼，爭為先登。"

【徒跣】tú xiǎn 赤腳。《戰國策·唐雎不辱使命》："亦免冠～～，以頭搶地爾。"

荼 (1) tú ❶ 一種苦菜。明·劉基《司馬季主論卜》："秋～春薺，昔日之象白駝者也。" ❷ 茅、葦的白花。《詩經·鄭風·出其東門》："有女如～。" ❸ 通"塗"，泥。晉·孫楚《為石苞與孫皓書》："豺狼抗爪牙之毒，生民陷～炭之艱。"
(2) chá 茶。宋·楊萬里《〈頤庵詩稿〉序》："至於～也，人病其苦也，然苦未既，而不勝其甘。" 此意義唐時已寫作"茶"。

途 tú 道路。清·蒲松齡《聊齋志異·狼》："～中兩狼，綴行甚遠。" 引申為途徑、門路。漢·桓寬《鹽鐵論·本議》："開本末之～，通有無之用。" 又引申為仕途，升官之路。晉·陶淵明《歸去來兮辭》："實迷～其未遠，覺今是而昨非。"

屠 tú ❶ 宰殺牲畜。唐·韓愈《送董邵南序》："復有昔時～狗者乎？" ❷ 屠夫，以宰殺牲畜為職業的人。清·蒲松齡《聊齋志異·狼》："一～晚歸，擔中肉盡，止有剩骨。" ❸ 屠殺，殘殺人命。唐·駱賓王《為徐敬業討武曌檄》："殺姊～兄，弑君鴆母。"

【屠毒】tú dú "屠"同"荼"，毒害，殺害。宋·文天祥《葬無主墓碑》："大河流血丹，～～誰之罪？"

【屠蘇】tú sū ❶ 草名。北周·王褒《日出東南隅行》："飛甍彫翡翠，繡栭畫～～。" ❷ 酒名，用屠蘇草浸泡的酒。唐·盧照鄰《長安古意》："漢代金吾千騎來，翡翠～～鸚鵡杯。" ❸ 房屋，草庵。《宋書·索虜傳》："燾所住～～為疾雷擊，～～倒。" 此指帳幕。

塗 (1) tú ❶ 泥。《孟子·萬章下》："思與鄉人處，如以朝衣朝冠坐於～炭也。" ❷ 道路。也作"途"。《莊子·逍遙遊》："立之～，匠者不顧。" ❸ 粉飾，塗抹。《穀梁傳·襄公二十四年》："臺榭不～。" ❹ 塗改，用筆抹去，抹上。唐·李商隱《韓碑》："點竄《堯典》《舜典》字，～改《清廟》《生民》。" ❺ 污染。《莊子·讓王》："其並乎周以～吾身也，不如避之以絜（潔）吾行也。" ❻ 堵塞，堵上。《史記·貨殖列傳》："～民耳目，則幾無行矣。"
(2) chú ❶ 通"除"，掃除。《荀子·禮論》："卜筮視日，齋戒修～。" ❷ 古時陰曆十二月的別稱。《爾雅·釋天》："十二月為～。"

圖 **tú** ❶地圖。《戰國策·燕策三》:"(荊)軻既取~奉之,發、、,窮而匕首見。"❷圖畫,圖籍。宋·王安石《桂枝香·金陵懷古》:"彩舟雲淡,星河鷺起,畫~難足。"特指河圖。《論語·子罕》:"鳳鳥不至,河不出~,吾已矣夫!"❸繪畫,描繪。宋·柳永《望海潮》:"異日~將好景,歸去鳳池誇。"❹謀劃,考慮。《左傳·燭之武退秦師》:"闕秦以利晉,唯君~之。"引申為設法對付,謀取,圖謀。《左傳·鄭伯克段於鄢》:"不如早為之所,無使滋蔓,蔓難~也。"❺法度。戰國楚·屈原《楚辭·九章·懷沙》:"前~未改。"

【圖記】**tú jì** ❶地圖或地理志。宋·歐陽修《豐樂亭記》:"修嘗考其山川,按其~~,升高以望清流之關。"❷一種印章。《清會典·禮部》:"凡印之別有五:一曰寶……四曰~~。"

【圖南】**tú nán** 比喻有遠大的志向或前途。《莊子·逍遙遊》:"背負青天,而莫之夭閼者,而後乃今將圖南。"意思是說大鵬飛到九萬里高空,然後計畫向南海飛去,唐·杜甫《泊岳陽城下》:"~~未可料,變化有鯤鵬。"

【圖緯】**tú wěi** 圖讖和緯書,是兩漢時附會經義以占驗術數為主要內容的書。《後漢書·張衡列傳》:"自中興之後,儒者爭學~~。"

土 **tǔ** ❶泥土。《荀子·勸學》:"積~成山,風雨興焉。"❷土地,田地。漢·晁錯《論貴粟疏》:"生穀之~未盡墾。"❸國土,領土。《國語·晉語一》:"今晉國之方,偏侯也,其~又小。"❹鄉土,故鄉。《論語·里仁》:"君子懷德,小人懷~。"❺當地的,本地的。《左傳·成公九年》:"樂操~風,不忘舊也。"❻社神,土地神。《公羊傳·僖公三十一年》:"諸侯祭~。"❼度量,測量。《周禮·地官司徒·大司徒》:"以土圭~其地而制其域。"❽五行之一。晉·張華《博物志》:"~得水而柔。"❾古代八音之一。唐·韓愈《送孟東野序》:"金、石、絲、竹、匏、~、革、木八者,物之善鳴者也。"

【土膏】**tǔ gāo** ❶土地的養分,肥力。《國語·周語上》:"陽氣俱蒸,~~其動。"❷肥沃的土地。明·袁宏道《滿井遊記》:"~~微潤,一望空闊。"

【土壤】**tǔ rǎng** ❶土地。唐·柳宗元《始得西山宴遊記》:"則凡數州之~~,皆在衽席之下。"❷封地,領地。《史記·孔子世家》:"今孔丘得據~~,賢弟子為佐,非楚之福也。"❸泥土。《漢書·溝洫志》:"城郭所居尤卑下,~~輕脆易傷。"❹卿里。《漢書·孫寶傳》:"我與稚季幸同~~,素無睚眥。"

吐 (1) **tǔ** ❶使物從口中出來。《荀子·賦篇》:"食桑而~絲。"❷說出,說話。《漢書·劉向傳》:"宜發明詔,~德音。"❸出現,露出。宋·梅堯臣《夜行憶山中》:"低迷薄雲開,心喜淡月~。"❹長出,開放。北魏·楊衒之《洛陽伽藍記·城西》:"秋霜降草,則菊~黃花。"

(2) **tù** 嘔吐。《水滸傳》第三回:"打得那店小二口中~血。"

【吐哺】**tǔ bǔ** 吐出口中食物。《史記·魯周公世家》載周公戒伯禽说："我於天下亦不賤矣，然一沐三握髮，一飯三吐哺，起以待士，猶恐失天下之賢人。"後因以"吐哺"指殷勤待士。漢·曹操《短歌行》："周公～～，天下歸心。"

【吐握】tǔ wò　"吐哺握髮"的省語，極言殷勤待士。唐·李白《與韓荊州書》："豈不以周公之風，躬～～之事，使海內豪俊奔走而歸之！"參見"吐哺"。

兔 tù ❶動物名，兔子。《韓非子·守株待兔》："冀復得～，～不可復得。"❷月中玉兔，也用為月亮的代稱。唐·李賀《李憑箜篌引》："吳質不眠倚桂樹，露腳斜飛濕寒～。"❸古代車箱底板下面扣住橫軸的部件，也叫伏兔。《周禮·冬官考工記·輈人》："十分其輈之長，以其一為之當～之圍。"

【兔脱】tù tuō　像兔子一樣逃走，形容逃脱迅速。明·蘇伯衡《玄潭古劍歌》："神光～～飛雪霜，寶氣龍騰貫霄漢。"

菟 tù 通"兔"，兔子。漢·賈誼《治安策》："不搏反寇而搏畜～。"

【菟絲】tù sī　草名，亦作"兔絲"，俗稱菟絲子，一種蔓生的草，多纏繞在別的植物上生長。《古詩十九首·冉冉孤竹生》："與君為新婚，～～附女蘿。～～生有時，夫婦會有宜。"

---

tuan

湍 tuān ❶急流的水。北魏·酈道元《水經注·江水》："素～綠潭。"❷水勢急。《孟子·告子上》："性猶～水也。"❸沖激，沖

刷。三國魏·李康《運命論》："堆出於岸，流必～之。"

團 tuán ❶圓。南朝梁·吳均《八公山賦》："桂皎月而常～。"❷圓形物，如線團、雲團等。宋·楊萬里《三山荔枝》："曉風凍作水晶～。"❸聚集，聚合，圍。清·林嗣環《口技》："眾賓～坐。"❹因工作或活動的需要而結成的集體。清·陸士諤《馮婉貞》："是年謝莊辦～，以三保勇而多藝，推為長。"❺軍隊的編制單位名。《新唐書·兵志》："士以三百人為～，～有校尉。"❻猜度，估量。唐·韓愈《南山》："～辭試提挈，掛一念萬漏。"❼量詞。宋·陸游《歲暮》："為誰欲理一～絲？"

摶 (1) tuán ❶把東西捏聚成團。宋·蘇軾《二公再和亦再答之》："親友如～沙，放手還復散。"引申為集中，聚集。《商君書·農戰》："凡治國者，患民之散而不～也。"❷盤旋，環繞。《莊子·逍遙遊》："～扶搖而上者九萬里。"❸通"團"，圓的，圓形。戰國楚·屈原《楚辭·九章·橘頌》："圓果～兮。"

(2) zhuān 通"專"，專一，集中。《史記·秦始皇本紀》："～心揖志。"

(3) zhuàn ❶捲緊。《周禮·冬官考工記·鮑人》："卷而～之，欲其無迆也。"❷量詞，捆，束。《周禮·地官司徒·羽人》："百羽為～。"

---

tui

推 tuī ❶用手加力使物體向外移動。《孟子·萬章上》："思天

下之民匹夫匹婦有不被堯舜之澤者，若己～而內之溝中。"❷ 推廣，推行。唐・柳宗元《箕子碑》："～道訓俗，惟德無陋，惟人無遠。"❸ 按順序更換或移動。《周易・繫辭下》："寒暑相～而歲成焉。"❹ 推究，推求。《史記・屈原賈生列傳》："～此志也，雖與日月爭光可也。"❺ 舉薦，推選。漢・司馬遷《報任安書》："～賢進士為務。"❻ 推崇，讚許。《晉書・劉寔傳》："天下所共～，則天下士也。"❼ 除去，排除。《詩經・大雅・雲漢》："旱既太甚，則不可～。"❽ 推辭，辭讓。南朝宋・劉義慶《世說新語・方正》："遂送樂器，紹～卻不受。"❾ 推託，推諉。宋・辛棄疾《臨江仙・簪花屢墮戲作》："一枝簪不住，～道帽簷長。"

【推恩】tuī ēn　施恩惠於他人。《孟子・梁惠王上》："故～～足以保四海，不～～無以保妻子。"

【推官】tuī guān　官名。宋・歐陽修《瀧岡阡表》："為道州判官，泗、綿二州～～。"

【推任】tuī rèn　推重信任。《三國志・蜀書・費褘傳》："皆遙先諮斷，然後乃行，其～～如此。"

【推擇】tuī zé　❶ 推舉選拔。《史記・淮陰侯列傳》："始為布衣時，貧無行，不得～～為吏。"❷ 推求選擇。宋・蘇軾《乞校正陸贄奏議進御劄子》："譬如山海之崇深，難以一二而～～。"

頹 tuí　❶ 頭禿。元・戴侗《六書故・人事三》："～，首禿也。"❷ 崩壞，倒塌。唐・駱賓王《為徐敬業討武曌檄》："喑嗚則山岳崩～。"引申為跌倒，倒下。宋・歐陽修《醉翁亭記》："蒼顏白髮，～然

乎其間者，太守醉也。"❸ 衰敗，滅亡。三國蜀・諸葛亮《出師表》："親小人，遠賢臣，此後漢所以傾～也。"❹ 墜落，落下。南朝梁・陶弘景《答謝中書書》："夕日欲～，沈鱗競躍。"❺ 水向下流。《史記・河渠書》："水～以絕商顏。"引申為流逝，消逝。晉・陶淵明《雜詩》："荏苒歲月～，此心稍已去。"❻ 從上而下的暴風。《詩經・小雅・谷風》："習習谷風，維風及～。"❼ 恭順的樣子。《禮記・檀弓上》："拜而後稽顙，～乎其順也。"❽ 委靡，頹喪。宋・王安石《祭周幾道文》："心～如翁。"❾ 詈詞，惡劣之意。元・王實甫《西廂記》："今日～天，百般的難得晚。"❿ 通"堆"，堆集，聚集。唐・李賀《李憑箜篌引》："吳絲蜀桐張高秋，空山凝雲～不流。"

【頹弛】tuí chí　❶ 敗壞，鬆弛。《三國志・吳書・魯肅傳》："益州牧劉璋綱維～～。"❷ 棄置。清・朱仕琇《〈樂閒圖〉序》："先生年五十一，正古人服官政之年，韜櫝藏器，未竟其施，乃～～朝服。"

【頹風】tuí fēng　敗壞的風氣。晉・桓溫《薦譙元彥表》："足以鎮靜～～，軌訓囂俗。"

退 tuì　❶ 退卻，後退。《國語・越語上》："進則思賞，～則思刑。"用作使動，使退，使後退。《論語・先進》："由也兼人，故～之。"引申為打退。《國語・越語上》："有能助寡人謀而～吳者，吾與之共知越國之政。"❷ 離去，離開。《韓非子・亡徵》："親臣進而故人～。"❸ 歸，返回。唐・柳宗元《捕蛇者說》："～而甘食其土之有，以盡吾齒。"❹ 辭去官職，引

退。宋·范仲淹《岳陽樓記》："是進亦憂，～亦憂，然則何時而樂耶？"也指撤銷或降低官職。唐·韓愈《送李愿歸盤谷序》："進～百官。"❺減退，衰退。《南史·江淹傳》："（江）淹少以文章顯，晚節才思微～。"❻謙讓，謙遜。《史記·游俠列傳》："然其私義廉潔～讓，有足稱者。"❼和柔或柔弱的樣子。《禮記·檀弓下》："文子其中～然如不勝衣。"

【退屈】tuì qū　畏縮屈服。《宋史·李綱傳下》："今未嘗盡人事，敵至而先自～～，而欲責功於天，其可乎？"

蛻 tuì　❶蟬、蛇等脫下的皮。《莊子·寓言》："予，蜩（tiáo，蟬）甲也，蛇～也，似之而非也。"也指蟬、蛇等脫皮。《史記·屈原賈生列傳》："蟬～於濁穢。"❷死的諱稱。道家、佛家認為修道者死去如蟬等脫去皮殼，留下形體，靈魂升天成仙，故諱稱修道者死為"蛻"。唐·王適《潘尊師碣》："翌日，師曰：'吾其～矣。'"

---

tun

吞 tūn　❶整個咽下去。南朝宋·丘遲《與陳伯之書》："主上屈法申恩，～舟是漏。"❷容納，包容。北宋·范仲淹《岳陽樓記》："銜遠山，～長江，浩浩湯湯，橫無際涯。"❸兼併，吞併。《戰國策·西周策》："今秦者，虎狼之國也，兼有～周之意。"❹忍受着不發作出來。唐·杜甫《夢李白》："死別已～聲，生別常惻惻。"

屯 （1）tún　聚集。戰國楚·屈原《楚辭·離騷》："～余車其千乘兮，齊玉軑（dài，車輪）而並馳。"❷駐紮，駐防。《史記·陳涉世家》："發閭左適戍漁陽九百人，～大澤鄉。"❸土阜，土山。《莊子·至樂》："生於陵～，則為陵舄。"

（2）zhūn　艱難。唐·劉禹錫《子劉子自傳》："重～累厄，數之奇兮。"

【屯田】tún tián　❶自漢始，歷代封建政權利用駐軍或農民、商人開荒種地，以獲取軍餉或稅糧，這類措施或這種田畝叫屯田。《漢書·西域傳下》："自武帝初通西域，置校尉，～～渠犂。"❷掌管屯田事務的官員。宋·高承《事物紀原·三省綱轄·屯田》："漢昭帝始置～～。"

純 tún　見85頁 chún。

豚 tún　小豬，也泛指豬。《國語·越語上》："生女子，二壺酒，一～。"

---

tuo

托 tuō　❶用手掌或盤子等承舉物體。《西遊記》第四十二回："右手輕輕的提起，～在左手掌上。"❷承托器皿的座墊。《水滸傳》第七十二回："茶罷，收了盞～。"引申為被襯托，陪襯。

【托足】tuō zú　立足，容身。明·袁宏道《徐文長傳》："其胸中又有勃然不可磨滅之氣，英雄失路、～～無門之悲。"

託 tuō　❶寄託，託身。《戰國策·觸龍説趙太后》："一旦山陵崩，長安君何以自～於趙？"❷委託，託付。三國蜀·諸葛亮《出師表》："願陛下～臣以討賊興復之效。" ❸ 推託。《後漢書·姜肱列傳》："肱～以它辭，終不言盜。" ❹ 假託。明·劉基《賣柑者言》："豈其憤世嫉邪者耶？而～於柑以諷耶？"

【託大】tuō dà ❶ 因驕傲自大而疏忽大意。《三國演義》第七十回："雖然如此，未可～～。" ❷ 倨傲自尊，自高自大。明·凌濛初《二刻拍案驚奇》卷十一："安然～～，忘其所以。" ❸ 以高位寄身。南朝宋·劉義慶《世說新語·賞譽》："時人目庾中郎善於～～，長於自藏。"

【託孤】tuō gū 以遺孤相託。《三國志·蜀書·先主傳》："先主病篤，～～於丞相亮。"

【託名】tuō míng ❶ 假藉名義。《資治通鑑》卷六十五："操雖～～漢相，其實漢賊也。" ❷ 寄託名字，留名。明·張居正《辛未進士題名記》："夫諸士之～～於貞石也，將以薪不朽也。"

【託命】tuō mìng 寄託生命。《漢書·霍光傳》："老臣得～～將軍，此天力也。"

【託言】tuō yán 藉口，假稱。《晉書·賈謐傳》："乃夜中陽驚，～～有盜，因使循牆以觀其變。"

【託寓】tuō yù ❶ 寄居。《墨子·非儒下》："周公旦非其人也邪？何為舍其家而～～也？" ❷ 寄託，假託他事以寓意。漢·司馬相如《封禪文》："依類～～，喻以封巒。"

脫 (1) tuō ❶ 肉去皮骨。清·方苞《左忠毅公逸事》："左膝以下，筋骨盡～矣。" ❷ 脫落，掉下。宋·蘇軾《後赤壁賦》："霜露既降，木葉盡～。"引申為遺漏，失

去。金·王若虛《〈論語〉辨惑四》："疑是兩章，而一其'子曰'字。" ❸ 解下，脫下。漢樂府《陌上桑》："少年見羅敷，～帽著帩頭。" ❹ 離開，脫離。《老子》三十六章："魚不可～於淵，國之利器不可以示人。"引申為逃脫，脫身。《史記·廉頗藺相如列傳》："君不如肉袒伏斧質請罪，則幸得～矣。"宋·王安石《讀孟嘗君傳》："而卒賴其力，以～於虎豹之秦。" ❺ 出，發出。《管子·霸形》："言～乎口，而令行乎天下。" ❻ 簡略，疏略。《史記·禮書》："凡禮始乎～，成乎文。" ❼ 輕率，輕慢。《左傳·僖公三十三年》："入險而～，又不能謀，能無敗乎？" ❽ 輕快或輕鬆的樣子。《公羊傳·昭公十九年》："樂正子春之視疾也，復加一飯，則～然愈。" ❾ 或許，也許。《後漢書·李通傳》："事既未然，～可免禍。" ❿ 連詞，倘使，即使。明·馬中錫《中山狼傳》："吾終當有以活汝，～有禍，固所不辭也。"

(2) tuì ❶ 蟬、蛇等脫去皮殼。也作"蛻"。唐·李山甫《酬劉書記見贈》："石澗新蟬～。" ❷ 通"娧"，恰好，合宜。南朝梁·沈約《麗人賦》："來～薄妝，去留餘膩。"

【脫兔】tuō tù 脫逃之兔。比喻行動非常迅速。《孫子·九地》："後如～～，敵不及拒。"見607頁"兔脫"。

佗 (1) tuó ❶ 加。《詩經·小雅·小弁》："舍彼有罪，予之～矣。" ❷ 通"馱"，負荷。《漢書·趙充國傳》："以一馬自～，負三十日食。"

(2) tuō ❶ 通"他"、"它"，其他，別的。《左傳·鄭伯克段於鄢》："制，巖邑也，虢叔死焉，～

邑唯命。」❷ 通"拖"，披，散。《史記·龜策列傳》："因以醮酒～髮，求之三宿而得。"

陀 (1) tuó　山坡。元·袁桷《次韻伯宗同行至上都》："藉草各小憩，側身復登～。"

(2) duò　崩壞，崩塌。《淮南子·繆稱訓》："岸崝者必～。"

沱 tuó　❶ 長江支流的通名。《詩經·召南·江有汜》："江有～。"❷ 涕淚紛落如雨的樣子。《周易·離》："出涕～若。"

跎 tuó　見93頁"蹉跎"。

酡 tuó　飲酒後臉紅。戰國楚·屈原《楚辭·招魂》："美人既醉，朱顏～些。"泛指臉紅。《水滸傳》第五十三回："蒼然古貌，鶴髮～顏。"

橐 tuó　❶ 盛物的口袋。《戰國策·蘇秦以連橫説秦》："負書擔～。"❷ 風箱，古代冶煉時用來鼓風的一種牛皮製器具。《墨子·備穴》："具爐～，～以牛皮。"

【橐駝】tuó tuó　駱駝。亦作"橐它"、"橐他"、"橐佗"。唐·柳宗元《種樹郭橐駝傳》："病僂，隆然伏行，有類～～～者，故鄉人號之'駝'。"

妥 tuǒ　❶ 安坐，坐定。《儀禮·士相見禮》："～而後傳言。"❷ 安穩，安定。《漢書·武五子傳》：

"北州以～。"❸ 適當，妥當。《紅樓夢》第四回："還要三思為～。"❹ 通"墮"，垂落，落下。唐·杜甫《重過何氏》："花～鶯捎蝶，溪喧獺趁魚。"

隋 tuǒ　見575頁 suí。

綏 tuǒ　見576頁 suí。

拓 (1) tuò　❶ 推，舉。《列子·說符》："孔子之勁，能～國門之關，而不肯以力聞。"❷ 開闢，擴展。明·王守仁《尊經閣記》："於是使山陰令吳君瀛，～書院而一新之。"

(2) tà　在刻鑄文字、圖像的器物上，蒙一層紙，拍打使凹凸分明，然後上墨，使其上的文字或圖像印在紙上。《隋書·經籍志》："其相承傳～之本猶在祕府。"

(3) zhí　通"摭"，拾取。《後漢書·張衡列傳》："～若華而躊躇。"

唾 tuò　❶ 唾沫，口水。唐·李白《妾薄命》："咳～落九天，隨風生珠玉。"❷ 吐唾沫。晉·干寶《宋定伯捉鬼》："恐其變化，～之，得錢千五百乃去。"以吐唾沫表示鄙棄。《戰國策·觸龍説趙太后》："有復言令長安君為質者，老婦必～其面！"❸ 吐出。《禮記·曲禮上》："讓食不～。"

T

W

窪 wā ❶深池。漢‧許慎《說文解字‧水部》："～，清水也，一曰窊也，……窐聲。" ❷低凹，低凹的地方。《紅樓夢》第七十六回："山之低一近水處，就叫凹晶。" ❸古水名"渥～"，在今甘肅省敦煌。

娃 wá ❶美好的樣子。漢‧揚雄《方言》："～，美也。" ❷美女。明‧張岱《西湖七月半》："名～閨秀，攜及童孌，笑啼雜之。" ❸小孩，嬰兒。宋‧柳永《望海潮》："嬉嬉釣叟蓮～。"

瓦 (1) wǎ ❶用土燒製而成的器物。宋‧王禹偁《黃岡竹樓記》："剗去其節，用代陶～，比屋皆然。" ❷古代紡錘，多為土燒製而成，故稱"瓦"。《詩經‧小雅‧斯干》："乃生女子……載弄之～。" ❸覆蓋屋頂用的建築材料。清‧蒲松齡《聊齋志異‧山市》："碧～飛甍，始悟為山市。" ❹盾背拱起如覆瓦的部分。《左傳‧昭公二十六年》："射之，中楯～。"

(2) wà　鋪瓦，蓋瓦。宋‧陸游《撫州廣壽禪院經藏記》："其上未～，其下未甃（zhòu，修砌），其旁未垣。"

【瓦缽】wǎ bō　素燒食器。《周書‧盧光傳》："令光於桑門立處造浮圖，掘基一丈，得～～，錫杖各一。"

【瓦釜】wǎ fǔ　❶一種小口大腹的瓦器，也作"瓦缶"。《墨子‧號令》："牆之垣，守者皆累～～牆上。" ❷比喻低賤、庸下的人或物。戰國楚‧屈原《楚辭‧卜居》："黃鐘毀棄，～～雷鳴。"

【瓦合】wǎ hé　將破碎的瓦器拼合到一起，比喻勉強湊合或臨時湊合的人羣。《史記‧儒林列傳》："陳涉起匹夫，驅～～適戍，旬月以王楚。"

靺 wà　見417頁mò。

外 wài　❶外邊，外面。與"內"、"裏"相對。《戰國策‧鄒忌諷齊王納諫》："旦日，客從～來，與坐談。" ❷外表。明‧劉基《賣柑者言》："又何往而不金玉其～、敗絮其中也哉。" ❸某種界限或一定範圍的外邊。宋‧蘇洵《張益州畫像記》："若夫肆意於法律之～，以威劫齊民，吾不忍為也。" ❹處於……之外。漢‧司馬遷《報任安書》："～之，又不能備行伍，攻城野戰，有斬將搴旗之功。" ❺對外，外交。秦‧李斯《諫逐客書》："內自虛而～樹怨於諸侯，求國無危，不可得也。" ❻另外，其他。《孟子‧滕文公下》："～人皆稱夫子好辯，敢問何也？" ❼疏遠。《韓非子‧愛臣》："此君人者所～也。" ❽稱母家、妻家和出嫁的姐妹、女兒家的親屬，如：～甥。

【外館】wài guǎn　❶客舍。《孔子家語‧六本》："孔子在齊，舍於～～。" ❷天子嫁女，從宮中遷出後所居之館。唐‧宋之問《宴安樂公主宅得空字》："英藩築～～，愛主出王宮。"

【外戶】wài hù　從外面關閉的門。古時戶是單扇，門是雙扇。後亦泛指大門。《太平廣記》卷四百八十四：
"時雪方甚，人家～～多不發。"

【外艱】wài jiān　父喪或承重祖父之
喪為"外艱"，母喪或承重祖母之喪
為內艱。

【外戚】wài qì　帝王的母族、妻族。
《史記·外戚世家》："自古受命帝王
及繼體守文之君非獨內德茂也，蓋
亦有～～之助焉。"

【外侮】wài wǔ　來自外國、外族的
欺凌和侵犯。《左傳·僖公二十四
年》："其懷柔天下也，猶懼有
～～。"

【外傳】wài zhuàn　❶外編。如《左
傳》為內傳，《國語》為外傳。❷為
史書所不載的人物立傳，或於正史外
另行作傳，以記錄遺聞逸事，如：
《漢武帝～～》。

【外子】wài zǐ　❶舊時妻子對丈夫的
稱謂。❷舊時稱未婚者的孩子。《宋
史·蘇轍傳》："梁師成方用事，（元
老）自言為軾～～。"

---

wan

剜 wān　刻，挖。晉·葛洪《抱
朴子·博喻》："猶斷根以續枝
……～耳以開聰也。"

蜿 (1) wān　❶屈曲行走的樣子。
戰國楚·景差《大招》："山
林險隘，虎豹～只。"❷彎曲的樣
子。漢·張衡《思玄賦》："玄武宿
於殼中兮，騰蛇～而自糾。"
　　(2) wǎn　見"蜿蟺"。

【蜿蟺】wǎn shàn　❶盤旋屈曲的樣
子。漢·王延壽《魯靈光殿賦》："虬
龍騰驤以～～，頜若動而躨跜。"
❷蚯蚓的別名。《古今注·魚蟲》：
"蚯蚓，一名～～。"

彎 wān　❶開弓。漢·賈誼《過秦
論》："士不敢～弓而報怨。"❷曲
折，不直。宋·張耒《西山寒溪》："午
登西山去，路作九曲～。"❸折，
使彎曲。清·吳敬梓《儒林外史》第
三回："自己看時，把個巴掌仰着，
再也～不過來。"❹通"灣"，彎曲
的地方。北周·庾信《應令》："望別
非新館，開舟即舊～。"

丸 wán　❶小圓球形的物體。《戰
國策·莊辛論幸臣》："不知
夫公子王孫，左挾彈，右攝～。"
❷卵。《呂氏春秋·本味》："丹山之
南，有鳳之～。"❸揉物成丸形。
《晉書·陳壽傳》："有疾，使婢～
藥。"❹量詞。三國魏·曹植《善
哉行》："奉藥一～。"

完 wán　❶完整，完好。《史記·
廉頗藺相如列傳》："城不入，
臣請～璧歸趙。"❷保守，保全。
宋·蘇洵《六國論》："蓋失強援，
不能獨～。"❸堅固，牢固。《孟
子·離婁上》："城郭不～，兵甲不
多，非國之災也。"❹修葺，整
治。《左傳·子產壞晉館垣》："是
以令吏人～客所館。"❺完成，終
結。《紅樓夢》第四回："令甥之事
已～，不必過慮。"❻用盡，沒有
剩餘。清·吳敬梓《儒林外史》第
三回："只恐把鐵棍子打～了，也算
不到這筆賬上來！"❼指品德完美
無缺。《莊子·天地》："不以物挫志
之謂～。"❽通"院"，牆垣。《左
傳·子產壞晉館垣》："以敝邑之為
盟主，繕～葺牆，以待賓客。"

【完聚】wán jù　❶修繕城郭，積聚
糧食。《左傳·鄭伯克段於鄢》："大
叔～～，繕甲兵，具卒乘，將襲
鄭。"❷離散後重新團聚。《水滸

W

傳》第三回：「他家大娘子好生利害，將奴趕打出來，不容～～。」

【完卵】 wán luǎn　完好的禽蛋。南朝宋・劉義慶《世說新語・言語》：「大人豈見覆巢之下，復有～～乎？」後來比喻遭遇不幸能夠保全。

玩 wán ❶戲弄，玩弄。《國語・吳語》：「大夫種勇而善謀，將還～吳國於股掌之上，以得其志。」❷供玩賞的物品。《國語・王孫圉論楚寶》：「若夫白珩，先王之～也，何寶之焉？」❸研習，體會。清・袁枚《黃生借書說》：「必慮人逼取，而惴惴焉摩～之不已。」❹欣賞，觀賞。宋・蘇轍《黃州快哉亭記》：「今乃得～之几席之上。」❺忽視，輕慢。《國語・周語上》：「夫兵戢而時動，動則威，觀則～。」

【玩敵】 wán dí　❶輕敵。《東周列國志》第四十八回：「楚穆王疑鬬越椒～～，欲自往督戰。」❷麻痺敵人。《三國志・吳書・朱然傳》：「以此～～，使不知所備，故出輒有功。」

紈 wán　白色細絹。明・劉基《司馬季主論卜》：「丹楓白荻，昔日之蜀錦齊～也。」

【紈綺】 wán qǐ　❶華麗的服飾。晉・潘岳《秋興賦》序：「珥（插，戴）蟬冕而襲～～之士。」❷謂少年。《隋書・盧思道傳》：「～～之年，伏膺教義，規行矩步，從善如登。」

頑 wán　❶愚蠢，愚昧無知。唐・韓愈《祭鱷魚文》：「則是鱷魚冥～不靈，刺史雖有言，不聞不知也。」❷固執。《北史・張偉傳》：「雖有～固，問至數十，（張）偉告喻殷勤，曾無慍色。」❸堅強。宋・陸游《示二子》：「老期尚有江湖興，

～健人言見未曾。」❹貪婪。《孟子・盡心下》：「故聞伯夷之風者，～夫廉，懦夫有立志。」

【頑鄙】 wán bǐ　愚頑鄙陋。漢・王充《論衡・別通》：「故多聞博識，無～～之眥。」

【頑魯】 wán lǔ　愚昧遲鈍。《晉書・阮種傳》：「臣猥以～～之質，應清明之舉。」

宛 wǎn　❶彎曲、曲折的樣子。《史記・司馬相如列傳》：「奔星更於閨闥，～虹拖於楯軒。」❷凹陷，低窪的地方。《詩經・陳風・宛丘》：「子之湯兮，～丘之上兮。」❸好像。《詩經・秦風・蒹葭》：「遡游從之，～在水中央。」❹通「蘊」，積聚。《史記・律書》：「言陽氣冬則～藏於虛。」

【宛若】 wǎn ruò　仿佛，好像。晉・王嘉《拾遺記・秦始皇》：「刻玉為百獸之形，毛髮～～真矣。」

挽 wǎn　❶牽引，拉。《小爾雅・廣詁》：「～，引也。」❷扭轉，挽回。《史記・貨殖列傳》：「必用此為務，～近世，塗民耳目，則幾無行矣。」❸悼念死去的人，如：～歌。❹推薦，引薦。唐・韓愈《柳子厚墓誌銘》：「既退，又無相知有氣力得位者推～。」

晚 wǎn　❶日暮，傍晚。清・姚鼐《登泰山記》：「望～日照城郭，汶水、徂徠如畫。」❷夜晚。清・吳敬梓《儒林外史》第三回：「搬到那裏去住，早～也好請教些。」❸遲。《史記・孔子世家》：「（孔子）曰：『賜，汝來何其～也？』」❹接近結束的，一個時期的後階段。宋・王安石《桂枝香・金陵懷古》：「正故國～秋，天氣初肅。」❺老年。

《史記・孔子世家》："孔子～而喜《易》。"

【晚生】wǎn shēng ❶ 中年以後得子。《孔子家語・七十二弟子解》："吾恐子自～～耳，未必妻之過。" ❷ 舊時官場後輩對前輩、下級對上級的自謙稱呼，有時也簡稱"晚"。清・吳敬梓《儒林外史》第三回："～～久仰老先生，只是無緣，不曾拜會。"

【晚世】wǎn shì ❶ 末世，指一個時代或一個朝代將終之時。《淮南子・本經訓》："～～之時，帝有桀紂。" ❷ 近世。漢・劉向《説苑・建本》："然～～之人，莫能閒居心思，鼓琴讀書，追觀上古。"

莞 (1) wǎn 見"莞爾"。
(2) guān ❶ 一種蒲草。《漢書・東方朔傳》："以韋帶劍，～蒲為席，兵木無刃。" ❷ 莞草編的蓆子。《詩經・小雅・斯干》："下～上簟，乃安斯寢。"

【莞爾】wǎn ěr 微笑的樣子。《論語・陽貨》："夫子～～而笑，曰：'割雞焉用牛刀？'"

婉 wǎn ❶ 溫順，順從。《國語・吳語》："故～約其辭，以從逸王志。" ❷ 婉轉，委婉。《左傳・成公十四年》："～而成章，盡而不污。" ❸ 美好的樣子。宋・蘇軾《放鶴亭記》："翻然斂翼，婉將集兮。" ❹ 簡約。《左傳・襄公二十九年》："大而～，險而易行。"

【婉麗】wǎn lì ❶ 溫柔而美麗。《晉書・段豐妻慕容氏傳》："慕容氏姿容～～，服飾光華。" ❷ 指詩文宛轉而華美。《宋史・朱敦儒傳》："敦儒素工詩及樂府，～～清揚。"

【婉媚】wǎn mèi 柔順悦人。晉・陸機《日出東南隅行》："～～巧笑言。"

惋 wǎn 歎息，恨恨。晉・陶淵明《桃花源記》："此人一一為具言所聞，皆歎～。"

【惋愕】wǎn è 悵歎驚詫。《晉書・桓溫傳》："省之～～，不解所由。"

菀 (1) wǎn 茂盛的樣子。《詩經・大雅・桑柔》："～彼桑柔，其下侯旬。"
(2) yuàn 通"苑"，苑囿。《管子・水地》："地者，萬物之本原，諸生之根～也。"
(3) yùn 通"蘊"，鬱積。見"菀結"。

【菀結】yùn jié 苦悶鬱積心中，不得發泄。《詩經・小雅・都人士》："我不見兮，我心～～。"

縮 wǎn ❶ 佩戴，繫掛。南朝齊・孔稚珪《北山移文》："至其紐金章，～墨綬。" ❷ 專管，控制。《史記・張儀列傳》："奉陽君……蔽欺先王，獨擅～事。" ❸ 貫通，聯繫。明・徐霞客《徐霞客遊記・滇遊日記》："北有小山～塢口。"

萬 wàn ❶ 數詞。《莊子・逍遙遊》："摶扶搖而上者九～里。" ❷ 數量很大，種類很多。晉・陶淵明《歸去來兮辭》："善～物之得時，感吾生之行休。" ❸ 絕對，一定。唐・韓愈《柳子厚墓誌銘》："且～無母子俱往理。"

【萬邦】wàn bāng 所有諸侯封國，後引申為全國、天下。宋・王禹偁《待漏院記》："聖人不言，而百姓親，～～寧者，何謂也？"

【萬戶侯】wàn hù hóu 食邑萬戶的諸侯。《戰國策・顏觸説齊王》："有能得齊王頭者，封～～～，賜金千鎰。"

【萬化】wàn huà ❶ 各種變化。《莊子・大宗師》："人之形者，～～而

未始有極也。”❷萬事萬物，大
自然。唐·柳宗元《始得西山宴遊
記》：“心凝形釋，與～～冥合。”

【萬乘】wàn shèng　❶萬輛兵車。
古時一車四馬為“一乘”《孟子·
梁惠王下》：“以～～之國伐～～之
國，……人力不至於此。”❷指天
子、君王、帝王。漢·鄒陽《獄中
上梁王書》：“何況因～～之權，假
聖王之資乎！”❸指大國、強國，
後亦泛指國家。漢·賈誼《過秦
論》：“然秦以區區之地，致～～之
勢。”

【萬鍾】wàn zhōng　釜為六斗四升，
鍾為十釜，是六角四斗也。萬鍾，
言其極多也，可借代高位厚祿。《孟
子·告子上》：“～～則不辯禮義而
受之，～～於我何加焉？”

---

wang

亡　(1) wáng　❶逃跑，逃亡。
《史記·廉頗藺相如列傳》：“從
徑道～，歸璧於趙。”❷逃跑的人，
逃亡的人。漢·賈誼《過秦論》：“追
～逐北。”❸外出，不在。《論語·
陽貨》：“孔子時其～也，而往拜之。
遇諸塗。”❹失去，遺失。宋·蘇
洵《六國論》：“諸侯之所～與戰敗
而～者，其實亦百倍。”❺死亡。
唐·杜甫《垂老別》：“子孫陣～盡，
焉用身獨完？”❻滅亡，消滅。
漢·賈誼《過秦論》：“吞二周而～
諸侯。”❼沉迷於宴飲。《孟子·梁
惠王下》：“從獸無厭謂之荒；樂酒
無厭謂之～。”❽通“忘”，忘記。
《詩經·邶風·綠衣》：“心之憂矣，
曷維其～。”
　　(2) wú　通“無”。漢·賈誼

《論積貯疏》：“生之有時，而用之～
度，則物力必屈。”

【亡臣】wáng chén　❶逃亡之臣。
《禮記·檀弓下》：“君惠弔～～重
耳。”❷向戰勝國稱臣的亡國之
君。《史記·越王句踐世家》：“君王
～～句踐，使陪臣種敢告下執事。”

【亡國】wáng guó　❶被滅亡的國家。
晉·李密《陳情表》：“今臣～～賤
俘，至微至陋。”❷亡失國家，使
國家滅亡《史記·屈原賈生列傳》：
“然～～破家相隨屬。”

【亡匿】wáng nì　逃亡並躲藏起來。
《史記·留侯世家》：“乃更名姓，
～～下邳。”

【亡何】wú hé　❶不久。《明史·張
士誠傳》：“～～，徐達兵徇宜興，攻
常熟。”❷無緣無故。《漢書·金日
磾傳》：“上未起，何羅～～從外入。”

【亡慮】wú lǜ　大約，大略。《漢書·
趙充國列傳》：“～～萬二千人。”

【亡以】wú yǐ　不能。《列子·愚公
移山》：“河曲智叟～～應。”

王　(1) wáng　❶古代最高統治
者的稱號，秦始皇以後改稱
皇帝。《史記·殷本紀》：“於是周
武王為天子，其後世貶帝號，號為
～。”❷秦漢以後皇帝對親屬、臣
屬的最高封爵。《三國志·魏書·文
帝紀》：“帝弟鄢陵公彰等十一人皆為
～。”❸首領，同類中最突出的。
《史記·陳涉世家》：“陳涉乃立為
～，號為張楚。”
　　(2) wàng　❶統治。《史記·
項羽本紀》：“懷王與諸將約曰：‘先
破秦入咸陽者～之。’”❷成就王
業。《孟子·梁惠王上》：“然而不～
者，未之有也。”

【王城】wáng chéng　❶都城。唐·

杜甫《新安吏》：「中男絕短小，何以守～～。」❷地名，即周代東都洛邑，在今河南省洛陽市西北。《左傳・陰飴甥對秦伯》：「晉陰飴甥會秦伯，盟於～～。」

【王父】wáng fǔ　對老人的尊稱。《國語・晉語七》：「年過七十，公親見之，稱曰～～。」

【王父】wáng fù　祖父。《禮記・曲禮下》：「祭～～，曰皇祖考，王母曰皇祖妣。」

【王母】wáng mǔ　❶祖母。《禮記・曲禮下》：「祭王父，曰皇祖考，～～曰皇祖妣。」❷西王母的略稱。唐・杜甫《秋興八首》其五：「西望瑤池降～～，東來紫氣滿函關。」

【王師】wáng shī　天子軍隊，國家軍隊。宋・陸游《示兒》：「～～北定中原日，家祭無忘告乃翁。」

【王孫】wáng sūn　❶帝王的子孫或後代，後泛指貴族子弟。唐・王維《山居秋暝》：「隨意春芳歇，～～自可留。」❷對人的尊稱。《史記・淮陰侯列傳》：「吾哀～～而進食，豈望報乎？」

【王謝】wáng xiè　六朝時王氏、謝氏兩大望族的並稱。唐・劉禹錫《烏衣巷》：「舊時～～堂前燕，飛入尋常百姓家。」

往　(1) wǎng　❶去，與「來」、「返」相對。《史記・項羽本紀》：「請～謂項伯，言沛公不敢背項王也。」❷從前，過去。晉・陶淵明《歸去來兮辭》：「悟已～之不諫，知來者之可追。」❸交際，來往。宋・文天祥《〈指南錄〉後序》：「北與寇～來其間，無日而非可死。」❹以後。唐・韓愈《祭十二郎文》：「自今已～，吾其無意可死。」

於人世矣！」❺死，死者。唐・駱賓王《為徐敬業討武曌檄》：「倘能轉禍為福，送～事居。」❻某種限度和範圍之外。《史記・廉頗藺相如列傳》：「秦王……召有司案圖，指從此以～十五都予趙。」

(2) wàng　歸向。《史記・孔子世家》：「雖不能至，然心鄉～之。」

【往初】wǎng chū　往古，古昔。漢・司馬相如《封禪書》：「德侔～～，功無與二。」

【往懷】wǎng huái　往日的情誼。南朝梁・丘遲《與陳伯之書》：「聊布～～，君其詳之。」

【往者】wǎng zhě　❶過去的事《論語・微子》：「～～不可諫，來者猶可追。」❷過去，以前。漢・路溫舒《尚德緩刑書》：「～～，昭帝即世而無嗣，大臣憂戚。」❸離開的人。《孟子・盡心下》：「夫子之設科也，～～不追，來者不拒。」

枉　wǎng　❶彎曲。《荀子・王霸》：「辟之是猶立直木，而求其景之～也。」❷不正直，邪惡。《論語・為政》：「舉直錯諸～，則民服；舉～錯諸直，則民不服。」❸錯誤，過失。唐・柳宗元《封建論》：「漢有天下，矯秦之～，循周之制。」❹謙詞，使對方委屈。《史記・魏公子列傳》：「臣有客在市屠中，願～車騎過之。」❺繞，彎。《孟子・滕文公下》：「如～道而從彼，何也？」❻違背，歪曲。《紅樓夢》第四回：「雨村便徇情～法，胡亂判斷了此案。」❼冤屈。《新唐書・高仙芝傳》：「我有罪，若輩可言；不爾，當呼～～。」❽徒然，白費。《水滸傳》第三回：「也不～了叫做鎮關西。」

【枉屈】wǎng qū ❶ 歪曲，違背。《後漢書·阜陵質王延傳》："先帝不忍親親之恩，～～大法，為王受允。" ❷ 屈尊就卑。三國蜀·諸葛亮《出師表》："先帝不以臣卑鄙，猥自～～，三顧臣於草廬之中。"

【枉問】wǎng wèn 敬辭，承蒙問候。唐·韓愈《與崔羣書》："自足下離東都，凡兩度～～，尋承已達。"

罔 wǎng ❶ 用繩線等織成的捕魚或鳥獸的工具。《莊子·逍遙遊》："中於機辟，死於～罟。" ❷ 搜羅，收取。《孟子·公孫丑下》："有賤丈夫焉……以左右望而～市利。" ❸ 無，沒有。明·宋濂《閱江樓記》："與神禹疏鑿之功同一～極。" ❹ 害，陷害。見"罔民"。《論語·雍也》："君子……可欺也，不可～也。" ❺ 蒙蔽，欺騙。《孟子·萬章上》："故君子可欺以其方，難～以非其道。" ❻ 不正直。《論語·雍也》："人之生也直，～之生也，幸而免。" ❼ 通"惘"，迷惑無知。《論語·為政》："學而不思則～，思而不學則殆。" ❽ 通"魍"。《左傳·宣公三年》："螭魅～兩，莫能逢之。"

【罔或】wǎng huò 沒有。《尚書·虞書·大禹謨》："～～於予正。"

【罔極】wǎng jí ❶ 無窮無盡的樣子。《史記·太史公自序》："澤流～～，海外殊俗。" ❷ 不正，不合中正之道。漢·賈誼《弔屈原賦》："遭世～～兮，乃殞厥身。"

【罔民】wǎng mín 欺騙陷害百姓。《孟子·梁惠王上》："及陷於罪，然後從而刑之，是～～也。"

【罔有】wǎng yǒu 沒有。亦作"罔或"。《漢書·鄭崇傳》："唯駱樂是從，時亦～～克壽。"

惘 wǎng 悵然失意。唐·李商隱《錦瑟》："此情可待成追憶，只是當時已～然。"

網 wǎng ❶ 用繩線等結成的捕魚或捕鳥獸的工具。宋·蘇軾《後赤壁賦》："今者薄暮，舉～得魚。" ❷ 網狀物。戰國楚·屈原《楚辭·招魂》："～戶朱綴，刻方連些。" ❸ 指如網一樣嚴密的組織和系統。晉·陶淵明《歸園田居》："誤落塵～中，一去三十年。" ❹ 搜羅，收容。漢·司馬遷《報任安書》："～羅天下放失舊聞，略考其行事。" ❺ 比喻法律。《史記·酷吏列傳》："昔天下之～嘗密矣。"

輞 wǎng 車輪的外周。《釋名·釋車》："～，罔也，罔羅周輪之外也。"

魍 wǎng 見"魍魎"。

【魍魎】wǎng liǎng 傳說中的山川精怪。《孔子家語·辯物》："木石之怪夔～～。"

妄 (1) wàng ❶ 胡亂，隨意。唐·韓愈《祭十二郎文》："使者～稱以應之耳。" ❷ 荒誕，沒有事實根據。《論衡·問孔》："此言～也。" ❸ 不法的行為，胡作非為。《左傳·哀公二十五年》："彼好專利而～。"

(2) wú ❶ 通"亡"，無。《禮記·儒行》："今眾人之命儒也～常，以儒相詬病。" ❷ 通"亡"，連詞，抑，或是。《新序·雜事二》："先生老悖歟？～為楚國妖歟？"

【妄行】wàng xíng ❶ 隨意行動。《管子·制分》："不～～。" ❷ 胡作非為。《漢書·杜欽傳》："反與趙氏比周，恣意～～。"

【妄言】wàng yán　亂説，胡説。《史記·項羽本紀》："毋～～，族也！"

【妄自菲薄】wàng zì fěi bó　過於看輕自己。三國蜀·諸葛亮《出師表》："不宜～～～～，引喻失義，以塞忠諫之路也。"

忘　(1) wàng　❶ 忘記。唐·白居易《與元微之書》："進不得相合，退不能相～。"❷ 遺失，遺漏。《詩經·大雅·假樂》："不愆(qiān，喪失) 不～，率由舊章。"❸ 捨棄。《史記·陳涉世家》："苟富貴，無相～。"三國蜀·諸葛亮《出師表》："忠志之士，～身於外者。"此處指奮不顧身之意。

(2) wú　通"亡"，無。《史記·平津侯主父列傳》："高皇帝蓋悔之甚，乃使劉敬往結和親之約，然後天下～干戈之事。"

【忘言】wàng yán　心領神會，無須用言語表達。晉·陶淵明《飲酒》："欲辯已～～。"

望　wàng　❶ 向高處、遠處看。《荀子·勸學》："吾嘗跂(qì，踮起腳跟) 而～矣，不如登高之博見也。"❷ 盼望，期望。《史記·項羽本紀》："日夜～將軍至，豈敢反乎！"❸ 企圖，希圖。《史記·廉頗藺相如列傳》："三十日不還，則請立太子為王，以絕秦～。"❹ 看望。《戰國策·觸龍説趙太后》："而恐太后玉體之有所郄也，故願～見太后。"❺ 敬仰。《孟子·離婁下》："良人者，所仰～而終身也。"❻ 指古代帝王祭祀山川、日月、星辰。《廣雅·釋天》："～，祭也。"❼ 名望，聲望，威望。明·宋濂《送東陽馬生序》："先達德隆～尊，門人弟子填其室，未嘗稍降辭色。"❽ 望日，月圓之時，通常指夏曆每月十五日。明·張溥《五人墓碑記》："予猶記周公之被逮，在丁卯三月之～。"❾ 對着，向着。唐·李白《廬山瀑布寄盧侍御虛舟》："香爐瀑布遙相～。"❿ 介詞，朝着某一方向。《水滸傳》第三回："～小腹上只一腳，騰地踢倒在當街上。"

【望帝】wàng dì　杜鵑的別稱。相傳戰國時蜀王杜宇稱帝，號望帝，死後化為杜鵑鳥。唐·李商隱《錦瑟》："～～～春心託杜鵑。"

【望望】wàng wàng　反覆瞻望。❶ 表示依戀的樣子。《禮記·問喪》："其往送也，～～然，汲汲然，如有追而弗及也。"❷ 失意的樣子。《孟子·公孫丑上》："～～然去之，若將浼焉。"❸ 急切盼望的樣子。唐·杜甫《洗兵馬》："田家～～惜雨乾。"

【望族】wàng zú　有聲勢的世家豪族。宋·秦觀《王儉論》："王謝二氏最為～～～，江左以來，公卿將相出其門者十七八。"

wei

危　wēi　❶ 恐懼，憂懼。《戰國策·西周策》："竊為君～之。"❷ 不安全，危險。《史記·魏公子列傳》："而晉鄙不授公子兵而復請之，事必～矣。"❸ 危難，艱難困苦。三國蜀·諸葛亮《出師表》："此誠～急存亡之秋也。"❹ 危害。《管子·富民》："民貧則～鄉輕家。"❺ 特指人之將死。晉·李密《陳情表》："氣息奄奄，人命～淺，朝不慮夕。"❻ 高。唐·李白《夜宿山寺》："～樓高百尺，手可摘星辰。"❼ 端正、正直。宋·蘇軾《前赤壁賦》：“蘇子愀然，正襟～坐而問客曰：‘何為其然也？’”

【危邦】wēi bāng　不安寧的國家。《論語·泰伯》：“～～不入，亂邦不居。”

【危冠】wēi guān　高冠。《莊子·盜跖》：“使子路去其～～，解其長劍，而受教於子。”

【危國】wēi guó　❶危害國家。《史記·李斯列傳》：“臣疑其君，無不～～。”❷不安寧、行將敗亡的國家。《晏子春秋·內篇諫上》：“亡國恃以存，～～仰以安。”

【危行】wēi xíng　正直的行為。《論語·憲問》：“邦有道，危言～～。”

威 wēi　❶威嚴，尊嚴。《論語·學而》：“子曰：‘君子不重則不～。’”❷權勢，威力。《左傳·成公十三年》：“寡君不敢顧昏姻，畏君之～而受命於使。”❸震懾，欺凌。《孟子·天時不如地利章》：“固國不以山溪之險，～天下不以兵革之利。”

【威儀】wēi yí　❶莊嚴的容貌舉止。《禮記·大學》：“赫兮喧兮者，～～也。”❷禮儀細節。《左傳·隱公五年》：“辨等列，順少長，習～～也。”

偎 wēi　❶親愛。《山海經·海內經》：“～人愛人。”❷緊挨着，靠着。唐·溫庭筠《南湖》：“野船著岸～春草，水鳥帶波飛夕陽。”

透 wēi　見“透迤”。

【透迤】wēi yí　彎彎曲曲的樣子。也作“透蛇”、“委蛇”、“透移”等。唐·杜甫《秋興八首》其八：“昆吾御宿自～～，紫閣峯陰入渼（měi，波紋）陂。”

隈 wēi　❶山邊和河流等的彎曲處。《管子·形勢》：“大山之～，奚有於深。”❷角落。晉·左思《魏都賦》：“考之四～，則八埏之中。”

【隈隩】wēi ào　指曲折幽深的山坳河岸。明·張居正《瀟湘道中》：“江南佳麗地，靈境信～～。”

蔵 wēi　見“蔵蕤”。

【蔵蕤】wēi ruí　❶草木茂盛枝葉下垂的樣子。唐·張九齡《感遇》：“蘭葉春～～。”❷鮮麗，有光彩。漢·張衡《南都賦》：“望翠華兮～～，建太常兮裶裶。”

微 wēi　❶隱蔽，藏匿。《左傳·哀公十六年》：“白公奔山而縊，其徒～之。”❷祕密地，偷偷地。《史記·魏公子列傳》：“（侯生）與其客語，～察公子。”❸偵察，伺察。《史記·孝武本紀》：“使人～得趙綰等姦利事。”❹精妙，深奧。《史記·屈原賈生列傳》：“其文約，其辭～。”❺細、輕、小、少；細微的事情。宋·蘇軾《石鐘山記》：“～風鼓浪，水石相搏，聲如洪鐘。”❻昏暗，不明。晉·陶淵明《歸去來兮辭》：“問征夫以前路，恨晨光之熹～。”❼衰微。《史記·孔子世家》：“孔子之時，周室～而禮樂廢。”❽卑賤。晉·李密《陳情表》：“猥以～賤，當侍東宮。”❾如果沒有。宋·范仲淹《岳陽樓記》：“噫！嘻！～斯人，吾誰與歸！”

【微察】wēi chá　暗中觀察，偷偷觀察。《史記·魏公子列傳》：“（侯生）與其客語，～～公子。”

【微辭】wēi cí　委婉而隱含諷喻的言辭；隱晦的批評。《公羊傳·定公元年》：“定、哀多～～。”

w

【微獨】wēi dú　不僅僅，不單是。《戰國策·觸龍説趙太后》："～～趙，諸侯有在者乎？"

【微言】wēi yán　❶精微的言辭。唐·李白《別韋少府》："多君枉高駕，贈我以～～。"❷密謀，密商。《史記·魏其武安侯列傳》："武安侯乃～～太后風上。"

【微旨】wēi zhǐ　隱晦的旨意。《漢書·趙廣漢傳》："廣漢心知～～。"

巍 wēi　高大的樣子。《論語·泰伯》："～～乎！舜禹之有天下也，而不與焉。"

隹 wéi　見806頁zhuī。

為（1）wéi　❶製作，製造，修築。《莊子·逍遙遊》："宋人有善～不龜手之藥者。"❷作，做，幹，辦。《孟子·告子上》："由是則可以辟患而有不～也。"❸擔任，充當。《史記·廉頗藺相如列傳》："廉頗～趙將伐齊，大破之。"❹變為，變作。《荀子·勸學》："冰，水～之。"❺作為，當作。《莊子·逍遙遊》："世世以洴澼絖～事。"❻治，治理。宋·蘇洵《六國論》："～國者無使為積威之所劫哉！"❼研討，學習。《論語·陽貨》："人而不～《周南》《召南》，其猶正牆面而立也與？"❽認為。《莊子·逍遙遊》："吾～其無用而掊之。"❾算作，算是。《左傳·僖公二十八年》："師直～壯，曲～老，豈在久乎？"❿叫作，稱為。《莊子·逍遙遊》："北冥有魚，其名～鯤。"⓫表示判斷，相當於現代漢語的"是"。《論語·微子》："長沮曰：'夫執輿者～誰？'子路曰：'～孔丘。'"⓬使。《老子》四十九章："聖人在天下，歙歙～天下渾其心。"⓭有。《孟子·滕文公上》："夫滕，壤地褊小，將～君子焉，將～小人焉。"⓮介詞，被。明·劉基《説虎》："故人之～虎食者，有智與物而不能用者也。"⓯連詞，如果，如。《戰國策·秦策四》："秦～知之，必不救也。"⓰連詞，則，就。《莊子·寓言》："同於己～是之，異於己～非之。"⓱語氣詞，用於句尾，表示反詰、疑問或感歎。《論語·顏淵》："君子質而已矣，何以文～？"

（2）wèi　❶幫助，佑助。唐·韓愈《柳子厚墓誌銘》："子厚前時少年，勇於～人。"❷介詞，表示動作、行為的替代，可譯作替，給。《史記·廉頗藺相如列傳》："某年月日，秦王～趙王擊。"❸介詞，表示行為的目的或對象，可譯作由於，為了。《孟子·告子上》："鄉為身死而不受，今～宮室之美為之。"❹介詞，跟，同。晉·陶淵明《桃花源記》："此中人語云：'不足～外人道也。'"❺通"謂"，説。《列子·兩小兒辯日》："兩小兒笑曰：'孰～汝多知乎！'"❻通"偽"，虛假。《荀子·非十二子》："～詐而巧，言無用而辯。"

【為爾】wéi ěr　如此。《南史·王融傳》："～～寂寂，鄧禹笑人。"

【為間】wéi jiān　片刻，一會兒。《孟子·滕文公上》："夷子撫然～～曰：'命之矣。'"

【為容】（1）wéi róng　修飾容貌。《詩經·衛風·伯兮》："豈無膏沐，誰適～～。"

（2）wèi róng　替人美言推薦。《後漢書·馬援列傳》："本無公輔一言之薦，左右～～之助。"

韋 wéi ❶柔皮，熟皮。戰國楚‧屈原《楚辭‧卜居》："將突梯滑稽，如脂如〜。" ❷通"違"，違背，背離。《漢書‧禮樂志》："五音六律，依〜饗昭。" ❸通"圍"，計算樹木圓周的單位。《漢書‧成帝紀》："是日大風，拔甘泉時中大木十一〜以上。"

唯 (1) wéi 也作"惟"、"維"。❶只有，獨有。唐‧白居易《與元微之書》："危惙之際，不暇及他，〜收數帙文章。" ❷表示希望，祈使。《史記‧廉頗藺相如列傳》："〜大王與群臣孰計議之！" ❸助詞，用於句首，無實義。《論語‧述而》："與其進也，不與其退也，〜何甚！"

(2) wěi 象聲詞，應答聲，用於對尊長恭敬的應答。《論語‧里仁》："子曰：'參乎！吾道一以貫之。'曾子曰：'〜。'"

帷 wéi ❶帳幕，帳子。《史記‧項羽本紀》："(樊)噲遂入，披〜西嚮立。" ❷用幕布遮擋。《禮記‧喪大記》："士殯見衽，塗上〜之。"

【帷闥】wéi tà　宮闈。《新五代史‧宦者傳論》："安危出其喜怒，禍患伏於〜〜。"

惟 (1) wéi ❶思考，想。《詩經‧大雅‧生民》："載謀載〜，取蕭祭脂。" ❷也作"唯"、"維"，只有，獨有。《論語‧鄉黨》："〜酒無量，不及亂。" ❸表示希望，祈使。《孟子‧梁惠王下》："先王無流連之樂，荒亡之行。〜君所行也。" ❹助詞，用於句首，無實義。《孟子‧滕文公下》："〜士無田，則亦不祭。"

(2) wěi 見"惟惟"。

【惟惟】wěi wěi　順從的樣子。也作

"唯唯"。《荀子‧大略》："〜〜而亡者，誹也。"

圍 wéi ❶包圍。《左傳‧燭之武退秦師》："晉侯、秦伯〜鄭。" ❷環繞。唐‧杜甫《秋興八首》其六："珠簾繡柱〜黃鵠。" ❸圍子，用土石、荊棘等圍成的防禦設施。《三國演義‧楊修之死》："於是再築牆〜，改造停當，又請操觀之。" ❹四周，周邊（長度）。宋‧陸游《建寧府尊勝院佛殿記》："石痕村之杉，修百有三十尺，〜十有五尺。" ❺計算圓周的單位。南朝宋‧劉慶慶《世說新語‧言語》："桓公……見前為琅邪時種柳，皆已十〜。"

幃 wéi ❶帳子，幔幕。《晏子春秋‧內篇諫下》："合疏縷之緯，以成〜幕。" ❷裙的正面一幅。《國語‧鄭語》："王使婦人不〜而噪之。" ❸遮蔽。明‧徐霞客《徐霞客遊記‧滇遊日記》："上體惟被一方，〜而裹之。"

違 wéi ❶離別。《詩經‧邶風‧谷風》："行道遲遲，中心有〜。" ❷離開，去。《論語‧公冶長》："崔子弒齊君，陳文子有馬十乘，棄而〜之。" ❸相距，距離。《禮記‧中庸》："忠恕〜道不遠，施諸己而不願，亦勿施於人。" ❹違背，違反。《孟子‧梁惠王上》："不〜農時，穀不可勝食也。" ❺誤。《水滸傳》第三回："這兩日酒客稀少，〜了他錢限。"

維 wéi ❶綱繩，綱要。《史記‧管晏列傳》："四〜不張，國乃滅亡。" ❷維護，維持。《韓非子‧心度》："故民樸而禁之以名則治，世知〜之以刑則從。" ❸只有，僅僅。《詩經‧小雅‧穀風》："將恐將

懼，～予與女。"❹ 語氣詞，用於句首或句中。唐・韓愈《送孟東野序》："～天之於時也亦然。"

闈 wéi ❶ 宮中小門。《爾雅・釋宮》："宮中之門謂之～。"❷ 后妃居處。《後漢書・皇后紀上》："后正位宮～。"❸ 婦女居室。《古詩十九首・凜凜歲云暮》："既來不須臾，又不處重～。"❹ 科舉時代稱考場為"闈"。如：春～，秋～。

尾 wěi ❶ 尾巴。漢樂府《陌上桑》："青絲繫馬～。"❷ 末端，末尾。明・魏學洢《核舟記》："舟首～長約八分有奇，高可二黍許。"❸ 在後跟隨。《戰國策・秦策五》："王若能為此，則三王不足四，五伯不足六。"❹ 水流的下游。《左傳・子革對靈王》："楚子狩於州來，次於潁～。"❺ 邊際，邊界。《列子・愚公移山》："投諸渤海之～，隱土之北。"❻ 量詞，相當於"頭"、"條"。唐・柳宗元《遊黃溪記》："有魚數百～，方來會石下。"

委 (1) wěi ❶ 順從，聽從。晉・陶淵明《歸去來兮辭》："何不～心任去留？"❷ 隸屬，託付。唐・柳宗元《箕子碑》："～身以存祀，誠仁矣。"❸ 任命，委任。《左傳・襄公三十一年》："子皮以為忠，故～政焉。"❹ 丟棄，捨棄。《孟子・天時不如地利章》："～而去之，是地利不如人和也。"❺ 放置。《戰國策・燕策三》："是以～肉當餓虎之蹊，禍必不振矣。"❻ 聚集，堆積。唐・柳宗元《梓人傳》："～羣材，會羣工。"❼ 垂，垂下。《莊子・養生主》："謋然已解，如土～地。"❽ 遺留。漢・賈誼《治安策》："植遺腹，朝～裘，而天下不亂。"

(2) wēi 見"委蛇"。

【委結】wěi jié 鬱積。《後漢書・梁鴻列傳》："悼吾心兮不獲，長～～兮焉究？"

【委命】wěi mìng ❶ 寄託性命。漢・賈誼《過秦論》："百越之君，……～～下吏。"❷ 聽任命運支配。《漢書・敍傳上》："～～共己，味道之腴。"

【委棄】wěi qì 棄置。《漢書・谷永傳》："書陳於前，陛下～～不納。"

【委順】wěi shùn ❶ 自然所賦予的和順之氣。《莊子・知北遊》："性命非汝有，是天地之～～也。"❷ 特指僧人之死。《景德傳燈錄・慧可大師》："加師以非法，師怡然～～，識真者謂之償債。"

【委蛇】wēi yí 也作"逶迤"、"逶蛇"、"委移"、"委佗"等。❶ 形容山勢、河流蜿蜒曲折的樣子。明・宋濂《閱江樓記》："長江……～～七千餘里而入海。"❷ 雍容自得的樣子。《詩經・召南・羔羊》："退食自公，～～委蛇。"❸ 隨順的樣子。《莊子・應帝王》："吾與之虛而～～。"

偉 wěi ❶ 奇異。見"偉服"。❷ 偉大，卓越。宋・王安石《遊褒禪山記》："而世之奇～、瑰怪、非常之觀，常在於險遠。"

【偉服】wěi fú ❶ 奇異的服裝。《戰國策・蘇秦以連橫說秦》："辯言～～，戰攻不息。"❷ 超越法制規定的服飾。《管子・任法》："無～～，無奇行。"

【偉士】wěi shì 才智卓異的人。明・宋濂《〈竹塢幽居詩〉序》："思竹之挺拔特立，以為有壯夫～～之節。"

W

萎 wěi ❶草木枯死。《詩經·小雅·谷風》:"無草不死,無木不～。" ❷卧病不起,將死。《史記·孔子世家》:"泰山壞乎!梁柱摧乎!哲人～乎!"

【萎敗】wěi bài　枯萎。《呂氏春秋·明理》:"五穀～～不成。"

【萎蕤】wěi ruí　❶草名,即玉竹。明·李時珍《本草綱目·草一》中有"萎蕤"條。❷形容草木茂盛的樣子。唐·張説《離會曲》:"可憐河樹葉～～,關關河鳥聲相思。" ❸形容氣勢盛大的樣子。宋·王禹偁《謫居感事》:"策勳何煊赫,賜紫更～～。"

猥 wěi　❶積聚。《資治通鑑》卷四十八:"君侯在外國三十餘年,而小人～承君後。" ❷多。《後漢書·仲長統列傳》:"所恃者寡,所取者～。" ❸雜,瑣碎。《明史·刑法志》:"家人米鹽～事,宮中或傳為笑謔。" ❹卑賤,鄙陋。晉·葛洪《抱朴子·百里》:"庸～之徒,器小志近。" ❺副詞,隨便,苟且。《漢書·文三王傳》:"案事者乃驗問惡言,何故～自發舒?" ❻副詞,突然。《漢書·王莽傳》:"今～被以大罪,恐其遂畔。" ❼謙辭,表示自己的謙卑,或表示對方屈尊就卑。三國蜀·諸葛亮《出師表》:"先帝不以臣卑鄙,～自枉屈,三顧臣於草廬之中。"

嵬 wěi　山勢高大聳立的樣子。唐·李白《蜀道難》:"劍閣崢嶸而崔～,一夫當關,萬夫莫開。"

葦 wěi　❶蘆葦。《詩經·豳風·七月》:"七月流火,八月萑～。" ❷變動的樣子。《漢書·王莽傳》:"～然閔漢氏之終不可濟。"

【葦杖】wěi zhàng　以蒲葦為杖,聊以示辱,謂刑法寬仁。三國魏·曹植《對酒歌》:"蒲鞭～～示有刑。"

煒 wěi　鮮明光亮的樣子。《詩經·邶風·靜女》:"彤管有～,説懌女美。"

瑋 wěi　❶美玉。《集韻·尾韻》:"瑋,美玉。" ❷珍奇,奇異。《晉書·陸機傳》:"明珠～寶,耀於內府。"

偽 wěi　❶欺詐,假裝。《孟子·滕文公上》:"從許子之道,則市賈不貳,國中無～。" ❷虛假,不真實。唐·柳宗元《駁復讎議》:"嚮使刺讞其誠……則刑、禮之用,判然離矣。" ❸人為。《荀子·性惡》:"可學而能,可事而成之在人者,謂之～。" ❹非法的,非正統的。晉·李密《陳情表》:"且臣少事～朝,歷職郎署。" ❺同"為",行為,作為。《荀子·儒效》:"其衣冠行～,已同於世俗矣。"

【偽辭】wěi cí　虛假不真實的話。漢·王符《潛夫論·明暗》:"故上設～～以障主心,下設威權以固士民。"

【偽書】wěi shū　❶偽造的文書。《史記·封禪書》:"天子識其手書,問其人,果是～～。" ❷託名假作的書籍。漢·王充《論衡·對作》:"俗傳蔽惑,～～放流。"

隗 wěi　❶高峻的樣子。《玉篇·阜部》:"隗,高也。" ❷倒塌。《晉書·劉伶傳》:"～然復醉。"

諉 wěi　推託。漢·賈誼《治安策》:"然尚有可～者,曰疏,臣請試言其親者。"

緯 wěi　❶織物的橫線,與"經"相對。宋·文同《織婦怨》:

"皆言邊幅好，自愛經～密。" ❷ 地理上東西為緯，南北為經。《晉書·地理志上》："所謂南北為經，東西為～。" ❸ 古代行星被稱做緯。《史記·天官書》："水、火、金、木、土星，此五星者，天之五佐，為～。" ❹ 編織，紡織。《莊子·列禦寇》："河上有家貧恃～蕭而食者。" ❺ 治理，整飭。《晉書·李玄盛傳》："玄盛以～世之量，當呂氏之末。"

趌 wěi　是，對。《左傳·隱公十一年》："犯五不～而以伐人，其喪師也，不亦宜乎？"

未 wèi　❶ 地支的第八位。與天干相配，用以紀年、紀月、紀日或紀時。如 2015 年為農曆乙未年。用以紀月，即農曆六月。用以紀日。清·姚鼐《登泰山記》："是月丁～，與知府朱孝純子潁由南麓登。"用於紀時，即未時，十二時辰之一，相當於下午 1 點到 3 點。❷ 將來，未來。《荀子·正論》："凡刑人之本，禁暴惡惡，且徵其～也。" ❸ 表示否定，相當於"不"、"沒有"。晉·陶淵明《歸去來兮辭》："實迷途其未遠，覺今是而昨非。" ❹ 用於句末，表示疑問，相當於"否"。《史記·魏其武安侯列傳》："君除吏盡～？吾亦欲除吏。"

【未冠】wèi guàn　❶ 古禮男子二十而冠，故未滿二十歲為"未冠"。《新唐書·車服志》："～～者童子髻。" ❷ 沒戴帽子。唐·皮日休《貧居秋日》："亭午頭～～，端坐獨愁予。"

【未濟】wèi jì　❶ 渡河未到岸。《左傳·僖公二十二年》："彼眾我寡，及其未既濟也，請擊之。" ❷ 沒有取得成功。《荀子·王霸》："德雖未

至也，義雖～～也，然而天下之理略奏矣。"

【未始】wèi shǐ　❶ 尚未發生的事情。《管子·幼官》："思於濬故能知～～。" ❷ 從未，未曾。唐·柳宗元《始得西山宴遊記》："然後知吾嚮之～～遊，遊於是乎始。" ❸ 沒有，未必。用於否定句前，構成雙重否定，語氣較肯定句委婉。明·袁宏道《滿井遊記》："始知郊田之外～～無春，而城居者未之知也。"

【未亡人】wèi wáng rén　舊時寡婦自稱之詞。《左傳·成公九年》："大夫勤辱，不忘先君，以及嗣君，施及～～。"

【未央】wèi yāng　❶ 未盡。《詩經·小雅·庭燎》："夜如何其？夜～～。" ❷ 未央宮的省稱。未央宮是西漢的宮殿名，故址在今陝西省西安市。唐·王昌齡《春宮曲》："昨夜風開露井桃，～～前殿月輪高。"

位 wèi　❶ 朝廷中羣臣的位列。《孟子·離婁下》："禮，朝廷不歷～而相與言，不逾階而相揖也。" ❷ 位置。《水滸傳》第三回："提轄坐了主～，李忠對席，史進下首坐了。" ❸ 職位，官爵。《戰國策·觸龍說趙太后》："～尊而無功，奉厚而無勞，而挾重器多也。" ❹ 爵次，等列。《孟子·萬章下》："天子一～，公一～，侯一～，伯一～，子、男同一～，凡五等也。" ❺ 特指君王或諸侯之位。《史記·伯夷列傳》："堯將遜～，讓於舜、禹之間。" ❻ 使安於其所。《禮記·中庸》："致中和，天地～焉，萬物育焉。" ❼ 對人的敬稱。清·吳敬梓《儒林外史》第三回："諸～請坐，小兒方才出去了。"

W

【位號】wèi hào　爵位與名號。《史記·韓信盧綰列傳》:"輒復故～～,不誅也。"

【位秩】wèi zhì　官位和俸祿。《北史·薛孝通傳》:"然猶致疑忌,不加～～。"

味 wèi　❶滋味,味道。《晏子春秋·內篇雜下》:"葉徒相似,其實～不同。"❷品嘗,辨別滋味。《老子》六十三章:"為無為,事無事,～無味。"❸菜肴。唐·杜甫《客至》:"盤飧市遠無兼～,樽酒家貧只舊醅。"❹意義,旨趣。北魏·酈道元《水經注·江水》:"春冬之時,則素湍綠潭……良多趣～。"❺研究,體會。漢·班固《答賓戲》:"委命供己,～道之腴。"❻量詞,菜肴或藥物的品種。宋·韓世忠《臨江仙》:"單方只一～,盡在不言中。"

畏 wèi　❶害怕,恐懼。《戰國策·鄒忌諷齊王納諫》:"朝廷之臣莫不～王。"❷疑慮,擔心。唐·杜甫《羌村三首》之一:"嬌兒不離膝,～我復卻去。"❸憎惡,嫉妒。《史記·淮陰侯列傳》:"信知漢王～惡其能。"❹心服,敬服。《論語·子罕》:"後生可～,焉知來者之不如今也?"❺死,古代指被兵刃殺死。《禮記·檀弓上》:"死而不弔者三:～、厭、溺。"❻通"隈",弓的彎曲處。《周禮·冬官考工記·弓人》:"夫角之中,恆當弓之～也。"

尉 wèi　❶古官名。《史記·項羽本紀》:"沛公已出,項王使都～陳平召沛公。"❷慰問,安撫。後作"慰"。《漢書·車千秋傳》:"思欲寬廣上意,～安眾庶。"

熨 wèi　見755頁yùn。

慰 wèi　❶安慰,安撫。唐·柳宗元《愚溪詩》序:"余雖不合於俗,亦頗以文墨自～。"❷勸慰。漢·李陵《答蘇武書》:"～誨勤勤,有逾骨肉。"

蔚 wèi　❶牡蒿,菊科多年生草本植物,可入藥。《詩經·小雅·蓼莪》:"蓼蓼者莪,匪我伊～。"❷草木茂盛。宋·歐陽修《醉翁亭記》:"望之～然而深秀者,琅琊也。"❸盛大,擴大。南朝梁·劉勰《文心雕龍·詮賦》:"六義附庸,～成大國。"❹文采華美。《周易·革》:"君子豹變,其文～也。"

【蔚氣】wèi qì　病氣。《淮南子·俶真訓》:"血脈無鬱滯,五藏無～～。"

謂 wèi　❶告訴。對……說。《韓非子·外儲說左上》:"楚王～田鳩曰:'墨子者,顯學也。'"❷說。《戰國策·秦策二》:"此乃公孫衍之所～也。"❸叫做,稱為。《莊子·逍遙遊》:"吾有大樹,人～之樗。"❹認為,以為。宋·王安石《上皇帝萬言書》:"竊～在位之人才不足。"❺通"為"。因為。《漢書·王嘉傳》:"丞相豈兒女子邪?何～咀藥而死?"

◆"謂"、"曰"都是"說"的意思,後面都有所說的話。但"謂"不與所說的話緊接,而"曰"則與所說的話緊接。

遺 wèi　見702頁yí。

衛 wèi　❶守衛,防護。《戰國策·觸龍說趙太后》:"願令得補黑衣之數,以～王宮。"❷任守衛、防護工作的人。《史記·項羽本紀》:"噲即帶劍擁盾入軍門,交戟之～士欲止不內。"❸ 邊陲，邊遠的地方。《周禮·春官宗伯·巾車》："以封四～。"❹ 古代九服之一，也指五服之一。《國語·周語上》："邦外侯服，侯、～賓服。"❺ 鱺的別稱。清·蒲松齡《聊齋志異·胡氏》："次日，有客來謁，繫黑～於門。"❻ 古國名。漢·賈誼《過秦論》："約從離橫，兼韓、魏、燕、楚、齊、趙、宋、～、中山之眾。"

魏 wèi ❶ 古國名，周代時的諸侯國，戰國七雄之一。❷ 朝代名。三國時魏，公元 220 年曹丕代漢稱帝，國號魏，與吳、蜀三分天下，公元 265 年司馬炎代魏稱晉，魏亡。南北朝時魏，北朝之一，公元 386 年為鮮卑族拓跋珪所建，居長江以北，史稱北魏，後分裂為東魏和西魏。公元 550 年北齊廢東魏，公元 557 年北周廢西魏。

---

wen

溫 (1) wēn ❶ 暖和，不冷不熱。唐·李華《弔古戰場文》："征馬踟躕，繒纊（禦寒的衣服）無～，墮指裂膚。"❷ 柔和，平和，寬厚。《論語·學而》："夫子～、良、恭、儉、讓以得之。"❸ 溫習，復習。《論語·為政》："～故而知新，可以為師矣。"

(2) yùn 通"蘊"，蘊藏，蘊積。《荀子·榮辱》："其～厚矣，其功盛姚遠矣。"

【溫德】wēn dé　文治之德。《國語·晉語九》："有武德以羞為正卿，有～～以成其名譽。"

【溫蠖】wēn huò　積滿塵滓的樣子。《史記·屈原賈生列傳》："又安能以皓皓之白，而蒙世俗之～～乎！"

【溫籍】yùn jiè　寬容。《漢書·義縱傳》："治敢往，少～～，縣無逋事。"

文 wén ❶ 在肌膚上刺畫花紋。《莊子·逍遙遊》："越人斷髮～身。"❷ 色彩交錯。《禮記·樂記》："五色成～而不亂。"❸ 自然界或人類社會某些帶有規律性的現象。《周易·賁》："觀乎天～，以察時變；觀乎人～，以化成天下。"❹ 禮樂制度。《論語·子罕》："文王既沒，～不在茲乎？"❺ 法令條文。《國語·周語上》："明利害之鄉，以～修之。"❻ 文字。《孟子·萬章上》："故說《詩》者，不以～害辭，不以辭害志。"❼ 文辭，言辭。《史記·五帝本紀》："而《百家》言黃帝，其～不雅馴，薦紳先生難言之。"❽ 文章。宋·蘇軾《上梅直講書》："既而聞之，執事愛其～，以為有孟軻之風。"❾ 非軍事的，與"武"相對。唐·魏徵《諫太宗十思疏》："～武並用，垂拱而治。"❿ 美，善。《禮記·樂記》："禮減而進，以進為～；樂盈而反，以反為～。"⓫ 華麗，與"質"相對。《論語·顏淵》："君子質而已矣，何以～為？"⓬ 指韻文，與"筆"相對。南朝梁·劉勰《文心雕龍·總述》："今之常言，有～有筆，以為無韻者筆也，有韻者～也。"⓭ 貨幣單位。《水滸傳》第三回："當初不曾得他一～，如今那討錢來還他？"⓮ 掩飾。《論語·子張》："小人之過也必～。"

【文章】wén zhāng　❶ 錯雜的色彩或花紋。古以青與赤相配為"文"，赤與白相配為"章"。《莊子·胠篋》："滅～～，散五采，膠離朱之目，而天下始人含其明矣。”❷文字。《後漢書・董卓列傳》：“又錢無輪廓～～，不便人用。”❸泛指獨立成篇的文字。晉・陶淵明《五柳先生傳》：“嘗著～～自娛，頗示己志。”❹禮樂法度。《戰國策・蘇秦以連橫説秦》：“～～不成者，不可以誅罰。”❺車服旌旗等。《左傳・隱公五年》：“昭～～，明貴賤。”❻指曲折隱蔽的情節或意思。《紅樓夢》第四十四回：“鳳姐兒見話中有～～。”

紋 wén ❶絲織物上的花紋。唐・李商隱《戊辰會靜中出貽同志二十韻》：“婀娜佩紫～。”❷呈線條狀的紋路。清・蒲松齡《聊齋志異・崔猛》：“針刺其臂，作十字～。”

聞 (1) wén ❶聽見。《禮記・大學》：“心不在焉，視而不見，聽而不～，食而不知其味。”❷知道。《論語・里仁》：“朝～道，夕死可矣。”❸知識，見聞。《論語・季氏》：“友直，友諒，友多～，益矣。”❹消息，聽到的事情。漢・司馬遷《報任安書》：“網羅天下放失舊～。”❺傳佈，傳揚。《詩經・小雅・鶴鳴》：“鶴鳴於九皋，聲～於野。”❻聞名。《史記・廉頗藺相如列傳》：“以勇氣～於諸侯。”❼奏，使君主知道。晉・李密《陳情表》：“臣不勝犬馬怖懼之情，謹拜表以～。”❽嗅，嗅到。《韓非子・十過》：“共王駕而自往，入其幄中，～酒臭而還。”

(2) wèn 名聲，名望。《孟子・告子上》：“令～廣譽施於身，所以不願人之文繡也。”

【聞命】 wén mìng 接受命令或指導。《左傳・襄公三十一年》：“又不獲～～，未知見時。”《孟子・萬章上》：“舜之不告而娶，則吾既得～～矣。”

【聞達】 wèn dá 有名望，顯達。三國蜀・諸葛亮《出師表》：“苟全性命於亂世，不求～～於諸侯。”

刎 wěn 割頸。《史記・項羽本紀》：“(項王)乃自～而死。”

【刎頸交】 wěn jǐng jiāo 指友誼深摯，可以同生死共患難的朋友。《史記・廉頗藺相如列傳》：“卒相與歡，為刎頸之交。”

抆 wěn 擦拭。戰國楚・屈原《楚辭・九章・悲回風》：“孤子吟而～淚兮，放子出而不還。”

穩 wěn ❶安穩，安全。《三國演義・楊修之死》：“當夜曹操心亂，不能～睡，遂手提鋼斧，繞寨私行。”❷妥貼。唐・杜甫《長吟》：“賦詩歌句～，不覺自長吟。”❸穩住，留住，誘使人暫緩行動。元・秦簡夫《東堂老》：“他兩個把我～在這裏，推買東西去了。”

【穩便】 wěn biàn ❶穩妥，便利。《貞觀政要・論政體》：“於事～～，方可奏行。”❷客套話。請便，自便。《水滸傳》第四回：“師父～～，小人趕趁些生活，不及相陪。”

汶 (1) wèn 水名。《論語・雍也》：“如有復我者，則吾必在～上矣。”

(2) mén 見“汶汶”。

【汶汶】 mén mén 污垢，污辱。《史記・屈原賈生列傳》：“人又誰能以身之察察，受物之～～者乎。”

問 wèn ❶詢問。《論語・泰伯》：“以能～於不能，以多～於寡。”❷論難，探討。明・歸有光《項脊軒志》：“後五年，吾妻來歸，時至軒中，從余～古事，或憑几學書。”

W

❸ 考察。《詩經·小雅·終南山》：
"弗～弗仕，勿罔君子。"❹ 審訊。
《紅樓夢》第四回："勾取一干有名人
犯，雨村詳加審～。"❺ 責問，追
究。《左傳·齊桓公伐楚盟屈完》：
"昭王南征而不復，寡人是～。"❻ 饋
贈。《詩經·鄭風·女曰雞鳴》："知
子之順之，雜佩以～之。"❼ 慰問，
探望。《國語·越語上》："於是葬死
者，～傷者，養生者。"

【問鼎】 wèn dǐng　圖謀王位。《左
傳·王孫滿對楚子》："楚子伐陸渾
之戎，遂至於雒，觀兵於周疆。定
王使王孫滿勞楚子。楚子問鼎之大
小輕重焉。"禹鑄九鼎，三代視之
為國寶，後來鼎成為國家政權的象
徵。楚王問鼎有取而代之之意。《晉
書·王敦傳》："遂欲專制朝廷，有
～～之心。"

【問難】 wèn nàn　詰問駁辯。漢·王
充《論衡·問孔》："皋陶陳道帝舜
之前，……禹～～之。"

【問膳】 wèn shàn　古禮，父母進
食，子侍側，問膳食如何。宋·梅
堯臣《送弟赴和州幕》："歷陽況與
吾廬近，春穀休言～～難。"

---

weng

翁 wēng　❶ 鳥頸上的毛。《山海
經·西山經》："有鳥焉其狀如
鶉，黑文而赤～。"❷ 父親。宋·
陸游《示兒》："家祭無忘告乃～。"
❸ 夫之父或妻之父。清·鄭燮《姑
惡》："小婦年十二，辭家事一姑。"
❹ 泛指男性老人。唐·杜甫《客
至》："肯與鄰～相對飲，隔籬呼取盡
餘杯。"❺ 對男性的敬稱。唐·杜甫
《自京赴奉先詠懷》："取笑同學～，

浩歌彌激烈。"

蓊 wěng　❶ 草木茂盛的樣子。晉·
左思《吳都賦》："葺蘙瑟。"
❷ 聚集的樣子。戰國楚·宋玉《高唐
賦》："滂洋洋而四施兮，～湛湛而弗
止。"

【蓊蓊】 wěng wěng　❶ 草木茂盛的
樣子。唐·韓愈《別知賦》："山踧
踧其相軋，樹～～其相繆。"❷ 密
集的樣子。宋·梅堯臣《送謝師直
南陽上墳》："山下獨徘徊，雨來雲
～～。"

【蓊鬱】 wěng yù　❶ 茂密的樣子。
漢·張衡《南都賦》："杳藹～～於
谷底。"❷ 濃密的樣子。三國魏·
曹丕《感物賦》："瞻玄雲之～～。"

甕 wèng　盛東西用的陶器。秦·
李斯《諫逐客書》："夫擊～叩
缶……真秦之聲也。"

【甕城】 wèng chéng　城門外的月城
（月城，城外修的扇形城牆），作
掩護城門、加強防禦之用。宋·曾
公亮《武經總要·守城》："其城外
～～，或圓或方，視地形為之。"

【甕牖】 wèng yǒu　以破甕之口做窗
戶，比喻貧窮人家。漢·賈誼《過
秦論》："然而陳涉～～繩樞之子，
氓隸之人，而遷徙之徒也。"

---

wo

渦 wō　❶ 迴旋的水流。明·宋濂
《送天台陳庭學序》："波惡～
詭，舟一失勢尺寸，輒糜碎土沉，
下飽魚鱉。"❷ 渦狀，渦狀物。
宋·蘇軾《百步洪》："不知詩中道
何語，但覺兩頰生微～。"

沃 wò　❶ 澆，灌。《左傳·僖公
二十三年》："秦伯納女五人，

懷嬴與焉。奉匜～盥，既而揮之。"❷ 浸泡。明·宋濂《送東陽馬生序》："媵人持湯～灌，以衾擁覆，久而乃和。"❸ 肥沃。《三國志·蜀書·諸葛亮傳》："益州險塞，～野千里。"❹ 茂盛的樣子。《詩經·衞風·氓》："桑之未落，其葉～若。"

【沃沃】wò wò　光盛豐美的樣子。《詩經·檜風·隰有萇楚》："夭之～～，樂子之無知。"

臥 wò　❶ 伏着休息。《孟子·公孫丑下》："坐而言，不應，隱几而～。"❷ 躺着休息。明·歸有光《項脊軒志》："余久～病無聊，乃使人復葺南閣子。"❸ 睡。唐·柳宗元《鈷鉧潭西小丘記》："枕席而～，則清泠之狀與目謀。"❹ 睡覺的地方，指寢室或牀。《史記·魏公子列傳》："嬴聞晉鄙之兵符常在王～內。"❺ 隱居。唐·李白《沙丘城下寄杜甫》："我來竟何事？高～沙丘城。"❻ 倒伏。唐·杜甫《垂老別》："老妻一路啼，歲暮衣裳單。"❼ 橫陳。唐·杜牧《阿房宮賦》："長橋～波，未雲何龍？"

【臥龍】wò lóng　喻隱居或尚未露頭角的人才。《三國志·蜀書·諸葛亮傳》："諸葛孔明者，～～也。"

偓 wò　見"偓佺"、"偓促"。

【偓佺】wò quán　傳說中的仙人。《史記·司馬相如列傳》："～～之倫暴於南榮。"

【偓促】wò cù　狹小局促。漢·劉向《九歎》："～～談於廊廟兮，律魁放乎山間。"

幄 wò　形如宮室的帳幕。《史記·齊太公世家》："子我（子我，人名）在～，出迎之，遂入，閉門。"

【幄幕】wò mù　軍中的營幕。《左傳·昭公十三年》："子產以～～九張行。"

握 wò　❶ 握持，執持。《史記·廉頗藺相如列傳》："燕王私～臣手，曰'願結友'。"❷ 屈指成拳。《老子》五十五章："骨弱筋柔而～固。"❸ 掌握，控制。漢·賈誼《治安策》："大國之王幼弱未壯，漢之所置傅、相方～其事。"❹ 一把之量。《詩經·陳風·東門之枌》："視爾如荍，貽我～椒。"

【握髮】wò fà　洗頭時多次把頭髮握在手中，為了接待人才而中斷自己的事。相傳周公熱心接待來訪之士，甚至一沐三握髮，一飯三吐哺。後用"握髮"、"吐哺"、"吐握"比喻為國事辛勞、殷切求才。唐·韓愈《後十九日復上宰相書》："今雖不能如周公吐哺～～，亦宜引而進之。"

渥 wò　❶ 沾濕，沾潤。《詩經·小雅·信南山》："既優既～，既霑既足，生我百穀。"❷ 光潤，光澤。見"渥然"。❸ 深厚，豐厚。晉·李密《陳情表》："今臣亡國賤俘，至微至陋，過蒙拔擢，寵命優～。"

【渥然】wò rán　色澤光潤，富有光澤。宋·歐陽修《秋聲賦》："宜其～～丹者為槁木。"

斡 wò　旋轉，運轉。宋·王安石《杜甫畫像》："力能排天～九地，壯顏毅色不可求。"

齷 wò　見"齷齪"。

【齷齪】wò chuò　❶ 牙齒細密。《廣韻·覺韻》："～～，齒相近。"❷ 氣量局狹。南朝宋·鮑照《代放歌行》：

"小人自～～，安知曠士懷？" ❸ 肮髒，不乾淨。元·高文秀《黑旋風》："他見我風吹得～～，是這鼻凹裏黑。" ❹ 指品行不端。宋·方勺《青溪寇軌》："當軸者皆～～邪佞之徒。"

---

wu

污 wū ❶ 污濁肮髒的東西。漢·路溫舒《尚德緩刑書》："山藪藏疾，川澤納～。" ❷ 不清潔，肮髒。漢·許慎《說文解字·水部》："～，穢也。" ❸ 社會風氣、個人道德等的惡劣或腐敗。《孟子·滕文公上》："是故暴君～吏必慢其經界。"《孟子·盡心下》："同乎流俗，合乎～世。" ❹ 弄髒，污染。宋·沈括《夢溪筆談·活板》："以手拂之，其印自落，殊不沾～。" ❺ 玷污，污辱。漢·鄒陽《獄中上梁王書》："臣聞盛飾入朝者不以私～義。" ❻ 詆毀。唐·韓愈《原道》："入者主之，出者奴之；入者附之，出者～之。"

【污池】 wū chí　蓄水池。《孟子·滕文公下》："壞宮室以為～～，民無所安息。"

【污瀆】 wū dú　淺小的池溝。漢·賈誼《弔屈原賦》："彼尋常之～～兮，豈能容吞舟之魚？"

【污漫】 wū màn　污穢卑鄙。《荀子·儒效》："行不免於～～，而翼人之以己為修也。"

巫 wū ❶ 古代稱裝神弄鬼替人祈禱的人，女稱"巫"，男稱"巫"或"覡"。《國語·召公諫弭謗》："王怒，得衞人，使監謗者。" ❷ 稱古代醫師。《論語·子路》："人而無恆，不可以作～醫。"

【巫蠱】 wū gǔ　巫師使用邪術加禍於人的活動。蠱，毒蟲，傳說把許多毒蟲放在一起互相吞食，最後剩下不死的毒蟲叫"蠱"。《六韜·文韜》："偽方異伎，～～左道，不祥之言，幻惑良民。"

【巫山】 wū shān　❶ 山名。一在四川巫山縣東，即巫峽。唐·杜甫《秋興八首》其一："玉露凋傷楓樹林，～～巫峽氣蕭森。" 另一在山東肥城縣西北。傳說山上有漢代郭巨葬母於此，故也稱孝堂山。《左傳·襄公十八年》："齊侯登～～以望晉師。" ❷ 男女幽會。戰國楚·宋玉《高唐賦》中，記楚懷王夢中與巫山神女相會，神女辭別時說："妾在巫山之陽，高丘之阻；旦為朝陽，暮為雲雨；朝朝暮暮，陽台之下。" 後男女幽會被稱為巫山、雲雨、高唐或陽台。

【巫史】 wū shǐ　即"巫祝"，古代從事溝通鬼神職業的人。《漢書·郊祀志上》："家有～～，享祀無度。"

於 wū 見 732 頁 yú。

烏 wū ❶ 鳥名，烏鴉。戰國楚·屈原《楚辭·九章·涉江》："燕雀～鵲，巢堂壇兮。" ❷ 黑色。《水滸傳》第三回："打得眼棱縫裂，～珠迸出。" ❸ 古代神話傳說太陽中有三足烏，因以"烏"為太陽的代稱。元·楊維楨《鴻門會》："照天萬古無二～，殘星破月開天餘。" ❹ 副詞，表示反問語氣。明·王守仁《象祠記》："又～知其終之不見化於舜也？" ❺ 象聲詞。漢·楊惲《報孫會宗書》："酒後耳熱，仰天拊缶，而呼～～。"

【烏乎】 wū hū　歎詞。《左傳·襄公三十年》："～～！必有此夫。"

【烏衣巷】wū yī xiàng　地名，在今南京市東南，三國吳時於此置烏衣營，以兵士服烏衣而名，東晉時王、謝望族居此。唐·劉禹錫《烏衣巷》：「朱雀橋邊野草花，～～～口夕陽斜。」

嗚　wū　❶歎詞。唐·杜牧《阿房宮賦》：「～呼！滅六國者六國也，非秦也。」❷親吻。明·湯顯祖《牡丹亭·尋夢》：「他興心兒緊咽咽，～着咱香肩。」❸象聲詞。秦·李斯《諫逐客書》：「而歌呼～～快耳者，真秦之聲也。」

誣　wū　❶說話虛妄不實。《韓非子·顯學》：「故明據先王，必定堯舜者，非愚則～也。」❷欺騙。《孟子·滕文公下》：「是邪説～民，充塞仁義也。」❸誣衊，誣謗。宋·蘇軾《潮州韓文公廟碑》：「古今所傳，不可～也。」

【誣服】wū fú　無辜服罪。《史記·李斯列傳》：「趙高治斯，榜掠千餘，不勝痛，自～～～。」

惡　wū　見133頁è。

亡　wú　見616頁wáng。

毋　wú　❶副詞，表示禁止，相當於「別」，「不要」。《論語·子罕》：「主忠信，～友不如己者，過則勿憚改。」❷副詞，表示否定，相當於「不」。《史記·廉頗藺相如列傳》：「趙王畏秦，欲～行。」❸代詞，相當於「沒有誰」或「沒有人」。《史記·魏其武安侯列傳》：「上察宗室諸竇，～如竇嬰賢，乃召嬰。」❹通「無」，沒有。《史記·酷吏列傳》：「為吏以來，舍～食客。」

【毋乃】wú nǎi　豈不，難道不。《左傳·宣公十五年》：「後有辭而討焉，～～不可乎？」

【毋寧】wú nìng　寧可，不如。《左傳·襄公二十四年》：「～～使人謂子『子實生我』，而謂『子浚（jùn，索取，榨取）我以生』乎？」

【毋望】wú wàng　非常。《史記·春申君列傳》：「世有～～之福，又有～～之禍。」

吳　wú　❶大聲說話。《詩經·魯頌·泮水》：「烝烝皇皇，不～不揚。」❷古國名；地名，泛指中國東南一帶地方。

【吳戈】wú gē　盾名。戰國楚·屈原《楚辭·九歌·國殤》：「操～～兮披犀甲，車錯轂兮短兵接。」

【吳鉤】wú gōu　泛指利劍。南朝宋·鮑照《代結客少年行》：「驄馬金絡頭，錦帶佩～～。」

【吳音】wú yīn　指吳語。《宋書·顧琛傳》：「先是宋世江東貴達者，……～～不改。」

吾　wú　❶我。《莊子·逍遙遊》：「非不呺然大也，～為其無用而掊之。」❷通「禦」，抵禦。《墨子·公孟》：「厚攻則厚～，薄攻則薄～。」

【吾曹】wú cáo　我們，指同輩中人。《韓非子·外儲說右上》：「為公者必利，不為公者必害，～～何愛不為公？」

無　wú　❶沒有。《戰國策·觸龍說趙太后》：「位尊而～功，奉厚而～勞，而挾重器多也。」❷間隙，空隙。《老子》十一章：「三十輻共一轂，當其～用，車之用也。」❸非，不是。《管子·形勢》：「則國非其國，而民～其民也。」❹副詞，表示否定，相當於「不」、「未」。《尚書·周書‧洪範》："～偏～黨，王道蕩蕩。" ❺ 通"毋"、"勿"。不要，不可。《孟子‧梁惠王上》："雞豚狗彘之畜，～失其時，七十者可以食肉矣。" ❻ 副詞，表示反詰，多用作"得無"。《晏子春秋‧內篇雜下》："得～楚之水土使民善盜耶？" ❼ 副詞，表示疑問，用在句尾，相當於"不"、"沒"。唐‧朱慶餘《近試上張籍水部》："畫眉深淺入時～？" ❽ 連詞，表示條件關係或假設關係，相當於"不論"、"無論"或"即使"。唐‧韓愈《師說》："是故～貴～賤，～長～少，道之所存，師之所存也。"

【無道】 wú dào 暴虐，沒有德政。《史記‧陳涉世家》："將軍身被堅執銳，伐～～……功宜為王。"

【無何】 wú hé 不久。《史記‧絳侯周勃世家》："居～～，上至，又不得入。"

【無或】 wú huò ❶ 不要。《呂氏春秋‧貴公》："～～作好，遵王之道。" ❷ 無怪，不必奇怪。"或"通"惑"，疑怪。《孟子‧告子上》："～～乎王之不智也。"

【無藉】 wú jí ❶ 不納稅或不徵稅。《管子‧國蓄》："人君御穀物之秩相勝，而操事於其不平之間，故萬民～～，而國利歸於君也。" ❷ 無所顧忌，無賴。明‧馮夢龍《醒世恆言》第三十七卷："相交了這般～～，肯容你在家受用不成？"

【無間】 wú jiān ❶ 指事物的至微處。《淮南子‧原道訓》："出於無有，入於～～。" ❷ 沒有差別。唐‧韓愈《後十九日復上宰相書》："尚得自舉判官，～～於已仕未仕者。"

【無聊賴】 wú liáo lài 無依靠，無依

託。《晉書‧慕容德載記》："惟朕一身，獨～～～。"

【無慮】 wú lù 也作"亡慮"。❶ 不要打擾。《呂氏春秋‧長利》："夫子盍行乎？～～吾疾事。" ❷ 無所憂慮。《淮南子‧原道》："是故大丈夫恬然無思，澹然～～，以天為蓋，以地為輿。" ❸ 無計，無辦法。《後漢書‧應劭傳》："僕妾感慨而致死者，非能義勇，顧～～～耳。" ❹ 不考慮，不計算。《後漢書‧光武帝紀下》："初作壽陵，將作大匠竇融上言園陵廣袤，～～所用。" ❺ 大凡，大概。《漢書‧馮奉世傳》："今反虜～～三萬人，法當倍用六萬人。"

【無那】 wú nà ❶ 無奈，無可奈何。唐‧王昌齡《從軍行》："更吹橫笛關山月，～～金閨萬里愁。" ❷ 無限，非常。金‧董解元《西廂記諸宮調》："對郎羞懶～～，靠人先要偎摩。"

【無乃】 wú nǎi 莫非，豈不是。表委婉語氣。《國語‧越語上》："今君王既棲於會稽之上，然後乃求謀臣，～～後乎？"

【無寧】 wú nìng ❶ 寧可，不如。《論語‧子罕》："且予與其死於臣之手也，～～死於二三子之手乎？" ❷ 難道。《左傳‧襄公三十一年》："賓至如歸，～～菑患？" ❸ 不安定。唐‧韓愈《答張徹》："搜奇日有富，嗜善心～～。"

【無然】 wú rán ❶ 不對，不正確。《詩經‧唐風‧采苓》："舍旃舍旃，苟亦～～。" ❷ 不要這樣。《左傳‧襄公二十三年》："子～～。禍福無門，惟以自召。" ❸ 不是這樣。漢‧王符《潛夫論‧務本》："竟陳誣罔～～之事，以索見怪於世。"

W

【無任】 wú rèn ❶ 不勝任，無能。《戰國策·魏策四》："是大王籌策之臣～～矣。" ❷ 不勝，非常。唐·韓愈《論佛骨表》："臣不怨悔，～～感激懇悃（kǔn，真心誠意）之至。"

【無如】 wú rú 不如，比不上。《孟子·以五十步笑百步》："察鄰國之政，～～寡人之用心者。"

【無為】 wú wéi ❶ 道家指清靜虛無，順其自然。《老子》三章："為～～，則無不治。" ❷ 儒家指不施刑罰，以德政感化人民。《論語·衛靈公》："～～而治者，其舜也與！" ❸ 猶言不用，無須。《後漢書·鄧晨傳》："元以手撝曰：'行矣，不能相救，～～兩沒也。'" ❹ 無事。特指無戰亂。《詩經·王風·兔爰》："我生之初，尚～～。我生之後，逢此百罹。"

【無以】 wú yǐ ❶ 不採用。《詩經·邶風·谷風》："采葑采菲，～～下體？" ❷ 沒有什麼可以拿來，無從。《荀子·勸學》："故不積跬步，～～致千里；不積小流，～～成江海。" ❸ 不得已。《孟子·梁惠王上》："～～，則王乎？"

【無庸】 wú yōng ❶ 不用，無須。《國語·吳語》："夫吳之與越，唯天所授。王其～～戰。" ❷ 沒有功效，沒有用處。《逸周書·芮良夫》："飾言～～，竭行有成。" ❸ 無所作為，平庸。《魏書·高謙之傳》："臣以～～，謬宰神邑。"

【無由】 wú yóu 無法，無從。《荀子·法行》："故君子苟能無以利害義，則恥辱亦～～至矣。"

【無與】（1）wú yǔ ❶ 不給與。《公羊傳·襄公二十九年》："請～～子而與弟，弟兄疊為君，而致國乎季子。" ❷ 沒有跟……《孟子·離婁下》："蚤起，施從良人之所之，遍國中～～立談者。"
（2）wú yù 不參與，不相干。《戰國策·范雎説秦王》："終身闇惑，～～照姦。"

蕪 wú ❶ 田地荒蕪。晉·陶淵明《歸去來兮辭》："田園將～胡不歸？" ❷ 叢生的草。唐·柳宗元《永州韋使君新堂記》："始命芟其～，行其塗。" ❸ 繁雜。《晉書·王隱傳》："（王）隱雖好著述，而文辭鄙拙，～舛不論。"

【蕪穢】 wú huì ❶ 荒蕪，指田地不整治而雜草叢生。漢·楊惲《報孫會宗書》："田彼南山，～～不治，種一頃豆，落而為其。" ❷ 雜亂。明·袁宏道《徐文長傳》："先生詩文崛起，一掃近代～～之習。"

【蕪菁】 wú jīng 蔬菜名，俗稱大頭菜。唐·韓愈《感春》："黃黃～～花，桃李事已畢。"

齬 wú 見 738 頁 yǔ。

五 wǔ ❶ 數詞。唐·杜牧《阿房宮賦》："～步一樓，十步一閣。" ❷ 縱橫交錯。南朝梁·蕭衍《河中之水歌》："頭上金釵十二行，足下絲履～文章。" ❸ 樂譜記音符號之一。

【五霸】 wǔ bà 稱諸侯中勢力強大稱霸一時的五個諸侯王。最通行的説法是指齊桓、晉文、秦穆、宋襄、楚莊五個諸侯王。《史記·魏公子列傳》："北救趙而西卻秦，此～～之伐也。"

【五帝】 wǔ dì ❶ 相傳中國古代有五帝，説法不一。《周易·繫辭下》

中五帝是伏羲、神農、黃帝、堯、舜。《史記‧五帝本紀》中五帝是黃帝、顓頊、帝嚳、堯、舜。❷ 緯書所說的天上五方之帝：東方蒼帝，南方赤帝，中央黃帝，西方白帝，北方黑帝。也有以太昊、炎帝、黃帝、少昊、顓頊為五天帝的。

【五斗米】wǔ dǒu mǐ 指低級吏官的微薄薪俸。《晉書‧陶潛傳》："吾不能為～～～折腰，拳拳事鄉里小人。"

【五穀】wǔ gǔ 五種穀物，其說法不一。《莊子‧逍遙遊》："不食～～。"註指麻、菽、麥、稷、黍。《周禮‧夏官司馬‧職方氏》："其穀宜五種。"註指黍、稷、菽、麥、稻。後來統稱穀物為五穀，不一定限於五種。《孟子‧滕文公上》："～～不登，禽獸偪人。"

【五倫】wǔ lún 儒家禮教中稱君臣、父子、兄弟、夫婦、朋友之間的五種關係，也稱"五常"。

【五內】wǔ nèi 五臟，脾、肺、腎、肝、心。漢‧蔡琰《悲憤詩》："見此崩～～～，恍惚生狂癡。"

【五千言】wǔ qiān yán 老子《道德經》的代稱，又叫"五千文"。唐‧白居易《養拙》："迢遙無所為，時窺～～～。"

【五色】wǔ sè ❶ 青、黃、赤、白、黑謂為"五色"，古代把這五種顏色作為主要的顏色，現也泛指各種顏色。《淮南子‧女媧補天》："於是女媧煉～～石以補蒼天。" ❷ 神色。漢‧劉向《新序‧葉公好龍》："葉公見之，棄而還走，失其魂魄，～～無主。"

【五聲】wǔ shēng 古樂五聲音階的五個階名：宮、商、角、徵、羽。也稱"五音"。《呂氏春秋‧察傳》："夔於是正六律，和～～，以通八風。"

【五行】wǔ xíng ❶ 水、火、木、金、土，古代稱為構成各種物質的五種元素。《史記‧太史公自序》："《易》著天地、陰陽、四時、～～，故長於變。" ❷ 五種行為。《禮記‧鄉飲酒》："貴賤明，隆殺辨，和樂而不流，弟長而無遺，安燕而不亂，此～～者，足以正身安國矣。"

午 wǔ ❶ 地支的第七位，與天干相配，用以紀年、紀月、紀日或紀時。用以紀年，如 2014 年為農曆甲午年。宋‧蘇洵《張益州畫像記》："天子在祚，歲在甲～。"用以紀月，即農曆五月。用以紀日。《左傳‧僖公二十三年》："二月，甲～，晉師軍於廬柳。"用以紀時，即 11 時至 13 時。也泛指白天或夜晚的中間時段。唐‧李紳《憫農》："鋤禾日當～，汗滴禾下土。" ❷ 干支逢五稱午。如五月五日稱午日、端午、重午。❸ 縱橫交錯。《儀禮‧特牲饋食禮》："～割之。" ❹ 通"忤"或"仵"，違反，抵觸。《荀子‧富國》："～其軍，取其將。"

【午漏】wǔ lòu 午時的滴漏，亦指午時。宋‧歐陽修《下直呈同行三公》："～～聲初轉，歸鞍路偶同。"

【午日】wǔ rì ❶ 夏曆五月初五，端午日的簡稱。晉‧陸機《洛陽記》："～～造水羹艾酒。" ❷ 干支值午之日。

【午午】wǔ wǔ 重疊，雜沓。宋‧梅堯臣《泊昭亭山下得亭字》："雲中峯～～，潭上樹亭亭。"

仵 wǔ ❶匹敵，同等。《莊子·天下》："以堅白同異之辯相訾，以奇偶不～之辭相應。" ❷違背，違逆。《管子·心術上》："自用則不虛，不虛則～於物矣。"

伍 wǔ ❶古代軍隊編制單位，五人為伍。《孫子·謀攻》："全～為上，破～次之。"又泛指軍隊、隊伍。漢·司馬遷《報任安書》："又不能備行～，攻城野戰，有斬將搴旗之功。" ❷古代戶籍編制單位，五家為伍。宋·蘇軾《范增論》："願賜骸骨歸卒～。"後常用來借指平民百姓。明·張溥《五人墓碑記》："而五人生於編～之間。" ❸佇列，行列。《孟子·公孫丑下》："子之持戟之士，一日而三失～，則去之否乎？" ❹同列的人，同伴。漢·司馬遷《報任安書》："身非木石，獨與法吏為～。"

【伍伯】 wǔ bó ❶即伍長。見"伍長"。❷地方官府的兵卒差役，漢以來充當輿衛前導，後稱行刑的役卒。唐·韓愈《寄盧仝》："立召賊曹呼～～。"

【伍人】 wǔ rén 古代軍隊或戶籍編在同伍的人。《墨子·號令》："～～不得，斬；得之，除。"

【伍長】 wǔ zhǎng 古代軍隊以五人為伍，戶籍以五戶為伍，一伍之長稱"伍長"。《周禮·夏官司馬》："五人為伍，伍皆有長。"

忤 wǔ 違逆，抵觸。《淮南子·人間訓》："故聖人先～而後合，眾人先合而後～。"

【忤視】 wǔ shì 對視。《戰國策·燕策三》："燕國有勇士秦舞陽……人不敢與～～。"

武 wǔ ❶泛指軍事、技擊、強力之事，與"文"相對。《史記·游俠列傳》："儒以文亂法，而俠以～犯禁。" ❷勇猛，剛健，威武。《史記·酷吏列傳》："吏治若救火揚沸，非～健嚴酷，惡能勝其任而愉快乎？" ❸士。《淮南子·覽冥訓》："勇～一人為三軍雄。" ❹兵器。唐·王勃《滕王閣序》："紫電清霜，王將軍之～庫。" ❺足跡。戰國楚·屈原《楚辭·離騷》："忽奔走以先後兮，及前王之踵～。"

侮 wǔ ❶欺凌，欺侮。唐·柳宗元《賀進士王參元失火書》："雖欲如嚮之蓄縮受～，其可得乎？" ❷輕慢，輕視。《論語·季氏》："小人不知天命而不畏也，狎大人，～聖人之言。" ❸戲弄。《淮南子·說林訓》："故～人之鬼者，過社而搖其枝。"

廡 (1) wǔ ❶高堂下周圍的廊房、廂房。唐·柳宗元《永州韋使君新堂記》："凡其物類，無不合形輔勢，效伎於堂～之下。" ❷房屋。《史記·李斯列傳》："居大～之下。"

(2) wú 通"蕪"，草木茂盛的樣子。《國語·晉語四》："黍不為黍，不能蕃～。"

舞 wǔ ❶舞蹈。《莊子·養生主》："奏刀騞然，莫不中音，合於桑林之～，乃中經首之會。" ❷表演舞蹈，跳舞。《論語·八佾》："八佾～於庭，是可忍也，孰不可忍也？" ❸揮動，搖動。《孟子·離婁上》："則不知足之蹈之、手之～之。" ❹玩弄，耍弄。《漢書·汲黯列傳》："好興事，～文法。"

【舞雩】 wǔ yú ❶古代求雨時舉行的伴有樂舞的祭祀。《周禮·春官司馬·司巫》："若國大旱，則帥巫而～～。" ❷指舞雩台。《論語·顏淵》："樊遲從遊於～～之下。"

W

兀 wù ❶ 高聳突出的樣子。唐·杜甫《茅屋為秋風所破歌》："何時眼前突～見此屋,吾廬獨破受凍死亦足。" ❷ 渾噩無知的樣子。唐·李白《月下獨酌》："醉後失天地,～然就孤枕。" ❸ 寂寞無聊的樣子。明·歸有光《項脊軒志》："冥然～坐,萬籟有聲。" ❹ 光禿。唐·杜牧《阿房宮賦》："蜀山～,阿房出。" ❺ 動搖,搖晃。《後漢書·劉表列傳》："未有棄親即異,～其根本而能全於長世者也。" ❻ 助詞。見"兀底"、"兀那"。

【兀傲】 wù ào 意氣鋒銳凌厲。晉·陶淵明《飲酒》："規規一何愚,～～差若穎(穎)。"

【兀底】 wù dǐ 指示代詞,這個。宋·張鎡《夜遊宮·美人》："鶻相龐兒誰有,～～便筆描不就。"

【兀那】 wù nà 指示代詞,那,那個。元·馬致遠《漢宮秋》："～～彈琵琶的是哪位娘娘?"

【兀兀】 wù wù ❶ 靜止的樣子。唐·杜甫《自京赴奉先詠懷》："～～遂至今,忍為塵埃沒。" ❷ 昏沉的樣子。唐·白居易《對酒》："所以劉阮輩,終年醉～～。" ❸ 勤勉不止的樣子。唐·韓愈《進學解》："焚膏油以繼晷,恆～～以窮年。"

勿 wù ❶ 表示否定,相當於"不"。《孟子·告子上》："非獨賢者有是心也,人皆有之,賢者能～喪耳。" ❷ 表示禁止或勸阻,相當於"不要"、"別"。《論語·顏淵》："非禮～視,非禮～聽,非禮～言,非禮～動。" ❸ 勤勉。見"勿勿"。 ❹ 助詞,用於句首,無義。《詩經·小雅·節南山》："弗問弗仕,～罔君子。"

【勿勿】 wù wù ❶ 勤勉,殷切。《禮記·禮器》："～～乎其欲其饗之也。" ❷ 急速。古時書信中常用"勿勿"二字,有人認為是"忽忽"的省寫,後來把事情做得匆促稱為"匆匆",後人又加點成為"匆匆"。

物 wù ❶ 雜色牛。《詩經·小雅·無羊》："三十維～,爾牲則具。" ❷ 東西,事物。《孟子·告子上》："雖有天下易生之～也,一日暴之,十日寒之,未有能生者也。" ❸ 社會,外界環境。《荀子·勸學》："君子生非異也,善假於～也。" ❹ 實質內容。《易經·家人》："君子以言有～,而行有恆。" ❺ 物產。《史記·項羽本紀》："今入關,財～無所取。" ❻ 選擇,觀察。宋·文天祥《〈指南錄〉後序》："經北艦十餘里,為巡船所～色,幾從魚腹死。"

【物華】 wù huá ❶ 自然景色。唐·白居易《酬南洛陽早春見贈》："～～春意尚遲迴,賴有東風吹夜催。" ❷ 萬物的精華。唐·王勃《滕王閣序》："～～天寶,龍光射牛斗之墟。"

【物類】 wù lèi ❶ 萬物,各類物質。《荀子·勸學》："～～之起,必有所始。" ❷ 物的同類。宋·歐陽修《〈梅聖俞詩集〉序》："乃徒發於蟲魚～～,羈愁感歎之言?" ❸ 物的種類。宋·歐陽修《奉答聖俞達頭魚之作》："吾聞海之大,～～無窮極。" ❹ 特定的人或物。唐·柳宗元《永州韋使君新堂記》："凡其～～,無不合形輔勢,效伎於堂廡之下。"

【物理】 wù lǐ 事物的常理。宋·蘇軾《凌虛臺記》："雖非事之所以損益,而～～有不當然者。"

【物役】wù yì　為外物所役使、所羈絆。南朝宋・謝瞻《答靈運》：「獨夜無～～。」

【物議】wù yì　眾人的議論。《南齊書・王儉傳》：「少有宰相之志，～～咸相推許。」

務 wù　❶致力，從事。《論語・雍也》：「～民之義，敬鬼神而遠之，可謂知矣。」❷追求，謀求。《國語・周語上》：「使～利而避害，懷德而畏威，故能保世以滋大。」❸追求的目標。《史記・貨殖列傳》：「必用此為～，挽近世，塗民耳目，則幾無行矣。」❹事情，事務。明・方孝孺《深慮論》：「而欲以區區之智，籠絡當世之～。」❺工作，職責。漢・司馬遷《報任安書》：「曩者辱賜書，教以慎於接物，推賢進士為～。」❻必須，一定。《孟子・告子下》：「君子之事君也，～引其君以當道，志於仁而已。」

【務本】wù běn　致力於根本。《論語・學而》：「君子～～，本立而道生。」

晤 wù　❶覺悟，受啟發而明白。唐・孟郊《壽安西渡奉餞鄭相公》：「病深理方～，悔至心自曉。」❷聰明。《新唐書・李至遠傳》：「少秀～，能治《尚書》《左氏春秋》。」❸相遇，見面。《詩經・陳風・東門之池》：「彼美淑姬，可與～歌。」

【晤言】wù yán　見面談話。晉・王羲之《〈蘭亭集〉序》：「或取諸懷抱，～～一室之內。」

塢 wù　❶防守用的土石修成的堡狀建築物。唐・柳宗元《小石城山記》：「其旁出堡～，有若門焉，窺之正黑。」❷山坳。宋・王安石《見遠亭》：「樵笛鳴晴～。」❸泛指四面高中央低的處所。唐・李郢《喪賈島無可》：「蕭蕭竹～斜陽在，葉葉開階雪擁牆。」

寤 wù　❶睡醒。《詩經・周南・關雎》：「窈窕淑女，～寐求之。」❷通「悟」，醒悟，理解。《史記・項羽本紀》：「五年卒亡其國，身死東城，尚不覺～而不自責，過矣。」❸逆。見「寤生」。

【寤生】wù shēng　難產，孩子出生時頭先出為順生，足先出為寤生。《左傳・鄭伯克段於鄢》：「莊公～～，驚姜氏。」

鶩 wù　❶亂跑，縱橫奔馳。宋・蘇轍《黃州快哉亭記》：「周瑜、陸遜之所馳～，其流風遺跡，亦足以稱快世俗。」❷急速。《素問・大奇論》：「肝脈～暴，有所驚駭。」❸通「務」，力求，追求。《宋史・程顥傳》：「病學者厭卑邇而～高遠，卒無成焉。」

鶩 wù　❶家鴨。戰國楚・屈原《楚辭・卜居》：「將與雞～爭食乎？」❷野鴨。唐・王勃《滕王閣序》：「落霞與孤～齊飛。」

X

夕 xī ❶傍晚。《論語·里仁》："朝聞道，～死可矣。" ❷特指傍晚時謁見君主，與"朝"相對。《左傳·昭公十二年》："右尹子革～。" ❸夜。宋·蘇洵《六國論》："然後得一～安寢。" ❹傾斜，不正的樣子。《呂氏春秋·明理》："是正坐於～室，其所謂正，乃不正也。"

兮 xī 文言詩歌裏的語氣詞，近似於現代説"啊"或"呀"。《詩經·魏風·伐檀》："寘之河之干～。"

西 xī ❶方位名，與"東"相對。唐·李白《憶秦娥》："～風殘照，漢家陵闕。" ❷向西去。宋·蘇軾《後赤壁賦》："掠予舟而～也。" ❸西邊的。《周易·隨》："王用亨於～山。"

【西京】xī jīng 古都名。❶東漢、隋、唐時以雒（luò，同"洛"）陽為東都，以長安為西都，也稱"西京"。《舊唐書·地理志一》："亦如～～之制，置十三州刺史以充郡守。" ❷北宋時，以汴州為東京，以河南府為"西京"。《宋史·地理志一》："～～，唐顯慶間為東都，開元改河南府。"

【西學】xī xué ❶周代設在國都西郊的小學。《禮記·祭義》："祀先賢於～～，所以教諸侯之德也。" ❷清代稱從歐美傳來的自然科學和社會科學。清·王韜《甕牖餘談·專重天算》："中國之明～～者，未嘗無人。"

希 xī ❶少。《孟子·離婁下》："人之所以異於禽獸者幾～。"這個意義後來寫作"稀"。 ❷仰慕。唐·韓愈《後廿九日復上宰相書》："雖不足以一望盛德，至比於百執事，豈盡出其下哉？" ❸希望，希求。晉·李密《陳情表》："有所～冀。"

【希微】xī wēi 寂靜空虛。《老子》一十四章："聽之不聞名曰希，摶之不得名曰微。"又通"熹微"。《晉書·陶潛傳》："恨晨光之～～。"

【希夷】xī yí ❶空虛寂靜。《老子》十四章："視之不見名曰夷，聽之不聞名曰希。" ❷借指不能感知的宇宙空間。唐·柳宗元《〈愚溪詩〉序》："超鴻蒙，混～～。"

昔 xī ❶過去，從前。與"今"相對。晉·王羲之《〈蘭亭集〉序》："後之視今，亦猶今之視～。" ❷夜。《莊子·天運》："通～不寐矣。"

唏 xī 哭泣時的抽咽。明·王守仁《瘞旅文》："登望故鄉而噓～兮。"

【唏噓】xī xū 抽泣。三國魏·曹植《卞太后誄》："百姓～～，嬰兒號慕。"

奚 xī ❶奴隸。《周禮·天官冢宰》："酒人奄十人，女酒十人，～三百人。"有時也指女奴隸。《周禮·秋官司寇·禁暴氏》："凡隸（男女奴）聚而出入者，則司牧之，戮其犯禁者。" ❷僕人。《新唐書·李賀傳》："騎弱馬，從小～奴。" ❸什麼。晉·陶淵明《歸去來兮辭》："樂夫天命復～疑？" ❹為什麼。晉·陶淵明《歸去來兮辭》："既自以心為形役，～惆悵而獨悲？"

【奚啻】xī chì　何止。《呂氏春秋・當務》："跖之徒問於跖曰：'盜有道乎？'跖曰：'～～其有道也！'"又"啻"亦作"翅"。

【奚故】xī gù　何故，為什麼。《呂氏春秋・不屈》："蝗螟，農夫得而殺之，～～？為其害稼也。"

【奚如】xī rú　何如，怎樣。《史記・平原君虞卿列傳》："卿以為～～？"

【奚為】xī wèi　何為，為什麼。《孟子・滕文公上》："許子～～不自織？"

【奚暇】xī xiá　何暇，哪有時間。《左傳・梁惠王上》："～～治禮義哉！"

【奚以】xī yǐ　何以，為什麼。《莊子・逍遙遊》："～～之九萬里而南為？"

【奚由】xī yóu　何由。《漢書・高帝求賢詔》："士～～進？"

【奚有】xī yǒu　何有，有什麼。《孟子・告子下》："～～於是？"

息　xī　❶呼吸。《莊子・逍遙遊》："生物之以～相吹也。"❷歎息。《戰國策・燕策三》："樊將軍仰天太～。"❸停止。《淮南子・女媧補天》："水浩洋而不～。"❹休息。《孟子・梁惠王下》："飢者弗食，勞者弗～。"❺滋生，繁殖。《史記・孔子世家》："嘗為司職吏而畜蕃～。"❻子女。晉・李密《陳情表》："門衰祚薄，晚有兒～。"❼利息。《史記・孟嘗君列傳》："貸錢多者不能與其～。"❽通"熄"，滅。《漢書・霍光傳》："俄而家果失火，鄰里共救之，幸而得～。"

【息交】xī jiāo　停止交往或謝絕交往。晉・陶淵明《歸去來兮辭》："請～～以絕游。"

【息錢】xī qián　利息與本金。《史記・孟嘗君列傳》："召取孟嘗君錢者皆會，得～～十萬。"

【息壤】xī rǎng　❶神話中會自己生長、永不損耗的土壤。《山海經・海內經》："洪水滔天，鯀竊帝之～～以湮洪水。"❷戰國時秦國邑名，今河南宜陽。《戰國策・秦策二》："王迎甘茂於～～。"

【息土】xī tǔ　❶即息壤。❷肥沃的土地，與"耗土"相對。《大戴禮記・易本命》："～～之人美，耗土之人醜。"

悉　xī　❶詳盡。漢・賈誼《論積貯疏》："古之治天下，至纖至～也。"❷全，都。《史記・廉頗藺相如列傳》："趙王～召群臣議。"

稀　xī　❶疏，與"密"相對。晉・陶淵明《歸園田居》："種豆南山下，草盛豆苗～。"❷少，與"多"相對。漢・曹操《短歌行》："月明星～，烏鵲南飛。"❸薄，與"稠"相對。元・陳思濟《漱石亭和段超宗韻》："羨殺田家豆粥～。"

【稀年】xī nián　即古稀之年，七十歲的代稱。宋・李昴《水調歌頭・壽參政徐意一》："地位到公輔，耆艾過～～。"

翕　xī　❶收斂，收縮。漢・枚乘《七發》："～翼而不能去。"❷聚，合。《詩經・小雅・常棣》："兄弟既～，和樂且湛。"

【翕然】xī rán　❶協調，一致的樣子。《史記・汲鄭列傳》："山東諸公以此～～稱黯莊。"❷安定的樣子。《梁書・孫謙傳》："郡境～～，威信大著。"

【翕如】xī rú　和諧的樣子。《論語・八佾》："始作～～也。"

【翕翕】xī xī ❶ 失意的樣子。《孫子·行軍》：「諄諄~~，徐與人言者，失眾也。」❷ 苟合的樣子。宋·曾鞏《故翰林侍讀學士錢公墓誌銘》：「公於眾不矯矯為異，亦不~~為同。」

【翕張】xī zhāng ❶ 收斂舒張，指氣功的吐納。明·胡應麟《少室山房筆叢·九流緒論上》：「蓋秦漢所謂道家，大率~~取予之術。」❷ 指治國理事有張有弛。《舊唐書·蘇定方傳論》：「邢國公神略~~，……始終成業。」

溪 xī ❶ 山間的小河溝。《漢書·司馬相如傳上》：「振~通谷，蹇產溝瀆。」❷ 小河。晉·陶淵明《桃花源記》：「緣~行，忘路之遠近。」

【溪壑】xī hè　溪谷，亦用來比喻無止境的貪慾。漢·桓寬《鹽鐵論·本議》：「山海不能贍~~~。」

裼 xī　見 593 頁 tì。

熙 xī ❶ 明亮。三國魏·曹植《七啟》：「~天曜（yào，亮）日。」❷ 曝曬。晉·盧諶《贈劉琨》：「仰~丹崖，俯澡綠水。」❸ 通「嬉」，玩樂。《淮南子·俶真訓》：「鼓腹而~。」❹ 通「禧」，吉祥。《漢書·禮樂志》：「~事備成。」

【熙載】xī zài　弘揚功業。《漢書·敘傳下》：「疇咨~~。」

嘻 xī ❶ 喜笑，強笑的樣子。《史記·廉頗藺相如列傳》：「秦王與群臣相視而~。」❷ 歎詞。表示讚歎、憤怒、歎息等。《公羊傳·僖公元年》：「慶父聞之曰：『~！此奚斯之聲也。」

嬉 xī　玩樂。唐·韓愈《進學解》：「業精於勤，荒於~。」

錫 (1) xī　五金之一。秦·李斯《諫逐客書》：「江南金~不為用。」
　　(2) cì　通「賜」，賞賜。宋·歐陽修《瀧岡阡表》：「逢國大慶，必加寵~。」

【錫賚】cì lài　賞賜。《舊唐書·郭曖傳》：「歲時~~珍玩，不可勝紀。」

【錫命】cì mìng　賞賜。宋·歐陽修《瀧岡阡表》：「實為三朝之~~~。」

歙 (1) xī ❶ 吸入。南朝宋·鮑照《石帆銘》：「吐湘引漢，~蠡吞沱。」❷ 收斂。《老子》三十六章：「將欲~之，必固張之。」❸ 通「翕」，和洽。《漢書·韓延壽傳》：「郡中~然。」
　　(2) shè　地名。《隋書·地理志下》：「新安郡統縣三……休寧、~、黟。」

【歙歙】xī xī　和洽的樣子。《老子》四十九章：「聖人之在天下，~~焉。」

熹 xī ❶ 熾熱。宋·楊萬里《明發陳公徑過摩舍那灘石峯下》：「東暾澹未~，北吹寒更寂。」❷ 明亮。晉·陶淵明《歸去來兮辭》：「恨晨光之~微。」

窸 xī　見「窸窣」。

【窸窣】xī sū　象聲詞，形容細微的聲音。唐·杜甫《自京赴奉先詠懷》：「枝撐聲~~。」

羲 xī　見「羲和」。

【羲和】xī hé ❶ 羲氏、和氏。自唐堯至夏，世代掌管天文曆法的官吏。《尚書·夏書·胤征》：「~~湎淫，廢時亂日，胤往征之。」❷ 神話人物，為太陽駕車的神。戰國楚·屈

原《楚辭·離騷》："吾令~~弭節
兮，望崦嵫而勿迫。"

【羲皇】xī huáng　傳說中的上古帝
王伏羲氏。晉·陶淵明《與子儼等
疏》："自謂是~~上人。"

【羲農】xī nóng　伏羲氏與神農氏。
漢·班固《答賓戲》："基隆於~~，
規廣於黃唐。"

谿　xī ❶同"溪"，見641頁"溪"。
❷空虛。《呂氏春秋·適音》：
"以危聽清，則耳~極。"

【谿谷】xī gǔ　山間的小河溝。唐·
獨孤及《奉和李大夫同呂評事太行
苦熱行》："炎雲如煙火，~~將恐
竭。"

釐　xī　見354頁lí。

臘　xī　見343頁là。

席　xī ❶草蓆。《孟子·滕文公
上》："織~以為食。" ❷席
位，座位。三國魏·曹丕《與吳
質書》："行則連輿，止則接~。"
❸酒筵。明·張岱《西湖七月半》：
"官府~散。" ❹特指船帆。唐·杜
甫《早發》："早行篙師怠，~挂風
不正。" ❺憑藉，倚仗。《漢書·劉
向傳》："呂產、呂祿~太后之寵。"

習　xī ❶鳥多次撲着翅膀練習飛。
《禮記·月令》："鷹乃學~。"
❷復習，溫習。《論語·學而》："學
而時~之，不亦說乎？" ❸學習。
宋·歐陽修《〈梅聖俞詩集〉序》：
"幼~於詩。" ❹了解，熟悉。《史
記·孔子世家》："丘已~其曲矣，
未得其數也。" ❺習慣。《論語·
陽貨》："性相近也，~相遠也。"
❻擅長。《晏子春秋·內篇雜下》：
"（晏子）齊之~辭者也。"

【習習】xí xí ❶鳥飛來飛去。晉·
左思《詠史》："~~籠中鳥，舉翮
觸四隅。" ❷微風和煦的樣子。《詩
經·邶風·谷風》："~~谷風。"

蓆　xí　大。《詩經·鄭風·緇
衣》："緇衣之~兮。"

◆ "蓆"、"席"在古代是兩個字，可通用，
但在"大"的意義上只用"蓆"。

檄　xí ❶古代用來徵召的文書。
唐·李白《古風五九首》之三
四："羽~如流星，虎符合專城。"
❷古代用來聲討的文書。《史記·張
耳陳餘列傳》："此臣之所謂傳~而
千里定者也。" ❸緝捕文書。宋·
文天祥《〈指南錄〉後序》："制府~
下。"

隰　xí　潮濕的窪地。《國語·召
公諫弭謗》："猶其有原~衍沃
也，衣食於是乎生。"

【隰皋】xí gāo　水邊低濕的地方。
《左傳·襄公二十五年》："田丁原
防，牧~~。"

襲　xí ❶一套，一副。《漢書·
昭帝紀》："有不幸者，賜衣被
一~。" ❷衣上加衣。《禮記·內
則》："寒不敢~。" ❸重疊。戰國
楚·屈原《楚辭·九章·懷沙》："重
仁~義兮。" ❹重複。《左傳·哀
公十年》："事不再令，卜不~吉。"
❺和合。《荀子·不苟》："天地比，
齊秦~。" ❻因循，沿用。明·王
鏊《親政篇》："非獨沿~故事，亦
其地勢使然。" ❼繼承王位或爵位。
《史記·秦始皇本紀》："太子胡亥~
位。" ❽乘人不備突然進攻。《左
傳·僖公三十二年》："勞師以~遠，
非所聞也。"

【襲蹈】xí dǎo　因襲沿用。唐·韓

愈《樊紹述墓誌銘》："不～～前人一言一句，又何其難也。"亦作"蹈襲"，見106頁"蹈襲"。

洗 (1) xǐ ❶ 洗腳。《漢書·高帝紀上》："沛公方踞牀，使兩女子～。" ❷ 用水除去污垢。明·王冕《墨梅》："我家～硯池頭樹，朵朵花開淡墨痕。" ❸ 承接洗手水的器皿。《儀禮·士冠禮》："設～直於東榮。" ❹ 掃除乾淨。宋·岳飛《五嶽祠盟記》："～蕩巢穴，亦且快國仇之萬一。"

(2) xiǎn 見"洗馬"。

【洗兒】xǐ ér 古時嬰兒出生後三日或滿月，會集親友，為嬰兒洗身。宋·孟元老《東京夢華錄·育子》："至滿月大展～～會，親賓盛集。"

【洗馬】xiǎn mǎ ❶ 馬前卒。《韓非子·喻老》："身執干戈為吳王～～。" ❷ 官名。晉·李密《陳情表》："尋蒙國恩，除臣～～。"

徙 xǐ ❶ 遷移。《莊子·逍遙遊》："鵬之～於南冥也，水擊三千里。" ❷ 調職。《史記·淮陰侯列傳》："～齊王信為楚王。" ❸ 流放罪人到邊遠地區。《資治通鑑》卷四十八："塞外吏士……皆以罪過～補邊屯。"

蔥 xǐ 膽怯，害怕。《論語·泰伯》："恭而無禮則勞，慎而無禮則～。"

屣 xǐ 鞋。明·宋濂《送東陽馬生序》："負篋曳～，行深山巨谷中。"

蓰 xǐ 五倍。《孟子·滕文公上》："或相倍～，或相什伯，或相千萬。"

禧 xǐ 吉祥，幸福。宋·王令《古廟》："祝傳神醉下福～。"

灑 xǐ 見514頁sǎ。

卻 xì 見500頁què。

係 xì ❶ 捆綁。漢·賈誼《過秦論》："俛首～頸，委命下吏。" ❷ 在於。明·唐順之《信陵君救趙論》："信陵之罪，固不專～乎符之竊不竊也。" ❸ 是。《紅樓夢》第四回："此～私室，但坐不妨。"

細 xì ❶ 小，與"大"相對。《史記·項羽本紀》："大行不顧～謹，大禮不辭小讓。" ❷ 與"粗"相對。明·魏學洢《核舟記》："～若蚊足，鉤畫了了。" ❸ 小人。《史記·項羽本紀》："而聽～說，欲誅有功之人。" ❹ 詳細，仔細。宋·蘇軾《水龍吟·次韻章質夫楊花詞》："～看來，不是楊花，點點是離人淚。"

【細人】xì rén ❶ 見識短淺的人。《禮記·檀弓上》："～～之愛人也以姑息。" ❷ 奸細。《前漢書平話》卷下："切恐夾帶～～入來。"

【細作】xì zuò ❶ 間諜。唐·白居易《請罷兵第二狀》："臣伏聞回鶻，吐蕃皆有～～，中國之事，大小盡知。" ❷ 為皇家製作精巧工藝品的機構。《隋書·百官志中》："（太府寺）統左、中、右三尚方，……～～、左校、甄官等署令、丞。"

隙 xì ❶ 牆交界處的裂縫。《左傳·昭公元年》："人之有牆，以蔽惡也。將之～壞，誰之咎也？"亦引申喻意感情上的裂痕。 ❷ 一般物體的裂縫、孔、洞。明·徐霞客《徐霞客遊記·楚遊日記》："石～低而隘。" ❸ 漏洞，空子，機會。三國魏·曹植《諫伐遼東表》：

"東有待釁之吳，西有伺～之蜀。" ❹ 空閑。唐·柳宗元《始得西山宴遊記》："其～也，則施施而行，漫漫而遊。" ❺ 鄰近，接近。《漢書·地理志》："北～烏丸，夫餘。"（烏丸，夫餘均為民族名。）

戲 (1) xì ❶ 角力。《國語·晉語九》："請與之～，弗勝，致右焉。" ❷ 嬉戲，遊戲。《史記·孔子世家》："孔子為兒嬉～，常陳俎豆，設禮容。" ❸ 嘲弄，調笑。《史記·廉頗藺相如列傳》："得璧，傳之美人，以～弄臣。" ❹ 雜技、歌舞等表演。《史記·孔子世家》："優倡侏儒為～而前。"

(2) hū 通 "呼"，語氣詞。《禮記·大學》："於～前王不忘。"

(3) huī 軍中麾旗，同 "麾"。《史記·淮陰侯列傳》："及項梁渡淮，(韓) 信杖劍從之，居～下。"

【戲謔】 xì xuè 戲談，開玩笑。《詩經·衛風·淇奧》："善～～兮，不為虐兮。"

繫 xì ❶ 連結，聯繫。唐·杜甫《秋興八首》其一："叢菊兩開他日淚，孤舟一～故園心。" ❷ 帶子。漢樂府《陌上桑》："青絲為籠～，桂枝為籠鉤。" ❸ 世系。《史記·五帝本紀》："孔子所傳《宰予問五帝德》及《帝～姓》，儒者或不傳。"

---

xia

岈 xiā ❶ 深邃的樣子。唐·柳宗元《始得西山宴遊記》："其高下之勢，～然窪然，若垤若穴。" ❷ 山谷。《水經注·漾水》："漢水又西徑南～～北～中，上下有二城相對。"

呷 (1) xiā 小口吸飲。明·袁宏道《滿井遊記》："～浪之鱗，悠然自得。"

(2) gā 象聲詞，常疊用。❶ 形容鴨叫聲或其他禽獸叫聲。唐·李白《大獵賦》："嘩嘩～～，盡奔突於場中。" ❷ 形容笑聲。元·關漢卿《魯齋郎》："採樵人鼓掌～～笑。"

狎 xiá ❶ 親近。宋·蘇軾《放鶴亭記》："隱德之士，～而玩之。" ❷ 戲弄。《史記·高祖本紀》："廷中吏無所不～侮。" ❸ 輕忽。《左傳·昭公二十年》："水懦弱，民～而玩之，則多死焉。" ❹ 交替，更疊。《左傳·襄公二十七年》："晉楚～主諸侯之盟也久矣。"

俠 (1) xiá ❶ 扶危濟困。漢·馬援《誡兄子嚴教書》："杜季良豪～好義，憂人之憂，樂人之樂。" ❷ 古代見義勇為、扶危濟困的人。《史記·游俠列傳》："而～以武犯禁。"

(2) jiā 通 "夾"。《漢書·叔孫通傳》："殿下郎中～陛，陛數百人。"

【俠邪】 xiá xié ❶ 小巷。"俠" 通 "狹"。因娼妓多居於小巷中，故又指娼妓居處。明·鄭若庸《玉玦記·標題》："長安下第羞歸去，向～～遊。" ❷ 邪惡，不正派。《金史·王倫傳》："～～無賴，年四十餘，尚與市井惡少輩遊汴中。"

柙 xiá ❶ 關野獸的木籠；囚籠。《論語·季氏》："虎兕出於～，龜玉毀於櫝中。" ❷ 匣子。《戰國策·燕策三》："秦舞陽奉地圖～，以次進。"

狹 xiá ❶ 窄，與 "寬" 相對。晉·陶淵明《歸園田居》："道～草木長。" ❷ 心胸不廣。《荀子·

修身》："～臨褊小，則廓之以廣大。" ❸ 特指知識不廣博。《尚書·商書·咸有一德》："無自廣以～人。"

硤 xiá ❶ 同"峽"，兩山間的溪谷。北魏·酈道元《水經注·淮水》："淮水又北，徑山～中。" ❷ 狹窄的。《淮南子·兵略訓》："～路津關，大山名塞。"

遐 xiá ❶ 遠。晉·陶淵明《歸去來辭》："時矯首而～觀。" ❷ 遠去。漢·張衡《東京賦》："俟聞風（秋風）而西～。" ❸ 通"胡"。《詩經·小雅·隰桑》："心乎愛矣，～不謂矣。"

【遐荒】 xiá huāng　邊遠荒涼之地。漢·韋孟《諷諫》："撫寧～～。"

【遐舉】 xiá jǔ ❶ 遠行。戰國楚·屈原《楚辭·遠遊》："泛容與而～～兮，聊抑志而自弭。" ❷ 遠揚。《隋書·刑法志》："頌聲～～。" ❸ 死的委婉說法。漢·李陵《答蘇武書》："彼二子之～～，誰不為之痛心哉！"

暇 xiá ❶ 空閒。唐·柳宗元《種樹郭橐駝傳》："吾小人輟飧饔以勞吏者且不得～，又何以蕃吾生而安吾性也？" ❷ 悠閒。清·蒲松齡《聊齋志異·狼》："久之，目似瞑，意～甚。"

瑕 xiá ❶ 玉石上的斑點。《史記·廉頗藺相如列傳》："璧有～，請指示王。" ❷ 指人的缺點。唐·韓愈《進學解》："指前人之～疵。" ❸ 裂痕，空隙。《管子·制分》："攻堅則軔，乘～則神。"

黠 xiá ❶ 狡猾。清·蒲松齡《聊齋志異·狼》："狼亦～矣，而頃刻兩斃。" ❷ 聰明，機靈。《北史·后妃列傳下》："慧～，能彈琵

琶，工歌舞。"

下 xià ❶ 下面，下部，與"上"相對。唐·白居易《與元微之書》："到東西二林間香爐峯～。" ❷ 低，與"高"相對。宋·沈括《夢溪筆談·活板》："沾水則高～不平。" ❸ 從高處到低處。《左傳·曹劌論戰》："～，視其轍……" ❹ 放下。晉·干寶《宋定伯捉鬼》："徑至宛市中～著地，化為一羊，便賣之。" ❺ 頒佈。《戰國策·鄒忌諷齊王納諫》："令初～，羣臣進諫，門庭若市。" ❻ 攻克，佔領。《史記·陳涉世家》："攻銍、酇、苦、柘、譙，皆～之。" ❼ 少於。漢·晁錯《論貴粟疏》："其服役者，不～二人。"

【下第】 xià dì ❶ 劣等，下等。《晉書·杜預傳》："每歲言優者一人為上第，劣者一人為～～。" ❷ 科舉考試未被錄取，也稱"落第"。唐·李朝威《柳毅傳》："有儒生柳毅者，應舉～～。"

【下風】 xià fēng ❶ 風向的下方。《莊子·天運》："蟲，雄鳴於上風，雌應於～～而風化（受孕）。" ❷ 受影響。宋·歐陽修《相州晝錦堂記》："海內之士聞～～而望餘光者，蓋亦有年矣。" ❸ 比喻低下的地位，多用於謙詞。《左傳·僖公十五年》："皇天后土，實聞君之言，羣臣敢在～～。"

【下戶】 xià hù　貧苦之家。明·歸有光《又乞休文》："職拘集小民，俱係貧難～～。"

【下女】 xià nǔ　侍女。戰國楚·屈原《楚辭·離騷》："及榮華之未落兮，相～～之可詒。"

【下士】 xià shì ❶ 周代最低的爵號。《孟子·萬章下》："上士一位，

中士一位，～～一位。" ❷ 愚昧的人。《老子》四十一章："上士聞道，勤而行之……～～聞道，大笑之。" ❸ 下交賢士。《史記·魏公子列傳》："公子為人，仁而～～。"

【下堂】 xià táng ❶ 走下殿堂。《禮記·郊特牲》："觀禮：天子不～～而見諸侯。" ❷ 指妻子被丈夫休退或與丈夫離異。《後漢書·宋弘列傳》："糟糠之妻不～～。"

【下土】 xià tǔ ❶ 天下。《詩經·魯頌·閟宮》："奄有～～，纘禹之緒。" ❷ 大地，與"天"相對。《詩經·邶風·日月》："日居月諸，照臨～～。" ❸ 邊遠地區，與"國都"相對。《漢書·劉輔傳》："新從～～來，未知朝廷體。" ❹ 低地。《尚書·夏書·禹貢》："厥土惟壤，～～墳壚。"

夏 （1）xià ❶ 四季之一，與"冬"相對。《國語·越語上》："賈人～則資皮，冬則資絺。" ❷ 古代中原地區各民族。唐·韓愈《原道》："《經》曰：'夷狄之有君，不如諸～之亡。'" ❸ 禹建立的中國第一個朝代。《孟子·萬章下》："殷受～，周受殷，所不辭也。" ❹ 河流名。戰國楚·屈原《楚辭·九章·哀郢》："江與～之不可涉。" ❺ 大。《詩經·秦風·權輿》："～屋渠渠。"

（2）shà　通"廈"。戰國楚·屈原《楚辭·九章·哀郢》："曾不知～之為丘兮。"

仙 xiān ❶ 神話中能長生不老的人。唐·劉禹錫《陋室銘》："山不在高，有～則名。" ❷ 死的

委婉説法。清·吳敬梓《儒林外史》第八回："難道已～遊了麼？"

【仙才】 xiān cái　有神仙般非凡才華的人。宋·王得臣《麈史·詩話》："太白～～，長吉鬼才。"

先 xiān ❶ 位置在前，與"後"相對。《史記·魏公子列傳》："平原君負韊矢為公子～引。" ❷ 次序或時間在前，與"後"相對。《史記·廉頗藺相如列傳》："以～國家之急而後私讎也。" ❸ 祖先。《史記·孔子世家》："孔子生魯昌平鄉陬邑，其～宋人也。" ❹ 對去世者的尊稱。三國蜀·諸葛亮《出師表》："～帝創業未半，而中道崩殂。"

【先妣】 xiān bǐ ❶ 對人稱自己已去世的母親。明·歸有光《項脊軒志》："～～撫之甚厚。" ❷ 女性祖先。《周禮·春官宗伯·大司樂》："乃奏夷則，歌小呂，舞大濩，以享～～（姜嫄，周人的祖先）。"

【先達】 xiān dá　先於自己取得功名的人。明·宋濂《送東陽馬生序》："嘗趨百里外從鄉之～～執經叩問。"

【先君子】 xiān jūn zǐ ❶ 對人稱自己已去世的父親。清·方苞《左忠毅公逸事》："～～～嘗言：'鄉先輩左忠毅公視學京畿。'" ❷ 稱自己或別人已去世的祖父。《禮記·檀弓上》："門人問諸子思曰：'昔者子之～～～喪出母乎？'"

【先秦】 xiān qín　秦代以前的歷史時期，一般指春秋戰國時期。《漢書·河間獻王傳》："獻王所得書，皆古文～～舊書。"

【先是】 xiān shì　此前。明·歸有光《項脊軒志》："～～，庭中通南北為一。"

鮮 (1) xiān ❶ 活魚。唐·韓愈《送李愿歸盤谷序》：“釣於水，～可食。”❷ 新鮮的肉。明·劉基《賣柑者言》：“醉醇醴而飫肥～者。”❸ 鮮明，鮮豔。晉·陶淵明《桃花源記》：“芳草～美，落英繽紛。”❹ 夭折，早死。《左傳·昭公五年》：“葬～者自西門。”

(2) xiǎn 少，與“多”相對。三國魏·曹丕《與吳質書》：“觀古今文人……能以名節自立。”

(3) xiàn 通“獻”。《禮記·月令》：“(仲春之月) 天子乃～羔開冰，先薦寢廟。”

纖 (1) xiān ❶ 細小，細微。漢·賈誼《論積貯疏》：“古之治天下，至～至悉也。”❷ 吝嗇。《史記·貨殖列傳》：“周人既～，而師史尤甚。”

(2) jiān 通“殲”，刺。《禮記·文王世子》：“其刑罪，則～剸。”

【纖介】 xiān jiè　細微《戰國策·馮煖客孟嘗君》：“孟嘗君為相數十年，無～～之禍者，馮煖之計也。”

【纖纖】 xiān xiān ❶ 細微的事物。《荀子·大略》：“禍之所由生也，生自～～也。”❷ 尖細的樣子。唐·韓愈《答張十一功曹》：“筼簹(yún dāng，生在水邊的竹子) 競長～～筍。”❸ 小巧、柔美的樣子。漢樂府《孔雀東南飛》：“～～作細步，精妙世無雙。”

弦 xián ❶ 弓弦。宋·辛棄疾《破陣子》：“馬作的盧飛快，弓如霹靂～驚。”❷ 琴絃。《呂氏春秋·慎人》：“孔子烈然返瑟而～。”❸ 月亮半圓。陰曆初七、初八缺上半時稱“上弦”，二十二、二十三缺下半時稱“下弦”。唐·杜甫《月三首》：“萬里瞿塘峽，春來六上～。”❹ 數學名詞，不等腰直角三角形的斜邊。宋·沈括《夢溪筆談·技藝》：“各自乘，以股除～，餘為開方為勾。”

【弦歌】 xián gē ❶ 古代學校中讀詩，有用琴瑟等絃樂器配合歌唱的，稱為弦歌。《史記·孔子世家》：“三百五篇，孔子皆～～～之。”❷ 借指做官。《南史·陶潛傳》：“聊欲～～，以為三徑之資可乎？”

咸 xián ❶ 全，都。晉·王羲之《〈蘭亭集〉序》：“羣賢畢至，少長～集。”❷ 普遍。《國語·魯語上》：“小賜不～。”

涎 xián ❶ 口水。唐·杜甫《飲中八仙歌》：“道逢麴車口流～。”❷ 泛指液汁。宋·蘇軾《和蔣夔寄茶》：“廚中蒸粟埋飯甕，大杓更取酸生～。”

閒 (1) xián ❶ 木柵欄，馬廄。《周禮·夏官司馬·校人》：“天子十有二～，馬六種。”❷ 道德、法度所允許的範圍。《論語·子張》：“大德不逾～，小德出入可也。”❸ 防止。唐·劉禹錫《天論》：“建極 (準則) ～邪 (謬說)。”❹ 空閒。戰國楚·屈原《楚辭·九歌·湘君》：“期不信兮告余以不～。”❺ 通“嫻”，熟習。《戰國策·樂毅報燕王書》：“～於甲兵，習於戰攻。”❻ 通“嫻”，文雅，文靜。晉·陶淵明《五柳先生傳》：“～靖少言，不慕榮利。”

(2) 見 264 頁 jiàn。

【閒曠】 xián kuàng ❶ 安靜空闊。《莊子·刻意》：“就藪澤，處～～，釣魚閒處，無為而已矣。”❷ 空闊無人之處。明·蔣一葵《長安客話·肇華城》：“餘皆～～之地，無一居民廬舍。”❸ 悠閒放達。《南史·蕭子雲傳》："風神～～，任性不群。" ❹ 空閒無事。宋·蘇舜欽《答范資政書》："日甚～～，得以縱觀書策。"

【閒習】xián xí 即熟習。《呂氏春秋·勿躬》："登降辭讓，進退～～，臣不若隰朋。"

【閒閒】xián xián ❶ 從容不迫的樣子。《詩經·魏風·十畝之間》："十畝之間兮，桑者～～兮。" ❷ 雅靜的樣子。宋·蘇洵《張益州畫像記》："有女娟娟，閨闥～～。"

慊 xián 見471頁 qiǎn。

嫌 xián ❶ 疑惑。《史記·太史公自序》："別～疑，明是非，定猶豫。" ❷ 猜疑。唐·李白《行路難》："君不見昔時燕家重郭隗，擁篲折節無～猜？" ❸ 不滿，怨恨。《新唐書·尉遲敬德傳》："小～不足置胸中。" ❹ 近似，近乎。《呂氏春秋·貴直》："出若言非平論也，將以救敗也，固～於危。" ❺ 同音字。唐·韓愈《諱辯》："不諱～名（名字中的同音字）。"

【嫌隙】xián xì 仇怨。《三國志·蜀書·先主傳》："於是（劉）璋收斬（張）松，～～始構矣。"

銜 xián ❶ 馬嚼子。《戰國策·蘇秦以連橫說秦》："伏軾撙～，橫歷天下。" ❷ 用嘴咬住。《山海經·北山經》："常～西山之木石，以堙於東海。" ❸ 包含，含有。宋·范仲淹《岳陽樓記》："～遠山，吞長江，浩浩湯湯，橫無際涯。" ❹ 藏在心中。唐·韓愈《祭十二郎文》："乃能～哀致誠。" ❺ 懷恨。《資治通鑑》卷七十九："吳主素～其切直。" ❻ 奉，接受。《禮記·檀弓上》："～

君命而使。" ❼ 官員的等級。唐·白居易《聞行簡恩賜章服》："官～俱是客曹郎。"

【銜璧】xián bì ❶ 國君投降的儀式。《左傳·僖公六年》："許男面縛～～。" ❷ 鑲嵌碧玉為裝飾。漢·班固《西都賦》："金釭～～，是為列錢。"

【銜枚】xián méi 古代行軍時為防止喧嘩，讓士兵將形如竹筷的木片或竹片銜在口中，兩端有帶繫於頸後。宋·歐陽修《秋聲賦》："～～疾走，不聞號令。"

【銜命】xián mìng 指奉命，受命。《漢書·孫寶傳》："臣幸得～～奉使，職在刺舉。"

【銜轡】xián pèi 銜和轡都是御馬之具，連用時則借喻法度、政令。《後漢書·鮑永列傳》："時南土尚多寇暴，（鮑）永以吏人痍傷之後，乃緩其～～。"

【銜尾】xián wěi 前後相接。《後漢書·西羌傳》："牛馬～～，羣羊塞道。"

【銜怨】xián yuàn 心懷怨恨。《漢書·王嘉傳》："死者不抱恨而入地，生者不～～而受罪。"

嫺 xián ❶ 文雅，文靜。漢·王充《論衡·定賢》："骨體～麗。" ❷ 熟習。《史記·屈原賈生列傳》："明於治亂，～於辭令。"

【嫺雅】xián yǎ 文靜，優雅，大方。《後漢書·馬援列傳》："辭言～～。"

賢 xián ❶ 有德性有才能的人。漢·賈誼《過秦論》："尊～重士。" ❷ 德行，才能。漢·賈誼《過秦論》："（陳涉）非有仲尼、墨翟之～，陶朱、猗頓之富。" ❸ 善，好。《論語·衛靈公》："知柳下惠之～，而不與立也。"❹多於，勝過。《戰國策·觸讋説趙太后》："老臣竊以為媪之愛燕后～於長安君。"❺勞累。《詩經·小雅·北山》："大夫不均，我從事獨～。"

【賢哲】xián zhé ❶賢明睿智。《韓非子·有度》："無私～～之臣。"❷賢明睿智的人。漢·揚雄《劇秦美新》："宜命～～，作《帝典》一篇。"

跣 xiǎn　赤腳。《戰國策·唐雎不辱使命》："布衣之怒，亦免冠徒～，以頭搶地爾。"

險 xiǎn　❶地勢不平坦。宋·王安石《遊褒禪山記》："夫夷以近，則遊者眾；～以遠，則至者少。"❷易守難攻之處，險要。《孟子·天時不如地利章》："固國不以山谿之～，威天下不以兵革之利。"❸險惡。《荀子·天論》："上闇（àn，昏庸）而政～。"❹陰險。宋·蘇洵《辨姦論》："陰賊～狠，與人異趣。"❺危險。宋·王安石《與王子醇書》："上固欲公毋涉難冒～，以百全取勝。"❻遙遠。《淮南子·主術訓》："是乘眾勢以為車，……雖幽野一塗，則無由惑矣。"

【險厄】xiǎn è ❶地勢險要。《漢書·晁錯傳》："長戟二不當一，曲道相伏，～～相薄，此劍楯之地也。"❷艱難困苦。《史記·晉世家》："晉侯亡在外十九年……～～盡知之。"

【險澀】xiǎn sè ❶崎嶇阻塞。《晉書·周馥傳》："河朔蕭條，崤函～～。"❷文句生僻艱澀。明·劉基《郭子明詩集》序》："其為詩也不尚～～，不求奇巧。"

獫 xiǎn　❶長嘴獵犬。《詩經·秦風·駟驖》："輶車鸞鑣，載～歇驕。"❷見"獫狁"。

【獫狁】xiǎn yǔn　中國古代北部一個遊牧民族，又作"葷粥"、"薰育"等，春秋時稱"戎"、"狄"，秦漢時稱"匈奴"。唐·李華《弔古戰場文》："周逐～～，北至太原。"

顯 xiǎn　❶顯著，明顯。《史記·伯夷列傳》："顏淵雖篤學，附驥尾而行益～。"❷高貴，顯赫。《孟子·離婁下》："未嘗有～者來。"❸顯露。唐·柳宗元《鈷鉧潭西小丘記》："嘉木立，美竹露，奇石～。"❹公開。《國語·吳語》："寡君句踐使下臣郢，不敢～然布幣行禮。"❺顯揚，傳揚。《孟子·萬章上》："相秦而～其君於天下，可傳於後世。"❻表面。《荀子·論》："隱～有常。"

【顯妣】xiǎn bǐ　對亡母的美稱。漢·王粲《思親》："穆穆～～，德音徽止。"

【顯達】xiǎn dá　顯赫聞達，有名望。漢·王充《論衡·自紀》："士貴雅材而慎興，不因高據以～～。"

【顯考】xiǎn kǎo　❶古時對高祖的美稱。《禮記·祭法》："故王立七廟……曰皇考廟，曰～～廟，曰祖考廟，皆月祭之。"❷對去世的父親的美稱。三國魏·曹植《王仲宣誄》："伊君～～，奕葉佐時。"

【顯祖】xiǎn zǔ　❶本指有功業的祖先，後用作對祖先的美稱。《晉書·樂志上》："皇皇～～，翼世佐時。"❷顯揚祖宗。三國魏·陳琳《檄吳將校部曲文》："當報漢德，～～揚名。"

見 xiàn　見263頁jiàn。

限 xiàn　❶險阻。《戰國策·蘇秦以連橫説秦》："南有巫山黔中之～，東有殽函之固。"❷邊界，界限。清·姚鼐《登泰山記》："越長城之～，至於泰安。"❸限度。宋·蘇洵《六國論》："諸侯之地有～。"❹限定，限制。《列子·黃帝》："俄而匱焉，將～其食。"❺門檻。《後漢書·臧宮列傳》："夜使鋸斷城門～。"

【限次】xiàn cì　限期。元·李直夫《虎頭牌》第三折："他誤了～～，失了軍期。"

【限田】xiàn tián　古代限制私人佔有土地數量。《宋史·食貨志上一》："上書者言賦稅未均，田制不立，因詔～～。"

峴　xiàn　小而高的山嶺。晉·謝靈運《從斤竹澗越嶺溪行》："迢遞陟陘～。"

陷　xiàn　❶陷阱。《韓非子·六反》："犯而誅之，是為民設～也。"❷陷入。《史記·項羽本紀》："（項王）乃～大澤中。"❸陷害。《史記·酷吏列傳》："三長史皆害湯，欲～之。"❹穿透。漢·賈誼《治安策》："適啟其口，匕首已～其胸矣。"❺淪陷。唐·韓愈《〈張中丞傳〉後序》："及城～，賊縛巡等數十人坐。"

【陷溺】xiàn nì　❶被水淹沒。《後漢書·明帝紀》："百姓無～～之患。"❷虐害。《孟子·梁惠王上》："彼～～其民，王往而征之。"❸腐蝕，使沉迷。《孟子·告子上》："其所以～～其心者然也。"

羨　(1) xiàn　❶羨慕。唐·孟浩然《望洞庭湖贈張丞相》："徒有～魚情。"❷盈餘。《孟子·滕文公下》："以～補不足，則農有餘粟。"❸超出。《史記·司馬相如列傳》："功～於五帝。"

(2) yán　❶通"延"，邀請。漢·張衡《東京賦》："乃～公侯卿士，登自東除（台階）。"❷通"埏"，墓道。《史記·秦始皇本紀》："閉中～，下外～門。"

憲　xiàn　❶法令。《史記·屈原賈生列傳》："懷王使屈原造為～令。"❷效法。《禮記·中庸》："仲尼祖述堯舜，～章文武。"❸顯示。《國語·楚語下》："龜足以～臧否（zāng pǐ，吉凶），則寶之。"

【憲度】xiàn dù　法度。漢·司馬相如《封禪文》："～～著明，易則也。"

縣　(1) xiàn　❶帝王所居之處，亦稱"王畿"。《禮記·王畿》："天子之～內。"❷地方行政區劃的一級。唐·杜甫《兵車行》："～官急索租，租稅從何出？"

(2) xuán　❶懸掛。《詩經·魏風·伐檀》："不狩不獵，胡瞻爾庭有～貆兮？"❷懸殊，差別大。《荀子·修身》："彼人之才性之相～也，豈若跛鱉之與六驥足哉？"

獻　xiàn　❶獻祭。《後漢書·百官志二》："郊祀之事，掌三～（獻酒三次）。"❷奉獻，進獻。《史記·廉頗藺相如列傳》："和氏璧，天下所共傳寶也。趙王恐，不敢不～。"❸特指主人向賓客敬酒。《史記·孔子世家》："～酬之禮畢，齊有司趨而進……"

---

xiang

香　xiāng　❶禾穀成熟後的氣味。《左傳·僖公五年》："若晉取虞而明德以薦（進獻）馨～，神其吐之乎？"❷泛指氣味芬芳，與

"臭"相對。宋·歐陽修《醉翁亭記》:"野芳發而幽~,佳木秀而繁陰。"❸點燃時產生香味的製品。宋·王禹偁《黃岡竹樓記》:"焚~默坐,消遣世慮。"❹女子的代稱,或與女子有關的事物。唐·溫庭筠《菩薩蠻》:"小山重疊金明滅,鬢雲欲度~腮雪。"

【香囊】 xiāng náng ❶盛香料的小袋,用作飾物。宋·秦觀《滿庭芳》:"~~暗解,羅帶輕分。"❷有香味的銅質取暖器。唐·王建《秋夜曲》:"~~火死香氣少。"

【香澤】 xiāng zé ❶潤髮的香油。漢·桓寬《鹽鐵論·殊路》:"良師不能飾戚施,~~不能化媒母。"❷香氣。唐·王丘《詠史》:"蘭露滋~~。"

湘 xiāng ❶水名,即湘江。戰國楚·屈原《楚辭·九章·涉江》:"哀南夷之莫吾知兮,旦余將濟乎江~。"❷烹煮。《詩經·召南·采蘋》:"於以~之?維錡(qí,古代烹煮器)及釜。"

【湘妃】 xiāng fēi 舜之二妃娥皇、女英。相傳舜死後,二妃投身湘水,遂為湘水之神。唐·岑參《秋夕聽羅山人彈三峽流泉》:"楚客腸欲斷,~~淚斑斑。"

【湘纍】 xiāng léi 指屈原。屈原不以罪死為"纍",赴湘水而死。《漢書·揚雄傳上》:"欽弔楚之~~兮。"

鄉 (1) xiāng ❶古代地方基層組織之一,後指縣以下的農村行政單位。《莊子·逍遙遊》:"行比一~,德合一君。"❷家鄉。明·宋濂《送東陽馬生序》:"余朝京師,生以~人子謁余。"

(2) xiàng ❶面向,面對着。《史記·魏公子列傳》:"北~自剄,以送公子。"❷趨向。《史記·孔子世家》:"雖不能至,然心~往之。"❸過去,從前。《孟子·告子上》:"~為身死而不受。"

(3) xiǎng ❶通"響",回聲。《漢書·天文志六》:"猶景(yǐng,影)之象形,~之應聲。"❷通"享"、"饗",享受。《漢書·文帝紀》:"專~獨美其福。"

【鄉黨】 xiāng dǎng 同鄉。周代以五百家為"黨",一萬二千五百家為"鄉",故二字連用時泛指家鄉和同鄉的人。漢·司馬遷《報任安書》:"僕以口語遇遭此禍,重為~~所笑。"

【鄉貢】 xiāng gòng 唐代由州縣選出應科舉的士子。唐·韓愈《後廿九日復上宰相書》:"前~~進士韓愈,謹再拜言相公閣下。"

【鄉薦】 xiāng jiàn 唐代由州縣地方官推舉赴京師參加禮部考試,叫"鄉薦"。唐·顧雲《上池州衛郎中啟》:"伏念自隨~~,便託門牆。"

【鄉書】 xiāng shū ❶家信。唐·王灣《次北固山下》:"~~何處達,歸雁洛陽邊。"❷鄉試中式,即通過鄉試。周制,三年大比一次,鄉老和鄉大夫選出鄉中賢能之士,上書推薦給天子,故後世稱鄉試中式為"鄉書"或"領鄉書"。《宋史·張孝祥傳》:"年十六,領~~。"

【鄉邑】 xiāng yì ❶縣以下的小鎮。《史記·樊酈滕灌列傳》:"定燕地凡縣十八·····~~五十一。"❷家鄉。唐·韓愈《桃源圖》:"初來猶自念~~,歲久此地還成家。"❸同鄉。《周書·馮遷傳》:"唯以謙恭接待~~,人無怨者。"

X

【鄉使】xiàng shǐ　假使。《漢書·霍光傳》："～～聽客之言，不費牛酒，終亡火患。"

緗 xiāng　❶淺黃色。漢樂府《陌上桑》："～綺為下裙，紫綺為上襦。"❷淺黃色的帛。宋·范成大《寄題王仲顯讀書樓》："拂塵靜～縹。"

襄 (1) xiāng　❶沖到高處。北魏·酈道元《水經注·江水》："至於夏水～陵，沿沂阻絕。"❷上舉。《漢書·鄒陽傳》："臣聞交龍～首奮翼。"❸高。北魏·酈道元《水經注·河水》："河中竦石傑出，勢連～陸。"❹相助而成。《左傳·定公十五年》："葬定公，雨，不克～事。"

　　(2) rǎng　通"攘"，除去。《詩經·鄘風·牆有茨》："牆有茨（cí，蒺藜），不可～也。"

降 xiáng　見269頁jiàng。

庠 xiáng　古代的地方學校。《孟子·滕文公上》："夏曰校，殷曰序，周曰～。"

【庠序】xiáng xù　泛指學校。《孟子·梁惠王上》："謹～～之教，申之以孝悌之義。"

祥 xiáng　❶吉凶的預兆。《禮記·中庸》："國家將興，必有禎～。"❷特指吉兆。唐·韓愈《獲麟解》："雖婦人小子，皆知其為～也。"❸吉利，吉祥。唐·韓愈《原道》："是故以之為己，則順而～。"❹喪祭名。古代父母死後十三個月而祭，叫做"小祥"；二十五個月而祭，叫做"大祥"。《禮記·檀弓上》："魯人有朝～而莫歌者。"❺通"詳"，善於運用。《尚書·周書·呂刑》："有邦有土，告爾～刑。"

【祥瑞】xiáng ruì　吉祥的徵兆。《漢書·郊祀志下》："～～未著。"

翔 xiáng　❶盤旋着飛。《莊子·逍遙遊》："翱～蓬蒿之間。"❷行走時張開兩臂。《禮記·曲禮上》："室中不～。"❸通"詳"，詳盡。《漢書·西域傳上》："其土地山川王侯戶數道里遠近一～矣。"

【翔步】xiáng bù　緩步。三國蜀·秦宓《奏記州牧劉焉薦儒士任定祖》："此乃承平之～～，非亂世之急務也。"

【翔集】xiáng jí　❶羣鳥盤旋後棲止一處。宋·范仲淹《岳陽樓記》："沙鷗～～，錦鱗游泳。"❷"翔"通"詳"。詳察，採輯。南朝梁·劉勰《文心雕龍·風骨》："～～子史之術。"

詳 (1) xiáng　❶詳盡。《史記·伯夷列傳》："孔子序列古之仁聖賢人，如吳太伯、伯夷之倫一～矣。"❷詳細地知道。晉·陶淵明《五柳先生傳》："先生不知何許人也，亦不～其姓字。"❸廣泛，周遍。漢·桓寬《鹽鐵論·本議》："～延有道之士。"❹審慎。《後漢書·明帝紀》："～刑慎罰。"❺公平。《漢書·食貨志下》："刑戮將甚不～。"❻莊重，安詳。《後漢書·張湛列傳》："～言正色，三輔以為儀表。"❼通"祥"，吉祥。《周易·大壯》："'不能退，不能遂'，不～也。"

　　(2) yáng　通"佯"，假裝。《史記·屈原賈生列傳》："（惠王）乃令張儀～去秦。"

【詳練】xiáng liàn　❶熟悉，精通。宋·沈括《夢溪筆談·謬誤》："江南陳彭年博學書史，於禮文尤所～～。"❷周詳練達。宋·徐鉉《唐故奉化軍節度判官趙君墓誌銘》："察獄詳刑，號為～～。"

X

享 **xiǎng** ❶ 用酒食等供奉鬼神。《詩經·小雅·楚茨》："以~以祀。" ❷ 鬼神享用祭品。《孟子·萬章上》："使之主祭而百神~之，是天受之。" ❸ 進獻。《國語·周語上》："伐不祀，征不~。" ❹ 通"饗"，用食物款待人。《左傳·僖公二十三年》："他日，公~之。" ❺ 享受，享用。明·宋濂《送東陽馬生序》："無鮮肥滋味之~。" ❻ 享有，得到。《左傳·僖公二十三年》："保君父之命而~其生祿。"

【享國】 **xiǎng guó** 享有其國，指國君在位。漢·賈誼《過秦論》："~~日淺，國家無事。"

【享年】 **xiǎng nián** 壽數。宋·歐陽修《瀧岡阡表》："~~五十有九。"

【享祀】 **xiǎng sì** 祭祀鬼神的供品。《左傳·宮之奇諫假道》："吾~~豐潔，神必據我。"

想 **xiǎng** ❶ 思考。戰國楚·屈原《楚辭·九章·悲回風》："聞省~而不可得。" ❷ 如，像。唐·李白《清平調》："雲~衣裳花~容。" ❸ 思念，懷念。漢·李陵《答蘇武書》："望風懷~，能不依依。" ❹ 想像。三國魏·嵇康《與山巨源絕交書》："慨然慕之，~其為人。"

餉 **xiǎng** ❶ 送飯。唐·王維《積雨輞川莊作》："蒸藜炊黍~東菑。" ❷ 養活。《韓非子·五蠹》："故饑歲之春，幼弟不~。" ❸ 軍糧。《史記·高祖本紀》："丁壯苦軍旅，老弱罷轉~。" ❹ 贈送。隋·侯白《啟顏錄·賣羊》："有人~其一羝羊。" ❺ 用食物款待人。《孟子·滕文公下》："有童子以黍肉~，殺而奪之。"

響 **xiǎng** ❶ 回聲。北魏·酈道元《水經注·江水》："空谷傳~，哀轉久絕。" ❷ 聲音。宋·蘇軾《石鐘山記》："桴止~騰，餘韻徐歇。" ❸ 發出聲音。南朝梁·吳均《與顧章書》："水~猿啼。"

饗 **xiǎng** ❶ 用酒食款待。《左傳·僖公二十三年》："及楚，楚子~之。" ❷ 祭獻，供奉鬼神。《禮記·中庸》："宗廟~之，子孫保之。" ❸ 鬼神享用祭品。唐·韓愈《祭十二郎文》："嗚呼哀哉，尚~！"這個意義也寫作"享"。 ❹ 通"享"，享受。《左傳·哀公十五年》："多~大利，猶思不義。"

向 (1) **xiàng** ❶ 朝北的窗戶。《詩經·豳風·七月》："塞~墐戶。" ❷ 朝向。《史記·龜策列傳》："於是元王～日而謝。" ❸ 趨向，奔向。唐·杜甫《聞官軍收河南河北》："即從巴峽穿巫峽，便下襄陽~洛陽。" ❹ 看待，對待。唐·高適《別韋參軍》："世人~我同眾人，惟君於我最相親。" ❺ 將近。唐·李商隱《樂遊原》："~晚意不適，驅車登古原。" ❻ 從前。晉·王羲之《〈蘭亭集〉序》："~之所欣，俛仰之間，已為陳跡。" ❼ 假如。唐·皇甫曾《遇風雨作》："~若家居時，安枕春夢熟。"

(2) **xiàng** 通"享"，享受。

【向背】 **xiàng bèi** ❶ 正面和背面。唐·皇甫冉《雨雪》："山川迷~~，氛霧失旌旗。" ❷ 擁護和反對。《宋史·魏了翁傳》："入奏，極言事變倚伏，人心~~。"

【向令】 **xiàng lìng** 假如。宋·陸游《讀杜詩》："~~天開太宗業，馬周遇合非公誰？"

X

【向明】xiàng míng　天將亮時。清·東軒主人《述異記·看燈遇仙》："天已～～。"

【向若】xiàng ruò　假如。唐·皇甫曾《遇風雨作》："～～家居時，安枕春夢熟。"

【向時】xiàng shí　過去，從前。宋·王安石《上歐陽永叔書》："於今窘迫之勢，比之～～為甚。"

【向使】xiàng shǐ　假使。宋·蘇洵《六國論》："～～三國各愛其地，齊人勿附於秦，刺客不行，良將猶在，則勝負之數……或未易量。"

【向隅】xiàng yú　❶對着牆角傷心。漢·劉向《說苑·貴德》："今有滿堂飲酒者，有一人獨索然～～而泣，則一堂之人皆不樂矣。"❷負隅頑抗。宋·王禹偁《擬侯君集平高昌紀功碑並序》："其子智盛襲爵繼位，嬰城～～，忘我大義。"

【向者】xiàng zhě　過去，從前。隋·侯白《啟顏錄·賣羊》："～～寧馨羶，今來爾許臭。"

巷 xiàng　里中的小道。晉·陶淵明《歸園田居》："狗吠深～中，雞鳴桑樹巔。"

【巷陌】xiàng mò　小街道，胡同。宋·辛棄疾《永遇樂·京口北固亭懷古》："斜陽草樹，尋常～～，人道寄奴曾住。"

相 (1) xiàng　❶仔細看。《韓非子·說林下》："伯樂教其所憎者～千里之馬，教其所愛者～駑馬。"❷容貌。《史記·高祖本紀》："君～貴不可言。"❸根據人的形貌判斷命運的方術。《史記·高祖本紀》："呂公者，好～人，見高祖狀貌，因重敬之。"❹輔助，幫助。《論語·季氏》："今由與求也～夫

子。"❺特指扶助盲人和扶助盲人的人。《論語·衛靈公》："固～師之道也。"❻官名，輔助國君執政的最高文官。《史記·項羽本紀》："使子嬰為～，珍寶盡有之。"❼贊禮者，古代主持禮節儀式的人。《論語·先進》："宗廟之事……願為小～焉。"

(2) xiāng　❶互相，動作涉及雙方。《新五代史·伶官傳序》："君臣～顧，不知所歸。"❷動作偏指一方。漢·司馬遷《報任安書》："若望（怨）僕不～師……"

【相將】xiāng jiāng　❶相共，相偕。宋·王安石《次韻答平甫》："物物此時皆可賦，悔予千里不～～。"❷行將。宋·周邦彥《花犯·梅花》："～～見，脆丸薦酒，人正在、空江煙浪裏。"

【相率】xiāng shuài　相繼，一個接一個。《孟子·滕文公上》："從許子之道，～～而為偽者也。"

【相與】xiāng yǔ　❶交往。晉·王羲之《〈蘭亭集〉序》："夫人之～～，俯仰一世。"❷共同。《史記·孔子世家》："於是乃～～發徒役圍孔子於野。"

象 xiàng　❶哺乳動物，大象。《孟子·滕文公下》："驅虎豹犀～而遠之。"❷特指象牙。秦·李斯《諫逐客書》："犀～之器，不為玩好。"❸景象。唐·杜甫《秋興八首》其八："綵筆昔曾干氣～，白頭今望苦低垂。"❹肖像。《尚書·商書·說命上》："乃審厥～。"❺相似，好像。明·魏學洢《核舟記》："能以徑寸之木，為宮室、器皿，罔不因勢～形，各具情態。"

像 xiàng　❶肖像。《後漢書·趙岐列傳》："又自畫其～。"❷塑

像。明‧宋濂《王冕讀書》："佛～多土偶，獰惡可怖。"❸ 相似，好像。《荀子‧彊國》："影之～形也。"❹ 順從。《荀子‧議兵》："～上之志而安樂之。"❺ 法式，榜樣。戰國楚‧屈原《楚辭‧九章‧抽思》："望三五（三皇五帝）以為～兮。"

嚮（1）xiàng ❶ 朝向，對着。《史記‧項羽本紀》："沛公北～坐，張良西～侍。"❷ 趨向，奔向。《商君書‧慎法》："民倍主位而～私交。"❸ 接近，將近。《周易‧説卦》："～明而治。"❹ 從前，往昔。唐‧柳宗元《始得西山宴遊記》："然後知吾～之未始遊。"❺ 假使，假如。唐‧柳宗元《捕蛇者説》："～吾不為斯役，則久已病矣。"❻ 窗戶。《荀子‧君道》："便嬖左右者，人主之所以窺遠收眾之門戶牖～。"

（2）xiǎng ❶ 通"享"，享受。《史記‧游俠列傳》："已～其利者為有德。"❷ 通"響"，回聲。《莊子‧在宥》："若形之於影，聲之於～。"

◆ 在古代"向"和"嚮"是兩個字。在"享受"的意義上不寫作"向"。

---

xiao

哮（1）xiāo　大而中空的樣子。《莊子‧逍遙遊》："非不～然大也，吾為其無用而掊之。"

（2）háo　呼嘯，吼叫。《莊子‧齊物論》："夫大塊噫氣，其名為風。是唯無作，作則萬竅怒～。"

削（1）xiāo ❶ 用刀砍。漢‧司馬遷《報任安書》："～木為吏，議不可對。"❷ 刪除。《史記‧孔子世家》："至於為《春秋》，筆則筆，～則～。"❸ 分割。宋‧蘇洵《六國論》："日～月割，以趨於亡。"❹ 削弱。《孟子‧告子下》："子柳、子思為臣，魯之～也滋甚。"

（2）xuē ❶ 古代用來削去竹簡或木簡上錯字的小刀。《周禮‧冬官考工記‧築氏》："築氏為～，長尺，博寸。"❷ 竹簡或木簡。《後漢書‧蘇竟楊厚列傳》："走昔以摩研編～之才，與國師公從事出入，校定祕書。"

【**削籍**】xuē jí　削除官籍中的名氏，即革除官職。《明史‧魏忠賢傳》："許顯純具愛書，詞連趙南星、楊漣等二十餘人，～～遣戍有差。"

消　xiāo ❶ 減少。宋‧蘇軾《前赤壁賦》："盈虛者如彼，而卒莫～長也。"❷ 消除，除去。晉‧陶淵明《歸去來兮辭》："樂琴書以～憂。"❸ 消失，消散。《孟子‧滕文公下》："鳥獸之害人者～，然後人得平土而居焉。"❹ 承受，經得起。宋‧辛棄疾《摸魚兒》："更能～幾番風雨，匆匆春又歸去。"❺ 消受，享受。元‧喬吉《金錢記》："沒福～軒車駟馬，大轟高牙。"❻ 病名。《後漢書‧李通列傳》："素有～疾。"❼ 通"逍"，逍遙。《禮記‧檀弓上》："孔子蚤作，負手曳杖，～搖於門。"

宵　xiāo ❶ 夜。唐‧杜甫《閣夜》："天涯霜雪霽寒～。"❷ 小。《漢書‧武五子傳》："毋邇～人。"

【**宵小**】xiāo xiǎo　小人。壞人。清‧黃六鴻《福惠全書‧城廂防守》："更有州縣近城垣之處……恐有～～從此出入。"

逍　xiāo　見"逍遙"。

【逍遙】xiāo yáo　優遊自得的樣子。《莊子·逍遙遊》："彷徨乎無為其側，~~乎寢臥其下。"

梟 xiāo　❶一種猛禽。唐·白居易《凶宅》："~鳴松桂枝，狐藏蘭菊叢。" ❷勇猛，豪雄。《三國志·吳書·魯肅傳》："劉備天下~雄。" ❸攪擾。見"梟亂"。❹懸頭示眾。漢·曹操《讓縣自明本志令》："幸而破（袁）紹，~其二子。" ❺山頂。見《管子·地員》："其山之~。"

【梟亂】xiāo luàn　攪擾。《荀子·非十二子》："飾邪說，……以~~天下。"

銷 xiāo　❶熔化金屬。漢·賈誼《過秦論》："~鋒鏑，鑄以為金人十二。" ❷泛指熔化。漢·王充《論衡·談天》："女媧~煉五色石以補蒼天。" ❸生鐵。漢·劉安《淮南子·說林訓》："屠者棄~而鍛者拾之，所緩急異也。" ❹通"消"，消失。唐·柳宗元《漁翁》："煙~日出不見人，欸乃一聲山水綠。"

【銷兵】xiāo bīng　❶熔化銷毀兵器。唐·杜甫《奉酬薛十二丈判官見贈》："~~鑄農器，今古歲方寧。" ❷唐時指軍隊減員不再補充。《新唐書·蕭俛傳》："乃密詔天下鎮兵，十之，歲限一為逃、死，不補，謂之~~。"

【銷金】xiāo jīn　❶熔化金屬。漢·劉安《淮南子·覽冥訓》："若夫以火能焦木也，因使~~，則道行矣。" ❷浪費金錢。元·薛昂夫《山坡羊》："~~鍋在，湧金門外。" ❸用金線裝飾。元·戴善夫《風光好》："你這般當歌對酒~~帳，煞強如掃雪烹茶破草堂。"

【銷鑠】xiāo shuò　❶熔化。漢·枚乘《七發》："雖有金石之堅，猶將~~而挺解也。" ❷久病枯瘦。戰國楚·宋玉《九辯》："形~~而瘵傷。"

霄 xiāo　❶雲氣。唐·杜甫《兵車行》："牽衣頓足攔道哭，哭聲直上干雲~。" ❷天空。唐·劉禹錫《秋詞》："晴空一鶴排雲上，便引詩情到碧~。" ❸通"宵"，夜。《呂氏春秋·明理》："有晝盲，有~見。" ❹通"消"，消失，消滅。《墨子·經說上》："~，盡，蕩也。"

【霄漢】xiāo hàn　❶天空極高處。唐·杜甫《秋興八首》其五："蓬萊宮闕對南山，承露金莖~~間。" ❷比喻朝廷。唐·杜牧《書懷寄中朝往還》："~~幾多同學件，可憐頭角盡卿卿材。"

蕭 xiāo　❶艾蒿，一種香草。《詩經·王風·采葛》："彼采~兮。" ❷清寂冷落。晉·陶淵明《五柳先生傳》："環堵~然，不蔽風日。" ❸蕭條淒涼的樣子。宋·范仲淹《岳陽樓記》："登斯樓也，則有去國懷鄉，憂讒畏譏，滿目~然，感極而悲者矣。" ❹見"蕭牆"。

【蕭寂】xiāo jì　寂寥冷落。南朝宋·劉義慶《世說新語·品藻》："然門庭~~，居然有名士風流，殷不及韓。"

【蕭郎】xiāo láng　本為對姓蕭青年男子的稱謂，後泛指女子所愛的男子。《梁書·武帝紀上》："此~~三十內當作侍中，出此則貴不可言。"

【蕭牆】xiāo qiáng　門屏。《論語·季氏》："吾恐季孫之憂，不在顓臾，而在~~之內也。"借指內部。《韓非子·用人》："不謹~~之患，而固金城於遠境。"

【蕭森】xiāo sēn　蕭條衰颯。唐・杜甫《秋興八首》其一:"玉露凋傷楓樹林,巫山巫峽氣~~。"

【蕭疏】xiāo shū　稀稀落落。唐・杜甫《除架》:"束薪已零落,瓠葉轉~~。"

瀟 xiāo　❶水名。唐・柳宗元《〈愚溪詩〉序》:"灌水之陽有溪焉,東流入於~水。"❷水清深的樣子。北魏・酈道元《水經注・湘水》:"~者,水清深也。"

嚚 (1) xiāo　❶喧嘩,吵鬧。明・張岱《西湖七月半》:"或匿影樹下,或逃~裏湖。"❷張,強悍。唐・柳宗元《憎王孫文》:"王孫之德躁以~,……雖不相善也。"❸通"枵",腹中空虛,飢餓。見"嚚然"。
(2) áo　見"嚚嚚"。

【嚚然】(1) xiāo rán　❶得意貌。《三國志・蜀書・彭羕傳》:"一朝處州人之上,形色~~,自矜得遇滋甚。"❷"嚚"通"枵",飢餓。三國魏・嵇康《養生論》:"終朝未餐,則~~思食。"❸喧擾不寧的樣子。唐・韓愈《唐正議大夫尚書左丞孔公墓誌銘》:"安南乘勢殺都護李象古……嶺南~~。"
(2) áo rán　"嚚"通"敖"(áo),憂愁的樣子。《三國志・魏書・和洽傳》:"農業有廢,百姓~~。"

【嚚嚚】áo áo　❶喧嘩的聲音。《詩經・小雅・車攻》:"選徒~~。"❷眾口讒毀的聲音。《詩經・小雅・十月之交》:"讒口~~。"❸自得貌。《孟子・盡心上》:"人知之,亦~~;人不知,亦~~。"❹閒暇

貌。《孟子・萬章上》:"湯使人以幣聘之,~~然曰:'我何以湯之聘幣為哉!'"❺眾人怨愁聲。《後漢書・陳蕃列傳》:"今京師~~,道路喧嘩。"

驍 xiāo　❶良馬。南朝宋・顏延之《赭白馬賦》:"料武藝,品~騰。"❷勇猛,矯健。《北史・賀拔勝傳》:"賀拔勝,北間~將,爾宜慎之,勿與爭鋒。"

【驍悍】xiāo hàn　勇猛強悍。《三國志・吳書・孫翊傳》:"~~果烈,有兄(孫)策風。"

【驍騎】xiāo jì　❶古代禁軍營名。《晉書・職官志》:"江左以來,將軍不復別領營,總統二衛、~~、材官諸營。"❷將軍的稱號。

崤 xiáo　山名,今河南洛寧縣北。

【崤函】xiáo hán　指崤山和函谷關的合稱。函谷關東起崤山,故並稱"崤函"。漢・張衡《西京賦》:"左有~~重險,桃林之塞。"

小 xiǎo　❶形容詞,與"大"相對。《荀子・勸學》:"不積~流,無以成江海。"❷認為小。《孟子・盡心上》:"孟子曰:'孔子登東山而~魯,登泰山而~天下。'"❸少,稍微。《孟子・盡心下》:"其為人也~有才。"❹輕視,小看。《史記・管晏列傳》:"管仲,世所謂賢臣,然孔子~之。"❺壞人,小人。唐・柳宗元《賀進士王參元失火書》:"於是有水火之孽,有羣~之慍。"

【小康】xiǎo kāng　❶稍事休息。《詩經・大雅・民勞》:"民亦勞止,汔可~~。"❷先秦儒家所説的比理想的"大同"較低級的一種社會。《禮記・禮運》:"……禮義以為紀,

以正君臣……刑仁講讓，示民有常……是為～～。"❸經濟比較寬裕。宋·洪邁《夷堅志·五郎君》："然久困於窮，冀以～～。"

【小人】xiǎ rén ❶地位低下的人，平民百姓。統治者對勞動者的蔑稱。《孟子·滕文公上》："有大人之事，有～～小事。"❷人格卑鄙或見識短淺的人。三國蜀·諸葛亮《出師表》："親賢臣，遠～～。"❸古時男子對地位高於自己者或平輩自稱的謙辭。《左傳·襄公三十一年》："然明曰：'蔑也今而後知吾子之可信也，～～實不才。'"

【小試】xiǎo shì ❶小加試驗。《史記·孫子吳起列傳》："子之十三篇，吾盡觀之矣，可以～～勒兵乎？"❷宋代太學生應貢舉的考試。宋·陳亮《上孝宗第三書》："去年一發其狂論於～～之間，滿學之士口語紛然。"❸明清時府縣兩級的科舉考試。清·錢泳《履園叢話·譚詩·以人存詩》："鄒君春帆……屢困～～。"

【小學】xiǎo xué ❶周代的初級學校。與"大（太）學"相對。《漢書·藝文志》："古者八歲入～～，故周官保氏掌養國子，教之六書。"❷漢代稱文字學為"小學"。隋唐以後，為文字學、音韻學、訓詁學的總稱。❸言瑣屑之學。唐·韓愈《師說》："～～而大遺，吾未見其明也。"

【小子】xiǎo zǐ ❶商、周時天子諸侯自謙之稱。《論語·堯曰》："（湯）曰：'予～～履，敢用玄牡。'"❷古時子弟晚輩對父兄尊長的自稱。《論語·陽貨》："子貢曰：'子如不言，則～～何述焉？'"❸古時長輩稱晚輩，老師稱學生。《論語·先

進》："子曰：'非吾徒也，～～鳴鼓而攻之，可也。'"❹小孩子。唐·韓愈《獲麟解》："雖婦人～～，皆知其為祥也。"❺最小的兒子。《漢書·張禹傳》："上臨候禹，禹數視其～～，上即禹牀下拜為黃門郎、給事中。"❻輕蔑的稱謂。《史記·孔子世家》："吾黨之～～狂簡，進取不忘其初。"

曉 xiǎo ❶天亮。宋·蘇軾《水龍吟·次韻章質夫楊花詞》："～來雨過，遺蹤何在，一池萍碎。"❷知道，明白。宋·朱熹《熟讀精思》："謂讀得熟，則不待解說，自～其義也。"❸告知使明白。漢·司馬遷《報任安書》："是僕終不得舒憤懣以～左右。"

【曉暢】xiǎo chàng　明曉通達。三國蜀·諸葛亮《出師表》："將軍向寵，性行淑均，～～軍事。"

【曉悟】xiǎo wù ❶使人領悟。《列子·力命》："窮年不相～～。"❷領會。《北史·樊深傳》："每解書，多引漢魏以來諸家義而説之，故後生聽其言者，不能～～。"

【曉習】xiǎo xí　精通，熟習。《漢書·尹翁歸傳》："～～文法，喜擊劍，人莫能當。"

【曉諭】xiǎo yù　昭示，明白地告知。《漢書·刑法志》："律令煩多……明習者不知所由，欲以～～眾庶，不亦難乎！"

孝 xiào ❶古代的一種道德規範，指奉養和尊敬父母。《禮記·中庸》："子曰：'武王、周公，其達～矣乎！'"❷為父母服喪。《禮記·祭義》："～子將祭，慮事不可以不豫。"

【孝廉】xiào lián ❶漢代選拔官吏

的科目之一，孝指善事父母者，廉指廉潔方正者。《漢書·武帝紀》："初令郡國舉～～各一人。" ❷漢以後隋以前，孝廉合為一稱，州舉秀才，郡舉孝廉。晉·李密《陳情表》："前太守臣逵察臣～～，後刺史臣榮舉臣秀才。" ❸明清時對舉人的稱呼。清·吳敬梓《儒林外史》第二回："王～～村學識同科，周蒙師暮年登上第。"

【孝悌】 xiào tì　❶儒家倫理思想，善事父母為"孝"，善事兄長為"悌"，"悌"亦作"弟"。《孟子·梁惠王上》："謹庠序之教，申之以～～之義。" ❷漢代官名，"孝弟力田"的省稱。此處"悌"只寫作"弟"。

【孝養】 xiào yǎng　盡力奉養父母。《漢書·文帝紀》："將何以佐天下子孫～～其親？"

肖 xiào　❶相，似。宋·蘇軾《影答形》："我依月燈出，相～兩奇絕。" ❷賢。《史記·廉頗藺相如列傳》："臣等不～，請辭去。"

俏 xiào　見475頁qiào。

效 xiào　❶效法，模仿。這個意義又寫作"傚"。唐·柳宗元《種樹郭橐駝傳》："他植者雖窺伺～慕，莫能如也。" ❷效果。三國蜀·諸葛亮《出師表》："受命以來，夙夜憂歎，恐託付不～，以傷先帝之明。" ❸效驗，證明。漢·司馬遷《報任安書》："苟合取容，無所短長之～，可見於此矣。" ❹獻出。漢·司馬遷《報任安書》："誠欲～其款款之愚。" ❺授予。《莊子·逍遙遊》："故夫知～一官，行比一鄉，德合一郡。"

【效績】 xiào jì　❶效勞，立功。《國語·魯語下》："男女～～，愆則有辟。" ❷成效，功績。《三國志·蜀書·先主傳》："卒立～～，摧破陶謙。" ❸顯示功效。晉·陸機《文賦》："雖眾詞之有條，必待玆而～～。" ❹"效"通"校"，考查成績。三國魏·曹丕《校獵賦》："考功～～。"

【效命】 xiào mìng　捨命報效。《史記·魏公子列傳》："今公子有急，此乃臣～～之秋也。"

【效死】 xiào sǐ　效力至死。《孟子·梁惠王下》："與民守之，～～而民弗去，則是可為也。"

【效尤】 xiào yóu　仿效錯誤。《左傳·莊公二十一年》："鄭伯～～，其亦將有咎。"

校 (1) xiào　❶學校。《孟子·滕文公上》："設為庠序學～以教之。" ❷古代軍隊的編制。《漢書·趙充國傳》："步兵八～，吏士萬人。" ❸古代武官名。《後漢書·順帝紀》："任為將～各一人。"

(2) jiào　❶古代用來拘束犯人的囚具，即"枷"。《周易·噬嗑》："何（負荷，扛）～滅耳（蓋住了耳朵）。" ❷設木柵欄阻攔獵取野獸。《漢書·司馬相如傳上》："背秋涉冬，天子～獵。" ❸較量，對抗。《左傳·僖公二十三年》："有人而～，罪莫大焉。" ❹校對。宋·蘇軾《乞校正陸贄奏議進御劄子》："臣等欲取其奏議，稍加～正，繕寫進呈。" ❺比較。唐·韓愈《進學解》："～短量長，惟器是適者，宰相之方也。" ❻計算，計數。《孟子·滕文公上》："貢者～數歲之中以為常。"

【校比】 jiào bǐ　❶調查戶口、財物。《周禮·地官司徒·黨正》："以歲

X

時沍～～。"❷考核評定。《三國志‧魏書‧王昶傳》："周制，塚宰之職，大計羣吏之治而誅賞，又無～～之制。"

【校試】jiào shì ❶考較試驗。《晉書‧律曆志上》："中書監荀勖，中書令張華出御府銅竹律二十五具，部太樂郎劉秀等～～。"❷考選，考試。《新唐書‧選舉志上》："凡貢舉非其人者，廢舉者，～～不以實者，皆有罰。"

【校閱】jiào yuè　檢查，視察。《魏書‧太宗紀》："詔使者巡行諸州，～～守宰資財。"

嘯 (1) xiào ❶撮口發出悠長清越的聲音。晉‧陶淵明《歸去來兮辭》："登東皋以舒～，臨清流而賦詩。"❷獸類的長聲吼叫。北魏‧酈道元《水經注‧江水》："常有高猿長～。"

(2) chì　通"叱"，大聲呼喝。《禮記‧內則》："男子入內，不～不指。"

【嘯歌】xiào gē　大聲吟詠，歌唱。南朝宋‧劉義慶《世說新語‧簡傲》："箕踞～～，酣放自若。"

---

xie

些 xiē　一點兒，少許。宋‧辛棄疾《鷓鴣天‧和子似山行韻》："酒病而今較減～。"

【些微】xiē wēi　少許，一點兒。明‧謝肇淛《五雜俎‧事部一》："不肯捨～～以濟貧乏。"

楔 xiē ❶木名。晉‧左思《蜀都賦》："棕枒～樅。"❷門兩側的木柱。唐‧韓愈《進學解》："根闑居～，各得其宜。"❸用上粗下

銳的物體插入。《禮記‧喪大記》："小臣～齒用角柶。"

歇 xiē ❶停息，休息。唐‧李白《涇川送族弟錞》："客行無～時。"❷盡，完。唐‧李賀《傷心行》："燈青蘭膏～。"❸敗落，衰敗。唐‧王維《山居秋暝》："隨意春芳～，王孫自可留"

邪 (1) xié ❶不正派，邪惡。《左傳‧桓公二年》："國家之敗，由官～也。"❷妖異怪誕。《南史‧袁君正傳》："性不信巫～。"❸中醫學上指一切致病的因素。漢‧史游《急就篇》："灸刺和藥逐去～。"❹歪斜，與"正"相對。《晉書‧輿服志》："安車～拖之。"這個意義後來寫作"斜"。

(2) yé　疑問語氣詞，亦寫作"耶"。《史記‧廉頗藺相如列傳》："趙王豈以一璧之故欺秦～！"

(3) yú　通"餘"。《史記‧曆書》："歸～於終。"

【邪佞】xié nìng ❶奸邪，偽善。漢‧荀悅《漢紀‧平帝紀》："（王）莽既不仁而有～～之才，又乘四父歷世之權。"❷奸邪小人。《後漢紀‧順帝紀上》："今宜斥退～～，投之四裔。"

協 xié ❶和合，和洽。《左傳‧隱公十一年》："寡人有弟，不能和～。"❷和諧，協調。漢‧揚雄《太玄‧玄數》："聲律相～而八音生。"❸共同，合作。《左傳‧桓公六年》："（我）以武臨之，彼則懼而～以謀我。"

【協贊】xié zàn　協助，輔佐。《三國志‧蜀書‧來敏傳》："（來敏）子（來）忠，亦博覽經學，有敏識，與尚書向充等並能～～大將軍姜維。"

脅 xié ❶胸部兩側肋骨所在的部位。《左傳·僖公二十三年》："曹共公聞其駢～，欲觀其裸。" ❷逼迫，威脅。漢·鄒陽《獄中上梁王書》："～於位勢之貴。" ❸收縮，收斂。《孟子·滕文公下》："～肩諂笑，病於夏畦。"

挾 (1) xié ❶夾在胳膊下。《孟子·梁惠王上》："～太山以超北海。" ❷帶着。戰國楚·屈原《楚辭·九歌·國殤》："帶長劍兮～秦弓，首身離兮心不懲。" ❸挾制，用強力威脅別人聽從自己支配。《戰國策·司馬錯論伐蜀》："～天子以令天下，天下莫敢不聽。" ❹佔有。《戰國策·觸龍説趙太后》："位尊而無功，奉厚而無勞，而～重器多也。" ❺倚仗。《孟子·萬章下》："不～長，不～貴，不～兄弟而友。" ❻攜同。宋·蘇軾《前赤壁賦》："～飛仙以遨遊，抱明月而長終。" ❼懷着，藏着。漢·桓寬《鹽鐵論·世務》："今匈奴～不信之心，懷不測之詐。"
(2) jiā 通"浹"，周匝，周全。《荀子·王霸》："制度以陳，政令以～。"

偕 xié ❶共同，一塊兒。《孟子·梁惠王上》："古之人與民～樂，故能樂也。" ❷普遍。《左傳·襄公二年》："降福孔（很）～。" ❸通"諧"，和諧。唐·賈島《贈友人》："清詩少得～。"

【偕偕】 xié xié 健壯的樣子。《詩經·小雅·北山》："～～士子，朝夕從事。"

【偕行】 xié xíng 一起出發。《詩經·秦風·無衣》："脩（通'修'）我甲兵，與子～～。"

絜 (1) xié ❶用繩子繞物體一周，以測其周長。《莊子·人間世》："見櫟社樹，其大蔽數千牛，～之百圍。" ❷衡量。漢·賈誼《過秦論》："試使山東之國與陳涉度長～大，比權量力，則不可同年而語矣。" ❸繫，拴。《韓非子·五蠹》："今之縣令，一日身死，子孫累世～駕，故人重之。"
(2) jié 通"潔"。❶清潔，乾淨。《禮記·鄉飲酒義》："主人之所以自～而以事賓也。" ❷純潔。《史記·屈原賈生列傳》："其志～，其行廉。"

頡 xié 見281頁jié。

諧 xié ❶和諧，融洽。明·王守仁《象祠記》："象猶不弟（通'悌'），不可以為～。" ❷詼諧。《漢書·東方朔傳》："上以（東方）朔口～辭給，好作問之。"

【諧比】 xié bǐ ❶和諧親近。《新唐書·吳兢傳》："方直寡～～，惟與魏元忠、朱敬則遊。" ❷按韻排比。元·戴表元《昌國應君〈類書蒙求〉序》："然亦皆編析成以待問，～～虛詞以眩舉。"

【諧謔】 xié xuè 詼諧戲謔。《晉書·顧愷之傳》："愷之好～～，人多愛狎之。"

擷 xié 採摘。宋·蘇軾《超然臺記》："～園蔬，取池魚，釀秫酒。"

攜 xié ❶提。《詩經·大雅·板》："如取如～。" ❷牽引，攙扶。宋·歐陽修《醉翁亭記》："前者呼，後者應，傴僂提～，往來而不絕者，滁人遊也。" ❸攜帶。宋·蘇軾《後赤壁賦》："於是～酒與魚，復遊於赤壁之下。」**❹** 分離，離心。《左傳·襄公二十九年》：「邇而不逼，遠而不～。」

寫 (1) xiě **❶** 鑄刻。漢·劉向《新序·葉公好龍》：「葉公子高好龍，鉤以～龍，鑿以～龍，屋宇雕文以～龍。」**❷** 摹擬，摹仿。漢·劉安《淮南子·本經訓》：「雷震之聲，可以鐘鼓～也。」**❸** 描繪。《史記·秦始皇本紀》：「秦每破諸侯，～放其宮室，作之咸陽北阪上。」**❹** 用文字形式描述。宋·歐陽修《〈梅聖俞詩集〉序》：「以道羈臣寡婦之所歎，而一人情之難言，蓋愈窮則愈工。」**❺** 抄錄，謄寫。唐·李白《與韓荊州書》：「請給紙筆，兼之書人，然後退掃閒軒，繕～呈上。」

(2) xiè **❶** 傾瀉，傾注。南朝齊·孔稚珪《北山移文》：「還飆入幕，～霧出楹。」這個意義後來寫作「瀉」。**❷** 消除。《詩經·邶風·泉水》：「駕言出遊，以～我憂。」**❸** 卸除，取下。《晉書·潘岳傳》：「發槅～鞍，皆有所憩。」

【寫意】xiě yì　披露心意。唐·李白《扶風豪士歌》：「原嘗春陵六國時，開心～～君所知。」

泄 (1) xiè **❶** 流出。唐·杜甫《祭故相國清河房公文》：「不見君子，迸水滔滔。～涕寒谷，吞聲賊壤。」**❷** 發泄，散發。唐·韓愈《送孟東野序》：「樂也者，鬱於中而～於外者也。」**❸** 泄漏，暴露。《左傳·襄公十四年》：「今諸侯之事我寡君不如昔者，蓋言語漏～，則職女（通『汝』，你）之由之。」

(2) yì　見「泄泄」。

【泄泄】yì yì **❶** 眾多的樣子。《詩經·魏風·十畝之間》：「十畝之外

兮，桑者～～兮。」**❷** 鼓翼而飛的樣子。《詩經·邶風·雄雉》：「雄雉于飛，～～其羽。」**❸** 和樂的樣子。《左傳·鄭伯克段於鄢》：「大隧之外，其樂也～～。」

屑 xiè **❶** 碎末。南朝宋·劉義慶《世說新語·政事》：「於是悉用木～覆之。」**❷** 研成碎末。漢·張衡《思玄賦》：「～瑤蕊以為糇（hóu，乾糧）兮。」**❸** 重視，顧惜。唐·柳宗元《〈愚溪詩〉序》：「幽邃淺狹，蛟龍不～，不能興雲雨。」**❹** 忽然。《漢書·外戚傳上》：「～兮不見。」

【屑意】xiè yì　介意，放在心上。《宋史·陳越傳》：「放曠杯酒間，家徒壁立，不以～～。」

解 xiè　見284頁jiě。

懈 xiè　鬆弛，懈怠。三國蜀·諸葛亮《出師表》：「侍衛之臣不～於內，忠志之士忘身於外。」

【懈弛】xiè chí　懈怠，鬆弛。《三國志·魏書·田疇傳》：「今虜將以大軍當由無終（地名），不得進而退，～～無備。」

褻 xiè **❶** 內衣。《禮記·檀弓下》：「季康子之母死，陳～衣。」**❷** 親近，狎近。宋·周敦頤《愛蓮說》：「亭亭淨植，可遠觀而不可～玩焉。」**❸** 時常相見，熟悉。《論語·鄉黨》：「見冕者與瞽者，雖～，必以貌。」**❹** 輕慢，不尊重。明·宋濂《閱江樓記》：「他若留連光景之辭，皆略而不陳，懼～也。」

【褻慢】xiè màn　輕慢，無禮。金·董解元《西廂記諸宮調》：「往日以～～見責，今日敢無禮乎？」

【褻狎】xiè xiá **❶** 舉止輕浮，行為放蕩。《北史·韓麒麟傳》：「無令繕

其蒲博之具，以成～～之容。"❷ 親近。《舊唐書·王佉傳》："素為太子之所～～。"

謝 xiè ❶ 道歉。《史記·廉頗藺相如列傳》："秦王恐其破璧，乃辭～固請。"❷ 推辭，拒絕。《史記·孔子世家》："孔子辭～，不得已而見之。"❸ 辭別，告別。《史記·魏公子列傳》："侯生視公子色終不變，乃～客就車。"❹ 感謝。《史記·項羽本紀》："（樊）噲拜～，起，立而飲之。"❺ 告訴，告知。漢樂府《孔雀東南飛》："多～後世人，戒之慎勿忘。"❻ 凋落，衰退。明·劉基《司馬季主論卜》："一晝一夜，花開者～；一春一秋，物故者新。"❼ 遜於，不如。唐·李白《上皇西巡南京歌》："錦江何～曲江池？"❽ 通"榭"。《荀子·王霸》："臺～甚高。"

【謝病】 xiè bìng ❶ 託病謝絕賓客。《史記·春申君列傳》："楚太子因變衣服為楚使者御以出關，而黃歇守舍，常為～～。"❷ 因病自請退職。《戰國策·秦策三》："應侯因～～，請歸相印。"

【謝承】 xiè chéng 致謝，感謝。元·王實甫《西廂記》："第一來為壓驚，第二來因～～。"

【謝老】 xiè lǎo 告老辭官。《北史·尉元傳》："（尉）元詣闕～～，引見於庭，命升殿勞宴，賜玄冠、素服。"

【謝事】 xiè shì ❶ 辭職，免除俗事。明·唐順之《書錢遇齋高尚卷》："予自為編修罷歸，是時邑中士大夫～～而居者十數人。"❷ 去世。清·沈起鳳《諧鐸·鬼婦持家》："婦慨然曰：'人一朝～～，百凡都聽諸後人。'"

邂 xiè 見"邂逅"。

【邂逅】 xiè hòu ❶ 偶然相會，不期而會。宋·文天祥《〈指南錄〉後序》："舟與哨相後先，幾～～死。"❷ 不期而會的人。《詩經·唐風·綢繆》："今夕何夕，見此～～。"❸ 一旦。《南史·張邵傳》："若劉穆之～～不幸，誰可代之？"

燮 xiè 調和，諧和。晉·謝靈運《登上戍石鼓山》："愉樂樂不～。"

【燮調】 xiè tiáo ❶ 協和，調理。宋·王禹偁《和楊遂賀雨》："～～賴時相，感應由聖君。"❷ 指宰相的政務。《舊唐書·崔昭緯傳》："擢於侍從之司，委以～～之任。"

【燮燮】 xiè xiè 落葉聲。晉·陶淵明《閑情賦》："葉～～以去條，氣淒淒而就寒。"

躞 xiè ❶ 書卷的杆軸。宋·米芾《書史》："白玉為～，黃金題蓋。"❷ 見"躞蹀"。

【躞蹀】 xiè dié 小步行走的樣子。漢樂府《白頭吟》："～～御溝上，溝水東西流。"又作"蹀蹀"。戰國楚·屈原《楚辭·九章·哀郢》："眾～～而日進兮，美超遠而逾邁。"又作"蹀躞"，見 119 頁。

心 xīn ❶ 心臟。《孟子·離婁下》："君之視臣如手足，則臣視君如腹～。"❷ 心思，意念。漢·賈誼《過秦論》："囊括四海之意，并吞八荒之～。"❸ 中國古代哲學概念，指人的意識。宋·陸九淵《雜說》："宇宙便是吾～，吾～

即是宇宙。"❹中心，中央。明·張岱《湖心亭看雪》："湖～亭一點，與余舟一芥，舟中人兩三粒而已。"

【心旌】xīn jīng　形容心神不定。宋·王安石《次韻酬宋中散》："風流今見佳公子，投老～～一片降。"

【心素】xīn sù　內心的情愫。唐·李白《寄遠》："空留錦字表～～，至今緘愁不忍窺。"

【心儀】xīn yí　內心向往。《漢書·外戚傳上》："公卿議更立皇后，皆～～霍將軍女。"

忻　xīn　❶開啟，開導。《司馬法》："善者～民之善，閉民之惡。"❷同"欣"，喜悅。《史記·管晏列傳》："假令晏子而在，余雖為之執鞭，所～慕焉。"

辛　xīn　❶辣。戰國楚·屈原《楚辭·招魂》："大苦醎酸，～甘行些。"❷葱蒜等有刺激性氣味的蔬菜。《宋史·顧忻傳》："以母病，葷～不入口者十載。"❸勞苦。唐·李紳《憫農》："誰知盤中餐，粒粒皆～苦。"❹悲痛，痛苦。唐·杜甫《垂老別》："投杖出門去，同行為～酸。"

昕　xīn　❶拂曉，日將出時。《儀禮·士昏禮》："凡行事，必用昏～。"❷明亮。唐·劉禹錫《有僧言羅浮事》："咿喔天雞鳴，扶桑色～～。"

欣　xīn　❶喜悅，高興。晉·王羲之《〈蘭亭集〉序》："向之所～，俛仰之間，已為陳跡。"❷愛戴。《國語·周語上》："商民帝辛，大惡於民。庶民弗忍，～戴武王。"

革　(1) xīn　藥草名，即"細莘"。　(2) shēn　細長的樣子。《詩經·小雅·魚藻》："魚在在藻，有～其尾。"

新　xīn　❶形容詞，與"舊"相對。唐·王勃《滕王閣序》："豫章故郡，洪都～府。"❷新鮮。唐·王維《送元二使安西》："客舍青青柳色～。"❸剛，才。《史記·屈原賈生列傳》："～沐者必彈冠，～浴者必振衣。"❹改舊，更新。宋·蘇軾《超然臺記》："因城以為臺者舊矣，稍葺而～之。"

【新婦】xīn fù　❶新娘子《戰國策·衛策》："衛人迎～～。"❷古代稱兒媳為"新婦"。《後漢書·列女傳》："～～，賢女，當以道匡夫。"❸古代已婚婦女自稱的謙詞。南朝宋·劉義慶《世說新語·文學》："～～少遭家難，一生所寄，唯在此兒。"

【新莽】xīn mǎng　指王莽及王莽建立的新朝。《舊唐書·肅宗紀》："太王去國，豳人不忘於周君；～～據圖，黔首仍思於漢德。"

親　xīn　見478頁qīn。

薪　xīn　木柴。宋·蘇洵《六國論》："以地事秦，猶抱～救火，～不盡，火不滅。"

馨　xīn　❶散佈到遠處的香氣。《左傳·僖公五年》："黍稷非～，明德惟～。"❷氣味芬芳的花草。戰國楚·屈原《楚辭·九歌·山鬼》："折芳～兮遺所思。"❸比喻流傳久遠的好名聲。《晉書·符堅載記》："垂～千祀。"

信　(1) xìn　❶言語真實。《史記·屈原賈生列傳》："～而見疑，忠而被謗。"❷講信用。《論語·衛靈公》："君子義以為質，禮以行之，孫以出之，～以成之。"❸確實，的確。晉·王羲之《〈蘭亭集〉序》："足以極視聽之娛，～可樂也。”❹ 相信。《史記·屈原賈生列傳》:“秦虎狼之國,不可~。”❺ 信物,取得對方信任的憑據。《戰國策·燕策三》:“今行而無~,則秦未可親也。”❻ 信使,送信的人。南朝宋·劉義慶《世說新語·雅量》:“謝公與人圍棋,俄而謝玄淮上~至,看書竟,默然無言。”❼ 音訊,消息。唐·杜甫《喜達行在所》:“西憶岐陽~。”❽ 書信。唐·賈島《寄韓潮州愈》:“出關書~過瀧流。”❾ 靠,憑。唐·白居易《對酒吟贈同老者》:“扶持仰婢僕,將養~妻兒。”❿ 知。《詩經·邶風·擊鼓》:“不我~兮。”⓫ 隨意,隨便。唐·白居易《與元微之書》:“~手把筆,隨意亂書。”

(2) shēn　通“伸”。《三國志·蜀書·諸葛亮傳》:“孤不度德量力,欲~大義於天下。”

【信臣】 xìn chén ❶ 忠誠可靠之臣。漢·賈誼《過秦論》:“良將勁弩守要害之處,~~精卒陳利兵而誰何。”❷ 使臣,使者。《韓非子·十過》:“王其趣發~~,多其車,重其幣。”

【信然】 xìn rán　確實如此。《三國志·蜀書·諸葛亮傳》:“惟博陵崔州平、潁川徐庶元直與亮友善,謂為~~。”

【信人】 xìn rén　誠實的人。《孟子·盡心下》:“善人也,~~也。”

【信史】 xìn shǐ　確實可信的歷史。唐·韓偓《余臥疾深村聞一二郎官笑余迂古因成此篇》:“莫負美名書~~,清風掃地更無遺。”

釁 xìn　❶ 古代的一種祭祀儀式,將牲畜的血塗在新製成的器物上。《孟子·梁惠王上》:“有牽牛而過堂下者,王見之,曰:‘牛何之?’

對曰:‘將以~鐘。’”❷ 塗抹。漢·賈誼《治安策》:“豫讓~面吞炭。”❸ 用芳香的草藥塗身或熏身。《國語·齊語》:“比至,三~三浴之。”❹ 縫隙,破綻。《三國志·吳書·孫權傳》:“逆臣乘~。”❺ 罪過,災禍。晉·李密《陳情表》:“臣以險~,夙遭閔凶。”❻ 徵兆。《國語·魯語上》:“惡有~,雖貴,罰也。”❼ 衝動,激動。《左傳·襄公二十六年》:“夫小人之性,~於勇。”

xing

狌 xīng　見 537 頁 shēng。

星 xīng　❶ 太陽、月球以外的發光天體。唐·杜甫《旅夜書懷》:“~垂平野闊,月湧大江流。”❷ 天文。漢·司馬遷《報任安書》:“文史~歷,近乎卜祝之間。”

【星奔】 xīng bēn　如流星飛逝,形容疾速。《三國志·吳書·陸抗傳》:“觸艫(zhú lú,戰艦)千里,~~電邁,俄然而至。”

【星馳】 xīng chí　眾星在天空運行。唐·王勃《滕王閣序》:“雄州霧列,俊彩~~。”

惺 xīng　見“惺惺”。

【惺惺】 xīng xīng　❶ 機警,警覺。明·劉基《醒齋銘》:“昭昭生於~~,憒憒生於冥冥。”❷ 聰慧的人。元·王實甫《西廂記》:“方通道,~~的自古惜~~。”

腥 xīng　❶ 生肉。《論語·鄉黨》:“君賜~,必熟而薦之。”❷ 難聞的氣味。唐·杜甫《垂老別》:“積屍草木~,流血川原丹。”

興 (1) xīng ❶ 起，起來。《史記·孔子世家》：“從者病，莫能～。”❷ 興起，產生。《荀子·勸學》：“積土成山，風雨～焉。”❸ 建立。宋·司馬光《諫院題名記》：“古者諫無官……漢～以來始置官。”❹ 發動。《史記·屈原賈生列傳》：“懷王怒，大～師伐秦。”❺ 興旺，興盛。《新五代史·伶官傳序》：“憂勞可以～國，逸豫可以亡身，自然之理也。”

(2) xìng ❶ 興趣，興致。唐·王勃《滕王閣序》：“～盡悲來，識盈虛之有數。”❷ 喜歡。《禮記·學記》：“不～其藝，不能樂學。”

【興會】xìng huì ❶ 文章的情致。《晉·謝靈運傳》：“靈運之～～標舉，延年之體裁明密。”❷ 興至，一時高興。南朝宋·劉義慶《世說新語·賞譽》：“每至～～，故有相思時。”

刑 xíng ❶ 刑罰，刑法。《孟子·梁惠王上》：“省～～罰，薄稅斂。”❷ 懲罰。三國蜀·諸葛亮《出師表》：“若有作姦犯科及為忠善者，宜付有司論其～～賞。”❸ 傷殘。《戰國策·趙策一》：“(豫讓)自～以變其容。”❹ 殺。南朝梁·丘遲《與陳伯之書》：“並～馬作誓，傳之子孫。”❺ 治理。《周禮·秋官司寇》：“以佐王～邦國。”❻ 成，形成。《禮記·大傳》：“禮俗～，然後樂。”❼ 通“型”，鑄造器物的模具。《荀子·彊國》：“～范正，金錫美，工冶巧，火齊得，剖～而莫邪已。”❽ 通“型”，法式，典範。《孟子·梁惠王上》：“《詩》云：‘～於寡妻，至於兄弟，以御於家邦。’”

【刑錯】xíng cuò “錯”通“措”，

擱置。無人犯法，刑罰擱置不用。《荀子·議兵》：“威厲而不試，～～而不用。”

【刑隸】xíng lì 古代多以受過刖刑、形體虧損的人充服勞役的奴隸，稱“刑隸”，後多指宦官。《後漢書·劉陶列傳》：“使群醜～～，芟刈小民。”

【刑名】xíng míng ❶ 即“形名”。本指名與實的關係，先秦法家主張循名以責實，名實相符者賞，名不符實者罰，後來便以“刑名”指稱法家的學說。《史記·老子韓非列傳》：“申子之學本於黃老而主～～。”❷ 法律。《史記·秦始皇本紀》：“始定～～，顯陳舊章。”❸ 刑罰的名稱。明·王鏊《親政篇》：“～～法度相維持而已。”❹ 犯罪案件。《清史稿·刑法志三》：“刑部受天下～～。”

【刑餘】xíng yú ❶ 受過肉刑，形體虧損的人。《史記·孫子吳起列傳》：“～～之人不可。”❷ 指宦官。漢·司馬遷《報任安書》：“～～之人，無所比數。”❸ 對僧人的貶稱。《宋書·顏延之傳》：“此三臺之坐，豈可使～～居之。”

行 (1) xíng ❶ 又讀 háng，道路。《詩經·豳風·七月》：“遵彼微～。”❷ 行走。《論語·述而》：“三人～，必有我師焉。”又引申為前往或離去。《史記·廉頗藺相如列傳》：“趙王畏秦，欲毋～。”❸ 運行。漢·曹操《觀滄海》：“日月之～，若出其中。”❹ 推行，傳播。《史記·孔子世家》：“夫子之道至大……夫子推而～之。”❺ 行動，實行，與“言”相對。《史記·孔子世家》：“聽其言而觀其～。”❻ 執行。《國語·叔向賀貧》：“～刑不疚。”

❼春秋時指代理官職。《史記·孔子世家》："孔子年五十六，由大司寇～攝相事。"❽唐宋時指兼代官職，官階低而所兼職位高者稱"守"，反之稱"行"。宋·歐陽修《瀧岡阡表》："觀文殿學士特進～兵部尚書。"❾將要。晉·陶淵明《歸去來兮辭》："善萬物之得時，感吾生之～休。"❿品行，品德。《莊子·逍遙遊》："～比一鄉，德合一君。"

(2) háng ❶行列。漢樂府《雞鳴》："鴛鴦七十二，羅列自成～。"❷輩份。《漢書·蘇武傳》："漢天子，我丈人～也。"❸軍隊的行陣。戰國楚·屈原《楚辭·九歌·國殤》："凌余陣兮躐余～。"

【行藏】xíng cáng　指出處或行止。宋·蘇軾《捕蝗至浮雲嶺有懷子由弟》："殺馬毀車從此逝，子來何處問～～？"

【行成】xíng chéng　求和。《國語·越語上》："（句踐）遂使之～～於吳。"

【行復】xíng fù　將要，將近。三國魏·曹丕《與吳質書》："別來～～四年。"

【行宮】xíng gōng　京城之外供帝王出行時居住的宮殿。清·姚鼐《登泰山記》："皇帝～～在碧霞元君祠東。"

【行檢】xíng jiǎn　操行。南朝宋·劉義慶《世說新語·自新》："戴淵少時遊俠，不治～～，嘗在江淮間攻掠商旅。"

【行迷】xíng mí　走入迷途。戰國楚·屈原《楚辭·離騷》："回朕車以復路兮，及～～之未遠。"

【行年】xíng nián　❶將要達到的年齡。《南齊書·武帝紀》："吾～～六十，亦復何恨。"❷經歷過的年歲。晉·李密《陳情表》："～～四歲，舅奪母志。"

【行所】xíng suǒ　皇帝出行所到之處。《魏書·出帝平陽王紀》："又詔荊州刺史賀拔勝赴於～～。"

【行役】xíng yì　❶因服役或公務而在外跋涉。《詩經·魏風·陟岵》："嗟予子，～～夙夜無已。"❷泛指行旅之事。唐·杜甫《別房太尉墓》："他鄉復～～，駐馬別孤墳。"

【行營】xíng yíng　❶尋求，經營。《史記·淮陰侯列傳》："其母死，貧無以葬，然乃～～高敞地，令其旁可置萬家。"❷出征時的軍營。唐·岑參《送郭僕射節制劍南》："曉雲隨去陣，夜月逐～～。"❸行軍。《新五代史·周太祖紀》："（郭威）臨陣～～，幅巾短後，與士卒無異。"

【行在】xíng zài　❶"行在所"的簡稱，皇帝所在之處，包括京師。《漢書·武帝紀》："舉獨行之君子，徵詣～～所。"❷專指皇帝出行所至之處。唐·杜甫《避地》："～～僅聞信，此生隨所遭。"

【行伍】háng wǔ　❶古代軍隊編制，五人為"伍"，二十五人為"行"，故以"行伍"為軍隊的代稱。漢·賈誼《過秦論》："（陳涉）躡足～～之間。"❷行列。漢·王充《論衡·量知》："有司之陳籩豆，不誤～～。"

【行陣】háng zhèn　也作"行陳"。軍隊行列。陳，陣。三國蜀·諸葛亮《出師表》："愚以為營中之事，悉以咨之，必能使～～和睦，優劣得所。"

【行陳】háng zhèn　見"行陣"。

形 xíng ❶ 形體，身體。晉·陶淵明《歸去來兮辭》："寓～宇內復幾時，何不委心任去留？" ❷ 容貌。《戰國策·鄒忌諷齊王納諫》："鄒忌脩八尺有餘，而～貌昳麗。" ❸ 形狀。明·魏學洢《核舟記》："能以徑寸之木，為宮室、器皿……罔不因勢象～，各具情態。" ❹ 特指地形。《戰國策·蘇秦以連橫說秦》："大王之國……沃野千里，蓄積饒多，地勢～便。" ❺ 表現，表露《禮記·大學》："此謂誠於中，～於外。" ❻ 對照，對比。《淮南子·齊俗訓》："短脩之相～也。" ❼ 形勢。漢·司馬遷《報任安書》："勇怯，勢也；彊弱，～也。" ❽ 通"刑"，刑罰。《荀子·成相》："眾人貳之，讒夫棄之，～是詰。"

【形勝】xíng shèng ❶ 地理形勢優越。《荀子·彊國》："其固塞險，形勢便，山林川谷美，天材之利多，是～～也。" ❷ 風景優美。宋·柳永《望海潮》："東南～～，三吳都會，錢塘自古繁華。"

陘 (1) xíng ❶ 山脈中斷處。《史記·趙世家》："趙與之，合軍曲陽。" ❷ 地名，在今河南郾城縣南。《左傳·齊桓公伐楚盟屈完》："師進，次於～。"
　　(2) jìng　通"徑"。《左傳·襄公十六年》："速遂塞海～而還。"

省 xǐng　見538頁 shěng。

杏 xìng　果木名。宋·葉紹翁《遊園不值》："一枝紅～出牆來。"

【杏壇】xìng tán ❶ 相傳為孔子講學處。《莊子·漁父》："孔子遊乎緇帷之林，休坐乎～～之上。" ❷ 泛指聚徒講學處。宋·王禹偁《贈浚儀朱學士新知貢舉》："潘岳花陰覆～～，門生參謁絳紗重。" ❸ 道家修煉之處，道觀。唐·白居易《尋王道士藥堂因有題贈》："步步尋花到～～。"

幸 xìng ❶ 幸運。清·袁枚《黃生借書說》："知～與不～，則其讀書也必專，而其歸書也必速。" ❷ 僥倖。《禮記·在上位不陵下》："君子居易以俟命，小人行險以徼。" ❸ 幸虧。《史記·項羽本紀》："今事有急，故～來告良。" ❹ 特指天子、國君對某人寵愛。《史記·廉頗藺相如列傳》："君～於趙王，故燕王欲結於君。" ❺ 特指皇帝到某處去。《史記·秦始皇本紀》："始皇帝～梁山宮。" ❻ 敬詞，表示對方的做法使自己感到幸運。《戰國策·范雎說秦王》："先生何以～教寡人？" ❼ 希望。宋·歐陽修《朋黨論》："臣聞朋黨之說，自古有之，惟～人君辨其君子小人而已。"

【幸臣】xìng chén ❶ 為君主所寵愛的臣子。《韓非子·姦劫弒臣》："必將以曩之合己，信今之言，此～～之所以得欺主成私者也。" ❷ 古星宿名。《晉書·天文志上》："帝坐東北一星曰～～。"

性 xìng ❶ 人的本性。《論語·陽貨》："子曰：'～相近也，習相遠也。'" ❷ 事物的固有性質。唐·柳宗元《種樹郭橐駝傳》："橐駝非能使木壽且孳也，能順木之天以致其～焉爾。" ❸ 性情，性格。晉·陶淵明《歸園田居》："少無適俗韻，～本愛丘山。" ❹ 生命，生機。唐·柳宗元《種樹郭橐駝傳》："爪其膚以驗其生枯，搖其本以觀其疏密，而木之～日以離矣。"

【性靈】xìng líng ❶ 性情。北周 · 庾信《〈趙國公集〉序》："含吐～～，抑揚詞氣。" ❷ 聰明。唐 · 段安節《樂府雜錄 · 琵琶》："教授人亦多矣，未曾有此～～弟子也。"

荇 xìng 水生植物，即荇菜。《詩經 · 周南 · 關雎》："參差～～。"

悻 xìng 見"悻悻"。

【悻悻】xìng xìng 惱怒的樣子。《孟子 · 公孫丑下》："諫於其君而不受，則怒，～～然見於其面。"

---

xiong

凶 xiōng ❶ 不吉祥。戰國楚 · 屈原《楚辭 · 卜居》："此孰吉孰～？何去何從？" ❷ 不幸，通常指喪事。晉 · 李密《陳情表》："臣以險釁，夙遭閔～。" ❸ 莊稼收成不好，荒年。《孟子 · 以五十步笑百步》："河內～，則移其民於河東，移其粟於河內。" ❹ 兇惡，殘暴。《後漢書 · 盧植列傳》："植知卓～悍難制，必生後患。" ❺ 兇惡的人，壞人。三國蜀 · 諸葛亮《出師表》："攘除姦～，興復漢室。" ❻ 恐懼，害怕。《國語 · 晉語一》："敵入而～，救敗不暇，誰能退敵？"

【凶服】xiōng fú ❶ 喪服，孝衣。《論語 · 鄉黨》："～～者式之。" ❷ 兇徒作亂時穿的衣服。《漢書 · 尹賞傳》："雜舉長安中輕薄少年惡子，無市籍商販作務，而鮮衣～～……持刀兵者，悉籍記之。"

【凶荒】xiōng huāng 災荒。《晉書 · 食貨志》："夫百姓年豐則用奢，～～則窮匱，是相報之理也。"

【凶禮】xiōng lǐ ❶ 凡為不幸之事而舉行哀弔的儀禮，統稱"凶禮"。《周禮 · 春官宗伯 · 大宗伯》："以～～哀邦國之憂。" ❷ 特指喪禮。《資治通鑑》卷一百六十："～～依漢霍光故事。"

【凶事】xiōng shì 喪事。《周禮 · 春官宗伯 · 司服》："凡～～，服弁服。"

【凶歲】xiōng suì 荒年。《孟子 · 告子上》："富歲，子弟多賴；～～，子弟多暴。"

兄 (1) xiōng ❶ 兄長，哥哥。《孟子 · 梁惠王上》："父母凍餓，～弟妻子離散。" ❷ 對朋友的尊稱。唐 · 柳宗元《與肖翰林俛俛書》："～知之，勿為他人言也。"
(2) kuàng 通"況"。❶ 更加。《墨子 · 非攻下》："王～自縱也。" ❷ 況且。《管子 · 大匡》："雖得天下，吾不生也，～與我齊國之政也？"

匈 xiōng ❶ 胸腔。《戰國策 · 燕策三》："臣左手把其袖，右手揕(zhèn，刺)其～。" ❷ 見"匈匈"。

【匈匈】xiōng xiōng 喧鬧紛亂的樣子。《後漢書 · 竇武列傳》："天下～～，正以此故。"

洶 xiōng 水往上湧。宋 · 歐陽修《〈釋祕演詩集〉序》："江濤～湧，甚可壯也。"

恟 xiōng 恐懼，驚駭。唐 · 韓愈等《會合聯句》："謫夢意猶～。"

胸 xiōng ❶ 胸腔。明 · 魏學洢《核舟記》："佛印絕類彌勒，袒～露乳，矯首昂視。" ❷ 胸懷。《孟子 · 離婁上》："～中正，則眸子瞭焉。" ❸ 前面。漢 · 張衡《南都賦》："淯水蕩其～。"

【胸次】xiōng cì 心中。《莊子·田子方》："喜怒哀樂，不入於～～。"

訩 xiōng ❶ 爭辯。《詩經·魯頌·泮水》："不告於～，在泮獻功。" ❷ 禍亂。《詩經·小雅·節南山》："昊天不傭，降此鞠～。"

【訩訩】xiōng xiōng 形容喧鬧的聲音和紛亂的樣子。漢·桓寬《鹽鐵論·利議》："辯訟公門之下，～～不可勝聽。"

雄 xióng ❶ 雄性的鳥。唐·李白《蜀道難》："但見悲鳥號古木，～飛雌從繞林間。" ❷ 雄性的，與"雌"相對。北朝民歌《木蘭辭》："～兔腳撲朔，雌兔眼迷離。" ❸ 傑出的人物。宋·王安石《讀孟嘗君傳》："孟嘗君特雞鳴狗盜之～耳，豈足以言得士？" ❹ 勝利者。宋·蘇軾《賈誼論》："灌嬰連兵數十萬，以決劉、呂之雌～。" ❺ 排在首位的。南朝齊·孔稚珪《北山移文》："跨屬城之～，冠百里之首。" ❻ 壯麗。唐·王勃《滕王閣序》："～州霧列，俊彩星馳。"

【雄斷】xióng duàn 英明而善於決斷。《後漢書·光武帝紀下》："明明廟謨，赳赳～～。"

休 xiū ❶ 休息。宋·歐陽修《醉翁亭記》："負者歌於途，行者～於樹。" ❷ 樹陰，引申為蔭庇。《漢書·外戚傳下》："依松柏之餘～。" ❸ 停止，結束。《戰國策·齊策四》："先生～矣。" ❹ 不要，表示祈使或勸阻。宋·李清照《漁家傲·記夢》："九萬里風鵬正舉，風～住，蓬舟吹取三山去。" ❺ 美善。《左傳·宣公三年》："德之～明。" ❻ 福祿。《國語·周語中》："各守爾典，以承天～。" ❼ 喜慶。《晉書·馮跋載記》："思與兄弟，同茲～戚。"

【休書】xiū shū 封建時代丈夫離棄妻子的文書。《水滸傳》第八回："小人今日就高鄰在此，明白立紙～～，任從改嫁。"

【休問】xiū wèn ❶ 佳訊。《三國志·蜀書·許靖傳》："承此～～，且悲且喜。" ❷ 好的聲譽。唐·柳宗元《送寧國范明府詩》序："有范氏傳真者……在門下，甚獲～～。"

【休休】xiū xiū ❶ 安閒自得的樣子。《禮記·大學》："其心～～焉。" ❷ 罷了，完了。宋·李清照《鳳凰臺上憶吹簫》："～～，這回去也，千萬疊《陽關》，也則難留。" ❸ 象聲詞，鼻息聲。清·蒲松齡《聊齋志異·青娥》："女醒，聞鼻氣～～。"

咻 (1) xiū ❶ 喧擾。《孟子·滕文公下》："一齊人傅之，眾楚人～之，雖日撻而求其齊也，不可得矣。" ❷ 見"咻咻"。
(2) xiāo 通"哮"。晉·左思《魏都賦》："克剪方命，吞滅咆～。"

【咻咻】xiū xiū ❶ 喘息聲。宋·蘇軾《江上值雪》："草中～～有寒兔。" ❷ 悲傷。《紅樓夢》第八十七回："北堂有萱兮，何以忘憂？無以解憂兮，我心～～。"

庥 xiū ❶ 覆蓋。宋·司馬光《秀州真如院法堂記》："真如故有堂，庳狹不足以～學者。" ❷ 庇護。唐·柳宗元《非國語上·宰周公》："凡諸侯之會霸主，小國則固畏其力而望其～焉者也。" ❸ 同"休"，止息。唐·柳宗元《石渠記》："其側皆詭石怪木，奇卉美箭，可列坐而~焉。"

修 xiū ❶ 修飾，裝飾。戰國楚·屈原《楚辭·九歌·湘君》："美要眇兮宜~。"❷ 整治，治理。漢·賈誼《過秦論》："務耕織，~守戰之具。"❸ 修建。宋·范仲淹《岳陽樓記》："乃重~岳陽樓。"❹ 研究，學習。《韓非子·五蠹》："是以聖人不期~古，不法常可。"❺ 修養品德。《論語·季氏》："故遠人不服，則~文德以來之。"❻ 善，美好。漢·張衡《思玄賦》："伊中情之信~兮。"❼ 長，高。晉·王羲之《〈蘭亭集〉序》："此地有茂林~竹。"❽ 著，撰寫。《新唐書·百官志二》："掌~國史。"

【修敕】 xiū chì ❶ 整飭，整齊。漢·張衡《東京賦》："西登少華，亭候~~。"❷ 整頓。《後漢書·馮異列傳》："諸將……好虜掠，卿本能御吏士，念自~~，無為郡縣所苦。"

【修和】 xiū hé ❶ 施教化以和合之。《尚書·周書·君奭》："惟文王尚克~~我有夏。"❷ 謀求和好。《晉書·慕容超載記》："可遣將命，降號~~。"

【修敬】 xiū jìng 致敬。《史記·廉頗藺相如列傳》："嚴大國之威以~~也。"

【修姱】 xiū kuā 潔美。戰國楚·屈原《楚辭·離騷》："余雖好~~以鞿羈兮，謇朝誶而夕替。"

【修名】 xiū míng ❶ 匡正名分。《國語·周語上》："有不貢則~~，有不王則修德。"❷ 好名聲。明·劉城《秋懷》："惟有~~在，千秋不可欺。"❸ 加強修養，以求名聲。明·唐順之《與王堯衢書》："當今之士隱居篤學、~~砥節如湖州唐子、平涼趙子輩者，凡若干人。"

【修明】 xiū míng 昌明，闡明。《三國志·魏書·高貴鄉公傳》："玩習古義，~~經典。"

【修容】 xiū róng ❶ 修飾容貌，端正儀表。《禮記·檀弓下》："曾子與子貢入於其廄而~~焉。"❷ 古代宮嬪的位號。《三國志·魏書·后妃傳》："文帝增貴嬪、淑媛、~~、順成、良人。"

【修書】 xiū shū ❶ 寫信。南朝宋·劉義慶《世說新語·雅量》："餉米千斛，~~累紙，意寄殷勤。"❷ 編纂書籍。清·袁枚《隨園詩話》："設志局~~，所延皆一時名士。"

【修修】 xiū xiū ❶ 從容整飭的樣子。《荀子·儒效》："~~兮其用統類之行也。"❷ 象聲詞。唐·白居易《舟中雨夜》："江雲暗悠悠，江風冷~~。"

羞 xiū ❶ 進獻。漢·張衡《思玄賦》："~玉芝以療飢。"❷ 食物。唐·李白《行路難》："金樽清酒斗十千，玉盤珍~直萬錢。"這個意義後來寫作"饈"。❸ 羞慚，恥辱。《史記·廉頗藺相如列傳》："吾~，不忍為之下。"❹ 羞辱。漢·司馬遷《報任安書》："今已虧形……乃欲仰首伸眉，論列是非，不亦輕朝廷~當世之士邪？"

朽 xiǔ ❶ 腐爛。《荀子·勸學》："~木不折。"❷ 衰老。唐·韓愈《左遷至藍關示姪孫湘》："肯將衰~惜殘年？"❸ 磨滅。三國魏·曹丕《與吳質書》："著《中論》二十餘篇……此子為不~矣。"

【朽蠹】xiǔ dù　腐朽蛀蝕。《左傳·襄公三十一年》："其暴露之，則恐燥濕之不時而～～。"

【朽鈍】xiǔ dùn　衰殘愚拙，多用作謙詞。明·劉基《送錢士能之建昌知州序》："未幾，余亦以～～辭歸。"

【朽邁】xiǔ mài　年老衰落。《三國志·魏書·曹爽傳》："臣雖～～，敢忘前言？"

秀 xiù　❶穀物吐穗開花。《論語·子罕》："苗而不～者有矣夫！～而不實者有矣夫！"❷泛指植物抽穗開花。《詩經·豳風·七月》："四月～葽。"❸秀美，秀麗。宋·歐陽修《醉翁亭記》："望之蔚然而深～者，琅琊也。"❹茂盛。宋·歐陽修《醉翁亭記》："佳木～而繁陰。"❺美女。明·張岱《西湖七月半》："名娃閨～，攜及童孌，笑啼雜之。"❻高出。唐·李白《廬山謠寄盧侍御虛舟》："廬山～出南斗傍。"❼優秀的人才。唐·李白《春夜宴從弟桃花園序》："群季俊～，皆為惠連。"

【秀才】xiù cái　❶優異的才能。《管子·小匡》："農之子常為農……其～～之能為士者，則足賴也。"❷漢代以來，為薦舉人才的科目之一。晉·李密《陳情表》："前太守臣逵察臣孝廉，後刺史臣榮舉臣～～。"❸宋代凡應舉者皆稱"秀才"。宋·王安石《傷仲永》："傳一鄉～～觀之。"❹明清時專稱府、州、縣學的生員。清·吳敬梓《儒林外史》第三回："苦讀了幾十年的書，～～也不曾做得一個。"

【秀逸】xiù yì　秀美灑脫。南朝宋·劉義慶《世說新語·文學》："才峯～～。"

岫 xiù　❶山洞。晉·陶淵明《歸去來兮辭》："雲無心以出～。"❷山峯。南朝齊·謝朓《郡內高齋閒望》："窗中列遠～。"

臭 xiù　見80頁chòu。

袖 xiù　❶衣袖。唐·杜牧《阿房宮賦》："舞殿冷～。"❷藏在袖子裏。《史記·魏公子列傳》："朱亥～四十斤鐵椎，椎殺晉鄙。"

【袖刃】xiù rèn　暗藏兵刃於袖中。唐·劉禹錫《武夫詞》："探丸害公吏，～～妒名倡。"

繡 xiù　❶五色俱備的繪畫。《周禮·冬官考工記·畫繢》："畫繢之事……五采備謂之～。"❷刺繡。宋·歐陽修《南歌子》："等閒妨了～工夫。"❸刺繡品。明·宋濂《送東陽馬生序》："同舍生皆被綺～，戴朱纓寶飾之帽。"❹華麗，漂亮。《孟子·告子上》："令聞廣譽施於身，所以不願人之文～也。"

---

xu

于 xū　見731頁yú。

吁 xū　❶歎詞，表示驚歎或疑怪。《尚書·虞書·堯典》："帝曰：'～！嚚訟，可乎？'"❷歎氣，歎息。唐·李白《古風五九首》之五六："獻君君按劍，懷寶空長～。"❸通"忬"，憂愁。《詩經·周南·卷耳》："我僕痛矣，云何～矣。"

【吁嗟】xū jiē　❶歎詞，表示感慨或讚歎。戰國策·屈原《楚辭·卜居》："～～嘿嘿兮，誰知吾之廉貞。"❷歎氣。《後漢書·丁鴻傳》："小民～～，怨氣滿腹。"

耇 xū 又讀 huà，象聲詞，皮骨相離聲。《莊子·養生主》："～然響然，奏刀騞然。"

骺 xū ❶相。《孟子·梁惠王下》："明明～讒。" ❷都，全。《詩經·小雅·角弓》："爾之教矣，民～傚矣。" ❸小吏。唐·柳宗元《梓人傳》："其執役者為徒隸，為鄉師、里～。" ❹通"須"，等待。《管子·君臣上》："～令而動者也。"

【骺吏】xū lì 辦理文書的小吏。唐·柳宗元《梓人傳》："郡有守，邑有宰，皆有佐政，其下有～～。"

須 xū ❶等待。漢·賈誼《治安策》："～其子孫生者，舉使君之。" ❷必須，必要。宋·朱熹《熟讀精思》："大抵觀書先～熟讀。" ❸應當。唐·李白《將進酒》："人生得意～盡歡。" ❹需要。唐·王之渙《涼州詞》："羌笛何～怨楊柳。"

【須臾】xū yú ❶片刻，一會兒。《荀子·勸學》："吾嘗終日而思矣，不如～～之所學也。" ❷遷延，苟延。《史記·淮陰侯列傳》："足下所以得～～至今者，以項王尚存也。"

虛 xū ❶大土山。《詩經·鄘風·定之方中》："升彼～矣，以望楚矣。" ❷廢墟。《荀子·哀公》："亡國之～則必有數蓋焉。" ❸空虛，與"實"相對。晉·陶淵明《歸園田居》："戶庭無塵雜，～室有餘閑。" ❹虛假，不真實。《史記·五帝本紀》："其所表見皆不～。" ❺徒然，白白地。明·李贄《焚書·答鄧石陽》："不願～生一番。" ❻集市。唐·柳宗元《童區寄傳》："去逾四十里之～所，賣之。"

【虛誕】xū dàn 虛假荒誕。晉·王羲之《〈蘭亭集〉序》："固知一死生為～～，齊彭殤為妄作。"

【虛己】xū jǐ 虛心。《莊子·山木》："人能～～以遊世，其孰能害之！"

【虛襟】xū jīn ❶虛懷，虛心。《晉書·姚興載記下》："太子詹事王周亦～～引士，樹黨東宮。" ❷淡泊的境界。

【虛中】xū zhōng ❶心神專注，沒有雜念。《禮記·祭義》："孝子將祭……～～以治之。" ❷身體內部虛弱。漢·枚乘《七發》："～～重聽，惡聞人聲。" ❸虛心，謙虛。晉·孫綽《庾公誄》："君子之交，相與無私；～～納是，吐誠誨非。" ❹中空。明·劉基《尚節亭記》："夫竹之為物，柔體而～～。" ❺空腹。《南史·郭原平傳》："若家或無食，則～～竟日，義不獨飽。"

項 xū ❶見"項項"。❷上古帝王名。《淮南子·天文訓》："昔者共工與顓～爭為帝，怒而觸不周之山。"

【項項】xū xū 自失的樣子。《莊子·天地》："子貢卑陬失色，～～然不自得。"

嘔 xū 見 438 頁 ōu。

噓 xū ❶呼氣，吐氣。唐·韓愈《雜說》："龍～氣成雲，雲固弗靈於龍也。" ❷見"噓唏"。

【噓唏】xū xī ❶歎息。明·王守仁《瘞旅文》："登望故鄉而～～兮。" ❷哭泣時的抽咽。《史記·留侯世家》："戚夫人～～流涕。"

墟 xū ❶大土山。《孔子家語·相魯》："～土之人大，沙土之人細。" ❷廢墟。唐·韓愈《圬者王承福傳》："又往過之，則為～矣。" ❸處所，分野。唐·王勃《滕

《王閣序》："物華天寶，龍光射牛斗之～。"

【墟里】xū lǐ　村落。晉·陶淵明《歸園田居》："曖曖遠人村，依依～～煙。"

【墟落】xū luò　村落。唐·王維《渭川田家》："斜陽照～～，窮巷牛羊歸。"

鬚 xū　鬍鬚。《史記·高祖本紀》："美～髯。"

徐 xú　❶緩慢，慢慢地。《戰國策·觸龍說趙太后》："入而～趨，至而自謝。"❷古國名。《韓非子·五蠹》："荊文王恐其害己也，舉兵伐～，遂滅之。"

栩 xǔ　❶櫟樹。《詩經·唐風·鴇羽》："蕭蕭鴇羽，集於苞～。"❷見"栩栩"。

【栩栩】xǔ xǔ　欣然自得，高興活潑的樣子。《莊子·齊物論》："～～然蝴蝶也。"

許 (1) xǔ　❶答應，允許。《史記·廉頗藺相如列傳》："相如曰：'秦彊而趙弱，不可不～。'"❷贊同。《三國志·蜀書·諸葛亮傳》："每自比於管仲、樂毅，時人莫之～也。"❸用在數詞後，表示大約的數量。明·魏學洢《核舟記》："舟首尾長約八分有奇，高可二黍～。"❹處所，地方。晉·陶淵明《五柳先生傳》："先生不知何～人也。"❺周代諸侯國，在今河南許昌東。《左傳·隱公十一年》："秋七月，公會齊侯、鄭伯伐～。"

(2) hǔ　象聲詞，見"許許"。

【許國】xǔ guó　將一生奉獻給國家。唐·柳宗元《冉溪》："～～不復為身謀。"

【許身】xǔ shēn　立志。唐·杜甫《自京赴奉先詠懷》："～～一何愚，竊比稷與契。"

【許許】hǔ hǔ　象聲詞。清·林嗣環《口技》："曳屋～～聲，搶奪聲，潑水聲，凡所應有，無所不有。"

詡 xǔ　❶誇耀，説大話。漢·揚雄《長楊賦》："詩～眾庶。"❷敏捷而有勇。《禮記·少儀》："賓客主恭……會同主～。"❸普遍。《禮記·禮器》："德發揚，～萬物。"

序 xù　❶商代的地方學校。《孟子·滕文公上》："夏曰校，殷曰～，周曰庠，學則三代共之。"❷堂屋的東西牆和東西廂。唐·柳宗元《永州龍興寺東軒記》："居龍興寺西～之下。"❸次序，秩序。南朝梁·丘遲《與陳伯之書》："今功臣名將，雁行有～。"❹依次序排列。漢·賈誼《過秦論》："～八州而朝同列。"❺季節。唐·王勃《滕王閣序》："時維九月，～屬三秋。"❻書序，序言。宋·文天祥《〈指南錄〉後序》："廬陵文天祥，自～其詩，名曰《指南錄》。"這個意義也寫作"敍"。❼送序，用作臨別贈言。明·宋濂《送東陽馬生序》："余故道為學之難以告之。"

恓 xù　見81頁chù。

恤 xù　❶憂慮，擔憂。《國語·周語上》："勤～民隱而除其害也。"❷體恤，憐憫。《三國志·蜀書·諸葛亮傳》："張魯在北，民殷國富而不知存～。"❸救濟，周濟。漢·賈誼《論積貯疏》："即不幸有方二三千里之旱，國胡（何）以相～？"

洫 xù　❶田間水道。《周禮·冬官考工記·匠人》："成間廣八尺，深八尺，謂之～。"❷護城河。漢·張衡《東京賦》："邪阻城～。" ❸水渠。《論語·泰伯》："卑宮室，而盡力乎溝～。" ❹使空虛。《管子·小稱》："滿者～之，虛者實之。" ❺敗壞。《莊子·則陽》："與世偕行而不替，所行之備而不～。"

畜 (1) xù ❶畜養。《孟子·梁惠王上》："雞豚狗彘之～，無失其時。" ❷養家。《孟子·梁惠王上》："仰足以事父母，俯足以～妻子。" ❸積累，儲存。漢·賈誼《論積貯疏》："古之治天下，至纖至悉也，故其～積足恃。"

(2) chù ❶家畜。《史記·孔子世家》："嘗為司職吏而～蕃息。" ❷野獸。清·紀昀《閱微草堂筆記·槐西雜誌》："此～似尚睡，汝呼之醒。"

敍 xù ❶次序，秩序。《淮南子·本經訓》："四時不失其～。" ❷依次排列，如：敍齒。❸敍說，陳述。《紅樓夢》第九十七回："王夫人姊妹不免又～了半夜話兒。" ❹序文，序言。宋·歐陽修《〈釋祕演詩集〉序》："於其將行，為～其詩。"

【敍用】xù yòng　分等級進用。唐·元稹《才識兼茂明於體用策》："若此，則～～之式恆，而尺寸之才無所棄矣。"

勖 xù 勉勵。《詩經·邶風·燕燕》："先君之思，以～寡人。"

【勖勵】xù lì 勉勵。漢·蔡琰《悲憤詩》："託命於新人，竭心自～～。"

絮 xù ❶粗絲綿。《孟子·滕文公上》："麻縷絲～輕重同，則賈相若。" ❷楊柳、蘆葦等植物類似棉絮的花。宋·辛棄疾《滿庭芳》："惟有楊花飛～。" ❸往衣服、

被褥中鋪絲綿。唐·李白《子夜吳歌》："明朝驛使發，一夜～征袍。"

煦 xù ❶溫暖。晉·陸機《演連珠》："春風朝～，蕭艾蒙其溫。" ❷見"煦煦"。

【煦煦】xù xù ❶溫暖的樣子。元·張養浩《冬》："負暄坐晴簷，～～春滿袍。" ❷惠愛的樣子。唐·韓愈《原道》："彼以～～為仁，孑孑為義。" ❸和悅的樣子。唐·元稹《唐故京兆府周至縣尉元君墓誌銘》："臨弟姪妻子～～然，窮年無慍屬。"

緒 xù ❶絲的開端。唐·柳宗元《種樹郭橐駝傳》："早繅而～，早織而縷。" ❷開端，頭緒。《淮南子·精神訓》："不知其端～。" ❸世系。唐·柳宗元《寄許京兆孟容書》："恐一旦填委溝壑，曠墜先～。" ❹前人留下的事業。唐·韓愈《進學解》："尋墜～之茫茫，獨旁搜而遠紹。" ❺殘餘的。戰國楚·屈原《楚辭·九章·涉江》："乘鄂渚而反顧兮，欸秋冬之～風。" ❻情緒，意緒。宋·陸游《釵頭鳳》："一懷愁～，幾年離索。"

【緒次】xù cì 編次。《新唐書·郝處俊傳》："令狐德棻、劉胤之撰國史，其後許敬宗復加～～。"

漵 xù ❶水名。戰國楚·屈原《楚辭·九章·涉江》："入～浦余儃佪兮，迷不知吾所如。" ❷水邊。唐·王維《三月三日曲江侍宴應制》："畫旗搖浦～，春服滿汀洲。"

續 xù ❶連接。宋·王安石《桂枝香·金陵懷古》："歎門外樓頭，悲恨相～。" ❷繼續，延續。《史記·項羽本紀》："此亡秦之～耳。" ❸繼承。《史記·太史公自序》："汝復為太史，則～吾祖矣。"

X

xuan

宣 xuān ❶ 古代天子宮殿名，即"宣室"。唐·王勃《滕王閣序》："懷帝閽而不見，奉~室以何年。" ❷ 疏通，疏導。《國語·召公諫弭謗》："為民者~之使言。" ❸ 普遍。《國語·魯語下》："(天子)~序(安排)民事。" ❹ 公開。漢·仲長統《昌言·理亂》："君臣~淫。" ❺ 泄漏，發泄。《三國志·吳書·周魴傳》："事之~泄，受罪不測。" ❻ 宣揚，發揚。唐·柳宗元《斬曲几文》："諂諛宜惕，正直宜~。" ❼ 特指宣佈帝王之命。北魏·酈道元《水經注·江水》："或王命急~，有時朝發白帝，暮到江陵。"

【宣導】xuān dǎo　發抒導引使氣暢快。《呂氏春秋·古樂》："筋骨瑟縮不達，故作為舞以~~之。"

【宣和】xuān hé　疏通調和。三國魏·嵇康《〈琴賦〉序》："可以導養神氣，~~情志。"

【宣明】xuān míng ❶ 公開表明。《荀子·正論》："故上者，下之本也，上~~，則下治辨矣。" ❷ 顯明，無遮蔽。《漢書·禮樂志》："月穆穆以金波，日華耀以~~。" ❸ 宣揚，顯揚。《漢書·元帝紀》："~~教化，以親萬姓。"

【宣言】xuān yán ❶ 發表言論。《國語·周語》："口之~~也，善敗於是乎興。" ❷ 揚言。《史記·廉頗藺相如列傳》："(廉頗)~~曰：'我見相如，必辱之。'" ❸ 宣告，宣佈。《史記·淮南衡山列傳》："使中尉赦救淮南王罪，罰以削地，中尉入淮南界，~~赦王。"

軒 xuān ❶ 古代大夫以上的官員乘坐的車子。《左傳·閔公二年》："衛懿公好鶴，鶴有乘~者。" ❷ 泛指車子。《尚書大傳·帝告》："未命為士者不得乘朱~。" ❸ 車子前高後低。《詩經·小雅·六月》："戎車既安，如輊如~。" ❹ 高，上揚。南朝齊·孔稚珪《北山移文》："爾乃眉~席次，袂聳筵上。" ❺ 樓板。《後漢書·班固列傳》："重~三階，閨房周通。" ❻ 欄杆。唐·杜甫《登岳陽樓》："憑~涕泗流。" ❼ 門窗。唐·孟浩然《過故人莊》："開~面場圃，把酒話桑麻。" ❽ 敞開，打開。明·宋濂《閱江樓記》："千載之祕，一旦~露。" ❾ 書房的通稱。明·歸有光《項脊軒志》："項脊~，舊南閣子也。"

【軒敞】xuān chǎng　高大寬敞。明·魏學洢《核舟記》："中~~者為艙。"

【軒豁】xuān huò　開朗。宋·蘇舜欽《〈石曼卿詩集〉序》："曼卿資性~~，遇者輒詠。"

【軒朗】xuān lǎng　開闊明朗。元·歐陽玄《辟雍賦》："若乃道闥邃嚴，義闈~~。"

【軒眉】xuān méi　揚眉，形容得意。《魏書·路思令傳》："貴戚子弟……志逸氣浮，~~攘腕，便以攻戰自許。"

【軒冕】xuān miǎn　卿大夫的軒車和冕服，借指官位爵祿。宋·范仲淹《嚴先生祠堂記》："得聖人之清，泥塗~~。"

【軒轅】xuān yuán ❶ 黃帝。《史記·五帝本紀》："黃帝者，少典之子，姓公孫，名~~。" ❷ 車輈，也泛指車。《戰國策·趙策二》："前有~~，後有長庭。"

喧 xuān ❶ 聲音大而嘈雜。晉·陶淵明《飲酒》："結廬在人境，而無車馬～。" ❷ 泛指響聲。唐·王維《山居秋暝》："竹～歸浣女，蓮動下漁舟。"

【喧擾】xuān rǎo　喧嘩擾嚷。《南史·褚彥回傳》："郡中～～，彥回下簾不視也。"

萱 xuān　草本植物名，見"萱草"。

【萱草】xuān cǎo　又名"忘憂草"。三國魏·嵇康《養生論》："合歡蠲忿，～～忘憂。"

暖 xuān　見 436 頁 nuǎn。

玄 xuán ❶ 帶赤的黑色。《三國志·魏書·武帝紀》："～牡二駟。" ❷ 泛指黑色。宋·蘇軾《後赤壁賦》："翅如車輪，～裳縞衣。" ❸ 天，天空。唐·韓愈《雜說》："龍乘是氣，茫洋乎～間。" ❹ 玄妙，深奧。唐·韓愈《進學解》："纂言者必鈎其～。" ❺ 老、莊道家學說的代稱。南朝齊·孔稚珪《北山移文》："既文既博，亦～亦史。" ❻ 通"懸"。漢·班固《終南山賦》："～泉落落，密蔭沈沈。"

【玄關】xuán guān ❶ 佛教稱入道之門為"玄關"。唐·白居易《宿竹閣》："無勞別修道，即此是～～。" ❷ 居室和寺院的外門。唐·岑參《丘中春臥寄王子》："田中開白室，林下閉～～。"

【玄黃】xuán huáng ❶ 天地的代稱。《周易·坤》："夫'～～'者，天地之雜也。" ❷ 黑色和黃色的絲帛。《孟子·滕文公下》："其君子實～～於篚以迎其君子。" ❸ 疾病。《詩經·周南·卷耳》："陟彼高岡，

我馬～～。"

【玄機】xuán jī　道家稱奧妙之理為"玄機"。唐·張說《道家》："金爐承道訣，玉牒啟～～。"

【玄冥】xuán míng ❶ 深遠幽寂。《莊子·大宗師》："～～聞之參寥。" ❷ 黑暗。《淮南子·俶真訓》："處～～而不暗。" ❸ 傳說中水神的名字。《左傳·昭公二十九年》："故有五行之官，實列受氏姓，封為上公，祀為貴神……水正曰～～。"

【玄默】xuán mò　沉靜無為。《漢書·刑法志》："及孝文即位，躬修～～。""默"也寫作"嘿"。

旋 xuán ❶ 轉動。《莊子·秋水》："於是焉河伯始～其面目，望洋向若而歎。" ❷ 回，歸來。《新五代史·伶官傳序》："請其矢，盛以錦囊，負而前趨，及凱～而納之。" ❸ 當時。明·張岱《西湖七月半》："淨几暖爐，茶鐺～煮。" ❹ 小便。《左傳·定公三年》："夷射姑～焉。" ❺ 懸鍾的環。《周禮·冬官考工記·鳧氏》："鍾縣謂之～。"

【旋踵】xuán zhǒng ❶ 旋轉腳跟，後退。清·蒲松齡《聊齋志異·商三官》："行將～～，忽有聲甚厲，如懸重物而斷其索。" ❷ 比喻時間極短。明·宋濂《閱江樓記》："不～～間而感慨係之。"

琁 xuán　美玉。《荀子·賦》："～、玉、瑤、珠，不知佩也。"

漩 xuán　迴旋的水流。唐·杜甫《最能行》："欹帆側柁入波濤，撇～捎澠無險阻。"

還 xuán　見 228 頁 huán。

懸 xuán ❶ 弔掛。唐·王灣《次北固山下》："潮平兩岸闊，風

正一帆～。」❷掛念。唐·韓愈《與孟東野書》：「以吾心之思足下，知足下～～於吾也。」❸懸空。唐·賈島《寄韓潮州愈》：「峯一驛路殘雲斷，海浸城根老樹秋。」❹差別大。漢·李陵《答蘇武書》：「客主之形，既不相如；步馬之勢，又甚一絕。」❺掌握，決定。宋·王禹偁《待漏院記》：「一國之政，萬人之命，～於宰相。」

【懸遲】xuán chí　久仰。《後漢書·趙喜列傳》：「昧旦守門，實望仁兄，昭其～～。」

【懸壺】xuán hú　行醫賣藥。元·張昱《拙逸》：「賣藥不二價，～～無姓名。」

【懸想】xuán xiǎng　❶掛念。宋·蘇軾《與王定國書》：「知已到官無恙，自處泰然，頓慰～～。」❷想像。北周·庾信《詠懷》：「遙看塞北雲，～～關山雪。」

烜 xuǎn　❶火旺，引申為盛大、顯著。唐·李白《俠客行》：「千秋二壯士，～赫大梁城。」❷通「晅」，曬乾。《周易·説卦》：「雨以潤之，日以～之。」

撰 xuǎn　見805頁zhuàn。

選 xuǎn　❶挑揀，選擇。《史記·孔子世家》：「於是一齊國中女子好者八十人，皆衣文衣而舞康樂。」❷量才授官。宋·王安石《泰州海陵縣主簿許君墓誌銘》：「已而，～泰州海陵縣主簿。」

【選場】xuǎn chǎng　科舉考試的試場。明·謝晉《送舉人陳永言會試》：「來春赴～～。」

泫 xuàn　❶水珠下滴。晉·謝靈運《從斤竹澗越嶺溪行》：「巖下雲方合，花上露猶～。」❷垂淚

的樣子。《韓非子·外儲説右上》：「公～然出涕曰：『不亦悲乎！』」

炫 xuàn　❶照耀。《晉書·張華傳》：「大盆盛水，置劍其上，視之者精芒一目。」❷通「衒」，炫耀，自誇。唐·柳宗元《梓人傳》：「不～能，不矜名。」

眩（1）xuàn　❶眼花，看不清楚。《戰國策·燕策三》：「左右既前，斬荊軻，秦王目一良久。」❷迷惑。《禮記·中庸》：「親親則諸父昆弟不怨，敬大臣則不～。」❸誇耀。宋·蘇洵《辨姦論》：「容貌不足以動人，言語不足以～世。」

（2）huàn　通「幻」，魔術。《史記·大宛列傳》：「以大鳥卵及黎軒善～人，獻於漢。」

【眩惑】xuàn huò　迷亂。《淮南子·氾論訓》：「同異嫌疑者，世俗之所～～也。」

絢 xuàn　絢麗。《論語·八佾》：「素以為～兮。」

薛 xuē　❶草名，即藾蒿。漢·司馬相如《子虛賦》：「其高燥則生……～、莎、青薠。」❷春秋時諸侯國名，戰國時為齊所滅，在今山東滕縣東南。《論語·憲問》：「子曰：『孟公綽為趙、魏老則優，不可以為滕、～大夫。』」

【薛濤箋】xuē tāo jiān　薛濤為唐代女詩人，幼時隨父入蜀，後為樂妓。她曾居成都浣花溪，創製深紅小箋寫詩，人稱「薛濤箋」。元·費著《蜀箋譜》：「濤躬操深紅小彩箋，時謂之『～～～』。」「濤」又寫作「陶」。唐·李匡乂《資暇集》：

"松花箋其來舊矣，元和初，薛陶尚斯色，而好製小詩，惜其幅大不欲長，乃命匠人狹小之，……特命曰‘薛陶箋’。"

穴 xué ❶山洞。宋·王安石《遊褒禪山記》："由山以上五六里，有～窈然。" ❷小孔。《孟子·滕文公下》："鑽～隙相窺，踰牆相從。" ❸動物的巢穴。《荀子·勸學》："蟹六跪而二螯，非蛇蟮之～無可寄託者，用心躁也。" ❹墓穴。唐·韓愈《祭十二郎文》："斂不憑其棺，窆(biǎn，把靈柩放入墓穴)不臨其～。" ❺人體的穴位。《素問·氣府論》："足太陽脈氣所發者，七十八～。"

學 xué ❶學習。《荀子·勸學》："君子曰：‘～不可以已。’" ❷模仿，效法。《墨子·貴義》："貧家則～富家這衣食多用，則速亡必矣。" ❸學校。《禮記·學記》："古之教者，家有塾，黨有庠，術有序，國有～。" ❹學說，學問。《論語·述而》："德之不修，～之不講……是吾憂也。" ❺註釋，闡述。晉·張華《博物志》："何休注《公羊傳》，云何休～。" ❻述說，訴說。唐·陸龜蒙《漁具·背蓬》："見說萬山潭，漁童盡能～。"

【學廬】 xué lú ❶學校。《後漢書·邊讓列傳》："及就～～，便受大典。" ❷校舍。《新唐書·李棲筠傳》："又增～～，表宿儒河南褚沖、吳何員等。"

旬 (1) xún ❶十天。唐·白居易《與元微之書》："每一獨往，

動彌～日。" ❷滿。漢·司馬遷《報任安書》："今少卿抱不測之罪，涉～月。" ❸時間，光陰。晉·左思《魏都賦》："量寸～，涓吉日，陟中壇，即帝位。"

(2) jūn 通"均"，均平，正直。《管子·侈靡》："不動則望有腐，～身行。

恂 (1) xún ❶確實，相信。《列子·周穆王》："且～士卿之言可也。" ❷見"恂恂"。❸見"恂栗"。❹見"恂目"。

(2) shùn 急速。《莊子·徐無鬼》："眾狙見之，～然棄而走。"

【恂恂】 xún xún ❶溫恭的樣子。《論語·鄉黨》："孔子於鄉黨，～～如也，似不能言者。" ❷戒備的樣子。唐·柳宗元《捕蛇者說》："吾～～而起，視其缶。" ❸善於誘導的樣子。《宋書·禮志一》："孔子～～，道化洙泗。"

【恂慄】 xún lì 恐懼戰慄。《禮記·大學》："瑟兮僩兮者，～～也。"

【恂目】 xún mù 眨眼。《列子·黃帝》："今汝怵然有～～之志。"釋文："吳人呼瞬目為～～。"

悛 xún 見 496 頁 quān。

循 xún ❶沿着，順着。清·姚鼐《登泰山記》："余始～以入。" ❷遵從，遵守。《戰國策·樂毅報燕王書》："所以能～法令、順庶孽者，施及萌隸，皆可以教於後世。" ❸尋，求。《史記·孔子世家》："孔子～道彌久，溫溫無所試，莫能己用。" ❹良善。唐·韓愈《袁州刺史謝上表》："人安吏～，閭里無事。" ❺撫摸。《漢書·李陵傳》："即目視陵，而數數自～其刀

環。"❻通"巡",巡行,巡視。南朝宋·鮑照《從拜陵登京峴》:"息鞍～隴上,支劍望雲峯。"

【循吏】xún lì　守法的好官。唐·張説《奉和賜崔日知》:"明主徵～,何年下鳳凰。"

【循仍】xún réng　因循。《新唐書·董晉傳》:"(董)晉謙願儉簡,事多故軍粗安。"

【循行】xún xíng　❶巡視,巡行。《墨子·號令》:"長夜五～～,短夜三～～。"❷品行、品德好。《漢書·陳湯傳》:"(陳)湯待遷,父死不奔喪,司隸奏(陳)湯無～～。"

【循循】xún xún　❶有順序的樣子。《論語·子罕》:"夫子～～然善誘人,博我以文,約我以禮。"❷守規矩的樣子。宋·范仲淹《酬葉道卿學士見寄》:"為郡良優優,乏才止～～。"❸徘徊,膽怯的樣子。宋·蘇軾《晁錯論》:"事至而～～焉欲去之,使他人任其責。"

詢

xún　❶問。明·王守仁《瘞旅文》:"～其狀,則其子又死矣。"❷謀劃。漢·張衡《東京賦》:"訪萬機,～朝政。"❸查考,查探。漢·王充《論衡·雷虛》:"～其身體,若燔灼之狀也。"

【詢鞠】xún jū　查問,審問。唐·范攄《雲溪友議》:"到府三日,～～獄情。"

【詢叩】xún kòu　叩問。宋·周煇《清波雜誌》卷七:"二輩～～年甲鄉貫來歷,往返者六五。"

【詢謀】xún móu　咨議,商議。明·王鏊《親政篇》:"庫門之外為正朝,～～大臣在焉。"

【詢質】xún zhì　查考和質正。明·夏允彝《〈幸存錄〉序》:"卷佚無所

攜,偶所遺忘,無可～～。"

潯

xún　見585頁tán。

徇

(1) xùn　❶示眾。《史記·司馬穰苴列傳》:"遂斬莊賈以～三軍。"❷奪取。《史記·項羽本紀》:"廣陵人召平於是為陳王～廣陵,未能下。"❸通"殉",為某種目的而捨棄。《史記·伯夷列傳》:"貪夫～財,烈士～名。"漢·司馬遷《報任安書》:"常思奮不顧身,以～國家之急。"

(2) xún　❶通"巡",巡行。《史記·陳涉世家》:"乃令符離人葛嬰將兵～蘄以東。"❷使。《莊子·人間世》:"夫～耳目內通而外於心知。"❸順從,曲從。《史記·項羽本紀》:"今不恤士卒而～其私,非社稷之臣也。"❹環繞。漢·班固《西都賦》:"～以離殿別寢。"

【徇己】xùn jǐ　營私。《後漢書·崔駟列傳》:"苟以～～,汗血競時,利和而友。"

【徇首】xùn shǒu　指傳首級示眾。《後漢書·伏湛列傳》:"即收斬之,～～城郭,以示百姓。"

【徇人】xún rén　依從别人。宋·蘇籀《欒城先生遺言》:"捨己～～,未必貴也。"

孫

xùn　見578頁sūn。

殉

xùn　❶以人陪葬。《左傳·昭公十三年》:"申亥以其二女而葬之。"❷有目的的捨棄生命。《孟子·盡心上》:"天下有道,以道～身。"❸跟從。《孟子·盡心下》:"故驅其所愛子弟以～之。"❹追求,謀求。晉·陸機《〈豪士賦〉序》:"遊子～高位於生前,志

士思垂名於身後。"

遜 xùn ❶ 逃遁，逃避。《尚書·商書·微子》："吾家耄～於荒。" ❷ 辭讓，辭退。《史記·伯夷列傳》："堯將～位，讓於虞舜。" ❸ 謙虛，恭順。漢·司馬遷《報任安書》："僕竊不～，近自託於無能之辭。" ❹ 比不上，差。明·羅貫中《三國演義》第一回："運籌決算有神功，二虎還須～一龍。"

Y

ya

丫 yā ❶分叉，分枝。宋·陸游《夜投山家》:"牧豎應門兩髻~。" ❷像樹枝分叉的物體或形狀。宋·楊萬里《醉吟》:"燭焰雙~紅再合，酒花半蕾碧千波。"

【丫髻】 yā jì ❶丫形髮髻。元·趙孟頫《採桑曲》:"欲折花枝插~~，還愁草露濕裳衣。" ❷指童僕。宋·歐陽修《憎蒼蠅賦》:"使蒼頭~~巨扇揮颺。"

押 yā ❶在文書或契約上簽字或畫符號。宋·范成大《坐嘯齋書懷》:"眼昏緣多~字，胸襟俗為少吟詩。" ❷抵押。《紅樓夢》第七十二回:"暫~千數兩銀子支騰過去。" ❸拘押，關押。《水滸傳》第五十三回:"取一面大枷釘了，~下大牢裏去。" ❹通"壓"。唐·韓愈《遊太平公主山莊》:"公主當年欲占春，故將臺榭~城闉（yīn，城門外的護牆小城牆）。"

椏 yā ❶草木的分枝。元·方回《初夏》:"新蟬初蛻殼，稚菊始分~。" ❷開，張開。元·李子昌《梁州令》:"春晝永，朱扉半~。"

壓 yā ❶從上往下施加重力。唐·杜甫《江畔獨步尋花》:"千朵萬朵~枝低。" ❷壓制，用威力制服。《公羊傳·文公十四年》:"子以大國~之，則未知齊晉孰有之也。" ❸逼近，迫近。《左傳·襄公二十六年》:"鄢陵之役，楚晨~晉軍而陳。" ❹勝過，超越。唐·柳宗元《與蕭翰林俛書》:"聲不能~當世。" ❺籠

罩，覆蓋。唐·杜牧《阿房宮賦》:"覆~三百餘里，隔離天日。"

【壓境】 yā jìng　逼近國境。唐·李宣遠《近無西耗》:"遠戍兵~~，遷客淚橫襟。"

牙 yá ❶人或動物的牙齒。唐·韓愈《祭十二郎文》:"吾年未四十，而視茫茫，而髮蒼蒼，而齒~動搖。" ❷用牙齒咬。《戰國策·秦策三》:"投之以骨，輕起相~者，何則?有爭意也。" ❸形狀像牙齒的東西。唐·杜牧《阿房宮賦》:"廊腰縵迴，簷~高啄。" ❹牙旗。宋·柳永《望海潮》:"千騎擁高~。" ❺古代官署。《新唐書·泉獻誠傳》:"命宰相南北~羣臣舉善射五輩，中者以賜。"

【牙兵】 yá bīng　衛兵，親兵。宋·梅堯臣《途中寄上尚書晏相公二十韻》:"新詩又遺~~持。"

【牙慧】 yá huì　別人的觀點、思想或見解。清·許秋垞《聞見異辭·大蜈蚣》:"有客慣將~~拾。"

【牙將】 yá jiàng　古代軍隊中的中下級軍官。《舊唐書·秦宗權傳》:"秦宗權者，許州人，為郡~~。"

【牙儈】 yá kuài　❶舊時為買賣雙方撮合，從中取得佣金的人。唐·谷神子《博異志·張不疑》:"數月，有~~言，有崔氏孀婦甚貧，有妓女四人，皆鬻之。" ❷市儈，商人。章炳麟《五無論》:"使~~設銀行者，得公為之，而常民顧不得造。"

【牙帳】 yá zhàng　將帥居住的營帳。《周書·異域傳下》:"可汗恆處於都斤山，~~東開。"

崖 yá ❶山或高地陡起邊緣。唐·李白《廬山謠寄盧侍御虛舟》:

"香爐瀑布遙相望，迴～沓嶂凌蒼蒼。" ❷ 岸邊。《莊子·秋水》："涇流之大，兩涘渚～之間。" ❸ 邊際，盡頭。《莊子·山木》："君其涉於江而浮於海，望之而不見其～，愈往而不知其所窮。"

涯 yá ❶ 岸，水邊。宋·歐陽修《〈梅聖俞詩集〉序》："凡士之蘊其所有而不得施於世者，多喜自放於山巔水～之外。" ❷ 邊際，盡頭。唐·柳宗元《始得西山宴遊記》："悠悠乎與灝氣俱，而莫得其～。"

【涯際】 yá jì　邊際。北周·庾信《周柱國大將軍長孫儉神道碑》："煙霞之～～莫尋，江海之波瀾不測。"

【涯涘】 yá sì　邊際。唐·韓愈《柳子厚墓誌銘》："為深博無～～。"

睚 yá　見"睚眥"。

【睚眥】 yá zì　❶ 因憤怒而瞪眼睛。《史記·范雎蔡澤列傳》："一飯之德必償，～～之怨必報。" ❷ 冤家。漢·司馬遷《報任安書》："欲以廣主上之意，塞～～之辭。"

衙 yá　❶ 舊時的官署。宋·蘇軾《柯仲常異鴉》："仁心格異族，兩鵲棲其～。" ❷ 下屬官吏排班參見上司，請示公事。唐·李賀《始為奉禮憶昌谷山居》："掃斷馬蹄痕，～迴自閉門。"

【衙兵】 yá bīng　❶ 唐代天子的禁衛兵。《新唐書·兵志》："夫所謂天子禁軍者，南北～～也。" ❷ 唐代節度使的衛兵。《舊唐書·田承嗣傳》："數年之間，其眾數萬。仍選其魁偉強力者萬人以自衛，謂之～～。"

啞 (1) yǎ　❶ 不能說話。明·張岱《西湖七月半》："如韓如～，

大船小船一齊湊岸，一無所見。" ❷ 發音乾澀或不清楚。《戰國策·趙策一》："(豫)讓又吞炭為～，變其音。"

(2) yā　❶ 嘈雜的聲音。唐·杜牧《阿房宮賦》："管弦嘔～，多於市人之言語。" ❷ 驚歎聲。《韓非子·難一》："～！是非君人者之言也。"

(3) è　笑的樣子。見"啞爾"。

【啞爾】 è ěr　笑的樣子。漢·揚雄《揚子法言·學行》："或人～～笑曰：……"

雅 yǎ　❶ 正確的，合乎規範的。三國蜀·諸葛亮《出師表》："陛下亦宜自謀，以咨諏善道，察納～言，深追先帝遺詔。" ❷ 美好，不俗。三國魏·曹丕《與吳質書》："著《中論》二十餘篇，成一家之言，辭義典～，足傳於後。" ❸ 平素，向來。《後漢書·張衡列傳》："安帝～聞衡善術學，公車特徵拜郎中，再遷為太史令。" ❹ 很，非常。明·袁宏道《徐文長傳》："文長既～不與時調合。" ❺ 酒杯。《太平廣記》卷二百二十九："為三爵(酒杯)：大曰伯～受七升，次曰仲～受六升，小曰季～受五升。"

【雅服】 yǎ fú　❶ 儒雅的服飾。《北史·高季式傳》："(盧曹)性弘毅方重，常從容～～，北州敬仰之。" ❷ 非常信服。晉·葛洪《西京雜記》："子雲學相如為賦而弗逮，故～～焉。"

亞 yà　❶ 次一等的，次於。《左傳·襄公十九年》："圭媯之班～宋子，而相親也。" ❷ 同一類的人物。明·袁宏道《徐文長傳》："文有卓識，氣沈而法嚴，不以類比

損才，不以議論傷格，韓、曾之流～也。"❸ 通"壓"，低垂，低俯。唐·杜甫《上巳日徐司錄林園宴集》："鬢毛垂領白，花蕊～枝紅。"❹ 開。金·董解元《西廂記諸宮調》："幾間寮舍，半～朱扉。"

【亞父】yà fù　對人的尊稱，意謂僅次於父親。《史記·項羽本紀》："項王、項伯東嚮坐，～～南嚮坐。"

【亞聖】yà shèng　❶ 道德智慧僅次於聖人的人。漢·王充《論衡·書虛》："如才庶幾者，明日異於人，則世宜稱～～，不宜言離朱。"❷ 孟子，意思是僅次於至聖孔子的聖人。

迓 yà　迎接。《韓非子·外儲說右上》："或令孺子懷錢挈壺甕而往酤，而狗～而齕之。"

訝 yà　❶ 詫異，驚奇。明·王守仁《尊經閣記》："六經者非他，吾驚～之常道也。"❷ 通"迓"，迎接。唐·韓愈《閒遊》："林鳥鳴～客。"

揠 yà　❶ 拔，拔起。《孟子·揠苗助長》："宋人有閔其苗之不長而～之者，芒芒然歸。"❷ 提拔。《宋史·岳飛傳》："德與瓊素不相下，一旦～之在上，則必爭。"

---

yan

咽 (1) yān　咽頭，咽喉。《三國志·魏書·華佗傳》："（華）佗嘗行道，見一人病～塞，嗜食而不得下。"

(2) yàn　吞食。《孟子·滕文公下》："匍匐往將食之，三～，然後耳有聞，目有見。"

(3) yè　❶ 聲音受阻而哽咽。

唐·杜甫《石壕吏》："夜久語聲絕，如聞泣幽～。"❷ 聲音悲涼淒切。唐·李白《憶秦娥》："簫聲～，秦娥夢斷秦樓月。"

淹 yān　❶ 浸漬，浸泡。漢·劉向《九嘆》："～芳芷於腐井兮。"❷ 淹沒。《水滸傳》第三十八回："只見江面開處，那人把李逵提將起來，又一～將下去。"❸ 停留，停滯。《戰國策·莊辛論幸臣》："～乎大沼。"❹ 長久。《新唐書·姚崇傳》："崇尤長史道，處決無～思。"❺ 精深，廣博。南朝梁·劉勰《文心雕龍·體性》："平子～通，故慮周而藻密。"

【淹遲】yān chí　遲緩，緩慢。宋·王安石《謝知制誥啟》："製作～～而不工，思慮短淺而不敏。"

【淹留】yān liú　停留，久留。宋·柳永《八聲甘州》："歎年來蹤跡，何事苦～～？"

焉 yān　❶ 疑問代詞，於何，在哪裏。《列子·湯問》："且～置土石。"❷ 疑問代詞，怎麼，哪裏。《左傳·燭之武退秦師》："～用亡鄭以陪鄰？"❸ 疑問代詞，甚麼。《墨子·尚賢下》："面目美好者，～故必知哉？。"❹ 代詞，相當於"之"。唐·柳宗元《捕蛇者說》："以俟夫觀人風者得～。"❺ 相當於介詞結構，於是，於此。《荀子·勸學》："積土成山，風雨興～。"❻ 連詞，乃，則。《老子》十七章："信不足，～有不信焉。"❼ 語氣詞，表陳述語氣。《論語·顏淵》："一日克己復禮，天下歸仁～。"❽ 語氣詞，表疑問語氣。《孟子·梁惠王上》："則牛羊何擇～？"❾ 語氣詞，用在句中表停頓、舒緩語氣。《莊子·秋水》："於是～河伯欣然自喜，以天下之美為盡在己。"❿形容詞詞尾。《史記·伯夷列傳》："神農、虞、夏忽～沒兮，我安適歸矣？"

湮 yān ❶堵塞，填塞。宋·歐陽修《送楊寘序》："道其～鬱，寫其幽思。"❷埋沒。《史記·游俠列傳》："匹夫之俠，～滅不見，余甚恨之。"

【湮沒】yān mò　埋沒。明·張溥《五人墓碑記》："死而～～～不足道者，亦已眾矣。"

煙 (1) yān ❶物質燃燒時產生的氣狀物。晉·陶淵明《歸園田居》："曖曖遠人村，依依墟里～。"❷煙狀的水蒸汽。宋·范仲淹《岳陽樓記》："而或長～一空，皓月千里。"
(2) yīn　見"煙熅"。

【煙靄】yān ǎi　雲霧。唐·王勃《慈竹賦》："崇柯振而～～生。"

【煙瘴】yān zhàng　也作"煙障"。瘴氣，指深山叢林中蒸發出來的濕熱霧氣。元·關漢卿《竇娥冤》："發～～地面永遠充軍。"

【煙熅】yīn yūn ❶彌漫空間的氣體。漢·班固《東都賦》："降～～，調元氣。"❷雲氣彌漫的樣子。南朝梁·江淹《別賦》："襲青氣之～～。"

嫣 yān ❶嬌美，美好。唐·李賀《南園》："可憐日暮～香落，嫁與春風不用媒。"❷色彩濃豔。五代·馮延巳《三臺令·春色》："日斜柳暗花～。"

閹 yān ❶割掉人或動物的生殖器。《資治通鑑》卷二百○三："臣請～之，庶不亂宮闈。"❷太監，宦官。明·張溥《五人墓碑記》："即除魏～廢祠之址以葬之。"

【閹然】yān rán　善於諂媚取寵的樣子。《孟子·盡心下》："～～媚於世也者，是鄉原也。"

憪　yān　見"憪憪"。

【憪憪】yān yān　萎靡不振的樣子。元·王實甫《西廂記》："～～瘦損，早是傷神，那值殘春。"

妍 yán　美好，美麗。唐·杜牧《阿房宮賦》："一肌一容，盡態極～。"

【妍媸】yán chī　同"妍蚩"，美好和醜惡。明·袁宏道《虎丘記》："雅俗既陳，～～自別。"

【妍姿】yán zī　美麗的姿容。三國魏·曹丕《善哉行》："～～巧笑，和媚心腸。"

言 yán ❶說，談論。《國語·召公諫弭謗》："國人莫敢～，道路以目。"❷話，言論。《莊子·逍遙遊》："今子之～，大而無用，眾所同去也。"❸一個字叫一言。三國魏·曹丕《與吳質書》："其五～詩之善者，妙絕時人。"❹一句話也叫一言。《論語·為政》："一～以蔽之，曰：思無邪。"❺助詞，用作動詞詞頭。《詩經·周南·葛覃》："言告師氏，～告～歸。"

【言官】yán guān　諫官。宋·周密《齊東野語·章氏玉杯》："既而公入為～～，遍歷三院。"

【言路】yán lù　向朝廷進言的途徑。漢·陳琳《為袁紹檄豫州》："操欲迷奪時明，杜絕～～。"

沿 yán ❶順流而下。北魏·酈道元《水經注·江水》："至於夏水襄陵，～溯阻絕。"❷沿襲，遵循。明·王鏊《親政篇》："非獨～襲故事，亦其地勢使然。"

炎　(1) yán　❶燃燒。《淮南子·人間訓》：「火之燔孟諸而～雲臺。」❷天氣極熱。唐·柳宗元《籠鷹詞》：「～風溽暑忽然至。」❸有權勢。唐·柳宗元《宋清傳》：「吾觀今之交乎人者，～而附，寒而棄。」

　　(2) yàn　同「焰」。《資治通鑑》卷六十五：「煙～張天，人馬燒溺死者甚眾。」

【炎荒】yán huāng　南方炎熱荒涼之地。清·趙翼《人面竹》：「～～物產奇。」

【炎炎】yán yán　❶陽光或火勢猛烈。《水滸傳》第十六回：「赤日～～似火燒，野田禾稻半枯焦。」❷氣勢興盛的樣子。《國語·吳語》：「夫越王好信以愛民，四方歸之，年穀時熟，日長～～。」

延　yán　❶延長，延續。南朝梁·丘遲《與陳伯之書》：「欲～歲月之命耳。」❷伸長。唐·張九齡《高齋閒望言懷》：「～眺屬清秋。」❸蔓延，擴展。宋·蘇洵《管仲論》：「五公子爭立，其禍蔓～，……齊無寧歲。」❹迎候，引進。漢·賈誼《過秦論》：「秦人開關～敵，九國之師，逡巡遁逃而不敢進。」❺邀請。晉·陶淵明《桃花源記》：「餘人各復～至其家，皆出酒食。」

【延接】yán jiē　接待，接納。《後漢書·蓋勛列傳》：「帝方欲～～（蓋）勛，而蹇碩等心憚之。」

【延納】yán nà　❶容納，接納。晉·謝靈運《山居賦》：「遠北則長江永歸，巨海～～。」❷迎接，迎入。宋·沈括《夢溪筆談·雜誌二》：「所向州縣，開門～～，傳檄所至，無復完壘。」

【延延】yán yán　❶長久。《墨子·

親士》：「分議者～～，而致敬者浩浩，焉可以長生保國？」❷眾多的樣子。漢·王逸《九思》：「黿黿兮欣欣，鱣鮕兮～～。」❸綿延，延續。唐·韓愈《曹成王碑》：「～～百載，以有成王。」

研　yán　❶細磨。唐·賈島《原東居喜唐溫琪頻至》：「墨～秋日雨，茶試老僧鐺。」❷研究，探討。清·黃遵憲《雜感》：「俗儒好尊古，日日故紙～。」

【研核】yán hé　研究考核。《後漢書·張衡列傳》：「遂乃～～陰陽，妙盡璿機之正，作渾天儀。」

【研味】yán wèi　研究體味。南朝梁·劉勰《文心雕龍·情采》：「～～《孝》《老》，則知文質附乎性情。」

埏　yán　見 521 頁 shān。

鉛　yán　見 468 頁 qiān。

羨　yán　見 650 頁 xiàn。

筵　yán　❶鋪在地上供坐臥的竹席。《詩經·大雅·行葦》：「或肆之～。」❷席位，座位。南朝齊·孔稚珪《北山移文》：「爾乃眉軒席次，袂聳～上。」❸酒席，宴席。唐·李白《春夜宴從弟桃花園序》：「開瓊～以坐花。」

閻　yán　❶里巷的門。唐·王勃《滕王閣序》：「閭～撲地，鐘鳴鼎食之家。」❷里巷。《史記·越王句踐世家》：「莊生雖居窮～，然以廉直聞於國。」

【閻羅】yán luó　也叫「閻王。」❶佛教指主管地獄的神。《隋書·韓擒虎傳》：「生為上柱國，死作～～王。」❷比喻正直無私的清官。《宋史·

包拯傳》："關節不到，有～～包老。" ❸ 比喻非常嚴厲或兇惡的人。元·楊顯之《酷寒亭》："他可也性子利害母～～"

顏 yán ❶ 額頭。《史記·高祖本紀》："高祖為人，隆準而龍～。" ❷ 眉目之間。《詩經·秦風·終南》："～如渥丹，其君也哉！" ❸ 臉，面部。《史記·屈原賈生列傳》："～色憔悴，形容枯槁。" ❹ 面容，臉色。唐·杜甫《茅屋為秋風所破歌》："大庇天下寒士俱歡～，風雨不動安如山！"

【顏色】yán sè ❶ 臉色，面部表情。宋·蘇洵《張益州畫像記》："～～不變，徐起而正之。" ❷ 色彩。唐·杜甫《南池》："獨歎楓香林，春時好～～。"

嚴 yán ❶ 緊急，緊迫。《孟子·公孫丑下》："充虞請曰：'前日不知虞之不肖，使虞敦匠事～，虞不敢請。'" ❷ 嚴厲，嚴格。《韓非子·五蠹》："故聖人議多少、論薄厚為之政，故薄罰不為慈，誅～不為戾，稱俗而行也。" ❸ 威嚴。《詩經·小雅·六月》："有～有翼（恭敬）。" ❹ 尊敬。《史記·廉頗藺相如列傳》："～大國之威以修敬也。" ❺ 猛烈，酷烈。清·方苞《左忠毅公逸事》："風雪～寒，從數騎出，微行入古寺。" ❻ 殘酷，嚴酷。戰國楚·屈原《楚辭·九歌·國殤》："天時墜兮威靈怒，～殺盡兮棄原野。" ❼ 整理，整治。三國魏·曹植《雜詩六首》之五："僕夫早～駕，吾將遠征遊。"

【嚴妝】yán zhuāng 梳妝打扮。漢樂府《孔雀東南飛》："雞鳴外欲曙，新婦起～～。"

奄 (1) yǎn ❶ 覆蓋，擁有。《資治通鑒》卷六十五："今操得荊州，～有其地。" ❷ 突然，忽然。晉·潘岳《西征賦》："圖萬載而不傾，～摧落於十紀。"
(2) yān ❶ 見"奄奄"。❷ 通"淹"，久，停滯。《詩經·周頌·臣工》："命我眾人，庤（zhì，儲備）乃錢鎛，～觀銍艾。"

【奄忽】yǎn hū ❶ 忽然，疾速。唐·柳宗元《掩役夫張進骸》："偶來紛喜怒，～～已復辭。" ❷ 死亡。明·王守仁《瘞旅文》："又不謂爾子爾僕亦遽然～～也！"

【奄然】yǎn rán ❶ 忽然。《後漢書·侯霸列傳》："未及爵命，～～而終。" ❷ 昏暗不明。《晏子春秋·內篇問上》："魯之君臣，猶好為義，下之妥妥也，～～寡聞。"

【奄遲】yān chí 遲緩。《淮南子·兵略訓》："敵迫而不動，名之曰～～。"

【奄奄】yān yān ❶ 氣息微弱的樣子。晉·李密《陳情表》："但以劉日薄西山，氣息～～，人命危淺，朝不慮夕。" ❷ 昏暗的樣子。漢樂府《孔雀東南飛》："～～黃昏後，寂寂人定初。"

衍 yǎn ❶ 滿溢。《詩經·小雅·伐木》："伐木於阪，釃酒有～。" ❷ 延伸，擴展。宋·蘇軾《獎諭敕記》："乃者ədə潰東注，～及徐方。" ❸ 富裕，富足。《荀子·君道》："聖王財～以明辨異。" ❹ 寬廣，寬度。戰國楚·屈原《楚辭·天問》："東西南北，其修孰多？南北順𢲢（tuǒ），其～幾何？" ❺ 推演，演變。《周易·繫辭上》："大～之數五十，其用四十有九。" ❻ 低下平坦的地方。《國語·召公諫弭謗》：「猶其有原隰——沃也，衣食於是乎生。」

【衍文】yǎn wén　古書因傳抄刻寫而多出的字句。清·顧觀光《武陵山人雜著·雜說》：「於經文有難通處，不以為～～，即以為脫簡。」

偃 yǎn　❶仰臥。《詩經·小雅·北山》：「或息～在牀，或不已於行。」❷向後倒。《左傳·定公八年》：「與一人俱斃，～。」❸倒下，放倒。《論語·顏淵》：「君子之德風，小人之德草；草上之風必～。」❹停止，停息。《荀子·儒效》：「～五兵，合天下，立聲樂。」

【偃蹇】yǎn jiǎn　❶高聳的樣子。唐·柳宗元《鈷鉧潭西小丘記》：「其石之突怒～～～，負土而出，爭為奇狀者，殆不可數。」❷屈曲婉轉的樣子。漢·司馬相如《上林賦》：「夭蟜枝格，～～杪顛。」❸高傲，傲慢。《左傳·哀公六年》：「彼皆～～，將棄子之命。」❹困頓，艱難。清·蒲松齡《聊齋志異·三生》：「後婿中歲～～～，苦不得售。」

【偃仰】yǎn yǎng　❶安居，生活悠然自得。明·歸有光《項脊軒志》：「借書滿架，～～嘯歌，冥然兀坐，萬籟有聲。」❷隨從世俗，沒有主見。《荀子·非相》：「與時遷徙，與世～～。」

【偃月】yǎn yuè　❶橫臥形的半弦月。清·平步青《霞外攟屑》：「田畛細流，入池如～～。」❷像半月形的額骨，古人認為是地位富貴的徵象。《戰國策·中山策》：「犀角～～，彼乃帝王之后，非諸侯之姬也。」❸古代軍隊的營陣名。唐·方干《狂寇後上劉尚書》：「才施～～行軍令。」

掩 yǎn　❶遮蔽，掩蓋。《孟子·離婁上》：「眸子不能～其惡。」❷捂住。《孟子·離婁下》：「則人皆～鼻而過之。」❸關閉。清·方苞《左忠毅公逸事》：「公閱畢，即解貂覆生，為～戶。」

【掩擊】yǎn jī　衝殺，襲擊。宋·秦觀《敕書獎諭記》：「察其所在，又預募將兵以備～～。」

【掩涕】yǎn tì　淚流滿面。戰國楚·屈原《楚辭·離騷》：「長太息以～～兮，哀民生之多艱。」

【掩有】yǎn yǒu　囊括，擁有。《漢書·敘傳下》：「～～東土，自岱徂海。」

眼 yǎn　❶眼珠。《史記·伍子胥列傳》：「抉吾～縣吳東門之上，以觀越寇之入滅吳也。」❷眼睛。唐·白居易《錢塘湖春行》：「亂花漸欲迷人～，淺草才能沒馬蹄。」❸洞孔，窟窿。宋·楊萬里《小池》：「泉～無聲惜細流，樹陰照水愛晴柔。」❹關鍵，要點。宋·嚴羽《滄浪詩話·詩辨》：「其用功有三：曰起結，曰句法，曰字～。」

演 yǎn　❶長遠地流到。晉·木華《海賦》：「東～析木，西薄青徐。」❷延長，延及。南朝梁·江淹《為蕭太傅謝追贈父祖表》：「蕙被遠紀，澤～慶世。」❸推廣，闡發。漢·司馬遷《報任安書》：「蓋文王拘而～《周易》，仲尼厄而作《春秋》。」❹濕潤，滋潤。《國語·周語上》：「夫水土～而民用也。」

儼 yǎn　❶莊重，恭敬。《論語·子張》：「望之～然，即之也溫，聽其言也厲。」❷整治，整肅。唐·王勃《滕王閣序》：「～驂騑於上路，訪風景於崇阿。」❸整齊。晉·

陶淵明《桃花源記》:"土地平曠,屋舍~然,有良田美池桑竹之屬。"

彥 yàn　對有才德的人的美稱。《詩經‧鄭風‧羔裘》:"彼其之子,邦之~兮。"

喭 yàn　慰問遭遇喪事的人。《詩經‧邶風‧載馳》:"載馳載驅,歸~衞侯。"

宴 yàn　❶安逸,安閒。《左傳‧成公二年》:"衡父不忍數年之不~,以棄魯國,國將若之何?"❷用酒食招待賓客。宋‧蘇洵《張益州畫像記》:"公~其僚,伐鼓淵淵。"❸酒席,宴會。唐‧李白《與韓荊州書》:"必若接之以高~,縱之以清談,請日試萬言,倚馬可待。"

【宴爾】 yàn ěr　❶快樂。《詩經‧邶風‧谷風》:"~~新昏,如兄如弟。"❷新婚的代稱。清‧鈕琇《觚剩‧睞娘》:"至~~之夕,銀釭斜照,鱸帳高張。"

【宴見】 yàn jiàn　在皇帝空閒時被召見。《漢書‧汲黯傳》:"丞相弘~~,上或時不冠。"

【宴饗】 yàn xiǎng　❶皇帝宴請大臣、賓客。宋‧秦觀《韋元成論》:"宮室~~,非禮則置而不議;宗廟祭祀,非禮則議而毀之。"❷鬼神享受祭祀的酒食。《後漢書‧班彪列傳》:"上帝~~。"

晏 yàn　❶天氣晴朗。漢‧揚雄《河東賦》:"於是天清日~。"❷鮮明,鮮豔。《詩經‧鄭風‧羔裘》:"羔裘~兮,三英粲兮。"❸晚,遲。《論語‧子路》:"冉子退朝。子曰:'何~也?'對曰:'有政。'"❹平靜,安逸。《戰國策‧魯仲連義不帝秦》:"彼又將使其子

女讒妾為諸侯妃姬,處梁之宮,梁王安得~然而已乎?"

【晏朝】 yàn cháo　晚朝。唐‧杜甫《寄董卿嘉榮十韻》:"海內久戎服,京師今~~。"

【晏駕】 yàn jià　帝王死去的委婉語。《史記‧范睢蔡澤列傳》:"宮車一日~~,是事之不可知者一也。"

【晏如】 yàn rú　安定,恬適。晉‧陶淵明《五柳先生傳》:"短褐穿結,簞瓢屢空,~~也。"

堰 yàn　堤壩。北周‧庾信《明月山銘》:"堤梁似~,野路疑村。"

雁 yàn　❶大雁。唐‧王勃《滕王閣序》:"~陣驚寒,聲斷衡陽之浦。"❷通"贋",假的,偽造的。《韓非子‧說林下》:"齊伐魯,索讒鼎,魯以其~往。"

厭
(1) yàn　❶同"饜",吃飽。《史記‧伯夷列傳》:"糟糠不~,而卒蚤夭。"❷同"饜",滿足。宋‧蘇洵《六國論》:"然則諸侯之地有限,暴秦之欲無~。"❸合於心。《國語‧周語下》:"克~帝心。"❹心服。《漢書‧景帝紀》:"諸獄疑,若雖文致於法而於人心不~者,輒讞之。"❺厭惡,嫌棄。《史記‧淮陰侯列傳》:"常從人寄食飲,人多~之者。"❻嫌。漢‧曹操《短歌行》:"山不~高,海不~深。"
(2) yā　同"壓"。❶壓住。《漢書‧五行志下之上》:"地震隴西,~四百餘家。"❷壓制,壓抑。《漢書‧翼奉傳》:"東~諸侯之權。"❸堵塞。《荀子‧脩身》:"~其源,開其瀆,江河可竭。"
(3) yān　安靜。《荀子‧王制》:"是以~然畜積修飾。"

（4）**yǎn**　做惡夢。《論衡·問孔》："適有臥～不悟者。"這個意義後來寫作"魘"。

【厭服】**yàn fú**　信服。宋·蘇軾《上神宗皇帝書》："使積勞久次而得者，何以～～哉？"

【厭厭】**yàn yàn**　整齊茂盛的樣子。《詩經·周頌·載芟》："～～其苗。"

【厭足】**yàn zú**　滿足。《史記·淮陰侯列傳》："其不知～～如是甚也。"

諺　**yàn**　❶諺語。漢·司馬遷《報任安書》："～曰：'誰為為之？孰令聽之？'"❷通"唁"，弔唁。南朝梁·劉勰《文心雕龍·書記》："～者，直語也。喪言亦不及文，故弔亦稱～。"

燕　（1）**yàn**　❶燕子。唐·白居易《錢塘湖春行》："幾處早鶯爭暖樹，誰家新～啄春泥。"❷通"宴"，安閒，安適。《論語·述而》："子之～居，申申如也，夭夭如也。"❸通"宴"，用酒食款待客人。《史記·留侯世家》："及～，置酒，太子侍。"

（2）**yān**　古國名，在今河北北部和遼寧南部。《戰國策·鄒忌諷齊王納諫》："～、趙、韓、魏聞之，皆朝於齊。"

【燕爾】**yàn ěr**　新婚夫婦親昵歡樂。元·王實甫《西廂記》："恰新婚，才～～，為功名來到此。"

【燕好】**yàn hǎo**　❶設宴款待並贈送禮品。《左傳·僖公二十九年》："禮之，加～。"❷友好。清·俞正燮《癸巳存稿·以我安》："而主人以～～之意留之盡飲，實為賓。"❸夫妻恩愛。清·蒲松齡《聊齋志異·珠兒》："郎君與兒極～～，姑舅亦相愛撫。"

【燕樂】**yàn lè**　安樂。《詩經·小雅·

鹿鳴》："我有旨酒，以～～嘉賓之心。"

嚥　**yàn**　同"咽"，吞。宋·蘇洵《六國論》："則吾恐秦人食之不得下～也。"

贋　**yàn**　假的，偽造的。清·惲敬《答陳雲渠書》："漢銅有～而宋銅無～，故可寶。"

驗　**yàn**　❶憑證，證據。《史記·商君列傳》："商君之法，舍人無～者坐之。"❷檢驗，驗證。《呂氏春秋·察傳》："凡聞言必熟論，其於人必～之以理。"❸試驗，考驗。《史記·秦始皇本紀》："趙高欲為亂，恐羣臣不聽，乃先設～。"❹效果，效驗。《淮南子·主術訓》："道在易而求之難，～在近而求之遠，故弗得也。"

【驗問】**yàn wèn**　檢驗查問。《史記·吳王濞列傳》："京師知其以子故稱病不朝，～～實不病。"

饜　**yàn**　❶吃飽。《孟子·離婁下》："其良人出，則必～酒肉而後反。"❷滿足。《孟子·梁惠王上》："苟為後義而先利，不奪不～。"

釀　**yàn**　❶液汁味濃。宋·蘇軾《正月二十日與潘郭二生出郊尋春》："江城白酒三杯～，野老蒼顏一笑溫。"❷顏色深。宋·楊萬里《謝張功父送牡丹》："淺紅～紫各新樣，雪白鵝黃非舊名。"

讞　**yàn**　❶審判定案。清·方苞《獄中雜記》："是可欺死者，而不能欺主～者。"❷判明，平議。唐·柳宗元《駁復讎議》："嚮使刺～其誠偽，考正其曲直，原始而求其端。"

豔　**yàn**　❶容貌美麗。明·宋濂《閱江樓記》："藏燕、趙之～

姬，不旋踵間而感慨係之，臣不知其為何說也。" ❷ 色彩豔麗。唐·杜甫《清明》："渡頭翠柳～明眉，爭道朱蹄驕齧膝。" ❸ 美女。南朝梁·沈約《日出東南隅行》："中有傾國～。" ❹ 文辭華美。《三國志·吳書·孫權傳》："信言不～，實居於好。" ❺ 羨慕，喜愛。明·宋濂《送東陽馬生序》："余則緼袍敝衣處其間，略無慕～意。"

灩 yàn ❶ 見"灩灩"。❷ 見"灩澦"。

【灩灩】 yàn yàn　水波搖動的樣子。唐·張若虛《春江花月夜》："～～隨波千萬里，何處春江無月明！"

【灩澦】 yàn yù　也叫"灩澦堆"，長江瞿塘峽口的險灘。明·宋濂《送天台陳庭學序》："然運河中州萬里，陸有劍閣棧道之險，水有瞿塘～～之虞。"

---

yang

央 yāng ❶ 中間，中心。《詩經·秦風·蒹葭》："遡游從之，宛在水中～。" ❷ 盡，完了。唐·韓愈《送李愿歸盤谷序》："嗟盤之樂兮，樂且無～。"

【央央】 yāng yāng　❶ 鮮明的樣子。《詩經·小雅·出車》："出車彭彭，旗旐～～。" ❷ 和諧的鈴聲。《詩經·周頌·載見》："龍旂陽陽，和鈴～～。" ❸ 寬廣的樣子。漢·司馬相如《長門賦》："撫柱楣以從容兮，覽曲臺之～～。"

泱 yāng 見"泱泱"。

【泱泱】 yāng yāng　❶ 深廣無邊的樣子。宋·范仲淹《嚴先生祠堂記》：

"雲山蒼蒼，江水～～；先生之風，山高水長。" ❷ 氣勢宏大。《左傳·襄公二十九年》："美哉！～～乎，大風也哉！"

殃 yāng ❶ 災禍，禍害。戰國楚·屈原《楚辭·九章·涉江》："伍子逢～兮，比干菹醢。" ❷ 殘害，損害。《孟子·告子下》："～民者，不容於堯舜之世。"

鞅 yāng ❶ 套在牛馬脖子上的皮帶。《左傳·襄公十八年》："大子抽劍斷～，乃止。" ❷ 羈絆，束縛。唐·白居易《登香爐峯頂》："紛吾何屑屑，未能脫塵～。"

洋 yáng ❶ 海洋。宋·文天祥《〈指南錄〉後序》："入蘇州～，……以至於永嘉。" ❷ 見"洋洋"。

【洋洋】 yáng yáng　❶ 盛大眾多的樣子。《詩經·衛風·碩人》："河水～～，北流活活。" ❷ 無所歸宿的樣子。戰國楚·屈原《楚辭·九章·哀郢》："順風波以從流兮，焉～～而為客。" ❸ 喜悅自得的樣子。宋·范仲淹《岳陽樓記》："把酒臨風，其喜～～者矣。"

佯 yáng　假裝。《三國演義·楊修之死》："曹操既殺楊修，～怒夏侯惇，亦欲斬之。"

【佯狂】 yáng kuáng　假裝瘋癲。明·袁宏道《徐文長傳》："晚年憤益深，～～益甚。"

【佯佯】 yáng yáng　❶ 同"洋洋"，盛大的樣子。《墨子·非樂》："嗚呼，舞～～，黃言孔章，上帝弗常，九有以亡。" ❷ 做作的樣子。宋·張先《踏莎行》："～～不覷雲鬟點。"

揚 yáng ❶ 舉起，揚起。《史記·屈原賈生列傳》："何不隨其流而~其波？"❷傳播，傳揚。《禮記·中庸》："隱惡而~善，執其兩端。"❸發揮。三國蜀·諸葛亮《便宜十六策·治軍》："強征伐之勢，~士卒之能。"❹振作。唐·杜甫《新婚別》："婦人在軍中，兵氣恐不~。"❺突出，出眾。唐·裴度《自題寫真贊》："爾才不長，爾貌不~。"

【揚厲】yáng lì 發揚光大。唐·韓愈《潮州刺史謝上表》："~~無前之偉跡。"

【揚揚】yáng yáng ❶旺盛，高昂。《史記·管晏列傳》："其夫為相御，擁大蓋，策駟馬，意氣~~，甚自得也。"❷飄飛的樣子。宋·王令《終風操》："雲之~~，油油其蒙，望我以雨，卒從以風。"

陽 yáng ❶山的南面或河流的北面。宋·王安石《遊褒禪山記》："所謂華山洞者，以其乃華山之~名之也。"❷太陽。宋·歐陽修《醉翁亭記》："已而夕~在山，人影散亂，太守歸而賓客從也。"❸陽光。《孟子·滕文公上》："江漢以濯之，秋~以暴之。"❹溫暖，暖和。漢樂府《長歌行》："~春布德澤，萬物生光輝。"❺表面上，假裝。漢·鄒陽《獄中上梁王書》："是以箕子~狂，接輿避世，恐遭此患也。"❻古人的哲學概念，與"陰"相對。《史記·孔子世家》："竭澤涸漁則蛟龍不合陰~。"

【陽風】yáng fēng ❶東風。三國魏·曹植《感節賦》："願寄軀於飛蓬，乘~~之遠飄。"❷南風。清·顧炎武《元日》："歲序一更新，~~動人寰。"

【陽和】yáng hé ❶春天的暖氣。《史記·秦始皇本紀》："維二十九年，時在中春，~~方起。"❷溫暖，暖和。唐·陳子昂《諫刑書》："陛下赦罪，則舒而~~。"❸祥和的氣氛。唐·李白《古風五九首》之一四："~~變殺氣，發卒騷中土。"

【陽陽】yáng yáng ❶有文采的樣子。《詩經·周頌·載見》："龍旂~~，和鈴央央。"❷溫暖睛朗的樣子。漢·王褒《九懷·尊嘉》："季春兮~~，列草兮成行。"❸安閒自得的樣子。《詩經·王風·君子陽陽》："君子~~，左執簧，右招我由房。"

湯 yáng 見586頁tāng。

煬 yáng ❶烘烤。宋·沈括《夢溪筆談·活板》："持就火~之。"❷焚燒。唐·柳宗元《賀進士王參元失火書》："今乃有焚~赫烈之虞，以震駭左右。"

詳 yáng 見652頁xiáng。

瘍 yáng ❶癰瘡。《禮記·曲禮上》："身有~則浴。"❷潰爛。《素問·風論》："皮膚~潰。"

仰 yǎng ❶抬頭，臉向上。《史記·項羽本紀》："項王泣數行下，左右皆泣，莫能~視。"❷仰望。《論語·子張》："君子之過也，如日月之食焉：過也，人皆見之；更也，人皆~之。"❸對上。《孟子·梁惠王上》："是故明君制民之產，必使~足以事父母，俯足以畜妻子，樂歲終身飽，凶年免於死亡。"❹依賴，指望。《孟子·離婁下》："其妻歸，告其妾曰：'良人者，所~望而終身也，今若此！'"

【仰給】yǎng jǐ 依賴別人供給。《史記·平準書》："其明年，貧民大徙，皆～～縣官，無以盡瞻。"

【仰息】yǎng xī　依賴，依靠。清·蒲松齡《聊齋志異·嬰寧》："轉思三十里非遙，何必～～他人？"

【仰止】yǎng zhǐ　仰慕，向往。《史記·孔子世家》："高山～～，景行行止。"

養 yǎng　❶撫養，養活。漢·晁錯《論貴粟疏》："弔死問疾，～孤長幼在其中。"❷贍養，奉養。《論語·為政》："子曰：'今之孝者，是謂能～。'"❸保養，培養。《孟子·公孫丑上》："我善～吾浩然之氣。"❹飼養。清·蒲松齡《聊齋志異·促織》："市中游俠兒，得佳者籠～之。"❺給養，生活資料。《韓非子·五蠹》："不事力而～足，人民少而財有餘，故民不爭。"❻修養，涵養。《孟子·盡心下》："～心莫善於寡欲。"

快 yàng　鬱鬱不樂的樣子。《戰國策·趙策三》："辛垣衍～然不說(悅)。"

恙 yàng　❶憂患，災害。《戰國策·趙威后問齊使》："歲亦無～耶？民亦無～耶？王亦無～耶？"❷疾病。唐·白居易《與元微之書》："下至家人，幸皆無～。"

漾 yàng　❶水流長。三國魏·王粲《登樓賦》："路逶迤而修迥兮，川既～而濟深。"❷水波起伏搖動的樣子。唐·李白《送賀賓客歸越》："鏡湖流水～清波，狂客歸舟逸興多。"❸漂蕩，漂浮。南朝宋·謝惠連《西陵遇風獻康樂》："～舟陶嘉月。"

【漾漾】yàng yàng　水波微動的樣子。唐·宋之問《宿雲門寺》："～～潭際月，飄飄杉上風。"

---

yao

幺 yāo　小，細。宋·張先《千秋歲》："莫把～絃撥，怨極絃能說。"

(1) yāo　❶指夭死，幼小時死去。唐·杜甫《自京赴奉先詠懷》："所愧為人父，無食致～折。"❷摧折。《莊子·逍遙遊》："不～斤斧，物無害者。"❸災。《詩經·小雅·正月》："天～是椓(敲打)。"❹堵塞，壅塞。《莊子·逍遙遊》："背負青天，而莫之～閼者，而後乃今將圖南。"❺見"夭夭"。

(2) ǎo　幼小的動植物。《國語·魯語上》："且夫山不槎蘖，澤不伐～。"

【夭夭】yāo yāo　❶美盛的樣子。《詩經·周南·桃夭》："桃之～～，灼灼其華。"❷體貌和舒的樣子。《論語·述而》："子之燕居，申申如也，～～如也。"

妖 yāo　❶豔麗，嫵媚。明·袁宏道《徐文長傳》："歐陽公所謂～韶女，老自有餘態者也。"❷反常怪異的事物或現象。《禮記·中庸》："國家將亡，必有～孽。"❸怪誕的、蠱惑人心的(言辭或行為)。宋·蘇洵《張益州畫像記》："～言流聞，京師震驚。"

徼 yāo　見272頁jiǎo。

邀 yāo　❶迎候，半路攔截。《三國志·魏書·劉放傳》："帝欲～討之，朝議多以為不可。"❷邀請，約請。唐·李白《古風五九首》之一九："～我至雲臺，高揖衛叔卿。"❸求取，謀取。漢·王充《論衡·自然》："不作功～名。"

佻 yáo　見596頁 tiāo。

肴 yáo　熟肉類食物。宋·蘇軾《後赤壁賦》:"有酒無~,月白風清,如此良夜何?"

【肴饌】yáo zhuàn　豐盛的飯菜。三國魏·曹植《侍太子坐》:"清醴盈金觴,~~縱橫陳。"

姚 yáo　美好的樣子。《荀子·非相》:"莫不美麗~冶。"

陶 yáo　見588頁 táo。

堯 yáo　傳說中的遠古帝王陶唐氏之號,又稱"唐堯",是人們理想中的聖明君主。《論語·泰伯》:"大哉,~之為君也!"

徭 yáo　勞役。唐·李華《弔古戰場文》:"吾聞夫齊魏~戍,荊韓召募。"

【徭役】yáo yì　勞役,力役。漢·晁錯《論貴粟疏》:"伐薪樵,治官府,給~~。"

搖 yáo　❶擺動,晃動。晉·陶淵明《歸去來兮辭》:"舟~~以輕颺,風飄飄而吹衣。"❷騷擾,動搖。《左傳·成公十三年》:"帥我蟊賊(máo zéi,危害國家或百姓的人),以來蕩~我邊疆。"❸上升,飄揚。《戰國策·莊辛論幸臣》:"飄~乎高翔,自以為無患。"

遙 yáo　❶遠。唐·李白《望廬山瀑布》:"~看瀑布掛前川。"❷長。唐·李白《南奔書懷》:"~夜何漫漫,空歌白石爛。"❸疾行。戰國楚·屈原《楚辭·九章·抽思》:"願~起而橫奔兮,覽民尤以自鎮。"

【遙遙】yáo yáo　❶遼遠。《左傳·昭公二十五年》:"鸛鵒之巢,遠哉~~。"❷久遠。《南史·何昌宇

瑤 yáo　❶美玉。戰國楚·屈原《楚辭·九章·涉江》:"吾與重華游兮~之圃。"❷對珍貴東西的美稱。明·徐霞客《徐霞客遊記·粵西遊日記四》:"~花仙果,不絕於樹。"

【瑤池】yáo chí　神話傳說中西王母所居的地方。唐·杜甫《秋興八首》其五:"西望~~降王母,東來紫氣滿函關。"

【瑤臺】yáo tái　❶美玉砌成的高而平的建築物。《淮南子·本經訓》:"為璇室~~象廊玉牀。"❷神話傳說中神仙所居的地方。唐·李白《古朗月行》:"又疑~~鏡,飛在青雲端。"

窯 yáo　❶燒製磚屋和陶瓷器皿的灶。明·顧炎武《井陘》:"~火出林青。"❷陶瓷器的代稱。清·徐珂《清稗類鈔》:"因論諸~優劣,旁及石頭真贗。"❸窯洞。清·徐珂《清稗類鈔》:"單憤怒,不應,坐破~中,餓數日死。"

謠 yáo　❶不用樂器伴奏的歌唱。《列子·周穆王》:"西王母為王~,王和之,其解哀焉。"❷歌謠,歌曲。唐·李白《廬山謠寄盧侍御虛舟》:"好為廬山~,興因盧山發。"❸沒有根據的傳聞,憑空捏造的言辭。戰國楚·屈原《楚辭·離騷》:"眾女嫉余之蛾眉兮,~諑(zhuó,讒謗)謂余以善淫。"

繇 (1) yáo　❶通"徭",勞役,力役。漢·《漢書·景帝令二千石修職詔》:"省~賦欲天下務農蠶。"❷草木茂盛的樣子。《尚書·夏書·禹貢》:"厥土黑墳,厥草惟~。"❸通"謠",歌謠。《漢書·李尋傳》:"揆

山川變動，参人民～俗。”

　　(2) yóu　通“由”。❶自，從。《史記·孝文本紀》：“蓋聞天道禍自怨起而福～德興。”❷遵循，隨從。唐·韓愈《進學解》：“今先生學雖勤而不～其統，言雖多而不要其中。”

【繇役】yáo yì　勞役，力役。《史記·項羽本紀》：“每吳中有大～～及喪，項梁常為主辦。”

杳　yǎo　❶幽暗，深幽。戰國楚·屈原《楚辭·九章·涉江》：“深林～以冥冥兮，乃猿狖之所居。”❷深，遠。宋·章質夫《楊花詞》：“望章臺路～。”❸不見蹤影。明·湯顯祖《牡丹亭》：“徑曲夢迴人，閨深佩冷魂銷。”

【杳冥】yǎo míng　❶幽暗。《漢書·中山靖王劉勝傳》：“～～晝昏。”❷高遠不能見的地方。戰國楚·宋玉《對楚王問》：“負蒼天，足亂浮雲，翱翔～～之上。”

窅　yǎo　❶眼睛深陷。清·黃景仁《塗山禹廟》：“女媧化石立地膠，風蕩日暈青微～。”❷深遠。南朝齊·謝朓《敬亭山》：“緣源殊未及，歸徑～如迷。”❸凹下。《靈樞經·水脹篇》：“按其腹，～而不起，腹色不變，此其候也。”

【窅然】yǎo rán　❶深遠。晉·陶淵明《搜神後記》卷二：“下有絕澗，～～無底。”❷悵惘的樣子。《莊子·逍遙遊》：“往見四子藐姑射之山，汾山之陽，～～喪其天下然。”❸幽靜，岑寂。唐·李白《山中問答》：“桃花流水～～去，別有天地非人間。”

窈　yǎo　❶見“窈窕”。❷深遠。唐·韓愈《送李愿歸盤谷序》：“～而深，廓其有容。”❸昏暗。

《淮南子·道應訓》：“可以陰，可以陽；可以～，可以明。”

【窈窕】yǎo tiǎo　❶美好的樣子。《詩經·周南·關雎》：“～～淑女，君子好逑。”❷妖冶的樣子。秦·李斯《諫逐客書》：“而隨俗雅化，佳冶～～，趙女不立於側也。”❸深遠。晉·陶淵明《歸去來兮辭》：“既～～以尋壑，亦崎嶇而經丘。”

【窈然】yǎo rán　幽深。宋·王安石《遊褒禪山記》：“有穴～～，入之甚寒。”

要　(1) yào　❶綱要，關鍵。漢·賈誼《過秦論》：“東割膏腴之地，北收～害之郡。”❷總之，總括。漢·司馬遷《報任安書》：“～之，死日然後是非乃定。”

　　(2) yāo　❶人體胯上脅下部分，後作“腰”。《史記·孔子世家》：“然自～以下不及禹三寸。”❷邀請。《史記·項羽本紀》：“張良出，～項伯。”❸相約，交往。《論語·憲問》：“久～不忘平生之言。”❹攔阻。《孟子·公孫丑下》：“使數人～於路。”❺約束，控制。《史記·貨殖列傳》：“然地亦窮險，唯京師～其道。”❻求取。《孟子·公孫丑上》：“非所以～譽於鄉黨朋友也。”

【要津】yào jīn　❶位置重要的津渡。唐·薛能《閒居新雪》：“正色凝高嶺，隨流助～～。”❷比喻顯要的職位。唐·杜甫《麗人行》：“簫鼓哀吟感鬼神，賓從雜遝實～～。”

【要妙】yào miào　精要微妙。《老子》二十七章：“不貴其師，不愛其資，雖智，大迷，是謂～～。”

【要功】yāo gōng　邀功，求取功名。《漢書·馮奉世傳》：“爭逐發兵，～～萬里之外。”

樂 yào 見350頁lè。

曜 yào ❶日光，明亮。《詩經·檜風·羔裘》："羔裘入膏，日出有～。" ❷照耀。唐·李白《古風五九首》之三四："白日～紫微，三公運權衡。" ❸炫耀，顯示。《國語·吳語》："若無越，則吾何以春秋～吾軍士？" ❹日、月、星的總稱。《素問·天元紀大論》："九星懸朗，七～周旋。"

藥 yào ❶能夠治病的植物，後泛指可治病之物。唐·賈島《尋隱者不遇》："松下問童子，言師採～去。" ❷用藥治療。唐·韓愈《原道》："為之醫～，以濟其夭死。" ❸某些有一定作用的化學物質。宋·沈括《夢溪筆談·活板》："～稍熔，則以一平板按其面，則字平如砥。"

【藥石】yào shí ❶藥物的總稱。石，砭石，可用來治病。宋·蘇軾《乞校正陸贄奏議進御箚子》："可謂進苦口之～～。" ❷比喻規戒。《左傳·襄公二十三年》："孟孫之惡我，～～也。"

【藥言】yào yán 勸誡教誨的話。漢·賈誼《新書·大政上》："～～獻於貴，然後聞於卑。"

耀 yào ❶照射，放光。《左傳·莊公二十二年》："光遠而自他有～者也。" ❷光芒，光輝。宋·范仲淹《岳陽樓記》："日星隱～，山岳潛形。" ❸顯示，顯揚。宋·歐陽修《相州晝錦堂記》："以～後世而垂無窮。"

---

ye

噎 yē ❶食物等堵塞喉嚨。《詩經·王風·黍離》："行邁靡

靡，中心如～。" ❷阻塞，蔽塞。《三國志·吳書·陸遜傳》："城門～不得關。"

邪 yé 見660頁xié。

耶 yé ❶父親，後作"爺"。唐·杜甫《兵車行》："～孃妻子走相送，塵埃不見咸陽橋。" ❷表示疑問，相當於"嗎"、"呢"。宋·范仲淹《岳陽樓記》："是進亦憂，退亦憂，然則何時而樂～？"

揶 yé 見"揶揄"。

【揶揄】yé yú 嘲弄，耍笑。明·歸有光《海上紀事》："淮陰市井輕韓信，舉手～～笑未休。"

也 yě ❶句末語氣詞，表示判斷或肯定。《孟子·告子上》："富與貴，是人之所欲～；不以其道得之，不處～。" ❷句末語氣詞，與"何"等詞相應，表示疑問語氣。《孟子·以五十步笑百步》："鄰國之民不加少，寡人之民不加多，何～？" ❸句末語氣詞，表示感歎的語氣。宋·蘇軾《石鐘山記》："古人之不余欺～！" ❹句中語氣詞，表示語氣的停頓，以引起下文。唐·李白《蜀道難》："其險～如此，嗟爾遠道之人胡為乎來哉。" ❺副詞，表示同樣、並行等意義。宋·黃庭堅《虞美人·宜州見梅作》："天涯～有江南信，梅破知春近。" ❻副詞，表示強調，含有"甚至"等意思。宋·蘇軾《水龍吟·次韻章質夫楊花詞》："似花還似非花，～無人惜從教墜。"

冶 yě ❶熔煉金屬。《史記·平準書》："～鑄煮鹽。" ❷鑄造金屬器物的工匠。《孟子·滕文公上》："陶～亦以其械器易粟者，

豈為厲農夫哉？"❸豔麗，妖媚。秦·李斯《諫逐客書》："而隨俗雅化，佳～窈窕，趙女不立於側也。"❹通"野"，見"冶遊"。

【冶豔】yě yàn　妖豔，服飾華麗。唐·鄭遠古《贈柳氏之妓》："～～出神仙。"

【冶遊】yě yóu　野遊。南朝樂府《子夜四時歌》："～～步春露，豔覓同心郎。"

野　yě　❶郊外。唐·柳宗元《捕蛇者說》："永州之～產異蛇。"❷曠野，田野。戰國楚·屈原《楚辭·九歌·國殤》："嚴殺盡兮棄原～。"❸民間，與"在朝"相對。宋·王禹偁《待漏院記》："賢人在～，我將進之。"❹質樸，粗陋。《論語·雍也》："質勝文則～，文勝質則史。"❺放蕩不羈，不受約束。南朝梁·丘遲《與陳伯之書》："唯北狄～心，掘強沙塞之間，欲延歲月之命耳。"❻非正式的，不合法的。《史記·孔子世家》："紇與顏氏女～合而生孔子。"

【野次】yě cì　❶野外。《三國志·魏書·陳羣傳》："可無障宮暴露～～，廢損盛節蠶農之要。"❷在野外停駐休息。《晉書·王鑒傳》："欲使鑾旂無～～之役，……（王）鑒未見其易也。"

曳　yè　❶拖，牽引。《孟子·以五十步笑百步》："兵刃既接，棄甲～兵而走。"❷穿着。漢·晁錯《論貴粟疏》："乘堅策肥，履絲～縞。"❸飄搖。唐·李白《古風五九首》之一九："霓裳～廣帶，飄拂升天行。"

【曳曳】yè yè　連綿不絕的樣子。宋·歐陽修《鳴蟬賦》："四無雲以青天，雷～～其餘聲。"

夜　yè　❶從天黑到天亮的一段時間，與"日"、"晝"相對。唐·杜甫《茅屋為秋風所破歌》："自經喪亂少睡眠，長～沾濕何由徹。"❷昏暗。漢·王符《潛夫論·贊學》："是故索物於～室者，莫良於火。"

【夜分】yè fēn　夜半。北魏·酈道元《水經注·江水》："自非亭午～～，不見曦月。"

【夜闌】yè lán　夜將盡時。宋·陸游《十一月四日風雨大作》："～～臥聽風吹雨，鐵馬冰河入夢來。"

【夜漏】yè lòu　夜間的時刻。古代用銅壺滴漏計時，故稱"夜漏"。唐·韋應物《驪山行》："禁杖圍山曉霜切，離宮積翠～～長。"

披　yè　❶挾持，攙扶《左傳·僖公二十五年》："～以赴外，殺之。"❷扶持，引導。《宋史·歐陽修傳》："篤於朋友，生則振～之，死則調護其家。"❸胳肢窩，後作"腋"。《史記·商君列傳》："千羊之皮，不如一狐之～。"

業　yè　❶學業。唐·韓愈《師說》："師者，所以傳道、受～、解惑也。"❷職業，職務。晉·陶淵明《桃花源記》："晉太元中，武陵人捕魚為～。"❸產業，財產。漢·楊惲《報孫會宗書》："治產，起室宅，以財自娛。"❹功烈，基業。三國蜀·諸葛亮《出師表》："先帝創～未半，而中道崩殂。"❺創始或繼承。《史記·太史公自序》："項梁～之，子羽接之。"❻已經，既。《史記·留侯世家》："父曰：'履我！'良～為取履，因長跪履之。"

【業障】yè zhàng　罪孽，指前世所結的種種惡果，成為今生的障礙。《華嚴經·世主妙嚴品》："若有眾生一見佛，必使淨除諸～～。"

曄 yè ❶形容光明燦爛。三國魏·曹植《棄婦》："光榮一流離，可以處淑靈。" ❷美盛。戰國楚·宋玉《〈神女賦〉序》："美貌橫生，～姱如華，溫乎如瑩。"

燁 yè 明亮光彩。明·宋濂《送東陽馬生序》："左佩刀，右備容臭，～然若神人。"

謁 yè ❶稟告，陳述。《戰國策·司馬錯論伐蜀》："臣請～其故。" ❷告發，檢舉。《韓非子·五蠹》："楚之有直躬，其父竊羊而～之吏。" ❸請求。《左傳·隱公十一年》："唯我鄭國之有請～焉，如舊昏媾。" ❹進見，拜見。明·宋濂《送東陽馬生序》："余朝京師，生以鄉人子～余。"

【謁歸】yè guī　請假回家。《史記·春申君列傳》："李園求事春申君為舍人，已而～～，故失期。"

【謁請】yè qǐng　拜謁告求。《列子·仲尼》："而與南郭子連牆二十年，不相～～；相遇於道，目若不相見者。"

靨 yè ❶面頰上的小圓窩。漢·班婕妤《搗素賦》："兩～如點，雙眉加張。" ❷婦女面頰上所塗的裝飾物。唐·段成式《酉陽雜俎·黥》："近代妝尚～，如射月，曰黃星～。"

【靨靨】yè yè　晨星漸隱。唐·溫庭筠《曉仙謠》："銀河欲轉星～～。"

---

yi

一 yī ❶數詞。明·歸有光《項脊軒志》："室僅方丈，可容～人居。" 又表示序數，第一。❷全，滿。《孟子·離婁上》："巨室之所慕，～國慕之。" ❸相同，一樣。《莊子·逍遙遊》："能不龜手～也；或以封，或不免於洴澼絖，則所用之異也。" ❹專一。《荀子·勸學》："上食埃土，下飲黃泉，用心～也。" ❺統一，劃一。唐·杜牧《阿房宮賦》："六王畢，四海～。" ❻每，各。唐·李商隱《錦瑟》："～絃～柱思華年。" ❼都，一概。《史記·曹相國世家》："舉事無所變更，～遵蕭何約束。" ❽一旦，一經。《戰國策·燕策三》："壯士～去兮不復還。"

【一何】yī hé　何其，多麼。漢樂府《陌上桑》："使君～～愚！使君自有婦，羅敷自有夫。"

【一介】yī jiè　❶一人。《史記·廉頗藺相如列傳》："大王遣～～之使至趙，趙立奉璧來。" ❷形容數量少。《孟子·萬章上》："～～不以與人，～～不以取諸人。" ❸一個，多用作自謙詞。唐·王勃《滕王閣序》："勃，三尺微命，～～書生。"

【一瓢】yī piáo　後用來比喻生活簡單清苦。宋·林逋《寄呈張元禮》："驅馬交遊從此少，～～生事不勝空。"

【一隅】yī yú　一個角落，比喻事物的一個方面。《論語·述而》："不憤不啟，舉～～不以三隅反，則弗復也。" 也稱地方狹小為一隅之地。

【一元】yī yuán　❶事物的開始。《漢書·董仲舒傳》："《春秋》謂～～之意，一者萬物之所從始也；元者，辭之所謂大也。" ❷天下，全國。《晉書·赫連勃勃載記》："夷～～之窮災，拯六合之沈溺。" ❸清代稱元寶一枚為"一元"。清·袁枚《答孫補山相公書》："捧到國寶～～，照人若雪。"

【一朝】yī zhāo　忽然有一天，亦作"一旦"。《莊子·逍遙遊》："今～～而鬻技百金，請與之。"

【一字書】yī zì shū　指短札。宋·陳與義《鄧州西齋書事》："易求蘇子六國印，難得河橋～～～。"

伊 yī　❶表示判斷，常與"匪"連用，相當於"卻是"、"即是"。《詩經·小雅·蓼莪》："蓼蓼者莪，匪莪～蒿。"❷這，此。見"伊人"。宋·蘇軾《喜雨亭記》："一雨三日，～誰之力？"❸第三人稱，"他"、"彼"。宋·柳永《鳳棲梧》："為～消得人憔悴。"❹語氣詞，相當於"惟"、"維"。《詩經·小雅·正月》："有皇上帝，～誰云憎。"

【伊人】yī rén　這個人。《詩經·秦風·蒹葭》："所謂～～，在水一方。"

衣 (1) yī　❶上衣。《詩經·邶風·綠衣》："綠兮～兮，綠～黃裳。"❷泛指衣服。《論語·里仁》："士志於道，而恥惡衣惡食者，未足與議也。"
　　(2) yì　穿戴。《史記·廉頗藺相如列傳》："乃使其從者～褐，懷其璧，從徑道亡，歸璧於趙。"

依 yī　❶依傍，靠着。唐·王之渙《登鸛雀樓》："白日～山盡。"❷按照，遵循。《論語·述而》："志於道，據於德，～於仁。"❸仍舊，仍然。唐·白居易《長恨歌》："歸來池苑皆～舊。"

【依歸】yī guī　有所依託。《尚書·周書·金縢》："我先王亦永有～～。"

【依違】yī wéi　❶反覆，遲疑不決。漢·劉向《九歎》："余思舊邦，心～～兮。"❷形容聲音或離或合。

三國魏·曹植《七啟》："飛聲激塵，～～萬響。"

猗 (1) yī　❶長。《詩經·小雅·節南山》："節彼南山，有實其～。"❷語氣詞，用於句末，相當於"啊"。《詩經·魏風·伐檀》："河水清且漣～。"
　　(2) yǐ　通"倚"，依靠。《詩經·衛風·淇奧》："寬兮綽兮，～重較兮。"

【猗猗】yī yī　❶美盛的樣子。《詩經·衛風·淇奧》："瞻彼淇澳，綠竹～～。"❷形容餘音裊裊。三國魏·嵇康《琴賦》："微風餘音，靡靡～～。"

壹 yī　❶專一。《孟子·公孫丑上》："志～則動氣，氣～則動志也。"❷統一，一致。漢·張衡《東京賦》："同衡律而～規量，齊急舒於寒燠。"❸所有，一切。《禮記·大學》："自天子以至於庶人，～是皆以修身為本。"❹一旦，一經。《禮記·中庸》："～戎衣而有天下，身不失天下之顯名。"❺"一"的大寫形式。漢·司馬遷《報任安書》："左右親近不為～言。"❻加強語氣。《左傳·襄公二十年》："今～不免其身，以棄社稷，不亦惑乎？"

揖 yī　❶拱手行禮。《孟子·離婁下》："禮，朝廷不歷位而相與言，不踰階而相～也。"❷遜位，讓出。《漢書·王莽傳》："公惟國家之統，～大福大恩。"

【揖客】yī kè　❶平揖不拜之客，指身份與主人不分上下的客人。《史記·汲鄭列傳》："夫以大將軍有～～，反不重邪？"❷對客行揖禮，禮賢下士。漢·揚雄《解嘲》："羣卿不～～，將相不俯眉。"

【揖讓】yī ràng ❶賓主相見的禮儀，喻文德。《史記·孔子世家》："以會遇之禮相見，～～而登。" ❷讓位於賢者。晉·袁宏《三國名臣序贊》："～～之與干戈，文德之與武功，莫不宗匠陶鈞。"

欹 (1) yī 通"倚"，斜倚，斜靠。唐·杜甫《重題鄭氏東亭》："崩石～山樹，清漣曳水衣。" (2) qī 傾斜，歪斜。《荀子·宥坐》："吾聞宥坐之器者，虛則～，中則正，滿則覆。"

【欹器】qī qì 傾斜易覆的器物。《荀子·宥坐》："孔子觀於魯桓公之廟，有～～焉。"

漪 yī ❶微波。明·袁宏道《敘咼氏家繩集》："風值水而～生，日薄山而嵐出。" ❷水波動。南朝梁·劉勰《文心雕龍·定勢》："激水不～，槁木無陰。"

噫 (1) yī 歎詞，表示感歎。宋·范仲淹《岳陽樓記》："噫！～！微斯人，吾誰與歸！" (2) ài 出氣。《莊子·齊物論》："夫大塊～氣，其名為風。"

醫 yī ❶治病的人。《國語·越語上》："將免者以告，公令～守之。" ❷治病。唐·韓愈《原道》："為之～藥，以濟其夭死。" ❸治理，除去患弊。見"醫國"。❹醫學，醫術。宋·范正敏《遯齋閒覽·人事·醫巫》："田嵓（yán，同'岩'），閩人，以～著名。"

【醫國】yī guó 去除國家的弊患。《國語·晉語八》："上醫～～，其次疾人。"

匜 yí 古代一種盛水、酒的器具。《左傳·僖公二十三年》："奉～沃盥，既而揮之。"

台 yí 見581頁tái。

夷 yí ❶古代對異族的貶稱，多用於東方民族。春秋後，多用於對中原以外各族的蔑稱。戰國楚·屈原《楚辭·九章·涉江》："哀南～之莫吾知兮。"《戰國策·燕策三》："北蕃蠻～之鄙人，未嘗見天子。" ❷平坦，平安，和平，與"險"相對。宋·王安石《遊褒禪山記》："夫～以近，則遊者眾。" ❸鏟平，削平。《左傳·成王十三年》："芟～農功。" ❹消滅，除去。南朝梁·丘遲《與陳伯之書》："況偽孽昏狡，自相～戮。" ❺泰然，愉快。明·宋濂《送東陽馬生序》："言和而色～。" ❻平易，平和。唐·韓愈《貞曜先生墓誌銘》："內外完好，色～氣清，可畏可親。" ❼傷害，受傷。《孟子·離婁上》："父子相～，則惡矣。"

【夷族】yí zú 誅滅宗族，古代的一種株連酷刑。《後漢書·宦者傳》："今以不忍之恩，赦～～之罪。"

宜 yí ❶事宜。唐·柳宗元《梓人傳》："吾善度材，視棟宇之制，高深圓方短長之～。" ❷相稱。宋·蘇軾《飲湖上初晴後雨》："欲把西湖比西子，淡妝濃抹總相～。" ❸應當，應該。三國蜀·諸葛亮《出師表》："不～妄自菲薄。" ❹大概，可能。《漢書·律曆志上》："今陰陽不調，～更曆之過矣。"

【宜人】yí rén ❶適合人的心意。《禮記·中庸》："詩曰：嘉樂君子，憲憲令德！宜民～～。" ❷古代婦女因丈夫或子孫而得的一種封號，始於宋代政和年間。

【宜若】yí ruò 表示猜測或推斷之詞，似乎，好像。《孟子·滕文公下》："不見諸侯，～～小然；今一見之，大則以王，小則以霸。"

怡 yí ❶ 和悦。《論語·鄉黨》："出，降一等，逞顏色，～如也。" ❷ 喜悦，快樂。漢·司馬遷《報任安書》："主上為之食不甘味，聽朝不～。" ❸ 安適，舒暢。晉·陶淵明《桃花源記》："黃髮垂髫，並～然自樂。"

【怡目】 yí mù　悦目。晉·謝靈運《撰征賦》："眷北路以興思，看東山而～～。"

迤 (1) yí　見 620 頁 "逶迤"。
(2) yǐ　斜行，地勢斜着延伸。清·王夫之《小雲山記》："(小雲山) 北～，東盡攷之燕子巢。"

怠 yí　見 98 頁 dài。

施 yí　見 540 頁 shī。

蓺 (1) yí　除去田地裏的野草。《周禮·地官司徒·稻人》："夏以水殄草而芟～之。"
(2) tí ❶ 草初生的嫩芽。《詩經·邶風·靜女》："自牧歸～，洵美且異。" ❷ 草木的嫩芽。唐·王維《贈裴十迪》："桃李雖未開，～萼滿芳枝。" ❸ 一種似稗子的草。《孟子·告子上》："五穀者，種之美者也；苟為不熟，不如～稗。"

貽 yí ❶ 贈送。《莊子·逍遙遊》："惠子謂莊子曰：'魏王～我大瓠之種，我樹之成而實五石。'" ❷ 遺留。唐·駱賓王《為徐敬業討武曌檄》："坐昧先幾之兆，必～後至之誅。"

眙 (1) yí ❶ "盱眙"，縣名，在江蘇省。 ❷ 舉目而視。唐·杜光庭《神仙感遇傳》："～而望之，

不暇他視，真塵外景也。"
(2) chì ❶ 直視，目不轉睛地看。《史記·滑稽列傳》："握手無罰，目～不禁。" ❷ 驚訝的樣子。《新唐書·蕭復傳》："帝色～。"

訑 yí　見 102 頁 dàn。

痍 yí　傷，創傷。《公羊傳·成公十六年》："王～者何？傷乎矢也。"

移 yí ❶ 遷徙，轉移。《國語·越語上》："三江環之，民無所～。" ❷ 搬動，挪動。明·歸有光《項脊軒志》："每～案，顧視無可置者。" ❸ 改變，變易。《史記·屈原賈生列傳》："夫聖人者，不凝滯於物而能與世推～。" ❹ 搖動，擺動。明·歸有光《項脊軒志》："風～影動，珊珊可愛。" ❺ 延及。唐·柳宗元《種樹郭橐駝傳》："以子之道，～之官理，可乎？"

【移病】 yí bìng　作書稱病，多為居官者請辭的婉詞。《漢書·疏廣傳》："即日父子俱～～。"

【移國】 yí guó　篡國。《後漢書·光武帝紀下》："炎正中微，大盜 (指王莽) ～～。"

【移年】 yí nián　逾年，時間超過一年。《宋書·桂陽王休範傳》："升級賜賞，動不～～。"

【移時】 yí shí　少頃，一段時間。南朝宋·劉義慶《世説新語·簡傲》："傍若無人，～～不交一言。"

【移檄】 yí xí ❶ 古代官方文書移和檄的並稱，多用於徵召、曉諭和聲討。南朝梁·劉勰《文心雕龍·檄移》："相如之《難蜀老》文曉而喻博，有～～之骨焉。" ❷ 發佈文告曉示。《後漢書·光武帝紀上》："王即～～購光武十萬戶。"

飴 （1）yí ❶糖漿。《戰國策·莊辛論幸臣》：「方將調～膠絲，加己乎四伍之上。」❷美食。唐·劉禹錫《傷往賦》：「何所丐沐兮，何從仰～？」

（2）sì 通「飼」，給人東西吃。《晉書·王薈傳》：「以私米作饘粥，以～餓者。」

詒 （1）yí ❶遺留。《左傳·文王六年》：「先王違世（逝世），猶～之法。」❷贈送。《左傳·昭公六年》：「叔向使～子產書。」

（2）dài 欺騙。三國魏·徐幹《中論·考偽》：「骨肉相～，朋友相詐。」

疑 （1）yí ❶迷惑。宋·蘇洵《心術》：「吾之所短，吾抗而暴之，使之～而卻。」❷疑問。明·宋濂《送東陽馬生序》：「余立侍左右，援～質理，俯身傾耳以請。」❸懷疑，猜忌。宋·蘇軾《石鐘山記》：「是說也，人常～之。」❹猶豫，不果斷。《史記·淮陰侯列傳》：「故知者決之斷也，～者事之害也。」❺好像，似。唐·李白《靜夜思》：「牀前明月光，～是地上霜。」

（2）nǐ 通「擬」，比擬。漢·賈誼《論積貯疏》：「遠方之能～者並舉而爭起矣。」

疑兵 yí bīng 虛張聲勢以迷惑敵人的軍陣。《史記·淮陰侯列傳》：「（韓）信乃益為～～，乘船欲渡臨晉。」

疑獄 yí yù 難判明的案件。漢·賈誼《新書·連語》：「梁嘗有～～，半以為當罪，半以為不當。」

儀 yí ❶法度，準則。《史記·太史公自序》：「是非二百四十二年之中，以為天下～表。」❷典範，表率。戰國楚·屈原《楚辭·九章·抽思》：「望三五以為象兮，指彭咸以為～。」❸向往。《漢書·孝宣許皇后傳》：「公卿議更立皇后，皆心～霍將軍女。」❹禮節，儀式。《禮記·中庸》：「禮～三百，威～三千。」❺禮物。清·吳敬梓《儒林外史》第三回：「弟卻無以為敬，謹具賀～五十兩。」❻容貌，風度。《詩經·大雅·烝民》：「令～令色，小心翼翼。」

遺 （1）yí ❶丟失。《後漢書·列女傳》：「羊子嘗行路，得～金一餅，還以與妻。」❷遺漏。宋·司馬光《陶侃》：「軍府眾事，檢攝無～。」❸遺失或遺漏的東西。《史記·孔子世家》：「男女行者別於塗，塗不拾～。」❹捨棄，遺棄。《孟子·梁惠王上》：「未有仁而～其親者也。」❺遺留。三國蜀·諸葛亮《出師表》：「誠宜開張聖聽，以光先帝～德，恢弘志士之氣。」❻剩餘，剩餘的人或事物。漢·晁錯《論貴粟疏》：「地有～利，民有餘力。」

（2）wèi ❶送。《史記·廉頗藺相如列傳》：「秦昭王聞之，使人～趙王書。」❷給與。明·宋濂《送東陽馬生序》：「父母歲有裘葛之～，無凍餒之患矣。」

遺策 yí cè ❶失算。《呂氏春秋·貴當》：「荊有善相人者，所言無～～。」❷先人留下的計劃。漢·賈誼《過秦論》：「孝公既沒，惠文、武、昭、襄蒙故業，因～～，南取漢中，西舉巴蜀。」❸古代典籍。《後漢書·班固列傳》：「鋪聞～～在下之訓，匪漢不弘。」

遺民 yí mín ❶亡國之民。宋·陸游《秋夜將曉出籬門迎涼有感》：

"～～淚盡胡塵裏，南望王師又一年。" ❷ 改朝換代後不願在新朝做官的人。清·梁章鉅《歸田瑣記·鼓樓刻漏》："以宋～～不受元聘，隱居授徒。" ❸ 後裔，後代。《左傳·襄公二十九年》："其有陶唐氏之～～乎？"

【遺世】 yí shì　避世，超脫世俗。宋·蘇軾《賈誼論》："古之人，有高世之才，必有～～之累。"

頤　yí ❶ 頰，腮，下巴。《莊子·漁父》："左手據膝，右手持～以聽。" ❷ 保養。唐·韓愈《閔己賦》："惡飲食乎陋巷兮，亦足以～神而保年。"

彝　yí ❶ 古代青銅祭器的通稱。宋·歐陽修《相州晝錦堂記》："其豐功盛烈所以銘～鼎而被絃歌者，乃邦家之光。" ❷ 常規。《國語·周語中》："故凡我造國，無從匪～。"

乙　yǐ ❶ 天干第二位，與地支相配，用以紀年、月、日。宋·王禹偁《黃岡竹樓記》："吾以至道～未（用於紀年）歲，自翰林出滁上。" ❷ 指代某人。《史記·萬石張叔列傳》："奮長子建，次子甲，次子～，次子慶。" ❸ 打鉤，古人看書時在書上作的標記。《史記·滑稽列傳》："人主從上方讀之，止，輒～其處。"

已　yǐ ❶ 停止。《荀子·勸學》："君子曰：學不可以～～。" ❷ 完成，完畢。唐·李白《春夜宴從弟桃花園序》："幽賞未～，高談轉清。" ❸ 罷免，黜退。《論語·公冶長》："令尹子文三仕為令尹，無喜色；三～之，無慍色。" ❹ 廢棄。《孟子·盡心上》："於不可～而

者，無所不～。" ❺ 病癒。明·袁宏道《徐文長傳》："狂疾不～，遂為圉圄。" ❻ 已經。《史記·項羽本紀》："聞大王有意督過之，脫身獨去，～至軍矣。" ❼ 太，過分。唐·韓愈《原毀》："是不亦責於人者～詳乎？" ❽ 語氣詞。《左傳·燭之武退秦師》："今老矣，無能為也～。"

【已而】 yǐ ér ❶ 罷了，算了。《論語·微子》："～～，～～，今之從政者殆而！" ❷ 完了。宋·范成大《榮木》："今我不學，殆其～～。" ❸ 不久。宋·蘇軾《後赤壁賦》："～～歎曰：'有客無酒，有酒無肴。'" ❹ 後來。《史記·管晏列傳》："～～鮑叔事齊公子小白，管仲事公子糾。"

【已甚】 yǐ shèn　非常，過分。《論語·泰伯》："人而不仁，疾之～～，亂也。"

以　yǐ ❶ 用，使用。戰國楚·屈原《楚辭·九章·涉江》："忠不必用兮，賢不必～。" ❷ 認為，以為。《戰國策·鄒忌諷齊王納諫》："臣之客欲有求於臣，皆～美於徐公。" ❸ 率領。《左傳·僖公五年》："宮之奇～其族行。" ❹ 連及。《國語·周語上》："余一人有罪，無～萬夫。" ❺ 有。《管子·治國》："農民～鬻子者。" ❻ 原因。三國魏·曹丕《與吳質書》："古人思炳燭夜遊，良有～也。" ❼ 介詞，表示工具，可譯作拿、用、憑……身份。《史記·廉頗藺相如列傳》："願～十五城請易璧。" ❽ 介詞，表示憑藉，依靠，可譯作憑、靠。《韓非子·五蠹》："富國～農，拒敵恃卒。"《史記·廉頗藺相如列傳》："～勇氣聞於諸侯。" ❾ 介詞，表示所處置的對

象，起提賓作用，可譯作"把"。《史記·廉頗藺相如列傳》："秦亦不一城予趙，趙亦終不予秦璧。" ❿ 介詞，表示時間、處所，可譯作從、在、於。清·姚鼐《登泰山記》："余～乾隆三十九年十二月，自京師乘風雪……至於泰安。" ⓫ 介詞，在……時候。漢·司馬遷《報任安書》："不～此時引繩墨，盡思慮。" ⓬ 介詞，表示原因，可譯作因為，由於。宋·范仲淹《岳陽樓記》："不～物喜，不～己悲。" ⓭ 介詞，表示依據，可譯作按照、依照、根據。晉·皇甫謐《〈三都賦〉序》："方～類聚，物～群分。" ⓮ 介詞，表示動作，行為的對象，用法同"與"，可譯作和，跟。《詩經·邶風·擊鼓》："不我～歸。" ⓯ 連詞，表示並列或遞進關係，常用來連接動詞、形容詞，可譯作而、又、而且、並且等，或不譯。宋·王安石《遊褒禪山記》："夫夷～近，則遊者眾。" ⓰ 連詞，表示目的關係，後一行動是前一行動的目的或結果，可譯作而、來、用來、以致等。三國蜀·諸葛亮《出師表》："不宜妄自菲薄……～塞忠諫之路也。" ⓱ 連詞，表示因果關係，可譯作因為，因而。《史記·廉頗藺相如列傳》："～先國家之急而後私讎也。" ⓲ 連詞，表示轉折，有"但是"的意思。《淮南子·氾論》："堯無百戶之郭，舜無置錐之地，～有天下。" ⓳ 連詞，表示修飾關係，連接狀語和中心語，可譯作"而"，或不譯。晉·陶淵明《歸去來兮辭》："木欣欣～向榮，泉涓涓而始流。" ⓴ 助詞，和某些方位詞，時間詞等連用，表示方位、時間和範圍。三國蜀·諸葛亮《出師表》："受命～來，夙夜憂歎。" ㉑ 句末句中的語氣詞。《戰國策·莊辛論幸臣》："夫蜻蛉其小者也，黃雀因是～。" ㉒ 通"已"，停止。《孟子·梁惠王上》："無～，則王乎！" ㉓ 通"已"，已經。《戰國策·楚策一》："五國～破齊秦，必南圖楚。" ㉔ 通"已"，太，甚。《孟子·滕文公下》："三月無君則弔，不～急乎？"

【以次】 yǐ cì　按順序。《戰國策·燕策三》："而秦舞陽奉地圖柙，～～進。"

【以降】 yǐ jiàng　以後。《後漢書·逸民傳論》："自茲～～，風流彌繁。"

【以是】 yǐ shì　❶ 因此。《左傳·襄公三年》："君子謂子重於是役也，所獲不如所亡。楚人～～咎子重。" ❷ 由此，用這個。《韓非子·五蠹》："～～言之，夫仁義辯智，非所以持國也。"

【以為】 yǐ wéi　❶ 把……當做或看做。唐·柳宗元《黔之驢》："虎視之，龐然大物也，～～神。" ❷ 把……作為或製成。《莊子·逍遙遊》："剖之～～瓢，則瓠落無所容。" ❸ 認為。三國蜀·諸葛亮《出師表》："愚～～宮中之事，事無大小，悉以咨之。"

矣 yǐ　語氣詞。❶ 表示陳述。宋·蘇洵《六國論》："故不戰而強弱勝負已判～。" ❷ 表示感歎。《列子·愚公移山》："甚～！汝之不惠！" ❸ 表示命令或請求。《戰國策·燕策三》："今太子遲之，請辭決～。" ❹ 與疑問詞結合，表示疑問。《孟子·梁惠王上》："德何如則可以王～？"

倚 yǐ　❶ 依靠在人或物體身上。晉·陶淵明《歸去來兮辭》："～

南窗以寄傲，審容膝之易安。"❷依附，依靠。明·宋濂《閱江樓記》："六朝之時，往往～之為天塹。"❸偏斜，偏頗。《禮記·中庸》："中立而不～。"❹依照，配合。宋·蘇軾《前赤壁賦》："客有吹洞簫者，～歌而和之，其聲嗚嗚然。"

【倚疊】yǐ dié ❶緊靠堆疊。唐·杜牧《阿房宮賦》："幾世幾年，剽掠其人，～～如山。"❷互相依靠勾結。元·郝經《立政議》："牽連黨羽，～～締構。"

【倚伏】yǐ fú 指事物相互依存，相互影響，互相轉化。唐·柳宗元《賀進士王參元失火書》："凡人之言皆曰：盈盈～～，去來之不可常。"

旖 yǐ 見"旖旎"。

【旖旎】yǐ nǐ ❶繁盛的樣子。戰國楚·宋玉《九辯》："竊悲夫蕙華之曾敷兮，紛～～乎都房。"❷輕盈柔順的樣子。唐·李白《愁陽春賦》："蕩漾惚恍，何垂楊柳～～之愁人。"

蟻 yǐ ❶螞蟻。唐·杜甫《自京赴奉先詠懷》："顧惟螻～輩，但自求其穴。"❷幼蠶。清·沈公練《廣蠶桑輯補》卷下："蠶子之初出者名蠶花，亦名～，又名烏。"

【蟻附】yǐ fù 像螞蟻一樣聚集趨附。《孫子·謀攻》："將不勝其忿而～～之，殺士卒三分之一而城不拔者，此攻之災也。"

【蟻合】yǐ hé 螞蟻聚合，形容數量眾多。南朝宋·劉義慶《世說新語·識鑒》："於是寇盜處處～～，郡國多以無備，不能制服。"

乂 yì ❶治理。《漢書·武五子列傳》："保國～民，可不敬與？"❷安定。《史記·孝武本紀》："漢興已六十餘歲矣，天下～安。"❸才能出眾的人。《尚書·虞書·皋陶謨》："俊～在官。"

弋 yì ❶木椿。北魏·賈思勰《齊民要術·種桑柘》："以鉤～壓下枝，令著地。"❷繫有繩子的短箭。南朝梁·謝朓《和何議曹郊遊》："挾～步中林。"❸用帶繩子的箭射獵。《論語·述而》："子釣而不網，～不射宿。"❹獵取，獲得。《史記·楚世家》："三王以～道德，五霸以～戰國。"

刈 yì ❶除草，割。唐·柳宗元《鈷鉧潭西小丘記》："鏟～穢草，伐去惡木，烈火而焚之。"❷剷除，消滅。《國語·吳語》："而又～恨之，是天王之無成勞也。"❸斬斷，砍伐。《史記·項羽本紀》："為諸君潰圍，斬將，～旗。"

艾 yì 見2頁ài。

亦 yì ❶也，也是。《戰國策·觸龍說趙太后》："丈夫～愛憐其少子乎？"❷語氣詞。《報任安書》："～欲以究天人之際，通古今之變，成一家之言。""不亦"用於反問句，表示委婉語氣。《論語·學而》："學而時習之，不～樂乎？"

屹 yì ❶山勢高聳。宋·陸游《入瞿唐登白帝廟》："灩澦～中流，百尺呈孤根。"❷堅定不動。清·紀昀《閱微草堂筆記·槐西雜誌》："老翁手一短柄斧，縱八九寸，橫半之，奮臂～立。"

佚 (1) yì ❶散失，遺棄。《孟子·公孫丑上》："遺～而不怨。"❷放蕩，放縱。《左傳·隱公三年》："驕奢淫～，所自邪也。"

❸通"逸",安樂,舒閒。《孟子·盡心下》:"四肢之於安～也,性也,有命焉。"

　　(2) dié　通"疊",輪流,替換。《史記·十二諸侯年表》:"四國～興。"

【佚老】yì lǎo　❶遁世隱居的老人。宋·蘇軾《郭熙畫秋山平遠》:"伊川～～鬢如霜,臥看秋山思洛陽。"❷使老年或老人安樂。宋·周必大《次楊廷秀》:"為問龍樓並鳳閣,何如～～及平原。"

【佚民】yì mín　遁世隱居的人,即"逸民"。《漢書·梅福傳》:"隱士不顯,～～不舉。"

【佚蕩】dié dàng　舒緩,悠閒自在。《漢書·揚雄傳上》:"為人簡易～～。"

役 yì　❶服兵役,服勞役。《詩經·王風·君子于役》:"君子於～,不知其期。"❷兵役,勞役。漢·晁錯《論貴粟疏》:"今農夫五口之家,其服～者,不下二人。"❸事情,事件。《左傳·僖公二十四年》:"蒲城之～,君命一宿,女即至。"❹戰爭,戰役。唐·杜甫《石壕吏》:"急應河陽～,猶得備晨炊。"❺役使,驅使。唐·韓愈《爭臣論》:"且陽子之不賢,則將～於賢以奉其上矣。"❻僕役,差役。清·紀昀《閱微草堂筆記·槐西雜誌》:"遂命～導往。"❼指職位低微的官員。唐·韓愈《送孟東野序》:"東野之～於江南也,有若不釋然者。"

【役人】yì rén　❶供役使的人。《呂氏春秋·順說》:"管子得於魯,魯束縛而檻之,使～～載而送之齊。"❷役使別人。唐·柳宗元《梓人傳》:"吾聞勞心者～～,勞力者役於人。"

【役物】yì wù　役使外物,使外物為我所用。《漢書·刑法志》:"必將～～以為養。"

【役心】yì xīn　❶養心。《國語·鄭語》:"正七體以～～。"❷用心。元·段成己《題梁氏靜樂堂》:"～～名與利。"

抑 yì　❶按,向下壓,與"揚"相對。唐·柳宗元《梓人傳》:"高者不可～而下也,狹者不可張而廣也。"❷抑制,控制。唐·柳宗元《種樹郭橐駝傳》:"不～耗其實而已,非有能早而蕃之也。"❸遏止,堵塞。《孟子·滕文公下》:"昔者禹～洪水,而天下平。"❹委屈,冤屈。唐·柳宗元《駁復讎議》:"禮之所謂讎者,蓋其冤～沉痛,而號無告也。"❺表示選擇,相當於"還是"、"或是"。《新五代史·伶官傳序》:"～本其成敗之跡,而皆自於人歟?"

【抑損】yì sǔn　❶謙卑,不自滿。《史記·管晏列傳》:"其後,夫自～～。"❷限制,減少。《漢書·谷永傳》:"～～椒房玉堂之盛寵。"

【抑亦】yì yì　❶而且,還。《三國志·蜀書·諸葛亮傳》:"非惟天時,～～人謀也。"❷和句尾的"與"構成選擇疑問句。《孟子·滕文公下》:"仲子所居之室,伯夷之所築與?～～盜跖之所築與?"

【抑止】yì zhǐ　制止,遏止。漢·揚雄《長楊賦》:"～～絲竹晏衍之樂,憎聞鄭衛幼眇之聲。"

邑 yì　❶國家。《左傳·齊桓公伐楚盟屈完》:"君惠徼(jiǎo,求)福於敝～之社稷,辱收寡君,寡君之願也。"❷國都,京城。漢·張衡《東京賦》:"是以論其遷～易京,則同歸乎殷盤。"❸古代行政區劃單位。清‧蒲松齡《聊齋志異‧胭脂》："仰彼一～，作爾冰人（媒人）。" ④泛指一般城鎮，大曰"都"，小曰"邑"。宋‧蘇洵《六國論》："秦以攻取之外，小則獲～，大則得城。" ⑤封地。《戰國策‧燕策三》："秦王購之金千斤，～萬家。" ⑥分封城邑居住。《左傳‧哀公元年》："虞思於是妻之以二姚，而～諸綸（虞國的邑名）。" ⑦城邑的長官。《左傳‧襄公三十一年》："子皮欲使尹何為～。"

【邑邑】yì yì ❶通"悒悒"，憂鬱不樂。《史記‧商君列傳》："安能～～待數十百年以成帝王乎？" ❷微弱的樣子。漢‧劉向《九歎》："風～～而藏之。"

易 yì ❶《周易》的簡稱。《論語‧述而》："五十以學～。" ❷改變，變化。明‧張溥《五人墓碑記》："縉紳而能不～其志者，四海之大，有幾人歟？" ❸交易。《史記‧廉頗藺相如列傳》："秦昭王聞之，使人遺趙王書，願以十五城請～璧。" ❹替換，替代。《左傳‧燭之武退秦師》："以亂～整，。" ❺容易，和"難"相對。《新五代史‧伶官傳序》："豈得之難而失之～歟？" ❻平坦，平安。唐‧韓愈《爭臣論》："聽其是非，視其險～，然後身得安焉。" ❼簡慢，輕率。《論語‧八佾》："喪，與其～也，寧戚。" ❽輕視。《左傳‧襄公四年》："戎狄薦居，貴貨～土。" ❾治，治理。《荀子‧富國》："田肥以～則出實百倍。"

【易姓】yì xìng　古代帝王以國家為一姓所私有，故稱改朝換代為"易姓"。《史記‧曆書》："王者～～受命，必慎始初。"

【易與】yì yǔ　容易對付。《史記‧淮

陰侯列傳》："吾平生知韓信為人，～～耳。"

泄 yì　見662頁 xiè。

施 yì　見540頁 shī。

悒 yì　憂愁不安。三國魏‧曹植《離友詩二首》之二："伊鬱～兮情不怡。"

【悒怏】yì yàng　憂鬱不樂。元‧王實甫《西廂記》："聽說罷心懷～～，把一天愁都撮在眉尖上。"

挹 yì ❶舀取。宋‧王禹偁《黃岡竹樓記》："遠吞山光，平～江瀨（湍急的水）。" ❷牽引，援引。宋‧蘇軾《放鶴亭記》："山人而告之曰：'子知隱居之樂乎？'" ❸通"抑"，抑制，謙退。《荀子‧宥坐》："富有四海，守之以謙，此所謂～而損之之道也。"

益 yì ❶水漫出來，後寫作"溢"。《呂氏春秋‧察今》："澭水暴～。" ❷富裕，富足。《呂氏春秋‧貴當》："其家必日～。" ❸增加。《史記‧滑稽列傳》："於是齊威王乃～齎黃金千溢。" ❹資助，補助。秦‧李斯《諫逐客書》："今逐客以資敵國，損民以～讎。" ❺利益，好處。《左傳‧燭之武退秦師》："若鄭亡而有～於君，敢以煩執事。" ❻有益，有利。《論語‧季氏》："～者三友……友直，友諒，友多聞。" ❼更加。唐‧韓愈《師說》："是故聖～聖，愚～愚。" ❽漸漸地。《漢書‧蘇武傳》："武～愈，單于使使曉（告知）武。"

【益友】yì yǒu　於己有益的朋友。《三國志‧吳書‧呂岱傳》："德淵，呂岱之～～。"

異 yì ❶ 分開。《史記·商君列傳》：「民有二男以上不分~者，倍其賦。」❷ 不同。三國蜀·諸葛亮《出師表》：「不宜偏私，使內外~法也。」❸ 其他，別的，另外的。唐·王維《九月九日憶山東兄弟》：「獨在異鄉為~客，每逢佳節倍思親。」❹ 不平常的，特別的。《荀子·勸學》：「君子生非~也，善假於物也。」❺ 怪異，奇怪。宋·蘇軾《方山子傳》：「余既聳然~之。」❻ 違逆，叛離。漢·賈誼《治安策》：「諸侯之君不敢有~心。」

【異甚】yì shèn 尤其，特別。《戰國策·觸龍說趙太后》：「婦人~~。」

【異時】yì shí ❶ 先前。《史記·項羽本紀》：「諸侯吏卒~~故繇使屯戍過秦中，秦中吏卒遇之多無狀。」❷ 以後，後時。明·歸有光《吳山圖記》：「~~吾民將擇勝於巖巒之間，尸祝（尸，代表鬼神受享祭的人；祝，傳告鬼神言辭的人。此處引申為奉祀）於浮屠（浮圖、佛陀）老子之宮也。」❸ 不同的情況，不同的形勢。唐·韓愈《後十九日復上宰相書》：「尚有自布衣蒙抽擢者，與今豈~~哉？」

【異言】yì yán ❶ 異地或別國的方言。《漢書·西域傳上》：「自宛以西至安息國，雖頗~~，然大同。」❷ 不同的意見或言論。漢·王充《論衡·自紀》：「淫讀古文，甘聞~~。」

【異志】yì zhì 叛變的意圖。《左傳·成公十五年》：「右師視速而言疾，有~~焉。」

翊 yì ❶ 輔佐，幫助。《三國志·蜀書·呂凱傳》：「~贊（輔佐）季興（復興，中興）。」❷ 通「翌」，

第二（天，年）。《漢書·王莽傳》：「越若~辛丑，諸生、庶民大和會。」

翌 yì 第二（日、年）。宋·文天祥《〈指南錄〉後序》：「~日，以資政殿學士行。」

逸 yì ❶ 逃跑，奔跑。南朝宋·劉義慶《世說新語·規箴》：「或行陣不整，麋兔騰~。」❷ 釋放。《穀梁傳·隱公元年》：「緩追、~賊，親親之道也。」❸ 隱居，隱逸。南朝齊·孔稚珪《北山移文》：「昔聞投簪（棄官）~海岸，今見解蘭縛塵纓。」❹ 閒適，安樂。《新五代史·伶官傳序》：「憂勞可以興國，~豫可以亡身，自然之理也。」❺ 超絕。唐·李白《宣州謝朓樓餞別校書叔雲》：「俱懷~興壯思飛。」❻ 放縱。《國語·魯語下》：「~則淫，淫則忘善。」

【逸才】yì cái 才智出眾的人。《後漢書·蔡邕列傳》：「伯喈曠世~~，多識漢事。」

【逸民】yì mín 避世隱居的人。《論語·堯曰》：「繼絕世，舉~~，天下之民歸心焉。」

【逸士】yì shì 隱居之士。晉·潘岳《西征賦》：「悟山潛之~~，卓長往而不返。」

意 yì ❶ 意向，願望。漢·賈誼《過秦論》：「有席卷天下包舉宇內囊括四海之~。」❷ 意思，意義。宋·朱熹《熟讀精思》：「使其~皆若出於吾之心。」❸ 猜測，料想。《戰國策·燕策三》：「羣臣皆愕，卒起不~，盡失其度。」❹ 意氣，氣勢。唐·李白《將進酒》：「人生得~須盡歡。」❺ 感情，情意。唐·杜甫《夢李白》：「情親見君~。」❻ 情趣，意味。南唐·李

煜《浪淘沙》："簾外雨潺潺，春～闌珊。"

溢 yì ❶ 水滿外流。晉·郭璞《井賦》："挹之不損，停之不～。" ❷ 水氾濫成災，淹沒。《孟子·盡心下》："然而旱乾水～，則變置社稷。" ❸ 滿，充滿。《禮記·中庸》："是以聲名洋～乎中國。" ❹ 過度，過分。《三國志·蜀書·諸葛瞻傳》："美聲～譽，有過其實。" ❺ 通"鎰"，古代重量單位，合二十四兩。《史記·滑稽列傳》："於是齊威王乃益贈黃金千～。"

肆 yì 見569頁sì。

肆 yì ❶ 學習，練習。《左傳·文公四年》："臣以為～業及之。" ❷ 檢查，查閱。《漢書·義縱傳》："關吏稅～郡國出入關者。" ❸ 樹木再生的嫩芽。《詩經·周南·汝墳》："遵彼汝墳，伐其條～。" ❹ 勞苦。《左傳·昭公十六年》："莫知我～。"

裔 yì ❶ 衣服的邊緣，泛指邊緣。《淮南子·原道訓》："故雖游於江潯海～。" ❷ 後代。《史記·項羽本紀》："羽豈其苗～邪？何興之暴也。" ❸ 邊遠的地方。《國語·周語中》："余一人其流辟於～土，何辭之有與？"

義 yì ❶ 正義，正當。唐·駱賓王《為徐敬業討武曌檄》："爰舉～旗，以清妖孽。" ❷ 合宜的道德、行為或道理。《孟子·梁惠王上》："謹庠序之教，申之以孝悌之～。" ❸ 意義，意思。三國魏·曹丕《與吳質書》："辭～典雅。"

【**義類**】yì lèi ❶ 好人，善人。唐·柳宗元《唐故特進南府君睢陽廟碑》："拔我～～，扼於睢陽。" ❷ 文章事物的比義推類。漢·王充《論衡·謝短》："～～所及，故可務知。"

【**義師**】yì shī 為正義而戰的軍隊。漢·蔡琰《悲憤詩》："海內興～～，欲共討不祥。"

【**義疏**】yì shū 六朝以來疏解儒家經義的書籍文字。《隋書·儒林傳》："所制諸經～～，搢紳（士大夫）咸師宗之。"

詣 yì ❶ 往，到。宋·文天祥《〈指南錄〉後序》："未幾，賈餘慶等以祈請使～北。" ❷ （學問等）所達到的境界。宋·姜夔《詩說》："陶淵明天資既高，趣～又遠。"

【**詣理**】yì lǐ 合理。唐·劉禹錫《答饒州元使君書》："若執事之言政，～～切情。"

【**詣闕**】yì què 前往皇帝所居的殿庭。《漢書·朱買臣傳》："～～上書，書久不報。"

毅 yì ❶ 堅強，果斷。《論語·述而》："士不可以不弘～，任重而道遠。" ❷ 殘酷，嚴厲。《韓非子·內儲說上》："棄灰之罪輕，斷手之罰重，古人何太～也？"

熠 yì 光耀，明亮。唐·李白《明堂賦》："～乎光碧之堂，炅乎瓊華之室。"

億 yì ❶ 一萬萬，古代常以十萬為億。《國語·越語上》："今夫差衣水犀之甲者～有三千。"比喻數量很大。漢·賈誼《過秦論》："因河為池，據～丈之城，臨不測之淵以為固。" ❷ 安靜，安寧。《左傳·隱公十一年》："寡人唯是一二父兄不能共～，其敢以許自為功乎？" ❸ 通"臆"，預料，猜想。《論語·憲問》："不逆詐，不～不信。"

【億度】yì duó　預料，預測。漢·王褒《四子講德論》：「今子執分寸而罔～～。」

【億寧】yì níng　安定，安寧。《國語·晉語四》：「～～百神。」

誼 yì ❶合宜的道德、行為或道理。唐·韓愈《爭臣論》：「主上嘉其行～，擢（zhuó，提拔）在此位。」❷意思，意義。漢·許慎《〈說文解字〉序》：「會意者，比類合～。」❸友情，友誼。清·吳敬梓《儒林外史》第三回：「你我年～世好，就如至親骨肉一般。」

劓 yì　古代割掉鼻子的刑罰。《新唐書·吐蕃傳上》：「其刑雖小罪必抉目，或刖、～。」

憶 yì ❶思念，想念。唐·杜甫《夢李白》：「故人入我夢，明我長相～。」❷回憶，想起。唐·白居易《與元微之書》：「～昔封書與君夜，金鑾殿后欲明天。」❸記住，不忘。唐·韓愈《祭十二郎文》：「汝時尤小，當不復記～。」

懌 yì　喜悅。《史記·廉頗藺相如列傳》：「於是秦王不～，為一擊。」

殪 yì ❶死，殺死。戰國楚·屈原《楚辭·九章·國殤》：「左驂～兮右刃傷。」❷撲，跌倒。《後漢書·光武帝紀上》：「走者相騰踐，奔～百餘里間。」

縊 yì　吊死，上吊。《左傳·桓公十三年》：「莫敖～於荒谷。」

翳 yì ❶用羽毛做成的車蓋。《山海經·海外西經》：「左手操～。」❷隱藏，遮蔽。唐·柳宗元《永州韋使君新堂記》：「有石焉，～於奧草。」❸陰影。宋·歐陽修《醉翁亭記》：「樹林陰～，鳴聲上下。」❹眼睛上長的膜。宋·蘇軾《贈眼醫王生彥若》：「運針如運斤，去～如拆屋。」

【翳翳】yì yì　深晦不明的樣子。晉·陶淵明《歸去來兮辭》：「景～～以將入，撫孤松而盤桓。」

翼 yì ❶翅膀。《莊子·逍遙遊》：「怒而飛，其～若垂天之雲。」❷作戰時陣形的兩側。《史記·廉頗藺相如列傳》：「李牧多為奇陳（陣），張左右～擊之。」❸遮蔽，保護。見「翼蔽」。❹輔佐，輔助。《孟子·滕文公上》：「匡之直之，輔之～之。」

【翼蔽】yì bì　隱蔽，掩護。《史記·項羽本紀》：「項伯亦拔劍起舞，常以身～～沛公，（項）莊不得擊。」

【翼如】yì rú　形容姿態端好，如鳥類展翅之狀。《論語·鄉黨》：「趨進，～～也。」

【翼翼】yì yì ❶謹慎的樣子。《詩經·大雅·大明》：「維此文王，小心～～。」❷飛翔的樣子。戰國楚·屈原《楚辭·離騷》：「高翱翔之～～。」❸壯盛的樣子。漢·枚乘《七發》：「紛紛～～，波湧雲亂。」❹整齊的樣子。《詩經·商頌·殷武》：「商邑～～。」

臆 yì ❶胸部。唐·杜甫《哀江頭》：「人生有情淚沾～，江水江花豈終極？」❷主觀的，猜測的。宋·蘇軾《石鐘山記》：「事不目見耳聞而～斷其有無，可乎？」

藝 yì ❶種植。《孟子·滕文公上》：「樹～五穀，五穀熟而民人育。」❷才能，技藝。《論語·雍也》：「求也～，於從政乎何有？」❸六藝，即禮、樂、射、御、書、數，為古代士大夫教育子弟的六種科目。

《史記·伯夷列傳》："夫學者載籍極博，猶考信於六～。" ❹ 準則，限度。《國語·魯語上》："今魚方別孕，不教魚長，又行網罟，貪無～也。"

繹 yì ❶ 尋求，分析。《論語·子罕》："巽與之言，能無說乎？～之為貴。" ❷ 連續不斷。《論語·八佾》："樂其可知也，始作翕如也；從之，純如也，皦如也，～如也，以成。" ❸ 陳述，陳列。《尚書·周書·君陳》："庶言同則～。"

議 yì ❶ 商議，討論。《史記·屈原賈生列傳》："入則與王圖～國事，以出號令。" ❷ 評定是非。《論語·季氏》："天下有道，則庶人不～。" ❸ 主張，建議。宋·歐陽修《相州晝錦堂記》："至於臨大事，決大～，垂紳正笏，不動聲色。" ❹ 古代文體的一種，用以論事、說理或陳述意見。如：奏～、駁～。

譯 yì ❶ 翻譯。《史記·太史公自序》："重～款塞，請來獻見者，不可勝道。" ❷ 翻譯人員。《漢書·董賢傳》："單于怪（董）賢年少，以問～。" ❸ 解釋，闡述。漢·王符《潛夫論·考績》："夫聖人為天口，賢者為聖～。"

【譯胥】 yì xū　翻譯人員。南朝宋·顏延之《重釋何衡陽》："將～～牽俗，還詰國情。"

釋 yì　見 550 頁 shì。

懿 yì　美。見"懿德"、"懿範"。

【懿德】 yì dé　美德。《國語·周語上》："我求～～，……允王保之。"

【懿範】 yì fàn　美好的風範。唐·王勃《滕王閣序》："宇文新州之～～，襜帷暫駐。"

驛 yì ❶ 供傳遞公文或官員來往使用的馬。唐·白居易《寄隱者》："道逢馳～者，色有非常懼。" ❷ 驛站，供傳遞公文的人或來往官員暫往的處所。唐·溫庭筠《商山早行》："槲葉落山路，枳花明～牆。" ❸ 用驛馬、驛車、驛船傳遞。唐·賈島《寄韓潮州愈》："峯懸～路殘雲斷，海浸城根老樹秋。"

【驛道】 yì dào　驛馬、驛車行駛的大道，用以傳遞公文，沿途設置驛站。唐·杜甫《秦州雜詩》："～～出流沙。"

【驛使】 yì shǐ　驛站傳送文書的人。《後漢書·東平憲王蒼列傳》："自是朝廷每有疑政，輒～～諮問。"

<hr>

yin

因 yīn ❶ 依靠，憑借。《左傳·燭之武退秦師》："～人之力而敝之，不仁。" ❷ 通過。特指通過某種關係。《史記·廉頗藺相如列傳》："廉頗聞之，肉袒負荊，～賓客至藺相如門謝罪。" ❸ 受。《後漢書·呂強傳》："奸吏～利，百姓受其蔽。" ❹ 繼。《論語·先進》："加之以師旅，～之以飢饉。" ❺ 沿襲，因襲。漢·賈誼《過秦論》："孝公既沒，惠、文、武、昭、襄蒙故業，～遺策，南取漢中。" ❻ 原因，緣故。漢·鄒陽《獄中上梁王書》："何則？無～而至前也。" ❼ 猶，如同。《戰國策·莊辛論幸臣》："夫蜻蛉其小者也，黃雀～是已。" ❽ 介詞，依照，根據。《韓非子·外儲說左上》："法者，見功而與賞，～能而受官。" ❾ 介詞，趁着，順着。《三國志·魏書·郭嘉傳》："～其無備，卒然擊之。"⓾ 介詞，由於，因為。《史記·衛將軍驃騎列傳》："～前使絕國功，封奢博望侯。"⓫ 介詞，由，從。《孟子·公孫丑下》："時子～陳子而以告孟子，陳子以時子之言告孟子。"⓬ 副詞，於是，就。《史記·廉頗藺相如列傳》："相如～持璧，卻立，倚柱，怒髮上衝冠。"

【因仍】yīn réng　因襲。《三國志·魏書·程昱傳》："轉相～～，莫正其本。"

姻 yīn ❶ 女婿的父親。親家之間，女方的父親叫"婚"，男方的父親叫"姻"。《左傳·定公十三年》："荀寅，范吉射之～也。" ❷ 由婚姻關係而結成的親戚。明·唐順之《信陵君救趙論》："或平原而非信陵之～戚，雖趙亡，信陵亦必不救。" ❸ 婚姻。《史記·外戚世家》："禮之用，唯婚～為兢兢。"

【姻黨】yīn dǎng　即"姻族"，有姻親關係的各家族或其成員。晉·庾亮《讓中書令表》："向使西京七族，東京六姓，皆非～～。"

音 yīn ❶ 聲音。明·歸有光《項脊軒志》："久之，能以足～辨人。" ❷ 音樂。《史記·廉頗藺相如列傳》："寡人竊聞趙王好～，請奏瑟。" ❸ 音律，音調。《莊子·養生主》："奏刀騞然，莫不中～。" ❹ 消息。唐·杜甫《閣夜》："臥龍躍馬終黃土，人事～書漫寂寥。" ❺ 語音，讀音。唐·賀知章《回鄉偶書》："少小離家老大回，鄉～無改鬢毛衰。"

茵 yīn ❶ 坐墊，車墊。《韓非子·十過》："縵帛（沒有花紋的絲織品）為～。" ❷ 嫩草。唐·段成式《和徐商賀盧員外賜緋》："莫辭倒載吟歸去，看欲東山又吐～。"

殷 (1) yīn ❶ 眾，眾多。《詩經·鄭風·溱洧》："士與女，～其盈也。" ❷ 富裕，富足。《三國志·蜀書·諸葛亮傳》："民～國富而不知存恤。" ❸ 朝代名。《韓非子·五蠹》："有決瀆於～周之世者，必為湯武笑矣。" ❹ 殷切，深切。唐·韓愈《與于襄陽書》："何其相須之～，而相遇之疏（疏）也？"

(2) yān　赤黑色。唐·李華《弔古戰場文》："秦起荼毒生靈，萬里朱～。"

【殷殷】yīn yīn ❶ 憂傷的樣子。《詩經·邶風·北門》："出自北門，憂心～～。" ❷ 眾多。《呂氏春秋·慎人》："丈夫女子，振振～～。" ❸ 懇切，情誼深厚的樣子。清·蒲松齡《聊齋志異·湘裙》："途遇故窗友梁生，握手～～，邀過其家。"

【殷憂】yīn yōu　深切的憂慮。唐·魏徵《諫太宗十思疏》："蓋在～～，必竭誠以待下。"

氤 yīn　見"氤氳"。

【氤氳】yīn yūn ❶ 天地陰陽之氣的會合。《周易·繫辭下》："天地～～，萬物化醇。" ❷ 雲煙彌漫的樣子。晉·王嘉《拾遺記·虞舜》："吐五色之氣，～～如雲。"

陰 yīn ❶ 水的南面或山的北面。清·姚鼐《登泰山記》："泰山之陽，汶水西流；其～，濟水東流。" ❷ 背陽的部分，陰影。唐·白居易《錢塘湖春行》："綠楊～裏白沙堤。" ❸ 幽暗，昏暗。明·王守仁《瘞旅文》："～壑之虺如車輪，亦必能葬腥於腹。" ❹ 陰天。唐·杜甫《兵車行》："天～雨濕聲啾啾。" ❺ 潛藏在內的，深藏不露的。宋·

蘇洵《辨姦論》："而～賊險狠，與人異趣。" ❻ 祕密的。唐·駱賓王《為徐敬業討武曌檄》："潛隱先帝私，～圖後房之嬖。" ❼ 日影，常指光陰。宋·司馬光《陶侃》："大禹聖人，乃惜寸～，至於眾人，當惜分～。"

【陰刻】yīn kè ❶ 陰險刻毒。《舊唐書·崔稜傳》："(崔) 器性～～，樂禍，殘忍寡恩。" ❷ 將文字或圖案刻成凹形。

【陰霾】yīn mái 天氣陰晦、昏暗。唐·柳宗元《夢歸賦》："～～披離以泮 (pàn，冰化開) 釋。"

【陰邪】yīn xié 陰險邪惡。《宋史·司馬光傳》："此人君為～～所蔽，天下皆知而朝廷獨不知。"

【陰刑】yīn xíng 宮刑。《漢書·晁錯傳》："除去～～，害民者誅。"

【陰陰】yīn yīn 陰暗，幽暗。唐·王維《積雨輞川莊作》："～～夏木囀黃鸝。"也形容心情晦暗。

【陰騭】yīn zhì ❶ 默默地使安定。《尚書·周書·洪範》："惟天～～下民。" ❷ 陰德。宋·蘇軾《子由生日》："方其未定時，人力破～～。"

喑 yīn ❶ 啞。《後漢書·袁閎傳》："遂稱風疾，～不能言。" ❷ 緘默不語。 ❸ 忍耐，忍受。唐·駱賓王《為徐敬業討武曌檄》："～嗚則山岳崩頹，叱咤則風雲變色。"

堙 yīn ❶ 堵塞。《山海經·北山經》："常銜西山之木石，以～於東海。" ❷ 為攻城而堆的土山。《孫子·謀攻》："距～，又三月而後已。"

【堙滅】yīn miè 埋沒。《史記·伯夷列傳》："名～～而不稱，悲夫！"

【堙鬱】yīn yù 苦悶，氣不通暢。漢·賈誼《弔屈原賦》："已矣，國

其莫我知，猶～～兮其誰語。"

蔭 (1) yīn ❶ 樹陰。南朝齊·孔稚珪《北山移文》："青松落～，白雲誰侶？" ❷ 日影。《左傳·昭公元年》："趙孟視～曰……" (2) yìn ❶ 遮蓋。晉·陶淵明《歸園田居》："榆柳～後簷，桃李羅堂前。" ❷ 庇護。《南史·王僧虔傳》："況吾不能為汝～，政應各自努力耳。" ❸ 子孫因先代功勳而受到封賞。宋·歐陽修《〈梅聖俞詩集〉序》："予友梅聖俞，少以～補為吏。"

【蔭翳】yīn yì 遮蔽。唐·李亢《獨異志》卷中："路旁有五松樹，～～數畝。"

【蔭庇】yìn bì ❶ 覆蓋，遮蔽。清·袁枚《新齊諧》："雕死崖石上，其大可覆數畝，土人取其翅當作屋瓦，～～數百家。" ❷ 庇護，保護。清·吳敬梓《儒林外史》第三回："還有那些破落戶，兩口子投身為僕，圖～～。"

圻 yín 見459頁qí。

吟 yín ❶ 吟詠，吟誦。唐·白居易《與元微之書》："至今每～，猶惻惻耳。" ❷ 歎息，呻吟。《三國演義·楊修之死》："正沈～間，夏侯惇入帳。" ❸ 鳴，啼。漢·李陵《答蘇武書》："牧馬悲鳴，～嘯成羣，邊聲四起。" ❹ 古代詩歌體裁的一種。《三國志·蜀書·諸葛亮傳》："亮躬耕隴畝，好為《梁父～》。"

【吟哦】yín é ❶ 寫作詩詞，推敲詩句。唐·李郢《偶作》："一杯正發～～興。" ❷ 有節奏地誦讀。《宋史·何基傳》："讀詩之法，須掃蕩胸次淨盡，然後～～上下，諷詠從容。"

垠 yín ❶ 邊際，界線。唐·李華《弔古戰場文》："浩浩乎平沙無～，夐（xiòng，遠、遼闊）不見人。" ❷ 形跡。《淮南子·覽冥訓》："日行月動，星耀而玄運……不見朕～。"

【垠垠】yín yín 並列聳立的樣子。唐·柳宗元《閔生賦》："肆余目於湘流兮，望九疑之～～。"

狺 yín 犬吠聲。唐·白居易《答箭鏃》："～～噪不已，主人為之驚。"

寅 yín ❶ 恭敬。《尚書·周書·無逸》："嚴恭～畏。" ❷ 十二支的第三位，用以紀年、月、日、時。《左傳·僖公二十四年》："二月……壬～，公子入於晉師。"

淫 yín ❶ 過度，無節制。《論語·八佾》："《關雎》，樂而不～，哀而不傷。" ❷ 惑亂。《孟子·滕文公下》："富貴不能～，貧賤不能移，威武不能屈。" ❸ 邪惡。《尚書·周書·洪範》："凡厥庶民，無有～朋。" ❹ 浮華不實。《孟子·公孫丑上》："～辭知其所陷，邪辭知其所離。" ❺ 奢侈。漢·賈誼《論積貯疏》："～侈之俗日日以長，是天下之大賊也。" ❻ 放縱，恣肆。漢·楊惲《報孫會宗書》："誠～荒無度，不知其所為也。" ❼ 在男女關係上行為不正當。《國語·周語中》："棄其伉儷妃嬪，而帥其卿佐以～於夏氏。"

【淫聲】yín shēng 指浮靡不正的樂調、樂曲。《周禮·春官宗伯·大司樂》："凡建國，禁其～～。"

【淫佚】yín yì ❶ 恣縱逸樂。《國語·越語下》："～～之事，上帝之禁也。" ❷ 淫蕩，淫亂。漢·劉向《說苑·政理》："婚姻之道廢，則男女之道悖，而～～之路興矣。"

【霪雨】yín yǔ 連綿不斷地下雨。《禮記·月令》："行秋令，則天多沈陰，～～早降。"

銀 yín ❶ 貴重金屬之一，色白有光澤，古代用作貨幣。《漢書·楊僕傳》："懷～黃，垂三組，夸鄉里。" ❷ 像銀子的顏色。唐·杜牧《秋夕》："～燭秋光冷畫屏，輕羅小扇撲流螢。"

【銀蟾】yín chán 古代神話傳說中稱月亮中有蟾，因指月亮為"銀蟾"。唐·白居易《中秋月》："照他幾許人斷腸，玉兔～～遠不知。"

【銀鉤】yín gōu ❶ 銀製的鉤狀物。唐·駱賓王《帝京篇》："俠客珠彈垂楊道，倡婦～～采桑路。" ❷ 斜月。宋·李彌遜《遊梅坡席下雜酬》："竹籬茅屋傾樽酒，坐看～～上晚川。" ❸ 形容書法筆力的遒勁。唐·白居易《寫新詩寄微之偶題卷後》："寫了吟看滿卷愁，淺紅箋紙小～～。"

【銀兔】yín tù 古代神話傳說中稱月亮中有玉兔，因稱月亮為"銀兔"。

霪 yín 久雨，連綿不斷地下雨。宋·范仲淹《岳陽樓記》："若夫～雨霏霏，連月不開。"

尹 yǐn ❶ 治理。《尚書·周書·多方》："簡畀殷命，～爾多方。" ❷ 古代官名。《史記·屈原賈生列傳》："長子頃襄王立，以其弟子蘭為令～。"

引 yǐn ❶ 開弓。漢·司馬遷《報任安書》："舉～弓之民，一國共攻而圍之。" ❷ 拉，拽。《史記·廉頗藺相如列傳》："左右或欲～相如去。" ❸ 延長，伸長。《孟子·梁惠王上》："則天下之民皆～領而望之矣。" ❹ 生長。《世說新語·賞譽》：

"於時清露晨流，新桐初～。"❺避開，退卻。《戰國策·趙策三》："秦軍～而去。"❻持取，舉。唐·柳宗元《始得西山宴遊記》："～觴滿酌，頹然就醉。"❼召引，引見。《史記·廉頗藺相如列傳》："乃設九賓禮於廷，～趙使者藺相如。"❽引用。《論衡·問孔》："子游～前言以距（反駁）孔子。"❾導引，帶領。《史記·滑稽列傳》："楚聞之，夜～兵而去。"❿選拔，薦取。唐·韓愈《後十九日復上宰相書》："今雖不能如周公吐哺握髮，亦宜～而進之。"⓫揭發，檢舉。《史記·秦始皇本紀》："諸生傳相告～，乃自除。"⓬樂府詩體的一種，如《箜篌引》。⓭序也稱引。唐·王勃《滕王閣序》："恭疏短～。"⓮長度單位，十丈為引。唐·柳宗元《梓人傳》："規矩之方圓，尋～之長短。"

【引拔】yǐn bá　引用提拔。宋·蘇舜欽《薦王景仁啟》："故沈頓賤仕，未為位上者所～～。"

【引疾】yǐn jí　託病辭官。《新唐書·裴度傳》："大和四年，數～～，不任機重，願上政事。"

【引決】yǐn jué　自殺，自裁。宋·文天祥《〈指南錄〉後序》："予分當～～，然而隱忍以行。"

飲 (1) yǐn ❶喝。《荀子·勸學》："上食埃土，下～黃泉，用心一也。"❷特指喝酒。《史記·項羽本紀》："項王即日因留沛公與～。"❸飲食的統稱。《戰國策·蘇秦以連橫說秦》："清宮除道，張樂設～，郊迎三十里。"❹飲料。《呂氏春秋·權勳》："司馬子反渴而求～。"❺含忍，隱忍。南朝梁·江淹《恨賦》："自古皆有死，莫不～恨而吞聲。"

(2) yìn　給人、畜吃或喝。《詩經·小雅·綿蠻》："～之食之，教以誨之。"

隱 (1) yǐn ❶隱蔽，隱藏。北魏·酈道元《水經注·江水》："重巖疊嶂，～天蔽日。"❷指隱居或隱士。《史記·伯夷列傳》："～於首陽山。"❸隱諱，隱瞞。《論語·述而》："二三子以我為～乎？吾無～乎爾。"❹憐憫，同情。《孟子·梁惠王上》："王若～其無罪而就死地，則牛羊何擇焉！"❺痛苦。《國語·周語上》："是先王非務武也，勤恤民～而除其害也。"❻隱語，謎語。《史記·滑稽列傳》："齊威王之時喜～。"

(2) yìn　倚，靠着。《孟子·公孫丑下》："不應，～几而臥。"

【隱宮】yǐn gōng　指宮刑。《史記·秦始皇本紀》："～～徒刑者七十餘萬人。"

【隱曲】yǐn qū ❶幽深偏僻。漢·劉向《列女傳·辯通傳》："～～之地。"❷鮮為人知的苦衷，難言之隱。明·唐順之《與王龍溪郎中書》："無乃故為迂其間以別抉聖賢之～～，而白之於世也乎？"

【隱慝】yǐn tè　別人不知的惡跡。《左傳·僖公十五年》："於是展氏有～～焉。"

蝹 yín　同"蚓"，蚯蚓。《荀子·勸學》："～無爪牙之利，筋骨之強，上食埃土，下飲黃泉。"

印 yìn ❶圖章，印章。《戰國策·蘇秦以連橫說秦》："封為武安君，受相～。"❷留下痕跡於物上。宋·葉紹翁《遊園不值》："應憐屐齒～蒼苔，小扣柴扉久不開。"❸痕跡，記號。❹印刷。宋·沈括

《夢溪筆談·活板》："板～書籍，唐人尚未盛為之。"

【印綬】yìn shòu　官印和繫官印的絲帶，代指爵位。《史記·張耳陳餘列傳》："乃脫解～～，推予張耳。"

【印璽】yìn xǐ　本是印章的總稱，後專指皇帝所用印章。《漢書·食貨志上》："宣帝始賜單于～～，與天子同。"

【印信】yìn xìn　❶舊時公文所用印章的通稱。清·黃景仁《題可堂印譜》："伊惟～～作，旨哉得數意。"❷借指權利或官職。明·湯顯祖《紫釵記》："三臺～～都權掌，誰敢居吾上。"

胤 yìn　後代，子孫。《左傳·成公十三年》："虞、夏、商、周之～而朝諸秦。"

慭 yìn　❶願意。《詩經·小雅·十月之交》："不～遺一老，俾守我王。"❷損害。《左傳·文公十一年》："兩君之士，皆未～也。"

【慭慭】yìn yìn　❶驚疑的樣子。唐·柳宗元《黔之驢》："稍出近之，～～然莫相知。"❷強悍的樣子。宋·岳珂《桯史·逆亮辭怪》："語出輒崛強～～，有不為人下之意。"

ying

英 yīng　❶花。晉·陶淵明《桃花源記》："芳草鮮美，落～繽紛。"❷傑出，出眾。唐·柳宗元《梓人傳》："日與天下之～才，討論其大經。"❸傑出的人才。宋·歐陽修《祭石曼卿文》："生而為～，死而為靈。"❹美好，優美。晉·左思《詠史》："悠悠百世後，～名擅八區。"❺精華。唐·韓愈《進

學解》："含～咀華。"❻神靈，精靈。南朝齊·孔稚珪《北山移文》："鍾山之～，草堂之靈。"❼英勇。宋·蘇軾《真興寺閣》："曷不觀此閣，其人勇且～。"❽通"瑛"，美玉。《詩經·魏風·汾沮洳》："彼其之子，美如～。"

【英發】yīng fā　才華外露。宋·蘇軾《念奴嬌·赤壁懷古》："遙想公瑾當年，小喬初嫁了，雄姿～～。"

【英逸】yīng yì　❶英俊卓越。晉·葛洪《抱朴子·擢才》："～～之才，非淺短所識。"❷指才智超羣的人。《三國志·魏書·何夔傳》註："必擢時儁，搜揚～～。"❸瀟灑超脫。晉·葛洪《抱朴子·吳失》："德清行高者，懷～～而抑淪。"

【英英】yīng yīng　❶雲氣輕明的樣子。唐·皎然《答道素上人別》："碧水何渺渺，白雲亦～～。"❷悠揚和諧。《呂氏春秋·古樂》："鱓乃偃寢，以其尾鼓其腹，其音～～。"❸俊美的樣子。晉·潘岳《夏侯常侍誄》："～～夫子，灼灼其雋。"

瑛 yīng　❶似玉的美石。三國·魏·曹植《平原懿公主誄》："～瑤其質。"❷同"英"，花。漢·王逸《九思·傷歲》："椒～兮涅汙。"

嬰 yīng　❶繫，戴。漢·司馬遷《報任安書》："其次剔毛髮，～金鐵受辱。"❷環繞。《漢書·蒯通傳》："必將～城固守。"❸糾纏，羈絆。晉·李密《陳情表》："而劉夙～疾病，常在牀蓐。"❹遭受。《後漢紀·質帝紀》："今我元元，～此饑饉。"❺施加。漢·賈誼《治安策》："釋斤斧之用，而欲以芒刃，臣以為不缺則折。"❻通"攖"，觸犯。《荀子·彊國》："則兵勁城固，敵國

不敢～也。"❼ 初生的小孩。《老子》十章："專氣致柔，能～兒乎？"

膺 yīng ❶ 胸。唐·李白《蜀道難》："以手撫～坐長歎。"❷ 內心，胸臆。《禮記·中庸》："得一善，則拳拳服～。"❸ 承受，承當。唐·駱賓王《為徐敬業討武曌檄》："或一重寄於話言，或受顧命於宣室。"❹ 打擊。《詩經·魯頌·閟宮》："戎狄是～，荊舒是懲。"

嚶 yīng ❶ 鳥叫聲。晉·潘岳《寡婦賦》："孤鳥～兮悲鳴。"❷ 哽塞，哽咽。漢·張仲景《傷寒論·辨不可下病脈證篇》："貪水者脈必厥，其聲～，咽喉塞。"

罌 yīng ❶ 一種口小腹大的容器，較缶為大，用來盛酒或水。《墨子·備六》："令陶者為～，容四十斗以上。"❷ 泛指小口大腹的瓶子。唐·杜甫《臘日》："翠管銀～下九霄。"

攖 yīng ❶ 接觸，觸犯。《孟子·盡心下》："有眾逐虎，虎負嵎，莫之敢～。"❷ 擾亂。《莊子·庚桑楚》："不以人物利害相～。"❸ 取，攖取。《續資治通鑑》卷一百七十二："以諫臣言嘩徒吻士結黨扣閣，簧鼓是非，為～利之計故也。"

纓 yīng ❶ 繫在頤下的帽帶。《孟子·離婁上》："清斯濯～，濁斯濯足矣，自取之也。"❷ 女子許嫁後所配綵帶。《禮記·曲禮上》："女子許嫁，～。"❸ 套馬駕車用的革帶。《國語·晉語二》："亡人之所懷挾～纕，以望君之塵垢者。"引申為拘繫人的繩索。唐·王勃《滕王閣序》："無路請～，等終軍之弱冠。"❹ 穗狀飾物。唐·溫庭筠《昆明池水戰詞》："箭羽槍～三百萬。"

踏翻西海生塵埃。"

盈 yíng ❶ 充滿。晉·陶淵明《歸去來兮辭》："攜幼入室，有酒～樽。"❷ 豐滿，飽滿。戰國楚·宋玉《神女賦》："貌豐～以莊姝兮。"❸ 圓滿。《周易·豐》："月則食。"❹ 足夠，超過。唐·李白《蜀道難》："連峯去天不～尺。"❺ 滿足。《國語·周語中》："若貪陵之人來而～其願，是不賞善也。"❻ 增加。唐·柳宗元《梓人傳》："條其綱紀而～縮焉。"❼ 自滿。《荀子·仲尼》："志驕～而輕舊怨。"

楹 yíng ❶ 廳堂的前柱，也泛指房屋的柱子。南朝齊·孔稚珪《北山移文》："還飆八幕，寫霧出～。"❷ 量詞。《新唐書·陸龜蒙傳》："有田數百畝，屋三十～。"

熒 yíng ❶ 光亮。晉·左思《蜀都賦》："水井沈～放幽泉。"❷ 光亮微弱的樣子。漢·班固《答賓戲》："守突奧之～燭。"❸ 光亮閃爍的樣子。《三國演義》第五回："畫戟～煌射秋水。"❹ 眩惑，迷惑。宋·王安石《寄吳氏女子》："未有擬寒山，覺汝耳目～。"❺ 通"螢"，螢火蟲。《後漢書·靈帝紀》："夜步逐～光，行數里。"

瑩 yíng ❶ 似玉的美石。戰國楚·宋玉《神女賦》："曄兮如華，溫乎如～。"❷ 物體光潔透明。《韓詩外傳》："雖有百仞之水，不能掩其～。"❸ 琢磨玉石。唐·段成式《酉陽雜俎·藝絕》："筆匠名鐵頭，能～管如玉。"❹ 使明淨，陶冶。晉·左思《招隱》："前有寒泉井，聊可～心神。"

縈 yíng ❶ 纏繞，盤繞。唐·柳宗元《始得西山宴遊記》："～

青（喻山）繚白（喻水），外與天際，四望如一。"❷牽纏，牽掛。晉·陶淵明《辛丑歲七月赴假還江陵夜行塗中》："投冠旋舊墟，不為好爵~。"

【縈紆】yíng yū　曲折盤繞。宋·蘇軾《賈誼論》："~~鬱悶，趯（tì 跳躍）然有遠舉之志。"

贏　yíng　❶通"盈"，滿，有餘。《史記·趙世家》："命乎命乎，曾無我~。"❷勝，獲勝。《史記·蘇秦列傳》："~則兼欺舅與母。"❸通"贏"。背，擔。《後漢書·鄧禹傳》："鄧公~糧徒步。"❹姓。《後漢書·皇后紀論》："家富於~國。"秦，嬴姓，故嬴國指秦國。

營　yíng　❶四圍壘土而居。《孟子·滕文公下》："下者為巢，上者為~窟。"❷軍營。三國蜀·諸葛亮《出師表》："愚以為~中之事，……悉以咨之，必能使行陣和穆，優劣得所也。"❸安營。唐·元稹《沂國公魏博德政碑》："距其城四十里~焉。"❹建造，營建。《史記·周本紀》："使召公復~洛邑。"❺經營，料理。漢·司馬遷《報任安書》："務一心~職。"❻謀求。漢·蔡邕《釋誨》："安貧樂賤，與世無~。"❼度量，丈量。《呂氏春秋·孟冬紀》："~丘壟之小大高卑薄厚之度。"❽衛護，救助。《墨子·天志中》："欲人之有力相~。"❾通"熒"，迷惑。《呂氏春秋·尊師》："凡學必務進業，心則無~。"

【營生】yíng shēng　❶保養身體。晉·陸機《君子有所思行》："善哉膏粱士，~~奧且博。"❷經營生計。《初學記》十八引晉·王隱《晉書》："石崇百道~~，積財如山。"

【營田】yíng tián　❶經營田產。《梁

書·處士傳》："山側~~二十頃。"❷即屯田。唐·杜甫《兵車行》："便至四十西~~。"

【營營】yíng yíng　❶往來不絕的樣子。唐·白居易《白牡丹》："城中看花客，且暮走~~。"❷奔走鑽營的樣子。南朝宋·鮑照《行藥至城東橋》："~~市井人。"

蠅　yíng　蒼蠅。《詩經·小雅·青蠅》："營營青~。"

【蠅頭】yíng tóu　❶比喻微小。宋·蘇軾《滿庭芳》："蝸角虛名，~~微利。"❷形小如蠅頭的字。宋·陸游《欲遊五峯不果往小詩寄瑩老》："要與茶山燈下讀，莫令侍者作~~。"

【蠅蠅】yíng yíng　昆蟲往來爬行的樣子。漢·王褒《洞簫賦》："螻蟻蝘蜒，~~翊翊。"

贏　yíng　❶經商獲取餘利。《左傳·昭公元年》："賈而欲~而惡囂乎？"❷盈利，利潤。《戰國策·秦策五》："珠玉之~幾倍？曰：'百倍。'"❸有餘，剩餘。《漢書·蕭何傳》："何送我獨~錢二也。"❹容受，接待。《左傳·襄公三十一年》："而以隸人之垣以~諸侯，是罪罪也。"❺擔負。漢·賈誼《過秦論》："天下雲集而響應，~糧而景從。"❻得到，獲得。宋·辛棄疾《破陣子·為陳同甫賦壯詞以寄上》："~得生前身後名。"❼勝，與"輸"相對。唐·白居易《放言》："不信君看弈棋者，輸~須待局終頭。"

◆"贏"字發展至後來方有"勝利"之意，古代的"贏"並不含此意。

瀛　yíng　❶海。唐·李白《東海有勇婦》詩："流芳播滄~。"

❷池澤。南朝宋·謝惠連《泛湖歸出樓玩月》：「日落泛澄～。」

【瀛海】yíng hǎi　古代傳說中天地之際的大海。《史記·孟子荀卿列傳》：「乃有大～～環其外，天地之際焉。」

【瀛洲】yíng zhōu　❶傳說中的仙山。《列子·湯問》：「渤海之東，不知幾億萬里……其中有五山焉，一曰岱輿，……四曰～～，五曰蓬萊。」❷借指日本。章炳麟《獄中贈鄒容》：「鄒容吾小弟，被髮下～～。」❸據《新唐書·褚亮傳》載，唐太宗時的十八學士得君臣際遇之盛，時人慕之，謂之「登瀛洲」，比喻獲得殊榮，如至仙境。宋·王禹偁《病起書思二首》之二：「四十為郎非不偶，況曾揮筆值～～。」

【郢】yíng　❶春秋戰國時楚國的都城。楚文王定都處稱紀郢（在今湖北省江陵北），以後屢遷都至郤、鄢、陳、鉅陽、壽春各地，均稱「郢」。《史記·楚世家》：「武王卒師中而兵罷，子文王熊貲立，始都～。」❷楚國的代稱。《呂氏春秋·義賞》：「～人之以兩版垣也，吳起變之而見惡。」

【郢曲】yíng qǔ　戰國楚·宋玉《對楚王問》載，有人在郢中依次唱《下里巴人》《陽阿》和《薤露》《陽春白雪》，而相和者由數千人、數百人降至數十人，後「郢曲」泛指樂曲。南朝宋·鮑照《玩月城西門廨中》：「蜀琴抽《白雪》，～～發《陽春》。」

【景】yǐng　見302頁jǐng。

【影】yǐng　❶因擋光產生的陰影。宋·歐陽修《醉翁亭記》：「已而夕陽在山，人～散亂，太守歸而

賓客從也。」❷水面、鏡面等反射的映射。唐·杜甫《閣夜》：「三峽星河～動搖。」❸畫像。唐·玄奘《大唐西域記·那揭羅曷國》：「三有佛～，煥若真容。」❹模糊的形象。唐·李白《黃鶴樓送孟浩然之廣陵》：「孤帆遠～碧空盡。」❺隱藏。唐·劉禹錫《送僧方及南謁柳員外並引》：「九江僧方及既出家……～不出山者十年。」

【穎】yíng　❶帶芒的穀穗。《後漢書·班固列傳》：「五穀垂～。」❷物體末端的尖頭。晉·左思《吳都賦》：「鉤爪鋸牙，自成鋒～。」❸毛筆的鋒毫，毛筆頭。清·熊賜履《下學堂箚記》：「訂百家之訛舛，……舌敝～禿。」❹聰慧，聰明。漢·王充《論衡·程材》：「博學覽古今，計胸中之～，出溢十萬。」❺刀環。《禮記·少儀》：「刀卻刃授～。」

【穎脫】yíng tuō　穎，錐芒；「穎脫」指錐芒完全顯露出來，比喻充分顯示才華。《史記·平原君虞卿列傳》：「使（毛）遂蚤得處囊中，乃～～而出。」

【穎悟】yíng wù　聰慧過人。《晉書·王戎傳》：「（王）戎幼～～。」

【映】yìng　❶照耀。唐·李白《古風五九首》之一：「我志在刪述，垂輝～千春。」❷照映，反映。漢·劉勝《文木賦》：「修竹～池。」❸映襯，襯託。唐·杜牧《江南春》：「千里鶯啼綠～紅。」❹遮蔽。唐·杜甫《蜀相》：「～階碧草自春色。」❺陽光。漢·王粲《七哀》：「山崗有餘～，巖阿增重陰。」

【映帶】yìng dài　互相照應襯託。晉·王羲之《〈蘭亭集〉序》：「又有清流激湍，～～左右。」

媵 yìng ❶ 古代貴族婦女出嫁時，以姪娣、臣僕及物品為陪嫁，凡此皆稱為"媵"。《韓非子·外儲說左上》："令晉為之飾裝，從文衣之～七十人。" ❷ 隨嫁。《史記·晉世家》："襲滅虞，虜虞公及其大夫井伯、百里奚以～秦穆姬。" ❸ 小妻，也泛指妾。《新唐書·車服志》："五品以上～降妻一等，妾降～一等。" ❹ 致送，相送。戰國楚·屈原《楚辭·九歌·河伯》："波滔滔兮來迎，魚鄰鄰（一個接一個）兮～予。"

---

yong

庸 yōng ❶ 用，採用，任用。唐·韓愈《進學解》："占小善者率以錄，名一藝者無不～。" ❷ 功勞，功勳。《國語·周語中》："以創制天下，自顯～也。" ❸ 平常，經常。《禮記·中庸》："～德之行，～言之謹；有所不足，不敢不勉。" ❹ 平凡，平庸。《史記·廉頗藺相如列傳》："且～人尚羞之，況於將相乎！" ❺ 隋唐時期的賦役法，規定成年男子每年服役二十日，亦可以納絹代之。《新唐書·食貨志》："不役者日為絹三尺，謂之～。" ❻ 豈，何，難道。唐·韓愈《師說》："吾師道也，夫～知其年之先後生於吾乎？" ❼ 乃，於是。《左傳·襄公二十五年》："～以元女大姬配胡公而封諸陳。" ❽ 通"傭"，受僱或受僱者。《韓非子·五蠹》："澤居若水者，買～而決竇。" ❾ 通"墉"，城牆。《詩經·大雅·崧高》："因是謝人，以作爾～。"

【庸安】 yōng ān　怎麼。《荀子·宥坐》："女～～知吾不得之桑落之下？"

【庸何】 yōng hé　何。《左傳·襄公二十五年》："且人有君而弒之，吾焉得死之？而焉得亡之？將～～歸？"

【庸詎】 yōng jù　怎麼，難道。《淮南子·齊俗訓》："今吾雖欲正身而待物，～～知世之所自窺我者乎？"

【庸孰】 yōng shú　副詞，猶"庸詎"，怎麼。《大戴禮記·曾子制言上》："苟是之不為，則雖汝親，～～能親汝？"

【庸庸】 yōng yōng　❶ 酬功。《荀子·大略》："親親、故故、～～、勞勞，仁之殺也。" ❷ 平庸。漢·王充《論衡·答佞》："～～之主，無高材之人也。" ❸ 平和，融洽。宋·陳師道《李夫人墓銘》："娣姒之間，～～坦坦。"

傭 yōng ❶ 受人僱傭，出賣勞動力。《後漢書·衛颯列傳》："家貧好學問，隨師無糧常以～自給。" ❷ 僱傭。唐·柳宗元《送薛存義序》："嚮使～一夫於家，受若值，怠若事，又盜若貨器，則必甚怒而黜罰之矣。" ❸ 傭工，僕役。《後漢書·夏馥列傳》："入林慮山中，隱匿姓名，為冶家～。" ❹ 工錢。唐·韓愈《圬者王承福傳》："視時屋食之貴賤，而上下其圬之～以償之。" ❺ 通"庸"，平庸，庸俗。《荀子·正名》："色不及～而可以養目，聲不及～而可以養耳。"

【傭保】 yōng bǎo　傭工，傭工。《後漢書·張酺列傳》："盜徒皆飢寒～～，何足窮其法乎！"

【傭耕】 yōng gēng　被僱為田主種地。《史記·陳涉世家》："若（你）為～～，何富貴也？"

雍 yōng ❶ 和諧，和睦。《國語·晉語九》："夫幸非福，非德不當～、～不為幸，吾是以懼。"❷ 天子祭祀宗廟後撤除祭品時所奏的樂章。《論語·八佾》："三家者以～徹。"❸ 通"壅"，堵塞，遮蔽。《漢書·匈奴傳下》："隔以山谷，～以沙幕。"❹ 通"擁"，擁有。《戰國策·秦策五》："～天下之國，徙兩周之疆。"

【雍和】yōng hé　融洽，和睦。《後漢書·魏霸列傳》："霸少表親，兄弟同居，州里慕其～～。"

【雍雍】yōng yōng　❶ 聲音和諧。宋·歐陽修《送楊寘序》："如怨夫寡婦之歎息，雌雄～～之相鳴也。"❷ 融洽和樂。宋·葉適《北齋二首》之一："友朋坐～～。"❸ 猶"雍容"，從容大方。唐·薛漁思《河東記》："既又弱冠，儀形甚都，舉止～～，可為人表。"

墉 yōng　❶ 城牆。《詩經·大雅·皇矣》："以伐崇～。"❷ 牆垣。《詩經·召南·行露》："誰謂鼠無牙！何以穿我～？"

擁 yōng　❶ 抱。《戰國策·楚策四》："左抱幼妾，右～嬖女，與之馳騁乎高蔡之中。"❷ 持，拿着。《史記·項羽本紀》："（樊）噲即帶劍～盾入軍門。"❸ 擁有，據有。漢·賈誼《過秦論》："秦孝公據殽函之固，～雍州之地。"❹ 擁護，護衛。宋·歐陽修《相州晝錦堂記》："旌旗導前，而騎卒～後。"❺ 圍裹，圍繞。《南史·陶潛傳》："敗絮自～，何慚兒子。"❻ 遮蔽，遮蓋。南朝陳後主《隴頭水》："落葉時驚沫，移沙屢～空。"❼ 擁塞，阻塞。唐·韓愈《左遷至藍關示姪孫湘》："雪～藍關馬不前。"❽ 積壓。《南史·梁武帝紀》："或遇事～，日儻移中，便嗽口以過。"❾ 擁擠。宋·梅

堯臣《左承李相公自洛移鎮河陽》："夾道都人～。"❿ 通"臃"，臃腫。《莊子·逍遙遊》："吾有大樹，人謂之樗，其大本～腫而不中繩墨。"

【擁蔽】yōng bì　❶ 遮掩，遮蓋。《禮記·內則》："女子出門，必～～其面。"❷ 隔絕，阻塞。漢·王符《潛夫論·交際》："此奸雄所以逐黨進而處子所以愈～～也。"

壅 yōng　❶ 堵塞。《國語·召公諫弭謗》："川～而潰，傷人必多。"❷ 阻擋，阻礙。《史記·太史公自序》："孔子為魯司寇，諸侯害之，大夫～之。"❸ 蒙蔽，遮蓋。《韓非子·難四》："人君兼照一國，一人不能～也。"❹ 聚積，堆積。《南史·齊都陽王鏘傳》："鏘在官理事無～，當時稱之。"❺ 在植物根部培土或施肥。唐·白居易《東坡種花》："剗土～其本，引泉溉其枯。"

【壅蔽】yōng bì　遮蔽，阻塞。唐·魏徵《諫太宗十思疏》："慮～～，剛思虛心以納下。"

【壅遏】yōng è　阻塞，阻礙。《管子·立政九敗解》："且姦人在上，則～～賢人而不進也。"

【壅防】yōng fáng　堵塞。《國語·周語下》："欲～～百川，墮高堙庳，以害天下。"

【壅滯】yōng zhì　阻滯，積壓。《晉書·陶侃傳》："遠近書疏，莫不手答，筆翰如流，未嘗～～。"

臃 yōng　腫。《史記·扁鵲倉公列傳》："石之為藥精悍，公服之不得數溲，亟勿服，色將發～。"

【臃腫】yōng zhǒng　❶ 毒瘡腫脹或隆起的腫瘤。《戰國策·韓策三》："人之所以善扁鵲者，為有～～也。"❷ 樹木上的癭節，瘤狀物。

南朝梁・何遜《夜夢故人》："已如～～木，復似飄飆蓬。"❸ 形容體形肥大，不靈活。宋・梅堯臣《和江鄰幾咏雪二十韻》："庭槐高～～，屋蓋素模胡。"

饔 yōng ❶ 熟食。《新唐書・鄭珣瑜傳》："珣瑜與杜佑、高郢輟～以待。"❷ 早餐。唐・柳宗元《種樹郭橐駝傳》："吾小人輟飧（sūn，晚飯）～以勞吏者，且不得暇。"❸ 烹調。晉・潘岳《西征賦》："～人縷切，鸞刀若飛。"

癰 yōng ❶ 毒瘡。《莊子・列禦寇》："破～潰痤者得車一乘。"❷ 鼻疾。漢・王充《論衡・別通》："鼻不知香臭曰～。"❸ 喻指禍患。漢・馮衍《與婦弟任武達書》："養～長疽，自生禍殃。"

【癰疽】 yōng jū　毒瘡，亦指災害。晉・干寶《搜神記》："山崩地陷，此天地之～也。"

喁（1）yóng　魚口在水面呃動的樣子。《韓詩外傳》："水濁則魚～，令苛則民亂。"

（2）yú　應和聲。《莊子・齊物論》："前者唱於而隨者唱～。"

永 yǒng ❶ 水長流的樣子。《詩經・周南・漢廣》："江之～矣，不可方思。"❷ 長。《尚書・商書・高宗肜日》："降年有～有不～。"❸ 延長。晉・束皙《補亡》："物極其性，人～其壽。"❹ 永久，永遠。唐・杜甫《新婚別》："與君～相望。"❺ 終，盡，一直。南朝梁・陶弘景《冥通記》："巫令人委曲科檢諸窾蘊，庶睹遺記，而～無一笡。"❻ 通"詠"，吟詠。《尚書・虞書・舜典》："詩言志，歌～言。"

【永絕】 yǒng jué ❶ 永別。漢・應

劭《風俗通》："何有死喪之感，終始～～，而曾無惻容。"❷ 永遠斷絕。唐・谷神子《博異志・白幽求》："幽求自是……～～宦情矣。"

【永年】 yǒng nián　長壽。漢・曹操《龜雖壽》："養怡之福，可得～～。"

甬 yǒng ❶ 古代樂器鐘上的繫鈕，也指鐘。元・柳貫《三月十日觀南安趙使君所藏書畫古器物》："雜詩流麗滿一卷，銅～篆法無能踰。"❷ 巷街。元・王惲《高郵道中》："築一餘三百，灣環護漕溝。"

【甬道】 yǒng dào ❶ 樓房間架設的有頂的通道。《淮南子・本經訓》："修為牆垣，～～相連。"❷ 兩旁有牆垣遮蔽的通道。《史記・高祖本紀》："漢王軍滎陽南，築～～屬之河，以取敖倉。"❸ 院落中磚石鋪成的通道。《水滸傳》第二十三回："武松下了轎，扛着大蟲，都到廳前，放在～～上。"

俑 yǒng　古代殉葬的偶人，一般為木製或陶製。《孟子・梁惠王上》："始作～者，其無後乎！"

勇 yǒng ❶ 有膽量，勇敢。《論語・憲問》："仁者必有～。"❷ 兇猛。《莊子・盜跖》："～悍果敢，聚眾率兵，此下德也。"❸ 勇士，兵士。《後漢書・蔡邕列傳》："帶甲百萬，非一～所抗。"

【勇略】 yǒng lüè　勇敢和謀略。《史記・淮陰侯列傳》："～～震主者身危。"

湧 yǒng ❶ 水向上冒。漢・司馬相如《上林賦》："醴泉～於清室。"❷ 像水一樣冒出或噴湧。南朝梁・劉孝標《廣絕交書》："霧～雲蒸。"❸ 水波翻騰。唐・杜甫

《秋興八首》其一："江間波浪兼天
～。"❹ 比喻物價上漲。《宋史·兵
志四》："買價數增，市物隨～。"

詠 yǒng

❶ 歌唱，曼聲長吟。
《論語·先進》："浴乎沂，風
乎舞雩，～而歸。"❷ 用詩詞來表
達。漢·曹操《步出夏門行》："幸
甚至哉，歌以～志。"❸ 詩詞。
唐·李白《春夜宴從弟桃花園序》：
"不有佳～。"❹ 歌頌。漢·班固
《東都賦》："下舞上歌，蹈德～仁。"

踊 yǒng

❶ 跳躍。《左傳·僖公
二十八年》："距躍三百，曲～
三百。"❷ 上，登上。《公羊傳·成
公二年》："蕭同姪子者，齊君之母
也，～於棓而窺客。"❸ 物價上漲。
《宋書·自序傳》："東土災荒，民凋
物～。"❹ 受刖足刑罰者所用的一種
特製的鞋。《左傳·昭公三年》："國
之諸市，屨賤～貴。"❺ 通"湧"，
水向上翻騰。漢·曹操《步出夏門
行》："秋風蕭瑟，洪波～起。"

用 yòng

❶ 使用。唐·杜牧《阿
房宮賦》："奈何取之盡錙銖，
～之如泥沙？"❷ 運用。宋·蘇
洵《心術》："吾之所長，吾陰而養
之，使之狃而墮其中，此～長短之
術也。"❸ 效勞，出力。漢·司馬
遷《報任安書》："士為知己者～，
女為悅己者容。"❹ 任用，舉用。
《論語·述而》："～之則行，舍之則
藏。"❺ 採用，聽從。秦·李斯《諫
逐客書》："惠王～張儀之計，拔三
川之地。"❻ 主宰，治理。《荀子·
富國》："仁人之～國，將修志意，
正身行。"❼ 功用，作用。《資治
通鑑》卷四十八："下棄忠臣竭力之
～，誠可痛也。"❽ 資財，費用。
《論語·學而》："節～而愛人，使民

以時。"❾ 器具，用具。《左傳·昭
公二十二年》："子大叔使其除徒執
～以立。"❿ 須，需要。《左傳·燭之
武退秦師》："越國以鄙遠，君知其難
也，焉～亡鄭以陪鄰？"⓫ 因此，
因而。《國語·周語上》："及夏之衰
也，棄稷弗務，我先王不窋～失其
官，而自竄於戎、翟之間。"⓬ 介
詞，以。《孟子·滕文公上》："吾聞
～夏變夷者，未聞變於夷者也。"

【用命】yòng mìng　聽命，效命。
《國語·越語上》："進不～～，退則
無恥，如此則有常刑。"《尚書·夏
書·甘誓》："～～賞於祖，弗～～
戮於社。"

【用世】yòng shì　為世所用。唐·
戴叔倫《寄孟郊》："～～空悲聞道
淺。"

【用事】yòng shì　❶ 行事，履行職
責。《韓非子·三守》："使羣臣輻湊
～～。"❷ 指起兵，起事。唐·羅
隱《讒書·書馬嵬驛》："天寶中，逆
胡～～，鑾輿西幸。"❸ 執政，當
權。《史記·孔子世家》："孔子用於
楚，則陳蔡～～大夫危矣。"❹ 當
令。《漢書·丙吉傳》："方春少陽
～～，未可大熱。"❺ 用典。北
齊·顏之推《顏氏家訓·文章》："沈
侯文章～～，不使人覺，若胸臆語
也。"

【用心】yòng xīn　❶ 使用心力。《荀
子·勸學》："螾無爪牙之利，筋骨
之強，上食埃土，下飲黃泉，～～
一也。"❷ 費盡心力。《孟子·梁
惠王上》："察鄰國之政，無如寡人
之～～者。"❸ 存心。《莊子·天
道》："吾不敖無告，不廢窮民，苦
死者，嘉孺子而哀婦人，此吾所以
～～已。"

you

攸 yōu ❶ 處所，住所。《詩經·大雅·韓奕》："為韓姞（jí）相～。"❷ 迅疾。《孟子·萬章上》："圉圉焉，少則洋洋焉，～然而逝。"❸ 久，長遠。《隸釋·漢冀州從事張表碑》："令德～兮宣重光，仕郡州兮迪民康。"❹ 乃，就，於是。《詩經·魯頌·泮水》："既作泮官，淮夷～服。"❺ 所，置於動詞前，構成名詞性詞組。南朝梁·丘遲《與陳伯之書》："不遠而復，先典～高。"

【攸攸】 yōu yōu 遙遠的樣子。《漢書·敍傳下》："～～外寓，閩越東甌。"

幽 yōu ❶ 昏暗。《商君書·禁使》："今夫一～夜，山陵之大而離婁不見。"❷ 幽深，深遠。宋·歐陽修《豐樂亭記》："下則～谷窈然而深藏。"❸ 深沉，鬱結。唐·白居易《琵琶行》："別有～愁暗恨生。"❹ 深奧，隱晦。南朝宋·劉義慶《世說新語·言語》："研求～邃。"❺ 幽靜，僻靜。唐·韓愈《送李愿歸盤谷序》："是谷也，宅（位置，環境）～而勢阻，隱者之所盤旋。"❻ 幽雅，閒適。唐·李白《春夜宴從弟桃花園序》："～賞未已，高談轉清。"❼ 隱蔽。《荀子·正論》："上～險，則下漸詐矣。"❽ 囚禁，囚拘。漢·司馬遷《報任安書》："～於圜牆之中。"❾ 陰間。宋·蘇軾《潮州韓文公廟碑》："～則為鬼神，而明則復為人。"❿ 墳墓。清·姚鼐《內閣學士張公墓誌銘》："我銘其～，所陳者信。"

【幽閉】 yōu bì ❶ 囚禁，禁閉。《三國志·蜀書·秦宓傳》："（秦）宓陳天時必無其利，坐下獄～～。"❷ 古代施於女性的宮刑。《尚書·周書·呂刑》孔安國傳："婦人～～，次死之刑。"

【幽冥】 yōu míng ❶ 玄遠，微妙。《淮南子·說山訓》："視之無形，聽之無聲，謂之～～。"❷ 地下，陰間。三國魏·曹植《王仲宣誄》："嗟乎夫子，永安～～。"

【幽情】 yōu qíng 高雅的情懷。晉·王羲之《〈蘭亭集〉序》："一觴一詠，亦足以暢敘～～。"

【幽囚】 yōu qiú 囚禁。《戰國策·秦策三》："加之以～～。"

【幽思】 yōu sī ❶ 深思。《史記·屈原賈生列傳》："故憂愁～～而作《離騷》。"❷ 鬱結的情思。宋·歐陽修《送楊寘序》："寫其～～，則感人之際，亦有至者焉。"

【幽微】 yōu wēi ❶ 隱微。《北齊書·權會傳》："探賾索隱，妙盡～～。"❷ 微微。《舊唐書·許胤宗傳》："又脈候～～，苦其難別。"

【幽咽】 yōu yè ❶ 低沉輕微的流水聲。唐·白居易《琵琶行》："～～泉流水下灘。"❷ 哭泣聲。唐·杜甫《石壕吏》："夜久語聲絕，如聞泣～～。"

【幽幽】 yōu yōu ❶ 深遠的樣子。《詩經·小雅·斯干》："秩秩斯干，～～南山。"❷ 深暗的樣子。唐·韓愈《將歸操》："秋之水兮，其色～～。"

悠 yōu ❶ 憂思，思念。南朝梁·江淹《雜體詩》："楚客心～哉。"❷ 遙遠，長久。漢·蘇武《詩四首》："相去～且長。"❸ 隨風飄揚的樣子。南朝宋·傅亮《九月九日登陵囂館賦》："雙雲～而風厲。"❹ 閒適的樣子。晉·陶淵明

《飲酒》："～然見南山。"

【悠忽】yōu hū　遊蕩，多指消磨時間。《淮南子·脩務訓》："我誕謾而～～。"

憂 yōu ❶憂愁，憂慮。《論語·述而》："發憤忘食，樂以忘～。" ❷擔心，畏懼。《呂氏春秋·知分》："余何～於龍焉。" ❸憂患，禍患。《資治通鑑》卷四十八："使國家無勞遠之慮，西域無倉卒之～。" ❹疾病的代稱。《孟子·公孫丑下》："有采薪之～，不能造朝。"特指父母的喪事。《梁書·劉杳傳》："自居母～，便長斷腥羶。"

【憂端】yōu duān　愁緒。唐·杜甫《自京赴奉先詠懷》："～～齊終南，澒洞不可掇。"

【憂服】yōu fú　為父母居憂服喪；也指喪服。《禮記·檀弓下》："雖吾子儼然在～～之中，喪亦不可久也，時亦不可失也。"

【憂戚】yōu qī　憂愁悲傷。漢·路溫舒《尚德緩刑書》："昭帝即世而無嗣，大臣～～，焦心合謀。"

【憂望】yōu wàng　憂愁懷念。唐·白居易《與元微之書》："計足下久不得僕書，必加～～。"

優 yōu ❶充足，充裕。《詩經·小雅·信南山》："益之以霢霂，既～既渥，既霑既足，生我百穀。" ❷優良，優勝。《論語·子張》："學而～則仕。" ❸綽有餘力。唐·韓愈《進學解》："絕類離倫，～入聖域。" ❹悠閒，安逸。晉·陸機《演連珠》："臣聞傾耳求音，眠（shì，視）～聽苦。" ❺優厚，優待。《漢書·車千秋傳》："千秋年老，上～之。" ❻柔弱少斷，優柔寡斷。《管子·小匡》："人君唯～柔寡斷。"

與不敏為不可。" ❼俳優，優伶。《晏子春秋·內篇問下》："今君左為倡，右為～，讒人在前，諛人在後，又焉可遍桓公之後者乎？" ❽古代的樂舞雜戲。《左傳·襄公二十八年》："士皆釋甲束馬，而飲酒，且觀～。" ❾戲謔。《左傳·襄公六年》："宋華弱與樂轡少相狎，長相～，又相謗也。"

【優倡】yōu chāng　古代的歌舞雜戲藝人。《史記·孔子世家》："～～侏儒為戲而前。"

【優逸】yōu yì　安閒。《後漢書·鄭太列傳》："百姓～～，忘戰日久。"

【優優】yōu yōu ❶寬和。《禮記·中庸》："～～大哉！禮儀三百，威儀三千，待其人而後行。" ❷閒適，雍容自得。明·宋濂《故永豐劉府君墓誌銘》："溫柔而慎密，明辨而近恕，～～乎有士君子之風。"

【優游】yōu yóu ❶悠閒自得。宋·蘇軾《喜雨亭記》："使吾與二三子得相與～～而樂於此亭者，皆雨之賜也。" ❷從容不迫。宋·蘇軾《賈誼論》："如絳灌之屬，～～浸漬而深為之交。" ❸廣大，宏大。戰國楚·屈原《楚辭·九章·惜往日》："封介山而為之禁兮，報大德之～～。" ❹寬容，寬待。《漢書·楚元王傳》："招文學之士，～～寬容。" ❺猶豫不決。《漢書·元帝紀》："而上牽制文義，～～不斷。" ❻饒多，寬裕。宋·蕭德藻《樵夫》："一擔乾柴古渡頭，盤纏一日頗～～。"

尤 yóu ❶過失，罪過。南朝梁·任昉《為齊明帝讓宣城郡公第一表》："國家之事……至於此，非臣之～，誰任其咎？" ❷責怪，抱怨。《論語・憲問》："不怨天，不～人。"❸優異，突出。唐・韓愈《送孟東野序》："從吾遊者，李翱、張籍其～也。"❹尤其，格外。宋・歐陽修《醉翁亭記》："其西南諸峯，林壑～美。"❺同"猶"，還，尚且。唐・韓愈《祭十二郎文》："汝時～小，當不復記憶。"❻通"疣"，肉贅，引申為病苦。戰國楚・屈原《楚辭・九章・抽思》："願搖起而橫奔兮，覽民～以自鎮。"

【尤物】yóu wù　❶指絕色美女。《左傳・昭公二十八年》："夫有～～，是以移人。"❷珍奇的東西。宋・李清照《〈金石錄〉後序》："或者天意以余菲薄，不足以享此～～耶？"

由　yóu　❶原因，緣由。晉・王羲之《〈蘭亭集〉序》："每覽昔人興感之～，若合一契。"❷機緣，機會。明・王鏊《親政篇》："雖欲言無～也。"❸經由，經歷。《論語・為政》："視其所以，觀其所～，察其所安。"❹遵循，遵從。《論語・泰伯》："民可使～之，不可使知之。"❺聽憑，聽任。《論語・顏淵》："為仁～己，而～人乎哉！"❻用。《呂氏春秋・務本》："詐誣之道，君子不～。"❼由於，因為。《左傳・桓公二年》："國家之敗，～官邪也。"❽自，從。《孟子・盡心下》："～堯、舜至於湯，五百有餘歲。"❾通"猶"，還，尚且。《孟子・離婁下》："舜為法於天下，可傳於後世，我～未免為鄉人也。"

【由是】yóu shì　❶因此，自此以後。南朝梁・蕭統《文選序》："逮乎伏羲氏之王天下也，始畫八卦、造書契，以代結繩之政，～～文籍生焉。"❷於是，因此。《孟子・

告子上》："～～則生而有不用也，～～則可以辟患而有不為也。"

油　yóu　❶由動物脂肪和植物、礦物的脂質物製成的液體。宋・歐陽修《賣油翁》："徐以杓酌～瀝之，自錢孔入，而錢不濕。"❷用油塗飾。宋・蔡襄《茶錄・色》："茶色貴白，而餅茶多以珍膏～其面。"❸被油弄髒。清・吳敬梓《儒林外史》第二十二回："牛玉圃見他穿著繭綢直裰，胸前～了一塊。"❹色澤光潤的樣子，見"油油"。

【油油】yóu yóu　❶雲氣、水流等流動的樣子。漢・劉向《九嘆》："江湘～～，長流汨兮。"❷茂盛光潤的樣子。《史記・宋微子世家》："麥秀漸漸兮，禾黍～～。"❸和樂恭敬的樣子。《禮記・玉藻》："禮已，三爵而～～以退。"❹眾多，廣大。漢・劉向《列女傳・賢明傳》："～～之民，將陷於害，吾能已乎？"

疣　yóu　皮膚上的贅生物，如肉瘤、瘊子等。《莊子・大宗師》："彼以生為附贅懸～。"

【疣贅】yóu zhuì　皮膚上的肉瘤，比喻多餘無用的東西。漢・揚雄《揚子法言・問道》："允治天下，不待禮文與五教，則吾以黃帝、堯、舜為～～。"

猶　yóu　❶猶猢，一種猴屬動物。北魏・酈道元《水經注・江水》："山多～猢，似猴而短足。"❷相同，相似。《詩經・召南・小星》："肅肅宵征，抱衾與裯，實命不～！"❸如同，好像。《孟子・梁惠王上》："以若所為，求若所欲，～緣木而求魚也。"❹尚，還，仍。《論語・微子》："往者不可諫，來者～可追。"❺尚且。《孟子·萬章下》：“獵較～可，而況受其賜乎？” ❻ 通“獸”，謀略，計策。《詩經·小雅·采芑》：“方叔元老，克壯其～。” ❼ 通“尤”，指責，責怪。《詩經·小雅·斯干》：“式相好矣，無相～矣。” ❽ 通“由”，從。《孟子·公孫丑上》：“然而文王～方百里起，是以難也。”

【猶然】yóu rán ❶ 尚且。《史記·游俠列傳》：“此皆學士所謂有道仁人也，～～遭此菑，況以中材而涉亂世之末流乎？” ❷ 仍然。《史記·秦始皇本紀》：“所殺亡甚眾，～～不止。” ❸ 尚且如此。宋·王禹偁《待漏院記》：“卿大夫～～，況宰相乎！” ❹ 舒緩的樣子。《大戴禮記·哀公問五義》：“君子～如將可及也，而不可及也。”

【猶若】yóu ruò ❶ 舒和的樣子。《荀子·子道》：“子路趨而出，改服而入，蓋～～也。” ❷ 尚且。《呂氏春秋·知度》：“舜、禹～～困，而況俗主乎？” ❸ 猶如。《墨子·尚賢中》：“未知所以行之術，則事～～未成。” ❹ 仍然。《呂氏春秋·察今》：“雖人弗損益，～～不可得而法。”

【猶之】yóu zhī ❶ 同樣地。《論語·堯曰》：“～～與人也，出納之吝，謂之有司。” ❷ 仍然。《戰國策·齊策一》：“雖隆薛之城到於天，～～無益也。” ❸ 如同。宋·曾鞏《寄歐陽舍人書》：“～～用人，非畜道德者，惡能辨之不惑，議之不徇？”

郵 yóu ❶ 驛站。《孟子·公孫丑上》：“孔子曰：德之流行，速於置～而傳命。” ❷ 傳送文書的人。《漢書·京房傳》：“（京）房意愈恐，去至新豐，因～上封事。” ❸ 傳送，郵遞。唐·皇甫枚《三水小牘》：

“願捷善行，故常令～書入京。” ❹ 通“尤”，怨恨，歸咎。《荀子·議兵》：“故刑一人而天下服，罪人不～其上，知罪之在己也。”

【郵亭】yóu tíng　驛站，驛館。《漢書·薛宣傳》：“（薛）宣從臨淮遷至陳留，過其縣，橋樑～～不修。”

游 yóu ❶ 在水上浮行，游水。《書·周書·君奭》：“若～大川。” ❷ 河流，水流。《詩經·秦風·蒹葭》：“～從之，宛在水中央。” ❸ 流動，飄浮。《史記·司馬相如列傳》：“飄飄有凌雲之氣，似～天地之間意。” ❹ 虛浮不實。《周易·繫辭下》：“誣善之人其辭～。” ❺ 行走，運行。《淮南子·覽冥訓》：“鳳皇翔於庭，麒麟～於郊。” ❻ 遨遊，遊覽。《詩經·大雅·卷阿》：“豈弟君子，來～來歌。” ❼ 遊憩，嬉戲。漢·晁錯《復言募民徙塞下》：“幼則同～，長則共事。” ❽ 交遊，交往。《左傳·隱公三年》：“其子厚，與州吁～。” ❾ 外出求學，出仕。《墨子·公孟》：“有～於子墨子之門者。” ❿ 游說。《列子·兩小兒辯日》：“孔子東～。” ⓫ 閒散。《荀子·成相》：“臣下職，莫～食。”

【游舊】yóu jiù　舊交。《南史·沈約傳》：“與（沈）約～～。”

【游食】yóu shí ❶ 到處閒蕩，不勞而食。《韓非子·五蠹》：“夫明王治國之政，使其商工～～之民少而名卑。” ❷ 到處謀食。《管子·治國》：“末作文巧禁則民無所～～。” ❸ 軍隊就地取食。《晉書·赫連勃勃載記》：“使彼疲於奔命，我則～～自若。”

【游士】yóu shì ❶ 戰國時從事游說活動的人。《韓非子·和氏》：“官行法則浮萌趨於耕農，而～～危於戰陳。」❷ 四處謀生的文人。《史記‧秦始皇本紀》：「招致賓客～～。」

遊

遊 yóu　見「遊目」、「遊子」。

【遊目】yóu mù　❶ 打量。《儀禮‧士相見禮》：「若父則～～，毋上於面，毋下於帶。」❷ 放眼而望，縱目而觀。晉‧王羲之《〈蘭亭集〉序》：「所以～～騁懷，足以極視聽之娛，信可樂也。」

【遊子】yóu zǐ　❶ 離開家鄉的人。唐‧孟郊《遊子吟》：「慈母手中線，～～身上衣。」❷ 遊手好閒的人。《後漢書‧樊曄列傳》：「～～常苦貧，力子天所富。」

友

友 yǒu　❶ 朋友。《論語‧泰伯》：「昔者吾～嘗從事於斯矣。」❷ 結交，交友。《論語‧學而》：「無～不如己者。」❸ 親善，友愛。《三國志‧蜀書‧先主傳》：「瓚深與先主相～。」❹ 合作，協助。《孟子‧滕文公上》：「出入相～，守望相助。」

【友悌】yǒu tì　兄弟互相友愛。晉‧潘岳《夏侯常侍誄》：「子之～～，和如瑟琴。」

【友執】yǒu zhí　朋友，好友。執：朋友，至交。《晉書‧王導傳》：「帝亦雅相器重，契則～～。」

有

有 (1) yǒu　❶ 擁有，領有。《國語‧越語上》：「十年不收，民俱～三年之食。」❷ 取得，獲得。宋‧蘇洵《六國論》：「暴霜露，斬荊棘，以～尺寸之地。」❸ 具有，懷有。三國魏‧曹丕《與吳質書》：「而偉長獨懷文抱質，恬淡寡欲，～箕山之志。」❹ 表示存在。《莊子‧逍遙遊》：「北冥～魚，其名為鯤。」❺ 呈現，產生。《荀子‧宥坐》：「七

日不火食，藜羹不糂（sǎn），弟子皆～飢色。」❻ 豐收，富足。《詩經‧魯頌‧有駜》：「自今以始，歲其～。」❼ 副詞，只有，只能。《戰國策‧趙策三》：「彼則肆然而為帝，過而遂正於天下，則連～赴東海而死耳。」❽ 助詞，置於名詞、動詞和單音形容詞前，無實義。《詩經‧周南‧桃夭》：「桃之夭夭，～蕡其實。」❾ 同「或」，有人，有的。《左傳‧僖公十六年》：「城鄫，役人病，～夜登丘而呼曰：『齊有亂。』」❿ 通「友」，親愛，相親。《荀子‧正論》：「不應不動，則上下無萌相～也。」

(2) yòu　❶ 通「又」，復，更。《荀子‧勸學》：「雖～槁暴，不復挺者。」❷ 用同「又」，用於整數與零數之間。三國蜀‧諸葛亮《出師表》：「受任於敗軍之際，奉命於危難之間，爾來二十～一年矣。」❸ 通「右」，佐助，幫助。《荀子‧天論》：「願於物之所以生，執與～物之所以成！」

【有道】yǒu dào　❶ 有才藝、有道德的人。《論語‧學而》：「敏於事而慎於言，就～～而正焉。」❷ 指政治清明。《論語‧衛靈公》：「邦～～則仕。」❸ 有辦法。《禮記‧中庸》：「誠身～～，不明乎善，不誠乎身矣。」

【有方】yǒu fāng　❶ 四方。有：助詞，無義。《尚書‧周書‧多方》：「告爾～～多士。」❷ 有道。唐‧韓愈《答李翊書》：「君子則不然，處心有道，行己～～。」❸ 有一定的去處。《論語‧里仁》：「父母在，不遠遊，遊必～～。」

【有故】yǒu gù　❶ 發生事故或變故。《孟子‧離婁下》：「～～而去，則君

使人導之出疆。"❷ 有舊交。《史記・項羽本紀》："沛公曰：'君安與項伯～～？'"❸ 有原由，有依據。《呂氏春秋・審己》："凡物之然也，必～～。"

【有間】（1）yǒu jiàn ❶ 有區別。《莊子・天地》："桀跖與曾史，行義～～矣。"❷ 有嫌隙。《左傳・昭公十三年》："諸侯～～矣，不可以不示眾。"❸ 施行離間。《史記・秦本紀》："呂郤等疑丕鄭～～，乃言夷吾殺丕鄭。"❹ 病情稍有好轉。《左傳・襄公十年》："晉侯～～，以偪陽子歸。"❺ 有閒暇。宋・歐陽修《讀書》："古人重溫故，官事幸～～。"

（2）yǒu jiān 經過一定時間，有頃。《史記・五帝本紀》："《書》缺～～矣，其軼乃時時見於他説。"

【有年】yǒu nián ❶ 豐年。宋・蘇軾《喜雨亭記》："是歲之春，雨麥於岐山之陽，其占為～～。"❷ 多年。唐・韓愈《進學解》："弟子事先生，於茲～～矣。"❸ 享有高壽。唐・韓愈《興元少尹房君墓誌銘》："有位～～，有弟有子，從先人葬，是謂受祉。"

【有頃】yǒu qǐng ❶ 不久，指過了不多的日子。《戰國策・馮煖客孟嘗君》："居～～～，倚柱彈其劍。"❷ 一會兒。《史記・孔子世家》："～～，齊有司趨而進曰：'請奏宮中之樂。'"

【有司】yǒu sī 官吏。古代官吏各有專司，故稱"有司"。《史記・廉頗藺相如列傳》："召～～案圖，指從此以往十五都予趙。"

【有以】yǒu yǐ ❶ 有原因，有道理。三國魏・曹丕《與吳質書》："古人

思炳燭夜遊，良～～也。"❷ 有何，有什麼。《孟子・梁惠王上》："殺人以梃與刃，～～異乎？"❸ 有機會，有辦法。《國語・祭公諫征犬戎》："吾聞夫犬戎樹惇，能帥舊德，而守終純固，其～～禦我矣！"

【有諸】yǒu zhū 用於疑問句或反問句，指"有嗎"。諸，相當於"之"或"之乎"的合音。《孟子・梁惠王下》："文王之囿方七十里，～～？"

酉 yǒu ❶ 酒。北齊・顏之推《顏氏家訓・書證》："《詩説》以二在天下為～。"❷ 地支的第十位。用以紀時，指 17 時至 19 時。明・張岱《西湖七月半》："杭人遊湖，巳出～歸，避月如仇。"

莠 yǒu ❶ 狗尾草，一種常見的田間雜草。《孟子・盡心下》："惡～，恐其亂苗也。"❷ 壞，惡。《左傳・襄公三十年》："其～猶在乎？"

【莠言】yǒu yán 醜惡的話。《詩經・小雅・正月》："好言自口，～～自口。"

牖 yǒu ❶ 窗戶。《論語・雍也》："伯牛有疾，子問之，自～執其手。"❷ 通"誘"，開導，引導。清・章學誠《文史通義・鍼名》："先王所以覺世～民，不外名教也。"

黝 yǒu ❶ 淡青黑色。漢・王充《論衡・自紀》："使面～而黑醜。"❷ 塗飾黑色。《明史・海瑞傳》："有勢家朱丹其門，聞瑞至，～之。"

又 yòu ❶ 表示重複或繼續，相當於"再"。宋・王安石《泊船瓜州》："春風～綠江南岸。"❷ 表示同時存在。《紅樓夢》第五十二

回：「寶玉聽了，又喜，又氣，又歎。」❸ 表示遞進關係，相當於「而且」。《論語·子罕》：「固天縱之將聖，～多能也。」❹ 表示轉折，相當於「卻」。唐·韋莊《浣溪沙》：「欲上鞦韆四體慵，擬交人送～心忪。」❺ 用於疑問或否定句中，加強語氣。唐·柳宗元《種樹郭橐駝傳》：「故不我若也，吾～何能為哉？」❻ 表示整數再加零數。宋·辛棄疾《美芹十論》：「蓋歷二十～三年，而句踐未嘗以為遲而奪其權。」

右 yòu ❶ 右手。《左傳·成公二年》：「～援枹而鼓。」❷ 右邊。明·魏學洢《核舟記》：「佛印居左，魯直居～。」❸ 西邊，以面向南方為準，則右側對着西方。漢·王璨《從軍詩》之一：「相公征關～，赫怒震天威。」❹ 古代尚右，右指較高或較尊貴的地位。《史記·廉頗藺相如列傳》：「以相如功大，拜為上卿，位在廉頗之～。」❺ 尊崇，崇尚。《史記·平津侯主父列傳》：「守成尚文，遭遇～武。」❻ 親近，袒護。《戰國策·魏策二》：「張儀相魏，必～秦而左魏。」❼ 幫助，後作「佑」。《左傳·襄公十年》：「王叔陳生與伯輿爭政，王～伯輿。」❽ 保祐。此義後作「祐」。唐·韓愈《南海神廟碑》：「明用享錫，～我家邦。」❾ 通「侑」，勸酒，勸食。《詩經·小雅·彤弓》：「鐘鼓既設，一朝～之。」

【右遷】yòu qiān　提升官職。宋·王安石《李端愨可東上閤門使制》：「積功久次，當得～～。」

【右衽】yòu rèn ❶ 衣襟向右。這是古代中原漢族的服裝式樣，借指中華風習。《漢書·終軍傳》：「票騎抗旌，昆邪～～。」❷ 泛指衣襟。

漢·嚴忌《哀時命》：「～～拂於不周兮，六合不足以肆行。」

幼 yòu ❶ 幼小，未成年。唐·杜甫《自京赴奉先詠懷》：「入門聞號咷，～子餓已卒。」❷ 小孩子。晉·陶淵明《歸去來兮辭》：「攜～入室，有酒盈樽。」❸ 對小孩子的慈愛、愛護《孟子·梁惠王上》：「～吾幼，以及人之幼。」

【幼學】yòu xué　《禮記·曲禮上》：「人生十年曰幼，學。」故以「幼學」或「幼學之年」為十歲的代稱，後泛指幼年的學業。宋·陸游《社日》：「～～已忘那用忌，微聾自樂不須醫。」

囿 yòu ❶ 帝王畜養禽獸的園林。《孟子·梁惠王下》：「寡人之～方四十里。」❷ 有圍牆的園子。晉·謝靈運《從遊京口北固應詔》：「墟～散桃紅。」❸ 事物萃集的地方。南朝梁·蕭統《〈文選〉序》：「歷觀文～，泛覽辭林。」❹ 拘泥，局限。《莊子·天下》：「能勝人之口，不能服人之心，辯者之～也。」❺ 領土，劃定的區域。《史記·魏世家》：「秦七攻魏，五入～中。」

宥 yòu ❶ 寬恕，寬赦《左傳·成公三年》：「各懲其仇，以相～也。」❷ 寬容，寬大。《莊子·在宥》：「聞在～天下，不聞治天下也。」❸ 通「右」。《荀子·宥坐》：「吾聞一坐之器者，虛則欹，中則正，滿則覆。」❹ 通「囿」，局限。《呂氏春秋·去宥》：「夫人有所～者，固以晝為夜，以白為黑。」

誘 yòu ❶ 引導，啟發。《論語·子罕》：「夫子循循然善～人。」❷ 引誘，誘惑。清·蒲松齡《聊齋志異·狼》：「乃悟前狼假寐，蓋以

~敵。"❸引路。《韓非子·喻志》："夫~道爭遠，非先則後。"❹感動。唐·白居易《與元九書》："其餘雜律詩，或~於一時一物，發於一笑一吟，率然成章。"❺欺詐，誘騙。《荀子·正名》："彼~其名，眩其辭，而無深於其志義者也。"

【誘進】yòu jìn　引導別人進取或進用。《史記·禮書》："~~以仁義，束縛以刑罰。"

【誘掖】yòu yè　引導扶持。宋·司馬光《酬胡侍講先生》："先生喜~~，貽詩極褒賁。"

yu

迂　yū　❶迂迴，曲折。《列子·愚公移山》："懲山北之塞，出入之~也，聚室而謀。"❷迂腐，不切實際。《論語·子路》："有是哉，子之~也。"❸敬詞，相當於勞神，屈尊枉駕。《漢武帝內傳》："今阿母~天尊之重，下降於蟪蛄之窟。"

【迂闊】yū kuò　不切實際。唐·李華《弔古戰場文》："奇兵有異於仁義，王道~~而莫為。"

【迂儒】yū rú　迂腐的儒生。宋·戴復古《訪陳與機縣尉於湘潭下攝市》："自稱為漫尉，人道是~~。"

【迂遠】yū yuǎn　❶猶"迂闊"，不切實際。《史記·孟子荀卿列傳》："適梁，梁惠王不果所言，則見以為~~而闊於事情。"❷迂迴遙遠。《明史·河渠志四》："帝以海道~~，卻其議。"

紆　yū　❶曲折。《周禮·冬官考工記·矢人》："中弱則~。"❷縈迴，纏繞。晉·陶淵明《始作鎮軍參軍經曲阿作》："眇眇孤舟逝，綿綿歸思~。"❸屈抑。晉·葛洪《抱朴子·道意》："皂隸之巷，不能~金根之軒。"❹繫結，佩帶。唐·韋莊《和薛先輩見寄初秋寓懷即事之作二十韻》："慚聞~綠綬，即候掛朝簪。"

【紆行】yū xíng　像蛇一樣曲折而行。清·昭槤《嘯亭雜錄》："吾既以身許國，豈可畏禍~~。"

【紆徐】yū xú　從容舒緩的樣子。南朝梁·劉孝綽《三日侍華光殿曲水宴》："妙舞復~~。"

于　(1) yú　❶在。《詩經·大雅·卷阿》："鳳凰鳴矣，~彼高岡。"❷至，達到。《詩經·小雅·鶴鳴》："聲聞~天。"❸對於。《論語·為政》："吾十有五，有志~學。"❹向。《史記·魏世家》："趙請救~齊。"❺以，用。《尚書·商書·盤庚下》："歷告爾百姓~朕志。"❻為。《孟子·萬章上》："惟茲臣庶，汝其~予治。"❼由於。唐·韓愈《進學解》："業精~勤，荒~嬉。"❽比。《尚書·夏書·胤征》："德烈~猛火。"❾被。《左傳·莊公十九年》："王姚嬖~莊公。"❿連詞，與，和。《尚書·周書·康誥》："告汝德之說~罰之行。"⓫用於句首或句中，以湊足音節，無實義。《論語·為政》："孝乎惟孝，友~兄弟。"⓬用於句末，相當於"乎"。《呂氏春秋·審應覽》："然則先生聖~？"

(2) xū　通"籲"，見"于嗟"。

【于飛】yú fēi　一起飛。于，語助詞。《詩經·周南·葛覃》："黃鳥~~。"

【于歸】yú guī　出嫁。《詩經·周南·桃夭》："之子~~，宜其家室。"

【于思】yú sāi　多鬚的樣子，一説白頭的樣子。《左傳·宣公二年》："～～～～，棄甲復來。"

【于役】yú yì　外出服兵役或勞役。《詩經·王風·君子于役》："君子～～，不知其期。"

【于嗟】xū jiē　歎詞，表示讚歎、悲歎等。《詩經·周南·麟之趾》："振振公子，～～麟兮。"

予 (1) yú　我。宋·范仲淹《岳陽樓記》："～觀夫巴陵勝狀，在洞庭一湖。"

(2) yǔ　❶ 給予，授予。《史記·廉頗藺相如列傳》："秦亦不以城～趙，趙亦終不～秦璧。"❷ 讚許，稱許。《荀子·大略》："天下之人唯各特意哉，然而有所共～也。"❸ 同、與。《史記·游俠列傳》："誠使鄉曲之俠，～季次、原憲比權量力，效功於當世，不同日而論矣。"

【予奪】yǔ duó　給予和剝奪，引申為裁決，取捨。北齊·顏之推《顏氏家訓·省事》："朝夕聚議，寒暑煩勞，背春涉冬，竟無～～。"

邪 yú　見 660 頁 xié。

余 yú　❶ 我，我的。唐·韓愈《師説》："李氏子蟠……不拘於時，學於～。"❷ 我們。《左傳·閔公二年》："將戰，國人受甲者皆曰：'使鶴，鶴實有祿位，～能戰！'"

於 (1) yú　❶ 依，交往。三國魏·曹植《當來日大難》："廣情故，心相～。"❷ 為，作。《荀子·正論》："是特奸人之誤～亂説，以欺愚者而潮陷之以偷取利焉。"❸ 介詞，在。三國蜀·諸葛亮《出師表》："苟全性命～亂世，不求聞達於諸侯。"❹ 介詞，從、到。三國蜀·

諸葛亮《出師表》："興復漢室，還～舊都。"❺ 介詞，表示比較，相當於"過"。司馬遷《報任安書》："人固有一死，或重～泰山，或輕～鴻毛。"❻ 介詞，給、對、向。《論語·衛靈公》："己所不欲，勿施～人。"三國蜀·諸葛亮《出師表》："未嘗不歎息痛恨～桓、靈也！"❼ 介詞，被。《史記·廉頗藺相如列傳》："臣誠恐見欺～王而負趙。"❽ 介詞，以、用。《韓非子·解老》："慈，～戰則勝，以守則固。"❾ 介詞，由於、在於。《孟子·告子下》："然後知生～憂患，而死～安樂也。"❿ 介詞，依據，按照。《史記·淮陰侯列傳》："～諸侯之約，大王當王關中。"⓫ 介詞，與、跟、同。《三國志·蜀書·諸葛亮傳》："身長八尺，每自比～管仲、樂毅。"⓬ 介詞，有時只表示對象的性質和狀態，可不譯。明·張溥《五人墓碑記》："非常之謀難～猝發。"

◆ 於、于。二字義通，《詩經》《尚書》《周易》多用"于"字，《左傳》二字並用，其他書多用"於"字。

(2) wū　歎詞，表示讚美。《尚書·虞書·堯典》："僉曰：'～！鯀哉！'"

【於何】yú hé　如何。《墨子·非命上》："～～本之？上本之於古者聖王之事。"

【於是】yú shì　❶ 在這時，在這件事情上。唐·柳宗元《始得西山宴遊記》："遊～～乎始。"❷ 相當於現代漢語的"於是"。《戰國策·趙策四》："～～為長安君約車百乘，質於齊，齊兵乃出。"

【於邑】wū yì　❶ 憂鬱煩悶。《舊唐書・蕭宗紀》："其辭情～～～，賦論勤懇。"❷嗚咽。《史記・刺客列傳》："乃大呼天者三，卒～～悲哀而死政之旁。"

孟 yú ❶盛湯漿或飯食的器皿。《史記・滑稽列傳》："操一豚蹄，酒一～。"❷古代打獵陣形名稱。《左傳・文公十年》："遂道以田孟諸，宋公為右～，鄭伯為左～。"

臾 yú ❶見673頁"須臾"。❷肥沃。後作"腴"。《管子・乘馬數》："郡縣上～之壤，守之若干。"

俞 (1) yú ❶歎詞，表示應允，相當於"是"、"對"。《尚書・虞書・堯典》："帝曰：'～，予聞，如何？'"❷答應，允許。《漢書・揚雄傳上》："上猶謙讓而未～也。"
(2) yù ❶通"愈"，更加，越發。《漢書・食貨志上》："德澤加於萬民，民～勤農。"❷通"瘉"，痊癒。《荀子・解蔽》："則必有敝鼓喪豚之費矣，而未有～疾之福也。"

娛 yú ❶歡樂，歡娛。晉・王羲之《〈蘭亭集〉序》："足以極視聽之～，信可樂也。"❷安慰，排遣。戰國楚・屈原《楚辭・九章・思美人》："遵江、夏以～憂。"

魚 yú ❶水生脊椎動物，大多披鱗，以鰭游泳，以鰓呼吸，體溫不恆定。《莊子・逍遙遊》："北冥有～，其名為鯤。"❷捕魚，後作"漁"。《左傳・隱公五年》："公將如棠觀～者。"❸喻指被淹。《左傳・昭公元年》："微禹，吾其～乎！"❹魚袋，古代官吏的佩戴物。唐・杜甫《復愁十二首》之十二："莫看江總老，猶被賞時～。"❺書信。宋・汪元量《曉行》："西舍東鄰今日別，北～南雁幾時通。"

雩 yú 為求雨而舉行的祭祀。《左傳・桓公五年》："凡祀，啟蟄而郊，龍見而～。"

萸 yú 茱萸。唐・李從遠《奉和九月九日登慈恩寺浮圖應制》："摘果珠盤獻，攀～玉輦迴。"

渝 yú ❶改變，變更。《詩經・鄭風・羔裘》："彼其之子，舍命不～。"❷違背，背棄。《三國志・魏書・臧洪傳》："有～此盟，俾墜其命。"❸盈溢，溢出。南朝梁・劉孝威《郡縣遇見人織率爾寄婦》："芳脂口上～。"

隅 yú ❶角落。《詩經・邶風・靜女》："靜女其姝，俟我於城～。"❷邊遠的地方。宋・錢公浦《義田記》："事業滿邊～，功名滿天下。"❸方角。晉・潘岳《為賈謐作贈陸機》："吞滅四～。"❹比喻事物的一個方面。《荀子・解蔽》："曲知之人，觀於道之一～，而未之能識也。"❺廉隅，棱角，比喻廉直方正。《詩經・大雅・抑》："抑抑威儀，維德之～。"

【隅目】 yú mù 斜眼怒視的樣子。漢・張衡《西京賦》："～～高匡，威攝兕虎。"

愉 yú ❶快樂，喜悅。《莊子・在宥》："使天下瘁瘁焉人苦其性，是不～也。"❷和悅溫和。《淮南子・本經訓》："其心～而不偽，其事素而不飾。"
(2) tōu 通"偷"。❶苟且，懈怠。《孔子家語・賢君》："法無私而今不～。"❷盜取。唐・陸龜蒙《和襲美懷錫山藥名離合》："佳句成來誰不伏，神丹～去亦須防。"

【愉愉】 yú yú ❶和顏悅色的樣子。《論語・鄉黨》："私覿（dí，相見），

～～如也。"❷心情舒暢。漢・張衡《東京賦》："我有嘉賓，其樂～～。"

揄 yú ❶揮動。《韓非子・內儲說下》："御因一刀而劓美人。"❷引出。《漢書・禮樂志》："神之～，臨壇宇。"❸拖曳。漢・司馬相如《子虛賦》："於是鄭女曼姬，被阿緆，～紵縞。"

腴 yú ❶腹下肥肉。漢・王充《論衡・語增》："桀紂之君，垂～尺餘。"❷肥胖。《南齊書・袁象傳》："（袁）象形體充～，有異於眾。"❸滋味美厚。漢・王充《論衡・藝增》："稻粱之味，甘而多～。"❹肥沃。《金史・食貨志二》："～地盡入富家，瘠者乃付貧戶。"❺豐厚，富裕。《晉書・周顗傳》："伯仁凝正，處～能約。"❻美好。漢・班固《答賓戲》："委命供己，味道之～。"

逾 yú ❶越過。《尚書・夏書・禹貢》："浮於江、沱、潛、漢，～於洛，至於南河。"❷超過，勝過。唐・韓愈《合江亭》："栽竹逾萬個。"❸更加，愈益。《墨子・三辯》："故其樂～繁者，其治～寡。"

◆ 逾、瑜。作越過、超越解時兩字義同，作"更加"解時只用"逾"而不用"瑜"。

愚 yú ❶愚笨，愚昧。《論語・為政》："吾與回言終日，不違如～。"❷愚弄，欺騙。漢・賈誼《過秦論》："燔百家之言，以～黔首。"❸自稱，用作謙詞。三國蜀・諸葛亮《出師表》："～以為宮中之事，事無大小，悉以咨之，然後施行，必能裨補闕漏，有所廣益。"❹己見的謙稱。唐・韓愈《與祠部陸員外書》："竭其～而道其志。"

【愚直】 yú zhí　愚笨而耿直。唐・韓愈《為裴相公讓官表》："粗知古今，惟惟～～。"

【愚忠】 yú zhōng　❶不明事理的效忠。《管子・七臣七主》："使身見憎而主受其謗，故記之曰～～讒賊。"❷忠心的謙稱。唐・韓愈《潮州刺史謝上表》："陛下哀臣～～，恕臣狂直。"

瑜 yú ❶美玉。《山海經・西山經》："祠之用燭，齋百日以百犧，瘞用百～。"❷玉的光彩，比喻優點。《禮記・聘義》："瑕不掩～，～不掩瑕。"❸形容美好。南朝宋・鮑照《芙蓉賦》："抽我衿之桂蘭，點石吻之～辭。"

虞 yú ❶意料，料想。《孟子・離婁上》："有不～之譽，有求全之毀。"❷戒備，防備。《孫子・謀攻》："以～待不～者勝。"❸憂慮，憂患。《後漢書・楊震列傳》："今天下無～，百姓樂安。"❹欺詐，欺騙。《左傳・宣公十五年》："我無爾詐，爾無我～。"❺通"娛"，歡樂。《孟子・盡心上》："霸者之民，驩～如也。"❻古代掌管山澤的官員。《尚書・虞書・舜典》："汝作朕～。"❼傳說中帝舜建立的朝代。《史記・游俠列傳》："昔者～舜窘於井廩。"❽周朝建立的諸侯國，姬姓。《孟子・告子下》："～不用百里奚而亡。"

與 (1) yú ❶同"歟"，語氣詞，表示疑問或感歎。《孟子・告子上》："為宮室之美、妻妾之奉、所識窮乏者得我～？"❷助詞，用於句中，表示停頓。《國語・召公諫弭謗》："若壅其口，其～能幾何！"

(2) yǔ ❶給予，授予。《孟子・告子上》："嘑爾而～之，行道之人弗受。”❷黨與，同盟者。唐·韓愈《原毀》：“其應者，必其人之~也。”❸親附，親近。宋·蘇洵《六國論》：“何哉？贏而不助五國也。”❹幫助，支持。《孟子·公孫丑上》：“取諸人以為善，是~人為善者也。”❺稱許，稱讚。《論語·述而》：“~其進也，不~其退也。”❻等待。《論語·陽貨》：“日月逝矣，歲不我~。”❼對付。《宋史·岳飛傳》：“以為諸帥易~，獨飛不可當。”❽交往。《呂氏春秋·慎行》：“始而相~，久而相信，卒而相親。”❾介詞，被。《戰國策·秦策五》：“（夫差）遂~勾踐禽。”❿介詞，對，向，和。《韓非子·解老》：“治世之民，不~鬼神相害也。”⓫介詞，以。《史記·貨殖列傳》：“是故智不足~權變，勇不足以決斷。”⓬介詞，為，替。《史記·陳涉世家》：“陳涉少時，嘗~人傭耕。”⓭介詞，於，在。《吳越春秋·闔閭內傳》：“將渡江於中流，要離力微，坐~上風。”⓮連詞，和，及。《論語·公冶長》：“夫子之言性~天道，不可得而聞也。”⓯連詞，與其。《孟子·萬章上》：“~我處畎畝之中，由是以樂堯舜之道，吾豈若使是君為堯舜之君哉？”⓰連詞，或者，還是。《晏子春秋·問下》：“正行則民遺，曲行則道廢。正行而遺民乎，~持民而遺道乎？”⓱通“舉”，推舉，進用。《禮記·禮運》：“選賢~能，講信脩睦。”⓲通“舉”，攻占，收復。《戰國策·楚策四》：“於是乃以執珪而授之為陽陵君，~淮北之地也。”⓳通“舉”，皆，都。《漢書·高帝紀下》：“兵不得休八年，萬民~苦甚。”

（3）yù　❶參與。《論語·八佾》：“吾不~祭，如不祭。”❷干預。《漢書·淮南厲王傳》：“皇帝不使吏~其間。”❸相干。《史記·衛將軍驃騎列傳》：“人臣奉法遵職而已，何~招士？”❹在其中。《漢書·食貨志下》：“漢軍士馬死者十萬餘，兵甲轉漕之費不~焉。”❺稱譽。《漢書·翟方進傳》：“朝過夕改，君子~之。”

【與國】yǔ guó　友邦，盟國。《孟子·告子下》：“我能為君約~~，戰必克。”

漁　yú　❶捕魚。宋·歐陽修《醉翁亭記》：“臨溪而~，溪深而魚肥。”❷捕魚的人，漁人。清·姚燮《歲暮四章》：“旅舶守關停市易，貧~掠海抗官僚。”❸侵佔，掠奪。《商君書·修權》：“秋官之吏，隱下以~百姓，此民之蠹也。”❹獵取。《禮記·坊記》：“諸侯不下~色。”

◆　漁、魚。二字同源，“魚”本是“漁”的古字，“魚”是名詞，“漁”是動詞，作捕魚解。

【漁利】yú lì　用不正當的手段獲取利益。宋·陸游《跋南城吳氏社倉書樓詩文後》：“吝則蕾出，貪則~~。”

窬　yú　❶門旁的小門洞。明·袁宏道《五弟新卜園居》：“閑雲不隸館，任意邇門~。”❷挖空。《淮南子·泰族訓》：“~木而為舟。”❸通“踰”，翻越。《論語·陽貨》：“其猶穿~之盜也與？”❹通“覦”，覬覦。南朝齊·王儉《褚淵碑文》：“桂陽失圖，窺~神器。”

諛　yú　❶奉承，恭維。唐·韓愈《師說》：“位卑則足羞，官盛則近～。"❷和樂柔順的樣子。《管子·五行》："～然告民有事，所以待天地之殺斂也。"

◆ 諛、諂。"諛"是用語言巴結奉承，"諂"則不限於語言的巴結奉承，二字連用時不再有此區別。

餘 yú ❶豐足，寬裕。《淮南子·精神訓》："食足以接氣，衣足以蓋形，適情不求～。"❷剩餘，多出來的。《論語·學而》："行有～力，則以學文。"❸遺留，遺存。《史記·樂毅列傳》："及至棄羣臣之日，～教未衰。"❹剩殘，殘餘。《史記·田儋列傳》："儋弟田榮收儋～兵東走東阿。"❺其餘，此外。漢·司馬遷《史記·平原君虞卿列傳》："得十九人，～無可取者。"❻之後，以後。《左傳·僖公二十二年》："寡人雖亡國之～，不鼓不成列。"❼微末，非主要的。唐·柳宗元《非國語·卜》："卜者，世之～伎也。"

◆ 餘、余。在古籍中，"余"和"餘"是兩個字，除《楚辭》等較早的古籍偶爾通用以外，後世多不混用。

【餘風】yú fēng　遺風，遺留的風教或風範。《新唐書·陳子昂傳》："唐興，文章承徐、庾～～。"

【餘蔭】yú yīn　❶大的樹陰。晉·陶淵明《桃花源詩》："桑竹垂～～。"❷比喻前輩的恩澤惠及後人。明·吳承恩《德壽齊榮頌》："況我二門下承～～而叨末光者，喬仕在近，能無激於衷哉！"

覦 yú　企求，希求。《左傳·襄公十五年》："能官人，則民無～心。"

輿 yú ❶車箱。《論語·衛靈公》："在～則見其倚於衡也。"❷車。《荀子·勸學》："假～馬者，非利足也，而致千里。"❸轎子。南朝宋·劉義慶《世說新語·簡傲》："肩一徑造竹下，諷嘯良久。"❹抬，扛。《隋書·東夷傳》："令左右～之而行。"❺運載。唐·韓愈《送窮文》："主人使奴星結柳作車，縛草為船，載糗～粻。"❻製作車箱的工匠。《韓非子·備內》："故～人成輿，則欲人之富貴。"❼古代地位低賤的吏卒。《左傳·昭公七年》："皂臣～，～臣隸。"❽眾，多。《國語·晉語三》："惠公入而背外內之略，～人誦之。"❾大地，地域。晉·束皙《補亡詩》之五："漫漫方～。"

【輿地】yú dì　❶大地，土地。因《周易·說卦》將地比為"大輿"而得名。宋·陸游《聞蟬思南鄭》："逆胡亡形具，～～淪陷久。"❷疆域，地理。《漢書·江都易王非傳》："具天下之～～及軍陣圖。"

【輿服】yú fú　車輿冠服，用以表示等級尊卑。《史記·平準書》："室廬～～僭於上，無限度。"

【輿圖】yú tú　❶疆域。宋·陸游《書事》："聞道～～次第還，黃河依舊抱潼關。"❷地圖。清·馬廷槐《荊卿故里》："一卷～～計已粗，單車竟入虎狼都。"

【輿薪】yú xīn　滿車的柴禾，比喻顯而易見的事物。《孟子·梁惠王上》："明足以察秋毫之末，而不見～～。"

歟 yú　語氣詞，多用於句末，語氣舒緩。❶表示疑問與反問。明·張溥《五人墓碑記》："縉紳而能不易其志者，四海之大，有幾人～？”❷表示選擇。晉·陶淵明《五柳先生傳》：“無懷氏之民～？葛天氏之民～？”❸表示感歎。唐·韓愈《師說》：“今其智乃反不能及，其可怪也～！”

宇 yǔ ❶屋檐。《周易·繫辭下》：“後世聖人易之以宮室，上棟下～，以待風雨。”❷房屋，住處。《國語·周語中》：“其餘以均分公侯伯子男，使各有寧～。”❸疆土，天下。《左傳·昭公四年》：“或無難以喪其國，失其守～。”❹上下四方，空間。《荀子·富國》：“萬物同～而異體。”❺胸襟，氣度。《莊子·庚桑楚》：“～泰定者，發乎天光。”

【宇內】yǔ nèi ❶疆域之內，天下。漢·賈誼《過秦論》：“振長策而御～～，吞二周而亡諸侯。”❷天地之間。晉·陶淵明《歸去來兮辭》：“寓形～～復幾時，曷不委心任去留？”

羽 yǔ ❶鳥翅的長毛。《孟子·梁惠王上》：“吾力足以舉百鈞而不足以舉一羽。”❷翅膀。《詩經·小雅·鴻雁》：“鴻雁于飛，肅肅其～。”❸鳥類的代稱。宋·梅堯臣《河南張應之東齋》：“池清少遊魚，林淺無棲～。”❹箭翎，也指箭。唐·盧綸《塞下曲》：“平明尋白～。”❺雉羽舞具。《尚書·虞書·大禹謨》：“舞干～於兩階。”❻旌旗的代稱。《後漢書·賈復列傳》：“於是被～先登，所向皆靡。”❼指書信。清·顧炎武《與楊雪臣書》：“輒因便～，附布區區。”❽黨與，朋友。《韓非子·外儲說右上》：“時季～在側。”❾五音之一。戰國楚·宋玉《對楚王問》：“引商刻～，雜以流徵。”

【羽檄】yǔ xí 羽書，古代在軍事文書上插羽毛以示緊急，故稱“羽檄”。唐·李白《古風五九首》之三四：“～～如流星，虎符合專城。”

雨 (1) yǔ ❶從雲層降到地面的水滴。唐·杜甫《春夜喜雨》：“好～知時節，當春乃發生。”❷比喻眾多。《詩經·齊風·敝笱》：“齊子歸止，其從如～。”❸比喻恩澤。南朝梁·蕭綱《上大法頌表》：“澤～無偏，心田受潤。”❹比喻朋友。語本唐·杜甫《秋述》：“常時車馬之客，舊雨來，今雨不來。”謂賓朋過去遇雨也來，如今遇雨不來。宋·楊萬里《重九前四日晝睡獨覺》：“舊～不來從草綠，新豐獨酌又花黃。”

(2) yù ❶降雨。《詩經·小雅·大田》：“～我公田，遂及我私。”❷像雨一樣降落。宋·蘇軾《喜雨亭記》：“使天而～珠，寒者不得以為襦。”❸灌溉。唐·孟郊《終南山下作》：“山村不假陰，流水自～田。”❹潤澤。漢·劉向《說苑·貴德》：“吾不能以春風風人，吾不能以夏雨～人。”

【雨澤】yǔ zé 雨水。明·歸有光《項脊軒志》：“百年老屋，塵泥滲漉，～～下注。”

禹 yǔ 夏朝開國君王。姒姓，名文命，出於夏后氏，因奉命治水有功，得舜禪位，建立夏朝。《韓非子·五蠹》：“有苗不服，～將伐之。”

圉 yǔ ❶養馬，也泛指畜養。《左傳·哀公十四年》：“孟孺子洩將～馬於成。”❷養馬的人。《左傳·昭公七年》：“馬有～，牛有牧。”❸邊境，邊疆。《左傳·隱公十一年》：“寡人之使吾子處此，不唯許國之為，亦聊以固吾～也。"❹牢獄。《漢書・王褒傳》："昔周公躬吐捉之勞，故有～空之隆。"❺通"禦"，阻止，抵禦。《墨子・節用上》："以為冬以～風寒，夏以～暑雨。"

傴 yǔ ❶駝背。《呂氏春秋・盡數》："苦水所多尩與～人。"❷曲背，彎腰，表示恭敬。《左傳・昭公七年》："一命而僂，再命而～，三命而俯。"❸迂曲，迂闊。唐・皮日休《九諷・正俗》："並以吾之懇為～也。"

【傴拊】yǔ fǔ　憐愛撫育，"拊"通"撫"。《莊子・人間世》："以下～～人之民。"

【傴僂】yǔ lǚ　❶駝背。《淮南子・精神訓》："子求行年五十有四而病～～。"❷彎腰曲背。宋・歐陽修《醉翁亭記》："～～提攜，往來而不絕者，滁人遊也。"❸恭敬的樣子。漢・賈誼《新書・官人》："柔色～～，唯諛之行。"❹俯身。清・袁枚《新齊諧》："王趁其～～時，儘力推之。"

語 yǔ ❶說話，談論。《論語・鄉黨》："食不～，寢不言。"❷說的話，言論。《孟子・萬章上》："此非君子之言，齊東野人之～也。"❸語言。《孟子・滕文公下》："有楚大夫於此，欲其子之齊也，則使齊人傅諸？使楚人傅諸？"❹諺語，成語。《穀梁傳・僖公二年》："～曰：'唇亡則齒寒。'"❺文句。唐・杜甫《江上值水如海勢聊短述》："～不驚人死不休。"

窳 yǔ ❶粗劣。《韓非子・難一》："東夷之陶者器苦～。"❷敗壞，腐敗。《三國志・蜀書・郤正傳》："然而道有隆～，物有興廢。"❸懶惰。漢・劉向《新序・雜事四》："楚人～，而稀灌其瓜，瓜惡。"❹瘦弱，羸弱。漢・王充《論衡・命義》："稟性軟弱者，氣少泊而性羸～。"❺凹陷，低下。清・顧祖禹《讀史方輿紀要・江南十》："其～處有清濁池。"

齬 （1）yǔ　牙齒參差不齊。宋・蘇轍《和子瞻鳳翔八觀・石鼓》："頤下髭禿口齒～。"
（2）wú　山勢險峻。漢・張衡《西京賦》："上林岑以壘嶵，下嶄巖以巖～。"

玉 yù ❶美玉。唐・李賀《李憑箜篌引》："昆山～碎鳳凰叫，芙蓉泣露香蘭笑。"❷玉石製品，如玉佩、玉帶等。南朝宋・謝惠連《搗衣》："簪～出北房，鳴金步南階。"❸玉製樂器。《孟子・萬章下》："集大成也者，金聲而～振之也。"❹用來形容瑩潔白的東西。宋・黃庭堅《念奴嬌》："萬里青天，姮娥何處，駕此一輪～。"❺比喻美德賢才。《老子》七十二章："是以聖人被褐懷～。"❻敬詞，用來指稱對方的體貌言行等。《左傳・展喜犒師》："寡君聞君親舉～趾，將辱臨於敝邑。"❼幫助，磨煉。《詩經・大雅・民勞》："王欲～女，是用大諫。"

【玉成】yù chéng　成全。語本宋・張載《西銘》："貧賤憂戚，庸玉女於成也。"《古今小說・金玉奴棒打薄情郎》："此事全仗～～，當效銜結之報。"

【玉牒】yù dié　❶帝王的封禪文書。宋・王禹偁《單州成武縣行宮上梁文》："祈福不勞藏～～，禮天須至用金泥。"❷帝王的譜系。明・何景明《寄樊國賓》："業紹青緗舊，名沾～～香。"❸典冊。晉·張協《七命》："生必耀名於～～。"❹仙籍。唐·韋應物《萼綠華歌》："書名～～兮萼綠華。"

【玉壺】yù hú ❶玉製的壺，比喻高潔的襟懷。唐·王昌齡《芙蓉樓送辛漸》："一片冰心在～～。"❷漏壺的美稱。唐·李商隱《深宮》："～～傳點咽銅龍。"❸指明月。宋·辛棄疾《青玉案·元夕》："鳳簫聲動，～～光轉，一夜魚龍舞舞。"

【玉皇】yù huáng ❶道教所奉玉皇大帝的簡稱。唐·李白《贈別舍人弟臺卿之江南》："入洞過天地，登真朝～～。"❷指皇帝。唐·溫庭筠《贈彈箏人》："天寶年中事～～。"

【玉女】yù nǚ ❶對他人女兒的美稱。《史記·秦本紀》："乃妻之姚姓之～～。"❷美女。《大宋宣和遺事》："有多少天仙～～。"❸仙女。漢·賈誼《惜誓》："載～～於後車。"

【玉人】yù rén ❶雕琢玉器的工匠。《孟子·梁惠王下》："今有璞玉於此，雖萬鎰，必使～～琢之。"❷美人。宋·章質夫《楊花詞》："蘭帳～～睡覺，怪春衣雪沾瓊綴。"❸仙女。唐·杜牧《寄珬笛與宇文舍人》："寄與～～天上去。"

【玉潤】yù rùn ❶比喻美德。語本《禮記·聘義》："君子比德於玉焉，溫潤而澤，仁也。"《梁書·劉遵傳》："其孝友淳潔，立身貞固，內含～～，外表瀾清。"❷女婿的美稱。《晉書·衛玠傳》載，衛玠貌美，見者以為玉人，其妻父樂廣又有海內重名，時有"婦公冰清，女婿玉潤"的美譽。唐·白居易《得

乙女將嫁於丁既納幣而乙悔丁訴之乙云未立婚書》判詞："請從～～之訴，無過桃夭之時。"

【玉體】yù tǐ ❶貴體，對別人身體的敬稱。《戰國策·觸龍説趙太后》："恐太后～～之有所郄也，故願望見。"❷美女的身體。三國魏·曹植《美女篇》："明珠交～～。"

【玉璽】yù xǐ 皇帝專用的玉印，也喻指皇位。唐·李商隱《隋宮》："～～不緣歸日角，錦帆應是到天涯。"

【玉顏】yù yán ❶美麗的容顏，也指美貌的女子。唐·白居易《長恨歌》："馬嵬坡下泥土中，不見～～空死處。"❷對別人的尊稱。《燕丹子》卷中："丹得侍左右，睹見～～，斯乃上世神靈保佑燕國，令先生降辱焉。"

【玉英】yù yīng ❶玉的精華。戰國楚·屈原《楚辭·九章·涉江》："登崑崙兮食～～。"古代有食玉英能長生的説法。❷花的美稱。宋·趙長卿《花心動·客中見寄曖香書院》："一晌看花凝佇，因念我西園，～～真素。"❸唾液。《黃庭內景經·脾長章》："含漱金醴吞～～。"

聿 yù ❶筆。漢·揚雄《太玄·飾》："舌～之利。"❷迅速。晉·左思《吳都賦》："～越巇嶮。"❸助詞，用於句首或句中，無實義。《詩經·唐風·蟋蟀》："蟋蟀在堂，歲～其莫。"

汩 yù 見186頁gǔ。

育 yù ❶生育。《周易·漸》："婦孕不～，失其道也。"❷撫

養，養育。唐·韓愈《處士盧君墓誌銘》："母夫人既終，～幼弟與歸宗之妹。" ❸ 培養，教育。《孟子·告子下》："尊賢～下，以彰有德。" ❹ 生長，成長。《禮記·中庸》："天地位焉，萬物～焉。" ❺ 飼養或種植。《管子·度地》："養其人以～六畜。"

【育育】yù yù ❶ 活潑自由的樣子。《管子·十問》："浩浩者水，～～者魚。" ❷ 生長茂盛的樣子。晉·劉琨《答盧諶詩》："彼黍離離，彼稷～～。"

郁 yù ❶ 果實無核。《論衡·量知》："物實無中核者謂之～。" ❷ 通"彧"，有文采的樣子。南朝梁·劉勰《文心雕龍·徵聖》："近褒周代，則～哉可從。" ❸ 通"鬱"，香氣濃烈。南朝陳·徐陵《詠柑》："素榮芬且～。" ❹ 通"燠"，溫暖。南朝梁·劉孝標《廣絕交論》："敍溫～則寒谷成暄。" ❺ 通"薁"，山李。晉·潘岳《閒居賦》："梅杏～棣之屬，繁華麗藻之飾。"

【郁馥】yù fù 香氣濃烈。南朝梁·王僧孺《初夜文》："名香～～，出重簷而輕轉。"

【郁郁】yù yù ❶ 茂盛的樣子。《古詩十九首·青青河畔草》："青青河畔草，～～園中柳。" ❷ 憂愁煩悶的樣子。宋·范仲淹《岳陽樓記》："岸芷汀蘭，～～青青。" ❸ 眾多的樣子。漢樂府《孔雀東南飛》："從人四五百，～～登郡門。"

彧 yù ❶ 茂盛。明·徐霞客《徐霞客遊記·滇遊日記》："其中田禾芃～，樹落高下。" ❷ 有文采。晉·葛洪《抱朴子·廣譬》："不覩虎豹之～蔚，則不知犬羊之質漫。"

昱 (1) yù ❶ 光明，明亮。《淮南子·本經訓》："焜～錯眩，照耀輝煌。" ❷ 照耀。也作"煜"。漢·揚雄《太玄·告》："日以～乎晝，月以～乎夜。"

(2) yì 通"翌"，明天。漢·許慎《說文解字·日部》："～，明日也。"

浴 yù 洗澡。戰國楚·屈原《楚辭·漁父》："新～者必振衣。"

【浴德】yù dé 修養德行。《禮記·儒行》："儒有澡身而～～。"

域 yù ❶ 封疆，疆域。唐·駱賓王《為徐敬業討武曌檄》："請看今日之～中，竟是誰家之天下。" ❷ 區域。漢·李陵《答蘇武書》："遠棄君親之恩，長為蠻夷之～，傷已！" ❸ 邦國，封邑。《漢書·韋賢傳》："無婼（同'惸'）爾儀，以保爾～。" ❹ 範圍，境界。《韓非子·難一》："是管仲亦在所去之～矣。" ❺ 居處。《孟子·天時不如地利章》："～民不以封疆之界。"

欲 yù ❶ 慾望，慾求。《孟子·梁惠王上》："吾何快於是？將以求吾所大～也。" ❷ 愛好，喜愛。《論衡·案書》："人情～厚惡薄，神心猶然。" ❸ 色慾。《素問·上古天真論》："以～竭其精，以耗散其真。" ❹ 想要，希望。《論語·述而》："我～仁，斯仁至矣。" ❺ 應該，需要。北魏·賈思勰《齊民要術·耕田》："凡秋耕～深，春夏～淺。" ❻ 將要。唐·許渾《咸陽城東樓》："山雨～來風滿樓。"

【欲利】yù lì ❶ 慾念與利益。《韓非子·解老》："～～之心不除，其身之憂也。" ❷ 貪求利益。漢·司馬遷《報任安書》："故禍莫憯於

~~，悲莫痛於傷心。"

喻 yù ❶告知，曉諭。《史記·齊悼惠王世家》："使使～齊王及諸侯與連和。" ❷知道，明白。《論語·里仁》："君子～於義，小人～於利。" ❸説明，表明。《史記·淮南衡山列傳》："夫百年之秦，近世之吳楚，亦足以～國家之存亡矣。" ❹比喻，比方。《孟子·以五十步笑百步》："王好戰，請以戰～。"

馭 yù ❶駕馭馬車。《尚書·夏書·五子之歌》："懍乎若朽索之～六馬。" ❷乘馭。南朝梁·劉勰《文心雕龍·時序》："～飛龍於天衢。" ❸駕馭馬車的人。《莊子·盜跖》："顏回為～，子貢為右。" ❹車駕。唐·白居易《長恨歌》："天旋日轉迴龍～，到此躊躇不能去。" ❺統治，治理。南朝梁·劉勰《文心雕龍·時序》："曁皇齊～寶。"

【馭宇】yù yǔ　統治天下。隋·牛弘《請開獻書之路表》："及秦皇～～，吞滅諸侯，任用威力，事不師古。"

寓 yù ❶寄居。《孟子·離婁下》："無～人於我室。" ❷住處，住所。《漢書·高惠高后文功臣表》："高其位，大其～。" ❸寄遞，投遞。《左傳·子產告范宣子輕幣》："子產～書於子西，以告宣子。" ❹寄存。晉·陶淵明《歸去來兮辭》："～形宇內復幾時。" ❺寄託。宋·歐陽修《醉翁亭記》："山水之樂，得之心而～之酒也。"

【寓目】yù mù　過目，觀看。《左傳·僖公二十八年》："君馮軾而觀之，得臣與～～焉。"

御 (1) yù ❶駕馭馬車。《論語·子罕》："執～乎？執射乎？

吾執～也。" ❷駕馭車馬的人。《史記·陳涉世家》："陳王之汝陰，還至下城父，其～莊賈殺以降秦。" ❸統治，治理。漢·賈誼《過秦論》："振長策而～宇內，吞二周而亡諸侯。" ❹侍奉，陪侍。《尚書·夏書·五子之歌》："厥弟五人，～其母以從。" ❺進用，使用。凡是飲食、穿戴、彈奏及百物的使用均可稱"御"。宋·王安石《與微之同賦梅花得香字》："不～鉛華知國色，只裁雲縷想仙裝。" ❻宮中女官。《國語·周語上》："王～不參一族。" ❼對皇帝行為及用物的敬稱。《漢書·王商傳》："天子親～前殿，召公卿議。"

◆ 御、馭："馭"本是"御"的古文，在"駕御"的意義上兩字基本相同，只是"馭"用作動詞駕馭，"御"用作名詞馭手的情況稍多一些，但並不嚴格。

　　(2) yà　通"迓"，迎接。《詩經·召南·鵲巢》："之子于歸，百兩～之。"

【御風】yù fēng　乘風飛行。宋·蘇軾《前赤壁賦》："浩浩乎如馮虛～～。"

【御史】yù shǐ　官名。春秋戰國時期列國皆有御史，為國君親近之職，掌文書及記事。秦置御史大夫，職副丞相，位甚尊，並以御史監郡，遂有彈劾糾察之權。漢以後，御史職銜累有變化，職責則專司糾彈。《史記·廉頗藺相如列傳》："秦～～前書曰：'某年月日，秦王與趙王會飲，令趙王鼓瑟。'"

【御世】yù shì　治世。晉·葛洪《抱朴子·釋滯》："聖明～～，唯賢是寶。"

【御宇】yù yǔ　統治天下。唐·白居易《長恨歌》："漢皇重色思傾國，～～多年求不得。"

裕 yù　❶富饒，富足。《詩經·小雅·角弓》："此令兄弟，綽綽有～。"❷使富裕。《國語·吳語》："身自約也，～其眾庶。"❸充足，充裕。《尚書·商書·仲虺之誥》："好問則～，自用則小。"❹寬大，寬容。《周易·繫辭下》："益，德之～也。"

【裕如】yù rú　❶豐足。宋·羅大經《鶴林玉露》："百畝之收……二夫以之養數口之家，蓋～～也。"❷自足。明·劉基《裕軒記》："飯一盂而飽，酒一升而醉，無求多於口腹，而吾之心～～也。"❸自如。明·劉基《尚書亭記》："傳果行前定則不困，平居講之，他日處之～～也。"

粥 yù　見798頁zhōu。

愈 yù　❶病情痊癒。《孟子·滕文公上》："病～，我且往見。"❷賢，勝過。《論語·公冶長》："子謂子貢曰：'女與回也執～？'"❸更加，越發。宋·王安石《遊褒禪山記》："入之～深，其進～難，而其見～奇。"

【愈愈】yù yù　益甚。《詩經·小雅·正月》："憂心～～，是以有侮。"

鈺 yù　❶珍寶。《正字通·金部》："～，俗字，合金玉為～。"❷堅硬的金屬。《玉篇·金部》："～，堅金。"

遇 yù　❶相逢，不期而會。唐·韓愈《祭十二郎文》："吾往河陽省墳墓，～汝從嫂喪來葬。"❷遭受，遇到。漢·司馬遷《報任安書》："僕以口語～此禍，重為鄉黨所笑。"❸適合，投合。唐·韓愈《送李愿歸盤谷序》："大丈夫不～於時者之所為也，我則行之。"❹際遇，機會。明·張溥《五人墓碑記》："而五人亦得以加其土封，列其姓名於大堤之上……斯固百世之～也。"❺抵擋，對付。《荀子·大略》："無用吾之所短，～人之所長。"❻對待。《史記·趙世家》："魯賊臣陽虎來奔，趙簡子受賂，厚～之。"❼禮遇。三國蜀·諸葛亮《出師表》："蓋追先帝之殊～，欲報之於陛下也。"

煜 yù　❶光耀，照耀。明·張居正《贈喬尊師英老先生督學山東序》："士有此四者，即～於春華奚益矣。"❷熾盛的樣子。漢·班固《東都賦》："管弦燁～。"❸火光，火焰。晉·陸雲《南征賦》："飛烽戢～而決溝。"

獄 yù　❶爭訟。《國語·周語中》："君臣皆～，父子將～，是無上下也。"❷訟案，案件。《左傳·曹劌論戰》："小大之～，雖不能察，必以情。"❸刑獄。漢·路溫舒《尚德緩刑論》："然太平未洽者，～亂之也。"❹罪過，罪案。宋·歐陽修《瀧岡阡表》："此死～也，我求其生不得爾。"❺監獄，牢獄。漢·楊惲《報孫會宗書》："身幽北闕，妻子滿～。"

【獄牒】yù dié　刑事判決文書。《南史·梁昭明太子統傳》："～～應死者必降徒徙。"

【獄具】yù jù　罪案已定。《新唐書·酷吏傳》："鞭楚未收於壁，而～～矣。"

【獄訟】yù sòng　❶訟案。宋·蘇軾《喜雨亭記》："～～繁興而盜賊滋熾。"❷ 訴訟。《史記‧五帝本紀》："～～者不之丹朱而之舜。"

毓 yù ❶生養，養育。《周禮‧地官司徒‧大司徒》："以蕃鳥獸，以～草木。"❷產生，孕育。《國語‧晉語四》："黷則生怨，怨亂～災，災～滅姓。"

諭 yù ❶告知，告訴。《淮南子‧氾論訓》："～寡人以義者擊鐘。"❷明白，理解。《戰國策‧唐雎不辱使命》："寡人～矣，夫韓魏滅亡，而安陵以五十里之地存者，徒以有先生也。"❸上對下的告誡、指示，也特指皇帝的詔令。《漢書‧南粵王趙佗傳》："故使賈馳～告王朕意。"❹表明，顯示。《呂氏春秋‧離謂》："言者，以～意也。"❺比喻，比擬。《戰國策‧齊策四》："請以市～：市朝則滿，夕則虛，非朝愛市而夕憎之也。"

◆ 諭、喻。二字古代通用，一般"喻"多指比喻，"諭"多指告知，而上對下的指示、皇帝的詔令也用"諭"。

【諭旨】yù zhǐ ❶曉諭帝旨。宋‧孔平仲《孔氏談苑‧楊大年不願富貴》："令丁謂～～於楊大年，令作冊文。"❷皇帝的詔令。清‧平步青《霞外攟屑》："伊等即假傳～～，造作贊襄政務名目。"

闋 yù ❶門限，門檻。《論語‧鄉黨》："立不中門，行不履～。"❷門。三國魏‧曹植《應詔》："仰瞻城～，俯惟闕庭。"❸界限，限制。明‧管紹寧《送劉君岫歸里序》："環雉而～，不及馬腹。"

豫 yù ❶安樂，安逸。《新五代史‧伶官傳序》："憂勞可以興國，逸～可以亡身，自然之理也。"

❷喜悅，快樂。《孟子‧公孫丑下》："夫子若有不～色然。"❸巡遊。《孟子‧梁惠王下》："一遊一～，為諸侯度。"❹預備，先事為備。《禮記‧中庸》："凡事～則立，不～則廢。"❺猶豫，遲疑不決。《老子》十五章："～兮若冬涉川，猶兮若畏四鄰。"❻變化，變動。《鶡冠子‧泰錄》："百化隨而變，終始從而～。"❼通"與"，參與。《國語‧楚語上》："王孫啟～於軍事。"

【豫設】yù shè 預作籌劃準備。《漢書‧辛慶忌傳》："夫將不～～～，則亡以應卒。"

【豫圖】yù tú ❶預謀。三國魏‧曹植《豫章行》："窮達難～～，禍福信亦然。"❷通"與"，參與策劃。宋‧王安石《參知政事歐陽修三代制》之四："左右朕躬，～～政事。"

禦 yù ❶阻止，防止。《國語‧單子知陳必亡》："囿有林池，所以～災也。"❷抗拒，抵禦。《左傳‧隱公九年》："北戎侵鄭，鄭伯～之。"❸匹敵，相當。《詩經‧秦風‧黃鳥》："維此鍼虎，百夫之～。"

【禦侮】yù wǔ ❶抵禦外侮。宋‧胡銓《上高宗封事》："如有虜騎長驅，尚能折衝～～乎！"❷指武臣。《詩經‧大雅‧緜》："予曰有～～。"

燠 yù ❶暖，熱。《詩經‧唐風‧無衣》："不如子之衣，安且～兮。"❷鮮明，光亮。唐‧康駢《劇談錄》："景物輝～。"

【燠暑】yù shǔ 炎熱，悶熱。宋‧李格非《洛陽名園記‧董氏西園》："開軒窗四面敞甚，盛夏～～，不見畏日。"

譽 yù ❶稱讚，讚美。《韓非子‧難勢》："～其楯之堅，物莫能陷也。"❷名譽，美名。《孟子‧告子上》："令聞廣～施於身，所以不願人之文繡也。"

【譽望】yù wàng　名譽聲望。南朝梁·任昉《〈王文憲集〉序》："～～所歸，允集茲日。"

鬻　(1) yù　❶賣。《莊子·逍遙遊》："今一朝而～技百金，請與之。"❷買。宋·蔡絛 (tāo)《鐵圍山叢談》："晚在睢陽以鏹二十萬～一舊宅。"❸誇耀，賣弄。漢·王充《論衡·自紀》："不～智以干祿。"❹通"育"，生育，養育。《莊子·德充符》："四者，天～也，天～者，天食也。"

(2) zhōu　同"粥"。《左傳·昭公七年》："饘於是，～於是，以餬余口。"

【鬻文】yù wén　賣文，為別人寫文章而獲取報酬。《舊唐書·李邕傳》："時議以為自古～～獲財，未有如(李)邕者。"

鬱　yù　❶繁茂。《詩經·秦風·晨風》："～彼北林。"❷阻滯，閉塞。《漢書·宣帝紀》："朕不明六藝，～於大道。"❸憂愁，憂鬱。漢·劉向《九嘆》："志行～其難釋。"❹蘊結，蓄藏。唐·韓愈《送孟東野序》："樂也者，～於中而泄於外者也。"❺腐臭。《荀子·正名》："香臭、芬～、腥臊、酒酸、奇臭，以鼻異。"❻鬱金香，一種香草。唐·皮日休《九夏歌·昭夏》："有～其鬯，有儼其彝。"❼甚。《舊唐書·王播傳》："以文辭自立，……～有能名。"

◆ 鬱、郁。"郁"和"鬱"本來是兩個字，各有不同的含義，只是在香氣濃、雲氣濃盛等意義上兩字相通。

【鬱怒】yù nù　氣勢盛積。唐·韓愈《贈崔立之評事》："朝為百賦猶～～，暮作千詩轉遒緊。"

【鬱悒】yù yì　憂悶。漢·司馬遷《報任安書》："是以獨～～而誰與語！"

籲　yù　❶呼告，為某種請求而呼喊。《尚書·周書·泰誓中》："無辜～天。"❷和諧，和順。宋·梅堯臣《採杞》："我飲我助，以養我～。"

yuan

冤　yuān　❶屈縮。《漢書·息夫躬傳》："～頸折翼，庸得往兮！"❷冤枉，冤屈。《史記·淮陰侯列傳》："上曰：'若教韓信反，何～？'"❸冤仇，仇敵。漢·焦贛《易林·坤之大壯》："秦楚結～。"❹怨恨，仇恨。唐·李頻《哭賈島》："恨聲流蜀魄，～氣入湘雲。"❺上當，吃虧。清·文康《兒女英雄傳》第三十八回："我瞧今兒個這趟，八成兒要作～。"

悁　yuān　❶忿怒，氣忿。《史記·魯仲連鄒陽列傳》："棄忿～之節。"❷憂愁，憂鬱。宋·王安石《與望之至八功德水》："聊為山水遊，以寫我心～。"

淵　yuān　❶迴旋的水流。《列子·黃帝》："流水之潘為～。"❷深潭，深水。《荀子·勸學》："積水成～，蛟龍生焉。"❸事物的匯集之處。《後漢書·杜篤列傳》："略荒裔之地，不如保殖五穀之～。"❹深邃，深沉。《老子》四章："道沖，而用之或不盈，～兮，似萬物之宗。"❺源頭。《新唐書·第五琦傳》："賦所出以江、淮為～。"

【淵回】yuān huí ❶ 深淵的水迴旋曲折。宋·梅堯臣《和李密學見懷》："二水交流抱胭井，清潭幾曲自～～。" ❷ 比喻謀略深不可測。晉·陸機《漢高祖功臣頌》："大略～～，元功響效。"

【淵藪】yuān sǒu ❶ 事物聚集的地方。淵，魚的聚集之處；藪，獸的聚集之處。唐·劉知幾《史通·辨職》："斯固素餐之窟宅，尸祿之～～也。" ❷ 引申為根源。明·李贄《童心說》："然則六經、《語》、《孟》乃道學之口實，假人之～～也。"

鳶 yuān ❶ 一種猛禽，俗稱鷂鷹、老鷹。《詩經·大雅·旱麓》："～飛戾天。" ❷ 紙鳶，風箏。清·洪昇《長生殿·覓魂》："誰知他做長風吹斷～，似晴曦散曉煙。"

元 yuán ❶ 首，頭。《孟子·滕文公下》："志士不忘在溝壑，勇士不忘喪其～。" ❷ 為首的。晉·孫楚《為石仲容與孫皓書》："桴鼓一震，而～凶折首。" ❸ 開始，開端。《公羊傳·隱公元年》："～年者何？君之始年也。" ❹ 大。《漢書·哀帝紀》："夫基事之～命，必與天下自新。" ❺ 善，吉。《國語·晉語七》："抑人之有～君，將稟命焉。" ❻ 根本，根源。《呂氏春秋·召類》："愛惡循義，文武有常，聖人之～也。" ❼ 本來，原來。宋·陸游《示兒》："死去～知萬事空。"

【元輔】yuán fǔ　重臣。三國魏·曹植《任城王誄》："魏之～～。"

【元龜】yuán guī ❶ 大龜，用於占卜。《尚書·周書·金縢》："今我即命於～～。" ❷ 比喻可作借鑒的往事。《三國志·吳書·孫權傳》："斯則前世之懿事，後王之～～。"

【元君】yuán jūn ❶ 賢君。《國語·晉語七》："二三子為令之不從，故求～～而訪焉。" ❷ 道教對成仙女子的美稱。唐·呂巖《七言》："紫詔隨驚下玉京，～～相命會三清。" ❸ 祖先。漢·劉向《列女傳·孽嬖傳》："請就～～之廟而死焉。"

【元命】yuán mìng ❶ 天命。《三國志·吳書·孫權傳》："朕以不德，肇受～～。" ❷ 長壽。《尚書·周書·呂刑》："惟克天德，自作～～。" ❸ 舊以干支紀年，六十一歲又當生年干支，謂之元命。

【元戎】yuán róng ❶ 大型兵車。《詩經·小雅·六月》："～～十乘，以先啟行。" ❷ 大軍，兵眾。《史記·三王世家》："虛御府之藏以賞～～。" ❸ 主帥，主將。《周書·齊煬王憲傳》："吾以不武，任總～～。"

垣 yuán ❶ 牆，矮牆。《左傳·子產壞晉館垣》："子產使盡壞其館之～而納車馬焉。" ❷ 官署的代稱。唐·杜甫《春宿左省》："花隱掖～暮，啾啾棲鳥過。" ❸ 城，城市。清·壯者《掃迷帚》："先啜茗於雲露閣，小飲於老萬金，領略蘇～風味。" ❹ 一種糧倉。南朝梁·蕭綱《〈昭明集〉序》："發私藏之銅鳶，散～下之玉粒。"

爰 yuán ❶ 於是，就。《史記·伯夷列傳》："父死不葬，～及干戈，可謂孝乎？" ❷ 與。《尚書·周書·顧命》："太保命仲桓、南宮毛，俾～齊侯呂伋，以二干戈，虎賁百人，逆子劍於南門之外。" ❸ 於，從。《漢書·敍傳下》："～茲發跡，斷蛇奮旅。" ❹ 助詞，用於句首或句中，無實義。唐·駱賓王《為徐敬業討武曌檄》："～舉義旗，以清妖孽。"❺曰，稱為。《尚書·周書·洪範》："金曰從革，土～稼穡。"❻更換。《漢書·食貨志上》："休二歲者為再易下田，三歲更耕之，自～其處。"❼古代的一種貨幣單位。《毛公鼎》："王為取賦卅～。"❽通"猿"，猿猴。《漢書·李廣傳》："為人長，～臂，其善射亦天性也。"

員 (1) yuán ❶物的數量。《漢書·尹翁歸傳》："責以～程，不得取代。"❷人數，名額。《漢書·禮樂志》："皆令歌兒習吹以相和，常以百二十人為～。"❸人員。清·袁枚《書魯亮儕》："吾幾誤劾賢～。"❹量詞，用於稱人，相當於"人"、"名"。宋·司馬光《諫院題名記》："天禧初，真宗詔置諫官六～。"❺圓。後作"圓"。《孟子·離婁上》："規矩，方～之至也。"

(2) yún ❶增益。《詩經·小雅·正月》："無棄爾輔，～於爾幅。"❷語助詞，相當於"云"。《尚書·周書·秦誓》："日月逾邁，若弗～來。"

原 yuán ❶水源，源頭。《荀子·君道》："～清則流清，～濁則流濁。"❷根本，本原，原因。《資治通鑑》卷四十八："久不見代，恐開奸宄之～，生逆亂之心。"❸推究，考究。《新五代史·伶官傳序》："～莊宗之所以得天下，與其所以失之者，可以知之矣。"❹廣闊平坦的地面。唐·白居易《賦得古原草送別》："離離～上草。"❺原諒，諒解。《史記·高祖本紀》："令出罵者斬之，不罵者～之。"❻再，重。《後漢書·張衡列傳》："襄滯日官，今又～之。"

【原心】 yuán xīn ❶推究本意。《漢書·薛宣傳》："《春秋》之義，～～定罪。"❷本心。《四遊記·靈耀大鬧瓊花會》："汝～～不改，敢題反詩，敢走何處？"

【原宥】 yuán yòu 指量情寬赦其罪。《後漢書·陳蕃列傳》："請加～～，升之爵任。"

援 yuán ❶拉，拽，攀緣。《莊子·讓王》："王子搜～綏登車。"❷攀附，依附權勢往上爬。《禮記·在上位不陵下》："在下位，不～上。"❸攀折，摘取。《呂氏春秋·下賢》："桃李之垂於行者，莫之～也。"❹引進，引薦。《禮記·儒行》："其舉賢～能有如此者。"❺引用，引證。唐·劉泊《諫詰難臣寮上言書》："飾辭以析其理，～古以排其議。"❻幫助，救助。宋·蘇洵《六國論》："不賂者以賂者喪，蓋失強～，不能獨完。"❼執，持。《孟子·二子學弈》："一心以為有鴻鵠將至，思～弓繳而射之。"

【援立】 yuán lì 扶立。《後漢書·謝弼列傳》："皇太后定策宮闈，～～聖明。"

圍 yuán ❶環以垣籬，用來種植蔬果花木的場地。晉·陶淵明《歸去來兮辭》："～日涉以成趣，門雖設而常關。"❷供人遊憩觀賞的地方。南朝宋·劉義慶《世說新語·簡傲》："王子敬自會稽經吳，聞顧辟疆有名～。"❸帝王后妃的墓地，園陵。《史記·淮南衡山列傳》："追尊諡淮南王為厲王，置～復如諸侯儀。"❹事物聚集之處。漢·司馬相如《上林賦》："修容乎《禮》～，翱翔乎《書》圃。"

【圍圃】 yuán pǔ 種植果木蔬菜的場

地.《墨子·非攻上》:"今有一人,入人~~,竊其桃李。"

【園寢】yuán qǐn ❶ 建在帝王墓地上的廟.《後漢書·祭祀志》:"漢諸陵皆有~~。" ❷ 清朝皇妃、皇子的墓地.《清會典·禮部陵寢》:"醇賢親王~~,主事一人。"

圓 yuán ❶ 圓形.《孟子·離婁上》:"不以規矩,不能成方~。" ❷ 豐滿,飽滿.《呂氏春秋·審時》:"其粟~而薄糠。" ❸ 完滿,圓滿.宋·蘇軾《水調歌頭》:"不應有恨,何事長向別時~?" ❹ 圓潤,滑利.唐·元稹《善歌如貫珠賦》:"吟斷章而離離若間,引妙囀而一一皆~。" ❺ 圓通,圓滑.漢·桓寬《鹽鐵論·論儒》:"孔子能方不能~。" ❻ 團圓.宋·辛棄疾《木蘭花慢》:"十分好月,不照人~。" ❼ 指天.《淮南子·本經訓》:"戴~履方。" ❽ 丸,球.唐·馮贄《雲仙雜記》:"瀝取和獺肝為~,治心腹塊聚等疾。" ❾ 同"原",推究,解釋.唐·李德裕《次柳氏舊聞》:"黃幡綽在賊中,與逆~夢,皆順其情而忘陛下積年之恩寵。"

【圓方】yuán fāng ❶ 古代盛食品的器具.漢·張衡《南都賦》:"珍羞琅玕,充溢~~。" ❷ 天地的代稱.古有天圓地方之說,故云"圓方".唐·劉禹錫《楚望賦》:"~~相涵。"

源 yuán ❶ 水流起始處.《國語·晉語一》:"塞水不自其~。" ❷ 來源,根源.《史記·酷吏列傳》:"法令者治之具,而非制治清濁之~也。" ❸ 探察本源.馬王堆漢墓帛書《老子甲本·五行》:"文王~耳目之生而知其聲色也。"

緣 yuán ❶ 衣邊.《後漢書·明德馬皇后紀》:"常衣大練,裙不加~。" ❷ 物體的邊沿.《周書·王羆傳》:"嘗有臺使,羆為其設食,使乃裂其薄餅~。" ❸ 圍繞,繞着.《荀子·議兵》:"限之以鄧林,~之以方城。" ❹ 順着,沿着.唐·柳宗元《始得西山宴遊記》:"遂命僕過湘江,~染溪,斫榛莽。" ❺ 攀援.《孟子·梁惠王上》:"以若所為,求若所欲,猶~木而求魚也。" ❻ 憑藉,依據.《荀子·正名》:"~目而知形可也。" ❼ 緣分,機緣.清·吳敬梓《儒林外史》第三回:"只是無~,不曾拜會。" ❽ 因為.唐·杜甫《客至》:"花徑不曾~客掃,蓬門今始為君開。"

【緣飾】yuán shì ❶ 文飾.《淮南子·俶真訓》:"~~詩書,以賈名義於天下。" ❷ 邊飾.《三國志·魏書·武帝紀》"葬高陵"裴松之註引晉·王沈《魏書》:"茵蓐取溫,無有~~。"

圜 yuán ❶ 天體.戰國楚·屈原《楚辭·天問》:"~則九重,孰營度之?" ❷ 錢幣.《漢書·食貨志下》:"太公為周立九府~法,黃金方寸,而重一斤。" ❸ 牢獄.漢·司馬遷《報任安書》:"幽於~牆之中。" ❹ 同"圓",圓形.清·姚鼐《登泰山記》:"石蒼黑色,多平方,少~。"

【圜方】yuán fāng ❶ 圓與方.漢·賈誼《惜誓》:"睹天地之~~兮。" ❷ 古代認為天圓地方,故以"圜方"指天地.《漢書·律曆志上》:"規矩相須,陰陽位序,~~乃成。"

【圜丘】yuán qiū 帝王冬至祭天的地方.《漢書·禮樂志》:"以正月上辛用事甘泉~~。"

Y

【圜土】yuán tǔ　牢獄。宋·文天祥《五月十七夜大雨歌》："刭居～～中，得水猶得漿。"

轅 yuán ❶車轅，車前駕牲畜的直木。《墨子·公孟》："應孰辭而稱義，是猶荷一而擊蛾也。"❷車。南朝齊·孔稚珪《北山移文》："截來一於谷口，杜妄轡於郊端。"❸同"爰"，更改，易。《國語·晉語三》："且賞以悦眾，眾皆哭，焉作一田。"

【轅門】yuán mén　❶指行宮。帝王外出止宿時，以車為屏藩，於出入處仰起兩車，使車轅對峙如門，故稱"轅門"。《戰國策·趙策一》："張孟談因朝知伯而出，遇知過～～之外。"❷領兵將帥的營門。唐·岑參《白雪歌送武判官歸京》："紛紛暮雪下～～。"❸地方高級官署的外門。《古今小説·沈小霞相會出師表》："解到～～外，伏聽鈞旨。"

遠 yuǎn　❶遙遠，指距離大。唐·杜甫《新婚別》："君行雖不～，守邊赴河陽。"❷久遠，指時間漫長。三國魏·曹丕《與吳質書》："三年不見，《東山》猶歎其～，況乃過之。"❸多，指差距大。唐·韓愈《師説》："今之眾人，其下聖人也亦～矣，而恥學於師。"❹深奥，深遠。《周易·繫辭下》："其旨～，其辭文，其言曲而中。"❺高遠，遠大。《論語·顔淵》："浸潤之譖，膚受之愬，不行焉，可謂～也已矣。"❻遠地，遠方。《左傳·僖公三十二年》："勞師以襲～，非所聞也。"❼疏遠，離去。三國蜀·諸葛亮《出師表》："親賢臣，～小人，此先漢所以興隆也。"

【遠臣】yuǎn chén　❶來自遠方的臣。《孟子·萬章上》："觀～～，以其所主。"❷被疏遠的臣。《國語·楚語上》："近臣諫，～～謗，輿人誦，以自誥也。"

【遠人】yuǎn rén　❶遠方的人，指外族人或外國人。《論語·季氏》："故～～不服，則修文德以來之。"❷關係疏遠的人。《左傳·定公元年》："周鞏簡公棄其子弟而好用～～。"❸遠行的人。《詩經·齊風·甫田》："無思～～，勞心忉忉。"

苑 yuàn　❶養禽獸植林木的地方，多指帝王遊獵的場所。《漢書·賈山傳》："去諸一以賦農夫。"❷泛指園林。晉·謝靈運《夜宿石門》："朝搴～中蘭，畏彼霜下歇。"❸學術文藝等會集之地。南朝梁·劉勰《文心雕龍·才略》："晉世文～，足儷鄴都。"

【苑結】yuàn jié　鬱結，抑鬱。《詩經·小雅·都人士》："我不見兮，我心～～。"

【苑囿】yuàn yòu　❶畜養禽獸供帝王遊玩的園林。宋·蘇轍《上樞密韓太尉書》："仰觀天子宮闕之北與倉廩府庫、城池～～之富且大也。"❷掌握，駕馭。南朝梁·劉勰《文心雕龍·雜文》："～～文情，故曰新殊致。"❸包含。南朝梁·劉勰《文心雕龍·體性》："文辭根葉，～～其中矣。"

怨 yuàn　❶埋怨，報怨。《論語·里仁》："事父母幾諫，見志不從，又敬不違，勞而不～。"❷怨恨，仇恨。《孟子·梁惠王上》："抑王興甲兵，危士臣，構～於諸侯，然後快於心與？"❸悲愁，哀怨。《呂氏春秋·侈樂》："樂不樂者，其民必～，其生必傷。"❹ 怨仇，仇人。《禮記·儒行》："儒有內稱不辟親，外舉不辟～。"❺ 違背。《管子·宙合》："夫名實之相～久矣。"

【怨謗】yuàn bàng　怨恨責難。《呂氏春秋·情欲》："民人～～，又樹大仇。"

【怨刺】yuàn cì　怨恨諷刺。宋·歐陽修《〈梅聖俞詩集〉序》："內有憂思感憤之鬱積，其興於～～，以道羈臣寡婦之所歎，而寫人情之難言。"

【怨懟】yuàn duì　怨恨，不滿。漢·劉向《新序·善謀》："百姓罷勞～～於下，羣臣倍畔於上。"

【怨恚】yuàn huì　怨恨。漢·王充《論衡·書虛》："～～吳王，發怒越江，違失道理，無神之驗也。"

【怨曠】yuàn kuàng　❶ 怨恨夫妻長久別離。《詩經·邶風·雄雉序》："軍旅數起，大夫久役，男女～～。"❷ 指男無妻，女無夫。唐·溫大雅《大唐創業起居注》："～～感於幽冥，縻費極於民產。"❸ 專指女子無夫。唐·陳子昂《感遇》："宮女多～～，層城閉娥眉。"

【怨艾】yuàn yì　悔恨，怨恨。《醒世恆言》第十七卷："幸喜彼亦自覺前非，～～日深，幡然遷改。"

院 yuàn　❶ 院牆，圍牆。《睡虎地秦墓竹簡·法律答問》："巷相直者為～，宇相直者不為～。"❷ 有圍牆的房舍、宅院，也泛指房舍。唐·韋莊《應天長》："綠槐陰裏黃鶯語，深～無人春晝午。"❸ 庭院，院子。唐·李白《之廣陵宿常二南郭幽居》："忘憂滋假草，滿～羅薔薇。"❹ 宮掖，宮室。唐·杜寶《大業雜記》："築西苑周二百里，

其內造十六～。"

菀 yuàn　見 615 頁 wǎn。

掾 yuàn　❶ 衣物邊緣的裝飾。馬王堆漢墓竹簡《葬具》："白綃乘雲繡郭中綱度一赤～。"❷ 屬官，佐助官員。《漢書·蕭何傳》："為沛主吏～。"

【掾曹】yuàn cáo　漢以後中央及地方皆置掾史，因分曹治事，故稱"掾曹"。唐·杜甫《劉九法曹鄭瑕邱石門宴集》："～～乘逸興，鞍馬到荒林。"

【掾吏】yuàn lì　佐助官吏的通稱。《東觀漢記·吳良傳》："為郡議曹掾，歲旦，與～～入賀。"

【掾史】yuàn shǐ　分曹治事的屬吏。《史記·酷吏列傳》："鄉上意所便，必引正、監、～～賢者。"

愿 yuàn　質樸，老實。《荀子·富國》："汙者皆化而修，悍者皆化而～。"

【愿民】yuàn mín　質樸老實的人。《荀子·王霸》："無國而不有～～，無國而不有悍民。"

【愿樸】yuàn pǔ　質樸敦厚。《後漢書·劉寵列傳》："山民～～，乃有白首不入市井者。"

願 yuàn　❶ 心願，願望。晉·陶淵明《歸去來兮辭》："富貴非吾～，帝鄉不可期。"❷ 願意，情願。《論語·公冶長》："～無伐善，無施勞。"❸ 希望。唐·聶夷中《傷田家》："我～君王心，化作光明燭。"❹ 羨慕，傾慕。《孟子·告子上》："令聞廣譽施於身，所以不～人之膏粱之味也。"❺ 思念。《詩經·衛風·伯兮》："～言思伯，甘心疾首。"

yue

曰 yuē ❶說。《論語·為政》："子告之以~。"孟孫問孝於我，我對~，無違。"❷句首、句中語氣詞。《詩經·小雅·采薇》："~歸~歸，歲亦莫止。"

約 yuē ❶捆縛，纏束。《戰國策·齊策六》："魯連乃書，~之矢，以射城中。"❷約束，檢束。《論語·雍也》："君子博學於文，~之以禮。"❸繩子。《左傳·哀公十一年》："公孫揮命其徒曰：'人尋~，……'"❹省減，減縮。《戰國策·楚策一》："昔者先君靈王好小要，楚士~食，馮而能立，式而能起。"❺簡要，簡明。《孟子·公孫丑上》："然而孟施舍守~也。"❻節儉。《論語·里仁》："以~失之者鮮矣。"❼貧困。《論語·里仁》："不仁者不可以久處~，不可以長處樂。"❽訂約，約定。《史記·項羽本紀》："懷王與諸將~曰：'先破秦入咸陽者王之。'"❾邀結，邀請。《孟子·告子下》："我能為君~與國，戰必克。"❿置辦，準備。《戰國策·馮煖客孟嘗君》："於是~車治裝，載券契而行。"⓫大約，大概。《三國志·魏書·華佗傳》："見（華）佗北壁縣此蛇雷，~以十數。"

【約略】 yuē lüè ❶大致，粗略。唐·白居易《答客問杭州》："為我踟躕停酒盞，與君~~說杭州。"❷略微，不經意。宋·梅堯臣《元日》："草卒具盤餐，~~施粉黛。"❸仿佛，依稀。唐·李端《長安書事寄薛戴》："笑語且無聊，逢迎多~~。"❹大約，大概。清·紀昀《閱微草堂筆記·灤陽消夏錄》："景城距城八十七里，~~當是也。"❺粗計，概算。清·蒲松齡《聊齋志異·邵女》："女乃~~經絡，刺之如數。"

【約束】 yuē shù ❶纏束，束縛。《管子·樞言》："先王不~~，不結紐。"❷規約，規章。《史記·廉頗藺相如列傳》："秦自繆公以來二十餘君，未嘗有堅明~~者也。"❸控制，限制。《漢書·匈奴傳下》："恐北去後難~~。"

【約從】 yuē zòng 從，合縱。戰國時齊楚等國聯合抗秦稱"合縱"。漢·賈誼《過秦論》："~~離衡，兼韓、魏、燕、趙、宋、衛、中山之眾。"

矱 yuē ❶尺度，法度。戰國楚·屈原《楚辭·離騷》："勉升降以上下兮，求榘~之所同。"❷取法，類比。南朝梁·劉勰《文心雕龍·銘箴》："至如敬通雜器，準~戒銘，而事非其物，繁略違中。"

月 (1) yuè ❶月亮，月球。唐·李白《月下獨酌》："舉杯邀明~，對影成三人。"❷月光，月色。晉·陶淵明《歸園田居》："晨興理荒穢，帶月荷鋤歸。"❸農曆月相變化的一個周期，即一個月。宋·蘇軾《喜雨亭記》："既而彌~不雨，民方以為憂，越三~，乙卯，乃雨。"❹每月。《孟子·滕文公下》："~攘一雞，以待來年然後已。"

(2) ròu 同"肉"。漢·桓譚《新論·琴道》："宮中相殘，骨~成泥。"

【月桂】 yuè guì ❶月中桂樹，傳說月中有桂樹，高五百丈。也借指月亮、月光。南朝陳·張正見《薄帷鑒明月》："長河上~~。"❷比喻科舉考試登第。唐·李潛《和主司王起》："恩波舊是仙舟客，德宇新添～～名。"❸ 植物名。唐·白居易《留題天竺靈隱兩寺》："宿因～～落，醉為海榴開。"

【月華】 yuè huá ❶ 月光，月色。南朝梁·江淹《雜體詩》："清陰往來遠，～～散前墀。"❷ 月亮。北周·庾信《舟中望月》："舟子夜離家，開舲望～～。"❸ 月亮周圍的光環。明·馮應京《月令廣義·八月令》："～～之狀如錦雲捧珠。"

【月輪】 yuè lún 圓月，滿月。北周·庾信《象戲賦》："～～新滿，日暈重圓。"

【月朔】 yuè shuò 農曆每月初一。唐·王昌齡《放歌行》："明堂坐天子，～～朝諸侯。"

【月望】 yuè wàng 農曆每月十五日。唐·王度《古鏡記》："是後每至～～，則出鏡於暗室，光嘗照數丈。"

【月夕】 yuè xī ❶ 月末。《荀子·禮論》："然後月朝卜日，～～～卜宅。"❷ 月夜。唐·杜牧《贈漁夫》："蘆花深澤靜垂綸，～～～朝煙幾十春。"❸ 特指農曆八月十五日，對二月十五日花朝而言。宋·吳自牧《夢粱錄·中秋》："此夜月色倍明於常時，又謂之～～～。"

刖 yuè ❶ 砍腳或腳趾的酷刑。《左傳·莊公十六年》："殺公子閼，～強鉏。"❷ 割，砍斷。漢·焦贛《易林·艮之需》："根～殘樹，華葉落去。"

岳 yuè ❶ 同"嶽"，高山。宋·范仲淹《岳陽樓記》："山～潛形。"❷ 對妻子父母的稱呼。清·蒲松齡《聊齋志異·劉夫人》："吾同鄉也，～家誰氏？答曰：'無之。'"

悦 yuè ❶ 喜歡，歡樂。晉·陶淵明《歸去來兮辭》："～親戚之情話，樂琴書以消憂。"❷ 愛慕，愛悅。《史記·秦始皇本紀》："見呂不韋姬，～而取之。"❸ 悅服。《孟子·滕文公上》："及至葬，四方來觀之，顏色之戚，哭泣之哀，弔者大～。"❹ 通"脫"，簡易，馬虎。《呂氏春秋·士容》："乾乾乎取舍不～，而心甚素樸。"

【悦服】 yuè fú 心悅誠服。宋·蘇軾《潮州韓文公廟碑》："民既～～～，則出涕。"

越 yuè ❶ 度過，跨過。唐·杜甫《自京赴奉先詠懷》："行李相攀援，川廣大可～。"❷ 經過。宋·范仲淹《岳陽樓記》："～明年，政通人和，百廢具興。"❸ 超過，超出。《孔子家語·五儀解》："油然若將可～而不可及者，君子也。"❹ 激揚，宣揚。《國語·叔向賀貧》："宣其德行，順其憲則，使～於諸侯。"❺ 遠，遠離。《左傳·襄公十四年》："聞君不撫社稷，而～在他竟，若之何不弔？"❻ 背離，違背。《孟子·梁惠王下》："有罪無罪，惟我在，天下曷敢有～厥志。"❼ 消散，飛散。《淮南子·精神訓》："嗜欲者使人之氣～。"❽ 墜落，失墜。《左傳·成公二年》："射其左，～於車下。"❾ 抱劫，奪取。《尚書·周書·康誥》："凡民自得罪，寇攘姦宄，殺～人於貨。"❿ 愈加，越發。宋·辛棄疾《浣溪沙》："宜顰宜笑～精神。"⓫ 發語詞。《尚書·周書·大誥》："～予沖人，不卬自恤。"⓬ 通"粵"，於，於是。《史記·宋微子世家》："殷遂喪，～至于今。"⓭ 通"與"，與，和。《尚書·周書·大誥》："猷！大誥爾多邦，越爾御事。"

【越席】yuè xí　起座，離席。《孔子家語·顏回》："公聞之，~~而起。"

鉞 yuè　古代的一種兵器，似斧而較大，圓刃，盛行於殷周。《史記·殷本紀》："湯自把~，以伐昆吾。"

説 yuè　見 564 頁 shuō。

樂 yuè　見 350 頁 lè。

閲 yuè　❶查點，逐個數。漢·王充《論衡·自紀》："~錢滿億，穿決出萬。"❷考核，視察。《管子·度地》："常以秋歲之時~其民。"❸檢閱。《左傳·桓公六年》："秋，大~，簡車馬也。"❹閱讀，閱覽。唐·劉禹錫《陋室銘》："可以調素琴，~金經。"❺觀看。明·宋濂《閲江樓記》："天不寓其致治之思，奚止一夫長江而已哉！"❻經歷，閱歷。宋·蘇軾《三槐堂銘》："貫四時，~千歲而不改者，其天地也。"❼積功，功績。唐·駱賓王《疇昔篇》："高門有~不圖封。"❽仕宦人家門外樹立的自敍功狀的柱子，後稱名門巨室為"閲"。宋·文天祥《回施帥准送別啟》："某官冰雪孤標，雲霄名~。"❾匯集，匯總。晉·陸機《歎逝賦》："川~水以成川，水滔滔而日度。"

嶽 yuè　❶特指名山"四嶽"或"五嶽"。晉·謝道韞《登山》："峨峨東~高。"❷泛指高山或山的最高峯。宋·陸游《秋夜將曉出籬門迎涼有感》："三萬里河東入海，五千仞~上摩天。"

氲 yūn　❶煙氣，雲氣。唐·張籍《宛轉行》："爐~暗裛徊，寒燈背斜光。"❷充盈，彌漫。清·魏源《楚粵歸舟紀遊四首》之三："濠鏡羊城水氣~。"❸慍怒，發怒。元·王實甫《西廂記》："往常但見個外人，~的早嗔。"

【氲氤】yūn yīn　煙氣彌漫的樣子。南朝梁·江淹《丹砂可學賦》："漫五色之~~。"

云 yún　❶"雲"的古字。《戰國策·秦策四》："楚燕之兵~翔不敢校。"❷説。《論語·子張》："子夏~何？"❸為，是。《墨子·耕柱》："子兼愛天下，未~利也，我不愛天下，未~賊也。"❹有。《荀子·法行》："事已敗矣，乃重太息，其~益乎！"❺周旋，迴旋。《管子·戒》："故天不動，四時~下而萬物化。"❻代詞，這樣。《左傳·襄公二十八年》："子之言~，又焉用盟？"❼連詞，如果，假如。《列子·力命》："仲父之病病矣，可不諱~至於大病，則寡人惡乎屬國而可？"❽助詞，用於句首句中或句末，無實義。《論語·陽貨》："禮~禮~，玉帛~乎哉！"

【云爾】yún ěr　❶語末助詞，相當於如此而已。《論語·述而》："不知老之將至~~。"❷如此説。漢·李陵《答蘇武書》："足下又云，漢與功臣不薄，子為漢臣，安得不~~乎！"

【云何】yún hé　❶為何。《詩經·唐風·揚之水》："既見君子，~~不樂？"❷如何。《史記·司馬穰苴列傳》："軍法期而後至者~~？"

【云胡】yún hú　為何。《詩經·鄭風·風雨》："既見君子，～～不夷？"

【云云】yún yún　❶ 周旋迴轉的樣子。《呂氏春秋·圜道》："雲氣西行，～～然。"❷ 眾多。《莊子·在宥》："萬物～～，各復其根。"❸ 猶"紜紜"，紛紜，紛紛。漢·仲長統《昌言·損益》："為之以無為，事之以無事，何子言之～～也？"❹ 如此這般。一般多用來表示有所省略。《漢書·汲黯傳》："上方招文學儒者，上曰吾欲～～。"❺ 助詞，用於句末，無義。唐·白居易《與元微之書》："其餘事況，條寫如後～～。"

芸 yún　❶ 芸香，一種香草。宋·沈括《夢溪筆談·辨證一》："古人藏書辟蠹用～。"❷ 芸薹，菜名。《呂氏春秋·本味》："陽華之～，雲夢之芹。"❸ 花草枯黃的樣子。《詩經·小雅·苕之華》："苕之華，～其黃矣。"❹ 通"耘"，除草。《孟子·盡心下》："人病舍其田，而～人之田。"

耘 yún　❶ 除草。宋·范成大《四時田園雜興》之七："晝出～田夜績麻，村莊兒女各當家。"❷ 除去，鋤掉。《史記·東越列傳》："不戰而～，利莫大焉。"

紜 yún　形容繁多雜亂的樣子。漢·班固《東都賦》："千乘雷起，萬騎紛～。"

雲 yún　❶ 由水滴、冰晶聚集形成的懸浮在空中的物體。《周易·小畜》："密～不雨。"❷ 比喻高。《後漢書·光武帝紀上》："～車十餘丈，瞰臨城中。"❸ 比喻盛多。漢·賈誼《過秦論》："天下～集而響應，贏糧而景從。"

【雲鬢】yún bìn　❶ 婦女濃密柔美的鬢髮。北朝民歌《木蘭辭》："當窗理～～。"❷ 借指美女。唐·李賀《湖中曲》："蜀紙封巾報～～。"

【雲佈】yún bù　❶ 雲氣散佈。《雲笈七籤》："俄而風起～～，微雨已至。"❷ 形容眾多，處處遍佈。漢·班固《西都賦》："列卒周匝，星羅～～。"

【雲漢】yún hàn　❶ 銀河，天河。唐·李白《月下獨酌》："永結無情遊，相期邈～～。"❷ 高空。唐·張九齡《奉和聖制途經華山》："萬乘華山下，千岩～～中。"

【雲髻】yún jì　❶ 高聳的髮髻。三國魏·曹植《洛神賦》："～～峨峨，修眉聯娟。"❷ 借指美女。宋·梅堯臣《飲඲厚甫舍人家》："又令三～～，行酒何婀約。"

【雲霓】yún ní　❶ 雲和虹。《孟子·梁惠王下》："民望之，若大旱之望～～也。"❷ 惡氣，喻指讒邪蔽明之人。戰國楚·屈原《楚辭·離騷》："飄風屯其相離兮，帥～～而來御。"

【雲轡】yún pèi　指駿馬。《宋書·鄧琬傳》："時乘～～，頓於促路。"

【雲蒸】yún zhēng　❶ 雲氣升騰。《淮南子·原道訓》："風興～～，事無不應。"❷ 比喻盛多。南朝梁·劉勰《文心雕龍·時序》："並體貌英逸，故俊才～～。"

蕓 yún　蕓薹，油菜。明·李時珍《本草綱目·蕓薹》："此菜易起薹，須采其薹食，則分枝必多，故名～薹。"

允 yǔn　❶ 誠信。《漢書·司馬相如傳下》："～哉漢德，此鄙人之所願聞也。"❷ 公平，得當。

晉・庾亮《讓中書令表》："事有不~，罪不容誅。" ❸答應，許諾。唐・韓愈《黃家賊事宜狀》："朝廷信之，遂~其請。" ❹果真，誠然。漢・揚雄《揚子法言・問道》："~治天下不待縟文與五教，則吾以黃帝、堯、舜為疣贅。" ❺介詞，相當於"以"。《尚書・虞書・堯典》："~釐百工。" ❻語氣助詞，用於句首。《詩經・周頌・時邁》："~王保之。"

【允當】yǔn dàng ❶公平適當。《舊唐書・張文瓘傳》："旬日決遣疑事四百餘條，無不~~。" ❷確實符合，恰當。《北史・蘇椿傳》："置當州鄉師，自非鄉望~~，眾心者不得預焉。"

隕　yǔn ❶墜落。晉・李密《陳情表》："非臣~首所能上報。" ❷毀壞，敗壞。《史記・五帝本紀》："此十六族者，世濟其美，不~其名。" ❸喪失，覆滅。《左傳・成公十三年》："我襄公未忘君之舊勳，而懼社稷之~。" ❹通"殞"，死亡。宋・文天祥《癸亥上皇帝書》："坐受斧鉞，九~無悔。"

【隕節】yǔn jié　為保持氣節而死。南朝宋・顏延之《陽給事誄》："貴父~~，魯人是志。"

殞　yǔn ❶損毀，死亡。唐・韓愈《祭十二郎文》："其竟以此而~其生乎？" ❷通"隕"，墜落。《淮南子・泰族訓》："聞者莫不~涕。"

【殞謝】yǔn xiè　死亡。清・蒲松齡《聊齋志異・馬介甫》："又聞萬鍾~~，頓足悲哀。"

孕　yùn ❶懷胎。漢・鄒陽《獄中上梁王書》："封比干之後，修~婦之墓，故功業覆於天下。" ❷身

孕，胎兒。《後漢書・賈復列傳》："聞其婦有~，生女邪，我子娶之，生男邪，我女嫁之。" ❸孕育，培養。唐・李白《述德兼陳情上哥舒大夫》："天為國家~英才，森森矛戟擁靈臺。" ❹包含。唐・白居易《與元九書》："於是~大含深，貫微洞密。"

均　yùn　見317頁jūn。

菀　yùn　見615頁wǎn。

慍　(1) yùn ❶含怒，生氣。《論語・學而》："人不知而不~，不亦君子乎？" ❷害羞。元・關漢卿《金線池》："~的面赤，兜的心疼。"
　　(2) yǔn　鬱結。《孔子家語・辯樂》："南風之薰兮，可以解吾民之~兮。"

【慍色】yùn sè　怨怒的神色。《論語・公冶長》："三仕為令尹，無喜色；三已之，無~~。"

温　yùn　見627頁wēn。

運　yùn ❶運轉，轉動。《孟子・梁惠王上》："天下可~於掌。" ❷搬運，運送。《晉書・陶侃傳》："輒朝~百甓於齋外，暮~於齋內。" ❸運用，使用。《孫子・九地》："~兵計謀，為不可測。" ❹氣數，運氣。宋・蘇軾《潮州韓文公廟碑》："是皆有以參天地之化，關盛衰之~。" ❺指南北向的距離。《國語・越語上》："句踐之地……廣~百里。"

【運筆】yùn bǐ ❶指運腕用筆寫字。南朝梁・蕭衍《答陶弘景書》："夫~~邪則無芒角，執手寬則書緩弱。" ❷指寫作。《北史・陳元康傳》："元康於壇下作軍書，颯颯

~~，筆不及凍，俄頃妥數紙。"

【運數】 yùn shù　命運，氣數。漢·荀悅《申鑒·俗嫌》："~~非人力之為也。"

暈 (1) yùn ❶日月周圍的光圈。宋·蘇洵《辨姦論》："月~而風，礎潤而雨。" ❷光影、色彩四周模糊的地方。唐·韓愈《宿龍宮灘》："夢覺燈生~。" ❸浸潤，擴散。明·湯顯祖《牡丹亭》："血~幾重圍，孤城怎生料？" ❹昏眩，視覺模糊。唐·姚合《閑居》："頭風春飲苦，眼一夜書多。"

(2) yūn　昏迷，失去知覺。清·吳敬梓《儒林外史》第三回："范進因這一個嘴巴，卻也打~了，昏倒於地。"

【暈目】 yùn mù　耀眼。唐·歐陽詹《智達上人水精念珠歌》："凌眸~~生光芒。"

熨 (1) yùn ❶用烙鐵、熨斗將衣服熨平。《南史·何敬客傳》："衣裳不整，伏牀~之。" ❷緊貼。南朝宋·劉義慶《世說新語·惑溺》："乃出中庭自取冷，還以身~之。"

(2) wèi　用藥物熱敷。《韓非子·扁鵲見蔡桓公》："病在腠理，湯~之所及也。"

(3) yù　見"熨帖"。

【熨帖】 (1) yùn tiē ❶把衣物熨平。唐·杜甫《白絲行》："美人細意~~平。" ❷平坦，平靜。宋·楊萬里《將至醴陵》："行盡崎嶇峽，初逢~~披。"

(2) yù tiē ❶舒暢，舒適。宋·范成大《范村雪後》："~~愁眉展。" ❷慰藉，體貼。明·唐順之《周襄敏公傳》："公益務寬簡繩

法，以休懷~~之。" ❸處理妥帖。清·趙翼《甌北詩話·查初白詩》："更細意~~，因物賦形，無一字不穩愜。"

醞 yùn ❶釀酒。三國魏·曹植《酒賦》："或秋藏冬發，或春~夏成。" ❷酒。宋·梅堯臣《永叔贈酒》："大門多奇~，一斗市錢千。" ❸逐漸形成或造成。宋·陳與義《題唐希雅畫寒江圖》："江頭雲黃天~雪，樹枝慘慘凍欲折。"

【醞藉】 yùn jiè　同"蘊藉"，含蓄寬容。《漢書·薛廣德傳》："廣德為人溫雅有~~。"

韞 yùn　蘊藏，包藏。《論語·子罕》："有美玉於斯，~櫝而藏諸？求善賈而沽諸？"

【韞藉】 yùn jiè　同"蘊藉"，含蓄而不顯露。明·王九思《醉花陰》："風流~~。"

韻 yùn ❶和諧的聲音。南朝宋·謝莊《月賦》："若乃涼夜自淒，風篁成~。" ❷音節的韻母部分，也指押韻。南朝梁·劉勰《文心雕龍·章句》："賈誼、枚乘，兩~輒易。" ❸指詩賦詞曲。唐·王勃《滕王閣序》："一言均賦，四~俱成。" ❹風度，情趣。晉·陶淵明《歸園田居》："少無適俗~，性本愛丘山。" ❺作品的氣韻，神韻。北齊·顏之推《顏氏家訓·名實》："命筆為詩，彼造次即成，了非向~。" ❻風雅，高雅。南朝宋·劉義慶《世說新語·言語》："或言道人養鬚為不~。" ❼美。宋·辛棄疾《小重山·茉莉》："莫將他去比荼蘼，分明是他更~些兒。"

蘊 yùn ❶積聚。《左傳·昭公十年》："~利生孽。" ❷收

藏，包含。宋・歐陽修《〈梅聖俞詩集〉序》：“凡士之～其所有而不得施於世者，多喜自放於山巔水涯之外。”❸ 深奧的涵義。宋・王安石《答韓求仁書》：“求仁所問於《易》，尚非《易》之～也。”❹ 佛教用語，意為蔭覆。《俱舍論》：“諸有為法和合聚義是～義。”❺ 通“熅”，悶熱。《詩經・大雅・雲漢》：“旱既大甚，～隆蟲蟲。”

【蘊結】yùn jié　❶ 鬱結，鬱悶。《詩經・檜風・素冠》：“我心～～兮，

聊與子如一兮。”❷ 凝聚。清・薛福成《雲石銘》：“翕受日月之精，～～山川之英。”

【蘊藉】yùn jiè　❶ 含蓄寬容。《史記・酷吏列傳》：“補上黨郡中令，治敢行，少～～。”❷ 蘊藏，蓄積。《後漢書・逸民傳》：“漢室中微，王莽篡位，士之～～義憤甚矣。”

【蘊蘊】yùn yùn　深邃的樣子。唐・元結《補樂歌・九淵》：“聖德至深兮，～～如淵。”

Z

za

匝 zā ❶周，圈。漢·曹操《短歌行》："繞樹三～，何枝可依？"❷環繞。唐·元結《招陶別駕家陽華作》："清渠～庭堂，出門仍灌田。"❸周遍，滿。唐·柳宗元《鈷鉧潭西小丘記》："不～旬而得異地者二。"

【匝地】zā dì 滿地，遍地。宋·范成大《自天平嶺過高景庵》："綠蔭～～無人過。"

【匝時】zā shí ❶指滿一季。唐·陳子昂《諫靈駕入京書》："況國無兼歲之儲，家鮮～～之蓄。"❷及時。三國魏·曹植《魏德論》："凱風迴迴，甘露～～。"

拶 (1) zá 逼壓。唐·韓愈《辛卯年雪》："崩騰相排～，龍鳳交橫飛。"
(2) zǎn 夾手指的刑具。明·凌濛初《二刻拍案驚奇》卷十二："就用嚴刑拷也，討～來拶指。"

雜 zá ❶各種顏色互相配合。《周禮·冬官考工記·畫繢》："畫繢之事－五色。"❷混合，夾雜。《史記·滑稽列傳》："男女～坐。"❸不純，駁雜。晉·陶淵明《桃花源記》："中無～樹。"❹交錯，錯雜。《周易·繫辭下》："六爻相～，唯其時物也。"❺聚集。《呂氏春秋·仲秋》："四方來～，遠鄉皆至。"❻都，共，同。唐·韓愈《進學解》："登明選公，～進巧拙。"❼兼，兼顧。《孫子·九變》："是故智者之慮，～於利害。"❽通

"匝"，循環。《呂氏春秋·季春》："精氣一上一下，圜周復～。"

【雜錯】zá cuò 交雜，交錯。又作"雜厝"。明·方孝孺《與鄭叔度書》："辯說詭異，～～而成章。"

【雜然】zá rán ❶紛紛的樣子。《列子·湯問》："～～相許。"❷錯雜的樣子。宋·歐陽修《醉翁亭記》："～～而前陳者，太守宴也。"

【雜糅】zá róu 混雜糅合。《國語·楚語下》："民神～～，不可方物。"

【雜沓】zá tà 也作"雜遝"，眾多繁雜的樣子。漢·揚雄《甘泉賦》："鱗以～～兮。"

zai

災 zāi ❶自然發生的火災。《左傳·宣公十六年》："凡火，人火曰火，天火曰～。"❷災禍，災害。《左傳·昭公元年》："天無大～。"

【災異】zāi yì 指各種自然災害和怪異的自然現象。《漢書·龔勝傳》："～～數見，不可不憂。"

哉 (1) zāi ❶語氣詞，表感歎語氣，相當於"啊"。《論語·泰伯》："大～，堯之為君也！"❷語氣詞，表疑問語氣，相當於"呢"。《史記·太史公自序》："昔孔子何為而作《春秋》～？"❸表反詰語氣，相當於"嗎"。《論語·顏淵》："為仁由己，而由人乎～？"❹語氣詞，表測度語氣，可譯為"吧"。宋·蘇軾《賈誼論》："彼其匹夫略有天下之半，其以此～。"❺句中語助詞，無義。《詩經·大雅·文王》："令聞不已，陳錫（賜）～周。"
(2) cái 通"才"，剛剛，

Z

始。《尚書·周書·康誥》："惟三月，～生魄，周公初基，作新大邑於東國洛。"

宰 zǎi　❶家臣，在貴族家中服役的奴隸。《韓非子·說難》："伊尹為～，百里奚為虜。"❷封建時代地方官吏的泛稱。唐·柳宗元《梓人傳》："郡有守，邑有～。"❸宰殺，殺牲割肉。唐·李白《將進酒》："烹羊～牛且為樂。"❹宰社的省稱。宰社，里社之宰，古代祭社時負責割肉分配的人。《史記·陳丞相世家》："里中社，平為～，分肉食甚均。"❺主宰，治理。《史記·陳丞相世家》："使（陳）平得～天下，亦如是肉矣。"❻墳墓。《公羊傳·僖公三十三年》："若爾之年者，～上之木拱矣。"

【宰輔】zǎi fǔ　指輔佐君主掌管國事的最高官，一般為宰相。《後漢書·袁術列傳》："使君五世相承，為漢～～。"

【宰執】zǎi zhí　指執政的高級官員或宰相。明·茅坤《〈青霞先生文集〉序》："青霞沈君，由錦衣經歷上書詆～～，～～深疾之。"

載 (1) zǎi　❶記載，記錄。《史記·太史公自序》："堯舜之盛，《尚書》～之。"❷年。《史記·高祖功臣侯者年表》："歷三代千有餘～。"

(2) zài　❶用車裝載、運。《禮記·檀弓上》："南宮敬叔反，必～寶而朝。"引申為用船或其他工具裝載。唐·柳宗元《黔之驢》："黔無驢，有好事者船～以入。"❷車、船等交通工具。漢·司馬遷《報任安書》："昔衛靈公與雍渠同～，孔子適陳。"❸滿，充滿。《詩經·大雅·生民》："厥聲～路。"

❹開始。《詩經·豳風·七月》："春日～陽，有鳴倉庚。"❺語氣詞，用於句首或句中，使語氣和諧勻稱。晉·陶淵明《歸去來兮辭》："乃瞻衡宇，～欣～奔。"

【載籍】zǎi jí　典籍，書籍。《史記·伯夷列傳》："夫學者～～極博。"

【載記】zǎi jì　❶古代史書中的一種，屬紀、傳一類，但有別於正史的本紀與列傳，是為曾立過名號的僭偽侯國及外國所立的傳記，《四庫全書》史書類正式確立"載記"類。《後漢書·班固列傳》："作列傳、～～二十八篇，奏之。"❷典籍。明·張溥《〈農政全書〉序》："考之～～，訪之土人。"

【載述】zǎi shù　記述，記敘。唐·玄奘《〈大唐西域記〉序》："今據聞見，於是～～。"

【載德】zài dé　積德。《國語·祭公諫征犬戎》："奕世～～，不忝前人。"

再 zài　❶兩次。宋·蘇洵《六國論》："後秦擊趙者～，李牧連卻之。"❷第二次。唐·杜甫《後遊修覺寺》："寺憶新遊處，橋憐～渡時。"❸再度，重新。漢·李陵《答蘇武書》："疲兵～戰，一以當千。"

◆"再"在古漢語中是數詞，不作副詞"又"、"復"講，而一般指兩次。"一不勝而再勝"的"再勝"，是"勝了兩次"。

【再拜】zài bài　古時的一種禮節，先後拜兩次，以示恭敬，也常用於書信末尾以示敬意。《戰國策·范雎說秦王》："范雎～～。"

在 (1) zài　❶存在。《國語·晉語四》："與從者謀於桑下，蠶妾～焉，莫知其～也。"❷生存，活着。《論語·學而》："父～，觀其志；父沒，觀其行。”❸ 處於，居於。《詩經·周南·關雎》：“關關雎鳩，～河之洲。”❹ 決定於，在於。漢·晁錯《論貴粟疏》：“欲民務農，～於貴粟。”❺ 表示處所、時間、範圍等。《論語·述而》：“子～齊，聞《韶》。”❻ 存問，問候。《左傳·襄公三十一年》：“無若諸侯之屬辱～寡君者何？”❼ 觀察，看。《尚書·虞書·舜典》：“～璿璣玉衡，以齊七政。”❽ 介詞，表示處所、時間、對象等。《左傳·襄公三十一年》：“衣服附～吾身，我知而慎之。”

（2）cái 通“才”，僅。《漢書·賈誼傳》：“長沙乃～二萬五千戶耳。”

【在得】zài dé 餘下，剩下。宋·賀鑄《清燕堂》：“～～殘紅一兩枝。”

【在宥】zài yòu 在寬宥饒恕之列。唐·劉禹錫《上宰相賀德音狀》：“爰降殊私，特宏～～。”

【在在】zài zài 到處。宋·楊萬里《明發南屏》：“新晴～～野花香，過雨迢迢沙路長。”

zan

簪 zān ❶ 古人用來綰住頭髮或把帽子別在頭上的一種針形首飾。秦·李斯《諫逐客書》：“則是宛珠之～，……不進於前。”❷ 插在頭髮上。漢·褚少孫《西門豹治鄴》：“西門豹～筆磬折，向河立待良久。”

【簪笏】zān hù 冠簪和手版，都是古人做官上朝時所用的東西，因以指代官職。唐·王勃《滕王閣序》：“舍～～於百齡，奉晨昏於萬里。”

【簪纓】zān yīng 簪和纓，古代達官貴人的冠飾。唐·杜甫《八哀詩》：“空餘老賓客，身上絕～～。”又以比喻顯貴。唐·李白《少年行》：“遮莫姻親連帝城，不如當身自～～。”

攢 （1）zǎn 積蓄。《西遊記》第七十六回：“他～了些私房。”

（2）cuán 聚集，聚攏。唐·柳宗元《始得西山宴遊記》：“～蹙累積，莫得遯隱。”

【攢眉】cuán méi 皺眉，不高興的樣子。漢·蔡琰《胡笳十八拍》：“～～向月兮撫雅琴，五拍泠泠兮意彌深。”

【攢蹄】cuán tí 指馬奔馳時前後蹄緊接，好像四蹄並攏似的。唐·韓愈《汴泗交流贈張僕射》：“分曹決勝約前定，百馬～～近相映。”

趲 zǎn ❶ 趕行，快行。《朱子語類·大學》：“便須急急躡蹤～鄉前去。”❷ 催促。宋·趙師俠《酹江月·丙午螺川》：“～柳摧花，摧紅長翠，多少風和雨！”

暫 zàn ❶ 時間短暫。唐·韓愈《進學解》：“～為御史。”❷ 突然，忽然。漢·馬融《長笛賦》：“融去京師踰年，～聞甚悲而樂之。”❸ 初，剛。唐·韓愈《秋懷》：“寒蟬～寂寞，蟋蟀鳴自恣。”

◆ 現代漢語中的“暫”指暫時這樣，將來不一定這樣；古代漢語中的“暫”，只指時間短暫，沒有與“將來”對比的意思。

贊 zàn ❶ 輔佐，幫助。《左傳·僖公二十二年》：“天～我也。”❷ 輔助行禮，贊禮。《漢書·王莽傳》：“周公奉鬯立於阼階，延登，～曰：‘假王蒞政。’”引申為贊禮的人。《史記·秦本紀》：“闕廷之禮，吾未嘗敢不從賓～也。" ❸告訴。《史記·魏公子列傳》："公子引侯生坐上坐，徧～賓客。" ❹導，引導。《後漢書·班固列傳》："陳百僚而～群後。" ❺稱讚，讚美。明·宗臣《報劉一丈書》："聞者亦心計交～之。" ❻史書紀傳或其他論著篇末簡短的、有總評性質的話稱"贊"。晉·陶淵明《五柳先生傳》："～曰：黔婁有言：不戚戚於貧賤，不汲汲於富貴。"

【贊拜】zàn bài 古代行朝會、祭祀、婚儀時由贊禮的人唱導行禮。《後漢書·何熙列傳》："（何熙）善為威容，～～殿中，音動左右。"

zang

藏 (1) zāng ❶奴僕。《莊子·藏與穀牧羊》："～與穀二人相與牧羊，而俱亡其羊。" ❷善，好。《尚書·商書·盤庚上》："邦之不～，惟予一人有佚罰。" ❸通"贓"，贓物。漢·桓寬《鹽鐵論·刑德》："盜有～者罰。"

(2) zàng ❶通"臟"，臟腑。《漢書·王吉傳》："吸新吐故以練～。" ❷通"葬"。《漢書·劉向傳》引《周易·繫辭下》："～之中野，不封不樹。" ❸通"藏"，庫藏，儲藏的東西。《後漢書·張禹列傳》："庫～空虛。"

(3) cáng 通"藏"，收藏，儲藏。《荀子·富國》："節用裕民而善～其餘。"

【臧貶】zāng biǎn 褒貶，品評。南朝宋·劉義慶《世說新語·品藻》："先輩初不～～～七賢。"

【臧否】zāng pǐ ❶善惡，得失。

《國語·王孫圉論楚寶》："龜足以憲～～，則寶之。" ❷品評，褒貶。三國蜀·諸葛亮《出師表》："陟罰～～，不宜異同。"

藏 zāng 見 48 頁 cáng。

贓 zāng 通過受賄、盜竊等不正當途徑獲得的財物。《列子·天瑞》："以～獲罪。"

zao

遭 zāo ❶遇到，遇上。《史記·管晏列傳》："知我不～時也。"又指遭遇、際遇。唐·柳宗元《鈷鉧潭西小丘記》："書於石，所以賀茲丘之～也。" ❷遭受，蒙受。《史記·太史公自序》："七年而太史公～李陵之禍，幽於縲絏。" ❸四圍，周圍。唐·劉禹錫《石頭城》："山圍故國周～在。" ❹圈，匝。唐·李德裕《登崖州城作》："青山似欲留人住，百匝千～繞郡城。" ❺次，回。《水滸傳》第七十二回："我這一～並不惹事。"

糟 zāo ❶酒渣。《史記·屈原賈生列傳》："何不餔其～而歠其醨？" ❷用酒或酒糟醃製食物。《晉書·孔羣傳》："公不見肉～淹更堪久邪？"

【糟糠】zāo kāng 酒渣和穀皮，比喻粗劣的食物。《史記·伯夷列傳》："然回也屢空，～～不厭。"

【糟粕】zāo pò 酒渣，比喻事物中的無價值的部分。《莊子·天道》："然則君之所讀者，古人之～～已夫。"

鑿 (1) záo ❶鑿子，木工、石工等挖槽打孔用的工具。《莊子·天道》："桓公讀書於堂上，輪扁斲輪於堂下，釋椎～而上。" ❷鑿開，挖通。唐·李白《丁都護歌》：“萬人一磐石，無由達江滸。”❸ 隧道，穴道。《漢書·楚元王傳》：“其後牧兒亡羊，羊入其～。”❹ 穿鑿附會。《孟子·離婁下》：“所惡於智者，為其～也。”

(2) zuò　榫眼，卯眼。戰國楚·宋玉《九辯》：“圓～而方枘兮。”

【鑿空】zháo kōng　❶ 開通道路。《漢書·張騫傳》：“(張)騫～～。”❷ 憑空，根據不足。《朱子全書·學五》：“固不可～～立論。”

【鑿鑿】zháo zháo　❶ 鮮明的樣子。《詩經·唐風·揚之水》：“揚之水，白石～～。”❷ 確切，確實。清·蒲松齡《聊齋志異·段氏》：“言之～～，確可信據。”

早　zǎo　❶ 早晨。明·王守仁《瘞旅文》：“明～，遣人覘 (chān，察看) 之，已行矣。”❷ 事先，早早，在一定的時間之前。《左傳·鄭伯克段於鄢》：“不如～為之所。”

蚤　(1) zǎo　❶ 跳蚤。宋·朱敦儒《西江月》：“飢蚊餓～不相容，一夜何曾做夢！”❷ 通“早”，早晨。《孟子·離婁下》：“～起，施從良人之所之。”又用為使之早。唐·柳宗元《種樹郭橐駝傳》：“非有能～而蕃之也。”又指動作發生早，早早。《史記·項羽本紀》：“旦日不可不～自來謝項王。”

(2) zhǎo　通“爪”，指甲。《荀子·大略》：“爭利如～甲而喪其掌。”

【蚤世】zǎo shì　猶早死。宋·曾鞏《〈王子直文集〉序》：“然不幸～～。”

澡　zǎo　洗，沖洗。《史記·龜策列傳》：“先以清水～之。”

【澡雪】zǎo xuě　❶ 洗滌。《莊子·知北遊》：“～～而精神。”❷ 洗雪，改正。宋·李綱《宮詞謝表》：“臣敢不～～前非。”

藻　zǎo　❶ 藻類植物。《詩經·召南·采蘋》：“於以采～，於彼行潦。”❷ 文采。三國魏·曹植《七啟》：“步光之劍，華～繁縟。”❸ 修飾。《晉書·稽康傳》：“土木形骸，不自～飾。”❹ 辭藻。南朝梁·劉勰《文心雕龍·情采》：“理正而後摛 (鋪陳) ～。”❺ 古代帝王冕上穿玉的五色絲繩。《禮記·玉藻》：“天子玉～。”

【藻井】zǎo jǐng　傳統建築中天花板多做成方形、圓形，其上繪有各種花紋、圖案的裝飾。唐·李白《明堂賦》：“～～彩錯以舒蓬。”

【藻飾】zǎo shì　修飾。《晉書·稽康傳》：“土木形骸，不自～～。”

【藻思】zǎo sī　寫作時的才思。唐·錢起《和萬年成少府寓直》：“赤縣新秋夜，文人～～摧。”

灶　zào　❶ 用磚石等砌成、供烹煮食物的設備。《漢書·霍光傳》：“客有過主人者，見其～直突，旁有積薪。”❷ 灶神的名稱。漢·蔡邕《獨斷》：“夏為太陽，其氣長養，祀之於～。”

【灶君】zào jūn　即灶神。宋·范成大《祭灶詞》：“醉酒燒錢～～喜。”

皂　zào　❶ 皂斗，即櫟實，其殼煮汁可以染黑。《周禮·地官司徒·大司徒》：“其植物宜～物。”❷ 黑色。《三國志·魏書·管寧傳》：“嘗著～帽，布襦袴，布裙。”❸ 古代奴隸的一個等級。《左傳·昭公七年》：“故王臣公，公臣大夫，大夫臣士，士臣～，～臣輿，輿臣隸。”❹ 通

"槽"，指牲口食槽。《漢書·鄒陽傳》："使不羈之士與牛驥同～。"

【皂隸】zào lì　奴隸。《左傳·襄公十四年》："庶人工商，～～牧圉，皆有親昵，以相輔佐也。"官府的差役也叫"皂隸"。《左傳·隱公五年》："～～之事，官司之守。"

造 zào ❶ 到（某地）去。《孟子·公孫丑下》："不幸而有疾，不能～朝。"引申為到達某一境界。《孟子·離婁下》："君子深～之以道。" ❷ 做成，製造。《詩經·鄭風·緇衣》："緇衣之好兮，敝，予又改～兮。" ❸ 成就，功績，《左傳·成公十三年》："則是我有大～於西也。"

【造次】zào cì ❶ 倉促，匆忙。《論語·里仁》："君子無終食之間違仁，～～必於是，顛沛必於是。" ❷ 隨便，草率。唐·韓愈《精衛填海》："人皆譏～～，我獨賞專精。"

【造請】zào qǐng　登門拜見。《史記·酷吏列傳》："公卿相～～禹。"

【造物】zào wù ❶ 古人以為萬物是天造的，故以此稱天。宋·蘇軾《喜雨亭記》："天子曰不然，歸之～～。～～不自以為功。" ❷ 運氣，福分。元·無名氏《劉弘嫁婢》："姑夫無了子嗣，各人的～～。"

噪 zào ❶ 鳥、蟲等鳴叫。南朝梁·王籍《入若耶溪》："蟬～林逾靜，鳥鳴山更幽。" ❷ 喧嘩，叫嚷。明·沈榜《宛署雜記》："羣然～呼。"特指叫罵。漢·王充《論衡·累害》："以讒謗言之，貞良見妒，高奇見～。"

謲 zào　人聲喧嘩，嘈雜。《左傳·文公十三年》："（士會）既濟，魏人～而還。"

◆ 謲、噪。古漢語中"噪"和"謲"不同，在喧嘩的意義上通用，但鳥蟲叫不能寫作"謲"。今"謲"寫作"噪"。

躁 zào　急躁，不冷靜。《荀子·勸學》："蟹六跪而二螯，非蛇蟺之穴無可寄託者，用心～也。"

---

ze

則 zé ❶ 準則，法則。戰國楚·屈原《楚辭·離騷》："願依彭咸之遺～。" ❷ 效法。《周易·繫辭上》："河出圖，洛出書，聖人～之。" ❸ 等級。《漢書·敍傳下》："坤作地勢，高下九～。" ❹ 副詞，用於加強判斷，可譯作乃，即。宋·范仲淹《岳陽樓記》："此～岳陽樓之大觀也。" ❺ 副詞，表示範圍，可譯作僅，只。《荀子·勸學》："口、耳之間～四寸耳，曷足以美七尺之軀哉？" ❻ 副詞，強調已經發現的狀態，可譯作已經，原來。《孟子·揠苗助長》："其子趨而往視之，苗～槁矣。" ❼ 連詞，表示承接關係，可譯作就、便、那麼。《史記·廉頗藺相如列傳》："三十日不還，～請立太子為王，以絕秦望。" ❽ 連詞，常"則……則"並用，有加強對比的作用。宋·蘇洵《六國論》："小～獲邑，大～得城。" ❾ 連詞，表示轉折關係，可譯作然而，反倒。唐·韓愈《師說》："於其身也，～恥師焉，惑矣！" ❿ 連詞，表示讓步關係，可譯作"倒是"。《莊子·天道》："美～美矣，而未大也。" ⓫ 連詞，表示選擇關係，常和"非、不"呼應着用，可譯作就是、不是……就是……。《國語·越語上》："非其身之所種～不食。"⑫連詞，表示出乎意外，發現了新情況，相當於竟，卻。《論語·微子》："使子路反見之，至～行矣。"⑬連詞，表示假設，相當於"假如"。《史記·高祖本紀》："今～來，沛公恐不得有此。"

責 (1) zé ❶索取，要求。唐·韓愈《原毀》："古之君子，其～己也重以周。"❷責問，責備。《戰國策·魯仲連義不帝秦》："梁客辛垣衍安在？吾請為君～而歸之。"❸責任。《孟子·公孫丑下》："有言～者不得其言則去。"

(2) zhài　債務，債款。《戰國策·馮煖客孟嘗君》："能為文收～於薛者乎？"

笮 (1) zé ❶竹製的盛箭的器皿。《儀禮·既夕禮》："役器：甲、冑、干、～。"❷困窘。《三國志·魏書·和洽傳》："高祖每在屈，二相恭順，臣道益彰。"

(2) zuó ❶竹篾擰成的繩索。唐·杜甫《桔柏渡》："連～動嫋娜，征衣颯飄颻。"❷榨。《後漢書·耿恭列傳》："吏士渴乏，～馬糞汁而飲之。"❸古代少數民族名。《後漢書·公孫述列傳》："邛～君長皆來貢獻。"

嘖 zé ❶人多口雜，爭辯。《荀子·正名》："故愚者之言，……～然而不類。"❷歎詞，表示讚歎。❸見"嘖嘖"。

【嘖嘖】zé zé　象聲詞，形容蟲、鳥鳴叫聲。唐·李賀《南山田中行》："秋野明，秋風白，塘水漻漻蟲～～。"也可形容咂嘴以表示讚歎的聲音。宋·王質《滿江紅·春日》："看青梅下有，遊人～～。"

幘 zé　頭巾。《後漢書·劉盆子列傳》："俠卿為製絳單衣，半

頭赤～。"

澤 zé ❶聚水的窪地，沼澤。《史記·屈原賈生列傳》："屈原至於江濱，被髮行吟～畔。"❷指水分。漢·賈誼《旱雲賦》："畎畝枯槁而失～兮。"❸潤澤。《齊民要術·種葵》："若竟冬無雪，臘月中汲井水普澆，悉令徹～。"又為光澤，光潤。《左傳·襄公二十八年》："獻車於季武子，美～可以鑒。"❹磨（光），擦（亮）。《禮記·少儀》："～劍首。"引申為搓揉。《禮記·曲禮上》："共飯不～手。"❺雨露。宋·王安石《上杜學士同河書》："幸而雨～時至。"❻恩澤，恩德。《莊子·大宗師》："～及萬世而不為仁。"❼祿位。《孟子·離婁下》："君子之～，五世而斬。"❽指汗水或唾液。《禮記·玉藻》："父沒而不能讀父之書，手～存焉爾。"❾污垢。戰國楚·屈原《楚辭·離騷》："芳與其雜糅兮，惟昭質其猶未虧。"❿汗衣，內衣。《詩經·秦風·無衣》："豈曰無衣？與子同～。"

擇 zé ❶選擇，挑選。《史記·伯夷列傳》："或～地而蹈之。"❷區別，異異。秦·李斯《諫逐客書》："河海不～細流，故能就其深。"《呂氏春秋·簡選》："以刺則不中，以擊則不及，與惡劍無～。"

仄 (1) zè ❶斜，傾斜。《後漢書·光武帝紀下》："每旦視朝，日～乃罷。"❷指仄聲，漢語聲調中上、去、入三聲的總稱，和"平"相對。南朝梁·沈約《四聲譜》："上去入為～聲。"❸狹窄。唐·王維《山中與裴秀才迪書》："步～徑，臨清池也。"

(2) cè　通"側"，旁、邊。

Z

《漢書·段會宗傳》:"若子之材,可優遊都城而取卿相,何必勤功昆山之~。"又為從旁。漢·賈誼《弔屈原賦》:"~聞屈原兮,自湛汨羅。"

昃 zè 太陽偏西。《周易·豐》:"日中則~,月盈則食。"

側 zè 見50頁cè。

zei

賊 zéi ❶傷害。《論語·先進》:"~夫人之子。"❷殺害。《左傳·宣公二年》:"使鉏麑~之。"❸禍害。漢·賈誼《論積貯疏》:"淫侈之俗日日以長,是天下之大~也。"❹殺人者。《史記·秦始皇本紀》:"燕王昏亂,其太子丹乃陰令荊軻為~。"❺舊稱犯上作亂、禍國殃民的人。三國蜀·諸葛亮《出師表》:"先帝慮漢~不兩立,王業不偏安,故託臣以討~也。"❻敵人,仇敵。《荀子·修身》:"諂諛我者,吾~也。"❼強盜。唐·柳宗元《童區寄傳》:"二豪~劫持,反接,布囊其口。"❽狠毒。《史記·游俠列傳》:"少時陰~。"

◆ 賊、盜。古代稱偷竊東西的人為"盜",稱搶東西的或犯上作亂的人為"賊"。

zen

譖 (1) zèn 說人的壞話,誣陷。《論語·顏淵》:"浸潤之~,膚受之愬。"又指讒言。

(2) jiàn 通"僭",不信,不親。《詩經·大雅·桑柔》:"朋友已~。"

【譖構】zèn gòu 讒言構陷。《魏書·皇后傳》:"~~百端。"

【譖毀】zèn huǐ 讒言譭謗。宋·司馬光《言張方平第二劄子》:"則臣為~~忠賢,亦當遠貶。"

zeng

曾 (1) zēng ❶指中間隔兩代的親屬,曾祖。明·王守仁《象祠記》:"自吾父吾祖溯~高而上。"❷高。《淮南子·覽冥訓》:"(鳳凰)~逝萬仞之上。"

(2) céng ❶通"層",重疊。唐·杜甫《望嶽》:"蕩胸生~雲,決眥入歸鳥。"❷曾經。唐·駱賓王《為徐敬業討武曌檄》:"~以更衣入侍。"❸難道。《國語·吳語》:"越~足以為大虞乎?"❹竟然。明·方孝孺《豫讓論》:"讓於此時,~無一語開悟主心。"

【曾翁】zēng wēng 尊稱別人的曾祖父。唐·杜甫《寄狄明府博濟》:"汝門請從~~說,太后當朝多巧詆。"

增 (1) zēng 增加。與"減"相對。漢·李陵《答蘇武書》:"殺身無益,適足~羞。"

(2) céng 通"層",重,重疊。戰國楚·屈原《楚辭·招魂》:"~冰峨峨,飛雪千里些。"

【增增】zēng zēng 眾多的樣子。唐·劉禹錫《訊甿》:"其道旁午,有甿~~。"

繒 zēng ❶絲織品的通稱。《漢書·灌嬰傳》:"灌嬰,睢陽販~者也。"❷通"矰",一種繫有絲線用來射鳥的短箭。唐·李賀《春歸昌谷》:"韓鳥處~繳。"

甑 zèng 蒸飯用具,多為陶製。宋·范成大《夔州竹枝歌》:

"東屯平田米軟，不到貧人飯～中。"

贈 zèng ❶ 贈送。唐·王勃《滕王閣序》："臨別～言。" ❷ 送走，驅除。《周禮·春官宗伯·占夢》："以～惡夢。" ❸ 死後追封爵位，常用於追封官吏的已死父祖、妻室。宋·歐陽修《瀧岡阡表》："皇曾祖府君累～金紫光祿大夫、太師中書令。"

---

zha

吒 (1) zhā　神話傳說中的人名用字。

(2) zhà ❶ 怒叱，生氣時大聲叫嚷。漢·王逸《九思·疾世》："憂不暇兮寢食，～增歎兮如雷。" 這一意義也寫作"咤"。 ❷ 因悲痛遺憾而歎惜。晉·郭璞《遊仙詩》："臨川哀年邁，撫心獨悲～。"

(3) chì　通"叱"，指怒罵、斥責。漢·賈誼《新書·匈奴》："～犬馬行，理勢然也。"

嘶 zhā　擬聲詞，見 772 頁"嗝嘶"。

楂 (1) zhā　山楂。《管子·地員》："其陰則生之～藜。"

(2) chá　木筏。南朝梁·何遜《南還道中送贈劉諮議別》："獨鳥赴行～。"

札 zhá ❶ 古人書寫用的小木片。《漢書·司馬相如傳上》："上令尚書給筆～。" ❷ 書信。《古詩十九首·孟冬寒氣至》："遺我一書～。" ❸ 鎧甲上的葉片。《左傳·成公十六年》："潘尫之黨與養由基蹲甲而射之，徹七～焉。" ❹ 瘟疫。《周禮·春官宗伯·大宗伯》："以荒禮哀凶～。" ❺ 指因瘟疫而早死。《左傳·昭公四年》："癘疾不降，民

不夭～。" ❻ 象聲詞，比如織機聲等。《古詩十九首·迢迢牽牛星》："纖纖擢素手，～～弄機杼。"

【札書】zhá shū ❶ 指公文。《墨子·號令》："～～得，必謹案視參食者。" ❷ 指簡策。《史記·封禪書》："卿有～～曰：'黃帝得寶鼎宛朐，……'"

笤 zhá　見"笤記"、"笤子"。

【笤記】zhá jì　讀書研究的心得筆記。

【笤子】zhá zi ❶ 向皇帝或高官進言議事的一種公文。 ❷ 官府用於發佈指示、命令的一種公文。

乍 (1) zhà ❶ 猝然，忽然。《孟子·論四端》："今人～見孺子將入於井，皆有怵惕惻隱之心。" ❷ 初，剛剛。宋·李清照《聲聲慢》："～暖還寒時候，最難將息。" ❸ 正，恰。元·張翥《真珠簾》："涼透小簾櫳～夜長遲睡。" ❹ 寧可，寧願。唐·李白《設辟邪伎鼓吹雉子斑曲辭》："～向草中耿介死，不求黃金籠下生。"

(2) zǎ　通"咋"，怎麼。《西遊記》第三十三回："～想到了此處，遭逢魔障。"

【乍可】zhà kě ❶ 寧可。唐·賈島《夏夜》："唯愁秋色至，～～在炎蒸。" ❷ 只可。唐·元稹《蟲豸詩》："～～巢蚊睫，胡為附蟒鱗。"

咋 (1) zhà　忽然。《左傳·定公八年》："桓子～謂林楚曰：'而先皆季氏之良也，爾以是繼之。"

(2) zé　咬。《漢書·東方朔傳》："譬猶鴟梟之襲狗，孤豚之～虎，至則靡耳。"

【咋舌】zé shé　咬舌，因驚恐害怕而說不出話來。《後漢書·馬援列

Z

傳》："豈有知其無成，而但萎腰（wěi něi，軟弱的樣子）～～，又手從族乎？"

咤　（1）zhà　❶ 進食時口中發出的響聲。《禮記·曲禮上》："毋～食。"❷ 歎息聲，慨歎。漢·蔡琰《悲憤詩》："煢煢對孤景，怛～糜肝肺。"

（2）chà　誇耀。漢·王符《潛夫論·浮侈》："窮極麗靡，轉相誇～。"

詐　zhà　❶ 欺騙。《史記·廉頗藺相如列傳》："相如度秦王特以～佯為予趙城，實不可得。"❷ 虛偽，奸詐。《論語·子罕》："久矣哉，由之行～也。"❸ 假裝。《後漢書·杜林列傳》："（杜）根遂～死。"❹ 通"乍"，倉猝，突然。《公羊傳·僖公三十三年》："～戰不日。"

◆ 詐、偽。在不誠實的意義上，"詐"與"偽"是同義詞，但"詐"在古代常被認為是仁義的反面。宋·曾鞏《〈戰國策目錄〉序》："謀～用而仁義之路麦。"可見"詐"的意義較重。在"欺騙"的意義上，只能用"詐"，不能用"偽"。

【詐偽】zhà wěi　欺詐偽裝。三國魏·阮籍《大人先生傳》："～～以要名。"

---

zhai

摘　（1）zhāi　❶ 採取，摘下。唐·孟浩然《裴司士見訪》："稚子～楊梅。"❷ 選取，摘取。唐·李賀《南園》："尋章～句老雕蟲。"

（2）tì　發動。唐·元稹《黃明府》："便邀連榻坐，兼共～船行。"

【摘抉】zhāi jué　❶ 挑剔。宋·曾鞏《與王介甫第二書》："有愷悌忠篤之純，而無偏聽～～之苛。"❷ 闡發，闡述。唐·韓愈《送窮文》："～～杳微，高抬羣言。"

齋　zhāi　❶ 齋戒，祭祀前整潔身心。《史記·廉頗藺相如列傳》："於是趙王乃～戒五日。"❷ 相信佛教的人吃素。唐·杜甫《飲中八仙歌》："蘇晉長～繡佛前。"❸ 書房或學舍（後起意義）。《宋史·選舉志三》："一～可容三十人。"

宅　zhái　❶ 住房，住宅。漢·晁錯《論貴粟疏》："於是有賣田～、鬻子孫以償債者矣。"❷ 莊基，居住的地方。晉·陶淵明《歸園田居》："方～十餘畝，草屋八九間。"❸ 開闢居住之處，居住。《左傳·昭公十二年》："昔我皇祖伯父昆吾，舊許（許國）是～。"❹ 處於某種境地或職位。《尚書·商書·說命上》："王～憂。"❺ 本來地位，一定的處所。《禮記·郊特牲》："士反其～。"❻ 順應，安定。《尚書·周書·康誥》："亦惟助王～天命，作新民。"❼ 葬地，墓穴。《禮記·雜記上》："大夫卜～與葬日。"

【宅心】zhái xīn　❶ 安心，用心。元·辛文房《唐才傳·引言》："～～史集。"❷ 歸心，歸附。晉·葛洪《抱樸子·博喻》："德盛業廣，則～～者眾。"

柴　zhài　見 54 頁 chái。

債　zhài　❶ 所欠的錢財。《史記·孟嘗君列傳》："問左右何人可使收～於薛者？"❷ 借債。《管子·問》："問邑之貧人，～而食者幾何家？"

【債臺】zhài tái　即"逃債臺"，據記載，周赧王負債無法償還，被債主逼迫，就逃到此臺躲債，後用以比喻負債。清·黃軒祖《遊梁瑣記》："將何囊金以填～～。"

寨 zhài ❶防守用的柵欄，營壘。《三國志·吳書·朱桓傳》："多設屯～，置諸道要。" ❷村寨。明·袁宏道《袁中郎遊記·嵩遊》："蘆風水響，環繞山～。"

---

zhan

占 (1) zhān　根據灼燒過的龜甲裂紋以及排演筮草占問吉凶。引申為一般占卜吉凶。宋·蘇軾《喜雨亭記》："是歲之春，雨麥於岐山之陽，其～為有年。"

　　(2) zhàn　❶口授。《後漢書·袁敞列傳》："（張）俊自獄中～獄吏上書自訟。" ❷計數上報。《史記·平準書》："各以其物自～。" ❸佔有，佔據。唐·柳宗元《段太尉逸事狀》："涇大將焦令諶取人田，自～數十頃。"這個意義後來寫作"佔"，由此又指有，具有。唐·韓愈《進學解》："～小善者率以錄。"

【占募】zhàn mù　招募，募集。唐·元稹《大觜烏》："～～能言鳥，置者許高賞。"

【占田】zhàn tián　晉代初年限制土地佔有的一種制度。《晉書·食貨志》："男子一人，～～七十畝，女子三十畝。"

沾 zhān　❶浸潤，浸濕。唐·杜甫《茅屋為秋風所破歌》："長夜～濕何由徹？" ❷受益，沾光。唐·李商隱《九成宮》："荔枝盧橘～恩幸，鸑鷟天書濕紫泥。" 又指

佈施，施與。❸濃。戰國楚·景差《大招》："吳酸蒿蔞，不～薄只。"

【沾濡】zhān rú　浸濕，多指恩澤普及。漢·司馬相如《封禪文》："懷生之類，～～浸潤。"

旃 zhān　❶赤色的曲柄旗。《左傳·僖公二十八年》："城濮之戰，……亡大旆之左～。"泛指旗，旌旗。唐·李白《贈宣城宇文太守兼呈崔侍御》："良圖掃沙漠，別夢繞旌～。" ❷"之焉"的合音。"之"是代詞，"焉"是語氣詞。《左傳·桓公十年》："初，虞叔有玉，虞公求～。" ❸通"氈"，一種毛織物。《史記·匈奴列傳》："自君王以下，咸食畜肉，衣其皮革，被～裘。"

【旃檀】zhān tán　檀香。唐·王維《〈薦福寺光師房花藥詩〉序》："焚香不俟於～～。"

詹 (1) zhān　❶見"詹詹"。❷到達。《詩經·小雅·采綠》："五日為期，六日不～。" ❸通"瞻"，仰望。《詩經·魯頌·閟宮》："泰山巖巖，魯邦所～。"

　　(2) chán　通"蟾"，蟾蜍，蛤蟆。《古詩十九首·孟冬寒氣滿》："三五明月滿，四五～兔缺。"

　　(3) dàn　充足。《呂氏春秋·適音》："不足則不～，～則窕。"

【詹詹】zhān zhān　話多，喋喋不休。《莊子·齊物論》："大言炎炎，小言～～。"

瞻 zhān　往上或往前看。明·歸有光《項脊軒志》："～顧遺跡，如在昨日。"

展 zhǎn　❶伸展，伸張。唐·柳宗元《鸜鵒詞》："破籠～翅當遠去。" ❷延長，放寬。《史記·酷吏列傳》："嗟乎，令冬月益～一

月，足吾事矣！」❸ 施展，展示，發揮。漢·李陵《答蘇武書》：「能不得～。」❹ 展覽，陳列。《左傳·襄公三十一年》：「百官之屬，各～其物。」❺ 省視，察看。唐·駱賓王《西京守歲》：「耿耿他鄉夕，無由～舊親。」❻ 誠，誠實。《詩經·邶風·雄雉》：「～矣君子，實勞我心。」❼ 誠然，確實。《詩經·鄘風·君子偕老》：「～如之人兮，邦之媛也。」

斬 zhǎn ❶ 古代酷刑，車裂，腰斬。《國語·吳語》：「～有罪者以徇。」❷ 殺，砍。《史記·陳涉世家》：「失期，法皆～。」❸ 砍斷，割斷。漢·賈誼《過秦論》：「～木為兵，揭竿為旗。」❹ 斷絕，盡。《孟子·離婁下》：「君子之澤，五世而～。」❺ 喪服不緝邊。《左傳·襄公十七年》：「齊晏桓子卒，晏嬰粗縗，～。」

盞 zhǎn ❶ 酒杯。《禮記·禮運》：「衣其浣帛，醴～以獻。」❷ 量詞，用於酒或燈。宋·李清照《聲聲慢·秋情》：「三杯兩～淡酒，怎敵他晚來風急。」

嶄 (1) zhǎn　突出，特出。清·劉大櫆《遊黃山記》：「澗多礧石～立。」

(2) chán　見「嶄巖」。

【嶄然】zhǎn rán　突出的樣子。唐·韓愈《柳子厚墓誌銘》：「～～見頭角。」

【嶄巖】chán yán　山高而險峻的樣子。漢·司馬相如《上林賦》：「深林巨木，～～嵾嵯。」

輾 (1) zhǎn ❶ 迴環，迴轉。宋·葛長庚《中秋月》：「千崖爽氣已平分，萬里青天～玉輪。」❷ 見「輾轉」。

(2) niǎn　通「碾」，指碾壓，擠迫。唐·白居易《賣炭翁》：「曉駕炭車～冰轍。」

【輾轉】zhǎn zhuǎn ❶ 不安席，翻來覆去的樣子。《詩經·周南·關雎》：「悠哉悠哉，～～反側。」❷ 反覆不定。《後漢書·來歷傳》：「固得～～若此乎？」

棧 zhàn ❶ 棚。《墨子·備城門》：「鑿扇上為～。」❷ 指關養牲畜的木棚或柵欄。《莊子·馬蹄》：「編之以皂～。」也指放在馬房地上防潮的方格木架。❸ 棧車，用竹木條橫編成車廂的輕便車子。《周禮·春官宗伯·巾車》：「士乘～車，庶人乘役車。」又特指柩車。❹ 棧道，在山岩上用木材架起來的道路。《漢書·張良傳》：「(張)良因說漢王燒絕～道。」

【棧車】zhàn chē　古代用竹木編製而成的一種便車，不加皮革，不漆不雕，為士人所乘。唐·陸龜蒙《襲美題郊居十首次韻》：「出亦圖何事，無勞置～～。」

【棧道】zhàn dào　古代在峭壁懸崖上或高樓間架木鋪板而成的空中通道。明·宋濂《送天台陳庭學序》：「陸有劍閣～～之險。」

湛 (1) zhàn ❶ 澄清，清澈。晉·謝混《遊西池》：「景昃鳴禽集，水木～清華。」❷ 濃重，厚重。戰國楚·屈原《楚辭·九章·悲回風》：「吸～露之浮涼兮，漱凝霜之氛氣。」❸ 深。《漢書·揚雄傳上》：「默而好深～之思。」

(2) chén　通「沉」，沉沒。《漢書·賈誼傳》：「仄聞屈原兮，自～汨羅。」

【湛然】zhàn rán　清澈的樣子。北魏·酈道元《水經注·清水》："清水～～。。"

綻 zhàn ❶衣縫裂開。《禮記·內則》："衣裳～裂，紉箴請補綴。"❷特指花果飽滿，開放。北周·庾信《杏花》："春色方盈野，枝枝～翠英。"❸縫，縫補。漢樂府《豔歌行》："故衣誰當補，新衣誰當～？"

戰 zhàn ❶作戰，戰爭。《左傳·曹劌論戰》："夫～，勇氣也。"❷作戰，打仗。漢·司馬遷《報任安書》："與單于連～十有餘日。"❸較量。宋·蘇軾《超然臺記》："美惡之辨～於中。"❹恐懼，發抖。《戰國策·楚策四》："襄王聞之，顏色變作，身體～慄。"

【戰慄】zhàn lì　恐懼發抖。宋·岳飛《辭少保第三劄子》："臣不任～～恐懼之至。"

蘸 zhàn　把東西放在水裏（或其他液體中）沾濕。宋·辛棄疾《菩薩蠻·又贈周國輔侍人》："畫樓影～清溪水，歌聲響徹行雲裏。"

zhang

張 (1) zhāng ❶拉緊弓弦，開弓，與"弛"相對。漢·司馬遷《報任安書》："更～空弮。"引申為緊，緊張。❷樂器上絃。《荀子·禮論》："琴瑟～而不均。"❸張開，擴大。三國蜀·諸葛亮《出師表》："誠宜開～聖聽，以光先帝遺德。"引申為誇大。❹佈置，部署。《左傳·桓公六年》："我～吾三軍而被吾甲兵。"❺設網捕捉。《公羊傳·隱公五年》："百金之魚，公～之。"❻陳設，設置。《史記·孝武本紀》："～羽旗，設供具。"❼量詞。《左傳·

昭公十三年》："子產以幄幕九～行。"
　(2) zhàng ❶驕傲自大，使之驕傲。《左傳·桓公六年》："請羸師以～之。"❷通"帳"，帳幕。《荀子·正論》："居則設～容，負依而坐。"❸通"脹"，肚內膨脹。《左傳·成公十年》："(晉侯)將食，～，如廁，陷而卒。"

【張目】zhāng mù ❶睜大眼睛。《史記·廉頗藺相如列傳》："左右欲刃相如，相如～～叱之，左右皆靡。"❷壯聲勢，助威。三國魏·曹植《與吳季重書》："想足下助我～～也。"

章 zhāng ❶音樂的一章，又指文章或詩歌的一節或一篇。宋·蘇軾《前赤壁賦》："歌《窈窕》之～。"❷條例，規章。《漢書·高帝紀》："命蕭何次律令，韓信申軍法，張蒼定～程。"引申為條理。唐·韓愈《送孟東野序》："其為言也，亂雜而無～。"❸紡織品的經緯文理。《古詩十九首·迢迢牽牛星》："終日不成～，泣涕零如雨。"又指文采、花紋。唐·柳宗元《捕蛇者說》："黑質而白～。"❹奏章，上給皇帝的書信。唐·韓愈《諱辯》："今上～及詔，不聞諱'滸'、'勢'、'秉'、'機'也。"❺印章。南朝齊·孔稚珪《北山移文》："至其紐金～，縮墨綬。"❻通"彰"，明顯，鮮明。《史記·五帝本紀》："其發明《五帝德》《帝繫姓》～矣。"又為表彰，表揚。

【章甫】zhāng fǔ　古代成年男子戴的一種禮帽。《莊子·逍遙遊》："宋人資～～而適諸越，越人斷髮文身，無所用之。"

【章句】zhāng jù ❶古代解說經義的一種方式，註解字詞，辨章析句，歸納章旨。《顏氏家訓·勉學》："空守～～，但誦師言。" ❷ 指文章、詩詞作品等。唐·白居易《山中獨吟》："人各有一癖，我癖在～～。"

【章臺】zhāng tái ❶ 戰國時秦國宮中的台名。《史記·廉頗藺相如列傳》："秦王坐～～見相如。" ❷ 漢長安街名。《漢書·張敞傳》："時罷朝會，過走馬～～街。" ❸ 泛指妓院聚集地。明·無名氏《霞箋記》："～～試把垂楊折，往事緒悲心欲裂。"

嫜 zhāng　公公，丈夫的父親。唐·杜甫《新婚別》："妾身未分明，何以拜姑～。"

彰 zhāng　❶ 明顯，顯著。《史記·伯夷列傳》："得夫子而名益～。" ❷ 清楚，明白。《荀子·勸學》："順風而呼，聲非加疾也，而聞者～。" ❸ 表彰，彰明，顯揚。三國蜀·諸葛亮《出師表》："若無興德之言，則責攸之、褘、允等之慢，以～其咎。"

【彰著】zhāng zhù　明顯，顯著。漢·應劭《風俗通》："延奸釁（xìn，同'釁'）～～，無與比崇。"

長 zhǎng　見 59 頁 cháng。

掌 zhǎng　❶ 手心，手掌。《論語·八佾》："'其如示諸斯乎！'指其～。" ❷ 動物的腳掌。《孟子·告子上》："魚我所欲也，熊～亦我所欲也。" ❸ 掌握，主管，主持。《左傳·襄叔哭師》："鄭人使我～其北門之管。"

漲 （1）zhǎng　❶ 水位增高，上漲。唐·杜牧《阿房宮賦》："渭流漲～膩。" 又指上升的水。宋·范成大《喜雨》："今朝一雨添新～，便合翻泥種藕花。" ❷ 泛指其他事

物增長，增高（多）。《晉書·郭璞傳》："其後沙～，去墓數十里皆為桑田。"

（2）zhàng　❶ 彌漫，充滿。《南史·陳武帝紀》："帝督兵疾戰，縱火燒柵，煙塵～天。" ❷ 盛。唐·李白《安州應城玉女湯作》："氣浮蘭芳滿，色～桃花然。"

丈 zhàng　❶ 長度單位，十尺為一丈。漢·賈誼《過秦論》："據億～之城。" ❷ 丈量，度量。《左傳·襄公九年》："巡～城。" ❸ 對年長者的尊稱。宋·歐陽修《與梅聖俞書》："外有亂道一兩首，在謝一處。"

【丈夫】zhàng fū　❶ 男孩子。《國語·越語上》："生～～，二壺酒，一犬。" 特指成年男子。《戰國策·觸龍說趙太后》："～～亦愛憐其少子乎？" ❷ 丈夫。唐·杜甫《遣遇》："～～死百役，暮盜空村號。" ❸ 有作為的男子。宋·張思光《〈門律〉自序》："～～當刪《詩》《書》，制禮樂。"

【丈人】zhàng rén　❶ 對老年男子的通稱。《論語·微子》："子路從而後，遇～～以杖荷蓧。" ❷ 對親戚長輩的稱呼。《顏氏家訓·書證》："～～亦長老之目，今世俗猶呼其祖考為先亡～～。" ❸ 主人。《史記·刺客列傳》："家～～召使前擊筑。" ❹ 婦女稱呼丈夫。漢樂府《婦病行》："傳呼～～前一言。"

仗 zhàng　❶ 刀、戟、矛、棒等兵器的總稱。清·吳趼人《二十年目睹之怪現狀》第二十九回："無端被強盜明火執～的抱了進來。" ❷ 依靠，憑藉。宋·李覯《袁州州學記》："一有不幸，尤當～大節。" ❸ 執，持。《史記·淮陰侯列傳》：

z

"(韓)信～劍從之。" ❹ 儀仗，帝王外出時護衛所持的兵器、旗幟等。唐‧杜甫《樂遊園歌》："青春波浪芙蓉園，白日雷霆夾城～。" ❺ 兵衛，衛隊。《新唐書‧儀衛志上》："凡朝會之～，三衛番上，分為五～，號衙內五衛。"

◆ 上述❶❷❸義又寫作"杖"。"杖"與"仗"有的意義相通，有些則不通。如"杖"有手杖、拷打等義，而"仗"有兵士、儀仗等義。

【仗氣】 zhàng qì ❶ 任性使氣。《梁書‧韋粲傳》："好學～～，身長八尺。" ❷ 倚仗正氣。唐‧劉知幾《史通‧直書》："若南、董之～～直書。"

杖 zhàng ❶ 拐杖。晉‧陶淵明《歸去來兮辭》："或植～而耘耔。" ❷ 泛指棍棒。唐‧柳宗元《梓人傳》："右執～。" ❸ 持，拿。《戰國策‧蘇秦以連橫說秦》："迫則～戟相撞。" ❹ 倚仗，依靠。《漢書‧李尋傳》："近臣已不足～矣。" ❺ 用棍子打。清‧蒲松齡《聊齋志異‧促織》："～至百。"

【杖策】 zhàng cè ❶ 拿着馬鞭子，策馬而行。唐‧魏徵《述懷》："～～謁天子，驅馬出關門。" ❷ 拄着拐杖。唐‧杜甫《別常徵君》："兒扶猶～～，臥病一秋強。"

帳 zhàng ❶ 帷幕。《史記‧孝文本紀》："帷～不得文繡，以示敦樸。" ❷ 特指軍中營帳。唐‧高適《燕歌行》："戰士軍前半死生，美人～下猶歌舞。" ❸ 指牀帳。南朝齊‧孔稚珪《北山移文》："蕙～空兮夜鶴怨。" ❹ 記錄財物等的賬簿。《新唐書‧百官志三》："籍～隱沒。"這個意義後來又寫作"賬"。

【帳具】 zhàng jù 帷帳和膳具。《新唐書‧百官志三》："王公婚禮，亦供～～。"又指陳列帳具，即備膳。《史記‧魏其武安侯列傳》："夜灑掃，早～～至旦。"

【帳飲】 zhàng yǐn 在郊野設帳宴飲，送別故舊友朋。宋‧柳永《雨霖鈴》："都門～～無緒。"

障 zhàng ❶ 堤壩。《國語‧周語中》："澤不陂～。" ❷ 屏障。明‧唐順之《信陵君救趙論》："則雖撤魏之～，撤六國之～，信陵亦必不救。" ❸ 阻擋，阻隔。唐‧韓愈《進學解》："～百川而東之。" ❹ 遮擋，遮蔽。唐‧韓愈《南海神廟碑》："上雨旁風，無所蓋～。"

【障塞】 (1) zhàng sè 阻塞不通。《禮記‧月令》："開通道路，毋有～～。"

(2) zhàng sài 邊塞上修建的禦敵城堡。《管子‧幼官》："～～不審，不過八日而外賊得間。"

嶂 zhàng 高聳直立像屏障的山峯。北魏‧酈道元《水經注‧江水》："重巖疊～，隱天蔽日。"

瘴 zhàng ❶ 瘴氣。明‧王守仁《瘞旅文》："歷～毒而苟能自全。" ❷ 見"瘴癘"。

【瘴癘】 zhàng lì 瘴氣引起的瘟病。唐‧杜甫《夢李白》："江南～～地，逐客無消息。"

【瘴氣】 zhàng qì 南方山林中濕熱致病的空氣。《後漢書‧南蠻傳》："南州水土溫暑，加有～～。"

zhao

召 zhāo ❶ 呼喚。《詩經‧小雅‧出車》："～彼僕夫，謂之載矣。”❷指上對下的召見。《左傳·僖公三十二年》：“（秦穆公）～孟明、西乞、白乙。”❸招致，導致。《荀子·勸學》：“故言有～禍焉。”

招 (1) zhāo ❶打手勢叫人，招手。《史記·項羽本紀》：“沛公起如廁，因～樊噲出。”《荀子·勸學》：“登高而～，臂非加長也，而見者遠。”❷招來，招集。《史記·游俠列傳》：“～天下賢者。”❸招致，引起。《荀子·勸學》：“故言有召禍也，行有～辱也。”❹招供，供認罪行。元·關漢卿《竇娥冤》：“你休打我婆婆，我～了吧。”❺羈絆，捆縛。《孟子·盡心下》：“如逐放豚，既入其苙，又從而～之。”❻箭靶，目標。《戰國策·莊辛論幸臣》：“以其類為～。”

(2) qiáo 舉起，舉。《列子·說符》：“孔子之勁，能～國門之關。”又指揭發，揭示。唐·韓愈《爭臣論》：“惡為人臣～其君之過而以為名者。”

【招安】zhāo ān ❶安撫。《資治通鑑》卷二百五十九：“民不入城，而入山谷避之，以俟～～。”❷勸說讓歸附。《水滸傳》第六十四回：“一邊使人～～逃竄敗軍。”

【招附】zhāo fù 招徠使歸附。《宋史·曹克明傳》：“是時朝廷意在～～。”

【招徠】zhāo lái 也作“招來”，招引，招攬。《漢書·公孫弘傳》：“～～四方之士，任賢序位。”

【招延】zhāo yán 招求，延請。《史記·梁孝王世家》：“～～四方豪傑。”

昭 zhāo ❶太陽明亮。戰國楚·景差《大招》：“青春受謝，白日～只。”❷明白。《左傳·成公十三年》：“～告昊天上帝。”❸明顯，顯著。《詩經·小雅·鹿鳴》：“德音孔（很）～。”❹顯示，顯揚。三國蜀·諸葛亮《出師表》：“以～陛下平明之理。”

【昭彰】zhāo zhāng 也作“昭章”，昭著，顯著。南朝梁·蕭統《〈陶淵明集〉序》：“詞采精拔，跌宕～～。”

【昭昭】zhāo zhāo ❶明亮。《韓非子·解老》：“其光～～。”❷明白。《孟子·盡心下》：“賢者以其～～使人～～。”

【昭質】zhāo zhì ❶明潔高尚的品質。戰國楚·屈原《楚辭·離騷》：“芳與澤其雜糅兮，唯～～其猶未虧。”❷箭靶所畫的地方。戰國楚·景差《大招》：“～～既設，大侯（箭靶）張之。”

剑 zhāo 勉勵。明·宋濂《補雩壇祝舞歌辭》：“俯下士，無不～。”

啁 (1) zhāo 見“啁哳”。
(2) zhōu 見“啁啾”。
(3) cháo 通“嘲”，戲謔，調笑。《漢書·東方朔傳》：“與枚皋、郭舍人俱在左右，詼～而已。”

【啁哳】zhāo zhā 同“嘲哳”，多形容聲音繁雜細碎，如形容鳥鳴聲、樂歌聲等。戰國楚·宋玉《九辯》：“雁雍雍而南游兮，雞～～而悲鳴。”

【啁啾】zhōu jiū 多形容細碎的聲音，如雀鳴。唐·王維《黃雀癡》：“到大～～解游颺，各自東西南北飛。”又形容樂器聲。唐·杜甫《渼陂行》：“絲管～～空翠來。”

朝 zhāo 見64頁cháo。

嘲 zhāo 見64頁cháo。

爪 zhǎo ❶爪子，鳥獸的腳。宋·蘇軾《和子由澠池懷舊》：「泥上偶然留指～，鴻飛那復計東西。」❷用爪抓、掐。唐·柳宗元《種樹郭橐駝傳》：「甚者～其膚以驗其生枯。」❸指甲。《韓非子·內儲說上》：「左右因割其～而效之。」

沼 zhǎo 水池。《孟子·梁惠王上》：「王立於～上，顧鴻雁麋鹿。」

◆沼、池。「沼」、「池」都是水塘的意思，但「池」多為人工控掘的水塘，在古語中「池」特指護城河，「城」和「池」經常並用，成語有「金城湯池」；「沼」是小池，是天然的水池。

兆 zhào ❶古人占卜時燒灼龜甲所呈現的裂紋。《禮記·月令》：「命大史釁龜策占～。」❷預兆，徵兆。唐·駱賓王《為徐敬業討武曌檄》：「坐昧先幾之～。」❸初出現，露苗頭。三國魏·阮籍《詠懷》：「開秋～涼氣。」❹開始。《左傳·哀公元年》：「能布其德，而～其謀。」❺墓地。唐·韓愈《祭十二郎文》：「終葬汝於先人之～。」❻古代下數以十萬為億，十億為兆；中數以萬萬為億，萬億為兆；上數以億億為兆。常用以表示極多。《禮記·內則》：「降德於眾～民。」

【兆民】zhào mín 眾百姓。《國語·周語中》：「以備百姓～～之用也。」

【兆庶】zhào shù 即兆民，庶民。《後漢書·崔駰傳》：「濟此～～，出於平易之路。」

詔 zhào ❶告訴，告知。清·龔自珍《病梅館記》：「未可明～大號以繩天下之梅也。」❷告誡，教訓。《戰國策·樂毅報燕王書》：「遺令～後嗣之餘義。」❸詔書，皇帝頒發的命令和文告。三國蜀·諸葛亮《出師表》：「深追先帝遺～。」❹又為下詔書、下命令。清·蒲松齡《聊齋志異·促織》：「～賜撫臣名馬衣緞。」❺召集，又用為召見。《後漢書·馮衍列傳》：「～伊尹於亳郊兮，享呂望於酆郊。」

【詔命】zhào mìng 皇帝的命令。清·趙翼《廿二史劄記》：「兩漢～～，皆由尚書出。」

【詔獄】zhào yù 關押欽犯的監牢。唐·李白《秦女休行》：「婿為燕國王，身被～～加。」

【詔諭】zhào yù 皇帝頒佈的命令。《新五代史·後蜀世家》：「明宗～～不許。」

棹 zhào ❶船槳。晉·謝靈運《與從弟惠連》：「隱汀絕望舟，鷟～逐驚流。」又作船的代稱。唐·杜甫《贈李十五丈別》：「北回白帝～，面入黔陽天。」❷用槳划船。晉·陶淵明《歸去來兮辭》：「或命巾車，或～孤舟。」

照 zhào ❶明。漢·王充《論衡·吉驗》：「～察明著。」❷照射，照耀。《史記·伯夷列傳》：「同明相～。」❸指日光。唐·杜甫《秋野》：「遠岸秋沙白，連山晚～紅。」❹照影，對鏡子自照。《晉書·王衍傳》：「在車中攬鏡自～。」❺人物的形象。《晉書·顧愷之傳》：「傳神寫～，正在阿堵中。」❻知曉，了解。晉·潘岳《夏侯常侍誄》：「心～神交，惟我與子。」❼察看，察辨。《戰國策·范雎說秦王》：「無與～奸。」❽照看，照管。宋·楊萬里《插秧歌》：「～管鵝兒與雛鴨。」

肇 zhào　創始，開始。《尚書·周書·武成》：“至於大王，～基王迹。”

【肇始】 zhào shǐ　開始，發端。南朝梁·劉勰《文心雕龍·諸子》：“子目～～，莫先於茲。”

---

zhe

遮 zhē　❶ 遏止，阻攔。《史記·陳涉世家》：“陳王出，～道而呼涉。” ❷ 遮蔽，遮擋。唐·白居易《琵琶行》：“千呼萬喚始出來，猶抱琵琶半～面。” ❸ 這。宋·張鎡《漁家傲》：“～個漁翁無慍喜，乾坤都在孤篷底。”

折 (1) zhé　❶ 斷，折斷。《左傳·成公二年》：“自始合，而矢貫余手及肘，余～以御。” ❷ 彎曲，曲折。唐·柳宗元《小石潭記》：“潭西南而望，斗～蛇行，明滅可見。” ❸ 使彎曲，屈服。《戰國策·西周策》：“則周必～而入於韓。” ❹ 折服，信服。清·趙翼《甌北詩話·韓昌黎詩》：“所心～者，惟孟東野一人。” ❺ 毀掉，毀壞。南朝齊·孔稚珪《北山移文》：“或飛柯以～輪。” ❻ 挫敗。漢·班彪《北征賦》：“～吳濞之逆邪。” ❼ 挫折，損失。《史記·項羽本紀》：“輕～辱秦士卒。” ❽ 夭折，短命。宋·蘇軾《屈原塔》：“古人誰不死，何必較考～。” ❾ 摧折。南朝梁·江淹《別賦》：“使人意奪神駭，心～骨驚。” ❿ 斷，判斷。《魏書·高帝紀》：“於東明觀～疑獄。” ⓫ 批駁，反駁。唐·劉禹錫《天論》：“余之友河東解人柳子厚作《天說》，以～韓退之之言。” ⓬ 指斥，責備。《漢書·汲黯傳》：“面～，不能容人之過。” ⓭ 折合，抵當。唐·杜甫《銅瓶》：“蛟龍半缺落，猶得～黃金。”

(2) shé　虧損，損失。《荀子·修身》：“故良農不為水旱不耕，良賈不為～閱不市。”

【折北】 zhé běi　敗北，敗逃。《漢書·蒯通傳》：“一日數戰，亡尺寸之功，～～不救。”

【折衝】 zhé chōng　阻擋敵人戰車的進攻，以取勝。衝，衝車，戰車的一種。《淮南子·兵略訓》：“修政廟堂之上，而～～千里之外。”

【折桂】 zhé guì　比喻科舉及第。唐·杜甫《同豆盧峯知字韻》：“夢蘭他日應，～～早年知。”

【折節】 zhé jié　❶ 改變以前的志向和行為。宋·蘇軾《方山子傳》：“稍壯，～～讀書。” ❷ 屈己下人。《漢書·伍被傳》：“淮南王安……～～下士。”

【折獄】 zhé yù　判決訴訟案件。南朝齊·孔稚珪《北山移文》：“每紛綸於～～。”

哲 zhé　❶ 明智，有智慧。《尚書·虞書·皋陶謨》：“知人則～。” ❷ 哲人，智慧高的人。《國語·周語下》：“可謂不忝前～矣。”

輒 zhé　❶ 專擅，任意。《晉書·劉弘傳》：“甘受專～之罪。” ❷ 隨便。《宋史·神宗紀》：“詔山陵所須，應委三司轉運司計置，毋～擾民。” ❸ 總是。《後漢書·張衡列傳》：“所居之官～積年不徙。” ❹ 立即，就。清·蒲松齡《聊齋志異·促織》：“一鳴～躍去。”

摺 zhé　❶ 摺疊。清·蒲松齡《聊齋志異·促織》：“～藏之，歸以示成。” ❷ 摺子，用紙摺疊而成的冊子或奏摺。清·李寶嘉《官場現形記》第三十一回：“好容易寫了一個手～。” ❸ 元雜劇劇本結構的一個段落，每齣戲大都四折，一折af後來的一場。明·蘭陵笑笑生《金瓶梅詞話》：“戲文四～下來，天色已晚。”

磔 zhé ❶ 分裂牲畜的肢體以祭神除災。《呂氏春秋·季春紀》：“九門一～，以畢春氣。” ❷ 古代一種用車分裂人肢體的酷刑。《荀子·宥坐》：“吳子胥不～姑蘇東門外乎？”後又以指凌遲酷刑。《舊五代史·唐書》：“李嗣源遣使部送潞州叛將楊立等到闕，並～於市。” ❸ 斬殺。唐·韓愈《許國公神道碑銘》：“～其梟狼，養以風雨。” ❹ 張開。《晉書·桓溫傳》：“（桓）溫眼如紫石棱，鬚作蝟毛～。” ❺ 象聲詞，見“磔磔”。

【磔磔】zhé zhé　象聲詞，可形容鳥鳴之聲音。宋·蘇軾《石鐘山記》：“山上棲鶻，聞人聲亦驚起，～～雲霄間。”

謫 zhé ❶ 指責，譴責。《詩經·邶風·北門》：“我入自外，室人遍交～我。” ❷ 處罰，責罰。《國語·齊語》：“桓公擇是寡功者而～之。” ❸ 貶謫，官吏因罪降職或外放。宋·范仲淹《岳陽樓記》：“慶曆四年春，滕子京～守巴陵郡。” ❹ 指被罰戍邊的罪人。《史記·秦始皇本紀》：“築亭障以逐戎人。徙～，實之初縣。” ❺ 過失，缺點。《國語·周語中》：“秦師必有～。” ❻ 變異，災異。《左傳·昭公三十一年》：“庚午之日，日始有～。”

【謫降】zhé jiàng ❶ 古代官吏被降職或調至邊遠地方任職。宋·王鞏《甲申雜記》：“云將引用嶺南～～

人。” ❷ 舊說天上仙人獲罪被貶，託生人世。明·高啟《青丘子歌》：“何年～～在世間，向人不道姓與名。”

【謫居】zhé jū　降職外調，客居他鄉。宋·王禹偁《黃岡竹樓記》：“亦～～之勝概也。”

【謫戍】zhé shù　將有罪之人遣送守邊。漢·賈誼《過秦論》：“～～之眾，非抗（匹敵）於九國之師也。”

轍 zhé　車轍，車輪壓出的痕跡。《左傳·曹劌論戰》：“吾視其～亂，望其旗靡，故逐之。”

者 zhě ❶ 代詞，指人、物、事、時間、地點等。可譯作的、的人、的東西、的事情等。《論語·里仁》：“不仁～，不可以久處約。” ❷ 代詞，用在數詞後面，可譯作個，樣。《孟子·告子上》：“二～不可得兼，舍生而取義者也。” ❸ 代詞，用在“今”，“昔”等時間詞後面，表示“……時候”。《莊子·齊物論》：“昔～十日並出。” ❹ 代詞，放在主語後面，引出判斷。《史記·陳涉世家》：“陳勝～，陽城人也。” ❺ 代詞，放在主語後面，引出原因。《戰國策·鄒忌諷齊王納諫》：“吾妻之美我～，私我也。” ❻ 助詞，用作如、若、似的賓語，可譯作“……的樣子”。唐·柳宗元《捕蛇者說》：“言之，貌若甚戚～。” ❼ 語氣詞，放在疑問句末，表示疑問語氣等。《史記·項羽本紀》：“誰為大王為此計～？” ❽ 語氣詞，放在祈使句末，表示祈使，命令語氣等。《史記·商君列傳》：“秦惠王車裂商君以徇，曰：‘莫如商鞅反～！’”

赭 zhě ❶ 赤褐色的土。《管子·地數》：“上有～者下有鐵。”引申為赤褐色。明·徐霞客《徐霞客

Z

遊記·滇遊日記》：「石色～黃。」❷燒紅，使變紅。唐·柳宗元《賀進士王參元失火書》：「黔其廬，～其垣。」❸伐去樹木，使山光禿。《史記·秦始皇本紀》：「皆伐湘山樹，～其山。」

【赭衣】zhě yī　古代罪犯、刑徒所穿的赤褐色衣服。漢·司馬遷《報任安書》：「魏其，大將也，衣～～，關三木。」又以指罪犯、刑徒。《漢書·刑法志》：「而姦邪並生，～～塞路。」

柘 zhè　❶一種落葉灌木，葉可餵蠶，木材可染黃赤色。《山海經·北次三經》：「又北二百里，曰發鳩之山，其上多～木。」❷通「蔗」，甘蔗。戰國楚·屈原《楚辭·招魂》：「腼鱉炮羔，有～漿些。」

---

zhen

珍 zhēn　❶珍寶。《史記·項羽本紀》：「～寶盡有之。」引申為珍味，精美的食物。漢樂府《孔雀東南飛》：「雜綵三百匹，交廣（交州、廣州）市鮭～。」❷貴重的，珍貴的。漢·賈誼《過秦論》：「不愛～器重寶肥饒之地。」❸重視，珍惜。《左傳·文公八年》：「書曰『公子遂』，～之也。」

【珍玩】zhēn wán　❶珍貴的玩賞物。宋·蘇軾《答姚秀才書》：「寄示詩編石刻，良為～～。」❷欣賞，賞玩。晉·常璩《華陽國志》：「王報～～之物。」

貞 zhēn　❶卜問，占卜。唐·韓愈《爭臣論》：「是《易》所謂恆其德～，而夫子凶者也。」❷《周易》的卦名。❸正。《禮記·文王世子》：「有一元良，萬邦以～。」❹正對著。戰國楚·屈原《楚辭·離

騷》：「攝提～於孟陬兮，惟庚寅吾以降。」❺堅定。唐·韋應物《睢陽感懷》：「甘從鋒刃斃，莫奪堅～志。」❻忠貞，堅貞。三國蜀·諸葛亮《出師表》：「此悉～、亮死節之臣也。」❼特指女子貞節。《史記·田單列傳》：「～女不更二夫。」

真 zhēn　❶本原，本性。戰國楚·屈原《楚辭·卜居》：「寧超然高舉以保～乎？」❷自然，淳樸。晉·陶淵明《飲酒》：「舉世少復～。」❸真人，道家指存養本性得道升天的人。明·馮夢龍《警世通言》第四十卷：「輦～保奏，升入仙班。」❹真實，真的，與「假」相對。唐·韓愈《祭十二郎文》：「其傳之非其～邪？」❺的確，實在。漢·司馬遷《報任安書》：「此～少卿所親見。」❻自身。宋·蘇軾《放鶴亭記》：「以此全其～而名後世。」❼肖像，畫像。唐·杜甫《丹青引贈曹將軍霸》：「必逢佳士亦寫～。」❽實職，實授官職。《漢書·張敞傳》：「守太原太守，滿歲為～。」

【真率】zhēn shuài　純真坦率。宋·梅堯臣《哭尹子漸》：「阮籍本～～，感慨壽不長。」

針 zhēn　❶縫衣針。《管子·海王》：「一女必有一～一刀。」❷用來治病的用具。《韓非子·扁鵲見蔡桓公》：「（疾）在肌膚，～石之所及也。」又指用針札、刺。《漢書·廣川惠王越傳》：「以鐵針～之。」

砧 zhēn　❶搗衣石。晉·謝靈運《搗衣》：「欄高～響發，楹長杵聲哀。」❷通「椹」，砧板。宋·孫光憲《北夢瑣言》：「饞犬舐魚～。」又常與「斧」連用指古代刑具，並泛指嚴酷的刑罰。

Z

偵 zhēn ❶ 問，卜問。《禮記·緇衣》：“恆其德～，婦人吉，丈夫凶。” ❷ 暗中探視，察看。《後漢書·烏桓傳》：“為漢～察匈奴動靜。”

禎 zhēn 吉祥。《禮記·中庸》：“國家將興，必有～祥。”

斟 zhēn ❶ 用勺舀取。《韓非子·外儲說左上》：“（瓠）重如堅石，則不可以剖而以～。” ❷ 往碗裏或杯裏倒、注。前蜀·魏承班《玉樓春》：“玉斝滿～情未已，促坐王孫公子醉。” ❸ 見“斟酌”。

【斟酌】 zhēn zhuó ❶ 斟酒，倒酒。晉·陶淵明《移居》：“過門更相呼，有酒～～之。” ❷ 考慮，決定取捨。三國蜀·諸葛亮《出師表》：“至於～～損益，進盡忠言，則攸之、禕、允之任也。” ❸ 安排，擺佈。《北齊書·楊愔傳》：“豈可使我母子受漢老嫗～～？”

楨 zhēn ❶ 一種木質堅硬的樹，即女貞。《山海經·東山經》：“上多金玉、～木。” ❷ 古代築土牆時夾板兩端立的木柱，引申為支柱，骨幹。《漢書·匡衡傳》：“朝廷者，天下之～幹也。”

甄 zhēn ❶ 製陶器的轉輪。《晉書·潘尼傳》：“若埴在～。” ❷ 製造陶器。《漢書·董仲舒傳》：“猶泥之在鈞，惟～者之所為。” ❸ 造就，培養。南朝梁·任昉《為范始興作求立太宰碑表》：“臣里閭孤賤，無才可～。” ❹ 鑒別，選拔。《晉書·顧榮傳》：“所以～拔才望，委以事機。” ❺ 表明。晉·潘岳《西征賦》：“～大義以明責，反初服於私門。” ❻ 軍隊的左右兩翼。《晉書·周訪傳》：“使將軍李恆督左～，許朝督右～。” ❼ 又為兵陣名。《梁書·裴邃傳》：“出城挑戰，邃勒諸將，為四～以待之。”

【甄拔】 zhēn bá 考察並選拔人才。唐·李白《與韓荊州書》：“山濤作冀州，～～三十餘人。”

【甄別】 zhēn bié 鑒別，區別。南朝梁·劉勰《文心雕龍·雜文》：“～～其義，各入討論之域。”

蓁 zhēn ❶ 草旺盛的樣子。宋·王禹偁《黃岡竹樓記》：“予城西北隅，雉堞圮毀，～莽荒穢。” ❷ 通“榛”，叢生的荊棘。《莊子·徐無鬼》：“眾狙見之，恂然棄而走，逃於深～。”

【蓁蓁】 zhēn zhēn ❶ 形容草木茂盛的樣子。《詩經·周南·桃夭》：“桃之夭夭，其葉～～。” ❷ 形容積聚匯集的樣子。戰國楚·屈原《楚辭·招魂》：“蝮蛇～～。”

榛 zhēn ❶ 一種落葉喬木。《詩經·邶風·簡兮》：“山有～，隰有苓。”也指榛樹的果實。《禮記·內則》：“棗栗～柿，瓜桃李梅。” ❷ 叢生的荊棘、樹木。明·劉基《司馬季主論卜》：“荒～斷梗，昔日之瓊蕤玉樹也。” ❸ 見“榛榛”。

【榛莽】 zhēn mǎng 叢生的草木。唐·柳宗元《始得西山宴遊記》：“遂命僕過湘江，緣染溪，斫～～。”

【榛榛】 zhēn zhēn 草木叢生的樣子。唐·柳宗元《封建論》：“草木～～。”

箴 zhēn ❶ 縫衣用的竹針，後指一般的縫衣針。《禮記·內則》：“衣裳綻裂，紉～請補綴。”也指針灸之針，此義後來多寫作“針”。 ❷ 規諫，告誡。《戰國策·召公諫弭謗》：“師～，瞍賦。” ❸ 文體的一種，以規誠為主題。南朝梁·

Z

劉勰《文心雕龍·銘箴》："～者，針也，所以攻疾防患，喻～石也。"

◆ 箴、鍼、針。"箴"與"鍼"同源，遠古為竹針，故"箴"從竹，後來有了金屬針，才有從金的"鍼"，但作為一種文體，古代一般寫作"箴"；後來"針"又替代了箴、鍼。

【箴砭】zhēn biān　也作"鍼砭"，以治病的箴和砭石比喻告誡、規勸、糾謬。晉·葛洪《抱朴子·勤求》："～～為道之病痛，如吾之勤勤者也。"

臻 zhēn　到。《詩經·大雅·雲漢》："天降喪亂，饑饉薦～。"又指達到。《後漢書·章帝紀》："澤～四表，遠人慕化。"

枕 (1) zhěn　枕頭。《戰國策·馮煖客孟嘗君》："君姑高～為樂矣。"

(2) zhèn　❶枕着。《論語·述而》："曲肱而～之。"❷臨近，指臨水、臨山等。唐·王勃《滕王閣序》："臺隍～夷夏之交。"

【枕籍】zhěn jiè　也作"枕藉"，橫七豎八地躺着。宋·蘇軾《前赤壁賦》："相與～～乎舟中。"

畛 zhěn　❶田間的路。戰國楚·景差《大招》："田邑千～。"❷分界，界域。《莊子·齊物論》："請言其～。"

【畛域】zhěn yù　界限，區域。《莊子·秋水》："泛泛乎其若四方之無窮，其無所～～。"

軫 zhěn　❶車箱後的橫木。《周禮·冬官考工記》："車～四尺。"引申為車。《國語·晉語四》："若資窮困，亡有長幼，還～諸侯，可謂窮困。"❷絃樂器上轉動絃線的軸。《魏書·樂志五》："中弦須施～如琴，以～調聲。"❸轉動。漢·揚雄《太玄·玄摛》："～轉其道。"❹悲痛。戰國楚·屈原《楚辭·九章·哀郢》："出國門而～懷兮。"❺通"畛"，田間小路。《淮南子·要略》："測窈冥之深，以翔虛無之～。"

縝 zhěn　周密，細緻。《宋史·李侗傳》："講學切在深潛～密，然後氣味深長，蹊徑不差。"

【縝密】zhěn mì　周密，細緻。《南史·孔休源傳》："性～～，未嘗言禁中事。"

振 zhèn　❶搖動，抖動。宋·蘇轍《黃州快哉亭記》："～之以清風。"引申為舉起來。漢·賈誼《過秦論》："～長策而御宇內。"❷奮起，振作。《史記·酷吏列傳》："上下相遁，至於不～。"❸整，整頓。《史記·五帝本紀》："乃修德～兵。"❹通"賑"，救濟。《戰國策·趙威后問齊使》："～困窮，補不足。"❺拯救。《韓非子·五蠹》："智困於內而政亂於外，則亡不可～也。"❻通"震"，震動，震懾。唐·魏徵《諫太宗十思疏》："～之以威怒。"

【振羽】zhèn yǔ　鼓翅。《詩經·豳風·七月》："五月斯螽動股，六月莎雞～～。"

陳 zhèn　見67頁chén。

朕 zhèn　❶我。戰國楚·屈原《楚辭·離騷》："回～車以復路兮，及行迷之未遠。"❷自秦始皇起專用為皇帝自稱。《史記·秦始皇本紀》："臣等謹與博士議曰：命為'制'，令為'詔'，天子自稱曰'～'。"皇太后臨朝聽政時亦自稱"朕"。❸縫隙。《周禮·冬官考工記·函人》："眂其～，欲其直也。"❹預兆，徵兆，跡象。《淮南子·俶真訓》："欲與物接，而未成兆～。"

【朕躬】 zhèn gōng　我，我自己，天子自稱。《尚書·商書·湯誥》："罪當～～，弗敢自赦。"

陣 zhèn ❶軍隊行列。戰國楚·屈原《楚辭·九歌·國殤》："凌余～兮躐余行。"又泛指一般的行列。唐·王勃《滕王閣序》："雁～驚寒，聲斷衡陽之浦。" ❷作戰時的戰鬥隊形、陣勢、陣法。《後漢書·禮儀志中》："兵官皆肄孫、吳兵法六十四～。"又指擺開陣勢，列陣。《史記·淮陰侯列傳》："(韓)信乃使萬人先行，出，背水～。" ❸陣地，戰場。唐·杜甫《高都護驄馬行》："此馬臨～久無敵，與人一心成大功。"

填 zhèn　見595頁 tián。

賑 zhèn ❶救濟。《後漢書·伏湛列傳》："悉分奉祿以～鄉里。" ❷裕，富裕。晉·左思《蜀都賦》："爾乃邑居隱～，夾江傍山。"

【賑恤】 zhèn xù　拿錢物救濟窮苦或受災害的人。《後漢書·郎顗列傳》："存問孤寡，～～貧弱。"

震 zhèn ❶雷。唐·韓愈《雜說》："感～電。"又指雷擊。《左傳·僖公十五年》："～夷伯之廟，罪之也。" ❷地震，震動。《國語·周語上》："幽王三年，西周三川皆～。" ❸威風，威嚴。《左傳·文公六年》："其子何～之有？" ❹驚懼。《國語·周語上》："玩則無～。"

◆ 震、振。兩字同音，本可通用，但從字形上說，"震"是雷震，"振"是振動。"震動"不同於"振動"，"震動"是受外力影響所引起的顫動，"振動"只是"搖動"。

【震怖】 zhèn bù　驚懼，恐懼。漢·司馬遷《報任安書》："旃裘之君長咸～～。"

【震悚】 zhèn sǒng　震驚，恐懼。清·蒲松齡《聊齋志異·王司馬》："諸部落望見，無不～～。"

鴆 zhèn ❶一種毒鳥，用牠的羽毛泡的酒可毒死人。戰國楚·屈原《楚辭·離騷》："吾令～為媒兮，～告余以不好。" ❷用鴆羽泡的毒酒。《漢書·蕭望之傳》："門下生朱雲勸自裁，竟飲～自殺。" ❸用毒酒害人。唐·駱賓王《為徐敬業討武曌檄》："弒君～母。"

【鴆毒】 zhèn dú ❶毒酒，毒藥。《左傳·閔公元年》："宴安～～，不可懷也。" ❷用毒酒害人，陷害。《後漢書·宦者傳》："皇后乘勢忌恣多所～～。"

鎮 zhèn ❶用金屬或玉石製成的用來壓物的器具。戰國楚·屈原《楚辭·九歌·湘夫人》："白玉兮為～。" ❷引申為壓。《後漢書·寇榮列傳》："近巖牆而有～壓之患。" ❸鎮服，鎮懾。明·袁宏道《徐文長傳》："威～東南。" ❹安定，安撫。《後漢書·皇甫規傳》："遣匈奴以宮姬，～烏孫以公主。" ❺鎮守。明·歸有光《滄浪亭記》："廣陵王～吳中。" ❻壓抑，抑制。戰國楚·屈原《楚辭·九章·抽思》："願搖起而橫奔兮，覽民尤以自～。" ❼重要或險要的地方。唐·杜甫《夔州歌十絕句》："白帝高為三峽～，瞿塘險過百牢關。" ❽長，長久。宋·柳永《傾杯詞》："難使皓月長圓，彩雲～聚。"

【鎮撫】 zhèn fǔ　鎮定，安撫。《國語·襄王不許請隧》："以～～百姓。"

zheng

丁 zhēng　見 120 頁 dīng。

爭 (1) zhēng ❶爭奪。《左傳·成公三年》："晉未可與～。"❷競爭。《史記·屈原賈生列傳》："雖與日月～光可也。"❸爭着，爭先恐後。唐·柳宗元《捕蛇者説》："永之人～奔走焉。"❹爭論，爭辯。宋·王安石《答司馬諫議書》："蓋儒者所～，尤在於名實。"❺相差。唐·杜荀鶴《自遣》："貧富高低～幾多？"❻怎，怎麼。宋·柳永《八聲甘州》："～知我，倚闌干處，正恁凝愁！"

(2) zhèng　通"諍"，諍諫，直言規諫。《呂氏春秋·功名》："～其上之過。"

【爭衡】zhēng héng　爭勝，比試高低。《漢書·梅福傳》："國家之權輕，故匹夫欲與上～～也。"

【爭列】zhēng liè　爭位置的先後。《史記·廉頗藺相如列傳》："不欲與廉頗～～。"

【爭奈】zhēng nài　無奈，怎奈。元·王實甫《西廂記》："春光在眼前，～～玉人不見。"

【爭如】zhēng rú　❶如何比得上。元·馬致遠《岳陽樓》："～～我蓋間茅屋臨幽澗，披片麻衣坐法壇？"❷怎奈。宋·晏幾道《臨江仙》："～～南陌上，占取一年春？"

【爭似】zhēng sì　怎似。宋·柳永《慢卷紬》："又～～從前，淡淡相看，免恁牽繫。"

【爭臣】zhèng chén　直言敢諫的大臣。"爭"通"諍"。《孝經·諫爭》："昔者天子有～～七人。"

征 zhēng　❶巡行，遠行。《左傳·僖公四年》："昭王南～而不復。"❷征伐，引申為爭取，奪取。宋·王安石《答司馬諫議書》："為天下理財，不為～利。"❸賦税。《孟子·滕文公下》："去關市之～。"

【征夫】zhēng fū　❶路上的行人。晉·陶淵明《歸去來兮辭》："問～～以前路。"❷服兵役的人。《詩經·小雅·何草不黃》："哀我～～～，獨為匪民！"

【征鴻】zhēng hóng　即征雁，遠徙的大雁，一般指秋天南飛的雁。南朝梁·江淹《赤亭渚》："遠心何所類，雲邊有～～。"

怔 zhēng　見"怔忪"。

【怔忪】zhēng zhōng　驚恐、惶懼的樣子。漢·王符《潛夫論·救邊》："軍書交馳，羽檄狎至，乃復～～如前。"

崢 zhēng　見"崢嶸"。

【崢嶸】zhēng róng　❶山勢高峻的樣子。唐·李白《蜀道難》："劍閣～～而崔嵬，一夫當關，萬夫莫開。"❷地勢深險的樣子。戰國楚·屈原《楚辭·遠遊》："下～～而無地兮，上寥廓而無天。"❸不尋常，不凡。宋·歐陽修《祭石曼卿文》："其軒昂磊落，突兀～～，而埋藏於地下者，意其不化為朽壤，而為金玉之精。"❹凜冽。金·黨懷英《雪中》："歲晏苦風雪，曠野寒～～。"

猙 zhēng　❶古代傳説中的怪獸名，一角五尾似豹的怪獸。《山海經·西山經》："（章莪之山）有獸焉，其狀如赤豹，五尾一角，其音如擊石，其名曰～。"❷見"猙獰"。

【**猙獰**】zhēng níng　形容樣子兇惡可怕。《古今小說·張道陵七試趙昇》："只見廟中……供養着土偶神像，～～可畏。"

蒸 zhēng　❶細小的柴禾。《詩經·小雅·無羊》："爾牧來思，以薪以～。"❷蒸發，升騰。唐·孟浩然《臨洞庭湖贈張丞相》："氣～雲夢澤。"又指用熱氣蒸。唐·皮日休《橡媼歎》："幾曝復幾～，用作三冬糧。"❸通"烝"，眾多。《漢書·霍光傳》："天下～庶，咸以安寧。"

【**蒸民**】zhēng mín　眾民。唐·李華《弔古戰場文》："蒼蒼～～，誰無父母？"

【**蒸庶**】zhēng shù　庶民，百姓。《三國志·魏書·翟琰傳》："冀方～～暴骨原野。"

【**蒸蒸**】zhēng zhēng　美好向上的樣子。《漢書·酷吏傳》："而吏治～～。"

徵 zhēng　❶召，徵召，特指君召臣。《論語·鄉黨》："君命～，不俟駕而行。"❷求，索取。《戰國策·宋策》："梁王伐邯鄲而～師於宋。"❸追究，追問。《左傳·齊桓公伐楚盟屈完》："寡人是～。"❹證明，驗證，引申為預兆，跡象。《史記·項羽本紀》："兵未戰而先見敗～。"

【**徵辟**】zhēng bì　徵召布衣出來做官。《後漢書·儒林傳》："其著錄者萬六千人，～～並不就。"

【**徵士**】zhēng shì　朝廷徵召而不肯就職的士人。南朝宋·顏延之《陶徵士誄》："有晉～～潯陽陶淵明，南嶽之幽居者也。"

【**徵祥**】zhēng xiáng　災祥的徵兆。漢·劉向《說苑·善說》："天瑞並至，～～畢見。"

錚 zhēng　❶通"鉦"，指形圓、猶如銅鑼的一種古樂器，古代軍中使用。❷經打磨擦洗之後而變得光滑明亮。元·睢景臣《哨遍·高祖還鄉》："紅漆了叉，銀～了斧。"

【**錚錚**】zhēng zhēng　形容金屬、玉器撞擊的聲音。宋·歐陽修《秋聲賦》："其觸於物也，鏦鏦～～。"比喻堅強不屈，享有聲名。南朝宋·劉義慶《世說新語·賞譽》："洛中～～馮惠卿。"

拯 zhěng　❶向上舉，舉起。《周易·艮》："艮其腓，不～其隨。"❷援救，救助。《孟子·梁惠王下》："民以為將～己於水火之中也。"

整 zhěng　❶整齊。《左傳·僖公三十年》："以亂易～，不武。"❷整頓，調整。《後漢書·張衡列傳》："治威嚴，～法度。"❸齊全，齊備。隋·盧思道《周興亡論》："器械完～，貨財充實。"

正 (1) zhèng　❶不偏，不斜。《論語·鄉黨》："席不～不坐。"引申為正當。《論語·子路》："名不～則言不順。"❷（行為）正派，正直。《論語·憲問》："晉文公譎而不～，齊桓公～而不譎。"❸糾正，使……正。《論語·堯曰》："君子～其衣冠。"❹事物的主體，與"副"相對。《隋書·經籍志一》："補續殘缺，為～副二本，藏於宮中。"❺主管人，長官。《儀禮·大射》："樂～命大師，曰：'奏《貍首》，……'"❻恰好，正好。《論語·述而》："～唯弟子不能學也。"又為

Z

只，僅。晉·陶淵明《贈羊長史》：“得知千載外，～賴古人書。”❼方，表示狀態的持續、動作的進行。唐·李華《弔古戰場文》：“夜～長兮風淅淅。”❽正書（即楷書）的簡稱。宋·陳師道《後山談叢》：“顏魯公學張草不成而為～。”

（2）zhēng　❶箭靶的中心。《禮記·在上位不陵下》：“射有似乎君子，失諸～鵠，反求諸其身。”❷陰曆每年的第一個月叫“正月”。《左傳·隱公十年》：“十年春王～月，公會齊侯、鄭伯於中丘。”

【正本】zhèng běn　端正事物的本源，使歸正道。《漢書·董仲舒傳》：“謂一為元者，視大始而欲～～也。”

【正身】zhèng shēn　❶修身。唐·魏徵《諫太宗十思疏》：“想讒邪，則思～～以黜惡。”❷本人，與“替身”相對而言。《水滸傳》第三十二回：“只要緝捕～～。”

【正史】zhèng shǐ　指以帝王本紀、重要人物列傳為主要記事方式的紀傳體史書，多為官修。《隋書·經籍志二》：“今依其世代，聚而編之，以備～～。”

【正使】zhèng shǐ　❶即使，縱使。《東觀漢記·光武帝紀》：“～～成帝復生，天下不可復得也。”❷指國家派出的正式的使臣，相對“副使”而言。清·魏源《聖武記》：“特遣～～來至邊界議禮。”

【正朔】zhèng shuò　指一年開始的第一天，古代每當新的朝代建立大都要改定正朔，實際就是改定曆法。《史記·太史公自序》：“改～～。”

【正終】zhèng zhōng　指壽終正寢。《穀梁傳·定公元年》：“昭公之終，非～～也。”

【正旦】zhēng dàn　正月初一。明·王鏊《親政篇》：“～～、冬至、聖節稱賀則大慶殿。”

政（1）zhèng　❶政治，法令。《孟子·以五十步笑百步》：“察鄰國之～，無如寡人之用心者。”❷政權。《論語·季氏》：“天下有道，則～不在大夫。”❸通“正”，恰好。《墨子·節葬》：“上稽之堯禹湯文武之道，而～逆之。”❹通“正”，正直。《韓非子·難三》：“故羣臣公～而無私。”

（2）zhēng　通“征”。❶征伐。《大戴禮記·用兵》：“諸侯力～，不朝於天子。”❷賦稅。漢·晁錯《論貴粟疏》：“急～暴虐，賦斂不時。”

【政教】zhèng jiào　政治教化。《戰國策·蘇秦以連橫說秦》：“～～不順者，不可以煩大臣。”

【政理】zhèng lǐ　❶指為政之道。唐·韓愈《應所在典帖良人男女等狀》：“既乖律文，實蠹～～。”❷政治修明，政績卓著。《後漢書·張衡列傳》：“上下肅然，稱為～～。”

幀zhèng　❶畫幅。明·湯顯祖《牡丹亭》：“偶成一詩，暗藏春色，題於一～之上，何如？”❷量詞，多用於字畫。清·龔自珍《己亥雜詩》：“但乞崔徽遺像去，重摹一～供秋山。”

諍（1）zhèng　直言規勸，勸人改其過失。《新唐書·崔玄亮傳》：“玄亮率諫官叩延英爭～。”

（2）zhēng　通“爭”。❶爭辯，爭論。晉·謝靈運《齋中讀書》：“虛館絕～訟。”❷爭奪。《戰國策·秦策二》：“有兩虎～人而鬥者。”

【諍臣】zhèng chén　直言的大臣。唐·白居易《採詩官》：“～～杜口為冗員，諫鼓高懸作虛器。"

【諍言】zhèng yán　規勸別人改過的直言。清·吳偉業《下相懷古》："亞父無～～，奇計非所望。"

【諍友】zhèng yǒu　能直言規勸的朋友。漢·班固《白虎通·諫諍》："士有～～，則身不離於令名。"

鄭 zhèng ❶周代諸侯國，姬姓，公元前375年為韓國所滅，故址在今河南新鄭一帶。《左傳·僖公三十年》："晉侯、秦伯圍～。" ❷見"鄭重"。

【鄭聲】zhèng shēng　指春秋戰國時期鄭國的民間音樂，在當時及後來被視為靡靡之音、亂世之音。《論語·衛靈公》："～～淫，佞人殆。"

【鄭重】zhèng zhòng ❶頻繁，重複。《漢書·王莽傳》："然非皇天所以～～降符命之意。" ❷殷勤。唐·白居易《庾順之以紫霞綺遠贈以詩答之》："千里故人心～～，一端香綺紫氛氳。"

---

zhi

之 zhī ❶到……去。《孟子·梁惠王上》："牛何～？" ❷指示代詞，此，這。《史記·廉頗藺相如列傳》："均～二策，寧許以負秦曲。" ❸人稱代詞。代第一人稱代詞，我，我們。唐·柳宗元《捕蛇者說》："君將哀而生～乎？"代第二人稱代詞，你，你們。唐·李白《與韓荊州書》："使海內豪俊，奔走而歸～。"代第三人稱代詞，他，她，它，又指複數。用作賓語。《論語·為政》："詩三百，一言以蔽～，曰：思無邪。" ❹助詞，用在定語和中心詞之間，可譯為"的"。《韓非子·

自相矛盾》："以子～矛陷子～盾，何如？" ❺助詞，用在主謂結構中間，取消句子獨立性。唐·韓愈《師說》："師道～不存亦久矣。" ❻助詞、賓語前置的標誌。《史記·魏公子列傳》："何功～有哉？" ❼助詞，用在句末，表示舒緩語氣，可不譯出。《史記·廉頗藺相如列傳》："廉頗居梁久～，魏不能信用。"

支 zhī ❶同"枝"，枝條。《漢書·晁錯傳》："～葉繁茂。"引申為分，分散。 ❷四肢，肢體，後多作"肢"。《周易·坤》："美在其中，而暢於四～。" ❸支撐。明·魏學洢《核舟記》："詘右臂～船。"又為承受。 ❹支付，供給。《漢書·趙充國傳》："足～萬人一歲食。" ❺分支，支流。《新唐書·驃國傳》："海行五日，至佛代國，有江，～流三百六十。"

氏 zhī　見545頁shì。

卮 zhī ❶古代一種盛酒器，圓形。《史記·項羽本紀》："臣死且不避，～酒安足辭！" ❷梔子，一種常綠灌木。《史記·貨殖列傳》："巴蜀亦沃野，地饒～、姜、丹沙、石、銅、鐵、竹、木之器。"

【卮酒】zhī jiǔ　猶杯酒。《史記·項羽本紀》："壯士，賜之～～。"

【卮言】zhī yán　隨意所出之言，或指支離破碎的話。《莊子·天下》："以～～為曼衍。"後人以"卮言"謙稱自己的作品。如明·王世貞著《藝苑～～》。

芝 zhī ❶靈芝草，一種菌類植物，古人認為是瑞草。漢·王充《論衡·驗符》："～生於土。" ❷通"芷"，白芷，一種香草。見"芝蘭"。

Z

【芝蘭】zhī lán　芝和蘭，都是香草，又用以比喻優秀子弟。明·陸采《明珠記》：“念荊華早年失偶，喜～～這回重茂。”

知　(1) zhī ❶知道。《論語·為政》：“～之為～之，不～為不～，是知也。”❷知覺，感覺。唐·韓愈《祭十二郎文》：“死而有～，其幾何離？”❸見解，知識。《論語·子罕》：“吾有～乎哉？無～也。”❹了解。《論語·衛靈公》：“君子病無能焉，不病人之不～也。”❺引申為交好，相親。漢·司馬遷《報任安書》：“絕賓客之～。”又引申為知己，朋友。南朝宋·鮑照《詠雙燕》：“悲歌辭舊愛，銜淚覓新～。”❻主持，主管。宋·李覯《袁州學記》：“范陽祖君無擇～袁州。”
(2) zhì　通“智”，智慧，聰明。《左傳·僖公三十年》：“失其所與，不～。”

【知命】zhī mìng　❶知道事物的生生滅滅、發展變化都由天命決定的道理。唐·王勃《滕王閣序》：“所賴君子安貧，達人～～。”❷指人五十歲。《論語·為政》有“五十而知天命”的說法，因稱五十歲為“知命”。唐·張說《豫州刺史魏君碑》：“年近～～。”

【知遇】zhī yù　❶賞識。唐·韓愈《答魏博田僕射書》：“謬承～～，欣荷實深。”❷交識，相識。《紅樓夢》第五十七回：“那薛蝌岫煙二人，前次途中，曾有一面～～。”❸知心朋友。宋·蘇軾《徐州謝鄰郡陳彥升啟》：“勉勵自將，或無忝於～～。”

祇　(1) zhī　恭敬。宋·李覯《袁州學記》：“有屈力殫慮，～順德意。”
(2) zhǐ　僅僅，只。唐·柳宗元《敵戒》：“廢備自盈，～益為瘉。”

◆ 祇、衹、袛、秖、只。“祇”讀 zhī，是恭敬的意思；讀 zhǐ，是副詞，當“僅僅”講。“祇”讀 qí，指地神；讀 zhǐ，是副詞，同副詞“祇”。“衹”讀 tǐ，是“緹”的異體；讀 zhǐ，是副詞，用法同“祇”。“袛”讀 zhī，是副詞“祇”的異體。“只”讀 zhǐ，是副詞，同副詞“祇”。宋代以前，表示“僅僅”、“只有”的意思，常用“祇”、“衹”、“袛”、“秖”等字，現在一律寫作“只”。

胝　zhī　見 449 頁“胼胝”。

脂　zhī　❶動植物所含的油質。戰國楚·屈原《楚辭·卜居》：“如～如韋。”❷用油脂塗車軸，使之潤滑。《左傳·襄公三十一年》：“巾車～轄。”❸胭脂。唐·杜牧《阿房宮賦》：“渭流漲膩，棄～水也。”

【脂膏】zhī gāo　❶油脂一類的東西。唐·杜甫《黃魚》：“～～兼飼犬，長大不容身。”❷指百姓用血汗換來的財富。唐·李敬方《汴河直進船》：“東南四十三州地，取盡～～是此河。”

隻　zhī　❶本為鳥一隻，引申為一隻、一個。明·王守仁《瘞旅文》：“又以～雞、飯三盂，嗟吁涕洟而告之。”❷獨，單。《宋史·張洎傳》：“肅宗而下，咸～日臨朝，雙日不坐。”

織　(1) zhī　編織，紡織。漢·晁錯《論貴粟疏》：“女不當～。”
(2) zhì　❶彩色絲織品。《禮記·玉藻》：“士不衣～。”❷通“幟”，作標誌的旗幟。《詩經·小雅·六月》：“～文鳥章，白旆央央。”

拓

zhí　見 611 頁 tuò。

直

zhí　❶ 不彎曲，與"曲"相對，又跟"枉"相對。《荀子·勸學》："木～中繩。"引申為公正，正直。又指正直的人。《論語·季氏》："友～。"又引申為有理。❷ 面對，當着。《史記·匈奴列傳》："諸左方王將居東方，～上谷以往者。"引申為值班。《晉書·羊祜傳》："悉統宿衛，入～殿中。"後寫作"值"。❸ 價值。唐·白居易《賣炭翁》："繫向牛頭充炭～。"引申為報酬。《後漢書·班超傳》："為官寫書受～，以養老母。"後寫作"值"。❹ 縱的，豎的，與"橫"相對。唐·杜牧《阿房宮賦》："～欄橫檻多於九土之城郭。"❺ 徑直，直接。唐·杜牧《阿房宮賦》："驪山北構而西折，～走咸陽。"❻ 簡直。《莊子·秋水》："是～用管窺天，用錐指地也。"❼ 竟，竟然。漢·賈誼《論積貯疏》："可以為富安天下，而～為此廩廩也。"❽ 僅，只。《戰國策·唐雎不辱使命》："雖千里不敢易也，豈～五百里哉？"

【直筆】zhí bǐ　史官記事的基本原則，指秉筆直書。宋·秦觀《司馬遷》："高辭振幽光，～～誅隱惡。"

【直士】zhí shì　正直之士。《荀子·不苟》："長短不飾，以情自竭，若是則可謂～～矣。"

【直事】zhí shì　指值班。《東觀漢記·樊梵傳》："為尚書郎，每當～～，常晨駐馬待漏。"

【直須】zhí xū　應當。唐·杜秋娘《金縷衣》："花開堪折～～折，莫待無花空折枝。"

值

zhí　❶ 持，拿。《詩經·陳風·宛丘》："～其鷺羽。"❷ 遇到，逢着。三國蜀·諸葛亮《出師表》："後～傾覆，受任於敗軍之際，奉命於危難之間。"❸ 價值。清·蒲松齡《聊齋志異·王成》："釵～幾何？"又指"價值相當於……"。漢樂府《陌上桑》："腰中鹿盧劍，可～千萬餘"這一義項本作"直"。

執

zhí　❶ 捉拿，擒獲。《左傳·僖公五年》："遂襲虞，滅之，～虞公。"❷ 拿，握。《論語·述而》："雖～鞭之士，吾亦為之。"引申為掌握，主持。《論語·季氏》："陪臣～國命，三世希不失矣。"❸ 堅持，堅守。《荀子·儒效》："樂樂兮其～道不殆也。"❹ 執行，施行。《戰國策·范雎說秦王》："敬～賓主之禮。"

【執鞭】zhí biān　給別人駕馭馬車，喻指給他人服役或從事卑賤的職業。《史記·伯夷列傳》："富貴如可求，雖～～之士，吾亦為之。"

【執讎】zhí chóu　即結仇。《國語·越語上》："寡人不知其力之不足也，而又與大國～～。"

【執牛耳】zhí niú ěr　古代諸侯會盟，必割牛耳，盛於盤中，由主盟者執盤用血塗口，以示誠信，因以指主持會盟的人。《左傳·哀公十七年》："諸侯盟，誰～～～？"後來又指某人在某方面居於領導地位。清·孔尚任《桃花扇》："好教～～～，主騷壇之。"

【執轡】zhí pèi　❶ 手持馬敍繩駕車。《後漢書·北海靖王興傳》："入侍諷誦，出則～～。"❷ 後又以指人的駕馭能力。南朝梁·劉勰《文心雕龍·章表》："～～有餘，故能緩急應節矣。"

z

【執事】zhí shì ❶ 主持工作。《史記·蒙恬列傳》:"王未有識,是旦～～。"又以指百官、官員。❷ 指(對方的)辦事人員,多出現在書信中,表示對對方的尊敬,意謂不敢直稱他本人,而以他的手下辦事人員來替代。《左傳·文公十七年》:"唯～～命之。"

【執友】zhí yǒu　指志同道合的朋友。《禮記·曲禮上》:"～～,稱其仁也。"

跖 zhí ❶ 腳掌。《呂氏春秋·用眾》:"善學者,若齊王之食雞也,必食其～數千而後足。"❷ 踐,踏。晉·張協《七命》:"上無凌虛之策,下無～實之蹊。"❸ 通"摭",拾,取。《漢書·揚雄傳上》:"～魂負沴。"❹ 人名,傳說為春秋時期奴隸起義的領袖。《史記·游俠列傳》:"～、蹻暴戾。"

植 zhí ❶ 關閉門戶用的直木。《淮南子·本經訓》:"縣聯(房檐上的木板裝飾物)房～。"❷ 立,樹立,直立。宋·周敦頤《愛蓮說》:"香遠益清,亭亭淨～。"❸ 栽種,種植。漢樂府《孔雀東南飛》:"東西～松柏,左右種梧桐。"❹ 草木,植物。南朝梁·范縝《神滅論》:"漸而生者,動～是也。"❺ 古時軍隊中監督工事的將官。《左傳·宣公二年》:"華元為～,巡功。"❻ 通"殖",生長,繁殖。《淮南子·主術訓》:"五穀蕃～。"

殖 zhí ❶ 繁殖,生長。《國語·晉語四》:"同姓不婚,惡不～也。"❷ 增加,增長。《國語·周語上》:"財用蕃～。"❸ 種植。《尚書·周書·呂刑》:"稷降播種,農～嘉穀。"❹ 經商。《列子·楊朱》:"子貢～於衛。"

摭 zhí 拾取,摘取。漢·張衡《西京賦》:"～紫貝,搏耆龜。"

縶 zhí ❶ 用繩索絆住馬足。戰國楚·屈原《楚辭·九歌·國殤》:"埋兩輪兮～四馬。"引申為絆馬用的繩子。《詩經·周頌·有客》:"言授之～,以縶其馬。"❷ 綁,束縛。宋·蘇洵《管仲論》:"仲以為將死之言,可以～威公之手足耶?"

職 zhí ❶ 職責。三國蜀·諸葛亮《出師表》:"此臣所以報先帝而忠陛下之～分也。"又指職業。❷ 官職,職位。宋·王安石《上皇帝萬言書》:"無以稱～。"❸ 執掌,主管。《左傳·僖公二十六年》:"太師～之。"❹ 承當,擔任。《左傳·襄公十四年》:"蓋言語漏泄,則～女之由。"❺ 貢品。《淮南子·原道訓》:"四夷納～。"又指賦稅。《周禮·夏官司馬·大司馬》:"施貢分～。"

【職官】zhí guān　猶官職。《左傳·成公九年》:"先父之～～也,敢有二事?"後又為官員的通稱。《左傳·定公四年》:"～～五正。"

【職司】zhí sī ❶ 職務。《後漢書·蔡邕列傳》:"羣僚恭己於～～,聖主垂拱於兩楹。"❷ 主管一職的官員。唐·李商隱《韓碑》:"古者世稱大手筆,此事不繫於～～。"❸ 主持,執掌。唐·韓愈《賀雨表》:"臣～～京邑,祈禱實頻,青天湛然,旱氣轉甚。"

躑 zhí 見"躑躅"。

【躑躅】zhí zhú　徘徊不前。宋·歐陽修《祭石曼卿文》:"但見牧童樵叟歌吟而上下,與夫驚禽駭獸悲鳴～～而咿嚘。"

止 zhǐ ❶ 腳趾,腳,後多寫作"趾"。《漢書·刑法志》:"當斬左～者，笞五百。"❷ 停止。《莊子・養生主》："官知～而神欲行。"❸ 禁止，阻止。《史記・廉頗藺相如列傳》："臣嘗有罪，竊計欲亡走燕，臣舍人相如～臣。"❹ 居住，棲息。《詩經・商頌・玄鳥》："邦畿千里，維民所～。"❺ 留住。《史記・廉頗藺相如列傳》："於是舍人相與諫曰：'……請辭去。'藺相如固～之。"❻ 只，僅。宋・沈括《夢溪筆談・活板》："若～印三二本，未為簡易。"❼ 語氣詞。《史記・孔子世家》："高山仰～，景行行～。"

只 zhǐ ❶ 語氣詞。多用在句尾，表感歎。《詩經・鄘風・柏舟》："母也天～，不諒人～！"也用在句中，助感歎語氣。《左傳・襄公二十四年》："樂～君子，邦家之基。"❷ 止，僅僅。唐・李商隱《樂遊原》："夕陽無限好，～是近黃昏。"此義古代多寫作"祇"、"衹"、"秖"。

旨 zhǐ ❶ 味美。漢・晁錯《論貴粟疏》："饑之於食，不待甘～。"❷ 好吃的食物。《論語・陽貨》："食～不甘，聞樂不樂。"❸ 好，美好。《尚書・商書・說命中》："王曰：'～哉！'"❹ 意旨，意義。《史記・太史公自序》："夫不通禮義之～。"❺ 帝王的詔書，命令。明・宋濂《閱江樓記》："臣不敏，奉～撰述。"

◆ 旨、甘。同指味美好吃的東西，但"甘"有甜義，"旨"無此義。

阯 zhǐ ❶ 基部，基址。漢・揚雄《太玄・大》："豐牆峭～，三歲不築，崩。"❷ 通"沚"，水中的小洲。漢・張衡《西京賦》："黑水玄～。"

址 zhǐ ❶ 地基，地址。唐・張九齡《登古陽雲臺》："楚國茲故都，蘭臺有餘～。"❷ 底部，山腳。宋・王安石《遊褒禪山記》："褒禪山亦謂之華山，唐浮圖慧褒始舍於其～。"

芷 zhǐ 白芷，一種香草。戰國楚・屈原《楚辭・離騷》："扈江離與辟～兮，紉秋蘭以為佩。"

抵 zhǐ 見112頁dǐ。

坻 zhǐ 見111頁dǐ。

咫 zhǐ ❶ 古代的長度單位，周制八寸為咫，常用來比喻短或近。《逸周書・太子晉》："視道如～。"❷ 語氣詞，用於句末，可譯為"罷了"。《國語・楚語上》："是知天～，安知民則？"

指 zhǐ ❶ 手指。漢樂府《孔雀東南飛》："～如削蔥根，口如含朱丹。"也指腳趾。漢・賈誼《治安策》："一～之大幾如股。"❷ 用手指。《禮記・大學》："十目所視，十手所～。"❸指着，指向。唐・杜牧《清明》："牧童遙～杏花村。"❹指揮。唐・柳宗元《梓人傳》："～而使焉。"❺意向，意旨《孟子・盡心下》："言近而～遠者，善言也。"這個意義後來寫作"旨"。❻指責，指斥。《漢書・王嘉傳》："千人所～，無病而死。"❼向上指，直立，豎起。《史記・項羽本紀》："頭髮上～，目眥盡裂。"❽直，一直。《列子・愚公移山》："～通豫南，達於漢陰。"❾通"旨"，美好。《荀子・大略》："雖～非禮也。"

【指顧】zhǐ gù ❶手指目顧，指點顧盼。《新唐書・李晟傳》："～～陣前。"❷一舉手一回頭間，指時間短暫。明・陸粲《庚巳編》："雖遠方非詩之物，一～～間可致。"

【指歸】zhǐ guī　意向，意旨。《三國志・吳書・諸葛瑾傳》："粗陳～～。"

【指目】zhǐ mù　《禮記・大學》有"十目所視，十手所指"，後以"指目"指眾人關注。《史記・陳涉世家》："卒中往往語，皆～～陳勝。"也指為眾人所指責。宋・司馬光《辭接續支俸箚子》："四海～～，何以自安。"

【指要】zhǐ yào　要義，要旨。《北齊書・邢邵傳》："晚年尤以《五經》章句為意，窮其～～。"

【指意】zhǐ yì　意向，意旨。《史記・孟子荀卿列傳》："皆學黃老道德之術，因發明序其～～。"

枳 zhǐ　一種果樹，果實似橘，味酸苦，可以入藥。《晏子春秋・內篇雜下》："橘生淮南則為橘，生於淮北則為～。"

紙 zhǐ　❶紙張。唐・李白《與韓荊州書》："請給一筆。"❷量詞，計量紙的張數。《顏氏家訓・勉學》："博士買驢，書券三～，未有驢字。"

【紙貴】zhǐ guì　晉・左思《三都賦》寫成後，傳抄的人很多，洛陽紙的價錢都漲了，比喻著作風行一時。唐・劉禹錫《和留守令狐相公答白賓客》："君來不用飛書報，萬戶先從～～知。"

趾 zhǐ　❶腳。《左傳・桓公十三年》："莫敖必敗，舉～高，心不固矣。"又指腳趾。❷指支撐器物的腳。《周易・鼎》："鼎顛～。"❸山腳。三國魏・阮籍《詠懷》："驅馬舍之去，去上西山～。"❹蹤跡。唐・王勃《觀佛跡寺》："蓮坐神容儼，松崖聖～餘。"❺通"址"，地基。晉・左思《魏都賦》："亭亭峻～。"

至 zhì　❶到，到達。《史記・廉頗藺相如列傳》："今臣～，大王見臣列觀，禮節甚倨。"❷達到極點的，最完善的。《莊子・逍遙遊》："此亦飛之～也。"引申為極、最。漢・賈誼《論積貯疏》："古之治天下，～纖～悉也。"❸至於，表示轉折。《史記・管晏列傳》："～其書，世多有之，是以不論。"❹但，表示前後意思相反。唐・韓愈《後廿九日復上宰相書》："雖不足以希望盛德，～比於百執事，豈盡出其下哉。"❺得當。宋・蘇軾《賈誼論》："君子之愛其身，如此其～也？"❻夏至、冬至的簡稱。《左傳・僖公五年》："凡分、～、啟、閉，必書雲物。"

【至誠】zhì chéng　誠心誠意。明・方孝儒《豫讓論》："感其～～，庶幾復悟。"

【至德】zhì dé　最高的德行。《漢書·路溫舒傳》:"文帝永思～～。"

【至夫】zhì fú　連接分句,表示轉折,可譯為"至於"。《韓非子·飾邪》:"～～臨難必死,盡智竭力為法為之。"

【至乎】zhì hū　❶連接分句,可譯為"至於"。《公羊傳·桓公二年》:"宋始以不義取之,故謂之郜鼎,～～地之與人則不然。"❷達到。"乎"同"於"。宋·王安石《同學一首別子固》:"子固作《懷友》一首遺予,其大略欲相扳以～～中庸而後已。"

【至竟】zhì jìng　❶直到最後。《後漢書·樊英列傳》:"朝廷若待神明,～～無他異。"❷究竟。唐·杜牧《題桃花夫人廟》:"～～息亡緣底事?可憐金谷墜樓人。"

【至乃】zhì nǎi　❶連接分句,可譯為"至於"。《後漢書·朱樂何列傳》:"～～田、竇、衛、霍之遊客,廉頗、翟公之門客,進由勢合,退因衰異。"❷甚至,竟至。《史記·張丞相列傳》:"或有不帶劍者,當入奏事,～～借劍而敢入奏事。"

【至平】zhì píng　指天下太平,人們安居樂業。《漢書·元帝紀》:"任賢使能,以登～～也。"

【至人】zhì rén　道家指道德修養達到最高境界、超脫凡俗而"無我"的人。《莊子·逍遙遊》:"～～無己,神人無功,聖人無名。"也泛指道德修養高超的人。《史記·屈原賈生列傳》:"～～遺物兮,獨與道俱。"

【至如】zhì rú　連接分句,表示轉折,可譯為"至於"。《史記·游俠列傳》:"～～以術取宰相、卿、大夫,輔翼其世主,功名俱著於《春秋》。"

【至若】zhì ruò　連詞,至於。用於舉例或另提一事。宋·范仲淹《岳陽樓記》:"～～春和景明,波瀾不驚,上下天光,一碧萬頃。"

【至言】zhì yán　❶高超的言論,至理名言。《莊子·天地》:"～～不出,俗言勝也。"道家以清靜無為為基本思想,故至言又指不言之言。《莊子·知北遊》:"～～去言,至為去為。"❷真誠的言論。《韓非子·難言》:"～～忤於耳而倒於心,非賢賢莫能聽。"

豸　zhì　❶沒有腳的蟲子,如蚯蚓之類。《爾雅·釋蟲》:"有足謂之蟲,無足謂之～。"❷解決。《左傳·宣公十七年》:"余將老,使郤子逞其志,庶有～乎?"❸獬豸的簡稱,獬豸為古代傳說中的獨角獸,能辨別是非曲直。唐·岑參《送韋侍御先歸京》:"聞欲朝龍闕,應須拂～冠。"

志　zhì　❶心意。《尚書·虞書·舜典》:"詩言～。"又指志向,志願。《論語·公冶長》:"盍各言爾～?"❷記,記住。《史記·屈原賈生列傳》:"博聞彊～。"❸記述,記載。唐·柳宗元《始得西山宴遊記》:"然後知吾嚮之未始遊,遊於是乎始,故為之文以～。"❹標誌,標記。❺記人或事的文章、著作,如:《三國～》。

【志操】zhì cāo　志向節操。《陳書·徐儉傳》:"幼而修立,勤學有～～。"

【志慮】zhì lù　心志,意志。三國蜀·諸葛亮《出師表》:"此皆良實,～～忠純,是以先帝簡拔以遺陛下。"

【志行】zhì xíng　志向與操行。《周易·屯》:"雖盤桓,～～正也。"

Z

治 zhì ❶ 治水。《孟子·告子下》："禹之～水，水之道也。"引申為治理，處理，進行某種工作。《孟子·滕文公上》："然則一天下獨可耕且為與？" ❷ 醫治。漢·賈誼《治安策》："失今不～，比為錮疾。" ❸ 懲處。三國蜀·諸葛亮《出師表》："不效，則～臣之罪。" ❹ 治理得好，太平，與"亂"相對。《論語·泰伯》："舜有臣五人而天下～。" ❺ 指州郡政府行政機關所在地。北魏·酈道元《水經注·江水》："將郡縣居～無恆故也。"

【治世】zhì shì ❶ 指太平盛世。《荀子·大略》："故義勝利者為～～，利克義者為亂世。" ❷ 治國，治理社會。《商君書·更法》："臣故曰：～～不一道，便國不必法古。"

【治所】zhì suǒ 指地方長官辦事的處所。明·宗臣《吳山圖記》："吳、長洲二縣，在郡～～。"

【治下】zhì xià 指古代官員所管轄的範圍之內。《漢書·酷吏傳》："吏忠盡節者，厚遇之如骨肉，……是以～～無懈情。"

炙 zhì ❶ 烤。《詩經·小雅·瓠葉》："有兔斯首，燔之～之。"成語有"～手可熱"。 ❷ 烤熟的肉。《孟子·盡心下》："膾～與羊棗孰美？" ❸ 指受熏陶，教誨。《論衡·知實》："而況親～之乎！"

制 zhì ❶ 裁製，製作。《詩經·豳風·東山》："～彼裳衣，勿士行枚。"這個意義後來寫作"製"。 ❷ 作品。南朝梁·蕭統《〈文選〉序》："戒畋遊則有《長楊》、《羽獵》之～。"這個意義多寫作"製"。 ❸ 禁止，遏制。《淮南子·脩務訓》："人不能～。"引申為控制，掌

握，漢·賈誼《過秦論》："履至尊而～六合。" ❹ 規定，制定，引申為法定的規章制度。《左傳·鄭伯克段於鄢》："今京不度，非～也。"又引申為規模。宋·范仲淹《岳陽樓記》："增其舊～。" ❺ 帝王的命令。《史記·秦始皇本紀》："命為～，令為詔。" ❻ 古代長度單位，一丈八尺為一制。《韓非子·外儲說右上》："終歲布帛取二～焉，餘以衣士。"

【制舉】zhì jǔ 唐代科舉取士的制度之一，由皇帝親自在殿廷詔試的稱制舉科，簡稱制舉、制科。《新唐書·選舉志上》："其天子自詔者曰～～，所以待非常之才也。"

【制令】zhì lìng 制度法令。《文子·上義》："昔者三皇無～～而民從，五帝有～～而無刑罰。"

【制書】zhì shū 古代皇帝的命令。漢·蔡邕《獨斷》："其命令：一曰策書，二曰～～，三曰詔書，四曰戒書。"

帙 zhì ❶ 書套。晉·潘岳《楊仲武誄》："披～散書，屢睹遺文。" ❷ 卷冊。《隋書·牛弘傳》："合一萬五千餘卷，部～之間，仍有殘缺。"又泛指書籍。南朝齊·孔稚珪《北山移文》："道～長殯。"

郅 zhì 大。《史記·司馬相如列傳》："文王改制，爰周～隆。"

峙 zhì ❶ 山屹立，聳立。漢·曹操《步出夏門行》："水何澹澹，山島竦～。" ❷ 立。《後漢書·河間孝王開傳》："景～不為禮。" ❸ 對峙，對立。晉·潘岳《為賈謐作贈陸機》："六國互～。" ❹ 積，儲備。《尚書·周書·費誓》："～乃糗糧。"

致 zhì ❶ 給予，送達，引申為獻出、表達、傳達。宋·曾

鞏《寄歐陽舍人書》："生者得～其嚴。" ❷ 招引，招來。漢·賈誼《過秦論》："以～天下之士。" ❸ 獲得，得到。明·宋濂《送東陽馬生序》："家貧無從～書以觀。" ❹ 到，到達。《荀子·勸學》："假輿馬者，非利足也，而～千里。" ❺ 細密，細緻。《漢書·嚴延年傳》："按其獄，皆文～，不可得反。" ❻ 風致，情趣。晉·王羲之《〈蘭亭集〉序》："其一也。" ❼ 通"至"，極，盡。《後漢書·張衡列傳》："尤～思於天文陰陽曆算。"

【致士】zhì shì　招引賢士。晉·葛洪《抱朴子·詰鮑》："方回叩頭以～～。"

【致仕】zhì shì　辭去官職。《禮記·曲禮》："大夫七十而致仕。"

陟 zhì　❶ 登，上，升，一般指登山或登高。《詩經·周南·卷耳》："～彼高岡，我馬玄黃。" ❷ 提升，提拔，進用。三國蜀·諸葛亮《出師表》："～罰臧否，不宜異同。" ❸ 通"騭"，公馬。《大戴禮記·夏小正》："執駒攻～。" ❹ 升遐，指帝王去世。《竹書紀年》："（黃帝軒轅氏）一百年，地裂，帝～。"

【陟方】zhì fāng　巡狩，帝王外出巡視。北魏·酈道元《水經注·湘水》："言大舜之～～也，二妃從征，溺於湘江。"

【陟降】zhì jiàng　本義為升降，上下，古語每偏指降下，多指天及祖宗的神靈來到人間以降福佑。《詩經·大雅·文王》："文王～～，在帝左右。"

秩 zhì　❶ 本義為堆積穀物，引申為官吏的俸祿。唐·韓愈《爭臣論》："問其祿，則曰下大夫之～

也。" ❷ 官吏的職位或品級。唐·韓愈《爭臣論》："若陽子之～祿，不為卑且貧。" ❸ 次序。《漢書·谷永傳》："賤者咸得～進。" ❹ 常態。《詩經·小雅·賓之初筵》："是曰既醉，不知其～。" ❺ 十年為一秩。唐·白居易《思舊》："已開第七～，飽食仍安眠。"

【秩滿】zhì mǎn　官吏任期屆滿。唐·錢起《贈東鄰宋少府》："～～歸白雲。"

【秩秩】zhì zhì　❶ 整肅的樣子。《詩經·小雅·賓之初筵》："賓之初筵，左右～～。" ❷ 水流動的樣子。《詩經·小雅·斯干》："～～斯干，幽幽南山。" ❸ 聰明智慧的樣子。《詩經·秦風·小戎》："厭厭良人，～～德音。"

桎 zhì　❶ 木製的腳鐐。《莊子·德充符》："解其～梏。" ❷ 引申為束縛，拘束。《莊子·達生》："故其靈臺一而不～。"

【桎梏】zhì gù　腳鐐手銬，也指戴上腳鐐手銬。《史記·游俠列傳》："夷吾～～。"

窒 zhì　阻塞，堵塞。《詩經·豳風·東山》："灑掃穹～，我征聿至。"

智 zhì　❶ 智慧，智謀。《戰國策·魯仲連義不帝秦》："甯力不勝，智不若邪？" ❷ 聰明。唐·柳宗元《愚溪詩》序："夫水，～者樂也。" ❸ 通"知"，知道。《墨子·耕柱》："豈能～數百歲之後哉？"

豕 zhì　豬。《孟子·梁惠王上》："雞豚狗～之畜，無失其時。"

雉 zhì　❶ 野雞。唐·杜甫《秋興八首》其五："雲移～尾開宮扇，日繞龍鱗識聖顏。" ❷ 古代計算城牆面積的單位，長三丈高一丈為一雉。《左傳·鄭伯克段於鄢》："都城過百～，國之害也。"引申為城牆。南朝齊·謝朓《和王著作八公山》："出沒眺樓～，遠處送春目。" ❸ 古代博戲擲骰子的五彩之一。《晉書·劉毅傳》："(劉)毅次擲得～，大喜。"

稚 zhì 幼小，幼稚。《史記·屈原賈生列傳》："懷王～子子蘭勸王行。"

置 zhì ❶ 放下來，放棄。《史記·項羽本紀》："沛公則～車騎，脫身獨騎。"引申為赦免，釋放。《史記·淮陰侯列傳》："高帝曰：'～之。'乃釋通之罪。" ❷ 放，安放，安置。《史記·項羽本紀》："項王則受璧，～之坐上。"引申為擺，設。《戰國策·魯仲連義不帝秦》："平原君乃～酒。"又為安置在某一職位上。《史記·項羽本紀》："因～以為上將軍。" ❸ 建立，設立。《左傳·僖公二十四年》："天實～之。"引申為購置。《韓非子·外儲說左上》："鄭人有且～履者。" ❹ 驛站。《韓非子·難勢》："五十里而一～。"又指驛車，驛馬。《漢書·劉屈氂傳》："乘疾～以聞。"

【置酒】zhì jiǔ 擺酒席，設宴。《戰國策·魯仲連義不帝秦》："平原君乃～～。"

製 zhì ❶ 裁製衣服。《左傳·襄公三十一年》："子有美錦，不使人學～焉。"引申為製造，製作。北魏·楊衒之《洛陽伽藍記·報德寺》："時高祖新營洛邑，多所造～。" ❷ 寫作。北魏·楊衒之《洛陽伽藍記·景明寺》："所～詩賦詔策章表碑頌贊記五百篇，皆傳於世。"又指作品。南朝梁·劉勰《文心雕龍·情采》："故體情之～日疏，逐文之篇日盛。"

誌 zhì ❶ 記，記住。《新唐書·褚亮傳》："博見圖史，一經目輒～於心。" ❷ 記述，記載。《列子·楊朱》："太古之事滅矣，孰～之哉？" ❸ 標誌，標記。《南齊書·韓系伯傳》："襄陽土俗，鄰居種桑樹於界上為～。" ❹ 記人或事的文章、著作，如：地方～，墓～銘。 ❺ 通"痣"，皮膚上的斑痕。《南齊書·江祐傳》："高宗胛上有赤～。"

滯 zhì ❶ 不流通，停滯。戰國楚·屈原《楚辭·九章·涉江》："淹回水而凝～。"又為遲緩。《孟子·公孫丑下》："三宿而後出晝，是何濡～也？" ❷ 遺漏。《詩經·小雅·大田》："彼有遺秉，此有～穗。" ❸ 久，長期。《國語·魯語上》："不腆先君之幣器，敢告～積，以紓執事。" ❹ 廢，廢置不用。三國魏·嵇康《難宅無吉凶攝生論》："今形象著明，有數者，猶尚～之。"

摯 zhì ❶ 抓，攫取。戰國楚·宋玉《高唐賦》："股戰脅息，安敢妄～？" ❷ 至，到。《尚書·夏書·西伯戡黎》："大命不～。" ❸ 誠懇，懇切。清·王世禎《〈誠齋詩集〉序》："於師友之際，尤纏綿篤～。" ❹ 通"贄"，古代初見尊長時執以為禮的物品。《周禮·春官宗伯·大宗伯》："以禽作六～。" ❺ 通"鷙"，兇猛。《禮記·曲禮上》："前有～獸。"

擲 zhì ❶ 投，拋，扔。唐·杜牧《阿房宮賦》："鼎鐺玉石，金塊珠礫，棄～邐迤。" ❷ 跳躍。清·蒲松齡《聊齋志異·促織》："蟲躍～徑出，迅不可捉。"

幟 zhì ❶旗幟。《韓非子·外儲說右上》："縣一甚高。"❷標誌，標記。《後漢書·虞詡列傳》："縫其裾為～。"

質 zhì ❶作為保證的人或物，抵押品。《左傳·隱公三年》："故周、鄭交～。"又引申為作人質。《戰國策·燕策三》："燕太子丹～於秦。"❷抵押，典當。唐·韓愈《柳子厚墓誌銘》："其俗以男女～錢。"❸本質，實體，本體。《論語·衛靈公》："君子義以為～。"❹質地。唐·柳宗元《捕蛇者說》："黑～而白章。"❺實，誠信。《左傳·昭公十六年》："楚子聞蠻氏之亂也，與蠻子之無～也。"❻盟約。《左傳·哀公二十年》："黃池之役，先主與吳王有～。"❼質樸，樸實，與"文"相對。《論語·雍也》："～勝文則野。"❽箭靶。《荀子·勸學》："是故～的張而弓矢至焉。"❾通"詰"，問，質問。明·宋濂《送東陽馬生序》："援疑～理，俯身傾耳以請。"❿對質，評判，評量。唐·劉禹錫《天論》："而欲～天之有無。"⓫刑具，古代殺人時作墊的砧板。《史記·廉頗藺相如列傳》："君不如肉袒伏斧～請罪，則幸得脫矣。"這個意義後來寫作"鑕"。

【質明】 zhì míng　天剛亮的時候。宋·文天祥《〈指南錄後〉序》："～～，避哨竹林中。"

【質行】 zhì xíng　品德操行。漢·桓譚《新論》："聰明有暗照，～～有薄厚。"

【質要】 zhì yào　買賣貨物的券契。《左傳·文公六年》："董逋逃，由～～。"

遲 zhì　見74頁chí。

櫛 zhì ❶梳子、篦子的通稱。《左傳·僖公二十二年》："寡君之使婢子侍執巾～，以固子也。"❷引申為梳頭髮。明·宗臣《報劉一丈書》："聞雞鳴即起盥～。"

【櫛比】 zhì bǐ　緊密相連，像梳齒般密密排列。漢·王褒《四子講德論》："甘露滋液，嘉禾～～。"

【櫛沐】 zhì mù　梳洗。《紅樓夢》第三十四回："因而退出房外，自去～～。"

識 zhì　見544頁shí。

贄 zhì　初次拜見尊長時所送的見面禮。明·宋濂《送東陽馬生序》："撰長書以為～，辭甚暢達。"

騭 zhì ❶公馬。《爾雅·釋畜》："牡曰～。"❷定，安排。《尚書·周書·洪範》："惟天陰～下民。"

躓 zhì ❶跌倒，被絆倒。《左傳·宣公十五年》："杜回～而顛，故獲之。"❷障礙，阻礙。《列子·說符》："意之所屬箸，其行足～株埳（kǎn，坑；田野中自然形成的台階狀物）。"❸困頓，挫折。晉·謝靈運《還舊園作見顏范二中書》："事～兩如直，心愜三避賢。"❹困頓，疲乏。《梁書·王僧孺傳》："蓋基薄牆高，途遙力～。"❺語言晦澀，文辭難懂。南朝梁·鍾嶸《〈詩品〉序》："若專用比興，患在意深，意深則詞～。"

鷙 zhì ❶兇猛的鳥，如鷹、雕一類。唐·劉禹錫《養鷙詞》："養～非玩形。"❷勇猛，兇猛。《淮南子·女媧補天》："猛獸食顓民，～鳥攫老弱。"

zhong

中 (1) zhōng ❶ 內，裏，中間。《論語·季氏》："龜玉毀於櫝～，是誰之過與？" ❷ 內心，胸中。《詩經·大序》："情動於～而形於言。" ❸ 半，一半。三國魏·曹植《美女篇》："盛年處房室，～夜起長嘆。" ❹ 中等。《論語·雍也》："～人以上，可以語上也。" ❺ 中間。《後漢書·張衡列傳》："～有都柱，旁行八道。"

(2) zhòng ❶ 射中。《孟子·萬章上》："由射於百步之外也，其至，爾力也；其～，非爾力也。" ❷ 符合，適合。《莊子·逍遙遊》："吾有大樹，人謂之樗，其大本擁腫而不～繩墨。" ❸ 遭遇，遭受。《三國演義》第四十五回："操雖心知～計，卻不肯認錯。" ❹ 中傷，陷害。《史記·秦始皇本紀》："(趙)高因陰～諸言鹿者以法。"

【中道】zhōng dào ❶ 中途，半途。三國蜀·諸葛亮《出師表》："先帝創業未半，而～～崩殂。" ❷ 道路的中間。《禮記·曲禮上》："行不～～，立不中門。" ❸ 指中正之道。《三國志·魏書·楊阜傳》："事思厥宜，以從～～。"

【中軍】zhōng jūn　春秋時大國軍隊一般分上、中、下三軍，中軍地位最高。《左傳·成公三年》："於是荀首佐～～矣。"

【中人】zhōng rén　有中等才能、氣力的人。漢·晁錯《論貴粟疏》："數石之重，～～弗勝。"

【中使】zhōng shǐ　宮中派出的使者，多為宦官。唐·白居易《繚綾》："去年～～宣口敕，天上取樣人間織。"

【中土】zhōng tǔ　中原，指黃河流域中下游地區。唐·韓愈《原道》："驅其蟲蛇禽獸而處之～～。"

【中元】zhōng yuán　指農曆七月十五日，道觀於此日設壇作法事，僧寺作盂蘭盆會，民間祭祀亡故親人。唐·令狐楚《中元日贈張尊師》："偶來人世值～～。"

忪 zhōng　見 570 頁 sōng。

忠 zhōng ❶ 盡心竭力做好分內之事或別人付託之事。《左傳·曹劌論戰》："～之屬也，可以一戰。" ❷ 忠君。三國蜀·諸葛亮《出師表》："此臣所以報先帝，而陛下之職分也。" ❸ 忠厚，忠實。漢·賈誼《過秦論》："此四君者，皆明智而～信。"

衷 (1) zhōng ❶ 本為貼身的內衣，常用作動詞，指穿內衣。《左傳·宣公九年》："皆～其服以戲於朝。" ❷ 穿在裏面。《左傳·襄公二十七年》："楚人～甲。" ❸ 包圍。《左傳·隱公九年》："～戎師，前後擊之。" ❹ 內心。明·宗臣《報劉一丈書》："斯則僕之褊～，以此長不見悅於長吏。" ❺ 中心，中央。《左傳·襄公十八年》："不止，將取其～。" ❻ 正，正派。《左傳·昭公六年》："楚辟，我～，若何效辟？" ❼ 善，福。《尚書·商書·湯誥》："惟皇上帝，降～於下民。" ❽ 通"中"，中間。《國語·晉語四》："～而思始。"

(2) zhòng　適合，符合。《左傳·僖公二十四年》："服之不～，身之災也。"

終 zhōng ❶ 最後，結果，終了，跟"始"相對。《左傳·宣公二年》："詩曰：'靡不有初，鮮克有～。'"又用為結束，完。《史記·項羽本紀》："位雖不～，近古以來，未嘗有也。" ❷ 終於，終歸。《史記·廉頗藺相如列傳》："秦王竟酒，～不能加勝於趙。" ❸ 自始至終，永遠。宋·蘇洵《六國論》："洎牧以讒誅，邯鄲為郡，惜其用武而不～也。" ❹ 生命終結，死。晉·陶淵明《桃花源記》："未果，尋病～。" ❺ 整，全。《荀子·勸學》："吾嘗～日而思矣，不如須臾之所學也。"

【終古】zhōng gǔ ❶ 永遠。戰國楚·屈原《楚辭·九歌·禮魂》："春蘭兮秋菊，長無絕兮～～。" ❷ 往昔，自古至今。戰國楚·屈原《楚辭·九章·哀郢》："去～～之所居兮，今逍遙而來東。"

【終窮】zhōng qióng ❶ 窮盡，終極。《莊子·大宗師》："相忘以生，無所～～。" ❷ 終生窮困。戰國楚·屈原《楚辭·九章·涉江》："吾不能變心以從俗兮，故將愁苦而～～。"

【終食之間】zhōng shí zhī jiān 吃完一頓飯的功夫，比喻極短暫。《論語·里仁》："君子無～～～～違仁。"

【終養】zhōng yǎng 古人辭官奉養長輩，直到壽終。晉·李密《陳情表》："願乞～～～。"

鍾 zhōng ❶ 古代酒器，後也稱酒杯、茶杯為"鍾"。漢·王充《論衡·語增》："文王飲酒千～。" ❷ 積聚。唐·杜甫《望嶽》："造化～神秀，陰陽割昏曉。" ❸ 古代量器，六石四斗為一鍾。《孟子·告子上》："萬～則不辨禮義而受之。

萬～於我何加焉？" ❹ 姓。春秋時楚國有"～子期"。

【鍾期】zhōng qī 即鍾子期，春秋時楚國人，通音律，善知音。唐·王勃《滕王閣序》："～～既遇，奏流水以何慚？"

螽 zhōng ❶ 蟲名，有阜螽、草螽、蜤螽、蟿螽、土螽等。舊說為蝗類的總名，今以阜螽、土螽等為蝗科；蜤螽、草螽等屬螽斯科。《公羊傳·文公三年》："雨～於宋。" ❷ 見"螽斯"。

【螽斯】zhōng sī ❶ 蟲名。《詩經·周南·螽斯》："～～羽，詵詵兮。" ❷ 為《詩經》的篇名。《〈詩經〉序》以《詩經·螽斯》篇為言說后妃子孫眾多之詩，後常用來祝人多子多孫。《三國志·魏書·高柔傳》："如此，則～～之徵，可庶而致矣。"

鐘 zhōng ❶ 古樂器。《孟子·梁惠王下》："百姓聞王～鼓之聲。" ❷ 酒器。《列子·楊朱》："聚酒千～。"

【鐘鼎文】zhōng dǐng wén 也稱"金文"，指鑄刻在鍾鼎等青銅器上的文字，其字體上承甲骨文，下導大篆，筆畫肥而粗，圓轉，字形不太固定。

冢 zhǒng ❶ 高大的墳墓。宋·王安石《遊褒禪山記》："今所謂慧空禪院者，褒之廬～也。" ❷ 泛指一般墳墓。唐·杜甫《詠懷古跡》："獨留青～向黃昏。"上述義項又寫作"塚"。 ❸ 山頂。《詩經·小雅·十月》："百川沸騰，山～崒崩。" ❹ 大。《周禮·天官冢宰·序官》："乃立～宰。"

【冢婦】zhǒng fù 嫡長子的妻子。《紅樓夢》第一百一十回："邢夫人雖說是～～，仗着悲凄為孝四個字，倒也都不理會。"

【冢宰】zhǒng zǎi　周代官名，六卿之首，也叫太宰。《尚書·周書·周官》："～～掌邦治，統百官，均四海。"後也稱吏部尚書為"冢宰"。清·侯方域《太常公家傳》："言之～～趙南星。"

【冢子】zhǒng zǐ　嫡長子。唐·駱賓王《為徐敬業討武曌檄》："敬業皇唐舊臣，公侯～～。"

種　(1) zhǒng　❶ 植物的種子。《莊子·逍遙遊》："惠子謂莊子曰：'魏王貽我大瓠之～，我樹之成而實五石。'"❷ 族類，種族。《史記·陳涉世家》："王侯將相寧有～乎？"也指人的後代。《戰國策·齊策六》："女無謀而嫁者，非吾～也。"❸ 類別，種類。宋·柳永《雨霖鈴》："便縱有千～風情，更與何人說？"

(2) zhòng　❶ 種植，栽種。唐·李紳《憫農》："春～一粒粟，秋收萬顆子。"❷ 繁殖。唐·韓愈《祭鱷魚文》："以肥其身，以～其子孫。"

踵　zhǒng　❶ 腳後跟。《晏子春秋·內篇雜下》："比肩繼～而在，何為無人？"❷ 追逐，跟隨。唐·韓愈《進學解》："～常圖之促促。"❸ 親至，走到。《孟子·滕文公上》："（許行）～門而告文公。"❹ 繼承，因襲。《漢書·刑法志》："～秦而置材官於郡國。"❺ 頻頻，屢。《莊子·德充符》："～見仲尼。"

【踵見】zhǒng jiàn　屢次進見。《莊子·德充符》："魯有兀者叔山無趾，～～仲尼。"

仲　zhòng　❶ 位次在中的，如"仲春"、"仲夏"。戰國楚·屈原

《楚辭·九章·哀郢》："民離散而相失兮，方～春而東遷。"❷ 古代以伯（孟）、仲、叔、季排行，仲為排行第二。《詩經·小雅·何人斯》："伯氏吹塤（xūn，陶製的吹奏樂器），～氏吹篪（chí，竹管製成的樂器）。"

【仲父】zhòng fù　❶ 春秋時齊桓公尊管仲為仲父，"仲"為管仲的字。漢·曹操《善哉行》："齊桓之霸，賴得～～。"❷ 孔子字仲尼，因稱孔子為"仲父"。三國魏·吳質《答東阿王書》："鑽～～之遺訓，覽老氏之要言。"❸ 用於帝王對宰相舊臣的尊稱。《晉書·王導傳》："情好日隆，朝野傾心，號為～～。"

重　(1) zhòng　❶ 分量大，與"輕"相對。《孟子·梁惠王上》："權然後知輕～。"又用為重量。漢·晁錯《論貴粟疏》："數石之～，中人弗勝。"又引申為重要。❷ 重視，敬重。秦·李斯《諫逐客書》："然則是所～者在乎色樂珠玉。"❸ 加上，加重。戰國楚·屈原《楚辭·離騷》："紛吾既有此內美兮，又～之以修能。"❹ 莊重，不輕率。《論語·學而》："君子不～則不威。"❺ 表示程度深，相當於"很"、"深"。漢·司馬遷《報任安書》："僕以口語，遇遭此禍，～為鄉黨所戮笑。"

(2) chóng　❶ 重疊，重複。宋·陸游《遊山西村》："山～水複疑無路。"❷ 量詞，層。唐·李白《早發白帝城》："輕舟已過萬～山。"❸ 再次，重新。宋·范仲淹《岳陽樓記》："乃～修岳陽樓。"

【重本】zhòng běn　指重視農業、蠶桑業等。古代以農桑為本。《晉書·齊王攸傳》："務農～～，國之大綱。"

【重臣】zhòng chén　❶ 握有重權的

大臣。《晉書・劉頌傳》："臣又聞國有任臣則安，有～～則亂。" ❷ 國家有崇高聲望、為人敬仰的大臣。唐・封演《封氏聞見記・第宅》："太子太師魏徵，當朝～～也。"

【重重】chóng chóng ❶ 同"層層"。唐・張説《同趙侍御望歸舟》："山庭迴迥面長川，江樹～～極遠煙。" ❷ 形容事物繁多。《三國演義》第四十五回："遙望江南岸旗旛（fān，一種窄長的旗子）隱隱，戈戟～～。" ❸ 反覆多次。唐・王建《鏡聽詞》："～～摩挲嫁時鏡，夫婿遠行憑鏡聽。"

【重明】chóng míng ❶ 兩重光明，《周易》"離卦"為重明之卦。《周易・離》："～～以麗乎正，乃化成天下。" 後也指太子。《梁書・昭明太子傳》："處～～之位，居正體之尊。" ❷ 重瞳。《淮南子・脩務訓》："舜二瞳子，是謂～～。"

【重沓】chóng tà　重疊、重複。唐・劉知幾《史通・敍事》："彌漫～～，不知所裁。"

【重言】(1) chóng yán ❶ 再次申説。《後漢書・郎顗列傳》："出死忘命，懇懇～～。" ❷ 即疊字，一種修辭方式。如宋・李清照《聲聲慢》中的"尋尋覓覓，冷冷清清，淒淒慘慘戚戚"七字重言。

(2) zhòng yán ❶ 指為人所推崇的人物的言論。《莊子・寓言》："寓言十九，～～十七。" ❷ 耐人尋味、語重心長的話。三國魏・嵇康《與李良悌絕交書》："吾乃慨然感足下～～。"

眾 zhòng ❶ 人多。《孟子・梁惠王上》："寡固不可以敵～。" ❷ 眾人。《論語・學而》："泛愛

～。" ❸ 一般的，普通。《史記・屈原賈生列傳》："舉世混濁而我獨清，～人皆醉而我獨醒，是以見放。"

【眾庶】zhòng shù　庶民，百姓。秦・李斯《諫逐客書》："王者不卻～～。"

zhou

州 zhōu ❶ 水中高出水面的土地，後寫作"洲"。漢・許慎《説文解字・川部》："水中可居曰～。……詩曰'在河之～。'" ❷ 周代民戶編制，二千五百家為一州。《周禮・地官司徒・大司徒》："五黨為～。" ❸ 古代行政單位，轄境大小，各個時代不同。宋・李覯《袁州州學記》："制詔～縣立學。" ❹ 聚集。《國語・齊語》："令夫士，羣萃而～處。"

【州郡】zhōu jùn ❶ 即州和郡，為古代地方行政的基本單位，後用以指地方、基層。漢・班固《西都賦》："與乎～～之豪傑，五都之貨殖三選七遷，充牣陵邑。" ❷ 州郡長官。漢・蔡邕《郭有道碑文》："～～聞德，虛己備禮，莫之能致。"

【州里】zhōu lǐ　古代兩千五百家為州，二十五家為里，均為古代行政建制，後用以指鄉里、本鄉、本土。《論語・衛靈公》："言不忠信，行不篤敬，雖～～行乎哉？"

舟 zhōu　船。唐・魏徵《諫太宗十思疏》："載～覆～。"

【舟人】zhōu rén　船夫。宋・蘇軾《石鐘山記》："～～大恐。"

【舟師】zhōu shī ❶ 水軍。《左傳・哀公十年》："徐承帥～～自海入齊，齊人敗之。" ❷ 船夫。《新唐書・王義方傳》："故貶吉安丞，道南海，～～持酒脯請福。"

Z

周 zhōu ❶環繞，循環。《左傳·成公二年》：「逐之，三－華不注。」❷遍及，周遍。唐·杜牧《阿房宮賦》：「瓦縫參差，多於～身之帛縷。」❸周密，嚴實。《左傳·昭公四年》：「其藏之也～。」❹結合，親密。《論語·為政》：「君子～而不比，小人比而不～。」❺密合。《後漢書·張衡列傳》：「其牙機巧制，皆隱在尊中，復蓋～密無際。」❻救濟，周濟。《論語·雍也》：「君子～急不繼富。」這個意義後來寫作「賙」。❼朝代名。約公元前1046－前256年，姬發所建。原建都鎬京，公元前770年遷都洛邑，遷都前稱「西周」，遷都後「東周」。《戰國策·范雎說秦王》：「是～無天子之德。」公元557－581年，鮮卑族宇文覺所建，建都長安，史稱「北周」。公元951－960年，郭威所建，又稱「後周」。宋·蘇軾《三槐堂銘》：「顯於漢、～之際。」

【周匝】zhōu zā　環繞，周圍。《後漢書·西域傳》：「有海水曲入四山之內，～～其城三十餘里。」

【周章】zhōu zhāng　❶周旋舒緩，又指猶豫不決。《南史·江淹傳》：「桂陽之役，朝廷～～，詔檄久之未就。」❷驚惶，恐懼。晉·左思《吳都賦》：「輕禽狡獸，～～夷猶。」

【周折】zhōu zhé　❶迴旋曲折。明·陳子龍《江陵樂》：「作態相～～，顛倒四面風。」❷指事情不順利，曲折多變。明·唐順之《與嚴介溪相公書》：「頗費～～。」

【周正】(1) zhōu zhēng　周代曆法以夏曆十一月為正月歲首。《史記·曆書》：「夏正以正月，殷正以十二月，～～以十一月。」

(2) zhōu zhèng　端正，端莊。《紅樓夢》第八十四回：「模樣兒～～的就好。」

洲 zhōu　水中的陸地。《詩經·周南·關雎》：「關關雎鳩，在河之～。」

粥 (1) zhōu　稀飯。《荀子·富國》：「冬日則為之饘～。」
(2) yù　通「鬻」，賣。《禮記·曲禮下》：「君子雖貧，不～祭品。」

鬻 zhōu　見744頁yù。

咒 zhòu　❶祝告，禱告。《後漢書·王忳列傳》：「忳一曰：『有何枉狀，可前求理乎？』」❷詛咒，咒罵。《焦氏易林·六》：「夫婦詛～，太上覆顛。」❸宗教或巫術的密語。《北史·由吾道榮傳》：「符水禁～，陰陽曆數，……無不通解。」

【咒願】zhòu yuàn　向天神或佛禱告祝願，祈求平安、順遂並表示崇敬之心。唐·李商隱《安平公》：「瀝膽～～天有眼，君子之澤方滂沱。」

宙 zhòu　❶古往今來，時間的總稱。《淮南子·齊俗訓》：「古往今來謂之～，四方上下謂之宇。」❷棟梁。《淮南子·覽冥訓》：「以為不能與之爭於宇（屋簷）～之間。」

紂 zhòu　殷商末代君主，史稱暴君。《戰國策·蘇秦以連橫說秦》：「武王伐～。」

胄 zhòu　❶古代戰士戴的頭盔。《左傳·僖公三十三年》：「秦師過周北門，左右免～而下。」❷帝王或貴族的後裔。《資治通鑑·卷六十五》：「劉豫州王室之～，英才蓋世。」

酎 zhòu ❶多次釀成的美酒。《禮記·月令》："天子飲～。" ❷釀酒。唐·韓偓《雪中過重湖信筆偶題》："旗亭臘～逾年熟。"

籀 zhòu ❶誦讀並領會文義。漢·許慎《〈說文解字〉敍》："學童十七已上始試，諷～書九千字，乃得為吏。"❷漢字字體之一，因著錄於《史籀篇》而得名，也叫大篆。劉勰《文心雕龍·練字》："乃李斯刪～而秦篆興。"

驟 zhòu ❶馬奔跑。《詩經·小雅·四牡》："載～駸駸。"❷跑，奔馳。《莊子·齊物論》："麋鹿見之決～。"❸急速，快速，迅猛。宋·蘇軾《晁錯論》："夫以七國之強而～削之，其為變豈足怪乎？"❹屢次。《戰國策·樂毅報燕王書》："夫齊，霸國之餘教，而～勝之遺事也。"

zhu

朱 zhū 大紅色，古代稱為正色。唐·王勃《滕王閣序》："～簾暮捲西山雨。"

【朱戶】zhū hù ❶古時天子賜給諸侯或有功大臣的朱紅色大門，為天子"九錫"（九種器物，即車馬、衣服、樂則、朱戶、納陛、虎賁、弓矢、斧鉞、秬鬯）的一種。《漢書·王莽傳》："九命青呂珪二，～～，納陛。"❷指富貴人家。唐·李紳《過吳門二十四韻》："～～千家室，丹楹百處樓。"

【朱門】zhū mén　古代王侯貴族的住宅大門漆成紅色，後因稱貴門為"朱門"。唐·杜甫《自京赴奉先詠懷》："～～酒肉臭，路有凍死骨。"

【朱批】zhū pī　用朱筆寫的批語。清·

代皇帝多用朱筆批示奏章，古人校勘整理書籍時也喜用朱筆寫批語。

【朱顏】zhū yán　年輕人紅潤的面色。南唐·李煜《虞美人》："雕欄玉砌應猶在，只是～～改。"

侏 zhū 見"侏儒"。

【侏儒】zhū rú ❶身材特別矮小的人。《國語·晉語四》："～～不可使援。"又寫作"朱儒"。❷梁上的短柱。唐·韓愈《進學解》："欂櫨、～～，……各得其宜。"

茱 zhū 見"茱萸"。

【茱萸】zhū yú　植物名。古代風俗，常在陰曆九月九日重陽節佩戴茱萸，以祛邪避災。唐·王維《九月九日憶山東兄弟》詠："遙知兄弟登高處，遍插～～少一人。"

株 zhū ❶露出地面的樹根。《韓非子·守株待兔》："宋人有耕田者，田中有～，兔走觸～，折頸而死，因釋其耒守～，冀復得兔。"❷量詞，樹的根數。南朝宋·劉義慶《世說新語·言語》："齋前種一～松。"❸株連。《元史·袁宗儒傳》："忠、泰廣搜逆黨，～引無辜。"

【株蔓】zhū màn　株連，牽累，連累。《宋史·張問傳》："諸葛公權之亂，郡縣～～連逮，至數百千人。"

【株治】zhū zhì　株連懲治。明·張溥《五人墓碑記》："不敢復有～～。"

珠 zhū ❶珍珠，寶珠。秦·李斯《諫逐客書》："今陛下致崑山之玉，有隨和之寶，垂明月之～。"❷似寶珠形的東西。宋·蘇軾《六月二十七日望湖樓醉書》："黑雲翻墨未遮山，白雨跳～亂入船。"

Z

誅 zhū ❶責問，譴責。《論語·公冶長》："朽木不可雕也，糞土之牆不可圬也，於(宰)予與何～？"引申為責罰，懲罰。《韓非子·難二》："功當其言則賞，不當則～。"後又指要求，要別人供給東西。❷聲討，討伐。《史記·陳涉世家》："伐無道，～暴秦。"❸殺，殺死。《史記·廉頗藺相如列傳》："臣知欺大王之罪當～。"引申為剪除，削除。

【誅求】zhū qiú　責求，索求。《左傳·子產壞晉館垣》："～～無時。"

銖 zhū ❶古代重量單位。《漢書·律曆志上》："二十四～為兩，十六兩為斤。"後比喻很少，一丁點兒。唐·杜牧《阿房宮賦》："奈何取之盡錙～，用之如泥沙？"❷鈍，不鋒利。《淮南子·齊俗訓》："其兵戈～而無刃。"

諸 zhū ❶眾，各。《史記·廉頗藺相如列傳》："趙王與大將軍廉頗～大臣謀。"❷"之於"的合音詞。《論語·衛靈公》："子曰：'君子求～己，小人求～人。'"❸用在句末，"之乎"的合音詞。《論語·述而》："子疾病，子路請禱。子曰'有～？'"❹第三人稱代詞，相當於"之"，可譯為"他、她、它(們)"。《論語·學而》："告～往而知來者。"

【諸葛巾】zhū gé jīn　指古代男子所戴的一種頭巾，相傳為三國蜀諸葛亮所創，故名"諸葛巾"。《三才圖會·衣服》："～～～，此名綸巾。諸葛武侯嘗服綸巾，執羽扇，指揮軍事，正此巾也。因其人而名之。"

【諸侯】zhū hóu　古代帝王分封的各國國君，規定要服從王命，定期朝貢述職。《史記·廉頗藺相如列傳》："廉頗為趙將伐齊，大破之，取陽晉，拜為上卿，以勇氣聞於～～。"

【諸生】zhū shēng　❶指眾儒生，有知識的人。《漢書·叔孫通傳》："臣願徵魯～～，與臣弟子共起朝儀。"❷眾弟子。唐·韓愈《太學生何蕃傳》："歲舉進士，學成行尊，自太學～～推頌不敢與(何)蕃齒。"❸明、清兩代稱已入學的生員。明·袁宏道《徐文長傳》："徐渭，字文長，為山陰～～～。"

【諸子】zhū zǐ　指先秦至漢初的各派學者，也指他們的代表著作。《漢書·藝文志》："戰國縱橫，真偽分爭，～～之言紛然殽亂。"

瀦 zhū ❶水停積的地方，陂塘。《周禮·地官司徒·稻人》："以～畜水。"❷水停積，蓄水。《宋史·河渠志一》："(星宿海)流出復～，曰哈喇海專。"

竹 zhú ❶竹子。晉·陶淵明《桃花源記》："有良田美池桑～之屬。"特指竹簡，古代寫字用的竹片。漢·桓寬《鹽鐵論·利議》："抱枯～，守空言。"❷八音之一，即簫笛之類。唐·韓愈《送孟東野序》："金石絲～匏土革木八音，物之善鳴者也。"也指音樂。宋·歐陽修《醉翁亭記》："宴酣之樂，非絲非～。"

【竹帛】zhú bó　古代書寫用的竹簡和絹帛，引申指書籍、典籍。《呂氏春秋·情欲》："故使莊王功迹著乎～～，傳乎後世。"

竺 (1) zhú　"天竺"的省稱，印度的古譯名。
(2) dǔ　通"篤"，厚。戰國楚·屈原《楚辭·天問》："稷惟元子，帝何～之？"

舳 zhú ❶船尾。唐·王勃《滕王閣序》："舸艦迷津，青雀黃龍之～。"❷船舵。漢·桓寬《鹽鐵論·殊路》："專以己之愚而荷負巨任，若無楫～，濟江海而遭大風，漂沒於白刃之淵。"❸指船。《後漢書·袁紹劉表列傳》："魚儷漢～，雲屯冀馬。"

逐 zhú ❶追趕。《左傳·曹劌論戰》："遂～齊師。"又用為趕走，驅趕。秦·李斯《諫逐客書》："請一切～客。"又特指放逐，流放。戰國楚·屈原《楚辭·九章·哀郢》："信非吾罪而棄～兮，何日夜而忘之？"❷追隨，跟隨。唐·韓愈《柳子厚墓誌銘》："酒食游戲相徵～。"❸競爭。《韓非子·五蠹》："中世～於智謀。"❹追求。漢·楊惲《報孫會宗書》："～什一之利。"❺依序，逐個。《魏書·江式傳》："～字而注。"

【逐北】zhú běi　追擊敗兵，追擊戰敗者。漢·賈誼《過秦論》："追亡～～。"

【逐鹿】zhú lù　本意為追捕野鹿，比喻爭奪權力、地位等。唐·魏徵《述懷》："中原還～～，投筆事戎軒。"

燭 zhú ❶古代照明用的火炬。《韓非子·外儲說左上》："火不明，因謂持～者曰：'舉～。'"❷蠟燭。《史記·滑稽列傳》："堂上～滅。"❸照，照亮。《莊子·天運》："～之以日月之明。"❹洞察。《韓非子·難三》："明不能～遠姦，見隱微。"

躅 (1) zhú　見786頁"躑躅"。
(2) zhuó　足跡，引申為事跡。宋·蘇軾《送頓起》："岱宗若在眼，一往繼前～。"

主 zhǔ ❶春秋、戰國時稱大夫為"主"。《左傳·昭公二十八年》："～以不賄聞於諸侯。"❷國君，君主。《史記·太史公自序》："～倡而臣隨，～先而臣從。"❸公主的簡稱。《史記·外戚世家》："～（平陽公主）見所侍美人，上弗說（通'悅'）。"❹主人，接待賓客的人，與"客"、"賓"相對。唐·王勃《滕王閣序》："賓～盡東南之美。"也指己方。漢·李陵《答蘇武書》："客～之形，既不相如。"❺權利、財物等的所有者，物主。唐·柳宗元《鈷鉧潭西小丘記》："問其～。"❻事物的根本，主要的。《周易·繫辭上》："言行君子之樞機，樞機之發，榮辱之～也。"❼掌管，主持。《孟子·萬章上》："使之～事而事治。"❽注重，主張。《論語·學而》："～忠信。無友不如己者。"

【主上】zhǔ shàng　君主，聖上。《史記·太史公自序》："～～明聖而德不布聞，有司之過也。"

拄 zhǔ ❶支撐。《戰國策·齊策六》："大冠若箕，修劍～頤。"❷駁倒，折服。《漢書·朱雲傳》："既論難，連～五鹿君。"

渚 zhǔ ❶水中的小塊陸地，小洲。南唐·李煜《漁父》："花滿～，酒滿甌。"❷水邊。晉·陸機《豫章行》："泛舟清川～，遙望高山陰。"

屬 (1) zhǔ ❶連接，接續。《史記·屈原賈生列傳》："然亡國破家相隨～～。"❷繫，帶。《左傳·僖公二十三年》："其左執鞭弭，右～櫜鞬。"❸集合。《孟子·梁惠王下》："乃～其耆老而告之。"❹撰寫。《史記·屈原賈生列傳》："屈平～草稿未定。"❺勸酒，邀。宋·蘇軾《前赤壁賦》："舉酒～客。"

Z

❻囑託，囑咐，後也寫作"囑"。宋·范仲淹《岳陽樓記》："～予作文以記之。"❼專注。《國語·晉語五》："則恐國人之～耳目於我也。"❽恰好。《左傳·成公二年》："下臣不幸，～當戎行。"

(2) shǔ ❶歸屬，屬於。《戰國策·司馬錯論伐蜀》："蜀既～，秦益強富厚。"❷隸屬。《史記·項羽本紀》："當陽君蒲將軍皆～項羽。"❸部屬，官屬。《左傳·子產壞晉館垣》："無若諸侯之～，辱在寡君者何，是以令吏人完客所館。"❹親屬。漢·賈誼《治安策》："已乃墮骨肉之～而抗剄之，豈有異秦之季世乎？"❺類，等。漢·賈誼《過秦論》："有寧越、徐尚、蘇秦、杜赫之～為之謀。"

【屬文】zhǔ wén 撰寫文章。《漢書·賈誼傳》："年十八，以能誦《詩》、《書》～～稱於郡中。"

【屬意】zhǔ yì ❶歸附，歸向。《史記·夏本紀》："禹子啟賢，天下～～焉。"❷留意。《北史·常爽傳》："頃因暇日，～～藝林。"

矚 zhǔ 注視，眺望。明·宋濂《閱江樓記》："憑欄遙～。"

佇 zhù 久立。南朝齊·孔稚珪《北山移文》："石徑荒涼徒延～。"又指等待。唐·杜甫《壯遊》："羣凶逆未定，側～英俊翔。"

住 zhù ❶停留，留下。唐·杜甫《哀江頭》："清渭東流劍閣深，去～彼此無消息。"❷暫宿。《南齊書·張融傳》："權牽小舟於岸上～。"❸居住。宋·辛棄疾《永遇樂·京口北固亭懷古》："尋常巷陌，人道寄奴曾～。"❹停止。唐·李白《早發白帝城》："兩岸猿

聲啼不～。"❺通"駐"，駐紮，駐守。三國蜀·諸葛亮《出師表》："則～與行，勞費正等。"

杼 (1) zhù ❶織布機上的梭子。北朝民歌《木蘭辭》："不聞機～聲，唯聞女歎息。"❷削薄，削尖。《周禮·冬官考工記·輪人》："凡為輪，行澤者欲～，故泥不附。"

(2) shū ❶樹名，柞樹。《莊子·山木》："衣裘褐，食～栗。"❷通"抒"，排泄，又為發泄，抒發。戰國楚·屈原《楚辭·九章·惜誦》："惜誦以致愍兮，發憤以～情。"

注 zhù ❶灌注，流入。《詩經·大雅·洞酌》："洞酌彼行潦，挹彼～茲。"❷附着，安放。《爾雅·釋天》："～旄首曰旌。"❸集中，專注。《晉書·孫惠傳》："天下喁喁，四海～目。"❹投。《莊子·達生》："以瓦～者殙 (hūn)。"❺賭注。《宋史·寇準傳》："博者輸錢欲盡，乃罄所有出之，謂之孤～。"❻註釋，註解。《世說新語·文學》："鄭玄欲～《春秋傳》。"❼記載。《三國志·蜀書·劉禪傳》："國不置史，～記無官。"

柱 zhù ❶柱子。《戰國策·馮煖客孟嘗君》："倚～彈其劍。"❷支撐。唐·韓愈《試大理評事王君墓誌銘》："鼎也，不可以～車。"

祝 zhù ❶祭祀時口誦祝詞的人，也指為人告神求福的人。《史記·滑稽列傳》："鄴三老、廷掾……與～巫共分其餘錢持歸。"❷祈禱，祝禱。《韓非子·說林下》："巫咸雖善～，不能自祓也。"❸祝頌。《莊子·天地》："請～聖人，使聖人壽。"❹削去，剪斷。《穀梁傳·哀公十三年》："～髮文身。"

【祝延】zhù yán　祝人長壽。《漢書·外戚傳》："飲酒酹地，皆～～之。"

筑 zhù　古代絃樂器名。《史記·游俠列傳》："高漸離擊～，荊軻和而歌。"

貯 zhù　儲存，積聚。漢·賈誼《論積貯疏》："夫積～者，天下之大命也。"

註 zhù　❶ 記載。《後漢書·律曆志下》："暨於皇帝，班示文章，重黎記～。"❷ 註釋。《晉書·向秀傳》："此書詎復須～。"

【註記】zhù jì　記錄，記載。晉·干寶《〈搜神記〉序》："國家不廢～～之官。"

【註疏】zhù shū　註和疏，"註"一般指註解經書字句的註釋，漢代以來稱傳、箋、章句等，後通稱古註或註；"疏"是對註的再解釋，也叫"義疏"、"正義"等。"註疏"也泛指對古代文獻的註釋。唐·韓愈《冬薦官殷侑狀》："傍習諸經，～～之外，自有所得。"

著 (1) zhù　❶ 顯明，顯著。《禮記·中庸》："誠則形，形則～，～則明。"又用為表明。《史記·太史公自序》："《易》～天地、陰陽、四時、五行。"❷ 登記，記載。《漢書·杜周傳》："前主所是～為律，後主所是疏為令。"❸ 撰述，寫作。漢·司馬遷《報任安書》："僕誠已～此書。"

(2) zhuó　❶ 附着，加……於上。漢·賈誼《論積貯疏》："今驅民而歸之農，皆～於本，使天下各食其力。"這個義項又寫作"着"。❷ 穿，戴。北朝民歌《木蘭辭》："脫我戰時袍，～我舊時裳。"又為衣着，服裝。晉·陶淵明《桃花源

記》："男女衣～悉如外人。"

【著錄】zhù lù　記錄，記載。《後漢書·祭遵列傳》："～～勳臣，頌其德美。"也指著作。清·沈濤《交翠軒筆記》："九經有庫豈真貧，～～驚看已等身。"

【著意】zhuó yì　專心一意，集中注意力。戰國楚·宋玉《九辯》："罔流涕以聊慮兮，惟～～而得之。"

箸 (1) zhù　❶ 筷子。《韓非子·喻老》："昔者紂為象～而箕子怖。"❷ 顯著，顯明。《荀子·王霸》："致忠信，～仁義，足以竭人矣。"

(2) zhuó　通"着"，附着。引為包圍義。《戰國策·趙策一》："兵～晉陽三年矣。"

翥 zhù　(鳥) 飛起。唐·宋之問《度大庾嶺》："魂隨南～鳥，淚盡北枝花。"

駐 zhù　❶ 車馬停止不前。宋·姜夔《揚州慢》："淮左名都，竹西佳處，解鞍少～初程。"❷ 停止，停留。漢樂府《孔雀東南飛》："行人～足聽。"❸ 駐紮，駐守。《三國志·蜀書·諸葛亮傳》："分兵屯田，為久～之基。"❹ 留住，保持不變。宋·賀鑄《臨江仙·雁後歸》："願郎宜此酒，行樂～華年。"

【駐顏】zhù yán　使容顏不衰老。晉·葛洪《神仙傳·劉根》："能治百病，補虛～～。"

澍 zhù　見 561 頁 shù。

築 zhù　❶ 築牆搗土的杵。《孟子·告子下》："傅說 (yuè) 舉於版～之間。"❷ 築牆。《詩經·大雅·緜》："～之登登，削屢馮馮。"❸ 擊，搗。《三國志·魏書·

少帝紀》："賊以刀～其口，使不得言。" ❹ 修造，建築。《孟子·滕文公上》："～室於場。" ❺ 建築物，房舍。唐·杜甫《畏人》："畏人成小～，褊性合幽棲。"

鑄 zhù ❶ 鑄造；冶煉金屬，澆製成器。《左傳·宣公三年》："～鼎象物。" ❷ 也指陶冶、造就人才。唐·許敬宗《奉和行經破薛舉戰地應制》："垂衣凝庶績，端拱～羣生。"

【鑄錯】zhù cuò　為"鑄成大錯"的省稱。《資治通鑑》卷二百六十五：天雄節度使羅紹威率牙兵數千人，但牙兵多不服管轄，於是羅暗中勾結朱全忠，裏應外合，把牙兵全部消滅。朱全忠因此而居功，留住半年多，索要財物不計其數。等朱氏離去，羅的蓄積為之一空，由此威勢大減。羅為此後悔不已，對人說："合六州四十三縣鐵，不能為此錯也！" "錯"一語雙關，既指銼刀，又指錯誤，後以此指造成重大而無法挽回的錯誤。明·張煌言《島居》："計疏憑～～，道廢漫書空。"

zhuan

專 zhuān ❶ 單，獨。《論語·子路》："不能～對。" ❷ 獨有，獨佔。唐·柳宗元《捕蛇者說》："有蔣氏者，～其利三世矣。" ❸ 專擅，獨斷專行。《左傳·桓公十五年》："祭仲～，鄭伯患之。" ❹ 專一，集中。《孟子·告子上》："不～心致志，則不得也。"

【專誠】zhuān chéng　❶ 專心誠意。《淮南子·主術訓》："心不專一，不能～～。" ❷ 特地，專門。清·劉

鶚《老殘遊記》第十二回："家兄恐別人請不動先生，所以叫小弟～～敦請的。"

【專寵】zhuān chǒng　獨佔寵愛。《後漢書·竇武列傳》："時國政多失，內官～～。" 也指獨佔寵愛的人。《尹文子·大道》："內無～～，外無近習。"

【專命】zhuān mìng　不遵從上命而擅自行事。《左傳·閔公二年》："師在制命而已，稟命則不威，～～則不孝。"

【專擅】zhuān shàn　❶ 獨攬。漢·王充《論衡·福虛》："一國之君，～～賞罰。" ❷ 不作請示，擅自作主。唐·陳子昂《上西蕃邊州安危事》："責其～～，不許入朝。"

【專意】zhuān yì　❶ 專心於某事。《漢書·貢禹傳》："古者不以金錢為幣，～～於農。" ❷ 特意。宋·梅堯臣《戲作嫦娥責》："裴生亦有如此作，～～見貪心未夷。"

摶 zhuān　見 607 頁 tuán。

顓 zhuān ❶ 蒙昧，無知。《漢書·揚雄傳下》："天降生民，倥侗～蒙。" ❷ 善良，誠懇。《淮南子·覽冥訓》："猛獸食～民。" ❸ 通"專"，指專一、專擅。《史記·陳涉世家》："或説陳王曰：'客愚無知，～妄言，輕威。'"

【顓頊】zhuān xū　傳説中的古代部落首領，號高陽氏，為"五帝"之一，相傳為黃帝之孫。《國語·魯語上》："黃帝能成命百物，以明民共財，～～能修之。"

【顓顓】zhuān zhuān　愚昧無知的樣子。《漢書·賈捐之傳》："～～獨居一海之中。"

轉 (1) zhuǎn ❶ 轉運，轉送。《史記·項羽本紀》：“丁壯苦軍旅，老弱罷～漕。” ❷ 滾動，轉動。《詩經·邶風·柏舟》：“我心匪石，不可～也。” ❸ 轉移，輾轉。漢·司馬遷《報任安書》：“～鬥千里，矢盡道窮。” ❹ 轉變，改變。《史記·管晏列傳》：“善因禍而為福，～敗而為功。”特指官職調動。《晉書·李密傳》：“(李)密有才能，常望內～。” ❺ 婉轉。北魏·酈道元《水經注·江水》：“空谷傳響，哀～久絕。”

(2) zhuàn ❶ 盤繞。唐·岑參《白雪歌送武判官歸京》：“山迴路～不見君，雪上空留馬行處。” ❷ 旋轉，轉動。《戰國策·蘇秦以連橫説秦》：“～轂連騎，炫熿於道。”

【轉蓬】 zhuǎn péng　隨風飄轉的蓬草，比喻人生漂泊無定。唐·杜甫《客亭》：“多少殘生事，飄零已～～。”

【轉徙】 zhuǎn xǐ　輾轉遷徙。唐·柳宗元《捕蛇者説》：“號呼而～～。”

傳 zhuàn　見 83 頁 chuán。

搏 zhuàn　見 607 頁 tuán。

囀 zhuàn　婉轉發聲。唐·王維《積雨輞川莊作》：“漠漠水田飛白鷺，陰陰夏木～黃鸝。”

撰 (1) zhuàn ❶ 持，拿。《禮記·曲禮上》：“君子欠伸，～杖屨。” ❷ 具備。晉·潘岳《藉田賦》：“司農～播殖之器。” ❸ 才具，才能。《論語·先進》：“異乎三子者之～。” ❹ 聚集，編纂。三國魏·曹丕《與吳質書》：“頃～其遺文，都為一集。” ❺ 寫作，著述。唐·

韓愈《送石處士序》：“於是～書詞。” ❻ 數，指陰陽變化的自然規律。《周易·繫辭上》：“陰陽合德，而剛柔有體，以體天地之～。”

(2) xuǎn　通“選”，選擇。《周禮·夏官司徒·大司馬》：“羣吏～車徒。”

【撰錄】 zhuàn lù　編集著錄。南朝陳·徐陵《〈玉臺新詠〉序》：“～～豔歌，凡為十卷。”

篆 zhuàn ❶ 刻字。南朝梁·任彥升《為范尚書讓吏部封侯第一表》：“～刻為文，而三冬靡就。” ❷ 指漢字的一種體式，有大篆、小篆之分。《後漢書·張衡列傳》：“飾以～文山龜鳥獸之形。” ❸ 指印章。因印章多用篆文，故稱印章為“篆”。清·邵長蘅《閻典史傳》：“而會縣令攝～旁邑。” ❹ 盤香。因盤香曲繞如篆文，故稱盤香為“篆”。宋·秦觀《海棠春》：“翠被曉寒輕，寶～沈煙裊。”

zhuang

妝 zhuāng ❶ 梳妝打扮，裝飾。漢樂府《孔雀東南飛》：“雞鳴外欲曙，新婦起嚴～。” ❷ 妝扮所用的脂粉、衣物等。北朝民歌《木蘭辭》：“阿姊聞妹來，當戶理紅～。”又指妝扮的樣式。唐·白居易《上陽白髮人》：“外人不見見應笑，天寶末年時世～。”

莊 zhuāng ❶ 莊重，嚴肅。《論語·為政》：“臨之以～，則敬。” ❷ 寬闊的大道。《左傳·襄公二十八年》：“得慶氏之木百車於～。” ❸ 村莊，田舍。唐·姚合《原上新居》：“鄰富雞長住，～貧客漸稀。”也指別墅。

Z

裝 zhuāng ❶行裝，行李；又指整備行裝。《後漢書·李業列傳》：“使者謂嘉曰：‘速～，妻子可全。’”❷裝束，衣裝。《後漢書·清河孝王慶傳》：“每朝謁陵廟，常夜分嚴～衣冠待明。”❸裝飾，打扮。漢樂府《孔雀東南飛》：“交語速～束，絡繹如浮雲。”❹安放，收藏。南朝齊·孔稚珪《北山移文》：“㬡訴悾愡～其懷。”❺裝載。《晉書·戴若思傳》：“船～甚盛。”❻裝備，安裝。《後漢書·岑彭列傳》：“於是～直進樓船，冒突露橈數千艘。”

壯 zhuàng ❶壯年，指三十歲以上。漢樂府《長歌行》：“少～不努力，老大徒傷悲。”引申為年少。《後漢書·循吏傳》：“拜會稽都尉，時年十九，迎官驚其～。”❷強壯，健壯。《戰國策·燕策三》：“～士一去兮不復還。”❸雄壯，強盛。漢·曹操《步出夏門行》：“烈士暮年，～心不已。”又指認為雄壯、勇敢。《史記·淮陰侯列傳》：“滕公奇其言，～其貌。”

狀 zhuàng ❶形狀，樣子。清·蒲松齡《聊齋志異·促織》：“～極俊健。”又指景狀，景觀。宋·范仲淹《岳陽樓記》：“余觀夫巴陵勝～，在洞庭一湖。”❷狀況，情況。明·馬中錫《中山狼傳》：“試再囊之，我觀其～。”❸描寫，描繪，描述。《文心雕龍·物色》：“灼灼～桃花之鮮。”❹一種文體，指陳述、記敍、申訴的文辭，如：行狀，傳狀，訴狀，供狀等。唐·柳宗元《段太尉逸事狀》：“太尉自州以～白府。”❺表推測，看樣子，大概。《史記·滑稽列傳》：“～河伯

留客之久，若皆罷去歸矣。”

【狀頭】zhuàng tóu　即狀元。唐·盧儲《催妝》：“昔年將去玉京遊，第一仙人許～～。”

幢 (1) zhuàng　掛車上的帷幕、車簾。《隋書·禮儀志五》：“其箱飾以翟羽，黃油～黃里。”

　　(2) chuáng　❶古代作儀仗用的一種裝飾旗。《漢書·王莽傳》：“帥持～，稱五帝之使。”❷佛教的經幢，一種刻有佛經經義的石柱或圓形綢傘。宋·晁補之《新城遊北山記》：“旁皆大松，曲者如蓋，直者如～。”❸見“幢幢”。

【幢幢】chuáng chuáng　搖曳、晃動的樣子。唐·元稹《聞樂天左降江州司馬》：“殘燈無焰影～～，此夕聞君謫九江。”

戇 zhuàng　迂腐而剛直。《史記·汲鄭列傳》：“甚矣，汲黯之～也。”

【戇直】zhuàng zhí　剛直。《宋史·韓世忠傳》：“(韓世忠)性～～，勇敢忠義。”

---

zhui

佳 (1) zhuī　短尾鳥的總稱。《說文解字·佳部》：“～，鳥之短尾總名也。”

　　(2) wéi　“惟”的古字，語氣詞，常用於句首。《墨子·明鬼》：“矧～人面，胡敢異心。”

追 (1) zhuī ❶追趕。《左傳·桓公六年》：“少師歸，請～楚師。”❷追求。戰國楚·屈原《離騷》：“背繩墨以～曲兮，競周容以為度。”❸追溯，回溯。三國蜀·諸葛亮《出師表》：“蓋～先帝之殊

遇，欲報之於陛下也。"❹ 補救。《論語·微子》："往者不可諫，來者猶可～。"

(2) duī 　雕琢玉石。《詩經·大雅·棫樸》："～琢其章，金玉其相。"

惴 zhuì ❶ 恐懼。唐·柳宗元《始得西山宴遊記》："自余為僇人，居是州，恆～慄。"❷ 見"惴惴"。

【惴惴】 zhuì zhuì　恐懼的樣子。清·袁枚《黃生借書説》："非夫人之物而強假焉，必慮人逼取，而～～焉摩玩之不已。"

綴 (1) zhuì ❶ 縫合，連接。《戰國策·秦策一》："～甲厲兵，效勝於戰場。"❷ 裝飾，點綴。《韓非子·外儲説左上》："～以珠玉。"❸ 緊跟，追隨。清·蒲松齡《聊齋志異·狼》："～行甚遠。"

(2) chuò 　通"輟"，止。《禮記·樂記》："禮者，所以～淫也。"

墜 zhuì ❶ 落下，掉下。戰國楚·屈原《楚辭·九歌·國殤》："旌蔽日兮敵若雲，矢交～兮士爭先。"❷ 失，喪失。唐·王勃《滕王閣序》："不～青雲之志。"

【墜景】 zhuì jǐng　夕陽、落日，比喻即將衰落。晉·陸機《答賈長淵》："如彼～～，曾不可振。"

【墜心】 zhuì xīn　痛心，擔憂。南朝梁·江淹《別賦》："或有孤臣危涕，孽子～～。"

縋 zhuì ❶ 用繩子拴着人或物從上往下傳送。《左傳·燭之武退秦師》："許之，夜～而出。"❷ 繩索。《左傳·昭公十九年》："登者六十人，～絕，師鼓譟，城上之人亦譟。"

贅 zhuì ❶ 抵押。《漢書·嚴助傳》："民待賣爵～子，以接衣食。"❷ 入贅，招為女婿。漢·賈誼《治安策》："家貧子壯則出～。"❸ 通"綴"，聚集，連結。《韓非子·存韓》："夫趙氏聚士卒，養從徒，欲～天下之兵。"❹ 病名，贅疣，俗稱瘊子。《莊子·駢拇》："附～縣（懸）疣。"❺ 多餘的，無用的。宋·朱熹《近思錄·為學》："然有之無所補，無之靡所缺，乃無用之～言也。"

【贅婿】 zhuì xù　舊時稱男子就婚於女家，招為女婿。《史記·滑稽列傳》："淳于髡者，齊之～～也。"

【贅疣】 zhuì yóu　長在身上的肉瘤，又比喻多餘無用的東西。戰國楚·屈原《楚辭·九章·惜誦》："竭忠誠以事君兮，反離羣而～～。"

zhun

屯 zhūn 　見 609 頁 tún。

諄 zhūn ❶ 輔佐。《國語·晉語九》："曾孫蒯瞶以～趙鞅之故，敢昭告於皇祖文王。"❷ 忠誠。唐·韓愈《送董邵》："憐子愚且～。"❸ 見"諄諄"。

【諄諄】 zhūn zhūn ❶ 形容教誨不倦的樣子。《詩經·大雅·抑》："誨爾～～，聽我藐藐。"❷ 遲鈍，有氣無力。《左傳·襄公三十一年》："且年未盈五十，而～～焉如八九十者，弗能久矣。"

準 zhǔn ❶ 一種測量水平的器具。《漢書·律曆志上》："～者，所以揆平取正也。"❷ 標準，準則。《漢書·東方朔傳》："以道德為麗，以仁義為～。"❸ 權衡，衡

Z

量。《韓非子・難二》："人主雖使人，必以度量～之。" ❹ 箭靶。晉・葛洪《抱朴子・廣譬》："～的陳則流鏑赴焉。" ❺ 鼻子。《史記・高祖本紀》："高祖為人，隆～而龍顏。"

【準擬】zhǔn nǐ　預期、預料。宋・陸游《初秋驟涼》："名山海內知何限，～～從今更爛遊。"

---

zhuo

拙 zhuō ❶ 笨，與"巧"相對。《史記・貨殖列傳》："而巧者有餘，～者不足。" ❷ 本分。晉・陶淵明《歸園田居》："開荒南野際，守～歸園田。" ❸ 謙詞，如"拙見"、"拙作"等。

【拙荊】zhuō jīng　對人稱自己的妻子。《水滸傳》第七回："恰才與～～一同來間壁岳廟裏還香願。"

倬 zhuō　高大、顯明的樣子。《詩經・小雅・桑柔》："～彼昊天，寧不我矜？"

【倬詭】zhuō guǐ　奇特，詭異。晉・左思《魏都賦》："至於山川之～～，物產之魁殊，或名奇而見稱，或實異而可書。"

捉 zhuō ❶ 握，持。南朝宋・劉義慶《世說新語・容止》："帝自～刀立牀頭。" ❷ 把握，捉摸。明・馮夢龍《醒世恆言》第二十六卷："甚是～他不定。" ❸ 捕拿。唐・杜甫《石壕吏》："暮投石壕村，有吏夜～人。" ❹ 拾取。南朝宋・劉義慶《世說新語・管寧華歆共園中除草》："見地有片金，管（寧）揮鋤與瓦石不異，華（歆）～而擲去之。"

【捉刀】zhuō dāo　指替他人寫文章或做事。據《世說新語・容止》記載，魏武帝曹操將會見匈奴使者，但自以為形貌醜陋，不足以威震遠方的匈奴，就讓崔琰代替他，自己親自握刀站在坐榻旁。會見完畢，曹操讓密探問使者"魏王怎麼樣"，匈奴來使回答說："魏王的儀容不尋常，但坐榻旁邊的持刀人，才是英雄呢。"清・徐述夔《八洞天》："弱筆豈堪～～，還須先生自作。"

【捉髮】zhuō fà　以手握髮，指急迫中無暇收拾。《左傳・僖公二十八年》："聞君至，喜，～～走去。" 又用來比喻為國家求賢才。三國魏・應璩《薦和模箋》："方今海內企踵，欣慕～～之德。"

焯 zhuō　見 63 頁 chāo。

灼 zhuó ❶ 燒，烤。《論衡・言毒》："若火之～人。" ❷ 明顯，顯著。《三國志・吳書・孫權傳》："事已彰～。" ❸ 明白，透徹。明・馮夢龍《警世通言》第三卷："真知～見者尚且有誤，何況其他？"

【灼灼】zhuó zhuó ❶ 明亮的樣子，可形容花、日等。《詩經・周南・桃夭》："桃之夭夭，～～其華。" ❷ 威武的樣子。晉・陸機《漢高祖功臣頌》："～～淮陰，靈武絕世。"

卓 zhuó ❶ 高。《論語・子罕》："如有所立～爾。" ❷ 卓越，高超。明・袁宏道《徐文長傳》："文有～識。" ❸ 遠，遙遠。《漢書・霍去病傳》："～行殊遠而糧不絕。" ❹ 直立。唐・李賀《白虎行》："朱旗～地白虎死，漢王知是真天子。" ❺ 同"桌"，桌子。元・高文秀《襄陽會》："兄弟請坐，抬上果～來。"

【卓爾】zhuó ěr　形容超絕出眾。《論語・子罕》："既竭吾才，如有所立

~~。"

【卓絕】zhuó jué　無與倫比，獨一無二。唐·韓愈《進撰平淮西碑文表》："竊惟自古神聖之君，既立殊功異德，~~之跡，比有奇能博辯之士。"

【卓立】zhuó lì　聳立。唐·杜甫《白鹽山》："~~羣峯外，蟠根積水邊。"

【卓逸】zhuó yì　卓異超羣。漢·蔡邕《薦邊文禮書》："才藝言行，~~不羣。"

斫 zhuó　❶斧刀之類。唐·柳宗元《梓人傳》："家不居礱~之器。"❷砍，削。唐·柳宗元《始得西山宴遊記》："遂命僕過湘江，緣染溪，~榛莽。"

茁 zhuó　❶草初出的樣子。《詩經·召南·騶虞》："彼~者葭，壹發五豝。"❷出生，生長。《孟子·萬章下》："牛羊~壯長而已矣。"

酌 zhuó　❶斟酒，又指斟酒自飲。晉·陶淵明《歸去來兮辭》："引壺觴以自~。"❷代指酒。唐·柳宗元《始得西山宴遊記》："引觴滿~，頹然就醉。"也泛指簡單的酒席。元·王實甫《西廂記》："會親戚朋友，安排小~為何？"❸指酒杯。戰國楚·屈原《楚辭·招魂》："華~既陳，有瓊漿些。"❹斟酌，商量。三國蜀·諸葛亮《出師表》："至於斟~損益，進盡忠言，則攸之、褘、允之任也。"❺舀取。唐·王勃《滕王閣序》："~貪泉而覺爽，處涸轍以猶歡。"

啄 zhuó　❶鳥用嘴獲取食物。《戰國策·莊辛論幸臣》："俯~蚊虻而食之。"❷引申指獸類啃、咬。

戰國楚·屈原《楚辭·招魂》："虎豹九關，~害下人些。"❸象聲詞，見"啄啄"。❹書法上稱左上短撇。

【啄啄】zhuó zhuó　❶鳥啄食時發出的聲響。唐·韓愈《嗟哉董生行》："雞來哺其兒，~~庭中拾蟲蟻。"❷叩門、敲門發出的響聲。唐·韓愈《剝啄行》："剝剝~~，有客至門。"

琢 zhuó　❶雕刻加工玉石。《禮記·學記》："玉不~，不成器。"泛指彫刻，雕刻。唐·劉禹錫《管城新驛記》："~石而記。"❷修飾，推敲文辭。宋·趙抃《遊青城山》："良工存舊筆，老叟~新詩。"

【琢句】zhuó jù　推敲詩文的詞句。宋·蘇軾《送李陶通直赴清溪》："從來勢利關心薄，此去溪山~~新。"

諑 zhuó　讒毀，讒謗。戰國楚·屈原《楚辭·離騷》："眾女嫉余之蛾眉兮，謠~謂余以善淫。"

濁 zhuó　❶渾濁，與"清"相對。《孟子·離婁上》："滄浪之水~兮，可以濯我足。"❷混亂。《戰國策·蘇秦以連橫說秦》："書策稠~。"

斲 zhuó　砍，削。《孟子·梁惠王下》："匠人~而小之。"

濯 zhuó　❶洗去污垢。《孟子·離婁上》："清斯~纓，濁斯~足矣。"❷除去罪惡。《左傳·襄公二十一年》："在上位者灑~其心，壹以待人。"❸光大，顯明。《詩經·大雅·常武》："綿綿翼翼，不測不克，~征徐國。"

【濯濯】zhuó zhuó　❶有光亮、潤澤的樣子。《詩經·商頌·殷武》："赫赫厥聲，~~厥靈。"❷光禿禿的樣子。《孟子·告子上》："人見其~~也，以為未嘗有材焉。"

Z

擢 zhuó ❶拔，抽。《韓非子·姦劫弒臣》："～潛王之筋，懸之廟梁。" ❷提拔，選拔。《戰國策·樂毅報燕王書》："～之乎賓客之中。" ❸高出，高聳。《文選·張衡賦》："徑百常而莖～。"

【擢秀】zhuó xiù ❶指草木茂盛。宋·蘇軾《元修菜》："種之秋雨餘，～～繁霜中。" ❷形容人才超羣出眾。晉·趙至《與嵇茂齊書》："吾子植根芳苑，～～清流。"

---

zi

孜 zī 見"孜孜"。

【孜孜】zī zī 同"孳孳"，努力不懈，勤勉的樣子。唐·韓愈《爭臣論》："～～矻矻，死而後已。"

姿 zī ❶容貌。南朝宋·劉義慶《世說新語·容止》："嵇康身長七尺八寸，風～特秀。" ❷姿態，姿勢。清·龔自珍《病梅館記》："梅以曲為美，直則無～。" ❸姿質，才能。《漢書·谷永傳》："上主之～也。"

【姿才】zī cái 才能。《三國志·吳書·魯肅傳》："吾子～～，尤宜今日。"

咨 zī ❶徵詢，商量。三國蜀·諸葛亮《出師表》："事無大小，悉以～之。" ❷歎詞。《尚書·虞書·堯典》："帝曰：～，四岳！" ❸歎息，嗟歎。《宋史·王安石傳》："祈寒暑雨，民猶怨～。"

【咨度】zī duó 商量，諮詢。《左傳·襄公三十年》："有史趙、師曠～～焉。"

【咨嗟】zī jiē 歎息。漢·蔡邕《陳太丘碑》："羣公百僚，莫不～～。"

又為讚歎。宋·歐陽修《相州晝錦堂記》："瞻望～～。"

【咨諏】zī zōu 諮詢，徵詢。三國蜀·諸葛亮《出師表》："以～～善道。"

兹 zī ❶草蓆。《史記·周本紀》："衞康叔封布～。" ❷年，通常用在"今"、"來"之後。《國語·展禽論祀爰居》："今～海其有災乎？" ❸指示代詞，此，這，這裏。唐·魏徵《諫太宗十思疏》："總此十思，宏～九德。" ❹這樣，就。《左傳·昭公二十六年》："君而繼之，～無敵矣。" ❺現在。漢·司馬遷《報任安書》："上計軒轅，下至於～。" ❻副詞，表示程度加深，更加。《漢書·五行志下之下》："賦斂～重，而百姓屈竭。" ❼通"哉"。《尚書·周書·立政》："嗚呼！休～！"

滋 zī ❶培植。《左傳·哀公元年》："樹德莫如～。" ❷滋生，增長。《左傳·鄭伯克段於鄢》："無使～蔓。" ❸副詞，表示程度加深，更加。《孟子·公孫丑上》："若是，則弟子之惑～甚。" ❹液，液汁。晉·左思《魏都賦》："墨井鹽池，玄～素液。" ❺滋味。《禮記·檀弓上》："食肉飲酒，必有草木之～焉。" ❻墨，污濁。清·吳敬梓《儒林外史》第五十五回："蘸了他一書房的～泥。"

孳 zī ❶生息，繁殖。唐·柳宗元《種樹郭橐駝傳》："橐駝非能使木壽且～也。" ❷見"孳孳"。

【孳蔓】zī màn 滋長蔓延。《後漢書·桓帝紀》："蝗蟲～～，殘我百穀。"

【孳孳】zī zī 同"孜孜"，努力不

懈怠的樣子。宋·李覯《袁州州學記》："皆～～學術。"

貲 zī ❶ 計算，估量。《後漢書·陳蕃列傳》："食肉衣綺，脂油粉黛，不可～計。" ❷ 資財，錢財。明·張溥《五人墓碑記》："斂～財以送其行。"

資 zī ❶ 財物，錢財。《資治通鑑》卷六十五："孤當續發人眾，多載～糧，為卿後援。" ❷ 資助，供給。秦·李斯《諫逐客書》："今乃棄黔首以～敵國。" ❸ 積蓄。《國語·越語上》："賈人夏則～皮，冬則～絺（chī，細麻布）。" ❹ 依賴，依靠。唐·韓愈《原道》："賈之家一，而～焉之家六。" 又用為藉口，憑藉。 ❺ 資質，才能，稟賦。漢·鄒陽《獄中上梁王書》："是使布衣之士，不得為枯木朽株之～也。" ❻ 資格，資歷。《晉書·郤（qiè）詵傳》："（郤）詵自以～望少。"

赼 zī 見"趑趄"。

【趑趄】zī jū ❶ 行走十分困難，也可寫作次且。《周易·夬》："臀無膚，其行～～。" ❷ 比喻猶豫，徘徊不前。唐·韓愈《送李愿歸盤谷序》："足將進而～～。"

緇 zī ❶ 黑色。《論語·鄉黨》："～衣羔裘，素衣麑裘。" ❷ 變黑。《論語·陽貨》："不曰白乎，涅而不～。" ❸ 佛教徒穿的黑色衣服。北魏·酈道元《水經注·涑水》："～服思玄之士。"

輜 zī ❶ 輜車，一種有帷蓋的車子。《史記·孫子吳起列傳》："居～車中，坐為計謀。" ❷ 一般的車。《後漢書·竇憲列傳》："雲～蔽路。"

【輜重】zī zhòng 行李，外出時所帶的衣物箱籠等。《老子》二十六章："是以聖人終日行不離～～。" 又指軍用器械、糧草、營帳、服裝等。唐·李華《弔古戰場文》："徑截～～。"

諮 zī 徵詢，商量。三國蜀·諸葛亮《出師表》："三顧臣於草廬之中，～臣以當世之事。"

子 zǐ ❶ 嬰兒，小孩。《荀子·勸學》："干、越、夷、貉之～，生而同聲，長而異俗。" ❷ 兒女，子女，一般指兒子。《戰國策·觸龍說趙太后》："丈夫亦愛憐其少～乎？" 有時指女兒。《論語·先進》："孔子以其兄之～妻之。" 也指視如自己的子女。《戰國策·趙威后問齊使》："何以王齊國、～萬民乎？" ❸ 泛指人。秦·李斯《諫逐客書》："此五～者，不產於秦。" 又為對有德之人的尊稱，等於"夫子"，多指老師。《論語·鄉黨》："～退朝。" ❹ 對人的尊稱，多指男子，可譯為"您"。《左傳·燭之武退秦師》："吾不能早用～，今急而求～。" 又寫在姓氏後面，作為對人的尊稱，如：孔子、莊子、趙宣子。《左傳·蹇叔哭師》："孟～，吾見師之出，而不見其入也。" ❺ 利息。唐·韓愈《柳子厚墓誌銘》："其俗以男女質錢，約不時贖，～本相侔，則沒為奴婢。" ❻ 植物的籽實。唐·李紳《憫農》："春種一粒粟，秋收萬顆～。" ❼ 子爵，五等爵的第四等。《國語·襄王不許請隧》："其餘以均分公、侯、伯、～、男。"

【子弟】zǐ dì ❶ 子與弟，與父兄相對而言。《孟子·梁惠王下》："若殺其父兄，係累其～～。" 又專指弟弟。《左傳·隱公元年》："段失

Z

~~之道矣。"❷ 年輕的一輩，後輩。漢‧楊惲《報孫會宗書》："~~貪鄙。"❸ 指百姓。明‧王世貞《藺相如完璧歸趙論》："十五城之~~，皆厚怨大王。"

【子都】zǐ dū　古代美男子名。《孟子‧告子上》："至於~~，天下莫不知其姣也。"

【子規】zǐ guī　鳥名，又叫杜鵑，相傳為蜀帝杜宇的靈魂所變而成，其鳴聲若"歸去"，常夜鳴，聽來悲淒，故常藉以抒發悲苦哀怨之情。唐‧李白《蜀道難》："又聞~~啼夜月，愁空山。"

【子民】zǐ mín　❶ 愛護民眾，管理百姓。《禮記‧表記》："~~如父母。"❷ 百姓，轄區內的百姓。《紅樓夢》第一百〇四回："我是管理這裏地方的，你們都是我的~~。"

【子息】zǐ xī　兒子，子嗣。唐‧賈島《哭孟郊》："寡妻無~~，破宅帶林泉。"

秭 zǐ　❶ 計算禾把的單位，二百秉為一秭。《詩經‧周頌‧豐年》："豐年多黍多稌，亦有高廩，萬、億及~~。"❷ 數目名，十萬億。宋‧沈括《夢溪筆談‧技藝》："古法：十萬為億，十億為兆，萬億為~。"

梓 zǐ　❶ 一種樹木。《史記‧貨殖列傳》："江南出楠、~。"❷ 梓人，木工。《孟子‧盡心下》："~、匠、輪、輿，能與人規矩，不能使人巧。"❸ 印刷刻版，因製版以梓木為上，故稱"梓"。清‧袁枚《祭妹文》："汝之詩，吾已付~。"

【梓宮】zǐ gōng　皇帝、皇后的棺柩。宋‧胡銓《戊午上高宗封事》："則~~決不可還。"

【梓里】zǐ lǐ　故鄉。金‧劉迎《題劉德文戲彩堂》："吾不愛錦衣，榮歸誇~~。"

紫 zǐ　紫色，是由藍和紅合成的顏色。唐‧王勃《滕王閣序》："煙光凝而暮山~。"古人認為紫色不是正色。《論語‧陽貨》："惡~之奪朱也，惡鄭聲之亂雅樂也。"

【紫禁】zǐ jìn　皇帝住處。唐‧皇甫曾《早朝日寄所知》："長安歲後見歸鴻，~~朝天舞異同。"

【紫氣】zǐ qì　指祥瑞的光氣，多用來附會帝王、聖賢的出現。唐‧杜甫《秋興八首》其五："西望瑤池降王母，東來~~滿函關。"

訾 (1) zǐ　❶ 誹謗，非議。唐‧韓愈《進學解》："而~醫師以昌陽引年。"❷ 厭惡。《管子‧形勢》："~食者不肥體。"❸ 怨恨。《逸周書‧太子晉》："四荒至，莫有怨~。"
(2) zī　❶ 思，希求。《禮記‧少儀》："不~重器。"❷ 估量，計量。《商君書‧墾令》："~粟而稅。"❸ 通"貲"，錢財。《史記‧酷吏列傳》："子孫尊官，家~累數巨萬矣。"❹ 通"咨"，嗟歎聲。《戰國策‧齊策三》："~！天下之主，有侵君者，臣請以臣之血湔其衽。"❺ 通"恣"。放縱。《淮南子‧氾論訓》："故小謹者無成功，~行者不容於眾。"
(3) cī　通"疵"，疾病，缺點。《禮記‧檀弓下》："故子之所刺於禮者，亦非禮之~也。"

【訾議】zǐ yì　指責，非議。漢‧桓寬《鹽鐵論‧詔聖》："儒者不知治世而善~~。"

【訾訾】zǐ zǐ　詆毀，誹謗。《荀子‧非十二子》："禮節之中則疾疾然，~~然。"

自 zì ❶自己。《戰國策‧鄒忌諷齊王納諫》："忌不～信。"又指親自。《史記‧項羽本紀》："旦日不可不蚤～來謝項王。" ❷自然。晉‧陶淵明《飲酒》："問君何能爾，心遠地～偏。" ❸從。《論語‧學而》："有朋～遠方來，不亦樂乎？" ❹因為，由於。《史記‧屈原賈生列傳》："屈平之作《離騷》，蓋～怨生也。" ❺雖，即使。漢‧賈誼《治安策》："～高皇帝不能以是一歲平安。"

【自裁】zì cái 自殺。漢‧司馬遷《報任安書》："不能引決～～。"

【自反】zì fǎn 反躬自問，自我反省。《禮記‧學記》："知不足，然後能～～也。"

【自矜】zì jīn 自誇。《史記‧項羽本紀》："～～功伐。"

【自經】zì jīng 上吊自殺。《論語‧憲問》："豈若匹夫匹婦之為諒（誠信）也，～～於溝瀆而莫之知也？"

【自剄】zì jǐng 自殺。漢‧鄒陽《獄中上梁王書》："王奢去齊之魏，臨城～～。"

【自況】zì kuàng 自比。《南史‧隱逸傳上》："著《五柳先生傳》，蓋以～～。"

【自力】zì lì 盡自己的力量。唐‧韓愈《柳子厚墓誌銘》："其文學辭章，必不能～～以致必傳於後如今無疑也。"

【自遣】zì qiǎn 抒發排遣自己的感情。唐‧元稹《進詩狀》："或因朋友戲投，或以悲歡～～也。"

【自引】zì yǐn ❶自殺。晉‧潘岳《寡婦賦》："感三良之殉秦兮，甘捐生而～～。" ❷自行引退。漢‧賈誼《弔屈原賦》："鳳縹縹其高逝兮，夫固～～而遠去。"

【自用】zì yòng 自行其是，不採納別人的意見。《史記‧秦始皇本紀》："始皇為人，天性剛戾～～。"

【自贊】zì zàn 自我引薦推舉。《史記‧平原君虞卿列傳》："門下有毛遂者，前，～～於平原君。"

字 zì ❶生子，生育。漢‧王充《論衡‧氣壽》："婦人疏～者子活，數乳者子死。" ❷養育，撫養。唐‧柳宗元《種樹郭橐駝傳》："～而幼孩。"又引申為愛。 ❸人的表字，在本名之外另取意義上有某種聯繫的字為"字"。自稱用名，表謙虛；稱人用字，表尊敬。宋‧王安石《同學一首別子固》："江之南有賢人焉，～子固。" ❹文字。唐‧韓愈《諱辨》："不聞又諱車轍之'轍'為某～也。"

傳 zì 把刀劍刺入，插入。《史記‧張耳陳餘列傳》："然而慈父孝子莫敢～刃公之腹中者，畏秦法耳。"

恣 zì ❶肆意，放縱。《孟子‧滕文公下》："聖王不作，諸侯放～。" ❷任憑，聽任。《戰國策‧觸龍説趙太后》："～君之所使之。"

【恣肆】zì sì 放縱，放肆；文筆豪放，無拘無束。宋‧曾鞏《祭王平甫文》："至若操紙為文，落筆千字，倘佯～～，如不可窮。"

【恣睢】zì suī 肆意放縱。《史記‧伯夷列傳》："肝人之肉，暴戾～～。"

眥 zì 眼角，眼眶。《史記‧項羽本紀》："頭髮上指，目～盡裂。"

漬 zì ❶淹泡，浸泡。《禮記‧內則》："～取牛肉，必新殺者。" ❷浸染，沾染。《宋史‧胡憲傳》："心為物～，故不能有見，惟學乃可明耳。"

Z

---

zong

宗 zōng ❶宗廟，祖廟。《詩經·大雅·鳧鷖》：“既燕於～，福、祿攸降。”引申為祖先，祖宗。《左傳·成公三年》：“若不獲命，而使嗣～職。”❷同祖，同族。《左傳·僖公五年》：“晉吾～也，豈害我哉？”引申為同出一祖的派別，宗派。❸宗仰，尊奉。《史記·孔子世家》：“孔子布衣，傳十餘世，學者～之。”又指在學術上被人推崇的人。唐·王勃《滕王閣序》：“騰蛟起鳳，孟學士之詞～。”❹歸往，朝見。《史記·伯夷列傳》：“天下～周。”❺根本，主旨，綱領。《史記·太史公自序》：“故《春秋》者，禮儀之大～也。”

【宗廟】zōng miào　古代王侯、大夫、士等祭祀祖宗的地方。《戰國策·馮煖客孟嘗君》：“立～～於薛。”又代指國家。《戰國策·范睢説秦王》：“大者～～滅覆。”

【宗師】zōng shī　❶為眾人所敬仰、所推崇，堪為師表的人。《後漢書·朱浮列傳》：“尋博士之官，為天下～～。”❷推崇，效法。《漢書·藝文志》：“祖述堯舜，憲章文武，～～仲尼。”

綜 （1）zōng　聚總。漢·司馬遷《報任安書》：“略考其行事，～其終始。”

（2）zòng　又讀zèng　❶織布機上使經線與緯線能交織的一種裝置。漢·劉向《列女傳·母儀傳》：“推而往，引而來者，～也。”❷編織。三國魏·曹植《魏德論》：“農夫詠於田畝，織婦欣於～絲。”

蹤 zōng　❶足跡，蹤跡。唐·柳宗元《江雪》：“萬徑人～滅。”❷追隨，跟蹤。南朝齊·孔稚珪《北山移文》：“希～三輔豪。”

傯 zōng　見329頁“倥傯”。

總 （1）zǒng　❶聚束，聚合。《淮南子·精神訓》：“萬物～而為一。”❷繫結。戰國楚·屈原《楚辭·離騷》：“～余轡乎扶桑。”❸總括，匯集。唐·魏徵《諫太宗十思疏》：“～此十思，宏茲九德。”❹統領。宋·王禹偁《待漏院記》：“若然，則一百官，食萬錢。”❺全，都。宋·朱熹《春日》：“等閒識得東風面，萬紫千紅～是春。”

（2）zòng　通“縱”，雖然，縱使。唐·劉禹錫《傷愚溪》：“～有鄰人解吹笛，山陽舊侶誰更過。”

【總角】zǒng jiǎo　❶小孩子的一種髮式，紮在頭頂兩旁的抓髻，形狀如角。《陳書·韓子高傳》：“子高年十六，為～～，容貌美麗。”❷用以指童年。晉·陶淵明《榮木》：“～～聞道，白首無成。”

【總戎】zǒng róng　統帥，主將。唐·杜甫《諸將》：“殊錫曾為大司馬，～～皆插侍中貂。”

【總總】zǒng zǒng　❶眾多的樣子。唐·柳宗元《貞符》：“惟人之初，～～而生，林林而羣。”❷雜亂的樣子。《逸周書·大聚》：“殷政～～若風草。”

從 zòng　見88頁cóng。

縱 zòng　❶釋放。宋·歐陽修《縱囚論》：“～而來歸，殺之無赦。”引申為放縱，放任。唐·魏徵《諫太宗十思疏》：“既得志，則

~情以傲物。"又引申為放（火）。《後漢書·班超列傳》："（班）超乃順風~火。" ❷ 即使。《史記·項羽本紀》："~江東父兄憐而王我，我何面目見之？" ❸ 豎，直，與"橫"相對。宋·歐陽修《祭石曼卿文》："荊棘一橫。"

【縱目】zòng mù　放眼遠望。唐·杜甫《登兗州城樓》："東郡趨庭日，南樓~~初。"

---

zou

陬 zōu　❶ 隅，角落。《史記·絳侯周勃世家》："後吳奔壁東南~。" ❷ 山腳。晉·束皙《補亡詩》之二："白華絳跗，在陵之~。" ❸ 農曆正月的別稱。戰國楚·屈原《楚辭·離騷》："攝提貞於孟~兮，惟庚寅吾以降。"

【陬落】zōu luò　村落，窮鄉僻壤。《晉書·陶侃傳》："拔萃~~之間。"

【陬月】zōu yuè　農曆正月的別稱。清·厲荃《事物異名錄》："正月曰孟陽、孟陬，又曰~~。"

鄒 zōu　古國名，國都在今山東鄒縣。《戰國策·魯仲連義不帝秦》："將之薛，假涂（同'塗'）於~。"

【鄒魯】zōu lǔ　鄒是孟子的故鄉，魯是孔子的故鄉，鄒、魯連稱指文化昌盛的地方。北周·庾信《哀江南賦》："門成~~。"

諏 zōu　商議，詢問。三國蜀·諸葛亮《出師表》："咨~善道，察納雅言。"

【諏訪】zōu fǎng　諮詢，徵詢。清·趙翼《中庭坐月》："因之遍~~，令各說圍徑。"

走 zǒu　❶ 跑。《戰國策·觸龍說趙太后》："老臣病足，曾不能疾~。" ❷ 逃跑。《史記·廉頗藺相如列傳》："今君乃亡趙~燕，燕畏趙，其勢必不敢留君。" ❸ 奔向，趨向。漢·晁錯《論貴粟疏》："趨利如水~下。" ❹ 輕快。《資治通鑑》卷六十五："豫備~舸，繫於其尾。" ❺ 滾動，流動。唐·岑參《走馬川行奉送封大夫出師西征》："隨風滿地石亂~。" ❻ 僕，僕人，多用為謙稱自己。漢·司馬遷《報任安書》："太史公牛馬~司馬遷再拜言。"

【走丸】zǒu wán　阪上走丸，比喻事情發展得順利而快速。《魏書·中山王英傳》："事易~~，理同拾芥。"

奏 zòu　❶ 進。《莊子·養生主》："~刀騞然，莫不中音。" ❷ 進獻，奉獻。《史記·廉頗藺相如列傳》："相如奉璧~秦王。" ❸ 向君主進言或上書；又為奏章。《漢書·霍光傳》："光遂復與丞相敵等上~。" ❹ 彈奏，奏樂。唐·王勃《滕王閣序》："鍾期既遇，~流水以何慚？"

【奏議】zòu yì　大臣向帝王呈遞的意見。宋·蘇軾《乞校正陸贄奏議進御劄子》："臣等欲取其~~，稍加校正，繕寫進呈。"後用作臣子上奏帝王的各類文書（如章、表、奏、議、疏、封事等）的統稱。三國魏·曹丕《典論·論文》："蓋~~宜雅，書論宜理。"

---

zu

菹 zū　❶ 醃菜，酸菜。《周禮·天官冢宰·醢人》："饋食之豆，其實葵~。" ❷ 肉醬。《禮記·

少儀》："糜鹿為～。"又為剁成肉醬，是古代的一種酷刑。漢·李陵《答蘇武書》："韓、彭～醢。"❸水草多的沼澤地帶。《孟子·滕文公下》："驅蛇龍而放之～。"

【菹醢】zū hǎi　古代把人剁成肉醬的一種酷刑。戰國楚·屈原《楚辭·九章·涉江》："伍子逢殃兮，比干～～。"

足　zú　❶腳。《戰國策·蘇秦以連橫説秦》："血流至～。"引申為動物或器物的腳。《戰國策·陳軫為齊説昭陽》："蛇固無～，子安能為之～？"❷足夠，充足。《禮記·學記》："故學然後知不～，教然後知困。"引申為補足。❸值得，夠得上。晉·陶淵明《桃花源記》："不～為外人道也。"

【足下】zú xià　對對方的敬稱。古時下稱上或同輩相稱用"足下"以示尊敬。《史記·項羽本紀》："再拜獻大王～～。"

卒　(1) zú　❶士卒，步兵。《史記·陳涉世家》："比至陳，車六七百乘，騎千餘，～數萬人。"❷古代軍隊編制，一百人為卒；也用以泛指軍隊。《孫子·謀攻》："全～為上，破～次之。"❸差役。清·方苞《左忠毅公逸事》："(史可法) 持五十金，涕泣謀於禁～，～感焉。"❹古代指大夫死亡。《禮記·曲禮下》："天子死曰崩，諸侯曰薨，大夫曰～，士曰不祿，庶人曰死。"後泛指死亡。《資治通鑑》卷六十五："初，魯肅聞劉表～。"❺終結，完畢，結束。漢樂府《孔雀東南飛》："磐石方且厚，可以～千年。"❻終，終於。《史記·廉頗藺相如列傳》："～廷見相如，畢禮而歸之。"

◆ 卒、兵、士。古時"兵"和"卒"有很大的區別："卒"是戰士，而"兵"一般指器械，也可泛指軍隊。"士"和"卒"的區別是：作戰時，"士"在戰車上面，"卒"則徒步。

(2) cù　通"猝"，突然，後作"猝"。《孟子·梁惠王上》："～然問曰：'天下惡乎定？'"

【卒乘】zú shèng　士兵與戰車，後泛指軍隊。《左傳·鄭伯克段於鄢》："繕甲兵，具～～，將襲鄭。"

【卒歲】zú suì　❶度過日月。《左傳·襄公二十一年》："聊以～～。"❷也指年終。《管子·大匡》："～～，吳人伐穀。"

【卒業】zú yè　完成未竟的事業。《荀子·仲尼》："文王誅四，武王誅二，周公～～。"特指完成學業。元·元懷《拊掌錄》："朝廷有學校，有科舉，何不勉以～～？"

【卒卒】cù cù　匆促的樣子。漢·司馬遷《報任安書》："～～無須臾之閒，得竭志意。"

族　zú　❶宗族，同姓的親屬。《左傳·僖公五年》："宮之奇以其～行。"引申為種族，民族。《後漢書·東夷列傳》："厥區九～。"❷類，種類。唐·韓愈《師説》："士大夫之～，曰師曰弟子云者。"❸滅族，古代殺死犯人整個家族的殘酷刑罰。唐·杜牧《阿房宮賦》："～秦者，秦也，非天下也。"❹聚結，引申為眾，一般又為交錯聚結之處。《莊子·養生主》："每至於～，吾見其難為，怵然為戒。"❺普通的，一般的。《莊子·養生主》："～庖歲更刀，折也。"

鏃　zú　箭頭。漢·賈誼《過秦論》："秦無亡矢遺～之費，而天下諸侯已困矣。"

阻 zǔ ❶ 險要之地。《左傳·僖公二十二年》："古之為軍也，不以～隘也。"❷ 險阻，難行。《詩經·秦風·蒹葭》："遡洄從之，道～且長。"❸ 艱難。《尚書·虞書·舜典》："黎民～飢。"❹ 阻礙，妨礙，阻止。明·宗臣《報劉一丈書》："他日來，幸無～我也。"❺ 隔。《晉書·段灼傳》："去賊十里，～澗列陣。"❻ 依恃。《史記·秦始皇本紀》："～法度之威以督責於下。"

俎 zǔ ❶ 古代祭祀或宴會時盛祭品或食品的器具。《禮記·樂記》："鋪筵席，陳尊～。"❷ 切肉用的砧板。《史記·項羽本紀》："如今人方為刀～，我為魚肉。"

【俎豆】 zǔ dòu ❶ 俎和豆，古代祭祀、宴享時盛食物用的兩種器具。漢·班固《東都賦》："獻酬交錯，～～莘莘。"❷ 指紧祀。《論語·衞靈公》："～～之事則嘗聞之矣，軍旅之事未之學也。"

祖 zǔ ❶ 祖廟，宗廟。《尚書·虞書·舜典》："受終於文～。"❷ 祖先，自父以上都稱"祖"。《漢書·霍光傳》："人道親親，故尊～；尊～，故敬宗。"❸ 指父之父，祖父。唐·柳宗元《捕蛇者說》："吾～死於是，吾父死於是。"❹ 宗奉，效法。《史記·屈原賈生列傳》："然皆～屈原之從容辭令，終莫敢直諫。"又指被後世效法、宗奉、敬仰的人，即祖師。《西遊記》第八十六回："李老君乃開天闢地之～。"❺ 始，開始。《莊子·山木》："浮遊乎萬物之～。"❻ 熟習。《國語·魯語下》："與三公、九卿～識地德。"❼ 出行時祭祀路神。《戰國

策·燕策三》："至易水上，既～，取道。"❽ 餞別，餞行。《宋史·胡瑗傳》："乙太常博士致仕，歸老於家，諸生與朝士～於門外。"

組 zǔ ❶ 絲帶，也指繩索。《新五代史·伶官傳序》："方其繫燕父子以～。"❷ 古代佩印用組，故以"組"為官印或作官的代稱。南朝梁·蕭綸《隱居貞白先生陶君碑》："抽簪東都之外，解～北山之陰。"❸ 編織。《詩經·鄘風·干旄》："素絲～之，良馬五之。"❹ 華麗。《荀子·樂論》："其服～，其容婦，其俗淫。"

詛 zǔ ❶ 詛咒。《晏子春秋·內篇諫上》："一國～，兩人祝，雖善祝者不能勝也。"❷ 發誓，盟誓。《左傳·宣公二年》："～無畜羣公子。"

【詛詈】 zǔ lì 詛咒，謾罵。《新唐書·藩鎮傳》："～～王師。"

【詛盟】 zǔ méng 誓約。《尚書·周書·呂刑》："罔中於信，以覆～～。"

---

zuan

纂 zuǎn ❶ 五彩的帶子。《漢書·景帝紀》："錦繡～組，害女紅者也。"❷ 彩繡。《淮南子·齊俗訓》："且富人則車輿衣～錦。"❸ 編纂，編輯。《漢書·藝文志》："《書》之所起遠矣，至孔子～焉。"❹ 通"纘"，繼承。《漢書·敍傳下》："皇矣漢祖，～堯之緒。"

Z

纘 zuǎn　繼續。《詩經·豳風·七月》："二之日其同，載～武功。"又為繼承。《禮記·中庸》："武王～太王、王季、文王之緒。"

鑽 （1）zuàn　穿孔的工具，古代也用作刑具。《漢書·刑法志》："中刑用刀鋸，其次用～鑿。"
（2）zuān ❶穿孔，打眼。《孟子·滕文公下》："～穴隙相窺。" ❷穿過，進入。《西遊記》第六回："變作一條水蛇，游近岸，～入草中。" ❸探究，鑽研。《論語·子罕》："仰之彌高，～之彌堅。" ❹鑽營，攀附。漢·班固《答賓戲》："商鞅挾三術以～孝公。"

【鑽仰】zuān yǎng　比喻深入研究，努力探索。孔子的學生顏淵感歎老師的學問博大精深，不可企及："仰之彌高，鑽之彌深。"，南朝梁·劉勰《文心雕龍·徵聖》："天道難聞，猶或～～。"

---

zui

最 zuì　❶極，尤。《戰國策·觸龍說趙太后》："老臣賤息舒祺，～少。" ❷古代考核政績軍功的等級，功勞最高，功績最大為"最"，下等為"殿"。《漢書·樊噲傳》："攻趙賁，……灌廢丘，～。" ❸集合，聚合。《管子·禁藏》："冬，收五藏，～萬物。" ❹總計，合計。《史記·絳侯周勃世家》："～從高帝得相國一人，丞相二人，將軍、二千石各三人。"

罪 zuì　❶罪惡，作惡的行為。《左傳·桓公十年》："匹夫無～，懷璧其～。" ❷犯人，罪犯。《資治通鑑》卷六十五："近者奉辭伐～。" ❸過失，錯誤。三國蜀·諸葛亮《出師表》："不效則治臣之～，以告先帝之靈。" ❹懲處，判罪。《韓非子·內儲說上》："有過不～，無功受賞，雖亡，不亦可乎？" ❺歸罪於，責備。《孟子·梁惠王上》："王無～歲，斯天下之民至焉。"

【罪戾】zuì lì　罪過，犯錯誤。《國語·晉語四》："～～之人也，又何患焉？"

醉 zuì　❶酒醉。宋·歐陽修《醉翁亭記》："～翁之意不在酒，在乎山水之間也。"也比喻糊塗。《史記·屈原賈生列傳》："眾人皆～我獨醒。" ❷沉迷。《莊子·應帝王》："列子見之而心～。"

---

zun

尊 zūn　❶盛酒器，酒樽。《後漢書·張衡列傳》："合蓋隆起，形似酒～。"這個意義又寫作"樽"或"罇"。 ❷尊貴，高貴，與"卑"相對，又與"賤"相對。《孟子·梁惠王下》："將使卑踰～，疏踰戚。" ❸尊奉，尊崇。《史記·高祖本紀》："諸侯及將相相與共推～漢王為皇帝。" ❹尊重，尊敬。《論語·子張》："君子～賢而容眾。"

遵 zūn　❶順着，沿着。《詩經·周南·汝墳》："～彼汝墳，伐其條枚。" ❷遵守，遵循。《禮記·中庸》："君子～道而行。"

樽 zūn　❶盛酒器。《莊子·逍遙遊》："今子有五石之瓠，何不慮以為大～而浮於江湖。" ❷通"撙"，抑止，節省。《淮南子·要略》："～流遁之觀，節養性之和。"

兒童習～～。"

【左右】zuǒ yòu ❶ 左邊和右邊。漢樂府《孔雀東南飛》："東西植松柏，～～種梧桐。" ❷ 周圍，附近。明·宋濂《送東陽馬生序》："余立侍～～。" ❸ 在帝王身邊侍從的人或近臣。《史記·廉頗藺相如列傳》："秦王大喜，傳以示美人及～～。" ❹ 對人不直呼其名，只稱他的左右，表示尊敬。漢·司馬遷《報任安書》："是僕終已不得舒憤懣以曉～～。" ❺ 幫助，輔翼。《史記·蕭相國世家》："高祖為亭長，常～～之。" ❻ 支配，控制。《國語·越語上》："寡君帥越國之眾，以從君之師徒，唯君～～之。" ❼ 表示約數，相當於"上下"。漢·王充《論衡·氣壽》："百歲～～。"

---

zuo

左 zuǒ ❶ 左邊，與"右"相對。用為動詞，向左，往左。《史記·項羽本紀》："～，乃陷大澤中。" 又地理上以東為左。宋·姜夔《揚州慢》："淮～名都，竹西佳處。" ❷ 古代以右為尊、上，以左為卑、下。《史記·陳涉世家》："發閭～適戍漁陽九百人。" 又古代車騎以左為尊位，"虛左"即空着左邊的座位，表示對人的尊敬。《史記·魏公子列傳》："公子從車騎，虛～，自迎夷門侯生。" ❸ 以右指親近、贊助，以左指疏遠、反對。《左傳·襄公十年》："天子所右，寡君亦右之；所～，亦～之。" ❹ 邪，不正。《禮記·王制》："執～道以亂政。" ❺ 不當，偏頗。《左傳·昭公四年》："且冢卿無路，介卿以葬，不亦～乎？" ❻ 證人，證據。《漢書·張湯傳》："使吏捕案（張）湯～田信等。"

【左道】zuǒ dào　邪門歪道，多指非正統的方術、道術。《禮記·王制》："執～～以亂政，殺。"

【左計】zuǒ jì　錯誤的打算，失策。宋·文天祥《保州道中》："厲階起玉環，～～由石郎。"

【左遷】zuǒ qiān　降職，貶官。《史記·韓信盧綰列傳》："項王王諸將近地，而王獨遠居此，此～～也。"

【左衽】zuǒ rèn　衣襟向左，為中國古代某些少數民族的一種服飾，後又以"左衽"指代少數民族。宋·梅堯臣《送王省副北使》："～～通華語，名王接令賢。"

【左言】zuǒ yán　指異族語言。唐·劉禹錫《武陵述懷》："鄉里皆遷客，

佐 zuǒ ❶ 輔助，幫助。《史記·陳涉世家》："陳勝～之，并殺兩尉。" ❷ 輔助的人，助手。《左傳·襄公三十年》："有伯瑕以為～。" ❸ 副職。《左傳·成公三年》："於是荀首～中軍矣。"

【佐酒】zuǒ jiǔ　勸酒，陪同宴飲。《漢書·高祖紀下》："置酒沛宮，悉召故人父老子弟～～。"

【佐理】zuǒ lǐ　指輔佐治理。《三國志·吳書·步騭傳》："所以興隆大化，～～時務者也。"

【佐命】zuǒ mìng　輔佐帝王創業。漢·李陵《答蘇武書》："其餘～～立功之士，賈誼、亞夫之徒，皆信命世之才。"

撮 zuǒ　見93頁cuō。

作 zuò ❶ 起立，起來。《論語·先進》："舍瑟而～。" 引申為振奮，振作。《左傳·曹劌論戰》：

"一鼓～氣。"❷興起。《孟子·公孫丑上》："賢聖之君六七～。"❸創始。《論語·述而》："述（闡述）而不～。"❹製造，製作。《孟子·梁惠王上》："始～俑者，其無後乎！"❺工作，勞作。漢樂府《孔雀東南飛》："晝夜勤～息，伶俜縈苦辛。"❻創作，寫作。《史記·屈原賈生列傳》："屈平之～《離騷》也，蓋自怨生也。"❼為，充任。漢樂府《孔雀東南飛》："君當～磐石，妾當～蒲葦。"❽變成，成為。唐·李白《與韓荊州書》："一經品題，便～佳士。"

【作伐】zuò fá　做媒。《詩經·豳風·伐柯》有"伐柯如何，匪斧不克；娶妻如何，匪媒不得"詩句，故稱。明·凌濛初《初刻拍案驚奇》卷二十："奴家願為～～，成其婚配。"

【作色】zuò sè　臉上變色，指生氣、發怒。《戰國策·顏斶説秦王》："王忿然～～。"

【作俑】zuò yǒng　本指製作用於殉葬的偶像，後稱在不好的方面開先例。清·高其倬《古北口》："～～趙與秦，流弊及明末。"

坐　zuò　❶古人席地而坐，雙膝跪地，把臀部靠在腳後跟上。《論語·鄉黨》："席不正不～。"❷座位。《史記·項羽本紀》："請以劍舞，因擊沛公於～殺之。"這個意義後來寫作"座"。❸犯罪，獲罪。唐·韓愈《柳子厚墓誌銘》："不自貴重顧藉，謂功業可立就，故～廢退。"又為治罪，定罪。❹因為。

漢樂府《陌上桑》："來歸相怨怒，但～觀羅敷。"❺訴訟時在法官面前對質，質證。《左傳·僖公二十八年》："衛侯與元咺訟，寧武子為輔，鍼莊子為～。"❻表示情態，可譯為"白白"、"輕易"。三國蜀·諸葛亮《出師表》："使孫策～大。"

【坐法】zuò fǎ　因犯法而獲罪。《史記·高祖功臣侯年表》："餘皆～～。"

【坐事】zuò shì　因事獲罪。《漢書·梁丘賀傳》："賀時為都司空令，～～，論免為庶人。"

阼　zuò　❶阼階，堂前東面的台階，為主位所在。《儀禮·鄉飲酒禮》："主人～階上，……賓西階上。"❷特指帝位。《禮記·文王世子》："成王幼，不能蒞～；周公相，踐～而治。"

【阼階】zuò jiē　東階，為主人所立之位，主人於此答謝賓客。漢·賈誼《新書·禮》："禮，天子適諸侯之宮，諸侯不敢自～～。～～者，主之階也。"

祚　zuò　❶福。晉·李密《陳情表》："門衰～薄，晚有兒息。"❷賜福，保佑。《左傳·宣公三年》："天～明德。"❸通"阼"，帝位，國統。唐·駱賓王《為徐敬業討武曌檄》："知漢～之將盡。"❹年。三國魏·曹植《元會》："初歲元～，吉日惟良。"

酢　zuò　見 90 頁 cù。